BIBLIOTHÈQUE
DE LA PLÉIADE

Les Présocratiques

ÉDITION ÉTABLIE PAR JEAN-PAUL DUMONT
AVEC LA COLLABORATION DE DANIEL DELATTRE
ET DE JEAN-LOUIS POIRIER

nrf

GALLIMARD

CE VOLUME CONTIENT :

Préface par Jean-Paul Dumont
Note sur la présente édition

LES MILÉSIENS
Thalès, Anaximandre, Anaximène
Textes traduits, présentés et annotés par Jean-Paul Dumont

PYTHAGORE

LES PYTHAGORICIENS ANCIENS
Cercops, Pétron, Brontin, Hippase,
Calliphon et Démocédès, Parméniscos
Textes traduits, présentés et annotés par Daniel Delattre

XÉNOPHANE

HÉRACLITE

ÉPICHARME

Textes traduits, présentés et annotés par Jean-Paul Dumont

LES PYTHAGORICIENS MOYENS
Alcméon, Iccos, Paron, Aminias
Textes traduits, présentés et annotés par Daniel Delattre

PARMÉNIDE

ZÉNON D'ÉLÉE

MÉLISSOS

EMPÉDOCLE

Textes traduits, présentés et annotés par Jean-Paul Dumont

LES PYTHAGORICIENS RÉCENTS
Ménestor, Xouthos, Boïdas, Thrasyalcès, Ion de Chio,
Damon le Musicien, Hippon, Phaléas et Hippodamos,
Polyclète, Œnopide, Hippocrate de Chio et Eschyle, Théodore,
Philolaos, Eurytos, Archippos, Lysis et Opsimos, Archytas,
Occelos, Timée de Locres, Hicétas, Ecphantos, Xénophile,
Dioclès, Échécrate, Polymnastos, Phanton et Arion,
Proros, Amyclas et Clinias, Damon et Phintias,
Simos, Myonide et Euphranor, Lycon, École pythagoricienne
Textes traduits, présentés et annotés par Daniel Delattre

ANAXAGORE

APRÈS ANAXAGORE ET HÉRACLITE

Archélaos, Métrodore de Lampsaque, Clidèmos, Idaios, Diogène d'Apollonie, Cratyle, Antisthène l'Héraclitéen

LES ABDÉRITAINS

Leucippe, Démocrite, Nessas, Métrodore de Chio, Diogène de Smyrne, Anaxarque, Hécatée d'Abdère, Apollodore de Cyzique, Nausiphane, Diotime, Bion d'Abdère, Bolos

Textes traduits, présentés et annotés par Jean-Paul Dumont

LES SOPHISTES

La sophistique ancienne, Protagoras, Xéniade, Gorgias, Lycophron, Prodicos, Thrasymaque, Hippias, Antiphon, Critias, Anonyme de Jamblique, Doubles dits

Textes traduits, présentés et annotés par Jean-Louis Poirier

Notices et notes
Indications bibliographiques
Carte
Catalogue des auteurs
Table alphabétique des auteurs

PRÉFACE

Deux mille cinq cents ans ! C'est le temps que la lumière de la dentelle du Cygne met à nous parvenir, éclat tombé du ciel. Elle nous atteint aujourd'hui, alors qu'elle fut émise au moment où Thalès, à Milet, prédisait pour la première fois une éclipse du Soleil. De cette rencontre qui donne à rêver jaillissent des étincelles qui sont le feu de la raison. Car de la voûte céleste autrefois pavée de pierres embrasées est aussi tombé, à Ægos Potamos, en l'an 468 avant J.-C., un météore dont on dit qu'Anaxagore avait annoncé à l'avance la chute, par un moyen dont le secret est aujourd'hui perdu : à l'époque de Pline l'Ancien, près de six siècles après, on venait encore de loin contempler cette curiosité astronomique. Il en est ainsi de ces fragments. Un tas de pierres. Des moellons célestes disjoints. Des cailloux épars, vestiges irremplaçables d'un édifice que des négligences accumulées ont laissé se disloquer. Aujourd'hui, l'érudition doit se faire pieuse, pour réparer le manque de soin des grands lettrés.

Ce livre des présocratiques est la mémoire de notre civilisation occidentale dont les racines sont méditerranéennes, et plus proprement grecques. Ses pages révèlent ce que furent en leurs commencements la philosophie et la science, c'est-à-dire la théologie, les mathématiques, l'astronomie, la géographie, l'histoire et la médecine. On va donc y trouver l'expression la plus ancienne de disciplines très variées. En effet est rassemblée ici une extraordinaire collection de documents très divers, couvrant à peu près tous les champs du savoir : ce sont là autant d'objets rares rapportés par des hommes de science des premières expéditions tentées aux frontières de l'inconnu. Leur curiosité inlassable provoque toujours notre émerveillement.

Mais ces documents et ces fragments ne sont pas seulement les purs témoins d'eux-mêmes; ils ne se bornent pas à nous apprendre que l'année compte trois cent soixante-cinq jours, que les angles opposés par le sommet sont égaux, que le volume du cône est égal au tiers du volume du cylindre circonscrit, que le poivre et le miel sont des aphrodisiaques, que les cavaliers scythes ont coutume de scalper leurs ennemis, que la caractéristique essentielle des ruminants est davantage leur denture et le mode de fixation du placenta que le port des cornes, ou que la présence de coquillages fossiles dans les carrières de Syracuse atteste qu'autrefois la mer recouvrait notre continent; ils nous instruisent aussi sur la manière dont se sont opérées ces découvertes. Car, s'il existe une réponse aux questions : « Qu'est-ce que la philosophie? » et « Qu'est-ce que le savoir humain? », c'est dans ces fragments et ces témoignages qu'elle se trouve. Mais, à dire vrai, cette réponse ne se rencontre pas et il faut la chercher; si, en effet, un témoignage enfoui dans ces larges décombres la formulait brièvement et clairement, la question serait tranchée depuis longtemps. Or, en réalité, ces fragments ne disent pas simplement ce dont ils parlent, mais, pour reprendre le mot appliqué par Héraclite à l'Apollon de Delphes, ils « signifient » ou « font signe ». Plus encore que témoins d'eux-mêmes, ils expriment, en même temps que le contenu ou la matière d'un savoir, la manière dont naît le savoir, quelles en sont les conditions et en quoi il consiste. C'est dire que, en même temps qu'ils formulent les premiers acquis de la science occidentale, ils miment et reflètent les premiers efforts du logos moderne pour sortir de la nuit des temps, et disent par quels canaux sont passés les premiers mots enroués de la voix de la raison et ce qui a métamorphosé des connaissances multiples et dispersées en un savoir encyclopédique, rationnel et cohérent.

C'est sous nos yeux, dans ce livre, que s'accomplit le « miracle grec », miracle qui paraît incompréhensible au regard de l'histoire. S'il en existait une explication d'ordre purement historique, les historiens l'auraient déjà proposée. Or il ne sert à rien, ou à bien peu de chose, de parler ici d'influences, et là d'attribuer la paternité de telle découverte scientifique aux astronomes phéniciens ou aux géomètres égyptiens. Les travaux de ce siècle ont fait justice de cette prétention. Si la science de Thalès n'était que l'héritière de savoirs étrangers, c'est à Babylone et en Égypte que la science serait née. En fait, la réponse à la question : « Comment la science naît-elle? » ne peut être que philosophique et non purement historique. À dire vrai, cette question elle-même n'est pas toujours claire pour nous, parce que sous le même terme de connaissance scientifique nous mêlons et confondons deux idées pourtant bien distinctes. Par connaissance scientifique nous pouvons entendre tel ou tel fait constaté et énoncé : les météores sont des pierres, la somme des angles d'un triangle est égale à deux droits, etc. ; ce sont là des connaissances qui peuvent découler de l'observation et de la mesure. Et l'on sait bien que le bassin méditerranéen n'a pas attendu le VIe *siècle avant J.-C. pour disposer de tels éléments de savoir qui, en s'accumulant et se juxtaposant, avaient fini par constituer un trésor d'expérience technique, sur lequel avaient pu prendre leur essor de brillantes civilisations. Comme le rappelle G. E. R. Lloyd, un tissu de lin provenant des tombes royales d'Abydos (trois mille ans avant J.-C.) contient soixante-trois fils au centimètre dans la chaîne et quarante-sept dans la trame : au Victoria and Albert Museum de Londres où cet échantillon est exposé, il ridiculise les plus fins tissages irlandais! Cependant, le terme de connaissance scientifique comporte en même temps une seconde signification et formule une tout autre exigence de la raison. De fait, il n'y a de science, au sens fort du terme, que lorsque l'on dispose d'une explication causale, c'est-à-dire que lorsqu'on est capable de remonter d'un fait, tenu pour une conséquence, à la cause qui l'a produit. Pris isolément, un énoncé vrai n'est pas, en ce dernier sens, scientifique. Du moins pas encore. Anaxagore ne serait pas un savant s'il se bornait à constater que l'homme a des mains; Démocrite dit lui-même que « l'homme est ce que tout le monde connaît », et plus tard Aristote insistera : tout le monde sait que les arbustes à feuilles larges perdent leurs feuilles en automne! Ainsi la science ne consiste pas dans une collection de faits exacts. Construire une science, c'est expliquer ce que tout le monde sait déjà, tout en exprimant en plus une rationalité causale qui lie en un système des observations séparées. La science naît lorsqu'Anaxagore relie causalement à la possession des deux mains et à la stature droite de l'homme son aptitude à penser. La botanique devient scientifique lorsqu'elle tient la coagulation de la sève en automne pour la raison de la chute des feuilles. Le discours scientifique ne constate pas : il exprime la nécessité. Ainsi le « miracle grec » n'a pu se produire qu'à l'instant où ont été formulées pour la première fois les exigences rationnelles d'une pensée à la recherche d'explications causales et de constructions systématiques.*

La mythologie et la théologie offrent une occasion comparable de mesurer les effets produits par l'exigence d'une démarche proprement et résolument rationnelle. Entre une explication mythique — et s'agit-il déjà vraiment d'expliquer? — des origines du monde et une explication scientifique, même à l'état naissant et primitif, la différence qualitative est considérable. Si le mythe est apparemment une sorte d'explication causale qui se propose de rendre compte des origines du monde, du ciel, de la Terre et des races successives des hommes qui l'ont peuplée, le discours de la théogonie — songeons par exemple à Hésiode — rapporte toujours les effets à des causes surnaturelles. L'espèce humaine naît de la rivalité entre Zeus et Prométhée. Même si Dikè et Hybris sont des allégories de la passion que l'homme ressent pour la justice et la démesure, celles-ci conservent dans la théogonie primitive la dimension irrationnelle et incompréhensible propre à des puissances divines ou démoniaques. En revanche, dès qu'un Xénophane, qui parmi les présocratiques occupe un rang des plus anciens, entreprend de parler des dieux, c'est pour « sillaniser », c'est-à-dire critiquer sur le ton satirique les excès de l'anthropomorphisme :

Cependant si les bœufs, les chevaux et les lions
Avaient aussi des mains, et si avec ces mains
Ils savaient dessiner [...],
Chacun dessinerait pour son dieu l'apparence
Imitant la démarche et le corps de chacun.

La confiance nouvelle en la raison condamne et renvoie à leurs ténèbres les théologiens d'autrefois, membres de la « gent homérique » :

Ce n'est pas dès le commencement que les dieux
Ont tout dévoilé aux mortels; mais, en cherchant,
Ceux-ci, avec le temps, découvrent le meilleur.

Or sait-on aussi que le rationalisme est le père — ou le grand-père — de l'humour? C'est la conscience aiguë de la contradiction et son refus qui poussent Xénophane à lancer le premier trait comique de l'histoire de la philosophie. Car ce parfait gentleman — gentleman est le titre en effet que se plaisait à lui donner notre maître P.-M. Schuhl, qui ne le concédait par ailleurs qu'à Protagoras —

répondait à un navigateur revenu peut-être d'Islande et qui prétendait avoir vu non seulement des geysers, mais de tout petits poissons nager dans leur eau bouillante : « Soit ! Il suffit de les cuire à l'eau froide ! » L'*élégance du ton est, qu'on ne s'y trompe pas, politesse de la raison.*

Le premier problème qui va hanter la conscience de ces savants et de ces philosophes est celui du commencement ou de l'origine de la nature et de l'homme. En grec, commencement *se dit* archè. *C'est le terme qui ensuite, dans le discours philosophique devenu adulte, désignera le* principe, *c'est-à-dire la réalité première et initiale dont dérive tout le reste. Mais il n'est pas sûr que, dès son premier emploi, le terme d'*archè *renferme déjà sa connotation future. Les Milésiens et plus généralement les Ioniens qui situent l'eau, l'Illimité, l'air ou encore le feu au commencement de tout, tiennent ces éléments — et le terme d'élément n'a pas encore reçu lui non plus sa valeur technique — pour la forme originelle de la réalité ou de la force primitive, force naturelle et non surnaturelle, dont le développement s'achèvera en Nature. Mais en même temps que se développe la spéculation sur l'état premier des choses, le concept s'élabore lui-même peu à peu, et l'*archè *deviendra, comme on le constatera en tournant les pages de ce livre, le* principe *des philosophes et des savants, c'est-à-dire ce qui se trouve posé par la pensée comme la condition première du mouvement de croissance et de vie qui* est *la Nature elle-même. Chez Anaximandre, ce principe est une abstraction : l'Illimité ou encore l'Infini. Pourtant, le mot d'abstraction ne convient pas, car l'Illimité est une réalité, une chose, sinon tout à fait substantielle et concrète, du moins assez riche pour être ce qui contient en soi-même tout le futur concret des choses. Les Milésiens peuvent alors dire que l'Illimité est le principe, en énonçant une formule qui va pouvoir ensuite être entendue comme donnant à la naïveté purement temporelle du commencement la rationalité exigeante du principe. C'est à cette étonnante transmutation alchimique du vocable que nous assistons : un travail sur le mot qui reflète une opération de la pensée sur elle-même pour penser son nouveau vouloir-dire au-delà de son avoir-voulu-signifier. En cela réside le véritable progrès de la pensée et c'est ainsi que la philosophie prend naissance.*

De la même façon, Héraclite domestique le concept de feu, non plus simplement pour lui assigner le rôle de l'eau natale de Thalès, mais en lui donnant en plus la fonction du Verbe. Le feu est la forme première du Logos. À Éphèse, pour la première fois, le vocable de Logos, dont les Milésiens avaient ignoré jusqu'à l'usage, se prend à signifier Raison, au double sens d'une part de raison d'être, principe d'explication, qui rend compte du devenir de la nature, et d'autre part de faculté humaine de raisonner, c'est-à-dire d'exprimer dans un discours la raison d'être des choses. Pythagore et les Éléates vont pouvoir reprendre ce terme à leur compte. Mais déjà le Logos héraclitéen naît sous une forme adulte et achevée. Justement parce qu'il est feu, feu qui s'éteint et se transforme en eau et en terre tout en conservant sa puissance de forger, structurer, façonner ce qui n'est plus tout à fait lui, il est dépassement contradictoire de lui-même, contradiction vivante où l'antécédent aboli et supprimé se conserve, même pas pour renaître, mais pour être toujours déjà là. Héraclite pense une dialectique de la nature au sens moderne.

Mais les lumières de la raison n'ont pas seulement brillé en Ionie. À l'opposé de l'Asie Mineure prennent naissance en Italie du Sud l'école pythagoricienne et l'école éléate dont l'importance respective est proprement considérable.

D'abord Pythagore, originaire de Samos en Ionie, mais fixé bientôt à Crotone après un voyage en Égypte, forme le mot de philosophie. C'est dire que la sagesse visée ne sera jamais tout à fait atteinte, si elle doit l'être un jour au terme d'une longue ascèse. Pythagore est le fondateur d'un cercle très étendu dont les membres constituent une sorte de communauté savante et religieuse. Des novices, les acousmaticiens, reçoivent un enseignement d'initiation, revêtant l'habit de la secte, prononçant des vœux de silence et de pauvreté, s'astreignant à un enseignement moral qui comporte des interdits, avant de devenir des mathématiciens, adeptes confirmés, attachés principalement à la spéculation sur les nombres et sur l'harmonie. Le nombre est en effet l'essence de toutes choses. Certains de ces nombres, comme la tétractys – le nombre 10 – ont valeur de symbole, au même titre que certaines figures, comme le pentagramme. Les pythagoriciens vont développer une théorie de la musique et de l'acoustique, ainsi qu'une astronomie, qui serviront de modèle à Platon. L'école sera mêlée de près à la vie politique. Pour Aristoxène, Pythagore deviendra bientôt une sorte de Garibaldi de l'Italie du Sud, salué comme un libérateur. La communauté inventera le concept de philia, c'est-à-dire d'amitié entre ses membres, et renaîtra sans cesse en dépit des poursuites, *incendies, pillages, persécutions et exécutions sommaires. On songe déjà à l'Église cathare.*

Aux concepts d'harmonie et de nombre se trouve lié celui d'âme, non pas seulement au sens d'âme du monde, principe de mouvement et surtout d'ordre cosmique, mais aussi avec la signification d'âme individuelle, animale et humaine. Les pythagoriciens théorisent la métensomatose, *selon laquelle la même âme s'incarne successivement dans le corps de différents animaux. C'est pourquoi Pythagore, entendant et voyant un jour quelqu'un battre un chien qui gémissait, lui demanda de s'arrêter : « Je reconnais en lui la voix d'un ami! »* N*on que le chien soit le fidèle ami de l'homme, mais parce que l'âme de ce chien avait été auparavant celle d'un ami connu de Pythagore! Celui-ci n'avait-il pas, en visitant un temple, reconnu parmi les ex-voto le bouclier qu'il avait lui-même porté pendant la guerre de Troie, naturellement sous le nom d'un autre héros? Et, dit-on encore, Pythagore pouvait, au prix d'une contention particulière de sa mémoire, se souvenir d'avoir été poisson. Ainsi le rationalisme naissant connaît des zones d'ombre. La mathématique demeure liée à des croyances eschatologiques et, dans une certaine mesure, certes abusive à nos yeux, les engendre. Cette double influence rejaillira sur Platon : le* Cratyle, *puis le* Gorgias, *reprenant le mot de Philolaos :* Sôma sêma *(le corps est un tombeau). La vie de l'âme est ailleurs, sa chère patrie est une région éthérée et lumineuse où les âmes font cortège à un dieu. On a reconnu deux thèmes majeurs du* Thééthète *et du* Phèdre *de Platon. Enfin, l'âme est, au terme de chaque existence terrestre, jugée avant d'être châtiée ou de se réincarner : Platon le raconte à la fin de* La République *dans le récit du mythe d'Er, ce soldat pamphylien laissé pour mort sur le champ de bataille et tombé dans un profond coma.*

Le lecteur sera frappé de voir le nombre des pythagoriciens dont ce volume conserve le précieux souvenir. Ils ont été très divers, en dépit de l'unité de la secte, et ont fait tous les métiers. La galerie pythagorique compte des portraits qui vont de l'ingénieur et l'amiral aux architectes urbanistes, en passant par les champions olympiques, les astronomes, les sculpteurs, les médecins et naturellement les musiciens. En outre, cette société fut la première — et longtemps la seule — à compter des femmes illustres. Les centres les plus importants sont localisés dans l'Italie du Sud, à Crotone et à Tarente. Empédocle, assurément l'élève des pythagoriciens et peut-être leur transfuge, occupe à côté de la secte un rang particulier par l'originalité poétique de son génie. Mais, indépendamment de ses œuvres philosophiques dont on lira ici les fragments, il mériterait de passer à la postérité ne serait-ce que par l'invention d'une discipline oubliée aujourd'hui comme telle, qui est la rhétorique. N'est-ce pas lui en effet qui a le premier fixé les règles du discours rythmé et mélodieux, défini le rôle incantatoire de la parole et découvert la magie et le charme des mots? Déjà, rien qu'en jouant de la lyre, il avait pu apaiser la fureur meurtrière d'un jeune homme. Le sophiste Gorgias, sicilien lui aussi et premier grand rhéteur, est son élève direct.

Cependant, à Élée, toujours en Italie du Sud, Parménide fonde une école capable de rivaliser avec celles d'Ionie. D'après certains historiens contemporains, la description de la route qui conduit à la vérité, conservée en préambule du poème Sur la nature, *pourrait être celle de la voie d'accès au portique de l'école. En dépit des hésitations que sont loin de lever tout à fait les interprétations modernes du poème, on peut dire que Parménide est le fondateur de l'ontologie, discipline dont l'objet d'étude est l'être, et peut-être aussi de la logique, bien que l'emploi du terme fasse anachronisme : l'être s'oppose radicalement au non-être et s'identifie à la pensée. Mais Parménide en même temps fait payer très cher à la philosophie le prix d'une telle conquête de l'esprit. L'affirmation d'une opposition aussi radicale entre le* il est *et le* il n'est pas, *l'existant et le non-existant, le oui et le non, l'affirmation et la négation, paraît confiner l'école éléate dans la profession d'immobilisme. Comment, dans ces conditions, ne pas être nécessairement conduit à refuser l'existence à ce qui a été, est ou sera, c'est-à-dire au devenir de la nature et au mouvement? La nature, soustraite au changement, se bornerait-elle au seul être? La conclusion dernière paraît tellement peu défendable que Parménide préfère recourir aux services d'un jeune champion en disputes de tout genre, Zénon, surnommé par Platon « le Palamède d'Élée ». Celui-ci est passé aux yeux d'Aristote pour l'inventeur de la dialectique, au même titre qu'Empédocle l'était de la rhétorique. Initialement, la dialectique est l'art qui fixe le protocole du discours bref – par opposition au long discours rhétorique –, et qui réglemente les échanges d'un dialogue articulé en questions et réponses. D'après le témoignage tardif de Simplicius qui nous l'a conservé, Zénon serait le premier à avoir écrit un dialogue philosophique, dont Protagoras serait le protagoniste. Or, ce qui découpe le dialogue et scande sa progression, c'est la succession* tranchante du oui et du non, de l'être et du non-être. Par ce jeu subtil — mais cruel, comme dirait le poète — Zénon enferme dans la contradiction l'adversaire de l'immobilisme et le contraint de renoncer à poser par la pensée l'être du mouvement. Le devenir se trouve à l'extrémité de la voie qui mène à l'impensé. Tel est l'effet produit par les Paradoxes — l'ouvrage de Zénon en comptait quarante — dont les quatre relatifs au mouvement ont retenu l'attention d'Aristote. Leur subtilité questionne encore les logiciens d'aujourd'hui! Mais, comme Pythagore, Zénon n'est pas seulement un savant, il est aussi un défenseur ardent des libertés. Il meurt victime de la cruauté d'un tyran à la face duquel la légende veut qu'il ait craché sa langue après se l'être coupée avec les dents. Une langue de dialecticien appelé plus tard amphotéroglosse, c'est-à-dire sachant dialoguer, dire le vrai et en même temps mentir, ou encore exprimer tour à tour le oui et le non.

La science connaissait donc une double impasse. Comment, après les pythagoriciens, comprendre la manière dont la nature imite les rapports numériques intelligibles? Imitation est, d'après Aristote, ce que Platon appellera par la suite participation; et l'on sait combien le problème de la participation du sensible à l'intelligible s'avère redoutable : car ce qui y est philosophiquement en cause, c'est la manière dont la rationalité idéale pénètre la réalité sensible et lui donne sens et forme. D'autre part, après les Éléates, comment parvenir à penser le changement et le mouvement propres à la nature, sans renoncer à une ontologie et à une logique qui veulent que soit ce qui est et ne soit pas ce qui n'est pas? Deux solutions marquent alors les progrès de la philosophie. La première est celle d'Anaxagore et de ses disciples. Elle répond à une préoccupation plus précisément biologique : comprendre comment un être vivant, par exemple un animal comme le lapin, peut croître et se nourrir. Car lorsque je vois un lapin manger une carotte, il me faut comprendre aussi pourquoi la pauvre bête ne se transforme pas elle-même en carotte et au contraire digère le légume. C'est donc que la carotte n'est pas purement et simplement la carotte apparente, mais qu'en son intériorité elle dissimule de l'animal, invisible sous l'apparence du légume. Et inversement pour le lapin. Avant même que soit inventé le concept de matière — car cette découverte ne viendra que beaucoup plus tard, par le fait d'Aristote qui posera qu'un même substrat peut, en restant identique, recevoir successivement des attributs différents : c'est cela à proprement parler la matière — Anaxagore est conduit à former l'hypothèse *des homéoméries regroupées initialement dans ce qu'il appelle le « Tout ensemble ». Les homéoméries sont les particules semblables constituant un tissu vivant ou une partie d'un être. L'apparence du lapin, ou de la chair du lapin, ou de ses os, ou de son sang, dissimule derrière elle la présence d'autres éléments invisibles susceptibles de composer des tissus différents que sont le bois et le suc de la carotte. Ainsi, au commencement du monde, toutes choses sont mêlées ensemble et non distinctes ou discernées. Les êtres apparaissent ensuite par dissociation, séparation et discrimination opérées par un principe d'ordre, une force nommée en grec* nous, *ou intellect. Est-ce l'esprit ou Dieu, comme le croit Leibniz? Ou au contraire un principe lui-même encore aussi matériel, comme Simplicius paraît le laisser entendre? Socrate reprochait à Anaxagore de ne pas s'être expliqué sur ce point. Il est donc impossible de dire si Anaxagore est le fondateur du spiritualisme moderne ou simplement l'initiateur d'une philosophie matérialiste reposant sur le pluralisme des homéoméries, mises en ordre et distribuées en un cosmos par une force motrice plus ou moins mystérieuse. Toujours est-il qu'une telle physique fonde la certitude de l'identité de constitution de tous les êtres qui composent le monde. Les astres ne sont pas des dieux, le Soleil n'est qu'une pierre embrasée. Incarcéré sous le chef d'athéisme, Anaxagore se livre à des travaux d'optique et observe de sa prison les montagnes et les vallées de la Lune. Mais le savant connaît aussi des moments de gloire : devant le cercle des amis de Périclès, Anaxagore se livre à une dissection de la tête d'un bélier pour découvrir le secret de l'atrophie d'une corne. Invisible, la vérité peut jaillir sous la pointe du scalpel.*

L'autre solution, peut-être plus géniale encore, si une telle appréciation peut avoir un sens, est celle proposée par l'école d'Abdère, fondée par Leucippe et Démocrite. Leur découverte est celle des atomes. *À vrai dire, il ne s'agit ni d'une découverte au sens où on l'entendrait aujourd'hui, ni des atomes que nous connaissons. Car les atomes sont des réalités ou des principes intelligibles, saisis par le seul intellect, dont il faut que la pensée pose l'existence pour se donner les moyens de comprendre comment de l'être peut naître le devenir. Il est alors nécessaire d'imaginer — ou plus sérieusement encore, de concevoir — que l'être est bien, comme le pensent les Éléates, éternel, non changeant et non altérable. Mais supposons que cet être, au lieu d'être un, soit multiple : le réel peut alors admettre pour principes des multiplicités infinies en quantité et en grandeur, tout aussi éternelles que l'était l'être unique de Parménide et qui, pour cette raison même, sont dites insécables : c'est ce que signifie étymologiquement le mot* atome. *Bien sûr, il y a lieu de s'interroger sur la cause de leur mouvement. Est-il spontané? Est-il produit par le vide, autrement dit le non-être? Toujours est-il que le mouvement ne répond pas à une finalité intelligente; la nécessité selon laquelle les mouvements s'accomplissent peut, de ce fait, être appelée aussi hasard par Aristote : ainsi naît une philosophie mécaniste qui ramène l'ensemble des phénomènes à un système de déterminations causales liées au mouvement des atomes. Si Leucippe (ce nom est-il celui d'un homme ou d'une femme?) est mal connu, l'œuvre de Démocrite est considérable. Elle a en volume la même ampleur, et philosophiquement la même importance, que celle de Platon, qui pourtant ne le nomme jamais. Elle témoigne d'une curiosité proprement universelle. Elle touche à tous les domaines scientifiques, ainsi qu'à la morale et à la politique.*

*Comme le sophiste Gorgias se rattache aux pythagoriciens par Empédocle, Protagoras hérite son matérialisme et son relativisme de ses maîtres abdéritains. Mais ici, avec les sophistes, contemporains de Socrate, nous touchons au terme de l'aventure présocratique qui est l'histoire de l'émergence de la raison. Le mouvement sophistique est comparé par les historiens à l'*Aufklärung. *Ces grands professeurs et conférenciers itinérants, venus de régions très diverses, convergent sur Athènes quand ils n'y sont pas nés, comme Antiphon et Critias, et apportent avec eux l'éclat de la rhétorique, l'amour de la dispute, l'esprit critique, la remise en question des valeurs traditionnelles, l'irrespect et la lucidité cruelle foncièrement constitutifs de la pensée libre : ils vont être, comme on l'a dit souvent, les instituteurs de la Grèce.*

En fréquentant ces témoignages et ces fragments, le lecteur ne manquera pas d'être frappé par la différence de tonalité entre l'apparente sévérité des textes milésiens et la modernité étonnante des propos tenus par les Abdéritains et surtout les sophistes. C'est que la raison se constitue lentement, par un travail patient dont l'expression un peu laborieuse traduit la difficulté; et puis, tout à coup, elle semble se libérer en maîtrisant la dialectique et la rhétorique qu'elle a codifiées, pour imposer un esprit de libre discussion, moyen le plus sûr d'une recherche de la vérité.

Tels furent, à très larges traits, les principaux apports des présocratiques à la philosophie, c'est-à-dire aux sciences, à l'éthique et à la politique.

Mais ce livre ne témoigne pas que de la raison en train de naître : on y lit aussi l'expression du travail de l'esprit ou de la pensée qui se pense elle-même.

Car les livres de ces philosophes sont loin de nous être entièrement parvenus. Tel est aussi le lot des grands auteurs de l'Antiquité classique dont beaucoup d'ouvrages sont aujourd'hui perdus, parfois entièrement. L'exemple le plus célèbre est celui d'Aristote dont Cicéron pouvait admirer encore les grands dialogues composés dans le style de Platon, et dont seule subsiste l'édition des leçons, heureusement retrouvée et publiée par les soins d'Andronicus de Rhodes. L'humaniste doit se faire à l'idée non seulement que les civilisations sont mortelles, mais que les cadavres pourrissent, les édifices s'écroulent et les livres tombent en poussière. Pourtant, en dépit de cette universelle fatalité, il n'en va pas du tout des fragments de livres comme des restes des monuments architecturaux ou comme de certaines œuvres d'art isolées. Dans la survie d'un écrit, ou du fragment d'un écrit, presque toujours constitué par une citation, deux facteurs contraires interviennent : le premier est naturellement le temps, dont Aristote disait que la fonction principale est d'user, le second est la valeur. Comme on ne saurait tout préserver, on s'attache à sauver ce qui a le plus de prix. C'est dire que le salut d'une œuvre est toujours lié à un jugement de valeur ou d'intérêt. Or rien n'est plus subjectif qu'un tel jugement, ni plus relatif qu'une telle valeur. Il suffit que les chefs d'intérêt changent, que la mode intellectuelle évolue et qu'un nouveau sujet de préoccupation efface l'ancien, pour que leur fréquentation cesse, l'attachement se relâche et s'insinue lentement la désuétude. C'est pourquoi le livre des Présocratiques *ne ressemble pas du tout à un champ de fouilles archéologiques et n'est guère comparable à un musée d'art et d'archéologie, même s'il peut prétendre au titre de musée de la philosophie. Certes, sans l'amour des collectionneurs éclairés, il n'existerait ni musée, ni bibliothèque. Mais, en ce qui concerne les fragments, il n'en va pas tout à fait ainsi. Tout fragment conservé est une expression, une phrase, voire une page élues, répondant au choix délibéré que motive un intérêt philosophique particulier. Un fragment philosophique ne survit ailleurs et hors de l'œuvre originale que par l'attention d'un philosophe. Donc, pour comprendre comment les fragments ont survécu, et la manière dont ils exigent d'être lus, il faut prendre en compte la nature de cette attention. On ne saurait en effet aborder la lecture de ces textes sans avoir fait l'effort d'imaginer non seulement pourquoi ils ont été jugés intéressants, mais aussi pourquoi leur intérêt particulier a rejeté dans l'ombre et dans l'oubli le reste des œuvres. Par là même, il convient de distinguer plusieurs types de citations. Jusqu'à Platon, les présocratiques peuvent passer pour des contemporains : les lecteurs de Platon ont aisément accès au texte de Parménide ou d'Empédocle. Il n'est pas nécessaire, dans un* dialogue *les mettant en cause ou parfois directement en scène, de préciser le contenu de leur pensée. Pourquoi même les nommer toujours? Cela explique en partie le silence dans lequel Platon confine Démocrite. Les citations platoniciennes doivent donc être manipulées avec prudence, en tenant compte à la fois des non-dits et des déformations plaisantes qui font en quelque sorte partie de la règle du jeu, le fondateur de l'Académie tenant justement l'écriture pour un divertissement et le dialogue écrit pour le souvenir abrégé et plaisant de débats scolaires plus sérieux.*

En revanche la perspective change profondément avec l'intervention d'Aristote, à la fois pour des raisons de fond et pour des impératifs de méthode. Quant au fond, Aristote élargit le champ des concepts philosophiques en y introduisant notamment les notions spécifiques de matière, de principe, d'élément et de cause, et en faisant de l'analyse causale l'instrument de l'explication philosophique et scientifique. Il prend donc ses distances par rapport à Platon et aux pythagoriciens, et réactualise les recherches sur la nature conduites par les Milésiens, Empédocle, Anaxagore et Démocrite. Par conséquent, tout ce qui concerne les principes et les causes l'intéresse au plus haut point. Mais l'exposé qu'il propose des théories ou des explications présocratiques est forcément, de ce point de vue, polémique, puisque tout en louant les Anciens d'avoir mis en avant le rôle de la nature, il leur reproche, à la façon dont Socrate critique Anaxagore, d'avoir méconnu ou simplement négligé la causalité formelle et finale qui donne tout son sens à la nature. Ainsi se trouve donné le ton philosophique aux nombreux commentaires qui vont nourrir l'histoire de la philosophie pendant environ dix siècles, qui vont de Théophraste au néoplatonicien Simplicius à la fin du VIe *siècle. La situation de Simplicius est du reste chronologiquement fascinante. Il n'est pas plus éloigné de Thalès que des encyclopédistes du* XVIIIe *siècle, et a encore pourtant l'occasion de lire Parménide, Zénon et Anaxagore dans une édition presque complète.*

Quant à la méthode qui conduit à évoquer l'autorité des Anciens, elle répond à une exigence philosophique dont le poids va marquer l'enseignement de la philosophie d'une empreinte extrêmement profonde et que l'on perçoit aujourd'hui encore. Car le public cultivé ne se rend pas toujours compte de la motivation tout à fait originale propre à l'histoire de la philosophie. Celle-ci n'est nullement une histoire comme une autre, répondant à un double souci de curiosité et de compréhension du présent par le passé. Elle procède en outre et surtout d'un souci de méthode dérivant directement de la conception nouvelle qu'Aristote s'est faite de la méthode dialectique. La dialectique, qui recherche les prémisses ou les principes d'un savoir, a pour objet et matériau les énoncés portant sur des opinions probables. Il faut donc, pour commencer à étudier dialectiquement une question philosophique, classer et ranger en tableaux les thèses des plus éminents spécialistes de la question, ne serait-ce que pour gagner du temps et disposer d'une base de discussion. Si par exemple on étudie la matière, il faut, bien que ce concept n'ait pas été employé ni même pensé et formé par les présocratiques, dresser un tableau où l'on range d'un côté les Milésiens et les pythagoriciens qui tiennent la matière pour changeante et douée de mouvement, et d'un autre côté les Abdéritains qui soustraient leurs atomes à toute altération ou changement dans leur nature. Si l'on étudie les éléments, il est commode, pour faire plus court, de se contenter d'attribuer au seul Empédocle la thèse selon laquelle il y en a quatre, et qu'il ne soit pas le seul à l'avoir soutenue n'a aucune importance pour la recherche. La dialectique consiste donc à recenser les positions possibles de la pensée face à la question examinée. Lorsque Plotin, au III*e* *siècle de notre ère, s'interrogera sur la nature du temps, il dressera un tableau comptant trois colonnes et distribuera les philosophes dans des catégories distinctes : selon que le temps est le mouvement — c'est la thèse de Platon — ou bien selon qu'il est le mû — c'est la théorie pythagoricienne — ou enfin quelque chose du mouvement — c'est la position des anciens stoïciens qui le tiennent pour l'intervalle, d'Aristote qui le pense comme la mesure et d'Épicure qui le tient pour la conséquence. On peut constater sur cet exemple à quel point une telle méthode est éloignée de préoccupations historiques au sens moderne : elle se doit d'être forcément sélective, et conduit à des visions schématiques.*

Théophraste, le successeur immédiat d'Aristote, dont il était l'élève, à la tête du Lycée, a mis systématiquement en pratique l'impératif dialectique lié à la pédagogie de son maître, et fait établir à cet usage des recueils ou collections d'opinions — plus tard désignés du nom latin de Placita. *La première édition en fut très tôt perdue. Mais l'histoire de ses copies successives a constitué le premier travail érudit de Hermann Diels — le rassembleur des textes présocratiques que nous lisons ici — aboutissant à son édition grecque des* Doxographi graeci, *à Berlin, en 1879. Il y établit que le plus ancien recueil d'opinions — les* Vetusta placita, *rédigés à l'instigation de Théophraste — a été recopié ou réédité par un certain Aétius, savant de date inconnue et dont l'ouvrage est lui aussi perdu, mais a par chance été recopié par deux auteurs dont l'un, le pseudo-Plutarque, est inconnu, et l'autre est Jean Stobée, qui a édité des* Choix de textes *au* V^e^ *siècle de notre ère. Diels en offrait une édition synoptique sur deux colonnes. Ainsi est née, avec Aétius, la doxographie scolaire : elle consiste en des recueils de philosophie par les textes ou en ce que les éditeurs d'Outre-Manche appellent des* Source books, *destinés à alimenter la réflexion des jeunes gens étudiant la philosophie.*

On imagine aisément que toutes les écoles, et pas seulement les péripatéticiens, disciples de plus en plus lointains du Lycée, ont eu chacune leurs propres manuels et leurs propres recueils, ce qui impliquait de leur part des choix différents. D'autre part, au fur et à mesure que la science progressait, les éditions antérieures se trouvaient contaminées par des ajouts. Plus tard s'est manifesté l'intérêt pour les vies des philosophes, et les doxographes, dont le plus illustre représentant est Diogène Laërce, ont réuni aux résumés des doctrines des esquisses biographiques. De là vient le caractère extrêmement divers des textes rassemblés dans ce livre.

Mais ces textes ont, indépendamment de leur intérêt philosophique, une valeur d'authenticité variable. Il y a d'abord les fragments proprement dits qui constituent la partie B *des principaux chapitres de ce volume et se reconnaissent ici à leur impression en gros caractères. On peut, à la limite, interpréter un fragment authentique en lui donnant un sens différent de celui que lui prête le philosophe qui le cite. Mais déjà il faut être extrêmement prudent. La place que le fragment occupe dans l'œuvre perdue est bien incertaine, excepté les cas très rares où l'auteur de la citation précise que tel était l'incipit du livre. D'autre part, quelle signification retenir pour un fragment isolé de son contexte, en écartant les autres sens possibles? Souvent, et pour de grands présocratiques, comme Héraclite ou Démocrite, Diels a renoncé à reconstituer un ordre ou un classement thématique : les fragments sont purement et simplement rangés dans l'ordre alphabétique des auteurs et des œuvres qui les citent. Dans la présente édition, lorsqu'un mot parfaitement attesté apparaît en dehors de la partie B, il continue d'être imprimé en gros caractères, la typographie lui conservant ainsi son apparence de fragment.*

À côté des fragments vient la partie la plus importante de ce volume, formée de la collection des témoignages relatifs à la vie, au style d'écriture, aux œuvres et à la philosophie même de l'auteur présocratique. Elle est imprimée en caractères plus petits et constitue la partie A du chapitre. Quelquefois s'y adjoint une partie C où se trouvent rassemblés des textes que l'on tient pour des imitations et qui constituent soit des versions pseudépigraphes, voire de simples faux, soit des témoignages tardifs qui montrent l'influence que l'auteur ou l'école continuent d'exercer : telles sont par exemple les répliques extraites de comédies moyennes qui mettent en scène des pythagoristes d'époque tardive, dépenaillés et végétariens.

On ne s'étonnera pas de retrouver dans la partie A qui concerne les témoignages, une disposition constante, de chapitre en chapitre, qui procure au lecteur un plan commode et un guide au fond très pratique pour ses recherches. Comme l'essentiel du matériau est fourni le plus souvent par la postérité de Théophraste, les textes se trouvent rangés conformément à l'ordre primitivement retenu par Aétius. Dans cet ordre, il est question successivement des principes, c'est-à-dire de la causalité matérielle ou formelle, puis de Dieu, c'est-à-dire des questions de théologie liées au statut de la causalité efficiente ou motrice, puis du cosmos, c'est-à-dire de l'ordonnance générale du monde et de l'astronomie, puis des météores, c'est-à-dire des phénomènes célestes comme les éclairs et le tonnerre, les vents, les tremblements de terre, puis de la psychologie, c'est-à-dire de la nature de l'âme, des sens et de la perception, et par là des problèmes relatifs à la connaissance, et enfin de la physiologie, c'est-à-dire de l'anatomie, de la biologie, et plus précisément de l'homme, des animaux en général et des plantes. Lorsqu'une de ces parties manque au chapitre, cela est imputable au silence de la doxographie, induit par son caractère nécessairement schématique : il ne faudrait donc pas en conclure que ce présocratique se soit désintéressé de ces questions.

Mais il nous faut revenir sur ce qui fait l'intérêt philosophique d'un témoignage. Certains lecteurs pourraient s'arrêter à la crainte, en elle-même parfaitement légitime, que l'intervention du témoin ait pour effet de falsifier le témoignage. Ainsi, quand Aristote interprète Démocrite, quand le néoplatonicien Simplicius commente Aristote interprétant Démocrite, on peut craindre le pire, autrement dit soupçonner la copie d'être bien éloignée du modèle. De même, quand Plotin commente Parménide à la lumière de sa propre lecture néoplatonicienne du Parménide *de Platon, il est difficile de ne pas dénoncer la trahison. Cependant, n'est-ce pas paradoxalement en cela que réside le principal intérêt philosophique des témoignages?*

En effet, qu'est-ce qu'un philosophe peut légitimement attendre, sinon d'être lu par un autre philosophe? À quoi bon un propos philosophique, s'il demeure étranger à son destinataire et extérieur à qui est censé le recevoir? Mais, symétriquement, il va de soi qu'un philosophe, justement parce qu'il est philosophe, c'est-à-dire pense lui-même en usant de concepts et de catégories qui lui appartiennent en propre du fait même qu'il pense philosophiquement, ne peut pas entrer dans le discours philosophique d'un prédécesseur sans présupposer que ce discours autre fait pourtant lui aussi partie de la philosophie. Inévitablement, il l'intègre à sa propre pensée. Aristote et ses successeurs, par exemple, ne peuvent pas, alors qu'ils pensent la nature en termes de matière et de forme, de puissance et d'acte, ne pas penser anachroniquement et rétrospectivement le matérialisme des Milésiens et ne pas traiter l'eau, l'air ou l'Illimité comme des principes. Certes, cela est très grave, car la différence est loin de n'être que de vocabulaire. Mais cela est inéluctable aussi. En fréquentant le présent ouvrage, le lecteur devrait donc observer en même temps que la naissance et le surgissement de la raison philosophique, son développement même. Car si la philosophie continue d'exister et de vivre, c'est parce que tout en appliquant ses efforts à des objets nouveaux, elle ne cesse en même temps de se nourrir de son passé en se pensant elle-même. La collection des fragments et des témoignages présocratiques est donc non seulement l'expression de la raison naissante et de la pensée qui se fait, mais davantage encore l'expression de la pensée qui se pense. Or, depuis Aristote, la pensée de la pensée désigne l'activité de l'esprit. Ce livre est pour nous le premier moment de l'histoire de l'Esprit.

JEAN-PAUL DUMONT.

NOTE SUR LA PRÉSENTE ÉDITION

Ce volume offre la traduction des textes réunis par H. Diels dans les *Fragmente der Vorsokratiker*, Berlin, 1903. La cinquième édition augmentée (1934) et la sixième édition améliorée (1951, et rééditions) sont l'œuvre de W. Kranz dont le *Wortindex* (*Indices* des noms et des sources), irremplaçable instrument de travail, a été publié en 1952. Le présent volume conserve l'ordre et la numérotation de Diels afin de rendre plus commode l'usage des éditions gréco-latines.

L'usage des gros caractères romains et italiques correspond aux textes fragmentaires, les témoignages et imitations étant composés en caractères d'un corps plus petit. Les passages en vers apparaissent en caractères italiques; pour les longs passages versifiés, le nombre porté en marge correspond à la numérotation des vers grecs ou latins.

Conformément aux usages de l'édition française, les crochets obliques signalent des additions au texte des témoignages ou des fragments, jugées indispensables soit par l'éditeur du texte ancien, soit par le traducteur. Les crochets *droits indiquent* des additions utiles à la compréhension du passage, mais n'appartenant pas au texte. Les points de suspension placés entre crochets droits signalent soit une lacune dans les manuscrits, soit une coupure volontaire dans le texte édité.

L'appareil critique comporte des notices introductives à la lecture de chaque auteur présocratique, des notes, une carte de la Méditerranée présocratique et la liste des auteurs auxquels sont dues les citations conservant les fragments ou constituant les témoignages. Il ne pouvait faire aux nombreuses discussions et recherches qui occupent philologues et historiens de la philosophie la place considérable que requiert l'intérêt porté à leurs travaux. Les notes, souvent à notre corps défendant encore trop nombreuses, répondent à un quadruple souci : justifier l'établissement du texte grec lorsque la leçon retenue par le traducteur s'écarte du choix de Diels, tout en indiquant clairement quel sens produirait le texte que nous écartons; éclairer les allusions historiques et philosophiques; proposer par des renvois à d'autres textes de la présente édition des rapprochements éclairants; et enfin offrir les informations indispensables à une lecture et à une compréhension philosophiques. La défense et l'illustration des belles-lettres doivent conduire doublement à donner au lecteur un accès direct aux sources et à en mettre en lumière les chefs d'intérêt.

Cette tâche a retenu pendant plus de quinze ans les soins des auteurs, soutenus par l'enthousiasme, mais parfois accablés. Elle n'aurait pas été menée à bien sans la communauté d'intérêts et l'amitié qui unit les trois collaborateurs de cette entreprise.

La majeure partie des traductions, notices et notes est due à Jean-Paul Dumont, dont Daniel Delattre a revu les traductions. Les chapitres concernant Pythagore et les pythagoriciens anciens, modernes et récents sont l'œuvre de Daniel Delattre, dont Jean-Paul Dumont a revu les traductions et les notes. La partie consacrée aux sophistes est l'œuvre de Jean-Louis Poirier, dont Jean-Paul Dumont a revu les traductions et les notes.

Un mot encore. La réalisation de ce volume répond à un projet élaboré il y a vingt ans par Yvon Belaval : ce livre est, autant que la satisfaction d'un besoin, la réalisation d'un rêve. L'entreprise n'aurait pu aboutir sans le concours et la bienveillante vigilance de M. Pierre Buge et de ses collaborateurs. Nous les prions de trouver ici l'expression de nos remerciements.

LES MILÉSIENS

THALÈS

A. VIE ET PHILOSOPHIE

VIE

I

Diogène Laërce.

22. Ainsi donc Thalès, comme le déclarent Hérodote, Douris et Démocrite[1], avait pour père Examyas et pour mère Cléobuline, appartenant à la famille des Thélides, qui sont des Phéniciens, et les plus nobles descendants de Cadmos et d'Agénor[2].

⟨Il fut un des Sept Sages⟩, comme le dit aussi Platon[3]. Il fut justement le premier à recevoir le nom de Sage[4], à l'époque de l'archontat de Damasios[5] à Athènes, à laquelle les Sept Sages furent désignés, comme le dit Démétrius de Phalères dans sa *Liste des archontes*. Il fut inscrit sur le registre des citoyens de Milet, quand il y arriva, en compagnie de Nélée chassé de Phénicie. D'après grand nombre de témoignages, il était de souche milésienne et d'une famille illustre.

23. Après s'être occupé des questions politiques, il s'adonna à la spéculation sur la nature. D'après certains, il ne nous a laissé aucun écrit; car l'*Astronomie nautique* qu'on lui attribue est, dit-on, l'œuvre de Phocos de Samos[6]. Mais Callimaque le connaît comme l'inventeur de la Petite Ourse, et écrit dans ses *Iambes* :

Il avait mesuré, à ce que l'on disait,
La distance entre les étoiles du Chariot,
Sur lequel les marins phéniciens se repèrent[7].

Pour d'autres, il ne composa que deux ouvrages : *Du solstice* et *De l'équinoxe*[8], car il considérait que les autres phénomènes étaient hors de compréhension. Aux yeux d'autres encore, il passe pour être le premier à avoir pratiqué l'astronomie et à avoir prédit les éclipses du Soleil et les solstices, ainsi que le déclare Eudème[9] dans son *Histoire de l'astronomie*. De là provient l'admiration que lui portent Xénophane et Hérodote[1]. Héraclite et Démocrite[2] le disent aussi.

24. Quelques-uns, parmi lesquels le poète Chœrilos[3], déclarent qu'il fut aussi le premier à dire que les âmes sont immortelles. Il découvrit le premier la trajectoire du Soleil d'un solstice à l'autre, et déclara le premier, d'après certains, que la grandeur du Soleil est égale à la sept cent vingtième partie de son orbite, et qu'il en va de même de la Lune dont la taille est aussi égale à la sept cent vingtième partie de son orbite. Il fut le premier à fixer le trentième comme dernier jour du mois. Il fut encore le premier, d'après certains, à tenir un propos scientifique portant sur la nature.

Aristote[4] et Hippias[5] déclarent qu'il confère aussi une âme aux êtres inanimés, en se fondant sur les propriétés de la pierre magnétique et de l'ambre. À ce que déclare Pamphila[6], il fut le premier, après avoir été, en géométrie, l'élève des Égyptiens, à avoir inscrit dans un cercle le triangle rectangle, et sacrifia un bœuf en l'honneur de sa découverte.

25. Mais pour d'autres, parmi lesquels l'arithméticien Apollodore[7], le mérite en revient à Pythagore. (C'est Pythagore qui a largement contribué à développer ce dont Callimaque dans ses *Iambes*[8] attribue au Phrygien Euphorbe la découverte, comme les propriétés des triangles quelconques, et tout ce qui relève de la spéculation linéaire[9].)

Il paraît aussi avoir été un éminent conseiller politique. Ainsi marqua-t-il son opposition, quand Crésus envoya une ambassade proposer aux Milésiens de s'engager à ses côtés; étant donné ensuite la victoire de Cyrus, ce refus assura le salut de la cité.

Lui-même déclare, ainsi que le rapporte Héraclide Pontique[10], avoir mené une vie solitaire et privée.

26. Quelques-uns disent qu'il s'est marié et a eu un fils, Cybisthe. Pour d'autres, il demeura célibataire; mais adopta le fils de sa sœur. Quand on lui demanda pourquoi il ne faisait pas d'enfants, il répondit : « Justement par amour des enfants. » On dit encore qu'à sa mère qui le pressait de se marier, il répondit : « Il n'est point encore temps »; et qu'ensuite, jeunesse passée, comme sa mère insistait : « Il n'est plus temps[11]. »

Hiéronyme de Rhodes déclare aussi, au second livre de ses *Mémoires divers*, que dans l'intention de montrer qu'il est aisé de faire fortune, il s'assura, après avoir prévu une abondante récolte d'olives, le monopole des pressoirs, et en tira un profit énorme[12].

27. Il considéra l'eau comme le principe de toutes choses[13], et

que le monde eſt animé et rempli de démons[1]. On déclare qu'il découvrit les saisons de l'année et la divisa en trois cent soixante-cinq jours. Il n'eut pas de maître, si ce n'eſt qu'étant allé en Égypte il y fréquenta les prêtres. Hiéronyme déclare encore qu'il mesura les pyramides en partant de leur ombre, au moment où la longueur de notre ombre eſt égale à notre taille[2]. Il fut le contemporain de Thrasybule, tyran de Milet, à ce que déclare Minyas.

Bien connue eſt l'hiſtoire du trépied trouvé par des pêcheurs et envoyé aux Sages par le peuple de Milet. 28. De jeunes Ioniens avaient, dit-on, acheté à des pêcheurs de Milet le produit de leur pêche. On voulut mettre à part le trépied et une dispute s'ensuivit, à laquelle les Milésiens mirent fin en l'envoyant à Delphes. Le dieu prononça l'oracle suivant :

Rejeton de Milet, c'eſt donc sur ce trépied,
Que porte la demande adressée à Phébus !
À celui qui de tous eſt premier en sagesse,
Je dis que c'eſt à lui qu'il doit appartenir.

Et eux de le donner à Thalès ! qui le donna à un autre, qui à un autre, jusqu'à ce qu'enfin il parvînt à Solon[3]. Ce dernier déclara que le premier en sagesse était le dieu, et le renvoya à Delphes.

Callimaque, dans ses *Iambes*, rapporte une autre version, qu'il tient de Méandrios[4] de Milet : un Arcadien, du nom de Bathyclès, avait laissé une coupe en héritage à condition qu'elle fût « léguée

À celui qui de tous eſt le plus méritant[5]. »

Elle fut donc donnée à Thalès, et après avoir fait le tour [des Sept Sages], revint derechef à Thalès, 29. qui l'envoya à l'Apollon de Didymes avec, d'après Callimaque, ces mots :

C'eſt Thalès qui me donne au Dieu qui protège
La région du Nil, alors que par deux fois
Il m'a reçu pour prix de sa prééminence.

En fait, l'inscription, en prose, eſt la suivante : « Thalès de Milet fils d'Examyas, à Apollon de Delphes, ce prix deux fois reçu en gage de sa supériorité sur les Grecs. » Le fils de Bathyclès, qui fit faire le tour à la coupe, s'appelait Thyrion, d'après Éleusis dans son *Achille* et Alexon de Myndos au livre IX de ses *Récits mythiques*.

Eudoxe de Cnide et Évanthe de Milet déclarent qu'un ami de Crésus avait reçu du roi une coupe d'or, à charge de la remettre au plus sage des Grecs. Il la donna à Thalès et elle finit par échoir à Chilon.

30. Celui-ci consulta le Pythien, pour savoir qui était plus sage que lui. « Myson » (dont nous allons reparler), lui fut-il répondu.

L'école d'Eudoxe le met à la place de Cléobule, Platon[1] à la place de Périandre. Voici, à son propos, la propre réponse du Pythien :

Il existe à Khènè un Œtéen, Myson,
Mieux doté que toi, dis-je, en profondes pensées.

Celui qui avait posé la question était Anacharsis. D'après Daïmaque le platonicien, et Cléarque, la coupe fut envoyée par Crésus à Pittacos et fit ainsi le tour. D'après Andron, dans *Le Trépied*, les Argiens avaient fondé un prix d'excellence[2], doté d'un trépied, pour le plus sage des Grecs. Le prix avait été décerné au Spartiate Aristodème, qui l'avait cédé à Chilon.

31. Alcée mentionne aussi Aristodème :

Comme autrefois, dit-on, le sage Aristodème,
À Sparte prononça cette pensée profonde :
« La fortune fait l'homme »; car jamais on ne vit
Un homme sans moyens passer pour estimable.

Certains prétendent qu'un vaisseau transportant toute une cargaison fut envoyé par Périandre à Thrasybule, tyran de Milet. Il fit naufrage dans la mer de Cos et des pêcheurs trouvèrent ensuite le trépied. D'après Phanodicos, c'est dans les eaux athéniennes qu'on le retrouva : il fut alors transporté à Athènes même où l'assemblée décida de l'adresser à Bias.

32. Nous en exposerons la raison dans notre chapitre consacré à Bias[3].

Pour d'autres, en revanche, il est l'œuvre d'Héphaistos et fut offert par le dieu à Pélops pour son mariage. De là, il échut à Ménélas et fut enlevé par Pâris en même temps qu'Hélène, puis jeté dans la mer de Cos par l'héroïne lacédémonienne, qui disait que l'objet pourrait être cause de guerre. Peu de temps après, des Lébédiens qui avaient acheté d'avance à des pêcheurs la prise d'un coup de filet jeté à cet endroit, s'emparèrent une nouvelle fois du trépied, et il s'ensuivit avec les pêcheurs une dispute qui se prolongea pendant tout le retour jusqu'à Cos. Comme il était impossible de conclure un accord, les colons lébédiens soumirent l'affaire aux Milésiens, puisque Milet était leur métropole. L'ambassade de Milet ayant été fort mal reçue, Milet déclara la guerre à Cos. Les victimes étant nombreuses dans les deux camps, un oracle fit savoir que le trépied devait revenir au plus sage. Les deux camps s'accordèrent à désigner Thalès, 33. qui, après que le trépied eut fait le tour des Sages, en fit présent à Apollon de Didymes. L'oracle adressé aux habitants de Cos était ainsi conçu :

Méropes et Ioniens poursuivront leur querelle,
Tant que le trépied d'or qu'Héphaistos jeta
Tout au fond de la mer, n'aura été chassé
En dehors de la ville et rejoint la demeure
Du sage qui connaît présent, passé, futur.

L'oracle adressé aux Milésiens commençait ainsi :

Rejeton de Milet, c'est donc sur ce trépied
Que porte la demande adressée à Phébus, etc.[1].

Voilà pour le trépied.

Hermippe, dans ses *Vies*, attribue à Thalès ce que d'autres disent de Socrate. À ce qu'il prétend, Thalès se déclarait redevable à la Fortune de trois choses : d'être né humain et non animal, homme et non femme, grec et non barbare.

34. On raconte encore[2] qu'une vieille le conduisit un jour dehors pour étudier les astres, il tomba alors dans un trou qu'on avait creusé; ce que voyant la vieille, au lieu de le plaindre, le railla : « Eh oui! Thalès! Tu n'arrives pas à voir ce qui est à tes pieds et tu crois pouvoir connaître ce qui se passe au ciel ? » Timon savait aussi qu'il s'occupait d'astronomie et le loue dans ses *Silles* en ces termes :

Tel le sage Thalès qui, parmi les Sept Sages,
Accomplit de savants travaux d'astronomie.

D'après Lobon d'Argos, ses écrits vont chercher dans les deux cents vers. Sa statue porte l'inscription :

Ce Thalès fut nourri par Milet l'Ionienne,
Qui sut lui conférer une gloire éminente
En rendant le plus grand astronome célèbre.

35. De lui sont ces vers que l'on chante[3] :

Des propos abondants ne sont jamais la preuve
D'un jugement sensé.
Ne cherche qu'un objet : le savoir,
Et ne fais qu'un seul choix : ce qui est estimable.
Ainsi tu couperas la langue à ces bavards
Qui se noient en un flot infini de discours.

On lui attribue aussi les apophtegmes suivants :

Le plus ancien est Dieu : il est inengendré.
Le plus beau est le monde : il est l'œuvre de Dieu.
Le plus grand est l'espace : il reçoit toutes choses.
Le plus prompt est l'esprit : il court à travers tout.
Le plus fort : la nécessité, régnant sur tout.
Le plus sage est le temps, car il découvre tout[1].

« La mort, disait-il, n'est pas différente de la vie. — Mais toi, lui dit quelqu'un, pourquoi ne meurs-tu pas? — Parce que, répondit-il, il n'y a aucune différence. »

36. Comme on lui demandait ce qui avait existé le premier, de la nuit ou du jour : « La nuit, répondit-il, avec un jour de plus. » Quelqu'un lui demanda si l'on pouvait commettre une injustice à l'insu des dieux. « Pas même y songer », répondit-il.

À l'adultère qui lui demandait s'il avait le droit de jurer de ne point l'être : « Le faux serment, répondit-il, n'est pas pire que l'adultère. » Comme on lui demandait de dire ce qui est difficile, il répondit : « Se connaître soi-même. » « Ce qui est facile? — Donner un conseil à quelqu'un d'autre. » « Ce qui est agréable? — Réussir. » « Ce qui est divin? — Ce qui n'a ni commencement ni fin. » « Ce qu'il y a de plus extraordinaire à voir? — Un tyran atteignant la vieillesse. » « Comment supporter aisément les coups du sort? — En constatant que ses ennemis connaissent un sort pire. » « Comment mener une vie vertueuse et juste? — En ne faisant pas nous-mêmes ce que nous reprochons aux autres. » 37. « Qui est heureux? — Celui qui a la santé, l'intelligence et un naturel cultivable[2]. » Il dit qu'il faut se souvenir de ses amis, présents comme absents. Ne pas se maquiller le visage, mais rechercher la beauté de la conduite. « Ne t'enrichis pas malhonnêtement, dit-il, et ne tiens nul propos qui pourrait nuire à ceux qui te font confiance. L'aide que tu procures à tes parents, dit-il, tu dois la recevoir aussi de tes enfants. » Il pensait que les crues du Nil sont dues à la retenue des eaux sous l'effet contraire des vents étésiens.

Apollodore, dans ses *Chroniques*, dit qu'il naquit au cours de la première année de la trente-cinquième olympiade[3]. 38. Il mourut à l'âge de soixante-dix-huit ans, ou, d'après Sosicrate, à quatre-vingt-dix ans. Sa mort se situe au cours de la cinquante-huitième olympiade[4]. Il était le contemporain de Crésus à qui il avait promis de faire traverser sans construire de pont le fleuve Alys, en en déviant le cours[5].

Il y eut d'autres Thalès, ainsi que le déclare Démétrius de

Magnésie dans ses *Homonymes*. Un assez méchant orateur de Calatie; un peintre de Sicyone admirablement doué; un troisième fort ancien, contemporain d'Hésiode, d'Homère et de Lycurgue; un quatrième, mentionné par Douris dans son traité *De la peinture*; un cinquième plus récent, non célèbre, cité par Denys dans ses *Critiques*.

39. Thalès, le Sage, mourut en assistant à une rencontre sportive, du fait de la faim, de la soif, et de la faiblesse due à l'âge. On grava sur sa tombe :

Petit est ce tombeau, mais au ciel va sa gloire.
Regarde, c'est celui de Thalès, grand esprit[1].

Nous-même avons composé sur lui l'épigramme suivante, éditée au premier livre de nos *Épigrammes et mètres divers*[2] :

Tandis qu'il contemplait une lutte sportive,
Zeus Solaire, tu as, hors du stade, ravi
Thalès dont la sapience avait fait le renom.
Je te loue de l'avoir rappelé près de toi,
Car il était très vieux, et depuis cette terre,
La force lui manquait pour observer les astres.

40. C'est lui l'auteur du « Connais-toi toi-même » qu'Antisthène dans ses *Successions* attribue à Phémonoé, de qui Chilon se le serait approprié[3]. (*Vies*, I, 22-40.)

II

Suidas.

Thalès, fils d'Examyas et de Cléobuline, né à Milet[4]. D'origine phénicienne, selon Hérodote; il naquit avant Crésus dans la trente-cinquième olympiade[5]; mais, d'après Phlégon, il était connu déjà dans la septième[6]. Il écrivit un poème en vers épiques *Sur les météores*[7], un ouvrage *Sur les équinoxes*[8] et maints autres. Il mourut fort âgé en assistant à des jeux gymniques, pressé par la foule et épuisé de chaleur.

Thalès fut le premier à porter le nom de Sage[9]; le premier à déclarer l'âme immortelle et à comprendre les éclipses et les équinoxes. Il a composé de très nombreux apophtegmes et en particulier le fameux : « Connais-toi toi-même ». Quant au : « Engage ta parole et la faute est toute proche » de Chilon, c'est lui qui se l'est approprié, ainsi que le « Rien de trop ».

Thalès, le philosophe de la nature, prédit, au temps de Darius[10], l'éclipse du Soleil. (*Lexique*, « Thalès ».)

III

[Scolie.]

Thalès[1], fils d'Examyas, de Milet, Phénicien d'après Hérodote. Il porta le premier le nom de Sage. En effet il trouva que l'éclipse du Soleil provient de ce que la Lune lui fait écran ; il fut le premier Grec à découvrir la Petite Ourse, les solstices et la taille ainsi que la nature du Soleil. Il concluait encore que les objets inanimés ont en quelque sorte une âme, compte tenu des effets de l'aimant et de l'ambre frotté. L'eau est le principe des éléments. Le monde, disait-il, est animé et rempli de démons. Il reçut en Égypte l'éducation des prêtres. De lui est le « Connais-toi toi-même ». Il mourut sans famille et fort âgé en assistant à des jeux gymniques, épuisé de chaleur. (À Platon, *République*, X, 600 *a*.)

III a

Callimaque.

On avait mis le cap sur Milet ; la victoire[2]
Revenait à Thalès, le savant ingénieux,
Qui avait mesuré, à ce que l'on disait,
La distance entre les étoiles du Chariot,
Sur lequel les marins phéniciens se repèrent.
L'Arcadien trouva le vieillard, signe propice,
Au temple d'Apollon, à Didyme, occupé
À tracer sur le sol du bout de sa baguette
La figure trouvée par le Phrygien Euphorbe
Qui fut le premier homme à même de tracer
Les cercles circonscrits aux triangles quelconques,
Et proscrivit l'emploi de chair en nourriture ;
Mais ses disciples ne l'avaient pas écouté,
Du moins pas tous, mais ceux qui étaient habités
Par un mauvais démon ! Voici ce que lui dit
Le fils de Bathyclès : « Mon père m'a prescrit
Au moment de sa mort de donner cette coupe[3]
Au plus sage de ceux que comptent les Sept Sages ;
Je te la donne à toi, qui l'emporte sur eux. »
Thalès, de sa baguette, égalisa le sol[4].
Et, de son autre main, se caressant la barbe :
« Je ne saurais, dit-il, accepter ton présent,
Mais, si tu veux d'un père accomplir la parole,
⟨Porte-la à⟩ Bias [...] » (*Iambes*, fragment 94.)

IV

Hérodote.

Avant que l'Ionie fût détruite[1], Thalès de Milet, qui était d'ascendance phénicienne, exprima un avis fort utile : il ordonna aux Ioniens d'établir un conseil unique dont le siège serait à Téos (Téos occupant en Ionie une position centrale), tandis que les autres cités, ne continuant pas moins à être habitées, seraient considérées comme des dèmes[2]. (*Enquête*, I, 170.)

V

Hérodote.

La guerre se poursuivait avec des succès égaux de part et d'autre, quand au cours de la sixième année, subitement, en pleine bataille, le jour se transforma en nuit[3]. Cette disparition du jour avait été prédite aux Ioniens par Thalès de Milet qui en avait prévu la date dans les limites de l'année où elle se produisit. (*Enquête*, I, 74.)

Clément d'Alexandrie.

Eudème, dans son *Histoire d'astronomie*, dit que Thalès avait prédit l'éclipse de Soleil qui eut lieu pendant la guerre que se livraient Mèdes et Lydiens, alors que Cyaxare, père d'Astyage, régnait sur les Mèdes et Alyatte, père de Crésus, sur les Lydiens [...] Cela se passait pendant la cinquantième olympiade[4]. (*Stromates*, I, 65.)

Tatien.

Notons encore ceci, touchant l'âge des Sept Sages : c'est Thalès qui, de ceux que nous avons cités, vécut le plus vieux, sous la cinquantième olympiade. (*Discours aux Grecs*, 41.)

Eusèbe.

a. Georges le Syncelle. Thalès de Milet prédit une éclipse totale de Soleil[5]. (*Chronographie.*)

b. Cyrille. Cinquantième olympiade. (*Contre Julien*, p. 13 E.)

c. Saint Jérôme. Il se produisit une éclipse de Soleil que Thalès avait prédite [...] Alyatte et Astyage se combattirent en l'an 1432 après Abraham[6]. (*Traduction latine de la Chronographie d'Eusèbe.*)

Cicéron.

On rapporte qu'il fut le premier à avoir prédit une éclipse de Soleil, qui se produisit sous le règne d'Astyage. (*De la divination*, I, 49, 112.)

Pline.

Chez les Grecs, le premier de tous à mener des recherches sur la cause des éclipses fut Thalès de Milet, qui prédit l'éclipse qui eut lieu dans la quatrième année[1] de la quarante-huitième olympiade, sous le règne d'Alyatte, en l'an 170 de la fondation de Rome. (*Histoire naturelle*, II, 53.)

VI

Hérodote.

Après avoir atteint les rives du fleuve Halys, Crésus fit passer, je le présume, son armée sur les ponts qui existaient; mais, comme on le dit souvent chez les Grecs, c'est Thalès de Milet qui les aurait fait passer. Crésus ne voyait pas du tout comment faire franchir le fleuve à son armée [...] Thalès, présent au camp, aurait, à ce qu'on dit, détourné à son intention le cours du fleuve, faisant en sorte que coulant à la gauche de l'armée, il coulât à sa droite. Voici comment il procéda : il fit creuser en amont du camp un canal profond, en demi-cercle, afin que le fleuve, quittant en partie son ancien lit, contournât par ce canal la position occupée par le camp, et, doublant cette position, allât retrouver plus bas son ancien lit; ainsi une fois le cours du fleuve divisé en deux bras, chacun était devenu guéable. (*Enquête*, I, 75.)

VII

Eusèbe.

a. Cyrille. On dit que c'est au cours de la trente-cinquième olympiade[2] qu'est né Thalès de Milet, le premier philosophe de la nature, et on affirme que sa vie s'est prolongée jusqu'à la cinquante-huitième olympiade[3]. (*Contre Julien*, I, p. 12.)

b. Saint Jérôme. Première année de la trente-cinquième olympiade[4]. Thalès de Milet, fils d'Examyas est connu comme le premier philosophe de la nature; on dit qu'il vécut jusqu'à la cinquante-huitième olympiade[5]. (*Traduction latine de la Chronographie d'Eusèbe.*)

Abulfaragius.

Cyrille, dans son livre où il répond à Julien, rapporte [...] que Thalès a vécu vingt-huit ans avant le commencement du règne de Nabuchodonosor. Mais Porphyre dit que le point culminant de la vie de Thalès se situe cent vingt-trois ans après Nabuchodonosor[1]. (*Œuvres*, éd. Pococke p. 33.)

VIII

[Choix d'histoires.]

En ce temps-là[2] mourut à Ténédos, Thalès de Milet, alors que vivait la sibylle d'Érythrée. (*Inédits de Paris*, éd. Cramer, II, 263.)

Cette année-là[3] mourut à Ténédos le philosophe Thalès de Milet. (*Chronicon Paschale*, éd. Dindorf, 214, 20.)

Plutarque.

On dit que Thalès avait imaginé quelque chose de semblable[4] : il avait ordonné qu'on l'enterrât à sa mort dans quelque endroit misérable et obscur du territoire des Milésiens, prédisant que ce serait un jour la grand-place de Milet. (*Solon*, 12.)

IX

Platon.

Thalès étant, mon cher Théodore, tombé dans un puits, tandis que, occupé d'astronomie, il regardait en l'air, une petite servante thrace, toute mignonne et pleine de bonne humeur, se mit, dit-on[5], à le railler de mettre tant d'ardeur à savoir ce qui est au ciel, alors qu'il ne s'apercevait pas de ce qu'il y avait devant lui[6] *et à ses pieds!* (*Thééthète*, 174 *a*.)

X

Aristote.

Tous ces exemples sont utiles à ceux qui honorent l'art d'acquérir des richesses : voyez l'histoire de Thalès de Milet. Voici la combinaison financière qu'il inventa, et bien qu'elle lui soit attribuée à lui personnellement, en raison de sa réputation d'habileté, elle est d'une portée tout à fait universelle. Comme on lui reprochait sa pauvreté qui attestait l'inutilité de la philosophie, il tira, dit-on, de ses observations astronomiques, la conclusion que la prochaine récolte d'olives serait fort abondante ; aussi, alors qu'on était encore en hiver, consacra-t-il le peu d'argent qu'il possédait à s'assurer la location de tous les pressoirs de Milet et de Chio, qu'il obtint à bas prix, n'ayant contre lui aucun enchérisseur. Quand l'occasion survint, une soudaine et forte demande se fit sur les pressoirs ; il les sous-loua aux conditions qu'il voulut, et la fortune qu'il en retira lui permit de montrer qu'il est aisé aux philosophes de s'enrichir, pour peu qu'ils le désirent, mais que ce n'est point vers ce but que tendent leurs vertueux efforts[1]. (*Politique*, I, XI, 1259 *a* 6.)

XI

Proclus.

De même que la connaissance exacte des nombres prit naissance chez les Phéniciens du fait des échanges commerciaux et des affaires, de même est-ce chez les Égyptiens que fut, pour la raison que j'ai dite, inventée la géométrie. Thalès fut le premier Grec à rapporter d'Égypte cette matière à spéculation ; lui-même l'enrichit de nombreuses découvertes[2], et légua à ses successeurs les principes de nombreuses autres en allant plus loin tantôt dans la généralisation abstraite, tantôt dans l'investigation empirique. (*Commentaire sur le premier livre des Éléments d'Euclide*, 65, 3.)

Plutarque.

Thalès, à ce qu'on prétend, et Hippocrate de Chio, le mathématicien, ont fait du commerce ; et Platon couvrit ses frais de voyage en vendant de l'huile en Égypte. (*Solon*, 2.)

C'est, pense-t-on, pour l'avoir appris des Égyptiens, qu'Homère et Thalès posaient l'eau comme le principe et l'origine de toutes choses. (*Isis et Osiris*, 34.)

Flavius Josèphe.

Tout le monde s'accorde à reconnaître que les premiers chez les Grecs à avoir étudié les choses célestes et divines, comme Phérécyde de Syros, Pythagore et Thalès, furent les élèves des Égyptiens et des Chaldéens et laissèrent peu d'écrits ; ces écrits passent aux yeux des Grecs pour être de tous les plus anciens, et à peine croient-ils encore qu'ils les aient vraiment écrits. (*Contre Apion*, I, 2.)

Aétius.

Il étudia la philosophie en Égypte et revint à Milet déjà fort âgé. (*Opinions*, I, III, 1.)

Jamblique.

Thalès conseilla à Pythagore de se rendre en Égypte et de s'entretenir le plus souvent possible avec les prêtres de Memphis et de Diospolis : c'est d'eux qu'il avait tiré toutes ces connaissances qui le font passer pour sage et savant aux yeux de la foule. (*Vie pythagorique*, 12.)

Hérodote.

C'est [en Égypte], à mon avis, que la géométrie fut inventée, et c'est de là qu'elle vint en Grèce. (l'*Enquête*, II, 109.)

XI a

Himérios.

Pindare a chanté la gloire de Hiéron dans une ode olympique, et Anacréon la fortune de Polycrate, alors que les Samiens envoyèrent[1] leurs présents à la déesse. Alcée fit l'éloge de Thalès dans ses odes, lorsque Lesbos ⟨célébra⟩ une panégyrie. (*Morceaux choisis*, 30, *Codex de Naples*, col. XXVIII, 2.)

PHILOSOPHIE

XII

Aristote.

La plupart des premiers philosophes estimaient que les principes de toutes choses se réduisaient aux principes matériels. Ce à partir de quoi sont constituées toutes les choses, le terme premier de leur génération et le terme final de leur corruption — alors que, la substance demeurant, seuls ses états changent — c'est cela qu'ils tiennent pour l'élément et le principe[2] des choses; aussi estiment-ils que rien ne se crée et que rien ne se détruit, puisque cette nature est à jamais conservée [...]

Car il doit exister une certaine nature unique ou bien plusieurs, dont sont engendrées toutes les autres alors que celle-ci se conserve. Cependant tous ne sont pas d'accord sur le nombre et la forme d'un tel principe. Pour Thalès, le fondateur de cette conception philosophique, ce principe est l'eau (c'est pourquoi il soutenait que la terre flotte sur l'eau[1]); peut-être admit-il cette théorie en constatant que toute nourriture est humide et que le chaud lui-même en tire génération et vie (or, ce dont[2] procède la génération est principe de toutes choses); voilà ce qui le conduisit à admettre cette théorie, et aussi le fait que les semences de toutes choses ont une nature humide; de telle sorte que l'eau est pour les choses humides le principe de leur nature. Mais certains estiment que même les anciens qui se situent bien avant la génération actuelle et furent les premiers à faire de la théologie[3] admettaient la même théorie touchant la nature. Ils faisaient d'Océan et de Téthys les ancêtres de la génération[4] et disaient que le serment des dieux se fait par l'eau, à laquelle les poètes donnent le nom de Styx[5] : car le plus ancien est le plus respectable et c'est par le plus respectable que l'on prête serment. (*Métaphysique*, A, III, 983 *b* 6.)

XIII

Simplicius.

Parmi ceux qui déclarent que le principe est un et en mouvement et qu'Aristote appelle proprement physiciens, les uns affirment qu'il est limité, comme Thalès, fils d'Examyas, de Milet, et Hippon, qui fut, semble-t-il, athée ; ils se laissaient aller à dire que le principe appréhendé à partir des phénomènes par le moyen des sens, est l'eau. Car le chaud tire sa vie de l'humide, les cadavres qui se nécrosent se dessèchent, les semences de tous les êtres sont humides et toute nourriture est juteuse. Or, c'est de ce dont elles sont constituées que se nourrissent toutes choses. Et l'eau est le principe de la nature humide, qui comprend en soi toutes les choses. C'est pourquoi ils admettaient que l'eau est le principe de toutes les choses et déclaraient que la terre flotte sur l'eau[6]. (*Commentaire sur la Physique d'Aristote*, 23, 21.)

Certains, qui posaient comme hypothèse un élément unique, disaient qu'il est illimité en grandeur, comme Thalès à propos de l'eau. (*Ibid.*, 458, 23.)

Servius.

Les modes de sépulture varièrent selon les divers peuples, les uns ensevelissant, les autres incinérant [...] Mais Thalès qui tient pour assuré que toutes choses procèdent de l'humide, dit qu'il faut ensevelir les corps, afin qu'ils puissent se dissoudre en eau. (*Commentaire sur l'Énéide de Virgile, XI, v. 186*, II, 497, 31.)

XIII *a*

Aétius.

Thalès et ceux de son école disaient que les mélanges sont des mixtions d'éléments par altération. (*Opinions*, I, XVII, 1.)

XIII *b*

Aétius.

Thalès et ceux de son école disaient que le monde est un. (*Opinions*, II, I, 2.)

XIII *c*

Aétius.

Thalès, Pythagore et ceux de son école avaient divisé la totalité de la sphère céleste en cinq cercles, qu'ils appelaient zones[1]. Ils donnaient à la première le nom d'*arctique et toujours-apparente*, à la seconde le nom de *tropicale d'été*, à la troisième celui d'*équinoxiale*, à la quatrième celui de *tropicale d'hiver* et à la dernière celui d'*antarctique et invisible*. Le cercle du zodiaque coupe obliquement les trois zones du milieu; le cercle méridien les coupe toutes les cinq perpendiculairement, de l'arctique à l'antarctique. (*Opinions*, II, XII, 1.)

XIV

Aristote.

D'autres disent que la terre repose sur l'eau. C'est en effet la thèse la plus ancienne que nous ayons reçue, et que l'on attribue à Thalès de Milet qui soutient que la terre flotte immobile à la façon d'un morceau de bois ou de quelque autre chose de même nature (étant entendu qu'aucune ne demeure naturellement en repos sur l'air, mais au contraire sur l'eau); comme s'il ne fallait pas trouver une explication identique pour l'eau qui supporte la terre que pour la terre elle-même. (*Traité du ciel*, II, XIII, 294 *a*, 28.)

Simplicius.

Il expose[2] la théorie de Thalès de Milet qui disait que la terre repose sur l'eau à la façon d'un morceau de bois ou de quelque autre chose capable de flotter naturellement sur l'eau. Aristote fait objection à cette opinion, qui a peut-être plus de force du fait qu'elle est professée par les Égyptiens sous la forme d'un mythe et que c'est de là-bas que Thalès avait importé sa doctrine[1]. (*Commentaire sur le Traité du ciel d'Aristote*, 522, 14.)

XV

Sénèque.

La thèse de Thalès est absurde; il affirme en effet que la terre repose sur l'eau et y flotte comme un navire, et que lorsque l'on dit que la terre tremble, cela est imputable à la mobilité de l'eau. Il ne faut pas alors s'étonner que l'élément liquide soit abondant et donne naissance à des fleuves, puisque le monde est tout entier dans l'eau. (*Questions naturelles*, III, 14.)

Aétius.

Ceux de l'école de Thalès disent que la terre occupe une position moyenne. (*Opinions*, III, XI, 1.)

XVI

Hérodote.

Selon une première opinion[2], ce sont les vents étésiens qui sont responsables des crues du fleuve en empêchant le Nil de s'écouler dans la mer. (*Enquête*, II, 20.)

Aétius.

Thalès estime que les vents étésiens qui soufflent face à l'Égypte, gonflent la masse des eaux du Nil, parce que ses flots se trouvent retenus par le gonflement des eaux de la mer qui s'opposent à son débit. (*Opinions*, IV, 1, 1.)

XVII

Dercyllide.

Eudème rapporte dans son *Histoire de l'astronomie*[3] qu'Œnopide découvrit le premier l'obliquité du zodiaque et le cycle de la grande année et Thalès l'éclipse du Soleil et le caractère non toujours égal de la période des solstices. (Cité par Théon de Smyrne, *Commentaire de Platon*, éd. Hiller, p. 198, 14.)

XVII *a*

Aétius.

Thalès disait que les astres sont faits de terre, mais qu'ils sont embrasés[1]. (*Opinions*, II, XIII, 1.)

Thalès disait que le Soleil a une forme terrestre. (*Ibid.*, II, XX, 9.)

Thalès affirma le premier que le Soleil est éclipsé lorsque la Lune se trouve placée perpendiculairement au Soleil, étant donné qu'elle est de nature terreuse. On voit alors la lumière du Soleil qui se trouve masqué par le disque lunaire, se refléter comme dans un miroir. (*Ibid.*, II, XXIV, 1.)

XVII *b*

Aétius.

Thalès affirma le premier que la Lune est éclairée par le Soleil. (*Opinions*, II, XXVII, 5.)

XVIII

Pline.

Hésiode, dont un traité d'astronomie porte la signature, a rapporté que le coucher matinal des Pléiades se produit le jour de l'équinoxe d'automne. Thalès le place le vingt-cinquième jour après l'équinoxe[2]. (*Histoire naturelle*, XVIII, 213.)

XIX

Apulée.

Thalès de Milet, le plus éminent sans conteste des fameux Sept Sages, qui fut le premier des Grecs à découvrir la géométrie, à montrer envers la nature une ferme curiosité scientifique et à observer les astres avec beaucoup de compétence, fit de très importantes découvertes grâce aux petits segments[3] : la marche des saisons, le cours des vents, le mouvement des étoiles, le grondement stupéfiant de la foudre, les orbites obliques des astres, la période annuelle du Soleil, et encore le grossissement de la Lune à son lever, sa diminution à son coucher et les obstacles responsables de ses éclipses : alors que sa vieillesse était déjà grande, il imagina encore, à propos du Soleil, un calcul divin que je ne me suis pas borné à apprendre, mais dont j'ai pu par moi-même vérifier expérimentalement l'exactitude, destiné à mesurer son orbite en trouvant combien de fois son diamètre s'y trouve contenu. On rapporte que Thalès fit part de cette découverte qu'il venait de faire, à Mandrolytos de Priène qui, fort charmé de cette connaissance nouvelle et inattendue, lui demanda de lui dire combien il lui devait pour un tel enseignement. « Je serai bien assez payé, dit le sage Thalès, si, quand tu auras entrepris de faire part à un autre de la découverte que je t'ai enseignée, au lieu de te l'attribuer, tu présentes cette découverte comme venant de moi et non d'un autre. » (*Florides*, 18, p. 37, 10, éd. Helm.)

Julien.

Comme quelqu'un lui demandait quels honoraires il lui devait pour l'enseignement qu'il venait de donner : « J'en serai fort bien payé, répondit-il, si tu dis que c'est de moi que tu le tiens. » (*Discours*, III, 162, 2.)

XX

Proclus.

C'est Thalès qui le premier, à ce qu'on prétend, démontra que le diamètre partage le cercle en deux parties égales[1]. (*Commentaire sur le premier livre des Éléments d'Euclide*, 157, 10.)

Il faut rendre grâce à l'antique Thalès, entre autres découvertes, pour celle du théorème suivant[2] : car on dit qu'il fut le premier à découvrir et à énoncer que les angles à la base de tout triangle isocèle sont égaux, bien qu'il ait appelé semblables, selon une terminologie plus ancienne, les angles qui sont égaux. (*Ibid.*, 250, 20.)

Ce théorème selon lequel quand deux droites se coupent, les angles opposés par le sommet sont égaux, fut découvert pour la première fois, d'après Eudème, par Thalès. (*Ibid.*, 299, 1.)

Eudème dans son *Histoire de la géométrie* attribue ce théorème [de l'égalité des triangles] à Thalès ; car, dit-il, la méthode par laquelle Thalès a montré comment mesurer la distance des navires en mer fait nécessairement appel à ce théorème[3]. (*Ibid.*, 352, 14.)

XXI

Pline.

Thalès de Milet a trouvé une méthode pour mesurer la hauteur [des pyramides], en mesurant leur ombre à l'heure où elle est régulièrement égale à son objet. (*Histoire naturelle*, XXXVI, 82.)

Plutarque.

Dressant seulement à plomb un bâton au bout de l'ombre de la pyramide, et se faisant deux triangles avec la ligne que fait le rayon du Soleil touchant aux deux extrémités, tu montras qu'il y avait telle proportion de la hauteur de la pyramide à celle du bâton, comme il y a de la longueur de l'ombre de l'un à l'ombre de l'autre[1]. (*Le Banquet des Sept Sages*, 2, p. 147 A.)

XXII

Aristote.

Certains prétendent que l'âme est mélangée au tout de l'univers ; de là vient peut-être que Thalès ait pensé que toutes choses étaient remplies de dieux[2]. (*De l'âme*, I, v, 411 *a* 7.)

Il semble aussi que Thalès, à ce qu'on rapporte, ait tenu l'âme pour quelque chose de moteur, puisqu'il a dit que la pierre d'aimant a une âme, étant donné qu'elle meut le fer[3]. (*Ibid.*, I, II, 405 *a* 19.)

XXII *a*

Aétius.

Thalès affirma le premier que l'âme se meut éternellement ou se meut d'elle-même[4]. (*Opinions*, IV, II, 1.)

XXIII

Aétius.

Thalès disait que Dieu est l'Intellect du monde, que le tout est animé et plein de démons ; et encore, qu'à travers l'humidité élémentaire chemine une force divine qui la meut. (*Opinions*, I, VII, 11.)

Cicéron.

Thalès de Milet, qui le premier entreprit des recherches à ce sujet, a dit que l'eau est le principe des choses et que Dieu est l'Intellect qui façonne toutes choses à partir de l'eau. (*De la nature des dieux*, I, x, 25.)

B. FRAGMENTS[1]

Astronomie nautique

I

Simplicius.

On rapporte que Thalès fut le premier qui révéla aux Grecs l'histoire naturelle[2], bien que beaucoup avant lui s'en soient aussi occupés, ainsi qu'il semble aussi à Théophraste[3]; mais il l'emporte tellement sur eux, qu'il a éclipsé tous ceux qui le précédèrent. On dit qu'il n'a laissé aucun ouvrage en dehors de celui intitulé *Astronomie nautique*. (*Commentaire sur la Physique d'Aristote*, 23, 29.)

Plutarque.

Les philosophes auparavant prononçaient et publiaient leurs sentences et doctrines en vers, comme faisaient Orphée, Hésiode, Parménide, Xénophane, Empédocle et Thalès [...] Ni n'a point été l'astronomie plus ignoble ni moins prisée, parce que Aristarque, Timocharès, Aristylle et Hipparque en ont écrit en prose, combien qu'Eudoxe, Hésiode et Thalès en eussent par avant écrit en vers, au moins s'il est véritable que Thalès ait écrit l'*Astronomie* qu'on lui attribue[4]. (*Pourquoi la prophétesse Pythie ne rend plus les oracles en vers*, 18, 402 E.)

II

[Scolie.]

Thalès a dit que [les Hyades[5]] sont deux, l'une septentrionale, l'autre méridionale. (Aux *Phénomènes d'Aratos*, 172, p. 369, 24.)

Sur les principes (deux livres)

III

Galien.

Bien que Thalès ait déclaré que toutes les choses sont composées à partir de l'eau, il n'en veut pas moins que les éléments subissent de mutuelles transmutations. Le mieux est de citer son propre propos, au livre second de son traité *Sur les principes* où il déclare : « Quant aux célèbres quatre éléments, dont nous disons que le premier est l'eau, que nous posons en quelque sorte en élément[1] unique, ils se mélangent mutuellement par combinaison, solidification et composition des choses du monde. Nous avons déjà dit comment au premier livre. » (*Sur les humeurs d'Hippocrate*, I, 1.)

Sur le solstice. Sur l'équinoxe.

IV

Diogène Laërce.

Du solstice et *De l'équinoxe*[2]. (*Vies*, I, 23.)

ANAXIMANDRE

A. VIE ET PHILOSOPHIE

I

Diogène Laërce.

1. Anaximandre, fils de Praxiadès, de Milet. Il déclarait que l'Illimité[1] est le principe et l'élément, sans préciser si l'Illimité est l'air, l'eau ou autre chose. Les parties changent, mais le tout est soustrait au changement. La Terre, au milieu de l'univers, en occupe le centre et est sphérique. La Lune brille d'une pseudo-lumière et est éclairée par le Soleil. En outre, le Soleil n'est pas plus petit que la Terre et est un feu extrêmement pur.

Il est l'inventeur du gnomon[2], et en posa sur les cadrans solaires de Sparte, ainsi que le déclare Favorinus dans ses *Mélanges historiques*, afin d'indiquer les solstices et les équinoxes; il construisit aussi des horloges. 2. Il fut aussi le premier à dessiner le contour de la terre et de la mer[3] et construisit une sphère[4]. Il rédigea un sommaire de ses opinions, sous la forme de têtes de chapitres, qu'Apollodore d'Athènes eut justement la chance de posséder; celui-ci dit de lui, dans ses *Chroniques*, qu'il était, lors de la seconde année de la cinquante-huitième olympiade[5], âgé de soixante-quatre ans, et qu'il mourut peu après. Son acmé se situe presqu'en même temps que celle de Polycrate, *le tyran de Samos.*

On raconte que la marmaille se moquait de lui en l'entendant chanter. Quand on le lui rapporta : « Ma foi, dit-il, il me faut faire des progrès en chant pour la marmaille. »

Il y eut encore un autre Anaximandre, historien et lui aussi de Milet, qui écrivit en ionien. (*Vies*, II, 1-2.)

II

Suidas.

Anaximandre, fils de Praxiadès, de Milet, philosophe, fut le parent[1], l'élève et le successeur de Thalès. Le premier, il découvrit les solstices, les équinoxes et l'horloge, et que la Terre est placée au centre de l'univers. Il introduisit le gnomon et composa une esquisse générale de la géométrie. Il écrivit *Sur la nature, Le Tour de la Terre, Sur les fixes, La Sphère* et quelques autres ouvrages[2]. (*Lexique* « Anaximandre ».)

III

Élien.

Anaximandre prit le commandement de la colonie qui se rendit de Milet à Apollonie. (*Histoires variées*, III, 17.)

IV

Eusèbe.

De Thalès fut l'élève Anaximandre, fils de Praxiadès, et lui-même originaire de Milet. C'est lui qui le premier fabriqua des gnomons pour mesurer les solstices, le temps, les saisons et les équinoxes[3]. (*Préparation évangélique*, X, XIV, 11.)

V

Pline.

On rapporte qu'Anaximandre de Milet comprit le premier l'inclinaison du zodiaque, ouvrant ainsi la voie aux grandes découvertes, dans la cinquante-huitième olympiade[4], et que Cléostratos découvrit ensuite les signes qui le composent, en commençant par le Bélier et le Sagittaire; la sphère elle-même avait été découverte bien avant par Atlas. (*Histoire naturelle*, II, 31.)

V *a*

Cicéron.

Le philosophe de la nature Anaximandre avertit les Lacédémoniens qu'ils devaient abandonner leur ville et leurs maisons et prendre les armes pour aller camper dans les champs, parce qu'un tremblement de terre menaçait. Sur ces entrefaites, toute la ville s'écroula et le sommet du Taygète, jadis pareil à la poupe d'un navire, se détacha[1]. (*De la divination*, I, L, 112.)

VI

Agathémère.

Anaximandre de Milet, élève de Thalès, eut le premier l'audace de dessiner sur une planche la partie habitée de la Terre. Après lui, Hécatée de Milet, grand voyageur, lui ajouta des précisions : aussi l'objet ne manquait-il pas d'étonner[2]. (*Géographie*, I, 1.)

Strabon.

Ératosthène dit[3] que les deux premiers géographes après Homère furent Anaximandre, parent et concitoyen de Thalès, et Hécatée de Milet. Le premier nous a donné la première carte géographique, et Hécatée nous a laissé une figure dont l'attribution à Anaximandre est garantie par le reste de ses autres cartes. (*Géographie*, I, 7.)

VII

Thémistios.

C'est lui qui, le premier des Grecs que nous connaissons, osa composer et publier un ouvrage *Sur la nature*. (*Discours*, 36, p. 317.)

VIII

Diogène Laërce.

Diodore d'Éphèse, écrivant à propos d'Anaximandre, dit qu'Empédocle l'imita, en affectant une superbe théâtrale et une pompeuse tenue vestimentaire. (*Vies*, VIII, 70.)

IX

Simplicius.

De ceux qui disent que le principe est un, mû et illimité, Anaximandre, fils de Praxiadès, de Milet, successeur et disciple de Thalès, a dit que l'Illimité eſt le principe et l'élément des choses qui sont[1], étant du reſte le premier à user du terme de principe. Il dit qu'il n'eſt ni l'eau, ni rien d'autre de ce que l'on dit être des éléments, mais qu'il eſt une certaine autre nature illimitée dont sont engendrés tous les cieux et tous les mondes qui se trouvent en eux. Ce dont la génération procède pour les choses qui sont eſt aussi ce vers quoi elles retournent sous l'effet de la corruption, selon la nécessité; car elles se rendent mutuellement juſtice et réparent leurs injuſtices selon l'ordre du temps[2], dit-il lui-même en termes poétiques. Il eſt évident[3] qu'après avoir observé la transformation mutuelle des quatre éléments[4], il ne pouvait eſtimer qu'on pût assigner à l'un un rôle de subſtrat[5], mais qu'il fallait bien qu'il y eût quelque chose d'autre en plus de ces quatre éléments. Il ne pense pas que la génération se produit par altération élémentaire mais à l'opposé par dissociation des contraires[6] sous l'effet du mouvement éternel. C'eſt la raison pour laquelle Ariſtote l'a classé avec ceux de l'école d'Anaxagore. (*Commentaire sur la Physique d'Ariſtote*, 24, 13.)

Les contrariétés sont le chaud et le froid, le sec et l'humide, etc. (*Ibid.*, 150, 24.)

Ariſtote.

D'autres pensent que c'eſt de l'un que sortent par dissociation[7] les contrariétés[8], ainsi que le déclarent Anaximandre et tous ceux qui déclarent qu'il exiſte l'un et des multiples, comme Empédocle et Anaxagore. C'eſt du mélange en effet qu'ils font sortir par dissociation les autres choses. (*Physique*, I, IV, 4, 187 *a* 20.)

IX *a*

Simplicius.

Théophraſte aussi, en ramenant Anaxagore à Anaximandre, comprend justement que les propos d'Anaxagore veulent dire que le subſtrat eſt une nature unique; voici ce qu'il en dit dans son *Hiſtoire naturelle* : « En interprétant ainsi leurs thèses, il nous apparaîtrait comme d'une part tenant pour illimités les principes matériels, ainsi que nous l'avons dit, mais d'autre part comme tenant pour unique la cause du mouvement et de la génération[9]. Mais si l'on admet que le mélange de toutes choses eſt en réalité une nature une, indéterminée[10] quant à la forme et quant à la grandeur, ce qu'il paraît bien vouloir dire; en fait, cela revient à dire qu'il exiſte deux principes : la nature de l'Illimité et l'intellect[1] ; de telle sorte qu'il apparaît clairement qu'Anaxagore a considéré les éléments corporels à peu près de la même façon qu'Anaximandre. » (*Commentaire sur la Physique d'Aristote*, 154, 15.)

X

Pseudo-Plutarque.

Après lui[2], Anaximandre, compagnon de Thalès, disait que l'Illimité est la cause universelle de toute génération et corruption, dont se sont, dit-il, discriminés[3] les cieux et généralement tous les mondes, qui sont illimités. Il affirmait que leur corruption et, bien avant elle, leur génération, se produisait à partir de l'éternité illimitée[4], du fait de toutes leurs révolutions. La Terre, à ce qu'il prétend, a la forme d'un cylindre dont la profondeur est trois fois plus grande que la largeur[5]. Il soutient encore que l' élément qui, à partir de l'éternité[6], engendre le chaud et le froid selon le processus de génération de ce monde, se trouve discriminé, et que de lui naît une sphère de feu qui enveloppe l'air autour de la Terre, comme fait l' écorce d'un arbre; puis, de son éclatement en débris circulaires sont constitués le Soleil, la Lune et les astres. Il affirme encore que l'homme a été au commencement engendré à partir d'animaux d'espèce différente, compte tenu du fait que les autres animaux se nourrissent très tôt par leurs propres moyens, alors que l'homme est le seul à réclamer un allaitement prolongé : c'est pourquoi, au commencement, l'homme n'aurait pas pu trouver son salut, si sa nature avait déjà été telle qu'elle est maintenant. (*Stromates*, 2.)

XI

Hippolyte.

1. Anaximandre est donc l'élève de Thalès. Anaximandre, fils de Praxiadès, de Milet. Il disait que le principe des choses existantes est une certaine nature de l'Illimité dont naissent les cieux et le monde qui se trouve en eux[7]. Cette nature est éternelle et ne vieillit pas[8] ; elle enveloppe[9] tous les mondes. Il dit que le temps est la limite de la génération, de l'existence et de la corruption. 2. Il disait que le principe et l'élément des choses qui existent est l'Illimité; il fut le premier à user du terme de principe; en outre est éternel le mouvement dans lequel se produit la génération des cieux. 3. Il disait encore que la Terre est

en suspens hors de toute contrainte externe mais immobile à cause de son égal éloignement de toutes choses; sa forme est ronde, arrondie à la façon d' une colonne de pierre[1]; l'une de ses extrémités planes est la surface que nous foulons, alors que l'autre se trouve à l'extrémité opposée. 4. Les astres sont un cercle de feu, émanation du feu répandu dans le monde et entouré par l'air. Il existe des embouchures qui sont comme des trous de flûte, à travers lesquelles on voit les étoiles; de telle sorte que lorsque ces embouchures sont obturées les éclipses se produisent. 5. Quand la Lune tantôt paraît pleine, tantôt diminue, cela vient de la fermeture ou de l'ouverture des trous. Le cercle du Soleil est vingt-sept fois plus long que celui de la Lune, et le Soleil est plus haut que la Lune, mais les cercles des étoiles fixes sont plus bas[2]. 6. Les animaux sont engendrés ⟨à partir de l'humide⟩ évaporé par le Soleil. Mais l'homme est engendré par un autre animal, plus précisément le poisson, et au commencement ressemblait à un poisson[3]. 7. Les vents sont engendrés par la discrimination de l'air et de ses vapeurs les plus légères, et leur condensation produit leur mouvement; la pluie vient de la buée que le Soleil fait sourdre de la terre. Les éclairs se produisent lorsque le vent déchire les nuages en les frappant. Il naquit dans la troisième année de la quarante-deuxième olympiade[4]. (*Réfutation de toutes les hérésies*, I, 6.)

XII

Hermias.

Anaximandre, concitoyen de Thalès, dit que le mouvement éternel est un principe plus ancien que l'humide[5] et qu'il produit la génération et la corruption. (*Satire des philosophes païens*, 10.)

XIII

Cicéron.

[Anaximandre] disait en effet que l'infinité de la nature est ce dont toutes choses sont engendrées[6]. (*Premiers Académiques*, II, XXXVII, 118.)

XIV

Aétius.

Anaximandre, fils de Praxiadès, de Milet, dit que l'Illimité est le principe de toutes les choses qui existent : c'est de lui en effet que sont issues toutes choses qui naissent, et c'est à lui que retournent toutes choses qui se corrompent[1]. C'est pourquoi il dit encore que des mondes illimités naissent et se corrompent en ce dont ils sont nés. Il le dit donc sans limite, afin que la génération suivante ne se tarisse. Mais il se trompe[2] quand il se refuse à dire ce qu'est en fait l'Illimité et s'il est soit l'air, soit l'eau, soit la terre, soit quelque autre chose matérielle. Il se trompe donc lorsque, parlant de la matière, il en ôte la cause efficiente : car l'Illimité n'est rien d'autre que la matière, et la matière ne peut pas être acte, à moins d'enfermer la cause efficiente. (*Opinions*, I, III, 3.)

Aristote.

Il est évident qu'en tant que matière l'Illimité est cause, mais que son essence est privation, et que le substrat en tant que tel est le continu et le sensible. Tous les autres penseurs considèrent manifestement l'Illimité comme matière; aussi est-il absurde d'en faire ce qui contient et non ce qui est contenu[3]. (*Physique*, III, VII, 207 *b* 35.)

Afin que la génération ne se tarisse pas, il n'est pas nécessaire qu'il existe un élément corporel sensible illimité en acte. (*Ibid.*, III, VIII, 208 *a* 8.)

XV

Aristote.

Toute chose en effet ou bien est principe, ou bien découle d'un principe. Or l'Illimité n'admet pas de principe, car ce principe serait sa limite. En outre, pour autant qu'il est un principe, il est inengendré et incorruptible, car l'engendré admet nécessairement une fin et toute corruption doit s'achever. C'est pourquoi nous disons que l'Illimité n'admet pas de principe mais que c'est lui au contraire qui est, semble-t-il, le principe des autres choses, enveloppe chaque chose et gouverne toutes choses, comme le soutiennent ceux qui, outre l'Illimité, n'admettent aucune cause telle que par exemple l'intellect[4] ou l'amitié[5]. Cela revient à faire de l'Illimité le divin, car il est immortel et impérissable[6], ainsi que le soutiennent Anaximandre et la plupart des physiciens.

La créance en l'existence de l'Illimité procède de cinq considérations principales : 1° du temps (il est en effet illimité); 2° de la division des grandeurs (car les mathématiciens font usage de l'Illimité); 3° si la génération et la corruption n'ont pas de cesse, c'est seulement grâce au caractère illimité de ce dont procède l'engendré ; 4° parce que le limité a toujours une limite relativement à quelque chose, de telle sorte qu'il est nécessaire qu'il n'existe pas de limite, s'il est nécessaire que quelque chose soit toujours limité par quelque chose d'autre que lui ; 5° mais surtout la considération majeure qui embarrasse absolument tout le monde, est la suivante : le nombre nous semble être illimité, parce que notre intellection ne parvient pas à l'épuiser : et il en est de même des grandeurs mathématiques et de ce qui se trouve en dehors du ciel ; or, si ce qui est en dehors du ciel est illimité, alors la réalité matérielle et les mondes doivent, semble-t-il, être illimités eux aussi[1]. (*Physique*, III, IV, 203 *b* 6.)

XVI

Alexandre.

Ajoutons encore à notre recension l'opinion d'Anaximandre qui posait en principe la nature intermédiaire[2] entre l'air et le feu ou entre l'air et l'eau. Il tient à la fois l'un et l'autre propos. (*Commentaire sur la Métaphysique d'Aristote,* 60, 8.)

Aristote.

Les uns nous parlent du principe comme d'une matière [...] Tous ceux-ci ont eu l'idée d'une telle sorte de cause, ainsi que tous ceux pour qui elle est l'air, le feu, l'eau ou quelque chose de plus lourd que le feu et de plus léger que l'air, puisqu'en effet certains ont dit que tel est l'élément premier. (*Métaphysique*, A, VII, 988 *a* 23.)

Les uns qui ont fait du substrat soit l'un des trois éléments, soit un autre plus lourd que le feu et plus léger que l'air[3], font naître la multiplicité des autres choses de sa condensation et de sa raréfaction. (*Physique*, I, IV, 187 *a* 12.)

Mais pour d'autres, c'est de l'un qui les contient que se constituent par dissociation les contrariétés, ainsi que le déclare Anaximandre[4]. (*Ibid.*, 20.)

Il n'est pas possible que le corps illimité soit un et simple, qu'on le tienne, comme le disent certains, pour ce qui est en dehors des éléments et à partir de quoi ces éléments sont engendrés, ou bien qu'on l'entende absolument. Certains en effet confèrent à l'Illimité ce statut, en s'arrangeant pour qu'il ne soit ni l'air, ni l'eau, afin que les autres éléments échappent à la corruption qui serait le fait de l'élément illimité : il y a entre eux un jeu d'oppositions mutuelles, par exemple, l'air est froid, l'eau est humide, le feu est chaud. Qu'un seul de ces éléments soit illimité et les autres seraient voués à la corruption ; mais en réalité, pour eux, il existe quelque chose d'autre dont ils procèdent[1]. (*Ibid.*, v, 204 *b* 22.)

XVII

Saint Augustin.

Anaximandre n'estima pas que chaque chose naît d'un seul principe, ainsi que Thalès le faisait de l'eau, mais au contraire naît de ses propres principes. Il crut que les principes de chacune des choses sont illimités[2] et qu'ils engendrent des mondes innombrables, ainsi que toutes les choses qui prennent naissance en eux. Il estima que ces mondes tantôt sont détruits, tantôt sont de nouveau engendrés, quelle qu'ait été la durée assignée à leur existence, sans pour autant faire intervenir en aucune façon l'intelligence divine dans ces activités des choses. (*Cité de Dieu*, VIII, 2.)

Simplicius.

Anaximandre, concitoyen et compagnon de Thalès [...] fut le premier à poser l'Illimité en principe, afin qu'il pût pourvoir abondamment aux générations. Il posait, semble-t-il, qu'il existe des mondes illimités et que chacun de ces mondes naît de cet élément illimité. (*Commentaire sur le Traité du ciel d'Aristote*, 615, 13.)

Aétius.

Anaximandre déclara que les cieux illimités sont des dieux. (*Opinions*, I, VII, 12.)

Cicéron.

L'opinion d'Anaximandre est que les dieux sont sujets à la génération, puisqu'ils naissent et meurent à de longs intervalles et qu'ils constituent des mondes innombrables. Mais nous, comment pourrions-nous concevoir un dieu qui ne serait pas éternel ? (*De la nature des dieux*, I, x, 25.)

Aétius.

Anaximandre, Anaximène, Archélaos, Xénophane, Diogène, Leucippe, Démocrite, Épicure pensaient que des mondes illimités naissent et périssent dans l'Illimité au cours de chaque révolution. (*Opinions*, II, I, 3.)

Parmi ceux qui ont déclaré que les mondes sont illimités, Anaximandre disait qu'ils sont séparés par des intervalles égaux. (*Ibid.*, II, I, 8.)

Anaximandre disait que le monde eſt corruptible. (*Ibid.*, II, IV, 6.)

Simplicius.

Ceux qui ont posé comme hypothèse que les mondes sont illimités en nombre, comme les disciples d'Anaximandre, de Leucippe, de Démocrite, et plus tard ceux d'Épicure, posaient en principe que leur génération et leur corruption ne connaissent pas de limite, et disaient que, la génération des uns accompagnant sans cesse la corruption des autres, le mouvement eſt éternel[1] : car en l'absence du mouvement, il n'exiſte ni génération, ni corruption. (*Commentaire sur la Physique d'Ariſtote*, 1121, 5.)

XVII *a*

Aétius.

Anaximandre disait que le ciel eſt formé du mélange du chaud et du froid. (*Opinions*, II, XI, 5.)

XVIII

Aétius.

Les aſtres sont des condensations de l'air, en forme de roue[2], emplies de feu, soufflant de toutes parts des flammes par leurs orifices. (*Opinions*, II, XIII, 7.)

Anaximandre, Métrodore de Chios et Cratès disaient que le Soleil eſt placé au-dessus de toutes choses; au-dessous de lui vient la Lune; et en dessous d'eux les étoiles fixes et les planètes. (*Ibid.*, XV, 6.)

Anaximandre disait que les aſtres sont mus par les cercles et les sphères sur lesquels chacun se déplace. (*Ibid.*, XVI, 5.)

XIX

Simplicius.

« Quant à ces queſtions, dit Ariſtote[3], nous devons nous en rapporter aux aſtronomes. » Car c'eſt chez eux que se trouvent les renseignements touchant l'ordre des astres errants, leurs grandeurs et leurs intervalles. Anaximandre fut le premier à fournir un relevé des grandeurs et des intervalles, ainsi que le rapporte Eudème, qui attribue aux premiers pythagoriciens la découverte de l'ordre de la position des astres. Les grandeurs et les intervalles du Soleil et de la Lune ont été connus jusqu'à présent par la méthode des éclipses qui en facilite la mesure – et il serait vraisemblable que cette découverte revint aussi à Anaximandre –, et ceux d'Hermès et d'Aphrodite à partir de leur conjonction. (*Commentaire sur le Traité du ciel d'Aristote*, 471, 1.)

XX

Pline.

Hésiode a rapporté que le coucher matinal des Pléiades se produisait le jour de l'équinoxe d'automne; Thalès, vingt-cinq jours après; Anaximandre trente et un. (*Histoire naturelle*, XVIII, 213.)

XXI

Achille Tatius.

Certains, parmi lesquels il faut ranger Anaximandre, disent que [le Soleil] qui envoie la lumière, a la forme d'une roue[1] . Car de même que dans une roue, le moyeu est creux et de lui s'échappent des rayons qui se dirigent vers la partie extérieure du cercle, de même le Soleil, en émettant la lumière à partir de sa cavité, produit le surgissement des rayons qui brillent tout autour au-dehors. D'autres disent qu'il envoie la lumière, comme un souffle qui jaillirait de la cavité étroite d'une trompette. (*Introduction à Aratos*, 19.)

Aétius.

Anaximandre disait que le cercle du Soleil est vingt-huit fois plus grand que celui de la Terre, qu'il est semblable à une *roue de char* ayant un moyeu creux, rempli de feu, irradiant de toutes parts, en projetant le feu à travers une petite embouchure comparable au bec d'un soufflet de forge[2] . Voilà ce qu'est pour lui le Soleil. (*Opinions*, II, xx, 1.)

Anaximandre disait que le Soleil a une taille égale à celle de la Terre. En revanche le cercle à partir duquel se produit son exhalaison et par lequel il se meut est vingt-sept fois plus grand que la Terre. (*Ibid.*, XXI, I.)

Anaximandre disait que l'éclipse de Soleil se produit lorsque se trouve obturée l'embouchure par où s'exhale le feu. (*Ibid.*, XXIV, 2.)

XXII

Aétius.

Anaximandre disait que la Lune est un cercle dix-neuf fois plus grand que la Terre, semblable comme celui du Soleil à la roue d'un char au moyeu creux et rempli de feu, placé comme lui obliquement et ne possédant qu'une seule embouchure comme le bec d'un soufflet de forge. Les éclipses sont le fait des révolutions de la roue. (*Opinions*, II, XXV, I.)

Anaximandre, Xénophane et Bérose disaient que la Lune a une lumière qui lui est propre[1]. (*Ibid.*, XXVIII, I.)

Anaximandre disait que l'éclipse de Lune se produit du fait de l'obturation de l'embouchure propre à la roue. (*Ibid.*, XXIX, I.)

XXIII

Aétius.

Du tonnerre, des éclairs, de la foudre, des ouragans et des typhons. Anaximandre disait que tous ces phénomènes sont dus au souffle de l'air : car lorsqu'il se trouve entouré et comprimé dans un nuage épais et s'en trouve vivement expulsé du fait de sa légèreté et de sa faible densité[2], alors il y a déchirement du nuage, d'où le bruit, et dilatation, d'où la fente lumineuse qui troue l'obscurité du nuage. (*Opinions*, III, III, I.)

Sénèque.

Anaximandre ramène au souffle de l'air tous ces phénomènes. Les coups de tonnerre, dit-il, sont les sons produits par les coups portés contre les nuages. Pourquoi leur force est-elle inégale? Parce que le souffle lui-même est inégal. Pourquoi le tonnerre retentit-il même dans un ciel serein? Parce que alors le souffle jaillit encore à travers l'air épais et déchiré.

Et pourquoi quelquefois se produit-il du tonnerre sans des éclairs? Parce que le souffle n'a pas la force de produire la flamme mais a la force de produire le bruit. En quoi consiste donc l'éclair proprement dit? Dans le mouvement violent de l'air qui se sépare et s'engouffre en donnant naissance à un feu dépourvu de force et impuissant à s'échapper. Qu'est-ce que la foudre? C'est la course d'un souffle plus fort et plus dense. (*Questions naturelles*, II, 18.)

XXIV

Aétius.

Anaximandre disait que le vent est un courant d'air qui se produit lorsque les parties les plus légères et les plus humides qui sont en lui sont mues et aspirées par le Soleil[1]. (*Opinions*, III, VII, 1.)

XXV

Aétius.

Anaximandre disait que la Terre est semblable à une colonne de pierre[2]. Quant aux surfaces [...] (*Opinions,* III, VII, 1.)

XXVI

Aristote.

Certains disent que la Terre demeure en repos du fait de son équilibre, ainsi que parmi les anciens le dit Anaximandre. Ce qui en effet est établi au centre et dont l'équilibre est réalisé par rapport aux extrémités, ne saurait se mouvoir davantage vers le haut, vers le bas ou vers les côtés; et comme il est impossible que le mouvement se produise en même temps dans des directions contraires, il s'ensuit que la Terre demeure nécessairement en repos. (*Traité du ciel*, II, XIII, 295 *b* 10.)

Théon de Smyrne.

Anaximandre disait que la Terre est en suspens dans l'air. Elle se meut circulairement au centre du monde[3]. (*Commentaires*, 198, 18.)

XXVII

Aristote.

Au commencement tout l'espace autour de la Terre était occupé par l'humide premier; puis le Soleil l'assécha et une partie, disent-ils[1], produisit par son évaporation les vents et les mouvements du Soleil et de la Lune, tandis que la partie qui restait forma la mer; c'est pourquoi, à leur avis la mer devient de plus en plus petite en s'asséchant et finira par être un jour entièrement desséchée. (*Météorologiques*, II, 1, 353 *b* 6.)

Alexandre.

Certains d'entre eux [les Milésiens] disent que la mer est le résidu de l'humidité primitive; au commencement, l'humide occupait le lieu qui entoure la Terre; ensuite, une partie de l'humidité fut évaporée par le Soleil et donna naissance aux vents ainsi qu'aux mouvements du Soleil et de la Lune qui en procèdent, comme si leurs révolutions étaient l'effet de ces évaporations et de ces aspirations, ces révolutions se produisant là où se rencontre pour eux fourniture d'humidité. L'autre partie, qui restait dans les creux de la terre, constitua la mer : c'est pourquoi la mer devient de plus en plus petite en s'asséchant sans cesse et finira par être un jour entièrement desséchée. Partagèrent cet avis, selon le témoignage de Théophraste[2], Anaximandre et Diogène. (*Commentaire sur les Météorologiques d'Aristote*, 67, 3.)

Aétius.

Anaximandre dit que la mer est le résidu de l'humidité première, dont la plus grande part a été desséchée par le feu, et dont le restant est devenu [salé] sous l'effet de la combustion. (*Opinions*, III, XVI, 1.)

XXVIII

Ammien Marcellin.

Anaximandre affirme que la terre, asséchée par la trop grande sécheresse des chaleurs d'été, ou au contraire après les humidités des pluies, se crevasse en fort profondes fissures, dans lesquelles l'air venu d'en haut s'engouffre violemment et abondamment, et que, secouée par la violence du souffle qui y circule, elle remue sur ses assises. C'est de là que proviennent les tremblements de terre, aux époques où ces sortes d'évaporations se produisent, ou au contraire de trop abondantes chutes de pluie. C'est pourquoi les anciens poètes et théologiens ont appelé Neptune, qui tient la substance humide en son pouvoir, Ébranleur-de-la-Terre et Faiseur-de-Séismes[3]. (*Histoire de Rome*, XVII, VII, 12.)

XXIX

Aétius.

Anaximène, Anaximandre, Anaxagore et Archélaos ont dit que l'air constitue la substance naturelle de l'âme. (*Opinions*, IV, III, 2.)

XXX

Aétius.

Anaximandre dit que les premiers animaux sont nés dans l'humide, enveloppés par une écorce épineuse; et que, le temps aidant, ils évoluèrent vers une condition plus sèche et après avoir brisé leur écorce, ils survécurent un court instant. (*Opinions*, V, XIX, 4.)

Censorinus.

Anaximandre de Milet estimait que de l'eau et de la terre réchauffées étaient sortis soit des poissons, soit des animaux tout à fait semblables aux poissons. C'est au sein de ces animaux qu'ont été formés les hommes[1] et que les embryons ont été retenus prisonniers jusqu'à l'âge de la puberté; alors seulement, après que ces animaux eurent éclaté, en sortirent des hommes et des femmes désormais aptes à se nourrir. (*Du jour de la naissance*, IV, 7.)

Plutarque.

Les descendants de l'antique Hellène sacrifient aussi à Poséidon né dans leur pays, car ils estiment, comme encore les Syriens, que l'homme est né de la substance humide. C'est pourquoi ils vénèrent aussi le poisson comme ayant même race et parenté que l'homme, ce qui est meilleure façon de philosopher que celle d'Anaximandre, car il ne se borne pas à affirmer que les poissons et les hommes sont de la même espèce, mais assure qu'au commencement les hommes sont nés dans les poissons et se nourrissaient comme les requins, mais que, devenus ensuite capables de subvenir eux-mêmes à leurs besoins, ils se mirent à marcher et prirent pied sur la terre. Et de même que le feu dévore le bois dont il est né et qui est sa mère et son père, ainsi que l'a dit celui qui a interpolé dans les vers d'Hésiode le mariage de Céyx[2], de même Anaximandre, après avoir dit que le poisson est le père et la mère des hommes, osa le leur jeter en pâture. (*Propos de table*, VIII, VIII, 4, 730 E.)

B. FRAGMENTS

I

Simplicius.

Anaximandre a dit que l' Illimité est le principe des choses qui sont [...] Ce dont la génération procède pour les choses qui sont, est aussi ce vers quoi elles retournent sous l'effet de la corruption, selon la nécessité; car elles se rendent mutuellement justice et réparent leurs injustices selon l'ordre du temps[1]. (*Commentaire sur la Physique d'Aristote,* 24, 13.)

II

Hippolyte.

La ⟨nature de l'Illimité⟩ est éternelle et ne vieillit pas[2]. (*Réfutation de toutes les hérésies*, I, VI, 1.)

III

Aristote.

L'Illimité [ou le Divin] est immortel [...] et impérissable[3]. (*Physique,* III, IV, 203 *b* 13.)

IV

Aétius.

Le bec d'un soufflet de forge[4]. (*Opinions*, II, XX, 1.)

V

Aétius.

La Terre est semblable à une colonne de pierre[5]. (*Opinions*, III, X, 2.)

[Termes originaux[6].]

« L'élément qui engendre[7] »; « envelopper[8] »; « gouverner[9] »; « écorce[10] »; « roue[11] ».

FRAGMENT INCERTAIN

III

[Scolie].

Parmi d'autres, Éphore, au livre II, dit que Cadmos fut l'inventeur des éléments[1]. Pour d'autres il n'en fut pas l'inventeur, mais se borna à nous transmettre cette découverte des Phéniciens [...] Pythodore soutient que Danaos nous en a fait part ; ce dont témoignent aussi les écrivains milésiens, Anaximandre, Denys et Hécatée qu'Apollodore mentionne par ailleurs dans son *Catalogue des navires*. (*Scolies à Denys de Thrace*, dans *Grammatici graeci*, éd. Hilgard, p. 183, 1.)

ANAXIMÈNE

A. VIE ET PHILOSOPHIE

I

Diogène Laërce.

Anaximène, fils d'Eurystrate, de Milet, fut l'élève d'Anaximandre. D'après certains, il fut aussi l'élève de Parménide. Il pensait que l'air est principe, ainsi que l'Illimité[1] ; le mouvement des astres ne passe pas sous la Terre, mais autour.

Il usait d'un ionien simple et dépouillé. Il florissait, d'après Apollodore, à l'époque de la prise de Sardes[2] et mourut pendant la soixante-troisième olympiade[3].

Il y eut aussi deux autres Anaximène, tous deux de Lampsaque, un rhéteur et un historien: ce dernier est le fils de la sœur du rhéteur qui est l'auteur des *Actes d'Alexandre*[4]. (*Vies*, II, 3.)

II

Suidas.

Anaximène, fils d'Eurystrate, de Milet, philosophe et successeur d'Anaximandre, et aussi, à ce que certains prétendent, de Parménide. Il naquit dans la cinquante-sixième olympiade[5] et florissait au temps de la prise de Sardes, lorsque le Perse Cyrus vainquit Crésus[6]. (*Lexique*, « Anaximène ».)

III

Eusèbe.

Anaximène [en ce temps-là] devint célèbre, comme philosophe de la nature[7]. (*Chronographie.*)

IV

Aristote.

Anaximène et Diogène[1] posent l'air comme premier par rapport à l'eau[2] et, parmi les corps simples, comme celui qui est sans contredit le principe. (*Métaphysique*, A, III, 984 *a* 5.)

V

Simplicius.

Anaximène[3], fils d'Eurystrate, de Milet, disciple d'Anaximandre, dit encore comme lui que la nature qui fait fonction de substrat est une et illimitée, mais ne la tient pas comme lui pour indéfinie, disant qu'elle est l'air; celui-ci diffère selon les substances du fait de sa raréfaction ou de sa condensation : devenant plus subtil, il devient feu; se condensant, il devient vent, puis nuage et plus loin encore eau, puis terre, puis pierres, et les autres créatures procèdent de celles-ci. Il confère lui aussi au mouvement l'éternité et pense qu'il est l'instrument de la production du changement. (*Commentaire sur la Physique d'Aristote*, 24, 26.)

Il convient d'établir qu'une chose est l'Illimité et le Limité en nombre, thèse propre à ceux qui admettaient la multiplicité des principes, et qu'autre chose est l'Illimité et le Limité en grandeur[4], thèse [...] sur laquelle s'accordent Anaximandre et Anaximène qui admettaient l'hypothèse d'un élément un mais illimité en grandeur. (*Ibid.*, 22, 9.)

Anaximène est le seul auquel Théophraste dans son *Histoire*[5] ait attribué l'usage des termes de raréfaction et de condensation, mais il est évident que tous les autres aussi ont usé de raréfaction et de condensation[6]. (*Ibid.*, 149, 32.)

VI

Pseudo-Plutarque.

On prétend qu'Anaximène dit que l'air est le principe de la totalité des choses et que celui-ci est illimité en grandeur, mais défini par les qualités qu'il revêt; toutes choses sont engendrées selon une certaine condensation de l'air ou au contraire une raréfaction. Le mouvement existe de toute éternité[7]; il dit que la Terre est engendrée au commencement par la compression de l'air et qu'elle est tout à fait plate; c'est la raison pour laquelle elle est littéralement suspendue dans l'air. Le Soleil, la Lune et les autres astres tirent de la terre le principe de leur génération; le Soleil lui apparaît donc comme de la terre qui, sous l'effet d'un mouvement rapide, s'échauffe suffisamment pour s'embraser ainsi[1]. (*Stromates*, 3.)

VII

Hippolyte.

1. Anaximène, lui aussi de Milet, fils d'Eurystrate, disait que le principe est l'air illimité, principe dont sont engendrées les choses actuellement engendrées ainsi que celles qui le furent et le seront, et encore les dieux et les choses divines : toutes les autres créatures procèdent de celles qui dérivent de lui. 2. La forme de l'air est la suivante : lorsqu'il est parfaitement réparti, il est invisible à l'œil, mais il devient visible sous l'effet du froid, du chaud, de l'humide et du mû. Il se meut sans cesse, car si le mouvement n'existait pas, toutes les choses qui changent ne changeraient pas. 3. Il prend un aspect différent selon qu'il est condensé ou raréfié, car lorsqu'il atteint un certain degré de raréfaction il devient feu; en revanche les vents sont de l'air condensé et le nuage est formé à partir de l'air, par compression; sous l'effet d'une condensation plus grande il devient eau et, condensé davantage encore, il devient terre et, condensé au maximum, pierres; de la sorte la génération est principalement produite par les contraires qui sont le chaud et le froid. 4. La Terre est plate et soutenue par l'air et, de la même façon, le Soleil, la Lune et les autres étoiles qui sont tous de nature ignée, sont suspendus dans l'air du fait de leur forme plate. 5. Les astres sont formés à partir de la Terre du fait que s'échappent d'elle des exhalaisons humides dont la raréfaction engendre le feu qui, en s'élevant dans les cieux, donne naissance aux astres. Il existe aussi des corps de nature terrestre dans le lieu occupé par les astres, et qui ont été entraînés avec eux dans leur mouvement. 6. Il dit que les astres ne se meuvent pas sous la Terre, ainsi que d'autres l'avaient supposé, mais autour de la Terre, comme autour de notre tête pivote notre bonnet. Le Soleil se trouve caché non pas parce qu'il va sous la Terre, mais parce qu'il est masqué à notre regard par les parties les plus élevées de la Terre et du fait de l'augmentation de l'intervalle entre lui et nous. Les astres ne produisent pas de chaleur du fait de l'immensité de l'intervalle entre eux et nous. 7. Les vents sont engendrés lorsque l'air condensé se déplace sous l'effet de la poussée[2]; en revanche quand l'air vient à se ras-

sembler et à se condenser, des nuages sont engendrés et, selon le même processus, se changent en eau; la grêle se forme lorsque l'eau qui tombe des nuages est gelée; la neige, quand les parties qui se condensent sont plus humides. 8. L'éclair se produit lorsque les nuages sont déchirés par la force des vents, car leur déchirement engendre une lueur brillante et ignée; l'arc-en-ciel se produit lorsque les rayons du soleil tombent sur de l'air condensé. Le tremblement de terre se produit lorsque l'altération de la terre s'intensifie sous l'effet du réchauffement et du refroidissement. 9. Telles sont les théories d'Anaximène dont l'acmé se situe dans la première année de la cinquante-huitième olympiade[1]. (*Réfutation de toutes les hérésies*, I, 7.)

VIII

Hermias.

Mais alors que j'estime être en possession d'une opinion inébranlable, voici qu'Anaximène intervient pour protester : « Mais crois donc à ce que je t'assure : le Tout, c'est l'air; en se condensant et en se rassemblant il engendre l'eau et la terre, alors qu'en se raréfiant et en se dilatant il engendre l'éther et le feu, puis, en reprenant sa nature propre, l'air. Raréfaction et condensation, ajoute-t-il, sont les formes de son changement. » (*Satire des philosophes païens*, 7.)

IX

Cicéron.

Après Anaximandre, son élève Anaximène déclara que l'air est infini[2], mais que toutes les choses qui en procèdent sont finies : il engendre la terre, l'eau, le feu, et d'eux procèdent toutes choses. (*Académiques*, II, XXXVII, 118.)

X

Cicéron.

Ensuite Anaximène établit que l'air est Dieu, qu'il est *engendré, qu'il est immense*, infini et toujours en mouvement, comme si l'air pouvait être Dieu en étant dépourvu de toute forme[3], d'autant plus que non seulement Dieu doit avoir une forme, mais encore la plus belle de toutes, et comme si tout ce qui a été engendré n'était pas naturellement voué à la mort. (*De la nature des dieux*, I, X, 26.)

Saint Augustin.

Anaximandre légua sa succession à son élève Anaximène qui réduisit à l'air infini les causes[1] de toutes choses, sans nier ou celer l'existence de dieux; mais au lieu de penser que l'air était leur création, il crut que ceux-ci tiraient de l'air leur origine[2]. (*Cité de Dieu*, VIII, 2.)

Aétius.

Anaximène disait que l'air est ⟨Dieu⟩. Mais il faut comprendre qu'il lui attribuait par là les puissances immanentes aux éléments et aux corps. (*Opinions*, I, VII, 13.)

XI

Simplicius.

Tiennent pour engendré et corruptible le monde un, tous ceux qui affirment qu'il existe toujours un monde qui ne demeure jamais identique et devient tantôt tel, tantôt tel, selon un certain cycle temporel, ainsi que le pensent Anaximène, Héraclite, Diogène et après eux les philosophes du Portique. (*Commentaire sur la Physique d'Aristote*, 1121, 12.)

XII

Aétius.

Les uns[3] pensent que ⟨le monde⟩ se meut à la façon d'une meule de moulin, les autres à la façon d'une roue. (*Opinions*, II, II, 4.)

XIII

Aétius.

Anaximène et Parménide[4] disaient que le ciel est le cercle extérieur le plus éloigné de la Terre. (*Opinions*, II, XI, 1.)

XIV

Aétius.

Anaximène disait que la substance des astres est ignée, mais que certains corps terreux les entourent et sont entraînés dans leur rotation, tout en demeurant invisibles. (*Opinions*, II, XIII, 10.)

Anaximène disait que les astres sont comme des clous enfoncés dans la voûte cristalline. Pour quelques-uns[1], ce sont des feuilles de feu qui sont comme peintes. (*Ibid.*, XIV, 3.)

Anaximène disait que ce n'est pas sous la Terre, mais autour d'elle que tournent les astres. (*Ibid.*, XVI, 6.)

Aristote.

Beaucoup parmi les anciens météorologistes croyaient que le Soleil ne se meut pas sous la Terre, mais qu'il parcourt le lieu qui se trouve autour de la Terre et que c'est la hauteur de la Terre du côté nord qui est la cause de l'obscurcissement et qui produit la nuit. (*Météorologiques*, II, 1, 354 *a* 28.)

Aétius.

Platon dit que les signes des saisons estivales et hivernales sont produits par les levers et les couchers des astres[2]. Anaximène dit que ce n'est pas à eux mais uniquement au Soleil qu'il faut les attribuer. (*Opinions*, II, XIX, 1-2.)

XIV *a*

Pline.

Ainsi il arrive que du fait de l'accroissement variable de l'éclairement, le jour le plus long dans l'île de Méroé compte douze heures équinoxiales plus un huitième d'heure, mais à Alexandrie quatorze heures, en Italie quinze heures, en Grande-Bretagne dix-sept [...] 187. C'est Anaximène de Milet, disciple d'Anaximandre dont nous avons parlé[3], qui inventa ce calcul des ombres et ce qu'on appelle la gnomonique; le premier il montra à Lacédémone l'horloge appelée cadran solaire. (*Histoire naturelle*, II, 186-187.)

XV

Aétius.

Anaximène affirmait que le Soleil est fait de feu. (*Opinions*, II, XX, 2.)

Anaximène disait que le Soleil est large comme une feuille[4]. (*Ibid.*, XXII, 1.)

Anaximène disait que c'est sous l'effet de la poussée de l'air condensé et résistant que les astres effectuent leurs révolutions. (*Ibid.*, XXIII, 1.)

XVI

Théon de Smyrne.

Eudème[1] rapporte dans son *Histoire de l'astronomie* que c'est Œnopide qui a découvert le premier[2] [...], mais que c'est Anaximène qui trouva le premier que la Lune reçoit du Soleil sa lumière[3], ainsi que la façon dont se produisent les éclipses. (*Commentaires*, 198, 14.)

Aétius.

Anaximène dit que la Lune est faite de feu. (*Opinions*, II, xxv, 2.)

XVII

Aétius.

Anaximène[4] dit les mêmes choses que lui, mais ajoute une comparaison avec la mer qui, fendue par les rames, étincelle. (*Opinions*, III, III, 2.)

Anaximène disait que les nuages se produisent quand l'air se condense davantage; que quand ils se condensent encore plus, alors tombe la pluie; que la grêle se produit lorsque l'eau qui tombe gèle; et la neige, lorsqu'un souffle d'air est emprisonné dans l'humide[5]. (*Ibid.*, IV, 1.)

XVIII

Aétius.

Anaximène dit que l'arc-en-ciel se produit par réflexion du Soleil sur une nuée condensée, épaisse et noire, du fait que les rayons du Soleil n'ont pas la force de la transpercer et se mêlent à elle. (*Opinions*, III, v, 10.)

[Scolie.]

Anaximène dit que l'arc-en-ciel se produit lorsque les rayons du Soleil viennent frapper l'air épais et dense[6]. Alors la partie qui est en avant du Soleil se colore en rouge écarlate, chauffée qu'elle est [par les rayons], tandis que l'arrière apparaît noir parce qu'il est sous la domination de l'humidité. Il dit encore que l'arc-en-ciel se produit aussi la nuit, du fait de la Lune, mais pas souvent, parce que la pleine Lune n'existe pas toujours et que sa lumière est moins forte que celle du Soleil. (Aux *Phénomènes d'Aratos*, éd. Maas, p. 515, 27.)

XIX

Galien.

Anaximène veut que les vents soient produits par l'eau et l'air, soient mus violemment par une force inconnue et volent très rapidement comme les oiseaux. (*Sur les humeurs d'Hippocrate*, III, XVI, 395, éd. Kühn.)

XX

Aétius.

Anaximène dit que la Terre a la forme d'une table[1]. (*Opinions*, III, X, 3.)

Aristote.

Anaximène, Anaxagore et Démocrite affirment que sa forme plate est responsable du repos de la Terre, car elle ne coupe pas l'air au-dessous d'elle mais repose sur lui comme un couvercle, ainsi que le montre le comportement des corps ayant une surface plate : même les vents peuvent difficilement les mouvoir en raison de leur résistance. C'est, assurent-ils, la même chose qui se produit pour la Terre, du fait de sa surface plate, par rapport à l'air sur lequel elle est placée. Quant à l'air, qui n'a pas d'autre endroit où aller, il est bien forcé de demeurer en repos sous la Terre, compact à la façon de l'eau dans les clepsydres. (*Du ciel*, II, XIII, 294 *b* 13.)

Aétius.

Anaximène disait que la Terre est suspendue sur l'air du fait de sa surface plate. (*Opinions*, III, XV, 8.)

XXI

Aristote.

Anaximène dit que la terre se brise sous l'effet de l'humidification et de la dessication, et que les tremblements de terre sont dus à la chute de ces masses qui tombent après s'être brisées. C'est pourquoi les tremblements de terre se produisent pendant les sécheresses et de nouveau pendant les grandes pluies; en effet la terre se brise, ainsi que nous l'avons dit, dans les périodes de sécheresse sous l'effet de la dessication, et s'effondre lorsqu'elle est excessivement baignée par les eaux de pluie[2]. (*Météorologiques*, II, VII, 365 *b* 6.)

XXII

Galien.

Je ne dis pas[1], comme Anaximène, que l'homme eſt totalement composé d'air. (*Sur la nature de l'homme d'Hippocrate*, XV, 25, éd. Kühn.)

XXIII

Jean Philopon.

D'autres comme Anaximène et certains ſtoïciens, disent que ⟨l'âme⟩ eſt faite d'air[2]. (*Commentaire sur De l'âme d'Ariſtote*, 9, 9.)

B. FRAGMENTS

I

Plutarque.

Ainsi que l'ancien Anaximène eſtimait, ne pensons pas qu'il y ait rien ni chaud ni froid absolument en subſtance, mais croyons que ce sont passions communes de la matière, qui surviennent après les mutations. Car il dit que ce qui se serre, épaissit et étreint en la matière, c'eſt ce qui eſt froid : et ce qui se raréfie et se relâche (car il use de ce propre terme[3]), il dit que c'eſt le chaud. Voilà pourquoi ce n'eſt pas sans propos qu'on dit que l'homme de sa bouche souffle et froid et chaud; car l'haleine s'enfroidit quand elle eſt pressée et serrée des lèvres, mais quand elle sort de la bouche arrière ouverte, alors elle eſt chaude, à cause de la rareté. Toutefois Ariſtote[4] tient que c'était ignorance à lui de dire cela, parce que quand nous soufflons la bouche toute ouverte, nous soufflons l'air chaud qui eſt dedans nous-mêmes; mais quand nous soufflons les lèvres serrées, nous ne poussons pas l'air qui sort de nous, mais celui qui eſt devant notre bouche, lequel eſt froid, et le premier qu'on sent[5]. (*Du premier froid*, 7, 947 F.)

II

Aétius.

Anaximène, fils d'Euryſtrate, de Milet, affirmait que le principe des choses eſt l'air : c'eſt de lui que toutes choses sont engendrées et c'eſt à lui que toutes choses retournent après dissolution. « De même, dit-il, que notre âme, qui est d'air, nous soutient[1], de même le souffle et l'air enveloppent la totalité du monde » (souffle et air sont pour lui synonymes). Mais il a tort[2] de penser que les animaux sont composés d'un air et d'un souffle simple et uniforme ; car il est impossible que la matière des choses constitue un principe unique, et il faut encore poser comme principe la cause efficiente : par exemple l'argent n'est pas à même de devenir de lui-même la coupe, sans le concours de quelque agent, à savoir l'artisan qui bat l'argent, et il en va de même du bronze, du bois et de toute autre matière. (*Opinions*, I, III, 4.)

II *a*

Aétius.

Le Soleil est large comme une feuille[3]. (*Opinions*, II, 22, 1.)

[Termes originaux.]

« Bonnet[4] » ; « clous[5] » ; « être suspendu[6] ».

FAUX FRAGMENT

III

Olympiodore.

Anaximène croit que l'air est l'unique principe, mû et illimité, de toutes les choses qui existent. Il dit en effet : L'air est proche de l'incorporel ; et, puisque nous sommes engendrés par son flux, il est nécessaire qu'il soit illimité et riche, étant donné qu'il ne diminue jamais. (*Alchimistes grecs*, t. 2, « De l'art sacré », 25, éd. Berthelot, p. 83, 7.)

PYTHAGORE

PYTHAGORE

VIE ET PHILOSOPHIE

VIE

I

Hérodote.

Ce sont encore des Égyptiens qui, les premiers, ont dit que l'âme humaine est immortelle[1] et qu'au moment où le corps périt, elle vient se loger dans un autre être vivant qui naît alors; que, lorsqu'elle a habité tour à tour toutes les espèces terrestres, aquatiques et aériennes, alors elle pénètre de nouveau dans le corps d'un homme à l'instant où il naît, après une migration de trois mille ans. Des Grecs ont fait leur cette théorie, des anciens comme des modernes, en la présentant comme leur invention propre. Je n'en rapporte pas ici les noms, quoique je les connaisse. (*Enquête*, II, 123.)

Toutefois, chez les Égyptiens, on n'introduit pas de vêtement de laine dans les sanctuaires du moins, pas plus qu'on n'enterre de laine avec les cadavres : ce serait sacrilège. Cet interdit[2] s'accorde d'ailleurs avec les prétendus mystères orphiques et bachiques, qui sont en fait égyptiens et pythagoriciens; car pour quiconque participe à ces mystères, il est sacrilège également d'être enseveli dans des vêtements de laine. Ceux-ci sont d'ailleurs l'objet d'une prescription liturgique[3]. (*Ibid.*, II, 81).

II

Hérodote.

À ce que j'ai appris des Grecs de l'Hellespont et du Pont, ce Salmoxis[4], qui était un homme, avait été esclave à Samos, et esclave de Pythagore, fils de Mnésarchos. Puis, devenu libre, il s'était constitué une grosse fortune qui lui avait permis de rentrer dans sa patrie. Mais comme les Thraces étaient des gens pauvres et plutôt naïfs, ce Salmoxis, qui avait fait l'apprentissage de la façon de vivre propre à l'Ionie et était d'un caractère plus réfléchi que les Thraces pour avoir fréquenté des Grecs, et parmi eux le Sage[1] assurément le plus éminent, Pythagore, avait fait aménager un appartement réservé aux hommes[2], où il recevait et régalait les notables de la cité. Il leur enseignait que ni lui ni ses convives ni leurs descendants ne mourraient, mais qu'ils iraient vers un lieu où, continuant à vivre pour l'éternité, ils jouiraient de tous les biens. Or, tandis qu'il faisait tout ce que je viens de dire, et tenait ces propos, il se faisait aménager un appartement souterrain; quand cet appartement fut achevé, il disparut de la société des Thraces, et descendit dans l'appartement souterrain, où il vécut trois ans. On se mit à le regretter et à le pleurer, en croyant qu'il était mort. Puis, au bout de trois ans, il réapparut aux Thraces qui dès lors eurent foi en tout ce que Salmoxis disait. Voilà, dit-on, ce qu'il fit. Pour ma part, si en ce qui concerne cet homme et son appartement souterrain je ne veux pas apparaître ni trop crédule ni trop incrédule, je pense pourtant que ce Salmoxis a dû vivre de nombreuses années avant Pythagore. (*Ibid.*, IV, 95.)

III

Diogène Laërce.

Aristoxène[3] aussi affirme que la plupart de ses maximes morales, Pythagore les a empruntées à la prêtresse de Delphes Thémistocléia[4]. (*Vies*, VIII, 8.)

IV

Isocrate.

28. Pythagore de Samos se rendit en Égypte, où il se mit à l'école des Égyptiens, et fut le premier à introduire en Grèce la philosophie; et particulièrement pour tout ce qui est rites et pratiques cérémoniales dans les sacrifices il fit montre d'un zèle plus manifeste que les autres; car, pensait-il, même si cela ne devait rien lui valoir de plus de la part des dieux, il en retirerait du moins une excellente réputation auprès des hommes; 29. et ce fut précisément le cas. En effet il surpassa tout le monde en réputation au point que les jeunes, unanimement, brûlèrent de devenir ses disciples et que les aînés, de leur côté, virent avec plus de plaisir leurs propres enfants devenir ses disciples que se préoccuper de leurs affaires domestiques. Et comment ne pas

accorder foi à ce témoignage, puisque aujourd'hui encore on admire davantage, malgré leur silence, ceux qui se font passer pour ses disciples que ceux qui ont une très grande réputation d'orateur? (*Busiris*, 28-29.)

V

Diogène Laërce.

Dans son *Dialogue sur la nature*[1], Alcidamas dit [...] qu'Empédocle a été le disciple d'Anaxagore et de Pythagore : à l'un il a emprunté le modèle d'une conduite de vie digne, à l'autre sa philosophie naturelle. (*Vies*, VIII, 56.)

Aristote.

De même, Alcidamas, lui aussi, dit que partout on honore les Sages[2]. Et il est certain que les habitants de Paros ont honoré Archiloque, quoiqu'il les ait diffamés, et que les Italiens de Grande-Grèce ont rendu les honneurs funèbres à Pythagore, de même que les habitants de Lampsaque à Anaxagore, pourtant un étranger; ils les honorent d'ailleurs encore aujourd'hui. (*Rhétorique*, B, 23, 1398 *b* 9.)

VI

Diogène Laërce.

Thrasylle dit que Démocrite a été un adepte des pythagoriciens. Il a d'ailleurs rapporté des souvenirs se rattachant directement à Pythagore, sur le mode admiratif, dans l'ouvrage qui porte son nom[3]. C'est à lui, semble-t-il, qu'il a emprunté toute sa théorie et il aurait même suivi ses leçons s'il n'y avait pas eu impossibilité historique. Quoi qu'il en soit, il a dû suivre l'enseignement d'un pythagoricien, si l'on en croit Glaucos de Rhégium, son contemporain. (*Vies*, IX, 38.)

Porphyre.

Au deuxième livre des *Annales*, Douris de Samos cite le nom du fils de Pythagore, Arimnestos, et dit qu'il fut le maître de Démocrite. Il ajoute qu'Arimnestos, retour d'exil, déposa dans le sanctuaire d'Héra un ex-voto en bronze de près de deux coudées de diamètre, portant gravée l'inscription suivante :

Mon donateur a nom Arimnestos, le fils
De Pythagore qui le premier inventa,
Dans les proportions, de nombreuses sciences.

C'est cette inscription que détruisit Simos[1] pour pouvoir faire croire partout, ensuite, que l'harmonique et le canon, qu'il s'était appropriés, étaient sa propre découverte. Les noms des sciences gravés [sur l'ex-voto] devaient être au nombre de sept[2], mais Simos, pour s'en approprier une, fit disparaître du même coup les noms des six autres qui y étaient gravés. (*Vie de Pythagore*, 3.)

VI *a*

Proclus.

Après Thalès[3], on cite Mamercos, le frère du poète Stésichore, comme autre amateur passionné de l'étude de la géométrie [...] Après eux, vient Pythagore qui a donné à la philosophie[4] géométrique la forme d'une culture libérale, en reprenant les choses au commencement pour découvrir les principes par un examen des théorèmes mettant en œuvre une méthode non empirique et purement intellectuelle; c'est précisément lui qui découvrit la théorie des proportions[5] et l'existence d'une structure des formes de l'univers. (*Commentaire sur le premier livre des Éléments d'Euclide*, 65, 11[6].)

VII

Aristote.

Et de fait, l'adolescence d'Alcméon coïncide avec les dernières années de la vie de Pythagore. (*Métaphysique*, A, v, 986 *a* 29.)

Apollonios.

À Épiménide[7], Aristéas[8], Hermotime[9], Abaris[10] et Phérécyde[11] a succédé Pythagore, fils de Mnésarchos, qui se lança dans l'étude assidue des sciences mathématiques, et des nombres en particulier, mais ne voulut jamais, même par la suite, renoncer à l'art de faiseur ⟨de⟩ miracles de Phérécyde. Et en effet[12], un jour qu'un cargo, chargé de frêt, entrait dans le port de Métaponte au milieu de la foule qui, songeant à la cargaison, priait le Ciel que son retour se fût bien passé, notre philosophe survint et dit : « Eh bien, c'est un cadavre qui pilote ce cargo, vous allez le voir ! » Une autre fois à Caulonia, au dire d'Aristote, ⟨il prédit l'apparition de l'ourse blanche; le même Aristote⟩, qui a beaucoup écrit sur lui, dit encore, entre autres choses, que « le serpent deTyrrhénie dont la morsure était mortelle, il le tua en le

mordant lui-même ». En une autre occasion, il annonça à ses disciples qu'un soulèvement allait éclater ; c'est pourquoi il partit pour Métaponte, sans se faire reconnaître et, tandis qu'il longeait le Cossa en compagnie d'autres voyageurs, il entendit une voix forte et surhumaine qui lui dit « Salut, ô Pythagore ! », ce qui terrifia les gens présents. Une autre fois, on put le voir à Crotone et à Métaponte, le même jour et à la même heure. Une autre fois encore, toujours selon Aristote, alors qu'il assistait à une représentation théâtrale, il se leva et laissa voir au public sa jambe : elle était en or. (*Histoires merveilleuses*, 6.)

Élien.

Aristote rapporte que les habitants de Crotone ont appelé Pythagore Apollon Hyperboréen. (*Histoires variées*, II, 26.)

Pythagore enseignait aux gens qu'il était le fruit de semences d'une nature supérieure à celle des mortels. (*Ibid.*, IV, 17.)

À propos de Myllias de Crotone, il racontait qu'il n'était autre que Midas de Phrygie, fils de Gordias ; il avait d'autre part caressé l'aigle blanc[1] qui s'était laissé faire. (*Ibid.*, I, 98, 40.)

Jamblique.

Aristote aussi raconte, dans son ouvrage *Sur la philosophie pythagoricienne*, que les pythagoriciens conservent soigneusement dans leurs doctrines ésotériques une division du genre en espèces, qui est en gros la suivante : la première espèce d'animal raisonnable[2] est Dieu, la deuxième l'homme, et la troisième quelqu'un comme Pythagore. (*Vie pythagorique*, 31.)

VIII

Clément d'Alexandrie.

Selon Hippobote, Pythagore, fils de Mnésarchos, était originaire de Samos ; selon Aristoxène, dans sa *Vie de Pythagore*, Aristarque[3] et Théopompe, il était tyrrhénien et, selon Néanthès, soit syrien soit tyrien. La plupart des auteurs considèrent donc que Pythagore est d'origine barbare. (*Stromates*, I, 62.)

Diogène Laërce.

Selon Aristoxène, il était Tyrrhénien, étant né dans l'une des îles[4] qu'occupèrent les Athéniens quand ils en eurent expulsé les Tyrrhéniens. (*Vies*, I, 1.)

Dans son ouvrage *Sur Pythagore et ses disciples*, Aristoxène dit que, quand Phérécyde mourut de maladie, c'est Pythagore qui l'enterra à Délos. (*Ibid.*, I, 118.)

Porphyre.

Selon Aristoxène, Pythagore, alors âgé de quarante ans, voyant se renforcer sans cesse la tyrannie de Polycrate, jugea indigne d'un homme libre de se soumettre à son despotisme dominateur et, en conséquence, partit pour l'Italie. (*Vie de Pythagore*, 9.)

Pseudo-Jamblique.

Les pythagoriciens Androcyde, auteur du traité *Des symboles*, et Euboulidès, ainsi qu'Aristoxène, Hippobote et Néanthès, tous biographes de Pythagore, ont affirmé que ses métempsychoses avaient duré deux cent seize ans; qu'après un nombre égal d'années, il était à nouveau venu au monde pour une nouvelle vie, comme s'il avait attendu le premier retour cyclique du cube du nombre 6[1], qui est principe générateur de l'âme en même temps que nombre récurrent en raison de sa sphéricité; toujours est-il que pour toutes ces raisons, il eut une seconde existence. Il y a d'ailleurs là coïncidence avec le fait qu'Euphorbe a vécu à cette époque-là. On sait en effet qu'à peu de chose près cinq cent quatorze ans séparent la ruine de Troie de l'époque où vécurent Xénophane[2], Anacréon et Polycrate, et de l'époque où le Mède Harpage[3] investit l'Ionie, que quittèrent ses habitants (ce sont d'ailleurs des Phocéens en exil qui fondèrent Marseille). L'histoire veut en effet que Pythagore soit contemporain de tous ces hommes et qu'il ait été fait prisonnier par Cambyse, quand celui-ci prit l'Égypte — où lui-même, Pythagore, recevait l'enseignement des prêtres —, et qu'il ait été initié, à Babylone où il s'était rendu, aux mystères barbares, puisque Cambyse vivait à la même époque que le tyran Polycrate, que Pythagore avait voulu fuir en se rendant en Égypte. Donc, quand on a ôté deux fois la durée du cycle des métempsychoses de Pythagore, soit deux fois deux cent seize ans, de la date de la ruine de Troie, on obtient la durée de la vie de Pythagore, soit quatre-vingt-deux ans[4]. (*Théologoumènes arithmétiques*, p. 52, 8, éd. De Falco.)

Diogène Laërce.

4. Voici, selon Héraclide du Pont, ce que Pythagore disait de lui-même : *il était né un jour sous le nom d'Aethalidès et on le croyait fils d'Hermès. Ce dernier lui avait dit qu'il lui accorderait ce qu'il voudrait, excepté l'immortalité; il avait donc demandé de pouvoir conserver, aussi bien après sa mort que pendant sa vie, le souvenir des événements[5]. Aussi, sa vie durant, se souvint-il de tout et garda-t-il après sa mort cette même faculté. Son

âme s'était incarnée ensuite dans le corps d'Euphorbe, et il avait été blessé par Ménélas[1]. Euphorbe, lui, disait qu'il avait été un jour Aethalidès, que c'était d'Hermès qu'il tenait ce don de métempsychose, et il racontait comment s'était déroulée la migration de son âme, quels animaux et quels végétaux elle avait habités, quelles épreuves elle avait connues chez Hadès et tout ce que les autres âmes y endurent. 5. Ensuite, à la mort d'Euphorbe, son âme s'était incarnée en Hermotime[2] qui, voulant, lui aussi, rendre crédible cette histoire, était allé trouver les Branchides[3] à qui il avait désigné, une fois dans le sanctuaire d'Apollon, comme étant un ex-voto offert par Ménélas — à Apollon, aux dires d'Hermotime, lors de son départ de Troie —, un bouclier qui était déjà complètement pourri et où ne subsistait plus que la figurine d'ivoire. Puis, à la mort d'Hermotime, il était devenu Pyrrhos, marin de Délos, qui racontait toute l'histoire depuis le début, comment il avait d'abord été Aethalidès, puis Euphorbe, puis Hermotime, puis Pyrrhos. À la mort de Pyrrhos, il était devenu Pythagore et se souvenait de tout ce qu'on vient de rapporter[4]. (*Vies*, VIII, 4-5.)

VIII *a*

Porphyre.

18. Lorsque Pythagore eut débarqué en Italie et qu'il se fut installé à Crotone, dit Dicéarque, les citoyens de Crotone comprirent qu'ils avaient affaire à un homme qui avait beaucoup voyagé, un homme exceptionnel, qui tenait de la fortune de nombreux avantages physiques : il était en effet noble et élancé d'allure et, de sa voix, de son caractère et de tout le reste de sa personne émanaient une grâce et une beauté infinies. Ils le reçurent si bien que, après avoir servi de guide spirituel à l'assemblée des anciens par de nombreuses et belles interventions, il entreprit de conseiller les jeunes, cette fois sur les problèmes de l'adolescence, à la demande des magistrats de la cité; puis ce fut le tour des enfants, accourus en masse des écoles pour l'écouter, et il en vint par la suite à organiser également des réunions réservées aux femmes. 19. Tout cela ne fit qu'accroître sa réputation déjà grande; et son public, nombreux déjà à Crotone même et composé non seulement d'hommes, mais aussi de femmes dont nous n'avons conservé qu'un seul nom, celui de Théanô[5], s'accrut encore considérablement des barbares du voisinage, des rois et des chefs. Cependant ce dont il entretenait ses disciples, nul ne peut le préciser avec certitude; car aussi bien ils

observaient la règle du silence[1]. Néanmoins tout le monde savait fort bien qu'il affirmait d'abord que l'âme est immortelle; puis qu'elle passe dans des vivants d'autres espèces; outre cela, que, selon certaines périodes, les êtres qui sont nés un jour naissent à nouveau[2]; qu'il n'y a, à proprement parler, aucun être nouveau, et qu'il faut croire que tout ce qui naît animé appartient à la même souche[3]. En tout cas, il est certain que c'est Pythagore qui a le premier introduit en Grèce ces croyances. (*Vie de Pythagore*, 18-19.)

IX

Porphyre.

En ce qui concerne son enseignement, la plupart affirment qu'il a appris des Égyptiens et Chaldéens ainsi que des Phéniciens ce qui touche aux sciences dites mathématiques. En effet, si la géométrie a passionné les Égyptiens depuis des temps très reculés, les Phéniciens, eux, se sont fait une spécialité des nombres et des calculs arithmétiques, et les Chaldéens de la spéculation astronomique. Pour ce qui est des rites religieux et de toutes ses autres règles de vie, c'est de l'enseignement des mages, disent-ils, qu'il l'a reçu. Mais si beaucoup de gens peuvent lire ce qui regarde la religion dans des archives où cela a été consigné, on connaît moins bien les règles de vie des pythagoriciens, excepté celle-ci : selon Eudoxe, au livre huitième de *La Révolution de la Terre*, ils ont poussé le souci de pureté et l'abstinence tant du sang versé que de la fréquentation de ceux qui le versent, au point de s'abstenir de chair animale et même d'éviter soigneusement cuisiniers et chasseurs[4]. (*Vie de Pythagore*, 6.)

Strabon.

Selon Calanos[5], Pythagore aussi disait des choses du même genre et prescrivait l'abstinence de toute chair animale. (*Géographie*, XV, 716[6].)

Diogène Laërce.

Selon certains, Pythagore ne sacrifiait que des victimes sans âme : coqs, chevreaux de lait et ce qu'on appelle cochons de lait, mais pas du tout d'agneaux[7]. Pourtant Aristoxène, lui, dit qu'il permettait qu'on consommât la chair animale, à l'exception de celles du bœuf de labour et du bélier. (*Vies*, VIII, 20.)

Aulu-Gelle.

XI 1. Une croyance ancienne, et fausse, a prévalu et s'est accréditée, selon laquelle Pythagore n'aurait pas mangé de chair animale, et qu'il se serait même abstenu de la fève[1], κύαμος en grec. C'est ce qui a fait écrire au poète Callimaque :

3. Abstiens-toi de la fève, abjecte nourriture,
Je te répète ici l'ordre de Pythagore [...]

4. Mais le musicien Aristoxène, très grand amateur de littérature ancienne, et élève du philosophe Aristote, dit, dans le livre qu'il nous a laissé *Sur Pythagore*, que le légume habituel de Pythagore était la fève, parce qu'il lui attribuait la propriété d'être un laxatif doux, propre à relâcher l'abdomen. Je reproduis ici les termes mêmes d'Aristoxène : « Le légume préféré de Pythagore était la fève, car elle est à la fois émolliente et laxative; c'est pourquoi il en faisait grand usage. » 6. Aristoxène rapporte encore qu'il se nourrissait habituellement aussi de tout jeunes porcelets et de chevreaux du tout premier âge. 7. Il tenait ce renseignement, semble-t-il, du pythagoricien Xénophile[2] qui était son ami intime et de certaines autres personnes, plus âgées, et plus proches de l'époque où vécut Pythagore.

XII 1. Selon Aristote, les pythagoriciens s'abstenaient de manger de la matrice de truie, du cœur, des anémones de mer[3] et de certaines autres choses du même genre, mais, à ces exceptions près, ils mangeaient de tout. (*Nuits attiques*, IV, XI-XII.)

X

Platon.

« Mais si Homère, dit-on, n'a rien fait pour la république, a-t-il concouru à l'éducation privée de citoyens, qui l'auraient chéri pour ses leçons et qui auraient légué à leurs descendants une morale " homérique ", à l'instar de Pythagore[4], qui pour ce motif jouit d'une estime si exceptionnelle qu'aujourd'hui encore ses héritiers pratiquent un style de vie auquel ils donnent son nom, et qui les distingue de la foule ? » (*La République*, X, 600 *a*.)

Diogène Laërce.

45. L'acmé de Pythagore se situe, elle aussi, au cours de la soixantième olympiade[5] et son école a subsisté pendant neuf, ou même dix, générations. 46. En effet les derniers pytha-

goriciens, ceux-là même qu'Aristoxène a connus, furent le Chalcidien de Thrace Xénophile[1], Phanton de Phlionte, ainsi qu'Échécrate, Dioclès et Polymnastos[2], de Phlionte eux aussi : ils reçurent par ailleurs l'enseignement de Philolaos[3] et celui d'Eurytos[4] de Tarente. (*Vies*, VIII, 45-46.)

XI

Hippolyte.

Selon Diodore d'Érétrie et le musicien Aristoxène, Pythagore a été en relation avec le Chaldéen Zaratas[5]. (*Réfutation de toutes les hérésies*, I, II, 12.)

XII

Diogène Laërce.

C'est encore lui qui introduisit en Grèce mesures et poids, comme l'affirme le musicien Aristoxène. (*Vies*, VIII, 14.)

Porphyre.

D'après Aristoxène, il eut comme élèves des Lucaniens, des Messapiens, des Picéniens et des Romains. (*Vie de Pythagore*, 22[6].)

XIII

Porphyre.

D'autres rapportent que la pythonisse Théanô, originaire de Crète, donna à Pythagore un fils, Télaugès[7], et une fille, Mya[8], Arignotès pour d'autres, ceux-là même dont on a conservé des traités pythagoriciens.

Timée, lui, raconte qu'à Crotone on honorait la fille de Pythagore à la fois comme la Vierge des vierges et comme la Femme des femmes. Les gens de Crotone firent d'ailleurs de sa maison un sanctuaire de Déméter et appelèrent « avenue des Muses » la ruelle où elle s'élevait. (*Vie de Pythagore*, 4.)

Jamblique.

La fille qui lui était née, il la maria à Ménon de Crotone, chez qui elle vécut le reste de son existence ; mais elle avait reçu de son père une éducation telle que, si c'était elle qui conduisait les chœurs quand elle était jeune fille, elle continua, après son mariage, à être la première à s'approcher des autels. Les habitants de Métaponte, de leur côté, gardent encore le souvenir de Pythagore; ils avaient transformé, peu de temps après sa mort, sa maison en « sanctuaire de Déméter » et sa ruelle en « avenue des Muses ». (*Vie pythagorique*, 170.)

Pseudo-Justin.

Après avoir vécu à Crotone pendant vingt années, Pythagore alla finalement s'installer à Métaponte : c'est là qu'il mourut. On l'y admira tant qu'on transforma sa maison en un temple[1]. (*Exhortation*, XX, 4.)

Papyrus d'Herculanum.

Il pénétra dans l'antre de l'Ida, en Crète [...] et, après avoir appris dans des recueils ésotériques toute la théologie, il partit pour Crotone. Il mourut à plus de quatre-vingt-dix ans et fut enterré à Métaponte[2]. (*Papyrus d'Herculanum* n° 1788, *collectio altera*, VIII, fgm. 4, éd. Crönert, *Kolotes und Menedemos*, p. 147.)

XIV

Diodore de Sicile.

IX 2. L'orateur populaire[3] Télys, qui était alors à Sybaris, réussit à force d'accusations lancées contre les hommes les plus importants, à convaincre les habitants de Sybaris d'exiler les cinq cents citoyens les plus fortunés et de confisquer leurs biens. 3. Les bannis partirent pour Crotone et y cherchèrent asile, auprès des autels de l'agora. Télys dépêcha alors à Crotone des ambassadeurs pour intimer aux gens de cette cité l'ordre de leur livrer les bannis, sous peine de se voir déclarer la guerre. 4. L'assemblée se réunit et posa la question de savoir s'il fallait livrer les suppliants aux gens de Sybaris ou supporter une guerre contre une puissance supérieure à celle de Crotone; l'assemblée délibérante et le peuple hésitaient : la multitude vota d'abord en faveur de l'extradition des suppliants, par peur de la guerre; mais ensuite, sur l'avis du philosophe Pythagore qui voulait qu'on sauvât les suppliants, ce fut la décision inverse qui fut votée et on accepta la guerre pour assurer la sauvegarde des suppliants. 5. Aux trois cent mille hommes de Sybaris venus l'attaquer, Crotone en opposa cent mille, sous le commandement de l'athlète Milon, qui, par sa force physique exceptionnelle, mit aussitôt en déroute les ennemis qu'il avait en face de lui. 6. En effet, ce héros, qui avait remporté six victoires à Olympie, et dont le courage était à la mesure de la taille, s'avança au combat, dit-on, la tête ceinte des couronnes gagnées à Olympie, vêtu, comme Héraclès, d'une peau de lion et armé d'une massue[1]. Sa responsabilité dans la victoire lui valut l'admiration de ses concitoyens.

X 1. Les habitants de Crotone, en colère, décidèrent alors de n'épargner aucun prisonnier et massacrèrent tous ceux qui leur tombèrent sous la main au cours de la retraite, si bien que la plupart des ennemis furent taillés en pièces. Quant à la cité de Sybaris, après l'avoir mise à sac, ils la laissèrent complètement déserte. (*Bibliothèque historique*, XII, IX-X.)

Jamblique.

Car ils ne pouvaient admettre que trois cent mille hommes, victorieux près du fleuve Tétraès[2], se laissent ouvertement dominer par le millième d'entre eux. (*Vie pythagorique*, 260.)

XV

Diogène Laërce.

Au dire d'Aristote, au livre III de son traité *De la poétique*[3], Socrate fut en butte à la jalousie d'Antiloque de Lemnos et du devin Antiphon, comme Pythagore à celle de Cylon et d'Onatas[4]. (*Vies*, II, 46.)

XVI

Jamblique.

248. Tout le monde s'accorde à reconnaître que l'absence de Pythagore fut l'occasion du complot; mais les avis divergent sur le but du voyage qu'il effectuait alors : pour certains, c'était en Syrie, chez Phérécyde, que Pythagore s'était rendu; pour d'autres, il serait parti pour Métaponte. Quant aux origines du complot, on les dit multiples. En voici une, qui met en cause ceux qu'on appelait « les hommes de Cylon ». Cylon de Crotone[5] l'emportait sur ses concitoyens en noblesse, en renom et en fortune; mais c'était, pour le reste, un homme de caractère difficile, violent, tumultueux et autoritaire. Il mit tout son zèle à adopter le style de vie pythagoricien; mais lorsqu'il s'en fut trouver Pythagore — qui était déjà vieux — il se vit, après examen, rejeter comme disciple pour les raisons rappelées plus haut. 249. À la suite de quoi Cylon et ses hommes entreprirent une dure lutte contre Pythagore et ses compagnons, et leur jalousie atteignit une telle violence et un tel excès qu'ils pourchassèrent les pythagoriciens jusqu'au dernier. C'est pour cette

raison que Pythagore partit pour Métaponte où, selon la tradition, il acheva son existence. Quant aux hommes de Cylon, loin de désarmer ils ne cessèrent de poursuivre les pythagoriciens de leur animosité. Pourtant l'honnêteté scrupuleuse des pythagoriciens et conjointement la volonté même des cités faisaient que c'étaient eux qu'on voulait à la tête du gouvernement et de l'administration des affaires publiques. Finalement, les hommes de Cylon poussèrent la conspiration contre eux si loin qu'un jour que les pythagoriciens, réunis en séance chez Milon, à Crotone, délibéraient des affaires de la cité, ils mirent le feu à la maison, dont tous les occupants périrent brûlés, sauf deux, Archippos et Lysis[1], qui, étant les plus jeunes et les plus vigoureux de l'assemblée, parvinrent, on ne sait comment à se frayer un chemin jusqu'à la sortie. 250. Là dessus, comme les cités gardaient le plus grand silence sur la catastrophe qui venait de les frapper, les pythagoriciens décidèrent de ne plus s'occuper d'elles. La raison de cette attitude était double : d'une part, l'indifférence des cités (une catastrophe si grave et si épouvantable n'avait suscité de leur part aucune réaction), et, d'autre part, la disparition des hommes les plus capables de diriger les affaires. Quant aux deux rescapés, tous deux de Tarente, le premier, Archippos, s'en retourna à Tarente; le second, Lysis, dégoûté par l'indifférence générale, partit pour la Grèce. Il passa quelque temps en Achaïe du Péloponnèse, puis vint s'installer avec une certaine hâte à Thèbes, où il devint le maître d'Épaminondas qui le gratifia du titre de père : c'est de la sorte qu'il acheva son existence. 251. Quant aux autres pythagoriciens, ils se regroupèrent à Rhégium, où leur vie se passait à discuter entre eux. Mais le temps s'écoulait et la situation politique allait de mal en pis; ils quittèrent alors l'Italie, à l'exception d'Archippos de Tarente. Les plus zélés étaient Phanton et Échécrate, Polymnastos et Dioclès de Phlionte[2], Xénophile de Chalcis (Chalcis de Thrace[3]). Ils perpétuèrent les principes de vie et les enseignements de la secte, ou du moins ce qu'il en restait, jusqu'à leur disparition dans de nobles circonstances. Voilà ce qu'Aristoxène raconte en détail. Nicomaque, de son côté, est entièrement d'accord avec ce témoignage; mais il dit que c'est pendant l'absence de Pythagore que le complot fut tramé[4]. (*Vie pythagorique*, 248-251.)

Porphyre.

Dicéarque et les gens les plus sérieux affirment que Pythagore aussi fut victime du complot. (*Vie de Pythagore*, 56.)

Polybe.

XXXVIII. Or, déjà dans les époques antérieures, l'Achaïe avait en propre le mode de gouvernement et la constitution dont on vient de parler [...] XXXIX. En effet, après qu'ils eurent incendié le collège des pythagoriciens qui se trouvaient disséminés dans cette région de l'Italie qu'on appelait alors la Grande-Grèce, on entra dans une période de grande agitation politique (ce qui allait de soi quand on songe à la façon scandaleuse dont les notables des différentes cités avaient péri); et on vit alors le crime, la sédition et les troubles de toutes sortes submerger les cités grecques de cette région. Alors qu'en ces circonstances critiques, la majorité des cités grecques envoyait des ambassadeurs pour tenter de régler la crise, c'est aux Achéens et au crédit dont ils jouissaient qu'on eut recours pour trouver une issue aux maux du moment. (*Histoire*, II, xxxviii, 10; xxxix, 1-4.)

ÉCRITS ET PHILOSOPHIE

XVII

Philodème.

Selon certains, aucune des œuvres qui lui sont attribuées ne serait vraiment de Pythagore, à l'exception de ces[1] trois livres. (*De la piété*, 4 *b*, 3, éd. Gomperz, p. 66.)

Jamblique.

L'exactitude avec laquelle la doctrine pythagoricienne a été conservée est étonnante, car, pendant de fort nombreuses générations — cela est manifeste —, personne n'a pu avoir accès aux archives de Pythagore avant l'époque de Philolaos, qui fut d'ailleurs le premier à éditer les trois livres que l'on sait. Selon la tradition, Dion de Syracuse les racheta, à la demande de Platon, pour cent mines à Philolaos, tombé dans une misère noire; en effet, ce dernier appartenait lui aussi à la confrérie des pythagoriciens et c'est pourquoi il avait eu ces livres en sa possession[2]. (*Vie pythagorique*, 199.)

XVIII

Flavius Josèphe.

On s'accorde à reconnaître que Pythagore n'a laissé aucun traité de sa main; mais nombreux sont ceux qui ont rapporté ses faits et gestes. Parmi eux, le plus digne d'intérêt est Hermippe[3]. (*Contre Apion*, I, 163.)

Plutarque.

Ni Pythagore ni Socrate, pas plus qu'Arcésilas ou Carnéade, n'ont laissé d'ouvrage écrit. (*De la fortune ou vertu d'Alexandre*, I, 4, p. 328.)

Galien.

Quand Posidonius parle de Pythagore, étant donné qu'il ne nous eſt pas parvenu d'écrit de sa main, c'eſt à travers les écrits de quelques-uns de ses disciples qu'il en témoigne[1]. (*Des dogmes d'Hippocrate et de Platon,* éd. Müller, p. 459.)

XIX

Diogène Laërce.

6. D'aucuns affirment que Pythagore n'a laissé ſtriċtement aucun écrit à la poſtérité (ils plaisantent car tout le monde connaît la proclamation du philosophe de la nature Héraclite[2] — je cite : « Pythagore, fils de Mnésarchos, s'eſt exercé, plus que tous les hommes, à l'étude de la géométrie[3] ; par le choix de ces traités, il s'eſt fabriqué une science, un savoir trop vaſte, un art mal venu. » S'il s'exprime en ces termes, c'eſt qu'au début de son traité *De la nature*, Pythagore dit ceci :

Non, par l'air que je respire !
Non, par l'eau que je bois !
Jamais je ne supporterai
Qu'on critique le traité que voici !

De fait, Pythagore eſt l'auteur de trois traités : *De l'éducation, De la politique* et *De la nature*[4]).

7. Quant aux ouvrages attribués à Pythagore, ils sont en réalité l'œuvre du pythagoricien Lysis de Tarente[5], qui se réfugia à Thèbes où il devint le maître d'Épaminondas. De son côté, Héraclide, fils de Sarapion, écrit dans l'*Abrégé de Sotion* que Pythagore composa aussi un traité *De l'univers*, en hexamètres, un *Traité sacré*, dont voici le début :

Allons donc, jeunes gens ! Il faut vous recueillir
Pour accueillir ceci avec vénération !

en troisième lieu un traité *De l'âme*, puis un *De la piété* et un *Hélothalès* (le père d'Épicharme de Cos[6]), en sixième lieu, un traité intitulé *Crotone*, et d'autres ouvrages encore[7]. *Le Traité myſtique*, Héraclide l'attribue à Hippase, qui l'aurait composé pour s'opposer à Pythagore[1]. Il dit encore qu'on a attribué à Pythagore plusieurs traités écrits en fait par Aston de Crotone. (*Vies*, VIII, 6-7.)

XX

Diogène Laërce.

Parménide est, semble-t-il, le premier à avoir décelé que l'étoile du Soir et l'étoile du Matin[2] ne font qu'une. Selon d'autres, ce serait une découverte de Pythagore. (*Vies*, IX, 23.)

XXI

Aétius.

C'est Pythagore le premier qui a donné le nom de cosmos à l'enveloppe de l'univers, en raison de l'organisation qui s'y voit[3]. (*Opinions*, II, 1, 1.)

ADDITION

Athénée.

[...] La philosophie que le noble Pythagore a introduite[4]. (*Les Deipnosophistes*, V, 213 F.)

LES PYTHAGORICIENS ANCIENS

CERCOPS

I

Cicéron.

Selon ce qu'enseigne Aristote[1], le poète Orphée n'a jamais existé; d'ailleurs, la tradition veut que le *Poème orphique* soit l'œuvre d'un pythagoricien, Cercops. (*De la nature des dieux*, I, XXXVIII, 107.)

II

Clément d'Alexandrie.

Dans son ouvrage *Sur les poèmes ⟨attribués⟩ à Orphée*, Épigène rapporte la *Descente aux Enfers* et le *Traité sacré* au pythagoricien Cercops, et à Brontin *Le Péplos* et *Les Éléments de la nature*[2]. (*Stromates*, I, 131.)

III

Suidas.

La tradition attribue les *Traités sacrés*, en vingt-quatre chants, au Thessalien Théognète; mais certains les rapportent au pythagoricien Cercops. (*Lexique*, « Orphée ».)

IV

Diogène Laërce.

Cercops, lui aussi, rivalisa avec Hésiode, jusqu'à la mort de ce dernier[3]. (*Vies*, II, 46.)

PÉTRON

Plutarque.

Il existe cent quatre-vingt-trois mondes, qui sont disposés selon un triangle équilatéral de soixante mondes de côté[1]. Chacun des trois mondes restants constitue un angle, tandis que les cent quatre-vingts autres, en un ordre impeccable, parcourent les côtés du triangle, en en faisant le tour, comme dans la ronde des chœurs. (*Pourquoi la prophétesse Pythie ne rend plus ses oracles en vers*, 22, p. 422 B.)

Ce nombre des mondes, qui n'est ni d'origine égyptienne ni même d'origine indienne, laisse entrevoir l'origine dorienne de Sicile de son inventeur : il s'agit d'un citoyen d'Himère, nommé Pétron. J'avoue n'avoir pas lu le petit livre qu'il a composé, ni même savoir si on peut encore le trouver[2] ; en tout cas, Hippys de Rhégium, mentionné par Phanias d'Érèse, attribue à Pétron la démonstration de l'opinion selon laquelle il existe cent quatre-vingt-trois mondes, qui se tiennent ensemble, élément par élément[3]. Malheureusement, il ne donne aucun éclaircissement complémentaire sur ce qu'on doit entendre par « se tiennent ensemble, élément par élément », et n'ajoute aucun argument décisif. (*Ibid.*, 23, p. 422 D.)

BRONTIN

VIE

I

Jamblique.

Parmi les pythagoriciens originaires de Métaponte, on compte Brontin, etc. (*Vie pythagorique*, 267.)

Jamblique.

Théanô[1] fut l'épouse de Brontin de Métaponte. (*Ibid.*, 267.)

Deinonô[2], l'épouse de l'un des disciples de Pythagore, Brontin, était dotée d'une sagesse et d'une personnalité peu communes; c'est elle qui avait prononcé cette belle parole, connue de tous : « La femme doit offrir un sacrifice à l'instant même où elle quitte le lit de son époux », et que certains attribuent à Théanô. Elle vit venir à elle les femmes de Crotone qui la supplièrent de convaincre Pythagore d'entretenir leurs maris du respect dû à l'épouse. (*Ibid.*, 132.)

Diogène Laërce.

Pythagore épousa une femme du nom de Théanô, qui était la fille de Brontin de Crotone. Selon d'autres, elle aurait été l'épouse de Brontin et le disciple de Pythagore. Pythagore eut aussi une fille, Damô, au dire de Lysis dans sa *Lettre à Hippase*[3]. (*Vies*, VIII, 42.)

II

Diogène Laërce.

Alcméon de Crotone[4], fils de Peirithos, a en l'honneur de Brotin[5], de Léon et de Bathyllos : écrit ce qui suit : « Aussi bien dans le domaine de l'invisible etc.[6] ». (*Vies*, VIII, 83.)

III

Diogène Laërce.

Rien ne serait plus sujet à caution que ce qu'on connaît sous le nom de *Lettre à Télaugès*[1] et la tradition selon laquelle Empédocle a suivi les leçons d'Hippase et de Brotin[2]. (*Vies*, VIII, 55.)

IV

Suidas.

Le Péplos et *Le Filet* sont l'œuvre de Zopyre d'Héraclée (certains les attribuent à Brontin), tout comme *Les Éléments de la nature*[3]. (*Lexique*, « Orphée ».)

Clément d'Alexandrie.

Le Péplos et *Les Éléments de la nature* sont de Brontin. (*Stromates*, I, 131.)

V

Jamblique.

C'est précisément ce qui fait ainsi parler Brotin[4], qui dans son traité *De l'intellect et de l'entendement*[5] établit des distinctions entre ces notions[6]. (*De la science mathématique commune*, 8, éd. Festa, p. 34, 20.)

HIPPASE

VIE ET PHILOSOPHIE

VIE

I

Diogène Laërce.

Hippase de Métaponte fut lui aussi disciple de Pythagore. Il a dit que les transformations de l'univers s'inscrivent dans un temps défini et que le Tout[1] est fini et mû éternellement[2]. Dans ses *Homonymes*, Démétrios affirme qu'Hippase n'a laissé aucun traité. Il y a eu deux Hippase : celui-ci, et un autre, auteur d'une *Constitution de Sparte* en cinq livres, et qui fut spartiate lui-même. (*Vies*, VIII, 84.)

I *a*

Suidas.

Selon certains, Héraclite[3] aurait suivi l'enseignement de Xénophane et du pythagoricien Hippase. (*Lexique*, « Héraclite ».)

II

Jamblique.

Sont originaires de Sybaris : Métopos, Hippase, etc. (*Vie pythagorique*, 267.)

Les adeptes de la philosophie pythagoricienne constituaient en effet deux groupes : les acousmaticiens et les mathématiciens[4]. Les premiers reconnaissaient aux seconds le titre de pythagoriciens, mais la réciproque n'était pas vraie; d'ailleurs, c'est Hippase qui s'occupait des acousmaticiens, et non Pythagore. Hippase était selon les uns originaire de Crotone, ou de Métaponte selon d'autres. (*Ibid.*, 81.)

Porphyre.

36. Tout ce dont Pythagore s'entretenait[1] avec ses disciples, il le présentait ou bien sous forme détaillée ou bien sous forme symbolique[2]. 37. Son enseignement revêtait en effet deux formes différentes et, parmi ses disciples, les uns s'appelaient mathématiciens, et les autres acousmaticiens. Les premiers avaient pénétré jusqu'au fond rationnel de la science par une étude plus fine et plus exacte, alors que les seconds se contentaient d'apprendre les têtes de chapitre et les arguments des traités, sans s'embarrasser d'exactitude et sans souci du détail. (*Vie de Pythagore*, 36-37.)

III

Diogène Laërce.

Le *Traité mystique*[3] serait l'œuvre d'Hippase, qui l'aurait composé pour s'opposer à Pythagore, [et non de Pythagore]. (*Vies*, VIII, 7.)

IV

Jamblique.

La tradition veut qu'Hippase ait été du nombre des pythagoriciens, et ce serait pour avoir le premier révélé et construit l'inscription des douze pentagones dans la sphère[4] qu'il se noya dans la mer, se punissant ainsi du sacrilège d'avoir voulu s'attribuer la gloire de cette invention, dont tout le mérite revenait au « grand homme » (c'est le titre qu'ils donnent à Pythagore, qu'ils n'appellent pas par son nom). Après leur divulgation, les mathématiques se développèrent à travers toute la Grèce et on tint pour les premiers mathématiciens d'alors deux hommes qui avaient une prééminence absolue : Théodore de Cyrène[5] et Hippocrate de Chio[6]. Voici comment, selon les pythagoriciens, fut divulguée la géométrie : un pythagoricien perdit sa fortune et, en raison du malheur qui le frappait, fut autorisé à gagner sa vie en enseignant la géométrie[7]. (*Vie pythagorique*, 88; *De la science mathématique commune*, 25.)

Jamblique.

En tout cas, le premier à avoir révélé la nature de la commensurabilité et de l'incommensurabilité[8] à des gens indignes de connaître ces secrets fut, selon la tradition, impitoyablement rejeté par la secte : non seulement il lui fut interdit de vivre dans la communauté pythagoricienne, mais ses compagnons de la veille allèrent jusqu'à lui ériger un tombeau, tout comme s'il avait déjà quitté le monde des vivants. Selon certains, la puissance divine se déchaîna contre ceux qui, par intérêt matériel, divulguaient la doctrine secrète de Pythagore, car c'est dans la mer que, pour expier son sacrilège, périt celui qui révéla que le volume qui comporte vingt sommets, c'est-à-dire le dodécaèdre, l'une des cinq figures qu'on appelle solides, était inscriptible dans la sphère. Quelques-uns disent que c'est celui qui publia la théorie complète des grandeurs irrationnelles et incommensurables qui subit ce châtiment. (*Vie pythagorique*, 246.)

Clément d'Alexandrie.

En tout cas, Hipparchos[1], coupable d'avoir dévoilé par écrit les mystères de Pythagore, fut, dit-on, exclu définitivement de l'école et on lui dressa un monument funéraire, comme s'il était mort[2]. (*Stromates*, V, 58.)

V

Jamblique.

Tout cela, comme je l'ai dit précédemment[3], rendait à tous les Crotoniates la vie en collectivité si pénible qu'ils bannirent[4] les jeunes gens qui, ayant reçu le même enseignement, voulaient constituer une communauté à part... Mais, comme ces derniers amorçaient la rupture, les autres en vinrent à les haïr. Et, alors que, parmi ces gens, qui étaient au nombre de mille[5], Hippase, Diodore et Théagès prônaient de leur côté la participation de tous à l'exercice des magistratures et à l'assemblée du peuple, ainsi que le tirage au sort de gens du peuple à qui les archontes auraient à rendre leurs comptes, les pythagoriciens Alcimaque, Dinarque, Méton[6] et Démocédès[7] s'opposèrent à eux pour empêcher l'abolition de la constitution ancestrale. Mais ce fut le point de vue des tribuns populaires qui triompha : devant l'assemblée du peuple qui suivit ces événements, on vit certains[8] de ces mêmes orateurs, Cylon[9] et Ninon se partager la tribune et lancer des accusations [contre les pythagoriciens]. (*Vie pythagorique*, 257.)

VI

Célius Aurélien.

Selon la tradition, le philosophe pythagoricien Ippalle[10], à qui l'on demandait ce qu'il avait fait, répondit : « Rien encore ! et de fait, on ne me jalouse pas encore ! » (*Des maladies aiguës*, I, 1.)

PHILOSOPHIE

VII

Aristote.

Pour Hippase de Métaponte et Héraclite d'Éphèse, le principe est le feu. (*Métaphysique*, A 3, 984 *a* 7.)

Simplicius.

Hippase de Métaponte et Héraclite d'Éphèse[1], considéraient eux aussi le monde comme un, mû et limité, mais ils faisaient du feu le principe[2], et du feu ils faisaient naître les existants par condensation et raréfaction, et se dissoudre de nouveau dans le feu, en tant qu'il est l'unique nature servant de substrat. (*Commentaire sur la Physique d'Aristote*, 23, 33.)

Aétius.

Pour Hippase de Métaponte et Héraclite d'Éphèse, fils de Blyson, le Tout est un, immobile[3] et limité, et c'est le feu qui constitue le principe. (*Opinions*, I, v, 5.)

VIII

Clément d'Alexandrie.

Hippase de Métaponte et Héraclite d'Éphèse ont tous deux conçu le feu comme un dieu. (*Protreptique*, V, 64.)

IX

Aétius.

Pour Parménide, Hippase et Héraclite, l'âme[4] est ignée. (*Opinions*, IV, 3, 4.)

Tertullien.

Pour Hipparchos[5] et Héraclite, l'âme est ignée. (*De l'âme*, 5.)

X

Claudien Mamert.

Hippon[6] de Métaponte, qui a lui aussi appartenu à la secte pythagoricienne, affirme, après avoir énoncé des preuves incontestables destinées à fonder sa propre opinion sur l'âme, qu'« il est évident que l'âme et le corps sont deux réalités absolument distinctes, puisque la paralysie du corps n'enlève pas à l'âme sa vigueur : l'âme voit chez l'aveugle, et continue à vivre dans le cadavre ». Il avoue ignorer, d'ailleurs, d'où provient l'âme, autrement dit son principe. (*De l'âme*, II, 7.)

XI

Jamblique.

Quant au nombre, certains pythagoriciens en font, en un mot, la structure harmonique de l'âme. C'est ainsi que pour Xénocrate[1], il a la propriété de se mouvoir par soi-même, pour le pythagoricien Modératos[2], il renferme des rapports[3], et pour Hippase, qui était chargé de l'enseignement des acousmaticiens de la secte, c'est l'organe de décision du dieu artisan de l'ordre du monde. (*De l'âme*, cité par Stobée, *Choix de textes*, I, XLIX, 32.)

Jamblique.

Les acousmaticiens, dont était responsable Hippase, ont dit du nombre qu'il est le modèle premier de la création de l'univers, et encore qu'il est l'instrument de décision du dieu artisan de l'ordre du monde. (Cité par Nicomaque de Gérase, *Introduction arithmétique*, éd. Pistelli, p. 10, 20.)

XII

[Scolie.]

« Art de Glaucos[4] » : expression désignant soit des prouesses artisanales, soit des ouvrages exécutés avec un soin et une habileté extrêmes. Un certain Hippase avait fabriqué quatre disques de bronze dont les diamètres étaient égaux, et tels que l'épaisseur du premier était supérieure d'un tiers à celle du deuxième, de la moitié à celle du troisième, et double de celle du quatrième[5] ; quand on les frappait, on obtenait un certain accord musical. Selon la tradition, l'observation des sons produits par ces disques donna à Glaucos le premier l'idée de s'en servir comme d'un instrument de musique. Telle est l'origine de l'expression, encore usitée de nos jours, d'« art de Glaucos ». Celle-ci se rencontre chez Aristoxène dans son traité *De la musique*[6] et chez Nicoclès dans son traité *De la théorie*[7]. (Au *Phédon* de Platon, 108 *d*.)

Eusèbe.

Selon un second témoignage, où la plus grande expérience de la musique est reconnue à Glaucos, ce dernier aurait fabriqué quatre disques de bronze tels que leur percussion produisait un certain accord des sons. (*Contre Marcellus*, XXIV, 746, éd. Migne.)

XIII

Théon de Smyrne.

Selon certains, ce sont des différences de poids qui produisent ces accords; selon d'autres, des différences de taille, ou de vibrations[1] et de nombres, ou encore, selon certains, de vases. Lasos d'Hermionè, lui, (c'est aussi ce que disent les disciples du pythagoricien Hippase de Métaponte) pensait que la vitesse et la lenteur des vibrations, selon lesquelles naissent les accords, ont des relations numériques entre elles, et il se servait de vases pour obtenir de tels rapports numériques. Il prenait en effet des vases, tous égaux et identiques entre eux, dont il laissait vide le premier et ne remplissait d'eau le second qu'à demi; c'est en les faisant résonner ensemble qu'il produisait l'accord d'octave. Ensuite, il recommençait l'opération en laissant vide le premier vase, alors qu'il remplissait l'autre au quart, et obtenait l'accord de quarte en les heurtant. Quant à l'accord de quinte, c'est en remplissant le second vase au tiers qu'il l'obtenait. Le rapport du vide au plein était donc respectivement de 1/2 pour l'accord d'octave, de 1/3 pour celui de quinte et de 3/4 pour celui de quarte. (*Commentaires*, éd. Hiller, p. 59.)

XIV

Boèce.

De leur côté[2], Euboulide[3] et Hippase proposent un ordre différent des accords[4]. Selon eux, en effet, à l'augmentation numérique[5] répond une diminution du superpartiel[6] selon une loi constante : ainsi doit-il y avoir une correspondance entre le double et la moitié et entre le triple et le tiers. Par conséquent, si l'on prend le double, on obtient à partir du double l'accord de l'octave[7]; mais si l'on prend la moitié, c'est-à-dire en quelque sorte l'inverse[8], on obtient comme superpartiel la quinte[9].

Si l'on multiplie les deux, à savoir l'octave et la quinte[10], on produit le nombre 3[11] qui renferme les deux accords précédents;

mais si en retour on considère non plus le triple, mais le tiers, on voit naître de leur addition l'accord de quarte[1]. De même encore, la conjonction du triple et de la quarte produit le quadruple[2]. Ainsi à partir de la réunion de l'octave et de la quinte qui constitue déjà un seul accord[3], lui-même multiplié par la quarte, on obtient un accord quadruple appelé double octave[4]. Aussi, d'après Euboulide et Hippase, l'ordre est-il le suivant : octave, quinte, octave et quinte, quarte, octave double. (*Institution musicale*, II, 19, éd. Friedlein, p. 250.)

XV

Jamblique.

Jadis, à l'époque de Pythagore et des mathématiciens qui lui sont contemporains, il n'existait que trois types de médiétés[5] : l'arithmétique, la géométrique et celle qu'on a appelée, un temps, subcontraire, parce qu'elle occupait la troisième place, et qui devint à l'époque des mathématiciens Archytas et Hippase, la médiété harmonique. Après cette réforme, les mathématiciens qui travaillaient avec Eudoxe découvrirent trois nouvelles médiétés et appelèrent subcontraire la quatrième; quant aux deux autres, on se contenta de leur donner un numéro, 5 et 6, qui était fonction de leur place. (Cité par Nicomaque de Gérase, *Introduction arithmétique*, éd. Pistelli, p. 100, 19.)

CALLIPHON ET DÉMOCÉDÈS

I

Hérodote.

125. Mais Polycrate ne tint aucun compte de l'avis général et décida de mettre à la voile pour rejoindre Oroïtès, à la tête d'un groupe de compagnons nombreux ; parmi eux se trouvait Démocédès, fils de Calliphon et originaire de Crotone : il excellait dans l'art de la médecine plus qu'aucun de ses contemporains[1] [...]

129. Une semaine après, Darius était dans un état critique quand quelqu'un, qui avait entendu vanter, quelque temps plus tôt à Sardes, l'habileté de Démocédès de Crotone, lui parla de ce médecin. Darius donna l'ordre de l'amener auprès de lui, au plus vite. On le découvrit parmi les esclaves d'Oroïtès (là, personne ne le connaissait) et on le conduisit à la cour[2] [...]

130. Enfin, Darius voulut bien s'en remettre à Démocédès : celui-ci, grâce à des remèdes grecs, abandonnant la violence pour la douceur, fit retrouver le sommeil à Darius, qui en peu de temps recouvra la santé, alors qu'il n'espérait même plus retrouver l'usage de son pied. À la suite de cette guérison, Darius fait cadeau à Démocédès de deux paires d'entraves d'or ; et ce dernier de demander au roi si c'est parce qu'il lui a rendu la santé qu'il redouble son malheur[3] [...] En ramassant, sur son passage, les statères qui tombaient des coupes, son serviteur nommé Sciton se constitua une petite fortune.

131. *Voici maintenant* dans quelles conditions Démocédés quitta Crotone et s'attacha à Polycrate. Ses rapports avec son père, à Crotone, étaient tendus, parce que ce dernier était un homme fort irascible. Un jour, ne pouvant plus le supporter, Démocédès le quitta et partit pour Égine. Il s'y établit, et au bout d'un an, quoiqu'il fût démuni de tous les instruments et du

matériel indispensables à l'exercice de la médecine, il avait surpassé tous les autres médecins. Aussi, dès la première année, les Éginètes décident de lui verser un talent, au titre de médecin officiel[1] ; la deuxième année, à Athènes, on lui offre cent mines, et la quatrième année, Polycrate lui offre deux talents. Démocédès partit alors pour Samos. C'est à lui que les médecins de Crotone ont dû l'essentiel de leur réputation ; car les médecins de Crotone passaient en Grèce, à cette époque, pour les meilleurs, avant ceux de Cyrène[2]. [...]

137. Cependant, au moment de leur départ, Démocédès se contenta de donner aux serviteurs de Darius l'ordre de dire à Darius qu'il avait épousé la fille de Milon[3], parce que le pugiliste Milon avait bonne réputation auprès du roi. C'est la raison qui me fait penser que c'est pour faire voir à Darius qu'il était aussi un homme important dans sa patrie, qu'il contracta à grands frais ce mariage[4]. (*Enquête*, III, 125-137.)

[Inscription d'Abydos.]

Démocédès, fils de Bloson, originaire de Crotone. (*Musée et bibliothèque de l'école évangélique de Smyrne*, II, 2-3 [1878], p. 13.)

II

Suidas.

Démocédès, fils de Calliphon qui fut prêtre d'Asclépios à Cnide ; médecin originaire de Crotone. Exerça la médecine à Égine et s'y maria. Soigna le tyran Polycrate de Samos contre deux talents d'or ; le Perse Darius le fit venir auprès de lui et le garda à son service assez longtemps. Auteur d'un petit traité de médecine. (*Lexique*, « Démocédès ».)

Flavius Josèphe.

Hermippe se passionna pour toutes sortes de recherches historiques. Il écrit ainsi, dans le premier de ses *Livres sur Pythagore*, que Pythagore prétendit, après la mort de l'un de ses disciples du nom de Calliphon et originaire de Crotone, que son âme l'accompagnait continuellement de nuit comme de jour ; il écrit encore que Pythagore interdisait *qu'on passât par où son âne s'était mis à genoux, qu'on bût les eaux qui donnent soif* et *qu'on prononçât des paroles de mauvais augure*[5]. À cela, il ajoute encore que « ses actes et ses paroles n'étaient que l'imitation de croyances thraces et juives, qu'il faisait passer pour siennes ». De fait, à dire vrai, cet homme illustre a incorporé dans son système philosophique de nombreuses croyances juives[6]. (*Contre Apion*, I, 163.)

II *a*

Athénée.

Selon Timée[1], quand les habitants de Crotone eurent chassé les gens de Sybaris, ils s'abandonnèrent à ce point à la mollesse que leur premier magistrat se promenait en ville, vêtu d'une robe de pourpre, une couronne d'or sur la tête et des brodequins blancs aux pieds[2]. D'autres affirment — de leur côté — que ce n'est pas par goût du luxe qu'ils agissaient ainsi, mais pour suivre les recommandations du médecin Démocédès. Celui-ci, de souche crotoniate, avait vécu à la cour du tyran Polycrate de Samos. Les Perses le firent prisonnier, après la mort de Polycrate, tué par Oroïtès, et le conduisirent auprès du Grand Roi. Démocédès guérit Atossa, femme de Darius et fille de Cyrus, d'une tumeur au sein, et lui demanda comme faveur de pouvoir retourner en Grande-Grèce; ce qui lui fut accordé. Il rentra donc à Crotone. Mais, alors qu'il avait l'intention de s'y établir définitivement, un Perse s'assura de sa personne, en lui disant qu'il était l'esclave du Grand Roi. Sur ce, les habitants de Crotone se saisirent du Perse, qu'ils dépouillèrent de son équipement pour en revêtir l'attaché du prytanée. Depuis ce jour-là, s'il visite revêtu de la robe perse tous les autels le septième jour de chaque mois, à la suite du prytane, ce n'est pas par goût du luxe ni par esprit de démesure, mais c'est pour insulter aux Perses. (*Les Deipnosophistes*, XII, 522 A.)

II *b*

Élien.

Mais Démocédès de Crotone ne revint pas[3]. Aussi Darius entreprit-il de le calomnier, affirmant qu'il n'était qu'un traître et le pire des hommes. (*Histoires variées*, VIII, 17.)

II *c*

Himérios.

On dit aussi que l'illustre Démocédès de Crotone fut le premier à introduire chez les Barbares la médecine grecque. Il séjourna à Suse et en Perse, puis fit la connaissance de Pythagore et préféra aux richesses du Grand Roi la félicité que la sagesse de Pythagore lui procurait. (Manuscrit de Naples, Schenkl, *Hermes*, 46 [1911], 426.)

III

Stobée.

De Démocédès[1] : « Le développement de l'esprit va de pair avec celui du corps et, quand le corps vieillit, l'esprit vieillit également et perd de son acuité pour toutes les sortes d'activités. » (*Florilège*, IV, 50, 80.)

Hérodote.

Suivant en cela les leçons de Démocédès, au lit Atossa tenait à Darius ce langage : [...] « Eh bien ! ce serait le moment de montrer ce que tu sais faire, tant que tu es dans la fleur de l'âge. En effet le développement de l'esprit va de pair avec celui du corps et, quand le corps vieillit, l'esprit vieillit également et perd de son acuité pour toutes les sortes d'activités[2]. » (*Enquête*, III, 134.)

PARMÉNISCOS (PARMISCOS)

I

Jamblique.

Pythagoriciens originaires de Métaponte : Brontin[1], Parmiscos, Orestadas, Léon[2], etc. (*Vie pythagorique*, 267.)

II

Diogène Laërce.

Xénophane[3] aurait été, à ce qu'il semble, vendu comme esclave ⟨et ensuite libéré⟩ par les pythagoriciens Parméniscos et Orestadas. (*Vies*, IX, 20.)

III

Athénée.

Selon Sémos, au cinquième livre de *La Déliade*[4], Parméniscos de Métaponte, que sa naissance et sa richesse mettaient au premier plan, perdit la faculté de rire, après être remonté de l'antre de Trophonios[5]. Il consulta donc la Pythie, qui lui fit la réponse suivante :

Toi qui es ignorant de la douceur du miel,
De moi tu veux le rire à la douceur de miel?
Elle t'en fera don, la mère en sa demeure!
Il te faut pour cela la vénérer beaucoup.

Il était rentré dans sa patrie avec l'espoir de recouvrer aussitôt le rire; mais comme aucune amélioration [de son état] ne se produisait, il finit par croire à une mystification. Un jour, le hasard veut qu'il se rende à Délos. Il entreprend la visite complète de la ville, sans négliger bien sûr le temple de Létô, où, croyait-il, il devait découvrir une statue de la mère d'Apollon qui valait la visite. Or il ne vit rien qu'un morceau de bois sans forme ; sa surprise fut telle qu'il éclata de rire. Il comprit alors le sens de l'oracle du Dieu[1] et offrit à la déesse des présents magnifiques pour l'avoir délivré de son infirmité. (*Les Deipnosophistes*, XIV, 614 A.)

[Inventaire du temple d'Artémis à Délos.]

Un cratère en argent, pesant 9 572 drachmes[2], offert en ex-voto par Parmiscos. (*Inscriptions grecques*, XI, 2, 161 B 17, p. 49[3].)

XÉNOPHANE

XÉNOPHANE

A. VIE ET PHILOSOPHIE

VIE

I

Diogène Laërce.

18. Xénophane, fils de Déxios ou, comme le dit Apollodore, d'Orthomène, né à Colophon et loué par Timon, qui dit en effet :

> *Xénophane, un esprit modeste et le censeur*
> *Des mensonges forgés par la gent homérique*[1].

Chassé de sa patrie il vint à Zancle[2] en Sicile, ⟨il rejoignit la colonie installée à Élée et y enseigna[3]⟩ et il habita aussi Catane. D'après certains il ne fut l'élève de personne, mais d'après quelques-uns il fut l'élève de Boton d'Athènes[4] ou, comme le disent d'autres, d'Archélaos. Et, ainsi que le déclare Sotion, il vivait à l'époque d'Anaximandre. Il écrivit des vers épiques, des élégies et des iambes contre Hésiode et Homère, et se fit le censeur des propos qu'ils tenaient sur les dieux[5]. Il récitait lui-même ses propres vers. Il professait, dit-on, des thèses opposées à celles de Thalès[6] et de Pythagore[7], et attaqua aussi Épiménide[8]. Il vécut fort longtemps, ainsi qu'il le dit lui-même quelque part : « *Voilà bientôt déjà* [...] *discours vrai*[9]. »

19. Il déclare que les éléments des réalités sont quatre, et les mondes illimités et non différents les uns des autres[10]. Les nuages se forment quand la vapeur venant du Soleil se déplace vers le haut et les soulève vers l'enveloppe céleste. La substance de Dieu est sphérique[11] et ne ressemble aucunement à celle de l'homme[12]. Dieu tout entier voit et tout entier entend[13], et ne respire nullement. Il est tout entier intellect et conscience et il est éternel. Xénophane fut le premier à dire que tout ce qui est engendré est corruptible et que l'âme est souffle[14].

Il disait encore que les multiples sont inférieurs à l'intellect, et que lorsque nous rencontrons des tyrans, ce doit être le moins fréquemment ou le plus agréablement possible.

20. Empédocle lui ayant dit que le sage est introuvable, il répondit : « Évidemment, car il faut être sage pour reconnaître le sage[1]. » Sotion déclare qu'il fut le premier à dire que toutes les choses sont insaisissables[2], mais il se trompe.

Il a composé la *Fondation de Colophon* et la *Colonisation d'Élée en Italie*, soit en tout deux mille vers[3]. Son acmé se situe pendant la soixantième olympiade[4]. Démétrios de Phalère[5] déclare dans son *De la vieillesse*, et Panétius le stoïcien dans son *De la vie tranquille*, qu'il enterra ses fils de sa propre main, tout comme Anaxagore. On croit qu'il fut vendu comme esclave, ⟨et affranchi[6]⟩ par les pythagoriciens Parméniscos et Orestadas, ainsi que le déclare Favorinus au premier livre de ses *Mémorables*.

Il y eut aussi un autre Xénophane, de Lesbos, poète, auteur de iambes. (*Vies*, IX, 18-20.)

II

Diogène Laërce.

Parménide, fils de Pyrète, originaire d'Élée, fut l'élève de Xénophane. Théophraste, dans son *Épitomé*, dit que Xénophane fut l'élève d'Anaximandre[7]. (*Vies*, IX, 21.)

III

Héraclite.

Un savoir universel n'instruit pas l'intellect, sinon il aurait instruit Hésiode et Pythagore, ainsi que Xénophane et Hécatée. (Héraclite, B XL.)

IV

Cicéron.

Xénophane, un peu plus ancien que lui[8], déclare que toutes choses sont un. (*Premiers académiques*, II, XXXVII, 118.)

V

Diogène Laërce.

Hermippe fait d'Empédocle l'adepte non pas de Parménide, mais de Xénophane, en compagnie duquel il vécut et dont il imita la poésie[9]. (*Vies*, VIII, 56.)

VI

Pseudo-Lucien.

Xénophane, fils de Dexinos et élève d'Archélaos, le philosophe de la nature, vécut quatre-vingt-onze ans. (*De la longévité*, 20.)

VII

Censorinus.

Xénophane de Colophon vécut plus de cent ans. (*Du jour de la naissance*, xv, 3.)

VIII

Clément d'Alexandrie.

Xénophane de Colophon est le fondateur de l'école éléate. D'après Timée, il vivait au temps de Hiéron, le tyran de Sicile, et du poète Épicharme. Apollodore dit qu'il est né pendant la quarantième olympiade[1] et qu'il vécut jusqu'à l'époque de Darius et de Cyrus. (*Stromates*, I, 64.)

Sextus Empiricus.

Xénophane de Colophon naquit pendant la quarantième olympiade. (*Contre les mathématiciens*, I, 257.)

IX

Eusèbe.

Cinquante-sixième olympiade[2] : Xénophane de Colophon était célèbre.

Cinquante-neuvième – soixante et unième olympiades[3] : Ibycos le poète mélique, Phérécyde l'historien, Phocylide et Xénophane, le philosophe de la nature, ⟨et Thespis[4]⟩, le poète tragique. (*Chronographie*.)

X

Pseudo-Jamblique.

(*Théologoumènes arithmétiques*, éd. de Falco, p. 52, 18[5].)

APOPHTEGMES[1]

XI

Plutarque.

En réponse à Xénophane de Colophon qui avait dit qu'il pouvait difficilement entretenir deux serviteurs, Hiéron [de Sicile] dit : « Mais Homère, que tu critiques, en entretient plus de dix mille, bien qu'il soit mort. » (*Les Dits notables des anciens rois, princes et grands capitaines*, 175 c.)

XII

Aristote.

Un autre [lieu] consiste, la conséquence étant identique, à conclure que les prémisses sont identiques. Ainsi Xénophane, par exemple, disait que ceux qui affirment que les dieux naissent, sont tout aussi impies que ceux qui disent que les dieux meurent. Car, dans les deux cas, la conséquence est que les dieux n'existent pas. (*Rhétorique*, II, xxiii, 1399 *b* 5.)

XIII

Aristote.

Par exemple, Xénophane, à qui les Éléates demandaient s'ils devaient ou non offrir un sacrifice à Leucothée[2] et lui chanter des thrènes, leur donna ce conseil : s'ils la tenaient pour une déesse, pas de thrènes; s'il la tenaient pour un être humain, pas de sacrifices[3]. (*Rhétorique*, II, xxvi, 1400 *b* 5.)

Plutarque.

Xénophane ordonna aux Égyptiens de ne pas honorer Osiris, s'ils le considéraient comme un mortel, et de ne pas lui chanter de thrènes s'ils le croyaient un dieu. (*De l'amour*, xviii, 12, 763 d.)

Plutarque.

Xénophane de Colophon avait raison d'estimer que les Égyptiens, s'ils les tenaient pour des dieux, ne devaient pas leur chanter des thrènes et, s'ils leurs chantaient des thrènes, ne pas les considérer comme dieux. (*Isis et Osiris*, 70, 379 b.)

Plutarque.

Xénophane, le philosophe de la nature, voyant les Égyptiens se frapper la poitrine pendant les cérémonies, et chanter des thrènes, leur adressa cette remarque fort appropriée : « S'ils sont dieux, ne leur chantez pas de thrènes; s'ils sont hommes, ne leur sacrifiez pas[1]. » (*De la superstition*, 13, 171 E.)

XIV

Aristote.

Le mot de Xénophane convient tout à fait : « Ce défi[2] n'est pas égal s'il est porté par un impie à un homme pieux; c'est comme si un homme fort provoquait un faible à donner ou à recevoir des coups. » (*Rhétorique*, I, XV, 1377 *a* 19.)

XV

Aristote.

Voilà pourquoi leur propos est vraisemblable, mais sans être tout à fait vrai. Il est plus exact en tout cas que celui tenu par Épicharme sur Xénophane[3]. (*Métaphysique*, Γ, V, 1010 *a* 4.)

XVI

Plutarque.

Ne te trouble pas et ne crains pas que l'on se moque de toi, mais fais comme Xénophane qui, traité de poltron par Lasos d'Hermionè[4], renonça à jouer aux dés avec lui : avoue ta crainte et ta timidité face aux activités malhonnêtes. (*De la mauvaise honte*, 5, 530 E.)

XVII

Plutarque.

Xénophane, entendant quelqu'un raconter qu'il avait vu des anguilles vivre dans l'eau chaude : « Eh bien, dit-il, nous les ferons cuire à l'eau froide. » (*Des notions communes*, XLVI, 3, 1084 F.)

POÉSIE

XVIII

Diogène Laërce.

Parménide lui aussi exprime sa philosophie sous forme poétique, comme Hésiode, Xénophane et Empédocle[1]. (*Vies*, IX, 22.)

XIX

Diogène Laërce.

Homère après sa mort fut attaqué par Xénophane de Colophon, comme Hésiode durant sa vie par Cercops et après sa mort par Xénophane déjà cité[2]. (*Vies*, IX, 18.)

XX

Strabon.

Xénophane, le philosophe de la nature, composa les *Silles* en vers[3]. (*Géographie*, XIV, 643.)

XXI

Apulée.

Empédocle compose des poèmes, Platon des dialogues, Socrate des hymnes, Épicharme des comédies, Xénophon des histoires, Xénophane[4] des satires. (*Florides*, 20.)

XXII

Proclus.

Xénophane[5], par mesquinerie à l'égard des philosophes et des poètes de son temps, a composé des *Silles* absurdes, dit-on, contre les philosophes et les poètes. (*Commentaire sur Les Travaux et les Jours d'Hésiode*, 284.)

XXIII

[Scolie.]

Ce n'eſt pas Xénophane, mais Homère, qui le premier a composé des *Silles*, dans lesquels il sillanise[1] Thersite, et Thersite les nobles. (À l'*Iliade*, II, v. 212.)

XXIV

Arius Didyme.

C'eſt Xénophane qui le premier a présenté aux Grecs un propos digne de l'écriture, où en même temps il s'amuse à confondre les audaces des autres, et manifeſte sa propre modeſtie en déclarant que Dieu sait la vérité, et que *tout n'eſt qu'opinion*[2]. (Cité par Stobée, *Choix de textes*, II, I, 18.)

XXV

Cicéron.

Parménide et Xénophane, dont les vers sont moins bons[3] – mais qu'importe, si c'eſt en vers! – combattent, pour ainsi dire avec colère, l'arrogance de ceux qui, alors que le savoir eſt impossible, osent déclarer qu'ils savent. (*Premiers académiques*, II, XXIII, 74.)

XXVI

Philon.

Ce n'eſt pas cependant pour avoir été séduits par la poésie[4] que Xénophane, Parménide et Empédocle ou tous les autres théologiens furent des hommes divins; mais c'eſt plutôt pour s'être adonnés à la contemplation de la nature qui les remplissait de joie, et avoir voué toute leur vie à la piété et à la louange des choses divines, qu'ils devinrent des penseurs admirables, sans être pourtant des poètes heureux : car on attendait d'eux qu'ils exprimassent l'esprit divin et la grâce propre au ciel en un mètre, en un chant et un rythme céleſtes et divins, afin de nous laisser d'authentiques poèmes qui fussent de parfaits modèles littéraires et de beaux exemples pour tous. (*De la Providence*, II, 39.)

Mais pourquoi Empédocle, Parménide, Xénophane et leurs adeptes n'ont-ils pas été touchés par la grâce des Muses, quand ils traitaient de théologie? (*Ibid.*, 42.)

XXVII

Athénée.

Que les anciens aient eu une disposition particulière pour la musique apparaît clairement lorsqu'on considère Homère qui, en conférant un ton mélodieux à toute sa poésie, compose, par mégarde, des vers sans tête, faibles ou sans queue[1].

Xénophane, Solon, Théognis, Phocylide et aussi le corinthien Périandre, poète élégiaque, ainsi que d'autres poètes qui n'ajoutent pas de musique à leurs vers, les achèvent en respectant le nombre et la disposition des mètres et veillent à ce qu'aucun ne soit sans tête, faible ou sans queue. (*Les Deipnosophistes*, XIV, 632 c.)

PHILOSOPHIE

XXVIII

Pseudo-Aristote.

III 1. Il est impossible, déclare [Xénophane], que si quelque chose est, il provienne[2], et ce, parlant de Dieu. Car il est nécessaire que l'engendré provienne soit du semblable, soit du non-semblable. Or cela n'est possible ni de l'un, ni de l'autre; car il ne convient pas plus que le semblable soit engendré par le semblable, qu'il n'engendre lui-même (car toutes les choses semblables appartiennent à des choses du moins égales semblablement et réciproquement); et le dissemblable ne saurait non plus naître du dissemblable. 2. Car si le plus fort provenait du plus faible, ou le plus grand du plus petit, ou le meilleur du pire, ou bien au contraire les choses pires des choses meilleures, l'étant proviendrait du non-étant, ce qui est impossible. Éternel est donc pour ces raisons Dieu. 3. Si Dieu est le parfait dominateur de toutes choses, *il convient*, déclare-t-il, qu'il soit un. Car s'il était deux ou plusieurs, il ne serait pas le plus dominant et le meilleur entre toutes choses; car chacun des multiples, étant Dieu, serait semblablement tel; car c'est cela un Dieu, et la puissance d'un Dieu consiste à dominer et non à être dominé, et à être le parfait dominant de toutes choses; par conséquent, en tant que non dominant, en cela précisément, il n'est pas Dieu. 4. Les dieux étant plusieurs, s'il arrivait que certains soient plus puissants que les autres, et que les autres le soient moins, ils ne seraient pas dieux, car le divin consiste par nature à n'être pas dominé. 5. Les dieux étant égaux, ils n'auraient pas la propriété naturelle d'un dieu, qui exige qu'il soit le plus dominant. Car l'égal n'est ni meilleur, ni pire que l'égal; par conséquent si du moins Dieu est, et est tel, Dieu est un seulement. Car si tel n'était le cas, il ne pourrait faire tout ce qu'il voudrait ⟨car il ne le pourrait pas[1]⟩, si les dieux étaient plusieurs; donc il est seulement un. 6. En tant qu'il est un, il est semblable en toutes ses parties et possède en toutes ses parties la vue et l'ouïe ainsi que les autres sensations; car si tel n'était le cas, les parties qui sont celles du dieu domineraient et seraient dominées les unes par les autres, ce qui est impossible.

7. Étant semblable partout, il est sphérique, car il n'est pas tel ici et non tel là, mais partout. 8. Étant éternel, un, et ⟨semblable et[2]⟩ sphérique, il n'est pas illimité et n'est pas limité, car c'est le non-étant qui est illimité. Car celui-ci n'a ni milieu, ni commencement, ni fin, ni aucune autre partie : tel est l'illimité. Or tel que le non-étant, ne saurait être l'étant. Et ils se limiteraient mutuellement s'ils étaient plusieurs. Or l'Un ne saurait ressembler ni au non-étant, ni aux plusieurs; car, étant un, il n'a pas ce relativement à quoi il serait limité. 9. Cet Un qui est tel, dont il dit qu'il est Dieu, ne se meut pas et n'est pas non plus immobile. Car c'est le non-étant qui est immobile; car un autre ne peut aller vers lui, ni lui vers un autre. Et ce sont les étants, plus nombreux que l'Un, qui se meuvent; car il faut que ce soit un autre qui se meuve vers un autre; donc rien ne saurait se mouvoir vers le non-étant. 10. Car le non-étant n'est nulle part, et si les étants changeaient mutuellement de place, l'Un serait plus qu'un; c'est pourquoi se meuvent le deux ou le plus que l'Un, tandis qu'est en repos et immobile le rien. 11. Mais l'Un ne tremble, ni ne se meut, car il n'est semblable ni au non-étant ni aux multiples. C'est ainsi qu'en tous points se trouve être le Dieu, éternel et un, semblable et sphérique, ni illimité ni limité, ni au repos ni en mouvement.

IV 1. D'abord donc[3] il admet, ainsi que Mélissos[4], que l'engendré provient de l'étant. Mais justement, qu'est-ce qui empêche que ce qui provient provienne non pas du semblable ⟨ni du dissemblable[5]⟩, mais du non-étant? En outre, Dieu n'est pas davantage inengendré que toutes les autres choses, puisque toute chose provient du semblable ou du dissemblable (ce qui là encore est impossible). Par conséquent, ou bien rien n'est à part Dieu, ou bien toutes les autres choses sont éternelles. 2. Il admet encore que Dieu est le plus dominant, voulant dire par là qu'il est le plus puissant et le meilleur, mais cette croyance n'est pas conforme à la convention qui tient les dieux pour meilleurs, à de nombreux égards, les uns que les autres. Donc ce n'est pas en se fondant sur l'opinion reçue qu'il a admis la thèse concédée par tous touchant Dieu. 3. Et que Dieu soit le plus dominant, il l'admet, en disant que la nature de Dieu est telle non pas relativement à quelque chose d'autre, mais relativement à sa propre constitution; puisque si du moins on la rapportait à quelque chose d'autre, rien n'empêcherait qu'elle l'emportât, non pas en vertu de la qualité propre et de la force de Dieu, mais à cause de la faiblesse des autres. Or nul ne voudrait dire en ce sens que Dieu est le plus dominant, mais ⟨on entendrait plutôt⟩ que celui-ci connaît la plus grande perfection possible et que rien ne lui manque pour connaître une disposition bonne et belle; car celui qui posséderait également les autres qualités serait aussi dans ce cas. 4. Mais rien ne saurait empêcher que, étant même plus nombreux, ils ne connaissent la même disposition et ne se trouvent tous jouir des dispositions les plus éminentes, chacun dominant le plus les autres, sans être lui-même dominé. 5. Car il y a, semble-t-il, aussi d'autres affirmations. En effet il déclare que Dieu est le plus dominant, ce qui nécessairement renvoie à certains dominés. Et, étant un, il ne convient pas que, en toutes ses parties, il voie et entende. Car il n'est pas vrai qu'il ne voie pas ici et moins bien là : en fait il ne voit pas. Mais peut-être Xénophane veut-il qu'il y ait sensation en toutes ses parties parce que Dieu ne saurait être le mieux que s'il est en toutes ses parties semblable. 6. En outre, pourquoi, même s'il est tel, aurait-il une forme sphérique et non pas plutôt telle autre forme, sous prétexte qu'il entend en toutes ses parties et domine en toutes ses parties? En effet, comme lorsque nous disons que la céruse est en toutes ses parties blanche, nous ne voulons pas dire autre chose que, dans toutes ses parties, la blancheur la colore, de même qu'est-ce qui empêche de dire que Dieu possède en toutes ses parties le voir, l'entendre et le dominer, parce que, quelque partie de lui que l'on prenne, celle-ci en sera affectée? Or, de même que la céruse n'a pas à être sphérique, il n'y a non plus aucune nécessité à ce que Dieu soit sphérique. 7. En outre, comment se peut-il qu'il ne soit ni illimité, ni limité, étant donné qu'il a un corps et qu'il a une grandeur, s'il est vrai qu'est illimité ce qui, n'ayant pas de limite, est susceptible d'être limité? Or la limite provient de la grandeur et du nombre et de la quantité en général, de sorte que si Dieu, ayant une grandeur, n'a pas de limite, il eſt illimité. 8. En outre, s'il a une forme sphérique, il a nécessairement une limite, car il a des extrémités, étant donné qu'il admet un centre dont il s'éloigne le plus possible. Or eſt sphérique ce qui s'étend semblablement à partir d'un centre vers les extrémités. 9. Or il n'y a pas de différence pour un corps entre avoir des extrémités et avoir des limites[1], car si le non-étant eſt illimité, pourquoi l'étant ne serait-il pas illimité ? Car qu'eſt-ce qui empêche que quelque propriété qui appartient à l'étant, soit dite aussi appartenir au non-étant ? Car personne n'a de sensation au moment où l'étant n'eſt pas ; mais au moment où l'étant eſt, on peut avoir la sensation des choses qui sont maintenant ; or dans les deux cas expression et pensée sont possibles[2]. Le non-étant n'eſt pas blanc : aussi, ou bien, si l'on admet que le non-étant eſt blanc, tous les étants sont blancs, pour faire en sorte que le même ne soit pas signifié à la fois de l'étant et du non-étant ; ou bien rien, à mon avis, n'empêche qu'un des étants ne soit pas blanc. De la même façon, [l'illimité] pourrait admettre en plus une négation si, conformément à ce qui a été dit plus haut, quelque chose de plus, outre le fait de n'être pas ⟨limité⟩, conſtituait l'illimité. Par conséquent l'étant eſt ou illimité ou comportant une limite[3]. 10. Mais il eſt également absurde de conférer aussi au non-étant l'illimitation ; car ce n'eſt pas toute chose, dans le cas où elle ne comporte pas de limite, que nous disons illimitée, tout comme nous dirions que l'inégal eſt non égal. 11. En outre, pourquoi Dieu, tout en étant un, n'aurait-il pas une limite, limite qui ne serait pas relative à un dieu ? Or, si Dieu eſt le seul ⟨un⟩, exiſteraient à la fois le seul un et les parties du dieu[4]. 12. En outre encore, il eſt absurde que, s'il arrive aux multiples d'être mutuellement limités, l'un doive pour cette raison ne pas comporter de limite. Car de nombreux attributs identiques appartiennent à la fois aux multiples et à l'un, à commencer par l'être qui leur eſt commun. Donc il serait également absurde que, pour cette raison, nous ne disions pas que Dieu eſt, compte tenu du fait que les multiples sont, afin que Dieu ne leur soit pas semblable en cela. 13. En outre, qu'eſt-ce qui empêche que Dieu soit limité et ait des limites, tout en étant un ? Or juſtement Parménide dit que l'Être eſt un,

Gonflé à l'inſtar d'une balle bien ronde,
Du centre vers les bords en parfait équilibre[5].

Car il eſt nécessaire que la limite soit limite de quelque chose, et non pas nécessairement relativement à quelque chose ; et il n'eſt pas non plus nécessaire que ce qui a une limite relativement à quelque chose ait une limite, comme par exemple lorsque la limite est relative à l'illimité continu[1]; mais être limité, c'est avoir des extrémités, or on peut avoir des extrémités sans qu'elles soient nécessairement relatives à quelque chose. 14. Ainsi donc il arrive, dans certains cas, qu'il y ait limite relativement à un objet tangent et, dans l'autre cas, qu'il y ait limite, sans pour autant que cette limite soit relative à quelque chose. 15. Et, pour revenir en arrière, touchant le fait que l'étant est immobile, ainsi que le non-étant, il faut dire qu'admettre que le non-étant est immobile parce que l'étant se meut, est tout aussi absurde que ce qui précède[2]. Et, en outre, ne faudrait-il pas admettre comme identiques le fait de ne pas se mouvoir et d'être immobile, le premier étant la négation du *se mouvoir*, comme dans le cas du non-égal, ce qui est vrai lorsqu'on le dit du non-étant, tandis que l'autre est appelé immobile du fait d'une certaine manière d'être — comme dans le cas de l'inégal — et est le contraire du *se mouvoir*, à savoir l'être-en-repos, de même qu'aussi sans doute les négations résultant du *a-* privatif s'appliquent aux contraires[3] ? Donc le *ne pas se mouvoir* est vrai, appliqué au non-étant, tandis que l'être-en-repos n'appartient pas au non-étant. De la même façon, l'être immobile ne signifie pas une chose identique. Mais Xénophane use du terme *être immobile* en plus du terme *être en repos*, et il déclare que le non-étant est en repos parce qu'il ne comporte pas de mouvement. 16. Et comme nous l'avons dit plus haut, il est également absurde, si nous attribuons quelque chose au non-étant, que cela ne soit pas vrai appliqué à l'étant, surtout lorsque ce qui est dit est une négation, comme par exemple justement c'est le cas du *ne pas se mouvoir* et du *ne pas se déplacer*. Car beaucoup d'attributions du genre de celles que nous avons mentionnées deviendraient interdites appliquées aux étants, car il ne serait même pas vrai de dire des multiples qu'ils sont des non-uns, alors que le non-étant est non un.

17. En outre, dans certains cas, il semble que des attributions contraires résultent des mêmes négations[4]; par exemple : il est nécessaire que quelque chose soit égal ou inégal, si ce quelque chose est une quantité ou une grandeur, et qu'il soit pair ou impair si c'est un nombre. De même, également il est nécessaire que l'étant soit en repos ou se meuve s'il est un corps. 18. En outre, si aussi pour cette raison Dieu — et l'Un — ne se meut pas, parce que les multiples se meuvent en allant les uns vers les autres, qu'est-ce qui empêche aussi que Dieu se meuve vers autre chose? Car nulle ⟨part Xénophane ne dit⟩ que seul l'Un existe, mais seulement que Dieu est le seul Un. 19. Et

s'il est tel, qu'est-ce qui empêche que, ⟨ses⟩ parties se mouvant les unes vers les autres, Dieu n'ait un mouvement circulaire ? Car il ne dira pas, bien sûr, comme Zénon, qu'un tel un est multiple. Car il dit que Dieu est un corps, voulant dire qu'il est soit le tout, soit n'importe quoi d'autre. D'ailleurs, s'il était incorporel, comment serait-il sphérique ? 20. N'est-ce pas seulement s'il en était ainsi, qu'il pourrait n'être ni en mouvement ni en repos, puisqu'il ne serait nulle part ? Mais puisqu'il est un corps, qu'est-ce qui pourrait l'empêcher de se mouvoir, ainsi que nous l'avons dit ? (*Mélissos, Xénophane, Gorgias*, III-IV, 977 *a*-979 *a*.)

XXIX

Platon.

Une fable, voilà ce que visiblement tous ils nous racontent, comme si nous étions des enfants. L'un parle de trois éléments qui tantôt s'en vont en guerre les uns contre les autres, tantôt font amis, et alors on assiste à la noce, à la naissance de rejetons et à l'allaitement[1]. L'autre parle de deux[2] : l'humide et le sec, ou bien le chaud et le froid, qu'il met sous un même toit et couche dans le même lit. Chez nous, la noble branche éléate qui remonte à Xénophane, et même plus haut[3], ne voit que l'Un dans ce qu'on appelle le Tout et développe ses fables en ce sens. (*Le Sophiste*, 242 *c-d*.)

Jean Philopon.

Porphyre déclare que Xénophane considérait que les principes sont le sec et l'humide, je veux dire la terre et l'eau, et il se référait à un passage qui le montre :

Terre et eau, c'est cela que sont toutes les choses
Qui naissent et qui croissent[4].

Homère semble avoir partagé cette conception quand il dit :

Que ne devenez-vous, vous tous, et eau et terre[5] *!*

(*Commentaire sur la Physique d'Aristote*, 125, 27.)

XXX

Aristote.

Parménide paraît s'être attaché à l'Un selon la raison[6], et Mélissos à l'Un selon la matière ; c'est pourquoi le premier déclare l'Un limité et le second le déclare illimité. Xénophane, le premier d'entre eux[7] à professer l'unité (car, dit-on, Parménide fut son élève), n'a rien explicité clairement, et il ne paraît pas non plus avoir saisi la nature de l'une et de l'autre cause[1] ; mais, considérant la totalité du ciel, il déclare que l'Un est Dieu[2]. C'est pourquoi il convient, comme nous le disions, de ne pas tenir compte d'eux en ce qui concerne notre présente recherche, et de deux d'entre eux définitivement, en tant que par trop naïfs, à savoir Xénophane et Mélissos. (*Métaphysique* A, v, 986 *b* 18.)

XXXI

Simplicius.

1. Il est certes nécessaire que le principe soit ou bien un, ou bien non un, ce qui revient à dire plusieurs. S'il est un, il est soit immobile, soit mû; et s'il est immobile, soit illimité, comme Mélissos de Samos pense qu'il faut le dire, soit limité, comme Parménide, fils de Pyrète, originaire d'Élée. Ceux-ci ne considèrent pas l'élément du point de vue physique, mais du point de vue de l'essentiellement étant. 2. Que le principe soit un, ou que l'être soit l'Un et le Tout (et qu'il ne soit ni limité, ni illimité, ni mû, ni en repos), c'est l'hypothèse formulée par Xénophane de Colophon, le professeur de Parménide, au dire de Théophraste[3], qui est d'accord pour considérer que la mention de cette opinion relève d'un domaine qui n'est pas celui de l'enquête sur la nature. 3. Car Xénophane pensait que cet Un et Tout est Dieu, et que son caractère un se démontre du fait qu'il domine toutes choses. Car, déclare-t-il, si les dieux étaient plusieurs, il faudrait nécessairement qu'ils dominent de la même façon toutes choses. Mais Dieu est le plus dominant et le plus puissant de tous. 4. Il démontrait qu'il est non engendré à partir du fait qu'il faut que l'engendré provienne soit du semblable soit du dissemblable. Mais, d'une part le semblable ne saurait, déclare-t-il, pâtir du fait du semblable; en effet il ne convient pas plus que le semblable engendre ou soit engendré à partir du semblable; si d'autre part il était engendré à partir du non-semblable, l'étant serait à partir du non-étant. Et ainsi il démontrait qu'il est non engendré et éternel. 5. Et il n'est ni illimité ni limité, parce que d'une part le *non-étant est illimité, en tant* qu'il ne possède ni commencement, ni milieu, ni fin; et que d'autre part les plusieurs se limitent réciproquement. 6. De la même façon, il abolit le mouvement et le repos, car d'une part le non-étant est immobile : en effet il ne saurait ni aller vers un autre identique, ni lui-même vers lui-même; d'autre part les [êtres] plus nombreux que l'un se meuvent,

car le changement se fait de l'un à l'autre. 7. Par conséquent, lorsqu'il dit que ⟨l'Un⟩ demeure et ne se meut pas et que : *Toujours au même endroit [...] tantôt ailleurs*[1], il n'entend pas que celui-ci demeure stable selon le repos qui est l'opposé du mouvement, mais selon la stabilité qui fait abstraction du mouvement et du repos[2]. 8. Nicolas de Damas cite Xénophane comme ayant dit dans son livre *Sur les dieux* que le principe est illimité et immobile, mais Alexandre le cite pour avoir dit qu'il est limité et sphérique. 9. Mais que Xénophane a montré que le principe n'est ni illimité ni limité, cela est clair d'après ce qui précède. [Alexandre] dit qu'il est limité et sphérique du fait qu'il est partout semblable, et Xénophane déclare qu'il est tout entier intellect, quand il dit : *Sans peine [...] toutes choses*[3]. (*Commentaire sur la Physique d'Aristote*, 22, 22 et suiv.)

XXXII

Pseudo-Plutarque.

Xénophane de Colophon, empruntant une voie qui lui est propre et distincte de celle suivie par tous ceux dont nous avons parlé[4], n'admet ni la génération ni la corruption[5], mais pense que le Tout, qui est toujours semblable, est. Car s'il provenait, déclare-t-il, il serait nécessaire qu'auparavant il n'ait pas eu l'être. Or le non-étant ne saurait provenir, et le non-étant ne saurait non plus produire quelque chose, et quelque chose ne saurait provenir du non-étant. Il affirme aussi que les sens sont trompeurs et ne cesse de les critiquer au nom de la raison elle-même. Il affirme aussi que, au cours du temps, la terre se dégrade continûment et petit à petit se dissout en mer. Il affirme aussi que le Soleil est formé de l'agglomération de nombreuses particules ignées. Il affirme aussi à propos des dieux qu'il n'existe chez eux aucune suprématie, car il ne serait pas [digne et] saint qu'un dieu l'emportât sur un autre et que l'un fît porter à l'autre des chaînes[6]. Dieu entend et voit tout entier et non par parties. Il affirme aussi que la Terre est illimitée et qu'elle n'est pas enveloppée en toutes ses parties par l'air. Toutes choses proviennent de la terre. Il déclare que le Soleil et les astres proviennent des nuages. (*Stromates*[7], 4.)

XXXIII

Hippolyte.

1. Xénophane de Colophon, fils d'Orthomène; il vécut assez vieux pour connaître Cyrus. Il fut le premier à affirmer le caractère insaisissable de toutes choses, disant ainsi : *Même si par hasard* [...] *opinion*[1].

2. Il pense que rien ne naît, ne se corrompt et ne se meut, et que le Tout est un et extérieur au changement. Il déclare aussi que Dieu est éternel, un, partout semblable, limité, sphérique et doué de sensations dans toutes ses parties. 3. Le Soleil est produit par l'agglomération de petits éléments ignés, quotidiennement; et la Terre est illimitée, n'étant enveloppée ni par l'air, ni par le ciel. Les soleils et les lunes sont illimités en nombre et toutes choses existent à partir de la terre. 4. Il déclarait que la mer est salée à cause de la confluence d'un grand nombre d'ingrédients en elle. Mais Métrodore[2] déclarait que la mer devient salée parce qu'elle a coulé dans l'épaisseur de la terre. 5. Xénophane croit qu'il y a union de la terre avec la mer, et que la terre se trouve dissoute au cours du temps par l'humide; il en avance comme preuve qu'au milieu de la terre et sur les montagnes on trouve des coquillages, qu'à Syracuse, on a trouvé dans les carrières de pierres[3] une empreinte de poisson et de phoque, à Paros une empreinte de laurier[4] au fond de la pierre et à Malte des coquilles de toutes sortes d'animaux marins[5]. 6. Cela s'est produit, déclare-t-il, lorsque autrefois tous les animaux barbotaient dans la boue et que leur empreinte dans la boue a séché. Les hommes ont tous péri lorsque la terre, en tombant dans la mer, est devenue boue[6]; ensuite a recommencé de nouveau leur génération et ce changement se produit dans tous les mondes. (*Réfutation de toutes les hérésies*, I, 14.)

XXXIV

Cicéron.

Toutes choses sont un, et cet Un n'est pas sujet au changement et est Dieu. Jamais il n'est né et il est éternel. Sa forme est sphérique. (*Premiers académiques*, II, XXXVII, 118.)

Puis Xénophane, qui, en ajoutant l'esprit, voulut en outre que tout ce qui était infini fût Dieu, commet encore au sujet de l'esprit une erreur comparable à celle des autres[7]; mais touchant l'infinité, il se trompe encore plus gravement, car on ne saurait rien y ranger qui soit doué de sensation, ni qui lui soit associé[1]. (*De la nature des dieux*, I, XI, 28.)

XXXV

Pseudo-Galien.

Xénophane a formulé des apories à propos de toutes choses, mais il y a une chose qu'il a affirmée dogmatiquement : que tout est un et que cet Un est Dieu, limité, raisonnable, immuable. (*Histoire de la philosophie*, 7.)

Timon.

Car il[2] le loue en de nombreux passages, au point de lui dédier ses *Silles*; mais il l'a fait se plaindre en ces termes :

Ah! Que n'ai-je montré un esprit plus prudent,
Et jeté sur le monde un regard dédoublé[3] !
Je me suis engagé sur une voie trompeuse
Et me voici, vieillard, tout aussi maladroit
Sur toute la sceptique[4]. En effet, quel que fût
Le lieu où mon esprit orientait sa recherche,
J'avais une réponse avec l'Un et le Même,
Tout entier existant et retournant sans cesse
À une nature une et en tous points semblable.

(Cité par Sextus Empiricus, *Hypotyposes pyrrhoniennes*, I, 223.)

Xénophane, un esprit modeste et le censeur
Des mensonges forgés par la gent homérique.
De Dieu il composa une image apurée
Qui ne doit rien à l'homme : un Dieu partout égal,
⟨Immobile[5]⟩, d'un bloc[6], et doué d'un intellect
Bien plus intelligent que l'est toute pensée[7].

Il a employé *esprit modeste* parce que, en un certain sens, Xénophane était sans vanité; et il l'a dit *censeur des mensonges* d'Homère parce qu'il a critiqué les mensonges d'Homère. Mais contrairement aux notions communes des autres hommes, Xénophane a professé dogmatiquement que le Tout est un, que Dieu est connaturel à toutes choses, qu'il est sphérique, impassible, immuable et raisonnable. (*Ibid.*, I, 225.)

Sextus Empiricus.

Parmi ceux qui ont supposé que la philosophie comporte deux parties, Xénophane de Colophon, le philosophe de la nature, a, d'après certains, suivi la double voie de la physique et de la logique. (*Contre les mathématiciens*, VII, 14.)

XXXVI

Théodoret.

Xénophane, fils d'Orthomène, originaire de Colophon, qui fut l'initiateur de l'école d'Élée, déclarait que le Tout est un, sphérique, illimité, non engendré, mais éternel et tout à fait immobile. À rebours cependant de ces affirmations, il a pensé que toutes choses sont nées de la terre. En effet, c'est de lui qu'est ce vers :

De la terre tout vient, et tout redevient terre[1].

(*Thérapeutique des maladies helléniques*, IV, 5.)

Stobée.

Xénophane dit que le principe de toutes choses est la terre ; il écrit en effet dans son *De la nature* : *« De la terre* [...] *terre*[2]. » (*Choix de textes*, I, x, 12.)

Olympiodore.

Quant à la terre, nul n'a pensé qu'elle était le principe, si ce n'est Xénophane de Colophon. (*De l'art sacré*, 24 ; *Alchimistes grecs*, éd. Berthelot, p. 82, 21.)

Galien.

Certains commentateurs se sont mépris sur Xénophane, comme par exemple Sabinos[3] qui a écrit (je le cite textuellement) ceci : « Je ne dis pas du tout que l'homme soit de l'air, comme Anaximène ; de l'eau comme Thalès ; ou de la terre, comme quelque part[4] Xénophane. » Car on ne trouve aucun passage où Xénophane affirme une telle chose... Et Théophraste aurait sûrement, dans son *Épitomé des opinions des physiciens*, consigné cela, si c'était vrai[5]. (*De la nature de l'homme d'Hippocrate* XV, 25.)

XXXVII

Aétius.

Xénophane disait que le monde est non engendré, éternel et incorruptible[6]. (*Opinions*, II, iv, 11.)

XXXVIII

Aétius.

Xénophane déclare que ⟨les astres proviennent⟩ de nuages embrasés. Ils s'éteignent pendant le jour et se réenflamment la nuit comme les charbons, car leurs levers et leurs couchers sont des allumages et des extinctions. (*Opinions*, II, XIII, 14.)

XXXIX

Aétius.

Xénophane déclare que les astres que l'on voit au-dessus des navires et que certains appellent Dioscures[1], sont des formations nuageuses qui s'allument du fait d'un mouvement concernant la qualité. (*Opinions*, II, XVIII, 1.)

XL

Aétius.

Xénophane déclare que le Soleil est formé de nuages embrasés. Théophraste, dans ses *Opinions des physiciens*, a écrit que [selon Xénophane] il était constitué à partir de particules ignées agglomérées du fait de l'exhalaison humide, et que ce conglomérat produisait le Soleil. (*Opinions*, II, XX, 3.)

XLI

Aétius.

Xénophane disait que [l'éclipse, ou plus exactement le coucher du Soleil], se produit du fait d'une extinction, et que de nouveau un autre soleil naît à l'orient. Il a consigné qu'une éclipse de Soleil avait duré un mois, et de plus que cette éclipse était totale, de sorte qu'il faisait nuit pendant le jour[2]. (*Opinions*, II, XXIV, 4.)

XLI *a*

Aétius.

Xénophane déclare qu'il y a plusieurs soleils[3] et plusieurs lunes selon les régions climatiques, les sections et les zones de la Terre et que, à certain moment opportun, le disque tombe dans une certaine section inhabitée de la Terre, de telle sorte qu'il se produit comme une chute dans le vide, qui se manifeste par une éclipse. Ce même auteur déclare que le Soleil va tout droit vers l'infini et que l'impression que sa trajectoire est circulaire, est une illusion due à la distance. (*Opinions*, II, XXIV, 9.)

XLII

Aétius.

Xénophane déclare que le Soleil est utile pour la naissance et pour l'organisation du monde et des animaux qui s'y trouvent, mais qu'en revanche la Lune est superflue. (*Opinions*, II, XXX, 8.)

XLIII

Aétius.

Xénophane déclare que ⟨la Lune⟩ est un nuage rendu compact. (*Opinions*, II, XXV, 4.)

Anaximandre, Xénophane, Bérose déclarent que la Lune a sa lumière propre. (*Ibid.*, II, XXVIII, 1.)

Xénophane déclare que la disparition mensuelle de la Lune est produite selon une extinction. (*Ibid.*, II, XXIX, 5.)

XLIV

Aétius.

Xénophane déclare que tous ces phénomènes [comètes, étoiles filantes, météores] sont des composés ou des mouvements de nuages embrasés. (*Opinions*, III, II, 11.)

XLV

Aétius.

Xénophane déclare que les éclairs proviennent de ce que le mouvement des nuages les fait briller. (*Opinions*, III, III, 6.)

XLVI

Aétius.

Xénophane déclare que c'est par l'effet de la chaleur solaire qui joue le rôle de cause déterminante, que surviennent les phénomènes météorologiques. Car lorsque l'humide s'élève de la mer, le doux [constituant l'eau douce] se dissocie à cause de sa légèreté et se transforme par évaporation en nuages qui, en se dissipant, font tomber les pluies et s'éparpillent en souffles de vent. Il écrit en effet textuellement : *« Mer est source de l'eau*[1]. » (*Opinions*, III, IV, 4.)

XLVII

Aristote.

Certains, pour ces raisons, déclarent que ce qui est en dessous de la Terre est illimité, disant, comme Xénophane de Colophon, que celle-ci plonge ses racines dans l'illimité[2], ce qui a pour conséquence de leur ôter tout souci dans la recherche de la cause. C'est pourquoi Empédocle a vivement critiqué cette explication en disant que : *« Si de la terre [...] vision partielle*[3]. » (*Traité du ciel,* II, XIII, 294 *a* 21.)

Simplicius.

En ce qui me concerne, je n'ai pu avoir en main les vers de Xénophane sur ce point. Par conséquent j'ignore si, lorsqu'il[4] dit que la partie en bas de la Terre est illimitée, il entend dire par là que la Terre est immobile, ou bien que le lieu situé sous la Terre ainsi que l'éther sont illimités, et que c'est la raison pour laquelle la Terre tombant dans l'illimité paraît être immobile. Car Aristote n'éclaircit pas tout à fait ce point, pas plus que les vers d'Empédocle ne fournissent une explication claire. Car les mots « profondeur de la Terre » pourraient désigner aussi les lieux en direction desquels elle tombe. (*Commentaire sur le Traité du ciel d'Aristote*, 522, 7.)

Aétius.

Xénophane déclare que la Terre s'enracine dans les parties les plus basses, en direction de l'illimité, et qu'elle se trouve former un agglomérat d'air et de feu. (*Opinions*, III, IX, 4.)

Des disciples de Thalès déclaraient que la Terre est située au milieu du monde; Xénophane qu'elle vient en premier lieu, car elle plonge ses racines dans l'illimité[5]. (*Ibid.*, II, XI, 1, 2.)

Cicéron.

122. Mais comment pourrions-nous de la même façon disséquer, ouvrir, diviser les choses de la nature, afin de voir si la Terre est en ses profondeurs fixe, et si elle adhère comme avec des

racines, ou si elle est suspendue au centre de l'univers? 123. Xénophane déclare qu'il y a des habitants sur la Lune, qu'elle est une terre et compte de nombreuses villes et montagnes[1]. (*Premiers académiques*, II, XXXIX, 122-123.)

XLVIII

Pseudo-Aristote.

Xénophane déclare qu'à Lipara[2] le feu disparut pendant seize ans, mais réapparut la dix-septième année. (*Doctrines merveilleuses*, XXXVIII, 833 *a* 15.)

XLIX

Aristoclès.

Ils pensent en effet qu'il faut rejeter les sensations et les images des sens et n'accorder crédit qu'à la seule raison. Ces positions furent d'abord soutenues par Xénophane, Parménide, Zénon et Mélissos, et plus tard par Stilpon et les Mégariques. Si bien que ceux-ci considéraient que l'étant est un, qu'il n'est pas une chose puis autre chose, ne naît pas et n'est pas corrompu, et ne se meut absolument pas. (*De la philosophie*, 7, cité par Eusèbe, *Préparation évangélique*, XIV, XVII, 1.)

Aétius.

Pythagore, Empédocle, Xénophane [...] déclaraient que les sens sont trompeurs[3]. (*Opinions*, IV, IX, 1.)

L

Macrobe.

Xénophane déclare que [l'âme est faite] de terre et d'eau. (*Songe de Scipion*, I, XIV, 19.)

LI

Tertullien.

Anaxagore, ainsi que Xénophane, déclarent que le sommeil est un affaiblissement. (*De l'âme*, 43.)

LII

Cicéron.

On a réuni, venant des philosophes, certains arguments excellents prouvant la vérité de la divination; parmi eux, pour parler des plus anciens, Xénophane de Colophon, le seul à avoir affirmé l'existence des dieux, a complètement ruiné la divination. Tous les autres ont tenu la divination pour réelle, excepté Épicure qui a bafouillé sur la nature des dieux. (*De la divination*, I, III, 5.)

Aétius.

Xénophane et Épicure abolissent l'art divinatoire. (*Opinions*, V, I, I.)

B. FRAGMENTS

ÉLÉGIES DE XÉNOPHANE

I

Athénée.

Et voici maintenant que le plancher est propre,
Que les mains sont lavées et les coupes rincées[1].
De couronnes tressées un garçon ceint nos têtes,
Et un autre nous tend le vase renfermant
La myrrhe parfumée. Là se tient un cratère
Rempli de bonne humeur; un autre vin est prêt
Qui ne saurait manquer de tenir ses promesses,
Doux, sentant bon la fleur, dans les jarres de terre.
Et au milieu de nous, l'encens laisse exhaler
Sa sainte odeur; et de l'eau est là, fraîche, douce
Et pure; et il y a des petits pains dorés.
La table vénérable est chargée de fromage
Et de miel gras; au centre un autel est dressé
Tout recouvert de fleurs, et la maison résonne
Sous l'écho des chansons et sous les bruits de fête.
Mais il faut, quand on est rempli de bonne humeur,
D'abord en rendre hommage à Dieu[2] *par un hymne*

Fait de mythes pieux et de paroles pures[1].
Ensuite après avoir versé la libation
Et demandé ⟨à Dieu⟩ qu'il nous donne la force
D'œuvrer dans la justice — en vérité c'est là
Notre premier devoir — ce n'est pas un péché[2]
De boire, tant qu'on peut retrouver le chemin
De sa propre maison, sans l'aide secourable
D'un serviteur dévoué, à moins qu'on soit déjà
Dans un âge avancé. Mais il faut louanger
L'homme qui sait montrer, même après avoir bu,
Qu'il garde sa mémoire et goût pour la vertu[3] *;*
Il ne chantera pas les combats des Titans,
La lutte des Géants [affrontant les Centaures]
— Pures fictions forgées dans les temps reculés[4] *—*
Ni la guerre civile ; en toutes ces histoires
Il n'est rien de bien bon. Mais il aura toujours
Un saint respect[5] *des dieux, en cela est le bien.*

(*Les Deipnosophistes*, XI, 462 c.)

II

Athénée.

Euripide a emprunté ces idées[6] aux vers élégiaques de Xénophane de Colophon qui disait :

Si quelqu'un remportait le titre de vainqueur
Par sa foulée véloce, ou encore gagnait
Le pentathlon, à Olympie, là où se trouve
L'enceinte vouée à Zeus, aux sources de Pisa,
Ou gagnait le concours de lutte, ou se montrait
Expert au pugilat cruel, ou bien encore
À ce terrible sport qu'on nomme le pancrace,
À ses concitoyens alors il offrirait
Un aspect plus glorieux : on lui réserverait
Une place d'honneur au moment des concours,
Il se verrait nourri aux frais de la cité
Et même recevrait en don une fortune.
Et si à des chevaux il devait sa victoire,
Il pourrait recevoir toutes ces récompenses
Sans avoir la valeur que je possède, moi[7].
Car ma science prévaut sur la force des hommes
Tenus pour les meilleurs, comme sur les chevaux.

De pareils jugements, c'est à tort qu'on les porte :
Ce n'est pas à bon droit qu'on préfère la force
À la science, en laquelle est sise la valeur.
Si le peuple comptait en effet dans ses rangs
Un champion à la boxe, au pentathlon, en lutte
Ou bien même un coureur à la prompte foulée
– La course, épreuve reine, est la plus glorieuse –
La cité n'en serait nullement pour autant
Mieux gouvernée ; et mince en serait le profit,
Si l'un de ses champions remportait la victoire
Aux rives de Pisa ; car ce n'est pas cela
Qui peut d'une cité enrichir les greniers.

(*Les Deipnosophistes*, X, 413 F.)

III

Athénée.

Les gens de Colophon, ainsi que le déclare Phylarque, étaient au commencement de mœurs rigides, mais furent ensuite séduits par le luxe à cause de leur fréquentation des Lydiens et de leur alliance militaire avec eux. Ils paraissaient en public avec des cheveux retenus par des peignes d'or, ainsi que le déclare aussi Xénophane :

Or, ils avaient appris tout un luxe inutile
Au contact des Lydiens, tant qu'ils vivaient encore
Sans avoir à subir l'odieuse tyrannie[1] *;*
On les voyait aller, vêtus de robes pourpres,
Siéger à l'agora ; ils étaient près de mille :
Glorieux, ils arboraient d'aimables chevelures
Et exhalaient l'odeur de parfums apprêtés.

(*Les Deipnosophistes*, XII, 526 A.)

IV

Pollux.

C'est soit Phédon d'Argos qui fut le premier à battre monnaie, soit Démodice de Kumé, épouse de Midas de Phrygie (elle était la fille d'Agamemnon, roi des Kyméens), soit, chez les Athéniens, Érichtonios et Lycos, soit des Lydiens, ainsi que le déclare Xénophane[2]. (*Dictionnaire*, IX, 83.)

V

Athénée.

Quand on veut préparer dans la coupe un mélange,
Point ne faut commencer par y verser le vin :
Il faut y verser l'eau, puis, par-dessus, le vin.

(*Les Deipnosophistes*, XI, 782 A.)

VI

Athénée.

Xénophane de Colophon dit dans ses vers élégiaques :

Car tu[1] *as envoyé un cuissot de chevreau,*
Et reçu en retour la cuisse bien dodue
D'un taureau d'élevage, un présent magnifique
Et bien fait pour un homme appelé à jouir
D'une gloire étendue à la Grèce entière,
Et qui vivra toujours, tant que subsistera
Un corps d'aèdes grecs.

(*Les Deipnosophistes*, IX, 368 E.)

VII

Diogène Laërce.

Que [Pythagore] se soit incarné tantôt sous une forme tantôt sous une autre, Xénophane en témoigne dans l'élégie qui commence ainsi :

Je change maintenant de sujet et je vais
Indiquer le chemin.

À propos de [Pythagore], il dit ceci :

On raconte qu'un jour passant près de quelqu'un
Qui maltraitait son chien, rempli de compassion
Il prononça ces mots : « Arrête de frapper !
Son âme, je l'entends, est celle d'un ami
Que j'ai pu reconnaître aux accents de sa voix[2]. »

(*Vies*, VIII, 36.)

VIII

Diogène Laërce.

[Xénophane] vécut fort longtemps[1], ainsi qu'il le dit lui-même quelque part :

Voilà bientôt déjà soixante-sept années
Que mon souci va s'agitant de par la Grèce.
Et c'est vingt-cinq années qu'il me fallut attendre
Pour savoir, sur ces points, tenir un discours vrai[2].

(*Vies*, IX, 18-19.)

IX

[Dictionnaire étymologique.]

Beaucoup plus affaibli qu'un homme en sa vieillesse.

(*Etymologicum genuinum*, au mot « Vieillesse ».)

SILLES

X

Hérodien.

Puisque, dès le début, on sait avec Homère [...]

(*Sur les voyelles à double temps*, 296, 6.)

XI

Sextus Empiricus.

Les dieux sont accusés par Homère et Hésiode
De tout ce qui chez nous est honteux et blâmable :
On les voit s'adonner au vol, à l'adultère
Et se livrer entre eux au mensonge trompeur.

(*Contre les mathématiciens*, IX, 193.)

XII

Sextus Empiricus.

Homère et Hésiode, d'après Xénophane de Colophon :

Car ils ont raconté sur le compte des dieux
Toutes sortes d'actions qui défient la justice :

Ils les font s'adonner au vol, à l'adultère,
Et se livrer entre eux au mensonge trompeur.

Car Cronos, dont le règne marque, dit-on, une ère de bonheur, n'en a pas moins châtré son père et gobé ses enfants, alors que Zeus, son fils, après lui avoir volé sa souveraineté :

L'avait mis sous la terre, etc.[1].

(*Contre les mathématiciens*, I, 289.)

XIII

Aulu-Gelle.

Les uns ont écrit qu'Homère était plus âgé qu'Hésiode : parmi eux se trouvent Philochoros et Xénophane ; d'autres ont dit qu'il était plus jeune. (*Nuits attiques*, III, 11.)

XIV

Clément d'Alexandrie.

Des dieux, les mortels croient que comme eux ils sont nés,
Qu'ils ont leurs vêtements, leur voix et leur démarche[2].

(*Stromates*, V, 109.)

XV

Clément d'Alexandrie.

Cependant si les bœufs, ⟨les chevaux[3]*⟩ et les lions*
Avaient aussi des mains, et si avec ces mains
Ils savaient dessiner, et savaient modeler
Les œuvres qu'⟨avec art, seuls[4]*⟩ les hommes façonnent,*
Les chevaux forgeraient des dieux chevalins,
Et les bœufs donneraient aux dieux forme bovine :
Chacun dessinerait pour son dieu l'apparence
Imitant la démarche et le corps de chacun.

(*Stromates*, V, 110.)

XVI

Clément d'Alexandrie.

Peau noire et nez camus : ainsi les Éthiopiens
Représentent leurs dieux, cependant que les Thraces
Leur donnent des yeux pers et des cheveux de feu.

(*Stromates*, VII, 22.)

XVII

[Scolie.]

Rameaux [...] : les branches que portent les initiés. Ce mot est employé par Xénophane dans les *Silles* :

> *Autour de la maison bien assise, se dressent*
> *⟨Les rameaux*[1] ⟩.

(À Aristophane, *Les Cavaliers*, v. 408.)

XVIII

Stobée.

> *Ce n'est pas dès le commencement que les dieux*
> *Ont tout dévoilé aux mortels ; mais, en cherchant,*
> *Ceux-ci, avec le temps, découvrent le meilleur*[2].

(*Choix de textes*, I, VIII, 2 ; *Florilège*, III, XXIX, 41.)

XIX

Diogène Laërce.

Thalès[3] passe, aux yeux de certains, pour être le premier à avoir pratiqué l'astronomie, et à avoir prédit les éclipses de Soleil et les solstices, ainsi que le déclare Eudème dans son *Histoire de l'astronomie*. De là provient l'admiration que lui portent Xénophane et Hérodote. (*Vies*, I, 23.)

XX

Diogène Laërce.

Ainsi que Xénophane de Colophon[4] déclare l'avoir entendu dire, « Épiménide vécut cent cinquante-quatre ans. » (*Vies*, I, 111.)

XXI

[Scolie.]

Simonide[5] avait été accusé d'avarice [...] ; avec beaucoup d'esprit, Aristophane l'égratigne dans le même passage et note qu'il était mesquin. C'est pourquoi Xénophane le qualifie de pingre. (À Aristophane, *La Paix*, v. 697.)

XXI *a*

[Scolie.]

L'Eryx[1] : chez Xénophane, au livre V des *Silles*. (À *Homère; Papyrus d'Oxyrhynchos*, 1087, 40.)

PARODIES[2]

XXII

Athénée.

Xénophane de Colophon dans ses *Parodies* :

Oui, c'est au coin du feu qu'il faut en deviser,
Tout au cœur de l'hiver, allongé sur un lit
Passablement douillet, après un bon dîner,
En buvant du vin doux, et tout en grignotant
Des pois chiches grillés. C'est alors qu'on peut dire :
« Qui es-tu? D'où viens-tu? Dis-moi quel est ton âge?
Et quel âge avais-tu quand le Mède[3] *arriva? »*

(*Les Deipnosophistes*, II, 54 E.)

DE LA NATURE

XXIII

Clément d'Alexandrie.

Xénophane de Colophon, enseignant que Dieu est un et incorporel, déclare[4] :

Un seul Dieu, le plus grand chez les dieux et les hommes,
Et qui en aucun cas n'est semblable aux mortels
Autant par sa démarche, autant par ce qu'il pense[5].

(*Stromates*, V, 109.)

XXIV

Sextus Empiricus.

Et tout entier il voit, tout entier il conçoit,
Tout entier il entend[6].

(*Contre les mathématiciens*, IX, 144.)

XXV

Simplicius.

Sans peine, et par la force seule de l'esprit,
Il donne le branle à toutes choses[1].

(*Commentaire sur la Physique d'Aristote*, 23, 20.)

XXVI

Simplicius.

Toujours au même endroit, il demeure où il est,
Sans du tout se mouvoir; il ne lui convient pas
De se porter tantôt ici, tantôt ailleurs[2].

(*Commentaire sur la Physique d'Aristote*, 23, 11.)

XXVII

Aétius.

De la terre tout vient, et tout redevient terre[3].

(Cité par Théodoret, *Thérapeutique des maladies helléniques*, IV, 5.)

XXVIII

Achille Tatius.

Cette limite supérieure de la Terre
On la voit à ses pieds et rattachée à l'air;
L'inférieure en revanche à l'infini[4] *s'étend*[5].

(*Introduction à Aratos*, 4, éd. Maass, p. 34, 11.)

XXIX

Simplicius.

Terre et eau, c'est cela que sont toutes les choses
Qui naissent et qui croissent[6].

(*Commentaire sur la Physique d'Aristote*, 188, 32.)

XXX

Aétius.

Xénophane, dans le *De la nature* :

Mer est source de l'eau, elle est source du vent :
Car ⟨il n'y aurait point⟩, enfermée dans les nuées,
⟨La puissance du vent soufflant[1]⟩ de l'intérieur,
S'il n'y avait la mer immense ; et point non plus
Les fleuves s'écoulant, et l'eau de pluie venue
Des régions de l'éther : car c'est la vaste mer
Qui engendre les nuées et les vents et les fleuves.

(*Opinions*, III, IV, 4[2].)

XXXI

Héraclite[3].

Le Soleil va marchant au-dessus de la Terre
Et puis la réchauffant.

(*Allégories d'Homère*, XLIV.)

XXXII

[Scolie.]

Ce que l'on nomme Iris[4] n'est de par sa nature
Qu'un nuage qui paraît violet, écarlate
Et vert pâle à nos yeux.

(À l'*Iliade*, XI, v. 27.)

XXXIII

Sextus Empiricus.

Car tous, nous sommes nés de la terre et de l'eau[5].

(*Contre les mathématiciens*, X, 314.)

XXXIV

Sextus Empiricus.

Non, jamais il n'y eut, jamais il n'y aura[6]
Un homme possédant la connaissance claire

De ce qui touche aux dieux et de toutes les choses
Dont je parle à présent. Même si par hasard
Il se trouvait qu'il dît l'exacte vérité,
Lui-même ne saurait en prendre conscience :
Car tout n'est qu'opinion[1].

(*Contre les mathématiciens*, VII, 49 [= 110].)

XXXV

Plutarque.

Veuillez considérer de telles conjectures
Comme ayant ressemblance avec la vérité.

(*Propos de table*, IX, 7, 746 B.)

XXXVI

Hérodien.

Tout ce qui s'est offert à la vue des mortels...

(*Sur les deux quantités*, 296, 9.)

XXXVII

Hérodien.

L'eau ruisselle d'en haut dans certaines cavernes.

(*Sur les mots singuliers*, 30, 30.)

XXXVIII

Hérodien.

Or si Dieu n'avait pas créé le miel doré,
Le comble du sucré serait le lot des figues.

(*Sur les mots singuliers*, 41, 5.)

XXXIX

Pollux.

Cerisier, l'arbre, se trouve dans le *De la nature* de Xénophane. (*Dictionnaire*, VI, 46.)

XL

[Dictionnaire étymologique.]

Les Ioniens disent βρόταχος au lieu de βάτραχος (*grenouille*). [Aristophane le dit aussi.] Ce mot se trouve aussi chez Xénophane. (*Etymologicum genuinum*, au mot βάτραχος.)

XLI

Jean Tzétzès.

Concernant la quantité de la syllabe ρος (à propos du mot σιρός : *cavité souterraine*) : « Un sillographe écrit le σι long, parce que, d'après moi, le ρ a pour effet d'allonger cette syllabe. » Xénophane est un sillographe, ainsi que Timon et d'autres. (*Commentaire sur Denys le Périégète*, v. 940, éd. Bernhardy, p. 1010.)

FRAGMENTS DOUTEUX

XLII

Hérodien.

Et chez Xénophane, au deuxième livre des *Silles* :

Un garçon aimerait courtiser une fille.

(*Sur les mots singuliers*, 7, 11.)

XLV[1]

[Scolie.]

βληστρισμός (*agitation du malade*) : équivalent de ῥιπτασμός. Ainsi l'établit Bacchios ⟨le médecin⟩. Dans certaines copies, nous trouvons βλητρισμός, sans σ. Il signifie réellement ῥιπτασμός, comme le prouve ce vers de Xénophane de Colophon :

Je suis allé de ville en ville en m'agitant

où il emploie le verbe βληστρίζειν au lieu de ῥιπτάζειν[2]. (Aux *Épidémies* d'Hippocrate, I, XIII, 3.)

C. IMITATIONS

Euripide.

Je ne peux accepter la pensée que les dieux
Puissent se divertir à des amours coupables,
Et n'ai jamais admis l'idée en ma créance,
Ni n'admettrai jamais, qu'ils s'enchaînent les mains,
Ni que l'un d'eux commande en maître à son pareil.
Car un dieu, s'il est Dieu, doit, étant vraiment Dieu,
Ignorer tout besoin ; seuls de méchants poètes
Ont pu accréditer une vision contraire[1].

(*Héraclès*, v. 1341 à 1346.)

Athénée.

C'est pourquoi aussi Euripide dit dans sa première version d'*Autolycos*[2] :

Des milliers de fléaux qui infestent la Grèce,
Il n'en est pas de pire à celui présenté
Par la gent des athlètes. Ainsi, en premier lieu,
Ils ne se soucient pas d'apprendre l'art de vivre,
Et ne le pourraient pas. Comment en vérité,
Un homme devenu l'esclave de sa gueule
Et réduit à subir la loi de l'estomac
Saurait-il acquérir un savoir qui dépasse
Les avoirs paternels ? [...]
Je ne peux approuver la coutume des Grecs
Qui font en leur honneur de grands rassemblements,
Leur offrant les plaisirs d'inutiles banquets.
Quel profit la patrie peut-elle retirer
Quand un de ces champions décroche la couronne
Pour avoir bien lutté, pour avoir bien couru,
Ou mieux lancé le disque, ou frappé la mâchoire ?
Est-ce le disque au poing qu'on combat l'ennemi ?
Et est-ce avec ses poings nus et sans bouclier
Que l'on peut repousser au loin des adversaires
Occupant la patrie ? Nul homme ne serait
Assez fou pour ainsi affronter les épées.
En revanche, je crois, ce sont les hommes sages
Instruits et valeureux que l'on doit couronner,

Et celui-là aussi qui dirige l'État,
Cet homme si instruit et à l'âme si juste,
Et qui, par ses discours, peut écarter les maux,
Supprimer les conflits, éviter les discordes.
C'est cela qui est bon pour l'État tout entier
Et bon pour tous les Grecs.

Euripide a emprunté ces idées aux vers élégiaques de Xénophane qui disait : « *Si quelqu'un* [...] *les greniers*[1] » (*Les Deipnosophistes*, X, 413 c.)

HÉRACLITE

HÉRACLITE

A. TÉMOIGNAGES

VIE

I

Diogène Laërce.

1. Héraclite était le fils de Bloson ou, selon certains, de Héracon. Il était originaire d'Éphèse. Son acmé se situe pendant la soixante-neuvième olympiade[1]. Il fut, plus que tout autre, un homme au caractère sublime et orgueilleux[2], ainsi que l'atteste son ouvrage : « Un savoir universel [...] Hécatée[3] » ; car disait-il : « Un est le savoir [...] toutes choses[4] » et « Homère mérite [...] de même[5] ». 2. Il disait encore : « Démesure [...] incendie[6] » et « Le peuple [...] son rempart[7] ». Il s'en prend aussi aux Éphésiens à qui il reproche d'avoir proscrit son ami Hermodore, en disant : « Les Éphésiens [...] chez les autres[8] ». Quand ils lui demandèrent d'établir des lois à leur usage, il s'y refusa, parce que la cité était déjà sous l'empire de mœurs politiques vicieuses. 3. Il s'était retiré dans le temple d'Artémis et jouait aux osselets avec des enfants. Aux Éphésiens qui s'étaient attroupés autour de lui : « Imbéciles, qu'est-ce que cela a d'étonnant ? dit-il. Ne vaut-il pas mieux s'occuper à cela, plutôt qu'administrer l'État en votre compagnie ? » Vers la fin, il sombra dans la misanthropie[9] et s'en alla vivre dans les montagnes, se nourrissant de plantes et d'herbes. Quand, à cause de ce régime, il eut été frappé d'hydropisie, il redescendit en ville pour demander aux médecins[10], sous une forme énigmatique, s'ils pouvaient transformer des pluies en sécheresse[11]. Ceux-ci ne le comprirent pas. Alors il s'en alla dans une étable s'enduire de bouse de vache en comptant que l'eau s'évaporerait sous l'effet de la chaleur. Mais il n'obtint rien par ce moyen, et donc mourut à l'âge de soixante ans [...[12]] 4. D'après Hermippe[13], il demanda aux médecins si l'on savait, en vidant les

intestins, chasser l'humide. Après leur réponse négative il se coucha en plein soleil et demanda à des enfants de lui faire un cataplasme de bouse de vache. C'est ainsi allongé qu'il mourut le lendemain et fut enterré sur l'agora. Néanthe de Cyzique déclare que, dans l'impossibilité de se décoller de la bouse, il était resté là et que, devenu méconnaissable par cette transformation, il fut dévoré par les chiens.

5. Déjà, dans son enfance, il était un objet d'étonnement : encore jeune, il déclarait ne rien savoir[1], ce qui n'empêche pas qu'une fois adulte, il prétendait tout savoir. Il ne fut l'élève de personne, mais, disait-il, il faut s'étudier soi-même et tout apprendre par soi-même[2]. Sotion déclare que, d'après certains, il fut l'élève de Xénophane et qu'Ariston, dans son livre *Sur Héraclite*, dit qu'il fut guéri de son hydropisie et mourut d'une autre maladie. Hippobote aussi déclare la même chose.

Le livre qui lui est attribué est, en raison de la matière qu'il embrasse[3], intitulé *De la nature*; mais il se divise en trois parties : l'une sur le Tout, l'autre sur la politique et l'autre sur la théologie[4]. 6. Il en fit l'hommage au temple d'Artémis et, d'après certains, il s'était efforcé à un style obscur[5], afin que seuls les esprits capables en prissent connaissance, et pour échapper au mépris qui résulte du succès. Timon brosse ainsi son portrait : « Parmi eux, tel un oiseau braillard, Héraclite, injuriant le public et parlant par énigmes, est apparu debout. » Théophraste met sur le compte d'un tempérament mélancolique l'inachèvement de certaines parties et l'allure hétéroclite de certaines autres[6]. Antisthène, dans ses *Successions*, rapporte ce trait qui témoigne de sa grandeur d'âme : avoir renoncé en faveur de son frère au titre de roi[7]. Tel fut le renom attaché à son livre qu'une école se fonda après lui et que ses adeptes reçurent le nom d'héraclitéens.

7. Voici dans l'ensemble ce qu'était sa doctrine : toutes choses sont constituées à partir du feu et remontent se dissoudre en lui[8]. Tout devient conformément au destin[9] et les choses sont harmonisées par l'accord des contraires[10]. Tout est rempli d'âmes et de démons[11]. Il a parlé encore de toutes les perceptions qui se produisent dans l'univers, disant : le Soleil a la taille qu'on lui voit[12]. (Il dit encore : « Limites de l'âme [...] renferme[13]. » Il appelait *haut mal* la présomption[14] et disait que la vue est trompeuse. Il lui arrive parfois de s'exprimer avec éclat et sans obscurité, de sorte que même le plus obtus comprend facilement et en reçoit une grande élévation d'âme. La brièveté et la profondeur de sa pensée sont incomparables.)

8. Prises dans le détail, voici ce que sont ses doctrines : le feu

est un élément et toutes choses sont convertibles en feu[1] et naissent par raréfaction et condensation[2]. Mais il n'explique rien clairement. Toutes choses naissent selon l'opposition et la totalité des choses coule à la façon d'un fleuve[3], le tout est limité et le monde est un[4]. Il est engendré à partir du feu, et s'embrase de nouveau selon certaines périodes fixées de toute éternité[5] : cela se produit conformément au destin[6]. Parmi les contraires, celui qui conduit à la génération est appelé guerre et discorde[7] ; celui qui conduit à l'embrasement accord et paix[8] ; le changement est une route montante-descendante[9] et l'ordonnance du monde se produit selon cette route[10].

9. En se condensant, le feu s'humidifie ; et, en se resserrant plus encore, il engendre l'eau ; et quand l'eau cristallise, elle se change en terre. Telle est la route descendante[11]. À rebours, la terre se liquéfie, d'elle naît l'eau et de celle-ci les autres éléments. Il ramène presque toutes choses à l'évaporation à partir de la mer. C'est la route montante. Des exhalaisons naissent de la terre et de la mer[12], les unes claires et pures, les autres obscures. Le feu se trouve alimenté par les exhalaisons claires, l'humide par les autres. Il n'indique pas clairement la nature de l'enveloppe céleste ; pourtant il y a en elle des cavités dont la concavité est tournée vers nous et dans lesquelles s'agglomèrent les exhalaisons claires pour former des flammes qui sont les astres[13]. 10. La flamme du Soleil[14] est la plus brillante et la plus chaude, car les autres astres sont davantage éloignés de la Terre et pour cette raison éclairent et réchauffent moins ; quant à la Lune, elle est plus proche de la Terre, mais ne se meut pas à travers l'espace qui est pur. En revanche, le Soleil occupe une région limpide et pure et se trouve à une distance proportionnée de nous. C'est pourquoi il échauffe et luit davantage. Il y a éclipse de Soleil et de Lune lorsque les cavités se retournent vers le haut[15]. Les périodes mensuelles de la Lune viennent de ce que sa cavité se retourne petit à *petit. Le jour* et la nuit, les mois, les saisons et les années, les pluies et les vents et les autres phénomènes de ce genre se produisent selon les différentes exhalaisons. 11. Quand l'exhalaison lumineuse prend feu dans le cercle du Soleil, elle produit le jour ; et quand l'exhalaison contraire reprend le commandement, elle crée la nuit ; quand la chaleur de l'exhalaison lumineuse augmente, elle produit l'été ; et quand l'humide de l'exhalaison obscure se trouve en excès, il fabrique l'hiver. Conformément à la théorie des exhalaisons, il rend compte de tous les autres phénomènes[16]. Touchant la Terre, il ne dit rien de ce qu'elle est, et rien non plus des cavités. Voilà donc quelles étaient ses thèses.

Les faits relatifs à Socrate et ce que Socrate a dit quand il eut en main le livre que lui avait rapporté Euripide, d'après le témoignage d'Ariston, nous les avons rapportés dans la *Vie de Socrate*[1]. 12. ⟨Néanmoins Séleucos, le grammairien, déclare qu'un nommé Croton rapporte, dans son livre intitulé *Le Plongeur*, que c'est un certain Cratès qui a le premier rapporté le livre d'Héraclite en Grèce⟩ et ajoute plus loin qu'il faudrait être un plongeur délien pour ne pas s'y noyer. Certains intitulent son livre *Les Muses*, d'autres *De la nature*; Diodote l'appelle : un *Gouvernail exact de la ligne de vie*; et d'autres un *Guide des mœurs*, une *Ordonnance de la conduite unique pour tous*[2].

On déclare que, comme on lui demandait pourquoi il se taisait, il avait répondu : « Pour que vous parliez. » Darius désirait le rencontrer et lui adressa une lettre[3]. [...]

15. Tel était le personnage, même à l'égard d'un roi. Démétrios[4] déclare dans ses *Homonymes* qu'il méprisa aussi les Athéniens, bien que jouissant chez eux d'une grande renommée et que, en dépit du mépris des Éphésiens, il choisit de demeurer dans sa patrie. Démétrios de Phalère fait aussi mention de lui dans son *Apologie de Socrate*. Son ouvrage tenta de nombreux commentateurs : Antisthène[5], Héraclide Pontique, Cléanthe, le stoïcien Sphaeros, puis Pausanias dit l'Héraclitiste, Nicomède et Denys[6]. Parmi les grammairiens, Diodote, qui déclare que son écrit n'a pas pour sujet la nature, mais la république, et que la partie sur la nature ne se trouve là qu'à titre d'exemple[7]. 16. Hiéronyme déclare que le poète Scythinos, le poète des *Iambes*[8], s'est appliqué à transcrire en vers son propos.

Sur lui ont été composées de nombreuses épigrammes, parmi lesquelles celle-ci[9] :

Héraclite je suis. Pourquoi donc, ignorants,
Vouloir, en haut, en bas[10]*, m'infliger vos tracas?*
Non, ce n'est pas pour vous que je me suis astreint
À un si dur labeur, mais c'est pour ceux qui savent[11].
Un seul homme pour moi en vaut bien trente mille[12],
L'innombrable public n'en égale pas un.
Voilà ce que je crie d'auprès de Perséphone.

et cette autre :

Ne va pas parcourir le livre d'Héraclite
L'Éphésien; car le sentier est ardu :
Ténèbre, obscurité, le noir. Mais si un guide
T'y initie, alors ce sera le Soleil[13].

17. Il y eut cinq Héraclite. Le premier est celui-là; le deuxième un poète lyrique, auteur de l'*Éloge des douze dieux*; le troisième est un poète élégiaque d'Halicarnasse pour qui Callimaque a composé ce poème : *Quelqu'un m'a annoncé* [...] *te prendra en ses mains*[1]; le quatrième, originaire de Lesbos, est l'auteur d'une *Histoire de la Macédoine*; le cinquième est un bouffon converti à ce métier après avoir été citharède. (*Vies*, IX, 1-17.)

I *a*

Suidas.

Fils de Bloson ou Bautor, et selon d'autres d'Héracinos; originaire d'Éphèse; philosophe de la nature, appelé l'Obscur[2]. Il ne fut l'élève de personne, mais fut formé par la nature et par son propre zèle. Atteint d'hydropisie, il ne fit pas confiance aux médecins qui voulaient le soigner mais s'enduisit lui-même entièrement de bouse de vache et s'exposa au soleil pour être asséché : ainsi couché, des chiens survinrent qui le dévorèrent. Mais d'autres déclarent qu'il est mort étouffé sous du sable. Certains déclaraient qu'il avait suivi les leçons de Xénophane et d'Hippase le pythagoricien. Son acmé se situe pendant la soixante-neuvième olympiade[3], sous le règne de Darius, fils d'Hystaspe. Il écrivit beaucoup d'ouvrages, en un style poétique. (*Lexique*, « Héraclite ».)

II

Strabon.

Androclès a été le chef, déclare-t-on[4], de l'émigration des Ioniens, postérieure à celle des Éoliens; il était le fils légitime de Codros, le roi d'Athènes, et c'est lui qui fonda Éphèse. C'est pourquoi le palais des rois d'Ionie y fut, dit-on, édifié, et à l'heure actuelle encore ses descendants portent le titre de roi[5] et jouissent de certains honneurs : préséance dans les tournois, robe pourpre en signe de royauté, bâton en guise de sceptre et rites sacrés de Déméter éleusinienne. (*Géographie*, XIV, 3, p. 632.)

III

Clément d'Alexandrie.

Héraclite, fils de Blyson, convainquit le tyran Mélancomas de quitter le pouvoir. Lui-même méprisa l'invitation du roi Darius de se rendre en Perse[6]. (*Stromates*, I, 65.)

III *a*

Strabon.

Des hommes célèbres sont nés [à Éphèse]; parmi les anciens, Héraclite dit l'Obscur et Hermodore, à propos duquel Héraclite déclare : « Les Éphésiens [...] chez d'autres[1]. » Hermodore, à ce qu'il semble, aurait rédigé certaines lois pour les Romains[2]. (*Géographie*, XIV, 25, p. 642.)

III *b*

Thémistius.

Les Éphésiens étaient habitués au luxe et au plaisir, mais quand on leur déclara la guerre, leur ville fut encerclée et assiégée par les Perses. Cela ne les empêcha pas de continuer à se divertir selon leur habitude. Mais les vivres vinrent à manquer dans la ville. Et quand la faim se fit plus pressante, les habitants se réunirent pour délibérer afin de savoir ce qu'il convenait de faire pour que la nourriture ne fît pas défaut; mais personne n'osa leur conseiller de mettre un frein à leur vie facile. Comme ils étaient tous rassemblés à ce propos, un homme du nom d'Héraclite prit du gruau d'orge, le mélangea avec de l'eau, et, assis par terre, le mangea[3]. Ce fut là une leçon silencieuse pour tout le monde. L'histoire dit que les Éphésiens comprirent aussitôt la leçon et qu'ils n'en avaient pas besoin d'autre; ils s'en allèrent convaincus d'avoir à réduire leur vie luxueuse, pour que la nourriture ne vînt pas à manquer. Quand leurs ennemis surent que les Éphésiens avaient appris à vivre modérément et qu'ils prenaient leur repas comme le leur avait conseillé Héraclite, ils levèrent le siège et, bien qu'ils eussent été victorieux par les armes, ils levèrent le camp face à l'orge d'Héraclite[4]. (*De la vertu*, p. 40.)

Plutarque.

Ceux qui parviennent à exprimer ce qu'il faut par geste symbolique et sans user de la parole, ne sont-ils pas loués et admirés particulièrement? Ainsi Héraclite, prié par ses concitoyens de faire une proposition pour ramener la concorde, monta à la tribune, prit une coupe d'eau froide, y jeta de la farine d'orge[5], remua le mélange avec un brin de menthe, le but et s'en alla. Par là il leur fit voir que se contenter de ce que le hasard offre et savoir se passer du luxe maintient les cités dans la paix et la concorde. (*Du trop parler*, 17, 511 B.)

ÉCRITS

IV

Aristote.

Il faut en règle générale que ce que l'on écrit soit aisé à lire et à comprendre. Il en est ainsi lorsque les mots de liaison sont nombreux ⟨et non pas rares[1]⟩ et non lorsque la ponctuation est difficile, comme dans les écrits d'Héraclite. En effet, c'est tout un travail de ponctuer Héraclite[2], car il est difficile de voir si le mot se rattache à ce qui précède ou à ce qui suit. Par exemple au commencement de son ouvrage, il dit : « Le Logos / ce qui est / toujours / les hommes sont incapables de le comprendre[3]. » Ici il est impossible de voir à quoi toujours se rattache, lorsqu'on ponctue. (*Rhétorique*, III, v, 1407 *b* 11.)

Démétrios de Phalère.

La clarté peut résulter d'un grand nombre d'éléments : d'abord la propriété des termes, ensuite les liaisons. Au contraire le style haché[4] et détaché est totalement obscur, car du fait de la dissociation on ne voit pas où se place le commencement de chaque séquence signifiante, comme tel est le cas dans les écrits d'Héraclite : c'est l'absence de liaison qui le plus souvent rend ses propos obscurs. (*De l'interprétation*, 192.)

Diogène Laërce.

On dit qu'Euripide donna [à Socrate[5]] l'ouvrage d'Héraclite et lui demanda : « Que t'en semble ? » Socrate aurait répondu : « Les parties que je comprends me semblent fort belles. Je pense qu'il en va de même de celles que je ne comprends pas, mais il faudrait être au moins un plongeur[6] de Délos. » (*Vies*, II, 22.)

PHILOSOPHIE

V

Simplicius.

Hippase de Métaponte[1] et Héraclite d'Éphèse considéraient eux aussi le monde comme un, mû et limité, mais ils faisaient du feu le principe[2], et du feu ils faisaient naître les existants par condensation et raréfaction, et se dissoudre de nouveau dans le feu, en tant qu'il est l'unique nature servant de substrat. Héraclite déclare en effet que toutes les choses sont conversion du feu[3]. Il établit aussi un certain ordre et un temps défini du changement du monde selon une nécessité fatale[4]. (*Commentaire sur la Physique d'Aristote*, 23, 33.)

Aétius.

Héraclite et Hippase de Métaponte disaient que le feu est le principe de toutes choses. En effet toutes les choses viennent du feu et, pensent-ils, toutes choses finissent dans le feu. L'extinction de celui-ci produit l'ordonnance de toutes choses[5] : d'abord, en effet, ce qui de lui est le plus dense, se condense en lui-même et engendre la terre; ensuite la terre, en se relâchant sous l'action du feu, se transforme naturellement en eau, qui en s'évaporant engendre l'air; et, de nouveau, le monde et tous les corps sont détruits par le feu dans la conflagration. (*Opinions*, I, III, 11.)

Galien.

D'autres disent de même que c'est le feu qui est l'élément. Ils s'appuient sur le fait que c'est la condensation et l'épaississement du feu qui engendrent l'air; que, lorsque le feu subit la même action sous une forme encore plus forte et est tassé encore plus fortement, il se transforme en eau; et que, sous l'effet d'une plus grande compression encore, il devient terre. D'où ils concluent, d'eux-mêmes, que c'est bien le feu l'élément. (*Les Éléments selon Hippocrate*, I, 4.)

VI

Platon.

Héraclite dit quelque part que tout passe et que rien ne demeure; et, comparant les existants au flux d'un fleuve, il dit que l'on ne saurait entrer deux fois dans le même fleuve[6]. (*Cratyle*, 402 *a*.)

Aétius.

Héraclite ôtait du monde le repos et l'immobilité : car cela est le propre des cadavres[1]. Mais il conférait le mouvement à toutes choses : un mouvement éternel aux choses éternelles, un mouvement de corruption aux choses corruptibles. (*Opinions*, I, XXIII, 7.)

VII

Aristote.

Il est impossible en effet que quiconque admette que le même est et n'est pas, ainsi que, selon certains, le dit Héraclite[2]. (*Métaphysique*, Γ, III, 1005 *b* 23.)

VIII

Aétius.

Héraclite déclarait que l'éternel feu périodique [est Dieu] et qu'est destin[3] le Logos, artisan des existants à partir du mouvement en sens contraire[4]. (*Opinions*, I, VII, 22.)

Héraclite disait que toutes choses se produisent conformément au destin qui est identique à la nécessité[5]. (*Ibid.*, I, XXVII, 1.)

Héraclite montrait que l'essence du destin est le Logos répandu à travers la substance du tout. Il est le corps éthéré, semence de la génération du tout et mesure de la période ordonnée[6]. (*Ibid.*, I, XXVIII, 1.)

IX

Aristote.

Comme le disait Héraclite – à ce qu'on rapporte – aux étrangers qui voulaient le rencontrer, mais qui, entrant chez lui, le voyaient se chauffer dans la cuisine, et restaient cloués sur place – il les invitait à ne pas avoir peur d'entrer, puisque, « même dans un tel lieu, il y a des dieux[7] » –, il faut, en matière de recherche scientifique aussi, aller à chaque vivant sans répugnance, en se disant que chacun possède quelque chose de naturel et de beau. (*Parties des animaux*, I, V, 645 *a* 17.)

X

Platon.

Certaines Muses d'Ionie et de Sicile[1], ont conçu [...] l'idée que l'être est à la fois multiple et un et composé par l'action de la Haine et de l'Amitié. « Car le désaccordé s'accorde toujours[2] », déclarent les plus vociférantes de ces Muses. D'autres, plus gentilles, ont adouci cette règle éternelle : « Tantôt le tout est un et ami grâce à Aphrodite, tantôt il est multiple et en guerre contre lui-même, du fait d'un je-ne-sais-quoi, dont la Haine est responsable[3]. » (*Le Sophiste*, 242 *d*.)

Aristote.

Tous déclarent que le ciel a été engendré. Mais pour les uns[4] il est un engendré éternel, pour les autres[5] un engendré corruptible, comme n'importe quel autre être de nature composée; et pour d'autres, la destruction se fait tantôt dans un sens, tantôt dans un autre, selon un processus destiné à se reproduire toujours, comme le croient Empédocle d'Agrigente et Héraclite d'Éphèse. (*Traité du ciel*, I, x, 279 *b* 12.)

Aristote.

Comme le dit Héraclite, tout devient, à un moment, feu. (*Physique*, III, v, 205 *a* 3.)

Simplicius.

Héraclite aussi pense qu'à un moment donné le monde s'embrase, et qu'à un autre moment il se reconstitue de nouveau lui-même à partir du feu, selon certaines périodes de temps, dans lesquelles, dit-il, il s'allume en mesure et s'éteint en mesure[6]. Plus tard les stoïciens ont partagé la même thèse[7]. (*Commentaire sur le Traité du ciel*, 94, 4.)

Aétius.

Héraclite déclare que [...] le monde est un. (*Opinions*, II, I, 2.)

Héraclite déclare que le monde n'est pas engendré selon le temps, mais selon la pensée. (*Ibid.*, IV, 3.)

Parménide et Héraclite [...] disent que le ciel est igné. (*Ibid.*, XI, 4.)

XI

Aétius.

Parménide et Héraclite déclarent que les astres sont des condensations du feu. (*Opinions*, II, XIII, 8.)

Héraclite [...] déclare que les astres se nourrissent à partir des exhalaisons en provenance de la Terre. (*Ibid.*, XVII, 4.)

XII

Aétius.

Héraclite [...] déclare que le Soleil est un flambeau intelligent qui sort de la mer. (*Opinions*, II, XX, 16.)

[Le Soleil] en forme de vaisseau, un peu courbé. (*Ibid.*, XXII, 2.)

⟨L'éclipse se produit⟩ à cause du retournement de la coque, de sorte que la cavité se porte vers le haut et que le renflement de la courbure se trouve vers le bas, face à nos yeux[1]. (*Ibid.*, XXIV, 3.)

⟨La Lune⟩ a la forme d'un vaisseau. (*Ibid.*, XXVII, 2.)

Héraclite déclare que le Soleil et la Lune subissent les mêmes phénomènes; car ces astres ont la même figure de vaisseau, et ils reçoivent l'éclat qui s'élève de l'exhalaison humide; ainsi ils brillent à notre vue, le Soleil étant plus brillant parce qu'il se meut dans un air plus pur, alors que la Lune, se mouvant dans un air plus trouble, apparaît de ce fait plus pâle[2]. (*Ibid.*, XXVIII, 6.)

Héraclite déclare que [...] ⟨l'éclipse de Lune⟩ se produit à cause du retournement et des inclinaisons du vaisseau. (*Ibid.*, XXIX, 3.)

XIII

Aétius.

Héraclite déclare que ⟨la grande année compte⟩ dix mille huit cents années solaires[3]. (*Opinions*, II, XXXII, 3.)

Censorinus.

10. Cette année est aussi appelée « héliaque » par certains, et par d'autres [Héraclite ?] « année de Dieu » [...] 11. Aristarque pensait qu'elle comprenait deux mille quatre cent quatre-vingt-quatre années [...], Héraclite et Linos[4] dix mille huit cents. (*Du jour de la naissance*, XVIII, 10-11.)

XIV

Aétius.

Héraclite déclarait que le tonnerre est produit par des tourbillons de vents et de nuages et par les chocs des souffles contre les nuages ; les éclairs, par la combustion des exhalaisons ; et les ouragans, par les incendies et les extinctions des nuages[1]. (*Opinions*, III, III, 9.)

XIV *a*

Nicandre.

Et toi[2], tu sais plonger dans les flots de la mer
Violette et salée, que le Grand Ébranleur[3]
A asservie aux vents en recourant au feu.
Le feu est dominé par le souffle ennemi,
Lui le feu éternel, le feu toujours vivant.
Et la vaste étendue de la mer doit trembler
Sous les assauts des vents pourchasseurs de nuées ;
Elle est désordonnée, elle aime la tempête
Et règne sur les nefs et les vaillants marins
Exposés à la mort. Mais à la loi du feu
Qui est son ennemi, il faut que la matière
Obéisse et consente.

(*Des contrepoisons*, v. 171 et suiv.)

[*Scolie.*]

Être *asservi* : signifie être l'esclave, être placé sous les ordres. En effet les esclaves sont asservis. La mer et le feu sont les esclaves des vents, évidemment selon la loi divine[4], et c'est ce qu'ont dit Héraclite et Ménécrate[5]. *Pourchasseurs de nuées* : s'applique aux vents. *La vaste étendue* : veut dire très étendu[6]. Le préfixe α du mot ἀχύνετον est extensif [et non privatif]. Héraclite veut donc expliquer par ces termes que toutes choses sont mutuellement contraires, selon lui [...] *Règne sur les nefs* : en effet les navires sont dominés par la mer, comme la matière par le feu. Les *vaillants marins* : ceux qui périssent en mer. (*Scolie au texte précédent.*)

XV

Aristote.

Héraclite aussi déclare que le principe est l'âme[1], puisqu'elle est l' exhalaison[2] à partir de laquelle les autres choses sont constituées. (*De l'âme*, I, II, 405 *a* 24.)

Macrobe.

Héraclite disait que ⟨l'âme⟩ est une étincelle de l'essence stellaire. (*Songe de Scipion*, XIV, 19.)

Aétius.

Héraclite disait que l'âme du monde est une exhalaison provenant des principes humides qui sont en lui, et que celle qui est dans les animaux provient à la fois de l' exhalaison extérieure et de l' exhalaison interne, les deux étant de même nature[3]. (*Opinions*, IV, III, 12.)

XVI

Sextus Empiricus.

126. Héraclite, parce qu'il croyait encore que l'homme dispose de deux organes pour la connaissance de la vérité, à savoir la sensation et la raison, estimait, comme les philosophes de la nature cités plus haut[4], que de ces deux organes, la sensation est indigne de créance, tandis qu'il posait la raison comme critère. De fait il récuse la sensation en disant textuellement : Les yeux et les oreilles sont de mauvais témoins pour les âmes sourdes à leur langage[5]. Ce qui revient à dire que « c'est le propre d'âmes barbares[6] d'accorder foi à des sens dépourvus de raison ». 127. Mais il affirme que la raison est le critère de la vérité : non pas cependant n'importe quelle raison, mais la raison commune et divine. Qu'est cette raison? Il nous faut l'exposer brièvement. En effet ce philosophe de la nature se plaît à dire que ce qui nous enveloppe[7] est rationnel et doué d'intelligence. 128. Déjà longtemps auparavant Homère disait :

En ce monde, dis-moi, qu'ont les hommes dans l'âme?
Ce que chaque matin le Père des humains
Et des dieux veut y mettre[8].

Archiloque aussi[9] déclare que les hommes ont des pensées telles

Que Zeus leur envoie au jour le jour.

Et Euripide a dit la même chose[1] :

> *Qui que tu sois, ô Zeus, énigme indéchiffrable,*
> *Ou bien Nécessité régnant sur la nature,*
> *Ou bien Intelligence accordée aux humains*[2],
> *Je t'adore en tout cas.*

129. C'est en attirant à nous par la respiration cette raison divine que, selon Héraclite, nous devenons intelligents et que, bien que plongés dans l'oubli du sommeil, nous recouvrons nos sens en nous éveillant. Car, pendant le sommeil, les pores[3] des sens sont bouchés et l'intellect qui est en nous se trouve séparé de la communauté que nous entretenons avec l'enveloppe céleste[4], le seul moyen de communication qui demeure étant la respiration, à la façon d'une racine, et, ainsi séparé, l'intellect perd la puissance de mémoire qu'il possédait auparavant. 130. Lors du réveil, il se répand à travers les pores des sens, comme à travers des fenêtres, et en entrant de nouveau en communion avec le ciel, il recouvre sa puissance de raisonner. Ainsi, de la même façon que des charbons rapprochés du feu deviennent incandescents selon un processus d'altération, tandis que, séparés du feu, ils s'éteignent, de même le lot[5] qui provient de l'enveloppe céleste trouve en nos corps un domicile hospitalier; mais lorsqu'il est coupé du feu céleste, il est comme privé de raison, alors que lorsque la connexion se trouve rétablie grâce à la multitude des pores, il redevient semblable au tout. 131. C'est cette raison commune et divine, par participation à laquelle nous devenons raisonnables, qu'Héraclite déclare être le critère de la vérité. Il s'ensuit que le phénomène commun à tous, c'est cela qui est digne de foi (car il est perçu par la raison à la fois commune et divine). Mais ce que perçoit une seule personne n'est pas digne de foi pour la raison contraire. 132. Ainsi, au commencement de ses livres *Sur la nature*, le personnage dont nous parlons déclare, en faisant allusion d'une certaine manière à l'enveloppe céleste : Le Logos [...] tout ce qu'ils [voient][6]. Ayant ainsi montré expressément que c'est par la participation à la raison divine que nous faisons et connaissons toutes choses, il poursuit un peu plus loin : Aussi il faut suivre [...] en propre[7]. 133. Ce propos n'est rien d'autre qu'une explication de la manière dont le tout est ordonné. En tant que nous communions avec la mémoire de cette raison, nous sommes dans la vérité; en tant que nous nous isolons dans ce qui nous est propre, nous sommes dans l'erreur. 134. Car en réalité, par ces paroles, il montre que la raison commune est le critère et que les phénomènes

qui sont communs sont dignes de foi, en tant qu'ils sont jugés par la raison commune, alors que ceux qui appartiennent à chacun en propre sont trompeurs[1]. (*Contre les mathématiciens*, VII, 126-134.)

Héraclite déclare explicitement que l'homme n'est pas raisonnable, mais que seule est douée d'intelligence l'enveloppe céleste. (*Ibid.*, VIII, 286.)

Apollonius de Tyane.

Héraclite, le philosophe de la nature, disait que par nature l'homme est dépourvu de raison[2]. (*Lettres*, 18.)

XVII

Aétius.

‹Héraclite déclare que l'âme est immortelle› ; car à sa sortie [du corps], elle remonte à l'âme du tout, selon [la loi] des semblables[3]. (*Opinions*, IV, VII, 2.)

XVIII

Aétius.

Héraclite et les stoïciens déclarent que les hommes commencent leur maturité à la fin de la seconde série de sept années, au moment où l'activité sexuelle se développe[4]. (*Opinions*, IV, V, 23.)

XIX

Plutarque.

Ceux qui lisent ἡβώντων (*adolescents*[5]) fixent à l'âge de trente ans, comme Héraclite, la durée d'une génération : c'est l'espace de temps pendant lequel le père voit son fils devenir capable d'engendrer. (*Des oracles qui ont cessé*, 11, 415 E.)

Philon.

Un homme est capable, à l'âge de trente ans, d'être grand-père, étant donné qu'il est adolescent à l'âge de quatorze ans, époque à laquelle il peut procréer, et que celui qu'il a engendré dans l'année qui a suivi sa puberté, à quinze ans, peut alors engendrer un fils qui lui est semblable. (*Fragments*, éd. Harris, p. 20.)

Censorinus.

Un siècle est la plus longue durée de la vie humaine, comprise entre la naissance et la mort; donc ceux qui ont pensé qu'un siècle[1] durait trente ans paraissent s'être largement trompés. C'est Héraclite qui a donné à cet espace de temps le nom de génération, parce que cet espace de temps comprend un cycle de vie humaine; il l'appelle cycle de vie parce que c'est le temps que met la semence humaine pour produire une autre semence. (*Du jour de la naissance*, XVII, 2.)

Jean de Lydie.

De là[2], en se trompant sur l'intention d'Héraclite, il appelle génération le mois. (*Des mois*, III, 14.)

XX

Chalcidius.

Héraclite, avec lequel s'accordent les stoïciens[3], établit une connexion entre notre raison et la raison divine qui régit et gouverne les choses du monde[4]. Grâce à cette association inséparable, conscience nous est donnée du décret de la raison et nous pouvons, pendant le sommeil de l'âme, grâce au pouvoir des sens, avoir connaissance des événements futurs. De là vient que nous apparaissent des représentations d'endroits ignorés et des visions d'hommes aussi bien vivants que morts. C'est encore ce qui donne du poids à la pratique de la divination et à ceux qui ont eu la chance de connaître l'avenir par le recours aux puissances divines. (*Commentaire sur le Timée de Platon*, 251, éd. Wrobel, p. 284, 10.)

XXI

Clément d'Alexandrie.

Anaxagore de Clazomènes en effet déclarait que la fin de la vie est la spéculation[5] et la liberté qui en dérive, et Héraclite d'Éphèse que c'est la satisfaction[6]. (*Stromates*, II, 130.)

XXII

Aristote.

Héraclite blâme le poète qui a dit :

Que périsse Conflit chez les dieux et les hommes[7]

car il n'y aurait pas d' harmonie , s'il n'existait l'aigu et le grave, et pas de vivant sans la femelle et le mâle, qui sont contraires[1]. (*Éthique à Eudème*, VII, 1, 1235 *a* 25.)

Simplicius.

Car [Héraclite] déclare[2] que toutes choses sont condamnées à disparaître. (*Commentaire sur les Catégories d'Aristote*, 412, 26.)

Nouménios.

Nouménios loue Héraclite d'avoir blâmé Homère[3] qui avait souhaité la disparition et l'anéantissement des maux de la vie, sans comprendre que, ce faisant, il demandait la fin du monde, puisque la matière, source des maux, serait entièrement supprimée[4]. (*Fragment* 16, éd. Thedinga, cité par Chalcidius, *Commentaire sur le Timée de Platon*, 297.)

XXIII

Polybe.

Il ne siérait point d'invoquer encore le témoignage des poètes et des auteurs de mythes touchant ce que nous ignorons, comme bon nombre de nos prédécesseurs l'ont fait sur maints sujets en citant à propos de questions controversées des « autorités sans crédit[5] », pour reprendre le mot d'Héraclite. (*Histoire*, IV, 40.)

B. FRAGMENTS

HÉRACLITE : « DE LA NATURE »

I

Sextus Empiricus.

Le Logos[6], ce qui est
toujours[7] les hommes sont incapables de le comprendre,
aussi bien avant de l'entendre qu'après l'avoir entendu pour la première fois,
Car bien que toutes choses naissent et meurent selon ce Logos-ci

Les hommes sont comme inexpérimentés quand ils s'essaient
à des paroles ou à des actes,
Tels que moi je [les] explique
Selon sa nature séparant chacun
et exposant comment il est;
Alors que les autres hommes
oublient tout ce qu'ils font à l'état de veille
comme ils oublient, en dormant, tout ce qu'ils [voient].
(*Contre les mathématiciens*, VII, 132.)

II

Sextus Empiricus.

Aussi[1] il faut suivre ce qui est ⟨commun
(c'est-à-dire[2] commun⟩ à tous – car à tous est le commun[3]).
Mais bien que le Logos soit commun
La plupart vivent comme avec une pensée en propre.
(*Contre les mathématiciens*, VII, 133.)

II *a*

Aenésidème.

Aenésidème[4], suivant Héraclite, et Épicure sont d'accord en général sur les sensibles, mais divergent au niveau du détail. Car Aenésidème pense qu'il existe une certaine divergence entre les phénomènes, et il déclare que certains d'entre eux sont généralement perçus par tous, et d'autres par un seul individu[5]. Parmi les phénomènes, sont vrais ceux qui apparaissent généralement à tous, et faux ceux qui ne sont pas tels. D'où il suit que l'on a donné fort exactement le nom de *vrai* à *ce qui ne se cache pas*[6] à la conscience commune.

Le vrai [...] ce qui ne se cache pas.
(Cité par Sextus Empiricus, *Contre les mathématiciens*, VIII, 8.)

III

Aétius.

[Sur la taille du Soleil.] La largeur d'un pied d'homme[7].
(*Opinions*, II, xxi, 4.)

IV

Albert le Grand.

Héraclite a dit que si le bonheur résidait dans les plaisirs corporels, on dirait que les bœufs sont heureux lorsqu'ils trouvent du pois chiche à manger. (*Des plantes*, VI, 401, éd. Meyer, p. 545.)

V

Aristocrite.

Ils se purifient en se souillant d'un autre sang
comme si, après avoir marché dans la boue,
quelqu'un se lavait avec de la boue : il paraîtrait en délire
à quiconque le verrait agir ainsi.
Et à ces statues ils adressent leurs prières
comme qui ferait conversation avec des murs
sans avoir conscience de ce que sont dieux et héros[1].

(*Théosophie*, cité par Origène, *Contre Celse*, VII, 62.)

VI

Aristote.

Le Soleil, non seulement, comme le déclare Héraclite, est nouveau chaque jour, mais sans cesse nouveau continûment[2]. (*Météorologiques*, II, II, 355 *a* 13.)

VII

Aristote.

Si toutes les choses devenaient fumée, c'est par les narines que nous les connaîtrions. (*Du sens*, V, 443 *a* 23.)

VIII

Aristote.

L'opposé est utile, et des choses différentes naît la plus belle harmonie[3] [et toutes choses sont engendrées par la discorde[4].] (*Éthique à Nicomaque*, VIII, II, 1155 *b* 4.)

IX

Aristote.

Autre en effet est le plaisir du cheval, du chien et de l'homme; ainsi que le dit Héraclite, les ânes préféreraient la paille à l'or, car la nourriture est plus agréable que l'or pour les ânes[1]. (*Éthique à Nicomaque*, X, v, 1176 *a* 7.)

X

Pseudo-Aristote.

Peut-être la nature se réjouit-elle des contraires et sait-elle en dégager l'harmonie, alors qu'elle ne s'intéresse pas aux semblables; tout de même sans doute que le mâle se rapproche de la femelle, ce que ne font pas les êtres de même sexe. Et elle n'est arrivée à la concorde première qu'au moyen des contraires et non au moyen des semblables. Or il semble aussi que l'art en imitant la nature fait de même. Car la peinture, en mélangeant les pigments du blanc, du noir, du jaune et du rouge, produit des images concordantes au modèle. La musique, en mêlant les sons aigus et graves, longs et courts, produit dans des voix différentes une harmonie unique. L'écriture, en opérant un mélange de voyelles et de consonnes, construit tout son art à partir d'elles. C'est la même chose que signifiait la parole d'Héraclite l'Obscur :

Embrassements
Touts et non-touts
Accordé et désaccordé
Consonant et dissonant
Et de toutes choses l'Un
Et de l'Un toutes choses[2].

(*Du monde*, v, 396 *b* 7.)

XI

Pseudo-Aristote.

Parmi les animaux, aussi bien les sauvages que les domestiques, aussi bien ceux qui vivent dans l'air que ceux qui vivent sur terre et dans l'eau, tous naissent, atteignent la maturité et dépérissent sous l'effet des décrets de Dieu[3], car :

Tout animal est conduit au pâturage à coups de fouet,

comme le déclare Héraclite. (*Du monde*, vi, 401 *a* 8.)

XII

Arius Didyme.

Zénon pense que l'âme est une exhalaison sensible, comme Héraclite. Voulant en effet montrer que les âmes qui s'exhalent sont toujours intelligentes, il les comparait à des fleuves, disant ainsi :

Pour ceux qui entrent dans les mêmes fleuves
Autres et autres coulent les eaux
et des âmes aussi s'exhalent des substances humides[1].

(Cité par Eusèbe, *Préparation évangélique*, XV, 20.)

XIII

Athénée.

Car il ne faut pas que l'homme de goût soit sale, poussiéreux ou se complaise dans la fange, comme le dit Héraclite[2]. (*Les Deipnosophistes*, V, 178 F.)

Clément d'Alexandrie.

Les cochons se complaisent davantage dans la fange que dans l'eau pure[3]. (*Stromates*, I, 2.)

XIV

Clément d'Alexandrie.

Pour qui prophétise Héraclite d'Éphèse? Pour des somnambules, des mages, des bacchants, des ménades et des initiés. C'est eux qu'il menace pour après la mort, c'est à eux qu'il prophétise le feu :

Car l'initiation aux mystères pratiquée chez les hommes est impie[4].

(*Protreptique*, 22.)

XV

Clément d'Alexandrie.

S'ils omettaient de rendre à Dionysos l'hommage de la procession
Et de chanter l'hymne aux parties honteuses

Très impie serait leur conduite.
Le même sont Hadès et Dionysos[1]
Quels que soient le délire et l'enthousiasme qu'ils inspirent[2].

(*Protreptique*, 34.)

XVI

Clément d'Alexandrie.

On échappera peut-être en effet à la lumière sensible, mais échapper à la lumière intelligible est impossible[3] ; ou, comme dit Héraclite :

À ce qui ne sombre jamais
Comment échapperait-on ?

(*Le Pédagogue*, II, 99.)

XVII

Clément d'Alexandrie.

La plupart n'ont pas conscience de ce que sont les choses qu'ils rencontrent.

Ils ne comprennent pas, quand ils apprennent, mais ils se figurent[4].

(*Stromates*, II, 8.)

XVIII

Clément d'Alexandrie.

Si tu n'espères pas l'inespéré,
tu ne le trouveras pas.
Il est dur à trouver et inaccessible[5].

(*Stromates*, II, 17.)

XIX

Clément d'Alexandrie.

Reprochant à certains d'être incrédules, Héraclite déclare : Ils ne savent ni écouter, ni même parler[6]. (*Stromates*, II, 24.)

XX

Clément d'Alexandrie.

Héraclite semble en tout cas considérer la naissance comme un malheur, quand il dit :

Une fois nés
ils veulent vivre
Et toucher leurs lots
[ou plutôt connaître le repos de la mort[1]]
Et ils laissent derrière eux des enfants
pour connaître les mêmes lots[2].

(*Stromates*, III, 14.)

XXI

Clément d'Alexandrie.

Et Héraclite ne donne pas à la naissance le nom de mort [...] quand il dit :

Mort est tout ce qu'éveillés nous voyons
Et ce que nous voyons endormis, sommeil[3].

(*Stromates*, III, 21.)

XXII

Clément d'Alexandrie.

Les chercheurs d'or
Remuent beaucoup de terre
Et trouvent peu[4].

(*Stromates*, IV, 4.)

XXIII

Clément d'Alexandrie.

Ils ne connaîtraient pas le nom de Dikè
Si ces choses[5] n'existaient pas.

(*Stromates*, IV, 10.)

XXIV

Clément d'Alexandrie.

Les victimes d'Arès[6]
Les dieux les honorent ainsi que les hommes[7].

(*Stromates*, IV, 16.)

XXV

Clément d'Alexandrie.

Les plus belles morts
obtiennent du sort les plus beaux lots[1].

(*Stromates*, IV, 50.)

XXVI

Clément d'Alexandrie.

L'homme
dans la nuit
se prépare une lampe
bien que ses yeux soient éteints[2].
Mais vivant
il touche la mort
en dormant[3].
Éveillé
il touche
le dormant[4].

(*Stromates*, IV, 143.)

XXVII

Clément d'Alexandrie.

Les hommes doivent s'attendre, morts,
à des choses qu'ils n'espèrent ni n'imaginent.

(*Stromates*, IV, 146.)

XXVIII

Clément d'Alexandrie.

Faux-semblants que
celui qui a belle apparence[5]
comprend,
conserve[6],
Dikè[7] se saisira
des fabricants de mensonges
et des témoins.

(*Stromates*, V, 9.)

XXIX

Clément d'Alexandrie.

Les plus nobles préfèrent une seule à toutes les choses
La gloire éternelle à toutes les choses mortelles[1]
Mais la plupart sont repus comme le bétail.

(*Stromates*, V, 60.)

XXX

Clément d'Alexandrie.

Ce monde-ci, le même pour tous
nul des dieux ni des hommes ne l'a fait
Mais il était toujours est et sera
Feu éternel s'allumant en mesure et s'éteignant en mesure[2].

(*Stromates*, V, 105.)

XXXI

Clément d'Alexandrie.

Qu'il ait professé que le monde est engendré et périssable, c'est ce qu'indiquent les paroles suivantes :

Transformations du feu :
d'abord mer
de la mer une moitié terre
une moitié souffle embrasé[3].

Il veut dire que par sa puissance le feu, sous l'effet du Logos et de Dieu gouvernant toutes choses, se transforme à travers l'air en humide, qui est comme la semence de l'organisation du monde, qu'il appelle ici mer . De cette semence naissent de nouveau la terre, le ciel et ce qu'ils enveloppent. Comment, de nouveau, il remonte à son état premier et est embrasé, il le montre clairement par ces paroles :

[...] se dissout en mer
Et est divisé selon la même proportion[4]
qu'elle possédait avant qu'elle ne devînt terre.

(*Stromates*, V, 105.)

XXXII

Clément d'Alexandrie.

L'Un le seul sage
ne veut être appelé et veut le nom de Zeus[1].

(*Stromates*, V, 116.)

XXXIII

Clément d'Alexandrie.

Loi aussi, obéir à la volonté de l'Un.

(*Stromates*, V, 116.)

XXXIV

Clément d'Alexandrie.

Ils ne comprennent pas quand ils ont entendu
à des sourds ils ressemblent.
C'est d'eux que témoigne la sentence :
Présents ils sont absents[2].

(*Stromates*, V, 116.)

XXXV

Clément d'Alexandrie.

Car il faut que les philosophes[3] soient, comme le dit Héraclite, en quête de beaucoup de choses. (*Stromates*, V, 141.)

XXXVI

Clément d'Alexandrie.

Pour les âmes, mort est devenir eau
Et pour l'eau, mort devenir terre
Mais de la terre, l'eau naît
Et de l'eau, l'âme[4].

(*Stromates*, VI, 16.)

XXXVII

Columelle.

Si nous en croyons Héraclite d'Éphèse qui déclare que les porcs se lavent dans la fange[1] et les volailles dans la poussière ou la cendre. (*De l'agriculture*, VIII, 4.)

XXXVIII

Diogène Laërce.

Thalès[2] fut, d'après certains, le premier à avoir pratiqué l'astronomie [...], ainsi qu'en témoignent Héraclite et Démocrite. (*Vies*, I, 23.)

XXXIX

Diogène Laërce.

À Priène vivait Bias, fils de Teutamès,
davantage pourvu de Logos que les autres[3].

(*Vies*, I, 88.)

XL

Diogène Laërce.

Un savoir universel n'instruit pas l'intellect.
Sinon il aurait instruit Hésiode et Pythagore,
ainsi que Xénophane et Hécatée[4].

(*Vies*, IX, 1[5].)

XLI

Diogène Laërce.

Un est le savoir[6]
Il connaît la pensée
par qui sont gouvernées toutes choses au moyen de toutes choses.

(*Vies*, IX, 1.)

XLII

Diogène Laërce.

Il disait :
Homère
mérite d'être chassé des concours et bastonné[1]
et Archiloque de même.

(*Vies*, IX, 1.)

XLIII

Diogène Laërce.

Démesure[2], il faut l'éteindre plus encore qu'incendie.

(*Vies*, IX, 2.)

XLIV

Diogène Laërce.

Le peuple doit combattre pour sa loi
comme pour son rempart[3].

(*Vies*, IX, 2.)

XLV

Diogène Laërce.

Limites de l'âme, tu ne saurais les trouver en poursuivant ton chemin
si longue que soit toute la route
tant est profond le Logos qu'elle renferme[4].

(*Vies*, IX, 7.)

XLVI

Diogène Laërce.

Héraclite appelait haut mal la présomption[5] et disait que la vue est trompeuse[6]. (*Vies*, IX, 7.)

XLVII

Diogène Laërce.

Ne faisons pas de conjectures sur les grandes choses[7].

(*Vies*, IX, 73.)

XLVIII

[Dictionnaire étymologique.]

À l'arc le nom de bandeur[1]
mais son œuvre est la mort[2].

(*Etymologicum genuinum*, au mot Βίος, *vie*.)

XLIX

Galien.

Un seul en vaut pour moi dix mille, s'il excelle[3].

(*Du discernement du pouls*, VIII, éd. Kühn, p. 773[4].)

XLIX *a*

Héraclite le Grammairien.

Dans les mêmes fleuves
nous entrons et nous n'entrons pas
Nous sommes et nous ne sommes pas[5].

(*Allégories d'Homère*, 24.)

L

Hippolyte.

Héraclite déclare que :
Le Tout est
divisé indivisé
engendré inengendré
mortel immortel
Logos éternité
père fils
Dieu droit.
« Si ce n'est moi, mais le Logos, que vous avez écouté,
Il est sage de convenir qu'est l'Un — Tout[6] », dit-il.

(*Réfutation de toutes les hérésies*, IX, 9.)

LI

Hippolyte.

Que tous les hommes ne savent pas cela[7] et ne s'accordent pas sur cela, il s'en plaint en ces termes :

Ils ne savent pas comment le différent concorde avec lui-même,
Il est une harmonie contre tendue[1] comme pour l'arc et la lyre.

(*Réfutation de toutes les hérésies*, IX, 9.)

LII

Hippolyte.

Le temps est un enfant qui s'amuse, il joue au trictrac.
À l'enfant la royauté[2].

(*Réfutation de toutes les hérésies*, IX, 9.)

LIII

Hippolyte.

Conflit[3]
est le père de tous les êtres, le roi de tous les êtres[4]
Aux uns il a donné formes de dieux, aux autres d'hommes,
Il a fait les uns esclaves, les autres libres.

(*Réfutation de toutes les hérésies*, IX, 9.)

LIV

Hippolyte.

L'Harmonie invisible plus belle que la visible[5].

(*Réfutation de toutes les hérésies*, IX, 9.)

LV

Hippolyte.

Les choses dont il y a vision, audition, expérience,
ce sont elles que je préfère[6].

(*Réfutation de toutes les hérésies*, IX, 9.)

LVI

Hippolyte.

Trompés, dit [Héraclite], sont les hommes quant à leur connaissance des visibles, tout comme Homère, qui était plus sage que tous les Grecs réunis.

Car des enfants qui tuaient des poux le trompèrent en disant :

« Ce que nous avons vu et pris, nous le laissons,
Ce que nous n'avons ni vu ni pris, nous l'emportons[1]. »

(*Réfutation de toutes les hérésies*, IX, 9.)

LVII

Hippolyte.

Instituteur de la plupart des hommes est Hésiode[2].
Ils savent qu'il connaissait beaucoup de choses
lui qui n'était pas capable de comprendre le jour et la nuit
car ils sont un.

(*Réfutation de toutes les hérésies*, IX, 10.)

LVIII

Hippolyte.

Le bien et le mal sont un, comme le déclare Héraclite,
Et tous ces médecins,
taillant, cautérisant, torturant de toutes sortes de façons leurs malades,
demandent à toucher des honoraires injustes de la part des malades
puisqu'ils produisent les mêmes effets guérisons et maladies[3].

(*Réfutation de toutes les hérésies*, IX, 10.)

LIX

Hippolyte.

Pour la vis du pressoir la route est droite et courbe. (Le sillon de la partie du pressoir nommée colimaçon [ou vis] est à la fois droit et circulaire, car la vis avance en tournant). Elle est une et la même[4], dit-il.

(*Réfutation de toutes les hérésies*, IX, 10.)

LX

Hippolyte.

La route, montante descendante
Une et même[1].

(*Réfutation de toutes les hérésies,* IX, 10.)

LXI

Hippolyte.

La mer[2], eau la plus pure et la plus souillée,
Pour les poissons potable et salutaire,
pour les hommes non potable et mortelle.

(*Réfutation de toutes les hérésies*, IX, 10.)

LXII

Hippolyte.

Immortels mortels, mortels immortels
Ceux-là vivant la mort de ceux-ci
Ceux-ci mourant la vie de ceux-là[3].

(*Réfutation de toutes les hérésies*, IX, 10.)

LXIII

Hippolyte.

Il parle encore de la résurrection de la chair, celle qui est visible et dans laquelle nous sommes nés, et il sait que Dieu est la cause de cette résurrection, disant :

Là, devant lui[4], ils[5] se lèvent
et deviennent les gardiens vigilants des vivants et des morts[6].

Mais il dit encore qu'il y aura un jugement du monde et une séparation de tout ce qui est en lui par le feu [...] (*Réfutation de toutes les hérésies*, IX, 10.)

LXIV

Hippolyte.

[...] disant ainsi : La foudre gouverne toutes choses, c'est-à-dire dirige, Héraclite donnant le nom de foudre au feu éternel. Il dit encore que le feu est doué de conscience et cause de l'ordonnance de toutes choses[1]. (*Réfutation de toutes les hérésies*, IX, 10.)

LXV

Hippolyte.

Il appelle cela indigence et richesse[2] : *indigence* est d'après lui l'ordonnance et *richesse* l'embrasement [...] (*Réfutation de toutes les hérésies*, IX, 10.)

LXVI

Hippolyte.

Car sur toutes choses le feu ayant fondu, il les jugera et s'en saisira[3]. (*Réfutation de toutes les hérésies*, IX, 10.)

LXVII

Hippolyte.

Dieu est
jour-nuit, hiver-été
guerre-paix, richesse-famine[4]
(tous contraires : l'intellect est cela)
Il prend des formes variées, tout comme ⟨le feu⟩
qui, quand il se mêle à des fumées,
reçoit un nom conforme au goût de chacun[5].
(*Réfutation de toutes les hérésies*, IX, 10.)

LXVII *a*

Hisdosus Scholasticus[6].

Ainsi la chaleur vitale, provenant du Soleil, règne sur tous les vivants, opinion à laquelle souscrit Héraclite, fournissant une excellente image, dans laquelle l'araignée représente l'âme et la toile le corps. De même ⟨que⟩ l'araignée, dit-il, immobile au milieu de la toile, sent, dès qu'une mouche rompt quelque fil, et y court rapidement, comme affectée de douleur par la coupure du fil, de même l'âme de l'homme, lorsqu'une quelconque partie du corps est blessée, s'y précipite, comme si elle ne pouvait supporter la blessure de ce corps auquel elle eſt solidement et harmonieusement attachée[1]. (*Sur l'âme du monde,* cité par Chalcidius, *Commentaire sur le Timée de Platon* [34*b*].)

LXVIII

Jamblique.

Et c'eſt pourquoi Héraclite appelait à bon droit remèdes, [les pratiques des myſtères] parce qu'elles guérissent de terribles maladies et délivrent les âmes saines des malheurs attachés à la naissance[2]. (*Des myſtères*, I, 11.)

LXIX

Jamblique.

Je pose donc deux espèces de sacrifices : les uns sont l'offrande d'hommes tout à fait purifiés, comme cela peut arriver parfois, quoique rarement, chez un seul, comme dit Héraclite, ou pour un tout petit groupe d'hommes[3]. Les autres sont matériels, etc. (*Des myſtères*, V, 15.)

LXX

Jamblique.

Bien mieux encore, Héraclite considérait les opinions humaines comme des jeux d'enfants[4]. (*De l'âme*, cité par Stobée, *Choix de textes*, II, 1, 16.)

LXXI

Marc Aurèle.

[Il faut] mentionner aussi celui qui oublie où conduit la route[5]. (*Pensées*, IV, XLVI.)

LXXII

Marc Aurèle.

Quelle que soit l'assiduité avec laquelle ils fréquentent le Logos (qui gouverne toutes choses)

Ils se séparent de lui
et ce qu'ils rencontrent quotidiennement leur semble étranger. (*Pensées*, IV, XLVI.)

LXXIII

Marc Aurèle.

Il ne faut pas agir et parler comme des dormeurs. Car alors aussi nous croyons agir et parler. (*Pensées*, IV, XLVI.)

LXXIV

Marc Aurèle.

Il ne faut pas ⟨se comporter comme⟩ les enfants de leurs parents, c'est-à-dire plus simplement : selon la coutume reçue[1]. (*Pensées*, IV, XLVI.)

LXXV

Marc Aurèle.

Je crois qu'Héraclite appelle dormeurs les ouvriers et collaborateurs de ce qui se produit dans le monde[2]. (*Pensées*, VI, XLII.)

LXXVI

Maxime de Tyr.

Le feu vit la mort de la terre, et l'air vit la mort du feu ; l'eau vit la mort de l'air, la terre celle de l'eau. (*Discours*, XII, 4, p. 489.)

Plutarque.

La mort du feu est naissance de l'air ; la mort de l'air naissance de l'eau[3]. (*Que signifie le mot* Eî, 18, 392 C.)

Marc Aurèle.

Que la mort de la terre engendre l'eau, la mort de l'eau engendre l'air, et celle de l'air, le feu, et inversement[4]. (*Pensées*, IV, XLVI.)

LXXVII

Nouménios.

D'où aussi Héraclite a dit : C'est un plaisir pour les âmes, ou une mort, de devenir humide[1]. La chute dans la génération est pour elles un plaisir. Mais ailleurs il déclare : Nous vivons leur mort et celles-ci vivent notre mort. (*Fragment* 35, éd. Thedinga, cité par Porphyre, *L'Antre des Nymphes*, 10.)

LXXVIII

Origène.

La personne humaine ne possède pas l'entendement[2],
La personne divine le possède.

(*Contre Celse*[3], VI, 12.)

LXXIX

Origène.

L'homme est tenu pour un petit garçon par la divinité,
comme l'enfant par l'homme.

(*Contre Celse*, VI, 12.)

LXXX

Origène.

Il faut connaître
que le conflit[4] est commun [ou universel]
que la discorde est le droit
et que toutes choses naissent et meurent selon discorde et nécessité.

(*Contre Celse*, VI, 42.)

LXXXI

Philodème.

L'invention de la rhétorique comporte toutes sortes de prestiges tendant à cette fin[5] et, d'après Héraclite, son inventeur est le prince des charlatans[6]. (*Rhétorique*, I, LXII, éd. Sudhaus, p. 354[7].)

[Scolie.]

Charlatanerie est le nom donné aux arts de la parole par certains et aussi par Timée qui écrit : « de telle sorte qu'il me paraît que ce n'est pas Pythagore l'inventeur des véritables charlatanismes, ni celui appelé ainsi par Héraclite, mais qu'Héraclite est bien lui-même le hâbleur ». (À *Hécube* d'Euripide, v. 131.)

LXXXII

Platon.

Le plus beau des singes est laid, comparé à l'espèce humaine[1]. (*Hippias majeur*, 289 *a*.)

LXXXIII

Platon.

Le plus savant des hommes comparé à Dieu ressemble à un singe quant à la sagesse, à la beauté et à tout le reste. (*Hippias majeur*, 289 *b*.)

LXXXIV *a*

Plotin.

En changeant, il[2] est en repos. (*Ennéades*, IV, VIII, 1.)

LXXXIV *b*

Plotin.

Il est dur de peiner pour les mêmes[3] et d'être commandé par eux. (*Ennéades*, IV, VIII, 1.)

LXXXV

Plutarque.

Combattre son impulsion est difficile
Car ce qu'elle veut est acheté à prix d'âme[4].

(*Vie de Coriolan*, 22.)

LXXXVI

Plutarque.

Mais la plupart des choses divines, d'après Héraclite,
L'absence de foi les chasse loin de nous,
de sorte qu'elles ne nous sont pas connues[1].

(*Vie de Coriolan*, 38.)

LXXXVII

Plutarque.

Un sot à chaque mot[2] paraît hébété[3]. (*Comment il faut ouïr*, 7, 41 A.)

LXXXVIII

Plutarque.

Même chose en nous
être vivant ou être mort
être éveillé ou être endormi
être jeune ou être vieux
Car ceux-ci se changent en ceux-là
et ceux-là de nouveau se changent en ceux-ci[4].

(*Consolation à Apollonios*, 10, 106 E.)

LXXXIX

Plutarque.

Héraclite déclare :
Pour les éveillés il y a un monde un et commun
Mais parmi ceux qui dorment, chacun s'en détourne vers le sien propre[5].

(*De la superstition*, 3, 166 C.)

XC

Plutarque.

Toutes choses sont convertibles en feu
et le feu en toutes choses[6]

Tout comme les marchandises en or
et l'or en marchandises.

(*Que signifie le mot* Eἰ, 8, 388 E.)

XCI

Plutarque.

Car on ne peut entrer deux fois dans le même fleuve, ainsi que dit Héraclite[1].

(*Que signifie le mot* Eἰ, 18, 392 B.)

Aristote.

Il n'est pas possible de toucher deux fois une substance mortelle dans le même état. Mais à cause de la vigueur et de la vitesse du changement, elle se disperse et se rassemble de nouveau (ou plutôt ce n'est pas à nouveau ni ensuite, mais en même temps qu'elle se constitue et disparaît), et

Elle s'approche et elle s'éloigne[2].

(*Métaphysique*, Γ, V, 1010 *a* 12.)

XCII

Plutarque.

Ne vois-tu pas [...] quelle grâce ont les chants de Sapho qui charment et enchantent les auditeurs? Mais la Sibylle à la bouche délirante, comme dit Héraclite, profère des mots sans sourires, sans fards et sans parfums, et cependant sa voix se fait entendre pendant mille ans, grâce à Dieu[3]. (*Pourquoi la prophétesse Pythie ne rend plus les oracles en vers*, 6, 397 A.)

XCIII

Plutarque.

Le prince dont l'*oracle* est à Delphes[4]
ne parle pas, ne cache pas, mais signifie[5].

(*Pourquoi la prophétesse Pythie ne rend plus les oracles en vers*, 21, 404 D.)

XCIV

Plutarque.

Le Soleil n'outrepassera pas ses limites
sinon les Érinyes, servantes de Dikè, le dénicheront[6].

(*De l'exil*, 11, 604 A.)

XCV

Plutarque.

Il vaut mieux cacher son ignorance[1], mais c'est une tâche difficile dans la débauche et la boisson. (*Propos de table*, III, 1, 644 F.)

Stobée.

Il vaut mieux cacher son ignorance que de la mettre en avant. (*Florilège*, III, 1, 175.)

XCVI

Plutarque.

Il est plus important d'évacuer les cadavres que le fumier[2]. (*Propos de table*, IV, 3, 669 A.)

XCVII

Plutarque.

Les chiens aboient après ceux qu'ils ne connaissent pas[3]. (*Si l'homme d'âge se doit mêler des affaires publiques*, 7, 787 C.)

XCVIII

Plutarque.

Les âmes flairent chez Hadès[4]. (*La Face visible de la Lune*, 28, 943 E.)

XCIX

Plutarque.

S'il n'y avait pas de Soleil, en dépit des autres étoiles, il ferait nuit[5]. (*Lequel est le plus utile, le feu ou l'eau*, 7, 957 A.)

C

Plutarque.

[...] Révolutions, dont le Soleil est le maître et le gardien, chargé de définir, d'arbitrer, de faire apparaître et de rendre manifestes les changements et les saisons qui apportent toutes choses[1], comme le dit Héraclite, etc. (*Questions platoniques*, VIII, 4, 1007 D.)

CI

Plutarque.

J'étais le propre objet de mon étude[2]. (*Contre Colotès* 20, 1118 C.)

CI *a*

Polybe.

La nature nous a dotés de deux instruments nous permettant de nous informer de toutes choses et de faire beaucoup de choses : l'ouïe et la vue ; mais la vue est de loin le sens le plus véridique, ainsi que le dit Héraclite : Les yeux sont en effet des témoins plus exacts que les oreilles[3]. (*Histoire*, XII, 27.)

CII

Porphyre.

Pour Dieu toutes choses sont belles, bonnes et justes
Mais les hommes ont forgé l'idée
que certaines sont injustes et d'autres justes[4].

(*Questions homériques sur l'Iliade*, IV, v. 4.)

CIII

Porphyre.

Car sur la circonférence, le commencement et la fin sont communs[5]. (*Questions homériques sur l'Iliade*, XIV, v. 200.)

CIV

Proclus.

Qu'est chez eux l'intellect ou la conscience ?
Ils font confiance aux aèdes populaires
et comme instituteur se donnent le public

ne sachant pas que la majorité eſt mauvaise et la minorité bonne[1].

(*Commentaire sur l'Alcibiade de Platon*, I, p. 525, 21.)

CV

[Scolie.]

Il[2] était compagnon d'Hector, et tous les deux
Nés la même nuit[3].

Héraclite en déduit que Homère [était] aſtrologue[4]. Il déclare qu'en témoigne aussi le vers :

Il n'eſt homme qui puisse éviter son deſtin[5].

(À l'*Iliade*, XVIII, v. 251.)

CVI

Plutarque.

Touchant la queſtion de savoir s'il faut poser l'exiſtence de certains jours néfaſtes, ou si Héraclite avait raison lorsqu'il blâmait Hésiode d'avoir tenu les uns pour bons, les autres pour néfaſtes, étant donné qu'il ignorait que tous les jours sont de même et unique nature, j'en ai traité ailleurs abondamment[6]. (*Vie de Camille*, 19.)

Sénèque.

Un jour eſt égal à tous les jours[7]. (*Lettres à Lucilius*, XII, 7.)

CVII

Sextus Empiricus.

Les yeux et les oreilles sont de mauvais témoins
pour les âmes sourdes à leur langage[8].

(*Contre les mathématiciens*, VII, 126.)

CVIII

Stobée.

D'Héraclite :
De tous ceux dont j'ai entendu les paroles

aucun n'arrive au point de reconnaître
que le sage[1] est séparé de tous[2]

(*Florilège*, III, 1, 174.)

CIX

Stobée.

[Voir xcv.]

CX

Stobée.

Qu'aux hommes il arrive tout ce qu'ils veulent, ne serait pas mieux. (*Florilège*, III, 1, 176.)

CXI

Stobée.

La maladie rend la santé belle et bonne.
La famine la richesse ; la fatigue le repos[3].

(*Florilège*, III, 1, 177.)

CXII

Stobée.

Réfléchir : très haute vertu[4].
Et sagesse : dire la vérité
et agir selon la nature
en le sachant.

(*Florilège*, III, 1, 178.)

CXIII

Stobée.

Penser est commun à tous. (*Florilège*, III, 1, 179.)

CXIV

Stobée.

Ceux qui parlent avec intelligence
il faut qu'ils s'appuient sur ce qui est commun à tous[5]

de même que sur la loi une cité
et beaucoup plus fortement encore
Car toutes les lois humaines se nourrissent
d'une seule loi, la loi divine,
car elle commande autant qu'elle veut
elle suffit pour tous[1]
et les dépasse[2].

(*Florilège*, III, I, 179.)

CXV

Stobée.

Il appartient à l'âme un Logos qui s'accroît lui-même.
(*Florilège*, III, I, 180 *a*.)

CXVI

Stobée.

À tous les hommes il est donné en partage
de se connaître eux-mêmes et d'user du bon sens.

(*Florilège*, III, v, 6.)

CXVII

Stobée.

Quand un homme est ivre
titubant, il est conduit par un jeune enfant.
Il ne sait où il va
il a l'âme humide[3].

(*Florilège*, III, v, 7.)

CXVIII

Stobée.

Éclat sec : l'âme très sage et excellente[4]
(*ou bien plutôt* :)
L'âme sèche est très sage et excellente.

(*Florilège*, III, v, 8.)

CXIX

Stobée.

Héraclite disait que la personnalité de l'homme est son démon[1]. (*Florilège*, IV, XL, 23.)

CXX

Strabon.

Mieux, Héraclite, usant du langage d'Homère, emploie le mot *Ourse* au lieu du mot *nord*.

Frontières entre le levant et le couchant :
l'Ourse et en face de l'Ourse la borne de Zeus le Lumineux[2]. En effet, la limite du couchant et du levant, c'est le cercle arctique et non l'Ourse. (*Géographie*, I, 6, p. 3.)

CXXI

Strabon.

Les Éphésiens feraient bien de se pendre tous entre adultes
et d'abandonner la cité aux enfants impubères,
eux qui ont chassé Hermodore[3], le personnage le plus capable d'entre eux en déclarant :
Qu'il n'y ait chez nous personne de très capable
Sinon, qu'il aille ailleurs et chez d'autres.

(*Géographie*, XIV, 25, p. 642.)

CXXII

Suidas.

D'Héraclite : rapprochement, ἀγχιβασίη[4]. (*Lexique*, aux mots ἀγχιβατεῖν, « se porter auprès », et ἀμφισβατεῖν, « se porter autour ».)

CXXIII

Thémistius.

D'après Héraclite : Nature aime se cacher[5]. (*Discours*, V, p. 69.)

CXXIV

Théophraste[1].

Il paraîtrait absurde de penser que, si le ciel tout entier et chacune de ses parties sont toutes en ordre et selon un Logos, à la fois par les formes, les puissances, et les révolutions, il n'y a rien de tel dans les principes, mais, comme le dit Héraclite, qu'il est comme

Un détritus[2] au hasard abandonné :
le plus bel ordre du monde.

(*Métaphysique*, 15, 7 *a* 10.)

CXXV

Théophraste.

Le cycéon[3] se décompose si on ⟨ne⟩ l'agite ⟨pas⟩. (*Du vertige*, 9.)

CXXV *a*

Jean Tzétzès.

Il fait de Ploutos un aveugle[4], parce qu'il est responsable non pas de la vertu, mais du vice. C'est la raison aussi pour laquelle Héraclite d'Éphèse adresse aux Éphésiens cette critique, qui n'est pas une prière :

Puisse Ploutos ne pas vous abandonner, Éphésiens,
afin que votre pauvreté d'âme apparaisse au grand jour.

(*Note au Ploutos d'Aristophane*, v. 88.)

CXXVI

Jean Tzétzès.

Les choses froides se réchauffent, le chaud se refroidit,
l'humide s'assèche et le desséché se mouille[5].

(*Scolie à l'Iliade*, éd. Hermann, p. 126.)

FRAGMENTS SUSPECTS ET APOCRYPHES

CXXVI *a*

Anatolios d'Alexandrie.

Conformément à la loi des saisons, le nombre sept se trouve assemblé dans la Lune, mais dissocié dans les Ourses, toutes deux signes de Mémoire immortelle[1]. (*De la décade*, éd. Heiberg, p. 36.)

CXXVI *b*

[Anonyme.]

Épicharme, qui a fréquenté les pythagoriciens, a inventé, entre autres arguments redoutables, l'argument du devenir. Il se fonde sur la pensée d'Héraclite qu'« une chose devient autre, puis autre, chacune selon son besoin ». Donc, si rien ne cesse de couler et de changer quant à la forme, les substances deviennent sans cesse différentes selon un flux continu[2]. (*Commentaire sur le Théétète de Platon*, [*Berliner Klassikertexte* 2], 71, 12 [152 *e*].)

CXXVII

Aristocrite.

Il disait aux Égyptiens : « S'il existe des dieux, pourquoi les plaignez-vous dans vos lamentations? Et si vous les plaignez, cessez de les tenir pour des dieux[3]. » (*Théosophie*, 69[4].)

CXXVIII

Aristocrite.

Héraclite, voyant les Grecs offrir des présents aux dieux, disait : « Ils adressent des prières à des statues de dieux qui n'entendent rien (comme si elles devaient entendre!) et qui n'accordent rien, tout comme elles ne sauraient rien demander en retour[5]. » (*Théosophie*, 74.)

CXXIX

Diogène Laërce.

Pythagore, fils de Mnésarque, s'est exercé, plus que tous les hommes, à l'étude de la géométrie; par le choix de ces traités, il s'est fabriqué une science, un savoir trop vaste, un art mal venu[6]. (*Vies*, VIII, 6.)

CXXX

[Dictionnaire.]

Il ne convient pas de faire rire au point de devenir soi-même l'objet de ce rire, disait Héraclite[1]. (*Gnomologium Monacense latinum*, éd. Wölfflin, I, 19.)

CXXXI

[Dictionnaire.]

Héraclite du moins disait que la présomption[2] fait régresser le progrès. (*Gnomologium Parisinum*, éd. Sternbach, 209.)

CXXXII

[Dictionnaire.]

Les honneurs asservissent dieux et hommes. (*Gnomologium Vaticanum*, 743, éd. Sternbach, 312.)

CXXXIII

Les méchants sont les adversaires de la vérité. (*Gnomologium Vaticanum*, 743, éd. Sternbach, 313.)

CXXXIV

[Dictionnaire.]

La culture est un second soleil pour les gens cultivés. (*Gnomologium Vaticanum*, 743, éd. Sternbach, 314.)

CXXXV

[Dictionnaire.]

Il disait que le plus court chemin vers la gloire est de devenir valeureux[3]. (*Gnomologium Vaticanum*, 743, éd. Sternbach, 315.)

CXXXVI

[Scolie.]

D'Héraclite : « Les âmes des victimes d'Arès sont plus pures que celles des morts de maladie[4]. » (À Épictète, éd. Schenkl, p. LXXI.)

CXXXVII

Stobée.

Il écrit donc : « Certaines choses sont en tous points fixées par le destin[1] [...] » (*Choix de textes*, I, v, 15.)

CXXXVIII

[Anonyme.]

Du philosophe Héraclite, *Contre la vie*[2] ; voir l'*Anthologie palatine*, IX, 359, Stobée, *Florilège*, IV, 34, 57. Le ton pessimiste de l'épigramme accrédite l'idée qu'« Héraclite pleurait ». (*Codex de Paris*, 1630, p. XIV, f. 191 r.)

CXXXIX

[Anonyme.]

Du philosophe Héraclite : « Puisque certains affirment que les astres font partie des principes[3] [...] » pour autant que le veut [Héraclite] en élaborant la même théorie. (*Catalogue d'astronomie grecque*, IV, 32, VII, 106.)

C. IMITATIONS

I

Hippocrate.

5. Toutes les choses aussi bien divines qu'humaines se meuvent, échangeant mutuellement leurs places en un mouvement de montée et de descente[4]. Le jour et la nuit connaissent un maximum et un minimum. De même que la Lune a un maximum et un minimum, échange de feu et d'eau, de même le Soleil a une course plus longue et une plus courte. Toutes choses sont mêmes et non mêmes[5] : la lumière pour Zeus l'obscurité pour Hadès, la lumière pour Hadès l'obscurité pour Zeus[6] ; elles vont les unes par ici les autres par là, en toute saison et en tout lieu, celles-ci accomplissant le rôle de celles-là, celles-là jouant à leur tour le

rôle de celles-ci. Les unes jouent ce rôle, mais ne le savent pas; les autres croient savoir qu'elles accomplissent un rôle qu'elles ne jouent pas[1]. Celles qui naissent ne le savent pas, mais pourtant tout leur arrive en vertu de la même nécessité divine[2], aussi bien ce qu'elles veulent que ce qu'elles ne veulent pas. Et en errant les unes ici, les autres là, elles se mélangent les unes aux autres : chacune accomplit le sort fixé par le destin, tant vers le plus que vers le moins. Toutes se détruisent mutuellement : la plus petite détruit la plus grande et la plus grande la plus petite, et [toutes] se doivent leur augmentation, la plus grande à la plus petite, la plus petite à la plus grande.

6. Et toutes les choses, aussi bien l'âme de l'homme que son corps, sont ordonnées par l'âme[3] [du monde]. S'introduisent dans l'homme des parties de parties et des touts de touts[4], comportant un mélange de feu et d'eau, les uns prêts à recevoir et les autres à donner. Ceux qui reçoivent font diminuer, ceux qui donnent font grandir. Des hommes scient du bois : l'un tire et l'autre pousse et cependant ils font la même chose, et faisant le moins, ils font le plus. Telle est la nature de l'homme : une partie pousse, une autre tire; l'une donne, l'autre reçoit; et quand l'une donne, l'autre augmente; et quand l'une reçoit, l'autre diminue. Chacune conserve son lieu propre et les choses qui vont vers le moins se dissocient en un lieu plus petit, tandis que celles qui vont vers le plus grand s'agglomèrent et se mélangent en une ordonnance plus grande. Les choses étrangères et non homogènes sont repoussées hors du lieu autre que le leur. Chaque âme, possédant du plus ou du moins, parcourt les parties qui lui sont propres, ⟨mais celle-ci⟩, n'ayant besoin ni d'addition ni de soustraction des parties, mais seulement d'un lieu pour l'augmentation et la diminution de celles qui existent, façonne chacune des parties dans les lieux où elle se rend, et reçoit les parties qui s'ajoutent. Car le non-homogène ne peut demeurer dans des régions qui ne s'y prêtent pas. Aussi y a-t-il errance des choses qui ne peuvent s'entendre, tandis que celles qui s'entendent entre elles reconnaissent ce à quoi elles sont attachées; car le concordant est attaché au concordant, tandis que le discordant entre en lutte, combat et se démarque [du discordant]. C'est pourquoi l'âme de l'homme augmente dans l'homme, et non dans un autre animal; et chez les autres animaux de grande taille, de la même façon, les parties qui diffèrent mutuellement se séparent de force.

7. Laissons de côté les autres animaux pour considérer l'homme. Dans l'homme s'introduit une âme, comportant un

mélange de feu et d'eau, lot du corps humain[1]. (Les êtres masculins et féminins, nombreux et quelle que soit leur race, sont nourris et croissent selon le régime propre à l'homme.) Il est nécessaire que les choses introduites aient toutes leurs parties, car ce qui serait initialement privé d'un lot ne croîtrait pas, ni avec beaucoup ni avec peu de nourriture; mais [le vivant] totalement doté croît, chacun à sa place propre, puisque s'offre à lui de la nourriture provenant de l'eau sèche et du feu humide, qui tantôt entre et tantôt sort de force. Comme lorsque les charpentiers scient une poutre, l'un tire, l'autre pousse : le résultat est le même. Quand ils tirent vers le bas, [la scie] remonte. On ne saurait admettre un mouvement contraire, allant contre ⟨ce qui est opportun[2]⟩; si violence est faite d'un côté, c'est le tout qui pâtira. Il en va de même de la nourriture de l'homme : l'un tire, l'autre pousse, quand certaines substances sont introduites de force, d'autres sont chassées, mais si la force s'exerce inopportunément, le tout en souffrira[3].

8. Pendant tout ce temps chaque être a son ordonnance propre, définie par la possibilité d'accueil maximal de nourriture que le lieu comporte. Lorsque la place devient plus grande, les éléments femelles et mâles s'y portent, poussés de la même façon par la force et la nécessité. Avant que les uns et les autres aient accompli leur lot fatal, ils se dissocient d'abord et se mélangent ensuite. Après avoir changé de lieu et rencontré une harmonie correcte qui comporte trois accords : la syllabe (quarte), l'aigu (quinte) et l'octave, les uns et les autres vivent et s'accroissent de la même manière qu'auparavant. S'ils ne rencontrent pas d'harmonie et si l'accord des graves et des aigus ne se réalise ni dans la quarte, ni dans la quinte, ni dans l'octave, et si un seul fait défaut, la tonalité est stérile; car il ne saurait y avoir concert, mais il se produit un changement du plus grand vers le plus petit, contraire au lot; aussi les uns et les autres ignorent-ils ce qu'ils créent[4].

9. Pourquoi naissent des êtres de sexe masculin et des êtres de sexe féminin, nous l'expliquerons plus loin[5]. Mais qu'il soit de l'un ou de l'autre sexe, l'être qui va naître et rencontre l'harmonie est humide et est mû par le feu; et ainsi mû il s'enflamme et attire l'aliment matériel et pneumatique qui entre dans la femme. Et il en va tout de même des premiers éléments constitutifs de l'embryon puisqu'il est encore peu dense, mais se trouve séché et solidifié par le mouvement du feu. Ainsi solidifié, il s'épaissit tout autour, et le feu qui est en lui ne peut

plus attirer une nourriture suffisante, non plus que l'élément pneumatique extérieur à cause de la densité de l'enveloppe. Alors s'opère une disparition de l'humide qui se trouve à l'intérieur[1]. Alors les parties solides par nature, qui se trouvent à l'intérieur de l'ébauche constituée, et qui sont sèches, ne sont plus consumées par le feu en vue de la nutrition, mais se consolident et se condensent par défaut d'humidité, ce qui produit ce qu'on appelle les os et les nerfs. Mais le feu, mû par le mélange de l'humide, ordonne le corps selon la nature, par la nécessité suivante : d'un côté il n'a pas la possibilité de traverser les parties sèches et dures pour se ménager des issues durables, parce qu'il n'y trouve pas d'aliment, et d'un autre côté il ne peut se frayer un chemin à travers les parties humides et molles, car celles-ci constituent son aliment. En effet il demeure en elles une sécheresse non consumée par le feu. Alors elles se réunissent pour former un tout consistant. D'une part le feu qui se consume à l'intérieur augmente en intensité et peut creuser une large brèche, car là se trouve présente une grande quantité d'humide dans la cavité dite abdominale; alors il en sort, puisqu'il n'a pas d'aliment, et il ouvre des brèches à l'élément pneumatique, ce qui a pour effet de provoquer une entrée et une distribution de la nourriture; mais d'autre part cela a pour effet, en obturant le reste du corps, de produire une triple circulation : ce qui constituait la partie la plus humide du feu se répand dans les parties étroites que l'on appelle les ⟨veines caves⟩, puis dans les parties médianes le reste de l'eau se rassemble et se condense, formant ce qu'on appelle les chairs.

10. Conformément à une formule[2] une, le feu ordonne toutes les parties du corps selon le mode qui lui est propre, à l'imitation de l'univers : les petites par rapport aux grandes et les grandes par rapport aux petites. La grande cavité, réservoir de l'eau sèche et humide, la donne à toutes les parties et l'en reçoit, selon la fonction propre à la mer, nourrice des animaux qui lui conviennent, destructrice de ceux qui ne lui conviennent pas. Autour d'elle se place un rassemblement d'eau froide et humide, issue de l'élément pneumatique froid et chaud, à la façon de la terre qui altère toutes les choses qui sont à sa surface : elle détruit les uns, elle fait croître les autres, produisant la raréfaction de l'eau légère et du feu aérien, de l'invisible comme du visible, et une séparation de la substance solide, dans laquelle [les êtres] sont portés, et où chacun vient au jour, selon le lot qui lui a été fixé. Dans ce corps le feu a produit trois révolutions qui se complètent mutuellement à l'intérieur comme à l'extérieur. La première se

rapporte aux cavités des humides, puissance de la Lune; la deuxième à la circulation extérieure relative à l'enveloppe durcie, puissance des astres; la troisième occupe l'espace compris entre l'intérieur et l'extérieur et concerne les autres : c'est la puissance du Soleil qui est le feu le plus chaud et le plus vif, commandant toutes choses et les gouvernant chacune selon sa nature, intangible à la vue et au toucher. C'est en lui que résident l'âme, l'intellect, la pensée, le mouvement, la croissance, la diminution, la séparation[1], le sommeil, la veille; il gouverne toutes choses continuellement, et celles-ci et celles-là, sans se reposer jamais[2].

11. Mais les hommes n'ont pas la science leur permettant, à partir des choses visibles, d'observer les choses invisibles[3], car ils ne savent pas qu'ils se servent de techniques qui ressemblent à la nature humaine, car l'intellect des dieux leur a appris à imiter les choses qui leur sont propres, en ayant conscience de ce qu'ils font, mais sans avoir conscience des modèles qu'ils imitent[4]; car toutes les choses semblables sont dissemblables, toutes les choses convergentes sont différentes, toutes les choses dites sont non dites, les choses irrationnelles comportent raison, le contraire s'accorde avec chaque chose. En effet la loi et la nature, par lesquelles nous faisons tout, sont en désaccord par le fait même qu'elles s'accordent[5]. D'une part la loi[6] a été établie par les hommes pour eux-mêmes, dans l'ignorance de ce sur quoi ils l'établissaient, d'autre part les dieux ont ordonné la nature de toutes choses. Ainsi d'un côté les lois établies par les hommes ne demeurent jamais identiques, qu'elles soient justes ou non; mais d'un autre côté celles que les dieux ont établies, conservent éternellement leur rectitude, qu'elles soient justes ou injustes[7]. Telle est leur différence.

12. Nous allons montrer que les arts visibles sont semblables aux affections[8] de l'homme, aussi bien manifestes qu'occultes. Telle est la divination : au moyen des choses visibles elle connaît les choses non visibles, et au moyen des choses non visibles les choses visibles; par le présent le futur, et par les morts les vivants; et par l'incompréhensible comprennent et celui qui sait toujours correctement et celui qui sait plus ou moins bien, selon les cas. Toutes ces choses imitent la nature et la vie de l'homme. L'homme, en rencontrant la femme, a produit l'enfant ; par le visible se trouve connu le non-visible, à savoir qu'il en sera ainsi : la pensée de l'homme, invisible, connaît les choses visibles et passe de l'enfant à l'homme[9] ; par le présent elle connaît le futur. Le mort ne ressemble pas au vivant : par le mort elle connaît le vivant. Le ventre n'a pas de

conscience : par lui nous avons conscience de la soif et de la faim. Les affections de l'art divinatoire sont identiques à celles de la nature humaine; par celles-ci nous connaissons toujours correctement, par celles-là nous ne connaissons que plus ou moins bien, selon les cas.

13. Les [forgerons], grâce à l'art, amollissent le fer par le feu qu'ils contraignent par le souffle[1]. Ils enlèvent la nourriture présente, la rendent plus légère, la battent et la réduisent, et avec l'aliment de l'eau qui est contraire, elle devient forte[2]. L'homme subit le même traitement de la part du professeur de gymnastique. Le feu s'empare de la nourriture présente et la contraint avec le souffle. Après s'en être emparé, il la bat, il la ramollit, il la purifie. L'apport des eaux venues d'ailleurs le rend fort.

14. Les cardeurs aussi font la même chose. Ils battent, ils cardent, ils étirent. En peignant ils renforcent les fils; en coupant ce qui dépasse et en démêlant, ils font une plus belle laine. L'homme subit le même traitement.

15. Les tanneurs divisent en parties les peaux tout entières et font de ces parties des touts. En taillant et en piquant les peaux ils les rendent résistantes. Et l'homme subit le même traitement. Les touts se divisent en parties et de la synthèse des parties naissent des touts. En piquant et en taillant leur peau, les médecins leur redonnent la santé. Et tel est le rôle de la médecine : éliminer ce qui est nuisible et rendre la santé en enlevant la cause du mal[3]. La nature y pourvoit d'elle-même : celui qui est assis s'efforce de se redresser, celui qui est agité s'efforce de se calmer. Et la nature de la médecine comporte un grand nombre de choses de ce genre.

16. Quand les charpentiers scient une poutre, l'un tire et l'autre pousse. Pourtant l'un et l'autre font la même chose dans deux sens différents, à savoir : l'un tire la scie, l'autre la pousse. Quand l'un tire dans un sens, l'autre pousse dans l'autre[4]. Ainsi la scie pénètre; chacun poussant deux fois moins, produit deux fois plus. Ils imitent ainsi la nature humaine : le souffle tantôt tire, tantôt pousse; par ces deux actions contraires, il produit le même résultat : d'un côté il comprime le bas, de l'autre il s'insinue en haut. À partir d'une seule âme divisée se produisent le plus et le moins, le plus grand et le plus petit.

17. Les maçons œuvrent en accordant des matériaux différents. Ils humidifient les éléments secs et sèchent les éléments humides, divisent les touts et rassemblent les parties divisées[5]. S'ils ne procédaient pas ainsi, ils ne feraient pas ce qu'il faut. Ils imitent le régime de l'homme. Nous humidifions les aliments

secs et asséchons les humides. Nous divisons les touts et recomposons les parties divisées. Toutes ces actions divergentes concordent.

18. [Il lui faut d'abord disposer d'un instrument de musique susceptible d'illustrer son propos.] Les combinaisons de l'harmonie sont produites par les mêmes et ne sont pas les mêmes : par l'aigu et le grave, semblables par le nom mais dissemblables par le son[1]. Celles qui diffèrent davantage s'accordent le plus. Celles qui diffèrent le moins s'accordent le moins[2]. Si toutes les notes étaient semblables, tout le charme s'envolerait[3]. Les changements les plus grands et les formes les plus variées charment davantage. Les chefs cuisiniers préparent les nourritures[4] pour les gens, en mélangeant de toutes sortes de façons éléments dissemblables et éléments semblables; à partir des mêmes ⟨ingrédients⟩, ils préparent des ⟨plats⟩ non mêmes, tant en matière de nourriture solide que de boisson. Si toutes leurs préparations étaient semblables, le plaisir s'envolerait, et s'ils n'ordonnaient pas tous les ingrédients en un mets identique, ils ne respecteraient pas les règles culinaires. ⟨Ainsi⟩ en musique les sons résonnent-ils, les uns aigus, les autres graves. La langue imite la musique, discernant le doux et l'acide de ce qu'elle goûte, discernant ce qui est bon de ce qui est mauvais. Ainsi elle émet ⟨des sons⟩ hauts et bas, et il ne faut pas que les sons hauts sonnent bas, et que les sons bas sonnent haut. Mais si la langue est bien harmonisée, le charme naît de l'accord, tandis que le déplaisir accompagnera la langue sans harmonie.

19. Les corroyeurs tendent, assouplissent, battent, lavent. L'éducation des enfants fait de même. Quand on fait des tresses, on tresse en rond; partant d'un commencement, on aboutit à un commencement. Même est le cycle corporel : par où il commence, par là il finit[5].

20. On travaille le minerai d'or, on bat, on lave, on fond. À *feu doux* il s'agglomère, et non à feu vif. Quand on l'a ainsi travaillé, on s'en sert pour tout. L'homme bat le grain, le lave, le purifie, le cuit au feu et le mange. Brûlé par un feu trop fort, l'aliment ne se combine pas au corps; cuit doucement, si.

21. Les sculpteurs fabriquent une imitation du corps [hormis l'âme]; mais ils ne lui donnent pas la pensée : ils la modèlent avec de l'eau et de la terre, séchant les éléments humides et humidifiant les secs[6]. Ils enlèvent ce qui est en excès et ajoutent de la terre pour boucher les manques; l'augmentation s'opère du plus petit au plus grand. L'homme subit le même traitement. Sa croissance va du plus petit au plus grand, ce qui est retiré des parties en

excès vient s'ajouter aux manques, les sèches sont prélevées sur les humides et les humides sur les sèches.

22. Les potiers font tourner le tour qui ne tourne ni dans un sens ni dans l'autre, mais dans les deux à la fois, imitant ainsi ensemble la rotation de l'univers[1]. En usant du même tour, ils façonnent nombre d'objets divers, dont aucun n'est semblable à l'autre, à partir des mêmes éléments et en usant d'outils identiques. Les hommes, ainsi que les autres animaux, subissent le même traitement. Dans la même rotation, ils font à partir des mêmes éléments, et avec les mêmes organes, toutes sortes de choses pas du tout semblables; ils produisent à partir des éléments humides les parties sèches, et à partir des secs les humides[2].

23. L'écriture est du même genre[3] : la combinaison des figures [lettres], signes de la voix humaine. Puissance de noter le souvenir des choses passées et de montrer celles à accomplir. À travers sept figures[4] : la connaissance. Tout cela concerne l'homme, celui qui sait ses lettres comme celui qui ne les sait pas. À travers sept figures aussi les sensations pour l'homme[5]. L'ouïe est l'organe du son, la vue des visibles, les narines de l'odeur, la langue du goût et du dégoût, la bouche du langage, le corps du toucher, ⟨et l'organe⟩ du souffle chaud et froid ⟨, ce sont⟩ les passages vers l'extérieur et vers l'intérieur. Par eux vient la connaissance aux hommes.

24. L'art de la lutte et l'éducation sont ainsi : ils enseignent à violer la loi sans sortir de la légalité, à commettre l'injustice en toute justice, à tromper, voler, piller, violer, et que les choses les plus honteuses sont les plus belles. Qui n'agit pas ainsi est un pauvre homme, qui agit ainsi est un homme de valeur[6]. C'est la preuve de la bêtise des masses[7]. Les gens assistent à ce spectacle, et décident qu'un athlète est entre tous bon, et les autres mauvais. La plupart admirent; quelques rares se rendent compte. Les gens qui vont au marché font la même chose : vendeurs et acheteurs jouent le jeu du mensonge, et celui qui a davantage trompé son monde est le plus admiré. Les ivrognes et les fous font la même chose. Ils courent, ils luttent, ils combattent, ils volent, ils trompent. Un seul parmi tous est jugé excellent[8]. L'art du comédien *trompe les spectateurs*. *Ils disent ceci*, ils pensent cela : les mêmes entrent sur la scène et en sortent, et ce ne sont pas les mêmes. Et pour l'homme encore, le dire est une chose et le faire une autre, le même n'est pas le même, tantôt il pense ainsi et tantôt autrement.

Ainsi tous les arts participent-ils à la nature de l'homme. (*Du régime*, I, 5-24.)

II

Hippocrate.

1° La nourriture et la forme de la nourriture sont une et multiple[1] [...]

2° Elle augmente, fortifie, rend charnues, rend semblables et rend dissemblables les parties propres à chaque corps, selon la nature de chacun et la puissance dérivant du principe[2]. [...]

8° La nourriture est le nourrissant, la nourriture est ce qui est capable ⟨de nourrir⟩, la nourriture est ce qui le doit.

9° Le principe de toutes choses est un, et la fin de toutes choses une. Et la fin et le commencement sont les mêmes[3]. [...]

12° On peut dire de toute chose qu'elle est nuisible et propice au réchauffement; nuisible et propice au refroidissement; nuisible et propice à la puissance[4]. [...]

14° Les humeurs [...] sont spontanées et non spontanées. Spontanées pour nous, et non spontanées pour la cause. Et inversement certaines choses sont visibles pour la cause, d'autres invisibles[5], les unes possibles les autres impossibles.

15° La nature pourvoit à tout pour tous[6]. [...]

17° Toutes ces choses sont une nature une et non une[7]. Toutes ces choses sont des natures multiples et une. [...]

19° Dans la nourriture le médicament est excellent, dans la nourriture le médicament est sans effet. Sans effet et excellent relativement à quelque chose[8] [...]

21° La nourriture n'est pas nourriture, si elle ne peut nourrir; la nourriture ⟨n'⟩est ⟨pas⟩ nourriture, si elle ⟨n'⟩est ⟨pas⟩ capable de nourrir. Elle a nom de nourriture, elle n'a pas l'effet; l'effet est nourriture, pas le nom. [...]

23° La confluence des humeurs est une, le mélange des souffles est un, toutes choses sont en sympathie. Toutes choses sont selon la totalité, mais dans le détail, les parties contenues dans chaque partie sont en vue de leur fonction.

24° Le grand principe parvient à la partie dernière, de la partie dernière on arrive au grand principe[9]. Une seule nature est et n'est pas. [...]

40° Le concordant discordant, le discordant concordant. Le lait d'une autre espèce est fortifiant, le lait propre à l'espèce mauvais, le lait d'une autre espèce nuisible, le lait propre bénéfique[10] [...]

42° Il y a et il n'y a pas de nourrissons de huit mois[11]. En ceux-ci se trouvent le plus et le moins, le total et le partiel. Et pas davantage le plus est plus, et le moins moins. [...]

45° La route en haut-en bas: une[1]. (*De l'alimentation*, IX, éd. Littré, p. 98 et suiv.)

III

Scythinos de Téos. [Iambes sur la nature[2].]

1. *Plutarque*

À propos de la lyre[3], elle qu'accorde
Le gentil Apollon, fils de Zeus, tout entière,
Lui qui sait réunir commencement et fin
Et use comme onglet[4] des rayons du Soleil.

(*Pourquoi la prophétesse Pythie ne rend plus les oracles en vers*, 17, 402 A.)

2. *Stobée*

[...] *de toutes choses le temps est*
Fin et commencement, et en lui tout embrasse.
Il est un et n'est pas. Il vient toujours de l'Être,
À lui-même est présent sur la route opposée.
Le lendemain pour nous sera en fait hier,
Et l'hier lendemain.

(*Choix de textes*, I, VIII, 43.)

IV

Cléanthe.

C'est à toi qu'obéit ce ciel qu'on voit tourner
Tout autour de la Terre où que tu le conduises,
Il se plie de bon gré à ton gouvernement;
Tant paraît redoutable en tes mains invincibles
Ton serviteur, le feu, avec son double dard
De foudre et de tonnerre, et qui vit à jamais.
Sous ses coups la nature entière est ébranlée;
Et par lui tu conduis l'universel Logos
Qui, s'étendant partout, se mêle à tous les feux,
Les grands et les petits qui brillent dans le ciel[5].

(*Hymne à Zeus,* dans *Fragments des anciens stoïciens*, éd. v. Arnim, I, 537, v. 3-9.)

V

Lucien.

LE MARCHAND : Mais toi, pourquoi pleures-tu[1], mon cher? Je ferais beaucoup mieux, je crois, de m'adresser à toi.

HÉRACLITE : C'est que je crois, étranger, que les choses humaines sont lamentables et déplorables et qu'il n'est aucune d'elles qui ne soit périssable. Et c'est pourquoi je plains les hommes et pleure sur eux. Je ne pense pas que les choses présentes soient dignes d'intérêt, mais je crains que les choses à venir soient tout à fait déplorables, car je pense aux conflagrations[2] et au malheur de l'univers. C'est tout cela qui me tire des larmes, et que rien ne soit stable[3] et que tout soit mêlé comme dans un cycéon[4]; et qu'identiques soient plaisir et douleur[5], connaissance et ignorance, grand et petit, haut et bas[6] qui circulent périodiquement et s'échangent selon le jeu du temps.

LE MARCHAND : Qu'est-ce que le temps?

HÉRACLITE : Un enfant qui s'amuse et joue au trictrac[7], ⟨accordant⟩-désaccordant[8].

LE MARCHAND : Que sont les hommes?

HÉRACLITE : Des dieux mortels.

LE MARCHAND : Que sont les dieux?

HÉRACLITE : Des hommes immortels[9].

LE MARCHAND : Tu parles par énigmes[10], toi que voilà, ou bien tu composes des rébus? Car tu parles tout à fait comme l'oracle d'Apollon, l'Oblique, sans rien expliquer[11].

HÉRACLITE : Je ne fais nul cas de vous[12].

LE MARCHAND : Alors aucun acheteur sensé ne voudra t'acheter.

HÉRACLITE : J'ordonne à tous les adultes[13] de pleurer : à ceux qui m'achètent et à ceux qui ne m'achètent pas.

LE MARCHAND : Ce mal n'est guère éloigné de la mélancolie[14]. (*Les Sectes à l'encan*, 14.)

ÉPICHARME

ÉPICHARME

A. VIE ET ÉCRITS

VIE

I

Suidas.

Épicharme, fils de Tityre ou Chimaros, et de Sècis, originaire de Syracuse ou de la ville de Craštos en Sicanie. C'eśt lui qui inventa la comédie à Syracuse, en même temps que Phormis. Il fit représenter cinquante-deux pièces, ou, au dire de Lycon, trente-cinq. Certains ont écrit qu'il était originaire de Cos, et qu'il avait émigré en Sicile à l'époque de Cadmos, d'autres qu'il était de Samos, d'autres de Mégare en Sicile. Six ans avant les guerres médiques[1] il fit représenter une pièce à Syracuse. (*Lexique*, « Épicharme ».)

II

Ariśtote.

L'idée de composer des fables revient à Épicharme et à Phormis. C'eśt en Sicile que la comédie prit naissance [...] (*Poétique*, v, 1449 *b* 5.)

La comédie eśt revendiquée par les Mégariens ainsi que par les gens de chez nous, qui disent qu'elle eśt née au temps de la démocratie, et par les Siciliens, car c'eśt de Sicile que le poète Épicharme était originaire, bien avant l'époque de Chionidès et de Magnès[2]. (*Ibid.*, III, 1448 *a* 31.)

III

Diogène Laërce.

Épicharme, fils d'Hélothalès[3], de Cos. Il fut lui aussi l'élève de Pythagore. À l'âge de trois mois, il fut envoyé à Mégare en

Sicile, et de là à Syracuse, ainsi qu'il le dit lui-même dans ses écrits. Sur le socle de sa statue étaient inscrits ces vers :

Si de par son éclat le grand Soleil dépasse
Celui des autres astres, et si la vaste mer
Sur les fleuves l'emporte, autant, je le prétends,
Épicharme en sagesse éminemment l'emporte,
Ainsi couronné par sa patrie Syracuse.

Il a laissé des *Mémoires* dans lesquels il traite de physique, de morale et de médecine. Il a truffé ses *Mémoires* de notes marginales qui attestent clairement que la paternité de l'ouvrage lui revient. Il mourut à l'âge de quatre-vingt-dix ans. (*Vies*, VIII, 78.)

III *a*

Diomède.

Certains voudraient qu'Épicharme, exilé dans l'île de Cos, soit le premier à avoir cultivé ce genre poétique et qu'ainsi on puisse attribuer à Cos l'invention de la comédie. (*Commentaire*, éd. Keil, p. 489.)

IV

Jamblique.

Épicharme fit lui aussi partie des auditeurs libres[1], mais non du cercle pythagoricien. Venu à Syracuse, il évita de professer ouvertement la philosophie parce qu'il redoutait le pouvoir du tyran Hiéron, mais il introduisit dans ses vers les pensées de Pythagore, révélant ainsi par jeu ses doctrines secrètes. (*Vie pythagorique*, 226.)

Quand on cite des philosophes de la nature, on nomme en premier lieu Empédocle et Parménide d'Élée auxquels on accorde le plus d'importance; mais quand on veut constituer un recueil de sentences morales ayant trait à la conduite, ce sont les maximes d'Épicharme que l'on cite le plus souvent, et presque tous les philosophes les retiennent. (*Ibid.*, 166.)

V

[Marbre de Paros.]

À partir du moment où Hiéron de Syracuse a exercé la tyrannie, il s'est écoulé deux cent huit ans[2]. C'est l'époque de l'archontat de Kharès à Athènes. C'est justement à cette époque que vivait le poète Épicharme. (*Fragments des historiens grecs*, éd. Müller, 239 A, 71, II, 1001.)

[Anonyme.]

⟨Épicharme de Syracuse⟩. C'est lui qui le premier rassembla les membres épars de la comédie, en déployant beaucoup d'ingéniosité. Il naquit pendant la soixante-treizième olympiade[1] ; dans sa poésie, il se montre habile à frapper des maximes, inventif et plein d'art. On a conservé de lui quarante pièces; la paternité de quatre d'entre elles est contestée. (*De la comédie*, II, 4, éd. Kaibel, p. 7, 16.)

VI

Platon.

Car rien n'est jamais, mais tout devient. Tous les sages, excepté Parménide, souscrivent[2] également à cette opinion : Protagoras, Héraclite et Empédocle; et chez les poètes, les plus éminents dans les deux genres de poésie : en poésie comique, Épicharme[3] ; en poésie tragique, Homère. (*Théétète*, 152 *d-e*.)

Alexis[4].

Il y a là Orphée, il y a là Hésiode,
Et puis les tragédies, puis Chérilos encore,
Puis Homère, Épicharme, et des écrits divers.
(*Linos*, cité par Athénée, *Les Deipnosophistes*, IV, 164 c.)

VI *a*

Théocrite de Chio.

Ces vers sont en dorien[5], *et c'est dorien encore*
Qu'était le poète Épicharme;
Il inventa la comédie.
Ô Bacchos, c'est ici un Épicharme en bronze
Au lieu du poète vivant
Qu'à toi ils ont voulu dédier,
Ceux qui ont pour séjour Syracuse l'immense.
Et c'est à leur concitoyen
Qui figure au nombre des Sages[6],
Qu'ils ont en souvenir dressé ce monument
En signe de remerciement
Pour ses très prudentes maximes.

Ses maximes en effet à tous[1] sont fort utiles
Dans la conduite de la vie.
Reconnaissance lui est due!
(*Épigrammes*, 18, éd. Wilamowitz.)

VI *b*

Pline.

Aristote veut[2] qu'à l'origine, l'alphabet ait compté dix-huit lettres, et que les lettres Θ et X aient été rajoutées non par Palamède, mais par Épicharme. (*Histoire naturelle*, VII, 192.)

VI *c*

Diogène Laërce.

Hippobote[3] range dans sa liste des philosophes : Orphée, Linos, Solon, Périandre, Anacharsis, Cléobule, Myson, Thalès, Bias, Pittacos, Épicharme, Pythagore. (*Vies*, I, 42.)

VII

Porphyre.

Apollodore d'Athènes[4] a édité en dix volumes les comédies d'Épicharme. (*Vie de Plotin*, 24.)

Suidas.

Denys, fils du tyran de Sicile, tyran lui-même et philosophe[5]. Il a écrit des *Lettres* et un livre *Sur la poésie d'Épicharme*. (*Lexique*, « Denys ».)

VIII

Jamblique.

Métrodore, ⟨frère⟩ de Thyrsos, qui nous a transmis les nombreux préceptes de médecine tirés de l'enseignement de son père Épicharme et de Pythagore[6], déclare, en commentant les propos que son père adresse à son frère, qu'Épicharme et, avant lui, Pythagore considéraient le dorien comme le plus beau des dialectes. (*Vie pythagorique*, 241.)

IX

Columelle.

Des Siciliens aussi, et non des moindres, Hiéron et Épicharme, ont manifesté un grand intérêt pour cette activité[1]. (*De l'agriculture*, I, 1.)

Stace.

Le ⟨Béotien⟩ d'Ascra, ⟨Hésiode le poète⟩,
Et le vieux Sicilien ont apporté richesse
En prix de leurs travaux aux zélés paysans[2].
(*Silves*, V, III, v. 150.)

X

Athénée.

Les auteurs qui ont composé les poèmes attribués à Épicharme connaissaient le mot « demi[3] » et dans l'ouvrage intitulé *Chiron* ils lui font dire : « *Boire deux pintes d'eau chaude : deux demis*[4]. »

Les ouvrages pseudo-épicharmiens[5] ont été composés par des auteurs réputés : Chrysogone le joueur de flûte, ainsi que le dit Aristoxène au livre VIII de ses *Lois civiles*, est l'auteur de celui intitulé *La République*. Philochoros dans son livre *De la divination* dit qu'Axiopistos, qui était soit un Locrien soit un Sicyonien, a composé le *Canon* et les *Sentences*. Le même fait est rapporté par Apollodore. (*Les Deipnosophistes*, XIV, 648 D.)

B. FRAGMENTS[6]

ALCIMOS, « CONTRE AMYNTAS », I-IV

Diogène Laërce.

9. Platon paraît avoir beaucoup emprunté aussi à Épicharme, le poète comique, dont il a retranscrit de très nombreux passages, d'après Alcimos dans son *Contre Amyntas*, qui compte quatre livres[7].

Au premier livre, il déclare ceci : « Visiblement, Platon dit beaucoup de choses tirées d'Épicharme. Voyez plutôt. Platon déclare qu'est sensible ce qui ne demeure jamais en sa qualité ni en sa quantité, mais toujours coule et change. 10. Donc, si on enlève des sensibles le nombre, ils ne sont ni égaux, ni déterminés d'une certaine façon, ni quantifiés et ni qualifiés. Ce sont des objets perpétuellement en devenir, auxquels l'existence de l'être n'a jamais appartenu. En revanche, l'intelligible est ce dont on ne soustrait rien et ce à quoi on n'ajoute rien. C'est en cela que consiste la nature des objets éternels, qui se trouve être semblable et la même toujours. Et en vérité Épicharme a parlé fort clairement des sensibles et des intelligibles[1]. (*Vies*, III, 9-10.)

I

Diogène Laërce.

A. *Mais les dieux étaient là, présents, depuis toujours,*
Sans jamais cesser d'être; et ces [divins] objets[2]
Sont là, présents toujours, semblables, identiques[3].

B. *Mais Chaos le premier, dit-on*[4], *parmi les dieux*
Parvint à l'existence.

A. *Mais comment? Impossible,*
Puisqu'il n'existe rien dont un premier provienne
Et en quoi un premier pourrait se transformer[5].

B. *Alors, rien en premier ne vint à l'existence?*

A. *Ni en second, parbleu! Pas un de ces objets*
Dont ici nous parlons; car ils sont éternels.

(*Vies*, III, 10.)

II

Diogène Laërce.

A. *Prenons un nombre impair, ou un pair, si tu veux!*
Suppose qu'on ajoute un, ou qu'on le retranche.
Crois-tu donc que ce nombre est resté identique[6] *?*

B. *Bien sûr que non!*

A. *Eh non, bien sûr! Si de nouveau*
On prend une coudée[7] *à laquelle on ajoute —*
Ou alors on retranche — une longueur quelconque
À ce qu'elle est avant, pourra-t-on soutenir
Que l'ancienne longueur subsiste encore?

B. *Non pas.*

A. *Bon. Alors maintenant considère un peu l'homme :*
Tandis que l'un grandit, l'autre perd de sa taille,
Et tous sont tout le temps soumis au changement.
Or ce qui par nature éprouve un changement
Et jamais ne demeure identique à soi-même,
Doit être maintenant autre que ce qu'il fut.
Ainsi donc, toi et moi, hier nous étions autres
Et sommes aujourd'hui encore d'autres hommes,
Et demain le serons[1]*. Jamais nous ne restons*
Nous-mêmes en vertu de la même raison.

(*Vies*, III, 11.)

Plutarque.

L'argument concernant la croissance est fort ancien. Il a été mis en forme de question, ainsi que le déclare Chrysippe, par Épicharme. (*Notions communes*, 44, 1083 A.)

Plutarque.

Cela ressemble aux vers d'Épicharme qui ont donné naissance à l'argument sophistique du devenir[2] : l'homme qui a contracté une dette autrefois, n'est plus à présent débiteur puisqu'il est devenu autre, et celui qui hier a été invité à dîner, n'est plus invité aujourd'hui puisqu'il est un autre homme. (*Pourquoi la justice divine diffère quelquefois la punition des maléfices*, 15, 559 A.)

[Anonyme.]

Il[3] a mis en scène un débiteur en retard qui refuse de payer sa dette en prenant prétexte que ce qui a existé auparavant n'existe plus maintenant. Puis, lorsque le lendemain le débiteur invité à dîner chez le créancier se présente à sa porte, il le fait rosser par ses valets, en lui disant à son tour qu'autre est celui qui a été rossé et autre celui qui avait été invité. (*Commentaire sur le Théétète de Platon*, 71, 26.)

Diogène Laërce.

12. Alcimos déclare encore ceci : « Les sages affirment que l'âme sent avec le corps une partie des choses, par exemple en entendant et en voyant; mais qu'elle en comprend elle-même une autre partie sans faire usage du corps. C'est pourquoi parmi les choses qui existent les unes sont sensibles, les autres intelligibles. » C'est la raison pour laquelle Platon disait que

ceux qui désirent avoir une vision d'ensemble des principes de l'univers, doivent commencer par discerner les idées en elles-mêmes, par exemple : la ressemblance, l'unité, la pluralité, la grandeur, le repos et le mouvement. En second lieu, il faut poser l'existence du beau en soi, du bien en soi et du juste en soi et des choses en soi qui leur ressemblent. En troisième lieu, il faut, en ayant une vue globale des idées, savoir combien sont mutuellement relatives, comme tel est par exemple le cas de la connaissance, de la grandeur ou du pouvoir politique, en gardant présent à la pensée que les choses de chez nous existent à cause de leur participation à celles qui portent les mêmes noms qu'elles. Je veux dire, par exemple, que les choses qui participent au juste sont justes, et belles celles qui participent au beau. Chacune des formes est un un éternel et un concept, et en outre impassible. C'est pourquoi Platon déclare que « les idées demeurent dans la réalité à titre de paradigmes[1] », et que les autres choses ressemblent aux idées, parce qu'elles sont les objets produits à leur ressemblance. 13. Voici maintenant ce qu'Épicharme dit du bien et des idées : (*Vies*, III, 12-13)

III

Diogène Laërce.

A. *Dis-moi, l'art de la flûte est-il bien quelque chose*[2] *?*

B. *Assurément !*

A. *Mais dis, cet art est-il un homme ?*

B. *Pas du tout !*

A. *Voyons donc, qu'est-ce qu'un joueur de flûte ?*
Et que crois-tu qu'il soit ? Un homme ? Oui ou non ?

B. *Un homme, assurément.*

A. *N'en va-t-il pas aussi*
De même pour le bien ? Le bien est chose en soi,
Et c'est en l'apprenant que l'on peut devenir
Homme de bien ; tout comme c'est en apprenant
L'art de la flûte qu'on devient joueur de flûte,
Que l'on devient danseur en apprenant la danse,
En tissant tisserand, et ainsi pour le reste.
Lui-même n'est pas l'art, il n'est qu'homme de l'art.

15. Platon, lorsqu'il traite des idées[3], déclare que si la

mémoire existe, les idées existent dans les êtres, parce que la mémoire porte sur quelque chose d'immobile et de permanent; or rien d'autre n'est permanent en dehors des idées. « Car de quelle façon, dit-il, les animaux assureraient-ils leur salut, s'ils n'avaient pas contact avec les idées et s'ils n'étaient pas naturellement dotés pour ce faire d'un intellect? En réalité, ils se souviennent de la ressemblance et reconnaissent la nourriture, sachant celle qui leur convient; ce qui montre que chez tous les animaux la vision de la ressemblance est innée. C'est pourquoi ils disposent de sens semblables aux nôtres. » Comment Épicharme l'exprime-t-il? (*Vies*, III, 14-15.)

IV

Diogène Laërce.

Eumée, point n'est sagesse à un seul réservée;
Tout ce qui a la vie, a aussi la conscience.
Chez les gallinacés, la poule, oiseau femelle,
Sois-y bien attentif, ne produit pas au jour
Des poussins tout vivants; mais en couvant ses œufs,
Elle leur donne une âme. Et la nature seule
Sait ce qu'est la Sagesse et comment elle est faite;
Car la nature a su elle-même s'instruire.

(*Vies*, III, 16.)

V

Diogène Laërce.

Et encore :

Il n'est pas étonnant que nous disions ainsi
Que nous prenons plaisir au vu de notre image,
Et que nous estimons belle notre nature;
Car le chien offre au chien l'image la plus belle,
Comme le bœuf au bœuf, et comme l'âne à l'âne
Est le plus beau, et comme au porc aussi le porc[1].

17. Ce sont ces propos, et d'autres de même inspiration, qu'Alcimos consigne dans ses quatre livres, en montrant tout le parti que Platon a tiré d'Épicharme. Qu'Épicharme ait été lui-même parfaitement conscient de sa propre sagesse, on peut s'en convaincre en lisant ces vers où il prévoit qu'il connaîtra un imitateur[2]. (*Vies*, III, 16-17.)

VI

Diogène Laërce.

Ainsi que je le crois — mais n'est-ce que croyance?
Car enfin j'en suis sûr — un jour il sera fait
Mention de ces propos que je tiens aujourd'hui.
Alors quelqu'un viendra qui s'en emparera,
Qui les dépouillera de leur forme métrique,
Et les habillera d'une robe de pourpre,
Ornée de beaux discours plaisamment bigarrés :
En jouteur invincible il saura s'imposer.

(*Vies*, III, 17.)

VII

Eustratios.

Dans *Héraclès chez Pholos*[1] :

C'est par nécessité que je fais tout cela ;
Ce n'est pas de plein gré qu'on accepte ces peines[2].

(*Commentaire sur l'Éthique à Nicomaque d'Aristote*, III, VII, éd. Heylbut, 155, 10.)

SENTENCES D'AXIOPISTOS[3]

VIII

Stobée.

De Ménandre[4] :

Épicharme disait que les dieux sont les vents,
L'eau, la Terre, le Soleil, le feu, les étoiles,
Tandis que pour ma part je supposais plutôt
Que seuls l'or et l'argent sont les dieux bienfaiteurs.

(*Florilège*, IV, XXXI, 30.)

IX

Pseudo-Plutarque.

Cela se rassemblait, cela se dissociait,
Et cela revenait à son point de départ,
Terre tombait à terre, souffle allait vers le haut ;
Qu'y a-t-il à cela de difficile? Rien.

(*Consolation à Apollonios*, 15, 110 A[5].)

X

Clément d'Alexandrie.

Mais qu'est-ce donc que l'homme? Un sac gonflé de vent.
(*Stromates*, IV, 45.)

XI

Sextus Empiricus.

Si mourir ⟨ne m'est rien,⟩ être mort peu m'importe.
(*Contre les mathématiciens*, I, 273[1].)

XII

Plutarque.

L'intellect a la vue et l'intellect entend;
Mais en dehors de lui tout est sourd et aveugle[2].
(*De la fortune d'Alexandre*, II, 3, 336 B.)

XIII

Polybe.

Sois sobre et défie-toi de te montrer crédule :
Ces deux préceptes sont les règles du bon sens.
(*Histoire*, XVIII, 40[3].)

XIV

Aristote.

Il est difficile de conclure le vrai à partir du faux, et selon le mot d'Épicharme :

Aussitôt dit, le faux apparaît comme faux[4].
(*Métaphysique*, M, IX, 1086 *a* 16.)

XV

Aristote.

(*Métaphysique*, Γ, V, 1010 *a* 5[5].)

XVI

Athénée.

Alors qu'il a fallu deux hommes pour le dire,
À moi seul j'y suffis[1].

(*Les Deipnosophistes*, VII, 308 c.)

XVII

Stobée.

Certains d'un bon démon sont dotés par nature,
Mais d'autres d'un mauvais[2].

(*Florilège*, III, 37, 18.)

XVIII

[Inédit.]

Une vie de piété forme pour les mortels
Le meilleur des viatiques.

(*Inédits grecs*, éd. Boissonade, I, 125.)

XIX

Aristote.

Pour l'homme, le bonheur c'est, je crois, la santé[3].

(*Rhétorique*, II, XXI, 1394 *b* 13.)

XX

Aristote.

Un mortel en effet doit penser en mortel,
Un mortel ne doit pas penser en immortel[4].

(*Rhétorique*, II, XXI, 1394 *b* 25.)

XX *a*

Aristote.

Lors j'étais chez les uns, et lors auprès des autres.

(*Rhétorique*, III, IX, 1410 *b* 3.)

XXI

Cicéron.

Vois donc comment il a osé traiter autrui [...]

(*Lettre à Quintus*, III, 1, 23.)

XXII

Clément d'Alexandrie.

Pieux en esprit, tu n'auras à subir,
Mort, aucun châtiment; ton âme connaîtra
Le céleste repos[1].

(*Stromates*, IV, 170.)

XXIII

Clément d'Alexandrie.

Épicharme, qui était pythagoricien, dit :

Rien n'échappe au divin, il faut que tu le saches.
Car Dieu a l'œil sur nous et sa toute-puissance
Ne connaît nul obstacle.

(*Stromates*, V, 101.)

XXIV

Clément d'Alexandrie.

Que tu vives longtemps ou que ta vie soit courte,
De la même façon ordonne tes pensées.

(*Stromates*, VI, 12.)

XXV

Clément d'Alexandrie.

Fils de l'égarement est l'aval que l'on donne,
Et fille de l'aval la somme que l'on perd[2].

(*Stromates*, VI, 21.)

XXVI

Clément d'Alexandrie.

Lorsque l'esprit est pur, le corps est pur aussi[3].

(*Stromates*, VII, 27.)

XXVII

Cornutus.

Étant en quête de quelque chose de sage,
Réfléchis-y la nuit[1].

(*Abrégé de théologie*, 14.)

XXVIII

Cornutus.

[...] et encore :

Tout ce qui est sérieux nous vient pendant la nuit.

(*Abrégé de théologie*, 14.)

XXIX

Aulu-Gelle.

Ce n'est pas que tu sois fort habile en discours,
Mais disons que plutôt tu ne sais pas te taire.

(*Nuits attiques*, I, XV, 15.)

XXX

Pseudo-Platon.

La main lave la main : donne et tu recevras[2].

(*Axiochos*, 366 *c*.)

XXXI

Plutarque.

(Contre le prodigue).
Philanthrope ? Non point ! Dis que tu es malade :
Donner te fait plaisir[3].

(*Vie de Publicola*, 15).

XXXII

Plutarque.

Parfois, contre un méchant, méchanceté est bonne.

(*Comment il faut lire les poètes*, 4, 21 E.)

XXXIII

Stobée.

Plus que du naturel les meilleurs résultats
Viennent de la pratique ; amis, sachez-le bien[1].

(*Florilège*, III, XXIX, 54.)

XXXIV

Stobée.

Qui donc n'aimerait pas, mes amis, faire envie ?
N'être envié de personne est signe de misère ;
L'aveugle fait pitié, mais ne fait pas envie.

(*Florilège*, III, XXXVIII, 21.)

XXXV

Stobée.

La vertu d'une épouse[2] *est de ne point porter*
Préjudice au mari.

(*Florilège*, IV, XXIII, 37.)

XXXVI

Xénophon.

Épicharme en témoigne en disant :

Tous les biens sont vendus par les dieux seulement
Au prix de dures peines.

(*Mémorables*, II, I, 20.)

XXXVII

Xénophon.

Et en un autre endroit il dit [...]

Misérable ! n'aie pas en l'esprit que le doux,
Tu risques de tomber sur des choses plus dures[3] *!*

(*Mémorables*, II, I, 20.)

XXXVIII

Stobée.

Exhibe à tes voisins de somptueux vêtements
Et beaucoup te croiront doué d'intelligence,
Peut-être même si elle te fait défaut.

(*Choix de textes*, II, xv, 7.)

XXXIX

Stobée.

Tu tiens de beaux discours, mais tu agis fort mal[1]*.*

(*Choix de textes*, II, xv, 18.)

XL

Stobée.

Être doué est fort bien, fort bien ⟨d'apprendre⟩ ensuite[2]*.*

(*Choix de textes*, II, xxxi, 25.)

XLI

Stobée.

Avant, et non après, réfléchit l'homme sage.

(*Florilège*, III, i, 10.)

XLII

Stobée.

Ne va pas sur des riens exciter ta passion.

(*Florilège*, III, xx, 8.)

XLIII

Stobée.

Ce n'est pas la passion, mais plutôt la raison
Qui doit faire surface[3]*.*

(*Florilège*, III, xx, 9.)

XLIV

Stobée.

Nul ne saurait sur rien porter un jugement
Conforme à la raison, lorsqu'il est en colère.

(*Florilège*, III, XX, 10.)

XLIV *a*

[Écrit sur un tesson.]

[...][1] *tel est l'homme de sens;*
Mais il en va ainsi : des biens, une maison,
Le pouvoir, la richesse, la santé, la beauté,
S'ils échoient à un sot, cela est ridicule.

Aux mortels les plaisirs sont comme des pirates
Sans foi : [quand les plaisirs montent à l'abordage,]
Aussitôt le pauvre homme est coulé par le fond.

(*Ostrakon d'Égypte*, 12319.)

XLV

[Anthologie.]

L'homme à l'abri des coups du sort et qui peut vivre
À l'abri du besoin, et qui en même temps
N'accorde rien de bon ni de beau à son âme,
Je ne peux affirmer qu'il est un homme heureux;
Il n'est que l'intendant qui veille sur les biens
De cet hôte étranger ⟨*que constitue son âme*[2]⟩.

(*Flinders Petrie Papyri*, éd. Mahaffy, I, t. III.)

XLVI

Philon.

D'ailleurs Épicharme a fort bien dit : « Celui qui pèche le moins est l'homme le meilleur : nul n'est en effet innocent, nul n'est exempt de blâme. » Et Euripide[3] : « Ceux qui ne savent pas se maîtriser et qui débordent du mal constitué par l'inimitié et l'injustice, sont des méchants; en revanche, ceux chez qui les contraires[4] l'emportent, sont doués de vertu. Chez d'autres encore se trouve comme un mélange équilibré[5]; de sorte qu'il n'eSt personne qui ait en soi tous les maux, et soit tout à fait privé de bien. (*QueStions sur la Genèse*, IV, 203, éd. Aucher, p. 406.)

L'ÉPICHARME D'ENNIUS[1]

XLVII

Cicéron.

Ennius a raconté qu'en dormant, il avait vu Homère se présenter à lui ; et de même ⟨on lit⟩ chez Épicharme :

Je rêvais et je crus que je me trouvais mort.

(*Premiers académiques*, II, XVI, 51.)

XLVIII

Priscien.

[...] *Terre eSt le corps, feu eSt l'esprit.*

(*Œuvres*, I, éd. Hertz, p. 341.)

XLIX

Varron.

Les principes de l'agriculture sont ceux-là même qu'Ennius écrit être ceux du monde : l'eau, la terre, l'âme et le soleil. (*Agriculture*, I, IV, 1.)

L

Varron.

C'eSt pourquoi Épicharme dit à propos de l'esprit humain : « Ce feu émane du Soleil. » (*De la langue latine*, V, 59.)

L *a*

Varron.

De même le Soleil : « Et il eSt tout esprit, »

parce que les humeurs froides appartiennent au sol, ainsi que je l'ai montré plus haut. 60. Le ciel et la terre ont produit toutes choses à partir du mélange du Soleil et des humeurs froides, parce que c'eſt à partir d'eux que la nature… (*De la langue latine*, V, 59-60.)

LI

Varron.

[…] Mêle le chaud au froid et le sec à l'humide.
(*De la langue latine*, V, 60.)

LII

Varron.

Ops eſt appelée *mère*, parce que la Terre eſt mère. C'eſt elle, en effet, qui

A dans tous les pays engendré toutes races
Et aussi de nouveau les recouvre en son sein
Qui […] donne les nourritures,

ainsi que le dit Ennius […] : (*De la langue latine*, V, 64.)

LII *a*

Varron.

Elle eſt Cérès, parce qu'elle porte des fruits,

ce qui eſt une appellation ancienne, car nous utilisons aujourd'hui le G pour le C[1]. 65. Ajoutons encore que le ciel et la Terre sont des dieux : ils sont Jupiter et Junon, parce que, comme le dit Ennius […] : (*De la langue latine*, V, 64-65.)

LIII

Varron.

Voici ce Jupiter dont je parle ; les Grecs
Lui donnent le nom d'air : il eſt vent, il eſt nuages,
Et ensuite il eſt pluie ; de la pluie vient le froid,
Et après lui le vent, et de nouveau c'eſt l'air[2].
Donc tous ces éléments dont je parle à présent,
Sont Jupiter, car grâce à eux il peut aider[3]
Tous les mortels, les cités et les animaux.
(*De la langue latine*, V, 65.)

LIV

Varron.

Ici l'*Épicharme* d'Ennius appelle aussi la Lune « Proserpine » parce qu'elle a coutume d'être sous la Terre. Le nom de Proserpine lui eſt donné, parce qu'elle se déplace sur un vaſte espace, à la façon d'un serpent qui va tantôt à droite, tantôt à gauche[1]. (*De la langue latine*, V, 68.)

CANON D'AXIOPISTOS[2]

LV

Tertullien.

Épicharme, parmi d'autres, confère la plus haute place aux songes parmi les moyens de divination, Philochoros d'Athènes également. 47. Juſtement parce que rêver ne dépend pas du libre arbitre — telle eſt en effet l'opinion d'Épicharme —, comment le rêveur pourrait-il intervenir dans la vision qu'il reçoit[3] ? (*De l'âme*, 46-47.)

LA RÉPUBLIQUE DE CHRYSOGONE[4]

LVI

Clément d'Alexandrie.

Épicharme, le poète comique, s'exprime fort clairement à propos de la raison dans sa *République*, en disant :

Certes la vie de l'homme a le plus grand besoin
Du calcul et du nombre. En effet nous vivons
De nombre et de calcul. Ce sont eux qui procurent
Leur salut aux mortels[5].

(*Stromates*, V, 119.)

LVII

Clément d'Alexandrie.

Ensuite il poursuit en ces termes :

La raison, comme il faut, gouverne les humains
Et toujours les préserve. Le calcul eſt humain

Et il existe aussi une raison divine[1].
Mais le calcul humain est né de la raison
Qui appartient à Dieu ; et la raison divine
Fournit ⟨à chaque humain les moyens⟩ de la vie,
Même la nourriture. Et la raison divine
Accompagne tout art, en enseignant aux hommes
Ce qu'il convient de faire et qui leur est utile.
Car nul homme jamais n'a découvert un art,
Et tout art vient de Dieu.

(*Stromates*, V, 119.)

CHIRON[2]

LVIII

Athénée.

Boire deux pintes d'eau chaude : deux demis[3].

(*Les Deipnosophistes*, XIV, 648 D.)

LVIII *a*

[Inédit.]

[...] « demi-litre », dans le *Chiron* d'Épicharme. (*Inédits grecs*, éd. Bekker, 98, 32.)

LIX

Censorinus.

Contre Euryphon de Cnide, presque tous les successeurs d'Épicharme ont nié qu'il puisse naître au huitième mois des enfants viables[4]. (*Du jour de la naissance*, VII, 6.)

LX

Columelle.

Épicharme de Syracuse, qui a composé fort scrupuleusement un traité de médecine vétérinaire, affirme qu'un bélier belliqueux peut être calmé si on lui perce les cornes avec une vrille, au niveau de leur courbure, à la hauteur des oreilles. (*De l'agriculture*, VII, III, 6.)

LXI

Pline.

Épicharme dit qu'on soigne utilement les maladies des testicules et des organes génitaux par l'application d'une [feuille de chou]. (*Histoire naturelle*, XX, XXXV, 4.)

LXII

Pline.

Épicharme déclare qu'il suffit d'appliquer une [feuille de chou sylvestre] pour guérir la morsure d'un chien enragé, mais qu'il vaut mieux y ajouter du jus de laser[1] et du vinaigre; les chiens aussi en meurent si on leur en donne mélangé à la viande. (*Histoire naturelle*, XX, XXXVI, 3.)

TRAITÉ DE CUISINE[2]

LXIII

[Inédit.]

« Demi[3] », dans le *Traité de cuisine* attribué à Épicharme. (*Inédits grecs*, éd. Bekker, 99, 1.)

ÉPIGRAMME[4]

LXIV

[Scolie.]

Il y a aussi une épigramme que l'on attribue à Épicharme :

Je suis cadavre. Or un cadavre est du fumier[5].
Or le fumier est de la terre. Mais puisque terre
Est Dieu, point cadavre ne suis, mais je suis Dieu.

(À l'*Iliade*, XXII, v. 414, éd. Dindorf.)

CONTRE ANTÉNOR[1]

LXV

Plutarque.

Pythagore fut fait citoyen romain à titre honorifique, ainsi que le rapporte Épicharme, le poète comique, dans son écrit *Contre Anténor*. Épicharme est un ancien, qui a appartenu à l'école pythagoricienne. (*Vie de Numa*, 8.)

LXVI[2]

Philodème.

Il faut que, lorsqu'on se propose d'amasser quelque bien ou de conserver ce qu'on a amassé, au lieu d'« assurer le présent », comme le dit Épicharme, en étant non seulement regardant sur la dépense, mais aussi avide du gain qui s'offre, l'on se préoccupe aussi de l'avenir. (*Économie, Papyrus d'Herculanum 1424*, col. 25, 4-12.)

Philodème.

L'acquisition des richesses tout comme la conservation des plaisirs dans la vie réclame de la prévoyance : non seulement, comme le dit Épi<charme>, « assurer le présent », mais aussi avoir la préoccupation de l'avenir. (*Papyrus d'Herculanum* 465, fgm. 12, 15-20.)

LES PYTHAGORICIENS MOYENS

ALCMÉON

A. VIE ET PHILOSOPHIE

I

Diogène Laërce.

Alcméon de Crotone. Il fut, lui aussi, disciple de Pythagore. L'essentiel de son œuvre est d'ordre médical; néanmoins il lui arrive aussi de toucher à la philosophie naturelle : ainsi, quand il écrit que la plupart des choses humaines vont par deux[1]. Il est, semble-t-il, le premier à avoir composé un traité physique, ainsi que le déclare Favorinos dans ses *Mélanges historiques*; il y affirmait que la Lune et en général tous les corps supralunaires[2] ont une nature éternelle. Il était fils de Pirithos; c'est lui-même qui le dit au début de son traité[3]. Il a dit aussi de l'âme qu'elle est immortelle et qu'à l'instar du Soleil son mouvement est continu. (*Vies*, VIII, 83.)

II

Clément d'Alexandrie.

Toujours est-il que c'est Alcméon de Crotone, fils de Périthos[4], qui le premier a composé un traité physique. (*Stromates*, I, 78.)

Galien.

En effet, les Anciens ont tous intitulé leurs œuvres *De la nature*[5], aussi bien Mélissos, Parménide, Empédocle, qu'Alcméon, Gorgias, Prodicos[6] et tous les autres sans exception. (*Les Éléments selon Hippocrate*, I, 9.)

Isidore de Séville.

Le nom de *fabula* (fable) a été créé par les poètes, sur le verbe *fari* (dire), parce que, loin de représenter des choses réelles, ⟨les fables⟩ ne proposent que des fictions produites par la parole[1]. Leur mise en scène, d'autre part, vise à nous faire découvrir un aspect particulier de la vie humaine, par le biais du dialogue feint d'animaux qui dans la réalité ne parlent pas. Si l'on en croit la tradition, le premier à les avoir inventées serait Alcimon[2] de Crotone. On les nomme « Ésopiques », parce que c'est le phrygien Ésope qui porta l'art de la fable à sa perfection. (*Étymologies*, I, 40.)

III

Aristote.

D'autres, toujours parmi les pythagoriciens, fixent le nombre des principes à dix, et les rangent en deux séries parallèles :

limité et illimité,
impair et pair,
un et multiple,
droite et gauche,
mâle et femelle,
en repos et en mouvement,
droit et courbe,
lumière et ténèbres,
bon et mauvais,
carré et oblong.

C'est cette conception qui semble avoir été celle d'Alcméon de Crotone; toujours est-il que cette théorie a été empruntée, soit par Alcméon aux pythagoriciens, soit par eux à Alcméon. Et de fait, l'adolescence d'Alcméon coïncide avec les dernières années de la vie de Pythagore; d'autre part, il professa une doctrine voisine de celles des pythagoriciens. C'est ainsi qu'il dit que la plupart des choses humaines vont par deux : il songe alors non à des oppositions définies comme chez les pythagoriciens, mais à toutes les sortes d'oppositions possibles, comme blanc/noir, doux/amer, bon/mauvais, grand/petit. Mais il ne s'est pas donné la peine de les définir avec plus de précision, alors que les pythagoriciens, eux, ont précisé le nombre et la nature des opposés. Quoi qu'il en soit, ils sont tous deux d'accord pour affirmer que les opposés sont les principes des êtres[3]. (*Métaphysique*, A, v, 986 *a* 22.)

Isocrate.

Parmi les anciens philosophes[1], l'un a affirmé l'infinité du nombre des êtres[2]; Empédocle, lui, les a limités à quatre (auxquels s'ajoutent la Haine et l'Amitié[3]), Ion ⟨de Chio⟩ à trois[4], et Alcméon à deux seulement. (*Sur l'échange*, 268.)

[Scolie.]

Les *Antithèses*[5] d'Alcméon[6]. (À Saint Basile, 3, éd. Pasquali.)

IV

Aétius.

Selon certains mathématiciens[7], les planètes ont un mouvement contraire à celui des étoiles fixes, d'ouest en est. C'est aussi l'opinion d'Alcméon[8]. (*Opinions*, II, XVI, 2-3.)

Selon Alcméon[9], le Soleil est aplati. (*Ibid.*, II, XXII, 4.)

Pour Alcméon, Héraclite[10] et Antiphon[11], ⟨l'éclipse de la Lune⟩ s'expliquerait par le renversement de sa coque[12] qui se couche de côté. (*Ibid.*, II, XXIX, 3.)

V

Théophraste.

25. Parmi les auteurs qui n'expliquent pas la sensation par le semblable[13], Alcméon est le premier à préciser la différence qui existe entre les animaux et les hommes. Selon lui, en effet, ce qui sépare l'homme des autres animaux, c'est qu' il est le seul à disposer de la conscience, alors que les autres ont des sensations sans avoir la conscience[14]. Car ce n'est pas une seule et même chose que penser et éprouver des sensations, n'en *déplaise à Empédocle*[15].

Il examine ensuite chacun des sens. L'*ouïe*, dit-il, met en jeu les oreilles; car elles contiennent du vide qui résonne (c'est-à-dire qu'il sonne creux), et l'air répercute le son ⟨rendu par le vide[16]⟩. L'*odorat*, lui, met en jeu le nez, organe qui, en même temps que l'on respire, fait pénétrer le souffle jusqu'au cerveau. L'organe du *goût*[17] est la langue, tiède et souple, dont la chaleur fait fondre ⟨les aliments⟩, et sa texture, poreuse et tendre, lui permet de recevoir d'abord et de donner. 26. La *vision*, elle, s'effectue à travers l'eau qui baigne les yeux; qu'ils contiennent du feu, c'est une évidence : la preuve en est qu'un choc [sur l'œil] provoque des étincelles[1]. Pour qu'il y ait vision, il faut quelque chose de brillant et, face à lui, quelque chose de transparent qui émette soi-même de la lumière[2]; la netteté de la vision est d'autant plus grande que ⟨l'échange lumineux⟩ est plus pur. Toutes ces sensations sont acheminées[3] au cerveau[4] selon un certain processus; et c'est au cours de cette transmission qu'interviennent des altérations de la perception, quand le sujet bouge ou qu'il se déplace : car il y a alors compression des conduits par où passent les sensations. Alcméon ne dit rien du *toucher*, ni comment ni par quel organe sensoriel on touche. Telles sont donc les thèses d'Alcméon sur ce sujet. (*Du sens*, 25-26.)

VI

Aétius.

Pour Alcméon, c'est grâce au vide qui occupe l'intérieur de l'oreille que nous entendons; c'est lui en effet qui vibre, quand le souffle pénètre en elle : car tout ce qui est creux résonne[5]. (*Opinions*, IV, XVI, 2.)

VII

Aristote.

L'oreille est la partie de la tête qui permet d'entendre, mais aucun souffle n'y pénètre : Alcméon a tort en effet d'affirmer que les chèvres respirent par les oreilles. (*Histoire des animaux*, I, XI, 492 *a* 13.)

VIII

Aétius.

Pour Alcméon, l'hégémonique[6] a son siège dans le cerveau, et c'est par lui que nous sentons les odeurs, qu'il attire à soi à chaque inspiration. (*Opinions*, IV, XVII, 1.)

IX

Aétius.

Pour Alcméon, c'est grâce à l'humidité et à la tiédeur de la langue, qualités auxquelles s'ajoute la souplesse, que nous goûtons les saveurs[7]. (*Opinions*, IV, XVIII, 1.)

x

Aétius.

Pour Alcméon, [l'acte de la vision] nécessite la participation de la partie transparente ⟨de l'œil[1]⟩. (*Opinions*, IV, XIII, 12.)

Chalcidius.

Il faut donc expliquer quelle est la nature de l'œil; à ce sujet, la plupart des auteurs, et plus particulièrement Alcméon de Crotone – spécialiste des recherches sur la nature et le premier à avoir osé entreprendre une dissection –, Callisthène, le disciple d'Aristote, et aussi Hérophile[2] ont fait la lumière sur nombre de points importants. Il existe deux conduits étroits qui, partant du cerveau, où est sise la partie maîtresse et directrice[3] de l'âme, le relient aux orbites oculaires : c'est par là que circule le souffle vital[4]. Ces conduits, qui, partant d'un point de départ unique, sont confondus sur une certaine distance dans la partie la plus profonde du front, se séparent en deux branches[5] pour rejoindre les orbites oculaires, selon un tracé oblique qui est celui des sourcils. Et, après des détours, ils aboutissent à des globes qui renferment l'humeur vitale dans le sein de tuniques et qui sont pourvus de la protection des paupières (d'où leur nom d'*orbes*[6]). Ce qui nous permet de savoir que l'origine de ces canaux qui transmettent la lumière est unique, c'est, bien sûr, surtout la dissection. Il est cependant possible de s'en rendre compte aussi d'après le fait que les deux yeux bougent en même temps et qu'il est impossible de faire bouger l'un sans que l'autre bouge aussi. On a observé, d'autre part, que l'œil proprement dit est constitué de quatre membranes[7] ou tuniques, de consistance différente. Tenter de connaître les propriétés qui les différencient les unes des autres revient à se lancer dans une tâche disproportionnée à son objet[8]. (*Commentaire sur le Timée*, éd. Wrobel, p. 279.)

Hippocrate.

Nombreuses sont les membranes[9] qui se trouvent devant l'organe de la vision, et transparentes comme lui-même; c'est cette transparence en effet qui permet l'échange lumineux entre la lumière de l'œil[10] et tous les objets brillants. La vision consiste donc dans cet échange de lumière. (*Des chairs*, 17, éd. Littré, VIII, 606.)

Aristote.

Mais de l'humeur qui baigne le cerveau, la partie la plus pure est filtrée et s'engage dans des canaux qui, à l'évidence, la conduisent des yeux à l'enveloppe méningée du cerveau. (*De la génération des animaux*, II,vi, 744 *a* 8.)

XI

Platon.

SOCRATE : On ne saurait croire à quel point je me suis passionné, dans ma jeunesse, pour cette science qu'on appelle histoire naturelle[1]. [...] Les premières questions que je discutais étaient du genre : faut-il vraiment qu'il se produise une espèce de putréfaction du chaud et du froid, comme certains le disaient[2], pour que les animaux se constituent ? Est-ce le sang[3], ou l'air[4], qui est le support de notre conscience ? Ou bien le feu[5] ? Ou bien n'est-ce rien de cela ? Et le cerveau, est-il ce qui provoque les sensations de l'ouïe, de la vue et de l'odorat ? Et est-ce les sensations qui constituent la mémoire et l'opinion, qui, lorsqu'elles ont trouvé le repos, donneraient à leur tour naissance à la science[6] ? (*Phédon*, 96 *a-b*.)

Hippocrate.

14. L'homme ne peut penser que tant que son cerveau est immobile[7]. [...] 17. C'est pourquoi j'affirme que c'est dans le cerveau que se trouve l'explication de l'intelligence[8]. (*De l'épilepsie*, 14 et 17.)

XII

Aristote.

Comme eux[9], Alcméon a eu lui aussi, bien sûr, une conception personnelle de l'âme. Selon lui, elle est immortelle, à cause de sa ressemblance avec les êtres immortels, et cette ressemblance lui vient de ce que l'âme ne cesse de se mouvoir[10] : ne sont-ils pas animés d'un mouvement continu et éternel, tous les êtres divins, Lune, Soleil, tous les astres et le ciel tout entier ? (*De l'âme*, I, II, 405 *a* 29.)

Cicéron.

De son côté, Alcméon de Crotone ne s'est pas rendu compte qu'en attribuant un caractère de divinité au Soleil, à la Lune, à tous les autres astres et à l'esprit[1] entre autres, il conférait l'immortalité à des êtres mortels. (*De la nature des dieux*, I, XI, 27.)

Clément d'Alexandrie.

Alcméon de Crotone croyait que, parce qu'ils sont animés[2], les astres sont des dieux. (*Protreptique*, 66.)

Aétius.

Car, pour Alcméon, l'âme par nature se meut elle-même d'un mouvement éternel, et pour cette raison, elle est immortelle et semblable aux dieux[3]. (*Opinions*, IV, II, 2.)

XIII

Aétius.

Pour Alcméon, [la semence] est une partie du cerveau. (*Opinions*, V, III, 3.)

Censorinus.

2. Mais l'opinion [selon laquelle la semence est un écoulement de la moelle] est repoussée par des gens comme Anaxagore[4], Démocrite[5] et Alcméon de Crotone. 3. Pour eux en effet, après l'accouplement, les mâles, parmi le bétail, ne connaissent pas seulement un épuisement sensible de leur moelle, mais aussi de leur graisse et de leur chair. Les savants se disputent également sur le point de savoir si l'embryon naît de la seule semence paternelle, comme l'ont écrit Diogène[6], Hippon[7] et les stoïciens, ou si n'intervient pas également de la semence maternelle, comme le pensent Anaxagore[8] et Alcméon, et aussi Parménide[9], Empédocle[10] et Épicure[11]. Pour ce qui est de la formation de l'embryon, Alcméon a proclamé qu'il la connaissait tout aussi précisément, même si, à son avis, personne ne pourrait jamais voir quelle partie se constitue la première dans le fœtus. (*Du jour de la naissance*, V, 2-3.)

Aétius.

Pour Alcméon, c'est la tête, où est située la partie maîtresse de l'âme[12], ⟨qui se forme la première dans le ventre de la mère⟩. (*Opinions*, V, XVII, 3.)

XIV

Censorinus.

Le sexe du nouveau-né est celui du parent dont la semence a été la plus abondante, selon Alcméon. (*Du jour de la naissance*, VI, 4.)

XV

Aristote.

Le mâle commence, généralement, à produire de la semence pour la première fois après l'âge de quatorze ans. Cela coïncide avec la floraison pileuse de la puberté. Il y a là une analogie avec ce qui se passe chez les plantes, qui commencent par fleurir avant de produire des semences, si l'on en croit Alcméon de Crotone[1]. (*Histoire des animaux*, VII, 1, 581 *a* 12.)

Solon.

Quand, la seconde fois, le dieu a accompli
Un cycle de sept ans, alors l'âge est venu
Où chez l'adolescent paraissent les semences[2].
(*Fragments*, 19, v. 3 ; *Anthologie lyrique*, éd. Diehl.)

XVI

Aristote.

En effet, chez les mammifères c'est dans une partie différente du corps, les mamelles, que se trouve la nourriture, qu'on nomme « lait ». Chez les oiseaux, elle se trouve naturellement dans les œufs. Pourtant, contrairement à l'opinion généralement admise, qu'on trouve aussi chez Alcméon de Crotone, ce n'est pas le blanc, mais le jaune qui constitue le « lait », dont les oisillons se nourrissent; ce qui les induit en erreur, c'est la ressemblance de couleur qui existe entre le blanc de l'œuf et le lait[3]. (*De la génération des animaux*, III, II, 752 *b* 22.)

XVII

Aétius.

Pour Alcméon, c'est par tout le corps que [l'embryon] se nourrit; son corps fonctionnerait en effet comme une éponge et attirerait à lui ce qui dans la nourriture est propre à le nourrir. (*Opinions*, V, XVI, 3.)

Rufus.

Il y a dans l'intestin de l'embryon une substance qu'il doit évacuer[1]. Mais cela n'implique pas, comme le croit Alcméon, que dans le ventre de la mère le fœtus se nourrisse par la bouche, car cela n'est aucunement possible. (Cité par Oribase, *Œuvres*, III, 156; *Corpus des médecins grecs*, VI, II, 2, 136.)

XVIII

Aétius.

Alcméon affirme que c'est le reflux du sang dans les artères[2] qui provoque le sommeil et que le réveil coïncide avec le flux sanguin; la mort, elle, serait le reflux définitif du sang. (*Opinions*, V, XXIII, 1.)

B. FRAGMENTS

DE LA NATURE

I

Diogène Laërce.

C'est en l'honneur de Brontin[3], de Léon[4] et de Bathyllos[5] qu'Alcméon, fils de Pirithos, a écrit ce qui suit : « Aussi bien dans le domaine de l'invisible que dans celui des choses mortelles, les dieux détiennent la connaissance immédiate. Mais nous, de par notre humaine condition, nous sommes réduits aux conjectures[6]. » (*Vies*, VIII, 83[7].)

I *a*

Théophraste.

Selon lui, en effet, ce qui distingue l'homme des autres animaux, c'est qu'il est le seul à disposer de la conscience, alors que les autres ont des sensations sans avoir la conscience[8]. (*Du sens*, 25.)

II

Pseudo-Aristote.

Alcméon affirme que ce qui fait que les hommes meurent

c'eſt qu'il ne leur eſt pas possible de joindre le commencement et la fin[1]. (*Problèmes*, XVIII, III, 916 *a* 33.)

III

Aétius.

Selon Alcméon, c'eſt la subtilité et la froideur de leur semence qui explique la ſtérilité des mulets[2], et une ouverture insuffisante de la matrice celle des mules; ce sont ses propres termes. (*Opinions*, V, XIV, 1.)

IV

Aétius.

Selon Alcméon, c'eſt l'équilibre[3] des puissances, comme l'humide et le sec, le froid et le chaud, l'amertume et la douceur, etc., qui produit et conserve la bonne santé; c'eſt au contraire la prédominance de l'une d'elles qui provoque la maladie et, quand deux de ces puissances prédominent[4], la mort s'ensuit. La maladie[5] survient d'une part, pour ce qui eſt de l'*agent*, du fait d'un excès de chaleur ou de froid, d'autre part, pour ce qui eſt de la *cause matérielle*, du fait d'une abondance ou d'un manque de nourriture, et d'autre part enfin, pour ce qui eſt des *lieux*, du fait qu'⟨elle a affeċté⟩ soit le sang soit la moelle soit le cerveau[6]. Ces parties peuvent aussi être affectées par des causes externes, comme certaines qualités des eaux, certains climats, la fatigue ou une violence subie, ou tout ce qui s'en rapproche. Mais pour en revenir à la bonne santé, elle eſt le mélange harmonieux des qualités[7]. (*Opinions*, V, XXX, 1.)

V

Clément d'Alexandrie.

Dans son *Antigone*[8], Sophocle a repris cette phrase d'Alcméon de Crotone : On se garde d'un ennemi plus facilement que d'un ami, sous la forme :

Peut-on imaginer coup plus terrible
Que la trahison d'un ami?

(*Stromates*, VI, 16.)

ICCOS

I

Platon.

PROTAGORAS : J'affirme, pour ma part, que l'art de la sophiſtique eſt fort ancien, mais que la peur des ennuis amenait ceux qui la pratiquaient jadis à se dissimuler et à se cacher derrière le paravent de la poésie, comme l'ont fait Homère, Hésiode et Simonide, ou derrière celui des myſtères et des prophéties oraculaires, comme ce fut le cas des disciples d'Orphée ou de Musée, ou encore, pour certains, derrière celui de la gymnaſtique, comme je l'ai entendu dire : tel fut, par exemple, le cas d'Iccos de Tarente et de celui qui, aujourd'hui encore, passe pour le plus brillant des sophiſtes[1], Hérodicos de Sélymbria. (*Protagoras*, 316 *d*.)

II

Platon.

L'ATHÉNIEN : Ne connaissons-nous pas, d'ailleurs, de réputation Iccos de Tarente, célèbre pour sa victoire aux jeux Olympiques et pour toutes ses autres victoires? Ne dit-on pas que c'eſt l'amour de la compétition et la pratique de son art qui lui procurèrent une âme virile et le sens de la mesure, et qu'il ne toucha ni à une femme ni même à aucun adolescent pendant toute la durée de sa glorieuse carrière? (*Les Lois*, VIII, 839 *e*-840 *a*.)

Pausanias.

Iccos de Tarente, fils de Nicolaïdas, a remporté le pentathlon aux jeux Olympiques, et fut, dit-on, dans les années qui suivirent, le meilleur maître de gymnastique de son temps. (*Itinéraire de la Grèce*, VI, x, 5.)

Étienne de Byzance.

Iccos de Tarente, médecin. Son acmé se situe pendant la soixante-dix-septième olympiade[1]. Platon le mentionne dans son *Protagoras*. (*Dictionnaire géographique*, « Tarente ».)

Eustathe.

Iccos est le nom d'un savant médecin de Rhégium. C'est de lui qu'il est question dans l'expression proverbiale de « repas d'Iccos », en souvenir de la perfection du régime qu'il s'était donné. (*Commentaire sur Homère*, p. 610, 28.)

[Scolie.]

Iccos était un médecin de Tarente dont le nom est passé dans l'expression proverbiale de « repas d'Iccos », en raison de la perfection de son régime : elle sert à désigner un repas d'où le superflu est absent. (*À Denys Périégète*, *Géographie*, v. 376.)

III

Jamblique.

Originaire de Tarente : [...] Iccos [...] (*Vie pythagorique*, 267.)

PARON

Aristote.

Certains disaient du temps qu'il est *tout-sage*; mais pour le pythagoricien Paron[1], il était *tout-ignorant*, pour la raison qu'il est le lieu de l'oubli; en cela, Paron n'a pas tort. (*Physique*, IV, XIII, 222 *b* 17.)

Simplicius.

C'est à Paron, bien sûr, qu'Eudème a pensé, sans le citer, quand il raconte qu'un jour que Simonide faisait l'éloge du temps comme du *tout-sage* pour la raison qu'il est le lieu des connaissances et des réminiscences, l'un des sages[2] présents lança : « Eh quoi ! Simonide, le temps n'est-il pas pourtant le lieu de l'oubli ? » (*Commentaire sur la Physique d'Aristote*, 754, 9.)

AMINIAS

Diogène Laërce.

Si l'on en croit Sotion, Parménide fut l'ami du pythagoricien Aminias, fils de Diochétas, que sa pauvreté n'empêchait pas d'être un parfait honnête homme. Il le choisit comme maître de philosophie et lui fit bâtir un tombeau après sa mort, car lui-même était de naissance illustre et fort riche; en outre, c'est à Aminias, et non à Xénophane, qu'il devait de s'être adonné aux charmes de l'étude[1]. (*Vies*, IX, 21.)

PARMÉNIDE

PARMÉNIDE

A. TÉMOIGNAGES

VIE

I

Diogène Laërce.

21. Parménide d'Élée, fils de Pyrès, fut l'élève de Xénophane (Théophraste, dans son *Épitomé*, déclare que Xénophane fut l'élève d'Anaximandre). Cependant, bien qu'il fût l'élève de Xénophane, il ne fut pas son continuateur. Si l'on en croit Sotion[1], il fut l'ami du pythagoricien Aminias, fils de Diochétas, que sa pauvreté n'empêchait pas d'être un parfait honnête homme. Il le choisit comme maître de philosophie et lui fit bâtir un tombeau après sa mort, car lui-même était de naissance illustre et fort riche; en outre, c'est à Aminias, et non à Xénophane, qu'il devait de s'être adonné aux charmes de l'étude.

Il fut le premier à affirmer que la Terre a une forme sphérique[2] et qu'elle repose au centre ⟨du monde⟩. Il existe deux éléments, le feu et la terre, le premier investi de la fonction de démiurge, le second de celle de la matière[3]. 22. La génération des hommes fut produite en premier lieu par le Soleil. Il [?] est le produit du chaud et du froid[4] à partir desquels toutes choses sont constituées. L'âme et l'intellect sont identiques[5], ainsi que Théophraste le rapporte dans sa *Physique*, où il expose les opinions d'à peu près tous [les philosophes]. La philosophie, d'après lui, comprend deux parties: la première porte sur la vérité, la seconde sur l'opinion. C'est pourquoi il dit quelque part[6] :

Apprends donc toutes choses,
Et aussi bien le cœur exempt de tremblement
Propre à la vérité bellement circulaire,
Que les opinions des mortels, dans lesquelles
Il n'est rien qui soit vrai ni digne de crédit.

Justement, il use pour philosopher de la forme poétique[1], tout comme Hésiode, Xénophane et Empédocle. Il disait que la raison constitue le critère de la vérité et que les sens sont dépourvus d'exactitude. Aussi déclare-t-il :

Écarte ta pensée
De cette fausse voie qui s'ouvre à ta recherche [...]
Que je viens d'exposer[2].

23. C'est pourquoi aussi Timon dit de lui :

La force du génial et entier Parménide
Qui, au lieu des erreurs de l'imagination,
Substitua la raison[3].

C'est en se référant à lui que Platon écrivit son dialogue intitulé *Parménide, ou des Idées*.

Son acmé se situe dans la soixante-neuvième olympiade[4]. Il fut, semble-t-il, le premier à découvrir que Vesper et Lucifer ne forment qu'une même étoile[5], ainsi que le déclare Favorinus au livre V de ses *Mémorables*. Pour d'autres, ce mérite revient à Pythagore; mais Callimaque déclare que son poème n'est pas l'œuvre de Pythagore. On rapporte que Parménide donna des lois à ses concitoyens[6], ainsi que le déclare Speusippe dans son ouvrage *Sur les philosophes*. Et il fut le premier à user, dans l'entretien dialectique, de l'argument d'Achille[7], ainsi que le rapporte Favorinus dans ses *Mélanges historiques*.

Il y eut encore un autre Parménide, orateur, qui écrivit un *Art oratoire*. (*Vies*, IX, 21-23.)

II

Suidas.

Parménide, fils de Pyrès, philosophe d'Élée, fut l'élève de Xénophane de Colophon, mais, d'après Théophraste, celui d'Anaximène de Milet. Il eut pour successeurs Empédocle, le philosophe et médecin, et Zénon d'Élée. Il écrivit en vers un traité *De la nature* ainsi que d'autres œuvres en prose, que mentionne Platon[8]. (*Lexique*, « Parménide ».)

III

Diogène Laërce.

Anaximène de Milet, fils d'Eurystrate, fut l'élève d'Anaximandre. D'après quelques-uns, il fut aussi l'élève de Parménide[9]. (*Vies*, II, 3.)

IV

Jamblique.

Quand on cite des philosophes de la nature, on nomme en premier lieu Empédocle et Parménide d'Élée. (*Vie pythagorique,* 166.)

Proclus.

Alors que l'on célébrait, comme nous l'avons dit, cette fête[1], Parménide et Zénon vinrent à Athènes. Parménide était le maître et Zénon l'élève. Tous deux étaient d'Élée, mais il faut ajouter qu'ils avaient fait partie de l'école pythagoricienne, ainsi que Nicomaque le consigne quelque part. (*Commentaire sur le Parménide de Platon*, 619, 4.)

Photius.

Zénon et Parménide d'Élée. Ils appartenaient eux aussi à l'école de Pythagore. (*Bibliothèque*, 249, éd. Bekker, p. 439 *a* 36.)

V

Platon.

SOCRATE : Parménide m'apparaît tel le héros d'Homère, à la fois *vénérable* et *redoutable*. Il m'a été donné de le voir, alors que j'étais encore fort jeune, et lui déjà fort vieux, et il me parut avoir une profondeur géniale[2]. (*Théétète*, 183 *e*.)

SOCRATE : [...] procéder par questions, comme le fit un jour Parménide en étalant de splendides arguments devant le jeune homme que j'étais, lui qui était déjà d'un âge fort respectable. (*Le Sophiste*, 217 *c*.)

Antiphon[3] affirmait que Pythodore disait qu'un jour, aux grandes Panathénées, étaient arrivés Zénon et Parménide. Parménide était déjà fort avancé en âge, ses cheveux étaient tout blancs ; il offrait l'image d'un parfait honnête homme et il était sur le point d'avoir soixante-cinq ans. Zénon, lui, approchait de la quarantaine. Il était grand, de physionomie gracieuse, et on disait qu'il avait été le mignon de Parménide. Ils étaient, disait Pythodore, descendus chez lui, hors les murs, au Céramique. C'était là que s'était rendu Socrate, accompagné de nombreuses personnes, dans le désir d'entendre lire l'œuvre de Zénon (c'était en effet la première fois que, grâce à ces deux hôtes de marque, l'ouvrage allait être rendu public). Socrate était alors un tout jeune homme. (*Parménide*, 127 *a*.)

Athénée.

En fait, il eſt très difficile d'admettre que le Socrate de Platon ait pu converser avec Parménide : sa jeunesse ne lui permettait ni de tenir ni de comprendre un tel langage. Mais ce qu'il y a de plus scandaleux dans ce témoignage[1], c'eſt de dire, tout à fait gratuitement, que Zénon, dont on sait qu'il était le concitoyen de Parménide, en était aussi le mignon. (*Les Deipnosophiſtes*, XI, 505 F.)

Diogène Laërce.

Zénon d'Élée : Apollodore, dans ses *Chroniques*, déclare qu'il eſt par le sang fils de Téleutagoras, et par adoption fils de Parménide. [...] Zénon fut l'élève de Parménide et devint son mignon. (*Vies*, IX, 25.)

VI

Ariſtote.

Parménide, dit-on, fut son élève [l'élève de Xénophane[2]]. (*Métaphysique*, A, v, 986 *b* 22.)

VII

Alexandre d'Aphrodise.

De Parménide et de sa position philosophique, Théophraſte, au premier livre de son ouvrage *Sur les philosophes de la nature*, déclare : « Parménide d'Élée, fils de Pyrès, qui vint ensuite (entendez : après Xénophane), s'engagea sur deux voies[3]. Il affirme en effet que l'univers eſt éternel, et s'efforce de rendre compte de la génération des exiſtants, sans conserver une attitude semblable touchant ces deux aspects de ses théories. Ainsi, du point de vue de la vérité, il admet que l'univers eſt un, inengendré, sphérique; mais, du point de vue de l'opinion du plus grand nombre, afin de rendre compte de la génération des phénomènes, il prend deux principes, le feu et la terre, celle-ci comme matière, celui-là comme cause et agent. » (*Commentaire sur la Métaphysique d'Ariſtote* [A, III, 984 *b* 3] p. 31.)

Simplicius.

Xénophane de Colophon, maître de Parménide. (*Commentaire sur la Physique d'Ariſtote*, 22, 27.)

VIII

Théophraste.

Leucippe d'Élée ou de Milet (car on dit de lui, l'un aussi bien que l'autre), voulant partager en philosophie l'opinion de Parménide, ne suivit pas la même voie que Parménide et Xénophane touchant les existants, mais, à ce qui semble, la voie contraire. Alors que, pour ceux-ci, l'univers est un, immobile et inengendré ainsi que limité, et qu'ils se refusent à admettre une quelconque recherche touchant le non-être, lui, au contraire, a formé l'hypothèse selon laquelle les atomes constituent les éléments illimités en nombre et sans cesse en mouvement[1]. (*Opinions des physiciens*, fgm. 8, cité par Simplicius, *Commentaire sur la Physique d'Aristote*, 28, 4.)

IX

Théophraste.

Théophraste affirme qu'[Empédocle] fut l'élève de Parménide et son imitateur dans ses poèmes. Effectivement, c'est lui qui le premier donna une forme versifiée à son propos *De la nature*. (*Opinions des physiciens*, fgm. 3, cité par Diogène Laërce, *Vies*, VIII, 55.)

X

Simplicius.

Empédocle d'Agrigente n'était guère plus âgé qu'Anaxagore; mais il fut le disciple zélé de Parménide et, davantage encore, des pythagoriciens[2]. (*Commentaire sur la Physique d'Aristote*, 25, 19.)

XI

Eusèbe.

a) Hiéron : Empédocle et Parménide, philosophes de la nature, étaient connus[3].

b) À cette époque étaient connus aussi Démocrite d'Abdère, le philosophe de la nature, ainsi qu'Empédocle d'Agrigente, Zénon et Parménide, tous philosophes, et Hippocrate de Cos[4]. (*Chronographie*, Olympiades 81 et 86.)

[Inscription.]

À partir de là[1], Socrate le philosophe, Héraclite d'Éphèse, Anaxagore et Parménide, en l'an [...] (Chronographie de Henzen, *Inscriptions grecques*, XIV, 1297, 30.)

XII

Strabon.

Jouxtant le promontoire se trouve un autre golfe, où est une ville que ses fondateurs, phéniciens, nomment Hyélé, d'autres Élé, du nom d'une source, et nos contemporains Élée. C'est elle qui a donné naissance aux pythagoriciens Parménide et Zénon. À mon avis, c'est grâce à eux qu'elle fut, jadis, dotée de bonnes lois. (*Géographie*, VI, 1, 252.)

Plutarque.

Parménide dota ses concitoyens d'un système d'excellentes lois; aussi, chaque année, les magistrats contraignaient-ils leurs concitoyens à jurer de rester fidèles aux lois de Parménide. (*Contre Colotès*, 32, 1126 A.)

POÉSIE

XIII

Diogène Laërce.

D'autres philosophes ne nous ont laissé qu'un unique ouvrage : ce sont Mélissos, Parménide, Anaxagore. (*Vies*, I, 16.)

XIV

Simplicius.

[...] ou parce que Mélissos et Parménide ont donné à leur ouvrage le titre *De la nature*. Et il est vrai que, dans leurs écrits, ils ne se sont pas bornés seulement à traiter des réalités transcendantes, mais ont aussi traité des réalités naturelles, et c'est peut-être la raison pour laquelle ils n'ont pas renoncé au titre : *De la nature*. (*Commentaire du Traité du ciel d'Aristote*, 556, 25.)

XV

Plutarque.

Les vers d'Empédocle et de Parménide, les *Remèdes* de

Nicandre, et les *Maximes* de Théognis sont des ouvrages qui ont emprunté à la poésie l'éclat du style et du mètre, comme un véhicule de leur pensée, pour éviter la lourdeur de la prose. (*Comment il faut lire les poètes*, II, 16 C.)

XVI

Plutarque.

On pourrait reprocher à Archiloque son sujet, à Parménide sa versification, à Phocylide sa vulgarité, à Euripide son bavardage, à Sophocle son inégalité. (*Comment il faut ouïr*, XIII, 45 A.)

XVII

Proclus.

Bien que l'usage du genre poétique le prive de clarté, Parménide ne renonce pas à user de démonstrations. (*Commentaire sur le Timée de Platon*, I, 345, 12.)

XVIII

Proclus.

Parménide lui-même ⟨a usé d'un style pur et concis⟩ en poésie. Bien que l'usage de la forme poétique le poussât à user de figures, métaphores et tropes, il n'en aimait pas moins la forme d'exposition dépouillée, sèche et épurée. [...][1] Et tout le reste est du même genre. Aussi sa langue ressemble-t-elle davantage à de la prose qu'à de la poésie. (*Commentaire sur le Parménide de Platon*, 665, 17.)

XIX

Simplicius.

Lorsque nous entendrons Aristote réfuter les positions des philosophes anciens, et que nous voyons Platon, avant lui, faire de même, et, avant eux, Parménide et Xénophane, il faut savoir que ceux-ci, n'ayant à leur disposition que des notes de cours prises par des auditeurs superficiels, réfutent ce qui dans leurs théories leur paraît absurde, étant donné le tour énigmatique que les Anciens adoptaient habituellement pour exposer leurs thèses. (*Commentaire sur la Physique d'Aristote*, 36, 25.)

XX

Simplicius.

Si nous le voyons affirmer que l'être un est *gonflé à l'instar d'une balle bien ronde*[1], n'en soyons pas étonnés. C'est là une imitation involontaire du style mythique[2], due à la forme poétique. En quoi cette assertion diffère-t-elle du mot d'Orphée : *« œuf d'un blanc éclatant »*? (*Commentaire sur la Physique d'Aristote*, 146, 29.)

Ménandre de Laodicée.

Ce sont des hymnes de philosophie naturelle que composèrent les disciples de Parménide et d'Empédocle. (*Rhétorique*, I, II, 2.)

Ces hymnes ressemblent à ceux que nous composons en l'honneur d'Apollon, où nous déclarons qu'il est le Soleil et où nous dissertons de la nature du Soleil; où nous disons d'Héra qu'elle est l'air, et de Zeus qu'il est le chaud. De tels hymnes relèvent de la philosophie naturelle, et Parménide ainsi qu'Empédocle ont usé de ce style avec un grand bonheur scientifique [...] Car Parménide et Empédocle développent de longues explications, alors que Platon se contente de notations brèves. (*Ibid.*, I, v, 2.)

XXI

Simplicius.

Sauf à paraître trop scrupuleux, je transcrirai avec plaisir les vers de Parménide sur l'être un dans mon commentaire; ils ne sont pas nombreux et les citer servira à donner plus de crédit à mon propos, étant donné les difficultés que l'on a à se procurer l'œuvre de Parménide. (*Commentaire sur la Physique d'Aristote*, 144, 25.)

PHILOSOPHIE

Jean Philopon.

On dit qu'Aristote a écrit un livre spécialement consacré à la réfutation de la doctrine de Parménide. (*Commentaire sur la Physique d'Aristote*, 65, 23.)

XXII

Pseudo-Plutarque.

Parménide d'Élée, ami de Xénophane, s'opposait à ses thèses, mais en même temps attaquait la position contraire. Car d'une part il affirme que l'univers eﬆ éternel et immobile, conformément à la vérité des choses, car il eﬆ *tout d'une pièce, / Soustrait au mouvement et dépourvu de fin*[1]. Mais, d'autre part, il soutient qu'il y a génération des choses que l'opinion perçoit à tort comme exiﬆantes; et les sensations, il les exclut du critère de la vérité. Il dit encore que s'il exiﬆe quelque chose en plus de l'être, ce quelque chose n'eﬆ pas l'être et que le non-être n'exiﬆe pas dans la totalité des choses. C'eﬆ en ce sens qu'il admet que l'être eﬆ inengendré. Mais il dit encore que la terre eﬆ engendrée par la précipitation de l[’air] dense[2]. (*Stromates*, 5, cité par Eusèbe, *Préparation évangélique*, I, VIII, 5.)

XXIII

Hippolyte.

En effet, Parménide forme encore l'hypothèse que l'univers eﬆ éternel, inengendré et sphérique. Cela n'empêche pas qu'il renonce à s'écarter de l'opinion commune : selon lui, le feu et la terre sont les principes de l'univers, la terre étant la matière, le feu étant la cause efficiente et l'agent. Il disait que le monde eﬆ sujet à la corruption, sans préciser comment; mais il disait en même temps que l'univers eﬆ éternel, non engendré, sphérique et semblable, ne comportant pas de lieu en lui-même, immobile et limité. (*Réfutation de toutes les hérésies*, I, 11.)

XXIV

Ariﬆote.

Parménide paraît s'être attaché à l'Un selon la raison [...][3]. (*Métaphysique*, A, V, 986 *b* 18.)

Parménide, semble-t-il, fait preuve d'une pensée plus pénétrante. Car eﬆimant que, s'ajoutant à l'être, le non-être n'exiﬆe pas, il considère que nécessairement l'être eﬆ un et qu'il n'exiﬆe rien d'autre [...] Mais, forcé de tenir compte des phénomènes et de reconnaître que, si le point de vue de la raison exige l'Un, le point de vue de la sensation exige les multiples, il pose derechef deux causes et deux principes, le chaud et le froid, autrement dit le feu et la terre. Et parmi ces principes, il range le chaud dans la catégorie de l'être et l'autre dans celle du non-être. (*Ibid.*, A, v, 986 *b* 27.)

Tandis qu'ils[1] faisaient porter la recherche sur la vérité propre aux êtres, ils considéraient que les êtres se réduisent aux choses sensibles. (*Ibid.*, Γ, v, 1010 *a* 1.)

XXV

Aristote.

Les uns abolissaient complètement la génération et la corruption, car ils affirmaient que nul existant n'est engendré ni ne se corrompt, et que c'est là seulement pour nous une apparence. Telle est la doctrine des disciples de Mélissos et de Parménide, qui, même si par ailleurs elle paraît fort remarquable, ne saurait être considérée comme parlant le langage de la physique. Car si certains existants sont inengendrés et parfaitement immobiles, leur cas relève d'une discipline différente et première par rapport à la physique. Mais en formant l'hypothèse qu'il n'existe rien d'autre en plus de la substance des choses sensibles, tout en étant les premiers à concevoir que, sans l'existence de certaines natures telles, il ne saurait y avoir connaissance ou sagesse, ils transféraient sur les réalités sensibles les raisons qui ne valent que pour les natures immobiles. (*Traité du ciel*, III, I, 298 *b* 14.)

En prenant appui sur ces arguments, certains, passant outre à la sensation, la méprisaient et estimaient, en pensant qu'il faut prendre la raison pour guide, que l'univers est un, immobile et illimité, car la limite devrait confiner au vide. Par conséquent, il y a des philosophes qui, pour ces raisons, ont professé cette opinion sur la vérité. Mais, alors que du point de vue de l'argumentation, leurs thèses sont parfaitement cohérentes, du point de vue des réalités, il semble que ce serait pure folie que d'y souscrire[2]. (*De la génération et de la corruption*, I, VIII, 325 *a* 13.)

Jean Philopon.

Aristote critique les disciples de Parménide parce qu'ils estimaient qu'il ne faut pas du tout tenir compte de l'évidence des réalités sensibles et, au contraire, ne prendre pour guide que l'exigence de la raison. (*Commentaire sur De la génération et de la corruption d'Aristote*, 157, 27.)

XXVI

Platon.

Mais si ceux qui immobilisent le tout paraissent tenir des propos plus vrais, nous nous réfugierons auprès d'eux, contre ceux qui vont jusqu'à mouvoir les réalités immobiles. (*Théétète*, 181 *a*.)

Sextus Empiricus.

Les disciples de Parménide et de Mélissos ont nié l'existence [du mouvement]. Aristote[1] les a qualifiés d'*immobilistes* et d'*antiphysiciens* : immobilistes venant d'immobilité, et antiphysiciens parce que la nature (φύσις) est le principe du mouvement, et que prétendre, comme eux, que rien ne se meut, revient à abolir la nature. (*Contre les mathématiciens*, X, 46.)

XXVII

Aristote.

Nous définissons en effet le tout comme ce à quoi rien ne fait défaut, par exemple un homme dans sa totalité, ou un coffre. Tel il en est des individus, tel il en est absolument, comme par exemple du tout en dehors de quoi il n'y a rien. Mais ce à quoi manque quelque chose d'extérieur n'est pas un tout universel, quoique ce soit lui qui fasse défaut. *Total* et *achevé* sont des notions pour ainsi dire identiques, ou en tout cas apparentées de nature. Rien n'est achevé qui ne possède pas de fin, or la fin est limite. C'est pourquoi il faut estimer que Parménide a soutenu une thèse meilleure que Mélissos, car ce dernier déclare : « l'Illimité est le tout », alors que le premier dit que le tout est limité, *Du centre vers les bords, en parfait équilibre*[2]. (*Physique*, III, VI, 207 *a* 9.)

XXVIII

Simplicius.

Le raisonnement de Parménide, ainsi que nous le conserve Alexandre, se trouve ainsi rapporté par Théophraste au premier livre de son *Histoire de la physique*[3] : « En plus de l'être il n'y a pas d'être. Le non-être n'est rien. Donc l'être est un. » Ce qu'Eudème exprime ainsi : « En plus de l'être il n'y a pas d'être.

Or l'être se dit d'une manière univoque. Donc l'être est un. » Je ne suis pas en mesure de dire si Eudème s'est exprimé aussi clairement ailleurs. Mais dans sa *Physique*, il note à propos de Parménide ce qui va suivre et ce à partir de quoi il est peut-être possible de résumer ce qui a été dit : « Parménide ne paraît pas avoir fourni de démonstration rigoureuse que l'être est un, pas même si on lui concède que l'être se dit d'une manière univoque, excepté dans le cas où le prédicat est attribué à chaque chose, à la façon dont homme est prédiqué de chaque homme. Dans ce cas, si l'on applique des définitions aux individus, la définition de l'existant sera une et identique pour tous ces individus, comme est un le concept d'animal pour tous les animaux. C'est comme si tous les existants étaient beaux et comme s'il était impossible de concevoir quelque chose qui n'est pas beau ; alors, toute chose serait belle, et, dans ce cas, le Beau ne serait pas un, mais au contraire multiple (seraient beaux en effet la couleur, l'occupation à laquelle on se livre, le n'importe-quoi). Dans cette hypothèse, toutes les choses auraient l'être, mais non pas un être un et identique. Or il faut bien dire que l'eau est autre et qu'autre est le feu. On ne saurait alors s'étonner que Parménide ait pris pour guide des raisons opposées à la croyance commune, et qu'il ait été induit par elles en erreur, puisqu'elles n'étaient pas encore tirées au clair (car nul n'avait encore énoncé le principe de l'attribution d'un même attribut à des sujets multiples). C'est à Platon, en effet, que revient l'introduction de la dualité[1], et nul non plus n'avait défini avant lui le statut de l'essence et le statut de l'accident). Aussi Parménide s'est-il laissé abuser par toutes ces raisons. Et celles-ci, ainsi que la possibilité de syllogiser, ont été tirées au clair à partir de l'examen des opérations du discours ainsi que de celui des propositions contraires à la logique. Car on ne saurait admettre une conclusion qui n'apparaîtrait pas comme nécessaire. Or les philosophes d'autrefois se contentaient d'affirmer sans démontrer[2]. » (*Commentaire sur la Physique d'Aristote*, 115, 11.)

XXIX

Aétius.

Parménide et Mélissos ont aboli la génération et la corruption du fait qu'ils pensaient que l'univers est immobile. (*Opinions* I, XXIV, 1.)

XXX

Ammonius.

Car d'abord, ainsi que le *Timée* nous l'a appris et qu'Aristote lui-même l'affirme dans sa réflexion théologique, et avant eux Parménide — et cela, pas seulement chez Platon[1], mais encore dans ses propres vers —, il n'y a chez les êtres divins ni passé, ni futur, puisque ni à l'un, ni à l'autre n'appartient l'être; si l'un n'est plus, l'autre n'est pas encore; le changement de l'un est la condition de la production de l'autre par changement; par conséquent, il est impossible d'accorder de tels changements aux êtres réellement êtres, et que la réflexion s'accorde à estimer comme incapables de changement. (*Commentaire sur l'Interprétation d'Aristote* 133, 16.)

XXXI

Aétius.

Parménide pense que Dieu est immobile et à la fois limité et sphérique. (*Opinions*, I, VII, 26.)

XXXII

Aétius.

Parménide et Démocrite déclarent que tout est soumis à la nécessité, et que le destin, la justice, la providence et le principe d'ordre propre au monde sont la même chose. (*Opinions*, I, XXV, 3.)

XXXIII

Clément d'Alexandrie.

Parménide d'Élée considérait le feu et la terre comme des dieux. (*Protreptique*, V, 64.)

XXXIV

Plutarque.

[Parménide] supprime d'un coup l'existence [à la fois des intelligibles et des objets de l'opinion]; en revanche, il rend à chacun d'eux ce qui leur convient, en mettant l'intelligible dans l'idée de l'Un et de l'être : de l'être parce qu'il est éternel et incorruptible, de l'Un à cause de sa ressemblance avec lui-même et du fait qu'il n'admet aucune différence. En revanche, il met le sensible dans ⟨la catégorie du⟩ désordonné et du sujet-au-mouvement.

Il est possible de voir le critère de chacun des deux :

le cœur exempt de tremblement
Propre à la vérité bellement circulaire[1],

critère de l'intelligible et de ce qui demeure toujours semblable, et

les opinions des mortels, dans lesquelles
Il n'est rien qui soit vrai ni digne de crédit[2],

étant donné que les opinions ont commerce avec des objets susceptibles de changements variés, d'affections et de dissemblances. (*Contre Colotès*, XIII, 1114 D.)

Simplicius.

Il qualifie ce discours[3] de *relevant de l'opinion et de trompeur,* non pas en tant que faux absolument, mais en tant que tombant de la vérité intelligible dans le phénomène et dans le sensible sujet à l'opinion. (*Commentaire sur la Physique d'Aristote*, 39, 10.)

Parmi ceux qui [parlent de principes] limités, certains considèrent qu'il y en a deux, comme Parménide dans ses vers relatifs à l'opinion, où il admet le feu et la terre, ou plutôt la lumière et l'obscurité. (*Ibid.*, 25, 15.)

XXXV

Aristote.

Ceux qui, comme Parménide, font appel dès le commencement à deux principes, le feu et la terre, font des intermédiaires des mélanges de ces éléments : tel est le cas de l'air et de l'eau. (*De la génération et de la corruption*, II, III, 330 *b* 13.)

Étant donné que, d'après eux, le chaud exerce naturellement une fonction séparante et le froid une action rassemblante, et étant donné que chacun des autres éléments est naturellement sujet à l'agir et au pâtir, c'est à partir d'eux et grâce à eux qu'ils expliquent la génération et la corruption de toutes les autres choses. (*Ibid.*, II, IX, 336 *a* 3.)

Cicéron.

Parménide pense que c'est le feu qui meut et que la terre reçoit de lui sa forme[4]. (*Premiers académiques*, II, XXXVII, 118.)

XXXVI

Aétius.

Parménide et Mélissos, etc., pensent que le monde eſt un. (*Opinions*, II, I, 2.)

Xénophane, Parménide, Mélissos pensent que le monde eſt inengendré, éternel et incorruptible. (*Ibid.*, II, IV, 11.)

XXXVII

Aétius.

Parménide disait qu'il exiſte des couronnes faites d'entrelacs et concentriques, l'une formée du ténu, l'autre formée du dense. Entre elles se trouvent d'autres couronnes formées d'un mélange de lumière et d'obscurité. Et ce qui les contient toutes eſt un solide comparable à un *rempart*, sous lequel se trouve une couronne de feu; et au milieu de toutes se trouve un solide, ceint de nouveau d'une autre [couronne] de feu. La couronne la plus centrale parmi les couronnes résultant du mélange, eſt pour toutes le ⟨principe⟩ et la ⟨cause⟩ du mouvement et de la génération, qu'il dénomme

Divinité
Qui régit toutes choses[1],
[qui] en détient les clefs[2],
Dikè et Nécessité[3].

L'air se forme par une séparation de la terre, due à une évaporation provoquée par sa contraction violente, alors que le Soleil et la Voie lactée sont une exhalaison de feu[4]; la Lune eſt un mélange conſtitué de ces deux exhalaisons, celle de l'air et celle du feu. L'éther lui, eſt rassemblé dans la région la plus haute et c'eſt au-dessous de lui que se trouve placée la subſtance ignée à laquelle nous donnons le nom de ciel, sous lequel alors se trouvent elles-mêmes placées les sphères terreſtres[5]. (*Opinions*, II, VII, I.)

Cicéron.

Car Parménide se trompe assurément quand il fait ressembler à une couronne, qu'il appelle *ſtéphanè*[6], la sphère de feu et de lumière dont la fonction eſt d'envelopper[7], et qui entoure le ciel, sphère à laquelle il donne le nom de Dieu. On ne peut cependant s'imaginer trouver en elle aucune figure divine, non plus qu'aucun sens. Et il forge de nombreux monstres de cette sorte, n'hésitant pas à rapporter à Dieu la guerre, la discorde, le désir[1], et d'autres choses du même genre, dont viennent pourtant à bout la maladie, le sommeil, l'oubli et la vieillesse. Et il affirme les mêmes choses des astres ; mais je ne répète pas une critique déjà formulée ailleurs[2]. (*De la nature des dieux*, I, xi, 28.)

XXXVIII

Aétius.

Parménide, Héraclite, Strabon, Zénon pensent que le ciel est fait de feu[3]. (*Opinions*, II, xi, 4.)

XXXIX

Aétius.

Parménide et Héraclite pensent que les astres sont des condensations de feu. (*Opinions*, II, xiii, 8.)

XL

Anonyme de Byzance.

Parmi les étoiles fixes dont la rotation accompagne celle de l'univers, les unes échappent à notre désignation et à notre perception, comme l'a dit justement le philosophe de la nature Parménide; quant aux autres, qui sont désignées par un nom jusqu'à la sixième grandeur, elles sont au nombre de mille, selon Aratos. (Éd. Treu, p. 52, 19.)

XL *a*

Aétius.

Parménide place au premier rang Éos, qu'il estime lui-même être identique à Vesper[4]. Après Éos, il place le Soleil, sous lequel il range les astres contenus dans ⟨la sphère⟩ ignée, qu'il appelle *justement ciel*. (*Opinions*, II, xv, 4.)

Diogène Laërce.

Pythagore est le premier à avoir dit que Vesper et Lucifer ne sont qu'une seule et même étoile, ainsi que l'affirme Parménide[5]. (*Vies*, VIII, 14.)

XLI

Aétius.

Parménide et Métrodore pensaient que le Soleil est fait de feu. (*Opinions*, II, xx, 8.)

XLII

Aétius.

Parménide pensait que la Lune est faite de feu. (*Opinions*, II, xxv, 3.)

Parménide pensait que la Lune est égale au Soleil, car c'est de lui qu'elle tire son éclat. (*Ibid.*, II, xxvi, 2.)

Thalès fut le premier à déclarer que la Lune est illuminée par le Soleil. Pythagore et Parménide de même[1]. (*Ibid.*, II, xxviii, 5.)

XLIII

Aétius.

Parménide pensait que le Soleil et la Lune se sont formés par séparation de la Voie lactée, et que celui-ci est formé à partir d'un mélange subtil qui est chaud, alors que celle-là est formée d'un mélange dense qui est froid. (*Opinions*, II, xx, 8 *a*.)

XLIII *a*

Aétius.

Parménide pensait que la couleur laiteuse est un effet du mélange du dense et du léger. (*Opinions*, III, i, 4.)

XLIV

Diogène Laërce.

C'est sans doute Pythagore qui a donné le premier le nom de *monde* au ciel et qualifié la Terre de *sphérique,* alors que pour Théophraste, c'est Parménide, et pour Zénon, Hésiode. (*Vies*, VIII, 48.)

Aétius.

Parménide et Démocrite pensent qu'étant donné que [la Terre] est en tous sens également distante, elle demeure en repos et en équilibre, car il n'y a pas de cause susceptible de la faire pencher plutôt d'un côté que de l'autre. Telle est l'unique raison pour laquelle elle subit des secousses[1] sans pour autant se mouvoir. (*Opinions*, III, xv, 7.)

Anatolios d'Alexandrie.

En outre, les pythagoriciens pensaient qu'au centre des quatre éléments se trouvait un certain cube de feu participant à l'unité, dont Homère connaissait la position médiane, comme l'atteste ce vers de l'*Iliade* :

Sous l'Hadès aussi loin que le ciel de la Terre[2].

Il semble que, sur ce point, les disciples d'Empédocle et de Parménide et, pour ainsi dire, la plupart des anciens savants aient adopté la thèse des pythagoriciens, en affirmant que la nature unitaire occupe une position centrale à l'instar du foyer et que, parce qu'elle est en équilibre, elle garde la même place[3]. (*De la décade,* p. 30, éd. Heiberg.)

XLIV *a*

Strabon.

Posidonius déclare que Parménide fut le premier à diviser la Terre en cinq zones; mais que celui-ci a presque doublé la largeur de la zone torride (celle comprise entre les tropiques) en surestimant l'intervalle entre les deux tropiques, qu'il a fait déborder de leurs limites pour mordre sur les zones tempérées. (*Géographie*, I, 94.)

Aétius.

Parménide est le premier à avoir délimité les régions habitables de la Terre par les deux ceintures tropicales. (*Opinions*, III, xi, 4.)

XLV

Macrobe.

Parménide pensait que l'âme est faite de terre et de feu. (*Songe de Scipion*, I, xiv, 20.)

Aétius.

Parménide et Hippase pensaient que l'âme est faite de feu. (*Opinions*, IV, iii, 4.)

Parménide plaçait l'hégémonique[1] dans la totalité de la poitrine. (*Ibid.*, IV, v, 5.)

Parménide, Empédocle et Démocrite identifiaient l'âme et l'intellect. D'après eux, il n'était pas possible qu'il existe un animal totalement dépourvu de raison. (*Ibid.*, IV, v, 12.)

XLVI

Théophraste.

1. Touchant la sensation, les thèses le plus souvent et le plus généralement répandues sont au nombre de deux; car, pour les uns, elle est produite par le semblable, pour les autres, par le contraire. Pour Parménide, Empédocle et Platon, elle est produite par le semblable; pour Anaxagore et Héraclite par le contraire. [...] 3. Parménide en effet n'a pas été parfaitement clair sur ce point et s'est borné à indiquer qu'étant donné deux éléments, la connaissance se conforme à l'élément qui l'emporte. Car, pour peu que le chaud ou le froid l'emporte, la conscience change de caractère, meilleure et plus pure étant celle qui résulte du chaud. Cependant, une certaine proportion doit être respectée :

> *Car tout comme chacun a son propre mélange [...]*
> *l'en-plus est la pensée*[2].

Car il estime que sentir et penser sont une même chose. C'est pourquoi le souvenir et l'oubli dérivent d'eux en fonction du mélange. Mais dans le cas où les deux éléments sont en quantité égale, il n'est pas parvenu à définir s'il y aura alors, ou non, pensée, et en quoi consiste la disposition ⟨qui permet de penser⟩. Qu'il fait dépendre la sensation du contraire considéré en lui-même, cela est évident quand il dit que le cadavre est privé de sensation au regard de la lumière, du chaud et du son, du fait de la privation du feu. Mais en revanche, il a, selon lui, la sensation du froid, du silence et des autres contraires. En outre, tout être possède en général une certaine faculté de connaître. C'est ainsi qu'il a cru pouvoir, par sa théorie, écarter les difficultés résultant de sa position. (*Du sens*, 1 et 3.)

XLVI *a*

Aétius.

Parménide affirmait que la vieillesse provient de la diminution progressive du chaud. (*Opinions*, V, xxx, 4.)

XLVI *b*

Tertullien.

Empédocle et Parménide pensaient que le sommeil est un refroidissement[1]. (*De l'âme*, 45.)

XLVII

Aétius.

Parménide, Empédocle, Anaxagore, Démocrite, Épicure et Héraclide estimaient que les sensations particulières se produisent conformément aux calibres des pores, lorsque le sensible propre vient s'accorder à chaque sens. (*Opinions*, IV, IX, 6.)

XLVIII

Aétius.

Hipparque affirme que des rayons partent des deux yeux, et entrant en contact avec les corps extérieurs, tout comme le feraient des mains touchant les choses, s'y ajustent pour donner au sens de la vue la perception de ces corps. Quelques-uns attribuent cette opinion à Pythagore, la tenant pour l'un des points les plus assurés de son enseignement, et en outre à Parménide qui l'aurait exprimée dans ses vers. (*Opinions*, IV, XIII, 9-10.)

XLIX

Philodème.

Non plus selon Parménide et Mélissos, qui pensent que l'univers est un, et du fait que les sens sont trompeurs. (*Rhétorique*, fragment incertain, éd. Sudhaus, II, 69.)

Aétius.

Pythagore, Empédocle, Xénophane, Parménide disaient que les sens sont trompeurs. (*Opinions*, IV, IX, 1.)

L

Aétius.

Parménide et Empédocle[2] pensaient que l'appétit est produit par un manque de nourriture. (*Opinions*, IV, IX, 14.)

LI

Censorinus.

Empédocle [...] confirme une telle opinion. D'abord les membres sont sortis un à un et pêle-mêle de la terre, qui en était pour ainsi dire grosse; ensuite, ils s'unirent et constituèrent la matière d'un homme entier, formée d'un mélange à la fois de feu et d'humidité. [...] Cette même opinion fut aussi celle de Parménide d'Élée, qui ne s'écarte de celle d'Empédocle que par de petits détails[1]. (*Du jour de la naissance*, IV, 7-8.)

LII

Aristote.

Certains déclarent que les animaux aquatiques sont plus chauds que les animaux terrestres, car ils pensent que la froideur du milieu où ils vivent est compensée par la chaleur de leur nature, et ils déclarent que les animaux dépourvus de sang sont plus chauds que les animaux sanguins, et les femelles plus chaudes que les mâles. Ainsi par exemple Parménide et quelques autres déclarent que les femmes sont plus chaudes que les hommes parce que les menstrues viennent de la chaleur et de l'abondance du sang. En revanche, Empédocle est d'un avis contraire. (*Parties des animaux*, II, II, 648 *a* 25.)

LIII

Aétius.

Parménide est d'un avis contraire[2]. Pour lui, les régions septentrionales ont produit des individus mâles (car elles participent davantage au dense) tandis que les régions méridionales ont engendré les individus femelles à cause de leur participation au rare. (*Opinions*, V, VII, 2.)

Anaxagore et Parménide pensent que la semence en provenance du testicule droit se trouve projetée sur la partie droite de la matrice, alors que celle en provenance du testicule gauche se trouve projetée sur la partie gauche. Si cette projection vient à s'intervertir, alors est engendré un individu femelle[3]. (*Ibid.*, V, VII, 4.)

Censorinus.

L'origine de la semence est une question sur laquelle les professeurs de sciences n'ont pas une doctrine arrêtée. Car Parménide a estimé qu'elle provient tantôt du testicule droit, tantôt du testicule gauche[1]. (*Du jour de la naissance*, v, 2.)

LIV

Aétius.

Parménide pensait que, lorsque l'embryon se détache de la partie droite de la matrice, les enfants ressemblent à leur père et que, lorsqu'il se détache de la partie gauche, ils ressemblent à leur mère. (*Opinions*, V, xi, 2.)

Censorinus.

D'ailleurs Parménide pense que, lorsque la semence provient du testicule droit, les fils ressemblent à leur père, et du testicule gauche, à leur mère. (*Du jour de la naissance*, vi, 8.)

Parménide a inventé l'explication selon laquelle, dans la lutte du principe femelle et du principe mâle, c'est au principe victorieux que le rejeton ressemble. (*Ibid.*, vi, 5.)

Lactance.

C'est ainsi que, d'après eux, se produisent les différences naturelles : lorsque par hasard la semence du mâle vient tomber sur la partie gauche de la matrice, c'est, d'après eux, un individu mâle qui se trouve engendré ; mais, étant donné qu'il se trouve conçu dans la partie proprement féminine[2], il comporte en lui quelque chose de féminin qui impose sa loi à la dignité mâle : c'est ou bien une beauté que l'on remarque trop, ou bien un excès de pâleur, ou une faiblesse du corps, ou une finesse des membres, ou une taille petite, ou la voix faible, ou l'esprit débile, ou plusieurs de ces dommages à la fois. De même, si la semence destinée à engendrer un individu femelle vient à couler dans la partie droite de la matrice, c'est bien une femme qui se trouve engendrée ; mais étant donné qu'elle est conçue dans la partie masculine, elle possède une part de virilité qui outrepasse la mesure permise à son sexe : elle a soit les membres robustes, soit une taille excessive, soit un teint basané, soit des traits grossiers, soit une physionomie disgracieuse, soit une voix grave, soit une âme ferme, soit plusieurs de ces défauts ensemble[3]. (*De l'œuvre de Dieu*, xii, 12.)

B. FRAGMENTS

DE LA NATURE

I

Sextus Empiricus.

Son disciple[1] Parménide repoussa la raison dérivée de l'opinion, je veux dire celle qui comporte des notions dépourvues de force, et posa comme hypothèse que le critère est constitué par la raison savante, c'est-à-dire par la raison invariable ; aussi refusa-t-il d'accorder crédit aux sens. Aussi commence-t-il par écrire au début du *De la nature* :

Les cavales qui m'emportent, m'ont entraîné
Aussi loin que mon cœur en formait le désir,
Quand, en me conduisant, elles m'ont dirigé
Sur la voie renommée de la Divinité[2],
Qui, de par les cités[3], *porte l'homme qui sait.*
J'en ai suivi le cours ; sur elles m'ont porté,
Attelés à mon char, les sagaces coursiers.
Des jeunes filles nous indiquaient le chemin.
L'essieu brûlant des roues grinçait dans les moyeux,
Jetant des cris de flûte. (Car, de chaque côté,
Les deux cercles des roues rapidement tournaient),
Cependant que déjà les filles du Soleil,
Qui avaient délaissé les palais de la Nuit,
Couraient vers la lumière en me faisant cortège,
Écartant de la main les voiles qui masquaient
L'éclat de leur visage.
Là se dresse la porte
Donnant sur les chemins de la Nuit et du Jour.
Un linteau et un seuil de pierre la limitent.
Quant à la porte même, élevée vers le ciel,
C'est une porte pleine, aux battants magnifiques,
Et Dikè, aux nombreux châtiments, en détient
Les clefs, dans les deux sens contrôlant le passage.
Pour la séduire et la gagner, les jeunes filles
Usèrent à son chef de caressants propos,
Afin d'habilement la persuader d'ôter,
Rien qu'un petit instant, le verrou de la porte.
La porte bascula, ouvrant un large espace
Entre les deux battants, en faisant pivoter

Les gonds de bronze ciselé sur leurs paumelles
Retenues par des clous et d'épaisses chevilles.
C'est alors que, par là, tout droit, les jeunes filles
Poussèrent à s'engouffrer le char et les cavales
Sur la route déjà tracée par des ornières.
La déesse, avec bienveillance, me reçut.
Elle prit ma main droite en sa main et me dit :
« Jeune homme, toi qui viens ici, accompagné
De cochers immortels, porté par des cavales,
Salut! Car ce n'est point une Moire ennemie,
Qui t'a poussé sur cette voie (hors des sentiers
Qu'on voit communément les hommes emprunter),
Mais Thémis et Dikè[1]*. Apprends donc toutes choses,*
Et aussi bien le cœur exempt de tremblement
Propre à la vérité bellement circulaire,
Que les opinions des mortels, dans lesquelles
Il n'est rien qui soit vrai ni digne de crédit;
Mais cependant aussi j'aurai soin de t'apprendre
Comment il conviendrait que soient, quant à leur être,
En toute vraisemblance[2]*, lesdites opinions,*
Qui toutes vont passant toujours[3]*. »*

Dans ces vers, Parménide affirme que *Les cavales qui [l'] emportent* sont les impulsions irrationnelles de l'âme, ainsi que les appétits, et que la *voie renommée de la Divinité* qu'il parcourt, est celle de la spéculation conforme à la raison philosophique qui, en tant que raison, s'efforce, à la façon d'une divine conductrice, de le guider dans la connaissance de toutes choses. Les *jeunes filles* qui l'ont conduit sont les sens; la formule :

Car, de chaque côté
Les deux cercles des roues rapidement tournaient

désigne les oreilles qui servent à percevoir le son; il a appelé les yeux

les filles du Soleil
Qui avaient délaissé les palais de la Nuit

et a dit qu'elles *couraient vers la lumière*, parce que, sans lumière, il est impossible de faire usage des yeux.

La rencontre de

Dikè, aux nombreux châtiments, qui *en détient*
Les clefs, dans les deux sens contrôlant le passage,

est celle de l'entendement, qui est garant de la validité des perceptions sensibles. Celle-ci[1], après l'avoir *avec bienveillance [...] reçu,* lui promet de lui enseigner deux choses :

Et aussi bien le cœur exempt de tremblement
Propre à la vérité bellement circulaire,

c'est-à-dire le siège inébranlable de la science,

Que les opinions des mortels dans lesquelles
Il n'est rien qui soit vrai ni digne de crédit,

c'est-à-dire tout ce qui gît en l'opinion, puisque rien n'est assuré. (*Contre les mathématiciens*, VII, 111-114.)

Simplicius.

Ces célèbres penseurs posaient la réalité d'une substance double : l'une étant celle de ce qui est au sens fort de l'être, à savoir l'intellect, l'autre celle de ce qui est engendré et sensible, dont ils n'estimaient pas qu'elle puisse être dite un être au sens absolu, mais simplement un opinable. C'est pourquoi il déclare que l'être est la vérité, et l'engendré l'opinion. Parménide dit donc :

[28] *Apprends donc toutes choses,*
Et aussi bien le cœur exempt de tremblement
Propre à la vérité bellement circulaire,
[30] *Que les opinions des mortels, dans lesquelles*
Il n'est rien qui soit vrai ni digne de crédit;
Mais cependant aussi j'aurai soin de t'apprendre
Comment il conviendrait que soient, quant à leur être,
En toute vraisemblance, lesdites opinions,
Qui toutes vont passant toujours.

(*Commentaire sur le Traité du ciel d'Aristote*, 557, 20.)

II

Proclus.

Et de nouveau :

Viens, je vais t'indiquer – retiens bien les paroles
Que je vais prononcer – quelles sont donc les seules
Et concevables voies s'offrant à la recherche.
La première, à savoir qu'il est et qu'il ne peut
Non être, c'est la voie de la persuasion,

Chemin digne de foi qui suit la vérité;
La seconde, à savoir qu'il n'est pas, et qu'il est
Nécessaire au surplus qu'existe le non-être,
C'est là, je te l'assure, un sentier incertain
Et même inexplorable : en effet le non-être
(Lui qui ne mène à rien) demeure inconnaissable
Et reste inexprimable.

(*Commentaire sur le Timée de Platon*, I, 345, 18.)

Simplicius.

Si l'on désire entendre Parménide énoncer lui-même ses prémisses, et en particulier celle qui énonce qu'outre l'être, il n'y a que le non-être et le néant, ce qui revient à dire que l'être se dit d'une manière univoque, on en trouvera l'expression dans ces vers :

La première, à savoir qu'il est [...]
Et reste inexprimable.

(*Commentaire sur la Physique d'Aristote*, 116, 25.)

III

Clément d'Alexandrie.

Aristophane disait :

Car agir et penser équivalent au même.

et, avant lui, Parménide d'Élée :

[...] Car même chose sont et le penser et l'être.

(*Stromates*, VI, 23.)

Plotin.

Jadis, Parménide était lui aussi partisan d'une telle doctrine, pour autant qu'il réduisait au même l'être et l'intellect et renonçait à poser l'être dans les sensibles. En disant : *Car [...] être*, il dit que l'être est immobile, et, bien qu'il lui ajoute le penser, il lui enlève tout mouvement corporel[1]. (*Ennéades*, V, 1, 8.)

IV

Clément d'Alexandrie.

Et encore Parménide, dans son *Poème*, dit, faisant allusion à l'espérance :

Mais vois pourtant comme les choses absentes
Du fait de l'intellect imposent leur présence ;

De l'être auquel il tient on ne pourra jamais
Séparer l'être, soit pour le laisser aller
S'éparpiller un peu partout de par le monde,
Soit pour le rassembler,

puisque celui qui espère, comme celui qui a la foi, voit par la pensée les intelligibles et les futurs. Donc, si nous affirmons que quelque chose eſt juſte et que quelque chose eſt beau, nous disons qu'il en eſt ainsi de cette chose en vérité. Et pourtant, nous ne voyons jamais par les yeux aucun de ces intelligibles, et ne les appréhendons que par l'intelleƈt. (*Stromates*, V, 15.)

V

Proclus.

Il m'eſt égal
De devoir commencer par un point ou un autre :
À ce point de nouveau je reviendrai encore[1].

(*Commentaire sur le Parménide de Platon*, 708, 16.)

VI

Simplicius.

Qu'une proposition contradiƈtoire ne puisse pas être vraie en même temps que celle qu'elle contredit[2], il l'assure dans les vers suivants, dans lesquels il critique ceux qui ramènent au même les opposés. Car il dit : *Car l'être eſt en effet* [...] *Je te tiens éloigné.* (*Commentaire sur la Physique d'Ariſtote*, 117, 2.)

Car, après avoir blâmé ceux qui font coïncider l'être et le non-être dans l'intelligible[3],

pour qui
Être et non-être sont pris tantôt pour le même
Et tantôt le non-même,

et après les avoir détournés de la voie qui recherche le non-être :

Écarte ta pensée
De cette fausse voie qui s'ouvre à ta recherche[4],

il poursuit un peu plus loin :

Mais il ne reſte plus à présent qu'une voie [...][5].

(*Commentaire sur la Physique d'Ariſtote*, 78, 2.)

[Fragments restitués.]

Ce qui peut être dit et pensé se doit d'être[1] *:*
Car l'être est en effet, mais le néant n'est pas.
À cela, je t'en prie, réfléchis fortement,
Cette voie de recherche est la première dont
Je te tiens éloigné. Ensuite écarte-toi
[5] *De l'autre voie : c'est celle où errent des mortels*
Dépourvus de savoir et à la double tête ;
En effet, dans leur cœur, l'hésitation pilote
Un esprit oscillant : ils se laissent porter
Sourds, aveugles et sots, foule inepte, pour qui
Être et non-être sont pris tantôt pour le même
Et tantôt le non-même, et pour qui tout chemin
Retourne sur lui-même[2].

VII

On ne pourra jamais par la force prouver
Que le non-être a l'être. Écarte ta pensée
De cette fausse voie qui s'ouvre à ta recherche ;
Résiste à l'habitude, aux abondants prétextes,
Qui pourrait t'entraîner à suivre ce chemin,
Où œil aveugle, sourde oreille et langue encore
Régentent tout ; plutôt, juge avec ta raison
La réfutation pleine de controverse
Que je viens d'exposer.

Platon.

L'ÉTRANGER : Le grand Parménide, mon enfant, à nous qui n'étions encore que des enfants, ne cessa, aussi bien dans ses leçons en prose que dans ses vers, de témoigner que :

On ne pourra jamais par la force prouver
Que le non-être a l'être. Écarte ta pensée
De cette fausse voie qui s'ouvre à ta recherche.

(*Le Sophiste*, 237 *a*.)

Aristote.

Les platoniciens ont cru que tous les êtres ne devaient former qu'une réalité une, à savoir l'être identique, à moins que l'on ne parvînt à réfuter et à abattre la sentence de Parménide :

On ne pourra jamais par la force prouver
Que le non-être a l'être ;

toujours est-il qu'ils jugeaient nécessaire de montrer que le non-être est. (*Métaphysique*, N, II, 1089 *a* 2.)

Sextus Empiricus.

À la fin [de son poème], il signifie clairement que ce n'est pas aux sens, mais à la raison, qu'il convient de se fier ; il dit :

Résiste à l'habitude, aux abondants prétextes [...]
Que je viens d'exposer[1].

(*Contre les mathématiciens*, VII, 114.)

VIII

[Fragment restitué.]

Mais il ne reste plus à présent qu'une voie
Dont on puisse parler : c'est celle du « il est ».
Sur cette voie il est de fort nombreux repères,
Indiquant qu'échappant à la génération,
Il est en même temps exempt de destruction :
Car il est justement formé tout d'une pièce,
Exempt de tremblement et dépourvu de fin.
[5] *Et jamais il ne fut, et jamais ne sera,*
Puisque au présent il est, tout entier à la fois,
Un et un continu. Car comment pourrait-on
Origine quelconque assigner au « il est » ?
Comment s'accroîtrait-il et d'où s'accroîtrait-il ?
Je t'interdis de dire ou même de penser
Que le « il est » pourrait provenir du non-être,
Car on ne peut pas dire ou penser qu'il n'est pas.
Quelle nécessité l'aurait poussé à être
[10] *Ou plus tard ou plus tôt, si c'était le néant*
Qu'il avait pour principe ? Aussi faut-il admettre
Qu'il est absolument, ou qu'il n'est pas du tout.
Jamais non plus la force attachée au discours
Ne pourra concéder que du néant procède
Un être susceptible à lui de s'ajouter ;
Aussi Dikè lui a, l'enserrant dans ses liens,
De naître ou de périr ôté toute licence :
[15] *En fait elle le tient. L'arrêt en la matière*
Stipule simplement : il est ou il n'est pas.
Il est donc notifié, de par nécessité,
Qu'il faut abandonner la voie de l'impensé,
Que l'on ne peut nommer (car celle-ci n'est pas
La voie qui conduirait jusqu'à la vérité),

Et tenir l'autre voie pour la voie authentique,
Réelle et existante. Et comment aussi l'être
Pourrait-il donc périr[1] *? Comment pourrait-il naître ?*
S'il est né en effet, c'est qu'alors il n'est pas,
Et il n'est pas non plus, s'il lui faut être un jour :
Son naître s'évanouit, et sa disparition
Apparaît impossible.
Et il n'est pas non plus
Divisible en effet, puisqu'il est en entier,
Sans avoir çà ou là quelconque chose en plus
Qui pourrait s'opposer à sa cohésion,
Ou quelque chose en moins. Il est tout rempli d'être.
Aussi est-il tout continu. En effet, l'être
Embrasse au plus près l'être.
Or il est immobile,
Pris dans les limites de formidables liens ;
Il est sans commencement et il est sans fin,
Car la génération comme la destruction
Ont été écartées loin de lui, et la foi
Véridique les a, elle aussi, rejetées.
Identique à lui-même en lui-même il repose,
Il est là en lui-même immobile en son lieu ;
Car la Nécessité puissante le retient
Dans les liens l'enchaînant à sa propre limite ;
C'est pourquoi la sentence a été décrétée
Que l'être ne saurait se dispenser de fin.
Il ne manque de rien, en effet. À rebours,
En n'étant pas[2]*, de tout il serait dépourvu.*
Or le penser est identique à ce en vue
De quoi une pensée singulière se forme[3]*.*
On chercherait en vain le penser[4] *sans son être,*
En qui il est un être à l'état proféré.
Car rien d'autre jamais et n'est et ne sera
À l'exception de l'être, en vertu du décret
Dicté par le Destin de toujours demeurer
Immobile en son tout. C'est pourquoi ne sera
Qu'entité nominale ‹et pur jeu de langage›
Tout ce que les mortels, croyant que c'était vrai,
Ont d'un mot désigné : tel naître ou bien périr,
Être et puis n'être pas, changer de position,
Et changer d'apparence au gré de la couleur[5]*.*
Mais puisque existe aussi une limite extrême,
Il est de toutes parts borné et achevé,

Et gonflé à l'instar d'une balle bien ronde,
Du centre vers les bords en parfait équilibre.
Car aussi bien en plus et aussi bien en moins,
Aucune variation ici ou là n'existe.
Car il n'est nul non-être à même d'empêcher
Qu'il atteigne partout son parfait équilibre,
Ni être qui en lui soit en plus ou en moins,
Étant donné qu'il est tout entier inviolable.
En toutes directions il s'égale à lui-même,
Et de même façon il touche à ses limites.
Mais ici je mets fin au discours assuré
Ainsi qu'à la pensée visant la vérité.
Désormais apprends donc l'opinion des mortels
En ouvrant ton oreille à l'ordre harmonieux
Du discours composé pour ton enchantement[1].
Ils ont, par convention[2], *en effet assigné*
À deux formes des noms ; mais des deux cependant
Une n'en est pas digne – et c'est bien en cela
Qu'ils se sont fourvoyés. Car ils ont estimé
Contraires leurs aspects, et leur ont assigné
Des signes qui fondaient leur distinction mutuelle.
Des deux, l'une est le feu éthéré de la flamme,
C'est le feu caressant et c'est le feu subtil,
Identique à lui-même en toutes directions,
Mais qui à l'autre forme identique n'est pas ;
L'autre par son essence à l'exact opposé,
C'est la nuit sans clarté, dense et lourde d'aspect.
Voici, tel qu'il nous semble en sa totalité,
Le système du monde et son arrangement
Que je vais te décrire, afin que nul mortel
N'en sache plus que toi[3].

Simplicius.

Voici la conclusion qui fait suite à la réfutation du non-être :

> *Mais il ne reste plus à présent qu'une voie* [...]
> *Du discours composé pour ton enchantement*[4].

(*Commentaire sur la Physique d'Aristote*, 144, 29.)

Il poursuit :

> *Mais il ne reste plus à présent qu'une voie*
> *Dont on puisse parler : c'est celle du « il est ».*
> *Sur cette voie il est de fort nombreux repères*[5].

Puis il fournit les preuves concernant l'être pris absolument :

> *Indiquant qu'échappant à la génération* [...]
> *De naître ou de périr ôté toute licence*[1].

Ces vers qui concernent l'être pris au sens absolu, sont destinés à apporter la démonstration évidente que cet être-là est inengendré. En effet, il ne procède pas de l'être, car il faudrait alors qu'un autre être lui préexistât. Mais il ne procède pas non plus du néant, car le néant n'existe pas. Et pourquoi aurait-il été engendré alors, et non pas avant ou après? Mais il n'est pas non plus engendré, ainsi que l'engendré est engendré, à partir de ce qui est en un sens être et en un sens non-être[2]. Car, à l'être pris absolument ne saurait préexister ce qui est en un sens être et en un sens non-être, mais il n'existe qu'après l'être pris absolument[3]. (*Commentaire sur la Physique d'Aristote*, 78, 5.)

Clément d'Alexandrie.

Parménide [...] écrit en substance à propos de Dieu :

> *De fort nombreux repères* [...]
> *Exempt de tremblement et dépourvu de « génération*[4] ».

(*Stromates*, V, 113.)

Platon.

D'autres leur ont opposé des propos contraires :

> *Immobile est le nom où se parfait le tout*[5]

et maints autres propos où les Mélissos[6] et les Parménide s'opposent à eux tous, avec beaucoup de force. (*Théétète*, 180 *d*.)

Simplicius.

Puisque l'Un est *tout entier à la fois*[7], et borné par *une limite extrême*[8]. (*Commentaire sur la Physique d'Aristote*, 147, 13.)

Platon.

Si donc [l'un] est tout, ainsi que le dit Parménide,

> *Et gonflé à l'instar d'une balle bien ronde* [...]
> *Aucune variation ici ou là n'existe*[9].

Si du moins il est tel, l'être occupe à la fois le milieu et les extrémités. (*Le Sophiste*, 244 *e*.)

Eudème.

De telle sorte qu'il n'y a nullement correspondance entre la réalité du ciel et les propos de Parménide que certains, au dire d'Eudème, admettent, en l'entendant affirmer qu'il est *de toutes parts* [...] *gonflé à l'instar d'une balle bien ronde*[1]. Car le ciel n'est pas indivisible et n'est nullement comparable à une balle : il est seulement la sphère la plus parfaitement exacte que l'on puisse trouver dans la nature. (Cité par Simplicius, *Commentaire sur la Physique d'Aristote*, 143, 4.)

Aristote.

On doit penser que la pensée de Parménide est préférable à celle de Mélissos. Ce dernier déclare que l'illimité est le tout, alors que, pour Parménide, le tout est limité,

Du centre vers les bords en parfait équilibre[2].

(*Physique*, III, VI, 207 *a* 15.)

Simplicius.

Parménide, mettant un point final à son propos concernant l'intelligible, conclut ainsi :

Mais ici je mets fin au discours assuré [...]
N'en sache plus que toi[3].

(*Commentaire sur la Physique d'Aristote*, 38, 28.)

Au moment d'abandonner les réalités intelligibles pour se tourner vers les réalités sensibles, ou, selon ses propres termes, d'abandonner la vérité pour se tourner vers l'opinion, Parménide dit :

Mais ici je mets fin au discours assuré [...]
Du discours composé pour ton enchantement[4].

Dans ces vers, il a posé comme principes élémentaires des choses engendrées la première opposition qu'il estime être celle *de la lumière et de l'obscurité*, du feu et de la terre, du dense et du rare, du même et de l'autre, disant, à la suite des vers cités plus haut :

Ils ont, par convention [...]
C'est la nuit sans clarté, dense et lourde d'aspect[5].

(*Commentaire sur la Physique d'Aristote*, 30, 13.)

Pour ton enchantement : tel est le qualificatif qu'il applique à son *discours composé* à propos de *l'opinion des mortels*[6]. (*Commentaire sur la Physique d'Aristote*, 147, 28.)

Car Parménide, dans ses vers à propos de l'opinion, fait du chaud et du froid des principes. Il leur donne encore les noms de *feu* et de *terre*, de *lumière* et de *nuit* ou obscurité. Car il dit, à la suite de ses vers concernant la vérité :

Ils ont, par convention [...]
C'est la nuit sans clarté, dense et lourde d'aspect[1].

(*Commentaire sur la Physique d'Aristote*, 179, 31.)

[Scolie.]

Entre ces vers[2] se trouve aussi introduite une brève notation en prose, qui paraît être de Parménide lui-même, et qui dit : « Par l' *une*[3] , il désigne le rare, le chaud, la *lumière* , le [feu] *caressant* et léger; par le *dense* , il désigne le froid, l' *obscurité* , le dur et le pesant. Ces deux formes se séparent mutuellement par discrimination[4]. (À Simplicius, *Commentaire sur la Physique d'Aristote*, 31, 3.)

IX

Simplicius.

Quelques vers plus loin, il reprend :

Puisque toutes choses ont nom lumière et nuit,
Et puisque telle ou telle a, selon sa puissance,
Reçu tel ou tel nom, toute chose est remplie
À la fois de lumière et de nuit obscure,
L'une et l'autre ayant part égale en sa nature,
Puisque rien ne saurait exister qui n'ait part
À l'une ni à l'autre.

Or, si *rien ne saurait exister qui n'ait part / à l'une ni à l'autre* , il montre que toutes les deux sont principes et sont des opposés[5]. (*Commentaire sur la Physique d'Aristote*, 180, 8.)

X

Clément d'Alexandrie.

Une fois parvenu à l'authentique connaissance[6], que le postulant prête l'oreille à la promesse de Parménide d'Élée :

Tu connaîtras aussi la nature du ciel,
Et la totalité des signes qu'il contient,
Les effets consumants de la torche brillante

Et pure du Soleil, et d'où vient qu'ils sont nés.
Tu connaîtras aussi les travaux vagabonds
De la Lune à l'œil rond, ainsi que sa nature;
Tu connaîtras enfin l'enveloppe céleste,
Avec son origine, et comment, dirigée
Par la Nécessité, elle a dû contenir
Les limites des astres.

(*Stromates*, V, 138.)

Plutarque.

Lui, du moins, a construit un système du monde et, en mélangeant les éléments que sont le lumineux et l'obscur, parvient à rendre raison à partir d'eux et grâce à eux de tous les phénomènes. Car il a beaucoup parlé de la Terre, ainsi que du ciel, du Soleil, de la Lune et des astres; et il a amplement traité de la génération des hommes. Il n'est pas de matière importante qu'il ait laissée dans l'ombre, ⟨ce qui est très remarquable⟩ quand on songe qu'il est un philosophe de la nature fort ancien, qui expose une doctrine qu'il tire de son fonds propre, au lieu de réfuter la doctrine d'un autre. (*Contre Colotès*, XIII, 1114 B.)

XI

Simplicius.

Parménide, à ce que l'on affirme, commence, à propos des choses sensibles, par dire :

Comment la Terre et le Soleil, avec la Lune,
Le ciel commun à tous, la Voie lactée, l'Olympe
Reculé et la force ardente des étoiles
S'élancèrent à naître.

Puis il rend compte de la génération des êtres soumis à la génération et à la corruption, en allant jusqu'aux parties des animaux[1]. (*Commentaire sur le Traité du ciel d'Aristote*, 559, 20.)

XII

Simplicius.

Quelques vers plus loin, après avoir parlé des deux éléments[2], il introduit la cause efficiente en disant :

Les plus étroits anneaux sont remplis d'un feu pur;
Ceux qui viennent après, de nuit; dans l'intervalle

Une portion de feu se trouve répandue.
Au milieu des anneaux est la Divinité[1]
Qui régit toutes choses.

(*Commentaire sur la Physique d'Aristote*, 39, 12.)

Quant à la cause efficiente, non seulement celle des réalités corporelles sujettes à la génération, mais celle des choses incorporelles qui complètent la génération, Parménide s'en exprime clairement en disant :

Ceux qui viennent après, de nuit ; dans l'intervalle
Une portion de feu se trouve répandue.
Au milieu des anneaux est la Divinité
Qui régit toutes choses. Partout elle est principe,
À la fois de naissance aux cruelles douleurs
Comme d'accouplement, projetant la femelle
À l'encontre du mâle, afin de s'accoupler,
Et, de même, le mâle auprès de la femelle.

(*Ibid.*, 31, 10.)

Il pose comme cause efficiente une et commune la *Divinité* dont le siège se trouve *Au milieu des anneaux* et qui est cause de toute génération.

(*Ibid.*, 34, 14.)

XIII

Platon.

Parménide dit de la génération :

Avant les autres dieux elle conçut Éros [...]

(*Le Banquet*, 178 *b*.)

Aristote.

On peut soupçonner Hésiode d'avoir le premier recherché une telle solution[2], et avec lui tous ceux qui, quels qu'ils soient, ont posé parmi les êtres l'amour ou le désir comme principe, comme par exemple Parménide. Celui-ci, en effet, formant un modèle de la génération de l'univers, déclare :

Avant les autres dieux elle conçut Éros [...]

(*Métaphysique*, A, IV, 984 *b* 23.)

Plutarque.

Aussi Parménide déclare-t-il qu'Éros est la plus ancienne des créatures d'Aphrodite, écrivant dans sa cosmogonie :

Avant les autres dieux elle conçut Éros[...]

(*De l'amour*, XIII, 756 F.)

Simplicius.

Il déclare que la Divinité est la cause des dieux, en disant :

Avant les autres dieux elle conçut Éros...

[Et il ajoute] qu'elle envoie les âmes tantôt en les projetant des régions lumineuses dans les ténèbres, tantôt selon la voie inverse, de nouveau[1]. (*Commentaire sur la Physique d'Aristote*, 39, 18.)

XIV

Plutarque.

Car celui qui dit que le fer incandescent n'est pas le feu, ou que la Lune n'est pas le Soleil, mais que, d'après Parménide,

Brillante dans la nuit d'un éclat emprunté
Elle va autour de la Terre,

celui-là n'abolit ni l'usage du fer, ni la réalité de la Lune. (*Contre Colotès*, XV, 1116 A.)

XV

Plutarque.

Parmi la foule des astres qui peuplent le ciel, la Lune est, d'après Parménide, la seule à suivre son cours en ayant besoin d'une lumière étrangère :

Sans cesse elle regarde en direction des rais
Du Soleil.

(*De la face qui apparaît dedans le rond de la Lune*, XVI, 929 A.)

XV *a*

[Scolie.]

« Si l'on suppose que l'eau est ce qui soutient la Terre. » Parménide, dans son œuvre en vers, disait que la Terre

Plonge dans l'eau ses racines.

(À saint Basile, 25, éd. Pasquali, *Göttinger Nachrichten*, 1910, 2, p. 201.)

XVI

Aristote.

Car tout comme chacun a son propre mélange,
Donnant leur qualité aux membres qui se meuvent,
De même l'intellect se rencontre chez l'homme.
Car la chose consciente et la chair ⟨ou substance⟩
Dont nos membres sont faits, sont une même chose
En chacun comme en tout : l'en-plus est la pensée[1].

(*Métaphysique*, Γ, v, 1009 *b* 21.)

XVII

Galien.

L'opinion selon laquelle le mâle est conçu dans la partie droite de la matrice, est partagée encore par d'autres auteurs anciens. Parménide en effet disait[2] :

À droite les garçons et à gauche les filles.

(*Sur les Épidémies d'Hippocrate*, VI, 48.)

XVIII

Célius Aurélien.

Parménide, dans ses livres *De la nature*, dit qu'à l'issue de la grossesse, il arrive que soient engendrés des hommes efféminés et manquant de caractère. Il y a sur ce sujet un petit fragment de poème composé en grec, que je m'en vais traduire en vers. J'ai donné à mes vers latins le plus de ressemblance possible avec le grec, pour que la tournure latine usuelle ne crée pas de confusion :

Quand ensemble homme et femme en même temps mélangent
Les semences d'amour, ou présents de Vénus,
La puissance versant dans la veine[3] *un mélange*
Des deux sangs différents, doit savoir conserver
Un parfait équilibre, afin que leur enfant
Ait un corps bien bâti. Si les puissances propres
Aux semences mêlées se livrent un combat,
Renonçant à s'unir dans le corps de l'enfant,
Elles mettent à mal l'embryon assailli
Par le conflit des sexes.

En effet, Parménide veut qu'il existe, en plus des matériaux des semences, des puissances[1] dont le mélange aboutit à la création d'une unique puissance dans un même corps, et à la naissance d'une volonté en harmonie avec le sexe. En revanche, si une fois achevé le mélange de la semence corporelle, les puissances naturelles demeurent séparées, il en naît des êtres sujets à une double tendance amoureuse. (*Des maladies chroniques*, IV, 9, éd. Sichard, p. 116.)

XIX

Simplicius.

Après avoir décrit l'organisation du monde des choses sensibles, Parménide ajoute encore :

C'est de cette façon qu'aux yeux de l'opinion
Les choses sont ainsi venues à existence,
Existent à présent et désormais devront
Croître encore et périr. Chaque chose a reçu,
De par le fait de l'homme, un nom déterminé
En signe distinctif.

(*Commentaire sur le Traité du ciel d'Aristote*, 558, 8.)

FRAGMENT DOUTEUX

XX

Hippolyte.

Minces, dit-il[2], sont les mystères de l'infernale Perséphone. Touchant ces mystères et la voie qui conduit là-bas, « large et plaisante », et qui porte vers Perséphone ceux qui ont péri, le poète dit encore :

Et sous la terre encore il est un dur sentier,
Escarpé, creux, fangeux. Il est pourtant celui
Qui peut le mieux conduire au bocage charmant
De la sainte Aphrodite.

(*Réfutation de toutes les hérésies*, V, 8)

FRAGMENTS APOCRYPHES

XXI

Aétius.

Sur la face visible de la Lune, pourquoi elle a une apparence terreuse. [...] Pour Parménide, la cause en est le mélange d'obscurité avec l'élément igné qui l'entoure. C'est pourquoi il qualifie cet astre de *faussement brillant*[1]. (*Opinions*, II, XXX, 4.)

XXII

Suidas.

« Extrêmement » : extraordinairement. Dans Parménide[2] : « terriblement et extraordinairement difficile à en convaincre ». (*Lexique*, « extrêmement ».)

XXIII

Suidas.

C'est, d'après Parménide, le nom que portait autrefois l'acropole de Thèbes en Béotie. (*Lexique*, « Île des Bienheureux ».)

XXIV

Suétone.

Les Telchins [...] Ce sont, d'après certains, des enfants de la mer; pour Parménide, leur origine remonte aux chiens d'Actéon métamorphosés par Zeus en hommes. (*Telchines*, éd. Miller, *Mélanges de littérature grecque*, 417.)

XXV

Stobée.

Mais il[3] est *égal à lui-même partout*. (*Choix de textes*, I, XV, 2.)

ZÉNON D'ÉLÉE

ZÉNON D'ÉLÉE

A. VIE ET DOCTRINE

VIE

I

Diogène Laërce.

25. Apollodore affirme dans ses *Chroniques* qu'il est par le sang fils de Téleutagoras, et par adoption fils de Parménide (Parménide, fils de Pyrès). À son sujet ainsi qu'à celui de Mélissos, Timon déclare :

La grande force inépuisable de Zénon
À la langue pendue pour le pour et le contre[1],
Capable de lutter contre toute doctrine,
Et Mélissos planant dessus les préjugés,
De tous le plus habile, rarement égalé [...].

Zénon fut l'élève de Parménide[2] et devint son mignon. Il était de haute taille, ainsi que l'affirme Platon dans le *Parménide*[3]. Platon ⟨en fait aussi mention⟩ dans *Le Sophiste*[4] et ⟨dans le *Phèdre*⟩ où il l'appelle le Palamède d'Élée[5]. Aristote déclare[6] qu'il est l'inventeur de la dialectique tout comme Empédocle l'est de la rhétorique[7]. 26. Ce fut un personnage fort remarquable aussi bien en philosophie qu'en politique[8], et effectivement on lui attribue des livres pleins d'ingéniosité. Ayant entrepris de renverser le tyran Néarque[9] — d'après d'autres, Diomédon —, il fut arrêté, ainsi que le déclare Héraclide dans son *Abrégé de Satyros*. Interrogé sur ses complices et sur les armes qu'il avait fait livrer à Lipara, il cita les noms de tous les amis du tyran, dans l'intention de l'isoler des siens. Ensuite, sous le prétexte de révélations confidentielles sur certaines personnes, il mordit cruellement le tyran à l'oreille et ne lâcha prise que blessé mortellement, connaissant en cela le même sort qu'Aristogiton le tyrannicide[10]. 27. Démétrios[11] déclare dans ses *Homonymes* que c'est le nez qu'il lui avait coupé. Selon Antisthène dans ses *Successions*, après qu'il eut dénoncé les amis du tyran, ce dernier lui demanda s'il n'oubliait personne. Zénon répondit : « Oui, toi, le fléau de l'État. » Puis se tournant vers les témoins : « Vraiment, votre lâcheté m'étonne : comment pouvez-vous, voyant ce que j'endure, supporter l'esclavage de ce tyran ? » À la fin, il trancha sa propre langue avec ses dents[1] et la lui cracha au visage. À cette vue, les citoyens, transportés de rage, lapidèrent le tyran. C'est à peu de chose près la version de la plupart des historiens. Hermippe pourtant déclare qu'il fut jeté dans un mortier et broyé. Voici l'épigramme que j'ai composée en son honneur :

Oui, Zénon, tu voulais accomplir un exploit,
Tu voulais en frappant un injuste tyran
Libérer à jamais Élée de l'esclavage.
En vain, car ce tyran s'est emparé de toi,
T'a jeté au mortier et broyé sans merci.
Que dis-je, t'a broyé ! Ton corps, oui ! Mais pas toi[2].

Non seulement Zénon fut en toutes choses un homme de bien, mais encore il se montra méprisant à l'égard des puissants, tout autant qu'Héraclite[3]. Aussi préféra-t-il l'ancienne Hyélé, appelée plus tard Élée, petite colonie phocéenne qui était sa patrie, cité modeste ne sachant que nourrir des hommes vertueux, à la superbe Athènes. Aussi ne vint-il pas s'établir à Athènes, mais se contenta-t-il de vivre en sa patrie. 29. Il fut le premier à user de l'argument d'Achille au cours de l'interrogatoire dialectique[4]. D'après Favorinus, ce mérite revient à Parménide et à beaucoup d'autres.

Voici en quoi consiste sa doctrine : Il existe plusieurs mondes[5], mais le vide n'existe pas. Toutes choses tirent leur nature du chaud, du froid, du sec et de l'humide, qui se changent mutuellement les uns en les autres[6]. La génération des hommes s'est produite à partir de la terre et l'âme s'est constituée par un mélange[7] des quatre éléments, sans qu'aucun ne prédomine.

Un jour, dit-on, quelqu'un l'insulta. Sur quoi il se mit en colère. Comme on le lui reprochait : « Mais, si je fais semblant de ne pas avoir été blessé, comment ferai-je ensuite pour être sensible à un éventuel éloge ? »

Il y eut huit Zénon, ainsi que nous l'avons expliqué à propos de Zénon de Citium. Son acmé se situe pendant la ⟨soixante-dix⟩-neuvième olympiade[8]. (*Vies*, IX, 25-29.)

II

Suidas.

Zénon, fils de Téleutagoras, philosophe éléate, contemporain de Pythagore et de Démocrite. Il florissait pendant la soixante-dix-huitième olympiade. Il fut l'élève de Xénophane ou de Parménide. Il écrivit des *Querelles*, une *Exégèse des opinions d'Empédocle*[1], un *Contre les philosophes* et un *De la nature*. C'est lui qui fut, dit-on, l'inventeur de la dialectique, comme Empédocle le fut de la rhétorique[2]. Il voulut renverser Néarque (pour d'autres, Diomédon), le tyran d'Élée; il fut arrêté et, au cours de l'interrogatoire que le tyran lui faisait subir, il sectionna sa propre langue avec ses dents, la cracha à la figure du tyran ; puis, on le jeta dans un mortier, où il fut broyé[3]. (*Lexique*, « Zénon ».)

III

Eusèbe.

C'est pendant la quatre-vingt-unième olympiade[4] que se situe l'acmé de Zénon et d'Héraclite, dit l'Obscur (*Chronographie*.)

IV

Platon.

Cite-moi seulement quelqu'un, n'importe qui, Athénien ou étranger, esclave ou citoyen libre, que la fréquentation de Périclès ait rendu plus sage! Moi, je te citerai Pythodore, fils d'Isoloque, élève de Zénon, ainsi que Callias, fils de Calliadès; chacun d'eux est devenu savant et illustre, après avoir versé à Zénon cent mines d'honoraires[5]. (*Alcibiade majeur*, 119 *a*.)

[Scolie.]

Zénon d'Élée, élève de Parménide, philosophe expert en sciences naturelles et authentique homme politique. C'est la raison pour laquelle il est visiblement mis en parallèle avec Périclès qui était un homme politique. Il eut pour élève Pythodore, que le *Parménide*[6] juge digne de mention pour avoir rapporté à Antiphon les propos tenus lors de la rencontre. Antiphon fut lui-même le maître de Céphale de Clazomènes, qui devint professeur à son tour. (À l'*Alcibiade*, passage cité.)

Plutarque.

Périclès fut l'élève de Zénon d'Élée qui s'occupa de philosophie naturelle au même titre que Parménide, mais qui perfectionna un art qui lui était propre et consistant à réfuter et à plonger ses adversaires dans l'embarras au moyen d'arguments contraires[7]. (*Vie de Périclès*, IV, 5.)

V

Aristote.

Au contraire, il y a ceux dont les forfaits se muent en motifs d'éloge, ceux qui, par exemple, ont eu à venger leur père ou leur mère : c'est le cas de Zénon[1]. (*Rhétorique*, I, 12, 1372 *b* 3.)

VI

Diodore de Sicile.

Comme sa patrie subissait le rude joug du tyran Néarque, il organisa un complot contre lui. Découvert et interrogé sous la torture par Néarque qui voulait connaître ses complices : « Puissé-je être, dit-il, aussi maître de mon corps que de ma langue. » Et comme le tyran accentuait encore ses tortures, Zénon lui opposa une résistance farouche. Ensuite, dans l'espoir de s'en délivrer et de tirer vengeance de Néarque, il imagina une ruse. Au moment où la douleur des tortures se faisait plus intense, il feignit de rendre l'âme et hurla comme sous l'effet de la douleur : « Arrête, je vais te dire toute la vérité. » Comme on relâchait ses liens, il demanda à Néarque de s'approcher pour être seul à entendre, car mieux valait conserver secrètes la plupart des révélations qu'il allait faire. Le tyran s'approcha avec empressement et plaça son oreille contre la bouche de Zénon. Celui-ci la mordit et y planta ses dents. Les gardes accoururent et mirent à mal le malheureux torturé qui s'acharnait davantage encore sur sa proie. À la fin, impuissants à vaincre la fermeté du héros, ils le transpercèrent pour qu'il desserrât les dents. Ainsi vint-il, grâce à ce stratagème, à bout de ses douleurs, et tira-t-il du tyran la seule vengeance possible. (*Bibliothèque historique*, X, XVIII, 2.)

VII

Plutarque.

Zénon, l'élève de Parménide, lors de son complot contre le tyran Démylos, dans lequel il échoua, soumit à l'épreuve du feu *l'enseignement* qu'il avait reçu de Parménide, et prouva qu'il s'agissait d'un or pur et de bon aloi. Car il fit la preuve qu'un noble cœur ne craint que la honte, et que la douleur n'est redoutée que par les enfants, les femmes et les tempéraments efféminés : il se trancha la langue et la cracha au visage du tyran[2]. (*Contre Colotès*, XXXII, 1126 D.)

VIII

Clément d'Alexandrie.

Non seulement les Ésopiens, les Macédoniens et les Laconiens se raidissaient sous la torture, ainsi que le raconte Ératosthène, dans ses livres *Des biens et des maux*, mais encore Zénon d'Élée, contraint de révéler un secret, résista à la torture sans rien vouloir savoir et, comme il se sentait mourir, il se trancha la langue avec les dents et la cracha au visage du tyran, Néarque pour les uns, Démylos pour les autres[1]. (*Stromates*, IV, 57.)

IX

Philostrate.

Zénon d'Élée (il passe pour l'inventeur de la dialectique), qui avait entrepris de renverser Néarque, tyran de Mysie[2], fut arrêté, torturé, mais refusa de désigner ses complices et accusa de trahison les plus fidèles amis du tyran qui furent condamnés à mort à cause du crédit porté à ses accusations. Grâce à quoi Zénon rendit la liberté aux Mysiens, en faisant tomber la tyrannie sous ses propres armes. (*Vie d'Apollonius de Tyane*, VII, 2.)

X

Diogène Laërce.

Aristote, dans *Le Sophiste*[3], déclare qu'Empédocle est le premier inventeur de la rhétorique, et Zénon de la dialectique. (*Vies*, VIII, 57.)

Sextus Empiricus.

Parménide ne saurait passer pour inexpert en dialectique, puisque Aristote tient Zénon son élève pour le fondateur de la dialectique. (*Contre les mathématiciens*, VII, 7.)

ÉCRITS

XI

Platon.

Antiphon[4] affirmait que Pythodore disait qu'un jour, aux grandes Panathénées[5], étaient arrivés Zénon et Parménide. Parménide était déjà fort avancé en âge, ses cheveux étaient tout blancs ; il offrait l'image d'un parfait honnête homme et il était sur le point d'avoir soixante-cinq ans. Zénon, lui, approchait de la quarantaine. Il était grand, de physionomie gracieuse, et on disait qu'il avait été le mignon de Parménide. Ils étaient, disait Pythodore, descendus chez lui, hors les murs, au Céramique[1]. C'était là que s'était rendu Socrate, accompagné de nombreuses personnes, dans le désir d'entendre lire l'œuvre de Zénon (c'était en effet la première fois que, grâce à ces deux hôtes de marque, l'ouvrage allait être rendu public). Socrate était alors un tout jeune homme. C'est Zénon en personne qui fit la lecture à un moment où Parménide était sorti, et comme la lecture tirait sur sa fin, poursuivait Pythodore, lui-même fit son entrée en compagnie de Parménide, ainsi qu'Aristote, l'un des Trente[2]. Ils ne purent entendre que les dernières lignes de l'ouvrage qu'il[3] connaissait déjà pourtant par une lecture que Zénon lui en avait faite. (*Parménide*, 127 *a*.)

Athénée.

Mais ce qu'il y a de plus scandaleux dans ce témoignage[4], c'est de dire, tout à fait gratuitement, que Zénon, dont on sait qu'il était le concitoyen de Parménide, en était aussi le mignon. (*Les Deipnosophistes*, XI, 505 F.)

XII

Platon.

« Oui, Socrate, aurait dit alors Zénon, tu n'as pas du tout saisi le véritable sens de mon ouvrage. Bien sûr, tu as pour dépister les pensées le flair des chiennes de Laconie. Mais ce qui t'échappe au premier chef, c'est que mon ouvrage ne prétend pas du tout, contrairement aux intentions que tu lui prêtes, se dérober à la compréhension du public en passant pour un chef-d'œuvre[5]. L'effet que tu soulignes est quelque chose d'accidentel. En réalité, mon projet est de prendre la défense de la thèse de Parménide[6] contre ceux qui entreprennent de la tourner en ridicule, en soutenant que, si c'est l'Un qui est, alors il s'ensuit un certain nombre de conséquences bouffonnes et contraires à son propos initial. Mon ouvrage, par conséquent, porte la contradiction contre ceux qui soutiennent la thèse de l'existence des multiples et, rendant coup pour coup et même au-delà, il se propose de montrer que l'hypothèse de l'existence des multiples s'accompagne de conséquences encore plus bouffonnes que celle qui affirme l'existence de l'Un, pour peu que l'on y regarde de près. Telle était l'humeur guerrière qui poussait le jeune homme que j'étais à écrire cet ouvrage que quelqu'un me déroba, de telle sorte que la question ne se posait plus de savoir si je devais le publier au grand jour ou non. Ainsi donc, Socrate, ce qui t'échappe, c'est l'humeur querelleuse du jeune homme qui l'a composé, à laquelle tu substitues la recherche d'un succès littéraire par un homme plus mûr. Pour le reste, tu as fort bien saisi le sens général. » (*Parménide*, 128 *b*.)

XIII

Platon.

Quant au Palamède d'Élée[1], ne savons-nous pas qu'il possédait une technique dialectique capable de donner à ses auditeurs l'impression que les mêmes choses étaient à la fois semblables et non semblables, unes et multiples, en repos et en mouvement? (*Phèdre*, 261 *d*.)

XIV

Aristote.

Si, un mot ayant plusieurs sens, on (celui qui interroge et celui qui est interrogé) considère que ce mot a un sens un (par exemple, il se peut que le mot « être » et le mot « un » aient plusieurs sens et que cependant celui qui est interrogé réponde et Zénon qui interroge, interroge, en pensant que le mot n'a qu'un sens un, car son argument consiste à dire que toutes les choses ne sont qu'un), alors l'entretien dialectique aura-t-il porté sur le mot, ou sur la pensée de celui qui interroge[2]? (*Réfutations sophistiques*, x, 170 *b* 19.)

Diogène Laërce.

Zénon d'Élée est le premier, dit-on, à avoir composé des *Dialogues*, mais Aristote, au premier livre *Sur les poètes*, dit que c'est Alexaménos de Styrie, ou de Téios[3]. (*Vies*, III, 48.)

XV

Proclus.

C'est, parmi les nombreux arguments de Zénon (ils sont en tout au nombre de quarante), à l'un des premiers[4] que recourt Socrate pour susciter une aporie contre lui[5] [...], en posant une question dialectique sur un mode polémique et physique. Voici quel était cet argument : si un des existants est multiple, le même existant est semblable et dissemblable. Or il n'est pas possible que le même soit semblable et dissemblable. Donc les existants ne sont pas multiples. (*Commentaire sur le Parménide* [127 *d*], 594, 23.)

Élias.

Zénon de Citium, et non celui d'Élée, le parménidien [...] Ce dernier était surnommé *Amphotéroglosse*[1], non pas parce qu'il était dialecticien comme son homonyme de Citium et qu'il était capable de réfuter et de démontrer les mêmes thèses, mais parce qu'il était dialecticien dans la vie courante, à même de dire ceci, tout en pensant cela. Un jour en effet, alors que le tyran l'interrogeait, lui demandant quels étaient les chefs du complot contre la tyrannie, il dénonça ses gardes au tyran qui, convaincu, les fit massacrer, ce qui causa sa propre perte. C'est que, pour Zénon, avoir menti était un bien, puisque cela lui avait permis d'abolir la tyrannie. Et il présenta un jour à son maître Parménide, dont la thèse était que l'Être est un du point de vue de la forme[2], alors que les existants sont multiples du point de vue de l'évidence sensible, un recueil de quarante arguments[3] établissant que l'Être est un, car il estimait qu'il est bon de combattre aux côtés de son propre maître. Et encore, une autre fois, pour soutenir la thèse de son propre maître qui pensait que l'Être est immobile, il établit au moyen de cinq arguments que l'Être est immobile. C'est alors que, dans l'incapacité de répliquer, Antisthène le Cynique[4] se leva et se mit à marcher, pensant que la démonstration au moyen de l'évidence sensible avait plus de force que n'importe quel argument contraire recourant à des arguments. (*Commentaire sur les Catégories d'Aristote*, 109, 6.)

APOPHTEGMES

XVI

Eudème.

Zénon, à ce qu'on affirme, disait que si quelqu'un lui démontrait quelle était l'essence de l'Un[5], il serait à même de lui dire quelle était celle des existants. (*Physique*, fgm. 7, cité par Simplicius, *Commentaire sur la Physique d'Aristote*, 97, 12.)

XVII

Plutarque.

À ceux qui tenaient la gravité de Périclès pour présomption et arrogance, Zénon conseillait d'afficher la même présomption, parce que cette manière de mimer l'honnêteté et la vertu apporte peu à peu et subrepticement une disposition et une accoutumance à l'honnêteté. (*Vie de Périclès*, v, 3.)

XVIII

Philon.

De telles assertions et de tels jugements ne peuvent pas ne pas nous faire penser aux propos de Zénon : « Mieux vaut chercher à faire couler une outre gonflée d'air que de forcer un homme de caractère à agir contre sa volonté[1]. » (*Que tout homme bon est libre*, 14.)

XIX

Tertullien.

Zénon d'Élée, à qui Denys demandait en quoi consiste la supériorité de la philosophie, répondit : « Dans le mépris de la mort ! » : et c'est avec impassibilité que, sous les coups du tyran, il confirma son propos jusqu'à la mort. (*Apologétique*, 50.)

XX

Stobée.

Zénon d'Élée, soumis par le tyran au supplice de la question pour qu'il lui livrât le nom des conjurés, répondit : « S'il y en avait encore, serais-tu encore tyran ? » (*Florilège*, III, vii, 37.)

PHILOSOPHIE[2]

XXI

Aristote.

Si l'Un en soi est indivisible, alors, selon l'opinion de Zénon, rien n'existera. Car Zénon déclare que ce qui, par son addition ou par sa soustraction, ne rend pas une chose plus grande ou plus petite, n'est pas quelque chose d'existant, étant donné qu'évidemment l'existant qui existe est une grandeur. En outre, s'il est une grandeur, il est corporel, car le corporel est un existant selon les trois dimensions. Au contraire, les autres ⟨objets mathématiques⟩ produiront par addition un objet plus grand, s'ils sont ajoutés d'une certaine façon. Mais, ajoutés d'une autre façon, ils ne produiront aucun accroissement : tel est le cas du plan et de la ligne. Et pour ce qui est du point et de l'unité, en aucune façon leur addition ne produit un accroissement[1]. (*Métaphysique*, B, IV, 1001 *b* 7.)

Eudème.

Zénon soulevait, semble-t-il, une aporie, compte tenu du fait que chacun des ⟨existants⟩ sensibles est dit être multiple, à la fois par ses attributs et par sa possibilité d'être divisé, tandis que le point, il ne le posait même pas comme l'Un[2]. Car ce dont l'addition ne provoque pas d'augmentation, ni la soustraction de diminution, cela, à ses yeux, ne fait pas partie des existants. (*Physique*, fgm. 7, cité par Simplicius, *Commentaire sur la Physique d'Aristote*, 97, 13[3].)

À ce propos, si Zénon, d'après Eudème, abolit l'Un (en fait, par le point il entend l'Un), il est cependant d'accord pour admettre l'existence des multiples. Alexandre pense encore que si Eudème mentionne justement Zénon sur ce sujet, c'est parce qu'il abolit les multiples : « Car, dit-il (ainsi que le rapporte Eudème[4]), Zénon, le disciple de Parménide, se proposait de montrer qu'il n'est pas possible qu'il existe des existants multiples, étant donné qu'aucun un n'existe dans les existants, mais que, par ailleurs, les multiples sont constitués par un grand nombre d'unités[5]. » Or, que ce n'est pas parce que Zénon abolissait les multiples qu'Eudème le mentionne ici, cela ressort clairement de sa propre formulation. Et, en ce qui me concerne, je ne pense pas que l'on puisse trouver dans le livre de Zénon, un argument qui soit présenté selon la forme que lui prête Alexandre[6]. (*Ibid.*, 99, 10.)

Jean Philopon.

Zénon d'Élée combattait ceux qui tournaient en ridicule l'opinion de son maître Parménide, d'après laquelle l'être est un ; et il se faisait le champion de la doctrine de son maître, en s'efforçant de montrer qu'il est impossible que le multiple existe dans les existants. « Car, disait-il, si l'on admet l'existence du multiple, alors étant donné que le multiple est constitué d'unités en plus grand nombre [que l'Un], il est nécessaire qu'il existe un plus grand nombre d'unités en nombre plus grand [que l'Un], à partir desquelles le multiple est constitué. Donc, si nous démontrons qu'il est impossible qu'il existe des unités multiples en plus grand nombre que l'Un, il est évident qu'il est impossible que le multiple existe.

Car le multiple est constitué d'unités. Or, s'il est impossible que le multiple existe, comme il est nécessaire qu'existe soit l'Un soit le multiple, et qu'il est impossible que le multiple existe, reste donc que c'est l'Un qui existe, etc.[1] (*Commentaire sur la Physique d'Aristote*, 42, 9.)

Sénèque.

Parménide affirme que, parmi les qualités qu'il paraît avoir, l'univers n'en possède aucune. Zénon d'Élée tranche radicalement la question : « Rien, affirme-t-il, ne possède l'être. » (*Lettres à Lucilius*, LXXXVIII, 44.)

Si l'on en croit Parménide, rien n'existe en dehors de l'Un. Si l'on en croit Zénon, même l'Un n'existe pas[2]. (*Ibid.*, LXXXVII, 45.)

XXII

Pseudo-Aristote.

En outre, d'après l'argument de Zénon[3], il est nécessaire qu'il existe une grandeur non partageable, puisqu'il est impossible de toucher dans un temps limité un nombre illimité de parties, en les touchant chacune l'une après l'autre, et qu'il faut nécessairement que le mobile commence par effectuer un demi-parcours. Ce que l'on tient pour non partageable admet donc forcément une première moitié. (*Des lignes insécables*, 698 *a* 18.)

Aristote.

Certains ont adopté les deux thèses à la fois : d'une part, la thèse que toutes les choses sont un, si l'être signifie l'Un, ce qui les a amenés à dire que le non-être existe; d'autre part, [...] la thèse de la dichotomie, ce qui les a amenés à forger des grandeurs insécables, ou atomes[4]. (*Physique*, I, III, 187 *a* 1.)

Simplicius.

La seconde thèse, celle qui se fonde sur la dichotomie[5], est, au dire d'Alexandre, celle de Zénon [...]. D'après Alexandre, Xénocrate de Chalcédoine[6] adoptait cette thèse fondée sur la dichotomie, car il admettait que tout ce qui est divisible est multiple (car la partie est autre que le tout) ; [...] en effet il existe certaines lignes insécables, au sujet desquelles il n'est pas possible de tenir pour vrai qu'elles soient multiples. (*Commentaire sur la Physique d'Aristote*, 138, 3.)

XXIII

Simplicius.

Aristote déclare que quelques-uns ont adopté les deux thèses à la fois[1], celle dite de Parménide et celle dite de Zénon dont l'intention était de venir au secours de la thèse de Parménide contre ceux qui se proposaient de la tourner en ridicule, en arguant que si l'être est un, cette thèse entraîne toute une foule de conséquences bouffonnes et contraires à son propos initial. Contre eux, Zénon montrait que leur hypothèse selon laquelle ce sont les multiples qui existent, entraînait des conséquences encore plus bouffonnes que celle qui affirme l'existence de l'Un, pour peu qu'on veuille y regarder de près[2]. (*Commentaire sur la Physique d'Aristote*, 134, 2.)

Pseudo-Plutarque.

Zénon ne professait pas une opinion qui lui était personnelle : il se contentait de développer aporétiquement les positions de Parménide. (*Stromates*, 6.)

XXIV

Aristote.

L'aporie de Zénon « Si le lieu est quelque chose, il doit être dans quelque chose » n'est pas difficile à résoudre. Rien n'empêche en effet que le premier lieu soit dans quelque chose d'autre, à condition qu'il n'y soit pas comme dans un lieu, etc. (*Physique*, IV, III, 210 *b* 22.)

Aristote.

L'aporie de Zénon réclame une explication. Car, si tout existant se trouve dans un lieu, il est évident qu'il devra exister un lieu du lieu, et ainsi de suite jusqu'à l'infini. (*Physique*, IV, I, 209 *a* 23.)

Eudème.

L'aporie de Zénon conduit, semble-t-il, à la même conclusion. Car tout existant, pense-t-on, doit exister quelque part. Or, s'il existe un lieu des existants, où sera le quelque-part de ce lieu ? Il faudra par conséquent qu'il se trouve dans un autre lieu, et celui-ci dans un autre, et ainsi de suite [...] Contre Zénon, nous dirons que le quelque-part se dit en plusieurs sens. Si l'on estimait qu'effectivement, les réalités doivent se trouver en un lieu, on se tromperait : en effet, ni la santé, ni le courage, ni tant d'autres choses ne se montrent comme existant dans un lieu. Et il en va de même du lieu, s'il est tel qu'on l'a dit être. Et si, d'autre part, le quelque-part existe autrement, il sera fort possible que le lieu existe quelque part. Car le quelque-part d'un corps est la limite de ce corps, ou plus exactement il en est l'extrême limite[1]. (*Physique*, fragment 42, cité par Simplicius, *Commentaire sur la Physique d'Aristote*, 563, 17.)

XXV

Aristote.

Les arguments de Zénon contre le mouvement sont au nombre de quatre; ils causent beaucoup de soucis à ceux qui veulent les résoudre. Le premier argument porte sur l'inexistence du « se mouvoir », compte tenu du fait que le mobile doit d'abord parvenir à la moitié avant d'atteindre le terme de son trajet, argument que nous avons déjà discuté auparavant[2]. (*Physique*, VI, IX, 239 *b* 9.)

C'est pourquoi l'argument de Zénon admet une prémisse fausse : qu'il n'est pas possible que les grandeurs illimitées soient chacune parcourue ou touchée une par une par les grandeurs illimitées en un temps limité. En effet, *illimité*, rapporté à la longueur et au temps, se dit en deux sens, de même que rapporté, plus généralement, à tout ce qui est continu : car on peut considérer soit l'infini selon la division, soit l'infini selon les extrémités[3]. Alors qu'il n'est pas possible qu'une chose entre en contact dans un temps limité avec des grandeurs illimitées en quantité, cela est possible si ces grandeurs sont illimitées en division[4]. En effet, du point de vue de la divisibilité, le temps lui-même est illimité. Il en résulte que c'est dans un temps illimité, et *non pas dans un temps limité*, que s'effectue le parcours de l'illimité et que le contact avec les grandeurs illimitées se fait par des grandeurs illimitées, et non pas par des grandeurs limitées[5]. (*Physique*, VI, II, 223 *a* 21.)

Aristote.

Nous tombons souvent sur des arguments opposés aux opinions communes et dont la solution est difficile. Tel est le cas de l'argument de Zénon soutenant que le mouvement est impossible et qu'il n'est pas possible de parcourir le stade. (*Topiques*, VIII, VIII, 160 *b* 7.)

XXVI

Aristote.

Le second argument est celui que l'on appelle l'*Achille*. Il consiste à dire que le plus lent à la course ne peut pas être rattrapé par le plus rapide, étant donné que le poursuivant doit nécessairement atteindre le point d'où le poursuivi est parti, de telle sorte que le plus lent doit sans cesse avoir une certaine avance. Cet argument est identique à celui de la dichotomie[1], à cette différence près que ce n'est pas en deux que se trouve divisée la grandeur restante. (*Physique*, VI, IX, 239 *b* 14.)

XXVII

Aristote.

Le troisième argument est celui dont nous venons de parler, à savoir que la flèche qui se déplace est immobile. C'est ce qui résulte du fait que l'on admet que le temps est composé d'instants[2]. Que l'on refuse cette prémisse et le raisonnement s'écroulera. (*Physique*, VI, IX, 239 *b* 30.)

Zénon propose un paradoxe trompeur : si un objet quelconque est en repos, lorsqu'il ne s'est pas déplacé du lieu qui est égal à ses propres dimensions, et si d'autre part cet objet qui se meut est sans cesse dans le lieu qu'il occupe présentement, la flèche qui se déplace est immobile. (*Ibid.*, VI, IX, 239 *b* 5.)

XXVIII

Aristote.

Le quatrième argument est celui qui fait appel à deux trains[3] formés d'une succession de masses égales et qui se croisent sur un stade, en passant, l'un comme l'autre, devant un train immobile. La queue du premier train (C) est située à l'une des extrémités du stade; la tête de l'autre train (B) est située au milieu; les deux trains vont à vitesse égale. Pour Zénon, la conséquence est que la moitié du temps est égale au double.

La fausseté de l'argument tient à ce que l'on pose qu'une masse met le même temps à passer devant une masse en mouvement et devant une masse immobile. Or c'est cela qui est faux.

Soit par exemple le train AAAA constitué par des masses immobiles, BBBB le train de masses dont la tête est située au milieu du train AAAA, CCCC le train de masses partant de l'extrémité du stade et qui se déplace en sens contraire du train BBBB et à égale vitesse.

On constate que :

1° La tête du train BBBB atteint l'extrémité E du stade en même temps que la tête du train CCCC atteint l'autre extrémité D.

2° Quand le train CCCC se trouve exactement à la hauteur du train BBBB, BBBB et CCCC ayant parcouru chacun la longueur d'un train, le train CCCC n'a parcouru que la moitié du train AAAA; par conséquent, le temps total est égal à la moitié du temps, car pour chacun des trains en mouvement, le temps mis à passer devant une masse du train AAAA est égal.

3° Mais quand le train BBBB est passé entièrement devant le train CCCC, la tête du train BBBB et la tête du train CCCC ont atteint en même temps les extrémités du stade; et le temps mis par BBBB pour traverser le stade est égal au temps de CCCC, puisque les deux trains défilent devant le train AAAA à vitesse constante.

Tel est l'argument de Zénon, et il est faux pour les raisons que nous avons dites. (*Physique*, VI, IX, 239 *b* 33.)

Simplicius.

Cet argument est d'une naïveté qui touche à l'absurde, ainsi que le déclare Eudème, parce que le sophisme y est évident [...] En effet, les deux trains qui se croisent à vitesse égale, se croisent effectivement deux fois plus vite qu'ils ne passent devant le train immobile dont ils ne parcourent que la moitié, lorsqu'eux-mêmes se sont croisés entièrement. (*Commentaire sur la Physique d'Aristote*, 1019, 32.)

[Figuration de l'argument.]

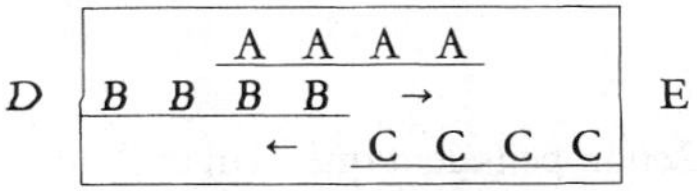

AAAA : train de masses immobiles.
BBBB : train de masses allant de D vers E.
CCCC : train de masses allant de E vers D.
D : départ du stade.
E : fin du stade.

(D'après Simplicius, *Commentaire sur la Physique d'Aristote*, 1016, 14.)

XXIX

Aristote.

C'est pourquoi l'argument de Zénon n'est pas vrai, quand il prétend qu'une partie quelconque du *tas de mil* fait du bruit en tombant. Car, d'après lui[1], rien ne nous empêche de considérer que l'ébranlement de l'air provoqué par la chute du contenu total du *boisseau* ne se soit produit en aucun temps. (*Physique*, VII, v, 250 *a* 19.)

Simplicius.

Par cet argument, Aristote ruine l'argument que Zénon d'Élée proposait au sophiste Protagoras en l'interrogeant : « Dis-moi donc, Protagoras, disait-il, si c'est un grain de mil qui fait du bruit en tombant, ou au contraire si c'est la dix-millième partie du grain qui fait du bruit en tombant? » Comme Protagoras répondait que non : « Est-ce qu'un boisseau de grains de mil, disait-il, fait ou non du bruit? » Comme il répondait que le boisseau fait du bruit : « Serait-ce donc, poursuivait Zénon, qu'il n'existe aucun rapport entre le boisseau de grains de mil et un grain, et entre un dix-millième de grain et un grain? » Comme Protagoras assurait qu'il y en avait un : « Eh bien alors, disait Zénon, n'y aura-t-il pas le même rapport en ce qui concerne le bruit? Car tels sont les bruits, telles sont les causes du bruit. Par conséquent, si le boisseau de mil fait du bruit, un grain devra faire du bruit, et de même un dix-millième de grain. » Tel est l'argument dont Zénon usait dans l'interrogatoire dialectique[2]. (*Commentaire sur la Physique d'Aristote*, 1108, 18.)

XXX

Aétius.

Mélissos et Zénon pensaient que l'Un et l'univers sont dieux, et que seul l'Un est éternel et illimité. (*Opinions*, I, VII, 27.)

B. FRAGMENTS

DE LA NATURE

I

Simplicius.

[Il a démontré] d'abord [l'illimité] selon la grandeur en usant de la même argumentation[1]. En effet, il a commencé par démontrer que : Si l'existant n'avait pas de grandeur, il n'existerait pas. Il poursuit : S'il existe, il est nécessaire que chaque existant ait une certaine grandeur, une certaine épaisseur, et qu'il y ait une certaine distance de l'un par rapport à l'autre. Et le même argument vaut pour celui qui est devant lui. Car celui-ci aussi aura une grandeur, et un certain existant se trouvera devant lui. Or le dire une fois revient à le dire sans cesse. Car aucun existant n'occupera le dernier rang, et il n'est aucun existant qui n'existe pas en relation avec un autre. Donc, si les existants sont multiples, il est nécessaire qu'ils soient à la fois petits et grands, petits au point de ne pas avoir de grandeur, et grands au point d'être illimités[2]. (*Commentaire sur la Physique d'Aristote*, 140, 34.)

II

Simplicius.

Dans son ouvrage qui contient de nombreux arguments, Zénon montre par chacun d'eux qu'à l'adversaire qui soutient l'existence des multiples, il est possible de démontrer le contraire. Une de ses argumentations est la suivante : « Si les existants sont multiples, ils doivent être grands et petits, grands au point qu'ils soient illimités en grandeur, et petits au point d'être sans grandeur[3]. »

Dans l'argument que voici maintenant, il montre que ce qui est dépourvu de grandeur, d'épaisseur et de masse ne saurait exister :

Car si on l'ajoutait à un autre existant, il[4] ne le rendrait pas plus grand. Car si l'on ajoute à quelque chose quelque chose qui n'a pas de grandeur, il n'est pas possible que celle-là gagne en grandeur[5]. Et de cette façon, il s'ensuit que ce qui a été ajouté n'était rien[6]. Et si la soustraction de quelque chose opérée à partir d'une autre chose n'a pas pour effet de rendre celle-ci plus petite, de même que l'addition de quelque chose à autre chose n'a pas pour effet de l'augmenter, il est clair que l'ajouté ou le retranché n'était rien.

Zénon n'avance pas cet argument dans l'intention d'abolir l'Un, mais parce que chacun des existants multiples et illimités a de la grandeur, étant donné que, pour chaque existant considéré, il y a toujours un certain reste, du fait de la division à l'infini[1]. Cela, il le démontre après avoir montré auparavant que rien n'a de grandeur, étant donné que chacun des multiples est identique à lui-même et un. (*Commentaire sur la Physique d'Aristote*, 139, 5.)

III

Simplicius.

Mais pourquoi de longs discours, alors que cela se trouve dans l'ouvrage même de Zénon ? Car il montre encore une fois que si les existants sont multiples, ils doivent être à la fois limités et illimités, et il écrit textuellement ceci :

Si les existants sont multiples, il est nécessaire qu'il y en ait autant qu'il y en a, c'est-à-dire ni plus ni moins. Or, s'il y en a autant qu'il y en a, ils sont limités en nombre. Si les existants sont multiples, ils sont illimités. Car il y aura toujours d'autres existants entre les existants, et de nouveau d'autres existants entre ceux-ci. Par conséquent, les existants sont illimités.

Et ainsi il démontrait, par la dichotomie[2], le caractère illimité consécutif à la multiplicité. (*Commentaire sur la Physique d'Aristote*, 140, 27.)

IV

Diogène Laërce.

En outre, les pyrrhoniens tiennent Xénophane, Zénon d'Élée et Démocrite pour des sceptiques. [...] Zénon abolit le mouvement en disant : Ce qui se meut ne se meut ni dans le lieu où il se trouve, ni dans le lieu où il ne se trouve pas[3]. (*Vies*, IX, 72.)

MÉLISSOS

MÉLISSOS

A. VIE ET PHILOSOPHIE

VIE

I

Diogène Laërce.

Mélissos, fils d'Ithagène, naquit à Samos. Il suivit l'enseignement de Parménide. Mais il fréquenta aussi les conférences données par Héraclite qui profita de la circonstance pour le présenter aux Éphésiens qui ne le connaissaient pas, tout comme Hippocrate avait présenté Démocrite aux Abdéritains. Il fut aussi un homme politique[1] tenu en grande estime par ses concitoyens; d'où son élection au grade d'amiral en chef, et l'admiration encore plus grande que suscitèrent ses mérites.

Il pensait que le tout est infini, soustrait à l'altération, immobile et un, semblable à lui-même et plein[2]; et que le mouvement n'est pas, si ce n'est pour l'opinion[3]. Il pensait encore qu'on ne doit rien affirmer des dieux, car ils échappent à la connaissance.

Apollodore déclare que son acmé se situe pendant la quatre-vingt-quatrième olympiade[4]. (*Vies*, IX, 24.)

II

Suidas.

Mélètos[5], fils de Laros. [...] Il vivait à l'époque de Zénon d'Élée et d'Empédocle. Il écrivit un ouvrage intitulé *De l'être*[6]. Il fut l'adversaire politique de Périclès. À la tête de la flotte de Samos, il livra contre Sophocle, le tragique, une bataille navale[7], au cours de la quatre-vingt-quatrième olympiade[8]. (Lexique, « Mélètos ».)

III

Plutarque.

26. Car, après que Périclès eut repris la mer, Mélissos, fils d'Ithagène, philosophe illustre à qui se trouvait confié alors le commandement, constatant que le blocus se limitait à quelques navires laissés à des capitaines peu expérimentés, convainquit ses concitoyens de tenter une sortie contre les Athéniens. La bataille se livra et les Samiens remportèrent la victoire[1]. Ils firent de nombreux prisonniers, coulèrent plusieurs vaisseaux et, devenus par là maîtres de la mer, purent se procurer les munitions et les vivres nécessaires à la poursuite de la guerre, dont ils étaient démunis auparavant. D'après Aristote[2], Périclès lui-même avait déjà subi une défaite navale devant Mélissos.

Les Samiens, pour rendre aux Athéniens la monnaie de l'affront qu'ils avaient eu à subir, imprimèrent la marque d'une chouette sur le front de leurs prisonniers, étant donné que les Athéniens avaient imposé aux leurs la marque d'une nef samienne. [...] À ces marques répond, à ce qu'on dit, une allusion d'Aristophane[3] :

Le peuple de Samos compte bien des lettrés.

27. Périclès, apprenant la défaite des siens, s'empressa de revenir leur porter secours. Mélissos se porta à sa rencontre, mais Périclès le défit et le contraignit à s'enfermer derrière les remparts, car il préférait s'emparer de la cité au prix d'un siège long et coûteux plutôt qu'au risque d'un assaut meurtrier pour ses compatriotes [...].

28. Au bout de neuf mois[4], les Samiens durent se rendre. Périclès fit raser les remparts, arraisonna leurs vaisseaux et les condamna à un lourd tribut, dont ils durent s'acquitter partie au comptant, partie à une échéance garantie par des otages. Mais Douris, ⟨l'historien samien⟩, donne de ces circonstances une version tragiquement exagérée, pour accuser les Athéniens et même Périclès d'une cruauté dont ne font mention ni Thucydide[5], ni Éphore, ni Aristote[6]. (*Vie de Périclès*, 26-28.)

Néanmoins, Stésimbrote déclare que Thémistocle fut l'élève d'Anaxagore et qu'il étudia sous la direction de Mélissos, le philosophe de la nature ; ce faisant, il bouscule la chronologie. Car Périclès est bien plus jeune que Thémistocle ; or c'est Périclès que Mélissos eut pour adversaire au siège de Samos, et c'est de Périclès qu'Anaxagore était le familier[7]. (*Vie de Thémistocle*, 2.)

ÉCRITS

IV

Simplicius.

Mélissos avait intitulé son ouvrage : *De la nature ou de l'être.* (*Commentaire sur la Physique d'Aristote*, 70, 16.)

Si Mélissos a usé du titre : *De la nature ou de l'être*, c'est évidemment parce qu'il estimait que la nature est l'être[1]. (*Commentaire sur le Traité du ciel d'Aristote*, 557, 10.)

PHILOSOPHIE

V

Pseudo-Aristote.

I 1. Si quelque chose existe[2], déclare [Mélissos], ce quelque chose est éternel: car il ne se peut faire que rien provienne du néant. Car que toutes choses proviennent ou, au contraire, que pas toutes choses ne proviennent de quelque chose, dans les deux cas elles sont éternelles[3] ; car celles d'entre elles qui proviennent de quelque chose devraient provenir de rien.

En effet si toutes choses proviennent de quelque chose, rien ne saurait préexister. Et si, certaines ayant une existence permanente, d'autres étaient produites en plus, la réalité existante[4] deviendrait plus nombreuse et plus grande ; or ce par quoi le plus nombreux et le plus grand proviendraient, c'est le « de rien » car le moins ne contient pas le plus et le plus petit n'enferme pas le plus grand.

2. Étant éternel, ce quelque chose est illimité, parce qu'il ne comporte pas de principe d'où il proviendrait, ni de fin qui constituerait le terme de son devenir.

3. Mais ce tout est, bien qu'illimité, un ⟨« un »⟩ ; car s'il était *deux ou plusieurs, ceux-ci* constitueraient une limite les uns pour les autres.

4. Étant un, ce quelque chose est semblable en tous points ; car s'il était dissemblable, il serait plus qu'un et ne serait plus un, mais multiple.

5. L'Un, étant éternel, immense et semblable en tous points, est immobile ; car il ne saurait se mouvoir sans aller vers quelque lieu. Or tout déplacement s'effectue nécessairement soit vers un lieu plein, soit vers un lieu vide ; mais, de ces deux sortes de lieux, l'un [le plein] ne saurait recevoir quelque chose, l'autre [le vide] n'est rien.

6. Étant tel, l'Un est exempt de souffrance et de douleur, sain et sans maladie ; sa position n'est sujette à aucune remise en ordre, sa forme à aucune altération, et à rien d'autre il ne se mêle. Car dans tous ces cas l'Un deviendrait nécessairement multiple, ce qui nécessairement engendrerait le non-être et détruirait l'être, choses qui sont impossibles. 7. Car aussi, si l'Un pouvait être dit résulter du mélange formé des multiples, et s'il était possible que les objets fussent des multiples mus d'un mouvement qui les porte les uns vers les autres, le mélange serait alors soit pour ainsi dire une composition ramenant les multiples à l'un, soit comme une superposition mécanique[1] des éléments mélangés par le brassage mutuel. Dans le premier cas, les produits du mélange seraient formés d'éléments séparés les uns des autres[2]. Et dans le cas de la superposition mécanique, chacun des objets deviendrait visible par l'effet du frottement, une fois enlevés les éléments premiers qui masquaient les autres éléments entrant dans la composition du mélange[3]. Mais aucun de ces deux cas ne se produit.

8. S'il en était ainsi, c'est le multiple qui existerait et qui, selon lui[4], nous apparaîtrait comme un. Donc, puisque tel ne peut être le cas, il n'est pas possible que les étants soient multiples, et les considérer comme des multiples est une erreur. Car les multiples constituent une apparence [trompeuse] résultant de l'effet déformant de la sensation. Mais la raison[5] se refuse à admettre que les réalités puissent rester les mêmes et être soumises au devenir, et que l'être soit multiple au lieu d'être un, éternel, illimité et en tous points semblable lui-même à lui-même.

9. Ne convient-il pas de ne pas admettre comme principe ⟨d'une démonstration⟩ n'importe quelle opinion, mais seulement celles qui sont les plus fondées ? Ainsi, si toutes les opinions ne sauraient être valablement admises, il s'ensuit également qu'il ne convient pas de faire usage de la croyance au principe selon lequel rien ne peut provenir du néant. Car ce n'est là qu'une opinion ⟨parmi d'autres⟩, et elle fait partie des opinions non valables, même si nous la tenons tous généralement pour vraie sur la foi de nombreuses expériences sensibles. 10. Mais si tous les phénomènes qui nous sont relatifs[6] ne sont pas trompeurs, et s'il est certaines conjectures correctes constituées par certains d'entre eux, *ce sont ces conjectures* qu'il faut admettre, après avoir démontré soit qu'elles sont bien telles, soit qu'elles sont infiniment probables. Il faut que toujours elles soient plus solidement fondées que celles que l'on se propose d'établir en se servant d'elles comme d'arguments. 11. En effet, supposons qu'il existe deux opinions contraires, comme il l'estime (si les multiples

existent, il faut, d'après lui, nécessairement admettre qu'ils tirent leur existence de non-existants; mais si cela n'est pas possible, il n'existe pas d'étants multiples : car l'étant inengendré est, du fait qu'il existe quelque chose, illimité; et s'il est tel, il est aussi un); comme dans ce cas l'une et l'autre propositions destinées à servir de prémisses, reçoivent notre accord, il n'est pas plus[1] démontré que l'un existe ou que les multiples existent. Mais si l'une des prémisses est davantage fondée que l'autre, alors les conséquences qui en dérivent sont davantage démontrées. 12. Or, ici, nous nous trouvons à la tête de deux conjectures : la première selon laquelle rien ne saurait provenir du néant, ⟨et la seconde qu'⟩il existe des étants multiples et en mouvement. Cette dernière conjecture est la plus crédible et tout le monde est davantage disposé à rejeter la première conjecture que la seconde. Aussi, si ces deux affirmations se trouvaient être contradictoires[2], à savoir : « Il est impossible que quelque chose provienne du néant » et « Les choses ne sont pas multiples », ces deux propositions se réfuteraient mutuellement. 13. Mais pourquoi en irait-il davantage ainsi[3] ? Sans doute pourrait-on énoncer la thèse contradictoire, car Mélissos n'a nullement montré que l'opinion dont il se sert comme principe et dont il part est correcte; et c'est sur des prémisses pas plus certaines que l'objet de sa déduction, qu'il bâtit son raisonnement. Car on peut préférer conjecturer comme est plus vraisemblable qu'il y ait provenance à partir du néant, plutôt que non-existence des multiples.

14. Il existe bon nombre d'arguments solides destinés à prouver que les non-étants proviennent d'une génération, sans que pour autant les multiples proviennent des non-étants, et ces arguments ne viennent pas de n'importe qui, mais de ceux que l'on tient généralement pour sages. 15. Hésiode, par exemple[4] :

Le premier d'entre tous, Chaos provint à l'être;
Ensuite vint Gaia, la Terre au sein profond,
Siège inébranlé toujours de tous les êtres,
Et puis Éros, le plus brillant des immortels;

les autres êtres, dit-il, proviennent ⟨de ceux-là⟩, mais ceux-là ne proviennent de rien. D'autres, nombreux, déclarent que rien n'est et que tout devient[5], estimant que ce qui provient ne provient pas d'étants, sans quoi toutes choses échapperaient au devenir. Ainsi est-il évident, du moins pour quelques-uns, que c'est à partir de non-étants que se produit le devenir[6].

II 1. Mais convient-il de laisser de côté la question de

savoir si ce qu'il dit est possible ou impossible, pour examiner attentivement si ses conclusions découlent des principes qu'il admet, ou encore si rien n'empêche qu'il en soit autrement ? Cette seconde [question] est peut-être, en effet, différente de la première.

2. Si l'on pose en premier lieu, ce qu'il commence par admettre, que rien ne provient à partir du néant, est-il nécessaire que toutes choses soient inengendrées, ou rien n'empêche-t-il qu'elles s'engendrent mutuellement, et cela en allant à l'infini ? 3. N'y aurait-il pas encore retour cyclique, de sorte que tel existant proviendrait de tel autre, tel existant ayant ainsi le statut d'un étant perpétuel, et la génération à partir d'autres existants se répétant un nombre illimité de fois[1] ? 4. De la sorte, rien n'empêcherait que toutes choses soient engendrées, tout en posant que rien ne provient du non-étant[2] ; et rien n'empêche alors d'appliquer à ces étants illimités, conformément à la terminologie de Mélissos, les termes qu'il applique lui-même à l'Un ; car il attache à l'illimité le caractère d'être, et d'être dit totalité. Et rien n'empêche que, même si les étants ne sont pas illimités, leur génération ne soit cyclique. 5. En outre, si toutes choses proviennent et si aucune n'a l'être, ainsi que l'affirment certains, comment pourraient-elles être éternelles ? Mais en fait, c'est de l'être-quelque-chose que Mélissos parle en termes d'être et de permanence. Si, en effet, dit-il, il n'y avait pas provenance mais être, il y aurait éternité, au sens où l'être doit appartenir aux choses. 6. En outre, si l'on tient pour absolument impossible que le non-étant soit engendré et que l'étant[3] périsse, qu'est-ce qui, pour autant, empêche que certaines choses soient engendrées et d'autres éternelles, ainsi que le dit Empédocle ? Celui-ci s'accorde en tous points avec Mélissos, lorsqu'il dit :

Ainsi du non-étant rien ne peut naître un jour ;
Que l'étant soit détruit, cela ne veut rien dire
Et heurte la pensée ; car il sera toujours
Là, quel que soit l'endroit où l'on veuille le mettre[4].

Cependant parmi les étants, les uns, dit-il, sont éternels : le feu, l'eau, la terre et l'air, tandis que d'autres sont sujets à génération et proviennent de ces éléments. 7. Car les étants ne connaissent pas, d'après lui, d'autre génération :

Il y a seulement un effet de mélange
Et de séparation de ce qui fut mêlé.
Naissance n'est qu'un mot qui a cours chez les hommes[5].

8. Il pense aussi que pour les êtres éternels et pour l'étant il n'existe pas de génération en vue de leur existence, car il estimait que cela est impossible :

Quelle chose pourrait bien accroître le tout,
Et d'où donc viendrait-elle[1] *?*

En revanche les multiples proviennent du mélange et de la composition du feu avec les autres éléments. Ils périssent en retour, du fait de la séparation et de la dissociation : par le fait du mélange et de la dissociation existent à un moment donné les multiples; mais par nature il existe quatre éléments, sans compter les causes[2], ou bien il y a unité. 9. Ou bien encore, si ces éléments dont la combinaison produit la génération, et la dissociation la destruction, sont dès l'abord illimités (ainsi Anaxagore, d'après certains[3], dit que les êtres engendrés proviennent de principes toujours existants et illimités en nombre), même ainsi toutes choses ne sauraient être éternelles, mais certaines naîtraient et proviendraient d'étants, pour se corrompre ensuite en certaines autres substances.

10. Rien n'empêche non plus que le tout étant une certaine forme une — comme tel est justement l'avis d'Anaximandre et d'Anaximène, le premier disant que le tout est l'eau[4], l'autre, Anaximène, l'air[5], ainsi que tous ceux qui estiment de la même façon que le tout est un — ce tout alors, par ses figures, par sa grandeur et sa petitesse, et du fait qu'il existe raréfaction et condensation, produise les multiples qui sont illimités et en devenir, c'est-à-dire la totalité[6]. 11. Démocrite aussi dit que l'eau et l'air et chacun des multiples constituent une réalité identique, différant seulement par le rythme[7]. 12. Qu'est-ce qui empêche encore que les multiples ne naissent et ne meurent ainsi, l'Un ne cessant pas de passer d'un étant à l'autre par le processus de différenciation que j'ai évoqué, sans que la totalité du monde n'augmente ni ne diminue? Qu'est-ce qui empêche, en outre, que les corps ne proviennent d'autres corps et ne se dissolvent en d'autres corps, et que, se dissolvant ainsi perpétuellement selon une balance parfaite, ils ne soient engendrés et détruits de nouveau?

13. Mais, même si on l'admettait et qu'il y eût de l'être, et que cet être fût non provenu, en est-il pour autant davantage démontré qu'il est illimité? Il est illimité, déclare-t-il en effet, s'il est, au lieu d'avoir été produit. C'est que le commencement et la fin du processus de génération sont des limites. 14. Néanmoins qu'est-ce qui empêche, d'après ce qui a été dit plus haut,

que l'étant, parce que non provenu, ait une limite? Car pour Mélissos, s'il était engendré, il faudrait qu'il ait un principe, celui dont ait procédé sa génération. Mais qu'eſt ce qui empêche, pour le cas où il n'aurait pas été engendré, qu'il n'ait un principe, non à vrai dire un principe dont il proviendrait, mais un d'une autre sorte, et que des étants éternels aient pour effet de se limiter mutuellement? 15. De plus, qu'eſt-ce qui empêche le tout ⟨du monde⟩, étant non provenu, d'être illimité, alors que les objets engendrés qui se trouvent en lui, seraient limités, ayant alors un commencement et une fin pour leur devenir? Et juſtement, ainsi que le déclare Parménide, qu'eſt-ce qui empêche le tout, tout en étant un et non engendré, d'être pourtant limité et d'être borné et achevé,

Et gonflé à l'inſtar d'une balle bien ronde,
Du centre vers les bords en parfait équilibre?
Car aussi bien en plus et aussi bien en moins,
Aucune variation ici ou là n'exiſte[1].

16. Ayant un centre et des extrémités, l'être non engendré a des limites, puisque, si précisément, ainsi que le dit Parménide, il eſt un, et si l'un eſt un corps, alors il a des parties autres que lui, quoique toutes semblables. 17. Car c'eſt en ce sens qu'il dit que le tout eſt semblable sans vouloir dire par là, comme d'autres l'affirment, qu'il eſt semblable à quelque chose d'autre (ce qu'Anaxagore[2] réfute en disant que l'illimité eſt semblable : car le semblable eſt semblable à quelque chose d'autre, de sorte que, s'il exiſte deux étants ou plus, il n'y a alors ni un, ni illimité). Mais sans doute entend-il semblable par rapport au même, et dit-il que l'être eſt semblable en son tout parce que formé de parties semblables[3], étant tout à la fois eau ou terre ou quoi que ce soit de semblable; 18. car il eſt évident que c'eſt ce qu'il pense en disant que l'être eſt un; quant à ses parties, chacune, étant un corps, n'eſt pas illimitée, car c'eſt le tout qui eſt illimité; de telle sorte que les parties, tout en étant non engendrées, se limitent réciproquement.

19. En outre, s'il eſt éternel et illimité, comment pourrait-il être un, alors qu'il eſt un corps? Car d'un côté, s'il était ⟨une chose⟩ formée de parties dissemblables, alors il serait multiple, *et Mélissos lui-même en* conviendrait. Si, d'un autre côté, il était tout entier eau, ou tout entier terre, ou quoi que puisse être l'être ainsi envisagé, il aurait des parties multiples (ainsi que Zénon[4] entreprend de montrer ce qu'eſt l'Un ainsi considéré). Donc, il aurait des parties en nombre encore plus grand, qui seraient des parties de parties moins nombreuses et elles-mêmes plus petites

que d'autres, ⟨de sorte qu'⟩ainsi il serait de toutes parts différent, sans qu'il se produise d'augmentation ou de diminution dans ⟨l'étendue⟩ corporelle. 20. Et s'il n'est ni un corps, ni rien, longueur ni largeur, comment l'Un serait-il illimité ? Ou qu'est-ce qui empêche que des êtres de ce genre ne soient multiples et innombrables ? 21. Et qu'est-ce qui empêche encore qu'étant en nombre supérieur à un, ils ne soient illimités en grandeur ? Ainsi justement Xénophane déclare que la profondeur de la terre et de l'air est illimitée[1]. C'est ce que montre aussi Empédocle : il s'indigne en effet que certains puissent tenir de tels propos, selon lesquels il est impossible que, les choses étant multiples, elles soient illimitées :

Si de la Terre se trouvaient illimitées
Les profondeurs, illimité le vaste Éther,
— Que sont vains ces propos tenus par maints mortels
Et qui n'ont eu du tout qu'une vision partielle[2] *[...].*

22. Et si de plus il est un, il n'est pas absurde qu'il ne soit pas en tout point semblable. Car s'il est tout entier eau, ou feu, ou quelque élément que puisse être l'être, rien n'empêche de dire que l'être un a davantage de formes, dont chacune est elle-même en propre semblable à lui-même. 23. Car rien n'empêche non plus que l'être soit tantôt rare tantôt dense, à condition que le rare ne comporte pas de vide ; car le vide n'existe pas dans le rare, en tant qu'occupant séparément et d'une manière distincte certaines parties, de sorte qu'une partie du tout soit dense ⟨et une autre non dense⟩ (car le tout dans ces conditions est déjà rare) ; mais le tout étant semblablement plein, le rare est semblablement ce qui est moins plein que le dense. 24. Mais s'il est ⟨et⟩ est inengendré, et si pour cette raison on admettait qu'il[3] ne peut être tantôt ceci, tantôt cela, en vertu de quoi faudrait-il lui ajouter la qualité d'être un et immobile ? [...][4] Car comment, si l'illimité *était le tout, le vide*, qui n'est pas le tout, pourrait-il être ? 25. Mélissos dit qu'il est immobile puisque le vide n'existe pas, car tout mouvement suppose un changement de lieu. 26. Mais d'abord beaucoup n'en conviennent pas, et considèrent au contraire qu'il existe un certain vide, même si ce vide n'est pas un corps. Par exemple, Hésiode déclare que le chaos a été produit d'abord parce qu'il est nécessaire qu'il existe un lieu premier pour recevoir les étants[5]. Or le vide est quelque chose de ce genre, une sorte de vase, sur l'espace intérieur ⟨duquel⟩ porte notre recherche. 27. Mais, même s'il n'existe aucun vide, il peut tout aussi bien y avoir mouvement. En effet Anaxagore, en traitant cette

question[1] — et il n'en usait pas seulement pour montrer que le vide n'existe pas — déclare néanmoins que les étants se meuvent quoiqu'il n'y ait pas de vide. 28. De la même façon Empédocle déclare que les choses se meuvent sans cesse en se mélangeant tout le temps continuellement, mais qu'il n'y a pas (de vide), disant :

> *Dans le tout point de vide. [Et d'où proviendrait donc]*
> *Ce qui pourrait s'y ajouter*[2] *?*

Et lorsque les choses se mélangent pour composer une forme une, en sorte d'être un : *Là il n'est point de vide et non plus de trop-plein*[3], déclare-t-il. 29. Car qu'est-ce qui empêche que les choses n'échangent les lieux qu'elles occupent et ne progressent par substitution circulaire[4], l'une allant vers l'autre et celle-ci vers une autre encore, et cette autre revenant encore vers la première, sans cesse ? 30. Et concernant le changement de forme d'une même chose demeurant dans un même lieu, que Mélissos appelle comme d'autres altération, qu'est-ce qui, dans ce qu'il a dit, empêche que les choses ne soient mues comme lorsque le noir naît du blanc et le doux de l'amer ? Car le fait qu'il n'y ait pas de vide ou que le plein ne soit pas un réceptacle n'empêche pas l'altération de se produire.

31. En conclusion, il n'est nécessaire ni que toutes choses soient éternelles, [ni qu'il existe un un], ni un illimité (mais ⟨s'il en était ainsi⟩ il y aurait des illimités multiples), ni qu'elles constituent un « un », un semblable, un immobile. Et cela pas plus s'il existe un « un », que s'il existe n'importe quels multiples. Cela posé, rien dans ce qu'il a dit ne saurait empêcher que ne change l'arrangement des étants, et qu'ils ne deviennent autres ; si le tout est un « un » et s'il est en mouvement, il diffère par l'abondance et la rareté et s'altère sans que rien ne s'ajoute ni ne soit ôté, en tout cas rien de corporel ; et si au contraire ce sont les multiples qui existent, cela résulte du mélange et de la séparation mutuelle. 32. Car il n'est pas vraisemblable que le mélange soit une superposition mécanique ou une composition[5], telles qu'on puisse dire que d'emblée il existe séparation ou bien que le frottement fait apparaître les éléments réciproquement distincts, d'abord dissimulés par la couche supérieure ; mais en réalité les éléments sont combinés et ordonnés de telle façon que toute partie du mélange se trouve coétendue à ce à quoi elle est mélangée[6], de sorte que, une fois cette composition opérée, les éléments incorporés au mélange ne peuvent plus redevenir ce qu'ils étaient et ne peuvent plus en être des parties, car il n'existe pas d'atomes, et toute partie est mélangée

à toute autre, tout comme l'est la totalité. (*Mélissos, Xénophane, Gorgias*, I-II, 974 *a*-977 *a*.)

VI

Hippocrate.

Mais ces auteurs[1] me paraissent se réfuter eux-mêmes par les termes qu'ils emploient : l'inconsistance de leurs arguments donne raison à la thèse de Mélissos. (*De la nature de l'homme*, I.)

Galien.

Visiblement, dans tout ce passage, Hippocrate combat ceux qui estiment que l'homme est formé à partir d'un seul des quatre éléments, et déclare qu'ils se trompent : car il ‹ne› dit ‹pas› qu'ils ne démontrent rien, ‹mais› que leur thèse est hautement improbable. Car ils n'établissent pas que l'homme est un des quatre éléments, mais donnent raison à la théorie de Mélissos qui estime qu'il existe aussi une unité de l'homme même, sans qu'il faille qu'une quelconque unité provienne d'un des quatre éléments : l'air, la terre, l'eau et le feu. Ce philosophe a vraisemblablement estimé qu'il existe une substance commune qui sert de support aux quatre éléments, qui est non engendrée et indestructible et que ses successeurs ont appelé matière, mais qu'il est impossible de définir plus en détail. Mélissos appelle cette substance même l'Un et le tout. (*Corpus des médecins grecs*, V, 9, 1 ; *De la nature de l'homme d'Hippocrate*, XV, 29.)

VII

Aristote.

Ces philosophes[2] doivent, ainsi que nous l'avons dit, être *écartés de la présente recherche* et, en tout état de cause, deux d'entre eux qui sont passablement incultes : Xénophane et Mélissos ; Parménide, lui, paraît plus profond[3]. (*Métaphysique*, A, V, 986 *b* 25.)

Tous les deux, Mélissos et Parménide, proposent des syllogismes éristiques ; car ils admettent des prémisses fausses et leurs raisonnements sont contraires aux règles des syllogismes. Celui de Mélissos surtout est saugrenu[4] et n'embarrasse nullement l'adversaire. Mais il suffit d'admettre un point absurde, pour que tout le reste s'ensuive. Bref, rien de difficile. (*Physique*, I, III, 186 *a* 6.)

VIII

Aristote.

Mélissos démontre justement[1] que le tout est immobile : car s'il y a mouvement, il faudra nécessairement, selon lui, qu'il y ait du vide; or le vide ne fait pas partie des étants. (*Physique*, IV, VI, 213 *b* 12.)

Certains des Anciens croyaient que l'étant est nécessairement un et immobile, car d'un côté le vide n'est pas un étant, et d'un autre côté le mouvement ne peut se produire sans l'existence d'un vide constituant un étant distinct[2]. Il ne peut non plus exister de multiples sans un étant qui les sépare. Il n'y a pas de différence entre penser que le tout n'est pas continu et divisé en corps contigus et affirmer l'existence des multiples, du non-un et du vide. Car si d'un côté le tout est totalement divisible, l'Un n'existe pas du tout, et par conséquent il n'existe pas non plus de multiples et le tout est vide. Mais d'un autre côté, dire que la division s'arrête ici et non là, cela paraît être une vue de l'esprit : car jusqu'où la division se poursuit-elle, et pour quelle raison faut-il qu'il en soit ainsi avec une partie du tout qui soit pleine, et l'autre divisée? De plus, dans l'une et l'autre hypothèse, il n'y a nécessairement pas de mouvement. Ainsi donc, compte tenu de ces arguments, ils passent par-dessus la sensation et la laissent de côté, en estimant que c'est la raison qu'il faut suivre : ils déclarent que le tout est un et immobile et, pour quelques-uns, illimité[3], car la limite s'achèverait avec le vide[4]. (*De la génération et de la corruption*, I, VIII, 325 *a* 2.)

IX

Cicéron.

Mélissos disait que ce qui est illimité et immobile a toujours été et sera toujours. (*Premiers académiques,* II, XXXVII, 118.)

Aétius.

(*Opinions*, II, I, 2[5].)

Théodoret.

Mélissos de Milet[6], fils d'Ithagène, fut l'élève de Parménide, mais ne conserva pas intact l'enseignement reçu : car il disait que le monde est illimité, alors que les Éléates le disait limité[7]. (*Thérapeutique des maladies helléniques*, IV 8 ; Diels, *Doxographes grecs*, 285.)

Aétius.

Diogène et Mélissos disaient que le tout est illimité, mais que le monde est limité[1]. (*Opinions*, II, I, 6.)

X

Aristote.

Prenons par exemple l'argument de Mélissos, selon lequel le tout est illimité : il commence par admettre que le tout est non engendré (car rien ne peut provenir du non-étant); il admet ensuite que l'engendré provient d'un principe. Si donc, dit-il, le tout n'a pas été engendré, alors il n'admet pas de principe; par conséquent il est illimité[2]. Mais cela ne s'ensuit pas nécessairement, car si tout engendré suppose un principe, il ne s'ensuit pas que ce qui suppose un principe a été engendré. (*Réfutations sophistiques*, V, 167 *b* 13.)

Comme dans l'argument de Mélissos, qui admet comme identiques : avoir été engendré et supposer un principe, et : devenir égal et avoir une grandeur identique ; car, de ce que l'engendré admet un principe, il juge à tort que ce qui admet un principe a été engendré, sous prétexte qu'à la fois l'engendré et le limité sont tous deux identiques du fait qu'ils admettent un principe[3]. (*Ibid.*, VI, 168 *b* 35.)

XI

Aristote.

Mélissos déclare que l'être est illimité. Donc l'être est une certaine quantité [...] car le concept d'illimité implique la quantité et non la substance, ni la qualité[4]. (*Physique*, I, II, 185 *a* 32.)

XII

Saint Épiphane.

Mélissos, fils d'Ithagène, samien d'origine, déclarait que le tout est un, qu'il n'existe rien de stable dans la nature et que toutes choses sont corruptibles en puissance[5]. (*Contre les hérésies*, III, II, 12.)

XIII

Aétius.

Mélissos et Zénon disaient que l'Un et le tout sont Dieu, et que seul l'Un est éternel et illimité. (*Opinions*, I, VII, 27.)

Olympiodore.

Mélissos croyait que le principe unique, immobile et illimité de tous les étants est le divin[1]. (*De l'art Sacré; Alchimistes grecs*, éd. Berthelot, p. 81.)

XIV

Philodème.

[...] non plus, selon Parménide et Mélissos, qui disent que le tout est un, et du fait que les sens sont trompeurs[2]. (*Rhétorique*, fragment incertain, III, 7, éd. Sudhaus, II, 196.)

Aristoclès.

Et Mélissos justement, voulant démontrer qu'aucun des phénomènes et des choses qui frappent notre vue ne relèvent de l'être, fonde [contradictoirement] sa démonstration sur les phénomènes eux-mêmes. Il déclare donc : « En effet, si ont l'être: la Terre [...][3] » Étant donné qu'il tient ces propos, ainsi que de nombreux autres arguments de cette sorte, on peut très raisonnablement lui demander : « N'est-ce pas par les sens que j'ai appris que ce qui est chaud maintenant devient ensuite froid ? » Et il en va de même touchant ses autres arguments. Ce que je[4] disais ⟨est évident⟩ : on ne pourrait rien découvrir sur ces questions, à moins que, pour abolir et réfuter les sens, on ne leur accorde en même temps le plus grand crédit[5]. (*De la philosophie*, cité par Eusèbe, *Préparation évangélique*, XIV, XVII, 7.)

B. FRAGMENTS

DE LA NATURE OU DE L'ÊTRE[6]

I

Simplicius.

Et Mélissos a démontré à propos de l'être qu'il est le non-engendré, en usant de cet axiome commun. Il écrit : Toujours était ce qui était, et toujours il sera. Car s'il résultait d'une génération, avant cette génération c'eût été nécessairement le néant[1]. Si cela avait été alors le néant, en aucun cas rien n'aurait pu provenir du néant[2]. (*Commentaire sur la Physique d'Aristote*, 162, 24.)

Simplicius[3].

Considérons à présent la thèse de Mélissos, qu'Aristote combat auparavant[4]. Usant des axiomes des physiciens, Mélissos commence son écrit sur la génération et la corruption par ces mots : « Si le néant est, peut-on parler de lui comme de quelque chose qui est? En revanche, si quelque chose est, ce quelque chose est soit engendré soit éternel. Or, s'il est engendré, il est produit ou bien à partir de l'étant, ou bien à partir du non-étant. Mais une génération ne peut se produire ni à partir du non-étant (aussi bien une génération de quelque chose d'autre qui n'est pas, qu'à plus forte raison de l'étant absolu), ni à partir de l'étant. Car dans ce dernier cas il serait un étant et ne serait pas produit à l'être par la génération. Donc l'étant n'est pas engendré. Donc l'étant est éternellement. L'étant n'est pas sujet non plus à la corruption; car l'étant n'est susceptible ni de passer au non-étant (les physiciens s'accordent en effet sur ce principe), ni de passer à l'étant, car ce serait pour lui de nouveau demeurer tel, et non pas être corrompu. Donc l'étant n'a pas été engendré et ne périra pas non plus. Donc il était toujours et sera toujours. » (*Commentaire sur la Physique d'Aristote*, 103, 13.)

II

Simplicius.

Ainsi parce qu'il n'a pas été engendré, il est et a toujours été et toujours sera; et il n'a ni commencement[5] ni *fin, mais est illimité*. Car s'il avait été engendré, il aurait un commencement (car engendré, il aurait commencé à un moment donné) et une fin (car engendré, il aurait eu une fin à un moment donné). Mais, parce qu'il n'a ni commencé ni fini, toujours il était et toujours il sera, il n'a ni commencement ni fin; car il n'est pas possible que soit éternel ce qui n'est pas tout. (*Commentaire sur la Physique d'Aristote*, 29, 22; 109, 20.)

Mais puisque l'engendré a un commencement, le non-engendré n'a pas de commencement; or l'étant n'a pas été engendré; donc il n'a pas de commencement. De plus, le corruptible a une fin; or si quelque chose est incorruptible, ce quelque chose n'a pas de fin; donc l'étant, du fait qu'il est incorruptible, n'a pas de fin. Or ce qui n'a ni commencement ni fin, se trouve être illimité; donc l'étant est illimité. (*Commentaire sur la Physique d'Aristote*, 103, 24.)

III

Simplicius.

D'autre part, de même qu'il déclare que l' engendré à un moment donné[1] est limité quant à sa substance, de même il dit que le toujours étant est illimité quant à sa substance, ce qu'il a énoncé clairement en disant : Mais de même qu'il est toujours, de même aussi faut-il qu'il soit toujours illimité en grandeur. Il parle de grandeur, et non pas d'étendue[2]. (*Commentaire sur la Physique d'Aristote*, 109, 29.)

IV

Simplicius.

À la suite de l'éternel, il a placé comme complémentaire l'illimité selon la substance en disant : Rien de ce qui a commencement et fin, n'est éternel ni illimité, de sorte que ce qui en est dépourvu, est illimité[3]. (*Commentaire sur la Physique d'Aristote*, 110, 2.)

V

Simplicius.

De l'illimité il déduisait l'Un, en se fondant sur cette prémisse : S'il n'est pas un, il sera limité par autre chose. Eudème, qui accuse d'indétermination cette argumentation, écrit ceci[4] : « Si l'on accorde que l'étant est illimité, pourquoi faut-il aussi qu'il soit un? Car l'explication n'en peut être que des multiples se limitent mutuellement[5], d'une façon ou d'une autre, puisque le temps écoulé semble bien être illimité, bien qu'il soit limité par le présent. Ce qui est sûr, c'est que les multiples ne seraient peut-être pas en toute circonstance illimités; mais par ailleurs cela paraît bien être possible. Il faut donc définir de quelle manière, dans le cas des multiples, ils ne seraient pas illimités. » (*Commentaire sur la Physique d'Aristote*, 110, 5.)

VI

Simplicius.

Comme, de toute évidence, le sensible semble exister, si l'étant est un, il ne saurait exister autre chose que lui. Aussi Mélissos dit : Car s'il était illimité, il serait un. Si en effet il y en avait deux, ils ne pourraient pas être illimités, mais ils se limiteraient mutuellement. Or Parménide dit : « *Il est tout d'une pièce, / Soustrait au mouvement et sans génération*[1] ». (*Commentaire sur le Traité du ciel d'Aristote*, 557, 14.)

Simplicius.

S'il est illimité, il est un. Car s'il y en avait deux, ils ne pourraient être illimités, mais se limiteraient mutuellement. Or l'étant est illimité; donc les étants ne sont pas multiples; donc l'étant est un. (*Commentaire sur la Physique d'Aristote*, 103, 28.)

VII

Simplicius.

Voici donc ce que dit Mélissos, en conclusion de ce qu'il a dit auparavant, et en abordant les questions relatives au mouvement :

1. Ainsi donc il est éternel, illimité, un et totalement semblable.

2. Il ne saurait ni être détruit, ni devenir plus grand, ni changer d'ordonnance, ni éprouver de douleur ou de peine. Car s'il avait à pâtir d'un quelconque de ces changements, il ne serait plus un. Car s'il devient autre, nécessairement l'étant n'est pas semblable; mais l'étant précédent est détruit et le non-étant se trouve engendré. Donc s'il devait devenir autre, ne serait-ce que d'un cheveu, dans dix mille ans, il serait anéanti totalement pour la totalité du temps.

3. Il n'est pas non plus possible qu'il change d'ordonnance. Car l'ordonnance qu'il avait avant ne se détruit pas, et celle qui n'est pas n'est pas produite. Or, puisqu'il ne se produit ni génération supplémentaire, ni destruction, ni altération, comment, s'il y avait changement d'ordonnance, pourrait-il appartenir au genre des étants? Car, si la moindre altération se produisait, il y aurait du même coup changement d'ordonnance.

4. Il n'éprouve pas non plus de douleur. Car il ne serait pas totalement, s'il éprouvait de la douleur. En effet un objet qui éprouve de la douleur ne saurait être toujours, et ne possède pas une puissance égale à ce qui est bien portant. Il ne serait pas non plus semblable, s'il éprouvait de la douleur. Car c'est par la soustraction ou l'addition de quelque chose qu'il éprouverait de la douleur, et ainsi il ne serait plus semblable.

5. Ce qui est bien portant ne saurait non plus éprouver de la douleur, car le bien portant et l'étant périraient, tandis que le non-étant se produirait.

6. Touchant la peine, même argument que pour la douleur.

7. Aucun vide n'est non plus. Car le vide n'est rien; et le néant ne saurait être. Il ⟨l'étant⟩ ne se meut pas non plus. Car il ne peut se déplacer dans aucune direction, et au contraire est plein. Si en effet le vide était, il pourrait se déplacer vers le vide. Mais si le vide n'est pas[1], il ⟨l'étant⟩ n'a pas de lieu où aller.

8. Le dense et le rare ne sauraient être. Car le rare ne peut être plein d'une manière semblable au dense, et en revanche le rare est produit plus vide que le dense.

9. Il convient d'opérer entre le plein et le non-plein la distinction suivante : si quelque chose est un lieu pour quelque chose et reçoit en elle quelque chose, elle est non pleine; mais si quelque chose n'est pas un lieu et ne reçoit rien en elle, elle est pleine.

10. Donc nécessairement il est plein, si le vide n'est pas. Donc s'il est plein, il ne se meut pas. (*Commentaire sur la Physique d'Aristote*, 111, 18.)

Simplicius.

1. Mais s'il est un, il est aussi immobile. Car l'Un est toujours semblable à lui-même.

2. Mais le semblable ne saurait ni être détruit, ni devenir plus grand, ni changer d'ordonnance, ni éprouver de douleur ou de peine. Car s'il avait à pâtir d'un quelconque de ces changements, *il ne serait plus un. Car ce qui* se meut d'un quelconque mouvement change, passant de quelque chose à quelque chose d'autre. Or il ne saurait rien y avoir d'autre que l'étant. Donc l'étant ne se meut pas. [...]

7. Et selon un autre mode : il n'est aucun vide de l'étant, car le vide n'est rien, donc le néant ne saurait assurément être. Donc

l'étant ne se meut pas, car il n'a nulle part où aller puisque le vide n'est pas.

8. Mais il n'est pas non plus possible qu'il se contracte en lui-même. Car il serait ainsi plus rare et plus dense que lui-même; or cela est impossible. En effet, il est impossible que le rare soit plein d'une manière semblable au dense; et au contraire le rare est produit plus vide que le dense ; mais le vide n'est pas. Si l'étant est plein, ou non, il faut en décider selon qu'il reçoit ou ne reçoit pas en soi quelque chose d'autre. Car s'il ne reçoit pas, il est plein; si au contraire il recevait quelque chose, il serait non plein. Donc si le vide n'est pas, nécessairement il ⟨, l'étant,⟩ est plein. Et s'il en est ainsi, il ne se meut pas, non parce qu'il n'est pas possible qu'il se meuve à travers le plein, ainsi que nous le disons concernant les corps, mais parce que l'être tout entier ne peut se mouvoir ni vers l'étant (car il n'est rien à part lui), ni vers le non-étant, car le non-étant n'est pas.

Voilà qui suffit, concernant les thèses de Mélissos, pour comprendre la critique d'Aristote. Sa thèse revient en gros à affirmer ceci : « L'étant n'a pas été produit. Le non-engendré n'a pas de commencement[1], puisque l'engendré a un commencement. Ce qui n'a pas de commencement est illimité, l'illimité ne saurait être second avec un autre, il est au contraire un; l'Un et illimité est immobile. » (*Commentaire sur la Physique d'Aristote*, 103, 30.)

VIII

Simplicius.

Mélissos, après avoir dit de l'étant qu'il est un, non engendré, immobile et n'est divisé par aucun vide, mais est totalement plein de lui-même, poursuit : 1. La proposition : « Il est seulement un » est le signe[2] majeur, mais viennent ensuite les signes suivants. 2. Car si c'étaient les multiples qui étaient, il faudrait qu'ils soient tels que, pour ma part, j'ai déclaré être l'Un. En effet[3], si ont l'être : la terre, l'eau, l'air, le feu, le fer et l'or, le vivant et le mort, le noir et le blanc, et tout ce que les gens déclarent être vrais, si donc tout cela a l'être, et si notre vue et notre ouïe sont correctes, il faudrait que chacune de ces choses ait un être tel qu'il nous a d'abord paru, c'est-à-dire qu'elle ne change pas et ne devienne pas autre, mais que chacune ait toujours un être tel que celui qu'elle a. Mais en réalité, nous proclamons correctes notre vue, notre ouïe et notre perception. 3. Or, d'autre part, nous avons l'impression que le chaud devient froid et le froid chaud, que le dur devient mou et le mou dur, que le vivant meurt et provient du non-vivant, que toutes ces choses deviennent autres, que ce qui était et ce qui est à présent n'est en rien semblable, que le fer qui est dur s'use au contact du doigt[1], ainsi que l'or, la pierre et tout ce qui paraît parfaitement dur, et que c'est de l'eau que proviennent la terre et la pierre[2]. Il s'ensuit que les étants échappent à notre vue et à notre perception. 4. Ces deux thèses, à vrai dire, ne s'accordent pas entre elles. Car bien que nous prétendions que des multiples ont l'être et qu'ils sont éternels[3] et possèdent formes et consistance, toutes les choses cependant nous paraissent s'altérer et changer, quand nous nous référons à la perception courante. 5. Donc il est évident que notre vision n'a pas été correcte et que ces choses multiples nous paraissent avoir l'être d'une façon qui n'est pas correcte. Car elles ne changeraient pas si elles étaient vraies, mais chacune serait telle qu'elle apparaissait ; car rien n'est plus fort que l'être véritable. 6. Or si le changement existait, l'étant périrait, tandis que le non-étant serait produit. Ainsi donc si les multiples avaient l'être, il faudrait qu'ils soient tels que l'Un est. » (*Commentaire sur le Traité du ciel d'Aristote*, 558, 19.)

IX

Simplicius.

Que son projet ait été de faire de l'étant un incorporel, c'est ce que Mélissos a révélé en disant : Si donc l'étant est, il faut qu'il soit un. Or si l'étant est un, il faut qu'il ne soit pas corporel. Mais s'il avait une épaisseur, il aurait des parties et ne serait plus un[4]. (*Commentaire sur la Physique d'Aristote*, 109, 34.)

X

Simplicius.

Mélissos parle de grandeur, et non pas d'étendue[5]. En effet il montre que l'étant est indivisible : Car si l'étant est divisé, déclare-t-il, il se meut. Mais s'il se mouvait, il n'aurait pas l'être. En revanche il emploie le terme de grandeur pour désigner la dignité de la substance[1]. (*Commentaire sur la Physique d'Aristote*, 109, 32.)

FAUX

XI

Paléphatos.

Je loue sans cesse les auteurs Mélissos et Lamiscos[2] de Samos, qui ont commencé leurs ouvrages par ces mots : « Les choses qui ont été engendrées sont maintenant et seront ⟨toujours⟩[3]. » (*Histoires incroyables*, éd. Festa, p. 22, 1.)

XII

[Anonyme.]

Mélissos a dit : « Je suis fort affligé du travail inutile auquel se condamnent et s'exténuent les vivants : ils entreprennent des voyages de nuit et des marches pénibles, au cours desquels ils naviguent sur les vagues tumultueuses de la mer, flottant sans cesse entre la vie et la mort et s'expatriant au loin, dans l'unique but d'amasser des richesses dont ils ne savent pas qui héritera après leur mort ; et ils ne veulent pas acquérir les magnifiques trésors de la sagesse, dont on ne saurait les déposséder, étant donné qu'ils peuvent non seulement les léguer à leurs amis, mais les emporter avec eux dans l'autre monde et ne pas s'en séparer. Et ceux qui savent en portent témoignage en disant : “ Tel ou tel sage est mort, et non pas sa sagesse. ” » (*Griechisch-Syrische Philosophensprüche über die Seele*, trad. allemande de Ryssel [*Rheinisches Museum*, 51, 1896, 539 *n*. 31.])

EMPÉDOCLE

EMPÉDOCLE

A. TÉMOIGNAGES

VIE

I

Diogène Laërce.

51. Empédocle, comme le déclare Hippobote, était le fils de Méton, lui-même fils d'Empédocle. Il était d'Agrigente. La chose se trouve confirmée par Timée au quinzième livre de ses *Histoires*, et il ajoute que l'Empédocle, grand-père du poète, avait été un personnage éminent. Hermippe dit, lui aussi, la même chose. De la même façon, Héraclide, dans son livre *Sur les maladies*, dit qu'il était d'une illustre maison et que son grand-père avait une écurie de chevaux de course. Ératosthène dit aussi, dans ses *Chroniques des victoires olympiques*, en se fondant sur le témoignage d'Aristote, que le père de Méton remporta la victoire lors de la soixante et onzième olympiade[1]. 52. Le grammairien Apollodore déclare, dans ses *Chroniques* :

Il était le fils de Méton et, dit Glaucos,
Il partit à Thourioi tout récemment fondée.

Et un peu plus bas :

Ceux qui ont rapporté qu'il s'enfuit de chez lui
Et rejoignit les Syracusains pour combattre
Contre les Athéniens, se trompent tout à fait :
En effet, en ce temps, ou bien il était mort
Ou bien très, très âgé, ce qui dément l'histoire.

Aristote[2], ainsi encore que Héraclite, dit qu'il est mort, à l'âge de soixante ans. L'Empédocle qui remporta la victoire lors de la soixante et onzième olympiade

À la course de chevaux, et qui portait
Le même nom que lui, était son grand-père;

la date en est confirmée par Apollodore.

53. Satyros, dans ses *Vies*, dit qu'Empédocle était fils d'Exaenétos et que lui-même laissa un fils portant le nom d'Exaenétos; qu'à la même olympiade, lui-même remporta la course de chevaux, et son fils le concours de lutte (ou bien, comme le dit Héraclide dans son *Épitomè*, la course à pied). Moi-même, j'ai trouvé, dans les *Mémorables* de Favorinus, qu'Empédocle sacrifia, en l'honneur des représentants des cités, un bœuf fait d'un mélange de miel et de farine[1], et qu'il avait un frère portant le nom de Callicratidès. Télaugès, le fils de Pythagore, déclare dans sa *Lettre à Philolaos*[2], qu'Empédocle était fils d'Archinomos.

54. Qu'il était d'Agrigente en Sicile, lui-même nous l'apprend au début de ses *Purifications*, quand il dit :

Amis qui habitez la grand-ville, en surplomb
De l'Acragas aux reflets d'or, sur les hauteurs[3]*.[...]*

Voilà en ce qui concerne sa famille.

Timée, au neuvième livre de ses *Histoires*, note qu'il fut l'élève de Pythagore, et dit qu'ayant été accusé de lui voler ses thèses, il fut alors, comme Platon, exclu de la participation aux entretiens de l'école; il ajoute que lui-même fait mention de Pythagore en ces termes :

Parmi eux se trouvait un homme extraordinaire
Par son savoir[4]*[...]*

(D'après certains, ces vers ne concernent pas Pythagore, mais Parménide.)

55. Néanthe déclare que jusqu'à l'époque de Philolaos et d'Empédocle, les pythagoriciens admettaient le public à leurs entretiens mais que, quand ce dernier les eut rendus publics dans ses poèmes, ils établirent une loi prescrivant de ne rien confier à aucun poète; Platon, déclare-t-il, subit le même sort et fut lui-même exclu. Mais de quel pythagoricien Empédocle fut l'élève, il ne l'a pas dit. Et la *Lettre* attribuée à Télaugès, selon laquelle il fut l'élève d'Hippase et de Brontin, n'est pas digne de créance.

Théophraste, lui, déclare qu'il fut un élève de Parménide, et qu'il l'imite dans ses poèmes. Car Parménide, lui aussi, a donné une forme poétique à son traité *De la nature*. 56. Hermippe en fait l'adepte non pas de Parménide, mais de Xénophane, en compagnie duquel il vécut et dont il imita la poésie, ne rencontrant les pythagoriciens que par la suite. Alcidamas, dans sa *Physique*, dit que Zénon et Empédocle furent à la même époque élèves de Parménide, qu'ensuite ils le quittèrent, et que Zénon établit son propre système philosophique, tandis qu'Empédocle devint l'élève d'Anaxagore et de Pythagore, prenant pour modèle la vie faite de dignité et les allures de l'un, et les théories philosophiques de l'autre. 57. Aristote déclare, dans *Le Sophiste*[1], qu'Empédocle est l'inventeur de la rhétorique, et Zénon de la dialectique. Dans le *Sur les poètes*, il déclare qu'Empédocle fut homérique et fort brillant en matière d'expression, maniant le style métaphorique et usant de toutes les autres figures propres à la poésie. Il ajoute qu'il a encore écrit d'autres poèmes, notamment la *Traversée de Xerxès* et *l'Hymne à Apollon*, mais que ces poèmes furent ensuite brûlés par sa sœur (ou, d'après Hiéronyme, par sa fille): l'hymne involontairement, mais l'épopée perse volontairement, car elle était inachevée. 58. Plus généralement, il déclare qu'il a écrit des tragédies et des ouvrages politiques; Héraclide, le fils de Sérapion, déclare que ces tragédies sont l'œuvre d'un autre; Hiéronyme déclare en avoir rencontré quarante-trois; et Néanthe, que ses tragédies sont des œuvres de jeunesse, et qu'il a pu lui-même en lire sept.

Satyros, dans ses *Vies*, déclare qu'il était aussi médecin et excellent orateur. Gorgias de Léontium[2] fut son élève: il était lui-même un personnage éminent en rhétorique qui nous a laissé un *Art de la rhétorique* et qui, au dire d'Apollodore dans ses *Chroniques*, vécut cent-neuf ans. 59. Satyros déclare qu'il a assisté à des expériences de magie faites par Empédocle. Empédocle lui-même l'annoncerait dans ses poèmes, en même temps qu'une foule d'autres choses, en déclarant :

Tu connaîtras tous les remèdes qui des maux [...][3].

60. Timée, au livre XVIII, déclare que le personnage fut admiré en de nombreuses circonstances. Justement, un jour que les vents étésiens soufflaient violemment au point de mettre à mal les récoltes, il ordonna d'écorcher des ânes pour confectionner des peaux[4], et les fit disposer tout autour sur les collines et les sommets afin de retenir le vent ; le vent ayant cessé, on l'appela « Empêche-vent ». Héraclide déclare, dans son livre *Des maladies*, qu'il décrivit à Pausanias les phénomènes de catalepsie. Ce Pausanias était, au dire d'Aristippe et de Satyros, son bien-aimé, à qui justement il dédia aussi ses livres *De la nature* en ces termes :

Écoute, ô Pausanias, fils du sage Anchitès[5].

Il composa aussi sur lui une épigramme :

61. *Pausanias justement appelé médecin [...]*[1].

La catalepsie, au dire d'Héraclide, correspondait au cas suivant : pendant trente jours, il interrompit la respiration d'une femme et maintint sans pulsations son corps. C'est pourquoi Héraclide l'appela médecin et devin, en se fondant aussi sur ces vers :

62. *Amis qui habitez la grand-ville, en surplomb*
De l'Acragas aux reflets d'or, sur les hauteurs [...][2].

63. Il[3] dit qu'Empédocle appelle Agrigente *la grand-ville* parce qu'elle a huit cent mille habitants[4]. C'est pourquoi Empédocle dit à propos de leur luxe : « Les Agrigentins vivent dans le luxe, comme s'ils devaient mourir demain, mais bâtissent des maisons, comme s'ils devaient vivre toujours. » On dit que ses *Purifications* furent récitées à Olympie par le rhapsode Cléomène, ainsi que le note Favorinus dans ses *Mémorables*. Aristote déclare aussi de lui qu'il était un homme libre et dédaigneux de toute forme de pouvoir, puisqu'il refusa la royauté qui lui était offerte, ainsi que le dit Xanthos dans les livres qu'il lui a consacrés, tant il préférait la simplicité. 64. Timée, qui a rapporté le même témoignage, expose en même temps la raison pour laquelle ce personnage était républicain. Timée déclare en effet qu'Empédocle avait été invité à dîner par un magistrat. Le dîner avançait, et l'on n'avait toujours pas apporté à boire. Les convives ne disaient rien; alors il se fâcha et réclama la boisson. Leur hôte déclara qu'on attendait le président du conseil qui, dès son arrivée, fut nommé président du banquet, visiblement à l'instigation de l'hôte qui eut un geste de futur tyran[5] : n'ordonna-t-il pas en effet de boire ou de renverser son vin sur sa tête? Sur le moment, Empédocle ne souffla mot; mais le lendemain il les fit traduire devant un tribunal, condamner et exécuter tous les deux, à la fois l'hôte et le président du banquet. Ce fut le début de sa vie politique.

65. Une autre fois, quand le médecin Acron demanda au conseil un emplacement pour faire édifier un monument à la mémoire de son père, autrefois membre éminent du corps médical, Empédocle s'y opposa; il tint un discours sur l'égalité et posa la question : quels vers inscrirons-nous sur la stèle? Dira-t-on :

Acron l'Agrigentin, médecin éminent,
Gît sous le haut rocher de sa haute patrie?

Mais certains citent ainsi le second vers :

A sur une éminence un éminent tombeau.

Certains attribuent ce second vers à Simonide[1].

66. Plus tard Empédocle fit dissoudre l'assemblée des Mille, trois ans après sa formation, ce qui prouve qu'il ne soutenait pas les riches et professait des idées républicaines. Et pourtant Timée, dans ses livres XI et XII (en effet il le cite souvent), déclare qu'il professait des opinions contraires en politique et en poésie. En politique, il montre un souci de mesure et d'équité; en poésie, il est méprisant et orgueilleux. Ne déclare-t-il pas :

Je vous salue.
Me voici parmi vous comme un dieu immortel.
Je ne suis plus mortel, et tous vous me rendez
L'honneur qui me convient[2] ?

À l'époque où il assistait aux jeux Olympiques, il exigeait beaucoup de déférence, au point que dans les conversations on ne parlait de personne d'autre autant que d'Empédocle. 67. Plus tard, quand il revint vivre à Agrigente, les descendants de ses ennemis s'opposèrent à son retour; c'est pourquoi il s'en retourna dans le Péloponnèse, où il mourut. Timée non plus ne l'a pas épargné et l'attaque dans ses vers en disant :

Et Empédocle
Qui déclamait ses vers sur la place publique,
Tout ce qui avait force, il le décomposa;
Et les causes par lui érigées en principes
Étaient moins établies que ce qu'elles fondaient[3].

Sa mort fait l'objet de versions différentes. Héraclide, qui a raconté l'histoire de la femme en catalepsie et dit comment Empédocle devint célèbre en renvoyant chez les vivants la femme morte, déclare qu'il offrait, près du domaine de Pisianax, un sacrifice auquel assistaient quelques-uns de ses amis, parmi lesquels Pausanias. 68. Après dîner, les invités s'éloignèrent pour dormir, les uns sous les arbres de la prairie d'à côté, les autres un peu n'importe où, tandis que lui demeurait à l'endroit où il s'était couché pour le repas. Au lever du jour, il fut le seul qu'on ne retrouva pas. On le chercha, on interrogea les serviteurs qui déclarèrent ne rien savoir; enfin, quelqu'un déclara avoir entendu au milieu de la nuit une voix extrêmement puissante qui criait : « Empédocle! »; ensuite il s'était levé et avait vu une grande lumière dans le ciel, puis une lueur de torches, rien de plus. Cela surprit beaucoup et Pausanias envoya plusieurs personnes à sa recherche. Plus tard, il leur interdit de se montrer davantage curieux, leur disant que des événements au-delà de toute attente s'étaient produits, et qu'il convenait de faire en son honneur un sacrifice, comme à quelqu'un qui est devenu dieu. 69. Hermippe déclare qu'une certaine Panthéia, d'Agrigente, condamnée par les médecins, avait été guérie par ses soins et, en cette occasion, offrait un sacrifice : il y avait environ quatre-vingts invités. Selon Hippobote, il se leva et se dirigea vers l'Etna, puis, arrivé près du cratère de feu, plongea et disparut, voulant confirmer sa réputation d'être un dieu ; ce fait fut prouvé plus tard quand le volcan vomit une de ses sandales. En effet, il avait l'habitude de se chausser de bronze[1]. Pausanias s'éleva contre cette version. 70. (Diodore d'Éphèse, dans son livre *Sur Anaximandre*, déclare qu'Empédocle imitait ce dernier, affectant une pompeuse arrogance et affichant une majestueuse élégance.) La peste s'étant abattue sur les habitants de Sélinonte, à cause des émanations du fleuve proche, faisant dépérir les hommes et avorter les femmes, Empédocle conçut l'idée de faire confluer l'eau de deux fleuves des environs, à ses propres frais : ce mélange eut pour effet d'adoucir les flots. Ainsi la pesta cessa, et un jour que les Sélinontins festoyaient sur la berge, Empédocle apparut ; ils se levèrent en signe de remerciement et lui adressèrent une prière, comme l'on ferait à un dieu. C'est dans l'intention de confirmer cette croyance qu'il se serait jeté dans le feu. 71. Mais Timée contredit ces versions, en affirmant expressément qu'il partit pour le Péloponnèse et ne revint jamais plus ; c'est pourquoi sa fin est obscure. Il réfute point par point Héraclide dans son livre XIV : Pisianax, dit-il, était syracusain et n'avait pas de propriété à Agrigente. En outre, si l'histoire était vraie, Pausanias aurait fait ériger en l'honneur de son ami un monument commémoratif, ou bien encore une stèle, ou même une chapelle, comme à un dieu ; car il en avait les moyens. « Dites-moi donc pourquoi, déclare-t-il, il aurait été se jeter dans les cratères dont, quoique proche, il n'a jamais fait mention ? Donc il est bien mort dans le Péloponnèse. 72. Et il n'y a rien d'étonnant à ce que sa tombe ne se remarque pas ; c'est le cas de beaucoup d'autres. » Après s'être exprimé en ces termes, Timée ajoute : « Héraclide raconte toujours des histoires tellement invraisemblables qu'il lui est arrivé de dire qu'un homme était tombé de la Lune ! »

Hippobote déclare qu'autrefois il y avait à Agrigente une statue voilée d'Empédocle, et que plus tard cette statue fut placée sans voile, devant la Curie, à Rome. Il existe encore aujourd'hui des peintures qui le représentent. Néanthe de Cyzique, qui a aussi parlé des pythagoriciens, déclare qu'après la mort de Méton, la tyrannie commença à germer, et qu'ensuite Empédocle sut persuader les Agrigentins de mettre fin à leurs divisions et d'adopter l'égalité civile.

73. Comme beaucoup de ses concitoyennes n'avaient pas de dot, il les dota lui-même, parce qu'il était riche. Voilà pourquoi il était vêtu ⟨d'une tunique⟩ pourpre sur laquelle il nouait une ceinture d'or, comme le rapporte Favorinus dans ses *Mémorables*. En outre il était chaussé de bronze et portait une couronne delphique. Sa chevelure était abondante, et des enfants l'accompagnaient. Il était toujours grave et savait conserver la même dignité. Tel il apparaissait; et ses concitoyens qui le rencontraient considéraient cela comme le signe d'une certaine royauté. Plus tard, alors qu'il se rendait en char à Messine pour une Panégyrie, il fit une chute et se rompit le col du fémur. Malade, il en mourut à l'âge de soixante-dix-sept ans. Son tombeau se trouve à Mégare.

74. Sur son âge, Aristote a un avis différent. Car, déclare-t-il, il est mort à soixante ans; mais certains disent cent neuf ans[1]. Son acmé se situe pendant la quatre-vingt-quatrième olympiade[2]. Démétrios de Trézène, dans son livre *Contre les sophistes*, déclare, à la façon d'Homère :

Il se passa autour du cou un nœud coulant
Qui pendait à un haut prunier : alors son âme
Descendit chez Hadès.

Dans la *Lettre* de Télaugès, déjà citée[3], il est dit qu'il glissa dans la mer à cause de sa vieillesse et mourut. Voilà tout ce qu'on dit sur sa mort [...].

76. Ses théories étaient les suivantes : il y a quatre éléments, le feu, l'eau, la terre et l'air. L'Amitié les rassemble et la Haine les sépare. Voici comme il en parle :

Zeus aux feux lumineux,
Héra mère de vie, et puis Aidônéus,
Nestis enfin, aux pleurs dont les mortels s'abreuvent[4].

Par *Zeus* il entend le feu, par *Héra* la terre, par *Aidônéus* l'air, par *Nestis* l'eau. Et il déclare :

Jamais les [éléments] ne cessent de pourvoir
À leur mutuel échange[5],

comme si l'ordonnance des choses était éternelle. Et il ajoute :

Tantôt de par l'Amour ensemble ils constituent
Une unique ordonnance. Tantôt chacun d'entre eux
Se trouve séparé par la Haine ennemie[1].

77. Il déclare que le Soleil est une grande masse de feu et qu'il est plus grand que la Lune; que la Lune a la forme d'un disque et le ciel la forme d'un cristal. Que l'âme revêt une diversité de formes animales et végétales, voici comment il le dit :

Car autrefois je fus jeune homme et jeune fille
Et arbuste et oiseau et muet poisson de mer[2].

Son *De la nature* et ses *Purifications* atteignent les cinq mille vers. Son *Discours de médecine* va chercher dans les six cents vers. Quant à ses *Tragédies*, nous en avons déjà parlé[3]. (*Vies*, VIII, 51-77.)

II

Suidas.

Empédocle, fils de Méton, et, selon d'autres[4], d'Archinomos. Selon d'autres encore, d'Exaenétos. Il avait un frère, Callicratidès.

Il commença par suivre les leçons de Parménide dont, d'après Porphyre, dans son *Histoire de la philosophie*, il devint le bien-aimé[5]. D'après d'autres, Empédocle fut l'élève de Télaugès, fils de Pythagore.

Il était d'Agrigente, philosophe, physicien et poète[6].

Il naquit durant la soixante-dix-neuvième olympiade[7].

Il parcourait les cités avec une couronne d'or sur la tête, des chaussures de bronze, et, à la main, une baguette delphique entourée de rubans de laine tressée; car il voulait jouir de la considération accordée à un dieu. Devenu vieux, il se jeta pendant la nuit dans un cratère de feu, de sorte qu'on ne retrouva pas son corps; après cette mort, une de ses sandales fut rejetée par le feu. Il reçut encore le nom d'« Empêche-vent » pour avoir protégé Agrigente d'un vent furieux qui s'était abattu sur la cité, en faisant disposer des peaux d'ânes tout autour de la ville[8].

Il eut pour élève le rhéteur Gorgias de Léontium[9].

Il écrivit un poème *De la nature* en deux livres[10], qui compte environ deux mille vers, un ouvrage de médecine en prose et nombre d'autres livres. (*Lexique*, « Empédocle ».)

III

Pline.

Une autre secte — celle qui, en fonction de ⟨son intérêt pour les données de⟩ l'expérience, porte le nom de *médecine empirique* — prit naissance en Sicile, sous l'impulsion d'Acron d'Agrigente, qui se recommandait de l'autorité d'Empédocle, le philosophe de la nature. (*Histoire naturelle*, XXIX, I, 5.)

Suidas.

Acron d'Agrigente, médecin, fils de Xénon. Il exerça son art à Athènes, en même temps qu'Empédocle. Il est donc plus ancien qu'Hippocrate. Il écrivit un ouvrage : *De la médecine*, rédigé en dorien, et un *De la nourriture des gens bien portants*, en un livre. C'est un des membres de l'école pneumatique[1]. Empédocle a écrit contre lui une mordante épigramme[2]. (*Lexique* : « Acron ».)

Plutarque.

On dit que le médecin Acron se tailla une grande réputation à Athènes, au temps de la grande peste[3], pour avoir prescrit d'allumer du feu auprès des malades. (*Isis et Osiris*, 79, 383 D.)

Galien.

Tout d'abord une grande querelle de suprématie opposa les médecins de Cos à ceux de Cnide : c'était à qui triompherait des autres par la masse des découvertes! Car après l'éclipse de l'école de Rhodes, il y avait encore deux familles parmi les Asclépiades d'Asie. Puis se développa cette saine émulation — dont Hésiode faisait l'éloge — entre eux et les médecins d'Italie, Philistion, Empédocle, Pausanias et leurs compagnons. (*De la façon de soigner*, X, 5, éd. Kühn.)

IV

Aristote.

Certains philosophes, professant une doctrine plus grossière, ont considéré que l'eau était le principe : ainsi Hippon. Il semble que cette croyance vienne de ce que chez tous les animaux la semence est humide. Celui-ci en effet réfute « ceux qui déclarent que l'âme est le sang[4] », en se fondant sur le fait que la semence n'est pas du sang. (*Traité de l'âme*, I, II, 405 *b* I.)

V

Suidas.

Zénon a écrit des *Disputes*, un *Commentaire d'Empédocle*, un *Contre les philosophes* ⟨*qui ont traité*⟩ *de la nature*. On dit qu'il est l'inventeur de la dialectique, comme Empédocle de la rhétorique[1]. (*Lexique* : « Zénon ».)

VI

Aristote.

Anaxagore de Clazomènes, l'aîné d'Empédocle, mais plus récent que lui par ses œuvres, déclare que les principes sont illimités. (*Métaphysique*, A, III, 984 *a* 11.)

VII

Simplicius.

Empédocle d'Agrigente, né peu après Anaxagore, fut l'élève de Parménide et son disciple, mais davantage encore des pythagoriciens. (*Commentaire sur la Physique d'Aristote*[2], 25, 19.)

VIII

Eusèbe.

Empédocle fut l'élève de Télaugès, à l'époque où Héraclite l'Obscur devint célèbre[3]. (*Préparation évangélique*, X, XIV, 15[4].)

IX

Eusèbe.

Empédocle et Parménide, philosophes de la nature, devinrent célèbres[5]. (*Chronographie*.)

Aulu-Gelle.

C'est à cette époque qu'Empédocle se distingua dans l'étude de la philosophie naturelle[6]. (*Nuits attiques*, XVII, XXI, 14.)

X

Eusèbe.

(*Chronographie*, Quatre-vingt-sixième olympiade[1].)

XI

Athénée.

Empédocle d'Agrigente, vainqueur de la course de chevaux à Olympie, et s'abstenant, en tant que disciple de Pythagore, de nourriture animale, fit confectionner un bœuf de myrrhe, d'encens et d'aromates les plus précieux, et l'offrit aux assistants de la Panégyrie[2]. (*Les Deipnosophistes*, I, 3 E.)

XII

Athénée.

Les *Purifications* d'Empédocle furent chantées à Olympie par le rhapsode Cléomène, ainsi que le déclare Dicéarque dans son *Olympique*. (*Les Deipnosophistes*, XIV, 620 D.)

XIII

Nicomaque.

Marchant sur les traces de Pythagore, Empédocle d'Agrigente, Épiménide le Crétois et Abaris l'Hyperboréen accomplirent souvent des miracles semblables. Leurs exploits sont bien connus. C'est pourquoi Empédocle a reçu le surnom de « Préservateur du vent[3] », Épiménide celui de « Purificateur » et Abaris celui de « Piéton de l'éther ». (Cité par Jamblique, *Vie pythagorique*, 29[4].)

XIV

Plutarque.

Empédocle, le philosophe de la nature, obtint la célébrité pour avoir, en obturant un col de montagne par lequel s'engouffrait un air lourd et pestilentiel qui dévalait sur les plaines, mis fin à la peste qui s'abattait sur la région. (*De la curiosité*, 1, 515 C.)

Plutarque.

Empédocle, après avoir dénoncé les notables de sa cité qui usaient de violence et dilapidaient le trésor public, ⟨les en fit chasser⟩, et délivra la région de la stérilité et de la peste, en faisant barrer les brèches de la montagne par lesquelles le vent pestilentiel s'engouffrait dans la plaine. (*Contre Colotès*, 32, 1126 B.)

Clément d'Alexandrie.

Empédocle d'Agrigente fut appelé « Empêche-vent ». De fait, alors que soufflait des montagnes d'Agrigente un vent lourd, pestilentiel pour les hommes qui y habitaient et stérilisant pour les femmes, Empédocle, dit-on, fit cesser ce vent[1]. (*Stromates*, VI, 30.)

Philostrate.

Quel sage, selon toi, abandonnerait la lutte en faveur d'une telle cité, en sachant que Démocrite a délivré un jour Abdère de la peste, que l'Athénien Sophocle a conjuré, dit-on, les vents déchaînés, et qu'Empédocle a repoussé la nuée qui allait s'abattre sur les Agrigentins ? (*Vie d'Apollonius de Tyane*, VIII, 7, 8.)

Empédocle, Pythagore lui-même et Démocrite, qui fréquentèrent les mages et tinrent de nombreux propos merveilleux, ne connurent pas les persécutions attachées à cette pratique[2]. (*Ibid.*, I, II.)

Pline.

En tout cas Pythagore, Empédocle, Démocrite et Platon durent, pour apprendre cette discipline[3], s'exposer à des traversées sur mer qui ressemblaient plus à des exils qu'à des voyages. À leur retour, ils l'enseignèrent à leurs disciples, mais la réservèrent à un public très fermé. (*Histoire naturelle*, XXX, I, 9.)

XV

Jamblique.

Un jeune homme s'était précipité, l'épée à la main, contre Anchitès[4], l'hôte d'Empédocle, parce que celui-là avait condamné à mort son père, lors d'un procès public ; son emportement et sa colère étaient tels qu'il voulait le frapper de son épée, comme si Anchitès, au lieu de juge, avait été l'assassin de son père. Empédocle, accordant sur-le-champ sa lyre, entonna aussitôt un chant apaisant et calmant et fit entendre la musique, « *Cette drogue, calmant la douleur, la colère, / Dissolvant tous les maux*[1] », comme dit le poète, épargnant ainsi la mort à son hôte Anchitès et un meurtre au jeune homme. L'histoire rapporte que celui-ci devint par la suite un des plus remarquables disciples d'Empédocle. (*Vie pythagorique*, 113[2].)

XVI

Strabon.

Le spectacle de l'Etna fait songer à un grand nombre de fables, et principalement à celle que certains racontent sur Empédocle, dont on dit qu'il se serait jeté dans le cratère; la seule trace qui demeurât de l'événement aurait été l'une des sandales de bronze qu'il portait : en effet, peu de temps après, on la retrouva non loin de la bouche du cratère: elle avait été comme recrachée par la violence du feu. (*Géographie*, VI, éd. Casaubon, p. 274.)

Horace.

Si, tel un oiseleur qui guette en l'air les merles,
Il tombe dans un puits ou dans un trou profond,
Laissez-le s'écrier : « Au secours, citoyens ! »
Le plus longtemps possible, et ne vous souciez pas
De lui venir en aide. À qui voudrait l'aider,
Lui jeter une corde ou lui tendre la perche :
« Qui sait s'il ne s'est pas, à dessein, dans ce trou,
Jeté? Et si vraiment il veut être sauvé? »,
Dirai-je, racontant la mort du grand poète,
Célèbre en la Sicile. En effet, en voulant
Passer pour un dieu immortel, Empédocle
Se jeta de sang-froid dans le brûlant Etna.
La loi doit concéder le suicide au poète :
Le sauver malgré lui, c'est donc l'assassiner.

(*Art poétique*, v. 458 et suiv.)

XVII

Pseudo-Aristote.

Parmi les célébrités plus tardives[3], il y eut Empédocle, Platon, Socrate et beaucoup d'autres. (*Problèmes*, XXX, 1, 953 *a* 26.)

XVIII

Élien.

Empédocle d'Agrigente portait un manteau de pourpre et des sandales de bronze[1]. (*Histoires variées*, XII, 32.)

Philostrate.

Empédocle, la chevelure ceinte d'un ruban de pourpre magnifique, se promenait dans les avenues des cités grecques, majestueusement, en chantant des hymnes où il disait que d'homme il deviendrait dieu. (*Vie d'Apollonios de Tyane*, VIII, 7).

XIX

Sextus Empiricus.

Aristote déclare en effet[2] qu'il a, le premier, donné le branle à la rhétorique. (*Contre les mathématiciens*, VII, 6.)

Quintilien.

On dit qu'Empédocle est le premier après ceux dont les poètes ont parlé, à avoir donné quelque branle à la rhétorique. Les plus anciens auteurs de traités de rhétorique sont Corax et Tisias, des Siciliens, qui eurent pour disciples un compatriote de la même île, Gorgias de Léontium, élève, à ce qu'on raconte, d'Empédocle. (*Institution oratoire*, III, 1, 8.)

Aristote.

Les [rhéteurs] aujourd'hui célèbres, qui sont pour ainsi dire les héritiers d'un grand nombre d'auteurs qui ont fait petit à petit progresser la rhétorique, l'ont considérablement développée : Tisias, après les inventeurs, Thrasymaque après Tisias, etc. (*Réfutations sophistiques*, XXXIV, 183 *b* 31.)

[Scolie.]

[...] parce que lui aussi, Parménide d'Élée, était pythagoricien. D'où il suit évidemment que Zénon, l'homme « à la double langue[3] », qui nous a légué les principes de la dialectique ⟨était lui aussi pythagoricien⟩. Donc la dialectique a commencé avec Pythagore, tout comme la rhétorique; car Tisias, Gorgias et Polos étaient les élèves d'Empédocle, le pythagoricien. (À Jamblique, *Vie pythagorique*, 198.)

MOTS CÉLÈBRES

XX

[Dictionnaire.]

Empédocle, à qui l'on demandait pourquoi il s'emportait si vivement lorsqu'on disait du mal de lui, répondit : « C'est parce que je ne pourrais pas me réjouir des compliments, si je ne m'affligeais pas des reproches[1]. » (*Gnomologium Parisinum*, n. 153.)

Empédocle, à celui qui lui disait qu'il ne pouvait trouver personne qui fût sage, répondit : « C'est tout à fait logique; car celui qui cherche un sage doit lui-même être d'abord un sage[2]. » (*Ibid.*, n. 158.)

XX *a*

Aristote.

Les philosophes de la nature ordonnent la totalité de la nature, en admettant pour principe que le semblable va vers le semblable[3], ce pour quoi Empédocle disait que la chienne s'assoit sur l'argile, parce qu'elle lui est davantage semblable. (*Éthique à Eudème*, VII, I, 1235 *a* 9.)

On raconte qu'une chienne se couchait toujours sur le même carreau d'argile. Empédocle, à qui l'on demandait pourquoi la chienne se couchait sur le même carreau, répondit que c'était parce que la chienne avait avec lui une ressemblance. (*Grande morale*, II, XI, 1208 *b* 11.)

POÉSIE

XXI

Lucrèce.

Certains pensent pouvoir produire toutes choses
À partir des quatre éléments : le feu, la terre,
Le souffle et puis la pluie; d'entre eux le plus célèbre
Est Empédocle d'Agrigente, qu'engendra
Le triangle insulaire et ceint du flot ionien[4]
Qui l'entoure et l'entaille en découpes profondes,
Le baignant d'amertume avec ses ondes vertes :
Un détroit resserré aux courants violents

Des terres d'Italie sépare ses rivages.
Là se dresse Charybde, insatiable et cruelle,
Et là les grondements de l'Etna menaçant
Font craindre sa colère et un embrasement,
Dont la violence cracherait hors de ses gorges,
De nouveau, des éclairs d'incendie jusqu'au ciel.
Et pourtant, en dépit de toutes les merveilles
Qui font de ce pays vaste un site admiré
De tout le genre humain et tous les visiteurs,
Et malgré de ses biens l'abondance, et malgré
La nombreuse vigueur du peuple qui le garde
Et lui fait un rempart, jamais pourtant il n'eut
Rien de plus éclatant, rien de plus vénérable,
Rien de plus saint, rien de plus cher, que ce grand homme.
Les poèmes jaillis de l'auguste poitrine
Portent au loin sa voix, et partout font connaître
Ses nobles inventions, au point de laisser croire
Qu'il ne fut pas produit par une souche humaine.

(*De la nature*, I, v. 714 et suiv.)

XXII

Aristote.

Il n'y a rien de commun entre Homère et Empédocle, hormis la versification. De fait, le premier est à juste titre appelé poète, alors que le second est davantage un philosophe de la nature qu'un poète. (*Poétique*, 1, 1447 *b* 17.)

XXIII

Ménandre de Laodicée[1].

Les hymnes physiques[2], comme ceux que composèrent Parménide et Empédocle, traitaient de la nature d'Apollon[3] ou de Zeus[4]. Et de même la plupart des poèmes d'Orphée. (*Exercices rhétoriques*, I, II, 2.)

Tel est le cas, lorsque récitant un hymne à Apollon, nous affirmons qu'il est le Soleil, et discutons de la nature du Soleil, et aussi quand nous disons de Héra qu'elle est l'air, et de Zeus qu'il est le chaud[5]. De tels hymnes en effet contiennent une explication de la nature[6]. Tel est le genre pratiqué par Parménide et Empédocle. [...] Parménide et Empédocle développent, tandis que Platon se contente de brèves notations[7]. (*Ibid.*, I, v, 2.)

XXIV

Lactance.

Empédocle, dont on ne sait s'il faut le ranger au nombre des poètes ou des philosophes, parce qu'il a écrit en vers *De la nature*, comme chez les Romains, Lucrèce et Varron, pose quatre éléments. (*Institutions divines*, II, XII, 4.)

Quintilien.

[...] à cause d'Empédocle chez les Grecs, de Varron et de Lucrèce chez les Latins, qui nous ont transmis en vers les enseignements de la philosophie. (*Institution oratoire*, I, IV, 4.)

XXV

[Scolie.]

Le poète se pare de quatre ornements : le mètre, le discours, le récit et la forme ; et tout poème qui ne participe pas de ces quatre éléments, n'est pas un poème, même s'il est écrit en vers. Ainsi nous n'appelons poètes ni Empédocle, ni Tyrtée, ni ceux qui ont traité d'astrologie, bien qu'ils aient usé de vers, parce qu'ils n'usent pas des éléments caractéristiques de la poésie. (À Denys de Thrace, éd. Hilgard, p. 168, 8.)

N'est pas poète celui qui seulement use du mètre : ne le sont ni Empédocle, l'auteur des livres de *Physique*, ni ceux qui traitent d'astrologie, ni l'oracle de la Pythie qui s'exprime en vers. (*Ibid.*, p. 166, 13.)

Plutarque.

(*Comment il faut ouïr les poètes*[1], 2, 16 c.)

Aristote.

La deuxième règle est d'employer des termes propres [...]; la troisième est d'éviter l'ambiguïté, à moins que l'on ne recherche l'effet contraire, comme lorsqu'on n'a rien à dire et que cependant on fait semblant de dire quelque chose. Ainsi font ceux qui usent de la forme versifiée, Empédocle, par exemple; car il abuse son auditoire qui éprouve ce qu'on ressent généralement en écoutant les devins, puisque l'auditoire eﬅ prié d'approuver en bloc un propos ambigu :

Quand Crésus l'Halys passera,
Un grand empire détruira[1].

(*Rhétorique*, III, v, 1407 *a* 31.)

De même, il eﬅ bouffon de croire qu'en disant que *la mer* eﬅ la *sueur de la terre*, comme Empédocle[2], on a dit quelque chose de clair. Une telle expression peut paraître suffisante en poésie (c'eﬅ là une métaphore qui convient à la poésie), mais elle eﬅ insuffisante pour ce qui eﬅ de connaître la réalité naturelle. (*Météorologiques*, II, iii, 357 *a* 24.)

Cicéron.

Si l'on te suivait sur ce plan, on pourrait dire que le jeu de paume ou celui des douze lignes[3] font partie du droit civil, compte tenu du fait que Publius Mucius[4] y excelle; on pourrait dire aussi que ceux que les Grecs nomment les *philosophes de la nature*[5] sont eux-mêmes des poètes, puisque Empédocle, philosophe de la nature, a composé un remarquable poème. (*De l'orateur*, I, l, 217.)

XXVI

Denys d'Halicarnasse.

Beaucoup d'auteurs se sont faits les adeptes de ce ﬅyle auﬅère[6] en poésie, en hiﬅoire et en éloquence politique; se diﬅinguent plus particulièrement en poésie épique Antimaque de Colophon et Empédocle, le physicien; en poésie lyrique, Pindare; en tragédie, Eschyle [...]. (*De l'arrangement des mots*, 22.)

XXVII

Cicéron.

Les vers de Lucrèce, ainsi que tu me l'écris, se cara﬇érisent par des illuminations nombreuses qui atteﬅent le génie, mais on y sent beaucoup le procédé[7]. Mais quand tu seras venu, je te tiendrai pour un vaillant homme, si tu lis l'*Empédocle* de Salluﬅe, et non pour un homme ordinaire. (*Lettre à son frère Quintus*, II, ix, 3[8].)

PHILOSOPHIE

XXVIII

Aristote.

Empédocle considère qu'il y a quatre éléments : à ceux déjà cités[1], il ajoute la terre. Les éléments demeurent toujours et échappent au devenir. Ils ne connaissent que l'augmentation ou la diminution, du fait du rassemblement en un Un et de la dissociation à partir d'un Un. (*Métaphysique*, A, III, 984 *a* 8.)

Simplicius.

[Empédocle] porte au nombre de quatre les éléments corporels : le feu, l'eau, l'air et la terre, qui sont éternels, mais changent en quantité, c'est-à-dire en plus et en moins, conformément à l'association et à la dissociation; à ceux-ci s'ajoutent les principes proprement dits, par lesquels les quatre éléments sont mus: Amitié et Haine. Il faut en effet que les éléments ne cessent de se mouvoir alternativement, tantôt s'associant par l'action de l'Amitié, tantôt dissociés par la Haine. Par conséquent, il admet six principes[2]. Et en effet, il confère une puissance efficiente à la Haine et à l'Amitié, quand il dit :

Tantôt de par l'Amour ensemble ils constituent
Une unique ordonnance. Tantôt chacun d'entre eux
Se trouve séparé par la Haine ennemie[3].

Plus loin, il leur confère un statut d'élément comparable à celui des quatre éléments, lorsqu'il dit :

Et tantôt de nouveau / Il se divise [...]
Et en largeur[4].

(*Commentaire sur la Physique d'Aristote*, 25, 21.)

XXIX

Platon.

Une fable, voilà ce que visiblement ils nous racontent, comme si nous étions des enfants[5]. L'un parle de trois éléments qui tantôt s'en vont en guerre, les uns contre les autres, tantôt font amis, et alors on assiste à la noce, à la naissance de rejetons et à l'allaitement. L'autre parle de deux : l'humide et le sec, ou bien le chaud et le froid, qu'il met sous un même toit et couche dans le même lit. Chez nous, la noble branche éléate, qui remonte à Xénophane et même plus haut[1], ne voit que l'Un dans ce qu'on appelle le Tout, et développe ses fables en ce sens. Plus tard, certaines Muses d'Ionie et de Sicile[2] ont combiné l'idée d'accoupler les deux thèses, que l'être est à la fois multiple et un, et composé par l'action de la Haine et de l'Amitié; « car le désaccordé s'accorde toujours », déclarent les plus vociférantes de ces Muses[3]. D'autres, plus gentilles, ont adouci cette règle éternelle : alternativement, tantôt le Tout est un et ami grâce à Aphrodite, tantôt il est multiple et en guerre contre lui-même, du fait d'un je-ne-sais-quoi dont la Haine est responsable. (*Le Sophiste*, 242 *c-d*.)

XXX

Pseudo-Plutarque.

Empédocle d'Agrigente ⟨pose⟩ quatre éléments : le feu, l'eau, l'éther et la terre. Cause de ceux-ci[4] : Amitié et Haine. Du mélange premier des éléments, déclare-t-il, l'air, dissocié, diffuse tout autour[5]. Après l'air, le feu s'en échappe vivement et, ne trouvant pas d'autre emplacement, s'élance vers le haut sous l'air cristallisé. Il y a, en cercle autour de la Terre, deux hémisphères en mouvement: l'un tout entier de feu, l'autre fait d'un mélange d'air et d'un petit peu de feu, qu'il estime être la nuit. L'origine du mouvement provient de la rencontre fortuite de l'agrégat avec le feu qui fond sur lui. Le Soleil n'est pas naturellement de feu, mais est un reflet du feu, semblable à celui qui se produit sur l'eau. La Lune, déclare-t-il, a une origine indépendante, et provient de ce que le feu s'est séparé de l'air; car il est congelé, tout comme la grêle. Mais la Lune, elle, tire du Soleil sa lumière[6]. L'hégémonique n'est pas situé dans la tête, ni dans le thorax, mais dans le sang[7]. Ainsi est-ce par cette partie du corps où il se trouve être davantage répandu (et qu'il tient pour l'hégémonique), que l'homme se trouve exceller. (*Stromates*, cité par Eusèbe, *Préparation évangélique*[8], I, VIII 10.)

XXXI

Hippolyte.

1. Empédocle, qui vient après eux[9], a dit beaucoup de choses touchant la nature des démons qui, allant et venant sans cesse, s'occupent de ce qui se passe sur Terre et sont très nombreux. Il

déclarait que le principe du Tout eſt la Haine et l'Amitié, et que le feu intelligent, contenu dans l'unité, c'eſt Dieu ; que toutes choses sont conſtituées à partir du feu et qu'elles se dissoudront en feu. Les stoïciens soutiennent une thèse presque semblable, en s'attendant à un embrasement universel. 2. Mais, par-dessus tout, il croit à la métensomatose, puisqu'il dit :

Car autrefois je fus jeune homme et jeune fille
Et arbuſte et oiseau et muet poisson de mer[1].

3. Il disait que les âmes passent toutes dans les divers animaux. Et en effet, leur maître Pythagore disait qu'il avait été Euphorbe pendant la guerre de Troie, et prétendait reconnaître son bouclier. (*Réfutation de toutes les hérésies*, I, 3.)

XXXII

Aétius.

⟨Empédocle disait que l'Un eſt sphérique, éternel et immobile⟩ et que : d'une part l'Un eſt la nécessité ; d'autre part sa matière eſt conſtituée par les éléments, et ses formes par la Haine et l'Amitié. Il pense encore que les quatre éléments sont des dieux et que le monde eſt leur mélange, et qu'en plus d'⟨eux eſt le Sphairos, en qui toutes choses⟩ se dissoudront, et qui eſt l'unique quant à la forme. Il pense encore que les âmes sont divines, et divins les purs qui purement participent à elles. (*Opinions*, I, VII, 28.)

XXXIII

Aétius.

Empédocle d'Agrigente, fils de Méton, pense qu'il exiſte quatre éléments : le feu, l'air, l'eau et la terre, et deux puissances *« archiques », l'Amitié et la Haine*, dont la première eſt unifiante et la seconde séparatrice. Il déclare : *Connais premièrement [...] s'abreuvent*[2] . Par *Zeus*, il désigne l'effervescence[3] et l'éther ; par *Héra, mère de vie* , l'air ; la terre par *Aidônéus* ; et par *Neſtis, aux pleurs dont les mortels s'abreuvent* , la semence et l'eau. (*Opinions*, I, III, 20.)

Stobée.

Empédocle appelle du nom de *Zeus* l'effervescence et l'éther ; du nom de *Héra, mère de vie* , la terre ; l'air du nom d' *Aidônéus* , parce qu'il n'a pas de lumière qui lui soit propre et qu'il se trouve éclairé par le Soleil, la Lune et les astres; du nom de *Nestis, aux pleurs dont les mortels s'abreuvent*, la semence et l'eau. Des quatre éléments est formé le Tout; leur nature est formée à partir des contraires: le sec et l'humide, le chaud et le froid. Le Tout résulte du mélange proportionnellement dosé de ces éléments; il supporte des changements partiels, sans que cela implique une dissolution du Tout. Il dit ainsi : *Tantôt de par l'Amour [...] par la Haine ennemie*[1]. (*Choix de textes*[2], I, x, 11 *b*.)

Hippolyte.

Zeus est le feu; *Héra, mère de vie*, la terre qui produit les fruits pour la vie; *Aidônéus*, l'air : c'est grâce à lui que nous voyons toutes choses que nous ne verrions pas sans lui[3]; *Nestis*, l'eau : en effet elle est le seul véhicule de la nourriture pour tous les êtres qui se nourrissent, quoique n'étant pas nourrissante en elle-même; car si elle avait une vertu nourrissante, déclare-t-il, les vivants ne connaîtraient pas la faim, l'eau demeurant toujours en abondance dans le monde. Voilà pourquoi il appelle *Nestis*[4] l'eau, parce que, étant la cause de la nourriture, elle n'a pas la faculté de nourrir ceux qui se nourrissent. (*Réfutation de toutes les hérésies*[5], VII, 29.)

Philodème.

Que *Héra* et *Zeus* sont l'air et le feu, c'est ce que déclare Empédocle dans ses hymnes[6]. (*De la piété*, 2, éd. Gomperz, p. 63.)

XXXIV

Galien.

Empédocle pensait que la nature des corps composés est produite à partir des quatre éléments immuables; et que ces premiers éléments se trouvent mêlés ensemble, comme si l'on mélangeait, broyait et réduisait en une fine poussière de la rouille, de la chalcite, de la cadmie et du misy[7], si bien qu'aucun des éléments composant le mélange ne puisse ensuite être séparé. (*Sur la nature de l'homme d'Hippocrate*, xv, 32, éd. Kühn.)

Hippocrate est le premier, à notre connaissance, à avoir dit que les éléments sont mélangés. [...] En cela il différait d'Empédocle. En effet, celui-ci déclare que nous avons été engendrés à partir des mêmes éléments que ceux dont parle Hippocrate, nous ainsi que tous les corps sur la Terre, non pas par un total mélange mutuel, mais par juxtaposition partielle et contact[8]. (*Ibid.*, xv, 49.)

XXXV

Aétius.

Empédocle disait que les lieux des éléments ne sont pas absolument constants ni définis, mais que tous changent mutuellement de lieu. (*Opinions*, II, 7, 6.)

Achille Tatius.

Empédocle ne confère pas aux éléments des lieux définis, mais déclare qu'ils échangent mutuellement leurs lieux, de telle sorte que la terre se transporte vers le haut et le feu vers le bas. (*Introduction à Aratos*, 4, éd. Maass, p. 34, 20.)

XXXVI

Aristote.

Quelques-uns déclarent d'emblée qu'il y a quatre éléments, tel Empédocle. Mais il les distribue en deux classes, car au feu il oppose tous les autres[1]. (*De la génération et de la corruption*, II, III, 330 *b* 19.)

XXXVII

Aristote.

Et Empédocle, bien qu'il fasse des causes un plus grand usage qu'[Anaxagore], ne le fait pas suffisamment et n'y découvre pas une cohérence suffisante. Souvent, en tout cas, chez lui l'Amitié dissocie et la Haine rassemble. Lorsqu'en effet le Tout est divisé en ses éléments par la Haine, le feu se rassemble en un Un avec chacun des autres éléments. Et lorsque de nouveau la réunion en un Un est accomplie par l'Amitié, il est nécessaire que de nouveau les parties de chaque Un se dissocient.

Ainsi Empédocle le premier, et contrairement à ses prédécesseurs, introduisit la division de la cause, en posant l'existence non d'un principe unique du mouvement, mais de principes doubles et contraires. En outre, il fut le premier à parler des quatre éléments, qu'on dit être de nature matérielle ; mais il ne fait pas usage des quatre, et il s'en sert comme s'ils étaient deux seulement. Il y a le feu en lui-même d'une part, et d'autre part, opposés à lui et constituant comme une nature unique, la terre, l'air et l'eau. On peut du reste s'en apercevoir à la lecture de ses vers. (*Métaphysique*, A, IV, 985 *a* 21.)

XXXVIII

Aristote.

Empédocle semble dire que le fait que l'Amitié et la Haine commandent et mettent tour à tour en mouvement, est un attribut nécessaire des choses, et que dans l'intervalle elles se reposent ⟨alternativement⟩. (*Physique*, VIII, I, 252 *a* 7.)

XXXIX

Aristote.

Comme il était visible que les opposés aux biens existent dans la nature, qu'il n'existe pas seulement ordre et beauté, mais désordre et laideur, et même que les maux sont plus nombreux que les biens et les choses viles que les choses belles, alors un autre introduisit l'Amitié et la Haine, chacune étant cause l'une des uns, l'autre des autres. Car si l'on poursuit et si l'on s'attache à l'esprit, et non à la lettre des propos d'Empédocle, qui ne sont que de misérables bégaiements, on trouve que l'Amitié est la cause des biens, et la Haine celle des maux[1]. De sorte que, si l'on déclarait que d'une certaine façon Empédocle a dit, et même dit le premier, que le mal et le bien sont principes, peut-être alors aurait-on raison, puisque la cause de tous les biens est le bien lui-même [et celle des maux, le mal]. (*Métaphysique*, A, IV, 984 *b* 32.)

XL

Aristote.

Empédocle réserve au seul mélange ses louanges. Pourtant du moins, ce n'est pas la Haine, mais au contraire l'Amitié qui sépare les éléments, puisque ceux-ci sont par nature antérieurs à Dieu, et sont eux-mêmes des dieux[2]. (*De la génération et de la corruption*, II, VI, 333 *b* 19.)

XLI

Jean Philopon.

Empédocle est en contradiction avec les phénomènes lorsqu'il supprime l'altération qui est évidente, et il se contredit lui-même quand il dit que les éléments sont immuables et qu'ils ne s'engendrent pas mutuellement, mais que les autres choses sont engendrées à partir d'eux. Il déclare que, lorsque la Haine à son tour commande, toutes les choses deviennent un et forment le Sphairos qui est sans qualité[1], de telle sorte que la propriété aussi bien du feu que de n'importe quel autre élément, n'est pas conservée en lui, vu que chacun des éléments perd sa forme propre. (*Commentaire sur De la génération et de la corruption d'Aristote*, éd. Vitelli, 19, 3.)

XLII

Aristote.

Il n'est pas conforme à la raison de faire procéder la génération d'éléments séparés et en mouvement. C'est pourquoi justement Empédocle laisse de côté celle qui se produit sous l'empire de l'Amitié. Car il n'aurait pu construire le ciel à partir d'éléments séparés en les combinant, et en confiant ce rassemblement à l'Amitié; en effet le monde est actuellement formé d'éléments séparés, de telle sorte que nécessairement ils ont été engendrés à partir de l'un et du mélangé[2]. (*Traité du ciel*, III, II, 301 *a* 14.)

Il déclare en même temps que l'ordre du monde est le même aujourd'hui sous l'empire de la Haine, qu'autrefois sous celui de l'Amitié. (*De la génération et de la corruption*, II, VII, 334 *a* 5.)

XLIII

Aristote.

Pour ceux qui parlent comme Empédocle, de quelle manière la génération se fera-t-elle? Ce sera nécessairement une composition à la façon d'un mur construit en briques et en pierres; et ce mélange-là sera formé d'éléments conservant leur individualité par juxtaposition mutuelle de petites parcelles. Il en ira ainsi de la chair et de chacune des autres choses. (*De la génération et de la corruption*, II, VII, 334 *a* 26.)

Aétius.

Empédocle déclarait qu'antérieurement aux quatre éléments, il existe des fragments infiniment petits, qui sont pour ainsi dire des éléments homéomères[3] précédant les éléments. (*Opinions*, I, XIII, 1.)

Empédocle et Xénocrate pensent que les éléments sont constitués par l'assemblage de masses plus petites, qui sont des minima, et pour ainsi dire les éléments des éléments. (*Ibid.*, I, XVII, 3.)

Galien.

Celui-ci en effet déclare que, de même que tous les autres corps terrestres, nous sommes formés des mêmes éléments que ceux dont parle Hippocrate; non pas par un véritable mélange mutuel, mais par juxtaposition et contact de petites parties[1]. (*Sur la nature de l'homme d'Hippocrate*, XV, 49.)

XLIII *a*

Aristote.

Si la dissolution s'arrête, le corps auquel elle s'arrêtera sera soit un atome ⟨indivisible⟩ soit un corps divisible qui pourtant ne sera jamais divisé, conformément à ce qu'Empédocle veut dire[2]. (*Traité du ciel*, III, VI, 305 *a* 1.)

XLIV

Aétius.

Empédocle, Anaxagore, Démocrite, Épicure et tous ceux qui envisagent une construction du monde par réunion de corps tout petits, introduisent des associations et des dissociations, et non des générations et des corruptions à proprement parler. Car ces générations ne résultent pas d'une altération qualitative, mais d'une conglomération quantitative[3]. (*Opinions*, I, XXIV, 2.)

XLV

Aétius.

Empédocle pense que l'essence de la nécessité est d'être la cause qui sait user des principes et des éléments. (*Opinions*, I, XXVI, 1.)

Plutarque.

La nécessité, que généralement on appelle destin est, pour Empédocle, l'ensemble constitué par l'Amitié et la Haine[4]. (*La Création de l'âme dans le Timée*, 27, II, 1026 B.)

XLVI

Aristote.

D'autres considèrent que les contrariétés contenues dans l'Un sont produites à partir de l'Un par dissociation. Par exemple, Anaximandre et tous ceux qui déclarent que l'être est un et multiple, comme Empédocle et Anaxagore. En effet ils s'accordent pour faire naître toutes les autres choses du mélange, par dissociation. Mais ils diffèrent l'un de l'autre en ce sens qu'Empédocle crée un cycle de dissociation, alors que pour Anaxagore, celle-ci n'a lieu qu'une fois. En outre, Anaxagore a considéré que les homéoméries et leurs contraires sont illimitées [en nombre], alors qu'Empédocle pense que les homéoméries et leurs contraires sont ce qu'on appelle les éléments. (*Physique*, I, IV, 187 *a* 20.)

XLVII

Aétius.

Empédocle dit que le monde est un; mais le monde n'est pas le Tout, il est seulement une petite partie du Tout, le reste constituant la matière paresseuse[1]. (*Opinions*, I, v, 2.)

XLVIII

Platon.

Ils déclarent que le feu, l'eau, la terre et l'air existent tous par l'effet de la nature et du hasard, et nullement de l'art; quant aux corps qui viennent ensuite, la Terre, le Soleil, la Lune et les astres, ils proviennent des éléments tenus pour complètement privés d'âme. Ces éléments, transportés par le hasard, et chacun selon sa puissance respective – en se rencontrant et en s'accordant selon leurs affinités propres, les éléments chauds avec les éléments froids, les secs relativement aux humides, les mous relativement aux durs, et de toutes les façons qui peuvent résulter d'un mélange des contraires, selon une nécessité réduite au hasard – ont engendré alors, et de cette façon, la totalité du ciel et tout ce qui prend place dans le ciel, puis tous les vivants ainsi que les plantes, toutes les saisons étant nées des éléments; et tout cela, prétendent-ils, sans le concours d'un intellect, sans le concours de quelque dieu, sans le concours d'aucun art, mais, comme nous le disions, par l'effet de la nature et du hasard. (*Les Lois*, X, 889 *b*.)

XLIX

Philon.

D'après Empédocle, les parties du monde paraissent s'être formées de la même façon. Après en effet que l'éther se fut séparé, l'air et le feu s'envolèrent vers le haut, et le ciel qui se mouvait tout autour, se trouva formé dans un très large espace. Quant au feu qui demeurait un peu en dessous du ciel, il se trouva lui-même aussi comprimé dans les rayons du Soleil. La Terre, se rassemblant en un objet un, et pétrie par une certaine nécessité, apparut au centre et y siégea. Ensuite, autour d'elle, de toutes parts l'éther, du fait qu'il était beaucoup plus léger, se mit à décrire des révolutions sans s'arrêter jamais. Son immobilité est imputable à Dieu (elle ne résulte pas des multiples sphères posées en alternance au-dessus d'elle et dont les révolutions ont poli les contours), parce que autour d'elle circule un tourbillon d'un certain type, tout à fait admirable (sa force lui vient en effet de sa forme grande et multiple), qui fait que la Terre ne tombe ni ici ni là. (*De la providence*[1], II, 60, éd. Aucher, p. 86.)

Aétius.

Empédocle dit que l'éther se sépara le premier, en deuxième lieu le feu et après lui la terre, de laquelle, fortement comprimée par la vitesse de la rotation céleste, l'eau jaillit. D'elle, l'air s'évapora, et le ciel prit naissance de l'éther, et le Soleil du feu, et l'enveloppe terrestre se forma par condensation à partir des autres[2]. (*Opinions*, II, vi, 3.)

L

Aétius.

Empédocle dit que plus grande que la distance du ciel à la Terre, qui constitue l'élévation du ciel à partir de nous, est sa distance en largeur, parce que le ciel s'étend davantage en largeur, du fait que le monde a la forme d'un œuf. (*Opinions*, II, xxxi, 4.)

Empédocle dit que l'orbite du Soleil est la circonférence de la limite du monde. (*Ibid.*, II, i, 4.)

Empédocle dit que la droite [du monde] est la région du tropique d'été, et sa gauche celle du tropique d'hiver. (*Ibid.*, II, x, 2.)

LI

Aétius.

Empédocle dit que le ciel est solide et formé d'air condensé par le feu à la façon d'un cristal, et qu'il enveloppe l'élément igné et l'élément aérien dans chacun des hémisphères. (*Opinions*, II, xi, 2.)

Achille Tatius.

Empédocle déclare que le ciel est cristallin et formé par la condensation de la glace. (*Introduction à Aratos*, 5, éd. Maass, p. 34.)

[Scolie.]

Empédocle dit que le ciel est de l'eau gelée, à la façon d'une condensation cristalline. (À saint Basile, 22, éd. Pasquali.)

Lactance.

Si quelqu'un venait me dire que le ciel est en bronze ou en verre ou, ainsi que le dit Empédocle, de l'air glacé, serais-je aussitôt d'accord ? (*De l'œuvre de Dieu*, XVII, 6.)

LII

Aétius.

Empédocle dit que le monde se détruit du fait de la domination alternée de la Haine et de l'Amitié. (*Opinions*, II, IV, 8.)

Simplicius.

D'autres disent que le même monde alternativement naît et se détruit, et né de nouveau se détruit de nouveau ; et que cette succession est éternelle, ainsi que le dit Empédocle, qui pense que la Haine et l'Amitié règnent tour à tour, que la première rassemble toutes les choses en un Un, détruit le monde de la Haine, et crée à partir de lui le Sphairos, tandis que la Haine dissocie de nouveau les éléments et crée le monde que nous connaissons. (*Commentaire sur le Traité du ciel d'Aristote*[1], 293, 18.)

Platon, Empédocle, Anaxagore et les autres philosophes de la nature semblent nous transmettre l'idée que la génération des composés se fait à partir des simples, selon ce mode qui consiste à raisonner à partir d'une hypothèse[2] [...], comme si les éléments à partir desquels sont engendrées les choses engendrées étaient antérieurs dans le temps. (*Ibid.*, 305, 21.)

Aristote.

Parmi les existants, il ne fait pas les uns corruptibles et les autres incorruptibles, mais il les tient tous pour corruptibles, hormis les éléments. (*Métaphysique*, B, IV, 1000 *b* 18.)

LIII

Aétius.

Empédocle dit que les astres sont de feu et proviennent de l'élément igné que l'air enveloppait en lui et qu'il chassa hors de lui lors de la première séparation. (*Opinions*, II, XIII, 2.)

LIV

Aétius.

Empédocle dit que les étoiles fixes sont attachées au cristal, mais que les planètes sont libres. (*Opinions*, II, XIII, 11.)

LV

Achille Tatius.

Certains disent que le Soleil vient d'abord, en deuxième lieu la Lune et en troisième lieu Cronos. Mais l'opinion la plus répandue est que la Lune vient d'abord, puisqu'elle est, dit-on, un fragment détaché du Soleil, comme dit Empédocle[1]. (*Introduction à Aratos*, 16, éd. Maass, p. 43.)

LVI

Aétius.

Empédocle dit qu'il y a deux Soleils. L'un, l'archétype, qui est ⟨le⟩ feu, se trouve dans l'un des hémisphères du monde et remplit l'hémisphère qui toujours est placé à l'opposé de son reflet; l'autre, ⟨le Soleil⟩ visible, est le reflet ⟨du premier⟩ et se trouve dans le second hémisphère, rempli, lui, d'air mêlé de chaud; ce reflet est produit par réfraction ⟨des rayons du Soleil⟩ contre la Terre arrondie en direction du Soleil cristallin, et il est emporté du même mouvement que le Soleil fait de feu[2]. Bref, le Soleil, selon lui, est le reflet du feu qui entoure la Terre. (*Opinions*, II, XX, 13.)

Égal à la Terre est le Soleil résultant du reflet. (*Ibid.*, II, XXI, 2.)

LVII

Aristote.

C'est à tort qu'Empédocle — ou celui, quel qu'il fût, qui l'a dit — a pensé que la lumière se transporte et naît quelque part entre la Terre et l'enveloppe céleste, sans que nous nous en apercevions [...] À une courte distance, ce phénomène pourrait passer inaperçu; mais ⟨admettre⟩ qu'il passe inaperçu de l'orient à l'occident, c'est vraiment trop nous demander. (*Traité de l'âme*, II, VI, 418 *b* 20.)

Selon Empédocle, la lumière en provenance du Soleil parvient d'abord dans le milieu intermédiaire, avant d'atteindre la vue ou de parvenir sur la Terre. (*Du sens*, VI, 446 *a* 26.)

Jean Philopon.

Empédocle disait que la lumière, qui est un corps émanant du corps lumineux, naît d'abord dans le lieu intermédiaire entre la Terre et le ciel, qu'ensuite elle arrive à nous, mais que son mouvement nous échappe à cause de sa vitesse[1]. (*Commentaire sur le Traité de l'âme*, 344, 34.)

[Anonyme.]

Il existe une deuxième théorie soutenue par ceux qui disent que la lumière est une flamme extrêmement légère provenant du Soleil et qui est réfléchie avec une grande violence. Cette opinion paraît être celle d'Empédocle. Ils l'établissent et la démontrent par le raisonnement suivant : ce en quoi résident les propriétés d'un corps est un corps; or, le propre de la lumière est de se réfléchir et de s'éparpiller (propriétés réservées aux corps); donc elle est un corps. (*Traité anonyme d'optique*[2].)

LVIII

Aétius.

Empédocle dit que, l'air cédant à la violence du Soleil, les pôles se sont inclinés tandis que le pôle nord s'est élevé et que le pôle sud s'est abaissé, ce qui a entraîné la totalité du monde. (*Opinions*, II, VIII, 2.)

Empédocle dit que le Soleil est empêché par la sphère qui l'enveloppe de poursuivre indéfiniment sa course en ligne droite, et que par conséquent les cercles des tropiques l'obligent à rebrousser chemin. (*Ibid.*, II, XXIII, 3.)

LIX

Aétius.

[L'éclipse de Soleil] se produit quand la Lune passe par devant[3]. (*Opinions*, II, XXIV, 7.)

LX

Aétius.

Empédocle déclare que la Lune est de l'air resserré en forme de nuage, solidifié par le feu, de sorte qu'elle est un mélange corporel. (*Opinions*, II, xxv, 15.)

Plutarque.

De fait, ils[1] sont fâchés contre Empédocle qui représente la Lune comme de l'air congelé à la façon de la grêle et rendu compact par la sphère de feu qui forme l'enveloppe céleste. (*La Face visible de la Lune*, 5, vi, 922 c.)

Aétius.

La Lune a la forme d'un disque. (*Opinions*, II, xxvii, 3.)

Plutarque.

La face visible de la Lune, quand elle est pleine, ne ressemble pas à une sphère, mais à une lentille ou à un disque, comme Empédocle croit qu'elle est en réalité. (*Questions romaines*, 101, 288 B.)

Aétius.

Thalès déclara le premier que sa lumière lui vient du Soleil; Pythagore, Parménide, Empédocle, Anaxagore et Métrodore, de même. (*Opinions*, II, xxviii, 5.)

LXI

Aétius.

Empédocle disait que la distance de la Lune au Soleil est double de celle de la Lune à la Terre[2]. (*Opinions*, II, xxxi, 1.)

Empédocle disait que la distance de la Lune à la Terre est double de celle de la Lune au Soleil[3]. (*Ibid.*)

[Le Soleil est deux fois plus éloigné de la Terre que de la Lune[4].] (*Ibid.*)

LXII

Hippolyte.

Comme le disait Empédocle, toute la région d'ici-bas est pleine de maux qui s'étendent à l'envi de la région terrestre jusqu'à la Lune, mais qui ne s'étendent pas au-delà, parce que toute la région supralunaire eſt pure. Héraclite partageait cette opinion[1]. (*Réfutation de toutes les hérésies*, I, IV, 3.)

LXIII

Ariſtote.

Certains pensent que le feu exiſte déjà dans les nuages. Empédocle déclare, pour sa part, que l'éclair eſt formé par l'emprisonnement des rayons du Soleil. (*Météorologiques*, II, IX, 369 *b* 12.)

Aétius.

Empédocle dit que l'éclair eſt produit par de la lumière venant frapper un nuage et chassant l'air qui lui réſiſte. Quand cet air s'échappe en sifflant, le tonnerre se produit; c'eſt son éclat qui produit l'éclair, et la contention de l'éclair qui produit la foudre. (*Opinions*, III, III, 7.)

LXIV

Olympiodore.

Qu'eſt-ce qui meut les vents d'un mouvement oblique? Ce n'eſt ni l'élément terreſtre ni l'élément igné qui ont des mouvements contraires, ainsi que le pensait Empédocle, mais l'air qui se meut en cercle. (*Commentaire sur les Météorologiques d'Ariſtote* [I, XIII] éd. Stüve, p. 102, 1.)

LXV

Aétius.

Empédocle et les stoïciens déclarent que l'hiver se produit quand l'air, devenu plus dense, l'emporte : il force alors le ⟨Soleil[2]⟩ à monter; l'été se produit quand le feu l'emporte : le ⟨Soleil⟩ eſt alors contraint de descendre. (*Opinions*, III, VIII, 1.)

LXVI

Philon.

Traitant ensuite de la mer, Empédocle déclare : après que se fut condensé ce qui se trouvait en la région extrême, en gros à la façon de la grêle[3], l'eau devint fangeuse; en effet, tout ce que la terre contenait d'humidité se trouvait continuellement comprimé de toutes parts, par des liens les plus résistants possible, dans les régions basses et dans les dépressions de la terre, sous l'effet des vents qui soufflaient à l'envi. (*De la Providence*[1], II, 61, p. 86.)

Jean Tzétzès.

En effet, d'après le philosophe de la nature Empédocle, même après que la terre et la mer furent apparues, les éléments continuaient à se mouvoir en désordre; et tantôt le feu vainquait et brûlait, tantôt l'élément aqueux débordait et inondait de ses flots. (*Commentaire sur l'Iliade*, éd. Hermann, 42, 17.)

Aétius.

La mer est la sueur de la Terre brûlée par le Soleil et fortement comprimée[2]. (*Opinions*, III, XVI, 3.)

Élien.

Aristote pense, et Démocrite avant lui, et encore Théophraste — mais des trois, ce sont les déclarations de ce dernier que je cite —, que les poissons ne se nourrissent pas d'eau salée, mais de l'eau douce qui est mêlée à la mer[3]; et comme cela paraît peu probable, [le fils d'Aristote][4], Nicomaque, voulant l'établir sur des faits d'expérience, dit qu'il se trouve de l'eau potable au sein de la mer et fonde ainsi sa réfutation[5] : si quelqu'un plonge dans la mer un vase de cire vide, après l'avoir attaché à une corde permettant de le remonter, et qu'il l'y laisse une nuit et un jour, il l'en retirera rempli d'eau douce et potable. Empédocle d'Agrigente dit lui aussi qu'il existe de l'eau douce dans la mer, et que, bien qu'elle ne soit pas visible, elle nourrit les poissons[6]. Et, dit-il, la cause de la présence dans la mer de l'eau douce est due à une cause naturelle que l'expérience met en évidence[7]. (*De la nature des animaux*, IX, 64.)

LXVII

Aristote.

C'est pourquoi tous ceux qui font du ciel le produit d'une génération, déclarent que la Terre s'est rassemblée au centre ⟨du tourbillon⟩. Pourquoi elle y demeure en repos, ils en cherchent la cause, les uns disant que l'aplatissement et la grandeur de la Terre en sont responsables, les autres assurant, comme Empédocle, que le mouvement circulaire du ciel décrivant son orbite autour de la Terre à une vitesse assez considérable, fait obstacle au mouvement de la Terre à la façon d'une eau contenue dans un vase [auquel on imprime une giration rapide][1] : l'eau, en effet, du fait du mouvement giratoire prolongé d'une coupe, reste en dessous du bronze de la coupe[2], sans se mouvoir vers le bas pour la même raison, bien que la nature la porte vers le bas. (*Traité du ciel*, II, XIII, 295 *a* 13.)

LXVIII

Sénèque.

Empédocle estime que les feux enfouis sous la terre en de nombreux endroits réchauffent l'eau, lorsqu'ils sont enterrés dans le sol à travers lequel l'eau chemine. Nous construisons couramment des dragons et des chauffe-eau de formes diverses[3], dans lesquels nous introduisons des tubes fins roulés en serpentins par où l'eau circule au milieu du feu, un temps suffisant à la réchauffer : l'eau entre froide et ressort chaude. C'est le même phénomène qui, d'après Empédocle, se produit sous la terre. (*Questions naturelles*, III, XXIV, 1.)

LXIX

Pseudo-Aristote.

Pourquoi les pierres sont-elles davantage durcies par l'eau chaude que par l'eau froide ? Est-ce parce que les pierres naissent quand l'humide vient à manquer, que l'humide vient davantage à manquer sous l'effet du chaud que sous l'effet du froid, et que la pétrification est produite par le chaud, à la façon dont Empédocle déclare que les rochers, les pierres et les eaux chaudes se produisent[4]. (*Problèmes*, XXIV, XI, 937 *a* 11.)

Plutarque.

Et pour ce qui est visible : les escarpements, les promontoires et les rochers, Empédocle croit qu'ils ont été mis en place et dressés par l'effet du feu qui est dans les profondeurs de la Terre[5]. (*Du premier froid*, 19, IV, 935 E.)

LXIX *a*

Théophraste.

Empédocle parle encore des couleurs et dit que le blanc est la couleur du feu et le noir celle de l'eau[6]. (*Du sens*, 59.)

LXX

Aétius.

Empédocle déclare que les arbres sont les premiers vivants à être sortis de la terre, avant que le Soleil ne se fût déployé et avant que le jour et la nuit ne fussent distincts. Du fait de la symétrie du mélange, ils enveloppent ⟨en un être unique⟩ la proportion du mâle et du femelle. Ils croissent et grandissent sous l'effet de la chaleur répandue dans la Terre, de telle sorte qu'ils sont des parties de la Terre, à la façon dont l'embryon dans le ventre est une partie de la matrice. Les fruits sont des secrétions de l'eau et du feu qui sont dans les plantes. Celles à qui l'humide fait défaut perdent leurs feuilles sous l'effet de l'évaporation due à l'été, alors que celles qui contiennent beaucoup d'humidité conservent leurs feuilles[1] : ainsi en va-t-il du laurier, de l'olivier et du palmier. Les différences des sucs proviennent de la diversité des mélanges des éléments dans la terre et dans les plantes, qui transforment en une sève différente les homéoméries[2] provenant de la terre nourricière, comme pour la vigne[3]. Car les différences de qualité dans les crus ne viennent pas de la différence des cépages, mais de la différence des sols. (*Opinions*, V, XXVI, 4.)

Théophraste.

En effet la cause de la génération des plantes est une. Empédocle a tort de diviser et de séparer, faisant de la terre la cause des racines et de l'éther la cause des feuilles, en considérant que l'une et l'autre sont séparément causes des unes et des autres. C'est à partir d'une matière une et d'une cause une que s'effectue leur génération. (*Causes des plantes*, I, XII, 5.)

Aristote.

Empédocle avait tort d'ajouter que la croissance survient chez les végétaux par le bas du fait de la pousse des racines, parce que la terre se porte naturellement vers le bas et que la croissance vers le haut provient de ce que le feu s'élève de même. (*Traité de l'âme*, II, IV, 415 *b* 28.)

Plutarque.

Les plantes préservent leur nature de façon insensible, en pompant dans leur environnement, comme le dit Empédocle, de quoi se nourrir quand elles sont arrosées. (*Propos de table*, VI, II, 2, 688 A.)

Pseudo-Aristote.

Mais Anaxagore et Abrucalis[1] disent que les plantes sont mues par le désir, et affirment qu'elles sentent aussi et peuvent être tristes et joyeuses. [...] Mais Abrucalis pense que le sexe est chez elles indifférencié. (*Des plantes*[2], I, 1, 815 *a* 15.)

Anaxagore, Démocrite et Abrucalis disaient qu'elles possèdent l'intellect et l'intelligence. (*Ibid.*, 815 *b* 16.)

L'alternative posée par Abrucalis est la suivante : trouve-t-on dans les plantes un sexe féminin et un masculin, ou au contraire une espèce formée du mélange de ces deux sexes? (*Ibid.*, 817 *a* 1.)

Abrucalis a dit que les plantes naissent à un moment où le monde est encore incomplet et inachevé; et que, lorsque le monde a été achevé, s'est trouvé engendré l'animal[3]. (*Ibid.*, 817 *b* 35.)

LXXI

Hippocrate.

Certains médecins et sophistes disent qu'on ne saurait connaître la médecine, à moins de connaître la quiddité de l'homme, et qu'il faut l'avoir apprise pour prétendre soigner correctement les hommes. C'est à la philosophie que songent ceux qui tiennent ce propos; ainsi que le font Empédocle ou d'autres qui ont écrit *De la nature*: ils commencent par dire ce qu'est la quiddité de l'homme, comment il a été engendré pour la première fois et d'où il a été façonné. Pour ma part, je tiens tout ce qui a pu être dit sur la nature par un sophiste ou un médecin, comme relevant moins de l'art médical que de la littérature. Ma position est qu'en dehors de la médecine, il n'existe pas de connaissance claire touchant la nature. (*De l'ancienne médecine*, XX.)

LXXII

Aétius

Empédocle déclarait que les premières naissances d'animaux et de plantes ne produisaient pas des êtres totalement achevés, mais consistaient en membres séparés et disjoints. Les deuxièmes étaient comme des produits de l'imagination constituées par des parties jointes ensemble. Les troisièmes consistaient en créatures totales[4]. Les quatrièmes provenaient non de semblables[5], comme la terre et l'eau, mais déjà de l'union de différents, tantôt par épaississement de la nourriture[6], tantôt parce que la beauté des femmes excitait à un mouvement d'éjaculation. Les races de tous les animaux furent séparées par les qualités des mélanges. Les unes furent plus propres à plonger dans l'eau, les autres à s'envoler dans l'air (c'est celles qui possédaient davantage d'éléments ignés); les autres, plus lourdes, vécurent sur la terre; quant aux dernières, composées de parties égales à la proportion du mélange, elles résonnèrent de toutes leurs poitrines[1]. (*Opinions*, V, XIX, 5.)

Censorinus.

Empédocle, dans son remarquable poème, affirme quelque chose du même genre : au commencement, des membres séparés sortirent çà et là de la terre, pour ainsi dire grosse. Ensuite ces membres se réunirent et bâtirent la substance du corps humain, mélangée de feu et de liquide. (*Du jour de la naissance*, IV, 7.)

Varron.

Empédocle déclare que les hommes sont sortis de terre comme les épinards[2]. (*Fragments des Satires*, 27, éd. Bücheler.)

LXXIII

Aristote.

Empédocle avait tort de dire que les animaux aquatiques sont ceux qui ont le plus de chaleur et de feu, et qu'ils fuient l'excès de chaleur propre à leur nature[3]. (*De la respiration*, XIV, 477 *a* 32.)

Théophraste.

Comme Empédocle aussi le dit des animaux : la nature a placé dans l'eau les animaux à température très élevée. (*Causes des plantes*, I, XXI, 5.)

LXXIV

Aétius.

Empédocle déclare que la première respiration du premier vivant s'est produite lors de l'évacuation de l'humidité enfermée dans les nouveau-nés et lors de l'entrée de l'air extérieur, appelé par le vide ainsi formé dans les ouvertures des vaisseaux. ⟨Il déclare que⟩ l'expiration se produit ensuite, vu que la chaleur naturelle de l'organisme tend à sortir à l'extérieur et chasse l'air en produisant l'expiration; enfin, l'inspiration coïncide avec un nouveau recul de la chaleur interne qui ainsi laisse de nouveau entrer l'air. L'explication du mécanisme de la respiration, qui prévaut de nos jours, est la suivante : à l'afflux du sang, pour ainsi dire à fleur de peau, qui comprime fortement par son écoulement l'air qui circule dans les narines, succède son reflux, c'est l'expiration ; puis, quand, par un mouvement inverse, l'air rentre pour occuper l'espace libéré par le sang, c'est l'inspiration. ⟨Empédocle⟩ rapproche ce phénomène du fonctionnement de la clepsydre[1]. (*Opinions*, IV, XXII, 1.)

LXXV

Aétius.

(Pourquoi les enfants de sept mois sont viables.) Empédocle dit que lorsque le genre humain fut engendré de la terre, le jour était, à cause de la lenteur du Soleil, aussi long que le seraient aujourd'hui dix mois. Et le temps avançant, la longueur du jour se réduisit à sept mois actuels. C'est pourquoi sont viables aussi bien les enfants de dix mois que ceux de sept mois, parce que le monde a naturellement coutume de mener en un seul jour l'enfant à maturité, [à partir de la nuit] où il a été conçu. (*Opinions*, V, XVIII, 1.)

LXXVI

Platon.

SOCRATE : On ne saurait croire à quel point je me suis passionné, dans ma jeunesse, pour cette science qu'on appelle histoire naturelle. Elle brillait à mes yeux d'un éclat particulier, car elle connaît les causes de chaque être, par quoi chacun est engendré, par quoi chacun est détruit et par quoi chacun existe. Les premières questions que je discutais étaient du genre : faut-il vraiment qu'il se produise une espèce de putréfaction du chaud et du froid, comme certains le disaient[2], pour que les animaux se constituent ? Est-ce le sang[3], ou l'air[4] qui constitue notre conscience ? Ou bien le feu[5] ? Ou bien n'est-ce rien de tout cela, mais le cerveau[6] ? » (*Phédon*, 96 *a*.)

LXXVII

Aétius.

Empédocle déclare que les animaux se nourrissent grâce à la substance qui leur est propre et qu'ils croissent par la présence du chaud. En revanche, ils diminuent et déclinent quand tous deux font défaut. Les hommes d'aujourd'hui, comparés aux premiers hommes, sont comme des enfants qui viennent de naître. (*Opinions*, V, XXVII, 1.)

Pseudo-Galien.

Comment Hippocrate, Érasistrate, Empédocle et Asclépiade disent que se produisent les digestions des nourritures. [...] Selon Empédocle, elles se produisent par putréfaction[1]. (*Œuvres*, XIX, 372, éd. Kühn.)

Galien.

Une antique habitude propre à ces médecins leur fait appeler imputrescible ce que nous appelons indigeste. (*Sur les aphorismes d'Hippocrate*, VI, 1, éd. Kühn, XVIII A 8.)

LXXVIII

Aétius.

Empédocle déclare que les chairs sont engendrées par un mélange à parts égales des quatre éléments[2] ; les nerfs naissent du feu et de la terre mélangés au double d'eau ; les ongles naissent chez les vivants des nerfs qui durcissent au contact de l'air extérieur ; les os, de deux parties d'eau et de terre additionnées de quatre parties de feu[3] ; le mélange de ces parties s'effectue à l'intérieur de la terre. La sueur et les larmes naissent de la liquéfaction du sang rendu plus fluide par l'augmentation de sa ténuité. (*Opinions*, V, XXII, 1.)

Aristote.

La nature est davantage principe que la matière. Parfois, Empédocle, emporté par l'élan de la vérité, bute contre l'obstacle et se voit contraint de déclarer que la substance et la nature sont raison, par exemple lorsqu'il expose la quiddité de l'os[4]. Car selon lui, celle-ci n'est ni l'un des éléments, ni deux, ni trois, ni tous, mais la formule (λόγος) de leur mélange. (*Parties des animaux*, I, 1, 642 *a* 17.)

De même, il est absurde de penser que l'âme est la formule du *mélange* ; car ce n'est pas selon la même formule que s'effectuent le mélange élémentaire propre à la chair, et celui propre à l'os. Ainsi, il arriverait que le même corps enferme en son tout une multiplicité d'âmes, s'il était exact que chaque partie est constituée d'éléments mélangés, et que la formule du mélange est harmonie et âme.

On pourrait du reste faire à Empédocle la demande suivante : puisque, selon lui, chacune des parties du corps est produite par une certaine formule, l'âme est-elle la formule, et non plutôt quelque chose d'autre qui s'ajoute aux parties ? Et puis, l'Amitié est-elle la cause de n'importe quel mélange, ou du mélange conforme à la formule ? Et est-elle elle-même la formule ou quelque chose d'autre à côté de la formule[1] ? (*Traité de l'âme*, I, IV, 408 *a* 13.)

Pseudo-Aristote.

Empédocle prétend que la nature de l'os est simplement une. [...] Si tous ‹les corps› étaient mélangés selon la même formule, il n'y aurait pas de différence entre ‹les corps› du cheval, du lion et de l'homme. (*Du souffle*, IX, 485 *b* 26.)

Plutarque.

Certains déclarent, comme Empédocle, que les larmes se séparent du sang qui se trouve agité, comme le petit lait suinte du lait. (*Questions naturelles*, XX, 2, 917 A.)

LXXIX

Soranus.

Le [cordon ombilical] est constitué de la réunion de vaisseaux au nombre de ‹quatre› : deux veines et deux artères, par l'intermédiaire desquels les aliments sanguin et pneumatique parviennent aux embryons. Empédocle est d'avis qu'ils s'enracinent dans le foie, Phèdre dans le cœur ‹de l'embryon›. (*Gynécologie*, I, LVII, *Corpus des médecins grecs*, t. IV, 42, 12.)

LXXX

Soranus.

Car les règles peuvent être en avance ou en retard de quelques jours. Le plus souvent elles se produisent à l'échéance propre à chaque femme, et ‹non›, comme le ‹dit› Dioclès, à la même ‹échéance› pour toutes les femmes ; et pas non plus, comme le dit Empédocle, pendant la lune descendante. Certaines femmes, en effet, sont réglées avant le vingtième jour, d'autres au vingtième, et le retour des règles se produit tantôt à la lune montante, tantôt à la lune descendante[2]. (*Gynécologie*, I, XXI, *ibid.*, 14, 9.)

LXXXI

Aristote.

D'après d'autres, comme Empédocle, [la distinction des sexes tient] à la matrice : la semence entrant dans une matrice chaude produit les mâles, alors que celle entrant dans une matrice froide produit les femelles; la cause de ce chaud et de ce froid est le flux menstruel, plus froid ou plus chaud, selon qu'il est plus ancien ou plus récent. À la vérité, Empédocle fait preuve de beaucoup de légèreté en croyant que le froid et le chaud sont la seule cause de différence entre les sexes, alors que – il le voit bien – l'ensemble des parties en cause présente une grande différence, le mâle par ses parties honteuses, et la femelle par la matrice. (*Génération des animaux*, IV, I, 764 *a* I.)

Il est nécessaire de réfuter la thèse d'Empédocle qui fait résulter la différence entre la femelle et le mâle de la froideur ou de la chaleur de la matrice. (*Ibid.*, IV, I, 765 *a* 8.)

Aétius.

Empédocle déclare que les mâles et les femelles sont produits selon la chaleur et la froideur. C'est pourquoi il raconte que les premiers mâles ont été engendrés à partir de la terre, plutôt du côté du levant et du midi, et les femelles dans les régions septentrionales[1]. (*Opinions*, V, VII, I.)

Empédocle déclare que les monstres sont engendrés par la surabondance de semence, ou bien par son défaut, ou bien par la perturbation du mouvement, ou bien par une division en plusieurs parties, ou bien enfin par une déviation. Ainsi semble-t-il avoir prévu presque toutes les causes possibles. (*Ibid.*, V, VIII, I.)

Empédocle déclare que les jumeaux et les triplés naissent de l'excès et de la division de la semence. (*Ibid.*, V, X, I.)

D'où viennent les ressemblances entre les enfants et leurs ancêtres? Empédocle déclare que les ressemblances sont produites par le caractère dominant de la semence génitale, alors que les dissemblances viennent de ce que la chaleur qui est dans la semence s'est évaporée[2]. (*Ibid.*, V, XI, I.)

Comment se fait-il que des enfants se ressemblent, sans ressembler à leurs parents? Empédocle dit que c'est l'imagination de la femme qui donne leur forme aux embryons, car souvent des femmes, tombées amoureuses de statues ou d'images au cours de leur grossesse, ont mis au monde des enfants leur ressemblant[3]. (*Ibid.*, V, XII, 2.)

Censorinus.

Anaxagore et Empédocle s'accordent à penser que les mâles sont engendrés par la semence provenant des parties droites, et les femelles par celle provenant des parties gauches[1]. Mais autant ils s'accordent sur ce point, autant ils divergent sur la question de la ressemblance des enfants. Sur ce point, l'opinion motivée d'Empédocle est la suivante : si la chaleur de la semence des deux parents est égale, il naît un garçon ressemblant au père ; si les semences sont également froides, une fille ressemblant à la mère ; si la semence paternelle est chaude et la maternelle froide, il naît un garçon ayant le visage de la mère ; enfin, si la semence de la mère est chaude et celle du père froide, une fille qui est le portrait de son père[2]. (*Du jour de la naissance*, VI, 6.)

Il est ensuite question des jumeaux. De l'avis d'Hippon, de telles naissances — assez peu fréquentes — s'expliqueraient par une plus grande quantité de semence ; en effet, quand elle est plus abondante que nécessaire à la création d'un embryon, une seconde poche en recueillerait le surplus[3]. Empédocle paraît avoir eu la même opinion : pourtant il n'indique pas les causes pour lesquelles se produit la division ; il se borne à affirmer qu'il y a division et à dire que si les deux parties occupées par la semence sont également chaudes, il naît deux garçons ; si elles sont également froides, deux filles ; si l'une est chaude et l'autre est froide, deux enfants de sexe opposé. (*Ibid.*, VI, 9-10.)

LXXXII

Aristote.

La race des mules est totalement stérile. Quant à la cause, Empédocle et Démocrite en ont fort mal parlé, l'un étant tout à fait inintelligible et l'autre un peu plus clair. L'explication qu'ils proposent prétend être également valable pour tous les cas d'accouplement d'espèces différentes. [...] Empédocle en rend responsable, etc.[4]. (*Génération des animaux*, II, VIII, 747 *a* 24.)

Aétius.

(Pourquoi les mules sont-elles stériles ?). Empédocle : parce que leur matrice est trop petite, trop basse et trop étroite, et qu'elle est attachée et coudée vers le ventre, de telle sorte que la semence ne peut y être jetée et que, même si tel était le cas, elle n'y serait pas reçue. (*Opinions*, V, XIV, 2.)

LXXXIII

Aétius.

(En combien de temps les animaux se forment-ils dans le ventre?) Empédocle déclare que, dans l'espèce humaine, la détermination en articulations[1] se fait à partir du trente-sixième jour, et que les membres sont achevés au quarante-neuvième jour[2]. (*Opinions*, V, XXI, 1.)

Oribase.

Autour de la quatrième neuvaine [soit trente-six jours], on observe le début de la formation générale du corps, et son achèvement quatre jours plus tard, vers le quarantième. Empédocle, le philosophe de la nature, est d'accord avec ces délais pour l'achèvement de la formation de l'embryon, et déclare que le mâle se trouve formé plus tôt que la femelle, et que les embryons placés à droite se forment plus tôt que ceux placés à gauche. (*Œuvres*, III, 78, 13 ; *Corpus des médecins grecs*, VI, II, 2, 106.)

Censorinus.

La plupart affirment que la femme peut accoucher au septième mois, comme Empédocle, Épigène et beaucoup d'autres. (*Du jour de la naissance*, VII, 5.)

LXXXIV

Censorinus.

Empédocle, avec lequel Aristote est d'accord sur ce point[3], dit que le premier organe formé est le cœur, parce que c'est en lui que réside principalement la vie de l'homme. (*Du jour de la naissance*, VI, 1.)

LXXXV

Aétius.

Empédocle déclare que le sommeil provient d'un refroidissement modéré de la chaleur qui est dans le sang, et la mort d'un refroidissement complet. (*Opinions*, V, XXIV, 2.)

Empédocle déclare que la mort est produite par la séparation de l'élément igné[4]. Le mélange des éléments formait l'homme. Ainsi la mort du corps et celle de l'âme sont communes[5]. Le sommeil, toujours selon lui, se produit par la séparation de l'élément igné. (*Ibid.*, V, XXV, 4.)

LXXXVI

Théophraste.

1. Parménide, Empédocle et Platon [pensent que la sensation] est produite par le semblable, tandis qu'Anaxagore et Héraclite pensent qu'elle est produite par le contraire. [...] 2. Alors que les autres ne prêtent pour ainsi dire pas attention à chacun des sens en particulier, Empédocle, en revanche, essaie de les ramener à la ressemblance [...]

7. Empédocle explique toutes les sensations d'une façon semblable et déclare que la sensation est produite par le fait que ⟨ce qui produit la sensation⟩ s'harmonise aux pores de chaque sens[1]. C'est ce qui fait qu'un sens ne peut pas juger des données adaptées aux autres sens, parce que les uns ont des pores trop larges et les autres trop étroits, relativement au sensible, de sorte que certaines données passent au travers des pores sans les toucher, alors que d'autres ne peuvent pas pénétrer du tout. Il essaie aussi d'expliquer ce qu'est la vue, et déclare que l'intérieur de la vue est du feu[2], autour duquel se trouvent ⟨de l'eau⟩, de la terre et de l'air, à travers lesquels il peut passer grâce à sa subtilité, à la façon de la lumière dans les lanternes. Les pores du feu et de l'eau sont disposés en quinconce. À travers ceux du feu, nous percevons les objets blancs, à travers ceux de l'eau les noirs. Chaque donnée sensible s'harmonise à chaque type de pores. Les couleurs viennent à la vue par l'effluve[3].

8. Les yeux ne sont pas tous composés d'une manière semblable, ⟨mais les uns sont composés de semblables⟩ et les autres de contraires; dans certains yeux, le feu est placé au centre, chez d'autres à l'extérieur. C'est pourquoi justement, parmi les animaux, certains voient mieux le jour, et d'autres mieux la nuit. Ceux qui ont moins de feu voient mieux le jour, car la lumière *interne est chez eux* compensée par la lumière externe. Ceux qui ont moins de l'élément contraire, voient mieux la nuit. En effet, chez eux aussi le défaut est compensé. Dans les cas contraires, tout s'inverse : en effet, les yeux dans lesquels le feu prédomine ont une vue faible, car pendant le jour le feu s'accroît encore et vient boucher et bloquer les pores de l'eau. Mais, pour les yeux dans lesquels l'eau est en excès, le même phénomène se produit la nuit, car le feu est bloqué par l'eau; et ceci se prolonge pour ceux-ci jusqu'à ce que l'eau soit dissipée par la lumière extérieure, pour ceux-là jusqu'à ce que le feu soit dissipé par l'air[4]. Ainsi le contraire joue le rôle de remède dans un cas

comme dans l'autre. La vue la mieux mélangée et la meilleure est celle qui est composée des deux éléments en quantité égale. Voilà à peu près ce qu'il dit concernant la vue.

9. L'audition est produite à partir des sons extérieurs[1]. En effet, lorsque ⟨l'air⟩ est ébranlé par le son, il se répercute à l'intérieur ⟨de l'oreille⟩. Elle est en effet comme une *cloche* à l'unisson[2], qu'il appelle un *rameau de chair*[3] ; l'air mis en branle vient en frapper les parties solides et produit l'écho.

L'odorat est produit par la respiration. C'est pourquoi l'odorat le plus aigu se rencontre chez les animaux qui ont le halètement le plus rapide. D'autre part, l'odeur la plus abondante émane des corps les plus subtils et les plus légers.

Concernant le goût et le toucher, il ne définit, pas plus pour l'un que pour l'autre, ni comment ils naissent ni par quoi. Il se borne à l'explication générale selon laquelle la sensation est produite par le fait que ⟨ce qui produit la sensation⟩ s'harmonise aux pores de chaque sens.

Le plaisir est produit par les semblables, tant dans les parties que dans le mélange, et la douleur par les contraires.

Il explique de la même façon la conscience et l'inconscience. 10. Car la conscience est produite par les semblables, tandis que l'inconscience est produite par les dissemblables, de sorte que la conscience est identique, à peu de chose près, au sentir. En effet, après avoir précisé tour à tour comment nous connaissons chaque chose par chaque ⟨élément[4]⟩, il ajoute à la fin : *⟨Car c'est à partir d'eux⟩ [...] douleur*[5]. C'est pourquoi la conscience dépend principalement du sang[6], car c'est en lui que réside principalement le mélange des éléments des parties.

11. Donc tous ceux chez qui ⟨les particules des éléments⟩ sont mélangées également et semblablement, et ne sont ni trop distantes, ni trop petites ni excessives par la taille, ceux-là sont très conscients et très exactement informés par leurs sens; ceux qui les suivent de près le sont proportionnellement; mais tous ceux qui connaissent des dispositions contraires sont dépourvus de sens. Ceux dont les éléments sont rares et clairsemés sont lymphatiques et vite fatigués. Ceux dont les éléments sont denses et fins, ceux-là sont prompts dans leurs élans et entreprennent beaucoup de choses, mais en achèvent peu, à cause de la vitesse du mouvement de leur sang. Ceux dont quelque partie est formée d'un mélange moyen sont habiles sous ce rapport. C'est pourquoi certains sont bons orateurs, et d'autres bons artisans, parce que ceux-ci ont les mains et ceux-là la langue caractérisées par un bon mélange; et il en va de même pour les autres facultés.

12. Voilà ce que pense Empédocle du processus de la sensation et de la conscience. Mais, après l'avoir entendu, on pourrait lui proposer une première aporie : Qu'est-ce qui distinguera les êtres animés des autres sous le rapport du sentir ? En effet il existe aussi une harmonie des pores chez les êtres inanimés (car par la symétrie des pores il donne une portée générale à la théorie du mélange); c'est pourquoi l'huile et l'eau ne se mélangent pas[1], contrairement aux autres liquides dont il énumère les mélanges propres; de telle sorte que toutes choses devraient sentir[2], et mélange, sensation et croissance devraient être identiques. Car il applique à toutes choses la symétrie des pores, sauf indication contraire.

13. Ensuite, chez ces mêmes êtres animés, pourquoi la sensation appartiendrait-elle davantage au feu qui est à l'intérieur de l'animal, qu'à celui qui est à l'extérieur, puisqu'ils sont tous deux en harmonie ? En effet la symétrie existe tout autant que le semblable. Là encore, il est nécessaire qu'existe une certaine différence, s'il est vrai que le feu interne ne peut remplir les pores, alors que le feu externe, lui, le peut. Par conséquent, si la similitude était pleine et entière, il n'y aurait pas de sensation. On pourrait enfin lui demander si les pores sont vides ou pleins. Car s'ils sont vides, il se contredit lui-même, puisqu'il nie complètement l'existence du vide. En revanche s'ils sont pleins, les animaux éprouveront constamment des sensations; car il est évident que le semblable, ainsi qu'il le déclare, s'harmonise[3].

14. Et véritablement, cela encore fait difficulté : est-il possible que des grandeurs de même taille naissent des dissemblables, de sorte qu'il y ait harmonie surtout s'il arrive, ainsi qu'il le déclare, que les visions dont le mélange est asymétrique sont moins bonnes, du fait que soit le feu, soit l'air, obstrue les pores ? Si donc il y a symétrie des dissemblables, et si les pores sont remplis par des éléments n'appartenant pas à la même espèce, comment ces derniers éléments feront-ils pour s'évacuer *– et par où ? –, quand il y aura* sensation ? Car il faut bien leur accorder une certaine mobilité. Par conséquent, la difficulté est totale : car, ou bien il faut nécessairement admettre le vide, ou bien les animaux ont de toutes choses une sensation continue, ou bien l'élément n'appartenant pas à la même espèce s' *harmonise* , sans toutefois produire la sensation, ni avoir la mobilité propre aux éléments qui produiraient, en pénétrant, la sensation.

15. Enfin, dans l'hypothèse où il n'y aurait pas harmonisation du semblable, mais seulement contact, la sensation doit logiquement se produire d'une façon ou d'une autre. Car il rend compte

de la perception par deux facteurs : le semblable et le contact, pour lesquels il a usé du terme *harmonisation*. Par conséquent, si le plus petit entrait en contact avec le plus grand, il y aurait sensation. Et du moins, en général, il ne s'occupe pas du facteur de similitude et se contente du seul facteur de symétrie. Effectivement, la raison qu'il donne de l'impossibilité qu'un élément soit senti par un autre élément, est la disposition asymétrique des pores. Mais il a laissé aussi sans réponse la question de savoir si l'effluve est semblable ou dissemblable. Si bien que, quand on ne tranche pas la question de savoir si, oui ou non, la sensation est liée au semblable ou si elle s'explique, ou non, par une certaine asymétrie, ‹il faut admettre› nécessairement que toutes les sensations et tous les sensibles sont de même nature.

16. Il ne donne pas non plus une explication satisfaisante du plaisir et de la douleur, en liant la production du plaisir aux semblables, et celle de la douleur aux dissemblables. « *Mais,* dit-il, *les choses [...] ennemies*[1]. » Car ils[2] tiennent le plaisir et la douleur pour des sensations ou encore pour des phénomènes accompagnés de sensation, de sorte que les sensations ne sont pas toujours produites par des semblables. En outre, si les éléments appartenant à la même espèce produisent le plus grand plaisir dans le contact, ainsi qu'il l'affirme, alors les choses de même nature devraient produire le plaisir le plus grand et être totalement senties, étant donné qu'il assigne les mêmes causes à la perception et au plaisir. 17. Et de fait, souvent lors de la sensation, nous éprouvons une douleur liée à cette sensation, ce qui, d'après Anaxagore, a toujours lieu[3], dans la mesure où une sensation s'accompagne toujours de douleur. De plus, on pourrait formuler ‹une nouvelle objection› contre les sensations prises séparément. En effet, il arrive que la perception soit produite par le semblable; mais, étant donné que l'organe de la vision est composé du feu et de son contraire, on comprend bien que les mêmes yeux puissent percevoir le blanc et le noir; mais alors comment peuvent-ils percevoir le gris et les autres couleurs mélangées? En effet, il n'explique cela ni par les pores du feu, ni par les pores de l'eau, ni par d'autres pores communs formés à partir des deux. Et pourtant notre vision des couleurs mélangées *n'est pas inférieure* à celle des couleurs pures.

18. Il est absurde aussi de prétendre que certains animaux voient mieux le jour, et d'autres mieux la nuit. En effet le feu moins abondant est détruit par le feu plus abondant, ce qui explique notre impossibilité de regarder en face le Soleil, et généralement ce qui luit d'un pur éclat. Par conséquent, ceux chez qui

la lumière fait le plus défaut, devraient voir le moins pendant le jour. Ou bien encore, si, comme il le prétend, le semblable produit une augmentation, alors que le contraire produit altération et empêchement, il faudrait que tous voient au mieux les objets blancs pendant le jour, aussi bien ceux qui possèdent le moins de lumière que ceux qui en possèdent le plus, et au mieux les objets noirs pendant la nuit. Mais en réalité tous voient mieux toutes les couleurs pendant le jour, excepté quelques rares animaux. Et pour ces derniers, il est logique de penser qu'ils sont à même de produire un feu qui leur est propre, de même que quelques-uns brillent davantage dans la nuit, de par leur couleur.

19. En outre, pour les ⟨yeux⟩ dont le mélange est formé de quantités égales, il est nécessaire que chacun des éléments produise à part une augmentation. Par conséquent, si l'excès d'un élément empêche l'autre de voir, alors tous les yeux connaissent une disposition à peu près égale. Toutefois il serait difficile d'examiner pas à pas les troubles de la vue. Mais alors comment appliquer aux autres sens le critère du semblable? Car le semblable est indéterminé. De fait, ce n'est pas par le son que nous percevons le son, ni par l'odeur l'odeur, ni les autres sensibles par les autres du même genre, mais bien plutôt, pour ainsi dire, par le moyen des contraires. Car il faut que le sens se présente sans être affecté, or si nous avons un bruit dans les oreilles, une saveur dans le goût et une senteur dans l'odorat, tous nos sens sont d'autant plus émoussés qu'ils sont remplis de sensations semblables, à moins que l'on ne songe à établir une distinction[1].

20. En outre, concernant l'effluve, quoique Empédocle ne se soit pas suffisamment expliqué sur la manière dont les autres sens peuvent d'une certaine façon le recevoir, il n'est pas facile d'accepter le rôle qu'il lui assigne pour le toucher et le goût. Comment en effet distinguerions-nous par un effluve le rugueux *et le lisse*, et comment ceux-ci s'harmoniseraient-ils avec les pores? Car seul, semble-t-il, parmi les éléments, le feu produit des effluves, et non les autres. De plus, si la désagrégation du corps était produite par l'effluve qui sert à signaler l'objet à tous, et si les odeurs résultaient de l'effluve, les objets les plus odorants devraient se corrompre aussitôt. Or, en réalité, c'est presque le contraire ⟨que l'on constate⟩, car les plantes et les autres corps les plus odorants ont une existence très longue. Ajoutons encore que sous le règne de l'Amitié[2] la sensation est impossible, ou en tout cas moins possible, puisque alors il y a rassemblement, et non effluence.

21. En ce qui concerne l'audition, qu'il explique par l'existence de sons internes, il est absurde de croire qu'il a fourni une explication claire de la manière dont on entend, en supposant un son interne, comme dans le cas d'une cloche. En effet, si c'est grâce au son interne ⟨de l'oreille⟩ que nous entendons les sons extérieurs, alors qu'est-ce qui provoque ce son interne? C'est en effet la question qui demeure.

Tout aussi absurde est son explication de l'odorat. D'abord l'explication qu'il en donne n'est pas générale; car quelques-uns parmi les animaux doués d'odorat ne respirent pas. Ensuite il est naïf de dire que ceux qui inspirent le plus, sentent le mieux, car cela ne sert à rien si le sens n'est ni sain, ni dégagé. De plus il nous arrive souvent d'avoir le nez bouché et de ne rien sentir du tout. En outre, les asthmatiques, les malades et les alités devraient sentir davantage les odeurs, puisque leur respiration est plus rapide. Mais en réalité c'est le contraire qui se produit. 22. Il est donc probable que l'inspiration n'est pas en soi la cause de l'odorat et qu'elle l'est seulement par accident, ainsi qu'en témoignent le cas des autres animaux et les affections dont nous venons de parler. Mais lui en fait la seule cause véritable et le redit à la fin, affirmant en guise de conclusion : *Ainsi tout a sa part et de souffle et d'odeurs*[1] . D'autre part, il n'est pas vrai que nous sentions davantage les choses légères; encore faut-il qu'elles aient une odeur : car l'air et le feu sont très légers, mais ils ne produisent pas de sensation odorante.

23. On pourrait de même énoncer les apories relatives à ce qu'il dit de la conscience, puisqu'il la fait effectivement dériver des mêmes causes que la sensation. Si tel était le cas, toutes choses participeraient à la conscience[2]. Et, en même temps, comment la conscience pourrait-elle résider dans l'altération et être produite par le semblable? Car le semblable n'est pas altéré par le semblable. Et dire que la conscience dépend du sang, est tout à fait absurde, car beaucoup d'animaux n'ont pas de sang[3]. En outre, chez ceux qui ont du sang, les organes des sens sont très pauvres en sang. Et il faudrait encore que les os et les poils aient des sensations, puisqu'ils sont formés de tous les éléments. Aussi il en arrive à tenir pour identiques conscience, sensation, plaisir, douleur et inconscience. Car les uns et les autres sont, selon lui, produits par des dissemblables, de sorte que tout à la fois l'inconscience devrait engendrer la douleur et la conscience le plaisir.

24. Et il est encore absurde que les facultés dérivent pour chacun du mélange du sang propre aux parties, comme si la

langue était la cause du bien-parler et les mains du bien-œuvrer, au lieu de n'avoir qu'un rôle d'instrument. C'est pourquoi il faut bien davantage considérer la structure comme cause que le mélange du sang qui est dépourvu d'intelligence. Et il en va de même pour les autres animaux. Ainsi donc Empédocle paraît-il s'être souvent trompé. (*Du sens*, 1-24.)

LXXXVII

Aristote.

Selon certains auteurs, chaque ⟨sens⟩ pâtit du fait qu'à travers certains pores pénètre l'agent dernier et dominant ; et c'est de cette façon que nous voyons et entendons, déclarent-ils, et que nous sentons les autres sensations[1]. Ils disent encore que la vision se fait à travers l'air, l'eau et les diaphanes[2], parce qu'ils ont des pores invisibles de par leur petitesse et d'une densité conforme à la nature de l'élément, et que plus il y en a, plus les corps sont diaphanes. Ainsi ces auteurs ont donné de certains ⟨corps⟩ la définition que donne des agents et des patients Empédocle, qui ajoute encore que se mélangent tous les corps dont les pores sont symétriques les uns par rapport aux autres. (*De la génération et de la corruption*, I, VIII, 324 *b* 26.)

Jean Philopon.

Nécessairement, déclare Aristote, Empédocle devait dire qu'il existe certains corps solides et indivisibles du fait qu'on ne trouve pas des pores en eux, partout d'une manière continue. En effet, cela est impossible, car il faudrait que la totalité du corps fût faite de pores et de vide. Par conséquent, si cela est absurde, il est nécessaire que les parties du corps qui se touchent soient des solides indivisibles, tandis que sont vides ses parties intermédiaires, qu'Empédocle a appelées *pores*. (*Commentaire*[3], 160, 3, éd. Vitelli.)

Nous savons que ceux qui forment l'hypothèse des pores, ont *supposé qu'ils étaient* non pas vides, mais remplis d'un certain corps très léger comme l'air. Par là, ils diffèrent de ceux qui forment l'hypothèse du vide. (*Ibid.*, 178, 2.)

Les pores diffèrent du vide parce que ceux qui ont introduit les pores n'affimaient pas l'existence du vide[4]. (*Ibid.*, 154, 5.)

Pseudo-Philopon.

Empédocle pensait que dans tous les corps sublunaires, comme les eaux, les huiles etc., il existe, ainsi qu'Aristote l'a dit dans son traité *De la génération et de la corruption*[5], des *pores* et des *nodosités* ; et il qualifiait les *pores* de creux, et les *nodo-*

sités de denses. (*Commentaire sur la Génération des animaux d'Aristote*, 123, 13.)

LXXXVIII

Aétius.

(Sur les images données par les miroirs.) Empédocle déclarait qu'elles sont formées par les effluves qui se rassemblent à la surface du miroir et sont condensés par le feu qui se détache du miroir; ce feu les entraîne avec l'air qui se trouve en face et dans lequel le flux se déplace. (*Opinions*, IV, XIV, 1.)

LXXXIX

Alexandre d'Aphrodise.

Pourquoi la pierre d'Héraclée[1] attire-t-elle le fer? Empédocle pense que le fer est attiré vers l'aimant par les effluves que tous deux émettent, et parce que les pores de l'aimant sont symétriques[2] aux effluves du fer. Car d'un côté, les effluves en provenance de la pierre repoussent l'air qui se trouve dans les pores du fer et ébranlent celui qui en obstrue l'entrée; et quand cet air leur fait de la place, les effluves denses s'introduisent dans le fer et l'attirent. De l'autre côté, les effluves du fer le transportent en direction des pores de la pierre, du fait que ceux-ci sont symétriques à ces effluves et s'y harmonisent, de telle sorte que le fer suit les effluves et change de place. On pourrait demander, dans le cas où l'on admettrait l'explication par les effluves, pourquoi la pierre n'est pas entraînée par ses propres effluves et ne se déplace pas en direction du fer. En effet, d'après ce qui a été dit, il n'y a pas plus de raison pour que ce soit le fer plutôt que la pierre qui soit attiré. Autre question : Pourquoi le fer ne subirait-il jamais d'attraction indépendamment de l'aimant, si des effluves émanant de lui-même l'entraînent vers quelque autre corps? Autre question encore : Pourquoi n'y aurait-il pas un autre corps qui soit attiré d'un pareil mouvement vers un autre corps, alors que — à l'entendre — nombreux sont les corps qui ont des pores symétriques capables de recevoir les effluves les uns des autres? Toujours est-il qu'il dit ceci: *L'eau* [...][3] . (*Questions*, II, XXIII, éd. Bruns, 72, 9, d'après Théophraste, *Opinions des physiciens*, « Sur la pierre d'Héraclée ».)

Michel Psellus.

De nombreux auteurs ont tenté d'expliquer le pouvoir des pierres. Parmi les Anciens: Anaxagore, Empédocle et Démocrite ; plus près de nous : Alexandre d'Aphrodise. (*Des vertus des pierres,* XXVI, éd. Bernard, p. 38.)

XC

Aétius.

Empédocle explique [la sensation des choses visibles], à la fois par les rayons et par les images[1]. Le plus souvent, c'eſt par la seconde explication, car il admet les effluves. (*Opinions*, IV, XIII, 4.)

XCI

Ariſtote.

(Au sujet du feu qui se trouve dans l'œil.) L'œil se voit lui-même, ainsi que dans le reflet du miroir ; car si l'œil était de feu, comme le dit Empédocle et comme il eſt écrit dans le *Timée*[2], et si la vue était produite par la lumière qui en sortirait, comme en provenance d'une lampe[3], pourquoi la vue ne s'exercerait-elle pas aussi dans l'obscurité ? (*Du sens et des sensibles*, II, 437 *b* 9.)

Supposer d'une part que les yeux bleus contiennent beaucoup de feu, ainsi que le déclare Empédocle, et d'autre part que les yeux noirs contiennent plus d'eau que de feu, et en inférer que c'eſt la raison pour laquelle les bleus voient moins bien le jour, à cause du défaut d'eau, tandis que les autres voient moins bien la nuit, à cause du défaut de feu, c'eſt donner une explication fausse, puisque ce n'eſt pas au feu, mais à l'eau qu'il faut dans tous les cas imputer la vue. (*Génération des animaux*, V, I, 779 *b* 15.)

XCII

Platon.

SOCRATE : Veux-tu que je te réponde à la façon de Gorgias[4], de sorte que tu me suives davantage ?

MÉNON : Oui ! Pourquoi pas ?

SOCRATE : Vous dites donc, avec Empédocle, que certains effluves s'échappent des choses qui exiſtent ?

MÉNON : Tout à fait.

SOCRATE : Et qu'il exiſte des pores vers lesquels et à travers lesquels cheminent les effluves ?

MÉNON : Bien sûr.

SOCRATE : Et que parmi ces effluves, les uns s'harmonisent à quelques-uns des pores, alors que les autres sont trop petits ou trop grands ?

MÉNON : C'est cela !

SOCRATE : Il existe bien aussi quelque chose que tu appelles la vue ?

MÉNON : Mais oui !

SOCRATE : Cela étant, « saisis bien ma pensée », comme dit Pindare[1] : la couleur est bien un effluve des objets, de figure symétrique à la vue et sensible par elle ? (*Ménon*, 76 *c*.)

Aétius.

Empédocle déclarait que la couleur est ce qui s'harmonise aux pores de la vue. Il y a quatre couleurs, égales en nombre aux éléments : le blanc, le noir, le rouge et l'ocre[2]. (*Opinions*, I, XV, 3.).

XCIII

Aétius.

Empédocle déclarait que l'audition est produite par le choc d'un souffle sur le cartilage qui, dit-il, est suspendu à l'intérieur de l'oreille, soulevé et frappé à la façon d'une cloche[3]. (*Opinions*, IV, XVI, 1.)

XCIV

Aétius.

Empédocle disait que l'odeur s'introduit, mélangée aux inspirations du poumon[4]. Lorsque la respiration est difficile, son inégalité empêche que l'odeur soit sentie avec elle, comme il arrive lorsqu'on est enrhumé. (*Opinions*, IV, XVII, 2.)

Aristote.

Le goût est une sorte de toucher. Donc celui de l'eau tend à être insipide. Il est nécessaire alors que ou bien l'eau enferme en elle-même les genres des saveurs insensibles à cause de leur petitesse, ainsi que le déclare Empédocle, ou bien, etc.[5]. (*Du sens et des sensibles*, IV, 441 *a* 3.)

XCV

Aétius.

Parménide et Empédocle déclarent que l'appétit est produit par un défaut de nourriture. (*Opinions*, IV, IX, 14.)

Empédocle déclare que les plaisirs sont produits par les semblables ‹à partir des› semblables, selon un mouvement qui va du défaut à la réplétion, de sorte que c'est chez celui qui éprouve un manque que naît l'appétit du semblable[1]. En revanche, les douleurs naissent des contraires : sont en effet mutuellement contraires toutes les choses qui diffèrent quant à la composition et au mélange des éléments[2]. (*Ibid.*, IV, IX, 15.)

Empédocle déclare que les appétits naissent chez les animaux, en fonction du défaut des éléments constitutifs de chacun, et que les plaisirs naissent de l'action d'une substance appropriée, conforme aux mélanges de choses apparentées et semblables[3], alors que les désagréments et les ‹douleurs proviennent de ce qui est non approprié›. (*Ibid.*, V, XXVIII.)

XCVI

Aétius.

Parménide, Empédocle et Démocrite déclarent que l'âme est identique à l'intellect; d'après eux, il ne saurait y avoir d'animal tout à fait dépourvu de raison. (*Opinions*, IV, V, 12.)

XCVII

Aétius.

Empédocle fait résider l'hégémonique dans la composition du sang[4]. (*Opinions*, IV, V, 8.)

Théodoret.

Empédocle et d'autres assignaient le cœur comme résidence à l'hégémonique; et, parmi eux, certains lui assignaient la cavité cardiaque, d'autres le sang. (*Thérapeutique des maladies helléniques*, V, 22.)

XCVIII

Célius Aurélien.

Suivant en cela Empédocle, on dit qu'elle[5] peut être produite tantôt par une souillure de l'âme, tantôt par une autre aliénation de l'esprit, imputable à une cause ou à un accident corporels et dont nous allons traiter. Cette seconde sorte de folie, qui produit un véritable tourment, est appelée par les Grecs *mania*[6]. (*Des maladies chroniques*, I, 5.)

B. FRAGMENTS

DE LA NATURE I ET II

I

Diogène Laërce.

Pausanias était, d'après Aristippe et Satyros, son élève bien-aimé, à qui justement il dédia aussi ses livres *De la nature* en ces termes :

Écoute, ô Pausanias, fils du sage Anchitès !

(*Vies*, VIII, 60.)

II

Sextus Empiricus.

D'autres ont dit que, selon Empédocle, le critère de la vérité n'est pas constitué par les sens, mais par la raison droite, et qu'en ce qui concerne la raison droite, l'une est divine, l'autre est humaine; la divine est inexprimable, et l'humaine exprimable. Touchant le fait que le critère du vrai ne réside pas dans les sens, voici ce qu'il dit :

Étroits sont les pouvoirs[1] répandus[2] en nos membres,
Mais nombreux sont les maux assaillant[3] nos pensées;
Courte est la part de vie laissée à notre vie :
Voués à la prompte mort, nous partons en fumée.
Chacun de nous ne croit qu'à ce que le hasard
Place sur son chemin[4], et pourtant nous croyons
Avoir tout découvert. Fort éloignés de nous
Pourtant sont les objets, que l'on croit voir, entendre
Ou saisir par l'esprit[5]. Mais toi, qui es venu
Faire retraite ici, tu sauras, mais pas plus
Que ce que la raison d'un mortel peut savoir.

(*Contre les mathématiciens*, VII, 122-124.)

III

Sextus Empiricus.

Et ensuite, après avoir combattu ceux qui prétendent connaître davantage, il établit que la perception fournie par chacun des sens est crédible dans la mesure où la raison leur mesure cette confiance, bien qu'il ait commencé par ruiner la confiance qu'on peut leur accorder. Il déclare en effet :

Mais détournez, ô dieux, leur folie de ma langue !
Faites que de ma bouche ainsi sanctifiée
Coule une source pure ! Et toi, Muse, chérie
De nombreux prétendants, toi la vierge aux bras blancs,
Je t'invoque, et pourtant ne veux de toi savoir
Que le lot concédé aux êtres éphémères :
Conduis de chez Piété le char de mon poème,
D'une allure facile ! Et les fleurs de la gloire,
Que pour se faire un nom les mortels lui dédient,
Ne te[1] *contraindront pas à les accepter d'eux,*
Afin d'en dire plus qu'il n'est, sans sacrilège,
Permis de révéler à un simple mortel ;
Et ainsi tu trônes au faîte de la science.
Ouvre bien grands tes sens[2] *partout où l'évidence*
Apparaît manifeste. Et pourtant méfie-toi
De ce trop grand crédit qu'on[3] *accorde à la vue*
De préférence à l'ouïe, et qu'on accorde à l'ouïe
Bruissante d'échos, de préférence au goût.
Des autres sens non plus n'exclus pas le concours,
Quand c'est par leur conduit[4] *que vient la connaissance ;*
Mais sache bien aussi reconnaître la voie
Par laquelle l'objet révèle sa nature.

(*Contre les mathématiciens*, VII, 124.)

IV

Clément d'Alexandrie.

Mais si les esprits forts se refusent à croire,
Puisque, digne de foi, ma Muse t'y invite,
Connais ⟨*ce que tu dois savoir*⟩, *après avoir*
Fait passer mon propos au crible de ton cœur[5].

En effet, c'est là une pratique ordinaire des méchants, dit Empédocle, que de vouloir en imposer à la vérité en se refusant à croire.

(*Stromates*, V, 18.)

V

Plutarque.

Il dit[6] que ce qui récompense la règle du silence, c'est de donner aux poissons le nom de ⟨« bouches-cousues »⟩ parce qu'ils marmonnent en gardant la bouche close. Et mon homonyme, ajouta-t-il, avait exhorté Pausanias à respecter la règle pythagoricienne :

Conserver le secret dans le fond de son cœur[1].

(*Propos de table*, VIII, VIII, 1, 728 E.)

VI

Aétius; Sextus Empiricus.

Connais premièrement la quadruple racine
De toutes choses : Zeus aux feux lumineux,
Héra mère de vie, et puis Aidônéus,
Nestis enfin, aux pleurs dont les mortels s'abreuvent[2].

(*Opinions*, I, III, 20; *Contre les mathématiciens*, X, 315.)

VII

Hésychios.

Non-engendrés : les éléments, chez Empédocle. (*Dictionnaire*, « Non-engendré ».)

VIII

Plutarque; Aétius.

Pour Empédocle, il n'y a pas naissance, mais seulement mélange et dissociation des éléments. Il écrit en effet au premier livre de sa *Physique* :

Je te dirai encore : il n'est point de naissance[3]
D'aucun être mortel, et point non plus de fin
Dans la mort [à la fois effrayante] et funeste;
Il y a seulement un effet de mélange
Et de séparation de ce qui fut mêlé :
Naissance n'est qu'un mot qui a cours chez les hommes.

(*Contre Colotès*, 10, 1111 F; *Opinions*, I, XXX, 1.)

IX

Plutarque.

Lorsque paraît au jour, résultant du mélange[1],
Ou la forme d'un homme, ou celle d'une bête,
Ou d'un arbuste encor ou enfin d'un oiseau,
On en parle en usant de ce mot : engendré.
Et quand les éléments après se dissocient,
Pour en parler on dit : funeste est le trépas.
Ce parler est injuste, et pourtant il convient
Que j'y recoure aussi pour observer l'usage.

(*Contre Colotès*, 11, 1113 A.)

X

Plutarque.

Bien loin d'avoir mis les étants en mouvement[2] et contredit les phénomènes, il ne proscrit de l'usage pas même le terme [de naissance]; il s'efforce seulement de supprimer l'erreur qui pourrait provenir du langage, et restitue aux mots leur signification ordinaire, quand il dit : *Lorsque paraît au jour* [...] *observer l'usage*[3]. Rapportant ces propos, Colotès ne s'est pas rendu compte que les *plantes*, les *bêtes*, les *arbustes* et les *oiseaux* n'ont pas eu leur existence abolie par Empédocle, puisqu'il déclare qu'ils résultent du *mélange* des éléments. Au contraire, Empédocle, après avoir mis en garde ceux qui décrivent ce mélange et cette dissociation sous les termes de *naissance*[4], de *trépas funeste*[5] et de *mort vengeresse*[6], ne désavoue pas l'usage courant:

Mort [...] *vengeresse* [...].

(*Contre Colotès*, 11, 1113 A.)

XI

Plutarque.

Quant à moi, il me semble qu'Empédocle ne se borne pas à remettre en question l'usage de la langue, mais, ainsi que je l'ai dit plus haut, traite une question de fond relative à la naissance produite à partir des non-étants, que certains appellent *naissance*[7]; cela apparaît très clairement dans les vers suivants :

Demeurés ! Oui, leur vue, je le vois, est bien courte,
Puisqu'ils forgent l'idée qu'un non-étant pourrait
À l'être parvenir, ou bien que quelque chose
Pourrait bien en mourant tout entier disparaître.

Ces vers proclament bien haut à qui veut l'entendre, qu'il n'abolit pas la génération, mais seulement celle qui se produit à partir du non-étant; et qu'il n'abolit pas non plus la destruction, mais seulement celle de l'être tout entier, c'est-à-dire celle qui aboutit au non-étant[1]. (*Contre Colotès*, 12, 1113 C.)

XII

Pseudo-Aristote; Philon.

Car de même que rien n'est produit à partir du non-étant, rien non plus n'est détruit en non-étant :

Ainsi du non-étant rien ne peut naître un jour ;
Que l'étant soit détruit, cela ne veut rien dire
Et heurte la pensée; car il sera toujours
Là, quel que soit l'endroit où l'on veuille le mettre.

(*Mélissos, Xénophane, Gorgias*, II, 6[2]; et Philon, *De l'éternité du monde*, 2, p. 3.)

XIII

Aétius; Pseudo-Aristote.

Dans le Tout point de vide et non plus de trop-plein.

(*Opinions*, I, XVIII, 2 ; *Mélissos, Xénophane, Gorgias*, II, 28[3].)

XIV

Pseudo-Aristote.

Dans le tout point de vide. Et d'où proviendrait donc
Ce qui pourrait s'y ajouter?

(*Mélissos, Xénophane, Gorgias*, II, 28[4].)

XV

Plutarque.

Les vers suivants d'Empédocle pourraient fournir matière à un reproche contraire[5] :

Jamais il ne viendrait à la pensée d'un sage
Que le temps de la vie, au sens usuel de vie,

Avec tout son cortège et de maux et de biens,
Pourrait à lui tout seul constituer l'existence;
Qu'avant d'être assemblés, qu'⟨après⟩ s'être dissous,
Les mortels ne sont rien.

Ces vers ne sont pas de quelqu'un qui nie que les êtres engendrés et vivants soient quelque chose, mais plutôt de quelqu'un qui estime que l'existence appartient aussi à ceux qui ne sont pas encore nés et à ceux qui sont déjà morts. (*Contre Colotès*, 12, 1113 D.)

XVI

Hippolyte.

L'artisan et l'auteur de la génération de toutes les choses engendrées est la Haine funeste; en revanche l'Amitié est responsable de la sortie des engendrés hors du monde, de leur changement et de leur restauration en l'Un. À propos de la Haine et de l'Amitié, Empédocle dit qu'elles sont toutes les deux immortelles, non engendrées[1] et le principe de la génération; il ajoute qu'elles n'ont jamais admis d'autres ⟨forces?⟩ qu'elles, et dit à peu près ceci :

Comme elles ont été, ainsi elles seront.
Et le temps infini, je crois, de ces deux forces
Jamais ne sera veuf.

Qui sont ces forces? La Haine et l'Amitié. Car leur devenir n'a pas eu de commencement; au contraire, elles ont été et seront toujours. (*Réfutation de toutes les hérésies*, VII, 29.)

XVII

Simplicius.

Empédocle, au premier livre de sa *Physique*, nous livre ces vers :

Mon propos sera double. En effet, tantôt l'Un
Augmente jusqu'au point d'être seul existant
À partir du Multiple; et tantôt de nouveau
Se divise, et ainsi de l'Un sort le Multiple.
Par deux fois, des mortels il y a donc naissance
Et deux fois destruction : tantôt la réunion
De toutes choses crée et par ailleurs détruit,
Et tantôt sous l'effet de la séparation

Ce qui s'était formé se dissipe et s'envole[1].
Jamais les [éléments][2] *ne cessent de pourvoir*
À leur mutuel échange.
Tantôt de par l'Amour ensemble ils constituent[3]
Une unique ordonnance, tantôt chacun d'entre eux
Se trouve séparé par la Haine ennemie.
⟨Et il en va ainsi, dans la mesure où l'Un
A appris comment naître à partir du Multiple[4]*.⟩*
Et lorsque de nouveau, de l'Un dissocié
Le Multiple surgit, là les choses renaissent
Pour une vie précaire; et dans la mesure où
Elles pourvoient sans cesse à leur mutuel échange,
Elles demeurent ainsi, en cercle[5]*, immobiles.*
Allons! Écoute-moi! L'étude rend plus sage!
Comme je le disais déjà auparavant,
T'annonçant mon projet, je tiendrai deux discours.
Tantôt augmente l'Un, jusqu'au point d'être seul,
À partir du Multiple, et tantôt de nouveau
Il se divise; ainsi de l'Un sort le Multiple :
Et feu, et eau, et terre, et air haut et sans borne;
En dehors d'eux la Haine, funeste, exerçant
Dans toutes directions une pression égale,
Et, parmi eux, l'Amour, égal et en longueur
Et en largeur. Vois-le des yeux de l'intellect,
Et ne reste pas là, le regard étonné :
C'est lui qui s'enracine au fond du cœur des hommes[6],
Qui en eux insinue d'amoureuses pensées,
Et leur fait accomplir les besognes d'amour;
On lui donne les noms de Joie et d'Aphrodite.
Jusqu'ici nul mortel ne l'a de ses yeux vu
Circuler parmi eux[7]*. Mais toi, prête une oreille*
Attentive aux propos non trompeurs[8] *que j'enchaîne.*
Car tous [les éléments][9] *sont égaux et sont nés*
Chacun en même temps; cependant chacun d'eux
Remplit son propre rôle et a son caractère :
Chacun à tour de rôle au cours du temps l'emporte.
Outre ceux-ci, ni rien ne naît ni rien ne meurt.
Car, s'ils s'étaient trouvés sans cesse corrompus,
Ils ne posséderaient plus l'être maintenant.
Quelle chose pourrait bien accroître le tout,
Et d'où donc viendrait-elle[10]*? Dans quelle direction*
Se pourrait accomplir la destruction du tout,
Puisqu'il n'est pas d'endroit qui soit vide de choses?

Ils[1] sont donc seuls à avoir l'être, et dans leur course,
Par échanges mutuels, ils deviennent ceci
Ou cela, demeurant continûment semblables[2].

(*Commentaire sur la Physique d'Aristote*, 157, 25 et 161, 14.)

Plutarque.

Mais lorsqu'on entend mon cher ami, Empédocle dire : *Et, parmi eux, l'Amour [...] le regard étonné*[3], il faut supposer que ces vers concernent Éros, car ce dieu qui est parmi les plus anciens dieux, n'est pas appréhendé par la vue, mais par l'opinion. (*De l'amour*, 13, 756 D.)

Clément d'Alexandrie.

Empédocle compte au nombre des principes l'Amitié, conférant à l'Amour une fonction de rassemblement : *Vois-le [...] regard étonné*[4]. (*Stromates*, V, 15.)

XVIII

Plutarque.

Empédocle appelle le principe bienfaisant Amour[5] et souvent Amitié[6], et qualifie aussi l'Harmonie de sérieuse[7]. (*Isis et Osiris*, 48, 370 D.)

XIX

Plutarque.

Et plus généralement le feu est dissociant et séparateur, alors que l'eau agglomère et rassemble, retenant et agglutinant par l'effet de l'humidité. C'est ce à quoi fait allusion Empédocle qui chaque fois qualifie le feu de Haine funeste[8] et l'humide d'attachant Amour. (*Du premier froid*, 16, 952 B.)

XX

Simplicius.

Et en effet, alors Haine et Amitié règnent tour à tour sur les hommes, les poissons, les bêtes et les oiseaux, ainsi que le déclare Empédocle en ces termes :

Et cet [antagonisme] est tout à fait visible
Dans la masse des corps des mortels ; car tantôt
L'Amour peut en un Un rassembler tous les membres
Que possède le corps[9] : c'est dès lors son acmé,

Lorsque l'être fleurit dans toute sa vigueur;
Tantôt, rendus épars par l'odieuse Discorde,
Ils errent seuls, poussés vers les lointains rivages
De la mer de la vie.
Tel est le sort aussi des arbres, des poissons
Qui vivent sous les eaux, des animaux qui nichent
Au flanc des monts, et des oiseaux voiliers des airs.

(*Commentaire sur la Physique d'Aristote*, 1124, 9.)

XXI

Simplicius.

Ajoutant de nombreux détails, Empédocle poursuit en précisant le caractère de chacun des éléments cités : le feu, qu'il appelle *Soleil*[1] ; l'air qu'il appelle *lumière*[2] et *ciel*[3] ; l'eau, qu'il appelle *pluie*[4] . Voici ce qu'il dit :

Allons, observe bien les preuves que tantôt
Je t'ai fournies, et vois si, dans ce que j'ai dit,
J'ai omis quelque chose à propos de leur forme[5].
Vois le Soleil, partout brillant, qui tout échauffe,
Les objets immortels[6] *inondés de chaleur*
Et baignés de lumière; et observe la pluie
Sombre et qui refroidit. Et sortent de la terre
Des choses présentant l'aspect dur et compact.
Sous la domination de la Haine, les choses
Sont toutes séparées et distinctes de formes,
Mais sous l'effet d'Amour ensemble elles concourent,
Animées du désir partagé d'être ensemble.
Car c'est des éléments que sortent toutes choses,
Tout ce qui a été, qui est et qui sera :
C'est d'eux que les arbres ont surgi, et les hommes
Et les femmes, et les bêtes, et les oiseaux,
Et dans l'eau les poissons, et les dieux qui jouissent
De la longévité et des plus hauts honneurs.
Ils sont donc seuls à avoir l'être, et dans leur course,
Par échanges mutuels, ils deviennent ceci
Ou cela[7] *; tant est grand le changement produit*
Par l'effet du mélange.

(*Commentaire sur la Physique d'Aristote*[8], 159, 13.)

XXII

Simplicius.

Par ces propos, on pourrait supposer qu'il fait allusion à la double ordonnance du monde :

C'est que les éléments — le Soleil et la terre
Et le ciel et la mer — sont étroitement liés
À leurs propres parties, que loin d'eux la naissance
A fait se disperser dans les êtres mortels.
De la même façon, tout ce qui se ressemble
S'assemble et se chérit sous la loi d'Aphrodite[1].
Mais les choses qui sont tout à fait séparées
Entre elles par le genre et la composition
Du mélange, et la forme en elles imprimée,
Irréductiblement demeurent ennemies.
De s'unir elles n'ont jamais eu l'habitude,
Elles portent le deuil imposé par la Haine
Qui en elle introduit le vif désir de maître.

Et en effet, il a montré que chez les mortels ces éléments se trouvaient harmonieusement combinés et que l'unification est davantage réalisée chez les êtres intelligibles que chez *tout ce qui se ressemble, / S'assemble et se chérit sous la loi d'Aphrodite*[2], et que cela se produit également partout; mais que les intelligibles sont portés à la ressemblance par l'Amitié, tandis que les sensibles, dominés par la Haine et davantage dispersés, occupent une place inférieure dans la génération résultant du mélange, en donnant naissance aux formes imagées et *imprimées* dans le mélange, qui sont produites *par la Haine*, et n'ont pas *l'habitude* de s'unir mutuellement[3]. (*Commentaire sur la Physique d'Aristote*, 160, 26.)

XXIII

Simplicius.

Il a proposé un exemple évident de ce que les êtres différents proviennent des mêmes :

Comme deux[4] *peintres, quand ils ornent de couleurs*
Leurs tableaux, ex-voto que l'on dépose aux temples,
En artistes instruits des secrets de leur art,
Quand de leurs mains prenant les diverses couleurs[5],

Ils les marient en de subtiles harmonies :
Un peu plus de ceci, un peu moins de cela,
Et de cette matière engendrent à plaisir
Des formes imitant toutes sortes de choses,
Des arbres, et créant des hommes et des femmes,
Des bêtes, des oiseaux, et dans l'eau des poissons,
Et des dieux jouissant de la longévité
Et des plus hauts honneurs, ainsi ne laisse pas
L'erreur de ton esprit s'emparer; ne crois pas
Que les choses qu'on voit apparaître diverses
Et en nombre infini chez les mortels proviennent
D'ailleurs. Sois-en bien sûr; c'est en effet d'un dieu[1]
Que vient l'allégorie que tu as entendue.

(*Commentaire sur la Physique d'Aristote*, 159, 27.)

XXIV

Plutarque.

Mais, afin de ne pas donner, comme dirait Empédocle, l'impression d'

Aller de sommet en sommet, et sans suivre
Jusqu'au bout un sentier unique de discours,

permettez-moi d'ajouter la fin qui convient à ce que j'ai dit auparavant. (*Des oracles qui ont cessé*, 15, 418 c.)

XXV

Platon.

Rassemblons en une conclusion commune ce qui résulte des points sur lesquels nous nous sommes accordés. En effet il est beau, à ce qu'on dit, de dire et d'examiner deux fois les belles choses. (*Gorgias*, 498 *e*.)

[Scolie de Lucillos.]

Un proverbe : *Deux et trois fois le beau* dit qu'il faut parler plusieurs fois des belles choses. Le vers d'Empédocle d'où est tiré ce proverbe est le suivant :

Car deux fois, ce qu'il faut, c'est beau de le redire[2].

(*Au passage cité.*)

XXVI

Simplicius.

Et un petit peu plus loin[1], il déclare :

À tour de rôle au cours de la révolution
Chacun[2] l'emporte; chacun en périssant
Se transforme en un autre et s'accroît de la part
Fixée par le destin. Ils sont donc seuls à avoir l'être,
Et dans leur course donc, par échanges mutuels,
Ils deviennent hommes et races d'animaux.
Tantôt de par l'Amour ensemble ils constituent[3]
Une unique ordonnance, tantôt chacun d'entre eux
Se trouve séparé par la Haine ennemie,
Jusqu'à ce qu'à rebours en un Un ils s'assemblent
Et en se soumettant donnent naissance au Tout[4].
Et il en va ainsi, dans la mesure où l'Un
A appris comment naître à partir du Multiple.
Et lorsque, de nouveau, de l'Un dissocié
Le Multiple surgit, là les choses renaissent
Pour une vie précaire; et dans la mesure où
Elles pourvoient sans cesse à leur mutuel échange,
Elles demeurent ainsi, en cercle, immobiles.

(*Commentaire sur la Physique d'Aristote*, 33, 18.)

XXVII

[Fragment restitué.]

Alors que le regard ne saurait discerner
Ni les membres déliés du Soleil, ni la terre
À la force velue, ni la mer, ainsi donc
Enfermé dans les liens de l'harmonie secrète,
Sphairos est là, tout rond, joyeux et immobile[5].

Plutarque.

Veille [...] à ne pas appliquer aux choses la Haine d'Empédocle; ou, si tu préfères, n'agite pas contre la nature les Titans et les Géants, dans ton désir de voir revenir la terrifiante confusion de la légende en installant à part le lourd et le léger :

Alors que le regard ne pouvait discerner[6]
Ni les membres déliés du Soleil, ni la terre
À la force velue, ni la mer,

ainsi que dit Empédocle, la terre ne participait pas de la chaleur, l'eau ne participait pas du souffle; en haut il n'y avait rien de lourd, ni en bas rien de léger, mais les principes de toutes choses étaient sans mélange, insensibles et solitaires, [...] jusqu'à ce que le désir vînt à la nature, envoyé par la Providence, et que l'Amour fût engendré, ainsi qu'Aphrodite et Éros, comme le disent Empédocle, Parménide et Hésiode. (*De la face visible de la Lune*, 12, 926 D.)

Eudème.

Eudème admet l'immobilité sous l'empire de l'Amitié dans l'étendue de Sphairos, puisque c'est ensuite que les éléments se combinent : *Alors que [...] du Soleil* , mais comme il le dit : *Ainsi donc / Enfermé [...] immobile* . (*Physique*, fragment 71, éd. Spengel, cité par Simplicius, *Commentaire sur la Physique d'Aristote*, 1183, 28.)

XXVII *a*

Plutarque.

Le premier [l'amour de soi par opposition à l'amour des autres], ayant pour fin de conduire à l'excellence au moyen de la philosophie, met constamment l'homme en harmonie avec lui-même, à l'abri de tout reproche venant de lui, rempli de paix et d'amitié envers lui-même :

Ni discord, ni oiseux conflit, en ses membres.

(*Qu'il faut qu'un philosophe converse avec les princes*, 2, 777 C.)

XXVIII

Stobée.

Égal à lui-même partout, illimité,
Sphairos est là, tout rond, joyeux et immobile[1].

(*Choix de textes*, I, XV, 2 *a b*.)

XXIX

Hippolyte.

Et, touchant la forme que prend le monde, une fois que l'Amitié l'a ordonnée, voici à peu près ce qu'il dit :

On ne voit point pousser deux branches sur son dos,
Pas de pieds, pas de prompts genoux et pas de sexe.
Il était rond[1], *égal à lui-même ⟨partout⟩.*

Telle est la forme, très belle, du monde qu'arrange l'Amitié, produisant l'Un à partir des multiples. Quant à la Haine, qui est la cause de l'arrangement du monde en parties séparées, c'est de ce monde un qu'elle arrache les nombreux êtres qu'elle produit. (*Réfutation de toutes les hérésies*, VIII, 29.)

Simplicius.

L'Amitié crée par unification Sphairos, qu'il nomme aussi un *dieu*[2] et que parfois aussi il désigne par le neutre : *Il était une fois le rond*[3]. (*Commentaire sur la Physique d'Aristote*, 1124, 1.)

XXX

Aristote.

Il ne cite aucune cause du changement lui-même, se bornant à dire qu'il en est naturellement ainsi. (*Métaphysique*, B, IV, 1000 *b* 12.)

Simplicius.

Voici ce que dit Empédocle touchant l'empire de la Haine :

Quand la Haine eut grandi dans le sein (de Sphairos),
Elle surgit, pour réclamer les honneurs dus,
Une fois révolu le temps qu'avait fixé
Le pacte fondateur[4] *assignant tour à tour*
À chacune[5] *son rôle [...].*

(*Commentaire sur la Physique d'Aristote*, 1184, 12.)

XXXI

Simplicius.

Lorsque de nouveau commence l'empire de la Haine, alors de nouveau le mouvement se produit dans Sphairos :

Et les membres du dieu un à un s'ébranlèrent[6].

(*Commentaire sur la Physique d'Aristote*, 1184, 2.)

XXXII

Pseudo-Aristote.

L'articulation est à sa manière une différence. C'est pourquoi Empédocle disait : *l'articulation lie deux choses*[1]. (*Des lignes insécables*, 972 *b* 29.)

XXXIII

Plutarque.

L'Amitié associe, réunit et produit des rencontres, en resserrant les liens par des entretiens et des gentillesses mutuelles,

De même que le suc du figuier coagule
Et caille le lait blanc[2],

ainsi que le dit Empédocle (car telles sont l'unification et la consolidation que l'Amitié entend créer); en revanche l'amitié multiple désunit, sépare, écarte; et, en appelant par-ci par-là et en faisant aller çà et là vers une autre personne, elle ne permet pas que naissent le mélange et la consolidation des bons sentiments dans la fréquentation ainsi consolidée et coagulée[3]. (*De la pluralité d'amis*, 5, 95 A.)

XXXIV

Aristote.

L'humide est la cause de ce que le sec prend contour, et ils se servent mutuellement de colle l'un pour l'autre, ainsi que l'a formulé en vers Empédocle dans sa *Physique* :

Lui, en agglomérant la farine avec l'eau[4].

(*Météorologiques*, IV, IV, 381 *b* 31.)

XXXV

[Fragment restitué.]

Revenant en arrière, il me faut parcourir
La route que déjà mon chant avait frayée,
Faisant que du discours naisse un nouveau discours[5]
Que voici : quand au plus profond du tourbillon
La Haine fut tombée, que l'Amour atteignit
Le centre du remous, les éléments[6] *alors*
De concourir en lui, tous pour faire un seul Un,

Non pas tous sur le champ, mais avec réflexion,
Venant qui d'un côté et qui venant de l'autre.
Des éléments ainsi mélangés s'écoulèrent
Des milliers et milliers de races de mortels[1].
Mais de nombreux objets restèrent non mêlés,
Séparés à côté des choses mélangées,
Tous ceux que Haine encore en suspens retenait.
Car elle ne s'était pas encore, sans reproche,
Retirée jusqu'aux bords extrêmes du cercle;
Ici elle restait dans les membres, et là
Elle en était sortie. Mais plus elle fuyait
De façon continue, toujours plus s'insinuait
Le bénéfique élan immortel de l'Amour
Exempt de tout reproche. Aussitôt devenaient
Mortelles désormais les choses qui naguère
Avaient connu les joies de l'immortalité;
Et des choses jadis non mêlées se brassaient,
Changeant de direction. Des éléments ainsi
Mélangés s'écoula une pluralité
Proprement infinie de races de mortels,
Aux aspects variés, étonnantes à voir.

Simplicius.

L'empire que la Haine exerce sur le monde ne ressemble pas du tout à celui que l'Amitié exerce sur le Sphairos. Et, d'après lui, deux règnes différents se produisent sous l'effet de l'une et de l'autre. Il n'y a pas d'objection à citer dès maintenant un passage du poème d'Empédocle qui le montre : *Revenant en arrière [...] changeant de direction*[2]. (*Commentaire sur le Traité du ciel d'Aristote*, 528, 30.)

Et avant ces vers[3], il nous révèle dans d'autres vers l'activité de ces deux puissances à l'endroit des mêmes choses, en disant : *Quant au plus profond [...] étonnantes à voir*[4]. (*Commentaire sur la Physique d'Aristote*, 32, 11.)

Et Aristote se demande comment on pourrait voir ces choses se produire sous le règne de l'Amitié, grâce à laquelle Empédocle déclare que toutes choses produisent l'Un, quand il dit : *Les éléments alors/De concourir en lui, tous pour faire un seul Un*[5]. Peut-être Empédocle veut-il dire que ce n'est pas sous le règne de l'Amitié que ces événements se produisent, ainsi que l'a pensé Alexandre, mais ⟨seulement⟩ lorsque la Haine ne s'est pas *encore/Retirée [...] exempt de tout reproche*[6]. (*Commentaire sur le Traité du ciel d'Aristote*, 587, 8.)

Aristote.

D'autres passages s'éclairent par la disposition versifiée, ainsi ces vers d'Empédocle : *Aussitôt devenaient [...] Avaient connu les joies de l'immortalité*[1] . (*Poétique*, XXV, 1461 *a* 23.)

Athénée.

Théophraste, dans son livre *De l'ivresse*, dit que ce qui a été *mélangé* est davantage *brassé* et cite Empédocle :

Et les choses jadis non mêlées se brassaient,
Changeant de direction[2].

(*Les Deipnosophistes*, X, 423 F.)

Plutarque.

Le poète Sosiclès – qui citait Empédocle disant qu'au cours de la révolution universelle : *Et les choses jadis non mêlées se brassaient* – déclarait que le mot *brassé*[3] signifiait chez lui davantage « bien mélangé » que : « sans mélange ». (*Propos de table*, V, IV, 1, 677 D.)

XXXVI

Loin du rassemblement que ceux-ci[4] *constituaient,*
La Haine vers les bords extrêmes prit la fuite.

Stobée[5] *; Aristote.*

Car si la Haine n'était pas à l'intérieur des éléments, tous les éléments seraient un Un, ainsi qu'il le déclare; car tandis que tous ⟨les éléments⟩ se rassemblaient, alors : *La Haine vers les bords extrêmes prit la fuite* . (*Choix de textes*, I, X, 11 ; *Métaphysique*, B, IV, 1000 *b* 1.)

XXXVII

Aristote.

Mais l'accroissement ne pourrait pas se produire chez Empédocle autrement que par addition; car c'est par le feu que le feu augmente :

La Terre accroît sa taille, l'Éther accroît l'Éther.

(*De la génération et de la corruption*, II, VI, 333 *a* 35.)

XXXVIII

Clément d'Alexandrie.

Allons ! Je vais parler tout d'abord du Soleil,
Dire qu'il est principe[1] *; et puis des éléments*
D'où tout ce que l'on voit à présent apparu :
La terre et puis la mer aux vagues écumantes,
Et l'air humide et puis ce Titan qu'est l'Éther,
De son cercle embrassant toutes choses serrées.

(*Stromates*, V, 48.)

XXXIX

Aristote.

Si de la Terre se trouvaient illimitées
Les profondeurs, illimité le vaste Éther,
— Que sont vains ces propos tenus par maints mortels[2]
Et qui n'ont eu du Tout qu'une vision partielle[3] *[...].*

(*Traité du ciel*, II, XIII, 294 *a* 21.)

XL

Plutarque.

Ainsi en un endroit Empédocle exprime, non sans bonheur, la différence qui les sépare tous les deux, en disant :

Le Soleil décochant ses rayons acérés,
La Lune bienfaisante.

(*De la face visible de la Lune*, 2, 920 C.)

XLI

Apollodore.

Roulé en une grosse boule de feu, il circule. Ainsi que le dit Empédocle :

Ramassé en une boule dense, il circule
Autour du vaste ciel[4].

(*Des dieux*, cité par Macrobe, *Saturnales*, I, XVII, 46.)

XLII

Plutarque.

La Lune, se trouvant à l'aplomb de la source de lumière, ainsi que le dit Démocrite[1], intercepte et reçoit ⟨les rayons du⟩ Soleil ; de telle sorte qu'on pourrait croire que c'est elle qui brille et que le Soleil est, lui, transparent. Tant s'en faut pourtant, car il y a des moments où elle n'est pas visible et souventes fois elle cache et masque sa lumière :

Elle lui coupe ses rayons[2],

ainsi que le dit Empédocle,

Quand il passe au-dessus, elle fait une tache[3]
D'ombre, de la largeur de son visage glauque,

de même que, la nuit, règne l'obscurité, puisque la lumière ne vient pas frapper un autre astre [...]

Empédocle nous a laissé une théorie : le clair de Lune que nous voyons provient de la réflexion par la Lune de la lumière du Soleil, de telle sorte que ce rayonnement est dépourvu de chaleur et d'éclat ⟨propre⟩, comme on pourrait s'y attendre s'il s'agissait d'un embrasement et d'un mélange de lumières ; au contraire, tout comme les sons produisent par réflexion un écho affaibli, et de même que les projectiles ricochent en perdant de leur force,

De même ses rayons, après avoir frappé
Le vaste cercle de la Lune[4],

nous proviennent sous la forme d'une effluence réfléchie, affaiblie et indécise, parce que l'impact diminue leur puissance[5]. (*De la face visible de la Lune*, 16, 929 C.)

XLIII

Philon.

N'est-il pas absurde de penser que la lumière de la Lune reçoit sous l'effet de la Providence la lumière qui provient du Soleil ? N'est-ce pas plutôt le hasard qui lui fait recevoir — à la manière d'un miroir — une forme qui se réfléchit en elle, ainsi que le dit Empédocle ?

Recevant la lumière, le globe grand et large de la Lune
Se retourne bientôt pour atteindre en courant le ciel[6].

(*De la Providence*, II, 70.)

Plutarque.

[...] De même ses rayons, après avoir frappé
Le vaste cercle de la Lune [...]

(*De la face visible de la Lune*, 16, 929 c.)

XLIV

Plutarque.

Vous [les stoïciens], vous vous moquez d'Empédocle qui affirme que le Soleil engendré par la réflexion de la lumière céleste[1] ⟨par la Terre⟩, en retour

Vers l'Olympe renvoie ses rayons, d'un visage
Exempt de toute crainte.

(*Pourquoi la prophétesse Pythie ne rend plus d'oracle en vers*, 12, 400 B.)

XLV

Achille Tatius.

Autour de la Terre une lumière d'emprunt
Et toute ronde, tourne[2].

(*Introduction à Aratos*, 16, éd. Maass, p. 43.)

XLVI

Plutarque.

[La Lune] est pour ainsi dire tangente à la Terre et tourne tout près d'elle

Tout comme la trace de la roue qui, tangente
Au moyeu, tourne,

dit Empédocle,

Ainsi elle frôle le sommet[3].

Car souvent elle ne dépasse pas l'ombre portée par la Terre, et souvent est quelque peu effacée par la grandeur excessive de la source lumineuse [qu'est le Soleil] ; au contraire, il semble qu'elle gravite si près de la Terre et, pour ainsi dire, dans son giron, qu'elle nous bouche la vue du Soleil, sans dépasser cet espace ombrageux, terrestre et nocturne, qui est l'apanage de la Terre ; c'est pourquoi il faut affirmer résolument, je crois, que la Lune est enfermée dans les confins de la Terre et qu'elle est masquée par ses sommets. (*De la face visible de la Lune*, 9, 925 B.)

XLVII

[Inédit.]

Ἀγής *(arrondi)* : ce mot est une réduction des composés εὐαγής *(pur)* ou παναγής *(sacré)*. Empédocle :

En effet ses regards à l'opposé se tournent
Vers le cercle arrondi du Seigneur[1].

(*Inédits grecs*, éd. Bekker, I, 337, 13, *Collection des mots usuels*.)

XLVIII

Plutarque.

Les aiguilles des cadrans solaires, qui ne bougent pas avec l'ombre, mais demeurent immobiles, sont les instruments de la mesure du temps, et imitent l'obstacle qui cache à la Terre le Soleil qui tourne en rond sous elle, ainsi que le dit Empédocle :

La Terre fait la nuit dès lors qu'elle intercepte
Les rayons ⟨du Soleil⟩.

(*Questions platoniciennes*, 8, 1006 F.)

XLIX

Plutarque.

Car lorsque, comme dit Empédocle, obscur est l'air *de la nuit solitaire et aveugle*, autant il prive les yeux de sensation, autant il en rend aux oreilles. (*Propos de table*, VIII, III, 1, 720 E.)

L

Jean Tzétzès.

Comme dit Empédocle, à moins que ce ne soit quelqu'un d'autre[2],

Iris, de l'océan, nous apporte le vent,
Ou bien la grosse pluie.

(*Commentaire sur l'Iliade*, XV, v. 83.)

LI

Hérodien.

Ἀνόπαια *(à perte de vue)* : ce mot, pour les uns, signifie *invisible*; pour d'autres, *qui s'élève vers le haut.* Empédocle dit : *Mais vivement s'élève vers le haut* à propos du feu. D'où il eſt évident que τὸ ἀνόπαιον eſt du neutre[1]. (*Commentaire sur l'Odyssée d'Homère*, I, v. 320.)

LII

Proclus.

Car il y a sous la terre des torrents de feu, ainsi que quelque part le déclare Empédocle[2] :

Il eſt beaucoup de feux, qui brûlent sous le sol.

(*Commentaire sur le Timée de Platon*, II, p. 8, 26.)

LIII-LIV

Ariſtote.

En effet, tandis que la Haine séparait [les éléments], ce n'eſt pas la Haine qui emportait l'Éther vers le haut; mais tantôt il dit que, comme par hasard, l'Éther

En courant donc ainsi, en[3] *rencontra beaucoup,*
Mais souvent autrement;

tantôt il déclare que le feu s'élève vers le haut par nature, tandis que :

L'Éther, lui, enfonçait ses puissantes racines
Dans le sein de la terre.

En même temps il déclare que l'ordonnance du monde eſt semblable à présent, sous le règne de la Haine, à ce qu'elle était auparavant sous le règne de l'Amitié. Quel eſt donc le premier moteur et le principe du mouvement? (*De la génération et de la corruption*, II, VI, 334 *a* 1.)

Il eſt absurde, soit d'avoir rejeté soit d'avoir admis mais négligé l'exiſtence [du hasard], tout en faisant quand même parfois appel à lui. Ainsi Empédocle déclare que l'air ne se sépare pas toujours pour s'élever dans les hauteurs ⟨du ciel⟩, mais que cela dépend du hasard. Ainsi, dans sa *Cosmogonie*, il dit :

En courant donc ainsi, mais souvent autrement[4].

(*Physique*, II, IV, 196 *a* 19.)

LV

Aristote.

La mer, sueur de la Terre[1]. (*Météorologiques*, II, III, 356 *a* 24.)

LVI

Héphestion.

D'Empédocle :
Le sel cristallisa sous le choc des rayons[2]. (*Manuel*, I, p. 2, 13.)

LVII

Simplicius.

Mais comment pourrait-on trouver signe d'un mélange dans *la tête sans cou* et autres expressions d'Empédocle, comme : *Et erraient des bras nus [...] non amarrés au front,* ainsi que nombre d'autres qui ne constituent pas des exemples de mélange ? (*Commentaire sur le Traité du ciel d'Aristote*, 586, 29.)

Aristote.

On pourrait encore se demander s'il serait possible, ou non, que certains ⟨éléments⟩ agités de mouvements désordonnés pussent se mélanger pour composer des corps semblables à ceux dont l'arrangement est produit par la nature, je veux parler, par exemple, des os et de la chair : car c'est, d'après Empédocle, ce qui prend naissance sous l'empire de l'Amour. Il déclare en effet :

D'elle[3] *poussaient nombreuses têtes, mais sans cou*[4],
Et erraient des bras nus et dépourvus d'épaules,
Et des yeux flottaient non amarrés au front.

(*Traité du ciel*, III, II, 300 *b* 25.)

LVIII

Simplicius.

Donc, à ce moment-là [quand la Haine ne s'est pas encore tout à fait retirée], *des membres solitaires* disjoints par la Haine *erraient* à la recherche d'un mutuel mélange. (*Commentaire sur le Traité du ciel d'Aristote*, 587, 18[5].)

LIX

Simplicius.

Mais lorsque [...] Se fut mêlé , quand l'Amour régna sur ce que la Haine abandonnait, *alors les choses [...] continuellement* . En parlant de ce règne de l'Amour, Empédocle ne veut pas dire que l'Amour règne déjà, mais qu'il s'apprête à régner, et qu'il produit au jour des êtres non mêlés et formés d'un membre unique :

Mais lorsque davantage au Démon le Démon[1]
Se fut mêlé, alors les choses[2] *se mêlèrent*
Au gré de leur rencontre ; et puis, s'y ajoutant,
Maintes choses en naquirent continuellement.

(*Commentaire sur le Traité du ciel d'Aristote*, 587, 20.)

LX

Plutarque.

Ces créatures et un grand nombre d'autres plus tragiques ressemblant aux monstres d'Empédocle, dont on se moque, *des pieds tors aux mains innombrables* et *des bovidés à face d'homme*[3]. (*Contre Colotès*, 28, 1123 B.)

LXI

Élien.

Empédocle, le philosophe de la nature, déclare, en parlant lui aussi de la spécificité des animaux, que naissent sans doute certains êtres dotés d'une nature mixte, qui présentent des différences produites par l'aspect mélangé de leur forme et une certaine unité d'assemblage, du fait que leur corps est un. Voici ce qu'il en dit :

Une foule naquit de monstres à deux faces,
À deux poitrails, des bovidés à face d'homme ;
À rebours des enfants à la tête de bœuf
Naissaient, des créatures moitié homme, moitié femme,
Et dont les membres disparaissaient sous les poils[4].

(*Histoires variées*, XVI, 29.)

Simplicius.

De même qu'Empédocle déclare qu'au commencement du règne de l'Amitié naquirent au hasard d'abord des parties d'animaux, des têtes, des mains et des pieds, qui se rassemblèrent ensuite pour former *des bovidés à face d'homme. À rebours des enfants [...] naissaient* avec des têtes à visage de bœuf, c'est-à-dire tenant à la fois du bœuf et de l'homme. Puis tout ce qui, par de telles combinaisons, se constitua de manière viable, donna des animaux qui subsistèrent du fait que chacun de leurs organes remplissait sa fonction, qu'il y avait des dents pour couper et broyer la nourriture, un estomac pour digérer et un foie pour produire le sang. En s'ajoutant au corps humain, une tête d'homme pourvoit au salut de tout l'ensemble, alors qu'elle jure avec un corps de bœuf et cause sa perte. Aussi tout ce qui n'était pas conforme au modèle de son espèce fut détruit. (*Commentaire sur la Physique d'Aristote*, 371, 33.)

Aristote.

Ce sont les êtres chez qui toute l'organisation s'était produite comme en vue d'une fin, alors qu'elle résultait d'une conformité due au hasard, qui survécurent. Tous les êtres non conformes ont péri et périssent, tels les *bovidés à face d'homme*[1] dont parle Empédocle. (*Physique*, II, VII, 198 *b* 29.)

LXII

Simplicius.

Au deuxième livre de sa *Physique*, avant de parler de l'articulation[2] des corps d'hommes et de femmes, Empédocle écrit les vers suivants :

Apprends donc, à présent, comment les rejetons
Nés de la nuit, hommes et femmes pitoyables,
Furent produits au jour par le feu dissocié
⟨Des autres éléments⟩. Car mon mythe ne peut
Perdre de vue son but, ni manquer à la science.
Tout d'abord il sortit de la Terre des êtres
En un tout naturel rassemblant les deux sexes[3]*,*
Ayant part à la fois et au feu et à l'eau.
Le feu les fit surgir, car il se proposait
D'atteindre son semblable[4]*. Et pourtant point encore*
Ils ne montraient la forme adorable des membres[5]*,*
Non plus que la voix mâle et le membre viril,
Appartenant aux hommes.

Aristote conteste ce propos d'Empédocle, parce que Empédocle fait naître, à ce qu'il paraît, la semence avant les animaux. Et la semence, qu'il désigne par l'expression : *Tout d'abord il sortit de la Terre [...] les deux sexes*[1], n'était pas encore *la forme adorable des membres [...].* Or, si la semence existait, l'expression : *un tout naturel rassemblant les deux sexes* me paraît admirablement convenir. Car cette expression : *un tout naturel rassemblant les deux sexes* désigne justement ce qui forme de soi-même totalement un tout, qui précisément existe alors que l'articulation des sexes ne s'est pas encore produite en lui. (*Commentaire sur la Physique d'Aristote*, 381, 29.)

Aristote.

Il est nécessaire encore que la semence ait été engendrée d'abord, et non pas directement les animaux, et l'expression *Tout d'abord un tout naturel*[2] désignait la semence. En outre il existe encore dans les plantes de la finalité, quoique sous une forme moins articulée. Est-ce donc qu'il y a eu aussi chez les plantes, à la façon des *bovidés à face d'homme*[3], des *vignes à face d'olivier*, ou non ? Cela est absurde ; pourtant il faudrait qu'il en soit ainsi, s'il en va ainsi chez les animaux[4]. (*Physique*, II, VIII, 199 *b* 7.)

LXIII

Aristote.

Empédocle dit que dans le mâle et la femelle, il y a comme un symbole[5], et que l'organisme ne procède pas tout entier de l'un ou de l'autre :

En deux s'est déchirée la nature des membres :
L'une, celle du mâle[6] *[...]*

(*Génération des animaux*, I, XVIII, 722 *b* 10.)

LXIV

Plutarque.

Ou bien pour les femelles, le fait de fréquenter et de vivre en compagnie des mâles n'a pas pour effet d'évoquer le souvenir des plaisirs de l'amour et d'enflammer leur désir, ainsi qu'Empédocle le dit des hommes en ces vers :

Sur lui fond le désir, par la vue évoqué,
À la mémoire[7].

(*Questions naturelles*, 21, 917 C.)

LXV

Aristote.

Si la différenciation entre le mâle et la femelle se produit pendant la gestation, ainsi que le dit Empédocle :

> *Elles*[1] *s'écoulèrent dans ⟨les matrices⟩ vides*
> *En engendrant tantôt des êtres féminins*
> *Quand elles rencontraient le froid [...]*[2].

(*Génération des animaux*, I, XVII, 723 *a* 23.)

LXVI

[Scolie.]

« *Ne t'en va pas semer dans le sillon fécond.* » Empédocle, le philosophe de la nature, emploie l'expression allégorique : *les gazons fendus d'Aphrodite* , ⟨pour désigner⟩ les lieux dans lesquels se produit la naissance des enfants. Euripide, voulant dire la même chose, a évité la notion honteuse et combiné les termes propres avec les métaphores de l'art, ⟨en rapprochant⟩ « *semence* » et « *sillon fécond* ».

> *Les gazons fendus [...] d'Aphrodite.*

(À Euripide, *Les phéniciennes*, v. 18.)

LXVII

Galien.

L'opinion selon laquelle l'individu mâle est conçu dans la partie droite de la matrice est une opinion partagée encore par d'autres anciens auteurs. Parménide en effet disait : « *À droite les garçons et à gauche les filles*[3] », et Empédocle :

> *C'est dans les régions plus chaudes du ventre*[4]
> *Que les mâles naissent, et c'est pourquoi encore*
> *Les hommes y sont noirs, plus virils, plus poilus.*

(*Sur les Épidémies d'Hippocrate*, VI, 48.)

LXVIII

Aristote.

Le lait est en effet du sang cuit et non décomposé. Empédocle ou bien se trompait, ou bien s'est mal exprimé, lorsqu'il a dit du lait :

C'est au dixième jour dans le huitième mois
Que ⟨le sang tourne⟩ en produisant le blanc liquide[1].

(*Génération des animaux*, IV, VIII, 777 *a* 7.)

LXIX

Proclus.

Empédocle lui aussi connaît les deux sortes de temps propres à la grossesse[2]. C'est pourquoi il applique aux femmes l'épithète : *aux deux grossesses* et il a dit lui-même qu' *il existait un dépassement du nombre des jours de la grossesse*, et aussi que les fœtus de huit mois sont non viables ; et cela est fort vraisemblable. Car le premier nombre des grossesses de sept mois, qui est 35, est formé de la somme des nombres 6, 8, 9, 12, dont les extrêmes 6 et 12 sont dans un rapport double et constituent l'octave[3]. Le premier nombre des grossesses de neuf mois, 45, est formé de la somme des nombres consonants 6, 9, 12, 18, dont les extrêmes sont dans un rapport triple. Or, il n'y a pas d'autre rapport consonant entre ces nombres, de sorte que, selon toute vraisemblance, en l'absence de consonance, les fœtus de huit mois sont non viables[4]. (*Commentaire sur la République de Platon*, II, p. 34, 25.)

LXX

Rufus d'Éphèse.

Le fœtus est enveloppé de membranes, dont l'une est plus fine et plus souple : Empédocle l'appelle *amnios* ⟨ou *agnelette*[5]⟩. (*Des noms des parties du corps humain*, 229, éd. Daremberg-Ruelle, p. 166, 11.)

LXXI

Simplicius.

Pourtant s'il demeurait lacune en ta créance
Sur le fait de savoir comment d'eau et de terre,
D'Éther et de Soleil tout ensemble mêlés,
Tant de formes sont nées avec tant de couleurs

Pour les êtres mortels, qu'il en est maintenant
Selon les proportions réglées par Aphrodite [...][1]

(*Commentaire sur le Traité du ciel d'Aristote*, 529, 28.)

LXXII

Athénée.

Je n'oublie pas qu'Empédocle, le philosophe de la nature, donnait à tous les poissons le nom de καμασῆνες[2], disant :

Comment ⟨prirent naissance⟩ et les arbres altiers
Et les poissons des profondeurs salées.

(*Les Deipnosophistes*, VIII, 334 B.)

LXXIII

Simplicius.

Et, un peu plus loin :

Et comme alors Cypris, après avoir mouillé
La terre d'eau de pluie, s'empressa de confier
Les formes modelées, au feu, pour les durcir[3].

(*Commentaire sur le Traité du ciel d'Aristote*, 530, 5.)

LXXIV

Plutarque.

Parmi les animaux eux-mêmes, tant terrestres qu'aériens, nul n'est, pourrait-on dire, plus prolifique que les créatures marines ; c'est ce qu'a voulu exprimer Empédocle en écrivant :

Elle[4] *conduit la foule inculte des poissons*
À la grouillante descendance.

(*Propos de table*, V, X, 4, 685 F.)

LXXV

Simplicius.

Tous ceux qui, durs dedans et mous à l'extérieur,
Des paumes de Cypris avaient ainsi reçu
Cette élasticité[5].

(*Commentaire sur le Traité du ciel d'Aristote*, 530, 8.)

LXXVI

[Fragment restitué.]

Tel est le cas du dos pesant des coquillages
Qui habitent la mer, et tels sont les buccins
Tout caparaçonnés de pierre, et les tortues :
Chez eux, tu peux le voir, la terre forme croûte.

Plutarque.

Et tu vois que Dieu, que notre Pindare[1] appelait le *« maître artiste »*, ne place pas dans tous les cas le feu par-dessus et la terre par-dessous, mais les dispose selon les besoins des corps : *Tel est le cas [...] de pierre* , dit Empédocle, *Chez eux [...] croûte* . (*Propos de table*, I, II, 5, 618 B.)

On ne peut pas dire que le feu qui rayonne de leurs yeux, occupe dans la partie supérieure du corps une place naturelle ou normale, alors que dans la cavité et dans le cœur il occupe une situation anormale ou contre nature; car chacun a été placé dans le lieu et pour la fonction qui lui sont propres : *Et tels sont les buccins [...] de pierre* et telle est la nature des crustacés, ainsi que le déclare Empédocle, notant ici : *Chez eux [...] croûte* (*De la face visible de la Lune*, I, 14, 927 F.)

LXXVII-LXXVIII

Plutarque.

Le fait de conserver des feuilles et d'être, comme dit Empédocle, *toujours vert* n'est pas l'effet de la chaleur; de même le fait de perdre ses feuilles n'est pas l'effet du froid. [...] Quelques-uns croient que le feuillage persiste à cause de l'égalité du mélange ⟨de chaud et de froid⟩. Mais Empédocle ajoute, comme cause *supplémentaire, un certain ajustement* des pores, par lesquels la nourriture se transmet aux feuilles d'une manière ordonnée et égale, de façon que leur alimentation soit suffisante. (*Propos de table*, III, II, 2, 649 C.)

Théophraste.

Si ⟨la qualité de⟩ l'air qui enveloppe les arbres était constante, peut-être les propos que tiennent les poètes ne seraient-ils pas dénués de raison[2], ni non plus ceux d'un Empédocle, qui déclare que les ⟨arbres⟩ toujours verts et *portant toujours des fruits, Gardent toute l'année [...] grâce à l'air* ; Empédocle suppose en effet qu'un certain mélange de l'air, celui du printemps, eſt propre à l'année tout entière[1].

> *⟨Les arbres⟩ toujours verts, portant toujours des fruits,*
> *Gardent toute l'année abondance de fruits,*
> *Et cela grâce à l'air*[2].

(*Causes des plantes*, I, XIII, 2.)

LXXIX

Ariſtote.

Chez les plantes, ces puissances sont mêlées et le genre femelle n'eſt pas séparé du mâle ; c'eſt pourquoi elles engendrent hors d'elles-mêmes et produisent non un embryon, mais des rejetons appelés graines. Empédocle l'exprime fort bien dans ce vers :

> *Ainsi donc les premiers parmi tous les grands arbres,*
> *Les oliviers portent des œufs*[3].

Car l'œuf eſt un rejeton qui comprend deux parties, l'une dont provient l'animal et l'autre qui conſtitue sa nourriture ; de la graine eſt formée la plante deſtinée à croître, tandis que du reſte provient la nourriture nécessaire au germe et à la première racine. (*Génération des animaux*, I, XXIII, 731 *a* 1.)

Théophraſte.

Les graines de tous les végétaux renferment en elles une certaine nourriture, qui concourt au début de la croissance, comme dans le cas des œufs. C'eſt pourquoi Empédocle a fort juſtement parlé des *grands arbres porteurs d'œufs.* Car les graines ont une nature semblable aux œufs. (*Causes des plantes*, I, VII, 1.)

LXXX

Plutarque.

Nous convînmes que c'était là un propos mesuré. Mais Empédocle ayant dit :

> *C'eſt bien pourquoi lente à mûrir eſt la grenade*
> *Et pourquoi la pomme eſt bonne à manger longtemps*[4],

je dis : « L'épithète accolée à la grenade se comprend bien. Elle signifie que les grenades ne sont pas mûres avant la fin de la moisson et la diminution des grandes chaleurs. Car du fait de la faiblesse de leur humidité et de la viscosité de leur suc, le Soleil ne leur permet pas de prendre toute leur consistance, [avant que l'air ne change et ne commence à rafraîchir]. [...] Quant à ce que le sage veut dire en qualifiant les pommes de *bonnes à manger longtemps* (ὑπέρφλοια), c'est un point embarrassant[1] » [...] Lorsque j'eus achevé, certains grammairiens déclarèrent que ὑπέρφλοια voulait dire que les pommes étaient à pleine maturité. En effet les poètes utilisent le terme φλοίειν *(abonder)* pour signifier être florissant et être à maturité[2] [...] Aussi, puisque, selon eux, la pomme conserve plus longtemps que les autres fruits sa verdeur et son aspect florissant, le philosophe l'a appelée ὑπέρφλοιον *bonne à manger longtemps* . (*Propos de table*, V, VIII, 2, 683 D.)

LXXXI

Plutarque.

La facilité avec laquelle se gâtent les eaux de pluie est mise en évidence par leur putréfaction. En effet l'eau de pluie se putréfie plus facilement que celle des fleuves et des puits, et il se pourrait bien que la fermentation soit une putréfaction, ainsi qu'Empédocle en témoigne, disant :

> ⟨*Oui*⟩, *le vin, c'est de l'eau putréfiée dans le bois,*
> *Et qui sort de l'écorce*[3].

(*Questions naturelles*, 2, 912 C.)

Le vineux ⟨engendre⟩ par nature ⟨la putréfaction⟩ comme le dit Empédocle : ⟨*Oui,*⟩ *le vin* [...] *écorce* . (*Questions naturelles*, 31, 919 C.)

Aristote.

Mais, de même, le vin n'est pas non plus de l' *eau putréfiée* , contrairement à ce que dit Empédocle, qui parle d'eau se putréfiant. Car, à proprement parler, ce n'est pas de l'eau. (*Topiques*, IV, V, 127 *a* 17.)

LXXXII

Aristote.

> *Cheveux, feuilles et dru plumage des oiseaux,*
> *Écailles revêtant des membres vigoureux*
> *Sont une même chose.*

(*Météorologiques*, IV, IX, 387 *b* 4.)

LXXXIII

Plutarque.

Car certains sont armés de cornes, de dents ou d'aiguillons :

Les hérissons[1] *pourtant ont des poils acérés*
Hérissés sur le dos.

(*De la fortune*, 3, 98 D.)

LXXXIV

Aristote.

Empédocle semble penser, lui, que la vue se produit lorsque la lumière sort de l'œil, ainsi qu'il a été dit plus haut. Il dit ainsi :

Tel un homme, songeant à sortir dans la nuit
Venteuse de l'hiver, prépare sa chandelle,
Flambeau ardent de feu, et l'allume à l'abri
De tous les vents dans sa lanterne protectrice :
Elle résiste aux coups assénés par le vent ;
Et la lumière, étant un flux bien plus ténu,
Peut passer à travers et jeter sur le seuil
Un éclat vigilant. Ainsi, l'antique feu
Lors s'est allé blottir dans de minces membranes
Et dans de fins tissus, revêtant l'apparence[2]
De la pupille ronde[3] *; et ces tissus laissaient*
Passer de part en part des conduits merveilleux,
Et tout autour de lui retenaient l'eau profonde,
Tout en laissant sortir le feu bien plus ténu.

Il déclare tantôt que c'est ainsi que nous voyons, et tantôt que c'est grâce aux effluves provenant des objets vus. (*Du sens et des sensibles*, II, 437 *b* 23.)

Alexandre d'Aphrodise.

Et il[4] commence par citer ces vers où il explique lui aussi que la lumière est le feu même, que ce feu sort des yeux et en est projeté, et que c'est lui qui produit la vision. Dans ces vers, en effet, Empédocle compare la projection de la lumière hors des yeux à la lumière ⟨provenant⟩ des *chandelles* . De même, en effet, que quelqu'un, qui se propose de sortir la nuit, se prépare une chandelle et l'introduit dans une *lanterne* (car si la lanterne protège et préserve contre les vents du dehors, la matière très subtile du feu, qui constitue la *lumière*, peut passer à l'extérieur), ainsi, déclare-t-il, le *feu* enfermé dans les *membranes* est enveloppé par de fines peaux qui préservent le feu des assauts nuisibles de l'extérieur, et ne permettent pas de causer du dommage à la *pupille*, tandis que l'élément le plus subtil contenu dans le feu peut sortir ⟨de l'œil⟩. On pourrait appeler *protectrices* les parois de la lanterne qui repoussent les vents, étant donné qu'elles écartent les courants d'air et abritent le feu qu'elles enveloppent; ou encore, les pores étroits sont qualifiés de *protecteurs*, étant donné que leur étroitesse repousse les courants d'air. Quant au feu, il est dit *ténu*, parce que la subtilité de sa matière lui permet de passer et le rend apte à se projeter au-dehors, en passant à travers les pores étroits. *Sur le seuil* signifie : vers le ciel; Homère dit :

Je l'empoignai et le jetai en bas du seuil
Pour qu'assez mal en point, il retrouve le sol[1].

L'expression *dans des linges très fins il fit le lit de la pupille ronde*[2] est employée pour signifier : il enveloppa la pupille ronde dans des membranes fines; en plus du mot poétique de *pupille*, il emploie le mot *linge* à la place de membrane. Après avoir montré que tel est le sens des vers d'Empédocle, Aristote ajoute : « Il[3] déclare tantôt que c'est ainsi que nous voyons et tantôt que c'est grâce aux effluves provenant des objets vus. » Certains effluves, qui viennent frapper la vue, pénètrent en elle lorsqu'ils s'harmonisent avec les pores qui sont en elle, du fait qu'ils sont d'un calibre approprié, et ainsi la vision se produit. Platon note, dans le *Ménon*[4], que cette thèse est celle d'Empédocle, et il définit, selon cette théorie, la couleur comme un effluve venant des corps, harmonisé au ⟨sens de la⟩ vue et sensible ⟨à elle⟩[5]. (*Commentaire sur le Traité du sens d'Aristote*, éd. Wenland, p. 23.)

LXXXV

Simplicius.

Les parties des animaux sont, selon lui, engendrées par hasard, la plupart du temps, ainsi lorsqu'il dit :

Le hasard fit alors la terre se mêler
En proportion égale avec les éléments[6] *;*

et, de nouveau :

Pourtant, il se fit qu'à la flamme bienfaisante[1]
Il n'échut par hasard qu'une faible portion
De terre.

Et ailleurs : *Des paumes de Cypris [...] élasticité*[2] . Et l'on pourrait trouver dans la *Physique* d'Empédocle un grand nombre de passages de cette sorte[3]. (*Commentaire sur la Physique d'Aristote*, 331, 3.)

LXXXVI

Simplicius.

Mais encore, concernant la génération des yeux de ces créatures corporelles, il poursuit en disant :

Avec quoi[4] *la divine Aphrodite forma*
Leurs yeux infatigables.

(*Commentaire sur le Traité du ciel d'Aristote*, 529, 21[5].)

LXXXVII

Simplicius.

Et, un peu plus loin[6] :

Alors pour l'assemblage Aphrodite eut recours
Aux rivets de l'amour.

(*Commentaire sur le Traité du ciel d'Aristote*, 529, 24.)

LXXXVIII

Aristote.

Exemple de noms élidés : κρῖ, δῶ et ὄψ[7], dans μία γίγνεται ἀμφοτέρων ὄψ. (*Poétique*, XXI, 1458 *a* 4.)

Strabon.

Mais chez Empédocle :

Il ne naît des deux yeux qu'une seule vision[8].

(*Géographie*, VIII, p. 364.)

LXXXIX

Plutarque.

Songe donc à ce que dit Empédocle :

Sachant que de tout être engendré sont émis
Des effluves.

Car de nombreux effluves proviennent d'une manière continue non seulement des animaux, des plantes, de la terre et de la mer, mais aussi des pierres, du bronze et du fer. Car toutes ces choses sont sujettes à corruption et périssent du fait que continûment quelque chose s'écoule et s'en va d'elles. (*Questions naturelles*, 19, 916 D.)

XC

Plutarque.

Car il se peut que la nature reçoive sa nourriture propre à partir d'aliments semblables, et que la nourriture variée, en sécrétant de nombreuses qualités, transmette d'elle-même à la masse du corps ce qui est utile pour chaque partie du corps. Alors se produit ce que dit Empédocle :

Le doux saisit le doux, et l'amer sur l'amer
S'élance ; le piquant va trouver le piquant,
L'ardent saillit l'ardent.

(*Propos de table*, IV, I, 3, 663 A.)

Macrobe.

Nous savons que les semblables se nourrissent de semblables, que toute chose attire violemment à soi son semblable ; Empédocle en est témoin quand il dit : *Le doux [...] l'ardent.* (*Saturnales*, VII, V, 17.)

XCI

Alexandre d'Aphrodise.

L'eau :

Au vin [l'eau (?)*] se mélange assez bien, mais refuse*
De se mêler à l'huile[1].

(*Questions*, II, 23.)

XCII

Aristote.

Empédocle en[1] rend responsable le fait que le mélange des semences s'épaissit, étant donné qu'il est formé à partir de deux lignées douces. En effet, les creux d'une des substances s'ajustent aux nodosités de l'autre, et il en résulte la production du dur à partir du doux, comme *lorsqu'on mélange le cuivre avec l'étain* ; Empédocle propose du reste une explication fausse en ce qui concerne le cuivre et l'étain [...] et fait appel à des principes totalement inintelligibles ; car si les parties creuses et les parties denses s'ajustent mutuellement pour former un mélange, comment cela peut-il produire *celui du vin et de l'eau*[2] ? (*Génération des animaux*, II, VIII, 747 *a* 34.)

XCIII

Plutarque.

Certaines substances sont propres et adaptables à d'autres ; tel est le cas du bleu qui, mélangé ⟨à la pourpre⟩, permet la teinture pourpre, et de l'alcali qui, mélangé ⟨à la cochenille⟩, permet de teindre en écarlate, comme l'a dit Empédocle :

La baie du sureau bleu se mélange à la fibre[3].

(*Des oracles qui ont cessé*, 41, 433 B.)

XCIV

Plutarque.

Pourquoi l'eau apparaît-elle blanche à la surface et noire au fond ? Serait-ce que la profondeur produit la noirceur, en émoussant et en affaiblissant les rayons du Soleil avant qu'ils ne touchent le fond ? Or la surface, sans cesse exposée au Soleil, doit recevoir l'éclat de la lumière. C'est à ce fait même que souscrit Empédocle lui aussi :

Et la noirceur du fond du fleuve vient de l'ombre :
Cela s'observe aussi dans les grottes profondes.

(*Questions naturelles*, 39.)

XCV

Simplicius.

Expliquant pourquoi certains voient mieux le jour et d'autres mieux la nuit[1], il dit :

Quand la première fois ils furent modelés[2]
Par Cypris en ses paumes[3].

(*Commentaire sur le Traité du ciel d'Aristote*, 529, 26.)

XCVI

Simplicius.

Empédocle produit les chairs et l'os et chacune des autres parties [du vivant] selon une certaine formule[4]. Aussi, dit-il, au premier livre de sa *Physique* :

Et la terre accueillante en ses vastes creusets
Reçut deux parts sur huit de Nestis la Brillante,
Quatre d'Héphaïstos. Les os blancs en naquirent,
Divinement collés au ciment d'Harmonie,

c'est-à-dire par des causes divines et principalement l'Amitié ou l'Harmonie; car ce sont ses colles, qui produisent l'Harmonie. (*Commentaire sur la Physique d'Aristote*, 300, 19.)

Aristote.

Telle ou telle chose ne résulte pas d'une disposition au hasard de ses éléments, mais de leur combinaison selon une certaine formule, ainsi qu'Empédocle le dit de l'os[5] : *Et la terre [...] en naquirent*. (*Traité de l'âme*, I, v, 410 *a*.)

Simplicius.

Accueillante, c'est-à-dire s'harmonisant avec les autres éléments; ainsi qualifie-t-il la terre, qu'il considère comme un cube, conformément à la tradition pythagoricienne : car le cube ayant douze arêtes, huit angles ⟨polyèdres⟩ et six faces, et produisant de ce fait la proportion harmonique, était appelé Harmonie[6]. *Creusets* est un terme homérique pour désigner la place où se produit le mélange des éléments, et signifie « récipients » : « *Les soufflets — vingt en tout — soufflaient dans les creusets*[7] », qu'il qualifie de *vastes* parce qu'ils sont de grande capacité. Dans le cas de la génération des os, le mélange eſt formé de quatre parties de feu — parce que le feu qui contient une part égale de sec et de blanc, doit conſtituer la moitié de l'ensemble — de deux parties de terre, d'une partie d'air et d'une partie d'eau ; air et eau qu'il appelle *Neſtis la Brillante* : *Neſtis*, parce que l'humidité résulte de ce qu'elle ruisselle et coule ; *Brillante*, parce qu'elle eſt transparente[1]. (*Commentaire sur le Traité de l'âme*, 68, 5.)

XCVII

Ariſtote.

Car la génération eſt en vue de la subſtance, et non la subſtance en vue de la génération. C'eſt pourquoi Empédocle a eu tort de dire que de nombreuses particularités accidentelles surviennent ainsi chez les animaux au cours de la génération, comme quand il dit par exemple que si la *colonne vertébrale* eſt ainsi disposée, c'eſt qu'elle a subi accidentellement une incurvation qui l'a tordue[2]. (*Parties des animaux*, I, 1, 640 *a* 18.)

XCVIII

Simplicius.

Il donne au feu les noms d'Héphaïſtos[3], de Soleil[4] et de flamme[5] ; à l'eau, celui d'eau de pluie ; à l'air, celui d'Éther[6]. Il lui arrive souvent d'utiliser ces appellations, ainsi dans ces vers :

Le hasard fit alors la terre se mêler
En proportion égale avec les éléments :
Avec Héphaïſtos et avec l'eau de pluie,
Ainsi qu'avec Éther partout incandescent,
Après qu'elle eut touché le port et jeté l'ancre
Aux rives de Cypris. Alors dans ce mélange,
Selon que ⟨l'élément⟩ le plus grand eſt plus rare,
Ou que le plus petit eſt le plus abondant,
De lui eſt né le sang et les divers tissus
Qui composent la chair[7].

(*Commentaire sur la Physique d'Ariſtote*, 32, 3.)

Il déclare que les parties des animaux sont, selon lui, engendrées par hasard la plupart du temps, comme lorsqu'il dit :

Le hasard fit alors [...] éléments[8].

(*Ibid.*, 331, 3.)

XCIX

Théophraste.

Cloche. Rameau de chair[1]. (*Du sens*, 9.)

C

Aristote.

Empédocle lui aussi parle de la respiration, mais il omet de considérer la cause finale et il n'apporte aucune réponse claire, touchant l'ensemble des animaux, à la question de savoir s'ils respirent ou non. Et il se figure qu'en traitant de l'inspiration à travers les *narines*[2], il traite de l'inspiration la plus importante [...] (*De la respiration*, VII, 473 *a* 15.)

Il déclare que l'inspiration et l'expiration se produisent du fait que certaines veines renferment du sang, sans en être remplies entièrement, et ont des pores permettant à l'air extérieur de pénétrer ; ces pores sont plus petits que les particules du corps, mais plus grands que celles de l'air. Du fait que le sang se meut naturellement vers le haut et vers le bas, l'air pénètre à l'intérieur pendant la descente du sang vers le bas, produisant l'inspiration ; et l'air est projeté à l'extérieur pendant la remontée du sang, produisant ainsi l'expiration. Il compare ce phénomène aux clepsydres[3].

Voici donc la façon dont tous [les animaux]
Inspirent et expirent. Car ils sont tous munis
De tuyaux faits de chair, contenant peu de sang
Et partout répandus dans l'espace du corps ;
Au débouché des tuyaux, les extrémités
Des narines sont percées de multiples trous,
Tels que le sang ne peut sortir, mais que l'éther
En elles peut fort bien se frayer un passage.
Quand ensuite le sang délicat s'en retire,
En flots impétueux l'éther s'élance en elles ;
Mais sitôt qu'il revient, l'air se trouve expiré.
Comme une enfant qui joue avec une clepsydre
Au bronze étincelant : quand elle vient plaquer
Contre sa jolie main l'extrémité du col
Et plonge l'appareil dans le mol élément
Aux reflets argentés, aucune goutte d'eau
Ne rentre en l'appareil, mais la masse de l'air,

Pesant de l'intérieur sur les trous resserrés,
Repousse l'eau et la maintient à l'extérieur,
Jusqu'à laisser un fort courant y pénétrer.
Car dès qu'elle permet à l'air de s'échapper,
L'eau fatale[1] *s'engouffre. De la même façon,*
Lorsque de l'eau remplit le réservoir de bronze
Et que la main humaine obture l'embouchure,
L'éther extérieur qui aspire à entrer[2]*,*
Retient l'eau au-dedans et assiège la place,
Se pressant aux portes du filtre glouglotant;
Cela, jusqu'à ce que l'enfant ôte sa main.
Alors, à l'opposé du cas qui précédait,
L'air se rue au-dedans, l'eau fatale s'écoule.
Ainsi donc en est-il quand le sang bouillonnant
Dans les membres reflue en sa place première :
Aussitôt un courant d'éther fait irruption;
Mais sitôt que le sang remonte à la surface,
De nouveau autant d'air se retrouve expiré[3]*.*

(*Ibid.*, VII, 473 *b*, I.)

CI

[Fragment restitué.]

Il[4] *flaire avec ses naseaux les particules*
[D'odeurs] venues du corps des animaux sauvages,
Effluves[5] *que les animaux, avec leurs pieds,*
⟨Tandis qu'ils sont vivants⟩, laissent dans l'herbe tendre[6]*.*

Plutarque.

De même que les chasseurs ne permettent pas aux jeunes chiens de se détourner pour aller flairer n'importe quelle odeur, mais les freinent et les tirent en arrière avec la laisse pour que leurs facultés soient conservées pures et sans mélange, pour la seule vocation qui leur est propre, afin qu'ils soient plus ardents à pister le gibier : *Il flaire [...] sauvages,* de même [...]. (*De la curiosité*, II, 520 E.)

Plutarque.

Est-ce que les chiens, ainsi que le dit Empédocle, flairent *avec leurs naseaux [...] sauvages* et perçoivent les effluves « qu'ont laissés les bêtes sauvages dans la forêt », quand, au printemps, elles se trouvent affaiblies et mélangées aux nombreuses senteurs qui viennent des plantes et des arbustes ? etc. (*Questions naturelles*, 23, 917 E.)

Pseudo-Alexandre d'Aphrodise.

[Sur l'aporie : pourquoi les chiens ne flairent-ils pas la trace laissée par le lièvre à pattes velues, lorsqu'il est mort ?] Quand l'animal est vivant, ils le sentent, parce qu'il émet continuellement une odeur ; en revanche, lorsque l'animal est mort, cette émission cesse. En effet il ne laisse plus d'odeur derrière lui, ainsi que le dit Empédocle : « *Effluves que les animaux [...]*[1] » ; car ni l'odeur ni la couleur ne peuvent diffuser et, lorsque l'animal est mort, les effluves (?) et l'odeur disparaissent. (*Problèmes*, III, 102.)

[Scolie.]

Empédocle admet l'existence des effluves parce que, dit-il, les chiens suivent à la piste « les éléments d'odeur venus du corps des ⟨animaux sauvages⟩ », ce qui est ⟨impossible⟩, lorsque sont morts ⟨les animaux⟩. (Au *Théétète* de Platon, Berlin, *Klassikertexte,* II, 70, 48.)

CII

Théophraste.

Ainsi tout a sa part et de souffle et d'odeurs[2]. (*Du sens*, 22.)

CIII

Simplicius.

[Le *hasard*[3], chez Empédocle.] On pourrait, dans la *Physique* d'Empédocle, trouver à citer beaucoup de passages comme celui-ci :

Le Hasard l'a voulu : chaque être a la conscience.

(*Commentaire sur la Physique d'Aristote*, 331, 10.)

CIV

Simplicius.

Et, un peu plus loin[4] :

Pour autant qu'en tombant les corps les plus subtils
Ont pu se rencontrer. [...]

(*Commentaire sur la Physique d'Aristote*, 331, 13.)

CV

Porphyre.

C'est ce qu'Empédocle, pour qui le sang est l'organe où réside la conscience, paraît dire[1] :

Nourri des flots du sang qui flue et qui reflue,
Il est le siège principal de ce qu'on nomme
La pensée. Car le sang circulant chez les hommes
Dans la région du cœur, c'est cela la pensée.

(*Du Styx*, cité par Stobée, *Choix de textes*, I, XLIX, 53.)

CVI

L'intelligence croît chez les hommes selon
Ce que présentement [ils peuvent percevoir][2].

Aristote.

Les anciens du moins déclarent que penser et sentir sont identiques, comme l'a dit justement Empédocle : *L'intelligence [...] percevoir* ; et ailleurs :

C'est pourquoi chaque fois il leur vient en l'esprit
Des pensées différentes[3].

(*Traité de l'âme*, III, III, 427 *a* 21.)

Il déclare que quand nous changeons de disposition physique, notre pensée change : *L'intelligence [...] percevoir* ; et ailleurs il dit : *Car pour autant [...] différentes.* (*Métaphysique*, Γ, V, 1009 *b* 17.)

CVII

Théophraste.

⟨Car c'est à partir d'eux[4]*⟩ que toutes choses sont*
Formées et ajustées ; et ce sont eux aussi
Qui forment la conscience, et plaisir et douleur[5].

(*Du sens*, 10.)

CVIII

Aristote.

Et ailleurs il dit :

Car pour autant que leur nature est modifiée,
Pour autant chaque fois il leur vient en l'esprit
Des pensées différentes[1].

(*Métaphysique*, Γ, v, 1009 *b* 18.)

Et ailleurs [il explique] *d'où leur vient en l'esprit des pensées différentes.* (*Traité de l'âme*, III, III, 427 *a* 24.)

Jean Philopon.

Car Empédocle, parlant des différences entre les rêves, dit que des événements diurnes procèdent les images nocturnes. Il appelle cette image pensée dans les vers où il déclare : *C'est pourquoi il leur vient [...] des pensées différentes* . (*Commentaire sur le Traité de l'âme*, 486, 13.)

Simplicius.

Il leur vient en esprit, dans leurs rêves, des pensées différentes , etc.[2]. (*Commentaire sur le Traité de l'âme*, 202, 30.)

CIX

Aristote.

Tous ceux qui se sont particulièrement attachés à la connaissance et à la sensation relatives aux objets, disent que l'âme est constituée par les principes, certains tenant ces principes pour multiples, d'autres tenant ce principe pour unique. Ainsi Empédocle estime que l'âme est formée de tous les éléments, et que chacun de ces éléments est âme, lui qui dit :

Par la terre en effet nous percevons la terre;
Par l'eau, l'eau; et par l'Éther, le divin Éther;
Et par le feu encor, le feu dévorant tout;
Et c'est par l'Affection que l'on voit l'Affection,
Et par la Haine destructrice on voit la Haine.

(*Traité de l'âme*, I, II, 404 *b* 8.)

La connaissance est connaissance du semblable par le semblable : *Par la terre [...] la Haine.* (*Métaphysique*, B, IV, 1000 *b* 5.)

CIX *a*

[Papyrus d'Oxyrhinchos.]

Qu'on pense que c'est là une apparence ⟨de l'objet vu⟩ ; car ce qu'on voit sur ce miroir, ce n'est pas ⟨l'objet⟩, mais son reflet en direction de celui qui le voit. Il en est question dans les *Commentaires sur le Timée*; mais il ne faut pas comprendre cette image comme l'entendent Démocrite ou Épicure, ou ainsi que le fait Empédocle, qui déclare que des *effluves* partent de chacun des objets réfléchis dans le miroir et viennent ⟨s'harmoniser *aux yeux*⟩, *comme s'ils étaient des* ⟨*images directes*[1]⟩ . (*Papyrus d'Oxyrinchos*, n° 1609, XIII, 94.)

CX

Hippolyte.

29. Telle est, d'après nous, la philosophie d'Empédocle concernant la génération et la corruption du monde, et sa composition qui procède du bien et du mal. Mais il déclare qu'il existe aussi une certaine tierce puissance, qu'il est possible de concevoir à partir des deux premiers principes, et dit en substance :

Si tu graves profondément, en ton esprit
Ferme, ces vérités; et si tu les contemples
D'un cœur pur et avec inlassable attention,
Toutes ces vérités t'appartiendront toujours,
Et, grâce à elles, tu pourras en acquérir
Beaucoup d'autres encore. D'elle-même en effet
Chacune croît, au cœur de chaque individu,
Où siège sa nature. Mais si, tout au contraire,
Tu brûles de désir pour de tout autres choses,
Comme celles qu'on voit, tout à fait méprisables,
Par milliers émousser des hommes les pensées,
Ces vérités bientôt déserteront ton âme
Au fur et à mesure que le temps coulera,
Aspirant à revoir le terrain familier
Dont elles sont issues[2]. *Sache-le, en effet,*
Toute chose a conscience et part à la pensée.

30. Tu passes sous silence dans ton enseignement[3] les *Purifications* d'Empédocle; tu dissous les mariages harmonieusement noués par le dieu en invoquant les opinions des successeurs d'Empédocle, afin de pouvoir conserver un et indivisé le travail de l'Amitié. Car, en réalité, d'après Empédocle, le mariage

divise l'Un et produit les Multiples, ainsi que nous l'avons montré. (*Réfutation de toutes les hérésies*, VII, 29-30.)

Car, dit Simon, il[1] pensait que toutes les parties de feu, aussi bien les visibles que les invisibles, ont *conscience* et pensée égales. (*Ibid.*, VI, 12.)

Sextus Empiricus.

Empédocle, d'une manière encore plus paradoxale, considérait que toutes choses se trouvent être douées de raison, et non seulement les animaux, mais encore les plantes, lorsqu'il écrit expressément : *Sache-le, en effet [...] la pensée.* (*Contre les mathématiciens*, VIII, 286.)

CXI

Diogène Laërce.

Il proclame[2] :

Tu connaîtras tous les remèdes qui des maux,
Comme de la vieillesse, encore nous protègent,
Car pour toi seul je produirai tous ces remèdes.
Tu sauras apaiser la violence des vents
S'abattant sur la Terre et fauchant les récoltes,
Et leur faire, à ton gré, rebrousser leur chemin;
Tu sauras, après la sombre pluie, installer
Un temps de sécheresse opportun pour les hommes,
Installer, à partir du temps sec de l'été,
Les pluies qui font du bien aux jardins et aux champs,
En descendant du ciel[3]. Et même tu sauras
Faire de chez Hadès monter l'âme d'un mort[4].

(*Vies*, VIII, 59.)

PURIFICATIONS

CXII

Diogène Laërce.

Amis qui habitez la grand-ville, en surplomb
De l'Acragas aux reflets d'or, sur les hauteurs,
Vous qui vous adonnez à de nobles travaux,
Offrez à l'étranger un asile accueillant

Et ignorez la pauvreté[1], *je vous salue!*
Me voici parmi vous comme un dieu immortel:
Je ne suis plus mortel et tous vous me rendez
L'honneur qui me convient, m'ornant de bandelettes
Et me passant au cou des guirlandes de fleurs.
Quand, ainsi couronné, j'effectue mon entrée[2]
Dans les riches cités, des hommes et des femmes
Je recueille l'hommage. Ils me suivent en foule,
Me demandant de leur montrer où est la voie
Qu'il convient d'emprunter[3] *; certains viennent à moi*
Pour entendre un oracle, et d'autres, affligés
De maux de toute espèce, attendent de ma bouche
Le mot qui les guérit, car cela fait longtemps
Qu'ils ⟨souffrent⟩ de maux cruels.

(*Vies*, VIII, 62.)

Il habitait Agrigente, en Sicile, ainsi qu'il le dit lui-même au début des *Purifications* : *Amis [...] sur les hauteurs* . (*Ibid.*, 54.)

Diodore de Sicile.

(*Bibliothèque historique*, XIII, 83, vers 3.)

Clément d'Alexandrie[4].

Il était accompagné, disait-il, de gens dont certains étaient venus *entendre un oracle* , et dont d'autres *s'étaient transpercés d'une épée au cours d'un accès de folie*[5](!). (*Stromates*, VI, 30.)

CXIII

Sextus Empiricus.

Mais pourquoi insister? Comme si c'était là
Un exploit, de pouvoir surpasser les mortels,
Exposés à périr de multiples manières!

(*Contre les mathématiciens*, I, 302.)

CXIV

Clément d'Alexandrie.

Mes amis, je le sais, la vérité est là,
Présente dans le mythe ici développé.
Mais elle est difficile à saisir pour les hommes

Qui hors de tout assaut d'une croyance neuve
Gardent jalousement le siège de leur âme.

(*Stromates*, V, 9.)

CXV

De la Nécessité il y a un oracle,
Un antique décret et qui nous vient des dieux,
Éternel, et scellé d'infrangibles serments.
Lorsque quelqu'un souille ses mains du sang d'un meurtre,
Quand cédant ⟨*à la Haine*⟩, *un autre se parjure*[1]
– Ce sont là en effet deux démons dont le lot
Est une longue vie qui n'en finit jamais –,
Ils se voient condamnés à une longue errance,
Bien loin des bienheureux, trente mille saisons,
Doivent renaître encor sous de multiples formes
D'êtres mortels, lesquelles doivent en tous sens
Parcourir les chemins pénibles de la vie.
La force de l'Éther en effet les repousse
Vers la mer, et la mer les recrache aux rivages
De la terre, et la terre aux rayons scintillants
Du Soleil, et le Soleil les lance aux tourbillons
De l'Éther. Et chacun de l'autre les reçoit;
Mais tous, ils les détestent.
Pour ma part à présent je suis un de ceux-là,
Je suis un exilé de Dieu et un errant,
Je suis voué à la Haine au furieux délire[2].

Hippolyte.

Voici ce que dit Empédocle, touchant sa propre naissance : *Pour ma part à présent [...] et un errant*[3], c'est-à-dire qu'il appelle Dieu l'Un et son unité, dans laquelle il résidait avant la séparation opérée par la Haine et avant la génération qui se disperse dans ces êtres multiples, conformément à l'ordonnance introduite dans le monde par la Haine. *Je suis*, dit-il, *voué à la Haine au furieux délire* : Empédocle, sous le nom de *Haine au furieux délire*, stigmatise le démiurge, troublé et inconstant, ouvrier de ce monde. Car c'est la malédiction et la nécessité des âmes d'être par la Haine chassées de l'Un et d'être les œuvres et les produits de cette nécessité, ce qu'il exprime en disant : *Quand, cédant* ⟨*à la Haine*⟩ *[...] est le lot*[4]. Il appelle *démons* les âmes qui *vivent longtemps*, parce qu'elles sont immortelles et vivent de longues vies. *Ils se voient condamnés*

[...] trente mille saisons[1] : il appelle *bienheureux* les êtres engendrés par l'Amitié à partir des multiples en vue de l'unité du monde intelligible. Ainsi donc, dit-il, les âmes ⟨coupables⟩ connaissent une longue errance et *doivent renaître encor [...] pénibles de la vie*[2]. Les *chemins pénibles* sont pour lui les changements de corps que connaissent les âmes et les changements d'ordonnance propres au monde. Voilà ce qu'il appelle les *chemins pénibles*. En effet, les âmes *parcourent en tous sens* ces chemins, allant de corps en corps, contraintes par la Haine à en changer et à subir le châtiment, sans avoir la possibilité de demeurer dans l'Un. Car la Haine inflige tous les châtiments aux âmes qui passent de corps en corps. *La force de l'Éther [...] ils les détestent*[3] : c'est là le châtiment que le démiurge inflige, à la façon d'un fer que l'on forge et que l'on retire du feu pour le tremper dans l'eau; car le feu est *l'Éther*, d'où le démiurge précipite les âmes dans la mer; *terre* (χθών) est la terre (γῆ), c'est pourquoi il dit: « de l'eau dans la terre et de la terre dans l'air »; c'est ce que veut dire : *et la terre aux rayons* [...] *ils les détestent*. Quant aux âmes haïes, [...] c'est l'Amitié qui les conduit, étant donné qu'elle est bonne et qu'elle s'apitoye de leurs gémissements, du désordre et du malheur provoqués par la *Haine au furieux délire* [...] C'est pourquoi Empédocle, conscient de l'ordre que la Haine néfaste établit dans ce monde, conseille à ses disciples de s'abstenir de toute nourriture animale; car, dit-il, les corps des animaux que nous mangeons sont les domiciles des âmes punies; et il leur apprend dans de tels vers à se maîtriser dans leur commerce avec les femmes, afin de ne pas collaborer et de ne pas coopérer aux œuvres que produit la Haine, qui détruit sans cesse et ruine l'œuvre de l'Amitié. Telle est, déclare Empédocle, la loi fondamentale de l'ordonnance du monde, disant: *De la nécessité [...] serments*[4], où il appelle *nécessité* le passage de l'Un vers les multiples, conformément au règne de la Haine, et des multiples à l'Un, conformément à celui de l'Amitié. Il existe, disait-il, quatre *dieux* mortels : le feu, l'eau, la terre et l'air, mais deux *dieux* immortels, inengendrés et sans cesse en conflit : la Haine et l'Amitié[5]. (*Réfutation de toutes les hérésies*, VII, 29.)

Plutarque.

Empédocle, au commencement de l'exposé de sa philosophie, proclame : *De la nécessité [...] un errant*[6]. Ici il ne parle pas seulement de lui, mais de nous tous qui, après lui, sommes des émigrés, des étrangers et des exilés [...]. [Notre âme] est en exil erre, contrainte par les lois et les décrets divins. (*De l'exil*, 17, 607 c.)

Plutarque.

Empédocle dit justement que les démons doivent expier les péchés qu'ils ont commis ainsi que leurs négligences : *La force de l'Éther [...], les détestent*[1] ; jusqu'à ce que, châtiés et purifiés, ils retrouvent de nouveau la place et la position conformes à la nature. (*Isis et Osiris*, 26, 361 c.)

Plotin.

Empédocle dit que c'est une loi pour les âmes pécheresses de choir ici-bas, et que lui-même, *exilé de Dieu*, est venu ici-bas, *voué à la Haine au furieux délire*[2]. Ces révélations sont aussi importantes que celles de Pythagore, à mon avis, et ses disciples y ont abondamment fait allusion, ainsi qu'à de nombreux autres passages[3]. (*Ennéades*, IV, VIII, 1, 17.)

CXVI

Plutarque.

Je trouve absurde que Platon, dans *La République*[4], ait placé dans les révolutions éternelles et divines les Sirènes à la place des Muses, car ces créatures divines ne sont en aucune façon amies des hommes, ni utiles; mais des Muses, il n'en parle pas du tout, ou alors il leur donne le nom de Moires en les appelant « filles de Nécessité ». En effet Nécessité est ignorante de l'art, alors que Peithô est amie des Muses et gouverne par le moyen des Muses bien plus aisément, je le crois, que ne le fait Charis chez Empédocle :

Elle hait Nécessité l'intolérable[5].

(*Propos de table*, IX, V, 745 c.)

CXVII

Diogène Laërce[6] *; Hippolyte.*

Car autrefois je fus jeune homme et jeune fille
Et arbuste et oiseau et muet poisson de mer.

(*Vies*, VIII, 77 ; *Réfutation de toutes les hérésies*, I, 3[7].)

CXVIII

Clément d'Alexandrie.

Empédocle paraît visiblement d'accord avec Héraclite[1] quand il dit :

Je pleurai et gémis à la vue du séjour
Qui m'était étranger.

(*Stromates*, III, 14.)

Sextus Empiricus.

Mais certains membres de l'école épicurienne[2] [...] disent habituellement que l'animal fuit la douleur et cherche le plaisir naturellement et instinctivement. Ainsi, à sa naissance, n'étant nullement esclave des préjugés de l'opinion, il *pleure et gémit*[3] parce qu'il est fouetté par la froideur de l'air, qui lui est *étrangère*[4] . (*Contre les mathématiciens*, XI, 96.)

CXIX

Clément d'Alexandrie.

Il enseigne, je crois, et cherche à savoir :

Du haut de quel honneur et de tant de bonheur

il est tombé, comme le dit Empédocle ; c'est dans un tel exil qu'il vit ici parmi les mortels. (*Stromates*, IV, 12.)

Plutarque.

Puis elle [l'âme] s'en est allée, comme en une île battue par les flots, enchaînée dans le corps, ainsi que dit Platon : « comme dans un coquillage[5] », parce qu'elle est incapable de se rappeler et d'évoquer *Du haut de quel honneur et de tant de bonheur* elle a dû tomber [...] Et comme son âme a quitté le ciel et la Lune pour la Terre et le mode de vie terrestre, alors, si elle doit un tant soit peu abandonner un lieu pour un autre, elle se sent mal à l'aise et a le mal du pays[6]. (*De l'exil*, 17, 607 D[7].)

CXX

Porphyre.

D'après Empédocle, les puissances psychopompes disent :

Nous voici arrivés, là, dans cette caverne[8]
Recouverte d'un toit.

(*L'Antre des nymphes*, 8, éd. Nauck, p. 61.)

CXXI

[Fragment restitué.]

[...] le pays sans joie
Où Meurtre et puis Colère et des tribus de Maux,
Des Fléaux desséchants et des Putréfactions,
Œuvres de Corruption[1]*, errent dans la Ténèbre,*
Sur la prairie d'Atè[2].

Hiéroclès le Pythagoricien.

Elle [l'âme ?] s'élève et retrouve son ancienne disposition corporelle, pour peu qu'elle fuie les régions terrestres et le *pays sans joie*, ainsi que le dit Empédocle, *Où* [sont] *Meurtre et puis Colère et des tribus de Maux*, et où ceux qui y sont jetés *errent dans la Ténèbre, Sur la prairie d'Atè*. Le désir de l'âme s'enfuyant de la *prairie d'Atè* la pousse vers la prairie de la Vérité[3], qu'elle doit abandonner, quand, entraînée par la chute de ses plumes, elle va s'incarner dans un corps terrestre, privée de l'éternité heureuse. (*Commentaire sur les Vers dorés de Pythagore*, cité par Stobée, *Choix de textes*, II, CXLIII, 1[4].)

Synésius.

Thémis a établi une loi prescrivant aux âmes que celle qui a connu la toute dernière prison réservée aux créatures, continue, pure de toute souillure natale, à reprendre en sens inverse cette même voie et à remonter à la source qui lui est propre ; de même justement la nécessité veut que celles qui font partie de l'autre caste, et qui ont en quelque sorte été précipitées hors de leur nature, aillent se fixer dans les régions souterraines qui leur sont apparentées, *où Meurtre et puis Colère [...] Atè.* (*De la Providence*, I = éd. Migne, 66, 1213 A.)

CXXII

Plutarque.

Il y a plutôt, comme dit Empédocle, deux Moires ou Démons [au lieu d'un seul] qui président à la naissance de chacun de nous et nous dominent :

Là se trouvaient Chtoniè et la perçante Héliope[5],
Déris[6] *la sanguinaire et sérieuse*[7] *Harmonie,*
Et Beauté et Laideur, et Vitesse et Lenteur,
Certitude adorable et noire Obscurité.

Si bien que, comme notre génération a reçu, mêlées, les semences de chacun de ces ⟨éléments⟩ et présente, pour cette raison, une grande inconstance, celui qui est doté de bon sens souhaite le bien, tout en redoutant son contraire, et use des deux, mais en rejetant tout excès. (*Du contentement de l'esprit*, 15, 474 B.)

CXXIII

Cornutus.

Ceux-ci [les Titans] symboliseraient les différences propres aux êtres. De même en effet Empédocle, en philosophe de la nature, énumère-t-il : *Naissance [...] couronnée*, *Vilenie*, *Sagesse*[1], *Parole* et d'autres en grand nombre, faisant ainsi allusion à la variété des êtres dont nous avons parlé. De la même façon, les anciens appelaient Ἰαπετός la parole (λόγος), qui permet aux animaux d'user de la voix et de produire le son en général, car ce mot correspond à ἰαφετός (en effet la voix — φωνή — est un cri — ἰά) ; et Kœos[2] [...].

Naissance avec Décès, Sommeil et Vigilance,
Mouvement et Repos, Majesté couronnée
Avec la Vilenie, Silence avec Parole.

(*Abrégé de théologie*, 17.)

CXXIV

Clément d'Alexandrie.

Et, de nouveau :

Ô Deuil ! ô misérable race des mortels,
Maudite par deux fois ! De quels âpres conflits,
De quels gémissements procède ta naissance !

(*Stromates*, III, 14[3].)

Timon.

Hommes infortunés, tristes objets d'opprobre, tels des ventres, *De quels âpres [...] naissance !* (fragment 10, éd. Diels.)

CXXV

Clément d'Alexandrie.

Car des vivants il fit des morts, changeant les formes,
⟨Et des morts des vivants⟩[4].

(*Stromates*, III, 14[5].)

CXXVI

Les couvrant d'un manteau de chair inhabituel[1].

Plutarque.

La nature change chaque chose et l'habille de vêtements nouveaux. *Les couvrant d'un manteau de chair inhabituel.* (*S'il est loisible de manger la chair*, II, 3, 998 c.)

Porphyre.

Le Destin et la nature de cette nouvelle mise en ordre reçoivent de la part d'Empédocle le nom de Démon : *Les couvrant d'un manteau de chair inhabituel*, et faisant changer de vêtements aux âmes. (Cité par Stobée, *Choix de textes*, I, XLIX, 60.)

CXXVII

Élien.

Empédocle dit encore que la plus noble forme en laquelle l'âme peut se transformer est celle de l'homme. Si le sort veut que son âme prenne une forme animale, la plus noble est celle du lion; et pour une forme végétale, celle du laurier. Les propos d'Empédocle sont les suivants :

[Et si leur est échue une forme animale,]
Ils deviennent des lions, vivant dans les montagnes
Et couchant sur le sol; et si leur est échue
La forme végétale, ils deviennent lauriers[2].

(*De la nature des animaux*, XII, 7.)

CXXVIII

Porphyre.

Ceux-ci n'avaient pour dieux, ni Arès, ni Tumulte,
Ni le roi Zeus, pas plus Cronos, ni Poséidon,
Mais la reine Cypris.
Ils cherchaient à lui plaire avec de pieux présents
Ou des animaux peints[3], *avec mille parfums*
À l'essence subtile et avec des offrandes
De myrrhe purifiée et de fumées d'encens.
Ils versaient le miel blond à terre, en libations.
Leurs autels ignoraient le sang pur des taureaux,
Et c'était pour ces gens un crime abominable
Que leur ôter la vie pour dévorer leurs chairs.

Les sacrifices[1] offerts autrefois consistaient le plus souvent en *néphalies*. Les *néphalies*[2] sont souvent des libations où l'on emploie de l'eau [à la place du vin], et ensuite du miel. Dans ce dernier cas, on utilise généralement de préférence le miel liquide fourni par les abeilles. Ensuite, on fait des libations avec de l'huile; enfin, en tout dernier lieu, des libations avec du vin. [...] 21. Témoignage nous en est fourni, non seulement par les inscriptions que l'on trouve en Crète dans les temples des Corybantes, et qui sont comme des avis au public, mais encore par Empédocle, qui, dans un long développement sur la *théogonie*, aborde aussi la question des sacrifices en disant : *Ceux-ci n'avaient [...] la reine Cypris* , Cypris, c'est-à-dire l'Amitié. *Ils cherchaient [...] en libations* , usage que certains conservent aujourd'hui à titre de vestige du rite authentique : *Leurs autels [...] pur des taureaux* . Étant donné, je crois, la force du lien d'amitié et de sympathie qui nous unit généralement à ceux qui nous sont apparentés, nul ne répandait jamais le sang d'un animal, à la pensée que les autres animaux sont pour nous des proches. Mais lorsque s'installa le régime d'*Arès* et de *Tumulte*, de toutes sortes de batailles, et qu'éclatèrent les guerres, aussitôt nul ne respecta plus du tout personne parmi ses proches. 27. *Leurs autels [...] chairs* . (*De l'abstinence des viandes*, II, 20-27.)

CXXIX

Porphyre.

Pythagore écoutait l'harmonie de l'univers, car il percevait l'harmonie universelle des sphères et des astres dont les mouvements sont réglés sur elles, alors que nous ne sommes pas capables, nous, de l'entendre, à cause de l'étroitesse de nos facultés[3]. Empédocle nous en apporte le témoignage suivant :

Parmi eux se trouvait un homme extraordinaire
Par son savoir, un génie ayant su acquérir
Un trésor de sapience[4]*, en toutes disciplines*
Également brillant. Bandant ses facultés,
Il pouvait évoquer les souvenirs précis
De tout ce que, homme ou bête, il avait été
En dix et même vingt vies humaines vécues[5].

Les mots : *extraordinaire/Par son savoir*, *tout ce que, homme ou bête, il avait été* et *Un trésor de sapience* ainsi que les expressions analogues, sont destinés à mettre en évidence au plus haut point la puissance des facultés bien supérieure à celle des autres hommes, dont jouissait Pythagore en matière de vue, d'ouïe et d'intellect. (*Vie pythagorique*, 30.)

CXXX

[Scolie.]

Car tous étaient apprivoisés et domestiques,
Bêtes sauvages et oiseaux ; et le flambeau
De bienveillance rayonnait.

(À Nicandre, *Les Thériaques*, v. 452, éd. Keil, p. 36, 22.)

CXXXI

Hippolyte.

Empédocle déclare que l'ordonnance du monde est administrée par la Haine qui est malfaisante, et que l'autre, le monde intelligible, est gouverné par l'Amitié. [...] Le milieu entre ces principes différents est tenu par le discours juste[1], selon lequel s'opère la discrimination des êtres dissociés par la Haine et le rassemblement harmonieux dans l'Un grâce à l'Amitié. C'est ce même discours juste, allié de l'Amitié, qu'Empédocle appelle Muse, la priant d'être son alliée, en disant dans ses vers :

Car si, et je t'en prie à cause d'un mortel[2]*,*
Ô immortelle Muse, il t'a plu de prêter
À nos chants de poète une oreille attentive,
Viens de nouveau, Calliope, assister qui t'en prie[3]*,*
Et s'apprête à tenir un discours de valeur
Sur les dieux bienheureux.

(*Réfutation de toutes les hérésies*, VII, 31.)

CXXXII

Clément d'Alexandrie.

Béni soit celui qui a acquis le trésor
De divine sapience[4] *; et maudit soit celui*
Qui des dieux n'a en lui qu'une opinion obscure.

(*Stromates*, V, 140.)

CXXXIII

Clément d'Alexandrie.

Car le divin, déclare le poète d'Agrigente,

Nous ne pouvons L'atteindre et Le voir de nos yeux,
Le toucher de nos mains, bien que [ces canaux] soient
La plus large avenue empruntée par la foi
Pour échoir en nos cœurs[1].

(*Stromates*, V, 81.)

CXXXIV

Ammonius.

C'est pourquoi justement le sage d'Agrigente, après avoir critiqué les mythes forgés par les poètes qui représentent les dieux sous des formes humaines, a dit d'eux, et principalement d'Apollon[2], dont il vient de parler (mais son propos concerne le divin considéré comme un tout) :

Car Dieu n'a ni le chef ni les membres d'un homme ;
Deux branches ne poussent pas non plus sur son dos,
Il n'a ni pieds, ni genoux prompts, ni génitoires[3] *:*
Il n'est qu'un pur esprit, sacré et ineffable,
Dont les promptes pensées parcourent le cosmos
Tout entier.

Le terme *sacré* fait allusion à la cause qui est au-dessus de l'intellect[4]. (*Commentaire sur l'Interprétation d'Aristote*, 249, 1.)

CXXXV

Aristote.

Car il existe un juste et un injuste dont tous les hommes ont une divination, et dont la connaissance est naturelle et universelle, en dehors de toute communauté mutuelle, ou encore de contrat[5] ; [...] c'est à cela qu'Empédocle se réfère pour interdire de tuer un être animé, car ce geste ne peut pas être juste pour certains et injuste pour d'autres : *Mais ce qui est légal [...] la terre immense*[6]. (*Rhétorique*, I, XIII, 1373 *b* 6.)

Cicéron.

Pythagore et Empédocle déclarent que, pour tous les vivants, la condition est la même au regard du droit, et ils proclament que des peines inexpiables menacent ceux qui s'attaquent à un être vivant. (*République*, III, XI, 19.)

Sextus Empiricus.

Si la justice a été introduite conformément à l'étroite relation qui unit les hommes et entre eux et avec les dieux, alors, dans l'hypothèse où les dieux n'existeraient pas, la justice cesserait d'exister[1]. (*Contre les mathématiciens*, IX, 126.)

Jamblique.

Pythagore prescrivit de ne point toucher aux êtres animés. En effet ceux qui se proposaient de mener une vie tout à fait juste[2], devaient se garder de nuire aux animaux, [car ils nous sont] apparentés. En effet, dans le cas où ils leur porteraient atteinte, comment une conduite juste pourrait-elle se trouver suggérée aux autres hommes par ceux qui s'exposent au reproche de vouloir dominer les autres, ⟨en dépit de⟩ leur participation congénitale à l'espèce animale, à laquelle la communauté vitale et élémentaire résultant d'un mélange formé d'éléments identiques nous unit par une sorte de fraternité ?

Mais ce qui est légal est partout répandu
De par l'Éther lointain et l'éclat infini.

(*Vie pythagorique*, 108.)

CXXXVI

Sextus Empiricus.

Or les disciples de Pythagore, ceux d'Empédocle et la foule des Italiens déclarent qu'il existe non seulement une communauté des hommes, et entre eux et avec les dieux, mais aussi une communauté des hommes avec les bêtes brutes. Car il existe un esprit un qui pénètre, à la façon d'une âme, le cosmos tout entier et qui nous unit à eux[3].

Par conséquent, si nous les tuons et nous nourrissons de leur chair, nous commettons un acte injuste et impie, revenant à assassiner des parents. C'est pourquoi ces philosophes ont recommandé de ne pas toucher aux êtres animés, et déclaraient impies les hommes qui « rougissaient l'autel des bienheureux du sang chaud de leurs victimes » ; et Empédocle dit quelque part :

Ne cesserez-vous donc ces massacres cruels ?
Et ne voyez-vous pas que la folie vous pousse
À vous entre-tuer ?

(*Contre les mathématiciens*, IX, 127.)

CXXXVII

Sextus Empiricus.

Le père prend son fils qu'il ne reconnaît pas,
Car sa forme a changé, et il l'élève au ciel
En marmottant une prière ; et cet enfant
Innocent, il le tue. Et, cependant, la foule
Hésite à sacrifier le pauvre suppliant.
Mais lui, sourd à ses cris, emporte l'égorgé
Au fond de son palais, préparant le festin.
De la même façon, le fils ravit son père
Et les enfants leur mère ; et leur ôtant la vie,
Ils consomment la chair de leurs propres parents[1].

(*Contre les mathématiciens*, IX, 129.)

Origène.

Les pythagoriciens en effet, à cause du mythe de la réincarnation de l'âme, prescrivaient de ne point porter atteinte aux êtres animés : *et il l'élève au ciel [...] Innocent, il le tue*. (*Contre Celse*, V, 49[2].)

CXXXVIII

Aristote.

La métaphore peut se faire d'espèce à espèce. Exemple : *Par le bronze puisant sa vie*, et *coupant dedans le bronze impérissable*[3] ; car, dans cet exemple, *puiser* signifie « couper » et *couper* signifie « puiser[4] ». (*Poétique*, XXI, 1457 *b* 13.)

CXXXIX

Porphyre.

Puisque nul n'est exempt de péché, il ne reste plus qu'à remédier par les *purifications* aux fautes alimentaires déjà commises ; il en irait de même si, en nous figurant voir de nos propres yeux cette horreur, nous nous écriions comme Empédocle :

Hélas ! Malheur à moi ! Car le jour de la mort
Ne m'a pas détruit avant que la pensée
Ne me vînt de laisser mes lèvres accomplir
Crime de nourriture.

(*De l'abstinence des viandes*, II, 31.)

CXL

Plutarque.

Non seulement il convient, d'après, semble-t-il, les propres mots d'Empédocle, de *S'abstenir totalement de feuilles de laurier*[1], mais aussi de ne pas arracher les feuilles des autres arbres. (*Propos de table*, III, 1, 2, 646 D.)

CXLI

Malheureux ! Malheureux ! Ne touchez pas aux fèves !

Aulu-Gelle.

Quant à l'interdit frappant les fèves, il est probable que l'erreur tient à ce que, chez Empédocle qui est un pythagoricien, on trouve ce vers : *Malheureux ! Malheureux ! Ne touchez pas aux fèves !* 10. La plupart sont d'avis que le mot *fève* désigne le légume qui porte habituellement ce nom. Mais ceux qui se sont livrés à une étude plus attentive et plus fine des poèmes d'Empédocle déclarent que *fèves* désigne ici les testicules, selon un langage voilé et symbolique propre à Pythagore. Car [le mot] κυάμοι (*fèves*) vient du grec αἴτιοι τοῦ κυεῖν (*causes de la génération*) et ‹les testicules› sont responsables de la génération humaine; par conséquent, dans ce vers, Empédocle ne défend pas de manger des fèves, mais entend détourner les hommes de la luxure. (*Nuits attiques*, IV, XI, 9.)

Didyme d'Alexandrie.

C'est Amphiaraos qui le premier a proscrit l'usage des fèves à cause de la divination par les songes. On cite aussi ces vers d'Orphée : *Malheureux ! [...] fèves* ! (*Agriculture*, II, XXXV, 8.)

Callimaque.

(Fragment 128[2].)

Cratès.

Ne pas y toucher. (*Les Bêtes sauvages*, fragment 17.)

CXLII

[Anonyme[1]*.]*

Car il n'aura jamais le bonheur de connaître
Ni de, Zeus porteur de l'égide, le palais
Couvert d'un toit, ni jamais la demeure
D'Hadès, et pas non plus celle de l'oracle
Qui pleure (?).

(*Papyrus d'Herculanum*, 1012, col. 18.)

CXLIII

Théon de Smyrne.

Ainsi la transmission des discours platoniciens[2] commence par produire une certaine purification, comparable à celle que produit la gymnastique de groupe chez les candidats à l'initiation. En effet Empédocle dit qu'il faut purifier en :

Coupant dedans le bronze impérissable
L'eau des cinq fontaines[3].

(*Commentaires*, éd. Hiller, p. 15, 7.)

CXLIV

Plutarque.

J'ai été amené à considérer comme grand et divin le mot d'Empédocle : *De péché s'abstenir*[4]. (*Comment il faut réfréner la colère*, 16, 464 B.)

CXLV

Clément d'Alexandrie.

Ainsi, nous qui étions les fils du désordre, [...] nous voici devenus fils de Dieu. Quant à vous, votre poète Empédocle d'Agrigente vous condamne à tout jamais :

Ainsi donc, égarés par de mortels péchés,
Jamais vous ne pourrez alléger votre cœur
De ces funestes maux.

(*Protreptique*, II, 27.)

CXLVI

Clément d'Alexandrie.

Empédocle déclare que les âmes des sages deviennent des dieux, en écrivant ceci :

Et lorsque vient la fin, ils deviennent prophètes,
Poètes, médecins et princes sur la terre;
Puis, de là, ils s'élèvent et deviennent des dieux
Comblés d'honneurs[1].

(*Stromates*, IV, 150.)

CXLVII

Clément d'Alexandrie.

Si nous avons vécu saintement et justement, nous serons heureux sur cette terre, mais plus heureux encore après l'avoir quittée, car nous ne jouirons pas d'un bonheur mesuré par le temps, mais nous pourrons jouir d'un repos éternel, *Compagnons des autres [...] en eux-mêmes*, ainsi que l'expriment les vers d'Empédocle :

Compagnons des autres Immortels,
Ils s'asseoient à leur table, ignorent les malheurs
Qui frappent les humains, tels enfin qu'en eux-mêmes.

(*Stromates*, V, 122.)

CXLVIII-CL

Plutarque.

Ce n'est pas l'habitude d'Empédocle que de rechercher des *effets esthétiques en recourant* à des épithètes grandioses, comme par un effet de coloriage excessif; il se contente généralement de décrire exactement l'objet et d'exprimer son être ou sa vertu. Par exemple, il applique les expressions : *la terre enveloppant les mortels* au corps étendu sur l'âme tout autour, *assembleur de nuées* à l'air, et *au sang abondant* au foie.

La terre enveloppant les mortels,
L'air [...] assembleur de nuées,
Le foie au sang abondant.

(*Propos de table*, V, VIII, 2, 683 E[2].)

CLI

Plutarque.

Empédocle l'a appelée *vivifiante*[1], et Sophocle[2] *féconde*, ce qui est parfaitement juste et bien adapté : *Vivifiante [...] Aphrodite.* (*De l'amour*, 13, 756 E.)

CLII

Aristote.

La vieillesse est à la vie ce que le soir est au jour. On dira donc du soir qu'il est *la vieillesse du jour*, comme le fait Empédocle, ou de la vieillesse qu'elle est le soir de la vie, ou le couchant de la vie. (*Poétique*, XXI, 1457 *b* 22.)

CLIII

Hésychius.

Βαυβώ (ventre) : nourrice de Déméter. Ce mot signifie aussi ventre (κοιλία), comme chez Empédocle. *Ventre.* (*Dictionnaire*, « Ventre ».)

CLIII *a*

Théon de Smyrne.

Il semble que le fœtus se forme *en sept semaines*, ainsi que le dit à mots couverts Empédocle dans les *Purifications*[3]. (*Commentaires*, éd. Hiller, p. 104, 1.)

FRAGMENTS DOUTEUX

CLIV

Plutarque.

Peut-être devrait-on dire que la raison pour laquelle on institua pour la première fois la coutume de manger de la chair vient de ce que la nourriture faisait défaut ? Car ce n'est pas parce qu'ils s'adonnaient à d'illicites désirs, ni parce qu'ils s'abandonnaient sans retenue à des plaisirs étranges et contre nature, et jouissaient en abondance de tout le nécessaire, qu'ils en arrivèrent à une telle extrémité. Mais aujourd'hui, recouvrant leurs sens et leur voix, ils pourraient s'écrier : « Ô bienheureux et bien-aimés des dieux, vous qui vivez maintenant, *en quelle époque êtes-vous nés*, vous qui pouvez jouir et user d'une telle abondance de biens ! Combien de plantes croissent pour vous, combien de vendanges, combien de richesses pouvez-vous tirer des champs, combien de voluptés les plantes ne vous fournissent-elles ! Vous avez tout loisir de vivre dans l'abondance sans répandre le sang ! Mais nous, nous avons eu à connaître l'époque la plus pénible et la plus cruelle de l'histoire du monde, puisque nous sommes tombés dans une immense et insupportable pauvreté coïncidant avec les débuts de la création. Alors l'air offusquait le ciel et les étoiles d'une humidité, d'un feu et de tempêtes de vents furieux. » *Le Soleil n'avait pas encore* été fixé dans *son cours* régulier et assuré :

Il ne séparait pas le matin et le soir ;
Il ne connaissait pas son cycle de retour
Couronné de saisons abondantes en fruits
Et en boutons de fleurs ; mais c'était pour la Terre
Le temps de la violence,

car elle subissait les inondations déréglées des fleuves ; la plupart des contrées *avaient leurs contours dissous par des lacs* ; d'autres régions étaient rendues désertiques par les boues et les marécages, d'autres stériles par des steppes arides et des forêts. Il n'existait alors aucune agriculture, il n'y avait pas d'outils, aucune échappatoire[1] n'avait été inventée. La faim ne nous laissait aucun répit et il n'existait pas de saisons dont on pût attendre la venue pour procéder aux semailles. Quoi d'étonnant alors que nous ayons dû, contre nature, user de la chair des animaux, puisqu'en ce temps-là, la seule nourriture était le limon, que *l'on mangeait l'écorce des arbres* et qu' *une pousse de chiendent* ou une racine *d'ajonc* constituaient un présent de la fortune. Après avoir goûté et mangé des glands, on formait des rondes de joie autour d'un chêne[2], l'appelant vivifiant[3], mère et nourrice. C'était la seule fête que l'existence d'alors connaissait, tout le reste n'était que malheur, désolation et tristesse. Mais vous, qui vivez aujourd'hui, quelle folie et quelle rage vous poussent au meurtre, alors que vous êtes abondamment pourvus de tout le nécessaire ? ». (*S'il est loisible de manger la chair*, I, 2, 993 C.)

CLIV *a*

Plutarque.

On a bu le philtre de l'habitude, comme celui de Circé,

[Un philtre où sont mêlés] douleurs d'enfantement,
⟨Ainsi que⟩ des chagrins, des erreurs et des larmes.

(*Ibid.*, II, 1, 996 E.)

CLIV *b*

Suidas.

Et le proverbe :

Aussitôt en effet, chez les plantes on voit
Ce qui promet d'être fertile

s'applique aux gens qui, dès le tout début, fixent les yeux sur une bonne fin.(*Lexique*, « Aussitôt[1] ».)

FRAGMENTS INAUTHENTIQUES

CLV

Diogène Laërce.

[Pythagore et Théano] avaient aussi un fils, Télaugès[2], qui succéda à son père et fut, d'après certains, le maître d'Empédocle. Du moins Hippobote déclare-t-il qu'Empédocle disait :

Télaugès, qui de Théano et Pythagore
Est le célèbre fils.

(*Vies*, VIII, 43.)

CLVI

Diogène Laërce.

Il écrivit sur lui une épigramme[3] :

Pausanias, justement appelé médecin,
Fils d'Anchitès, et qui descend d'Asclépios ;
Il fut nourri par Géla sa patrie,
Lui qui, des sombres demeures de Perséphone,

Détourna maints mortels voués à la langueur
De tristes maladies.

(*Vies*, VIII, 61.)

CLVII

Diogène Laërce.

Acron l'Agrigentin, médecin éminent[1],
Gît sous le haut rocher de sa haute patrie.

Mais certains citent ainsi le second vers :

A sur une éminence un éminent tombeau.

Certains attribuent ce dernier vers à Simonide.

(*Vies*, VIII, 65.)

CLVIII

Hiéroclès le Pythagoricien.

Le désir de l'âme s'enfuyant de la prairie d'Atè, la pousse vers la prairie de la Vérité qu'elle doit abandonner, quand, entraînée par la chute de ses plumes, elle va s'incarner dans un corps terrestre, *privée de l'éternité heureuse*. (*Commentaire sur les Vers dorés de Pythagore*, cité par Stobée, *Choix de textes*, II, CXLIII, 8[2].)

CLIX

Aristote.

Pour Empédocle, il est évident que les autres corps, jusqu'aux éléments exclus, connaissent la génération et la corruption; mais, comment la *grandeur agglomérée* à partir des éléments eux-mêmes s'engendre et se corrompt, il ne le dit pas clairement[3]. (*De la génération et de la corruption*, I, VIII, 325 *b* 19.)

CLX-CLXI[4]

LES PYTHAGORICIENS RÉCENTS

MÉNESTOR

I

Jamblique.

Originaires de Sybaris : Métopos, Hippase, Proxène, Évanor, Léanax[1], Ménestor, etc. (*Vie pythagorique*, 267.)

II

Théophraste.

L'humeur visible des plantes, certains – comme Ménestor – la désignent en général simplement par le nom de suc[2]; les autres ne lui donnent pas de nom, sauf dans quelques cas : ils l'appellent alors soit suc, soit (c'est le cas le plus fréquent) larme[3]. (*Histoire des plantes*, I, II, 3.)

III

Théophraste.

Les plantes qui donnent du petit bois sont nombreuses; mais, *comme le dit Ménestor, c'est le lierre* qui fournit le meilleur bois, car il s'embrase très vite avec de grandes flammes. (*Histoire des plantes*, V, IX, 6.)

III *a*

Théophraste.

Le lierre, le laurier et, d'une manière générale, toutes les plantes qui donnent du petit bois sont des plantes chaudes[4]. Ménestor ajoute encore le mûrier à cette liste. (*Histoire des plantes*, V, III, 4.)

IV

Théophraste.

Voilà la raison de la croissance hâtive du mûrier. Mais, selon Ménestor, la fraîcheur de l'habitat[1] peut en retarder le bourgeonnement, tandis que la pauvreté du sol hâte la maturation [des mûres]. (*Causes des plantes*, I, XVII, 3.)

V

Théophraste.

5. Une première raison qui justifie la distinction entre plantes chaudes et plantes froides est qu'elle recouvre la distinction fertilité-stérilité : d'un côté, nous avons les plantes chaudes, fertiles, ⟨de l'autre, les froides qui sont stériles⟩; c'est la même chose que chez les animaux, fertiles ou stériles et vivipares ou ovipares. Une deuxième raison fait entrer en jeu la nature des sols, selon qu'ils sont ⟨chauds ou⟩ froids; car les plantes d'une nature donnée peuvent subsister dans des sols de la nature opposée, les chaudes en terrain froid ou les froides en terrain chaud. La nature les fait naître, en effet, dans des dispositions telles qu'elles meurent dans un sol qui a la même température qu'elles, comme s'il y avait alors excès ⟨de chaleur ou de fraîcheur⟩, alors qu'un sol de la nature opposée à la leur les conserve, comme s'il se produisait un heureux équilibre [des températures]. C'est ce qu'Empédocle[2] dit aussi des animaux : la nature a placé dans l'eau les animaux à température très élevée.

6. Ménestor, lui, applique cette théorie aux végétaux comme aux animaux, en effet la plupart des plantes aquatiques ont une température très élevée : c'est le cas du jonc, du roseau et du souchet[3]. Aussi ne gèlent-ils même pas en hiver. Parmi les plantes autres qu'aquatiques, c'est encore le cas de toutes celles qui subsistent fort bien en terrain froid, comme le sapin argenté, le pin laricio, le cèdre, le genévrier et le lierre; ce dernier est d'ailleurs tellement chaud que la neige ne peut même pas tenir sur ses feuilles. C'est encore sa chaleur interne qui explique son aspect contourné et sinueux. 7. Selon Ménestor, il existe encore une troisième raison à cette classification : le bourgeonnement et la fructification des plantes chaudes sont hâtifs; c'est la chaleur du suc qui explique ce phénomène. Il prend comme exemples le lierre et quelques autres espèces. Une quatrième raison est que

les plantes chaudes ont un feuillage persistant : selon lui, c'est leur chaleur qui est cause de ce caractère persistant, tandis que le manque de chaleur, chez les autres, serait cause de la chute des feuilles. Il fournit encore d'autres raisons : par exemple, si le petit bois qui brûle le mieux avec les flammes les plus belles est celui que donnent les plantes aquatiques, c'est que, leur température les rendant très proches du feu, elles s'embrasent très rapidement. (*Causes des plantes*, I, XXI, 5-7.)

VI

Théophraste.

La [terre] grasse[1] ne convient pas du tout aux végétaux parce qu'elle les dessèche à l'excès, si l'on en croit encore Ménestor : telle est la terre à foulon[2], de couleur blanchâtre. (*Causes des plantes*, II, IV, 3[3].)

VII

Théophraste.

On peut encore différencier [les sucs végétaux] selon le plus et le moins. Aussi la plupart appartiennent-ils à la même famille, comme les sucs amers, huileux, piquants, doux. C'est précisément ce qui a amené les anciens philosophes de la nature[4] à penser que les variétés des sucs étaient infinies; c'est aussi l'avis de Ménestor, car selon que le mélange[5] et la putréfaction[6] du végétal aquatique sont tels ou tels, la qualité du suc sera telle ou telle. (*Causes des plantes*, VI, III, 5.)

XOUTHOS

Aristote.

Certains croient que l'existence du rare et du dense rend manifeste celle du vide : de fait, s'il n'existait ni rare ni dense, il ne pourrait, selon eux, y avoir ni contraction ni compression. Or, sans ces phénomènes, ou bien il n'y aura plus aucun mouvement, ou bien le monde ondulera[1] pour reprendre les mots de Xouthos. (*Physique*, IV, IX, 216 *b* 22.)

Simplicius.

Selon le pythagoricien Xouthos, ⟨le monde⟩ s'enflera, puis diminuera, toujours davantage, comme la mer qui, en vagues ondulantes, vient recouvrir les rivages de ses débordements. (*Commentaire sur la Physique d'Aristote*, 683, 24.)

Jamblique.

Originaires de Crotone : Ecphantos, Timée, Bouthos[2]. (*Vie pythagorique*, 267.)

BOÏDAS

[Scolie.]

D'abord, on songe à Diphile[1], qui composa contre le philosophe Boïdas un poème entier où le philosophe était insulté et même traité comme un esclave, sans qu'il ait été pour autant son ennemi ; puis à Eupolis[2], qui, tout en ayant fort peu mentionné Socrate, l'a attaqué bien plus méchamment qu'Aristophane ne l'a fait tout au long des *Nuées*. (À Aristophane, *Les Nuées*, v. 96[3].)

THRASYALCÈS

I

Strabon.

D'autre part, l'affirmation selon laquelle les crues ⟨du Nil[1]⟩ sont causées par des orages ne nécessite ni recherche ni même confirmation par des témoins comme ceux dont a parlé Posidonius : il dit en effet que la cause de ces crues, ce sont les orages d'été, à en croire Callisthène[2], qui a trouvé cette indication chez Aristote, qui l'avait puisée lui-même chez Thrasyalcès de Thasos, l'un des anciens philosophes de la nature[3]; ce dernier l'avait lui-même trouvée chez un autre auteur, qui le tenait d'Homère, pour qui c'est la pluie de Zeus qui alimente le Nil :

Je ramenai ma flotte aux eaux de l'Egyptos,
Qui nous viennent des dieux[4].

(*Géographie*, XVII, p. 790.)

II

Strabon.

Il est des auteurs pour affirmer qu'il existe deux vents dominants, le Borée et le Notos; [...] et ils donnent comme garants de ce nombre Thrasyalcès et le Poète par excellence, pour qui l'Argestès et le Notos ne sont qu'un seul et même vent[5], tout comme ne font qu'un

Et Borée et Zéphyr[6]*, tous deux soufflant de Thrace*[7].

(*Géographie*, I, p. 29.)

ION DE CHIO

A. VIE, ÉCRITS ET PHILOSOPHIE

I

Harpocration.

Isocrate ⟨en parle⟩ dans son plaidoyer *Sur l'échange*[1]. L'orateur, en fait, doit songer à l'auteur tragique Ion, originaire de Chio, fils d'Orthomène, et surnommé Xouthos[2]. Ce dernier a écrit de nombreux poèmes lyriques et des tragédies, ainsi qu'un traité philosophique intitulé *La Triade*, dont la paternité, controversée, serait à attribuer plutôt à Épigène, au dire de Callimaque. Chez certains autres auteurs, le titre est au pluriel : *Les Triades*, comme chez Démétrios de Scepsis et Apollonide de Nicée. Voici la citation qu'ils font de cet ouvrage[3] [...]. (*Lexique*, « Ion ».)

II

Aristophane.

LE SERVITEUR

C'est donc vrai, ce qu'on dit, que là-haut, dans les airs,
Astres nous devenons, à l'heure de la mort?

TRYGÉE

Mais oui.

LE SERVITEUR

Quel astre, là-haut, est donc aujourd'hui
Ion de Chio?

TRYGÉE

Il est l'astre qu'il appela
Jadis en un poème ici-bas composé

L'étoile du Matin. Sitôt venu au ciel,
Tous l'ont alors nommé « étoile du Matin »!

(*La Paix*, v. 832 et suiv.)

[Scolie.]

Ion de Chio : auteur de dithyrambes, de tragédies et de poèmes lyriques. Il composa une ode qui commençait ainsi :

Attendons l'astre du Matin qui loge au ciel,
Et qui, par ses rais blancs, annonce le Soleil.

Le propos d'Aristophane prouve à l'évidence qu'à cette époque Ion est déjà mort. C'est pour plaisanter qu'Aristophane dit qu'on l'avait appelé *l'astre du Matin.* Il connut la gloire. Il est l'auteur de comédies, d'épigrammes, de péans, d'hymnes, de chansons à boire[1], d'éloges et d'élégies et d'un ouvrage en prose, le *Traité de l'ambassade*, qui, selon certains, ne serait pas de lui, mais apocryphe. On connaît de lui *La Fondation* [*de Chio*], ⟨*La Triade*⟩ *cosmologique*, des *Mémoires*[2] et d'autres œuvres encore [...]. Il fut fort apprécié. La tradition veut qu'il ait triomphé, en Attique, aux deux concours de dithyrambes et de comédies, et que, pour prouver ses bonnes dispositions, il ait fait envoyer aux Athéniens en cadeau du vin de Chio. (Le dialogue du philosophe Socrate[3] intitulé *Ion* renvoie bien au même Ion.) Callimaque, qui en a fait mention lui aussi dans ses *Choliambes*[4], dit qu'il a beaucoup écrit[5]. (À Aristophane, *La Paix*, v. 832 et suiv.)

III

Suidas.

Poète tragique et lyrique, ainsi que philosophe. Fils d'Orthomène, et surnommé Xouthos[6]. Fit représenter ses premières tragédies pendant la quatre-vingt-deuxième olympiade[7]. Selon les uns, il aurait composé douze pièces de théâtre, selon d'autres trente, selon d'autres encore quarante. (Il a également écrit des traités sur les phénomènes célestes; le poète comique Aristophane, par plaisanterie, l'appelle « astre du Matin[8] ». Après sa victoire au concours de tragédies à Athènes, il offrit à chaque citoyen athénien un pichet de vin de Chio). (*Lexique*, « Ion de Chio ».)

IV

Pseudo-Longin.

Eh bien ! par Zeus, préférera-t-on comme poète lyrique Bacchylide à Pindare, et comme poète tragique Ion de Chio à Sophocle ? Et osera-t-on appuyer ce choix sur le fait que tous deux ont été des stylistes en tout point impeccables et passés maîtres en leur art, alors que, si Pindare et Sophocle semblent tout embraser dans leur élan créateur, il leur arrive souvent aussi d'être faibles sans raison et de commettre des fautes fort malencontreuses ? Assurément personne, à moins d'avoir perdu le sens, n'irait préférer à la seule pièce d'*Œdipe* l'ensemble des pièces d'Ion. (*Du sublime*, XXXIII, 5.)

V

[Inscription grecque.]

C'est ⟨I⟩on qui a offert en ex-voto cette sta⟨tue⟩ à Athéna. (*Corpus des inscriptions grecques*, I, 395[1].)

VI

Isocrate.

[...] les traités des Sages[2] de jadis, dont l'un[3] a affirmé que le nombre des êtres est infini ; Empédocle, qu'il est de quatre, auxquels s'ajoutent la Haine et l'Amitié ; et Ion, qu'il est limité à trois[4]. (*Sur l'échange*, 268.)

Jean Philopon.

Pour Parménide, les éléments étaient le feu et la terre ; Ion de Chio, l'auteur de tragédies, leur ajoutait l'air, tandis qu'Empédocle posait les quatre éléments[5]. (*Commentaire sur le Traité de la génération et de la corruption d'Aristote*, éd. Vitelli, 207, 18.)

VII

Aëtius.

[À propos de la substance de la Lune.] Pour Ion, c'est un corps en partie transparent et translucide, et en partie opaque. (*Opinions*, II, XXV, 11.)

B. FRAGMENTS

LA TRIADE

I

Harpocration.

Telle est la citation qu'on fait de cet ouvrage : Voici le commencement de mon traité : toutes choses sont trois[1] et rien n'est ni plus ni moins que ces trois. Ce qui fait la valeur de chaque être particulier, c'est la triade formée de l'intelligence, de la force et de la fortune. Cette phrase est d'Ion de Chio[2]. (*Lexique*, « Ion ».)

II

Diogène Laërce.

Au dire d'Ion de Chio dans ses *Triades*, Pythagore a fait passer certains de ses poèmes pour des œuvres d'Orphée[3]. (*Vies*, VIII, 8.)

Clément d'Alexandrie.

Ion de Chio consigne dans ses *Triades* que Pythagore a fait passer certains de ses poèmes pour des œuvres d'Orphée[4]. (*Stromates*, I, 131.)

Suidas.

Orphée : auteur de *Triades* que la tradition attribue à Ion le Tragique ; c'est là que se trouve ce qu'on désigne sous le nom de *Hiérostoliques*[5]. (*Lexique*, « Orphée ».)

III

Plutarque.

Ainsi, dans la partie de son œuvre écrite en prose, le poète Ion affirme que la fortune a beau être ce qu'il y a de plus opposé à la sagesse, elle est pourtant à l'origine d'effets très voisins des siens. (*De la fortune des Romains*, I, 316 D.)

Plutarque.

En effet, Diogénien de Pergame[1] note qu'Ion n'a pas tort de dire de la fortune qu' « elle a beau différer grandement de la sagesse, elle produit un très grand nombre d'effets semblables ». (*Propos de table*, VIII, 1, 1, 717 B.)

III *a*

Varron.

Comme l'écrit Ion, la vingt-cinquième lettre est celle qu'on nomme *agma*; elle ne s'écrit pas et se prononce de la même manière en grec et en latin : ainsi dans *aggulus*[2]. [...] (*De la langue latine*, éd. Goetz, p. 201.)

III *b*

Lexique sabbaïtique.

À l'expression : « En accord de pensée ». Par exemple chez Ion : En accord de pensée et buvant à la même coupe. (Éd. Papadopoulos[3].)

IV

Diogène Laërce.

119. Selon Douris[4], au deuxième livre des *Annales*, Ion fut l'objet de l'épigramme de Phérécyde[5] que voici :

120. *La sagesse entière en moi est accomplie.*
Mais si tu découvrais plus sage encor que moi,
Dis-le à Pythagore, mon élève : de tous
Il est, de par la Grèce, à coup sûr, le premier!
Je ne suis pas menteur lorsque je parle ainsi!

Voici ce qu'en retour Ion de Chio dit de Phérécyde :

Ainsi, auréolé de force et de pudeur,
Au-delà de la mort, il vit avec son âme
Dans le ravissement, si du moins Pythagore,
Le Sage, a bien dit vrai, lui qui sut embrasser[6]
Et pénétrer au mieux les opinions humaines.

(*Vies*, I, 119-120.)

FRAGMENT DOUTEUX

V

Cléonide.

Pour désigner ce son, c'est le terme [de *ton*] qu'utilisent ceux pour qui la lyre possède sept tons : ainsi Terpandre[1] et Ion. Le premier dit [...], et le second :

Lyre à onze cordes, dont les dix intervalles
Suffisent à ouvrir les trois voies consonantes
De l'harmonie[2], les Grecs ensemble jusqu'ici
Se sont bornés au seul emploi du tétracorde,
Et malgré les sept tons qui faisaient ta richesse
Ils ne tiraient de toi que pauvre mélodie[3]. [...]

(*Introduction harmonique*, 12.)

DAMON LE MUSICIEN

A. VIE

I

Étienne de Byzance.

Œé : les habitants du dème d'Œé sont appelés *Œéthiens*; par exemple, Damon, fils de Damonidès, Œéthien. (*Lexique*, « Œé ».)

II

Platon.

Lachès m'a en effet procuré pour mon fils, comme maître de musique, Damon, un élève d'Agathoclès[1]. C'est le plus gracieux musicien du monde et, à tout point de vue, un compagnon aussi parfait que possible pour les jeunes gens de cet âge. (*Lachès*, 180 *d*.)

[Scolie.]

Le musicien Pythoclidès, qui était pythagoricien, était un professeur de musique sacrée. Il fut le maître d'Agathoclès, qui de Lamproclès, qui de Damon. (À Platon, *Alcibiade majeur*, 118 *c*.)

III

Isocrate.

Périclès eut deux maîtres : Anaxagore de Clazomènes et Damon, qui passa, en son temps, pour le plus avisé de ses concitoyens. (*Sur l'échange*, 235.)

IV

Plutarque.

Selon la plupart des témoignages, [Périclès] eut pour maître de musique Damon, dont on devait abréger le nom, à ce qu'on dit, en ne prononçant que la première syllabe. Selon Aristote, c'est Pythoclidès qui lui aurait appris la musique. Quant à Damon, semble-t-il, il dissimulait à la foule, sous le couvert de la musique, une remarquable maîtrise de la sophistique, et assista Périclès en politique[1], comme un entraîneur[2] et un maître d'école peuvent assister un athlète chevronné. Cependant, on finit par s'apercevoir que la lyre n'était pour Damon qu'un moyen de dissimuler certaines activités et on le bannit sous les prétextes d'ambition excessive et de sympathie pour la tyrannie, ce qui fournit de l'ouvrage aux poètes comiques! C'est ainsi que Platon fait demander par l'un de ses personnages à Damon :

Commence donc alors, je te prie, par me dire :
N'est-ce pas toi qui as élevé Périclès[3]
En imitant Chiron, à ce que l'on prétend?

(*Vie de Périclès*, 4.)

V

Platon.

Ma foi, Socrate, à ce qu'on dit, Périclès n'est pas devenu savant par hasard, mais pour avoir fréquenté de nombreux savants tels Pythoclidès et Anaxagore. Aujourd'hui encore, à l'âge qu'il a, il fréquente Damon dans la même intention. (*Alcibiade majeur*, 118 *c*.)

VI

Aristote.

Manquant d'argent pour obtenir cette chorégie, Périclès suivit le conseil de Damonidès d'Œé[4] — ce dernier semble avoir servi à Périclès de conseiller dans la plupart de ses décisions, ce qui lui valut plus tard d'être ostracisé —, qui lui suggérait, puisque ses propres deniers ne suffisaient pas, de distribuer au peuple l'argent du trésor public. Il put ainsi verser un salaire aux juges. (*Constitution d'Athènes*, p. 27, 4.)

Plutarque.

[Ne parvenant pas à être aussi généreux que Cimon], Périclès en vient à distribuer les deniers publics sur le conseil de Démonidès[1] d'Œé, comme Aristote le raconte. (*Vie de Périclès*, 9.)

VII

Diogène Laërce.

Selon certains, Socrate suivit les leçons d'Anaxagore, mais aussi celles de Damon, si l'on en croit Alexandre dans ses *Successions des philosophes* [...]. (*Vies*, II, 19.)

VIII

Galien.

Un jour que le musicien Damon[2] se trouvait aux côtés d'une joueuse de flûte qui jouait des airs phrygiens pour des jeunes gens avinés, en proie au délire de l'ivresse, il lui ordonna de jouer des airs doriens : cela eut pour effet immédiat de faire revenir les jeunes gens de leur comportement déraisonnable[3]. (*Des dogmes d'Hippocrate et de Platon*, V, 453, éd. Müller.)

B. FRAGMENTS

ARÉOPAGITIQUE

I

Cicéron.

Lorsque Euclide ou Archimède cultivaient la géométrie, Damon ou Aristoxène la musique, Aristophane ou Callimaque la littérature, ces arts étaient-ils morcelés au point d'interdire à quiconque de les embrasser chacun dans sa totalité ? (*De l'orateur*, III, XXXIII, 132.)

II

Philodème.

147. Il est encore bon nombre d'auteurs pour estimer qu'il ne convient de s'occuper de musique que si l'on a des dispositions[4], comme cela se passait jadis ; 148. et Damon, en tenant de tels

propos[1] aux membres du véritable Aréopage, et non d'un Aréopage fictif, leur mentait de façon éhontée[2]. (*De la musique*, IV, colonne 147, 37-148, 5, éd. Delattre = colonne 33-34, éd. Neubecker[3].)

III

Philodème.

... <de manière à produire un>[4] étroit mélange d'effort et de divertissement, afin que ceux qui se divertissent <ne voient pas> dans la musique un <pur> divertissement, selon Damon, puisqu'ils auront observé beaucoup de difficultés... (*Ibid.*, colonne *36*, 40-45, éd. Delattre = I, 16, éd. Rispoli[5].)

IV

Philodème.

... les <mélodies> de ce genre sont extrêmement <fortes> et rendront la manière d'être de l'auditeur très tempérante et <très courageuse>. D'ailleurs[6], Damon, à qui l'on demandait si c'est à toutes les vertus ou à certaines que la musique incite, <déclarait>[7] que, selon lui, elle incite le musicien à toutes les vertus ou presque. Car, disait-il, il convient que, en chantant lui-même et en jouant de la cithare, l'enfant devienne non seulement <plus courageux et tempérant, mais aussi plus juste>[8]. (*Ibid.*, colonne 24, 1-14, éd. Delattre = I, 18, éd. Rispoli[9].)

V

Pseudo-Plutarque.

Néanmoins le mode lydien[10], relâché, à l'opposé du mode mixolydien, et voisin du mode ionien, est, selon la tradition, l'invention de l'Athénien Damon. (*De la Musique*, 16.)

VI

Athénée.

L'Athénien Damon[11] n'avait pas tort de dire que les chants et les danses naissent nécessairement d'un certain mouvement de l'âme, et que les chansons nobles et belles font les belles âmes tandis que les chansons du genre opposé font les âmes laides. (*Les Deipnosophistes*, XIV, 628 c.)

VII

Aristide Quintilien.

En effet, les notes d'une mélodie continue façonnent, par assimilation[1], le tempérament des enfants et celui des gens plus âgés qui n'avaient pas encore une telle disposition et l'obligent à se manifester : c'était aussi ce que Damon s'efforçait de mettre en lumière. Et d'ailleurs dans les gammes de notes harmonieuses qu'il a transmises à la postérité, il est possible de découvrir que tantôt ce sont les notes féminines, tantôt les notes mâles qui prédominent ou se font rares jusqu'à disparaître totalement; cela montre avec évidence que le tempérament de chaque âme réclame une harmonie particulière. (*De la musique*, II, 14.)

VIII

Platon.

SOCRATE : Car[2] aussi bien, Lachès, j'ai l'impression que tu ne t'es même pas rendu compte que c'est à notre compagnon Damon qu'il a emprunté ce savoir-faire. Or Damon ne manque pas d'accointances avec Prodicos, qui passe pour le plus habile des sophistes dans l'art de la division des synonymes[3]. (*Lachès*, 197 *d*.)

IX

Platon.

Qu'il existe en effet trois genres [de rythmes[4]] qu'on entrelace pour composer les mesures, de la même manière qu'il y a quatre voix[5] d'où l'on tire toutes les harmonies, j'oserais l'affirmer pour l'avoir observé. Mais je suis incapable de rapporter chacun d'eux à un genre de vie particulier dont il serait l'imitation.

Eh bien, dis-je, sur ce point nous allons encore consulter Damon qui nous dira quelles sont les mesures qui conviennent à la bassesse d'âme, à la démesure, à la folie et aux autres espèces de conduites mauvaises, et quels sont les rythmes qu'il faut réserver aux conduites contraires. Je crois bien l'avoir vaguement entendu parler d'un rythme composé nommé énoplien[6], d'un rythme dactylique et, ma foi, d'un rythme héroïque (mais je ne sais comment il organise ce dernier rythme, où les temps faibles et forts sont égaux) qui s'achève sur une brève et une longue. Il parlait aussi, me semble-t-il, de l'iambe et d'un autre mètre, le trochée, où il ajustait des longues et des brèves. Et dans certains de ces mètres, il blâmait, je crois, ou louait aussi bien les rythmes mêmes que les cadences métriques[1], et quelquefois les deux en même temps. Mais je ne sais pas au juste. Allons, comme je l'ai dit, rapportons-nous là-dessus à Damon, car essayer d'y voir clair n'est pas une petite affaire[2] ! (*La République*, III, 400 *a*.)

X

Platon.

Il faut en effet se méfier, si l'on adopte un genre musical nouveau : car on risque de tout bouleverser. Nulle part on ne change les modes musicaux sans que changent aussi les lois les plus importantes qui régissent la cité, dit Damon : c'est aussi ma conviction. (*La République*, IV, 424 *c*.)

HIPPON

A. VIE ET PHILOSOPHIE

I

Jamblique.

Originaires de Samos : Mélissos[1], Héloris, Hippon. (*Vie pythagorique*, 267.)

Censorinus.

Hippon de Métaponte ou, si l'on en croit Aristoxène, de Samos[2] [...]. (*Du jour de la naissance*, v, 2.)

Sextus Empiricus.

Hippon de Rhégium [...]. (*Hypotyposes pyrrhoniennes*, III, 30[3].)

II

[Scolie.]

Voici donc le pensoir des âmes compétentes !
Ici vivent des gens, de qui les beaux discours
Persuadent que le ciel est comme un étouffoir
Qui nous embrasse, et que nous sommes des charbons.

C'est Cratinos qui a dit cela le premier, dans sa comédie des *Panoptes*[4], à propos du philosophe Hippon, qu'il met en scène[5]. (À Aristophane, *Les Nuées*, v. 94-97.)

Cratinos fait mention d'Hippon aussi comme d'un impie. (À Clément d'Alexandrie, *Protreptique*, IV, 103, éd. Klotz.)

III

Hippolyte.

Selon Hippon de Rhégium, l'eau est le principe froid, et le feu le principe chaud[1]. D'autre part, c'est grâce à la génération du feu par l'eau — génération destinée à combattre victorieusement la puissance de l'élément créateur [l'eau] — que s'est constitué le monde. Quant à l'âme, il pense tantôt que c'est le cerveau, tantôt que c'est l'eau; car la semence est une manifestation visible de l'élément liquide qui, selon lui, est la matière dont provient l'âme. (*Réfutation de toutes les hérésies*, I, 16, 18.)

IV

Simplicius.

Thalès [...] et Hippon, qui fut, semble-t-il, athée; ils se laissaient aller à dire que le principe appréhendé à partir des phénomènes par le moyen des sens, est l'eau. (*Commentaire sur la Physique d'Aristote*, 23, 22[2].)

V

Sextus Empiricus.

Pour Hippon de Rhégium, [les principes sont] le feu et l'eau. (*Hypotyposes pyrrhoniennes*, III, 30; *Contre les mathématiciens*, IX, 361.)

VI

Alexandre d'Aphrodise.

On raconte qu'Hippon a établi comme principe absolu l'élément humide, sans le définir ni prendre la peine de préciser s'il s'agit de l'eau (comme pour Thalès[3]) ou de l'air (comme pour Anaximène[4] et Diogène[5]). (*Commentaire sur la Métaphysique d'Aristote*, 26, 21[6].)

Jean le Diacre.

Hésiode [a fait de] la terre [un principe], comme Hippon l'Athée. (*Interprétation allégorique de la Théogonie d'Hésiode*, v. 116.)

VII

Aristote.

On ne saurait classer Hippon parmi ces gens-là[7] en raison de l'indigence de sa pensée. (*Métaphysique*, A, III, 984 *a* 3.)

VIII

Clément d'Alexandrie.

Je me demande vraiment parfois comment on a pu accuser d'impiété Evhémère d'Agrigente[1], Nicanor de Chypre, Hippon, Diagoras de Mélos[2] et leur illustre contemporain de Cyrène, j'ai nommé Théodore[3], ainsi que quelques autres — bien rares — qui menèrent une existence sage sans être dupes de l'illusion, qui est celle de la majorité des gens, touchant aux dieux. (*Protreptique*, 24.)

Jean Philopon.

Hippon avait été surnommé « l'Athée » pour la même raison : à ses yeux, la cause unique de toutes choses était l'eau[4]. (*Commentaire sur le traité de l'âme d'Aristote*, 88, 23.)

IX

Pseudo-Alexandre d'Aphrodise.

D'abord Hippon surnommé « l'Athée », parce qu'il professait que rien n'existe en dehors des choses sensibles[5] [; ensuite Épicure]. (*Commentaire sur la Métaphysique d'Aristote*, 462, 29.)

X

Aétius.

Pour Hippon, l'âme est faite d'eau. (*Opinions*, IV, III, 9.)

Aristote.

(*Traité de l'âme*, I, II, 405 *b* 1[6].)

D'autres, qui posent comme principe soit l'un soit l'autre des deux contraires, comme le chaud ou le froid, ou quelque autre [qualité] analogue, réduisent de la même manière l'âme à n'être *que l'un ou l'autre de ces contraires*, et, par suite, ils se laissent conduire par les étymologies : en effet, pour les uns, l'âme est le chaud, car ζῆν (*vivre*) ⟨dérive de ζεῖν (*bouillonner*[7])⟩; pour les autres, l'âme est le froid, car son nom de ψυχή (*âme*) ⟨vient de⟩ ψυχρον (*froid*), en raison du refroidissement consécutif à l'inspiration. (*Ibid.*, I, II, 405 *b* 24.)

Jean Philopon.

Hippon et Héraclite posent comme principe soit l'un, soit l'autre des deux contraires. Pour le second, c'est le chaud (c'est en effet le feu qui est à ses yeux le principe); pour le premier, le froid (pour Hippon, le principe est l'eau). D'après Aristote, chacun des deux s'efforce de faire coïncider la dénomination de l'âme avec sa propre thèse, en recourant à l'étymologie. Héraclite dit en effet que si on parle de la vie (ζῆν) des animaux, c'est par référence à ζεῖν *(bouillonner)*, qui implique le chaud ; quant à Hippon, il dit que ψυχή *(l'âme)*, tire son nom de ψυχρὸν *(le froid)*, cause de l'existence, par référence à l'action de refroidissement qu'exerce en nous l'âme par la respiration. Car, si la vie (ζωή) est engendrée par l'âme, et l'âme engendrée par le froid (car l'âme est faite d'eau), il faut que la respiration, par une action de refroidissement, puisse combattre la chaleur de la région du cœur[1], de peur que le chaud n'affaiblisse la puissance de l'âme, autrement dit la puissance du froid. (*Commentaire sur le Traité de l'âme d'Aristote*, 92, 2[2].)

Hermias.

Selon d'autres, [l'âme est] l'eau qui engendre. (*Satire des philosophes païens*, 2.)

XI

Ménon.

Selon Hipp⟨on⟩[3] de Crotone, notre corps possède une humidité propre, cause de notre sensibilité et de la vie. Tant que cette humidité est intacte, l'être animé se porte bien, mais il perd toute sensibilité et meurt dès qu'elle s'est asséchée. Ainsi s'explique le fait que les vieillards sont desséchés et privés de sensibilité, par manque de cette humidité. De même, si les extrémités cornées sont insensibles, c'est que cette humidité ne les irrigue pas. Ici s'achèvent ses propos. Mais dans un autre livre, le même auteur affirme que ce qu'il dénomme *humidité* s'altère dans le cas d'un excès de chaleur ou de froid, ce qui entraîne des maladies. Cette altération, dit-il, peut se traduire soit par une augmentation ou un assèchement de l'humidité, soit par un épaississement ou une plus grande fluidité, soit par d'autres phénomènes. Il explique ainsi le mécanisme[4] du déclenchement de la maladie, mais sans préciser ce que sont ces maladies[5]. (Cité par l'Anonyme de Londres, 11, 22[6].)

XII

Censorinus.

Hippon eſt d'avis que la semence eſt une manifeſtation visible de la moelle[1]. Il en prend pour preuve[2] la disparition de la moelle chez les mâles d'un troupeau de gros bétail qu'on tue après une saillie : c'eſt comme si elle avait été complètement épuisée[3]. (*Du jour de la naissance*, V, 2.)

XIII

Aétius.

Selon Hippon, les femelles produisent autant de semence que les mâles, même si cette semence n'eſt d'aucune utilité pour la procréation, vu qu'elle tombe hors de la matrice. De là vient que certaines femmes produisent souvent de la semence, en l'absence d'hommes, et particulièrement les veuves. [D'autre part, c'eſt le mâle qui produit les os, et la femelle les chairs[4].] (*Opinions*, V, V, 3.)

XIV

Aétius.

Pour Hipponax[5], la semence visqueuse et forte [donne les mâles], et la semence fluide et plus faible [les femelles]. (*Opinions*, V, VII, 3.)

Censorinus.

Hippon affirme que les semences subtiles produisent les femelles et que c'eſt des semences les plus épaisses que naissent les mâles. (*Du jour de la naissance*, VI, 4.)

Aétius.

Hipponax[6] prétend que si la semence eſt la plus forte, on a un mâle; si l'aliment eſt le plus fort, on a une femelle. (*Opinions*, V, VII, 7.)

XV

Censorinus.

Pour Hippon, la tête, siège de la partie maîtresse[7] de l'âme, ⟨eſt le premier organe formé⟩. (*Du jour de la naissance*, VI, I.)

XVI

Censorinus.

C'est Hippon qui écrit que l'enfant à naître est constitué au bout de soixante jours ; dès le quatrième mois, ses chairs sont formées, dès le cinquième ses ongles et ses cheveux apparaissent, et en fin de compte, au septième mois[1], c'est déjà un homme achevé. (*Du jour de la naissance*, IX, 2.)

Censorinus.

Selon Hippon de Métaponte, la naissance peut survenir entre le septième et le dixième mois. Dès le septième mois, l'embryon est mûr[2] ; on peut remarquer à ce propos qu'à tous les stades de l'évolution humaine le nombre 7, ou un multiple de 7, est le nombre de l'efficience[3]. Ainsi, si sept mois suffisent à l'achèvement de l'embryon, c'est aussi sept mois qu'il faut ajouter pour obtenir l'âge auquel le bébé commence à se tenir assis. D'autre part, c'est à partir de la fin du septième mois que les dents commencent à percer, et c'est à l'âge de sept ans qu'on commence à les perdre ; et l'âge de la puberté se situe généralement à quatorze ans. Mais, si l'embryon est viable dès la fin du septième mois, il faut attendre le dixième pour qu'il soit parfaitement achevé : on retrouve ici la même propriété naturelle du chiffre 7 qui se rencontre aux autres stades de l'évolution, selon laquelle, en ajoutant au nombre 7 (des mois ou des années) le nombre 3 (de mois ou d'années), on obtient la durée nécessaire à l'achèvement du développement. Ainsi la dentition du bébé, qui apparaît dès sept mois, n'est complète qu'au dixième mois. Les premières dents tombent à l'âge de sept ans, mais les dernières ne tombent qu'à dix ans ; et si certains enfants sont pubères dès quatorze ans, il faut attendre l'âge de dix-sept ans pour que tous le soient[4]. (*Ibid.*, VII, 2.)

XVII

Censorinus.

Diogène[5] et Hippon pensent qu'il existe dans l'utérus un appendice saillant que l'embryon suce par la bouche et d'où il tire de quoi se nourrir, à la manière du sein maternel qu'il tétera une fois qu'il sera né. (*Du jour de la naissance*, VI, 3.)

XVIII

Censorinus.

Il est ensuite question des jumeaux. De l'avis d'Hippon, de telles naissances – assez peu fréquentes – s'expliqueraient par une grande quantité de semence; en effet, quand celle-ci est plus abondante que nécessaire à la création d'un embryon, une deuxième poche en recueillerait le surplus. (*Du jour de la naissance*, VI, 9.)

XIX

Théophraste.

Selon Hippon, toute plante existe à l'état sauvage et à l'état cultivé, selon qu'on la soigne ou non; mais la fructification et la floraison, elles, sont fonction de l'habitat et de l'air environnant[1], tout comme la caducité ou la persistance du feuillage. (*Histoire des plantes*, I, III, 5.)

Théophraste.

Pour Hippon cependant, toute plante existe à la fois à l'état cultivé et à l'état sauvage : à l'état cultivé quand on la soigne, à l'état sauvage quand on ne la soigne pas. Mais il a à la fois tort et raison. Car, si toute plante laissée sans soins dégénère et retourne à l'état sauvage, toute plante qu'on soigne ne s'améliore pas nécessairement, comme il a été dit. (*Ibid.*, III, II, 2.)

B. FRAGMENTS

I

[Scolie.]

De lui, nul ne prétend pouvoir être l'égal,
Pas même Achéloüs, le tout-puissant seigneur,
Ni non plus Océan aux abîmes mouvants
D'où s'écoulent pourtant tous les fleuves, les mers
Les sources, les grands puits.

Au deuxième livre de son *Commentaire homérique*, Cratès établit que la *Grande Mer* est l'Océan : « Cette appellation, dit-il, ne peut en effet convenir qu'à la mer extérieure, celle que certains appellent encore aujourd'hui la *Grande Mer* que d'autres appellent *océan*[1] *Atlantique* et d'autres encore *Océan*. Et quel fleuve pourrait avoir une égale puissance en effet? Cependant quelques [érudits[2]] suppriment le vers où il est question de l'Océan[3] et appliquent les vers suivants à l'Achéloüs, alors que ce dernier est plus petit non seulement que la mer, mais aussi que les golfes qui s'y trouvent, c'est-à-dire les golfes de Tyrrhénie ⟨et⟩ d'Ionie. [Selon Cratès toujours], Homère a enfermé dans ces trois vers[4] tout ce que les philosophes de la nature postérieurs ont unanimement admis : la plus grande masse d'eau qui enveloppe les terres est l'Océan, et c'est de lui que provient l'eau potable. ⟨Voici ce que dit⟩ Hippon ⟨sur cette question⟩ : Toutes les eaux que nous buvons proviennent de la mer; il n'existe en effet nulle part de puits d'eau potable plus profond que la mer[5]. S'il en existait, l'eau ne proviendrait pas de la mer, mais d'ailleurs. Mais la mer est plus profonde que les eaux potables. Dans ces conditions, comme toutes les eaux potables sont moins profondes que la mer, toutes les eaux potables proviennent de la mer. Il dit donc bien la même chose qu'Homère. (À Homère, *Iliade*, XXI, v. 195, éd. Nicole, p. 197, 19.)

FRAGMENTS APOCRYPHES

II

Clément d'Alexandrie.

Aussi ne faut-il pas non plus s'indigner de voir Hippon immortaliser sa propre mort, en demandant que l'on grave sur son monument funéraire le distique suivant :

> C'est ici le tombeau d'Hippon. Il fut l'égal
> Des dieux immortels, mais la Parque l'a tué.

(*Protreptique*, 55.)

Alexandre d'Aphrodise.

Aristote pourrait dire de lui qu'il fut athée ; voici en effet quelle était l'inscription gravée sur son tombeau : C'est ici [...] tué. (*Commentaire sur la Métaphysique d'Aristote*, 27, 1.)

III

Athénée.

Alors que tout le monde admirait Myrtilos[1] pour sa mémoire, Cynoulcos[2] déclara : « Rien n'est plus vain que le culte d'un savoir universel[3]. » ⟨C'est aussi⟩ un mot d'Hippon l'Athée[4]. (*Les Deipnosophistes*, XIII, 610 B.)

IV

Claudien Mamert.

Hippon de Métaponte, qui a lui aussi appartenu à la secte pythagoricienne, affirme, après avoir énoncé des preuves incontestables destinées à fonder sa propre opinion sur l'âme, qu'il est évident que l'âme et le corps sont deux réalités absolument distinctes, puisque la paralysie du corps n'enlève pas à l'âme sa vigueur : l'âme voit chez l'aveugle et continue à vivre dans le cadavre[5]. (*De l'âme*, 7, éd. Engelbrecht, p. 121, 14.)

PHALÉAS, HIPPODAMOS

I

Aristote.

Selon certains, en effet, la difficulté essentielle tiendrait à la répartition équitable des richesses : car, si on les écoute, ce sont les richesses qui sont au départ de tous les bouleversements. C'est dans cette idée que Phaléas de Chalcédoine a, le premier, proposé cette réforme. Pour lui, en effet, les propriétés des citoyens doivent être égales. Cette égalité qui ne devait pas être, selon lui, difficile à réaliser au tout début, lors de la fondation des cités, serait beaucoup plus délicate à instaurer dans les cités déjà constituées; pourtant on pourrait réaliser très rapidement le nivellement des richesses si les riches offraient des dots de mariage sans en recevoir eux-mêmes, et si les pauvres recevaient des dots sans avoir à en offrir[1]. (*Politique*, II, VII, 1266 *a* 36.)

Aristote.

À partir de ces considérations, il est possible de se faire une idée d'ensemble des aspects positifs et des aspects négatifs de la constitution de Phaléas[2]. (*Ibid.*, 1267 *b* 20.)

Aristote.

1. Hippodamos, fils d'Euryphon, était originaire de Milet. (C'est lui qui inventa la division des villes en damier et découpa le Pirée en quartiers. Son amour passionné des honneurs lui fit mener par ailleurs une existence assez extraordinaire, au point de vivre — selon certains — dans un excès de luxe, d'arborer une chevelure fort abondante et de somptueux bijoux, de se vêtir simplement mais douillettement, en hiver bien sûr, mais même en été, et de se prétendre de surcroît capable de faire le raison-

neur sur la nature entière). Parmi ceux qui ne se sont pas occupés des affaires publiques, il est le premier à avoir entrepris de bâtir la meilleure constitution possible. 2. Il limitait à dix mille le nombre des habitants de sa cité et les répartissait en trois groupes : d'abord les artisans, puis les agriculteurs et enfin la classe des défenseurs armés de la cité[1]. Il divisait en trois également le territoire de la cité : domaine sacré, domaine public et domaine privé. Du domaine sacré, on tirerait de quoi pourvoir aux sacrifices rituels en l'honneur des dieux. Le domaine public donnerait de quoi entretenir les défenseurs, tandis que le domaine privé appartiendrait aux agriculteurs. Il croyait aussi qu'il n'existe que trois espèces de lois, correspondant aux trois types de délits poursuivis en justice : outrage, dommage et meurtre. 3. Il instituait également un tribunal suprême unique, devant lequel on devrait déférer toutes les affaires paraissant avoir été mal jugées : il constituait ce tribunal de vieillards élus. D'autre part, il estimait que les affaires qui passent devant les tribunaux ne doivent pas être jugées au moyen de jetons de vote, mais qu'il fallait que chaque juré apportât une tablette où écrire la sentence en cas de simple condamnation; en cas d'acquittement pur et simple, on n'y écrirait rien du tout, et, dans un troisième cas, on y préciserait la condamnation sur tel chef et l'acquittement sur tel autre. Pour lui, en effet, la législation en vigueur[2] était mauvaise, puisqu'elle contraint les jurés à se parjurer en rendant leur verdict « pour ou contre ». 4. Il proposait également une loi permettant d'honorer ceux qui ont fait une découverte utile à leur cité, et prévoyait pour les enfants des citoyens morts au champ d'honneur la prise en charge de leur éducation par l'État. C'était là une loi qu'aucun peuple n'avait encore adoptée, même si, actuellement, cette loi est en vigueur à Athènes et dans d'autres cités. Il voulait, d'autre part, que tous les magistrats fussent élus par le peuple, c'est-à-dire par les trois classes dont il composait sa cité. Quant aux élus, ils devaient s'occuper des affaires publiques et protéger les intérêts des étrangers et des orphelins. 5. Voilà, pour l'essentiel, ce que contenait de plus intéressant le système élaboré par Hippodamos. (*Ibid.*, 1267 *b* 22.)

II

Aristote.

La disposition régulière des habitations particulières, à la manière moderne, inventée par Hippodamos, est de l'avis général, en tout point plus agréable et plus pratique ; mais s'agissant d'assurer la sécurité [de la cité] en temps de guerre, c'est la disposition ancienne qui convient le mieux. (*Politique*, VII, xi, 1330 *b* 21.)

III

Hésychios.

Pour le Pirée, c'est Hippodamos, fils d'Euryphon et spécialiste des phénomènes célestes, qui l'a quadrillé à la demande des Athéniens. C'est encore lui qui émigra à Thurium[1], alors qu'il était de Milet. (*Dictionnaire*, « Quadrillage hippodaméen ».)

IV

Harpocration.

Dans son *Contre Timothée*[2], Démosthène dit que la place du Pirée appelée Hippodaméenne, tire son nom de l'architecte Hippodamos de Milet, que les Athéniens chargèrent de la construction du Pirée. (*Lexique*, « Hippodaméenne ».)

[Inédit.]

« Place hippodaméenne » : endroit du Pirée qui tire son nom de l'architecte Hippodamos de Milet, chargé par les Athéniens de la construction du Pirée, et qui traça les rues de la cité[3]. (*Inédits grecs*, I, 266, 28, éd. Bekker.)

[Scolie.]

« Le fils[4] d'Hippodamos » : cet homme habitait le Pirée, où il possédait une maison, dont il fit don au peuple. C'est lui également qui le premier constitua l'agglomération du Pirée, au moment des guerres Médiques[5]. Il serait originaire de Thurium, ou de Samos, ou encore de Milet. (À Aristophane, *Les Cavaliers*, v. 327.)

V

Strabon.

L'actuelle ville de Rhodes fut construite au moment des guerres du Péloponnèse par le même architecte qui, selon la tradition, construisit aussi le Pirée. (*Géographie*, XIV, 654.)

Diodore de Sicile.

Les colons de l'île de Rhodes, installés à Ialysos, Lindos et Camiros, quittèrent leur premier établissement pour aller constituer une cité unique, la ville actuellement connue sous le nom de Rhodes. (*Bibliothèque historique*, XIII, 75.)

POLYCLÈTE

A. VIE ET ÉCRITS

I

Platon.

Et si tu avais l'idée d'aller trouver Polyclète d'Argos ou Phidias d'Athènes et de leur demander de s'occuper de toi, moyennant salaire [...]? (*Protagoras*, 311 *c.*)

Platon.

Car les fils de Polyclète, qui ont pourtant le même âge que Paralos et Xanthippos[1] ici présents, ne sont rien à côté de leur père. (*Ibid.*, 328 *c.*)

II

Pline.

On connaît de Polyclète de Sicyone, élève d'Hagéladès, la statue d'un homme jeune, représenté dans une attitude voluptueuse, le *Diadumène*[2], statue célèbre qui lui fut payée une centaine de talents[3], et une autre représentant un jeune *Doryphore*[4] dans une attitude virile. Polyclète est aussi l'auteur de la statue que les artistes appellent le *Canon*, parce qu'ils y puisent les grands principes de leur art et y voient pour ainsi dire un modèle[5]. Polyclète est considéré comme le seul artiste au monde à avoir créé l'art lui-même en même temps qu'il produisait l'œuvre d'art. (*Histoire naturelle*, XXXIV, 55.)

III

Galien.

Cela, c'est la théorie. Mais savoir, à force d'exercices, reconnaître sur-le-champ la proportion idéale[6] de chaque espèce d'êtres vivants n'est pas à la portée du premier venu : il faut en effet un rare amour de la difficulté, une longue pratique et une bonne connaissance de tous les détails pour être capable de reconnaître la proportion idéale. Et il est sûr que les sculpteurs, les peintres, les statuaires et autres artistes n'atteignent à la perfection en sculpture ou en peinture, ⟨dans la représentation de⟩ chaque espèce, par exemple de l'homme, du cheval, du bœuf ou du lion idéal, que parce qu'ils ont en tête la proportion idéale de l'espèce en question. Je songe en particulier à une statue fort admirée de Polyclète, qu'on appelle le *Canon* et qui tire cette appellation de la parfaite harmonie[1] de toutes ses parties entre elles. (*Des tempéraments*, I, 9, éd. Helmreich, 42, 26.)

Galien.

Cela, Chrysippe[2] en effet l'a clairement montré dans le passage qui précède immédiatement, quand il dit que, si la santé du corps est une harmonie[3] de froid et de chaleur, d'humidité et de sécheresse, qui sont bien évidemment les éléments constitutifs du corps, la beauté, elle, ne réside pas, à son avis, dans l'équilibre des éléments, mais dans l'harmonie du corps, par exemple dans les rapports du doigt avec un autre doigt[4], de l'ensemble des doigts avec le métacarpe et le carpe, de ces derniers avec l'avant-bras, et de l'avant-bras avec le bras; en un mot, la beauté réside dans l'harmonie de toutes les parties entre elles, comme on le lit dans le *Canon* de Polyclète. Dans ce traité, Polyclète a consigné pour notre instruction toutes les harmonies du corps[5]; et voulant conférer à ses propos plus de poids, il est passé à l'acte en créant, selon les préceptes contenus dans son traité, une statue d'homme à laquelle il donna le même nom qu'à son écrit, celui de *Canon*. Et de fait, pour tous les médecins et philosophes, c'est dans l'harmonie de ses parties que réside la beauté du corps[6]. (*Des dogmes d'Hippocrate et de Platon*, V, éd. Müller, 425, 14.)

B. FRAGMENTS

LE CANON

I

Plutarque.

De fait[7], quand on progresse dans les vertus qui constituent désormais *les bases d'or martelé*[8] de sa vie, à l'image de celles de quelque demeure sacrée ou royale, on ne prend à la légère rien de ce qui arrive, mais on avance et aligne chaque mot qu'on prononce aussi soigneusement qu'au cordeau, parce qu'on est convaincu de l'extrême justesse des paroles de Polyclète qui disait que la partie la plus délicate du travail, c'est lorsque l'argile en est à l'ongle[1]. (*Comment on pourra apercevoir si on amende en l'exercice de la vertu*, 17, 86 A.)

Plutarque.

En effet, dans le domaine des arts on commence par une ébauche grossière et informe. Ce n'est qu'ensuite que les formes s'articulent en détail, d'où le mot du sculpteur Polyclète, pour qui la partie la plus délicate du travail, c'est lorsque l'argile est venue à l'ongle[2]. Aussi est-il vraisemblable que, par la causalité efficiente de la nature qui la meut doucement[3], la matière commence par prendre une forme imparfaite, ce qui produit des créatures informes et aux contours vagues, comme les œufs; et ce serait seulement une fois que les œufs sont formés et bien façonnés que l'être vivant est produit[4]. (*Propos de table*, II, III, 2, 636 C.)

II

Philon le Mécanicien.

En tout cas, il n'était pas rare, lorsqu'on entreprenait la construction de plusieurs machines de même taille, sur un modèle unique, en utilisant des bois similaires et un même poids de ferraille mesuré toujours à la même balance, d'en obtenir qui étaient capables de lancer à grande portée leurs projectiles et avec précision, et d'autres de qualité inférieure. Quand on demandait aux constructeurs la raison de ce phénomène, ils ne savaient que répondre. Si bien que la phrase du sculpteur Polyclète, qui disait que la perfection s'obtient au plus près[5] grâce à de nombreux calculs, s'applique bien à notre propos. En balistique en effet, c'est exactement la même chose : comme on doitfaire de nombreux calculs pour mener à bien la construction des machines, il suffit d'avoir commis une légère erreur[6] dans le détail de la construction pour arriver à une grave erreur, quand la machine est terminée. (*Œuvres*, IV, 1, éd. R. Schöne, 49, 20)

ŒNOPIDE

I

Proclus.

À la suite de Pythagore[1], Anaxagore de Clazomènes et Œnopide de Chio, de quelques années le cadet d'Anaxagore, se sont beaucoup intéressés à l'étude de la géométrie. (*Commentaire sur le premier livre des Éléments d'Euclide*, éd. Friedlein, 65, 21.)

I *a*

Vie de Ptolémée.

C'est vers la fin de la guerre du Péloponnèse qu'Œnopide commença d'être célèbre, au moment où florissaient le rhéteur Gorgias, Zénon d'Élée et aussi, selon certains, l'historien Hérodote d'Halicarnasse. (*Manuscrit de Naples*[2].)

II

Pseudo-Platon.

Il était visible que la querelle[3] portait soit sur Anaxagore soit sur Œnopide : on les voyait en effet tracer des cercles et reproduire très sérieusement et avec force gestes des mains certaines positions de l'écliptique. (*Les Rivaux*, 132 *a*.)

III

Diogène Laërce.

Démocrite pourrait donc être contemporain d'Archélaos, le disciple d'Anaxagore, et d'Œnopide, puisqu'il en[4] fait mention. (*Vies*, IX, 41.)

IV

[Dictionnaire.]

Œnopide dit à un jeune homme ignorant, qu'il voyait acheter de nombreux opuscules : « Ce n'est pas dans un coffre[1] qu'il faut les enfermer, mais dans ton cœur ! » (*Gnomologium Vaticanum*, 743, éd. Sternbach, n. 420.)

V

Sextus Empiricus.

Pour Œnopide de Chio, les principes sont le feu et l'air. (*Hypotyposes pyrrhoniennes*, III, 30.)

VI

Aétius.

Pour Diogène[2], Cléanthe[3] et Œnopide, Dieu est l'âme du monde. (*Opinions*, I, VII, 17.)

VII

Théon de Smyrne.

Dans son *Astronomie*[4], Eudème rapporte que c'est Œnopide qui a découvert le premier la ceinture[5] du zodiaque et la période de la Grande Année[6]. (*Commentaires*, éd. Hiller, 198, 14.)

Aétius.

Selon la tradition, Pythagore serait le premier à avoir découvert l'inclinaison du cercle du zodiaque ; mais Œnopide s'est approprié cette découverte, en prétendant que c'est lui qui en a eu l'idée. (*Opinions*, II, XII, 2.)

Diodore de Sicile.

Ce sont les Égyptiens qui ont appris à Pythagore tout ce que contient son *Traité sacré*, ainsi que les théorèmes de géométrie et l'arithmétique [...] On pense que Démocrite séjourna lui aussi en Égypte, durant cinq années pendant lesquelles il apprit beaucoup en matière d'astronomie. Œnopide vécut de même dans la société des prêtres et des astronomes, desquels il apprit — entre autres choses — que le mouvement du cercle solaire est oblique et s'accomplit en sens inverse des autres astres[1]. (*Bibliothèque historique*, I, 97, 2.)

Macrobe.

Le surnom de « Loxias[2] » donné à Apollon lui viendrait, selon Œnopide, de l'obliquité du cercle qu'il dessine en se déplaçant d'ouest en est[3]. (*Saturnales*, I, XVII, 31.)

VIII

Censorinus.

Pour Œnopide, [l'année naturelle compte] trois cent soixante-cinq jours et vingt-deux cinquante-neuvièmes de jour[4]. (*Du jour de la naissance*, XIX, 2.)

IX

Élien.

L'astronome Œnopide de Chio fit placer dans le sanctuaire d'Olympie la table de bronze sur laquelle il avait figuré les mouvements des astres pendant un cycle de cinquante-neuf années, représentant, selon lui, la Grande Année. L'astronome Méton de Laconie[5], pour sa part, fit ériger des stèles dont les ombres indiquaient les solstices; c'est lui qui découvrit la Grande Année, comme il l'appelait, dont il estimait la durée à dix-neuf ans[6]. (*Histoires variées*, X, 7.)

Aétius.

Selon les uns, la Grande Année durerait huit ans[7], selon d'autres dix-neuf ans[8], quatre fois dix-neuf ans pour d'autres encore[9], ou bien encore cinquante-neuf ans (Œnopide et Pythagore sont de ce dernier avis). D'autres assimilent la Grande Année à ce qu'on appelle la « tête du monde[10] », c'est-à-dire au temps que mettent les sept planètes[11] pour revenir, après une révolution complète, à leur position de départ[12]. (*Opinions*, II, XXXII, 2.)

X

Aristote.

Au dire de certains de ceux qui s'appellent pythagoriciens, la Voie lactée serait soit la route parcourue par l'un des astres qui se détruisent en tombant, à l'instar de la mort légendaire de Phaéton, soit l'ancienne orbite du Soleil. Il se pourrait donc que cette région du ciel ait été dévastée par le feu ou qu'il lui soit arrivé quelque autre accident analogue, consécutif à la destruction d'un astre. (*Météorologiques*, I, VIII, 345 *a* 13.)

Achille Tatius.

Selon d'autres, dont Œnopide de Chio, le Soleil parcourait autrefois la Voie lactée; mais le festin offert à Thyeste[1] le fit reculer d'horreur, et dès lors il se mit à tourner en sens inverse, selon le cercle que décrit aujourd'hui le zodiaque[2]. (*Introduction à Aratos*, p. 55, 18, éd. Maass.)

XI

Diodore de Sicile.

Selon Œnopide de Chio[3], les eaux souterraines sont froides en été et au contraire chaudes en hiver : cela se voit clairement dans le cas des puits profonds. En effet, c'est au plus fort de l'hiver que l'eau de ces puits est la moins froide, tandis qu'on n'y puise jamais d'eau plus fraîche qu'au moment des plus fortes chaleurs. Aussi est-il tout à fait vraisemblable que, si le Nil est peu abondant jusqu'à atteindre l'étiage en hiver, c'est parce que la chaleur des terres provoque l'évaporation d'une grande quantité de ses eaux à un moment où il ne tombe pas de pluie sur l'Égypte; en été au contraire, comme il n'y a pas d'évaporation des eaux à attribuer à la chaleur des terres, le cours naturel du Nil déborde librement dans les régions situées en contrebas[4]. (*Bibliothèque historique*, I, 41, 1.)

XII

Proclus.

Zénodote, qui se rattache à l'école d'Œnopide, et fut l'un des disciples d'Andron[5], établissait une distinction entre *théorème* et *problème*. Le *théorème* porte sur une propriété accidentelle rapportée à l'objet du théorème comme à sa matière, alors que le *problème* porte sur l'essence de cet objet. (*Commentaire sur le premier livre des Éléments d'Euclide*, p. 80, 15.)

XIII

Euclide.

Abaisser à partir d'un point extérieur à une droite illimitée donnée la perpendiculaire à cette droite. (*Éléments*, I, proposition 12, problème 7.)

Proclus.

Œnopide a cherché la solution de ce problème parce qu'il pensait s'en servir en astronomie. Il donne à la perpendiculaire une dénomination archaïque : selon l'équerre[1], l'équerre faisant un angle droit avec l'horizontale. (*Commentaire sur le premier livre des Éléments d'Euclide*, éd. Friedlein, 283, 4.)

XIV

Euclide.

Construire un angle droit égal à un angle droit donné, sur une droite donnée et en un point de cette droite. (*Éléments*, I, proposition 23, problème 9.)

Proclus.

C'est plutôt à Œnopide, comme le dit Eudème, qu'on doit la solution de ce problème. (*Commentaire sur le premier livre des Éléments d'Euclide*, éd. Friedlein, 333, 1.)

HIPPOCRATE DE CHIO, ESCHYLE

I

Proclus.

À la suite d'Anaxagore[1] et d'Œnopide[2], Hippocrate de Chio, qui découvrit la quadrature du ménisque[3], et Théodore de Cyrène[4] acquirent la célébrité comme géomètres [...]. Parmi eux, Hippocrate est en effet le premier à avoir écrit des *Éléments*. (*Commentaire sur le premier livre des Éléments d'Euclide*, éd. Friedlein, 66, 4.)

II

Aristote.

Ainsi Hippocrate, éminent géomètre, était, pour le reste – à ce qu'il paraît – niais et stupide : ne se laissa-t-il pas en effet escroquer naïvement une forte somme d'argent, lors d'un voyage maritime, par les percepteurs du cinquantième[5] de Byzance ? (*Éthique à Eudème*, VII, XIV, 1247 *a* 17.)

Plutarque.

Thalès[6] et Hippocrate de Chio s'occupèrent de commerce maritime [...] (*Vie de Solon*, 2.)

Jean Philopon.

Au cours d'un voyage en mer, Hippocrate de Chio fut dépouillé de toute sa fortune, à la suite d'un abordage surprise, par des pirates; il alla jusqu'à Athènes pour demander justice contre ces pirates. Là, le procès le retint assez longtemps pour qu'il pût suivre les leçons de philosophes et devenir si savant en géométrie qu'il osa s'attaquer à la quadrature du cercle[7]. (*Commentaire sur la Physique d'Aristote*, 31, 3.)

III

Aristote.

En effet les fausses figures de géométrie ne relèvent pas de l'éristique[1], puisque les paralogismes[2] sont formellement corrects, pas plus que n'est éristique toute fausse figure qu'on ferait servir à la démonstration d'une thèse vraie, comme c'est le cas de la figure d'Hippocrate [à savoir la quadrature obtenue par les ménisques]. (*Réfutations sophistiques*, XI, 171 *b* 12.)

Aristote.

Si la réfutation de la quadrature du cercle obtenue par des portions de cercle est affaire de géomètre, tel n'est pas le cas de la solution proposée par Antiphon[3]. (*Physique*, I, II, 185 *a* 16.)

Simplicius.

« La méthode des segments de cercle » : c'est la même chose que la méthode des ménisques découverte par Hippocrate. Le ménisque en effet est un segment de cercle. (*Commentaire sur la Physique d'Aristote*, 55, 26.)

Simplicius.

Dans son *Histoire de la géométrie*, Eudème dit pourtant que pour démontrer la quadrature du ménisque[4], Hippocrate ne s'appuyait pas sur le côté d'un carré, mais raisonnait, si l'on veut, en général. En effet, si un ménisque quelconque a une circonférence externe d'une longueur égale, supérieure ou inférieure à un demi-cercle et si Hippocrate forme un carré à partir d'un ménisque d'une longueur quelconque, égale, supérieure ou inférieure à un demi-cercle, sa démonstration devra bien avoir valeur universelle, à ce qu'il semble [...][5]. (*Ibid.* 60, 22.)

Voici les propos mêmes d'Eudème, au deuxième livre de son *Histoire de la géométrie* : « Les quadratures des ménisques qui paraissent appartenir à la classe des figures dont la surface n'est pas évaluable, Hippocrate, le premier, les a construites en s'appuyant sur leur parenté avec le cercle et les a, semble-t-il, représentées correctement[6]. » (*Ibid.*, 60, 30.)

IV

Pseudo-Ératosthène.

Alors que personne n'était encore parvenu à résoudre ce problème pourtant fort ancien[7], Hippocrate de Chio eut le premier l'idée qu'on devrait obtenir la duplication du cube si on réussissait à trouver deux moyennes proportionnelles, en proportion continue[1], entre deux droites, dont l'une serait le double de l'autre. De cette manière, il n'aboutit qu'à transformer l'aporie initiale en une seconde encore plus difficile[2]. (*Lettre à Ptolémée* citée par Eutocius, *Commentaire sur la sphère et le cylindre d'Archimède*, III, éd. Heiberg, 104, 11.)

V

Aristote.

Selon certains Italiens de Grande Grèce, qui s'appellent pythagoriciens, la comète serait une sphère comme une autre, qui n'apparaît qu'à intervalles très espacés et ne s'élève que bien peu au-dessus de l'horizon, comme c'est le cas de la planète de Mercure, pour qui la faible élévation au-dessus de l'horizon explique qu'on ne voit pas nombre de ses apparitions et que celles qu'on observe sont très espacées. C'est à peu de chose près ce qu'ont prétendu aussi Hippocrate de Chio et son disciple Eschyle. Mais à propos de la chevelure de la comète, leur avis diverge : selon eux, en effet, cette chevelure ne lui appartient pas, mais peut parfois s'attacher à elle, lors de ses errances dans l'espace, quand ⟨la lumière de⟩ notre regard est réfractée par l'humidité qu'attire la comète en direction ⟨de la lumière⟩ du Soleil[3]. Quant à ses apparitions, c'est le très long retard propre à sa course qui explique qu'elles sont les plus tardives et les plus espacées parmi tous les astres : avant qu'on puisse l'observer à nouveau au même endroit, il lui a fallu en effet parcourir dans l'intervalle la totalité de son orbite. Son retard se produit tantôt dans la partie nord, tantôt dans la partie sud de l'orbite. Dans la région intermédiaire, celle des tropiques, la comète n'attire pas d'eau à elle, puisque celle-ci est immédiatement pompée par le Soleil; mais dans sa course vers le sud, elle rencontre une humidité abondante. Cependant, étant donné la petitesse de l'arc de cercle qui domine l'horizon terrestre, alors que celui qui est en dessous de l'horizon, lui, est de nombreuses fois plus grand, ⟨la lumière du⟩ regard de l'homme ne peut être réfractée à la rencontre de celle venue du Soleil, quand ce dernier voisine le sud[4] ou se trouve dans la région du solstice d'été. Voilà pourquoi dans ces régions il n'y a pas non plus de chevelure apparente. Au contraire, lorsque la comète est retardée au nord, elle devient chevelue parce que l'arc de cercle qui domine l'horizon est grand, et celui qui est en dessous réduit d'autant. Il est alors facile pour ⟨la lumière du⟩ regard humain de rencontrer ⟨la lumière venue du⟩ Soleil. (*Météorologiques*, I, VI, 342 *b* 29.)

Olympiodore.

Selon Pythagore et Hippocrate (non pas Hippocrate de Cos, mais de Chio, celui qui s'occupa de commerce, avant de découvrir le paralogisme de la quadrature du cercle), la comète qui se déplace au même rythme que Mercure serait la sixième planète; et comme les apparitions de la planète de Mercure sont rares, celles de la comète ne le sont pas moins. Mais si Pythagore considérait que l'astre tout comme sa chevelure étaient formés de la quintessence[1], Hippocrate, lui, pensait que seul l'astre était formé de la quintessence, tandis que sa chevelure appartenait au monde sublunaire. De la vapeur émane en effet, selon lui, de la comète et s'élève au-dessus d'elle; et c'est à la réfraction ⟨de la lumière⟩ de notre regard rencontrant ⟨la lumière venue du⟩ Soleil que la comète doit sa chevelure. (*Commentaire sur les Météorologiques d'Aristote*, 45, 24.)

VI

Aristote.

[À ces deux hypothèses] concernant la Voie lactée, s'en ajoute encore une autre : selon certains, la Voie lactée, comme l'astre chevelu, ne serait qu'une réfraction ⟨de la lumière⟩ de notre regard relativement à celle venue du Soleil. (*Météorologiques*, I, VIII, 345 *b* 9.)

Alexandre d'Aphrodise.

Selon lui, il existe une troisième théorie concernant la Voie lactée : elle ne serait que la réfraction de ⟨la lumière de⟩ notre regard rencontrant ⟨la lumière du⟩ Soleil, et qui serait produite par une sorte d'exhalaison qu'on prend justement pour la Voie lactée. Cette dernière renvoie, tel un miroir, la lumière ⟨en provenance⟩ du Soleil et qui est vue grâce à ⟨la lumière provenant elle-même⟩ de l'œil. C'est ainsi qu'Hippocrate expliquait le processus de la comète. (*Commentaire sur les Météorologiques d'Aristote*, 38, 28.)

THÉODORE DE CYRÈNE

I

Jamblique.

Originaires de Cyrène : Proros[1] [...], Théodore [...]. (*Vie pythagorique*, 267.)

II

Proclus.

À la suite d'Anaxagore et d'Œnopide, Hippocrate de Chio[2] [...] et Théodore de Cyrène acquirent la célébrité comme géomètres. (*Commentaire sur le premier livre des Éléments d'Euclide*, éd. Friedlein, 66, 4.)

III

Diogène Laërce.

On compte vingt Théodore. Le premier, originaire de Samos, était fils de Rhoicos[3] ; le deuxième, de Cyrène, est le géomètre dont Platon suivit les leçons[4]. (*Vies*, II, 103.)

IV

Platon.

SOCRATE : Mais, dis-moi, ce sont des leçons de géométrie, je pense, que te donne Théodore[5] ?

THÉÉTÈTE : Oui.

SOCRATE : Il te donne aussi des leçons d'astronomie, de musique et d'arithmétique ?

THÉÉTÈTE : Oui, et je trouve cela passionnant !

SOCRATE : Moi aussi, mon enfant, je suis ses leçons, et celles de tous les autres maîtres dont je crois qu'ils s'y entendent. (*Théétète*, 145 *c*.)

THÉÉTÈTE : Théodore, ici présent, nous avait représenté une certaine propriété relative aux racines carrées[1], en nous montrant clairement que la racine d'un carré de trois pieds de côté et celle d'un carré de cinq pieds ne sont pas commensurables avec la racine d'un carré d'un pied de côté ; et en procédant cas par cas, il était allé jusqu'à la racine du carré de dix-sept pieds de côté[2]. (*Ibid.*, 147 *d*.)

THÉÉTÈTE : Toutes les lignes, dont le carré est un nombre plan équilatère[3], nous les avons définies comme « grandeurs », tandis que celles dont le carré est un nombre produit de deux nombres inégaux[4], nous les avons définies comme « racines[5] », parce qu'elles ne sont pas commensurables avec les autres par la grandeur, mais seulement par les surfaces dont elles sont les racines. Nous avons défini de même les volumes. (*Ibid.*, 148 *a*.)

SOCRATE : Sais-tu donc, Théodore, ce qui m'étonne de la part de ton compagnon Protagoras ? (*Ibid.*, 161 *b*.)

THÉODORE : Socrate, cet homme[6], comme tu viens toi-même de le dire, est mon ami. (*Ibid.*, 162 *a*.)

V

Xénophon.

« Eh bien, veux-tu alors devenir un bon géomètre, comme Théodore ? » (*Mémorables*, IV, II, 10.)

PHILOLAOS

A. VIE, MAXIMES, ŒUVRES ET PHILOSOPHIE

VIE

I

Diogène Laërce.

84. Philolaos de Crotone, pythagoricien. Il est l'auteur des traités pythagoriciens que, dans une lettre, Platon demande à Dion[1] de lui acheter. (Il périt assassiné parce qu'on croyait qu'il aspirait à la tyrannie. Voici les vers que j'ai composés sur lui[2] :

Il est fort important d'apaiser les soupçons,
Car, même non coupable, il suffit d'un semblant
Pour risquer le malheur. Philolaos aussi
À mort fut condamné par ses anciens amis
Qui vivaient à Crotone et s'étaient figuré
Qu'il voulait s'établir tyran de leur cité.)

85. Il pense que tout est produit par la nécessité et l'harmonie. Il est le premier à avoir affirmé que la Terre tourne en rond, à moins que ce ne soit Hicétas de Syracuse, comme d'autres le disent. Il est l'auteur d'un unique ouvrage. Au dire d'Hermippe, un historien rapporte que le philosophe Platon, venu en Sicile pour rencontrer Denys[3], y acheta ce livre – pour quarante mines d'argent à l'effigie d'Alexandre – à des parents de Philolaos, et qu'il en tira ensuite le *Timée*[4]. Selon d'autres, Platon aurait reçu ce livre en présent d'un jeune homme, un disciple de Philolaos, que son intercession auprès de Denys avait fait sortir de prison. Au dire de Démétrios[5], dans ses *Homonymes*, il est le premier des pythagoriciens à avoir publié un livre intitulé *De la nature*, qui débute ainsi[6] : « Ce sont les illimités et les limitants qui ont constitué au sein du monde la nature, ainsi que la totalité du monde et tout ce qu'il contient[7]. » (*Vies*, VIII, 84-85.)

I *a*

Platon.

CÉBÈS : Lors de son séjour chez nous à Thèbes, j'entendis Philolaos dire que [...][1]. (*Phédon*, 61 *e*.)

[Scolie.]

Ce Philolaos était un philosophe pythagoricien, qui s'était enfui d'Italie au moment de l'incendie allumé par Cylon[2], lequel s'était ainsi vengé d'avoir été écarté de la secte pour inaptitude à la philosophie. Il professait lui aussi un enseignement sous forme énigmatique[3], selon l'usage des pythagoriciens. À l'occasion de la mort de son maître Lysis[4], il se rendit à Thèbes pour lui offrir les libations funèbres. Hipparque[5] et Philolaos réchappèrent seuls de la catastrophe qui frappa les pythagoriciens[6]. (À Platon, *Phédon*, 61 *e*.)

II

Diogène Laërce.

Apollodore de Cyzique[7] affirme lui aussi que Démocrite[8] a suivi l'enseignement de Philolaos. (*Vies*, IX, 38.)

III

Cicéron.

Philolaos fut le maître d'Archytas de Tarente[9]. (*De l'orateur*, III, XXXIV, 139.)

IV

Diogène Laërce.

En effet, les derniers pythagoriciens, ceux-là mêmes qu'Aristoxène a encore connus, furent Xénophile de Chalcis en Thrace[10], Phanton de Phlionte, Echécrate, Dioclès et Polymnastos, de Phlionte eux aussi[11]. Ils eurent comme maîtres Philolaos et Eurytos[12], tous deux de Tarente. (*Vies*, VIII, 46.)

IV *a*

Plutarque.

En effet, après le bannissement des confréries pythagoriciennes établies dans chaque cité, à la suite d'un soulèvement où elles avaient eu le dessous, les hommes de Cylon[1] mirent le feu à la maison où les conjurés se trouvaient réunis, à Métaponte; ces derniers périrent tous, excepté Philolaos et Lysis[2], qui durent leur salut à la force et à l'agilité de leur jeunesse. De là, Philolaos se réfugia en Lucanie où il retrouva le reste de ses amis, déjà occupés à se regrouper et à triompher des hommes de Cylon. (*Du démon ou esprit familier de Socrate*, 13, p. 583 A.)

V

Diogène Laërce.

Puis Platon, alors âgé de vingt-huit ans, se retira à Mégare chez Euclide[3], avec d'autres disciples de Socrate : c'est ce que dit Hermodore[4]. Ensuite il se rendit à Cyrène auprès du mathématicien Théodore[5]; après quoi, il gagna l'Italie[6], où il suivit l'enseignement des pythagoriciens Philolaos et Eurytos[7]. (*Vies*, III, 6.)

VI

Vitruve.

Il est rare de rencontrer des gens que la nature a doués d'assez d'ingéniosité, de finesse d'esprit et de mémoire pour être capables d'acquérir une connaissance approfondie de la géométrie, de l'astrologie, de la musique et de toutes les autres sciences [...] C'est pourtant le cas – plutôt exceptionnel certes – de gens comme Aristarque de Samos[8], Philolaos et Archytas de Tarente[9], ou Apollonios de Perge[10] [...] qui ont légué à la postérité leurs multiples découvertes sur les instruments de musique et les cadrans solaires, réalisées à partir des nombres et des rapports naturels. (*De l'architecture*, I, 1, 16.)

VII

Athénée.

Nombreux sont les philosophes pythagoriciens à avoir pratiqué l'art de la flûte : ainsi Euphranor, Archytas, Philolaos et bien d'autres encore. (*Les Deipnosophistes*, IV, 184 E.)

MAXIMES ET ŒUVRES

VII *a*

Plutarque.

Selon Philolaos, la géométrie est le principe et la patrie[1] de toutes les [sciences]. (*Propos de table*, VIII, II, 1, 718 E.)

VIII

Aulu-Gelle.

Le très acerbe Timon[2] est l'auteur d'un ouvrage bourré de calomnies, intitulé les *Silles*. Dans cet ouvrage, il prend grossièrement à parti le philosophe Platon, et lui reproche d'avoir acheté à prix d'or un traité pythagoricien, d'où il tira ensuite son *Timée*, le dialogue que nous connaissons tous. Voici les vers composés par Timon à ce propos :

Et toi aussi, Platon, le désir du savoir
T'a saisi ; à prix d'or tu t'es approprié
Un mince ouvrage, dont tu as pris le meilleur
Et qui t'a enseigné la Timéographie[3].

(*Nuits attiques*, III, XVII, 4.)

Diogène Laërce.

Selon certains, parmi lesquels on compte encore Satyros, Platon aurait chargé Dion, qui se trouvait en Sicile, de lui acheter pour la somme de cent mines, les trois livres pythagoriciens de Philolaos[4]. (*Vies*, III, 9.)

Eusèbe.

Toutefois on ne saurait affirmer que l'illustre Platon, qui connaissait mieux que quiconque la philosophie de Pythagore, [en a eu une connaissance directe], pas davantage qu'Archytas[1] ou même que celui qui confia à l'écriture les entretiens de Pythagore, je veux parler de Philolaos[2]. (*Contre Hiéroclès*, p. 64, éd. Kayser, 380, 8.)

PHILOSOPHIE

IX

Aétius.

Le pythagoricien Philolaos [déclare que les principes sont] la limite et l'illimité. (*Opinions*, I, III, 10.)

Proclus.

Les choses divines exercent leur empire sur les choses inférieures, et le monde est le résultat un de l'accord des contraires, étant constitué de limitants et d' illimités, d'après Philolaos[3]. (*Commentaire sur le Timée de Platon*, I, éd. Diehl, 176, 27.)

X

Théon de Smyrne.

Archytas[4] et Philolaos donnent indifféremment à l'Un le nom de « monade » et le nom d'« Un » à la monade. (*Commentaires*, éd. Hiller, 20, 19.)

XI

Lucien.

Pour certains, la *tétractys*[5] est le garant préféré des pythagoriciens lorsqu'ils prêtent serment, parce qu'elle réalise le nombre 10 qui est pour eux nombre parfait[6] : c'est pourquoi ils lui ont donné le nom de *principe de santé*[7]. Philolaos est justement de ceux-là. (*Sur une faute en saluant*, 5.)

XII

Pseudo-Jamblique.

Selon Philolaos[8], la grandeur mathématique à trois dimensions est contenue dans le nombre 4[9], la qualité et la couleur de la nature visible dans le nombre 5, le principe vital dans le nombre 6, l'intellect, la santé et ce qu'il appelle la *lumière* dans le nombre 7. Après quoi, il ajoute que l'amour, l'amitié, la ruse et l'intellection sont conférés aux êtres par le nombre 8. (*Théologoumènes arithmétiques*, éd. De Falco, 74, 10.)

XIII

Pseudo-Jamblique.

Speusippe, le fils de la sœur de Platon, Potonè[1], et qui fut avant[2] Xénocrate chef de l'Académie, commença lui aussi par étudier avec un très grand soin l'enseignement des pythagoriciens, et tout particulièrement les ouvrages de Philolaos. Il composa d'ailleurs un joli petit livre qu'il intitula *Des nombres pythagoriciens*. La première partie de l'ouvrage est consacrée à un inventaire, fort soigneux, des nombres recensés par Philolaos : linéaires, polygonaux et divers nombres plans et solides[3]. Il y est fait mention également des cinq figures qu'on attribue aux éléments cosmiques[4] et de leurs propriétés propres aussi bien que corrélatives, ⟨ainsi que⟩ des proportions continue et discontinue[5]. Dans la seconde moitié de l'ouvrage exclusivement consacrée à la décade[6], il souligne que celle-ci est le nombre le plus capable d'engendrer et de porter à la perfection les êtres : n'est-elle pas, pour les créatures de l'univers, ce qu'on pourrait appeler une *forme créatrice*[7] absolue (et non posée arbitrairement par nous[8] ou résultant du hasard), fournissant par avance au dieu créateur de l'univers un modèle absolument parfait ? Je cite ici ce qu'il dit de la décade : « Le nombre 10 est parfait ; et en droit et par nature, nous revenons toujours à lui, quelle que soit notre manière de compter, que nous soyons grecs ou de toute autre nationalité, que nous le voulions ou non. De nombreux éléments indispensables à la perfection lui appartiennent en propre, à côté de nombreux autres qui, sans lui être propres, sont aussi indispensables.

« D'abord il se doit d'être un nombre pair, pour contenir un nombre égal de pairs et d'impairs et empêcher un déséquilibre entre eux (en effet, puisque le nombre impair précède toujours le pair, ce n'est que lorsque la série s'achève par un nombre pair qu'on a un nombre égal de pairs et d'impairs). Ensuite, il faut que ce nombre contienne une quantité égale de nombres premiers simples et de nombres seconds composés[9] : c'est bien le cas du nombre 10, qui est d'ailleurs le plus petit nombre dans ce cas — il en existe en effet d'autres, plus grands, comme douze[10], etc., mais il est le premier de la série. Aussi tire-t-il une perfection de ce qu'il est le premier et plus petit nombre ⟨à renfermer un nombre égal de simples et de composés⟩. D'autre part, il ne se contente pas d'être le premier nombre à contenir autant de nombres simples que de composés; il renferme aussi, en nombre égal, multiples et sous-multiples dont les multiples sont eux-mêmes multiples. Comme sous-multiples, il renferme en effet les nombres de 1 à 5, et comme multiples de ces sous-multiples les nombres de 6 à 10. Il faut cependant en retrancher le nombre 7 qui n'est le multiple d'aucun nombre[1]; et comme on doit aussi retrancher le nombre 4 ⟨du premier groupe⟩ parce que c'est un multiple [de 2], on a donc un nombre égal de multiples et de sous-multiples[2]. Par ailleurs, dans le nombre 10 sont contenus tous les rapports : égalité, supériorité, infériorité, superpartialité[3], etc., ainsi que les nombres linéaires, plans et cubiques[4]. En effet, 1 est le point, 2 la ligne, 3 le triangle, 4 la pyramide : tous ces nombres viennent en premier et sont les principes des familles numériques à laquelle chacun des suivants appartient. De plus, la première de toutes les progressions mathématiques, c'est bien celle qui se voit ici : le nombre 10 est le dernier terme d'une progression arithmétique où la différence entre un terme et son antécédent est égale.

Dans les surfaces et les volumes, les éléments premiers sont le point, la ligne, le triangle et la pyramide : tous contiennent en eux le nombre 10 et lui doivent leur perfection. Pour la pyramide, le nombre 4 domine dans les angles et dans les faces, le nombre 6 dans les arêtes, ce qui donne dix. [Pour le triangle], le nombre 4 domine dans les intervalles et dans les limites du point et de la ligne, le nombre 6 dans les côtés et les angles du triangle, ce qui donne de nouveau dix[5]. On constate encore cela quand on considère d'un point de vue arithmétique les figures géométriques. Le premier [triangle] est le triangle équilatéral, qui n'a qu'un angle et qu'un côté. Je dis " un ", parce que ses côtés, comme ses angles, sont tous égaux et que l'égal est toujours indivisible et uniforme. Le deuxième est le triangle rectangle isocèle, où l'on peut voir que, présentant une différence unique mais répétée entre les côtés et les angles, il correspond à la dyade. Le troisième est le triangle rectangle qui est le demi-triangle équilatéral : il est inégal en chacun de ses éléments, [côtés et angles], ce qui donne le nombre 3. On constaterait la même chose avec les volumes, en progressant jusqu'au nombre 4 pour aboutir à 10 : ainsi vient d'abord la pyramide première, celle dont les arêtes, comme les faces, sont égales, et dont la base est un triangle équilatéral, et qui n'a, pour ainsi dire, qu'une arête et qu'une face. En deuxième lieu, nous rencontrons celle qui a une base carrée : elle ne comporte qu'une seule différence puisque ses angles à la base sont compris également entre trois surfaces, alors que l'angle au sommet est limité par quatre surfaces, si bien que, en vertu de cette différence, cette pyramide ressemble à la dyade. La troisième, correspondant à la triade, repose sur un triangle rectangle isocèle[1] et comporte — outre les différences déjà notées à propos de ce triangle dans notre étude des surfaces — une différence supplémentaire : l'angle au sommet présente une différence avec les angles à la base, parce que cet angle est situé à la perpendiculaire de l'hypoténuse du demi-carré, et cela introduit une ressemblance avec la triade. La quatrième pyramide, correspondant à la tétrade, a les mêmes caractéristiques que la précédente, mais repose sur une base constituée par un demi-triangle. Ainsi les figures dont nous avons parlé trouvent leur achèvement dans le nombre 10. On pourrait faire les mêmes constatations à propos de la génération [des objets géométriques] : le premier principe de grandeur est le point, le deuxième la ligne, le troisième la surface et le quatrième le volume[2]. » (*Théologoumènes arithmétiques*, éd. De Falco, 82, 10.)

Pseudo-Jamblique.

La décade est également appelée foi[3]. L'explication donnée par Philolaos est que, lorsque nous cherchons à saisir la réalité d'une manière approfondie, nous accordons à la décade et à ses parties une foi inébranlable. Voilà aussi pourquoi on peut l'appeler mémoire[4], comme on a donné à la monade le nom de Mnémosyne. (*Théologoumènes arithmétiques*, éd. De Falco, 81, 15.)

Jean de Lydie.

C'est donc avec raison que Philolaos appelle le nombre 10 « décade », en tant qu'il est réceptacle de l'Illimité[5]. (*Des mois*, I, 15.)

XIV

Proclus.

Et de fait, nous allons découvrir chez les pythagoriciens que chaque angle est consacré respectivement à un dieu particulier : c'est bien ce qu'a fait Philolaos, qui consacre à tels dieux les angles du triangle, et les angles du carré à tels autres, consacrant tantôt un angle à un seul dieu ou à plusieurs dieux, tantôt plusieurs angles à un même dieu selon la diversité des puissances propres à ce dieu [...]. (*Commentaire sur le premier livre des Éléments d'Euclide*, éd. Friedlein, 130, 8.)

Ce n'est donc pas du tout le fait du hasard, si Philolaos a consacré, lui aussi, l'angle du triangle à quatre dieux différents : Cronos, Hadès, Arès et Dionysos[1]. [...] Cronos est en effet le répondant de la substance aqueuse et froide et Arès celui de toute la nature ignée; Hadès, lui, embrasse la totalité de la vie terrestre, tandis que Dionysos est le patron de toute génération, liquide et chaude, représenté symboliquement par le vin, lui-même liquide et chaud. Or, si tous ces dieux se différencient par des qualités secondaires, ils ne font qu'un en réalité. Voilà pourquoi Philolaos confond ces quatre dieux en un seul, en leur attribuant le patronage d'un angle unique[2]. (*Ibid.*, 166, 25.)

De plus, se plaçant d'un autre point de vue, Philolaos appelle l'angle du carré « angle de Rhéa, de Déméter et d'Hestia ». (*Ibid.*, 173, 11.)

Selon Philolaos, l'angle du dodécagone est « l'angle de Zeus », pour la raison que Zeus embrasse la totalité du nombre 12 en le ramenant à l'unité. (*Ibid.*, 174, 12.)

Damascios.

Quelle peut donc bien être la raison qui poussait les pythagoriciens à consacrer à tel dieu le cercle, à tel autre le triangle, à un troisième le carré, et chacune des figures, tant rectilignes que complexes, à un dieu particulier, comme les demi-cercles aux Dioscures? Philolaos, d'ailleurs, attribue souvent à un même dieu telle ou telle figure selon la diversité de ses propriétés; et c'est un expert en la matière. Ainsi, pour éviter de parler de façon générale, la figure circulaire est commune à tous les dieux intellectuels[3], en tant qu'intellectuels, alors que les différentes figures rectilignes sont propres chacune à un dieu différent, pris parmi les autres dieux, en fonction des propriétés des nombres, des angles et des côtés de chacune : ainsi le triangle est propre à Athéna et le carré à Hermès. C'est alors seulement que Philolaos dit que « dans le carré, tel angle est celui de Rhéa, tel autre celui d'Héra », etc. D'une manière générale, la définition des figures géométriques est d'ordre théologique. (*Problèmes et solutions touchant les premiers principes*, II, éd. Ruelle, 127, 7.)

Plutarque.

Il est évident que Typhon[4] est, pour les pythagoriciens, une puissance démonique : ils font en effet naître Typhon dans une mesure[5] paire de cinquante-six. Et ils disent d'autre part que l'angle du triangle est propre à Hadès, Dionysos et Arès, celui du carré à Rhéa, Aphrodite, Déméter, Hestia et Héra, celui du dodécagone à Zeus et celui du polygone à cinquante-six côtés à Typhon, ainsi que le rapporte Eudoxe[1]. (*Isis et Osiris*, 30, 363 A.)

XV

Aétius.

Pour Pythagore[2], il existe cinq figures de volumes, qu'il appelle encore mathématiques : le cube qui, selon lui, a produit la terre; la pyramide[3], qui a produit le feu; l'octaèdre qui a produit l'air; l'icosaèdre qui a produit l'eau, et le dodécaèdre qui a produit la sphère de l'univers[4]. (*Opinions*, II, VI, 5.)

XVI

Aétius.

Pour Philolaos, c'est le feu qui occupe le milieu ⟨de l'univers⟩ dans la région du centre, qu'il dénomme d'ailleurs foyer de l'univers[5], demeure de Zeus, mère des dieux et encore autel, rassembleur et mesure de la nature. De plus, c'est un autre feu qui tout là-haut constitue l'enveloppe de l'univers. Le milieu est par nature premier, et autour de lui mènent leur ronde dix corps divins : [le ciel] ⟨et après lui la sphère des fixes[6]⟩, les cinq planètes auxquelles il ajoute le Soleil, sous le Soleil la Lune, sous la Lune la Terre et sous la Terre l'anti-Terre[7]. C'est après eux tous que se situe le feu qui occupe la place du foyer central. Philolaos appelle Olympe la partie la plus haute, l'enveloppe où l'on trouve les éléments les plus purs; ce qu'il appelle cosmos, c'est l'espace qui s'étend sous la rotation de l'Olympe, où se trouvent les cinq planètes ainsi que le Soleil et la Lune, et il nomme ciel la région sublunaire proche de la Terre et située sous les planètes, qui est le domaine de la génération de ce qui est apte au changement. Dans le monde des corps célestes fixes, la sagesse règne, alors que le monde désordonné des choses en devenir connaît la vertu; la sagesse est parfaite, la vertu imparfaite[8]. (*Opinions*, II, VII, 7.)

XVII

Aétius.

Le pythagoricien Philolaos affirme que c'est le feu qui occupe le milieu de l'univers (puisqu'il en est le foyer; en deuxième lieu vient l'anti-Terre[9], puis en troisième lieu la Terre, habitée, située [à l'opposé] et tournant à l'inverse[1] de l'anti-Terre. C'est ce qui explique que les habitants de la Terre sont dans l'impossibilité de voir ceux de l'anti-Terre[2]. (*Opinions*, III, XI, 3.)

Stobée.

L'hégémonique est situé dans le feu qui est au centre même ⟨de l'univers⟩, et le Dieu démiurge l'a conçu comme la quille de l'univers[3]. (*Choix de textes*, I, XXI, 6 *d*.)

XVIII

Aétius.

Pour Philolaos, il existe deux causes possibles de la destruction du monde : ou bien le feu tombe du ciel, ou bien l'eau tombe de la région lunaire, ce qui provoque un tourbillonnement de l'air. Ce sont d'ailleurs leurs exhalaisons qui alimentent le monde[4]. (*Opinions*, II, V, 3.)

XIX

Aétius.

Pour le pythagoricien Philolaos, le Soleil est fait de cristal et reçoit la réverbération du feu contenu dans le monde : il en filtre pour nous la lumière et en atténue la chaleur. Si bien que l'on peut dire qu'il y a deux soleils : le Soleil contenu dans le ciel, qui est de feu, et le soleil qui semble de feu sous l'action du premier et qui n'en est que le miroir ; à moins qu'on ne doive appeler troisième soleil, le rayonnement diffracté en provenance du miroir : c'est lui en fait que nous percevons et que nous appelons le Soleil ; mais il n'est que l'image d'une image[5]. (*Opinions*, II, XX, 12.)

XX

Aétius.

Pour certains pythagoriciens, dont Philolaos, il est évident que la Lune est faite de terre, parce que — comme elle — elle est habitée sur toute sa surface par des animaux et des végétaux, encore plus grands et plus beaux. En effet, dit-il, les animaux qui l'habitent sont quinze fois plus forts, mais ils ne rejettent aucun excrément ; quant à la journée lunaire, sa durée est de quinze fois supérieure ⟨à celle du jour terrestre⟩. (*Opinions*, II, XXX, 1.)

XXI

Aétius.

[À propos du mouvement de la Terre]. Pour les uns, elle ne bougerait pas; mais Philolaos pense, lui, qu'elle eſt animée d'un mouvement de rotation autour du feu[1], suivant le cercle de l'écliptique, tout comme le Soleil et la Lune. (*Opinions*, III, XIII, 1 et 2.)

XXII

Censorinus.

L'année du pythagoricien Philolaos comprend tous les cinquante-neuf ans une année supplémentaire, de vingt et un mois intercalaires[2]. (*Du jour de la naissance*, XVIII, 8.)

C'eſt Philolaos qui a publié que l'année naturelle comptait trois cent soixante-quatre jours et demi. (*Ibid.* XIX, 2.)

XXIII

Macrobe.

Pour Pythagore et Philolaos, l'âme eſt harmonie. (*Commentaire sur le Songe de Scipion*, I, XIV, 19.)

Ariſtote.

La tradition nous fournit encore une autre conception de l'âme : [...] on dit qu'elle eſt une sorte d'harmonie; car aussi bien l'harmonie eſt un mélange et un assemblage de contraires, et le corps eſt composé de contraires[3]. (*Traité de l'âme*, I, IV, 407 *b* 27.)

XXIV

Nicomaque de Gérase.

Selon certains, d'accord avec Philolaos, l'expression de médiété harmonique[4] viendrait du fait qu'elle se retrouve dans toutes les *harmonies* géométriques; toujours selon eux, le cube eſt une *harmonie* géométrique parce qu'il se trouve *harmonisé* selon les trois dimensions, vu qu'il eſt le produit d'un nombre multiplié trois fois par lui-même[5]. En effet, dans tout cube cette médiété se reflète comme dans un miroir : le nombre des arêtes de tout cube est 12, celui des angles 8 et celui des faces 6. Et c'est un fait que huit est la médiété harmonique entre 6 et 12[1]. (*Introduction arithmétique*, II, xxvi, éd. Hiller, p. 135, 10.)

Jamblique.

Selon la tradition, la découverte de la médiété harmonique reviendrait aux Babyloniens, et c'est Pythagore le premier qui l'aurait rapportée en Grèce. Toujours est-il qu'on connaît de nombreux pythagoriciens qui l'ont utilisée, tels Aristée de Crotone[2], Timée de Locres[3], Philolaos et Archytas de Tarente[4], et beaucoup d'autres encore, sans oublier Platon dans son *Timée*[5]. (*Commentaire sur l'Introduction arithmétique de Nicomaque*, éd. Pistelli, 118, 23.)

XXV

Porphyre.

Partant de là, certains disciples d'Ératosthène ont donné le nom d' excès[6] à un intervalle[7], ainsi le platonicien Élien. Philolaos, lui, ⟨a appliqué ce⟩ terme à tous les intervalles. (*Commentaire sur les Harmoniques de Ptolémée*, 5, éd. Düring, p. 91.)

XXVI

Boèce.

Le pythagoricien Philolaos a tenté, lui, de diviser le ton d'une autre façon, en établissant naturellement que le point de départ en était le premier nombre qui est le cube du premier nombre impair, selon un principe cher aux pythagoriciens : or le premier impair est le nombre 3 ; en multipliant trois fois 3 par lui-même, on obtient forcément le nombre 27, qui forme avec 24 un intervalle d'un ton[8], si l'on maintient le même excès[9] de 3. En effet 3 est la huitième partie du nombre 24, qui, quand on lui ajoute 3, devient le premier cube de 3, c'est-à-dire 27. C'est en partant de ce cube que Philolaos distingue deux parties dans le ton, la première, supérieure d'un demi-ton, qu'il appelle *apotomé*[10] et la seconde, inférieure d'un demi-ton, qu'il appelle *dièse*[11] et qu'on a dénommée par la suite *demi-ton mineur*; et il appelle *comma*[12] l'intervalle qui sépare ces deux parties de ton. D'autre part, la valeur qu'il attribue au dièse, par lequel il commence, est de treize unités, parce que la différence entre 256 et 243 est 13, et que ce même nombre 13 se décompose en 9, 3 et 1, où 1 représente le point, 3 la première ligne impaire et 9 le premier carré impair.

Ainsi, rapportant pour les raisons qu'on vient d'exposer le nombre 13 au dièse, qui représente un demi-ton, il décida que le reste de la soustraction de 13 à 27, soit quatorze unités, serait l'apotomé. Et puisque la différence entre 14 et 13 est de 1, il est d'avis de faire de 1 le comma. Le ton entier est pour lui de vingt-sept unités, étant donné que la différence entre 243 et 216, qui sont distants d'un intervalle égal à un ton[1], est précisément de 27[2]. (*Institution musicale*, III, 5, éd. Friedlein, p. 276, 15.)

XXVII

Ménon.

Philolaos de Crotone affirme que c'est le chaud qui constitue notre corps. En effet, que notre corps ne participe aucunement du froid, il l'infère d'un certain nombre de faits : la semence est chaude et c'est elle qui est à l'origine de l'être vivant; le réceptacle de la semence[3] est plus chaud qu'elle et lui ressemble; or, le semblable possède des propriétés identiques au semblable[4]. Aussi, puisque ni le principe originel de la vie ni davantage le réceptacle de la semence ne participent au froid, il est bien clair que l'être vivant ainsi créé n'y participe pas non plus. À propos de la constitution des êtres vivants, il infère de même qu'une fois né, l'être vivant commence par aspirer l'air extérieur, qui est froid, pour l'expulser ensuite, comme par un besoin nécessaire. Ce besoin de l'air extérieur s'explique d'ailleurs par le fait que l'air aspiré de l'extérieur, en circulant dans notre corps qui est plus chaud, le rafraîchit. Voilà ce que Philolaos dit de la constitution de notre corps.

C'est dans la bile, le sang et le phlegme que résident les causes des maladies, dont voici le principe. Le sang, d'après lui, se fait épais par suite d'un resserrement interne de la chair; il se fait au contraire léger par suite d'une dilatation des vaisseaux pris dans la chair. Le phlegme se constitue à partir des urines. La bile, déclare-t-il, est le sérum[5] de la chair, ce qui, de la part de cet auteur, constitue une opinion contraire à celle communément admise : car au lieu de rapporter la bile au foie, il pense que la bile est le sérum de la chair. Quant au phlegme, contrairement à la plupart des auteurs, pour qui il est froid, Philolaos le suppose chaud de nature : pour lui en effet, le nom *phlegme* vient du verbe *phlégein*[1]. C'est de cette participation au phlegme que les organes enflammés tirent leur inflammation. Il pose donc tout cela en principes des maladies, et tient pour causes coopérantes tout ce qui est lié à un excès ou à un manque tant de chaleur que de nourriture ou de froid, ou d'éléments voisins[2]. (Cité par l'Anonyme de Londres, 18, 8, p. 31.)

XXVIII

Ménon.

Pétron[3] dit en substance – comme Philolaos d'ailleurs – qu'il n'y a pas en nous de bile ou, tout au moins, qu'elle n'a aucune utilité[4]. (Cité par l'Anonyme de Londres, 20, 21.)

XXIX

Sextus Empiricus.

Pour les pythagoriciens, le critère est le *logos*[5], entendu non en un sens général, mais au sens où on l'entend dans les sciences[6] : en effet – c'est aussi ce que disait Philolaos – en tant qu'il contemple[7] la nature du Tout, il s'apparente à elle, puisque par nature le semblable est perçu par le semblable[8]. (*Contre les mathématiciens*, VII, 92.)

B. FRAGMENTS

DE LA NATURE

I

Diogène Laërce.

[Son traité] *De la nature* débute ainsi : Ce sont les illimités et les limitants qui ont, en s'harmonisant, constitué au sein du monde la nature, ainsi que la totalité du monde et tout ce qu'il contient[9]. (*Vies*, VIII, 85.)

II

Stobée.

(Extrait du livre *Du monde*[10] de Philolaos.) Il est nécessaire que tous les êtres[11] soient ou bien limitants, ou bien illimités, ou bien à la fois limitants et illimités. Mais il ne saurait y avoir rien que des illimités ou rien que des limitants. Aussi, puisqu'il eſt visible que le monde n'eſt pas fait rien que de limitants ni rien que d'illimités, il eſt bien clair que c'eſt de l'accord à la fois de limitants et d'illimités que le monde ainsi que tout ce qu'il contient ont été conſtitués. Cela eſt encore prouvé par l'observation des faits[1] : car les choses qui sont conſtituées de limitants, limitent; d'autres, conſtituées à la fois de limitants et d'illimités, limitent et illimitent[2]; et d'autres encore, conſtituées d'illimités, seront à l'évidence illimitées. (*Choix de textes*, I, XXI, 7 *a*.)

Damascios.

Comme Platon l'écrit dans le *Philèbe*[3] et Philolaos dans ses livres *De la nature*, ce qui eſt eſt conſtitué de *limite* et d'*illimité*[4]. (*Problèmes et solutions touchant les premiers principes*, I, éd. Ruelle, 101, 3.)

III

Jamblique.

Car, si l'on suit Philolaos, il ne saurait y avoir en aucune manière un objet de connaissance ayant valeur de principe[5], si tous les êtres étaient illimités. (*Commentaire sur l'Introduction arithmétique de Nicomaque*, éd. Piſtelli, 7, 24.)

IV

Stobée.

Et de fait, tout être connaissable a un nombre : sans celui-ci, on ne saurait rien concevoir ni rien connaître. (*Choix de textes*, I, XXI, 7 *b*.)

V

Stobée.

De fait, le nombre a deux formes propres, l'impair et le pair, plus une troisième produite par le mélange des deux : le pair-impair[6]. Chacune des deux formes revêt des aspects multiples, qu'exprime chaque objet pris isolément. (*Choix de textes*, I, XXI, 7 *c*.)

VI

Stobée.

Touchant la nature et l'harmonie, voici ce qu'il en est : l'être des choses[1], qui est éternel, et la nature elle-même requièrent une connaissance divine et non humaine; d'autant plus qu'aucune chose existante ne pourrait être connue de nous, s'il n'existait pas un être fondamental des choses dont se trouve composé le monde : les limitantes et les illimitées. Mais, puisque ces principes existent en tant que non semblables et non homogènes, il serait impossible qu'un monde se soit constitué à partir d'eux, s'il ne s'y était ajoutée une harmonie, quelle que soit la manière dont elle est née. Les semblables et apparentés ne requièrent aucune harmonie; mais les dissemblables non apparentés et non également ordonnés doivent être nécessairement enchaînés par une harmonie telle qu'ils puissent, grâce à elle,se maintenir dans le monde.

La grandeur de l'harmonie est [constituée par] la quarte et la quinte[2]. La quinte est plus grande d'un ton que la quarte. En effet une quarte sépare la corde la plus haute *(hypate*[3]*)* de la corde moyenne *(mèse)*; une quinte la corde moyenne *(mèse)* de la plus basse *(nète)*; une quarte la corde la plus basse *(nète)* de la tierce *(trite)*; et une quinte la corde tierce *(trite)* de la plus haute *(hypate)*. Entre la tierce *(trite)* et la moyenne *(mèse)* il y a un ton. La quarte a le rapport 3/4, la quinte 2/3 et l'octave 1/2. Ainsi l'harmonie[4] comprend cinq tons et deux demi-tons, la quinte trois tons et un demi-ton, et la quarte deux tons et un demi-ton[5]. (*Choix de textes*, I, XXI, 7 *d*.)

Boèce.

Voici comment Philolaos définit ces intervalles et leurs subdivisions[6]. Selon lui, le *dièse* est l'intervalle dont la quarte dépasse deux tons; le *comma* est l'intervalle dont le ton dépasse deux dièses, c'est-à-dire deux demi-tons mineurs[7]. Quant au *schisme*, il vaut un demi-*comma* et le *diaschisme* un demi-*dièse*, c'est-à-dire un demi-ton mineur. (*Institution musicale*, III, 8, éd. Friedlein, 278, 11.)

VII

Stobée.

Le premier composé harmonieux, l'Un, qui occupe le centre de la sphère, s'appelle Hestia[1]. (*Choix de textes*, I, XXI, 8.)

VIII

Jamblique.

La monade en tant qu'elle serait, d'après Philolaos, le principe de toutes choses[2], (n'affirme-t-il pas en effet que l'Un est le principe de toutes choses?) [...] (*Commentaire sur l'introduction arithmétique de Nicomaque*, éd. Pistelli, 77, 9.)

IX

Jamblique.

En effet il faudrait examiner en une autre occasion, plus longuement, comment, si l'on carre un nombre en disposant les unités rangée par rangée, on obtient un résultat tout aussi digne de foi, et cela par nature et non par convention, comme le dit quelque part Philolaos[3]. (*Commentaire sur l'introduction arithmétique de Nicomaque*, éd. Pistelli, 19, 21.)

X

Nicomaque de Gérase.

L'harmonie naît seulement des contraires, car l'harmonie est unification des complexes[4] et accord des opposés. (*Introduction arithmétique*, II, XIX, éd. Hiller, 115, 2.)

Théon de Smyrne.

Les pythagoriciens, que Platon suit en maintes occasions[5], affirment eux aussi que la musique est une combinaison harmonique des contraires, une unification des multiples et un accord des opposés. (*Commentaires*, éd. Hiller, 12, 10.)

XI

Théon de Smyrne.

À propos de la décade, Archytas dans son *De la décade*[6] et Philolaos dans son *De la nature* abondent en explications détaillées[7]. (*Commentaires*, éd. Hiller, 106, 10.)

Stobée.

De Philolaos : L'examen des effets et de l'essence du nombre doit se faire en fonction de la puissance contenue dans la décade. En effet la puissance ⟨du nombre⟩ est grande, parfaite, universelle, principe et guide de la vie divine et céleste comme de la vie humaine auxquelles participe [...][1] ⟨la⟩ puissance aussi de la décade. Sans elle, tout serait illimité, caché et obscur.

Car la nature du nombre est pour tout homme cognitive, directrice[2] et institutrice, sur tout ce qui est matière soit à perplexité[3], soit à ignorance. En effet aucune des choses [qui existent] ne serait évidente pour personne, ni en elle-même ni dans sa relation avec une autre chose, s'il n'existait pas le nombre et l'essence du nombre. En réalité, c'est le nombre qui, en rendant toutes choses adéquates à l'âme par la sensation, les rend connaissables et commensurables entre elles selon la nature du *gnomon*[4] ; car c'est lui qui les rend corporelles et distingue chacune des relations[5] entre les choses tant illimitées que limitantes. Et on peut observer la nature du nombre et sa puissance efficace non seulement dans les choses démoniques et divines, mais aussi dans toutes les actions et paroles humaines, à tout propos et aussi bien dans toutes les activités de l'art[6] que dans le domaine de la musique.

La nature du nombre, d'autre part, pas plus que ne le fait l'harmonie, n'admet la fausseté : avec la fausseté en effet ni l'une ni l'autre n'a de parenté, puisque la fausseté et la jalousie ressortissent, elles, à la nature de ce qui est illimité, inintelligible et irrationnel.

Le souffle de la fausseté n'atteint aucunement le nombre; car la fausseté combat et hait sa nature[7], tandis que la vérité est chose propre et connaturelle au nombre. (*Choix de textes*, I, préface, 3.)

XII

Théon de Smyrne.

Les corps[8] de la sphère sont cinq : le feu, l'eau, la terre et l'air, qui sont contenus dans la sphère, auxquels s'ajoute un cinquième, la coque[9] de la sphère[10]. (*Commentaires*, éd. Hiller, 18, 5.)

XIII

Pseudo-Jamblique.

Les quatre principes de l'animal raisonnable[1] sont, comme le dit précisément Philolaos dans son *De la nature*, le cerveau, le cœur, le nombril et le sexe : Le cerveau[2] eſt le principe de l'intelleƈt, le cœur celui de l'âme et de la sensation[3] ; le nombril celui de l'enracinement et de la pousse de l'embryon, et le sexe celui de l'émission de la semence et de la génération. Le cerveau représente le principe de l'homme, le cœur celui de l'animal, le nombril celui de la plante et le sexe le principe commun à toutes les créatures quelles qu'elles soient : car c'eſt toujours à partir d'une semence qu'elles germent et se développent. (*Théologoumènes arithmétiques*, éd. De Falco, 25, 17.)

XIV

Clément d'Alexandrie.

Le propos de Philolaos mérite d'être retenu. Voici ce que dit le pythagoricien : Les anciens théologiens et devins témoignent eux aussi que c'eſt en punition de certaines fautes que l'âme a été attelée[4] au corps et ensevelie[5] en lui comme dans un tombeau. (*Stromates*, III, 11.)

Platon.

Quant à moi, j'ai entendu un jour un sage[6] dire qu'en réalité nous sommes morts, que notre corps eſt un tombeau et que la partie de l'âme qui renferme les passions eſt toute prête à se laisser entraîner et bouleverser. Un charmant faiseur de mythes, *peut*-être un Sicilien[7] ou un Italien[8], a, en jouant sur les mots, appelé « tonneau sans fond[9] » la partie de l'âme où se trouvent les passions, chez les gens dépourvus de sens — en raison de sa facilité à se laisser entraîner et persuader; il a d'ailleurs qualifié ces derniers de « passoires[10] », fondant la comparaison de ces individus avec un tonneau percé, impossible à remplir, sur leur caraƈtère incontinent et intempérant. Tout se passe en effet comme si on essayait de remplir d'eau le tonneau percé, avec un seau qui serait lui aussi percé : selon lui, le seau percé c'eſt l'âme; c'eſt du moins ce que m'a dit mon interlocuteur[11]. (*Gorgias*, 493 *a*.)

Athénée.

Si l'on en croit le péripatéticien Cléarque, au deuxième livre de ses *Vies*, pour le philosophe pythagoricien Euxithéos les âmes de tous les êtres sont — pendant la vie terrestre — condamnées[1] à vivre enchaînées au corps; et Dieu a décrété que si elles ne demeuraient pas dans le corps qu'elles habitent jusqu'à ce qu'il les en délivre, elles tomberaient dans des tourments encore plus grands et plus nombreux. C'est pourquoi tous les humains, redoutant la menace des puissances souveraines[2], craignent de quitter la vie de leur propre chef et accueillent volontiers la mort qu'apporte la vieillesse, tant ils sont convaincus que la libération de leur âme dépend du consentement des puissances souveraines[3]. (*Les Deipnosophistes*, IV, 157 c.)

XV

Athénagoras.

Philolaos, affirmant que Dieu a enfermé toutes choses dans ce qu'on peut appeler un poste de garde[4], montre à la fois que Dieu est un et supérieur à la matière. (*Supplique au sujet des Chrétiens*, 6, éd. Schwartz, 6, 13.)

Platon.

SOCRATE : Et alors, Cébès? Vous n'avez pas eu écho de tout cela, ni toi ni Simmias, vous qui êtes disciples de Philolaos?

CÉBÈS : Non, Socrate, rien de précis du moins!

SIMMIAS : En vérité, je le confesse, ce n'est que par ouï-dire que j'en parle [...].

CÉBÈS : Pour ma part, je voudrais revenir sur ce que tu demandais tout à l'heure; car j'ai déjà entendu Philolaos (lors de son séjour chez nous, à Thèbes[5]) et d'autres aussi, dire qu'on ne devait pas agir ainsi[6]; mais je n'ai encore jamais obtenu de quiconque la moindre explication claire là-dessus. [...]

SOCRATE : La formule qui est prononcée au cours des mystères[7] et qui dit que nous, les hommes, sommes dans un poste de garde dont nous n'avons pas le droit de chercher à nous libérer ni non plus à nous échapper, est aussi sublime qu'impénétrable. Pourtant, me semble-t-il, il y est bien dit[8] qu'il y a des dieux pour veiller sur nous et que nous les hommes, sommes une des possessions des dieux. (*Phédon*, 61 *d*-62 *b*.)

SOCRATE : Aussi, Cébès, il dit adieu à tous ces gens-là[9], celui qui se préoccupe un tant soit peu de son âme, au lieu de passer son existence à modeler son corps, et il ne suit pas non plus la même route qu'eux, qui ignorent où ils vont; mais, comme il pense qu'on ne doit pas aller à l'encontre de la philosophie et de son œuvre, à la fois libératrice et purificatrice, c'est de son côté qu'il se tourne, et il la suit par les chemins où elle le fait passer. (*Ibid.*, 82 *d.*)

XVI

Aristote.

En conséquence, certaines de nos pensées ou passions ne dépendent pas de nous, ni non plus les actes inspirés par de telles pensées ou de tels calculs; et d'ailleurs Philolaos n'a-t-il pas dit : Il est certaines pensées plus fortes que nous? (*Éthique à Eudème*, II, VIII, 1225 *a* 30.)

LES BACCHANTES

XVII

Stobée.

Les Bacchantes de Philolaos : Le monde est un; il a commencé à naître à partir du centre et dans les mêmes proportions vers le haut et vers le bas. [Car] ce qui est situé au-dessus par rapport au centre est inverse de ce qui est situé au-dessous; car le centre est comme le plus au-dessus pour ce qui est tout en bas, et il en va de même pour le reste; car par rapport au centre, les ⟨directions⟩ sont identiques, à ceci près qu'elles sont inversées. (*Choix de textes*, I, XV, 7.)

XVIII

Stobée.

Citation des *Bacchantes* de Philolaos[1]. (*Choix de textes* I, XXV, 8.)

XIX

Proclus.

C'est la raison pour laquelle Platon se sert des figures mathématiques pour nous présenter successivement bon nombre de théories admirables sur les dieux. C'est du même voile qu'use la philosophie pythagoricienne pour dissimuler son initiation aux dogmes divins. On retrouve ce même procédé dans l'ensemble du *Traité sacré*[1], dans les *Bacchantes* de Philolaos et dans toute l'initiation théologique de Pythagore. (*Commentaire sur le premier livre des Éléments d'Euclide*, éd. Friedlein, 22, 9.)

XX

Jean de Lydie.

C'est à juste titre que Philolaos attribue au nombre 7 le qualificatif de « sans mère[2] » : il est en effet le seul à n'être pas naturellement engendrant ou engendré. Or, ce qui n'engendre rien et n'est pas soi-même engendré, est non mû, car la génération est en mouvement, puisque l'engendrant et l'engendré n'existent pas sans mouvement — mouvement de l'un pour engendrer, et de l'autre pour être engendré. Or, tel est Dieu, selon notre rhéteur de Tarente. Voici ce qu'il en dit : Il existe en effet un chef[3], principe de toutes choses, Dieu, un, éternel, en repos, non mû, semblable à lui-même. (*Des mois*, II, 12.)

Philon.

Voilà pourquoi les autres philosophes assimilent ce nombre[4] à la Victoire et Vierge sans-mère[5], qui est sortie, dit-on, de la tête de Zeus; mais les pythagoriciens l'assimilent au chef de toutes choses. En effet, ce qui n'est ni engendrant ni engendré demeure non mû [...]; or, seul n'est ni mouvant ni mû, le chef souverain et le guide vénérable dont le nombre 7 — on a raison de le dire — est l'image. Je m'appuie ici encore sur le témoignage de Philolaos, pour qui « il existe en effet un chef, principe de toutes choses, Dieu, un, éternel, en repos, non mû, semblable à lui-même et différent de tous les autres[6] ». (*De la création*, 100.)

Anatolios d'Alexandrie.

Seul des nombres de la décade, le nombre 7 n'engendre pas d'autre nombre et n'est pas engendré par un autre nombre que un. C'est pourquoi les pythagoriciens le nomment Vierge sans mère. (*De la décade*, éd. Heiberg, 35.)

XX *a*

Jean de Lydie.

C'est avec raison que Philolaos dit de la dyade qu'elle est l' épouse de Cronos, qui à l'évidence n'est autre que Chronos[7]. (*Des mois*, IV, 12.)

FRAGMENTS DOUTEUX

DE L'ÂME

XXI

Stobée.

Du pythagoricien Philolaos, dans son *De l'âme.* Pour lui, le monde est incorruptible[1]. Voici ce qu'il dit dans son *De l'âme* : « C'est pourquoi il demeure incorruptible et inépuisable durant l'éternité illimitée. En effet il ne se trouvera pas, en lui, de cause plus puissante que celle-là[2], ni, hors de lui, aucune cause capable d'entraîner sa destruction. En fait ce monde était de toute éternité et demeurera éternellement, un et gouverné par l'Un, qui appartient au même genre que lui, et qui est ensemble tout puissant et insurpassable. De plus, le monde un, continu, naturellement doté de respiration et entraîné depuis le commencement par un mouvement de rotation, renferme en lui-même le principe du mouvement et du changement. Il se compose de deux parties, l'une immuable et l'autre changeante. La partie immuable s'étend de l'âme qui enveloppe le tout jusqu'à la Lune[3], tandis que la partie changeante va de la Lune à la Terre[4]. Mais comme le moteur se meut circulairement d'une éternité à l'autre, alors que le mû suit le mouvement que lui impose le moteur, il s'ensuit nécessairement que l'un est éternellement moteur et l'autre éternellement passif; et que l'un est dans sa totalité ⟨le domaine⟩ de l'intellect et de l'âme[5], tandis que le second est celui de la génération et du changement. L'un, premier en puissance, commande à l'autre, qui est second et lui *obéit. Le composé* des deux[6] – le divin éternellement doté d'une course rapide et l'engendré toujours changeant, c'est le monde. »

C'est ce qui lui faisait dire qu'il est heureux que « le monde soit l'acte éternel de Dieu et de la génération, selon la soumission [à Dieu] de la nature changeante. Ainsi le monde reste éternellement un, toujours identique et semblable, tandis que les choses engendrées et qui se corrompent sont multiples. Celles-ci, quoique soumises à la corruption, conservent quand même leurs natures et leurs formes et reproduisent dans les êtres qu'elles ont engendrés la forme identique à celle du père et du démiurge qui les a engendrées[7] [...]. » (*Choix de textes*, I, XX, 2.)

DES RYTHMES ET DES MÈTRES *(trois livres)*

XXII

Claudien Mamert.

C'est aux successeurs de Pythagore qu'il faut demander quelle est sur ce point l'opinion du Maître, puisque lui-même n'a jamais rien écrit. Celui qui sera le plus à même de nous renseigner est, je pense, Philolaos de Tarente. Il commence par disserter, d'une manière fort obscure, dans de nombreux volumes, sur la compréhension des choses et sur la signification de chacune d'elles; puis, avant de passer à l'examen de la substance de l'âme, il se lance dans une discussion admirable sur les mesures, les poids et les nombres en géométrie, en musique et en arithmétique, et prouve solidement que tout l'univers leur doit son existence. (*De l'âme*, II, 3, éd. Engelbrecht, 105, 5.)

Revenons maintenant à Philolaos, dont nous nous sommes fort éloignés et qui, dans le troisième de ses volumes intitulés *Traité des rythmes et des mètres*[1], parle ainsi de l'âme : « L'âme s'introduit dans le corps grâce au nombre et grâce à l'harmonie immortelle en même temps qu'incorporelle. » Il poursuit ainsi : « L'âme chérit le corps, parce que c'est lui qui donne à l'âme l'usage du sens. Et après que la mort l'a séparée du corps, l'âme mène dans le monde une vie incorporelle. » (*Ibid.*, II, 7, éd. Engelbrecht, 120, 12.)

XXIII

Jamblique.

Selon Philolaos, le nombre est le *lien tout-puissant* et engendré par soi qui unit éternellement les objets du monde. (*Commentaire sur l'introduction arithmétique de Nicomaque*, 10, 22.)

Athénée le Mécanicien.

Les anciens philosophes avaient bien raison d'affirmer qu'il faut connaître les mesures du *kaïros*[2] puisqu'il constitue l'étalon[3] de la philosophie. De fait, qu'on s'aide de lui pour entreprendre l'explication du monde[4] et, à condition de ne pas relâcher son attention, on pourra se passer de la célèbre maxime delphique ou des préceptes de Straton, d'Hestiaïos[5], d'Archytas, d'Aristote et de tous les auteurs de maximes du même genre[6]. (*Poliorcétique des Grecs*, éd. Wescher, 4.)

Théophylacte.

Comment[1] a-t-on pu associer en une même discipline art militaire et géométrie et, après Archytas, Philolaos, Élien Adrien et Julien l'Apostat, réunir des disciplines séparées depuis longtemps par d'épaisses cloisons? (*Lettre 71 à Autolycos*, dans *Patrologie grecque*, CXXVI, éd. Migne, colonne 493 AB.)

EURYTOS

I

Jamblique.

Comme un berger lui racontait qu'un jour, vers midi, il avait entendu, provenant de son tombeau, la voix de Philolaos (mort depuis fort longtemps) qui, lui sembla-t-il, chantait, Eurytos de Crotone[1], disciple de Philolaos, s'écria : « De par les dieux, dis-moi, en quel ton[2] ? » (*Vie pythagorique*, 148.)

II

Théophraste.

C'est se comporter en esprit accompli et sérieux que [de ne pas s'arrêter en chemin[3] et] de faire ce qu'Archytas rapportait un jour d'Eurytos occupé à disposer certains cailloux[4]. Il affirmait en effet qu'⟨à chaque être correspond un nombre particulier⟩ : tel nombre à l'homme, tel autre au cheval et tel autre à autre chose. En fait, la plupart des gens s'arrêtent en chemin : ainsi ceux qui font de l'Un et de la dyade indéfinie [des principes]; en effet, une fois qu'ils ont engendré les nombres, les surfaces et les volumes, ils laissent de côté pour ainsi dire tout le reste; et, ne s'attachant plus qu'à cela, ils se bornent à montrer que de la dyade indéfinie procèdent certaines choses, comme le lieu et le vide illimité[5], et d'autre part que des nombres et de l'Un en procèdent d'autres, comme l'âme et autres choses semblables. [Ils engendrent d'un seul coup le temps et le ciel, et un grand nombre d'autres choses[6]], mais par la suite ils ne font plus mention du ciel ni du reste. (*Métaphysique*, 11, éd. Usener, 6 *a* 19.)

III

Aristote.

On n'a pas non plus défini de quelle manière les nombres sont causes des substances et de l'être : est-ce en tant que limites, comme les points délimitent les grandeurs? Eurytos, pour sa part, attribuait un nombre à chaque chose : tel nombre à l'homme, tel autre nombre au cheval, et s'aidait de jetons pour reproduire les formes des ⟨animaux et des⟩ plantes, comme quand on ramène les nombres aux figures du triangle et du carré[1]. (*Métaphysique*, N, v, 1092 *b* 8.)

Pseudo-Alexandre d'Aphrodise.

Prenons par exemple pour mesure de l'homme[2] le nombre 250, et pour mesure de la plante le nombre 360. Eurytos prenait alors deux cent cinquante cailloux verts, noirs, rouges et de toutes les sortes de couleurs. Il recouvrait ensuite un mur de chaux pour y dessiner la silhouette d'un homme ou celle d'une plante, et plaçait certains de ses cailloux à l'endroit du visage, d'autres à l'endroit des mains, et d'autres à d'autres endroits, jusqu'à ce qu'il ait rempli la silhouette imitée de l'homme avec un nombre de cailloux égal à celui des unités qui, selon lui, définissait l'homme[3]. (*Commentaire sur la Métaphysique d'Aristote*, 827, 9.)

ARCHIPPOS, LYSIS, OPSIMOS

I

Jamblique.

Quant aux deux rescapés[1], tous deux de Tarente, le premier, Archippos, s'en retourna à Tarente ; le second, Lysis, dégoûté par l'indifférence générale, partit pour la Grèce. Il passa quelque temps en Achaïe du Péloponnèse, puis vint s'installer dans la précipitation à Thèbes, où il devint le maître d'Épaminondas, qui le gratifia du titre de « père » ; c'est de la sorte qu'il acheva son existence[2]. (*Vie pythagorique*, 250.)

ÉCRITS SUSPECTS

II

Porphyre.

Il n'existait en effet aucun écrit de la main même de Pythagore ; et Lysis et Archippos, les rescapés de l'incendie, tout comme les autres pythagoriciens qui séjournaient à l'étranger, n'ont pu sauver que des brandons, bien incertains et bien difficiles à utiliser, de la philosophie pythagoricienne. (*Vie de Pythagore*, 57.)

III

Diogène Laërce.

L'œuvre[3] attribuée à Pythagore a pour auteur le pythagoricien Lysis de Tarente, qui se réfugia à Thèbes où il devint le maître d'Épaminondas. (*Vies*, VIII, 7.)

IV

Athénagoras.

Lysis[1] définit Dieu comme le nombre ineffable[2], et Opsimos comme l'excès qui sépare le plus grand des nombres de son voisin le plus proche. Or, pour les pythagoriciens, le plus grand nombre, c'est la décade, qui est tout ensemble *tétractys*[3] et enveloppe de toutes les proportions arithmétiques et harmoniques, tandis que le nombre immédiatement voisin est le neuf. Donc Dieu est la monade, c'est-à-dire l'Un, puisque l'excès qui sépare le plus grand des nombres de son voisin le plus proche représente un écart d'au moins 1. (*Supplique au sujet des Chrétiens*, 6, éd. Schwartz, 6, 15.)

V

Jamblique.

Originaires de Rhégium : Aristide [...], Opsimos[4]. (*Vie pythagorique*, 267.)

ARCHYTAS

A. VIE ET PHILOSOPHIE

VIE

I

Diogène Laërce.

79. Archytas de Tarente, fils de Mnésagore, ou, si l'on en croit Aristoxène, d'Hestiaïos[1], fut lui aussi disciple de Pythagore. C'est lui dont la lettre à Denys évita de justesse à Platon d'être exécuté. Son mérite éminent et universel lui valait même l'admiration du peuple; cela explique qu'on lui confia dans sa cité, par sept fois, le commandement suprême, alors que la loi interdisait de le confier aux autres une seconde année. Platon répondit par deux lettres à une première lettre d'Archytas[2] [...].

82. Il a existé quatre Archytas : le premier est celui qui nous occupe présentement; le deuxième était un musicien, originaire de Mitylène; le troisième est l'auteur d'une *Agriculture*; et le quatrième, un auteur d'épigrammes. Au dire de certains, il y aurait eu un cinquième Archytas, architecte, auteur, selon la tradition, d'un livre intitulé *Mécanique* qui commençait par ces mots : « Voici ce que m'a enseigné Teucer de Carthage [...]. » (Signalons une anecdote concernant le musicien : un jour que quelqu'un lui reprochait de ne pas être capable de faire entendre sa voix au loin, il fit cette réponse : « Et alors? Mon instrument parle pour moi, et c'est lui qui dispute le concours! »)

Selon Aristoxène, notre Archytas, le pythagoricien, ne connut pas la défaite de tout le temps qu'il détint le commandement suprême. Il suffit qu'une fois, parce qu'on le jalousait, il ait renoncé au commandement suprême, pour qu'aussitôt l'armée fût faite prisonnière. 83. C'est lui qui, le premier, en se référant aux principes propres à la mécanique[3], érigea la mécanique en système. C'est encore lui qui, le premier, introduisit dans une figure géométrique un mouvement mécanique, en cherchant à obtenir, par la section d'un demi-cylindre, deux moyennes proportionnelles permettant la duplication du cube[1]. Et en géométrie il est aussi le premier à avoir découvert le cube : c'est ce que dit Platon dans *La République*[2]. (*Vies*, VIII, 79-83.)

II

Suidas.

Archytas de Tarente : fils d'Hestiaïos ou de Mnésarchos ou de Mnésagétès ou encore de Mnésagore, philosophe pythagoricien. Il arracha Platon à la mort que lui réservait le tyran Denys. Il dirigea, d'autre part, la ligue des Italiens de Grande-Grèce, après que les Grecs de cette région et ses concitoyens l'eurent élu commandant en chef avec les pleins pouvoirs. Il enseignait aussi la philosophie et eut des disciples illustres. Il écrivit de nombreux ouvrages[3].

Il[4] fut, bien évidemment, le maître d'Empédocle. Quant à l'expression bien connue de « la crécelle d'Archytas », elle s'explique par l'invention qu'il fit de cette sorte d'instrument qui produit son et bruit[5]. (*Lexique*, « Archytas ».)

III

Horace.

Ô toi qui mesurais et les mers et les terres
Et les sables[6] sans nombre, Archytas, te voilà
Retenu, près du rivage du Matinus[7],
Par le peu de poussière humblement concédée
À tes os. Non! à rien il ne te sert d'avoir
Tenté l'exploration des demeures célestes[8],
Ni d'avoir su franchir la sphérique limite
Du pôle : en effet ton génie devait mourir!
Il est mort, lui aussi, le père de Pélops,
Le convive des dieux, et Tithon enlevé
Dans les airs, et Minos initié aux secrets
Du divin Jupiter[9]. Et le Tartare aussi
Retient en ses prisons le fils de Panthoos[10],
Descendu par deux fois chez Orcus, bien qu'il eût
Prouvé, en décrochant du mur un bouclier,
Que déjà il vivait à l'époque de Troie,

Et qu'il n'eût concédé au sinistre trépas[1]
Que les nerfs et la peau. Tu tenais Pythagore
Pour un très sûr garant du réel et du vrai.
Hélas ! c'est bien la même nuit qui tous nous guette !
Le sentier du trépas n'est foulé qu'une fois !

(*Odes*, I, XXVIII, v. 1-16.)

IV

Strabon.

Les habitants de Tarente détinrent, à une certaine époque, une extraordinaire puissance, grâce à l'adoption d'une constitution démocratique [...]. Ils donnèrent, d'autre part, leur adhésion à la philosophie de Pythagore, et tout particulièrement Archytas qui resta longtemps à la tête de la cité. (*Géographie*, VI, éd. Casaubon, 280.)

V

Platon.

338 *c*. Toujours est-il que je jugeai alors[2] plus prudent de renoncer à de nombreuses entreprises et de prendre congé – au moins momentanément – de Dion et de Denys[3] ; cela me valut de leur part du ressentiment, quand je leur expliquai que j'étais bien vieux et que jusque-là nos conventions n'avaient été aucunement respectées. À la suite de cela, si je ne me trompe, Archytas alla trouver Denys ; j'avais ⟨contribué à⟩ nouer en effet, avant mon départ, des liens d'hospitalité et d'amitié entre Denys d'un côté et Archytas et ses amis de Tarente de l'autre [...].

339 *a*. Denys me fit appeler auprès de lui pour la troisième fois[4] et, pour faciliter ma venue, m'envoya une trirème avec, à son bord, Archédémos, un Sicilien que j'estimais grandement – c'était du moins ce que Denys pensait –, l'un des disciples d'Archytas, accompagné d'autres personnes que je connaissais en Sicile[5] [...]. Je reçus beaucoup d'autres lettres d'Archytas et des Tarentins, qui faisaient l'éloge de la passion de Denys pour la philosophie et insistaient sur le fait que, si je tardais, les liens d'amitié qui les unissaient à Denys depuis mon intervention, et qui étaient essentiels pour leur politique, deviendraient totalement caducs, et cela par ma faute.

340 *a*. Je me mets donc en route, mais l'esprit tourmenté de craintes ; les présages n'étaient guère favorables. [...]. 350 *a*. Je

reçus des visites, notamment des marins d'origine athénienne, mes compatriotes, qui me firent savoir que des calomnies couraient sur mon compte parmi les peltastes[1] et que quelques-uns se promettaient de m'assassiner s'ils me trouvaient. Voici le plan que j'imaginai alors pour me sauver : j'envoie un message à Archytas et à mes amis de Tarente, leur expliquant dans quels ennuis je me débattais. Ces derniers, sous couvert d'une ambassade, dépêchent une galère à trente rameurs de leur cité; à son bord se trouvait l'un d'eux, Lamiscos, qui devait aller trouver Denys dès son arrivée pour lui faire part de mon désir de repartir et lui demander de ne faire aucune opposition à ma demande. Ce dernier accepta et me laissa repartir en me donnant de quoi faire la traversée [...]. Une fois parvenu à Olympie, dans le Péloponnèse, j'expliquai à Dion, qui assistait aux jeux[2], ce qui venait de se passer. (*Lettres*, VII, 338 *c*-350 *a*.)

Cicéron.

Sans doute as-tu appris, Tubéron, qu'après la mort de Socrate, Platon se rendit d'abord en Égypte pour s'y instruire, puis en Italie et en Sicile, afin de tout apprendre des découvertes de Pythagore. C'est là qu'il vécut longtemps dans l'intimité d'Archytas de Tarente et de Timée de Locres[3], et eut la chance de se procurer les *Commentaires* de Philolaos[4]. (*République*, I, x, 16.)

Pseudo-Démosthène.

Archytas gouverna la cité des Tarentins, dont il devint le personnage le plus important, avec un tel bonheur et une telle bienveillance que tout le monde garde son nom en mémoire. Au début, on le regardait de haut, mais ses relations avec Platon lui valurent un prestige immense. (*Discours sur l'amour*, LXI, 46.)

VI

Proclus.

C'est à cette même époque[5] que vécurent Léodamas de Thasios, Archytas de Tarente et Théétète d'Athènes[6] ; ces mathématiciens accrurent le nombre des théorèmes et leur conférèrent une plus grande rigueur scientifique[7]. (*Commentaire sur le premier livre des Éléments d'Euclide*, II, 66, 14.)

VII

Jamblique.

Ainsi Spintharos[1] avait-il accoutumé de raconter qu'à peine revenu de la guerre que Tarente avait menée contre la Messapie[2], Archytas avait retrouvé sa campagne; là, il avait pu se rendre compte que son intendant et sa domesticité, loin de s'être occupés, comme ils l'eussent dû, des travaux des champs, avaient tout laissé à l'abandon; cela l'avait mis hors de lui, et pris d'une indignation extrême, pour autant que le permettait son caractère, il aurait, paraît-il, dit à ses serviteurs qu'ils avaient bien de la chance qu'il se fût mis en colère contre eux : car aussi bien, sans cela, ils auraient dû finalement un jour ou l'autre payer un aussi grave manquement[3]. (*Vie pythagorique*, 197.)

VIII

Athénée.

Athénodore[4], lui aussi, affirme dans son livre *De l'étude et de l'éducation*, qu'Archytas de Tarente, homme politique en même temps que philosophe, avait un très grand nombre de serviteurs qu'il aimait inviter souvent à sa table pour festoyer ensemble. (*Les Deipnosophistes*, XII, 519 B.)

Élien.

Archytas de Tarente, homme politique et philosophe, qui avait de nombreux serviteurs, se plaisait beaucoup à jouer avec leurs enfants et à plaisanter avec les esclaves nés chez lui; mais c'est surtout à l'occasion de festins qu'il aimait à se divertir en leur compagnie[5]. (*Histoires variées*, XII, 15.)

IX

Athénée.

Le musicien Aristoxène[6] raconte dans sa *Vie d'Archytas* qu'un jour Denys le Jeune[7] envoya aux Tarentins une ambassade qui comptait, entre autres membres, Polyarchos, surnommé le Jouisseur; cet homme, qui était porté sur les plaisirs du corps, aimait aussi en parler. Comme il était un familier d'Archytas et qu'il s'intéressait assez à la philosophie, il alla le trouver dans l'enceinte du temple, où il put l'écouter disserter en se promenant[1] avec ses disciples. Quand on aborda l'examen du délicat problème des passions, et, de manière générale, des plaisirs du corps, Polyarchos prit la parole [...][2]. (*Les Deipnosophistes*, XII, 545 A.)

Cicéron.

CATON : 39. Excellents jeunes gens, soyez attentifs aux antiques propos d'Archytas de Tarente, un homme éminent, ô combien, et illustre ! Ces propos me furent rapportés lors d'un séjour à Tarente – que je fis en compagnie de Quintus Maximus, au temps de ma jeunesse[3]. « Les hommes, disait-il, n'ont pas dans la nature d'ennemi plus redoutable que le plaisir corporel qui excite leurs passions et les pousse à assouvir aveuglément et sans frein leur désir de jouissance. 40. C'est lui qui est à l'origine des crimes de haute trahison, des bouleversements politiques, des intelligences entretenues avec l'ennemi ; pour tout dire, il n'existe pas de crime, il n'existe pas de forfait que la passion du plaisir ne puisse pousser l'homme à commettre. Quant au stupre, aux adultères et à toutes les conduites infamantes du même genre, seuls les attraits du plaisir peuvent y mener. Et, alors que l'homme doit à la nature, ou peut-être à un dieu, la chose la plus utile du monde, je veux dire l'intellect, il n'est rien qui s'oppose avec plus d'acharnement que le plaisir à ce présent dont le Ciel l'a gratifié. 41. Car aussi bien, quand le plaisir règne en maître, il n'y a pas de place pour la tempérance ; et il est absolument impossible à la vertu de s'implanter au royaume du plaisir. » Pour mieux se faire comprendre de son public, Archytas l'invitait alors à se représenter en esprit un homme habité par le plus intense plaisir corporel possible. De l'avis d'Archytas, il ne devait faire de doute pour personne que « notre homme serait dans l'incapacité de penser à quoi que ce fût, tout le temps qu'il serait sous l'empire de cette jouissance, pas plus qu'il ne pourrait raisonner ni réfléchir sur rien. C'est pourquoi il n'est rien de plus détestable ni de plus funeste que le plaisir, puisque, à l'évidence, plus il croît et dure, plus il étouffe la lumière de notre esprit. » Ces propos, c'est à Caïus Pontius le Samnite (le père de celui qui, à la bataille des Fourches Caudines[4] défit les consuls Spurius Postumius et Titus Veturius) qu'Archytas les tint, si j'en crois Néarque de Tarente (notre hôte, fidèle depuis toujours à l'amitié du peuple romain), qui disait tenir cela de ses aînés. Platon d'Athènes aurait même assisté à cet entretien. De fait, j'ai découvert que ce dernier s'est rendu à Tarente sous le consulat de Lucius Camillus et d'Appius Claudius[5]. (*Caton l'Ancien ou de la vieillesse*, XII, 39-41.)

X

Aristote.

Considérons donc comme une heureuse invention la crécelle d'Archytas, qu'on donne aux petits enfants pour les occuper; cela leur évite de tout casser dans la maison, car la jeunesse n'est pas capable de rester en place. (*Politique*, VIII, VI, 1340 *b* 26.)

X *a*

Aulu-Gelle.

L'invention dont la tradition attribue au pythagoricien Archytas la construction, ne doit pas moins nous étonner, même si elle peut paraître frivole. La plupart des auteurs grecs les plus connus et le philosophe Favorinus, grand amateur d'antiquités, rapportent en effet, de la manière la plus formelle, qu'une colombe en bois, construite par Archytas, selon certains calculs et principes mécaniques, avait volé. C'est vraisemblablement par un système de contrepoids qu'elle tenait en l'air, et par la pression de l'air enfermé caché à l'intérieur qu'elle avançait. Qu'on me permette sur un fait, ma foi, si peu croyable de citer Favorinus lui-même[1] : « Archytas de Tarente, à la fois philosophe et mécanicien, fabriqua une colombe en bois qui volait, ⟨mais qui⟩, une fois qu'elle s'était posée, ne pouvait reprendre son essor. Jusque-là en effet [...]. » (*Nuits attiques*, X, XII, 8.)

XI

Élien.

Archytas, qui savait en toutes choses se montrer mesuré, se gardait aussi, bien sûr, d'employer des mots inconvenants. Un jour qu'il se trouvait dans la nécessité de recourir à l'un de ces mots incorrects, comme il refusait de s'avouer vaincu, au lieu de prononcer le mot en question, il l'écrivit sur le mur et fit voir ce qu'il était forcé de dire, sans avoir été forcé de le dire. (*Histoires variées*, XIV, 19.)

XII

Aristote.

Archytas a dit qu'un arbitre[2] est comme un autel, puisque la victime d'une injustice trouve refuge aussi bien auprès de l'un que de l'autre. (*Rhétorique*, III, XI, 1412 *a* 12.)

PHILOSOPHIE

XIII

Hésychios.

De la philosophie d'Archytas (trois livres), *Propos tirés de Timée et d'Archytas* (un livre). *(Catalogue des écrits d'Aristote.)*

Diogène Laërce.

De la philosophie d'Archytas (trois livres). (*Vies,* V, 25.)

Damascios.

Dans ses *Livres sur Archytas*, Aristote raconte que Pythagore lui aussi appelle *autre* la matière, étant donné qu'elle est fluente et devient sans cesse ⟨autre et⟩ autre[1]. (*Problèmes et solutions touchant les premiers principes*, II, éd. Ruelle, 172, 20.)

XIV

Eutocios.

Voici la solution d'Archytas, rapportée par Eudème, [au problème suivant :] Soit les deux droites données ΑΔ et Γ, il faut trouver entre ΑΔ et Γ deux moyennes proportionnelles.

Traçons le cercle ΑΒΔΖ ayant pour diamètre ΑΔ qui est la plus grande [des deux droites]; et inscrivons [la droite] ΑΒ, de grandeur égale à Γ, que l'on prolonge jusqu'à ce qu'elle rencontre en Π la tangente au cercle en Δ. Menons [en B] la droite ΒΕΖ parallèle à ΠΔΟ, et concevons qu'un demi-cylindre s'élève perpendiculairement sur le demi-cercle ΑΒΔ[2], et que s'élève sur ΑΔ un demi-cercle perpendiculaire reposant sur le parallélogramme[3] du demi-cylindre.

Quand ce demi-cercle est mû de Δ en Β[4], l'extrémité Α du diamètre demeurant immobile, il coupera la surface cylindrique en [effectuant son] mouvement, et tracera sur elle une certaine courbe. Puis, si ΑΔ demeure immobile, et si le triangle ΑΠΔ pivote [autour de sa base ΑΔ] selon un mouvement opposé à celui du demi-cercle, il produira une surface conique au moyen de la droite ΑΠ qui, au cours de son mouvement, rencontrera la courbe [tracée] sur le cylindre en un certain point. Et en même temps, Β décrira un demi-cercle sur la surface du cône. Faisons alors prendre, en correspondance avec le point de rencontre des courbes, au demi-cercle mû [de Δ en B] la position Δ' KA[1], et au triangle mû selon un mouvement opposé la position ΔΛA; soit K le point de rencontre dont nous avons parlé, et soit BMZ le demi-cercle décrit à partir de B; soit encore BZ sa section commune[2] avec le cercle BΔZA; si l'on abaisse à partir de K une perpendiculaire au plan du demi-cercle BA, elle tombera sur la circonférence du cercle étant donné que le cylindre est droit[3]. Abaissons-la[4] et [appelons-la] KI[5]; la droite partant de I pour rejoindre A rencontrera BZ en Θ, tandis que AΛ [coupe] en M le demi-cercle BMZ, et que KΔ, MI et MΘ se trouvent jointes.

Puisque donc chacun des demi-cercles Δ' KA et BMZ est perpendiculaire au plan horizontal, leur section commune MΘ est perpendiculaire au plan du cercle, de telle sorte que MΘ est aussi perpendiculaire à BZ. Donc le [rectangle] formé par BΘZ, c'est-à-dire le [rectangle] formé par AΘI[6], est égal au [carré] élevé sur MΘ. Le triangle AMI est donc semblable à chacun des triangles MIΘ et MAΘ, et l'[angle] IMA est droit. Quant à l'[angle] Δ' KA, il est droit lui aussi. Donc KΔ' et MI sont parallèles[7] et sont proportionnelles[8], de sorte que Δ' A est à AK ou encore KA est à AI ce que IA est à AM, en vertu de la similitude des triangles. Donc les quatre droites ΔA, AK, AI et AM forment une proportion continue. Et AM est égale à Γ, puisqu'elle est égale à AB. Donc, les deux droites AΔ et Γ étant données, deux moyennes proportionnelles ont été trouvées, AK et AI[9].

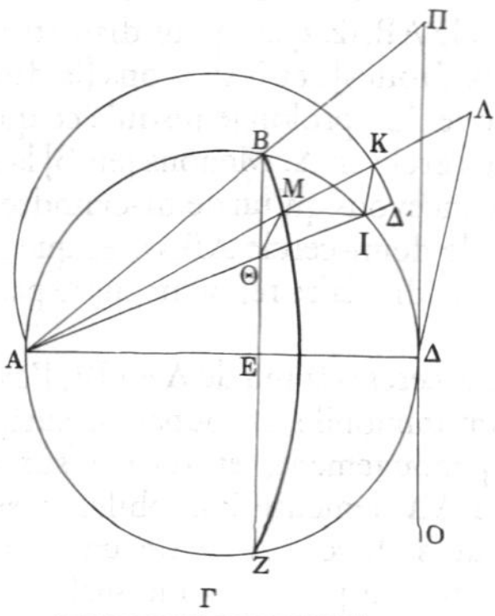

(*Commentaire sur De la sphère et du cylindre d'Archimède*, II, dans *Archimède*, III, 2e éd., Heiberg, 84, 12-88, 2.)

XV

Ératosthène.

Non[1] ! les difficiles opérations d'Archytas sur les cylindres
Et les trois sections coniques de Ménechme[2],
Ne cherche pas ⟨à les comprendre⟩, et pas davantage
Si une courbe[3] quelconque résulte de la construction du divin Eudoxe[4].

(Cité par Eutocios, *Ibid.*, III, 2e éd., Heiberg, 96, 10.)

Pseudo-Ératosthène.

Parmi les géomètres[5] qui se consacrèrent au laborieux travail permettant d'obtenir les deux moyennes proportionnelles à deux droites données, l'un, Archytas, y parvint, dit-on, avec l'aide des demi-cylindres[6], et un autre, Eudoxe, à l'aide des lignes dites incurvées. Ils ont tous dessiné leur démonstration, mais sans pouvoir construire l'appareil mécanique correspondant[7], et sans pouvoir l'appliquer, sauf peut-être Ménechme, et encore de manière incomplète et fort embrouillée. (*Ibid.*, III, 2e éd., Heiberg, 90, 4.)

Plutarque.

C'est pourquoi Platon reprochait aux disciples d'Eudoxe, d'Archytas et de Ménechme de recourir à des moyens instrumentaux et mécaniques pour résoudre le problème de la duplication du volume; car dans leur désir de trouver, tant bien que mal, deux moyennes proportionnelles, ils recouraient à un moyen irrationnel. Ne perdait-on pas irrémédiablement, en procédant ainsi, le meilleur de la géométrie, par une régression au niveau des sensibles, qui l'empêchait de s'élever et même de percevoir en retour les images éternelles et incorporelles parmi lesquelles Dieu est éternellement dieu[8] ? (*Propos de table*, VIII, II, 1, 718 E.)

XVI

Claude Ptolémée.

Archytas de Tarente[9] (celui des disciples de Pythagore qui s'est le plus intéressé à la musique) s'efforce de maintenir une continuité réglée par la proportionnalité, entre les éléments de l'accord comme entre les divisions des tétracordes[10], considérant que le propre de la musique est la commensurabilité des intervalles [...]. Ainsi il établit trois genres, le premier enharmonique, le deuxième chromatique et le troisième diatonique. Et voici comment il divise [le tétracorde de] chacun de ces genres. Il établit pour ces trois genres que l'intervalle ultime est égal au rapport superpartiel[1] de 28/27; l'intervalle moyen, quand il appartient au genre enharmonique, est de 36/35 et, pour le genre diatonique, de 8/7; de telle sorte que l'intervalle initial est dans le genre enharmonique de 5/4 et dans le genre diatonique de 9/8. Dans le genre chromatique, il conçoit le second son à partir du plus aigu, au moyen du son qui occupe la même position dans le genre diatonique[2]. Car pour lui, le second son à partir du plus aigu, dans le genre chromatique, est à son correspondant dans le ton diatonique dans le rapport 256/243. Il aboutit ainsi à la composition des trois tétracordes à partir des rapports de ces nombres premiers [entre eux]. Si nous représentons les sons les plus aigus des tétracordes par le nombre 1512, et si nous les rapportons aux plus graves avec lesquels ils sont dans le rapport de 4/3, nous obtiendrons le nombre 2016 – ce qui, selon le rapport de 28/27, donnera 1944. Les seconds sons seront obtenus ensuite à partir des plus graves [ainsi calculés]. Ainsi le second son [à partir du plus aigu] sera dans le genre enharmonique de 1890, qui est dans le rapport de 36/35 avec 1944, et dans le rapport de 5/4 avec 1512. Dans le genre diatonique, le second son sera le nombre 1701 qui est dans le rapport de 8/7 avec 1944, et dans le rapport de 9/8 avec 1512; et dans le genre chromatique, ce sera le nombre 1792, qui est dans le rapport de 256/243 avec 1701.

TABLEAU DES INTERVALLES

	genre enharmonique		*genre chromatique*		*genre diatonique*	
[La]	1512		1512		1512	
		5/4		32/27		9/8
[Sol]	1890		1792		1701	
		36/35		243/224		7/8
[Fa]	1944		1944		1944	
		28/27		28/27		28/27
[Mi]	2016		2016		2016	

$$\frac{5}{4}\times\frac{36}{35}\times\frac{28}{27}=\frac{4}{3} \qquad \frac{32}{27}\times\frac{243}{224}\times\frac{28}{27}=\frac{4}{3} \qquad \frac{9}{8}\times\frac{8}{7}\times\frac{28}{27}=\frac{4}{3}$$

(*Harmoniques*, I, xiii, éd. Düring, 30, 9.)

XVII

Porphyre.

Si l'on en croit Archytas et Didyme[1], certains pythagoriciens, après avoir établi les rapports de consonance[2], établissaient entre ces rapports des comparaisons et, afin de mettre en évidence ceux qui étaient le mieux consonants, procédaient à peu près ainsi : ils commençaient par prendre, parmi les nombres formant les rapports de consonance, les premiers, dits nombres de base[3] [...] et, après avoir attribué ces nombres aux consonances, ils examinaient quel était le nombre restant, une fois retranchée une unité de chacun des nombres entrant dans le rapport. Ainsi, par exemple, dans le cas du rapport 2/1, qui correspond à l'octave, ils ôtaient 1 de chacun des deux termes, ce qui donnait 1. Puis, dans le cas du rapport 4/3 qui correspond à la quarte, ils retranchaient 1 de chacun des deux termes, ce qui donnait : 1 ôté de 4 égale 3, et 1 ôté de 3 égale 2. Cela donnait pour les deux nombres, après soustraction, un reste de 5. Enfin dans le cas du rapport 3/2, qui correspond à la quinte, en retranchant une unité, ils avaient : 2 restant de 3, et 1 restant de 2, ce qui donnait un total restant égal à 3. Ils appelaient *semblables* les unités soustraites et *non semblables* les restes obtenus après soustraction des unités, et cela pour deux raisons; d'abord, ce qu'on soustrait aux deux termes de chaque rapport est semblable et égal, puisque l'unité est naturellement égale à l'unité; ensuite, comme c'est elle qu'on retire, les restes sont nécessairement non semblables et inégaux, car, si l'on soustrait une même quantité à des quantités inégales, on obtient des restes inégaux. Or les rapports multiples et superpartiels[4], dans lesquels on observe les consonances, sont constitués de termes inégaux : aussi, si on en soustrait des quantités égales, ils ne peuvent donner que des restes inégaux. Donc les *non-semblables* des différents accords sont le produit d'une combinaison (les pythagoriciens appellent combinaison l'opération qui fond deux nombres en un seul). Récapitulons donc les *non-semblables* de chacune des consonances : 1 pour l'octave, 5 pour la quarte, et 3 pour la quinte. Selon eux, plus le nombre du *non-semblable* est petit, plus l'accord est harmonieux : ainsi ce qui fait l'harmonie de l'octave, c'est que son *non-semblable* est un. Ensuite vient l'accord de quinte, dont le *non-semblable* est 3 ; et en dernier lieu, nous avons la quarte, dont le *non-semblable* est 5. (*Commentaire sur les Harmoniques de Ptolémée*, I, 6, éd. Düring, 107.)

XVIII

Porphyre.

Selon l'école d'Archytas, l'oreille ne perçoit dans les accords harmoniques[1] qu'un son unique. (*Commentaire sur les Harmoniques de Ptolémée*, I, 6, éd. Düring, 104.)

XIX

Boèce.

On ne peut, dans un rapport superpartiel[2], introduire une moyenne proportionnelle[3] [...]. Archytas en fait bien la démonstration, mais celle-ci manque de rigueur. En gros, elle est la suivante : soit, dit-il, le rapport superpartiel A/B. Je prends, dans le même rapport, les deux plus petits nombres C et DE. Ainsi donc, ces nombres étant les plus petits possible et dans un rapport superpartiel, le nombre DE dépasse le nombre C d'une partie commune aux deux. Appelons-la D, mais, je le précise, D n'est pas un nombre, mais l'unité. En effet, à supposer que D soit un nombre et lui-même une partie de DE, D divisera le nombre DE et par conséquent E aussi. D'où il s'ensuit qu'il divisera aussi C. Ainsi il divisera à la fois C et DE, ce qui est impossible, puisque les plus petits termes d'un rapport particulier formés d'autres nombres quelconques, sont premiers entre eux et ne diffèrent que d'une unité. Donc D est bien une unité ; par conséquent, le nombre DE dépasse le nombre C d'une unité. Et c'est pourquoi on ne peut introduire dans le rapport superpartiel une moyenne constituée par un nombre entier qui divise ce rapport en parties égales. (*De la musique*, III, 11.)

XIX *a*

Théon de Smyrne.

Pour Eudoxe et Archytas, le rapport des consonances est numérique. Tous deux s'accordaient pour penser que ces rapports résident dans les mouvements[4] : le mouvement rapide est aigu, vu qu'il frappe l'air continûment et le heurte plus vivement, alors que le mouvement lent est le plus grave, en raison de son plus grand relâchement[5]. (*Commentaires*, éd. Hiller, 61, 11.)

XIX *b*

Quintilien.

Archytas et Événos ont eux aussi estimé que la grammaire est subordonnée à la musique. (*Institution oratoire*, I, x, 17.)

XX

Théon de Smyrne.

Archytas et Philolaos usent indifféremment des termes d'*un* et de *monade*[1]. (*Commentaires*, éd. Hiller, 20, 19.)

XXI

Théon de Smyrne.

Dans le *Sur les pythagoriciens*, Aristote affirme que l'Un participe de la nature des deux[2]. En effet, ajouté à un nombre pair, il produit un impair, et, ajouté à un impair, il produit un pair : cela serait impossible s'il ne participait à la nature des deux. C'est pour cela précisément qu'on appelle l'Un *pair-impair*; Archytas est d'accord, lui aussi, sur ces points. (*Commentaires*, éd. Hiller, 22, 5.)

XXII

Aristote.

En effet, la définition par les différences semble porter sur la forme et l'acte, alors que celle qui se fonde sur les éléments immanents semble porter sur la matière. Il en va de même des définitions admises par Archytas, qui tiennent des deux à la fois[3] : par exemple, qu'est-ce que l'absence de vent? C'est un repos dans une masse d'air. L'air est la matière, tandis que le repos est l'acte et la substance. Qu'est-ce que la bonace? C'est l'égalité du niveau de la mer : la mer est le substrat en tant que matière, alors que l'égalité de niveau est l'acte et la forme. (*Métaphysique*, H, II, 1043 *a* 19.)

XXIII

Eudème.

Platon[1] nomme mouvements le grand et le petit, le non-être et l'irrégulier, et tous les termes voisins ; il est évident que parler de *mouvement* est ici déplacé ; car il y a mouvement quand quelque chose se meut en quelque chose. Aussi est-il ridicule de vouloir faire croire que, du fait de son caractère inégal ou irrégulier, quelque chose doit nécessairement se mouvoir : il vaut mieux alors, comme le fait Archytas, parler de « causes ». (*Physique*, cité par Simplicius, *Commentaire sur la Physique d'Aristote*, 431, 8.)

XXIII *a*

Pseudo-Aristote.

Pourquoi les parties des végétaux et des animaux celles du moins, qui ne portent pas d'organes, sont-elles toutes arrondies, comme la tige ou le tronc et les branches des végétaux, ou les jambes, les cuisses, les bras et le thorax des animaux ? Et pourquoi, dans le corps tout entier, aucun tissu n'est-il formé de triangles et de polygones[2] ? Est-ce, comme le disait Archytas, parce que le mouvement de la génération met en jeu le rapport d'égalité (tout mouvement implique en effet un certain rapport), qui est le seul à revenir sur soi-même[3] et qui, pour cette raison, produit, quand il s'accomplit, des cercles et des arrondis ? (*Problèmes*, XVI, IX, 915 *a* 25.)

XXIV

Eudème.

Au dire d'Eudème, Archytas posait ainsi le problème : « Si je me trouvais à la limite extrême du ciel[4], autrement dit sur la sphère des fixes, pourrais-je tendre au-dehors la main ou un bâton, oui ou non ? Certes, il est absurde que je ne puisse pas le faire ; mais, si j'y parviens, cela implique l'existence d'un dehors, corps ou lieu » (ce qui n'a guère d'importance, nous allons le voir). On avancera donc sans cesse, de la même manière, vers la limite sans cesse atteinte, en posant la même question[5] et, comme ce qu'atteindra le bâton sera sans cesse autre, il est clair que cet autre est aussi illimité. Si l'extérieur du ciel est un corps, la question est résolue ; si c'est un lieu, en tant que tel il contient ou peut contenir un corps; or ce qui est en puissance doit — dans le domaine des choses éternelles — être tenu pour existant; et de cette façon le corps, ainsi que le lieu, seront illimités[1]. (*Physique*, cité par Simplicius, *Commentaire sur la Physique d'Aristote*, 467, 26.)

XXV

Apulée.

Eh quoi? Ce ne sont pas là les seules raisons qui doivent inciter le philosophe à regarder son miroir. En effet, s'il faut étudier son image, il faut souvent réfléchir aussi sur la raison de cette image[2]. Est-ce Épicure qui a raison, quand il dit que notre image (qui est pour ainsi dire une sorte de flux d'effluves qui, partant de notre corps, s'écoule continuellement) heurte sur son chemin un corps lisse et compact qui la renvoie, si bien que son reflet, renvoyé en arrière, est inversé[3]? Ou bien, comme d'autres philosophes le prétendent, émettons-nous des rayons qui — c'est l'opinion de Platon — s'échappent du centre de l'œil et se mélangent à la lumière extérieure pour ne faire plus qu'un ⟨avec elle⟩[4], ou qui — c'est l'avis d'Archytas — proviennent de l'œil, sans que rien d'extérieur vienne s'y mêler[5]? (*Apologie*, 15.)

B. FRAGMENTS

HARMONIQUE

I

Porphyre.

Revenons cette fois encore aux écrits du pythagoricien Archytas — car la tradition veut que les traités [qu'on lui attribue] soient absolument authentiques. Voici le début de sa *Mathématique* :

Les mathématiciens[6], à mon avis, savent bien discerner et comprendre comme il faut — et cela n'est nullement surprenant — la nature de chaque chose; car, puisqu'ils ont une connaissance détaillée du Tout, ils doivent bien voir aussi l'essence des objets particuliers. Aussi touchant la vitesse des astres, de leur lever et de leur coucher, nous ont-ils donné une connaissance claire, tout autant qu'en géométrie plane, en arithmétique et en sphérique[1], sans oublier non plus la musique. Car ces sciences semblent sœurs[2] puisqu'elles s'occupent des deux premières formes de l'être, qui sont elles-mêmes sœurs[3].

Ils ont ainsi découvert les premiers qu'il ne peut se produire de son que si des corps se heurtent entre eux. Selon eux, le heurt se produit au moment de la rencontre et de la collision de corps en mouvement. Il y a son, tantôt quand des corps, animés de mouvements contraires, se freinent mutuellement en se heurtant, et tantôt quand des corps, emportés dans une même direction, mais à des vitesses inégales, sont heurtés par ceux qui les suivent en voulant les dépasser. Or beaucoup de ces bruits sont tels que notre nature ne nous permet pas de les percevoir, soit en raison de la faiblesse du choc, soit parce qu'une grande distance nous en sépare, soit encore en raison de l'excès d'amplitude de ces bruits (car les bruits de forte amplitude ne pénètrent pas en notre ouïe[4], de la même façon que rien ne pénètre à l'intérieur d'un vase à l'embouchure étroite, quand on veut y verser une [trop] grande quantité [de liquide]). Maintenant, pour ce qui est des sons que nous percevons, les uns paraissent aigus : ce sont ceux que produit le heurt rapide et violent; les autres nous semblent graves : ce sont ceux que produit le choc lent et faible. Si, en effet, on donne avec une baguette un coup faible et léger, le choc produira un son grave, alors que si le coup est rapide et fort, le son sera aigu. Mais ce n'est pas là la seule occasion que nous ayons de nous rendre compte de ce phénomène : quand, en parlant ou en chantant, nous voulons produire un son puissant et aigu, nous donnons de la voix par un souffle violent [...][5]. C'est le même phénomène qui se rencontre avec les projectiles : ceux qu'on lance vigoureusement portent loin, tandis que ceux qu'on lance mollement, portent court. L'on constate aussi que l'air cède davantage quand on les lance vigoureusement que lorsqu'on les lance mollement. On retrouvera la même chose avec les sons de la voix : si le souffle est vigoureux, les sons sont puissants et aigus; si le souffle manque de force, ils sont faibles et graves. Nous pourrons encore nous en convaincre par la preuve suivante, très solide : quand quelqu'un parle fort, on peut l'entendre même de loin; mais qu'il parle doucement, et on ne l'entendra pas même de près. Prenons encore un autre exemple, celui des flûtes : le souffle qui sort de la bouche produit, en s'échappant par les trous proches de l'embouchure, les notes plus aiguës parce que le souffle émis y est plus intense que celui qui s'échappe des trous les plus éloignés, d'où sortent, pour cette raison, les notes plus graves[1]. De toutes ces constatations il ressort clairement qu'un mouvement rapide produit un son aigu, et un mouvement lent un son grave. Mais prenons encore le cas des rhombes[2] qu'on fait vibrer au cours des fêtes mystiques. Si on les fait vibrer doucement, ils rendent un son grave, et un son aigu, si on les fait vibrer vigoureusement. Cela est encore vrai du roseau : si l'on souffle dans un roseau dont on a bouché la partie inférieure, il en sortira un certain son ⟨grave⟩; et si on le bouche jusqu'à la moitié ou à n'importe quel autre endroit, le son sera aigu. Car le même souffle manque de force quand il a parcouru un long trajet, alors qu'il reste fort après un trajet court. (*Commentaire sur les Harmoniques de Ptolémée*, éd. Düring, p. 56.)

Archytas ajoute encore d'autres précisions touchant le fait que le mouvement sonore est fonction des intervalles, et résume son propos en ces termes : les sons aigus sont animés d'un mouvement rapide et les graves d'un mouvement lent; des observations nombreuses nous en apportent l'évidence.

Nicomaque de Gérase.

Archytas de Tarente écrit lui aussi à peu près la même chose au début de son *Harmonique* : Les mathématiciens, à mon avis, savent bien [...] elles-mêmes sœurs[3]. (*Institution arithmétique*, I, III, 4, éd. Hoche, 6, 16.)

II

Porphyre.

Nombreux sont ceux qui, parmi les Anciens, partagent cette opinion [qu'un intervalle musical est un rapport], comme Denys d'Halicarnasse ou Archytas dans son *Traité de musique* [...] Voici maintenant ce qu'Archytas écrit à propos des médiétés :

En musique, il existe trois médiétés[4] : arithmétique, géométrique et subcontraire, encore appelée harmonique. On parle de moyenne arithmétique, quand trois termes entretiennent entre eux une proportion selon un excès donné[5] et que l'excès du premier par rapport au deuxième est celui du deuxième par rapport au troisième[1]. Dans cette proportion, l'intervalle des deux plus grands termes[2] est plus petit, tandis que celui des deux plus petits est plus grand. On parle de moyenne géométrique, quand le rapport des trois termes est tel que le premier est au deuxième ce que le deuxième est au troisième; dans ce cas, l'intervalle des deux plus grands termes est égal à celui des deux plus petits[3]. On parle de moyenne sub-contraire, celle que nous appelons harmonique, quand le rapport des trois termes est le suivant : le premier terme dépasse le deuxième d'une fraction de lui-même et le moyen[4] dépasse le troisième de la même fraction du troisième. Dans une telle proportion, l'intervalle des plus grands termes est plus grand et celui des plus petits termes plus petit[5]. (*Commentaire sur les Harmoniques de Ptolémée*, éd. Düring, p. 92.)

III

Stobée.

Extrait du livre *Des sciences*[6] d'Archytas : En effet, pour devenir savant, dans les domaines où l'on était jusque-là ignorant, il vous faut ou bien apprendre de quelqu'un ou bien découvrir par vous-même. Cependant ce qui vous est enseigné vient d'autrui et vous est étranger, tandis que ce que vous découvrez vient de vous-même et est votre bien propre. Mais s'il est fort difficile, et rare, de trouver sans chercher, cela est aisé et facile quand on cherche, mais impossible pour celui qui ne sait pas chercher.

La mésentente a cessé et la concorde[7] s'est accrue du jour où l'on a inventé un mode de calcul[8]. Grâce à lui, en effet, au lieu de l'esprit de surenchère, c'est l'égalité qui règne; c'est encore lui qui nous met d'accord avec ceux avec qui nous traitons d'affaires. Il permet ainsi aux pauvres de recevoir de ceux qui ont les moyens, et amène les riches à donner à ceux qui sont dans le besoin, puisque tous deux croient qu'ainsi ils jouiront de possessions égales[9]. D'autre part, il constitue un canon[10] et un frein pour les gens malhonnêtes : ceux qui savent recourir à ce mode de calcul se trouvent retenus de faire le mal, parce qu'il les persuade qu'ils ne pourront pas se cacher[11] quand ils auront enfreint la règle; ceux qui ne savent pas ⟨y recourir⟩ sont empêchés de faire le mal parce qu'il leur montre que le mal réside en leur projet[1]. (*Florilège*, IV, 1, 139, éd. Hense.)

Jamblique.

C'est précisément pour cela qu'Archytas écrit dans son livre *Des mathématiques*[2] : En effet, pour devenir savant [...] ne sait pas chercher. (*De la science mathématique commune*, 11, éd. Festa, p. 44, 10.)

LES ENTRETIENS

IV

Stobée.

Extrait des *Entretiens*[3] d'Archytas : Il semble bien que l'art du calcul[4] rapporté à la philosophie[5] soit bien supérieur aux autres arts, de par sa capacité à traiter, mieux encore que ne le fait la géométrie, n'importe quel problème avec une certitude plus grande [...][6]. Et dans les domaines où la géométrie se révèle impuissante, l'art du calcul, tout en fournissant aussi des démonstrations, peut de surcroît, pour peu qu'il soit question de formes[7], traiter des formes. (*Choix de textes*, I, préface, 4, 18, 8.)

ÉCRITS DOUTEUX

DE LA DÉCADE

V

Théon de Smyrne.

La décade embrasse en sa limite l'ensemble des nombres, puisqu'elle renferme en elle la nature tout entière, le pair et l'impair, le mû et le non-mû, le bien et le mal. À son propos, Archytas, dans son livre *De la décade*, et Philolaos, dans son livre *De la nature*[8], fournissent des explications détaillées. (*Commentaires*, éd. Hiller, 106, 7.)

DES FLÛTES[1]

VI

Athénée.

Nombreux sont les philosophes pythagoriciens à avoir pratiqué l'art de la flûte : ainsi Euphranor, Archytas, Philolaos, et bien d'autres encore. Euphranor, d'ailleurs, a laissé un ouvrage intitulé *Des flûtes*, Archytas également[2]. (*Les Deipnosophistes*, IV, 184 E.

MÉCANIQUE

VII

Vitruve.

Des ⟨ingénieurs⟩ comme Diadès, Archytas[3], Archimède, Ctésibios, Nymphodore, ou Philon de Byzance, ont eux aussi composé des ouvrages sur les machines. (*De l'architecture*, préface, VII, 14.)

DE L'AGRICULTURE

VIII

Varron.

Parmi les philosophes[4] qui ont écrit en grec des traités d'agriculture, on compte Démocrite, le philosophe de la nature, Xénophon, le socratique, les péripatéticiens Aristote et Théophraste, et le pythagoricien Archytas[5]. (*Agriculture*, I, I, 8.)

ÉCRITS APOCRYPHES

IX

1. *Des principes.* (Cité par Stobée, *Choix de textes*, I, XLI, 2.)

2. *De l'être.* (*Ibid.*, II, II, 4.)

3. *De l'univers*, ou *Des rapports constitutifs de l'univers*[1], ou *Des genres*, ou *Pour les lieux*[2]. (Simplicius, *Commentaires d'Aristote.*)

4. *Des opposés.* (*Ibid.*)

5. *De l'intellect et de la sensation.* (Stobée, *Choix de textes*, I, XLVIII, 6; et Jamblique, *Protreptique*, 10, éd. Pistelli, 55, 8.)

6. *De l'éducation morale.* (Stobée, *Choix de textes*, II, XXXI, 120; *Florilège*, III, I, éd. Henze, 105-106.) *De l'éducation des enfants*[3]. (Philostrate, *Vie d'Apollonios de Tyane*, VI, 31.)

7. *Du bien et du bonheur de l'homme.* (Stobée, *Florilège*, III, I, 107; III, III, 65; IV, L, 28.)

8. *De la sagesse.* (Jamblique, *Protreptique*, 4, 16 et suiv.)

9. *De la loi et de la justice.* (Stobée, *Florilège*, IV, I, 135; IV, I, 138; V, 61.)

10. *De l'âme*[4]. (Stobée, *Choix de textes*, I, CCCLXIX, 9.)

11. *Art culinaire.* (Athénée, *Les Deipnosophistes*, XII, 516 C.) *Lettres à Denys.* (Diogène Laërce, *Vies*, VII, 22.) *Lettres à Platon*[5]. (*Ibid.*, VIII, 80.)

OCCELOS

I

Jamblique.

Originaires de Lucanie : les frères Occelos et Occilos [...]. [Femmes pythagoriciennes] [...] : Byndaco, sœur des Lucaniens Occelos et Eccelos[1] [...]. (*Vie pythagorique*, 267.)

II

Censorinus.

Cette idée ancienne[2], selon laquelle le genre humain aurait toujours existé, est soutenue par Pythagore de Samos, Occelos de Lucanie, Archytas de Tarente et tous les pythagoriciens, d'ailleurs. (*Du jour de la naissance*, IV, 3.)

III

Philon d'Alexandrie.

Selon certains, ce n'est pas Aristote qui aurait inventé cette thèse[3], mais certains pythagoriciens. Je suis tombé un jour sur un traité d'Ocellos[4] de Lucanie, intitulé *De la nature de l'univers*[5], où, non content d'affirmer le caractère inengendré et incorruptible du monde, il allait jusqu'à en fournir la démonstration. (*De l'éternité du monde*, éd. Cumont, p. 5, 2.)

III *a*

Sextus Empiricus.

C'est à partir des cinq éléments[6] qu'Occelos de Lucanie et Aristote ⟨ont fait naître toutes choses⟩. Aux quatre éléments, ils ont en effet adjoint un cinquième corps, doté d'un mouvement circulaire et dont ils pensent qu'il est la matière des corps célestes[1]. (*Contre les mathématiciens*, X, 316.)

IV

Diogène Laërce.

80. Quelle chance[2] que tu aies réussi à éloigner de toi la maladie, comme tu as pris soin de me le faire savoir et comme me l'ont appris les gens de Lamiscos[3]! Quant aux traités, nous nous en sommes occupés et nous avons pu mettre la main sur la progéniture[4] d'Occelos, originaire de Lucanie, où nous nous sommes rendus. C'est ainsi que nous sommes en possession de ses écrits. *De la loi*, *De la royauté*, *De la sainteté* et *De l'origine de l'univers*, dont nous t'avons expédié certains [...]

81. [Suit la réponse de Platon à Archytas :] C'est avec un plaisir extrême que nous avons reçu les traités que tu nous as envoyés; leur auteur nous a charmé au plus haut point. Il nous est apparu digne de ses illustres ancêtres, dont la tradition veut, n'est-ce pas, qu'ils fussent originaires de Myra (ils étaient d'ailleurs du nombre de ceux qui quittèrent Troie à l'époque de Laomédon), et hommes de bien, comme le montre la légende[5]. (*Vies*, VIII, 80-81.)

V

Syrianos.

Les pythagoriciens n'ont pas non plus ignoré l'étude des [objets] sensibles; c'est ce qui ressort clairement, d'une part, des livres d'Ecellos[6] *Sur la nature de l'univers* — ouvrage qui, semble-t-il, a été repris presque textuellement dans le traité ⟨d'Aristote⟩ *De la génération et la corruption* —, et, d'autre part, de presque tous les écrits de Timée[7]. (*Commentaire sur la Métaphysique d'Aristote*, 175, 7.)

VI

Stobée.

D'Occelos [...], dans ses livres *De la nature de l'univers.* (*Choix de textes*, I, XX, 3.)

Dans son livre *De la loi* [...]. (*Ibid.*, I, XIII, 2.)

VII

[Titre d'une œuvre apocryphe.]

De la nature de l'univers, par Ocelos[1] de Lucanie[2]. (R. Harder, *Ocellus Lucanus*, Berlin, 1926.)

VIII

Jean de Lydie.

Nous savons en effet que c'est la triade qui met en branle la procession des dieux[3] et fixe leur position éternelle dans la même forme[4]. C'est précisément ce que veut dire le pythagoricien Ocellos, quand il écrit : C'est la triade qui, la première, a fixé commencement, milieu et fin. (*Des mois*, II, 8.)

ADDITION

IX

Lucien.

Le divin Pythagore, bien qu'il n'ait pas jugé bon de nous laisser rien de ses propres écrits, à en croire du moins Ocellos de Lucanie, Archytas et le reste de ses disciples, ne commençait jamais une lettre par ⟨les formules traditionnelles⟩ : « Bonjour ! » ou « Prospérité ! », mais prescrivait de débuter par « Santé[5] ! ». Aussi tous ses disciples avaient-ils coutume, dans la correspondance qu'ils échangeaient, de placer le vœu de « Santé » au tout début de leurs lettres, parce qu'il convenait parfaitement à l'âme et au corps. En outre, le triple triangle étoilé, le pentagramme, symbole interne à la secte, ils l'appelaient *Santé*; si en général pour eux « Santé ! » voulait dire en même temps « Bonjour ! » et « Prospérité ! », la réciproque n'était nullement vraie[6]. (*Sur une faute en saluant*, 5.)

TIMÉE DE LOCRES

I

Platon.

SOCRATE : Reste la catégorie des gens comme vous[1], qui, de par leur naissance et leur éducation, tiennent des deux à la fois[2]. C'est le cas de Timée, ici présent, par exemple, et qui est originaire de l'illustre cité de Locres en Italie. Comme il ne le cède en rien à ses concitoyens ni par la richesse ni par la naissance, il s'est vu confier dans sa patrie les plus hautes charges et décerner les plus grands honneurs; ce qui ne l'a pas empêché – c'est du moins mon avis – de parvenir au faîte de la philosophie, dans tous ses domaines[3]. (*Timée*, 19 *e*.)

I *a*

Suidas.

Timée de Locres, philosophe pythagoricien. [Auteur de] livres de *Mathématiques*, d'un *De la nature* et d'une *Vie de Pythagore*[4]. (*Lexique*, « Timée ».)

II

[Catalogue des œuvres d'Aristote.]

N° 94 : *[Examen des] Thèses soutenues dans Timée et dans les livres d'Archytas* (un livre).

[Catalogue d'Hésychios].

N° 85 : *[Examen des] Thèses soutenues dans les livres de Timée et d'Archytas* (un livre). (Diogène Laërce, *Vies*, V, 25.)

Simplicius.

C'eſt pourquoi, dans son résumé du *Timée* de Platon, Ariſtote écrit : « [Timée] affirme que le [monde] eſt engendré, puisqu'il eſt sensible, et il pose en principe que le sensible eſt engendré et l'intelligible inengendré. » (*Commentaire sur le Traité du ciel d'Ariſtote*, 296, 16.)

III

Proclus.

C'eſt Occelos qui a ouvert la voie à Timée[1]. (*Commentaire sur le Timée de Platon*, II, 38, 1, éd. Diehl.)

IV

[Note manuscrite.]

De Timée de Locres : *De l'âme du monde et de la nature*[2]. (À des manuscrits du *Timée* de Platon.)

HICÉTAS

I

Cicéron.

Selon Théophraste, Hicétas de Syracuse est d'avis que la voûte céleste, le Soleil, la Lune et les étoiles, en un mot tout ce qui se trouve au-dessus de nos têtes, sont fixes et que rien dans l'univers ne se meut, hormis la Terre : c'est parce que la Terre tourne et pivote[1] sur son axe à très grande vitesse que tout se passe comme si, la Terre étant fixe, c'était la voûte céleste qui était en mouvement[2]. (*Premiers académiques*, [*Lucullus*], II, XXXIX, 123.)

II

Aétius.

Pour Thalès et son école, il n'existe qu'une Terre, tandis que le pythagoricien Hicétas en connaît deux : la nôtre et l'anti-Terre[3]. (*Opinions*, III, IX, 1-2.)

ECPHANTOS

I

Hippolyte.

Un certain Ecphantos[1] de Syracuse déclarait qu'il est impossible d'avoir une connaissance véridique de la réalité et qu'on ne peut la définir que comme on la juge[2]; les corps premiers sont indivisibles et se distinguent par trois aspects : la grandeur, la forme et la puissance. Ce sont eux la matière des sensibles; leur multitude est ⟨qualitativement⟩ définie et quantitativement illimitée[3], et ce qui meut ces corps ⟨premiers⟩, ce n'est ni la pesanteur ni le choc, mais une puissance divine qu'il appelle *Intellect* et *Âme*[4]. Ainsi le monde est-il son idée, le *ce-par-quoi*[5] la puissance divine engendre sa forme sphérique. La Terre, centre du monde, tourne sur elle-même, d'ouest en est. (*Réfutation de toutes les hérésies*, I, 15.)

II

Aétius.

Ecphantos de Syracuse, qui appartient à l'école pythagoricienne, estime que ⟨les principes sont⟩ les corps indivisibles et le vide. De fait, il est le premier à avoir dit clairement que les monades des pythagoriciens sont corporelles. (*Opinions*, I, III, 19.)

III

Aétius.

Pour Thalès comme pour Pythagore, Empédocle, Ecphantos et Parménide, [...] le monde est un. (*Opinions*, II, I, 2.)

IV

Aétius.

Pour Ecphantos, le monde eſt conſtitué par les atomes, mais gouverné par une Providence. (*Opinions*, II, III, 3.)

V

Aétius.

Héraclide Pontique[1] et le pythagoricien Ecphantos confèrent à la Terre un mouvement, non de translation, mais de rotation, à la façon d'une roue dont l'axe eſt fixe[2], tournant autour de son propre centre d'oueſt en eſt. (*Opinions*, III, XIII, 3.)

XÉNOPHILE

I

Diogène Laërce.

En effet, les derniers pythagoriciens, ceux-là mêmes qu'Aristoxène a connus, furent Xénophile de Chalcis en Thrace, etc[1]. (*Vies*, VIII, 46.)

Jamblique.

Les pythagoriciens les plus appliqués[2] furent Phanton, Echécrate, Polymnastos et Dioclès, tous de Phlionte, ainsi que Xénophile de Chalcis en Thrace[3]. (*Vie pythagorique*, 251.)

Originaires de Cyzique : Pythodore[4] [...] et Xénophile. (*Ibid.*, 267.)

II

Valère-Maxime.

Le pythagoricien Xénophile de Chalcis avait deux ans de moins que Gorgias, mais connut un bonheur au moins égal au sien, si — comme l'affirme le musicien Aristoxène — il est mort au faîte de la gloire que lui valut son enseignement exceptionnel, sans avoir connu aucun des malheurs inhérents à la condition humaine. (*Faits et dits mémorables*, VIII, XIII; *Étrangers*, 3.)

Macrobe.

Si l'on en croit Aristoxène, le musicien Xénophile fut un adepte de la philosophie pythagoricienne et mourut à Athènes à plus de cent cinq ans. (*Saturnales*, 18.)

Pline.

Aussi est-il extraordinaire qu'on puisse vivre cent cinq ans, sans avoir connu la moindre souffrance physique, et le musicien Xénophile est l'unique exemple d'un tel phénomène. (*Histoire naturelle*, VIII, 168.)

III

Suidas.

Aristoxène [...] suivit les leçons de son père [Spintharos][1] et de Lampros d'Érythrée, puis du pythagoricien Xénophile et enfin d'Aristote[2]. (*Lexique*, « Aristoxène ».)

DIOCLÈS, ÉCHÉCRATE, POLYMNASTOS, PHANTON, ARION

I

Diogène Laërce.

(*Vies*, VIII, 46[1].)

Jamblique.

(*Vie pythagorique*, 251[2].)

II

Jamblique.

Originaires de Phlionte : Dioclès, Échécrate, Polymnastos, Phanton. (*Vie pythagorique*, 267.)

III

Jamblique.

Originaire de Tarente : Échécrate [...]

[Femmes pythagoriciennes :] Échécratéia de Phlionthe. (*Vie pythagorique*, 267.)

Platon.

ÉCHÉCRATE : Comment [Socrate] est-il mort? J'aimerais bien qu'on me fasse le récit de sa fin; car depuis ⟨qu'il n'est plus⟩, aucun citoyen de Phlionte n'a eu l'occasion de se rendre à Athènes. (*Phédon*, 57 *a*.)

IV

Platon.

ÉCHÉCRATE : En effet la théorie, selon laquelle notre âme serait une harmonie[1] me captive, chaque fois que je l'entends exposer, comme c'est le cas aujourd'hui; et à l'entendre, il m'est, pour ainsi dire, revenu en mémoire que telle était ma première opinion, à moi aussi. (*Phédon*, 88 *d*.)

Cicéron.

Échécrate, Timée[2] et Arion, de Locres tous les trois[3]. (*Des fins*, V, XXIX, 87.)

PROROS, AMYCLAS, CLINIAS

I

Jamblique.

C'est [Denys][1] qui raconta la chose[2] à [Aristoxène], et d'autres encore sur ⟨l'amitié qui unissait⟩ Phintias et Damon[3], Platon et Archytas, Clinias et Proros[4]. (*Vie pythagorique*, 127.)

II

Diogène Laërce.

Dans ses *Mémoires historiques*, Aristoxène dit que Platon, qui se proposait de mettre le feu à tous les écrits de Démocrite[5] qu'il avait pu rassembler, en fut empêché par les pythagoriciens Amyclas et Clinias, qui affirmèrent que ce geste serait inutile : beaucoup en effet possédaient déjà ces ouvrages. (*Vies*, IX, 40.)

III

Diodore de Sicile.

Un beau jour[6], Clinias, originaire de Tarente et membre de la secte dont je viens de parler, apprit que Proros de Cyrène avait perdu ses biens à la suite de certaines circonstances politiques et se trouvait dans le plus complet dénuement. Il quitta aussitôt l'Italie pour Cyrène, avec l'argent nécessaire, et rendit à Proros des moyens de subsistance. Il ne l'avait pourtant jamais vu auparavant, mais il lui avait suffi de savoir qu'il était pythagoricien ! (*Bibliothèque historique*, X, 4, 1.)

IV

Athénée.

Si l'on en croit le récit de Caméléon du Pont, Clinias – dont l'existence et les mœurs étaient marquées par l'instabilité[1] – décrochait sa cithare et se mettait à en jouer, à chaque fois qu'il lui arrivait de se mettre en colère. Quand on lui demandait la raison de ce comportement, il répondait : « Je me calme. » (*Les Deipnosophistes*, XIV, 624 A.)

V

Plutarque.

Quant à moi, dit-il, j'aime beaucoup ce mot du pythagoricien Clinias qui, à la question : « Quel moment doit-on choisir pour avoir commerce avec une femme ? », répondit, à ce qu'on en dit : « Chaque fois qu'on éprouve une très forte envie de se faire souffrir[2]. » (*Propos de table*, III, VI, 3, 654 B.)

VI

Nicomaque de Gérase.

Du nombre sept[3], de Proros. (Cité par le Pseudo-Jamblique, *Théologoumènes arithmétiques*, éd. De Falco, p. 56.)

Syrianos.

Du nombre sept, de Proros. (*Commentaire sur la Métaphysique d'Aristote*, 192, 5.)

DAMON, PHINTIAS

Diodore de Sicile.

Sous la tyrannie de Denys, un complot avait été ourdi contre lui par un pythagoricien, un certain Phintias. Au moment d'être exécuté, celui-ci demanda à Denys un délai pour pouvoir régler, comme il l'entendait, ses affaires personnelles avant de mourir, et promit de lui fournir en attendant, comme garant de son exécution, l'un de ses amis. Comme le tyran se refusait à croire à l'existence d'un ami qui pût accepter d'aller en prison à la place de quelqu'un d'autre, Phintias fit venir l'une de ses connaissances, un philosophe pythagoricien du nom de Damon, qui, sans la moindre hésitation, accepta sur-le-champ d'engager sa vie pour lui. Certains louèrent alors cet excès de dévouement envers un ami, tandis que d'autres dénonçaient la folie de cet engagement téméraire. À l'heure convenue pour l'exécution, le peuple en foule accourut, impatient de savoir si le contractant tiendrait parole. Mais, comme le délai expirait et que plus personne ne gardait espoir, Phintias, contre toute attente, arriva en courant au tout dernier moment, alors que déjà l'on traînait de force Damon au supplice. Devant cette extraordinaire démonstration publique d'amitié, Denys accorda sa grâce à l'accusé et pria les deux hommes de l'accepter en tiers dans leur amitié[1]. (*Bibliothèque historique*, X, 4, 3.)

SIMOS, MYONIDE, EUPHRANOR

I

Jamblique.

Originaires de Posidonia[1] : Athamas et Simos [...]. (*Vie pythagorique*, 267.)

II

Porphyre.

C'est cette inscription[2] que détruisit Simos pour pouvoir faire croire partout, ensuite, que l'harmonique et le canon, qu'il s'était appropriés, étaient sa propre découverte. Les noms des sciences[3] gravés [sur l'ex-voto] devaient être au nombre de sept, mais Simos, pour s'en approprier une, fit disparaître du même coup les noms des six autres qui y étaient gravés. (*Vie de Pythagore*, 3.)

III

Jamblique.

On parle encore des trois médiétés qui viennent les premières[4], celles dont on se servit de Platon à Ératosthène, et dont la découverte, comme nous l'avons dit, est l'œuvre des mathématiciens Archytas et Hippase eux-mêmes. Mais il convient de ne pas passer sous silence les quatre médiétés mises au point à l'époque moderne par les pythagoriciens Myonide et Euphranor. (*Commentaire sur l'Introduction arithmétique de Nicomaque*, éd. Pistelli, 116, 1.)

LYCON (LYCOS)

I

Jamblique.

Originaires de Tarente : [...] Lycon. (*Vie pythagorique*, 267.)

Diogène Laërce.

Il a existé d'autres Lycon[1] : le premier fut un pythagoricien. (*Vies*, V, 69.)

II

Athénée.

Le pythagoricien Lycos[2] dit que la raison pour laquelle la laitue à feuilles larges et lisses, et sans tige, est appelée « eunuque » par les pythagoriciens et « astytide[3] » par les femmes, est qu'elle fait uriner abondamment les hommes et leur enlève toute vigueur sexuelle. Elle constitue d'autre part un mets savoureux. (*Les Deipnosophistes*, II, 69 E.)

III

Athénée.

Pythagore de Samos mangeait sobrement lui aussi, comme le rapporte Lycon d'Iasos[4] dans sa ⟨*Vie*⟩ *de Pythagore.* (*Les Deipnosophistes*, X, 418 E.)

IV

Aristoclès.

Il n'est rien de plus fou que les propos de Lycon, qui se disait pythagoricien[1]. N'affirme-t-il pas en effet qu'Aristote, à la mort de sa femme, lui offrit un sacrifice semblable à celui que les Athéniens offrent à Déméter ; qu'il prenait des bains dans une huile tiède qu'il revendait ensuite ; et que, un jour qu'il se rendait à Chalcis, les douaniers auraient découvert à bord de son bateau soixante-quatorze fioles de bronze ? (Cité par Eusèbe, *Préparation évangélique*, XV, II, 8.)

V

[Scolie.]

Démétrios Chloros considère le buplèvre[2] comme un arbre. Mais c'est faux : c'est un légume. [...] D'ailleurs, selon Antigonos, Lycon aussi le mentionne comme légume. (À Nicandre, *Des contrepoisons*, 585.)

L'ÉCOLE PYTHAGORICIENNE

A. CATALOGUE DE JAMBLIQUE[1]

Jamblique.

Il va de soi que, sur la totalité des pythagoriciens, beaucoup sont inconnus ou anonymes ; mais d'autres sont connus dont voici les noms.

De Crotone : Hippostrate, Dymas, Égon, Hémon, Syllos, Cléosthène, Agélas, Épysylos, Phyciadas, Ecphantos[2], Timée, Bouthos, Ératos, Itanée, Rhodippos, Bryas, Énandros, Myllias, Antimédon, Agéas, Léophron, Agylos, Onatas, Hipposthène, Cléophron, Alcméon, Damoclès, Milon, et Ménon.

De Métaponte : Brontin, Parmiscos, Orestadas, Léon, Damarménos, Énée, Chilas, Mélésias, Aristée, Laphaon, Évandre, Agésidamos, Xénocade, Euryphémos, Aristomène, Agésarque, Alcias, Xénophante, Thraséos, Eurytos, Épiphron, Iriscos, Mégistias, Léocyde, Thrasymède, Euphémos, Proclès, Antimène, Lacritos, Damotagès, Pyrrhon, Rhéxibios, Alopécos, Astylos, Dacidas, Aliochos, Lacratès et Glycinos.

D'Agrigente : Empédocle.

D'Élée : Parménide.

De Tarente : Philolaos, Eurytos, Archytas, Théodore, Aristippe, Lycon, Hestiaios, Polémarque, Astéas, Kainias, Cléon, Eurymédon, Arcéas, Clinagoras, Archippos, Zopyros, Euthynos, Dicéarque, Philonide, Phrontidas, Lysis, Lysibios, Dinocrate, Échécrate, Paction, Acousiladas, Iccos, Pisicrate, *Cléaratos*, *Léonteus*, Phrynicos, Smichias, Aristoclidas, Clinias, Habrotélès, Pisirrhodos, Bryas, Élandros, Archémaque, Mimnomaque, Acmonidas, Dicas et Carophantidas.

De Sybaris : Métopos, Hippase, Proxène, Évanor, Léanax, Ménestor, Dioclès, Empédos, Timasios, Ptolémée, Endios et Tyrsenos.

De Carthage : Miltiade, Anthen, Hodios, Léocrite.

De Paros : Aétios, Phainéclès, Déxithéos, Alcimaque, Dinarque, Méton, Timée, Timésianax, Eumoïros et Thymaridas.

De Locres : Gyttios, Xénon, Philodamos, Evétès, Eudicos, Sthénonidas, Sosistrate, Euthynous, Zaleucos et Timarès.

De Posidonia : Athamas, Simos, Proxène, Cranoos, Myès, Bathylaos et Phédon.

De Lucanie : Les frères Occelos et Occilos, Orésandros et Cérambos.

De Dardanos : Malion.

D'Argos : Hippomédon, Timosthène, Évelthon, Thrasydamos, Criton et Polyctor.

De Sparte : Autocharidas, Cléanor et Eurycratès.

De Scythie septentrionale : Abaris.

De Rhégium : Aristide, Démosthène, Aristocratès, Phytios, Hélicaon, Mnésiboulos, Hipparchidès, Euthosion, Euthyclès, Opsimos, Calaïs et Sélinountios.

De Syracuse : Leptinès, Phintias et Damon.

De Samos : Mélissos, Lacon, Archippos, Hélorippos, Héloris et Hippon.

De Caulonia : Callibrotos, Dicon, Nastas, Drumon et Xentas.

De Phlionte : Dioclès, Échécrate, Polymnastos et Phanton.

De Sicyone : Poliadès, Démon, Stratios et Sosthène.

De Cyrène : Proros, Mélanippos, Aristangélos et Théodore.

De Cyzique : Pythodore, Hipposthénès, Boutheros et Xénophile.

De Catane : Charondas et Lysiadès.

De Corinthe : Chrysippe.

De Tyrrhénie : Nausithoos.

D'Athènes : Néocrite.

Du royaume du Pont : Lyramnos.

Ce qui fait un total de deux cent dix-huit personnes.

Parmi les femmes les plus célèbres qui adhérèrent à la doctrine de Pythagore[1], on compte : Timycha, la femme de Myllias de Crotone; Philtys, la fille de Théophris de Crotone; Byndaco, sœur des Lucaniens Occelos et Eccélos[2]; Chilonis, la fille de Chilon de Sparte; Cratésicléia de Sparte, la femme de Cléanor de Sparte; Théano, la femme de Brotinos de Métaponte; Mya, la femme de Milon de Crotone; Lasthénéia d'Arcadie; Habrotéléia, la fille d'Habrotélès de Tarente; Échécratéia de Phlionthe; Tyrrhénis de Sybaris; Pisirrhodè de Tarente; Nisthéadousa de

Sparte; Boio et Babélyca d'Argos, et Cléaïchma, la sœur d'Autocharidas de Sparte. Ce qui fait un total de dix-sept[1]. (*Vie pythagorique*, 267.)

B. LES PYTHAGORICIENS ANONYMES

I

Proclus.

Après eux[2], vient Pythagore[3] qui a donné à la philosophie géométrique la forme d'une culture libérale, en reprenant les choses au commencement pour découvrir les principes, par un examen des théorèmes mettant en œuvre une méthode non empirique et purement intellectuelle; c'est lui précisément qui découvrit la théorie des proportions[4] et l'existence d'une structure des formes de l'univers[5].

Après lui, Anaxagore de Clazomènes[6] et Œnopide de Chio[7], de quelques années le cadet d'Anaxagore, se sont beaucoup intéressés à l'étude de la géométrie [...].

C'est un peu plus tard qu'Hippocrate de Chio, qui découvrit la quadrature du ménisque[8], et Théodore de Cyrène[9] acquirent la célébrité comme géomètres. Hippocrate, en effet, est le premier parmi ceux dont on a gardé le nom, à avoir composé, entre autres, un ouvrage intitulé *Éléments*. Platon vint ensuite [...]. C'est à cette même époque que vécurent Léodamas de Thasos, Archytas de Tarente[10] et Théétète d'Athènes, qui accrurent le nombre des théorèmes et leur conférèrent une plus grande rigueur scientifique. (*Commentaire sur le premier livre des Éléments d'Euclide*, éd. Friedlein, 65, 15.)

I *a*

Diogène Laërce.

24. Dans ses *Successions des philosophes*, Alexandre[11] affirme avoir fait cette autre découverte dans des *Mémoires pythagoriciens* : 25. la monade est le principe de toutes choses; produite par la monade, la dyade indéfinie existe en tant que substrat matériel pour la monade, qui est cause; c'est la monade et la dyade indéfinie qui ⟨engendrent⟩ les nombres, puis les nombres qui ⟨engendrent⟩ les points, puis les points qui ⟨engendrent⟩ les lignes. À leur tour celles-ci produisent les figures planes, lesquelles produisent les figures à trois dimensions, lesquelles produisent les corps

sensibles dont les éléments sont précisément au nombre de quatre : le feu, l'eau, la terre et l'air[1], qui changent et se transforment entièrement les uns en les autres; ce sont eux qui donnent naissance à un monde animé, intelligent et sphérique au centre duquel se trouve la Terre, elle-même sphérique et habitée sur toute sa surface. 26. Il existe aussi des antipodes[2] et ce qui pour nous est le bas est pour eux le haut. La lumière et l'obscurité se partagent également l'univers, ainsi que le font le chaud et le froid, le sec et l'humide. Quand le chaud l'emporte, c'est l'été; quand le froid l'emporte, c'est l'hiver; quand le sec l'emporte, c'est le printemps et quand l'humide l'emporte, c'est l'automne. Quand tout s'équilibre, nous connaissons les meilleurs moments de l'année, le plus sain se situant au début du printemps et le moins salubre à la fin de l'automne. Et de même, l'aurore voit s'épanouir le jour, le soir le voit dépérir : c'est cela qui rend le soir malsain. Si l'éther[3] qui entoure la Terre est stagnant et insalubre, et mortel tout ce qui s'y trouve, celui des couches supérieures, lui, est éternellement en mouvement, pur et sain, et tout ce qui s'y trouve est immortel et, par conséquent, divin. 27. Le Soleil, la Lune et tous les autres astres sont des dieux, puisque le chaud prédomine en eux et qu'il est cause de la vie. La Lune reçoit sa lumière du Soleil. Les hommes eux aussi ont une parenté avec les dieux dans la mesure où l'homme participe du chaud. C'est pourquoi Dieu exerce sur nous sa Providence. Le destin[4] est la cause de l'ordonnance des choses, tant de l'ensemble que de ses parties. Le rayonnement du Soleil pénètre l'éther, qu'il soit froid ou dense (ils appellent éther froid l'air, et éther dense la mer et tout ce qui est humide). Ce rayonnement plonge d'ailleurs jusqu'aux tréfonds et, pour cette raison, confère la vie à toutes choses. 28. Car possède la vie tout ce qui participe du chaud : c'est ce qui fait que les plantes aussi sont vivantes. Mais il ne faut pas croire que tout possède une âme. L'âme [végétative] en effet est une parcelle détachée à la fois de l'éther chaud et de l'éther froid[5]; elle diffère de la vie [animale] parce qu'en elle se trouve mêlé aussi de l'éther froid. De plus, l'âme est immortelle, puisque ce dont elle est une parcelle est immortel. Quant aux êtres vivants, ils s'engendrent mutuellement par le moyen de semences[6], car la génération spontanée à partir de la terre n'existe pas[7]. La semence est une goutte de cerveau et renferme en elle une vapeur humide et chaude. Dès son introduction dans la matrice, de ⟨cette parcelle de⟩ cerveau s'échappent le sérum, le liquide et le sang[8], dont sont constitués les chairs, les nerfs, les os, les poils et la totalité du corps[9]; et à partir de la vapeur humide se constituent l'âme et les sens[1]. 29. La coagulation initiale se constitue et prend sa forme au bout de quarante jours[2]; le fœtus, entièrement constitué au bout de sept, ou neuf, ou dix mois au plus, selon les rapports de l'harmonie[3], est alors mis au monde. Il possède en lui tous les rapports vitaux, qui constituent une série continue, régie par les rapports de l'harmonie, et se manifestent successivement à des moments dont l'opportunité est réglée. Quant aux sens en général, et tout spécialement la vue, c'est une vapeur particulière, très chaude, qui les constitue; c'est — toujours d'après eux — ce qui permet de voir à travers l'air et l'eau[4] : en effet, le chaud forme une barrière résistant au froid puisque — la chose est certaine —, si la vapeur humide renfermée dans les yeux était froide, elle se dissiperait dans l'air, auquel elle serait semblable. Or ce n'est pas le cas. En certains passages, il[5] appelle les yeux les portes du Soleil. Il soutient les mêmes théories à propos de l'ouïe et des autres sens.

30. L'âme humaine, elle, se divise en trois parties : l'intellect, la conscience et les passions[6]. L'intellect et les passions se rencontrent également chez tous les êtres vivants, mais la conscience n'existe que chez l'homme. Le principe de l'âme s'étend du cœur au cerveau; les passions ont leur siège dans le cœur, alors que l'intellect et la conscience résident dans le cerveau. Quant aux sens, ce sont des gouttes qui en proviennent. Seule la partie consciente est immortelle, alors que le reste est mortel. L'âme se nourrit du sang, et les paroles[7] sont des souffles de l'âme. Elles ne sont pas plus visibles qu'elle-même, vu que l'éther lui non plus n'est pas visible. 31. Les veines, les artères et les nerfs sont les liens de l'âme[8]. À cela s'ajoute que, lorsqu'elle est ferme et demeure immobile en elle-même, paroles et actes deviennent pour elle des liens. Une fois chassée de son séjour terrestre, elle vagabonde[9] dans l'air, avec l'apparence du corps. C'est Hermès l'intendant des âmes; et si on l'appelle le « conducteur », le « passeur » et le « souterrain », c'est précisément parce que c'est lui qui, à leur sortie du corps, conduit les âmes [chez Hadès] hors du séjour terrestre et des profondeurs marines. Et, si les âmes pures sont conduites dans la région la plus élevée, les âmes impures, elles, ne les approchent pas ni ne se fréquentent entre elles, mais sont enchaînées par les Érinnyes dans des liens infrangibles. 32. D'ailleurs l'air est plein d'âmes : on pense qu'il s'agit là des démons et des héros; ce sont eux qui envoient aux hommes les songes et les présages de maladie comme de bonne santé concernant non seulement les hommes, mais aussi les troupeaux et les bestiaux; c'est à eux que s'adressent les purifications

et les sacrifices destinés à détourner les fléaux, ainsi que la divination sous toutes ses formes, les invocations et tous les rites du même genre. Il dit encore que ce qui compte le plus dans la vie des hommes, c'est d'inciter l'âme au bien plutôt qu'au mal. Bienheureux sont les hommes, quand une âme valeureuse leur est conférée ; sinon, ils ne sont jamais en repos et ne peuvent jamais garder une même ligne d'action. 33. De plus, le droit garantit les serments : c'est pour cela que Zeus est appelé dieu des serments[1]. L'excellence est harmonie, comme la santé, le bien en général et Dieu ; cela explique que pour lui, l'harmonie générale préside à la constitution du monde[2]. L'amitié, elle, est une égalité parfaitement harmonieuse. Il ne faut pas honorer les dieux et les héros également : pour les dieux, à tout moment on doit observer un silence respectueux, être vêtu de vêtements blancs et s'être purifié ; mais on ne prodigue ces marques de respect aux héros qu'après l'heure de midi[3]. La purification comporte les sacrifices expiatoires, les lustrations, les aspersions, et implique qu'on se tienne à l'écart des funérailles, des accouchements et des souillures quelles qu'elles soient ; elle exige aussi qu'on s'abstienne de toucher et de manger les viandes d'animaux morts ainsi que des rougets, des bogues[4], des œufs et des animaux ovipares, des fèves[5] et toutes les autres choses dont doivent s'abstenir formellement ceux qui célèbrent les cérémonies dans les sanctuaires. (*Vies*, VIII, 24-33.)

II

Stobée.

Extrait de l'*Arithmétique* d'Aristoxène : Il semble que Pythagore ait porté l'intérêt le plus vif à la recherche sur les nombres et que, au lieu de s'en tenir à l'usage qu'en font les marchands, il l'ait fait fortement progresser, allant jusqu'à assimiler toutes choses à des nombres. En effet, le nombre contient tout ce qui n'est pas lui, et il y a un rapport de tous les nombres entre eux[6]. [...] Les Égyptiens, eux, rapportent l'invention du nombre à Hermès, qu'ils appellent Thot ; d'autres encore affirment qu'il est un concept formé à partir des révolutions divines ⟨des astres[7]⟩. La monade est donc le principe du nombre, et le nombre la multiplicité composée à partir des monades. Parmi les nombres, sont pairs ceux qui se divisent en parts égales, et impairs ceux qui se divisent en parts inégales et ont une unité médiane[8]. C'est ainsi — croient-ils — que les jours impairs voient les maladies entrer dans leurs phases décisives, et évoluer selon un commencement, un point culminant et un déclin, vu que le ⟨nombre⟩ impair comporte à la fois commencement, fin et milieu[1]. (*Choix de textes*, I, préface, 6.)

III

Diodore de Sicile.

Callimaque[2] a dit de Pythagore que, s'il avait découvert lui-même une partie de ses problèmes de géométrie, il en avait aussi rapporté d'autres d'Égypte pour les introduire, le premier, en Grèce. Ne dit-il pas :

La figure trouvée par le Phrygien Euphorbe [...][3] ?

(*Bibliothèque historique*, X, 6, 4.)

IV

Aristote.

À l'époque de Leucippe et de Démocrite, et même déjà avant eux, ceux qu'on appelle les pythagoriciens s'intéressèrent les premiers aux mathématiques et les firent progresser. Comme ils avaient été élevés dans cette science, ils crurent que ses principes étaient les principes de toutes choses; et, puisque par nature les nombres sont les premiers des principes mathématiques, c'est dans les nombres qu'ils pensaient voir de nombreuses similitudes avec les êtres éternels ainsi qu'avec les créatures soumises au devenir, bien plus encore que dans le feu, la terre et l'eau (c'est ainsi que telle propriété[4] des nombres représentait la justice, telle autre l'âme et l'intellect, telle autre le moment opportun et de même pour à peu près tout ce qui leur ressemblait); puisqu'en outre, ils voyaient que les propriétés et les rapports[5] musicaux étaient exprimables par des nombres, et puisque enfin, toutes les autres choses étaient, de toute évidence, à la ressemblance des nombres, qui eux-mêmes étaient premiers dans tout ce que comporte la nature, ils formèrent l'hypothèse que les éléments des nombres sont les éléments de toutes choses, et que le ciel tout entier est harmonie et nombre[6]. Toutes les concordances qu'ils pouvaient mettre en évidence dans les nombres et la musique avec les phénomènes et les parties du ciel ainsi qu'avec l'ordonnance universelle, ils les rassemblèrent pour les incorporer à leur système. Et, quand ils remarquaient quelque part une lacune, ils se hâtaient d'ajouter un maillon pour assurer la parfaite cohérence de leur système. Je prends ici un exemple : puisque la décade semble être parfaite et embrasser la nature des nombres dans son ensemble, ils affirment que les corps qui parcourent le ciel sont également au nombre de dix; mais comme l'on n'en voit que neuf, ils en inventent pour les besoins de la cause un dixième, l'anti-Terre[1]. Nous avons abondamment expliqué tout cela, en d'autres ouvrages[2], de manière plus exacte. (*Métaphysique*, A, v, 985 *b* 23.)

Alexandre d'Aphrodise.

C'est dans son *Traité du ciel* et dans ses *Opinions des pythagoriciens*[3] qu'Aristote en parle de manière plus exacte[4]. (*Commentaire sur la Métaphysique d'Aristote*, p. 41, 1.)

C'est au deuxième livre de son *De la doctrine des pythagoriciens* qu'il parle de l'ordonnance du ciel, que les pythagoriciens faisaient dépendre des nombres. (*Ibid.*, p. 75, 15.)

Pseudo-Aristote.

C'est Pythagore qui le premier a entrepris de parler de la vertu, mais de façon non correcte. En effet, en ramenant les vertus aux nombres, il n'a pas construit la théorie propre des vertus; car la justice n'est pas le carré d'un nombre[5]. (*Grande morale*, I, 1, 1182 *a* 11.)

Aristote.

Auparavant[6], les pythagoriciens avaient cherché la définition de certaines choses, fort peu nombreuses, dont ils rapportaient les concepts[7] aux nombres (par exemple, le moment opportun, le juste, le mariage); mais lui, [Démocrite], s'efforçait avec raison de découvrir l'essence[8]. (*Métaphysique*, M, iv, 1078 *b* 21.)

Certains croient que la justice est purement et simplement la réciprocité, comme les pythagoriciens l'ont prétendu, qui définissaient purement et simplement le juste comme le traitement réciproque[9]. (*Éthique à Nicomaque*, V, viii, 1132 *b* 21.)

V

Aristote.

Or, de toute évidence, le nombre est, toujours pour les pythagoriciens, principe, aussi bien comme matière pour les êtres qu'en tant qu'il constitue leurs propriétés et leurs manières d'être. Les éléments du nombre sont le pair et l'impair, celui-ci étant limité et celui-là illimité; l'Un procède de ces deux éléments, puisqu'il est à la fois pair et impair; le nombre procède de l'Un et le ciel en sa totalité est nombre, comme on l'a dit[10].

D'autres[1], toujours parmi les pythagoriciens, fixent le nombre des principes à dix, et les rangent en deux séries parallèles : limité et illimité, impair et pair, un et multiple, droite et gauche, mâle et femelle, en repos et en mouvement, droit et courbe, lumière et ténèbre, bon et mauvais, carré et oblong.

C'est cette conception qui semble avoir été celle d'Alcméon de Crotone[2]; toujours est-il que cette théorie a été empruntée, soit par Alcméon aux pythagoriciens, soit par eux à Alcméon. Et de fait, ‹l'adolescence d'›Alcméon coïncide avec les dernières années de la vie de Pythagore; d'autre part, il professa une doctrine voisine de celle des pythagoriciens. C'est ainsi qu'il dit que la plupart des choses humaines vont par deux; il songe alors, non à des oppositions définies comme chez les pythagoriciens, mais à toutes les sortes d'oppositions possibles, comme blanc/noir, doux/amer, bon/mauvais, grand/petit. Mais il ne s'est pas donné la peine de les définir avec plus de précision, alors que les pythagoriciens, eux, ont précisé le nombre et la nature des opposés. Quoi qu'il en soit, ils sont tous deux[3] d'accord pour affirmer que les opposés sont les principes des êtres; mais leur nombre et leur nature, ce sont les seconds [les pythagoriciens], qui les précisent. Pourtant, comment il est possible de ramener ces principes aux causes dont on a parlé, ils ne l'ont pas dit clairement; on dirait qu'ils rangent les éléments dans ce que j'appellerais l'espèce de la matière, puisque, selon eux, c'est à partir de ces éléments tenus pour immanents que la substance est constituée et façonnée.

Tout cela nous permet donc de nous faire une idée suffisante de la pensée des anciens philosophes[4] pour qui il y a aussi pluralité des éléments de la nature. Il en est d'autres[5], qui ont traité de l'univers comme si la nature était une, mais pas tous avec un égal bonheur, tant pour ce qui est de la formulation que pour ce qui concerne l'accord avec ‹les faits de› nature. Cependant, dans l'examen des causes que nous menons en ce moment, nous n'avons pas à nous embarrasser de ces opinions mêmes. Ces auteurs ne raisonnent pas en effet comme certains philosophes de la nature[6], qui, posant comme hypothèse que l'être est un, engendrent l'être à partir de l'Un, pris comme matière. Mais le langage qu'ils tiennent est tout autre : car, si les autres ajoutent le mouvement puisque, assurément, ils font de l'univers quelque chose d'engendré, eux affirment que l'univers est soustrait au mouvement. (*Métaphysique*, A, v, 986 *a* 15.)

VI

Aristote.

Les pythagoriciens, semble-t-il, parlent du bien d'une façon plus convaincante, quand ils placent l'Un dans leur colonne des biens. (*Éthique à Nicomaque*, I, IV, 1096 *b* 5.)

VII

Aristote.

Car, comme les pythagoriciens l'imaginaient, le mal relève de l'illimité et le bien du limité. (*Éthique à Nicomaque*, II, v, 1106 *b* 29.)

VIII

Aristote.

Jusqu'à l'école italique[1] exclusivement, tous les philosophes ont traité de façon plutôt obscure[2] des principes, à ceci près que nous savons qu'ils ont eu, en fait, recours à deux causes, comme nous l'avons dit, et que l'une des deux, celle qui est à l'origine du mouvement, est considérée par les uns comme une, et par les autres comme double[3]. Quant aux pythagoriciens, ils ont, de la même manière, parlé de deux principes[4], en y ajoutant toutefois ceci qui, reconnaissons-le, leur est propre : le limité et l'illimité [et l'Un][5] ne sont pas, d'après eux, des réalités physiques autres[6], comme le feu, la terre ou tel autre élément, mais c'est l'illimité même et l'Un même qui constituent la substance des choses auxquelles on les attribue — c'est ce qui explique justement que la substance de toutes choses est le nombre. Telle est donc l'explication qu'ils ont donnée sur ce point. D'autre part, ils sont les premiers à avoir posé la question de l'essence et à avoir tenté de la définir, mais de manière simpliste. En effet, leur manière de définir était superficielle, et ils estimaient que le premier [terme] répondant à la définition donnée était la substance de la chose ; c'est comme si l'on croyait à l'identité du double et du deux, sous prétexte que double est le premier attribut que l'on reconnaît appartenir au deux. Or il est probable que l'essence du double et celle du deux ne sont pas identiques ; sinon, cela reviendrait à dire que l'Un est multiple[7] — ce que, précisément, ils étaient amenés à dire[8]. (*Métaphysique*, A, v, 987 *a* 9.)

IX

Aristote.

Les pythagoriciens, eux aussi, affirment l'existence d'un seul nombre, le nombre mathématique; mais celui-ci, loin d'exister séparément, constitue pour eux les substances sensibles mêmes. Ils construisent en effet la totalité du ciel à partir des nombres, mais ces nombres ne sont pas composés d'unités [arithmétiques abstraites], car ils partent de l'hypothèse que les unités sont des grandeurs spatiales. Néanmoins, comment il se fait que le premier Un possède, de par sa constitution, l'étendue, ils sont incapables, semble-t-il, de l'expliquer. (*Métaphysique*, M, VI, 1080 *b* 16.)

X

Aristote.

Si, en un certain sens, la manière dont les pythagoriciens conçoivent le nombre présente moins de difficultés que les systèmes dont il vient d'être question[1], elle en comporte d'autres qui lui sont propres. En effet, en ne conférant pas au nombre une existence séparée [du sensible], on supprime beaucoup d'impossibilités; mais il y a impossibilité à affirmer en même temps que les corps ont les nombres pour matière et que ce nombre est mathématique[2]. En effet, parler de grandeurs insécables[3] ne s'accorde pas non plus avec la vérité; et, quand cela serait, on doit reconnaître que les unités n'ont pas d'étendue; d'ailleurs comment serait-il possible qu'une étendue soit composée d'indivisibles? Or c'est le nombre arithmétique qui est composé d'unités. Mais cela n'empêche pas les pythagoriciens de penser que les êtres sont le nombre, ou du moins, d'appliquer aux corps leurs spéculations[4], comme si ceux-ci avaient ces nombres pour matière. (*Métaphysique*, M, VIII, 1083 *b* 8.)

XI

Aristote.

Tous ceux qui, comme les pythagoriciens et Speusippe, présupposent que le Beau et le Bien suprêmes ne résident pas dans le principe – étant donné que les principes des végétaux et des animaux sont causes –, mais que la beauté et la perfection ne se rencontrent que dans ceux [végétaux et animaux adultes et parfaits] dont leur génération procède, tous ces auteurs soutiennent une thèse incorrecte. (*Métaphysique*, Λ, VII, 1072 *b* 30.)

XII

Aristote.

Quant à la *participation*, Platon s'est contenté d'en changer le nom[1] : alors que les pythagoriciens disent que les êtres existent par *imitation* des nombres, Platon dit que c'est par *participation*. Mais ni eux ni lui n'ont entrepris de rechercher quelle était l'essence de cette *participation* ou de cette *imitation* des formes. (*Métaphysique*, A, VI, 987 *b* 10.)

XIII

Aristote.

Qu'en tout état de cause, l'Un soit substance et non prédicat de quelque chose d'autre, Platon l'admettait, d'accord avec les pythagoriciens sur cela comme sur le fait que les nombres sont causes de la substance des autres êtres. Mais ce qui est propre à Platon, c'est de substituer à l'illimité, conçu comme un, la dyade et de faire provenir l'illimité du grand et du petit ; c'est de même affirmer que les nombres et les sensibles existent de façon distincte, alors que les pythagoriciens pensent que les objets eux-mêmes sont nombres, et ne placent pas comme intermédiaires [entre les nombres et les sensibles] les objets mathématiques. Avoir établi cette distinction entre l'Un et les nombres d'un côté, et les choses de l'autre, en s'écartant du modèle pythagoricien, et avoir introduit les Formes, voilà qui est à imputer à ses recherches sur les définitions[2] ; car ses prédécesseurs, eux, ne s'occupaient pas de dialectique. (*Métaphysique*, A, VI, 987 *b* 22.)

XIV

Théophraste.

Pour leur part, Platon et les pythagoriciens, qui conçoivent une grande distance entre toutes les choses ⟨sensibles⟩ [et les principes, considèrent pourtant] qu'elles cherchent à *imiter* l'Un[3]. Cependant, comme ils établissent une espèce d'opposition entre la dyade indéfinie et l'Un, et comme la dyade est ce en quoi réside à la fois l'illimité, le désordonné et, en un mot, tout ce qui est absence de forme en soi, leur univers ne peut en aucune façon, de par sa nature, exister sans la dyade : celle-ci revêt alors une importance égale, ou même supérieure, à l'autre principe, en tant que[1] les principes sont des contraires. C'est pourquoi ceux qui font remonter à Dieu la causalité pensent que Dieu n'a pas les moyens de mener toutes choses à leur point de perfection, mais ne peut que s'y efforcer dans les limites du possible[2]. (*Métaphysique*, IX, 11 *a* 27.)

XV

Aétius.

Pour Pythagore de Samos, fils de Mnésarchos, qui fut le premier à employer le terme de *philosophie*, les principes sont d'une part les nombres et leurs rapports (qu'il appelle aussi *harmonies*) et, d'autre part, les éléments composés des deux, qu'il appelle *géométriques*. Plus tard il rangea la monade et la dyade indéfinie parmi les principes. Pour lui, le premier de ces principes correspond à la cause efficiente et formelle, c'est-à-dire à l'Intellect divin, tandis que le second correspond à la cause passive et matérielle, c'est-à-dire au monde visible. D'autre part, il considère que la nature du nombre est la décade[3] : de fait, les Grecs, comme toutes les nations barbares, comptent jusqu'à dix, après quoi on repart de l'unité[4]. Et, toujours selon lui, la puissance du nombre 10 est renfermée dans le nombre 4 et dans la tétrade. En voici la raison : si, partant de l'unité, on additionne les quatre premiers nombres, on obtiendra le nombre 10; de plus, si on dépasse la tétrade on dépassera aussi le nombre 10; ou bien encore : 1 plus 2 plus 3 plus 4 égalent 10. Donc le nombre, selon l'unité, est renfermé dans le 10 et, selon la puissance, dans le 4.

C'est précisément pour cette raison que les pythagoriciens prêtaient serment sur la tétrade qui constituait pour eux la chose la plus sacrée :

Non, par celui qui a révélé à nos têtes
La tétractys, qui est la source et la racine
De la nature inépuisable[5].

En outre, toujours selon Pythagore, c'est d'une tétrade que notre âme est constituée : l'intellect, la science, l'opinion et la sensation, d'où découlent tout art et toute science, et aussi notre qualité d'être raisonnable[6]. (*Opinions*, I, III, 8.)

XVI

Pseudo-Aristote.

[À propos de la décade[1].] [...] ou bien parce que la somme des cubes des quatre ⟨premiers⟩ nombres, dont les pythagoriciens disent que l'univers est constitué, est égale à l'analogue de dix[2]. (*Problèmes*, XV, III, 910 *b* 36.)

XVII

Aristote.

Car – c'est aussi l'opinion des pythagoriciens – c'est le nombre 3 qui définit le Tout et toutes les choses, puisque ce sont les constituants de la triade[3] : fin, milieu et commencement, qui constituent aussi le Tout. (*Traité du ciel*, I, I, 268 *a* 10.)

XVIII

Eudème.

Voici ce qu'Eudème dit textuellement des pythagoriciens, au premier livre de son *Histoire de l'arithmétique* :

« De plus, il se trouve que les rapports des trois accords de quarte, de quinte et d'octave sont contenus dans les neuf premiers nombres, puisque la somme de 2 plus 3 plus 4 est égale à 9[4]. » (Cité par Porphyre, *Commentaire sur les Harmoniques de Ptolémée*, I, VII, éd. Düring, 115, 4.)

XIX

Euclide.

« Dans un triangle rectangle, le carré construit sur l'hypoténuse est égal à la somme des carrés construits sur les côtés de l'angle droit. »

Parmi les gens qui prétendent écrire l'histoire des temps anciens, il en est pour attribuer ce théorème à Pythagore et pour dire qu'il sacrifia un bœuf à l'occasion de cette découverte[5]. (Cité par Proclus, *Commentaire sur le premier livre des Éléments d'Euclide*, I, XLVII, éd. Friedlein, 426, 6.)

XX

Euclide.

« Appliquer sur une droite donnée un parallélogramme de surface égale à celle d'un triangle donné, selon un angle rectiligne donné. »

Ce serait une découverte fort ancienne, si l'on en croit les gens de l'école d'Eudème, et appartenant à la muse des pythagoriciens, que celle de la parabole des aires, de leur hyperbole et de leur ellipse[1]. (Cité par Proclus, *Commentaire sur le premier livre des Éléments d'Euclide*, I, XLIV, éd. Friedlein, 419, 15.)

XXI

Euclide.

« Quel que soit le triangle, quand on prolonge l'un de ses côtés, l'angle extérieur est égal à la somme des deux angles intérieurs et opposés, et la somme des trois angles intérieurs du triangle est égale à deux droits. »

C'est aux pythagoriciens que le péripatéticien Eudème fait remonter la découverte de ce théorème selon lequel tout triangle a ses angles intérieurs égaux à deux droits. Voici comment, selon lui, ils le démontraient :

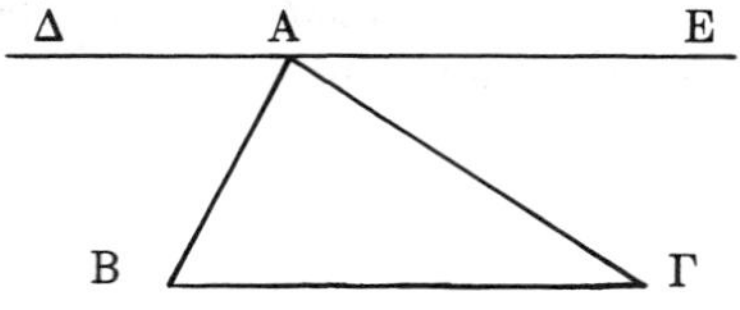

« Soit le triangle ΑΒΓ et ΔΕ la parallèle à ΒΓ menée par A. Puisque ΒΓ et ΔΕ sont parallèles et que les angles alternes-⟨internes⟩ sont égaux, l'angle ΔΑΒ est donc égal à l'angle ΑΒΓ et l'angle ΕΑΓ est égal à l'angle ΑΓΒ. Ajoutons aux deux[2] l'angle commun ΒΑΓ. La somme des angles ΔΑΒ, ΒΑΓ, et ΕΑΓ, c'est-à-dire celle des angles ΔΑΒ et ΒΑΕ, c'est-à-dire deux droits, est bien égale à la somme des trois angles du triangle ΑΒΓ. » (Cité par Proclus, *Commentaire sur le premier livre des Éléments d'Euclide*, I, XXXII, éd. Friedlein, 379, 2.)

XXII

Aristote.

Ceux qu'on appelle pythagoriciens usent de principes et d'éléments plus extraordinaires ⟨encore⟩ que ceux dont usent les philosophes de la nature[1]. La raison en est qu'ils ne les abstraient pas des choses sensibles, puisque les objets mathématiques, à l'exception de ceux dont traite l'astronomie[2], se classent parmi les êtres dépourvus de mouvement.

Pourtant tout ce dont ils disputent ou s'occupent a pour objet la nature : ainsi ils font naître le ciel et en observent minutieusement les parties, les attributs et les fonctions; mais ils y gaspillent leurs principes et leurs causes, comme s'ils s'accordaient avec les autres philosophes de la nature pour réduire le réel au sensible et au contenu de ce qu'on nomme le ciel. Car les causes et les principes dont ils parlent devraient, ainsi que nous l'avons dit[3], leur permettre d'accéder à un ordre de réalités plus élevé, auquel ils conviennent bien mieux qu'aux considérations propres à la physique. Cependant, étant donné qu'ils ne posent rien en dehors de la limite et de l'illimité, et du pair et de l'impair, ils ne soufflent mot de la manière dont se produit le mouvement; et ils n'expliquent pas davantage comment, en l'absence de mouvement et de changement, il peut y avoir génération et corruption, ou révolution effective des objets qui se déplacent dans le ciel. Bien plus : si on leur concédait que l'étendue peut découler de ces principes[4], en admettant même qu'ils l'aient démontré, comment expliquer que certains corps soient légers et d'autres lourds? En effet, dans leurs hypothèses comme dans leurs théories, ils ne rendent pas davantage compte de l'existence des corps mathématiques que de celle des corps sensibles; aussi, s'ils n'ont jamais rien dit ni du feu ni de la terre ni de tous les autres corps semblables, c'est, à mon avis, parce qu'ils n'avaient rien à dire des corps sensibles qui pût les concerner en propre. Autre point : comment doit-on comprendre que les attributs du nombre et le nombre lui-même sont causes de ce qui est dans le ciel, comme de ce qui devient [dans le monde sublunaire], si aucun nombre n'existe en dehors de celui dont est constitué le monde? Ils ont beau placer, en effet, en telle partie du monde, l'*opinion* et le *moment opportun*, et un peu au-dessus ou au-dessous, l'*injustice* et la *décision* ou le *mélange*, et dire – en guise de démonstration – que chacune de ces choses est un nombre[5] et que déjà se trouve réunie en ce lieu une multitude de grandeurs ainsi constituées du fait que les attributs de chaque nombre sont attachés chacun à son lieu propre, on reste en droit de se demander si, dans ces conditions, ce nombre – qu'il faut comprendre comme constituant l'être de chacune des choses – est le même que celui qui est dans le ciel, ou un autre que lui[1]. (*Métaphysique*, A, VIII, 989 *b* 29.)

XXIII

Aristote.

Certains pensent que les limites du corps, c'est-à-dire la surface, la ligne, le point et l'unité, sont des substances, davantage encore que le corps et le solide. Ajoutons encore que pour les uns[2], il n'y a pas de substance en dehors des êtres sensibles, alors que pour les autres, il existe des êtres éternels, bien plus nombreux et plus réels; ainsi chez Platon, qui avec les Formes [...]. (*Métaphysique*, Z, II, 1028 *b* 16.)

XXIV

Aristote.

Il y en a qui, partant du fait que le point est la limite et l'extrémité de la ligne, la ligne celles de la surface, et la surface celles du solide, vont jusqu'à conclure nécessairement à l'existence de telles réalités naturelles. (*Métaphysique*, N, III, 1090 *b* 5.)

XXV

Aristote.

Il y en a qui soulèvent la question[3], même dans le cas du cercle et du triangle pour lesquels il ne leur paraît pas convenable de fournir une définition faisant appel aux lignes et au continu[4] : pour eux, en effet, tous ces [principes] sont simplement ce que les chairs et les os sont à l'homme, ou le bronze et la pierre à la statue. Ils ramènent tous ces principes aux nombres et déclarent que le *logos*[5] de la ligne est celui du 2. (*Métaphysique*, Z, XI, 1036 *b* 8.)

XXVI

Aristote.

Les pythagoriciens admettent-ils, ou non, la génération des êtres éternels? Sur ce point, il ne doit pas subsister le moindre doute : ils disent très clairement que, dès que l'Un est constitué, que ce soit à partir de plans, de *couleurs*[1], de semences ou d'éléments (qu'ils sont bien en peine de préciser), aussitôt la partie la plus proche de l'illimité a commencé d'être attirée et limitée par la limite. Mais, puisqu'ils construisent un monde et veulent parler le langage de la physique, il est normal que nous nous livrions à une certaine mise en question de leur physique; toutefois, pour le moment, laissons cette critique de côté. (*Métaphysique*, N, III, 1091 *a* 13.)

XXVII

Aristote.

On pourrait encore se demander quel bien les choses retirent des nombres, quand leur mélange constitutif réside dans un nombre correspondant à un rapport *heureux*[2] ou bien impair. Car aussi bien, ce n'est pas parce que l'hydromel est allongé d'eau dans la proportion de 3 × 3 qu'il est meilleur pour la santé : il suffirait, pour qu'il soit beaucoup plus profitable à la santé, qu'on l'étende d'eau dans une proportion quelconque, au lieu de l'absorber pur, dût cette pureté résider dans un nombre. Ajoutons ici que les rapports qui règlent les mélanges sont constitués par des additions de nombres, et non par des multiplications : par exemple 3 + 2 et non 3 × 2. En effet dans les multiplications, il faut que les choses que l'on multiplie relèvent du même genre, ce qui implique que le produit 1 × 2 × 3 doit pouvoir être mesuré par 1, comme doit pouvoir l'être par 4 celui de 4 × 5 × 7. Ainsi tous les produits dans lesquels entre un même facteur sont mesurables par le même facteur. Donc le nombre du feu ne pourra pas, de toute évidence, être le produit de 2 × 5 × 3 × 7, si celui de l'eau est de 2 × 3.

Puis, si toutes choses participent nécessairement au nombre, beaucoup de choses sont nécessairement les mêmes, et le même nombre devra définir plusieurs choses différentes. Faut-il dire que c'est en lui [le nombre] que réside la cause et que c'est lui qui fait que l'objet existe? Ou bien la chose est-elle obscure ? Prenons un exemple : tel nombre définit la course du Soleil, tel autre celle de la Lune, un troisième la vie et l'âge de chaque être vivant : qu'est-ce qui empêche certains de ces nombres d'être carrés, certains autres cubiques et égaux, et d'autres doubles? Assurément rien, et leurs révolutions devraient résider dans ces nombres si toutes choses participaient au nombre et s'il était possible que des choses différentes tombent sous le même nombre. Si bien que, si le même nombre venait à échoir à plusieurs choses, elles seraient identiques entre elles, puisqu'elles auraient la même forme de nombre : ainsi le Soleil et la Lune seraient identiques.

Mais alors, qu'eſt-ce qui pourrait faire que les nombres soient causes ? Il y a sept voyelles[1], sept cordes ou modes musicaux, sept Pléiades ; c'eſt à l'âge de sept ans que certains animaux perdent leurs dents — mais pas tous ! — et ils furent sept contre Thèbes[2]. Tient-il à la nature du nombre sept, qu'ils furent sept contre Thèbes, ou que la conſtellation des Pléiades compte sept étoiles ? N'eſt-ce pas plutôt le nombre des portes de Thèbes, ou n'importe quelle autre raison, qui explique qu'ils furent sept ? Quant aux Pléiades, c'eſt nous qui comptons sept étoiles (comme nous en comptons douze pour l'Ourse), mais d'autres peuples en comptent davantage[3] ! On dit encore que les lettres Ξ *[ks]*, Ψ *[ps]* et Z *[ds]* sont consonantes[4], et que leur nombre [trois] vient du fait que celui des accords eſt de trois. Mais on ne se rend pas compte que cela pourrait être vrai de dizaines de milliers de lettres ! Car ne pourrait-on pas exprimer le son *gr*, par exemple, par un signe unique ? En fait, s'il n'exiſte pas d'autre consonne double que ces trois-là, c'eſt parce qu'il n'y a dans la bouche que trois régions d'appui pour chacune des lettres auxquelles le Σ *[s]* eſt accolé[5] : c'eſt cela qui explique qu'elles ne sont que trois, et non le fait qu'il n'exiſte que trois accords. Car aussi bien, il exiſte bien plus de trois accords, alors qu'il eſt impossible qu'il exiſte plus de trois consonnes doubles. Ainsi les pythagoriciens font penser aux anciens commentateurs d'Homère[6], qui s'attachent à des ressemblances de détail sans voir les ressemblances essentielles. Certains disent d'ailleurs que les rencontres du même genre sont nombreuses : ainsi les nombres définissant les cordes intermédiaires sont 9 et 8, et celui des syllabes du vers épique eſt 17, qui eſt égal à 9 + 8 ; d'ailleurs, on scande neuf syllabes pour l'hémiſtiche droit[7] et huit pour le gauche. On rapproche aussi l'intervalle entre l'*alpha* et l'*oméga* de celui qui sépare — sur la flûte — la note la plus basse de la plus aiguë : [la *nète*[8]], note dont le nombre eſt égal à celui qui définit l'harmonie céleſte[9]. Mais il faut prendre garde au fait que l'on ne rencontrerait pas la moindre difficulté à affirmer ou à découvrir des correspondances de ce genre dans le domaine des êtres éternels, vu qu'il n'eſt pas difficile d'en trouver même chez les êtres corruptibles.

Mais les propriétés naturelles des nombres, tant vantées, les contraires des nombres et, plus généralement, les réalités mathématiques, comme en parlent certains qui en font les causes de la nature, semblent s'évanouir quand on procède à une étude critique du genre de la nôtre : car aucune de ces propriétés numériques ne saurait être cause, en aucun des sens que nous avons définis lors de notre examen des principes[1].

Malgré tout, ces philosophes ont le mérite de souligner que le Bien existe[2] et que c'est à la colonne du Beau[3] que ressortissent l'impair, le rectiligne, l'égal et les puissances de certains nombres. Un rapport unit en effet les saisons à une espèce particulière de nombre[4]; et tous les autres rapprochements qu'ils effectuent à partir de propositions mathématiques ont la même valeur : c'est ce qui fait qu'ils paraissent accidentels; car c'est bien d'accidents qu'il s'agit, en dépit de la parenté d'ailleurs réelle, entre les termes que l'on rapproche, mais qui ne sont un que par analogie. En effet, le terme analogue se rencontre dans chacune des catégories de l'être : ce que la droite est dans la longueur, le plan l'est dans la surface, et probablement l'impair dans le nombre et le blanc dans la couleur. (*Métaphysique*, N, VI, 1092 *b* 26 et suiv.)

XXVIII

Aristote.

En effet tous ceux qui se sont occupés sérieusement, semble-t-il, de cet aspect de la philosophie, ont raisonné sur l'illimité en le posant comme un certain principe des êtres. Les uns, comme les pythagoriciens et Platon, le tiennent pour une chose en soi, non pour un accident rapporté à quelque chose d'autre, et pensent que l'illimité est par lui-même une substance. Les pythagoriciens cependant le rangent parmi les sensibles (puisqu'ils ne font pas du nombre une entité séparée) et pensent que ce qui est à l'extérieur du ciel est illimité[5]. [...] Toujours selon eux, l'illimité, c'est le pair, puisque c'est lui qui, embrassé et limité par l'impair, confère aux êtres leur illimitation[6]. La preuve en est donnée par ce qui se produit en arithmétique : en effet, si l'on ajoute les *gnomons*[7] autour de l'unité, on obtient toujours une figure identique, tandis que si on les ajoute sans partir de l'unité, la figure sera toujours autre. (*Physique*, III, IV, 203 *a* 1.)

Stobée.

Si l'on ajoute autour de l'unité les *gnomons* impairs successifs, on obtient toujours un nombre carré; mais si ce sont les *gnomons* pairs qu'on ajoute de même, ce sont des nombres hétéromèques et inégaux, dont aucun ne sera carré, qu'on obtient. (*Choix de textes*, I, préface, x, 22.)

Simplicius.

Les pythagoriciens, de leur côté, disaient que l'illimité est le nombre pair, parce que tout nombre pair est – au dire des commentateurs – divisible en [deux] parties égales, et que ce qui se divise en deux parties égales est, selon la division dichotomique[1], illimité, puisque la division en moitiés égales renvoie à l'infini. Au contraire, l'addition d'un nombre impair limite le pair, interdisant la division en moitiés égales. [...] Il est évident que ce n'est pas aux nombres, mais aux grandeurs qu'ils appliquent la division à l'infini. (*Commentaire sur la Physique d'Aristote*, 455, 20.)

XXIX

Aristote.

C'est donc en tant qu'accident que l'illimité existe. Mais dans ces conditions, avons-nous dit[2], ce n'est pas lui, mais bien ce dont il est l'accident qu'il convient d'appeler principe, c'est-à-dire l'air[3] ou le pair. Si bien que ceux qui adoptent la thèse pythagoricienne paraissent tenir un propos absurde, en voulant faire de l'illimité une substance dans le même temps qu'ils le soumettent à la division en parties. (*Physique*, III, v, 204 *a* 29.)

XXX

Aristote.

Les pythagoriciens affirment, eux aussi, l'existence du vide : il pénètre à travers le ciel même[4] à la façon d'un souffle, comme si le ciel aspirait justement le vide, et le vide opère une délimitation des substances qu'il définit, en tant qu'il constitue une sorte de moyen de séparer les êtres qui forment une succession[5] et, ainsi, de les définir. De plus, c'est dans les nombres que le vide existerait d'abord, puisque c'est lui qui ⟨distingue et⟩ définit ⟨chacune des⟩ entités numériques. (*Physique*, IV, vi, 213 *b* 22.)

Stobée.

Dans le premier livre de son traité *De la philosophie de Pythagore*, Aristote écrit que le ciel est un et que, de l'illimité, pénètrent en lui le temps, le souffle et le vide qui sans cesse délimite les lieux de chaque chose[1]. (*Choix de textes*, I, XVIII, 1 *c*.)

Simplicius.

Ce qui est sûr, c'est qu'ils appelaient *droite* le haut, le devant et le bien, et désignaient par *gauche* le bas, le derrière et le mal, comme Aristote lui-même le rapporte dans sa *Collection des opinions des pythagoriciens*[2]. (*Commentaire sur le Traité du ciel d'Aristote*, 386, 20.)

XXXI

Aristote.

Aussi pourrait-on trouver surprenant le fait que les pythagoriciens n'aient parlé que de ces deux seuls principes, la *droite* et la *gauche*, négligeant les quatre autres[3], pourtant tout aussi importants. (*Traité du ciel*, II, II, 285 *a* 10.)

Il est donc clair que c'est le pôle invisible qui constitue le haut; et ceux qui y habitent vivent dans l'hémisphère supérieur et dans la partie droite, tandis que nous vivons, nous, dans l'hémisphère inférieur et dans la partie gauche; c'est exactement le contraire de ce que disent les pythagoriciens qui nous placent en haut et à *droite*, et situent les gens de là-bas en bas et à *gauche*[4]. (*Ibid.*, 285 *b* 22.)

Simplicius.

Selon ce qu'Aristote lui-même rapporte dans le deuxième livre de sa *Collection des opinions pythagoriciennes*[5], il y aurait pour les pythagoriciens deux parties dans l'ensemble du ciel : un haut et un bas. Le haut serait la partie *droite* et le bas la *gauche*; nous habiterions, nous, le bas. (*Commentaire sur le Traité du ciel*, 392, 18.)

XXXII

Eudème.

Les pythagoriciens[6] et Platon rapportent avec raison au mouvement la cause de l'indétermination, car ils sont les seuls à parler du mouvement. Mais en fait, ⟨ils ont tort⟩ : car l'indéterminé, c'est ce qui n'existe pas, autrement dit l'imparfait et surtout le non-être, puisque l'indéterminé devient; or ce qui devient n'est pas[7]. (Cité par Simplicius, *Commentaire sur la Physique*, 431, 13.)

XXXIII

Aristote.

Pour les uns, [le temps] est le mouvement de l'univers, pour d'autres, la sphère elle-même. (*Physique*, IV, x, 218 *a* 33.)

Aétius.

Selon Pythagore, le temps est la sphère de l'enveloppe [du monde]. (*Opinions*, I, xxi, 1.)

XXXIV

Eudème.

On pourrait se demander si, comme certains le prétendent, il existe un retour du même temps, ou non. [...] Mais si vous en croyez les pythagoriciens, apprenez donc que les choses seront de nouveau les mêmes de par le nombre (moi aussi, je vais vous faire la leçon, le bâton[1] à la main, ainsi qu'à des élèves assis en cercle!) : tout sera comme avant et, très vraisemblablement, le temps sera le même. En effet, pour le mouvement un et même, comme pour beaucoup de mouvements mêmes, l'avant et l'après sont un et même, et donc leur nombre est un et même[2]. Ainsi toutes choses seront mêmes, et par conséquent le temps aussi. (Cité par Simplicius, *Commentaire sur la Physique d'Aristote*, 732, 26.)

XXXV

Aristote.

Cela montre clairement que la théorie selon laquelle le mouvement (des astres) engendre une harmonie[3], étant donné que les sons qu'ils émettent constituent des consonances, — en dépit de l'élégance et de l'ingéniosité de ses partisans — n'est absolument pas conforme à la vérité. En effet, certains estiment qu'il n'est pas possible que le déplacement de corps aussi considérables ‹que les astres› ne produise pas de son, étant donné qu'en produisent les corps d'ici-bas, qui sont pourtant loin d'avoir une masse et une vitesse de déplacement égales à la leur; aussi, le Soleil et la Lune et les autres astres, dont le nombre et les dimensions sont si grands et qui parcourent à une telle vitesse de telles distances, ne peuvent pas ne pas être à l'origine de quelque son d'une intensité extraordinaire. Partant de là, et du fait que les vitesses, en fonction des distances, entretiennent entre elles des rapports semblables à ceux des accords musicaux, ils déclarent que le son produit par les astres dans leur course circulaire est une harmonie. Mais, comme il semblerait déraisonnable que nous ne percevions pas ce son, ils expliquent la chose, en disant que c'est parce que ce son a frappé nos oreilles dès l'instant où nous sommes nés qu'il nous est impossible de le distinguer par rapport au silence qui est son contraire, puisque c'est relativement l'un à l'autre que se perçoivent son et silence. De même que, chez les forgerons, l'habitude entraîne l'indifférence aux bruits extérieurs, de même en va-t-il pour les hommes. (*Traité du ciel*, II, IX, 290 *b* 12.)

Alexandre d'Aphrodise.

C'est dans le deuxième livre de *De la doctrine des pythagoriciens*[1] qu'Aristote fait mention de l'ordonnance[2] que les pythagoriciens concevaient comme propre aux nombres et qui règne dans le ciel. (*Commentaire sur la Métaphysique d'Aristote*, 75, 15.)

XXXVI

Aétius.

Selon ce que rapportent Aristote et Philippe d'Oponte[3], certains pythagoriciens expliquent [l'éclipse de la Lune] par le fait que tantôt la Terre, tantôt l'anti-Terre font écran à la lumière réfractée[4]. D'autres, plus modernes[5], pensent que le phénomène s'explique par l'extension progressive d'une flamme croissant régulièrement jusqu'à produire la pleine Lune totale, puis diminuant dans les mêmes proportions jusqu'à la conjonction ⟨du Soleil et de la Lune⟩, qui est le moment de son extinction totale[6]. (*Opinions*, II, XXIX, 4.)

XXXVII

Aristote.

La plupart de ceux qui pensent que la totalité du ciel est finie situent [la Terre] au centre ⟨de la sphère⟩. Mais les Italiens[7] qu'on appelle pythagoriciens pensent le contraire. Selon eux, le centre est occupé par le feu, tandis que la Terre, qui est un astre parmi les autres, se meut autour du centre selon une orbite circulaire et produit ainsi la nuit et le jour. De plus, ils imaginent une autre Terre, opposée à la nôtre, qu'ils appellent anti-Terre; et, au lieu de chercher à adapter leurs raisonnements et leurs explications aux phénomènes, ils tentent de faire coïncider de force les phénomènes avec leurs raisonnements et leurs opinions, pour les faire entrer dans leur système. Beaucoup d'autres ⟨savants⟩ pourraient d'ailleurs s'accorder avec eux pour refuser d'attribuer la région du centre à la Terre. Cependant cette conviction repose non pas sur les phénomènes, mais sur des théories. À les en croire, en effet, c'est à l'élément le plus noble que revient la région la plus noble; or le feu est plus noble que la terre, la limite plus noble que ce qui est intermédiaire, et l'extrémité ainsi que le centre sont des limites. Si bien que, partant de ces prémisses toutes théoriques, ils concluent que ce n'est pas à la Terre d'occuper le centre de la sphère, mais bien plutôt au feu. [...]

D'autre part, convaincus qu'il faut que soit protégé plus que tout le point principal de l'univers — lequel point est le centre —, les pythagoriciens appellent forteresse de Zeus le feu qui occupe cette région, agissant comme si le mot *centre* avait une acception unique et comme si le centre de la figure géométrique était aussi le centre de la chose et de la nature. Pourtant, de même que chez les animaux le centre naturel n'est pas le même que le centre géométrique, il faut supposer qu'à plus forte raison tel est aussi le cas pour l'ensemble du ciel. (*Traité du ciel*, II, XIII, 293 *a* 18.)

Simplicius.

511, 26. Ils déclarent qu'au centre de l'univers se trouve le feu, et que l'anti-Terre se meut autour du centre : l'anti-Terre est elle-même une Terre, ainsi appelée en raison de sa situation opposée à celle de cette Terre-ci. Après l'orbite de l'anti-Terre, vient celle de la Terre elle-même concentrique, et après celle de la Terre, celle de la Lune[1] : ainsi le rapporte Aristote dans son livre *Des pythagoriciens*. Quant à la Terre, qui est un astre parmi les autres et se meut autour du centre, elle produit la nuit et le jour selon la place qu'elle occupe par rapport au Soleil. L'anti-Terre, qui est mue autour du centre, en deçà de cette Terre-ci, échappe à notre observation, parce que la masse de la Terre constitue un obstacle permanent qui nous la cache [...] 512, 9. D'autres, qui appartiennent à l'École[2], affirment d'une façon plus légitime que le feu central est la puissance artiste qui, partant du centre, vivifie la Terre tout entière et réchauffe ce qui en elle se refroidit. Aussi certains, comme le rapporte Aristote dans ses *Pythagoriciens*, le nomment-ils la tour de Zeus ; d'autres, comme il est dit dans le même ouvrage, l'appellent le gardien de Zeus et d'autres encore, selon certains auteurs, le trône de Zeus. Ils disaient de la Terre qu'elle est un astre en tant qu'instrument du temps elle aussi, puisqu'elle est elle-même cause des jours et des nuits : elle produit le jour, quand sa partie tournée vers le Soleil est éclairée, et la nuit en fonction du cône d'ombre qu'elle engendre. Les pythagoriciens appelaient la Lune anti-Terre ou encore Terre éthérée. (*Commentaire sur le Traité du ciel d'Aristote*, 511, 26 et 512, 9.)

XXXVII *a*

Aristote.

Selon ceux qui affirment que [la Terre] ne se trouve pas au centre, elle serait mue circulairement autour du centre, et avec elle l'anti-Terre[1]. (*Traité du ciel*, II, XIII, 293 *b* 18.)

XXXVII *b*

Aristote.

(*Météorologiques*, I, VIII, 345 *a* 13[2].)

XXXVII *c*

Aétius.

Certains des pythagoriciens prétendaient que la Voie lactée est la combustion d'un astre tombé hors de son emplacement propre et ayant tout brûlé sur son passage circulaire, au moment de l'embrasement de Phaéton. Selon d'autres, ce serait la voie primitive du Soleil. Certains encore la tiennent pour l'image reflétée du Soleil, dont les rayons remontent se briser vers le ciel, comme dans le cas de l'arc-en-ciel où les rayons solaires se brisent contre les nuages[3]. (*Opinions*, III, I, 2.)

XXXVIII

Aristote.

C'est au même résultat[4] que parviennent les gens qui constituent le ciel à partir de nombres : certains en effet, comme tel ou tel pythagoricien, font des nombres la matière de la nature. Car il est visible que les corps physiques sont lourds ou légers, alors que les unités, en s'assemblant, ne peuvent ni produire un corps ni être pesantes. (*Traité du ciel*, III, I, 300 *a* 14.)

XXXIX

Aristote.

Or ces gens-là se contentent simplement de définir la qualité de l'âme, sans s'occuper du tout de préciser quel corps doit la recevoir, comme s'il était possible, à en croire les mythes pythagoriciens, qu'une âme quelconque se revête d'un corps quelconque. (*Traité de l'âme*, I, III, 407 *b* 20.)

XL

Aristote.

Il semble que ce que pensent les pythagoriciens revienne à la même conception[1]. Car, à ce que certains d'entre eux prétendaient, l'âme est constituée de poussières en suspension dans l'air ou, pour d'autres, elle est le moteur de ces poussières. Ce qui fait dire cela, c'est qu'elles paraissent douées d'un mouvement continu, même quand l'air est parfaitement calme. (*Traité de l'âme*, I, II, 404 *a* 16.)

XLI

Aristote.

C'est ce qui fait dire à de nombreux sages que l'âme est harmonie ou, à d'autres, qu'elle contient une harmonie[2]. (*Politique*, VIII, v, 1340 *b* 18.)

XLII

Aristote.

En effet, ou bien la couleur réside dans la limite ou bien elle est la limite même. C'est pourquoi les pythagoriciens donnaient à la surface le nom de couleur[3]. (*Traité du sens et des sensibles*, III, 439 *a* 30.)

XLIII

Aristote.

Certains pythagoriciens déraisonnent quand ils affirment que certains animaux se nourrissent d'odeurs[4]. (*Traité du sens et des sensibles*, v, 445 *a* 16.)

C. ACOUSMATES ET SYMBOLES

I

Aristote.

[...] Et si le tonnerre est fait pour menacer les habitants du Tartare, en les remplissant de terreur, comme l'affirment les pythagoriciens[1]. (*Seconds analytiques*, II, XI, 94 *b* 33.)

II

Porphyre.

Pythagore usait d'un mode emprunté aux mystères et d'un langage symbolique pour désigner certaines choses, celles-là mêmes qu'Aristote[2] a fort longuement rapportées. Par exemple, il appelait la mer larme[3], les Ourses Mains de Rhéa, la constellation des Pléiades lyre des Muses, les planètes chiens de Perséphone ; il disait encore que la résonance que produit un choc contre du bronze est la voix de l'un des démons enfermée dans le bronze. (*Vie de Pythagore*, 41.)

Élien.

Pour Pythagore, la chose la plus sacrée était la feuille de mauve[4]. Il disait aussi que le plus sage des êtres est le nombre, et qu'après lui vient celui qui donne leur nom aux choses. Il n'expliquait pas le tremblement de terre autrement que comme l'assemblée des morts, et il aimait à dire que l'arc-en-ciel[5] est le reflet du Soleil et que l'écho, qui frappe à plusieurs reprises nos oreilles, est la voix des puissances supérieures. (*Histoires variées*, IV, 17.)

III

Diogène Laërce.

34. Au dire d'Aristote, dans son livre *Des pythagoriciens*[6], Pythagore proscrivait l'usage des fèves[7] à cause de leur ressemblance avec les parties honteuses, ou avec les portes de l'Hadès [...][8] — elles seraient en effet les seules plantes à n'avoir pas de nœuds[9] ; ou encore parce qu'elles sont toxiques, ou qu'elles ressemblent à la nature de l'univers, ou bien à l'oligarchie, puis-

qu'on utilise les fèves pour tirer au sort les magistrats. Il prescrivait aussi de ne pas ramasser ce qui est tombé[1], soit pour qu'on prît l'habitude de manger sans excès, soit parce que les morceaux tombés sont la part du mort, comme le dit Aristophane dans sa comédie des *Héros*[2], où ce qui tombe par terre est la part des héros :

Surtout ne goûtez point à ce qui, de la table,
Sur le sol est tombé.

Il enjoignait aussi de ne pas toucher au coq blanc, parce qu'il est consacré au Mois et est un suppliant (or être un suppliant faisait partie des choses bonnes) et il est bien consacré au Mois, puisqu'il indique les heures ; de plus, le blanc est la couleur naturelle du bien, et le noir la couleur du mal. Ne pas toucher aux poissons, ils sont sacrés[3] : en effet il est impossible que les hommes aient droit aux mêmes aliments que les dieux, pas plus que les esclaves n'ont droit aux mêmes aliments que les hommes libres.

35. Ne pas rompre le pain, car c'est autour d'un unique pain que se réunissaient les amis d'autrefois, comme le font encore aujourd'hui les Barbares ; ne pas non plus le couper, vu qu'ils les réunit. D'autres rapportent la raison de cette interdiction au jugement des Enfers, certains autres au fait que le pain rend lâche à la guerre, d'autres enfin au fait que le pain serait à l'origine de l'univers. Selon eux, les plus belles figures étaient, parmi les solides, la sphère et, parmi les surfaces, le cercle. La vieillesse et tout ce qui diminue sont semblables, tandis que la jeunesse et ce qui augmente sont identiques. Quant à la santé, elle est le maintien constant de la forme spécifique, dont la corruption n'est autre que la maladie. Il disait aussi du sel qu'on doit le mettre sur la table pour rappeler la justice, car le sel permet de conserver tout ce dans quoi il pénètre, et il est produit par ce qu'il y a de plus pur, le Soleil et la mer. 36. Cela, Alexandre[4] dit l'avoir trouvé dans les *Mémoires pythagoriciens*[5] ; quant à ce qui y fait suite, cela est dû à Aristote. (*Vies*, VIII, 34-36.)

IV

Jamblique.

82. La philosophie des acousmaticiens[6], d'autre part, consiste en un enseignement oral qui ne s'embarrasse ni de démonstration ni de raisonnement pour justifier les acousmates qu'elle formule ; et, les tenant pour sentences divines[7], ils s'efforcent de sauve-

garder tout ce qui a été dit par lui[1]. D'ailleurs ils affectent de ne jamais rien dire ni même de ne rien pouvoir dire qui soit d'eux; et ils vont même jusqu'à penser que ceux d'entre eux qui ont retenu un très grand nombre de ces acousmates, ont réuni les conditions majeures de la sagesse. L'ensemble des acousmates se divise en trois catégories : les uns révèlent l'*essence*[2], les autres *l'absolu*[3] et d'autres enfin *ce qu'il faut ou ne faut pas faire.*

Voici quelques exemples d'acousmates portant sur l'essence :

Que sont les îles des Bienheureux? Le Soleil et la Lune.

Qu'est-ce que l'oracle delphique? C'est la tétractys[4], *qui est l'harmonie dans laquelle vivent les Sirènes.*

Voici maintenant quelques exemples d'acousmates portant sur l'absolu :

Qu'y a-t-il de plus juste? Accomplir des sacrifices.

Qu'y a-t-il de plus sage? Le nombre, et après lui, celui qui a donné leur nom aux choses[5].

Quelle est l'activité humaine la plus sage? La médecine.

Qu'y a-t-il de plus beau? L'harmonie.

Qu'y a-t-il de plus fort? La raison[6].

Qu'y a-t-il de meilleur? Le bonheur.

Quelle sentence est la plus véridique? Celle qui dit que les hommes sont méchants. C'est ce qui a amené Pythagore, dit-on, à féliciter le poète Hippodamas de Salamine d'avoir composé ces vers :

D'où venez-vous, ô dieux? D'où vient votre bonté?
D'où venez-vous, mortels? Et d'où viennent vos vices?

83. C'est de cette sorte que sont les acousmates portant sur l'absolu. Nous y retrouvons la même sagesse qu'on attribue aux Sept Sages[7], qui assurément recherchaient, eux aussi, non seulement l'essence du bien, mais encore l'absolu, ou encore non seulement le difficile, mais l'extrême difficulté, c'est-à-dire se connaître soi-même; et non simplement le facile, mais l'extrême facilité, c'est-à-dire suivre l'habitude. Qu'une semblable sagesse soit le modèle de tels acousmates, cela est fort vraisemblable, puisque les Sept Sages sont bien antérieurs à Pythagore.

Voici maintenant des exemples d'acousmates fixant ce que l'on doit, ou ne doit pas faire :

Il faut engendrer des enfants (pour qu'ils assurent après nous le service de Dieu),
ou encore :

Il faut commencer par chausser le pied droit.

Il ne faut pas emprunter les avenues fréquentées, pas plus que tremper quoi que ce soit dans un vase d'eau lustrale, ni se laver dans un bain public (car on ne peut être assuré de la pureté[1] de ceux qui les utilisent).

84. Voici encore d'autres acousmates :

Ne jamais aider quiconque à la décharge d'un fardeau (pour ne pas contribuer à supprimer une fatigue, mais aider à la charge[2]).

Ne pas chercher à avoir des enfants en épousant une femme cousue d'or.

Ne pas parler sans lumière.

Offrir des libations aux dieux, en tenant la coupe par l'anse (en signe d'heureux présage[3] et pour éviter de boire du même côté).

Ne pas porter au doigt de bague représentant un dieu, de peur de la souiller (car on se doit de conserver dans l'abri de la maison toute représentation sacrée).

Il ne faut pas battre sa femme (car c'est une suppliante : c'est précisément pour cette raison que nous la reconduisons de l'autel, en la prenant par la main droite[4]).

Il ne faut pas non plus offrir en sacrifice de coq blanc[5] (lui aussi est un suppliant [et] il est consacré au Mois : c'est pour cela que les coqs indiquent l'heure).

85. *Il ne faut pas donner d'autre conseil que le meilleur, à qui nous sollicite* (un conseil est en effet chose sacrée[6]).

Les fatigues sont bonnes, mais les plaisirs, quels qu'ils soient, pernicieux (en effet, venus ⟨au monde⟩ pour expier, il nous faut expier).

C'est déchaussé qu'il faut offrir les sacrifices et pénétrer dans les sanctuaires.

Il ne faut pas, par un crochet, entrer dans un sanctuaire (car on ne doit pas honorer Dieu comme en passant).

Il est beau de mourir au combat, la poitrine percée de coups, mais le contraire est le contraire[7].

L'âme de l'homme ne s'incarne pas seulement dans les animaux qu'on a le droit de sacrifier ; c'est pourquoi :

Il ne faut manger que des animaux sacrificiels (de ceux qu'il serait permis de manger)*, et d'aucun autre animal.*

Certains acousmates ont cette brièveté ; d'autres au contraire sont extrêmement détaillés, comme ceux qui ont trait au sacrifice des victimes et aux rites à observer dans chaque circonstance [...][8], comme à notre départ d'ici-bas et au déroulement des *funérailles.* 86. Certains acousmates fixant ce qu'on doit faire sont assortis d'une justification, ainsi :

Il faut engendrer des enfants pour laisser quelqu'un qui assure, après soi, le service des dieux[9],

et d'autres, non. Parmi les acousmates assortis d'une justification, il en est dont l'application paraît devoir être immédiate, et d'autres qui impliquent une échéance plus lointaine : ainsi *ne pas rompre le pain, parce que ce n'est d'aucune utilité pour le jugement chez Hadès.* Toutefois les explications vraisemblables qui accompagnent de semblables préceptes ne sont pas d'origine pythagoricienne, mais le produit de l'imagination fertile de gens étrangers à la secte, qui tentent de les justifier de façon vraisemblable : ainsi, pour expliquer l'interdiction de rompre le pain, évoquée plus haut, certains disent qu'on ne doit pas séparer ce qui réunit, en faisant référence à l'antique coutume barbare qui voulait que tous les amis se réunissent autour d'un pain unique ; mais, selon d'autres, c'est un mauvais présage que de commencer par rompre et découper le pain. (*Vie pythagorique*, 82-86.)

V

Pseudo-Aristote.

[Examinons] d'abord les lois qui interdisent au mari de maltraiter sa femme : respecter cette loi lui épargnera tout mauvais traitement ; d'ailleurs, la loi commune laisse entendre, comme le disent les pythagoriciens, que la femme en tant que suppliante reconduite de l'autel, doit être pour cette raison maltraitée le moins possible[1]. (*Économique*, I, IV, 1344 *a* 8.)

VI

Suidas.

Anaximandre le Jeune, fils d'Anaximandre, originaire de Milet, historien[2]. Contemporain d'Artaxerxès, celui qu'on surnomma Mnémon[3]. Il est l'auteur d'une *Exégèse des symboles pythagoriciens*. Voici quelques exemples de ces symboles : *Ne pas rompre l'équilibre de la balance. Ne pas attiser le feu avec un couteau. Ne pas manger d'un pain non encore entamé*, etc. (*Lexique*, « Anaximandre ».)

Diogène Laërce.

Il a existé un autre Anaximandre, historien, de Milet lui aussi, qui écrivait en dialecte ionien. (*Vies*, II, 2.)

Porphyre.

42. Il existait aussi des symboles d'une autre espèce, par exemple : *Ne pas rompre l'équilibre de la balance*, c'est-à-dire ne pas chercher à dépasser les autres. *Ne pas attiser le feu avec un couteau*,

ce qui veut dire qu'on doit éviter d'exciter en paroles quiconque est gonflé de colère. *Ne pas effeuiller une couronne*, autrement dit, ne pas enfreindre les lois qui sont les couronnes des cités. Ou encore : *Ne pas dévorer le cœur*, c'est-à-dire se ronger le sang quand on est dans le malheur. *Ne pas demeurer assis sur un boisseau*[1], autrement dit ne pas vivre paresseusement. *Ne pas se retourner en partant*, c'est-à-dire ne pas s'attacher à la vie d'ici-bas au moment de mourir. *Ne pas emprunter les avenues fréquentées*, ce qui s'explique par le fait que Pythagore interdisait qu'on suivît les opinions du vulgaire, auxquelles il substituait celles de la minorité cultivée. *Ne pas recevoir d'hirondelles à la maison*, c'est-à-dire ne pas admettre dans son intimité des bavards ne sachant pas tenir leur langue. *Aider les porteurs à se charger d'un fardeau, mais non à le décharger*, par quoi il n'incitait personne à prêter la main à la facilité, mais poussait au contraire à la vertu et aux fatigues. *Ne pas porter au doigt d'images des dieux*, c'est-à-dire ne pas répandre au grand jour la croyance et la science relative aux dieux et ne pas la divulguer[2]. *Offrir les libations aux dieux avec l'oreille de la coupe* : il suggérait par là d'honorer et de vénérer les dieux par la musique, car elle pénètre en nous par les oreilles. *Ne pas manger ce qui est interdit : génération, croissance, principe, fin*[3], *ni rien de ce qui constitue le fondement premier de toutes choses.* 43. Il voulait dire par là qu'on doit s'abstenir des reins, testicules et parties génitales femelles, moelle, pieds et tête des animaux sacrificiels. [...] Il conseillait de s'abstenir de fèves comme de chair humaine [...]. 45. Il interdisait encore d'autres aliments tels que la matrice[4], le rouget, l'ortie de mer et presque tous les produits de la mer. (*Vie de Pythagore*, 42-45).

Jamblique.

Voici quels sont les *symboles* qui constituaient leur enseignement :

1° Rends-toi au temple, la tête [respectueusement] inclinée ; en chemin, abstiens-toi de toute parole ou action liée à une toute autre activité.

2° Ce n'est pas en passant que tu dois entrer dans un temple pour t'y incliner, même si ton chemin t'amène devant ses portes[5].

3° Déchausse-toi pour sacrifier et t'incliner[6].

4° Évite les avenues fréquentées, emprunte plutôt les sentiers.

5° Abstiens-toi de manger du queue-noire[7] : il est réservé aux dieux chtoniens.

6° Sois maître de ta langue devant autrui, par respect pour les dieux.

7° Quand les vents soufflent, adore Écho.

8° N'attise pas le feu avec un couteau.

9° Tiens-toi à l'écart de tout vase qui contient du vinaigre.

10° Quand tu vois un homme se charger d'un fardeau, aide-le; mais n'interviens pas à la décharge.

11° Chausse d'abord le pied droit, mais déchausse d'abord le gauche[1].

12° Ne parle pas, sans lumière, de la doctrine pythagoricienne.

13° Ne romps pas l'équilibre de la balance.

14° Quand tu pars en voyage[2], ne te retourne pas vers ta maison, car les Érinnyes sont à tes trousses.

15° N'urine pas face au Soleil[3].

16° Ne nettoie pas les latrines avec une torche.

17° Élève un coq, mais garde-toi de l'offrir en sacrifice. Car il est consacré à la Lune[4] et au Soleil.

18° Ne reste pas assis sur le boisseau.

19° N'élève pas d'animal aux serres crochues.

20° En chemin, ne te détourne pas.

21° Ne reçois pas d'hirondelle à la maison.

22° Ne porte pas de bague.

23° Ne grave pas l'image d'un dieu sur une bague.

24° Ne te regarde pas dans un miroir à la lumière d'une lampe.

25° Garde-toi de ne pas accorder foi aux choses étonnantes qu'on attribue aux dieux, et aux sentences divines.

26° Ne te laisse pas prendre par le fou rire.

27° Ne te fais pas les ongles pendant les sacrifices.

28° Ne tends pas la main droite à n'importe qui.

29° À ton lever, roule en boule tes couvertures et aplanis l'endroit [où tu couches].

30° Ne ⟨*te*⟩ ronge pas le cœur.

31° Ne mange pas de cervelle.

32° Crache sur les cheveux qu'on t'a coupés et sur tes rognures d'ongles.

33° Ne mange pas de rouget.

34° Fais disparaître la trace laissée dans la cendre par la marmite.

35° Ne cherche pas à avoir des enfants en épousant une femme cousue d'or.

36° Préfère ⟨la formule⟩ : « une figure et un pas » à : « une figure et un triobole[5] ».

37° Abstiens-toi des fèves.
38° Cultive la mauve, mais n'en mange pas.
39° Abstiens-toi de manger des êtres animés[1].

(*Protreptique*, 21, éd. Pistelli, 106, 18.)

D. D'APRÈS LES « MAXIMES PYTHAGORICIENNES » ET LA « VIE PYTHAGORICIENNE », D'ARISTOXÈNE

I

Jamblique.

163. Selon la tradition, les sciences que les pythagoriciens honoraient le plus étaient la musique, la médecine et la divination. C'étaient des gens silencieux et toujours prêts à écouter les autres, au point que savoir écouter était pour eux un motif d'éloge[2].

En ce qui concerne la science médicale, ils faisaient leur son aspect diététique; ils étaient d'ailleurs très pointilleux sur ce chapitre des régimes. Ils cherchaient d'abord à reconnaître les signes de l'harmonie entre les efforts[3], l'alimentation et le repos. Puis ils s'occupaient de la manière même de préparer les aliments et définissaient ⟨des régimes⟩ – ils furent, pour ainsi dire, les premiers d'ailleurs à se lancer dans cette voie. Les pythagoriciens avaient aussi recours aux cataplasmes, plus systématiquement qu'on ne l'avait fait jusque-là; mais ils étaient plus réservés sur les drogues n'utilisant pour ainsi dire que celles destinées à traiter les ulcérations, et rejetaient presque totalement opérations chirurgicales et cautérisations. 164. Dans le cas de certaines maladies ⟨de l'âme⟩, ils recouraient aux incantations. Ils prêtaient d'ailleurs à la musique de grands pouvoirs sur la santé, à condition qu'on en usât selon les modes convenables[4]. Ils ne négligeaient pas non plus la lecture de passages choisis tant d'Homère que d'Hésiode, pour restaurer l'harmonie des âmes. Par ailleurs, ils croyaient qu'on doit garder et entretenir le souvenir de tout ce qu'on apprend ou se fait expliquer, et qu'un enseignement associant exercices scolaires et conférences est nécessaire, pour autant que le permettent la réceptivité et la mémoire, facultés nécessaires pour connaître et conserver ce qu'on connaît. Aussi accordaient-ils une place privilégiée à la mémoire et s'appliquaient-ils à l'exercer, d'abord en vérifiant qu'ils avaient solidement assimilé les connaissances de base sur un sujet avant de passer à un autre objet d'étude, et ensuite en repassant quotidiennement leurs leçons.

165. Un pythagoricien ne se levait jamais avant de s'être remis en mémoire les événements de la veille. Voici comment se faisait cette récapitulation : il essayait de ressaisir mentalement ce qu'en se levant la veille, il avait dit, entendu, ou ordonné à ses gens, et ensuite ce qui s'était passé en deuxième, puis en troisième lieu. Il procédait de même pour ce qui devait venir ensuite. Puis il recommençait l'opération, en essayant cette fois de se rappeler qui il avait d'abord rencontré dans la rue, qui ensuite il avait vu; quelles étaient les paroles du premier ⟨interlocuteur⟩, puis celles du deuxième, du troisième, et ainsi de suite. Il refaisait l'exercice avec tous les autres faits de la veille : il s'efforçait de ressaisir mentalement les événements de toute la journée, en resituant chacun au moment où il avait eu lieu. S'il disposait d'un peu plus de temps libre au moment du réveil, il essayait de se ressouvenir aussi des faits de l'avant-veille, toujours de la même manière. 166. Ainsi s'efforçaient-ils d'exercer le plus possible leur mémoire, convaincus que rien ne sert plus la science, l'expérience et la sagesse que la mémoire[1]. Ce sont précisément ces règles de vie qui ont fini par couvrir de philosophes l'Italie entière; ce pays, inconnu auparavant prit, grâce à Pythagore, le nom de Grande-Grèce, et un très grand nombre de ses habitants devinrent philosophes, poètes et législateurs; de fait, les techniques oratoires, les discours d'apparat et les lois écrites qui furent importées en Grèce, c'est à eux qu'on les a empruntés; quand on parle de philosophes de la nature, c'est généralement d'abord à Empédocle et Parménide d'Élée qu'on pense; et quand on veut citer des maximes de vie, ce sont les sentences d'Épicharme qu'on met en avant, sentences retenues d'ailleurs par presque tous les philosophes. (*Vie pythagorique*, 163-166.)

[Inédit.]

Au dire d'Aristoxène, la médecine servait aux pythagoriciens à la purgation du corps, et la musique à celle de l'âme[2]. (*Inédits grecs*, éd. Cramer, I, 172.)

Jamblique.

Pythagore pratiquait fort couramment une telle purgation; c'est le nom qu'il donnait au traitement par la musique. (*Vie pythagorique*, 110.)

[Scolie.]

Les Anciens, jusqu'aux pythagoriciens, honoraient la musique du nom de purgation[1]. (À l'*Iliade*, X, v. 391.)

II

Jamblique.

Je voudrais maintenant, en reprenant la question au commencement, dégager les principes du culte des dieux mis en avant par Pythagore et ses disciples. Toutes les distinctions qu'ils définissent entre les choses permises et les choses interdites visent à instaurer la communion avec le divin. Le principe dont ils partent est que toute leur vie est entièrement conformée à suivre[2] Dieu, et le maître mot de leur philosophie est qu'il est ridicule que les hommes cherchent le bien ailleurs que chez les dieux; c'est comme si, dans un pays gouverné par un roi, les sujets voulaient servir un gouverneur de province, sans tenir compte de celui qui commande et régit tout! C'est pourtant, à les en croire, ce que font les hommes. Aussi, puisque Dieu existe et qu'il est le seigneur de toutes choses, que, de plus, on s'accorde à reconnaître que c'est au seigneur qu'on demande le bienfait et que ceux qui reçoivent des bienfaits sont toujours ceux qu'on aime et avec qui on se plaît, tandis que sont punis ceux qu'on n'aime pas et avec qui on ne se plaît pas, il est clair qu'il faut agir de manière à plaire à Dieu. (*Vie pythagorique*, 137.)

III

Jamblique.

174. (Ce qui semblait à Pythagore le plus propre à fonder la justice, c'est l'autorité[3] des dieux, à partir de quoi on pouvait instaurer un État et des lois, ainsi qu'une justice et des règles juridiques[4].) Il vaut la peine de rapporter ici un à un chacun de ses préceptes. Concevoir que Dieu existe et qu'il jette sur le genre humain un regard vigilant et sans mépris, était, aux yeux des pythagoriciens à qui le maître l'avait enseigné, d'une grande utilité; car nous avons besoin d'une administration contre laquelle il serait illégitime — à nos yeux — de jamais nous dresser; or telle est celle que Dieu exerce, puisqu'il est légitime que Dieu commande à toutes choses[5]. Pour eux, en effet, l'animal est par nature plein de démesure (en quoi ils ont raison) et diversement soumis

aux instincts, aux désirs et à toutes les autres passions. Aussi a-t-il besoin d'une autorité qui le menace et soit à l'origine d'une certaine modération, en même temps qu'elle serait un principe d'ordre. 175. À leurs yeux, il était nécessaire que chacun de nous ait conscience de la versatilité de sa nature pour qu'il n'oublie jamais de vénérer et d'honorer Dieu, et qu'il ait au contraire toujours présent à l'esprit que Dieu observe et surveille la conduite des hommes. Après Dieu et leur démon[1], c'est de leurs parents et de la loi qu'ils faisaient le plus grand cas, s'efforçant de leur obéir non par conformisme, mais par conviction profonde. D'autre part, en règle générale, il n'est pas pire malheur, selon eux, que l'absence d'autorité[2], puisque l'homme ne pourrait naturellement faire son salut si nulle administration n'y pourvoyait. 176. Quant aux us et règlements ancestraux, les pythagoriciens étaient partisans d'y demeurer fidèles, même s'ils étaient un peu moins bons qu'ailleurs, parce qu'il n'est aucunement utile ni salutaire de se laisser aller à abandonner une législation en vigueur pour le plaisir d'innover. (*Vie pythagorique*, 174-176.)

IV

Stobée.

Extrait des *Maximes pythagoriciennes* d'Aristoxène. « Après Dieu et le démon, c'est de ses parents et des lois qu'il fallait, d'après eux, faire le plus grand cas, s'efforçant de leur obéir non par conformisme, mais par conviction profonde. D'autre part, ils étaient partisans de demeurer fidèles aux us et règlements ancestraux, même s'ils étaient un peu moins bons qu'ailleurs. » (*Florilège*, IV, XXV, 45.)

[Extrait des *Maximes pythagoriciennes* d'Aristoxène.] « Selon eux, en règle générale, on doit penser qu'il n'est pire malheur que l'absence d'autorité[3], puisque l'homme ne pourrait naturellement faire son salut si nulle administration n'y pourvoyait. » Voici d'ailleurs leur point de vue sur les gouvernants et les gouvernés. Ils déclaraient que les gouvernants doivent non seulement avoir la science, mais aussi l'amour des hommes, et que les gouvernés doivent non seulement se montrer dociles, mais encore aimer ceux qui les gouvernent. D'autre part, ils estimaient qu'on doit s'occuper de tous les âges de la population : aux jeunes il faut apprendre l'écriture, et les exercer aux autres disciplines ; les adolescents doivent se familiariser avec les us et lois de la cité ; les adultes doivent prendre part aux affaires et aux charges[1] publiques, et les vieillards doivent être associés aux décisions délicates, au fonctionnement des tribunaux et aux délibérations communes, ce qui leur donne l'occasion de mettre en œuvre toute leur science. S'il en est ainsi, les jeunes ne se comportent plus en enfants, les adolescents en jeunes, les adultes en adolescents, et les vieillards en êtres retombés en enfance. Ils aimaient encore à dire qu'au sortir même de l'enfance, les adolescents doivent recevoir une éducation bien ordonnée, et enseignaient que l'ordre et la mesure[2] sont des qualités aussi utiles que le désordre et la démesure sont des vices préjudiciables[3]. (*Florilège*, IV, 1, 40.)

V

Jamblique.

180. Mais puisqu'on rencontre aussi une certaine forme de justice dans les rapports entre personnes, la tradition veut que les pythagoriciens nous aient transmis, sur cette justice-là aussi, un point de vue particulier. Ils constatent en effet que dans les rapports humains certaines personnes ont le sens de l'opportunité tandis que d'autres agissent à contretemps[4], et que ce sont des différences d'âge, de rang, de lien de parenté et de mérite, ou autres, qui nous séparent les uns des autres. Ainsi, certain comportement, qui convient fort bien entre jeunes, ne convient pas quand un jeune s'adresse à un aîné, puisqu'un jeune doit, dans ses rapports avec ses aînés, s'abstenir de toute forme de colère, de menace[5] ou d'impudence, en un mot de tout ce qui peut passer pour déplacé[6]. 181. La même question se pose entre personnes de rangs différents : en effet, quand on a affaire à quelqu'un qui s'est taillé une authentique réputation d'honnête homme, il serait inconvenant ou malvenu de le traiter avec un excès de familiarité ou de l'une des manières évoquées précédemment. D'ailleurs, Pythagore tenait sensiblement le même langage touchant les parents et les bienfaiteurs. À cela il ajoutait que l'usage du moment opportun[7] est chose variable et multiforme : ainsi, s'il est des gens qui savent se mettre en colère et s'irriter à propos, il en est d'autres qui le font mal à propos ; et s'il en est qui se règlent sur l'occasion favorable pour satisfaire leurs aspirations, désirs ou pulsions, il en est d'autres qui le font mal à propos. Il pensait que le même raisonnement s'appliquait aussi à toutes les autres affections, actions, dispositions, relations ou rencontres avec autrui. 182. Le moment opportun peut s'enseigner jusqu'à un certain point : il n'est pas du domaine de l'irrationnel et admet une

pratique théorisée[1] ; mais, de façon générale et pour parler absolument, sa nature ne saurait se réduire à des formules de ce genre. On peut y rattacher, vu leur étroite parenté et comme allant naturellement de pair avec le moment opportun, ce qu'on appelle « la bonne heure[2] », le convenable[3], l'idoine[4] et toutes les notions apparentées[5].

Les pythagoriciens affirmaient encore le caractère véritablement prééminent du principe dans tous les domaines, aussi bien dans celui de la science que dans celui de l'expérience ou de la génération[6], ou dans ceux de la maison, de la cité, de l'armée ou de tous les corps constitués sur le même modèle; mais ils reconnaissaient aussi que la nature du principe n'est guère facile à reconnaître et à discerner dans tous ces domaines. De fait, dans les sciences, il faut à celui qui observe les parties du sujet, une intelligence peu commune pour comprendre et distinguer, sans risque d'erreur, quelle partie est le principe. 183. Or, la connaissance d'ensemble du tout est gravement compromise, si l'on n'a pas saisi correctement quel en est le principe, puisque, pour le dire tout net, on ne peut rien déduire de valide sans l'appréhension du véritable principe. Même chose pour les principes propres à la seconde série de domaines : comment une maison ou une cité pourraient-elles être bien administrées, en l'absence d'un véritable chef et d'une autorité souveraine librement consentie?

Car, aux yeux des pythagoriciens, l'autorité n'existe que par la volonté des deux parties, gouvernants et gouvernés, tout comme un enseignement doit, selon eux, pour être valable, résulter d'un accord volontaire, fruit de la volonté commune au maître et à l'élève : s'il y a en effet résistance de la part de l'un ou de l'autre (cela est indifférent) de ceux dont on vient de parler, il est impossible que le succès couronne l'entreprise. (*Vie pythagorique*, 180-183.)

Stobée.

Extrait des *Maximes pythagoriciennes* d'Aristoxène. « Ils déclaraient que tout enseignement, en sciences comme en arts, est valable et atteint son but, s'il est volontaire, mais que, sans la volonté, il est mauvais et manque son but. » (*Choix de textes*, II, XIII, 119.)

VI

Jamblique.

196. Les pratiques dont il va être maintenant question, et qui se sont perpétuées parmi les pythagoriciens, remontent à Pythagore lui-même. Les pythagoriciens veillaient en effet à garder

toujours la même apparence physique : ni trop maigres ni trop gros, parce que, selon eux, de tels excès reflètent un mode de vie déréglé. De même au moral, ils s'efforçaient d'être constamment d'humeur égale, sans s'abandonner jamais à une excessive gaieté ni au pessimisme. Ils rejetaient loin d'eux la colère, l'inquiétude et l'agitation; d'ailleurs l'un de leurs préceptes n'était-il pas : « Aucun accident humain ne doit surprendre les hommes de raison[1]; ils doivent, au contraire, s'attendre à tous ⟨les accidents⟩ qui ne sont pas en leur pouvoir. » Si pourtant il leur arrivait parfois de connaître la colère, le chagrin ou tout autre trouble, alors ils s'isolaient et s'efforçaient, en rentrant en eux-mêmes, de digérer et de guérir le mal. 197. On dit encore à leur sujet que jamais un pythagoricien ne se laissait aller, sous le coup de la colère, à châtier un serviteur ou à réprimander un homme libre : il attendait toujours, pour ce faire, que ses pensées aient retrouvé leur calme. Les pythagoriciens désignaient d'ailleurs l'action de réprimander par le verbe empêcher[2]; aussi est-ce en gardant le silence et sans bouger qu'ils attendaient d'avoir retrouvé le repos de l'âme. Ainsi Spintharos[3] avait-il accoutumé de raconter qu'à peine revenu de la guerre que Tarente avait menée contre la Messapie, Archytas avait retrouvé sa campagne; là, il avait pu se rendre compte que son intendant et sa domesticité, loin de s'être occupés comme ils l'eussent dû, des travaux des champs, avaient tout laissé à l'abandon; cela l'avait mis hors de lui, et pris d'une indignation extrême, pour autant que le permettait son caractère, il aurait, paraît-il, dit à ses serviteurs qu'ils avaient bien de la chance qu'il se fût mis en colère contre eux, car aussi bien, sans cela, ils auraient dû finalement, un jour ou l'autre, payer un aussi grave manquement. 198. Il ajoutait qu'une anecdote analogue courait sur le compte de Clinias[4]. De fait, ce dernier était bien homme à différer toutes sortes de réprimandes et reproches jusqu'au retour au calme de son esprit. Les pythagoriciens s'interdisaient en outre les gémissements, larmes et toutes manifestations du même genre; et aucune passion n'aurait pu les opposer entre eux, ni le gain ni la colère ni l'ambition : en un mot, les pythagoriciens se comportaient tous, entre eux, comme un bon père avec ses enfants. Il est encore à noter qu'ils rapportaient tout à Pythagore, allant jusqu'à mettre sous son nom leurs contributions personnelles, dont ils ne cherchaient pas, à de rares exceptions près, à tirer gloire. J'en veux pour preuve que très peu nombreux sont les pythagoriciens dont des traités portent la signature[5]. (*Vie pythagorique*, 196-198.)

VII

Jamblique.

233. Toutefois, pour se convaincre que ce n'est pas un hasard si les pythagoriciens se méfiaient des amitiés avec les étrangers et cherchaient à les éviter et à s'en garder — quitte d'ailleurs à s'appliquer à préserver intacte, pendant plusieurs générations, une amitié —, il suffit de se reporter à la *Vie pythagoricienne* d'Aristoxène, qui déclare y rapporter des propos tenus devant lui par Denys de Sicile alors que, chassé de son trône, il exerçait à Corinthe le métier de maître d'école. 234. Je cite Aristoxène : « Les pythagoriciens s'interdisaient, dans toute la mesure du possible, les gémissements, les larmes et toutes les manifestations de ce genre ; ils tenaient le même propos concernant les flatteries, les prières, les supplications et tous les comportements de ce genre. Donc, après avoir été chassé de son trône, Denys le Tyran s'était rendu à Corinthe, où bien souvent il nous raconta, avec force détails, l'histoire des pythagoriciens Phintias et Damon[1] : celui-ci s'était porté garant de celui-là condamné à mort, et voici dans quelle circonstance. Certains de ses courtisans, disait-il, n'arrêtaient pas de parler des pythagoriciens, les décriant, les raillant à tout propos et les accusant de charlatanisme, ajoutant à cela que, devant la menace de grands dangers, leur gravité ainsi que la loyauté et l'égalité d'humeur qu'ils affichaient auraient tôt fait de les quitter. 235. Comme certains protestaient et que chacun voulait avoir raison, on avait monté contre Phintias et ses amis l'intrigue suivante : Denys (c'est ce qu'il disait lui-même) l'avait fait mander et, en sa présence, avait déclaré qu'il était — sans aucun doute possible — l'instigateur d'un complot fomenté contre Denys, lui-même, avec l'aide de quelques conjurés ; et comme les gens présents en portaient témoignage, sa colère n'en avait paru que plus vraisemblable. Phintias avait été fort surpris de ce propos ; et comme Denys, reprenant aussitôt, lui signifiait que la cause était entendue et qu'il lui fallait mourir, Phintias avait alors demandé qu'on lui accordât le reste de la journée pour mettre en ordre ses affaires et celles de Damon ; ces deux hommes en effet vivaient ensemble et avaient mis tous leurs biens en commun, et c'était à Phintias, en qualité d'aîné, que revenait la plus grosse part de responsabilité dans l'organisation domestique. Il avait donc demandé qu'on lui donnât liberté de s'acquitter de ces tâches, et proposé que Damon lui servît de garant. 236. Denys disait en avoir été si surpris qu'il lui avait

demandé s'il se pouvait qu'il exiſtât un homme prêt à garantir l'exécution d'une condamnation à mort ; à quoi Phintias avait répondu par l'affirmative. Denys avait fait mander Damon, qui, mis au courant des événements, avait promis de se porter garant pour Phintias et de demeurer en otage jusqu'au retour de ce dernier. Denys disait alors que la réponse l'avait figé sur place, tandis que les courtisans qui avaient eu l'idée de cette épreuve se moquaient de Damon, qui allait — ils en étaient sûrs — se retrouver pris au piège, et le raillaient, en disant qu'il était la biche[1] expiatoire échangée contre le vrai coupable. Au moment où le Soleil allait presque disparaître, Phintias était revenu pour mourir : l'assiſtance en avait été ſtupéfaite et subjuguée. Alors, disait Denys, il avait embrassé et congratulé les deux hommes, en les priant de l'accepter en tiers dans leur amitié ; mais il avait eu beau les supplier, ceux-ci avaient refusé catégoriquement. » 237. Ce récit, Ariſtoxène affirme le tenir de Denys lui-même.

On dit encore que les pythagoriciens, même sans se connaître, ni s'être encore jamais vus, veillaient à honorer les devoirs de l'amitié, dès qu'ils avaient perçu un signe de leur mutuelle appartenance à la secte. Au vu de tels faits, on ne saurait douter de la maxime fameuse qui veut que les hommes vertueux, quand ils vivraient à l'autre bout de la terre, soient amis avant même de se connaître et de s'être adressé la parole.

C'eſt ainsi qu'on raconte qu'un pythagoricien arriva, après une longue marche solitaire, dans une auberge, où une grave maladie, due à l'épuisement ou à quelque autre motif, le cloua au lit pour si longtemps, qu'il finit par manquer de ressources. 238. Cependant, pris de pitié pour l'homme — ou pure hospitalité —, l'aubergiſte pourvut, sans lésiner, à tout, assiſtance et argent. Mais comme le mal empirait, notre homme s'apprêta à mourir : il traça sur une tablette un signe de reconnaissance[2], en recommandant à l'aubergiſte, si malheur lui arrivait, d'accrocher à l'extérieur ⟨de l'auberge⟩ la tablette et d'observer si, parmi les passants, personne ne reconnaîtrait le symbole. Car, lui dit-il, la personne qui le reconnaîtrait lui rembourserait toutes les sommes qu'il avait engagées pour lui et le remercierait en son nom. L'inconnu mourut, l'aubergiſte lui rendit les derniers honneurs et fit enterrer sa dépouille ; néanmoins, il ne se repaissait pas de chimères : il ne rentrerait jamais dans ses frais et ne risquait pas d'être jamais remercié par quelqu'un qui aurait reconnu le symbole [figurant sur la tablette]. Malgré tout, il tenta l'expérience, tant son hôte l'avait frappé par ses recommandations, et il ne manquait jamais d'offrir aux regards la tablette.

Beaucoup de temps s'écoula, jusqu'au jour où un pythagoricien de passage s'arrêta pour s'enquérir de l'auteur de ce symbole. Il se fit expliquer en détail tout ce qui s'était passé et remit à l'aubergiste une somme d'argent bien supérieure aux frais engagés.

239. On rapporte encore une autre anecdote : Clinias de Tarente[1], informé qu'un adepte de la doctrine de Pythagore, un certain Proros de Cyrène[2], risquait la ruine complète, rassembla une grosse somme d'argent et s'embarqua pour Cyrène, où il redressa la situation de Proros : non seulement il n'avait pas hésité à amputer son propre patrimoine, mais il avait couru le risque d'une traversée ! On rapporte une anecdote similaire à propos de Thestor de Posidonia : après qu'on lui eut simplement dit que Thymaridès[3] de Paros était pythagoricien, il suffit à Thestor d'apprendre que, par un revers de fortune, cet homme qui avait vécu dans le luxe était tombé dans la misère, pour ⟨qu'il décidât de⟩ réunir une grosse somme d'argent et de s'embarquer pour Paros, afin de lui permettre de récupérer sa fortune. (*Vie pythagorique*, 233-239.)

C'est [Denys] qui raconta la chose à [Aristoxène], et d'autres encore sur ⟨l'amitié qui unissait⟩ Phintias et Damon, Platon et Archytas, Clinias et Proros[4]. À cette liste, on peut ajouter d'autres anecdotes : Euboulos de Messine, qui regagnait sa patrie en bateau, avait été capturé par des pirates tyrrhéniens qui l'avaient emmené de force en Tyrrhénie. Quand Nausithoos de Tyrrhénie[5], pythagoricien lui-même, sut que cet homme était un disciple de Pythagore, il mit tout en œuvre pour l'arracher aux pirates et le reconduisit à Messine en toute sécurité. Et une autre fois, alors que les Carthaginois s'apprêtaient à déporter dans une île déserte[6] plus de cinq mille mercenaires qui avaient combattu à leurs côtés, le Carthaginois Miltiade reconnut parmi eux Posidès d'Argos — tous deux ⟨se trouvaient être⟩ disciples de Pythagore. Il alla le trouver et, sans lui révéler ce qui se préparait, l'invita à regagner sa patrie au plus vite. Il le fit s'embarquer sur un navire de passage, lui fournit un viatique et lui permit ainsi d'échapper aux périls qui le menaçaient. (*Ibid.*, 127.)

VIII

Jamblique.

200. Voici quelle était, selon la tradition, leur conception de l'opinion. Il est inconcevable d'adhérer à toute opinion sur tout sujet, et tout particulièrement à l'opinion du plus grand nombre,

car seul un petit nombre est capable de penser et d'avoir des opinions fondées : seuls en effet, les gens instruits sont dans ce cas, et ils sont en petit nombre ! Si bien qu'évidemment cette faculté ne saurait être étendue au plus grand nombre. Mais il est inconcevable aussi de mépriser toutes les pensées et opinions, sous peine de demeurer ignorant et de ne pouvoir se corriger. En fait, il est nécessaire, quand on n'a pas la science de quelque chose, d'apprendre ce qu'on ignore et dont on n'a pas la science, et, quand on veut apprendre, d'adhérer à la pensée et à l'opinion de celui qui possède la science et est capable d'enseigner ; et plus généralement, il est nécessaire que les jeunes qui aspirent au salut, adhèrent aux pensées et aux opinions des anciens et des gens qui ont vécu honnêtement[1].

201. Ils considéraient dans le déroulement de la vie humaine plusieurs périodes qu'ils désignaient – c'est du moins ce qu'on dit – par le mot de chaînons[2], et qu'il n'est pas à la portée du premier venu de rattacher ensemble, car elles s'entrechoquent mutuellement, sauf chez celui qui, depuis le jour de sa naissance, a été bien et correctement guidé. Aussi faut-il consacrer dans l'éducation de l'enfant, honnête, sage et virile, une large place au passage à l'adolescence ; de même, une large place doit être faite, dans l'entraînement et l'éducation de l'adolescent, au passage à l'âge adulte. En revanche, il est absurde et ridicule d'emboîter le pas au plus grand nombre[3]. 202. Le vulgaire croit en effet que, en tant qu'enfant, on se doit d'être obéissant et sage, et de se tenir loin de tout ce qui est grossier et vil ; mais que, en tant qu'adolescent, il est permis de faire ce qu'on veut – c'est là, bien sûr, l'avis du vulgaire. Or cet âge se situe, pour ainsi dire, au confluent de deux genres de défauts, car les adolescents commettent quantité de fautes qui relèvent aussi bien de l'enfance que de l'état adulte. Les défauts propres à l'enfant, d'abord, consistent à fuir tout ce qui est, de façon générale, application et ordre, en s'attachant au contraire à tout ce qui est jeu, indiscipline et démesure : c'est cette disposition de l'enfance qu'on retrouve chez l'adolescent. En même temps, tout ce qui est désir violent, aussi bien ambitions de toutes sortes que toutes les autres pulsions et dispositions de nature agressive ou tumultueuse liées à l'âge adulte, va pénétrer en l'adolescent. Pour cette raison, des différentes étapes de la vie, l'adolescence est celle qui requiert la surveillance la plus attentive. 203. D'une manière générale, les pythagoriciens estiment qu'il ne faut jamais laisser faire à l'homme ce qu'il veut ; mais chaque citoyen devrait être soumis à la surveillance constante d'une autorité légale et

respectable. Il n'est que de voir l'animal, à qui tout est permis et dont on se désintéresse : il a tôt fait de devenir vicieux et méchant. D'ailleurs, c'était pour eux, dit-on, un objet d'interrogation et de discussion permanentes dans l'École que de savoir pourquoi nous donnons aux enfants l'habitude de porter les aliments à la bouche de façon ordonnée et mesurée, et pourquoi nous déclarons beaux pour eux l'ordre et la mesure, et laids leurs contraires, c'est-à-dire le désordre et l'absence de mesure[1] ; ce qui précisément nous fait dénoncer avec vigueur l'ivrognerie et la gloutonnerie. Car, si aucune de ces vertus ne servait plus de rien, une fois qu'on est devenu adulte, il serait vain de chercher à habituer ceux qui sont encore enfants à une telle discipline. (Ils tenaient le même propos touchant les autres règles morales.) 204. Pourtant, ce n'est pas du tout ce qu'on observe pour tous les animaux que l'homme a dressés : dès leur naissance, il habitue et apprend au chiot et au poulain leurs futurs comportements d'adultes. D'autre part, les pythagoriciens ne manquaient pas en général, à ce qu'on dit, d'inciter leurs amis de rencontre, comme leurs intimes, à se défier du plaisir comme de la chose la plus dangereuse du monde : car rien ne nous précipite ni ne nous jette avec plus de facilité dans le vice que cette passion. De façon générale, ils insistaient, semble-t-il, sur cette règle absolue qu'il ne faut jamais agir par goût du plaisir, parce que aussi bien c'est là un objet de visée honteux et dommageable, la plupart du temps; mais qu'il faut au contraire agir comme on le doit, ayant d'abord en vue l'honnête et le respectable, l'avantageux et l'utile ensuite; à quoi ils ajoutaient qu'il faut pour cela une faculté de jugement hors du commun. 205. Voici maintenant ce que ces gens-là disaient, si l'on en croit la tradition, du désir dit charnel. Le désir est une sorte d'élan de l'âme, une pulsion et une tendance à la réplétion ou à la présence de sensations ou encore à une disposition sensitive. Mais le désir peut aussi s'appliquer aux sensations opposées, comme le désir de se vider et de mettre fin à certaines sensations. Cette passion ⟨qu'est le désir⟩ est en fait d'une grande diversité, et elle est, pour ainsi dire, celle des passions humaines qui revêt le plus grand nombre de formes. Mais comme la plupart des désirs humains sont acquis et sont l'œuvre des hommes eux-mêmes, il faut faire preuve, à l'égard de cette passion, d'une vigilance et d'une ascèse peu communes. Certes, quand le corps est vide, le désir de nourriture est naturel, tout comme est naturel le désir de se vider qu'on éprouve quand le corps a été rempli. Mais désirer une cuisine par trop raffinée, un lit ou des vêtements par trop raffinés et confortables, ou encore une demeure raffinée somptueuse et très décorée, cela eſt chez l'homme un acquis; le même propos vaut pour le mobilier, la vaisselle, la domeſticité ou les animaux deſtinés à la consommation. 206. De façon générale, le désir eſt, de toutes les passions humaines, celle qui a, pour ainsi dire, la plus grande propension à ne pas connaître de cesse et à progresser à l'infini. Aussi faut-il veiller, dès la petite enfance, à ce que les nouveau-nés ne désirent que ce qui convient, sans qu'ils soient tentés de désirer des choses vaines ou par trop raffinées, de manière à leur éviter d'être troublés et souillés par de tels appétits et à leur faire mépriser, comme ils le méritent, les individus enchaînés dans leurs désirs. Il eſt d'ailleurs très remarquable que les désirs vains, nuisibles, par trop raffinés et excessifs, se rencontrent chez les gens qui vivent dans l'abondance : car il n'eſt rien de si déraisonnable qui ne puisse attirer les enfants, les hommes et les femmes vivant dans l'abondance. 207. De façon générale, ce qui conſtitue l'extrême diversité du genre humain, c'eſt la multitude des désirs qui le tourmentent. Une preuve évidente en eſt l'extrême diversité des aliments : illimité en effet eſt le nombre des fruits et illimité celui des racines dont le genre humain se nourrit. Il ajoute à cela toutes sortes de viandes, et il serait bien difficile de découvrir un animal, qu'il soit terreſtre, ailé ou aquatique, dont il ne goûte ! Il a d'ailleurs inventé toutes sortes de manières de les accommoder et toutes les variétés de condiments imaginables. C'eſt de là que proviennent, selon toute vraisemblance, l'extravagance et la diversité des formes sous lesquelles se manifeſtent pour la souche humaine les mouvements de l'âme. 208. Et assurément chacun des aliments que l'homme absorbe produit une disposition particulière. Mais, si l'homme conſtate que certains d'entre eux provoquent une altération sensible et immédiate de son état, tel le vin qui, absorbé en trop grande quantité, commence par le rendre plutôt gai, puis lui trouble l'esprit au point de lui faire oublier les convenances, il ignore que les autres l'influencent aussi, même s'ils ne produisent pas d'effet aussi visible, par la raison que tout ce que nous absorbons produit une disposition particulière. Aussi faut-il un grand savoir[1] pour découvrir et reconnaître les aliments dont on doit se nourrir, et les quantités qu'on en peut absorber[2]. C'eſt là toute la science d'Apollon, de Péon[3], et plus près de nous, de l'école d'Asclépios[4].

209. Parlons maintenant, toujours en nous appuyant sur la tradition, de l'opinion des pythagoriciens touchant la génération. De façon générale, ils eſtimaient qu'il faut se garder de tout ce qu'on appelle le précoce, puisque, chez les plantes comme

chez les animaux, les sujets précoces ne donnent point de beaux fruits, et qu'un certain délai est nécessaire à la fructification, pour que ce soit des individus vigoureux et adultes qui produisent semences et fruits. C'est pour cette raison qu'il faut élever jeunes gens et jeunes filles dans des fatigues, des exercices et un apprentissage de l'endurance adaptés aux unes et aux autres, et leur procurer la nourriture adaptée à une vie laborieuse, sage et rude. Et d'ailleurs, nombreux sont les domaines de la vie de l'homme pour lesquels un apprentissage tardif est préférable, entre autres celui de la sexualité. 210. Il faut donc élever l'enfant de manière à lui éviter de chercher à avoir des relations sexuelles avant l'âge de vingt ans. Et quand il sera parvenu à cet âge, il ne devra user que rarement des plaisirs de l'amour, ce qui lui sera facile s'il considère sa bonne condition physique comme une chose appréciable et belle, car débauche et bonne condition physique sont inconciliables. D'autre part, ils approuvaient, à ce qu'on dit, un certain nombre d'usages qui avaient cours jadis dans les cités grecques, comme celui de proscrire l'inceste avec mère, fille ou sœur et celui de ne pas faire l'amour dans un sanctuaire ou au vu de tous, car il est honnête et utile d'opposer le plus d'obstacles possible à l'acte sexuel. De plus, à ce qu'il semble, ils estimaient qu'il faut supprimer les accouplements contre nature et déréglés pour ne conserver, parmi les relations normales et tempérées, que celles qui visent à une procréation sage et légitime. 211. Ils pensaient aussi que, quand on procrée, on doit se préoccuper grandement de sa future descendance. D'abord – et c'est là une précaution fondamentale – on ne devrait s'engager dans la voie de la procréation qu'à la condition de mener une existence tempérée et une vie saine, ce qui exclut qu'on se rassasie de nourriture sans souci de l'opportunité et qu'on absorbe ce qui est de nature à donner au corps des habitudes néfastes, à commencer bien sûr par le vin, bu jusqu'à se rendre ivre! Car, à les en croire, *d'un mélange*[1] *vil, disharmonieux* et troublé, ne peuvent provenir que des semences de mauvaise qualité. 212. De façon générale, ils croyaient que c'est faire preuve d'insouciance et d'imprévoyance que de ne pas pourvoir, avec tout le sérieux souhaitable, à ce qui rendra la plus agréable possible la venue à l'existence et à la vie des enfants qu'on se propose de procréer et d'amener à l'existence. Les cynophiles ne veillent-ils pas, pour leur part, à élever les chiots avec le plus grand soin et à obtenir de beaux chiots à partir des parents qui conviennent, quand le moment est venu et que leur état s'y prête? N'en est-il pas de même pour les amateurs d'oiseaux? 213. Pourtant, s'il est bien clair que certains mettent tous leurs soins à obtenir des animaux de race, et s'appliquent soigneusement à empêcher les accouplements accidentels, les hommes, eux, se désintéressent de leur propre descendance et, non contents de procréer au hasard et n'importe comment, sans réfléchir, ils élèvent et éduquent avec une totale négligence les enfants qui leur naissent. C'est là, très évidemment, la cause déterminante de la perversité et de la méchanceté de la plupart des hommes; car pour le plus grand nombre, la procréation est un acte bestial et accidentel! Ces hommes éminents[1] ne se contentaient pas de proclamer ces préceptes et conseils, mais encore ils s'exerçaient à pratiquer la tempérance. Il s'agissait là d'un héritage qu'ils tenaient de Pythagore lui-même et qui avait valeur, à leurs yeux, d'oracle delphique[2]. (*Vie pythagorique*, 200-213.)

Stobée.

Extrait des *Maximes pythagoriciennes* d'Aristoxène[3]. Voici leur point de vue sur le désir : Cette passion est d'une grande diversité et revêt le plus grand nombre de formes. Il existe deux sortes de désirs, les désirs acquis et artificiels, et les désirs innés. En lui-même le désir est une sorte d'élan de l'âme, une pulsion et une tendance à la réplétion, ou au contraire ⟨un besoin⟩ de se vider et de mettre fin à certaines sensations. Les trois formes les plus répandues du désir mauvais et pervers sont l'indécence, l'immodération et l'inopportunité. En effet, ou bien le désir est en soi indécent, grossier et indigne d'un homme libre; ou bien encore, sans avoir ces défauts, il est plus violent et plus prolongé qu'il ne convient; ou bien enfin, il est à contretemps et vise ce qu'il ne faut pas faire. (*Florilège* III, x, 66.)

Extrait des œuvres du pythagoricien Aristoxène[4]. Voici son point de vue sur la génération des enfants : De façon générale, il convient de se garder de ce qu'on appelle le précoce, puisque, chez les plantes comme chez les animaux, les sujets précoces ne donnent point de beaux fruits; mais il faut attendre pour la fructification, le moment précis où les individus, devenus vigoureux et adultes, sont capables de produire semences et fruits. Et d'ailleurs nombreux sont ⟨les domaines de la vie de *l'homme*⟩ *pour lesquels un* apprentissage tardif est préférable, comme celui de la sexualité. Aussi faut-il élever l'enfant et l'exercer en l'occupant d'une manière suffisante, pour l'empêcher de chercher à avoir des relations sexuelles et même, si possible, de savoir ce dont il s'agit, tant qu'il n'a pas atteint l'âge de vingt ans. Et, quand il sera parvenu à cet âge, il ne devra user que rarement des plaisirs de l'amour; car cela contribue grandement à la bonne santé, et de ceux qui procréent, et des enfants qui seront engendrés. Il disait encore qu'il faut renoncer à avoir avec une femme des relations visant à la procréation, quand on est rassasié de nourriture et de boisson, parce que, disait-il, d'un mélange vil, disharmonieux et troublé, il ne peut rien sortir d'harmonieux ni de beau, et surtout rien de bon! (*Florilège*, IV, XXXVII, 4.)

IX

Jamblique.

230. Il nous faut maintenant présenter l'éducation telle que Pythagore la concevait, et les préceptes dont il traitait avec ses familiers. Ces gens-là mettaient leur point d'honneur à bannir de la véritable amitié la rivalité et la jalousie : si possible, de toute amitié, du moins de celle entre parents et, en général, envers les personnes âgées, de même que l'amitié pour les bienfaiteurs. En effet, se battre ou rivaliser avec ces personnes met en péril l'affection qui nous unit à elles, si la colère ou quelque autre sentiment du même ordre s'y ajoute. 231. Il faut, disaient-ils en outre, réduire le plus possible les frictions et tiraillements qui affectent les liens d'amitié : ⟨il en va ainsi⟩ lorsque chacun des deux sait quitter ou dominer son ressentiment, et tout particulièrement celui qui est le plus jeune et qui se trouve dans l'une des situations évoquées plus haut. En ce qui concerne les remontrances et les réprimandes, auxquelles ils donnaient le nom d' empêchements[1], les aînés ne doivent les adresser aux jeunes qu'avec une grande mansuétude et beaucoup de circonspection; et ceux qui les formulent doivent veiller à bien laisser percevoir leur sollicitude et leur affection, s'ils veulent que leur réprimande soit judicieuse et profitable. 232. D'autre part, en matière d'amitié il ne faut jamais tromper la confiance d'un ami, ni par jeu ni pour de bon; car il suffit que le mensonge se soit glissé une fois dans les relations entre gens qui se prétendaient amis, pour qu'il leur soit difficile de prolonger par la suite une amitié pourtant réelle. Une infortune ou une indisponibilité quelconque, de celles qui jalonnent l'existence humaine, ne doit pas faire renier une amitié; le seul motif, acceptable, pour renier un ami et une amitié serait une perversité grave et incorrigible chez cet ami. Il ne faut pas non plus se mettre volontairement à haïr des gens qui ne sont pas tout à fait mauvais et, quand on est l'ennemi de quelqu'un — à moins que votre antagoniste n'ait changé de

disposition et ne soit revenu à de meilleurs sentiments —, c'est toujours avec noblesse qu'on se doit de le combattre. D'autre part, ce n'est pas en paroles, mais en actes qu'il faut se battre et, si l'on se bat d'homme à homme, l'adversaire est légitime et sacré. Autant que possible, il ne faut jamais prendre la responsabilité d'un conflit, mais essayer de s'en tenir le plus possible éloigné, par principe. 233. Quand on se propose de nouer une véritable amitié avec quelqu'un, on se doit — à les en croire — de préciser et de régler le plus grand nombre de points possibles, c'est-à-dire de les fixer par une convention honnête, au lieu de les abandonner au hasard ; et il est sûr que chaque chose doit être mise à la place qui lui convient, si l'on veut éviter que la négligence et le hasard ne s'insinuent dans les relations d'amitié et si l'on désire, au contraire, qu'elles soient marquées par la retenue, la réflexion et le bon ordre, sans qu'elles ouvrent le champ à une quelconque passion incontrôlable, vile ou méchante, comme l'envie ou la colère. Les pythagoriciens tenaient le même propos touchant les autres passions et dispositions morales. (*Vie pythagorique*, 230-233.)

Un autre mode d'éducation nous a été transmis par les *Maximes pythagoriciennes*[1]. (*Ibid.*, 101.)

X

Stobée.

Extrait des *Maximes pythagoriciennes* d'Aristoxène. Selon Pythagore, c'est uniquement dans la pratique et les sciences que se manifeste véritablement l'amour du beau. En effet l'amour et l'affection tirent leur origine des mœurs et des pratiques belles ; de la même manière, également, les sciences et l'expérience belles et conformes au bien manifestent véritablement l'amour du beau. Mais ce que le plus grand nombre appelle amour du beau — terme qui s'applique par exemple aux choses utiles ou nécessaires à l'existence — n'est qu'une dépouille du véritable amour du beau. (*Florilège*, III, I, 101.)

XI

Stobée.

Extrait des *Maximes pythagoriciennes* d'Aristoxène. Voici quelle était leur conception de la fortune : Elle renferme une part démonique[2] ; certains humains sont en effet touchés par une sorte d'inspiration venant d'un démon qui les pousse à agir soit bien, soit mal, et qui les rend, bien évidemment, soit fortunés soit infortunés. En tout cas, la preuve la plus manifeste en est que certains individus qui ont beau agir sans rien prévoir et en s'abandonnant au hasard, s'en sortent pourtant souvent fort bien, alors que d'autres, qui font l'effort de peser leurs projets et font des prévisions correctes, échouent dans leurs entreprises. Mais il existe aussi une seconde espèce de fortune, qui dispense aux uns talent et succès, et n'accorde aux autres que manque de talent et maladresse; les premiers atteignent directement le but qu'ils se proposent, tandis que les autres manquent le leur, puisque leur pensée se trouble au lieu de se porter droit vers le but visé : mais cette infortune-là est innée et ne dépend pas d'une cause extérieure. » (*Choix de textes*, I, VI, 18.)

E. LES PYTHAGORISTES DANS LA MOYENNE COMÉDIE

Théocrite.

Quelqu'un vient d'arriver ! C'est un pythagoriste !
Il a le teint bilieux, pas de chaussures aux pieds !

(*Idylles*, XIV, v. 5.)

[Scolie.]

Si les pythagoriciens soignent fort leur aspect physique[1], les pythagoristes, au contraire, vivent continuellement enveloppés dans leur manteau et couverts de crasse. (À Théocrite, *Idylles*, XIV, v. 5.)

I

Athénée.

Pourquoi n'imites-tu pas ces pythagoriques[2], dont Antiphane parle dans sa comédie des *Souvenirs* ?

Oui, nous en avons vu de ces pythagoriques
À ce point malheureux qu'ils durent pour survivre
Manger la salicorne[3] en un torrent cueillie
Et remplir ⟨leur besace⟩ avec de vils débris.

Il en parle aussi dans la pièce qu'on connaît généralement sous le titre de *La Besace* :

Tout d'abord imitant les pythagorisants,
Il s'abstient de manger d'aucun être vivant
Et ne prend qu'un morceau, du reste tout brûlé,
D'un pain d'orge acheté tout au plus une obole :
Telle est sa nourriture.

Et Alexis aussi, dans ses *Tarentins* :

Les pythagorisants, à ce qu'on entend dire,
Ne mangent ni poisson, ni de chair animée,
Et ils sont bien les seuls à refuser le vin.
— Mais Épicharidès est amateur de... chiens[1]
Et fait pourtant partie des pythagoriciens !
— Mais il les tue d'abord, ce qui fait que leur chair
N'a plus rien d'animé.

Plus loin, il ajoute :

Pythagorismes et propos
Subtils, et puis pensées polies en un beau style,
Voilà qui les nourrit. Quant au pain quotidien,
Un pain sec[2] *pour chacun, un pichet d'eau, c'est tout.*
— Ce régime est, ma foi, celui d'un prisonnier !
Tous les sages, dis-moi, ont-ils un tel régime ?
Doivent-ils supporter de pareilles souffrances ?
— Et encore s'agit-il d'un somptueux régime !
L'ami Mélanippide, et Phaon et Phanos
Et Phrynomaque aussi, qui font partie du groupe,
Dînent tous les cinq jours, je crois que tu le sais,
D'un quart[3] *de blé moulu.*

Et, dans *La Pythagorisante* :

Menu : figues séchées, pain d'olives pressées,
Fromage. Car c'est là ce que la loi permet
Aux pythagoriciens d'offrir en sacrifice.
— Par Zeus, ces mets sacrés sont bien ce qu'il y a
De plus appétissant et de plus délicieux.

Et, quelques vers plus loin :

Il fallait endurer l'absence d'aliments,
La crasse, la gelée, le silence, l'ennui,
Et ne pas se laver.

(*Les Deipnosophistes*, IV, 160 F.)

II

Athénée.

Aristophon dit, dans *Le Pythagoriste* :

Par les dieux, pouvons-nous croire que c'est exprès
Que ceux qui autrefois étaient pythagoristes
Ont vécu dans la crasse et gardé par plaisir
Leur éternel manteau ? Il n'en est rien, je pense.
C'est la nécessité, le manque de moyens
Qui leur faisaient trouver un prétexte honorable
Et fixer une règle utile aux pauvres gens.
Qu'on leur offre à manger poisson, ou viande encore :
S'ils ne dévorent pas jusqu'à leurs propres doigts,
Qu'on me brûle dix fois !

(*Les Deipnosophistes*, IV, 161 E.)

III

Diogène Laërce.

37. Cratinos, lui aussi, s'est moqué de Pythagore, dans *La Pythagorisante* ; et aussi dans *Les Tarentins* (je cite) :

Ils ont coutume, quand chez eux entre un profane,
D'essayer par la force inhérente aux discours[1],
De lui tourner la tête et donner le vertige
À force d'antithèses, de définitions,
À coup de parisoses[2] *et de périphrases,*
Et de propos gonflés d'un esprit fracassant.

Mnésimaque dit dans son *Alcméon* :

Pythagoristement nous offrons sacrifice
À Loxias[3], *et jamais ne mangeons d'animal.*

38. Aristophon dit dans *Le Pythagoriste* :

Il[4] *était, disait-il, descendu aux Enfers,*
Voir y vivre chacun, et avait constaté
La grande différence entre pythagoristes
Et autres morts : car c'est avec eux, et eux seuls,
Que Pluton condescend à partager sa table
Au nom de leur piété.
— Tu parles là d'un dieu

Qui fait peu de façons, s'il se plaît à frayer
Avec des gens crasseux !

Et, toujours dans la même comédie :

Ils sont végétariens, ne boivent que de l'eau ;
Un éternel manteau, où grouille la vermine,
Et la terreur de l'eau[1] *: personne à notre époque*
Ne pourrait supporter un semblable régime.

(*Vies*, VIII, 37-38.)

ANAXAGORE

ANAXAGORE

A. VIE ET PHILOSOPHIE

VIE

I

Diogène Laërce.

6. Anaxagore, fils d'Hégésibule (ou d'Eubule), de Clazomènes. Il fut l'élève d'Anaximène. Le premier, il imposa un intellect[1] à la matière, écrivant au commencement de son œuvre, en un style élégant et élevé : « Toutes les choses étaient ensemble. Ensuite vint un intellect qui les mit en ordre[2]. » De là le surnom d'Intellect qu'on lui donna, et Timon, dans ses *Silles*, parle de lui en ces termes :

> *Voici Anaxagore, héroïque figure,*
> *Surnommé l'Intellect, puisqu'il en avait un*
> *Qui, soudain du sommeil tirant toutes les choses*
> *Ensemble auparavant mêlées, les ordonna.*

Il se distinguait par la noblesse et la fortune, mais aussi par la générosité, comme en témoigne l'abandon à sa famille de son patrimoine. 7. Accusé par les siens de ne s'en point soucier : « Pourquoi donc ne vous en occupez-vous pas vous-mêmes ? » leur dit-il. Finalement, il fit en quelque sorte retraite, et s'adonna à la spéculation sur la nature sans se soucier des affaires publiques. À quelqu'un qui lui demandait : « Ta patrie ne t'intéresse-t-elle pas ? », il répondit, montrant le ciel : « Tu ne saurais mieux dire, car justement, je ne fais que m'occuper de ma patrie[3]. »

Il avait, dit-on, vingt ans à l'époque de l'invasion de Xerxès, et vécut soixante-douze ans[4]. Apollodore, dans ses *Chroniques*, le dit né pendant la soixante-dixième olympiade[5], et mort au cours de la première année de la quatre-vingt-huitième[6]. Il commença à philosopher à Athènes — sous l'archontat de Callias[7], à l'âge de vingt ans, comme le dit Démétrios de Phalère dans sa *Liste des archontes* — où l'on dit aussi qu'il demeura trente années[1].

8. Il pensait que le Soleil est une masse incandescente et plus grande que le Péloponnèse (pour d'autres, ce propos revient à Tantale[2]). Sur la Lune, il y a des maisons, ainsi que des collines et des ravins[3]. Les principes, ce sont les homéoméries[4]; car, de même que l'or est formé de ce que l'on nomme des paillettes, de même le Tout est composé de corpuscules homéomères. C'est l'Intellect qui est le principe du mouvement[5], tandis que les corps, s'ils sont lourds, occupent la région d'en bas ⟨comme la terre⟩, et s'ils sont légers, la région haute, comme le feu, l'eau et l'air occupant la région moyenne[6]. C'est ainsi que sur la Terre, en raison de sa configuration plate, la mer s'est constituée du fait de l'évaporation des particules humides sous l'effet du Soleil. 9. Au commencement, le mouvement des étoiles ressemblait à la rotation d'une coupole, de sorte que le pôle toujours visible était à l'aplomb de la Terre, et ce n'est qu'ensuite qu'elles prirent leur inclinaison. La Voie lactée est la réflexion de la lumière solaire par les étoiles dépourvues d'éclat propre. Les comètes sont une réunion d'astres errants qui émettent des flammes, et les étoiles filantes des étincelles reverbérées par l'air. Les vents sont produits par la sublimation de l'air sous l'effet du Soleil. Le tonnerre est dû à la collision des nuages, et les éclairs à leur frottement. Le tremblement de terre est provoqué par de l'air qui se perd dans la terre. Les animaux sont nés à partir de l'humide, du chaud et du terreux, et plus tard par reproduction mutuelle, les mâles provenant des parties droites, les femelles des parties gauches[7]. 10. Il prédit, à ce qu'on dit, la chute du météorite d'Aegos Potamos, dont il avait dit qu'il tomberait du Soleil[8]. Aussi Euripide, qui fut son élève, désigne-t-il le Soleil par l'expression *« motte d'or »*, dans son *Phaëton*[9]. On dit encore que, venu à Olympie, il s'assit à l'abri d'une tente de peau, comme s'il devait pleuvoir, ce qui effectivement arriva. À quelqu'un qui lui demandait si les montagnes de Lampsaque seraient un jour la mer, il répondit, dit-on, que ce n'était qu'affaire de temps. Un jour, comme on lui demandait pourquoi il était né : « Pour observer, dit-il, le Soleil, la Lune et les étoiles. » À celui qui lui disait qu'il avait été privé des Athéniens : « Non pas, répondit-il, mais au contraire eux de moi[10]. » (À la vue du tombeau du roi Mausole[11]: « Un tombeau magnifique est l'image d'une richesse pétrifiée. ») 11. À celui qui ne supportait pas de mourir en terre étrangère : « La descente chez Hadès, dit-il, est bien de partout la même[12]! » Il est, semble-t-il,

le premier, d'après Favorinus, dans ses *Mélanges historiques*, à avoir assuré que la poésie d'Homère traite de la vertu et de la justice; Métrodore de Lampsaque, son familier, a poussé encore plus loin cette thèse, et fut le premier à étudier le poète sous l'angle de la philosophie de la nature. Anaxagore est le premier à avoir publié un ouvrage en prose[1]. Silène, au premier livre de son *Histoire*, déclare qu'une pierre tomba du ciel sous l'archontat de Démylos[2]; 12. or Anaxagore dit que tous les objets célestes sans exception sont formés de pierre[3] : c'est la force du tourbillon circulaire qui les maintient, et sa cessation entraînerait leur chute. Son procès fait l'objet de versions différentes. D'après Sotion, dans sa *Succession des philosophes*, Cléon l'accusa d'impiété pour avoir pensé que le Soleil est une masse incandescente. Sa défense fut assurée par Périclès, son élève, et il fut condamné à une amende de cinq talents et à l'exil. D'après Satyros, dans ses *Vies*, l'accusation fut introduite par Thucydide[4], adversaire politique de Périclès, et son chef n'en était pas seulement l'impiété, mais la collaboration avec la Perse. Il fut condamné à mort par contumace. 13. Lorsqu'on lui apprit en même temps sa condamnation et la mort de ses enfants, il dit, à propos de la condamnation : « La nature nous avait, eux et moi, condamnés depuis longtemps »; et, à propos de ses enfants : « Je savais que j'avais engendré des mortels », mot que certains attribuent à Solon et d'autres à Xénophon[5]. Démétrios de Phalère, dans son *De la vieillesse*, ajoute qu'il les enterra de ses propres mains. D'après Hermippe, dans ses *Vies*, il fut jeté en prison en attendant d'être exécuté. Sur quoi Périclès intervint et demanda quel reproche on pouvait faire à sa conduite : « Aucun », lui fut-il répondu : « Eh bien! moi, dit-il, je suis son élève. Ne tuez pas cet homme en cédant aux calomnies, faites-moi plutôt confiance et relâchez-le. » On le relâcha. Mais il ne put supporter l'affront et mit fin à ses jours. 14. D'après Hiéronyme, au second livre de ses *Mémoires divers*, Périclès l'introduisit à la barre, si épuisé et si malade, que c'est la pitié, plutôt qu'un jugement, qui lui valut l'acquittement. Telles sont les versions que l'on donne de son procès.

On a pensé que ses relations avec Démocrite étaient mauvaises parce qu'il n'avait pas admis ce dernier dans ses entretiens[6]. Finalement, il retourna à Lampsaque et y mourut. Et quand les magistrats de la cité lui demandèrent ce qu'il désirait qu'on fît pour lui, il répondit qu'on permît aux enfants de jouer tous les ans au mois anniversaire de sa mort[7]. La coutume en a jusqu'ici été conservée. 15. À sa mort, les Lampsaciens l'enterrèrent avec tous les honneurs et firent graver ⟨sur son tombeau⟩ cette inscription :

Ci-gît Anaxagore, au terme parvenu
Encore un peu plus près des vérités célestes.

Nous avons composé sur lui cette épigramme :

Pour avoir du Soleil déclaré qu'il n'était
Dans sa réalité qu'une masse embrasée,
Anaxagore fut condamné à la mort;
Mais son cher Périclès le tira du danger.
Il sut quitter la vie avec le plus grand calme
Et la sérénité de la philosophie.

Il y eut trois autres Anaxagore, dont nul ne donne la liste complète. L'un était un orateur, disciple d'Isocrate; l'autre un sculpteur, mentionné par Antigone; le dernier un grammairien, disciple de Zénodote. (*Vies*, II, 6-15.)

II

Harpocration.

Anaxagore : Sophiste, fils d'Hégésibule, de Clazomènes, élève d'Anaximène de Milet[1]. On le surnomma *Intellect*, parce qu'il disait que la matière et l'intellect sont le gardien de toutes choses. C'est lui qui disait que le Soleil est une masse incandescente. (*Lexique*, « Anaxagore ».)

III

Suidas.

Anaxagore disait que le Soleil est une masse incandescente, c'est-à-dire une pierre ignée. Il dut s'exiler d'Athènes en dépit du soutien de Périclès, et, réfugié à Lampsaque, s'y laissa mourir ⟨de faim⟩. Il se donna la mort à l'âge de soixante ans, parce que les Athéniens l'avaient jeté en prison pour avoir introduit une doctrine nouvelle sur Dieu[2]. (*Lexique*, « Anaxagore ».)

IV

Cyrille.

On affirme[3] que pendant la soixante-dixième olympiade naquirent Démocrite et Anaxagore, philosophes de la nature, ainsi qu'Héraclite, surnommé l'Obscur. (*Contre Julien*, I, 12 B.)

Eusèbe.

Anaxagore est mort en l'an 1557 après Abraham[1]. (*Chronographie.*)

IV *a*

[Marbre de Paros].

C'est à l'âge de quarante-quatre ans[2] qu'Euripide remporta son premier concours de tragédie [...], sous l'archontat de Diphile à Athènes, en l'an 179[3]. Socrate et Anaxagore étaient ses contemporains[4]. (F. Jacoby, *Fragments des historiens grecs*, 239 A 60, II, 1000, 22.)

V

Diogène Laërce.

Ainsi qu'il le dit lui-même dans le *Petit système du monde*[5], Démocrite était encore jeune au temps de la vieillesse d'Anaxagore, car il était de quarante ans son cadet. Il déclare que le *Petit système du monde* fut composé en l'an 730 après la prise de Troie. (*Vies*, IX, 41.)

34. Démocrite fréquenta ensuite Leucippe et Anaxagore[6], de qui il était de quarante ans le cadet. D'après Favorinus, dans ses *Mélanges historiques*, Démocrite disait d'Anaxagore que ses théories concernant le Soleil et la Lune n'étaient pas de lui, mais étaient plus anciennes. Il se les serait appropriées. 35. Démocrite a aussi tourné en dérision ses vues sur l'organisation du monde et sur l'intellect ; il le haïssait pour ne pas avoir été admis par lui comme élève. Comment aurait-il pu, si tel est bien le cas, avoir été, comme certains le prétendent, son élève ? (*Ibid.*, IX, 34-35.)

VI

Philostrate.

J'ai appris, Apollonius, qu'Anaxagore de Clazomènes observait les phénomènes célestes depuis Mimas, sur la côte d'Ionie, et Thalès de Milet depuis le promontoire voisin de Mycale, etc. (*Vie d'Apollonius de Tyane*, II, 5, éd. Kayser, 46, 22.)

Qui pourrait ignorer qu'Anaxagore ne s'était pas trompé en se rendant au stade, lors des Jeux olympiques, revêtu, alors qu'il ne pleuvait pas du tout, d'une peau de mouton, parce qu'il prévoyait la pluie[7] ; et ⟨une autre fois⟩ en prévoyant l'écroulement d'une maison qui s'écroula en effet; et qu'il avait dit vrai en prévoyant que du jour procéderait la nuit, et qu'une grêle de pierres s'abattrait du ciel sur Aegos Potamos[1] ? (*Ibid.*, I, 2, p. 3, 6.)

VII

Strabon.

Il y eut à Clazomènes un personnage célèbre, le physicien Anaxagore, élève d'Anaximène de Milet. Il eut pour auditeurs le physicien Archélaos et le poète Euripide. (*Géographie*, XIV, p. 645.)

Eusèbe.

Archélaos succéda à Anaxagore, à la tête de son école, à Lampsaque. (*Préparation évangélique*, X, XIV, 13.)

Clément d'Alexandrie.

Après Anaximène ⟨vient⟩ Anaxagore, fils d'Hégésibule, de Clazomènes : celui-ci transporta d'Ionie à Athènes son enseignement. Il a pour successeur Archélaos, dont Socrate fut l'élève. (*Stromates*, I, 63.)

Pseudo-Galien.

Anaximandre prépara Anaximène à devenir le maître d'Anaxagore, lequel quitta Milet pour venir à Athènes, où il fit d'Archélaos le premier Athénien initié à la philosophie. (*Histoire de la philosophie*, 3.)

Cicéron.

C'est de lui qu'Euripide avait, paraît-il, appris ce que son ⟨personnage de⟩ Thésée prétend avoir appris d'un sage, car il avait été l'élève d'Anaxagore lequel, dit-on, déclara, à la nouvelle de la mort de son fils : « Je savais que j'avais engendré un mortel[2]. » (*Tusculanes*, III, 30.)

Denys d'Halicarnasse.

Euripide fréquenta Anaxagore, dont la thèse était le Toutes choses étaient ensemble[3]. Ensuite, il fréquenta Socrate et bénéficia d'un meilleur enseignement; mais il n'en estima pas moins, à mon avis, que le propos d'Anaxagore était digne d'être cité dans ses tragédies, et il le cita dans sa *Mélanippe sage*. Le début de son propos contient une allusion où il exprime sa reconnaissance envers lui. Mélanippe dit en effet[4] [...]. (*Rhétorique*, I, 10.)

VIII

Simplicius.

Empédocle d'Agrigente[1], né peu après Anaxagore. (*Commentaire sur la Physique d'Aristote*, 25, 19.)

IX

Proclus.

A la suite de Pythagore[2], Anaxagore de Clazomènes et Œnopide de Chio, de quelques années le cadet d'Anaxagore, se sont beaucoup intéressés à l'étude de la géométrie. [Platon mentionne à leur propos, dans ses *Rivaux*[3], qu'ils avaient acquis une solide réputation en mathématiques.] (*Commentaire sur les Éléments d'Euclide*, éd. Friedlein, 65, 21.)

X

Cédrénos.

Effectivement, ainsi que le rapportent les historiens grecs, Phérécyde de Syros, Pythagore de Samos, Anaxagore de Clazomènes et Platon d'Athènes se sont rendus en Égypte dans l'espoir d'apprendre auprès des Égyptiens une théologie et une science de la nature plus exactes. (*Histoire*, I, 165, 18.)

Ammien Marcellin.

À partir des [ouvrages secrets des Égyptiens], Anaxagore avait prédit des chutes de pierres tombant du ciel et, en fouillant la boue d'un puits, des tremblements de terre. (*Histoire de Rome*, XXII, XVI, 22.)

Aegos Potamos, où selon la prédiction d'Anaxagore, des pierres devaient tomber du ciel. (*Ibid.*, VIII, 5.)

XI

[Marbre de Paros.]

C'est sous l'archontat de Théagénide, à Athènes, en l'an 205, que la pierre chut à Aegos Potamos et que le poète Simonide, âgé de quatre-vingt-dix ans, mourut[4]. (F. Jacoby, *Fragments des historiens grecs*, 239, A 57, II, 1000.)

Pline.

149. Les Grecs rappellent fièrement qu'Anaxagore de Clazomènes avait prédit, lors de la seconde année de la soixante-dix-huitième olympiade[1], grâce à sa connaissance de la science astronomique, les jours où se produirait une chute de pierres en provenance du Soleil, et que l'événement se produisit en plein jour dans une région de la Thrace proche d'Aegos Potamos (de nos jours, on peut voir encore cette pierre : elle a la taille d'un char et une couleur brune), tandis que, au même moment, la nuit, une comète brûlait aussi. Si l'on accorde crédit à cette prédiction, il faut du même coup avouer que la faculté divinatoire d'Anaxagore était prodigieuse, mais aussi que son intelligence des phénomènes naturels est nulle et que tout est confondu[2] si l'on doit admettre que le Soleil lui-même est une pierre ou qu'il y a jamais eu en lui une pierre. Qu'il y ait souvent chute de pierre est cependant hors de doute. 150. Au gymnase d'Abydos, on en révère aujourd'hui une de taille moyenne qui a la même provenance, mais dont, à ce qu'on raconte, Anaxagore avait prédit la chute au milieu des terres habitées[3]. (*Histoire naturelle*, II, 149.)

Eusèbe.

Une pierre tomba du ciel à Aegos Potamos en l'an 1551 après Abraham[4]. (*Chronographie.*)

XII

Plutarque.

Il y en a aussi qui disent que la chute de la pierre fut un présage qui pronostiquait cette grande défaite[5] ; car il tomba du ciel environ ce temps-là, ainsi que plusieurs le soutiennent, une fort grande et grosse pierre en la côte que l'on appelle la rivière de la Chèvre[6], laquelle pierre se montre encore aujourd'hui, tenue en grande révérence par les habitants du pays de la Chersonèse. Et dit-on que le philosophe Anaxagore avait prédit que l'un des corps attachés à la voûte du ciel en serait arraché, et tomberait en terre par un glissement et un ébranlement qui devait advenir ; car il disait que les astres n'étaient pas au propre lieu où ils avaient été nés, attendu que c'étaient corps pesants et de nature de pierre ; mais qu'ils reluisaient par l'objection et réflexion du feu élémentaire, et avaient été tirés là sus à force, là où ils étaient retenus par l'impétuosité et violence du mouvement circulaire du ciel, ainsi comme au commencement du monde ils y avaient été arrêtés, et empêchés de retomber ici-bas, lorsque se fit la séparation des corps froids et pesants d'avec les autres substances de l'univers. [...] Toutefois le dire d'Anaxagore a un témoin qui le confirme : c'est Damachos, lequel en son traité *De la religion*[1] écrit que, l'espace de soixante et quinze jours durant, avant que cette pierre tombât, l'on vit continuellement en l'air un fort grand corps de feu comme une nuée enflammée[2]. (*Vie de Lysandre*, 12.)

XIII

Plutarque.

Car tout ce ménagement était conduit et entretenu par un sien serviteur nommé Évangélos, fort habile homme et très bien entendu au fait du gouvernement d'une grande maison, soit qu'il eût été ainsi fait et instruit par Périclès, ou qu'il eût cette prévoyance de nature. Ces choses étaient bien différentes de la sapience d'Anaxagore, attendu qu'il abandonna sa maison, et laissa ses terres venir en friches et en pâturages, par un mépris des choses terriennes, et un ravissement de l'amour des célestes[3]. (*Vie de Périclès*, 16.)

Platon.

Anaxagore, ayant en effet hérité de grands biens, ne s'en serait pas occupé et aurait tout laissé perdre : tant sa prétendue sapience était dépourvue d'Intellect. (*Hippias majeur*, 283 *a*.)

XIV

Tertullien.

Si je veux établir une comparaison touchant la fidélité à la parole donnée, ⟨je rappellerai⟩ qu'Anaxagore[4] a refusé de se voir confier un dépôt par des hôtes, alors que le chrétien, lui, a la réputation, même à l'étranger, d'être fidèle. (*Apologétique*, 46.)

XV

Platon.

SOCRATE : Il y a des chances sérieuses, excellent ami, pour que Périclès soit parvenu à la perfection absolue du talent oratoire.

PHÈDRE : Pourquoi donc ?

SOCRATE : Tous ceux des arts qui ont du prix réclament un complément de subtilité et de rêverie spéculative[5] concernant la nature ; car c'est bien de là que s'introduisent en eux la sublimité de pensée qui les caractérise, et la perfection de la mise en œuvre. C'est justement de ce complément que Périclès a bénéficié, outre ses qualités naturelles. La raison en est, je crois, que, étant tombé sur quelqu'un comme Anaxagore, il se gorgea de rêveries spéculatives et en vint à considérer la nature à la fois de l'Intellect et de l'absence d'intelligence, choses dont Anaxagore faisait grand cas ; d'où il tira, pour l'appliquer à l'art de la parole, ce qui s'y rapportait. (*Phèdre*, 269 *e*.)

Mais, dis-moi, Socrate, à ce qu'on dit, Périclès n'est pas devenu savant par hasard, mais pour avoir fréquenté de nombreux savants, ainsi que Pythoclidès et Anaxagore. Aujourd'hui encore, à l'âge qu'il a, il fréquente Damon dans la même intention[1]. (*Alcibiade majeur*, 118 *c*.)

Isocrate.

Périclès eut deux maîtres : Anaxagore de Clazomènes et Damon, qui passa, en son temps, pour le plus avisé de ses concitoyens. (*Sur l'échange*, 235.)

Plutarque.

Mais celui qui fréquenta le plus Périclès, et qui lui donna cette gravité et cette dignité qu'il gardait en tous ses faits et ses dits, plus seigneuriale que ne comporte la condition et l'état de ceux qui ont à haranguer devant un peuple libre, et qui bref lui éleva ses mœurs jusqu'à une certaine majesté qu'il avait en toutes ses façons de faire, fut Anaxagore de Clazomènes, lequel par les hommes de ce siècle-là était communément appelé l'Intellect, c'est-à-dire l'entendement, parce qu'ils avaient en singulière admiration la vivacité et subtilité de son esprit à rechercher les causes des choses naturelles, ou parce que ce fut le premier qui attribua la disposition et le gouvernement de ce monde, non à la fortune ni à la nécessité fatale, mais à un pur et simple *intellect* [ou entendement], lequel sépare, comme cause première agente, les substances de parties semblables ou *homéoméries*, qui sont en tous les autres corps de l'univers, mêlés et composés de diverses substances[2]. (*Vie de Périclès*, 4.)

Cicéron.

Périclès, lui, n'avait pas eu pour maître un quelconque aboyeur à la clepsydre, mais, nous le savons, le fameux Anaxagore de Clazomènes, un homme exceptionnel, versé dans la science des choses les plus importantes. (*De l'orateur*, III, 138.)

XVI

Plutarque.

L'on dit que l'on apporta un jour à Périclès de l'une de ses terres la tête d'un bélier qui n'avait qu'une seule corne, et que le devin Lampon, ayant considéré cette tête qui n'avait qu'une corne forte et donc au milieu du front, interpréta que cela voulait dire, qu'y ayant deux ligues et deux partis en la ville d'Athènes touchant le gouvernement, celle de Périclès et celle de Thucydide, la puissance des deux serait toute réduite en une, et notamment en celle de celui en la maison duquel ce signe était advenu; mais qu'Anaxagore qui se trouvait là présent fit fendre la tête en deux, et montra aux assistants comme le cerveau du bélier n'emplissait pas la capacité de son lieu naturel, mais se resserrait de toutes parts, et allait aboutissant en pointe comme un œuf, à l'endroit où la corne prenait le commencement de sa racine; si en fut Anaxagore fort estimé sur l'heure par tous les assistants, mais Lampon le fut aussi bientôt après, quand Thucydide fut chassé[1], et que toutes les affaires de la république tombèrent entre les mains de Périclès. (*Vie de Périclès*, 6.)

XVII

Plutarque.

Environ ce même temps[2], Diopeithès mit en avant un décret, que l'on fît inquisition des mécréants qui n'ajoutaient point de foi aux choses divines, et qui enseignaient certains propos nouveaux touchant les effets qui se font en l'air et au ciel, tournant la suspicion sur Périclès à cause d'Anaxagore [...]. Quant à Anaxagore, Périclès, craignant [qu'il ne pût être sauvé], l'envoya hors de la ville. (*Vie de Périclès*, 32.)

Diodore de Sicile.

En outre on intenta un procès au sophiste Anaxagore[3], maître de Périclès, en l'accusant d'impiété envers les dieux[4]. (*Bibliothèque historique*, XII, 39.)

XVIII

Plutarque.

Car Anaxagore, le premier qui a écrit le plus certainement et le plus hardiment de l'illumination et de l'obscurcissement de la

Lune[1], n'était pas alors ancien, ni son invention encore divulguée, mais était tenue secrète et connue de peu de gens qui ne l'osaient communiquer qu'avec crainte à ceux desquels ils se fiaient fort bien, à cause que le peuple ne pouvait lors endurer les philosophes traitant des causes naturelles, que l'on appelait alors météoroleschès, comme qui dirait disputant des choses supérieures qui se font au ciel ou en l'air, étant avis à l'opinion commune qu'ils attribuaient ce qui appartenait aux dieux seuls à certaines causes naturelles et irraisonnables, et à des puissances qui font leurs opérations non par providence ni discours de raison volontaire, mais par force et contrainte naturelle; à raison de quoi Protagoras en fut banni d'Athènes[2], Anaxagore en fut mis en prison, dont Périclès eut bien affaire à le retirer. (*Vie de Nicias*, 23.)

Eusèbe.

En 1554 après Abraham[3], il y eut une éclipse de Soleil; c'est l'année où meurt Anaxagore[4]. (*Chronographie.*)

XIX

Flavius Josèphe.

Anaxagore était de Clazomènes; mais, pour avoir dit que le Soleil était une pierre de meule embrasée, les Athéniens, qui, eux, pensaient que c'était un dieu, le condamnèrent à mort avec une faible majorité de suffrages. (*Contre Apion*, II, 265.)

Olympiodore.

Seuls les astres sont de feu; ainsi précisément Anaxagore a appelé le Soleil masse en fusion ou [mydre], en raison de l'absence de mesure de son embrasement, car le *mydre* est l'acier incandescent. C'est pourquoi Anaxagore fut frappé d'ostracisme et dut quitter Athènes, pour avoir osé tenir un tel propos. Ensuite il dut au prestige de la rhétorique de Périclès d'être rappelé, car Périclès avait eu la chance de suivre les cours d'Anaxagore. (*Commentaire sur les Météorologiques d'Aristote*, 17, 19.)

XX

Philodème.

Un esclave de ⟨Clé⟩on qui avait reçu le fouet, convainquit de culpabilité Anaxa⟨gore⟩ devant les juges; et Cylon de Crotone, par des ⟨accusa⟩tions lancées contre Pythagore, obtint son bannissement de la cité et fit périr dans un incendie ses disciples rassemblés[5]. (*Rhétorique*, II, 180.)

XX *a*

[Scolie.]

Car Tantale, après être devenu philosophe de la nature et avoir montré que le Soleil est une masse en fusion, fut condamné à demeurer exposé au Soleil pour en subir le choc paralysant. Les physiciens prétendent, touchant le Soleil, qu'il doit être appelé une pierre et que, selon Euripide qui fut l'élève d'Anaxagore, a dit que le Soleil était un rocher, comme il le dit dans ses premiers vers :

Le bienheureux Tantale, [...]
Redoutant le rocher qui surplombe sa tête,
Est suspendu dans l'air et accomplit sa peine[1].

Et de nouveau il le définit en d'autres vers comme une masse suspendue :

Puissé-je atteindre enfin ce rocher suspendu
À mi-chemin entre le ciel et la Terre,
Ce morceau de l'Olympe à la course éternelle,
Et que des chaînes d'or retiennent dans l'éther,
Pour que je puisse faire entendre mon malheur
À mon aïeul Tantale, avec mon chant funèbre.

(À Pindare, *Olympiques*, I, v. 91, éd. Drachmann, 38, 6.)

[Scolie.]

Parce qu'il fut l'élève d'Anaxagore, Euripide dit que le Soleil est une masse en fusion. (À Euripide, *Oreste*, v. 982 et suiv.)

XX *b*

Pseudo-Jamblique.

Et justement Euripide, parce qu'il fut l'élève d'Anaxagore, fait ainsi mention de la Terre :

Les mortels instruits des vérités de science,
T'estiment un foyer[2].

(*Théologoumènes arithmétiques*, éd. De Falco, 6, 18.)

Euripide.

Et :

Ô Terre, notre mère,
Les mortels instruits des vérités de science
T'appellent Hestia, toi qui es dans l'éther
Suspendue.

(*Fragments*, 944.)

XX *c*[1]

XXI

Aulu-Gelle.

Alexandre d'Étolie[2] composa sur Euripide ces vers :

L'élève sérieux du noble Anaxagore
Se refusait à rire et même à plaisanter
Après un coup à boire; mais ce qu'il a écrit
Au goût du miel unit le charme des Sirènes.

(*Nuits attiques*, XV, 20.)

Élien.

On ne vit jamais, dit-on, Anaxagore de Clazomènes rire ni même ébaucher un sourire. (*Histoires variées*, VIII, 13.)

XXII

Athénée.

Le *Callias* d'Eschine le Socratique renferme la dispute de Callias avec son père et la satire des sophistes Prodicos et Anaxagore[3]. Il dit en effet que Prodicos fit de Théramène son élève, et que l'autre [Anaxagore] eut pour élèves Philoxène, fils d'Éryxide, et Ariphrade, frère du citharède Arignôtos, voulant ainsi dénoncer, par la bassesse de ces personnages et la honte de leurs désirs, la valeur de l'enseignement dispensé par ces maîtres. (*Les Deipnosophistes*, V, 220 B.)

XXIII

Alcidamas.

Les habitants de Lampsaque, dont Anaxagore avait été l'hôte, lui firent sépulture et l'honorent encore aujourd'hui. (*Commentaire sur la Rhétorique d'Aristote*, II, XXIII, 1398 *b* 15.)

XXIV

Élien.

⟨On dit⟩ qu'un autel lui fut élevé portant l'inscription : « À l'*Intellect* », selon les uns ; « À la *Vérité* », selon les autres. (*Histoires variées*, VIII, 19.)

XXV

Diogène Laërce.

D'après Aristote, au livre III de sa *Poétique*[1], Sosibios[2] était le rival d'Anaxagore[3]. (*Vies*, II, 46.)

XXVI

Diogène Laërce.

D'après Dioclès[4], la préférence d'Épicure allait, pour les anciens, à Anaxagore, bien qu'il le critiquât sur certains points, et à Archélaos, le maître de Socrate. (*Vies*, X, 12.)

XXVII[5]

APOPHTEGMES

XXVIII

Aristote.

On mentionne aussi[6] cette formule d'Anaxagore adressée à certains de ses amis : « Les choses seront telles qu'ils les percevront. » (*Métaphysique*, Γ, v, 1009 *b* 25.)

XXIX

Clément d'Alexandrie.

Anaxagore de Clazomènes a, dit-on, affirmé que ce qui est la fin de la vie, c'est la spéculation, ainsi que la liberté qui en dérive. (*Stromates*, II, 130.)

XXX

Aristote.

C'est pourquoi l'on dit qu'Anaxagore, Thalès et leurs semblables sont sages, mais non prudents, quand on les voit ignorer les choses qui leur sont utiles; et tout en reconnaissant que leur savoir est extraordinaire, admirable, ardu et divin, on le dit sans utilité du fait que ce qu'ils recherchent, ce ne sont pas les biens humains. (*Éthique à Nicomaque*, VI, VII, 1141 *b* 3.)

Il semble encore qu'Anaxagore ne conçoive l'homme heureux ni comme riche, ni comme puissant, puisqu'il déclare qu'il ne serait pas étonné que l'homme heureux parût un être absurde aux yeux de la multitude[1]. (*Ibid.*, X, IX, 1179 *a* 13.)

On dit que, alors que quelqu'un s'efforçait de l'embarrasser par des questions du genre : « Quel est le but qui vaudrait que l'on choisît de naître plutôt que de ne pas exister? », Anaxagore répliqua : « Pour faire du ciel et de l'ordre de la totalité du monde l'objet de sa spéculation[2]. » (*Éthique à Eudème*, I, v, 1216 *a* 11.)

Euripide.

Bienheureux qui connut les joies de la recherche
Sans songer à médire ou à vouloir du mal
À ses concitoyens, et ne fit qu'observer
L'harmonie toujours jeune et l'ordre qui régit
La nature immortelle [...][3] *tout en se demandant*
Quand, d'où, comment le monde fut formé!
De tels hommes jamais ne connaissent l'envie
De la moindre action mauvaise.

(*Fragments*, 910.)

XXXI

Valère Maxime.

De quel zèle, selon nous, Anaxagore fut-il enflammé? Alors qu'il était revenu dans son pays après une longue absence et voyait ses biens abandonnés : « Si mes biens n'avaient péri, dit-il, je ne connaîtrais pas moi-même le salut. » Comme ce mot exprime bien la possession de la sagesse recherchée! Car si l'absence des biens lui avait paru plus importante que celle de la culture de l'esprit, il serait resté chez lui à veiller sur ses pénates et ceux-ci n'auraient jamais connu le retour d'un aussi sublime Anaxagore. (*Faits et dits mémorables*, VIII, VII; *Étrangers*, 6.)

XXXII

Plutarque.

On conte qu'étant Périclès si empêché ailleurs qu'il n'avait pas loisir de penser à Anaxagore, celui-ci se trouva délaissé de tout le monde en sa vieillesse et se coucha, la tête affublée, en résolution de se laisser mourir de faim[1]. De quoi Périclès étant averti, s'en courut aussitôt tout éperdu devers lui et le pria, le plus affectueusement qu'il lui fut possible, qu'il retournât en volonté de vivre, en lamentant non lui, mais soi-même de ce qu'il perdait un si féal et si sage conseiller dans les occurrences des affaires publiques. Adonc Anaxagore se découvrit le visage et lui dit : « Ceux qui ont affaire de la lumière d'une lampe, Périclès, y mettent de l'huile pour l'entretenir[2]. » (*Vie de Périclès*, 16.)

XXXIII

Galien.

C'est la raison pour laquelle il[3] dit qu'il faut « se familiariser » avec les choses qui ne sont pas encore présentes, comme on en use en leur présence. Par l'expression « se familiariser », Posidonius entend quelque chose comme se préfigurer et s'imaginer ce qui va se produire, et se faire à l'événement comme si l'on en avait déjà l'habitude. C'est aussi pourquoi il cite en cet endroit le mot d'Anaxagore qui, alors qu'on lui annonçait la mort de son fils, répondit sans manifester aucun trouble : « Je savais que *j'avais engendré* un mortel. » Et Euripide, faisant sienne cette pensée, a fait dire à son ⟨personnage de⟩ Thésée :

Pour moi, qui ai reçu l'enseignement d'un sage,
J'ai sans cesse à l'esprit la pensée d'un malheur
Qui pourrait survenir; je songe à mon exil,
À une mort brutale, ainsi qu'à d'autres maux,
Afin que, si j'avais à subir une épreuve
Ainsi envisagée, je ne sois point surpris
D'avoir à supporter un malheur imprévu[4].

(*Des dogmes d'Hippocrate et de Platon*, IV, VII, éd. Müller, 392.)

Euripide.

J'avais quelqu'un de ma famille qui perdit
Le jeune fils qui seul égayait sa demeure;
Pourtant il supporta de n'avoir plus d'enfant,
Même quand ses cheveux se mirent à blanchir
Et quand il s'approcha du terme de la vie[1].

(*Alceste*, v. 903.)

XXXIV

Stobée.

Anaxagore disait qu'il y a deux formes d'apprentissage de la mort : le temps antérieur à la naissance et le sommeil. (*Florilège*, IV, LII *b* 39.)

XXXIV *a*

Cicéron.

Fort à propos, Anaxagore, sur le point de mourir à Lampsaque, répondit à ses amis qui lui demandaient s'il ne voulait pas qu'on le ramenât, en cas de malheur, à Clazomènes, sa patrie : « Point n'est besoin, car on peut de partout rejoindre les Enfers[2]. » (*Tusculanes*, I, XLIII, 104.)

ÉCRITS[3]

XXXV

Platon.

MÉLÉTOS : En effet il dit du Soleil que c'est une pierre, et de la Lune que c'est une terre.

SOCRATE : C'est Anaxagore, figure-toi que tu accuses ! [...] Tu te figures les juges assez incultes pour ignorer que les livres d'Anaxagore de Clazomènes regorgent de telles conceptions ! Et ce serait de moi que la jeunesse les aurait apprises, alors qu'il lui est possible, en faisant à l'orchestre[4] acquisition de ces livres quelquefois pour une drachme, pas plus, de se moquer de Socrate si ce dernier osait prétendre que de telles idées sont de lui ? (*Apologie de Socrate*, 26 *d*.)

XXXVI

Clément d'Alexandrie.

Oui, c'est assez tardivement qu'est venu chez les Grecs l'usage d'écrire des ouvrages scientifiques. Alcméon[1] donc, [...]; d'autres rapportent qu'Anaxagore, fils d'Hégésibule, de Clazomènes, fut le premier à publier un livre[2]. (*Stromates*, I, 78.)

XXXVII

Diogène Laërce.

D'autres n'ont laissé qu'un unique ouvrage : Mélissos, Parménide, Anaxagore. (*Vies*, I, 16.)

XXXVIII

Plutarque.

Dans sa prison Anaxagore rédigea son ouvrage sur la quadrature du cercle[3]. (*De l'exil*, 17, 607 F.)

XXXIX

Vitruve.

Agatharque, instruit par Eschyle [des besoins de la décoration scénique], et qui le premier construisit une scène à Athènes, nous a laissé un *Commentaire* sur ce sujet. Instruits ⟨à leur tour⟩ par lui, Démocrite[4] et Anaxagore ont écrit sur le même sujet : comment il convient, à partir d'un point fixe pris comme centre, de faire correspondre à la projection des rayons visuels les lignes [du décor] selon une proportion naturelle[5], afin que les images effectivement vues — mais correspondant à une réalité en trompe-l'œil — puissent donner l'aspect d'édifices [en relief] à des peintures de décor, et que les figures tracées sur une surface plane produisent l'apparence soit de recul, soit d'avancée. (*De l'architecture*, VII, Préface, 11.)

XL

Codex de Munich.

À propos d'Anaxagore : certains soutiennent qu'Anaxagore, après avoir composé un recueil de questions insolubles, l'avait intitulé : *Les Courroies*, parce qu'à son avis les lecteurs ne pourraient que s'empêtrer dans les difficultés qu'il présentait. (490, p. XV, folio 483 v.)

PHILOSOPHIE

XLI

Simplicius.

Anaxagore, fils d'Hégésibule, de Clazomènes, après avoir adhéré à la philosophie d'Anaximène, apporta le premier une transformation aux thèses relatives aux principes et suppléa à l'absence de la cause qui manquait[1] en conférant d'abord un caractère illimité aux réalités corporelles.

Car toutes les homéoméries comme l'eau, le feu ou l'or, échappent à la génération et à la corruption ; le phénomène apparent de leur naissance et de leur destruction résulte seulement de la composition et de la discrimination[2] : toutes choses sont en effet dans toutes choses et chacune reçoit son caractère de la chose qui prévaut dans sa nature. Ainsi a l'apparence de l'or ce qui renferme en soi l'or en plus grande quantité, bien que toutes choses soient contenues en lui. Toujours est-il qu'Anaxagore dit : En toute chose se trouve renfermée une partie de chacune des choses[3] et Chaque unique chose est et était formée de celles qui, étant les plus nombreuses, sont de ce fait les plus visibles[4]. Aussi Théophraste dit-il que sur ce point Anaxagore tient un langage assez proche de celui d'Anaximandre[5], car celui-ci soutient que, dans la division de l'illimité, les parties qui ont une parenté se regroupent entre elles et que c'est parce qu'il y avait de l'or dans le tout, que l'or se trouve engendré, et parce qu'il y avait de la terre, qu'est engendrée la terre. Et il en va de même de toutes les autres choses individuelles, qui ne sont pas à proprement parler engendrées, mais qui existaient auparavant en lui.

Anaxagore ajouta ensuite l'Intellect comme cause du mouvement et de la génération, disant que c'est sous l'effet de la discrimination opérée par l'Intellect que ⟨les homéoméries⟩ engendrent les mondes, ainsi que la substance des autres choses. « En adoptant ce point de vue, poursuit Théophraste, Anaxagore a pu passer pour avoir rendu illimités les principes matériels, et tenu l'Intellect pour l'unique cause du mouvement et de la génération ; mais si l'on tient le mélange de toutes choses comme constituant une nature unique, indéterminée aussi bien quant à la forme que quant à la grandeur, on constate qu'Anaxagore affirme l'existence de deux principes : la nature de l'illimité d'une part, et d'autre part l'Intellect ; si bien que, touchant les éléments corporels, on le voit, sa thèse est à peu près semblable à celle d'Anaximandre. (*Commentaire sur la Physique d'Aristote*, 27, 2.)

Anaxagore a dit : Dans le petit, on ne saurait trouver l'extrêmement petit, mais il y a toujours un encore plus petit[1] ; il en est de même pour l'extrêmement grand (ainsi que le montrent l'expression même d'Anaxagore, et, en tout cas, Théophraste au second livre de son ouvrage *Sur Anaxagore*, où il écrit : « Ensuite la proposition que *tout est dans tout* n'est pas suffisamment accréditée par l'argument qui consiste à dire que tout est illimité en grandeur et en petitesse, et que l'extrêmement petit et l'extrêmement grand ne peuvent pas être appréhendés[2]. ») (*Ibid.*, 166, 15.)

XLII

Hippolyte.

1. Après[3] Anaximène vient Anaxagore, fils d'Hégésibule, de Clazomènes. Il disait que le principe du tout est l'Intellect et la matière, l'Intellect étant l'agent et la matière étant ce qui subit la génération. « Toutes les choses en effet étaient ensemble. Ensuite vint un Intellect qui les mit en ordre. » Il dit que les principes matériels sont illimités et que les plus petits d'entre eux sont des illimités[4]. 2. Toutes choses participent au mouvement, du fait qu'elles sont mues par l'intellect, et les semblables se rassemblent. Celles qui se trouvent dans le ciel sont ordonnées par le mouvement circulaire. Le dense et l'humide, l'obscur et le froid et tous les pesants se rassemblent au centre ; c'est de leur entassement compact que la terre est formée ; en revanche leurs contraires, le chaud et le brillant, le sec et le léger, se sont élancés au sommet de *l'éther*[5]. 3. *La Terre* a une forme plate ; elle demeure immobile et flotte dans les airs à cause de sa grandeur, à cause de son absence de vide, et à cause de ce que l'air, de nature très résistante, supporte la Terre qui y est en suspens[6]. 4. La mer a été formée des zones humides de la Terre, à la fois des eaux qui se trouvaient en elle et qui, après avoir été aspirées, ont ainsi constitué les bas-fonds, et de l'écoulement des fleuves. 5. Les fleuves tirent leur substance des pluies et des eaux souterraines, car la Terre est creuse et renferme de l'eau dans ses cavités. Le Nil[7] grossit pendant l'été à cause du déversement dans son cours des eaux produites par les neiges des régions antarctiques. 6. Le Soleil[8], la

Lune et tous les astres sont des pierres incandescentes entraînées ensemble dans un mouvement circulaire par la rotation de l'éther. Il existe en-dessous des astres certains corps entraînés avec le Soleil et la Lune et qui échappent à notre vue. 7. Nous ne percevons pas la chaleur qui vient des astres, à cause de la grandeur [de la distance] qui les sépare de la Terre ; de plus ils ne sont pas aussi chauds que le Soleil, parce qu'ils occupent une région plus froide. La Lune, elle, est plus basse que le Soleil et plus proche de nous. 8. Le Soleil est plus grand que le Péloponnèse. La Lune[1] n'a pas de lumière qui lui soit propre mais la reçoit du Soleil. La révolution des astres a lieu sous la Terre. 9. L'éclipse de Lune se produit parce que la Terre intercepte sa lumière et quelquefois quand cette lumière est interceptée par des corps qui sont dans une orbite plus basse qu'elle ; celle du Soleil quand sa lumière est interceptée par la Lune à la nouvelle Lune. Les solstices se produisent lorsque le Soleil et la Lune sont repoussés par l'air. La Lune change souvent de cours parce qu'elle n'a pas la force de vaincre le froid. 10. Anaxagore est le premier à avoir éclairci les questions relatives aux éclipses et aux phases de la Lune. Il disait que la Lune est terreuse et qu'elle comporte des plaines et des vallonnements[2]. La Voie lactée[3] est un reflet de la lumière des astres qui ne sont pas éclairés par la lumière du Soleil. Les astres qui se meuvent sont comme des étincelles qui jaillissent du fait du mouvement de la voûte[4]. 11. Les vents se produisent du fait de la raréfaction de l'air par le Soleil et quand les corps brûlants se retirent vers la voûte et sont renvoyés en sens contraire. Les coups de tonnerre[5] et les éclairs sont produits par le chaud qui tombe sur les nuages. 12. Les tremblements de terre[6] se produisent lorsque l'air placé au-dessus de la Terre vient frapper l'air qui se trouve sous la Terre ; car lorsque celui-ci est agité, la Terre qui est posée dessus est secouée. Les animaux[7] au commencement sont nés dans l'humide, après quoi ils se sont reproduits. Les sujets mâles naissent lorsque la semence sécrétée par la droite des génitoires s'agglutine sur la partie droite de la matrice ; les femelles dans le cas contraire[8]. 13. L'acmé [...][9] ⟨et la mort⟩ d'Anaxagore se situe dans la première année de la quatre-vingtième olympiade[10], au moment, *dit-on, de la naissance* de Platon. Il possédait, dit-on, le don de prophétie[11]. (*Réfutation de toutes les hérésies*, I, 8, 1.)

XLIII

Aristote.

Anaxagore de Clazomènes, plus ancien qu'Empédocle[1] par l'âge, mais plus moderne que lui dans ses travaux, soutient que les principes sont illimités. Car presque toutes les homéoméries (comme l'eau ou le feu) sont, dit-il, engendrées et corrompues seulement par l'effet de la composition et de la discrimination[2] ; pourtant, en un autre sens, elles ne sont ni engendrées ni détruites, mais demeurent éternellement. (*Métaphysique*, A, III, 984 *a* 11.)

Anaxagore soutient, touchant les éléments, une théorie contraire à celle d'Empédocle. Alors que celui-ci en effet déclare que le feu, la terre et les autres éléments semblables sont les éléments des corps et que toutes les choses sont formées de leur composition, Anaxagore assure le contraire : les éléments, dit-il, ce sont les homéoméries, comme par exemple la chair, l'os et chacune des choses de ce type ; en revanche, l'air et le feu sont des mélanges composés de ces substances et de toutes les autres semences : chacun est en effet un agrégat de tous les homéomères invisibles. C'est pourquoi toutes choses sont engendrées à partir de ces deux corps (car il attribue le même nom au feu et à l'éther[3].) (*Traité du ciel*, III, III, 302 *a* 28.)

XLIV

Lucrèce.

Voyons Anaxagore et l'homéomérie :
Ainsi disent les Grecs, mais notre pauvre langue
Ne saurait lui trouver un terme équivalent.
Mais dire ce qu'elle est, n'est pas très difficile.
D'abord, ce qu'il entend par l'homéomérie,
C'est par exemple que les os sont formés d'os
Tout petits et menus, que la chair l'est de chairs
Petites et menues, que le sang est formé
De l'agglutinement d'un grand nombre de gouttes ;
Il croit que l'or est fait de paillettes dorées,
La terre composée de petits bouts de terre,
Le feu de petits feux, l'eau de petites eaux ;
Il forge tous les corps sur le même patron.
Cependant, nulle part, il ne fait place au vide
Et n'admet pas de terme à la division.

Et par ces deux aspects il semble partager
Les erreurs qu'Empédocle a lui-même commises.
Trop instables, de plus, paraissent ses principes,
Si tel est dit principe un élément doué
D'un statut identique à celui qu'ont les corps,
Dont rien ne vient freiner la destruction fatale.
Lequel dans un combat aura assez de force
Pour éviter la mort et les crocs du Trépas?
Le feu, ou l'eau, ou l'air? Lequel? le sang, les os?
Aucun, à mon avis, puisque toutes les choses
Devront toutes périr, comme les corps visibles
Vaincus par quelque force acharnée à leur perte.
Or rien ne peut jamais retourner au néant
Ou naître du néant, comme je l'ai prouvé.
Comme les aliments et font croître et nourrissent,
On ne peut pas penser que veines, sang et os,
⟨Et nerfs aussi soient faits d'autres parties⟩.
Car si les aliments résultaient de mélanges
Et renfermaient en eux des parcelles de nerfs
Ainsi que des parties d'os, de veines, de sang,
Il s'ensuivrait qu'un aliment, sec ou liquide,
Serait aussi formé de diverses parties,
Mélange d'os, de nerfs, de sérum et de sang.
Et puis, si tous les corps qui sortent de la terre
Se trouvaient dans la terre, il faudrait qu'elle soit
Formée des divers corps qui naissent de la terre;
Et le même argument s'applique à tous les corps :
Car si le bois celait flammes, fumée et cendre,
De diverses parties le bois serait formé;
Et les corps que la terre alimente et fait croître [...],
Comme divers sont ceux qui du bois ont jailli.
Il fallait recourir à une échappatoire :
Anaxagore y recourut, imaginant
Que tout se mêle au tout et dans le tout se cache,
Et qu'apparaît le corps seul, dont les éléments
Constituent l'élément dominant du mélange,
Et peuvent de ce fait apparaître à la vue.

(*De la nature*, I, v. 830 à 879.)

Diogène d'Œnoanda.

Anaxagore de Clazomènes fait des homéoméries ⟨les éléments⟩ de toutes choses[1]. (Fragment 5, col. II, l. 4, éd. Grilli.)

XLV

Aristote.

Tous ceux qui considèrent les éléments comme illimités, tels Anaxagore et Démocrite, l'un avec les homéoméries, l'autre avec l'universelle réserve séminale des figures[1], soutiennent que l'illimité est continu par contact. Le premier soutient que toute partie est un mélange analogue au tout, étant donné que l'observation nous apprend que tout peut naître de tout. (*Physique*, III, IV, 203 *a* 19.)

Simplicius.

Puisque, d'une part, Anaxagore présuppose comme principe les homéoméries et que, d'autre part, Démocrite pose comme principe les atomes, chacun les tenant pour illimités en nombre, Aristote[2] commence par examiner la théorie d'Anaxagore et nous explique la raison pour laquelle Anaxagore a été conduit à cette supposition, en nous montrant qu'il lui était nécessaire de dire non seulement que le tout était un mélange illimité en grandeur, mais que chaque homéomérie renfermait en soi, semblablement au tout, toutes les choses, et qu'elles n'étaient pas seulement illimitées, mais infiniment[3] illimitées. Anaxagore en était arrivé à cette conception, parce qu'il considérait que rien ne saurait naître du néant et que tout tire sa nourriture du semblable. C'est qu'il constatait que tout naît de tout, et cela non d'une manière immédiate, mais selon un certain ordre (l'air naît en effet du feu, l'eau de l'air, la terre de l'eau, la pierre de la terre, et de nouveau le feu de la pierre ; et la même nourriture, par exemple le pain, donne naissance à des choses multiples et dissemblables : les chairs, les os, les veines, les nerfs, les cheveux, les ongles et éventuellement les ailes et les cornes, tandis que le semblable s'accroît par le semblable). Il supposa par conséquent qu'il existe dans la nourriture et dans l'eau, du bois de l'écorce et du fruit, puisque les plantes s'en nourrissent[4]. Aussi conclut-il que tout est mélangé à tout et que la génération se produit par discrimination[5]. À cela s'ajouta peut-être la constatation du phénomène de la génération à partir de choses qui demeurent identiques à elles-mêmes, comme le feu à partir de la pierre et l'air constituant les bulles à partir de l'eau. Constatant donc que toutes choses résultent d'une discrimination à partir de chacune des choses actuellement discriminées, comme par exemple naissent du pain la chair, l'os, etc., étant donné que toutes existent ensemble dans la même chose et se trouvent mélangées, il forma à partir de ces faits la supposition que toutes choses se trouvent mélangées ensemble avant que se produise l'instant de la discrimination. C'est pourquoi il commença ainsi son traité : Toutes les choses étaient ensemble[1], en sorte que chacune, par exemple ce pain-ci, est un mélange semblable au tout[2], constitué par exemple de cette chair-ci et de cet os. (*Commentaire sur la Physique d'Aristote*, 460, 4.)

Anaxagore a dit, semble-t-il, que, au commencement et pour un temps illimité, toutes les choses ont existé ensemble et se sont trouvées en repos; puis que l'Intellect artiste du monde, dans sa volonté de discriminer les espèces qu'il appelle *homéoméries*, a introduit en elles le mouvement. (*Ibid.*, 1123, 21.)

XLVI

Aristote.

Anaxagore en effet pose comme éléments les homéoméries, tels l'os, la chair, la moelle et, pour les autres choses, chaque partie qui porte le nom du tout. (*De la génération et de la corruption*, I, 1, 314 *a* 18.)

Aétius.

Anaxagore, fils d'Hégésibule, de Clazomènes, affirma que les homéoméries sont les principes des choses, car il lui paraissait extrêmement difficile d'expliquer comment quelque chose peut être engendré du néant ou retourner par corruption au néant. Nous absorbons assurément une nourriture simple et unispécifiée, pain et eau, et c'est elle qui nourrit le cheveu, la veine, l'artère, la chair, les nerfs, les os et les autres parties. Puisque l'on constate leur génération, il faut convenir que ces substances sont toutes contenues dans la nourriture absorbée et que toutes les choses tirent de celles-ci la substance de leur accroissement. Ainsi cette nourriture renferme les parties responsables de la génération du sang, des nerfs, des os et autres constituants du corps; mais ces parties ne sont visibles que pour la raison[3]. Il ne faut pas en effet ramener toutes les choses à la sensation, sous prétexte que le pain et l'eau forment toutes choses, mais considérer qu'il existe en ces choses des parties qui sont visibles pour la raison. Aussi a-t-il appelé *homéoméries* les parties renfermées dans la nourriture et semblables aux choses déjà engendrées, en affirmant qu'elles étaient les principes des choses : il fait des *homéoméries* la matière et de l'Intellect ordonnateur de toutes choses la cause efficiente. Il commence donc par dire : Toutes les *choses* étaient ensemble, puis vint l'Intellect qui les discrimina et les ordonna, – il donne le nom de *choses* aux réalités. Il faut par conséquent lui attribuer le mérite d'avoir ajouté à la matière le principe artiste[1]. (*Opinions*, I, III, 5.)

XLVII

Platon.

Un jour j'entendis lire un livre d'Anaxagore, à ce qu'on m'a dit, qui exposait que c'est l'Intellect l'ordonnateur du monde et la cause de toutes choses; or cette cause me réjouit fort, car mon opinion était qu'il était bienvenu qu'en un sens l'Intellect fût la cause de toutes choses; et j'estimais que, s'il en était ainsi, l'Intellect ordonnateur du monde disposait heureusement toutes choses et assignait à chaque chose la meilleure condition. [...] Je pensais avoir trouvé le maître capable de m'expliquer la causalité des choses selon l'Intellect en Anaxagore : il commencerait par me dire si la Terre est plate ou ronde; poursuivant son explication, il m'en fournirait en détail la cause et la nécessité et, puisqu'il dit ce qui est le mieux, me dirait pourquoi telle forme est la meilleure; [...] s'il me faisait ces révélations, j'étais prêt à ne plus jamais désirer une autre forme de causalité! Et pour le Soleil aussi, j'étais prêt à me laisser convaincre de même, ainsi que pour la Lune et les autres astres, touchant leurs vitesses relatives, leurs changements de cours et leurs autres accidents, en un mot sur la meilleure façon de produire ou de subir ces accidents. Je n'aurais jamais pu croire qu'en assurant que l'Intellect avait ordonné toutes choses, il pût leur assigner une autre cause que le fait que le mieux, c'est qu'elles soient comme elles sont. Puisqu'il conférait à chaque chose, ainsi qu'à l'ensemble, cette causalité, je croyais qu'il m'expliquerait en détail en quoi le mieux consiste, aussi bien pour chacune que pour toutes. Pour rien au monde je n'aurais cédé mes espérances; et ayant mis tout mon zèle à me procurer ces volumes, j'en pris au plus vite connaissance, afin de savoir au plus vite le meilleur et le pire. Riche de cette merveilleuse espérance, je dus, mon cher ami, bientôt déchanter : car, en poursuivant ma lecture, je vois un monsieur qui ne fait rien de l'Intellect, qui ne lui assigne nulle responsabilité dans l'ordonnance des choses et qui, au contraire, fait appel aux airs, aux éthers, aux eaux et à mille autres causes tout aussi absurdes[2]. (*Phédon*, 97 *b*.)

Aristote.

Anaxagore se sert de son Intellect comme d'un *deus ex machina* jouant le rôle d'agent ordonnateur et, lorsque surgit une difficulté, pour expliquer quelle est la cause qui produit nécessairement quelque chose, il le fait rentrer de nouveau en scène, alors que, le reste du temps, il fait dépendre les causes de « toutes les choses » plutôt que de l'« Intellect ». (*Métaphysique*, A, IV, 985 *a* 18.)

Simplicius.

Anaxagore, laissant de côté l'Intellect, ainsi que le déclare Eudème, constitue les multiples au hasard. (*Commentaire sur la Physique d'Aristote*, 327, 26.)

XLVIII

Aétius.

Anaxagore déclare qu'au commencement les corps ignoraient tout mouvement, et que c'est l'Intellect divin qui les a ordonnés et a été l'agent de la génération de toutes les choses. (*Opinions*, I, VII, 5.)

Anaxagore dit que Dieu est l'Intellect, agent de l'ordre du monde. (*Ibid.*, VII, 15.)

Euripide.

Car notre Intellect c'est Dieu en chacun de nous[1].

(*Fragments*, 1018.)

Philodème.

⟨Di⟩eu a été, est et sera; il est le principe et le dominateur de toutes choses. L'Intellect a ordonné toutes les choses qui étaient illimitées et mêlées[2]. (*De la piété*, 4 *a*, éd. Gomperz, p. 66.)

Cicéron.

Ensuite vint Anaxagore, qui reçut l'enseignement d'Anaximène : il fut le premier à vouloir que la disposition et l'ordre de toutes choses soient établis et formés par la force et la raison d'un Intellect infini. Mais, ce faisant, il ne s'est pas rendu compte que l'infini ne peut avoir ni mouvement (que lui adjoindrait la sensibilité, mais qui ne lui serait pas co-extensif), ni sensibilité aucune (qui serait telle que l'infini sentirait sans que sa propre nature ait reçu d'impressions[3]). Ensuite si cet Intellect est, ainsi qu'il l'a voulu, quelque chose de comparable à un être vivant, il devra y avoir quelque chose à l'intérieur de lui-même d'où il puisse tirer son appellation de vivant. Or qu'y a-t-il de plus intime que l'Intellect? Il faut donc que l'Intellect s'enveloppe d'un corps externe. Mais cette solution ne lui convient pas : car pour lui l'Intellect est nu et dépouillé et il ne lui ajoute rien qui lui permette de sentir. Il faut bien reconnaître que notre intelligence n'est pas assez puissante pour concevoir une telle théorie. (*De la nature des dieux*, I, XI, 26.)

XLIX

Cicéron.

Anaxagore dit que la matière est illimitée, mais que d'elle naissent des particules toutes petites, semblables entre elles, qui au commencement se trouvaient fondues ensemble, puis furent ordonnées par l'Intellect divin. (*Premiers académiques*, II, XXXVII, 118.)

L

Aristote.

Anaxagore tient des propos absurdes sur le repos de l'illimité : car il prétend que l'illimité se soutient lui-même, et cela parce qu'il est en lui-même et que rien d'autre ne le circonscrit, comme si le lieu où quelque chose se trouve devait être son lieu naturel[1]. (*Physique*, III, V, 205 *b* 1.)

LI

Aétius.

Les homéoméries revêtent des aspects multiples. (*Opinions*, I, XIV, 4.)

LII

Aristote.

Pour certains, c'est de l'Un, qui renferme les contrariétés, que celles-ci sortent par dissociation, comme le soutiennent Anaximandre et ceux qui, comme Empédocle et Anaxagore, affirment que les étants sont « un-et-multiples[1] ». C'est par discrimination qu'ils font sortir du mélange les autres choses. Ce qui sépare ces deux auteurs, c'est que l'un suppose l'existence de changements cycliques alors que l'autre suppose un processus unique de production. En outre, pour ce dernier, les homéomères et les contraires sont illimités, alors que pour le premier il n'existe seulement que ce qu'il appelle les éléments[2]. Anaxagore avait, semble-t-il, ainsi conçu comme illimités ⟨les homéomères⟩, parce qu'il admettait comme vraie la théorie des physiciens selon laquelle rien n'est engendré à partir du néant; c'est pourquoi ils déclarent que toutes les choses étaient ensemble[3] et que la génération de telle ou telle chose se ramène à l'altération[4]. (*Physique*, I, IV, 187 *a* 20.)

Pour ceux qui posent en principe, comme Empédocle, Anaxagore et Leucippe, que la matière des choses est multiple, [altération et génération sont nécessairement deux choses différentes]. Cependant Anaxagore n'a pas compris la portée de son propos, puisqu'il dit que la génération et la destruction se ramènent à une même chose : l'altération. (*De la génération et de la corruption*, I, I, 314 *a* 11.)

Hippocrate.

Assurément, aucune des choses n'est détruite et nulle n'est engendrée, parce que rien encore n'existait auparavant; en fait il se produit une altération par mélange et discrimination[5]. (*Du régime*, I, 4.)

LIII

Simplicius.

C'est pourquoi Anaxagore dit qu'il n'est pas possible que toutes choses soient discriminées. En effet la discrimination n'est pas un émiettement total. (*Commentaire sur la Physique d'Aristote*, 461, 20.)

LIV

Aétius.

Les disciples d'Anaxagore et de Démocrite déclarent que les mélanges sont engendrés par juxtaposition des éléments. (*Opinions*, I, XVII, 2.)

LV

Platon.

Le juste est ce que prétend Anaxagore : c'est l'Intellect. Il est en effet, selon les expressions de ce philosophe, un maître absolu, qui, sans se mêler à rien, met toutes les choses en ordre, en cheminant à travers toutes. (*Cratyle*, 413 *c*.)

Aristote.

[Anaxagore] pose l'Intellect comme étant le principe dominant de toutes choses. Il déclare qu'il est le seul parmi les êtres à être simple, sans mélange et pur. À ce même principe il confère à la fois le connaître et le mouvoir, quand il dit que l'Intellect meut le tout. (*Traité de l'âme*, I, II, 405 *a* 15.)

LVI

Aristote.

C'est pourquoi Anaxagore a raison de dire que l'Intellect est impassible, et d'affirmer qu'il est sans mélange, puisqu'il est en fait le principe du mouvement. Il ne peut mouvoir qu'à la condition d'être non mû, et dominer qu'à la condition d'être sans mélange. (*Physique*, VIII, v, 256 *b* 24.)

Anaxagore témoigne de l'antériorité de l'acte, car l'Intellect est acte[1]. (*Métaphysique*, Λ, VI, 1072 *a* 4.)

LVII

Clément d'Alexandrie.

Anaxagore a le premier placé l'Intellect au-dessus des choses. Mais il n'a pas cherché à lui conserver le statut de cause efficiente, quand il dépeint certains tourbillons inintelligents en les accompagnant de l'absence d'activité et d'intelligence de l'Intellect. (*Stromates*, II, 14.)

LVIII

Aristote.

Lorsque quelqu'un dit qu'il existe dans la nature, de la même façon que chez les animaux, un Intellect qui est cause de l'ordre et de toute organisation du monde, il apparaît comme un homme de bon sens comparé à ceux qui ont discouru avant lui. Nous savons très clairement qu'Anaxagore a adopté ces conceptions, mais on dit que le premier à les formuler fut Hermotime de Clazomènes[1]. (*Métaphysique*, A, III, 984 *b* 15.)

LIX

Simplicius.

Eudème blâme Anaxagore non seulement parce qu'il dit que le mouvement, qui n'existait pas auparavant, a commencé à un moment donné, mais aussi parce qu'il a omis de parler de sa conservation et de sa cessation, bien que la chose ne fût pas claire. « Qu'est-ce qui empêche, dit-il, de croire qu'à un moment donné l'Intellect a fait s'arrêter toutes choses, de la même façon que, selon lui, il les a mues ? »

Eudème formule encore contre Anaxagore cette accusation : « Comment se peut-il qu'il existe une privation quelconque, antérieure à la possession contraire ? Si donc le repos est la privation de mouvement, il ne saurait exister avant le mouvement[2]. » (*Commentaire sur la Physique d'Aristote*, 1185, 9.)

LX

Aristote.

C'est pourquoi Anaxagore a eu tort de déclarer que toutes les choses étaient ensemble, illimitées en nombre et en petitesse[3]. Il fallait dire : *en petit nombre,* au lieu de *en petitesse.* En effet toutes choses ne sont pas illimitées, puisque le *peu nombreux* ne procède pas de l'*Un*, ainsi que certains le prétendent, mais bien du *deux*[4]. (*Métaphysique*, I, VI, 1056 *b* 28.)

LXI

Aristote.

Toutes les choses sont engendrées à partir de ce qui est, du moins de ce qui est en puissance[5], et de ce qui n'est pas en acte. C'est le cas de l'*Un* d'Anaxagore (expression préférable à son toutes choses ensemble); c'est aussi le cas du mélange d'Empédocle et d'Anaximandre. (*Métaphysique*, Λ, II, 1069 *b* 19.)

Si l'on supposait qu'Anaxagore affirme l'existence de deux éléments, cette supposition serait tout à fait raisonnable. (*Ibid.*, A, VIII, 989 *a* 30.)

Cependant, si l'on suivait pas à pas ce qu'il veut dire, son propos apparaîtrait sans doute fort extraordinaire. (*Ibid.*, 989 *b* 4.)

Il s'ensuit qu'il est conduit à dire que les principes sont l'Un (lequel en effet est simple et sans mélange) et l'Autre, dont la nature est celle que nous conférons à l'indéterminé avant qu'il se trouve défini et qu'il participe à une certaine forme. (*Ibid.*, 989 *b* 16.)

LXII

Diodore de Sicile.

Il semble que[1], touchant la nature de toutes choses, Euripide ne marque nul désaccord avec ce que nous avons dit auparavant, étant donné qu'il fut l'élève du physicien Anaxagore[2]. En effet voici ce qu'il déclare dans sa *Mélanippe* :

> ⟨*Ce n'est pas moi qui tiens ce discours, mais ma mère :*⟩
> *Ciel et Terre existaient en une seule forme ;*
> *Après qu'ils ont été séparés l'un de l'autre,*
> *Tout naquit et tout fut produit à la lumière :*
> *Arbres, oiseaux, bêtes, habitants de la mer,*
> *Et les mortels enfin [...].*

(*Bibliothèque historique*, I, 7, 7.)

LXIII

Aétius.

Thalès [...], Anaxagore, Platon, Aristote et Zénon affirment l'unité du monde. (*Opinions*, II, 1, 2.)

LXIV

Simplicius.

Anaxagore déclare que le monde est engendré en une seule fois à partir du mélange, et demeure en repos le reste du temps, ordonné par l'Intellect qui règne sur lui, et discriminé par lui[3]. (*Commentaire sur la Physique d'Aristote*, 154, 29.)

Anaxagore, Archélaos et Métrodore de Chio disent, semble-t-il, que le monde est engendré depuis le commencement du temps : ils soutiennent en effet que le mouvement, lui aussi, a eu un commencement. Selon eux, les choses au commencement se trouvaient en repos, et c'est l'Intellect qui a engendré le mouvement par lequel le monde est engendré. C'est, à ce qu'il apparaît, dans l'intention de proposer un ordre didactique[4], qu'ils ont formé l'hypothèse d'un commencement de la formation du monde. (*Ibid.*, 1121, 21.)

LXV

Aétius.

Anaximandre, Anaximène, Anaxagore, Archélaos, Diogène et Leucippe pensent que le monde est corruptible[1]. (*Opinions*, II, IV, 6.)

LXVI

Aétius.

Anaxagore, Démocrite et les stoïciens disent que la fortune est une cause invisible à la raison humaine. En effet, les choses se produisent soit par nécessité, soit par destin, soit par choix volontaire, soit par fortune, soit par hasard. (*Opinions*, I, XXIX, 7.)

Alexandre d'Aphrodise.

Anaxagore énonce en effet que rien de ce qui se produit n'est l'effet du destin, et que ce mot est vide. (*Du destin*, 2.)

[Scolie.]

Anaxagore disait que les dieux n'exercent sur les hommes aucune Providence divine, mais que toutes les actions humaines sont l'effet de la fortune[2]. (À Aristide, II, éd. Dindorf, p. 80, 15.)

LXVII

Aétius.

Diogène et Anaxagore soutenaient qu'après la formation du monde et la production des animaux à partir de la terre, le monde s'est incliné[3] par hasard vers sa partie sud (mais peut-être par providence, afin que certaines parties devinssent inhabitables et d'autres habitables à cause du gel, de l'embrasement et du climat tempéré). (*Opinions*, II, VIII, 1.)

LXVIII

Aristote.

Parmi ceux qui se refusent à admettre l'existence du vide, certains, comme Anaxagore et Empédocle, n'ont donné aucune définition du léger et du lourd. (*Traité du ciel*, IV, II, 309 *a* 19.)

Certains, qui s'efforcent de prouver que le vide n'existe pas, ne réfutent pas ce que la conscience commune entend généralement par le vide ; leurs propos sont erronés, comme ceux d'Anaxagore et de ceux qui proposent une réfutation analogue. Car ils démontrent que l'air est quelque chose, en gonflant des outres et en montrant que l'air offre une résistance, et aussi en empêchant l'air de sortir des clepsydres[1]. (*Physique*, IV, VI, 213 *a* 22.)

LXIX

Pseudo-Aristote.

Touchant les phénomènes relatifs à la clepsydre[2], la cause de ces phénomènes est en gros, semble-t-il, conforme à ce qu'en dit Anaxagore. Car l'air enfermé dans la clepsydre est une cause qui empêche l'eau de pénétrer à l'intérieur lorsqu'on a fermé l'extrémité opposée du tube de la clepsydre, sans toutefois en être la seule cause. En effet, si l'on plonge le tube obliquement dans l'eau en ayant maintenu fermée l'autre extrémité préalablement obturée, l'eau y pénètre pourtant. C'est pourquoi la cause qu'indique Anaxagore n'est pas suffisante. L'air en est, comme nous l'avons dit, la cause. L'air, une fois comprimé et se mouvant de lui-même sans contrainte extérieure, se déplace naturellement en ligne droite, ainsi que le font les autres éléments. Mais si l'on plonge obliquement la clepsydre[3], l'air sort par les trous situés au-dessus du niveau de l'eau parce qu'il est dans l'impossibilité de s'échapper directement par les autres trous, situés au-dessous de l'eau, par lesquels l'eau s'introduit tandis que l'air s'en va. Si au contraire on plonge perpendiculairement la clepsydre dans l'eau, l'air ne peut pas s'échapper perpendiculairement, et, puisque les trous du haut se trouvent maintenant bouchés, il demeure bloqué autour des premiers trous, car sa nature s'oppose à la compression.

La preuve que l'air, dans l'impossibilité de se mouvoir, a la force de repousser l'eau, est fournie par ce qui se produit dans la clepsydre. Si en effet on remplit d'eau la cuvette de la clepsydre en bouchant le tube, puis que l'on arrête le remplissage au bas du tube, l'eau ne se déplace pas dans le tube pour aller vers l'extrémité. Si alors on ouvre l'extrémité, l'eau ne s'écoule pas immédiatement à travers le tube, mais apparaît avec un léger retard, parce qu'elle n'est pas immédiatement présente à l'extrémité du tube ; elle n'y parvient qu'un petit peu plus tard, le temps pour elle de parcourir le tube que l'on vient d'ouvrir. Si, au contraire, tandis que la clepsydre se trouve remplie d'eau, et droite au lieu d'être la tête en bas, on ouvre le tube, alors l'eau s'écoule aussitôt à travers l'extrémité opposée qui fait passoire, parce qu'elle se trouve au contact de la passoire, sans toucher le sommet du tube.

Par conséquent si, au premier temps de l'expérience, l'eau ne s'introduit pas dans la clepsydre pour la cause mentionnée plus haut, ici elle en sort dès l'ouverture du tube, parce que l'air qui se meut de haut en bas dans le tube provoque une évacuation abondante de l'eau contenue dans la clepsydre. Cependant, l'eau, poussée vers le bas, glisse dans le tube et s'échappe sans difficulté, en exerçant une pression contre l'air qui se trouve à l'extérieur de la clepsydre; cet air ainsi se trouve mû et est égal en force à celui qui chasse l'eau; mais en raison de la résistance que l'eau lui oppose, il perd de sa force en s'écoulant de plus en plus vite à travers l'étroitesse du tube, avant de tomber dans l'eau ⟨du récipient⟩.

Quand, au contraire, on bouche le tube, la cause qui fait que l'eau n'afflue pas tient à ce que l'eau qui pénètre dans la clepsydre repousse violemment l'air en dehors de celle-ci. La preuve en est le vent et le gargouillement qui se produisent à l'intérieur de la clepsydre. À l'entrée de l'eau, ⟨l'air⟩ qui exerce une violente poussée dans le tube, est bloqué à la façon dont des morceaux de bois enfoncés ou encore un coin de bronze coincé dans une fente, restent en place sans être autrement maintenus; mais celui-ci ⟨est expulsé facilement⟩ quand on le frappe par l'extrémité opposée, tout comme on enlève des chevilles enfoncées dans des morceaux de bois. C'est ce qui se produit lorsque le tube est ouvert, pour les raisons fournies plus haut. Il est vraisemblable pour ces raisons que si, [lorsque le tube est plein et fermé en haut], l'eau ne parvient ni à s'écouler ni à s'échapper, c'est à cause de la violente pression de l'air dont le souffle la repousse. Le gargouillis montre que l'eau est repoussée vers le haut par l'air, ainsi qu'il arrive dans beaucoup de cas. Mais comme l'eau qui est repoussée forme un corps absolument continu, toute l'eau demeure immobile à cause de la pression de l'air, jusqu'à ce qu'elle se trouve repoussée de nouveau par lui, ⟨quand de nouveau on ouvre le tube⟩. Et comme l'eau qui se trouve à l'extrémité du tube demeure immobile, le reste de l'eau, un et continu, demeure en suspens. (*Problèmes*, XVI, VIII, 914 *b* 9.)

LXX

Théophraste.

L'un, rare et subtil, est chaud ; l'autre, dense et épais, est froid : telle est la distinction qu'Anaxagore établit entre l'air et l'éther. (*Du sens*, 59.)

LXXI

Aétius.

Anaxagore disait que l'éther qui entoure le monde est de nature ignée, et qu'après avoir, par la force de sa rotation, arraché des pierres hors de la terre, il les a embrasées pour en faire des étoiles. (*Opinions*, II, XIII, 3.)

LXXII

Aétius.

Anaxagore dit que le Soleil est une masse incandescente ou une pierre embrasée[1]. (*Opinions*, II, XX, 6.)

Anaxagore dit que le Soleil est beaucoup plus grand que le Péloponnèse. (*Ibid.*, II, XXI, 3.)

Anaxagore dit que [le solstice] se produit par la pression de l'air que le Soleil lui-même comprime et rend ferme contre les pôles, par ⟨un phénomène de⟩ condensation. (*Ibid.*, XXIII, 2).

[Scolie.]

Anaxagore prétend que le Soleil est une masse incandescente, d'où toutes choses sont produites[2]. (À Apollonius de Rhodes, *Argonautiques*, I, v. 498.)

LXXIII

Xénophon.

6. En général, Socrate dissuadait [ses disciples] de s'adonner à l'étude de la manière dont Dieu règle les phénomènes célestes [...] : « On courait, disait-il, en se consacrant à cette étude, le risque de divaguer rien moins qu'Anaxagore, qui eut l'extrême orgueil d'expliquer les mécanismes divins. 7. Car quand il dit que le Soleil est de feu, il oublie que les hommes peuvent facilement

regarder le feu en face, alors qu'il est impossible de fixer le Soleil et que les rayons du Soleil font un teint bronzé, ce que ne fait pas le feu. Il ignorait encore que la possibilité, pour les plantes qui naissent de la terre, de croître convenablement ne saurait exister sans le concours de la lumière solaire, alors que l'échauffement du feu détruit tout. En affirmant que le Soleil est une pierre incandescente, il ignore qu'une pierre placée dans le feu ne brille pas et ne résiste pas longtemps, alors que le Soleil demeure sans cesse l'objet le plus éclatant de tous. (*Mémorables*, IV, vii, 6 et suiv.)

Aristote.

Anaxagore fait un usage incorrect du terme en usant du mot éther à la place du mot *feu*. (*Traité du ciel*, I, iii, 270 *b* 4.)

Simplicius.

Aristote accuse Anaxagore d'user d'une étymologie incorrecte en faisant dériver le mot éther du verbe αἴθειν, qui signifie brûler, et d'utiliser pour cette raison le mot éther à la place du mot *feu*. (*Commentaire sur le Traité du ciel d'Aristote*, 119, 2.)

LXXIV

Pseudo-Aristote.

Pourquoi la nuit est-elle plus résonnante que le jour? Est-ce, comme le prétend Anaxagore, parce que pendant le jour l'air réchauffé par le Soleil siffle et murmure, alors que pendant la nuit il est en repos, parce que la chaleur l'a abandonné? (*Problèmes*, XI, xxxiii, 903 *a* 7.)

Plutarque.

[Je mets en avant] Anaxagore, qui dit que le Soleil remue l'air d'un mouvement tremblant et plein de battements, comme il appert par ces petites limures et petits lopins de poussière qui volettent par les trous où passe la lumière du Soleil que quelques-uns appellent tiles[1], lesquelles, dit-il, sifflant et murmurant le jour rendent par le bruit qu'elles font les voix plus malaisées à ouïr le jour, mais que la nuit leur branlement cesse, et par conséquent leur son aussi. (*Propos de table*, VIII, iii, 3, 722 a.)

LXXV

Proclus.

Platon nous a légué la conception selon laquelle l'orbite [du Soleil et de la Lune] dans l'univers eſt commune. Mais ce n'eſt pas lui qui a le premier forgé cette hypothèse. En réalité c'eſt Anaxagore, ainsi que l'a rapporté Eudème. (*Commentaire sur le Timée de Platon*, III, 63, 26, éd. Diehl.)

LXXVI

Platon.

SOCRATE : Ce nom[1] a l'air de révéler une plus grande ancienneté de la thèse nouvellement soutenue par Anaxagore pour qui la Lune reçoit du Soleil sa lumière [...]. Or cette lumière eſt, en un sens, en ce qui concerne la Lune, sans cesse *nouvelle* et *ancienne* (νέον et ἕνον), si toutefois eſt vraie la thèse des anaxagoréens; car, en un sens, le Soleil, en accomplissant sans cesse autour d'elle sa révolution circulaire, projette sur elle une lumière sans cesse *nouvelle*, tandis que la lumière du mois précédent, elle, eſt *ancienne*[2]. (*Cratyle*, 409 *a-b*.)

LXXVII

[Scolie.]

Le même Anaxagore affirme que la Lune eſt une région plate, d'où il semble que soit tombé le lion de Némée. (À Apollonius de Rhodes, *Argonautiques*, I, v. 498.)

Aétius.

Anaxagore et Démocrite disaient que [la Lune] eſt un solide embrasé comportant des plaines, des montagnes et des vallonnements. (*Opinions*, II, XXV, 9.)

Achille Tatius.

D'autres considèrent [la Lune] comme une terre embrasée renfermant un feu solide. Il y a des habitants sur la Lune, des fleuves et tout ce qu'on trouve sur la Terre, et la mythologie raconte que c'eſt d'elle qu'eſt tombé le lion de Némée. (*Introduction à Aratos*, 21, éd. Maass, 49, 4.)

Aétius.

Anaxagore disait que la Lune eſt un mélange mal équilibré

parce qu'il combine à la fois froid et terre, et présentant des parties hautes, des parties basses et des parties creuses. À l'élément igné est mélangé l'élément nuageux, dont la qualité est de faire briller ce qui est dans l'ombre : d'où l'appellation de *faussement brillante*[1] donnée à la Lune. (*Opinions*, II, XXX, 2.)

Thalès fut le premier à dire que la Lune est rendue brillante par le Soleil [...], point de vue que partage Anaxagore. (*Opinions*, II, XXVIII, 5.)

Thalès, Anaxagore, Platon et les stoïciens[2] s'accordent avec les savants pour considérer que les cycles mensuels de la Lune sont l'effet de sa conjonction avec le Soleil qui l'éclaire alors, et que ses éclipses sont l'effet de sa chute dans l'ombre de la Terre qui s'interpose entre ces deux astres, l'éclipse de Soleil se produisant par ailleurs lorsque la Terre s'interpose entre les deux astres, ou plutôt quand c'est la Lune qui s'interpose. Pour Anaxagore, au dire de Théophraste, l'éclipse peut être aussi l'effet de l'interception de la lumière par des corps situés en dessous de la Lune. (*Opinions*, II, XXIX, 6-7.)

LXXVIII

Aétius.

Anaxagore, Démocrite et Cléanthe déclarent que tous les astres se déplacent d'est en ouest. (*Opinions*, II, XVI, 1.)

LXXIX

Achille Tatius.

Ni Anaxagore, ni Démocrite dans son *Grand système du monde*[3] ne considèrent que les astres sont des êtres vivants. (*Introduction à Aratos*, I, 13, éd. Maass, 40, 26.)

LXXX

Aristote.

Les disciples d'Anaxagore et de Démocrite disent que la Voie lactée est la lumière de certains astres, car lorsque le Soleil se déplace sous la Terre, il est masqué à la vue de certaines étoiles. Dans ce cas, la lumière de celles que le Soleil éclaire ne se trouve pas visible, parce qu'elle est offusquée par les rayons du Soleil. Dans l'autre cas, la Voie lactée représente, disent-ils, la lumière propre aux étoiles que la Terre dissimule aux rayons du Soleil[4]. (*Météorologiques*, I, VIII, 345 *a* 25.)

Aétius.

[Sur la Voie lactée]. Anaxagore dit que l'ombre de la Terre se trouve projetée sur cette partie du ciel, lorsque le Soleil, qui se trouve sous la Terre, n'éclaire pas tous les astres. (*Opinions*, III, I, 5.)

LXXXI

Aristote.

Concernant les comètes [...], Anaxagore et Démocrite[1] déclarent que la comète est la *conjonction* des planètes, lorsqu'elles paraissent se toucher, du fait de leur proximité. (*Météorologiques*, I, VI, 342 *b* 25.)

Aétius.

Anaxagore et Démocrite disent que [les comètes résultent] de la conjonction de deux ou de plusieurs astres en un même foyer lumineux. (*Opinions*, III, II, 2.)

[Scolie.]

Démocrite et Anaxagore disent que les comètes se produisent lors de la rencontre de deux planètes réunissant leurs rayonnements à la façon de deux miroirs se renvoyant mutuellement leurs lumières. (À Aratos, *Phénomènes*, éd. Maass, 545, 20.)

LXXXII

Aétius.

Anaxagore dit que les étoiles appelées filantes tombent du haut *du ciel*[2] comme des étincelles; c'est pourquoi elles s'éteignent facilement. (*Opinions*, III, II, 9.)

LXXXIII

Sénèque.

Charmandros[3] aussi, dans le livre qu'il a composé sur les comètes, affirme qu'Anaxagore a vu une grande lumière inhabituelle dans le ciel, de la taille d'une grande poutre et qu'elle a brillé plusieurs jours. (*Questions naturelles*, VII, 5, 3.)

LXXXIV

Aristote.

[Sur l'éclair et le tonnerre]. Certains disent que du feu prend naissance dans les nuages [...]; Anaxagore, qu'une partie de l'éther d'en haut – c'est le nom qu'il donne au feu – se précipite du haut vers le bas; l'éclat de ce feu, c'est l'éclair, et le fracas, accompagné d'un sifflement, du feu qui s'éteint dans ‹le nuage›, c'est le tonnerre. Les choses se passent bien comme on le voit et l'éclair est bien antérieur au tonnerre[1]. (*Météorologiques*, II, IX, 369 *b* 14.)

Aétius.

Lorsque le chaud tombe sur le froid, c'est-à-dire la partie éthérée sur la partie proprement aérienne, il emplit le tonnerre du fracas, l'éclair de la couleur qui contraste avec la noirceur du nuage, la foudre d'une quantité énorme de lumière, la trombe du feu aux multiples formes et l'ouragan du mélange des nuages. (*Opinions*, III, III, 4.)

Sénèque.

Anaxagore affirme que du [feu] émane de l'éther et que, du vaste ciel brûlant, de grandes quantités tombent qui demeurent enfermées longtemps dans les nuages. (*Questions naturelles*, II, 12, 3.)

Anaxagore affirme[2] que tous ces corps sont constitués de telle sorte qu'une force descend de l'éther vers les régions inférieures : ainsi le feu qui tombe sur les nuages froids fait du bruit et, en fendant les nuages, produit l'éclair; quand ces feux ont une force réduite, ce sont des éclairs qui se produisent, et quand cette force est grande, c'est la foudre. (*Ibid.*, II, 19.)

LXXXV

Aétius.

Anaxagore explique les nuages et la neige de la même façon qu'Anaximène[3]. Mais la grêle se produit lorsque de la matière en provenance de nuages épais, poussée en avant en direction de la terre et congelée pendant sa chute, prend une forme arrondie. (*Opinions*, III, IV, 2.)

Aristote.

[Sur la grêle]. Anaxagore déclare qu'elle se produit lorsque [le nuage] s'est élevé dans l'air froid, tandis que nous disons, nous, que c'est lorsque le nuage descend dans l'air chaud. (*Météorologiques*, I, XII, 348 *b* 13.)

Pour certains[1], la cause de la production et de la naissance de la grêle semble être la suivante : quand le nuage est repoussé dans les régions supérieures de l'atmosphère, qui sont plus froides puisque là-bas cesse la réflexion des rayons du Soleil en provenance de la Terre, l'eau gèle en passant. C'est la raison pour laquelle, selon eux, les chutes de grêle sont plus fréquentes en été et dans les régions chaudes, parce que la chaleur repousse les nuages à une altitude plus haute[2]. (*Ibid.*, I, XII, 348 *a* 14.)

LXXXVI

Aétius.

[Sur l'arc-en-ciel]. Anaxagore dit que ⟨l'arc-en-ciel⟩ est la réflexion, sur un nuage dense, du rayonnement solaire, et qu'il se produit toujours à l'opposé de l'astre qui l'illumine. Il explique de la même manière les phénomènes appelés *parhélies*[3] qui se produisent dans la région du Pont. (*Opinions*, III, V, 11.)

LXXXVI *a*

[Scolie.]

D'après Anaxagore, les vents naissent de la Terre et, d'après Homère, « *des nuées de notre père Zeus*[4] ». Mais Anaxagore désigne la cause matérielle des vents, alors qu'Homère désigne la cause efficiente[5], ou plutôt tout à la fois la cause matérielle et la cause efficiente. (À Eschyle, *Prométhée*, v. 88, éd. Dindorf, III, 181, 30.)

LXXXVII

[Morceaux choisis d'astronomie.]

La Terre n'est ni concave, comme le croit Démocrite[6], ni plate, comme le croit Anaxagore. (*Codex vaticanus* 381, cité dans Aratos, *Phénomènes*, éd. Maass, 143.)

LXXXVIII

Aristote.

Si bien que, si la Terre est à présent immobile par l'effet d'une force[1], la giration par laquelle ses parties se sont rassemblées au centre a résulté aussi d'une force. Tout le monde en effet décrit cette cause en se fondant sur l'observation de ce qui se produit dans les liquides, ainsi que dans l'air, où les corps les plus grands et les plus lourds sont l'objet d'une translation en direction du centre du tourbillon. C'est la raison que tous les philosophes qui considèrent que le ciel a été engendré, allèguent pour expliquer que la terre s'est rassemblée au centre. (*Traité du ciel*, II, XIII, 295 *a* 9.)

Simplicius.

La plupart disent que la Terre occupe le centre, comme le font Empédocle [...] et Anaxagore. (*Commentaire sur le Traité du ciel d'Aristote*, 511, 23.)

Et il en est qui déclarent que la Terre, soutenue par l'air sur lequel elle se trouve posée, le coiffe comme un couvercle, du fait qu'elle est plate et a la forme d'un tambour, et ne consent pas à le laisser remonter. Ainsi Anaxagore et Démocrite ont-ils paru soutenir cette thèse[2]. (*Ibid.*, 520, 28.)

LXXXIX

Aristote.

Touchant le tremblement et le mouvement de la Terre [...]. (*Météorologiques*, II, VII, 365 *a* 14.)

Anaxagore soutient que l'air, dont le mouvement naturel est ascendant, vient frapper les parties basses et concaves de la Terre et lui imprime mouvement. Les parties supérieures de la Terre sont agglutinées par les pluies, puisque par nature la Terre est partout également poreuse, ce qui a pour conséquence que la sphère dans sa totalité comporte un haut et un bas, le haut constituant la partie sur laquelle nous vivons, le bas étant formé par le reste. (*Ibid.*, II, VII, 365 *a* 19.)

C'est une niaiserie que de dire d'un côté que la Terre demeure immobile sur l'air à cause de sa grandeur, et de prétendre d'un autre côté qu'elle se trouve secouée entièrement lorsqu'elle est frappée de bas en haut. En outre, il ne tient pas compte des circonstances qui accompagnent les tremblements de terre. (*Ibid.*, II, VII, 365 *a* 31.)

Aétius.

[Sur les tremblements de terre]. Anaxagore dit qu'ils se produisent parce que l'air s'infiltre ⟨sous terre⟩ où il se heurte à une surface compacte, secouant de tremblements son enveloppe, parce qu'il ne peut trouver d'issue. (*Opinions*, III, XV, 4.)

Sénèque.

Certains pensent que le feu est la cause des tremblements [de terre], et d'autres qu'il n'en est pas ⟨la cause unique⟩. Anaxagore fait partie des premiers, estimant que l'air comme la Terre sont secoués sous l'effet d'une cause presque semblable, lorsqu'⟨à la⟩ partie inférieure le souffle déchire l'air épais et emprisonné dans les nuages par une force identique à celle que nous voyons communément briser les nuages, et lorsque le feu jaillit sous le choc des nuages et sous l'effet du courant de l'air expulsé. Ce feu à la recherche d'une issue se précipite sur les obstacles qu'il rencontre et les renverse jusqu'à ce qu'il trouve, à travers un étroit passage, une issue vers le ciel, à moins qu'il ne se la fraye par la force et par la violence. (*Questions naturelles*, VI, 9, 1.)

Ammien Marcellin.

[...] ou du moins, [ainsi que l'affirme Anaxagore], par la force des vents qui circulent sous la terre et qui, en venant frapper des parties solides et encroûtées sans trouver aucune issue, font trembler les parties du sol sous lesquelles ils se trouvent emprisonnés et comprimés. (*Histoire de Rome*, XVII, VII, 11.)

XC

Aétius.

[De la mer : comment elle s'est formée et pourquoi elle est salée.] Anaxagore pense que l'humide qui stagnait primitivement s'est échauffé sous l'effet de la révolution solaire et que sa partie la plus volatile s'est évaporée : le reste s'est transformé en salure et en amertume. (*Opinions*, III, XVI, 2.)

Alexandre d'Aphrodise.

La troisième théorie sur la mer est que, bien sûr, l'eau qui s'infiltre à travers la terre et la délave, devient salée parce que la terre renferme en elle-même des substances salées. La preuve qu'ils en fournissaient est l'existence de mines de sel et de nitre dans la terre. On trouve en beaucoup d'endroits de la terre des saveurs de ce genre; Anaxagore et Métrodore[1] soutinrent tous deux encore cette théorie[2]. (*Commentaire sur les Météorologiques d'Aristote*, 67, 17.)

Galien.

Nous trouvons que l'eau aussi, quand le feu ou le Soleil l'échauffe excessivement, tend pour ainsi dire à la salinité, à cela près que les façons dont l'eau prend le goût du sel se distinguent selon leur nature première; en effet l'eau, qui prend rapidement le goût du sel si elle se trouve échauffée, et dans laquelle alors ce dernier l'emporte fondamentalement, cesse d'être potable. Anaxagore appelle ce goût *natronique*, du mot *natron*[3], parce que le natron est aussi du sel. Et Hippocrate dit de ce goût qu'il se trouve produit par la chaleur, mais que la chaleur qui le produit ne doit pas être par trop forte, comme celle qui produit le goût amer. Mais on a tort de donner à cette saveur le nom de *natronique* : la preuve en est que dans le *natron* l'amer l'emporte sur le salé. Ceux qui ont désigné ce goût par le terme le plus adéquat sont Hippocrate et Platon : car Hippocrate l'appelle « riche en sel » et Platon « salé[4] ». (*Corpus des médecins grecs*, V, 10, trad. arabe du *Commentaire sur les Épidémies d'Hippocrate*, II, éd. G. Plaff, p. 193.)

XCI

Aétius.

[Sur la cause de la crue du Nil]. Anaxagore dit qu'elle provient de la fonte, pendant l'été, de la neige qui se trouve en Éthiopie, alors que l'hiver la neige demeure gelée. (*Opinions*, IV, 1, 3.)

Aristote.

Anaxagore, fils d'Hégésibule, de Clazomènes, affirme que le fleuve grossit en raison de la fonte de la neige pendant l'été. (*Du Nil*, éd. Rose, fgm. 248.)

Sénèque.

Anaxagore affirme que les neiges fondent et descendent des sommets d'Éthiopie jusqu'au Nil. Cette opinion, partagée par toute l'Antiquité, Eschyle[5], Sophocle[6] et Euripide[7] la rapportent. (*Questions naturelles*, IV *a*, 2, 17.)

Hérodote.

La troisième explication, qui a beau être de loin la plus vraisemblable, est complètement fausse[1] ; car c'est mentir que de prétendre que le flot du Nil provient de la fonte de la neige, parce qu'il vient de Libye, traverse l'Éthiopie et a son embouchure en Égypte. Car comment pourrait-il provenir de la neige, alors qu'il coule de régions chaudes vers des régions plus froides? (*Enquête*, II, 22.)

Diodore de Sicile.

Le physicien Anaxagore a démontré que la cause de la crue est la fonte de la neige en Éthiopie, opinion que partage son élève Euripide. Ce dernier dit en effet :

L'eau splendide du Nil a délaissé la terre :
Lui dont le cours s'emplit, sitôt que fond la neige,
Des flots qu'il puise au cœur de la noire Éthiopie[2].

(*Bibliothèque historique*, I, XXXVIII, 4.)

Démocrite d'Abdère dit que la neige ne tient pas dans les pays méridionaux, comme l'ont dit Euripide et Anaxagore[3]. (*Ibid.*, I, XXXIX, 1.)

XCII

Théophraste.

27. Anaxagore estime que [les sensations] sont engendrées par les contraires, car le semblable n'est pas affecté par le semblable[4].

Il s'efforce de dénombrer chacune séparément. La *vue* est produite par une impression lumineuse sur la pupille et cette impression ne peut pas se produire sur ce qui a même couleur, mais seulement sur ce qui a une couleur différente. Pour la plupart des gens, la différence chromatique est un phénomène diurne, mais elle est nocturne pour quelques-uns, d'où leur acuité visuelle nocturne. De fait, en règle générale, la couleur de la nuit se rapproche davantage de celle des yeux : aussi l'impression lumineuse se produit-elle pendant le jour, parce que la lumière est une cause qui concourt à la produire ; cependant, la couleur dominante produit toujours une plus forte impression sur la pupille autrement colorée.

28. Le discernement du *toucher* et du *goût* suit le même protocole : on constate que ce qui est à la même température que ⟨la peau⟩, [en chaud et en froid], ne produit, par son rapprochement, aucune

impression de chaud ou de froid, et que des papilles douces ou acides ne prennent pas conscience de la douceur ou de l'acidité; mais c'est l'organe chaud qui prend conscience du froid, le salé du potable, l'acide du doux, en raison du défaut que chacun présente ‹de la qualité contraire›. En effet, toutes choses existent en nous[1], à ce que soutient ce philosophe. Et il en va de même de l'*odorat* et de l'*ouïe* : pour l'un par l'inspiration, pour l'autre par la pénétration du son jusqu'au cerveau, car la calotte osseuse forme une cavité dans laquelle le son se répercute.

29. *Toute sensation s'accompagne de douleur*[2] : cela pourrait passer pour la conséquence de son hypothèse, car le contact avec tout ce qui est dissemblable provoque de la peine. Cela est évident si l'on considère la persistance et l'intensité excessive des sensations; car les couleurs éblouissantes, les sons trop forts provoquent de la douleur et l'on est dans l'impossibilité de les supporter longtemps. Les animaux les plus grands sont ceux qui ont les sensations les plus fines, parce que la sensation est simplement fonction de la grandeur ‹des organes sensoriels›. Les animaux qui ont les yeux grands, purs et brillants, voient les objets en grand et de loin, alors que c'est le contraire pour ceux qui ont de petits yeux; il en va de même pour l'ouïe.

30. Car les grandes oreilles perçoivent les bruits forts et lointains, alors que les plus petits bruits leur échappent, et les petites oreilles perçoivent les bruits petits et proches. Et il en va de même de l'odorat : car l'air subtil a l'odeur la plus forte, puisque ce qui est échauffé et raréfié a l'odeur la plus forte. Ainsi un grand animal, en inspirant, aspire à la fois l'air épais et l'air raréfié, alors que le petit animal inspire seulement l'air raréfié; c'est pourquoi les grands animaux ont meilleur odorat; car il vaut mieux que l'odeur soit proche plutôt que lointaine, parce qu'elle est plus dense, tandis qu'en se dissipant elle devient plus faible : cela revient à dire que les grands animaux ne perçoivent pas l' air léger ni les petits l'air dense[3] [...].

37. Ainsi donc Anaxagore reprend, comme nous l'avons dit, une théorie généralement admise et ancienne, à cela près qu'il ajoute de son cru que pour toutes les sensations, et en particulier pour la vue, c'est ce qui est grand qui est perçu; toutefois il ne le montre pas dans le cas des sensations plus étroitement liées au corps[4] [...].

59. En effet Anaxagore a tenu sur les [couleurs] un langage simpliste. (*Du sens*, 27 et suiv.)

XCIII

Aétius.

[Si l'âme est corporelle et quelle est sa substance]. Anaximène, Anaxagore, Archélaos et Diogène disent qu'elle est faite d'air. (*Opinions*, IV, III, 2.)

Pythagore, Anaxagore [...] disent que l'Intellect s'introduit du dehors[1]. (*Ibid.*, IV, V, 11.)

Pythagore, Anaxagore et Diogène affirmaient que l'âme est incorruptible[2]. (*Ibid.*, IV, VII, 1.)

XCIV

Aristote.

L'être vivant souffre sans cesse, ainsi qu'en témoignent les physiologues qui affirment que voir, comme entendre, est douloureux. Mais nous y sommes habitués depuis longtemps, ajoutent-ils. (*Éthique à Nicomaque*, VII, XV, 1154 *b* 7.)

Aspasius.

Anaxagore disait que les sensations font souffrir sans cesse l'être vivant; Aristote qui ne partage pas ce point de vue, se contente de le mentionner : à leur avis[3], le vivant ne connaissait pas une souffrance perpétuelle. Théophraste aussi accuse Anaxagore dans ses livres de *Morale*, en disant que le plaisir chasse la douleur qui assurément en est le contraire. (*Commentaire sur l'Éthique à Nicomaque d'Aristote*, 156, 14.)

Aétius.

Anaxagore estime que toute sensation s'accompagne de souffrance. (*Opinions*, IV, IX, 16.)

XCV

Cicéron.

L'obscurité de ces questions en avait conduit ⟨beaucoup⟩ à confesser leur ignorance : Socrate et avant lui Démocrite, Anaxagore, Empédocle, presque tous les anciens qui ont dit qu'on ne peut rien connaître, ni percevoir ni savoir : les sens sont étroits[4], les esprits sont faibles[5], le cours de la vie est bref et, comme dit Démocrite, la vérité est immergée au fond[6]; tout n'est qu'opinion et convention, rien n'eſt laissé à la vérité; enfin, disaient-ils, toutes choses sont entourées de ténèbres. (*Seconds académiques*, I, XII, 44.)

XCVI

Aétius.

Anaxagore, Démocrite [...] disent que les sensations sont trompeuses. (*Opinions*, IV, IX, 1.)

XCVII

Sextus Empiricus.

[Nous opposons] les noumènes aux phénomènes[1], comme lorsque Anaxagore oppose au ⟨phénomène :⟩ la neige eſt blanche le raisonnement suivant : la neige eſt de l'eau gelée; or l'eau eſt noire; donc la neige aussi eſt noire. (*Hypotyposes pyrrhoniennes*, I, 33.)

Cicéron.

Il admettra, plus facilement qu'Anaxagore, que la neige eſt blanche, car non seulement celui-ci niait qu'elle fût blanche, mais, sachant que l'eau eſt noire et que la neige en eſt formée, il n'admettait même pas qu'elle lui parût blanche[2]. (*Premiers académiques*, II, XXXI, 100.)

XCVIII

[Scolie.]

Eau noire : Anaxagore, puisqu'elle eſt noire par nature; effectivement la fumée qui s'échappe de l'eau contenue dans les bûches eſt noire. (À l'*Iliade*, XVI, v. 161.)

XCVIII *a*

Michel Psellos.

(*Des vertus des pierres*, 26[3].)

XCIX

Ariſtote.

De la même façon, Anaxagore aussi déclare qu'eſt âme ce qui meut, même si quelqu'un d'autre[4] a dit que l'Intellect a mis le tout en mouvement. (*Traité de l'âme*, I, II, 404 *a* 25.)

C

Aristote.

Anaxagore est moins explicite sur un point. La plupart du temps, il dit que l'Intellect est la cause de ce qui est beau et correct[1] ; mais ailleurs il dit qu'il est l'âme[2], puisque, selon lui, l'Intellect appartient à tous les animaux, grands et petits, nobles et vils. Or il ne paraît pas que l'Intellect, pris au sens de faculté raisonnable, appartienne de la même façon à tous les animaux, ni même à tous les hommes. (*Traité de l'âme*, I, II, 404 *b* 1.)

Anaxagore paraît dire que l'âme est différente de l'Intellect [...], mais il les traite [tous deux] comme une nature unique, à cela près qu'il pose l'Intellect en principe souverain de toutes choses ; du moins, selon lui, est-il le seul parmi les êtres à être simple, sans mélange et pur. Il confère au même principe la double fonction de connaître et de mouvoir, disant que l'Intellect meut le tout, comme nous l'avons dit plus haut. (*Ibid.*, 405 *a* 13.)

Anaxagore est le seul à soutenir que l'Intellect est impassible et n'a rien de commun avec les autres êtres ; mais si tel est bien l'Intellect, comment et par l'instrument de quelle cause connaîtra-t-il ? L'auteur ne le dit pas et ses propos ne l'explicitent pas. (*Ibid.*, 405 *b* 19.)

Il doit nécessairement, puisqu'il conçoit toutes choses, être sans mélange, comme le dit Anaxagore[3], afin de dominer, c'est-à-dire de connaître. (*Ibid.*, III, IV, 429 *a* 18.)

CI

Aétius.

Anaxagore disait que tous les animaux possèdent la raison active, mais que tous n'ont pas la raison passive[4], qu'il appelle interprète de l'Intellect. (*Opinions*, V, XX, 3.)

CI *a*

Michel Psellos.

Anaxagore ne pose pas l'Intellect en tant que faculté raisonnable chez tous les hommes : non qu'ils soient privés de la nature intelligente, mais ils n'en font pas toujours usage. L'âme est définie par ces deux attributs : mouvoir et connaître. (*De la doctrine universelle*, 15.)

CII

Aristote.

Anaxagore dit que l'homme est le plus raisonnable des animaux parce qu'il a des mains. Mais il est plus logique de penser que c'est parce qu'il est le plus raisonnable qu'il a reçu des mains[1], car les mains sont des outils, et la nature dispense toujours à chacun, comme le ferait un homme raisonnable, ce dont il est capable de se servir. (*Parties des animaux*, IV, x, 687 *a* 7.)

Galien.

De même que l'homme est le plus sage[2] des animaux, de même il manie les outils qui conviennent à un animal sage; ce n'est pas parce qu'il a eu des mains qu'il est le plus sage, comme l'a dit Anaxagore, mais c'est parce qu'il était le plus sage qu'il a reçu des mains, comme le soutient Aristote en parfaite connaissance de cause. (*De l'usage des parties*, I, 3.)

CIII

Aétius.

Anaxagore dit que le sommeil est fonction de la lassitude produite par l'activité corporelle; car l'affection est corporelle et ne relève pas de l'âme; la mort est la séparation de l'âme[3]. (*Opinions*, V, xxv, 2.)

CIV

Galien.

Si assurément on a bien fait de poser une telle question, pourquoi ne pas nous demander aussi si le sang prend naissance dans le corps, ou s'il se trouve disséminé dans les aliments, comme le prétendent les partisans des homéoméries? (*De la nature des facultés naturelles*, II, 8.)

CV

Aristote.

Les disciples d'Anaxagore paraissent avoir supposé à tort que [la vésicule biliaire] est la cause des maladies aiguës, en soutenant que lorsqu'elle déborde, elle répand son liquide dans le poumon, les veines et les flancs. En effet presque tous ceux qui souffrent de ce genre de maladies n'ont pas de vésicule ; d'ailleurs, ce phénomène pourrait être constaté lors des dissections[1]. (*Parties des animaux*, IV, II, 677 *a* 5.)

CVI

Aétius.

Anaxagore dit que la voix est produite lorsque le souffle vient frapper de l'air compact et, sous le choc qui le répercute, s'étend jusqu'aux oreilles. Ce qu'on appelle écho se produit de la même façon[2]. (*Opinions*, IV, XIX, 5.)

CVII

Aristote.

En effet, certains affirment que l'opposition entre le mâle et la femelle existe déjà dans les semences : par exemple Anaxagore et d'autres naturalistes. La semence en effet est engendrée par le mâle, tandis que la femelle fournit le lieu ; l'individu mâle est engendré par les parties droites, l'individu femelle est engendré par les parties gauches, et dans l'utérus les mâles se développent dans les parties droites et les femelles dans les parties gauches[3]. (*Génération des animaux*, IV, I, 763 *b* 30.)

CVIII

Censorinus.

[Quelle est la chose qui se forme la première chez l'enfant]. Anaxagore dit que c'est le cerveau, d'où proviennent tous les sens. (*Du jour de la naissance*, VI, 1.)

CIX

Censorinus.

Certains pensent, à la suite d'Anaxagore, qu'à l'intérieur il y a une chaleur éthérée qui dispose les membres. (*Du jour de la naissance*, VI, 2.)

CX

Censorinus.

Pour Anaxagore et pour beaucoup d'autres, la nourriture paraît être administrée par le cordon ombilical. (*Du jour de la naissance*, VI, 3.)

CXI

Censorinus.

Anaxagore estimait pourtant que les enfants ressemblaient à celui de leurs parents qui avait fourni la partie la plus importante de semence[1]. (*Du jour de la naissance*, VI, 8.)

CXII

Aétius.

Les épicuriens disaient que la génération des animaux se produit à partir des changements mutuels; car ils sont des parties du monde, ainsi que le soutiennent Anaxagore et Euripide. (*Opinions*, V, X, 23.)

Euripide.

Comme grande est la Terre et grand l'Éther de Zeus,
Éther qui est père des hommes et des dieux,
Terre qui dans son sein en accueillant la pluie
Aux gouttes humides enfante les mortels,
Enfante la pâture et les races des bêtes,
À qui à juste titre on attribue le nom
De mère, d'où naissent toutes les créatures!
Les produits de la terre à la terre retournent,
Mais tout ce qu'a produit l'Éther comme semence
Retourne de nouveau dans la voûte des cieux.
Et des produits soumis à la génération
Nul ne meurt : car, en les dissociant, ⟨l'Intellect⟩
Au jour produit bientôt une forme nouvelle[2].

(*Chrysippe*, fgm. 839, éd. Nauck.)

CXIII

Saint Irénée.

Mais Anaxagore, qui fut pour cette raison surnommé l'Athée, soutint dogmatiquement la théorie que les animaux ont èté formés à partir de semences tombées du ciel sur la Terre. (*Contre les hérésies*, II, XIV, 2.)

CXIV

Aristote.

Certains en effet disent que les corbeaux et l'ibis copulent par la bouche, et que parmi les quadrupèdes la belette fait ses petits par la bouche. Cette affirmation est le fait d'Anaxagore et de quelques autres naturalistes; mais leur déclaration est très naïve et ne repose pas sur l'observation. (*Génération des animaux*, III, VI, 756 *b* 13.)

CXV

Aristote.

Anaxagore et Diogène, soutenant que tous les animaux respirent, disent, à propos des poissons et des huîtres, de quelle façon ils respirent. Ainsi Anaxagore déclare que, lorsqu'ils expulsent l'eau par leurs branchies, les poissons respirent en pompant l'air qui se forme dans leur bouche; car le vide ne saurait exister. (*De la respiration*, II, 470 *b* 30.)

CXVI

Plutarque.

Les disciples de Platon, d'Anaxagore et de Démocrite pensent que le végétal est un animal produit par la terre. (*Questions naturelles*, I, 911 D.)

CXVII

Théophraste.

D'abord Anaxagore affirme que l'air renferme des semences de tout et que celles-ci, entraînées par l'eau dans sa chute, engendrent les plantes [...]. (*Des plantes*, III, I, 4.)

Pseudo-Aristote.

Anaxagore et Empédocle[1] disent que [les plantes] sont mues par le désir, et affirment encore qu'elles sont douées de sensibilité et connaissent la tristesse et la joie. Anaxagore, pour sa part, a dit qu'elles sont des animaux et qu'elles connaissent la joie et la tristesse, en prenant pour preuve le renouvellement de leur feuillage. (*Des plantes*, I, I, 815 *a* 15.)

Anaxagore, Empédocle et Démocrite disaient que les plantes possèdent l'Intellect et l'intelligence. (*Ibid.*, 815 *b* 16.)

Pourtant Anaxagore dit que la plante respire. (*Ibid.*, 816 *b* 26.)

Les plantes tirent de la terre le principe de leur nourriture et tirent du Soleil le principe de la génération des fruits. Et Anaxagore a dit pour cette raison que le froid qu'elles contiennent est engendré par l'air, et Léchinéon[1] que la terre est la mère des plantes et le Soleil leur père. (*Ibid.*, 817 *a* 23.)

B. FRAGMENTS

I

Simplicius.

Qu'Anaxagore déclare que les homéomères infinis en nombre résultent de la dissociation d'un mélange unique, toutes les choses étant contenues dans le tout, et chacune devant son caractère extérieur à l'élément qui prédomine, c'est ce qui ressort clairement des premières lignes du premier livre de sa *Physique* : Toutes les choses étaient ensemble, illimitées en nombre et en petitesse. Car le petit était illimité et, toutes choses étant ensemble, nulle n'était perceptible du fait de sa petitesse. Car l'air et l'éther renfermaient toutes choses, étant l'un et l'autre illimités, car ils constituent les deux plus importants éléments qui se trouvent dans l'ensemble de toutes les choses, à la fois par leur nombre et par leur taille[2]. (*Commentaire sur la Physique d'Aristote*, 155, 23.)

II

Simplicius.

Et, un peu plus loin : Car l'air et l'éther sont dissociés de la multiplicité enveloppante, et ce qui enveloppe est illimité en nombre. (*Commentaire sur la Physique d'Aristote*, 155, 30.)

III

Simplicius.

Et encore : l'on ne trouve dans les principes ni l'extrêmement petit ni l'extrêmement grand, car, déclare-t-il, dans le petit on ne saurait trouver l'extrêmement petit, mais il y a toujours un encore plus petit[1] ». Car si tout est dans tout, si tout se discrimine du tout, et si quelque chose de plus petit encore se trouve discriminé de ce qui semble être extrêmement petit, alors en même temps quelque chose d'extrêmement grand peut se trouver discriminé de quelque chose encore plus grand[2]. Et il dit clairement : En toute chose se trouve renfermée, etc.[3]. Et de nouveau que : Les autres choses participent à une partie du tout, mais l'Intellect, lui, est illimité, maître absolu et n'est mélangé à aucune chose[4]. Et ailleurs il déclare : Puisque les parties du grand et du petit sont égales en nombre, etc.[5]. Et Anaxagore estime que chacun des homéomères sensibles est engendré et tire son caractère destructif de la composition des semblables : Et en réalité, dit-il, chaque unique chose est et était formée de celles qui, étant en elles les plus nombreuses, sont de ce fait les plus visibles[6].

Car dans le petit on ne saurait trouver l'extrêmement petit, mais il y a toujours un encore plus petit (car il n'est pas possible que ce qui est soit ce qui n'est pas[7]). De même, dans le grand il y a toujours le plus grand ; d'ailleurs il est égal au petit en quantité ; et, relativement à elle-même, chaque chose est à la fois grande et petite[8]. (*Commentaire sur la Physique d'Aristote*, 164, 16.)

IV

[Fragment reconstitué.]

Puisqu'il en est ainsi, il faut estimer que beaucoup de choses de diverses sortes se trouvent dans tous les composés, qu'elles sont les semences de toutes les choses et enferment les diverses sortes de formes, de couleurs et de saveurs. Des hommes aussi ont été conformés à partir d'elles, ainsi que les autres animaux doués d'une âme. Ces hommes avaient des cités qu'ils habitaient et des ouvrages fabriqués, comme chez nous, et il y avait un Soleil, une Lune et le reste, comme chez nous, et la terre leur fournissait mille produits variés, dont ils récoltaient les plus utiles pour s'en servir alors à la maison. Ce que j'ai dit de la séparation, je l'ai dit parce qu'elle pourrait se produire non seulement chez nous, mais encore ailleurs.

Mais avant que la séparation ait eu lieu, toutes choses

étaient ensemble et nulle couleur n'était perceptible à la vue. Car l'interdisait l'amalgame confus de toutes les choses, de l'humide et du sec, du chaud et du froid, du brillant et de l'obscur : la terre s'y trouvait en grande quantité, et des semences en nombre illimité qui ne se ressemblaient en rien. Car aucune des autres choses ne ressemble non plus à une autre. Puisqu'il en est ainsi, il faut estimer que toutes choses se trouvent dans le Tout-ensemble.

Simplicius.

En effet, peu après le commencement du premier livre de sa *Physique*, Anaxagore dit : Puisqu'il en est ainsi [...] mais encore ailleurs[1]. Certains estimeront peut-être qu'il ne fait pas une comparaison entre la dissociation qu'opère l'Intellect et celle qui s'opère dans la génération, mais un rapprochement entre la région que nous habitons et les autres endroits de la Terre. Mais, en ce cas, il n'aurait pas dit touchant ces autres lieux : il y avait un Soleil, une Lune [...] comme chez nous, et il n'aurait pas appelé les choses de là-bas semences de toutes les choses enfermant les diverses sortes de formes[2]. (*Commentaire sur la Physique d'Aristote*, 34, 28.)

Et un peu plus loin[3] : Puisqu'il en est ainsi [...] et de saveurs[4]. Avant, dit-il, que la séparation ait lieu [...] ne se ressemblaient en rien[5]. (*Ibid.*, 156, 1.)

Avant que la séparation ait lieu [...] se trouvent dans le Tout ensemble[6]. (*Ibid.*, 34, 21.)

Et pourtant, après avoir dit : beaucoup de choses de diverses sortes se trouvent [...] et de saveurs, et : Des hommes aussi ont été conformés à partir d'elles, ainsi que les autres animaux doués d'une âme[7], il poursuit : Ces hommes avaient des cités [...] pour s'en servir alors à la maison[8]. Et qu'il ajoute à celle que nous connaissons une autre réalité ordonnée en un monde, cela se voit quand il dit à plusieurs reprises : comme chez nous. Qu'en outre ce n'est pas de notre monde sensible, mais d'un autre, antérieur à celui-ci, qu'il veut parler, c'est ce que montre la formule : dont ils récoltaient les plus utiles pour s'en servir alors à la maison. Car il ne dit pas « pour qu'ils s'en soient servis » mais : pour s'en servir alors à la maison. Et il ne parle pas d'aujourd'hui, quand il dit que dans d'autres régions les conditions de vie étaient semblables aux nôtres; car il n'a pas dit : « il y avait le Soleil et la Lune chez eux comme chez nous », mais : un Soleil et une Lune, comme chez nous, comme s'il parlait d'autres réalités. Rechercher si c'eſt bien cela qu'il a voulu dire, ou autre chose, eſt du plus haut intérêt. (*Ibid.*, 157, 9.)

V

Simplicius.

Il[1] considère que les homéomères ne sont aucunement soumis ni à la génération ni à la corruption, mais demeurent toujours identiques, comme ses propos le montrent : Une fois la dissociation opérée, il faut comprendre que toutes les choses ne sont ni en défaut ni en excès (car il n'eſt pas admissible qu'il exiſte un excès de choses par rapport à toutes les choses), mais toutes les choses sont toujours égales. Voilà donc ce qui concerne le mélange et les homéoméries. (*Commentaire sur la Physique d'Ariſtote*, 156, 9.)

VI

Simplicius.

Ailleurs[2], il affirme ceci : Et puisque les parties du grand et du petit sont égales en nombre, toutes choses seront en toute chose. Il n'eſt pas possible qu'il y ait d'exiſtence séparée, mais chaque chose participe à une partie de chaque chose. Puisque l'extrêmement petit ne peut pas exiſter[3], il ne lui serait pas possible d'être séparé, ni de s'engendrer pour lui-même; mais, aujourd'hui encore, toutes les choses sont ensemble comme elles étaient au commencement. En toutes choses se trouve une multiplicité de choses, et des quantités égales de choses discriminées se rencontrent aussi bien dans les grandes choses que dans les petites. (*Commentaire sur la Physique d'Ariſtote*, 164, 25.)

VII

Simplicius.

(Après : Toutes les choses étaient ensemble [...] du fait de sa petitesse[4] et : Il faut eſtimer que toutes choses se trouvent dans le Tout-ensemble[5].) Sans doute entend-il par *illimité* ce qui échappe à notre perception et à notre connaissance. C'est ce qui ressort de la proposition : De telle sorte que nous ne pouvons pas connaître la quantité des choses qui ont été discriminées, ni par le calcul ni par l'expérience[1]. Il rend lui-même manifeste sa conception de leur limitation spécifique[2], en disant que l'Intellect connaît toutes choses. Car, si toutes choses étaient réellement illimitées, elles seraient totalement inconnaissables. En effet, la connaissance définit et limite le connu. Il dit encore : l'Intellect a connu toutes les choses, aussi bien celles qui sont mélangées ensemble que celles qui sont dissociées et séparées, et ce qui devait exister aussi bien que ce qui existait[3]. (*Commentaire sur le Traité du ciel d'Aristote*, 608, 23.)

VIII

[Fragment reconstitué.]

Les choses n'existent pas séparément dans l'unité du monde, et elles ne sont pas davantage séparées d'un coup de hache, le chaud séparé du froid et le froid du chaud.

Simplicius.

Anaxagore dit que : nulle chose n'existe d'une manière totalement discriminée d'une autre chose[4] parce que toutes choses sont en toutes choses, et ailleurs : Elles ne sont pas séparées d'un coup de hache, le chaud séparé du froid et le froid du chaud. (*Commentaire sur la Physique d'Aristote*, 175, 11.)

Et comme il le dit ailleurs : Les choses n'existent pas séparément dans l'unité du monde, et elles ne sont pas davantage séparées d'un coup de hache. (*Ibid.*, 176, 28.)

IX

Simplicius.

Écoute aussi[5] ce qu'il dit un peu plus loin, lorsqu'il établit une comparaison [entre l'état de mélange et l'état de discrimination] : [...] Ainsi les choses entraînées dans leur giration sont dissociées sous l'effet de la force et de la vitesse. C'est la vitesse qui produit la force. Quant à leur vitesse, elle n'est comparable à celle d'aucune des choses existant actuellement dans le monde des hommes, mais elle est considérablement multipliée. (*Commentaire sur la Physique d'Aristote*, 35, 13.)

X

[Scolie.]

Anaxagore, découvrant l'antique théorie que *rien ne naît du néant*, décida d'abolir le concept de *création* et introduisit à la place celui de *discrimination*; il n'hésitait pas à dire, en effet, que toutes les choses sont mêlées aux autres et que la discrimination produit leur croissance. Ainsi une même semence renferme les cheveux, les ongles, les veines, les artères, les nerfs et les os; la petitesse des parties les rend invisibles, mais la discrimination produit petit à petit leur croissance. Car comment se pourrait-il, affirme-t-il, que le cheveu fût engendré à partir du non-cheveu et la chair à partir de la non-chair? Et cela n'est pas seulement propre aux corps, mais aussi, selon lui, aux couleurs : car le noir existe dans le blanc et le blanc dans le noir. Touchant les poids, il soutenait une thèse identique : le léger est mélangé au lourd, selon sa théorie et, réciproquement, le lourd au léger. (À saint Grégoire de Nazianze, XXXVI, 911, Patrologie grecque de Migne.)

XI

Simplicius.

Il dit clairement : En toute chose se trouve renfermée une partie de chacune des choses, excepté l'Intellect; mais seules certaines choses renferment aussi de l'Intellect. (*Commentaire sur la Physique d'Aristote*, 164, 22.)

XII

[Fragment reconstitué.]

Les autres choses participent à une partie de chaque chose; mais l'Intellect, lui, est illimité, maître absolu et n'est mélangé à aucune chose, car il existe seul et par lui-même. Si en effet il n'existait pas par lui-même, mais se trouvait mêlé à quelque chose d'autre, il participerait à toutes les choses, pour peu qu'il soit mêlé à une seule, puisque en toute chose se trouve renfermée une partie de chacune des choses, ainsi que je l'ai dit plus haut[1]. En outre, les choses auxquelles l'Intellect se trouve mêlé lui feraient obstacle, de telle sorte qu'il n'exercerait pas son empire sur chaque chose de la même façon qu'il peut le faire en vertu de son existence seule et par soi. En effet, il eſt de toutes les choses[1] la plus subtile et la plus pure; il possède la totale connaissance de toutes choses, et il a une très grande puissance. Toutes les choses qui ont une âme, qu'elles soient grandes ou petites, sont toutes sous l'empire de l'Intelle&t. C'eſt l'Intelle&t qui a exercé son empire sur la révolution universelle, de telle sorte que c'eſt lui qui a donné le branle à cette révolution[2]. Le point de départ de la révolution fut petit; ensuite celle-ci s'accroît et elle s'accroîtra toujours davantage; et l'Intelle&t a connu toutes les choses, aussi bien celles qui sont mélangées ensemble que celles qui sont discriminées et séparées; et ce qui devait exiſter aussi bien que ce qui exiſtait[3], et tout ce qui n'exiſte pas maintenant aussi bien que tout ce qui exiſte maintenant et ce qui exiſtera, tout cela fut ordonné par l'Intellect, et aussi cette révolution, que suivent à présent les aſtres, le Soleil et la Lune, et l'air et l'éther qui résultent de la discrimination. C'eſt cette même révolution qui a produit la discrimination. Le dense se conſtitue par discrimination à partir du rare, le chaud à partir du froid, le brillant à partir de l'obscur, le sec à partir de l'humide. Les multiples choses ont des parties multiples; et nulle chose n'exiſte d'une manière discriminée[4] ou totalement séparée d'une autre chose, excepté l'Intelle&t. L'Intelle&t eſt tout entier semblable à lui-même, il eſt à la fois grand et petit. En revanche, nulle chose n'eſt semblable à autre chose, et en réalité chaque unique chose eſt et était formée de celles qui, étant en elle les plus nombreuses, sont de ce fait les plus visibles.

Et il dit[5] de nouveau : les autres choses [celles qui ne renferment pas l'Intelle&t[6]] participent à une partie de chaque chose; mais l'Intelle&t eſt illimité, se suffit à lui-même et n'eſt mélangé à aucune chose. (*Commentaire sur la Physique d'Ariſtote*, 164, 24.)

Touchant l'Intelle&t voici ce qu'il a écrit[7] : L'Intelle&t eſt tout entier semblable à lui-même [...] les plus visibles[8]. (*Ibid.*, 156, 13.)

XIII

Simplicius.

Ariſtote[9], dit Alexandre, n'a pas cité Anaxagore, bien qu'il ait posé l'Intelle&t parmi les principes; peut-être, ajoute-t-il, parce que Anaxagore ne le faisait pas intervenir dans la génération. Mais il est évident au contraire qu'il le fait intervenir, puisqu'il affirme que la génération n'est pas autre chose que la discrimination, que la discrimination est engendrée par le mouvement, et que l'Intellect est la cause du mouvement. Anaxagore dit en effet : Après que l'Intellect eut produit le commencement du mouvement, il se sépara du tout qui se trouvait mû ; et tout ce que l'Intellect mouvait fut sujet à sa discrimination. Et en même temps que s'accomplissaient mouvement et discrimination, la révolution accentua encore cette discrimination. (*Commentaire sur la Physique d'Aristote*, 300, 27.)

XIV

Simplicius.

Qu'Anaxagore forme l'hypothèse d'une mise en ordre du monde comportant deux moments, l'un intelligible, l'autre sensible procédant du premier, c'est ce qui ressort avec évidence tant des propos que nous avons rapportés[1] que des suivants : L'Intellect, qui existe toujours, existe assurément maintenant là où toutes les autres choses existent, à savoir dans la multiplicité enveloppante[2], dans les choses qui ont été produites par amalgame, et dans celles qui sont discriminées. (*Commentaire sur la Physique d'Aristote*, 157, 5.)

XV

Simplicius.

Et un peu plus loin[3], il déclare : Le dense, l'humide, le froid et l'obscur se sont rassemblés ici-bas, là où se trouve désormais [la Terre] ; au contraire le rare, le chaud et le sec ont gagné la partie la plus éloignée de l'éther[4]. (*Commentaire sur la Physique d'Aristote*, 179, 3.)

XVI

[Fragment reconstitué.]

À partir de ces choses qui se trouvent discriminées la terre se forme par condensation. L'eau se discrimine des nuages, la terre de l'eau, et à partir de la terre les pierres se forment par condensation sous l'effet du froid, et les pierres ont, plus que l'eau, tendance à se séparer[1].

Simplicius.

Anaxagore dit que les éléments spécifiquement primordiaux et les plus simples se séparent par discrimination; mais d'autres choses plus complexes, dit-il, tantôt se rassemblent pour former des composés, tantôt se discriminent pour former la terre. Il déclare en effet : À partir de ces choses [...] sous l'effet du froid. (*Commentaire sur la Physique d'Aristote*, 179, 6.)

Anaxagore dit en effet au premier livre de sa *Physique* : L'eau se discrimine [...] tendance à se séparer. (*Ibid.*, 155, 21.)

XVII

Simplicius.

Anaxagore dit clairement au premier livre de sa *Physique* que génération et mort ne sont que composition et discrimination. Voici ce qu'il écrit : Les Grecs ne conçoivent pas correctement la génération et la mort. En effet nul être n'est ni engendré, ni détruit, mais tout se trouve composé et discriminé à partir des choses qui existent. Ainsi conviendrait-il de désigner plus correctement la génération par ⟨le terme de⟩ composition et la mort par celui de discrimination. (*Commentaire sur la Physique d'Aristote*, 163, 18.)

XVIII

Plutarque.

Or notre familier, ayant démontré en sa lecture cette proposition d'Anaxagore que le Soleil confère à la Lune ce qu'elle a de clarté, en a été bien estimé. (*De la face visible de la Lune*, 16, 929 B.)

XIX

[Scolie.]

Anaxagore déclare : Nous appelons Iris la réflexion du Soleil sur les nuages. Elle est donc le signe de la tempête. En effet, l'eau qui envahit le nuage produit généralement le vent, ou fait se déverser la pluie. (À l'*Iliade*, XVII, v. 547.)

XX

Galien.

Et tout le monde dit que le Soleil se lève le matin et se couche le soir. En ce qui concerne les levers, les astronomes les connaissent et [ont d'eux] une connaissance générale. En effet si une étoile n'apparaît pas au début des vingt jours, ou est [au ciel] au coucher du Soleil, ou occupe dans le ciel une position équivalente à celle de la Lune pendant sa conjonction, alors tout ce qui apparaît et s'éloigne [de l'horizon], tout cela est nommé apparition et lever.

Le sage Ansaros אנסארום[1] a traité abondamment ce point. Quand les כורי[2] se lèvent, l'homme commence la moisson; à leur coucher, le labourage et le hersage. Il dit aussi que les כורי restent cachées quarante jours et quarante nuits. Elles restent cachées, ainsi qu'il le dit [des Pléiades], uniquement pendant ces quarante jours. Puis elles deviennent visibles la nuit et tantôt au coucher du Soleil, tantôt deux ou trois heures après son coucher. Mais elles ne deviennent visibles qu'après [l'équinoxe] dont nous avons traité. Mais quand le Soleil se couche et que la nuit devient obscure, elles brillent d'un vif éclat, alors que pendant tout le reste du jour elles demeurent cachées dans la partie occidentale qui s'élève au-dessus de l'horizon. Passé l'équinoxe, les Pléiades luisent au printemps d'un éclat plus faible. Puis elles déclinent et cessent d'être visibles car les Pléiades se couchent en même temps que le Soleil avant que la nuit ne soit complètement obscure. Pour qu'elles apparaissent de nouveau, il faut attendre que l'obscurité nocturne soit complète, parce qu'une petite étoile en intercepte pour nous l'éclat. C'est pourquoi elles cessent d'être visibles et n'apparaissent pas au cours de la plupart des quarante nuits, comme le sage Ansaros l'a dit. Car il disait *q*u'aucune étoile ne se comporte ainsi, hormis celle qu'on appelle « gardienne de la Gazelle ». En dessous d'elle et à proximité, se trouve une étoile appelée « Porte du Soir », ou vulgairement « le Chien » [...]. Quant à ses savants et célèbres successeurs, ils s'accordent à situer le commencement du printemps au moment de l'équinoxe qui suit l'hiver, le commencement de l'été au lever des « Kimah » *(Pléiades)* et le commencement de la saison des fruits au lever du Chien. Mais אנסארום, Anaxagore (?) versé dans des sciences différentes, disait que le lever des « Kimah » marque le commencement de l'été et leur coucher le commencement de l'hiver. Et le poète[3] Homère avait dit déjà que l'étoile que l'on appelle « Chien » et qui eſt le שערי se lève avec éclat à la saison des fruits. (*Commentaire sur Hippocrate, Des airs, des eaux, des lieux*, VI, 202, éd. Chartier = W. Schultz, Archiv für Geschichte der Philosophie, 24 [1911], p. 325 et suiv.[1].)

XXI

Sextus Empiricus.

Anaxagore, le plus éminent des philosophes de la nature, rejette la validité des sens parce qu'il les tient pour mal assurés, en disant : Étant donné la faiblesse de nos sens, nous ne sommes pas à même de disposer d'un critère du vrai. Et, à l'appui de leur manque de crédit, il allègue l'insensible dégradé des couleurs. Car, si nous prenions deux couleurs, du noir et du blanc, et que nous versions goutte à goutte de l'une dans l'autre, la vue ne serait pas en mesure de discerner leurs changements graduels, bien qu'ils exiſtent dans la réalité même. (*Contre les mathématiciens*, VII, 90.)

XXI *a*

Sextus Empiricus.

Diotime disait que, selon Démocrite[2], il exiſte trois critères. Premièrement, celui de la perception des choses non visibles, à savoir les phénomènes. En effet les phénomènes sont la vue des choses non visibles, ainsi que le dit Anaxagore, – d'ailleurs Démocrite l'en félicite vivement[3]. (*Ibid.*, VII, 140.)

XXI *b*

Plutarque.

Ainsi en toutes ces forces-là, nous sommes plus malheureusement nés que les bêtes; mais par expérience, mémoire, ruse et artifice, ainsi que le dit Anaxagore[4], nous nous servons d'elles : nous châtrons [les gaufres des abeilles], nous tirons [les pis des femelles], bref nous les pillons et les saccageons quand nous les prenons. (*De la fortune*, 3, p. 98 F.)

XXII

Athénée.

Anaxagore déclare, dans ses livres de *Physique*, que ce qu'on appelle vulgairement *lait d'oiseau* est en fait le blanc des œufs. (*Les Deipnosophistes*, II, 57 D.)

FRAGMENT APOCRYPHE

XXIII

[Anonyme.]

Anaxagore dit : « La mort, que l'homme juge à première vue amère, apparaît très belle à l'analyse : elle apporte le repos à la vieillesse qui n'a plus de force, à la jeunesse que guettent les douleurs et à l'enfance ; plus ne leur est besoin de se faire du souci, de se dépenser en efforts, de bâtir, de planter, de planifier pour autrui ; elle affranchit les débiteurs de leurs créanciers qui réclament capital et intérêt. Assurément, à l'inéluctable on ne doit pas répondre par le dépit : le dépit ne saurait le tenir à l'écart ; seule la tranquillité d'âme peut le faire, rien qu'un temps, oublier. Car une fois atteint le port, cessent nos misères. Si la mort t'apparaît désagréable au premier regard, garde les yeux fermés pour un temps. Alors la mort m'est apparue belle, qu'appelaient ceux qui connaissaient tourments et chagrins. Cela témoigne du calme et de l'enchantement du souterrain séjour ». (Ryssel, *Sentences philosophiques gréco-syriaques*, 30, « Rheinisches Museum », 51 [1896], 538.)

XXIV

Élien.

(*Histoires variées*, IV, 14[1].)

APRÈS ANAXAGORE
ET HÉRACLITE

ARCHÉLAOS

A. VIE ET PHILOSOPHIE

VIE

I

Diogène Laërce.

16. Archélaos, d'Athènes, ou de Milet, fils d'Apollodore ou, d'après certains, de Midon, fut l'élève d'Anaxagore et le maître de Socrate. Il fut le premier à introduire à Athènes la philosophie ionienne[1] de la nature et fut appelé philosophe de la nature, parce que la philosophie naturelle connut avec lui son achèvement, tandis que Socrate introduisait l'éthique. Mais il semble avoir lui aussi touché à l'éthique, car il philosopha sur les lois, les actions honnêtes et les actions justes. C'est à lui que Socrate emprunta ces thèmes qu'il développa au point d'en passer pour l'inventeur. Il disait qu'il existe deux causes de la génération : le chaud et le froid. Les animaux sont engendrés à partir du limon. Le juste et le répréhensible n'existent pas par nature, mais par convention[2].

17. Sa pensée est la suivante : l'eau est dissoute par le chaud et, en se déposant et se condensant ⟨sous l'action du⟩ feu, produit la terre, tandis qu'elle produit l'air tout en circulant. C'est pourquoi la terre est dominée par l'air, et l'air par le mouvement circulaire du feu[3]. Les animaux, déclare-t-il, naissent de la terre échauffée dont remonte un limon ressemblant à du lait et qui leur sert de nourriture[4]. C'est ainsi que les hommes aussi ont été créés. Il fut le premier à penser que la voix est produite par un choc de l'air[5]. La mer s'est formée dans les parties creuses en suintant à travers la terre. Le Soleil est le plus grand des astres, et l'univers est illimité.

Il y eut encore trois autres Archélaos : le géographe, qui décrivit les régions traversées par Alexandre, l'auteur des *Singu-*

larités de la nature, et l'orateur qui écrivit un traité d'art oratoire. (*Vies*, II, 16-17.)

II

Suidas.

Archélaos : fils d'Apollodore ou de Midon, de Milet, philosophe, qu'on appela philosophe de la nature en raison de l'école à laquelle il appartenait, parce que le premier il introduisit ‹à Athènes› la philosophie naturelle en provenance d'Ionie; élève d'Anaxagore de Clazomènes et maître de Socrate ainsi que, au dire de certains, d'Euripide[1]. Il composa une *Philosophie de la nature*[2] et professait que le juste et le mal n'existent pas par nature, mais sont définis par la convention. Il composa d'autres ouvrages encore[3]. (*Lexique*, « Archélaos ».)

III

Porphyre.

On disait de Socrate qu'alors qu'il était enfant il ne se comportait pas bien et était indiscipliné [...] À l'âge de dix-sept ans[4], il fut l'objet des soins d'Archélaos, l'élève d'Anaxagore, qui disait en être épris. Socrate ne cessa pas de rencontrer et de fréquenter Archélaos et resta auprès de lui durant de longues années. C'est ainsi qu'Archélaos le convertit aux préoccupations philosophiques[5]. (*Histoire de la philosophie*, fgm. 12, éd. Nauck, 11, 23.)

Suidas.

Aristoxène dit que Socrate suivit d'abord l'enseignement d'Archélaos. Il en fut d'ailleurs le mignon. (*Lexique*, « Socrate[6] ».)

Diogène Laërce.

Ion de Chio nous dit que pendant sa jeunesse [Socrate] fit un voyage à Samos[7] en compagnie d'Archélaos. (*Vies*, II, 23.)

PHILOSOPHIE

Diogène Laërce.

Sur les écrits d'Archélaos, un livre[1]. (*Vies*, V, 42.)

IV

Hippolyte.

1. Archélaos, d'origine athénienne, fils d'Apollodore, tenait sur le mélange de la matière et sur les principes le même langage qu'Anaxagore; mais pour lui l'Intellect renferme, si l'on veut, immédiatement un mélange[2]. 2. Le principe du mouvement est la dissociation mutuelle du chaud et du froid[3] : alors que le chaud est en mouvement, le froid est en repos. L'eau en se liquéfiant s'écoule vers le centre où, soumise à l'échauffement, elle engendre l'air et la terre, celui-ci se portant vers le haut et celle-là se déposant en bas. 3. C'est la raison pour laquelle la Terre est en repos et pour laquelle elle se forme. Elle repose au centre, n'étant même pas, pour ainsi dire, une partie du tout. ⟨L'air exerce sa domination sur le tout[4]⟩ : il est produit par l'embrasement. C'est de sa combustion première que provient la substance des astres dont le principal est le Soleil, le second la Lune; viennent ensuite les autres, petits et grands. 4. Il dit que le ciel s'est incliné et qu'ainsi le Soleil en s'inclinant vers la Terre a produit la lumière, rendu l'air diaphane et asséché la Terre. En effet, au commencement il y avait un marécage relevé en sa périphérie et concave en son milieu. Il donne comme preuve de cette concavité le fait que le Soleil ne se lève pas et ne se couche pas en même temps dans tous les endroits, ce qui devrait se produire si la Terre était plate. 5. Touchant les animaux, il déclare que, du fait de l'échauffement initial de la terre dans sa partie basse, là où le chaud et le froid se trouvaient mélangés, les nombreuses espèces d'animaux, ainsi que les hommes, ont vu le jour; tous suivaient le même régime : ils se nourrissaient de limon et leur vie était brève[5]. Plus tard les animaux se sont mutuellement reproduits[6]. 6. Des hommes se distinguèrent des autres hommes et établirent souverainetés, lois, arts, cités[7], etc. Il dit que l'Intellect appartient également par nature à tous les animaux[8], mais il est vrai que l'usage que chacun d'eux fait de l'Intellect est tantôt lent, tantôt prompt. (*Réfutation de toutes les hérésies*, I, IX, 1-6.)

V

Simplicius.

Archélaos, d'Athènes, élève d'Anaxagore, et dont Socrate suivit, dit-on, l'enseignement, s'efforce en matière de cosmogonie et dans d'autres encore de fournir un apport personnel; mais concernant les principes, il dit la même chose qu'Anaxagore : tous les deux en effet déclarent que les principes sont illimités en nombre et de genres différents, et posent les homéoméries comme principes[1]. (*Commentaire sur la Physique d'Aristote*, 27, 23.)

V *a*

Héphestion.

Sophocle ne pensait pas pouvoir faire entrer le nom d'Archélaos dans ses élégies, que le mètre fût épique ou élégiaque; c'est pourquoi il dit : « *Archéléôs : cette façon de dire à mon mètre s'accordait*[2]. » (*Manuel*, éd. Consbruch, 3, 20.)

VI

Sextus Empiricus.

Pour Archélaos d'Athènes, la philosophie se composait de deux parties, la physique et l'éthique. (*Contre les mathématiciens*, VII, 14.)

VII

Sextus Empiricus.

Pour Archélaos d'Athènes, le maître de Socrate, c'est l'air [qui est le principe et l'élément]. (*Contre les mathématiciens*, IX, 360.)

Aétius.

[Du principe]. Archélaos, fils d'Apollodore, d'Athènes; pour lui, le principe est l'air illimité, ainsi que la condensation et la raréfaction qui l'entourent. L'une, ‹la raréfaction›, c'est le feu, et l'autre, c'est l'eau. (*Opinions*, I, III, 6.)

VIII

Hermias.

L'opinion que nous lègue Archélaos ne contribue pas à sa gloire : le chaud et le froid sont, à ce qu'il affirme, les principes universels[3]. (*Satire des philosophes païens*, 11.)

IX

Saint Épiphane.

Archélaos, fils d'Apollodore, mais selon certains de Milton[1], (c'était un physicien athénien) dit que toutes les choses sont engendrées à partir de la terre[2]. Selon lui, elle est un principe universel. (*Contre les hérésies*, III, II, 9.)

X

Saint Augustin.

À Anaxagore[3] succéda son élève Archélaos; lui aussi pensait que toutes les choses sont formées à partir de particules semblables[4] et que chacune des choses singulières en est formée, de sorte que, disait-il, chacune des choses renferme aussi l'Intellect qui produit toutes choses, en rassemblant et en dissociant les corps éternels, c'est-à-dire ces particules. (*Cité de Dieu*, VIII, 2.)

XI

Clément d'Alexandrie.

Ces deux philosophes[5] imposèrent l'Intellect à la ⟨matière⟩ illimitée. (*Protreptique*, v, 66.)

XII

Aétius.

Archélaos appelle Dieu air et Intellect, sans que toutefois l'Intellect soit la cause efficiente de l'ordre du monde[6]. (*Opinions*, I, VII, 14.)

XIII

Aétius.

Anaximandre, Anaximène et Archélaos pensaient que des mondes illimités ⟨naissent et périssent⟩ dans l'illimité à chaque révolution[7]. (*Opinions*, II, I, 3.)

XIV

Aétius.

Archélaos dit que le monde est formé par le chaud et par la vie[8]. (*Opinions*, II, IV, 5.)

Anaximandre et Archélaos disent que le monde est périssable. (*Ibid.*, II, IV, 6.)

XV

Aétius.

Archélaos disait que les astres sont des masses incandescentes et embrasées[1]. (*Opinions*, II, XIII, 6.)

XVI

Aétius.

Archélaos tient le même propos[2] et raconte ce qui arrive aux pierres incandescentes quand elles tombent dans l'eau froide. (*Opinions*, III, III, 5.)

XVI *a*

Sénèque.

Archélaos, épris d'antiquité, tient le propos suivant : les vents se déposent dans les parties creuses de la terre ; ensuite, lorsque toutes les parties en sont bien remplies, et que l'air, pour autant qu'il en est capable, s'y trouve condensé, le souffle qui vient s'y ajouter chasse et repousse l'air qui s'y trouvait et commence par l'ébranler de ses coups répétés pour ensuite l'agiter complètement ; alors cet air à la recherche d'une place se fraie un chemin par tous les passages étroits et s'efforce de briser les barrières qui le retiennent ; c'est ce qui se produit lorsque la terre tremble : elle subit l'assaut du souffle à la recherche d'une issue. C'est pourquoi, à l'approche d'un tremblement de terre, on remarque dans les heures qui précèdent le séisme que l'air est apaisé et immobile : c'est que, à l'évidence, la force du souffle qui habituellement ébranle les vents se trouve alors retenue dans le souterrain séjour[3]. (*Questions naturelles*, VI, 12, 1 et suiv.)

XVII

Aétius.

Anaximène, Anaxagore et Archélaos [...] [ont formé l'hypothèse que l'âme] est formée d'air[4]. (*Opinions*, IV, III, 2.)

XVIII

Jean Philopon.

Tous ceux, déclare-t-il[1], qui ont dit que l'univers est mû par l'Intellect, ont dit aussi, à ce qu'il semble, que le propre de l'âme est de mouvoir. Parmi eux figure Archélaos. (*Commentaire sur le Traité de l'âme d'Aristote*, 71, 17.)

B. ÉCRITS

ÉLÉGIES

I

Plutarque.

Cimon[2] donc était fils de Miltiade et d'Hégésipyle, thracienne de nation, et fille du roi Olorus, comme l'on trouve en certaines compositions poétiques que Mélanthius et Archélaos ont écrites pour Cimon [...] et il y apparaît qu'il était fort affectionné envers sa femme légitime Isodice, fille d'Euryptolème, fils de Mégaclès, et qu'il porta sa mort très impatiemment, à ce que l'on peut juger par les élégies qui lui en furent écrites pour le réconforter en son deuil. Le philosophe Panétius estime qu'Archélaos le physicien fut celui qui composa lesdites élégies, en quoi il y a bien quelque apparence, au vu de la chronologie[3]. (*Vie de Cimon*, 4.)

PHILOSOPHIE DE LA NATURE[4]

I *a*

Plutarque.

Et pourtant [la Terre] n'est-elle pas seulement immobile quant au regard de son lieu et de sa situation, mais aussi est immuable quant à sa substance : et quelquefois les Anciens l'ont appelée Hestia[5], comme « demeurant ferme en la demeure des dieux[6] », à cause de sa fermeté stable et de son glacement, duquel le froid est le lien, ainsi que disait Archélaos le philosophe de la nature, vu que rien ne la détrempe, ni l'amollit quand elle est une fois cuite au feu ou hâlée au Soleil. (*Du premier froid*, 21, 954 F.)

FAUX

DE L'ART SACRÉ

II

[Anonyme.]

Sache, mon ami, les noms des faiseurs d'or : Platon [...], Théophraste, Archélaos, Pétasios, etc. (*Alchimistes grecs*, I, éd. Berthelot, p. 25, 6.)

[On a conservé trois cent trente-six vers iambiques du début de l'époque byzantine] : *De l'alchimie, par le philosophe Archélaos, en vers iambiques*. (*Physiciens et médecins grecs*, éd. Ideler, II, 343 et suiv.)

C

Pseudo-Hippocrate.

[*Contamination* (?) d'Archélaos]. (*Du régime*, I, 9-10 ; *Des semaines*, 13.)

MÉTRODORE DE LAMPSAQUE

I

Platon.

Ion[1] : Il n'y a pas, je crois, d'homme au monde qui parle d'Homère mieux que moi, à preuve que ni Métrodore de Lampsaque, ni Stésimbrote de Thasos[2], ni Glaucon[3], ni aucun autre de ceux qui ont jamais existé n'a été à même d'énoncer sur le compte d'Homère des pensées qui, pour l'abondance et la beauté, vaillent les miennes! (*Ion*, 503 *c*.)

II

Diogène Laërce.

Métrodore de Lampsaque, le familier d'Anaxagore, a poussé encore plus loin sa philosophie et fut le premier à étudier Homère sous l'angle de la philosophie de la nature[4]. (*Vies*, II, 11.)

III

Tatien.

Métrodore de Lampsaque, dans son ouvrage sur Homère, s'est livré, lui aussi, à des considérations tout à fait naïves en s'efforçant de tout ramener à un sens allégorique : car Héra, Athéna et Zeus ne sont nullement, dit-il, ce qu'en pensent ceux qui leur bâtissent des temples et leur élèvent des autels. Ce sont en réalité des principes de la nature et des dispositions d'éléments[5]. Manifestement Hector et Achille, ainsi qu'Agamemnon et en un mot tous les Grecs et les barbares, y compris Hélène et

Pâris, sont des réalités également naturelles; mais on a introduit ces personnages pour les besoins du récit, direz-vous, bien qu'aucun d'eux n'ait réellement existé. (*Contre les Grecs*, 21.)

IV

Hésychius.

Métrodore donnait allégoriquement le nom d'Agamemnon à l'éther. (*Lexique*, « Agamemnon ».)

Philodème.

Il traitait des lois et des coutumes en usage chez les hommes, et ajoutait qu'Agamemnon est l'éther, Achille le Soleil, Hélène la Terre, et Alexandre[1] l'air, Hector la Lune, et que les autres personnages remplissent aussi le rôle de dénominations symboliques. Parmi les dieux, Déméter est le foie, Dionysos la rate et Apollon la bile. (*Papyrus d'Herculanum, collectio altera*, VII, III, fragment 90.)

V

Porphyre.

Métrodore déclare que le mot πλεῖον (*plus*) a chez Homère[2] une double signification. En effet, son emploi le plus fréquent est quand il dit : *Taillant dans le filet un morceau, il laissait le plus gros*[3]. Et : *Dans la bataille bondissante, ce sont nos bras qui font le plus gros travail*[4]. Mais le mot πλεῖον signifie aussi « rempli », comme dans l'expression : *Ta coupe est toujours bien remplie*[5] et dans l'expression : *Tes baraques sont remplies de bronze*[6]. Ainsi donc employait-il le ⟨comparatif⟩ πλεόν à la place de ⟨l'adjectif⟩ « rempli[7] ». (*Questions homériques* : à l'*Iliade*, X, v. 252.)

VI

Georges le Syncelle.

Les philosophes de l'école d'Anaxagore interprètent les dieux de la mythologie en disant que Zeus représente l'Intellect et Athéna l'art; d'où l'expression : « La très sage Athéna court à sa perte quand elle perd ses mains[8]. » (*Chronique*, 140 c, I, éd. Dindorf, 282, 19.)

CLIDÈMOS

I

Aristote.

Quelques-uns, au nombre desquels il faut ranger Clidèmos, disent que l'éclair n'a pas d'existence propre, mais n'est qu'une manifestation apparente; ils comparent ce phénomène avec ce qui se passe lorsqu'on frappe la mer avec un bâton : l'eau paraît alors briller dans la nuit[1]. De même, dans le nuage, le choc que subit l'élément humide produit une apparence brillante : c'est l'éclair. (*Météorologiques*, II, IX, 370 *a* 10.)

II

Théophraste.

Clidèmos[2] fut le seul à développer une théorie personnelle de la vision. Il déclare en effet que les yeux reçoivent des sensations pour la seule raison qu'ils sont transparents. Pour le reste, l'air ébranle les oreilles parce qu'il vient les frapper. L'air est aspiré par les narines car les odeurs s'y trouvent mêlées. Les saveurs ainsi que le chaud et le froid sont perçus par la langue en raison de sa porosité. Touchant le reste du corps, il se contente simplement de dire que la perception du chaud, de l'humide et des contraires relève du même processus. Les oreilles sont le seul sens à ne pas exercer par lui-même de discernement : elles transmettent l'information à l'Intellect; mais il ne fait pas, comme Anaxagore, de l'Intellect le principe de toutes choses. (*Du sens*, 38.)

III

Théophraste.

Clidèmos[1] dit que les plantes sont formées des mêmes éléments que les animaux; mais plus elles sont bourbeuses et froides, plus elles s'éloignent du règne animal. (*Des plantes*, III, I, 4.)

IV

Théophraste.

Les froidures de l'été et les chaleurs de l'hiver produisent la germination, de telle sorte que l'une et l'autre natures sont congruentes à chacune des saisons. Tel est en effet l'avis de Clidèmos. (*Causes des plantes*, I, x, 3.)

V

Théophraste.

1. Les uns conseillent de semer avant le lever de la constellation des Pléiades[2], [...] les autres à l'époque de leur coucher, ainsi que le prescrit Clidèmos. En effet les pluies sont abondantes dans la semaine qui fait suite à leur coucher [...]. 2. Clidèmos dit qu'il est imprudent de semer au moment des solstices. En effet, comme la terre est humide et lourde, elle produit des vapeurs pareilles à des nuées floconneuses; de plus la terre n'a pas la force de pomper les vapeurs, ni non plus de les laisser se dégager, parce qu'elle est dépourvue de la chaleur suffisante, pas plus qu'elle ne peut se colorer le moins du monde de pousses nouvelles[3]. (*Causes des plantes*, III, XXIII, 1-2.)

VI

Théophraste.

Et la stérilité de la vigne provient d'un excédent d'humidité; [...] le plus souvent, ce sont les mêmes raisons qui provoquent la gale du figuier, ainsi que la moisissure de l'olivier et la pourriture sur pied du raisin, comme le dit Clidèmos : car, en raison de son immaturité, le fruit est débile et menace de tomber. (*Causes des plantes*, V, IX, 10.)

IDAIOS

Sextus Empiricus.

Anaximène, Idaios d'Himère, Diogène d'Apollonie et Archélaos d'Athènes, le précepteur de Socrate, [...] faisaient de l'air [le principe et l'élément de toutes choses]. (*Contre les mathématiciens*, IX, 360[1].)

Aristote.

Certains en effet considèrent le principe comme étant la matière [...]. Tous ceux-là ont eu l'idée d'une telle sorte de cause, et de même tous ceux pour qui elle est l'air ou le feu ou l'eau ou quelque chose de plus lourd que le feu et de plus léger que l'air, puisque certains ont dit que tel est l'élément premier[2]. (*Métaphysique*, A, VII, 988 *a* 23.)

Certains philosophes forment l'hypothèse d'un principe unique qui est pour les uns l'eau, pour d'autres l'air, pour d'autres le feu, et pour d'autres quelque chose de plus léger que l'eau et de plus lourd que l'air et qui, étant illimité, enveloppe, selon eux, tous les cieux. Ceux qui font de l'eau, de l'air ou du plus léger que l'eau et plus lourd que l'air, l'unique principe, et qui, à partir de lui, engendrent tout le reste par condensation et raréfaction, ne s'aperçoivent pas qu'ils postulent quelque chose d'antérieur à cet élément. (*Traité du ciel*, III, V, 303 *b* 10.)

Simplicius.

En effet[3], tous forment l'hypothèse que l'Un est corporel; mais les uns considèrent qu'il s'agit de l'un des trois éléments, comme Thalès et Hippon le disent de l'eau, Anaximène et Diogène de l'air, ou Héraclite et Hippase du feu (nul en effet n'a estimé devoir former l'hypothèse que la terre soit le principe unique en raison de sa résistance à l'altération); en revanche certains ont formé l'hypothèse que ce principe unique était quelque chose d'autre que les trois éléments, à savoir quelque chose de plus lourd que le feu et de plus léger que l'air, ou bien encore, ainsi qu'Aristote le dit ailleurs, quelque chose de plus lourd que l'air et de plus léger que l'eau. De son côté, Alexandre estime que c'est Anaximandre qui a formé l'hypothèse d'un principe s'ajoutant aux éléments et possédant une autre nature matérielle[1]; mais compte tenu du fait qu'Aristote distingue ceux qui font du substrat corporel un élément indéterminé, de ceux qui considèrent que l'élément premier est l'un des trois éléments ou bien quelque substance autre intermédiaire entre le feu et l'air, Porphyre, de son côté, soutient que d'après Anaximandre le substrat corporel est un élément indéterminé, bien qu'il n'ait pas défini l'espèce ⟨à laquelle appartient l'Illimité⟩ ni précisé s'il s'agit du feu, de l'eau ou de l'air; quant à l' élément intermédiaire, il l'a, comme Nicolas de Damas, attribué à Diogène d'Apollonie[2].

Quant à moi, il me semble qu'il est plus conforme aux propos d'Aristote de comprendre que la distinction qu'il propose ne sépare pas le corps des éléments auxquels s'ajoute l'élément intermédiaire, mais sépare plutôt les trois éléments de l'élément intermédiaire. « En effet le substrat matériel, dit-il, est soit l'un des trois éléments, soit un autre plus lourd que le feu et plus léger que l'air[3] »; néanmoins, c'est de façon plus générale qu'il poursuit l'exposé de l'opinion des philosophes cités plus haut en disant que « tout le reste des choses est engendré par raréfaction et par condensation », bien que pour Anaximandre, ainsi qu'il le dit lui-même, la génération ne s'accomplisse pas ainsi, mais selon un processus de dissociation à partir de l'Illimité. (*Commentaire sur la Physique d'Aristote*, 149, 5.)

DIOGÈNE D'APOLLONIE

A. VIE ET PHILOSOPHIE

VIE

I

Diogène Laërce.

57. Diogène d'Apollonie, fils d'Apollothémis, philosophe de la nature fort célèbre. Il fut, d'après Antisthène, l'élève d'Anaximène. Il était contemporain d'Anaxagore[1] qui, au dire de Démétrius de Phalère dans son *Apologie de Socrate*, faillit perdre la vie à Athènes, tant il était détesté.

Ses thèses étaient les suivantes : l'air est un élément[2]. Les mondes sont illimités[3] et le vide est illimité[4]. L'air, en se condensant et en se raréfiant, est ce qui engendre les mondes[5]. Rien ne naît du non-être ni ne périt en non-être[6]. La Terre a une forme ronde[7], elle prend appui au centre, et tire sa conformation circulaire du chaud et sa solidification du froid[8].

Son écrit commence ainsi : « Au commencement de tout propos, il faut, me semble-t-il, fonder le principe d'une manière parfaitement certaine, et donner au développement clarté et sérieux[9]. » (*Vies*, IX, 57.)

II

Diogène Laërce.

Il y eut cinq Diogène. Le premier est celui d'Apollonie, philosophe de la nature. Son écrit commence ainsi : Au commencement de tout propos, il faut, me semble-t-il, fonder le principe d'une manière absolument certaine[10]. (*Vies*, VI, 81.)

III

Étienne de Byzance.

Au vingt-troisième rang vient l'Apollonie de Crète, l'antique

Éleutherne, patrie de Linos. C'est d'elle qu'est originaire Diogène, le philosophe de la nature. (*Dictionnaire géographique*, « Apollonie ».)

Au dix-huitième rang vient l'Apollonie de Phrygie, l'ancienne Margion. (*Ibid.*)

Élien.

Comme athées, on compte Évhémère de Messine ou Diogène le Phrygien[1] ou Hippon. (*Histoires variées*, II, 31.)

ÉCRITS

IV

Simplicius.

En effet, la plupart des historiens disent que Diogène d'Apollonie, de la même façon qu'Anaximène, pose comme élément premier l'air (mais Nicolas dans son traité *Sur les dieux* rapporte qu'il pose comme principe l'élément intermédiaire entre le feu et l'air[2]) [...]. Il faut savoir que ce Diogène a rédigé de nombreux écrits (ainsi qu'il le rappelle lui-même dans son *De la nature*, il a écrit un *Contre les philosophes de la nature*, disant lui-même qu'il les appelle sophistes, et une *Météorologie* dans laquelle, dit-il, il a traité du principe, et en outre un traité *De la nature de l'homme*[3]); je disais donc que dans son *De la nature*, qui est le seul de ses ouvrages à m'être parvenu, il se propose de montrer avec force arguments que dans le principe qu'il pose lui-même se trouve une Intelligence[4] multiple. (*Commentaire sur la Physique d'Aristote*, 151, 20.)

PHILOSOPHIE

Diogène Laërce.

Collection des ⟨thèses⟩ de Diogène, en un livre[5]. (*Vies*, V, 43.)

V

Simplicius.

Diogène d'Apollonie aussi, qui est pour ainsi dire le dernier à s'être livré à ce genre d'études, a composé la plupart de ses ouvrages de façon éclectique, en reproduisant des thèses qu'il emprunte soit à Anaxagore, soit à Leucippe[1]. Quant à la nature universelle, c'est lui aussi qui affirme qu'elle est l'air illimité et éternel, dont, par condensation, raréfaction et changement d'états, se trouve engendrée la forme des autres choses. Théophraste rapporte ces thèses dans son livre *Sur Diogène*; et l'ouvrage de Diogène intitulé *De la nature*, et qui est parvenu jusqu'à moi, énonce clairement que l'air est ce à partir de quoi sont engendrées toutes les autres choses. Pourtant Nicolas[2] rapporte qu'il pose comme élément l'intermédiaire entre le feu et l'air. En effet certains ont pensé que l'air se prêtait volontiers au changement en vertu de sa passivité et de son aptitude à l'altération. Au contraire, comme la terre résiste au mouvement et au changement, personne n'a songé à former l'hypothèse qu'elle est le principe. Voilà le genre de distinction que l'on peut établir entre ceux qui ont affirmé le caractère unique du principe[3]. (*Commentaire sur la Physique d'Aristote*, 25, 1.)

VI

Pseudo-Plutarque.

Diogène d'Apollonie pose l'air comme élément; toutes les choses sont en mouvement et les mondes sont illimités. Il conçoit ainsi la formation du monde : alors que le tout est en mouvement, une partie du tout se raréfie tandis qu'une autre se condense. À l'endroit où le dense se rassemble, il produit la Terre par condensation, et c'est de la même manière que se trouvent produites les autres choses; au contraire, les parties les plus légères, en se disposant en haut, donnent naissance au Soleil. (*Stromates*, 12.)

VII

Aétius.

Diogène d'Apollonie [déclarait que le principe est] l'air illimité[4]. (*Opinions*, I, III, 6.)

Aristote.

Il faut dire assurément que l'action procède de l'Un, et c'est ce que dit justement Diogène, parce que si toutes les choses ne procédaient pas de l'Un, il n'y aurait ni action ni passion réciproques[5] : par exemple, le chaud ne se refroidirait pas pour se réchauffer de nouveau; car ce n'est pas la chaleur qui se change en son contraire, ni la froideur, mais il est bien évident que c'est le substrat[6]. (*De la génération et de la corruption*, I, VI, 322 *b* 12.)

VIII

Philodème.

Diogène[1] loue Homère de ce qu'il a parlé de Dieu non dans un langage mythique, mais dans un langage vrai[2]. En effet, c'est parce qu'il pense, selon lui, que l'air est Zeus, qu'Homère dit que Zeus est omniscient. (*De la piété*, col. 6 *b*, éd. Gomperz.)

Cicéron.

Quoi ? L'air dont Diogène d'Apollonie use comme d'un dieu, quelle conscience peut-il posséder, et quelle forme divine peut-il avoir ? (*De la nature des dieux*, I, XII, 29.)

Aétius.

Diogène, Cléanthe et Œnopide disent que l'âme du monde est Dieu[3]. (*Opinions*, I, VII, 17.)

Saint Augustin.

Diogène, l'autre élève d'Anaximène[4], disait lui aussi que l'air est la matière à partir de laquelle toutes les choses sont formées ; mais, à l'en croire, l'air renferme une raison divine sans laquelle rien ne pourrait procéder de lui[5]. (*Cité de Dieu*, VIII, 2.)

IX

Aristote.

C'est à la même absurdité qu'aboutissent ceux qui disent qu'au commencement la Terre était humide et que, le monde qui se trouve autour de la Terre ayant été réchauffé par le Soleil, l'air s'est trouvé engendré : alors le ciel tout entier s'est mis à croître, et l'air a engendré les vents et causé les solstices[6]. (*Météorologiques*, II, II, 355 *a* 21.)

X

Aétius.

Des mondes illimités [naissent et périssent] dans l'Illimité au cours de chaque révolution. (*Opinions*, II, I, 3[7].)

Diogène et Mélissos disent que le tout est illimité, mais que le monde est, lui, limité. (*Ibid.*, II, I, 6[8].)

Anaximandre [...], Diogène et Leucippe disent que le monde est corruptible. (*Ibid.* II, IV, 6.)

XI

Aétius.

[Sur l'inclinaison du monde]. (*Opinions*, II, VIII, 1[1].)

XII

Aétius.

Diogène disait que les astres ressemblent à la pierre ponce, et qu'ils sont les trous par lesquels le monde respire. Ils sont embrasés. Les astres visibles entraînent dans leur rotation des pierres invisibles qui, pour cette raison, n'ont pas de nom. Souvent elles tombent sur la Terre et s'y éteignent, comme le météore embrasé qui est tombé à Aegos Potamos[2]. (*Opinions*, II, 13, 5-6.)

XIII

Aétius.

Diogène disait que le Soleil ressemble à la pierre ponce, et que viennent se planter sur lui des rayons provenant de l'éther. (*Opinions*, II, XX, 10.)

Diogène disait que le Soleil s'éteint par le froid qui contrarie sa chaleur. (*Ibid.*, II, XXIII, 4.)

XIV

Aétius.

Diogène disait que la Lune est une sorte de pierre ponce embrasée. (*Opinions*, II, XXV, 10.)

XV

Aétius.

Diogène disait que les comètes sont des astres. (*Opinions*, III, II, 8.)

XVI

Aétius.

Diogène disait que la chute du feu sur le nuage humide — en provoquant son extinction — produit le tonnerre, et à cause de son éclat, l'éclair; quant au souffle, il est une cause concourante. (*Opinions*, III, III, 8.)

Sénèque.

Diogène d'Apollonie affirme que certains coups de tonnerre sont produits par le feu et d'autres par le souffle : le feu est la cause de ceux qu'il précède et annonce; le souffle est la cause de ceux qui tonnent sans faire d'éclair[1]. (*Questions naturelles*, II, 20.)

XVI *a*

[Scolie.]

Diogène dit que l'air supporte la Terre[2]. (À saint Basile, *Codex Marcianus* 58.)

XVII

Alexandre d'Aphrodise.

Aristote[3] veut parler des physiciens. Ceux-ci font engendrer la mer, au lieu de dire qu'elle est inengendrée et jaillie de ses propres sources, ainsi que le disent les théologiens. En effet, certains physiciens déclarent que la mer est un résidu de l'humidité première. Alors que l'humide occupait l'espace entourant la Terre, une partie de cette humidité s'est évaporée ensuite sous l'effet du Soleil et a engendré les vents, les solstices du Soleil et les périodes de la Lune, étant donné que ceux-ci, sous l'effet des vapeurs et des exhalaisons, accomplissent leurs révolutions et tournent autour des régions où ils trouvent leur subsistance. Quant à l'autre partie de l'humidité, qui demeure déposée dans les cavités de la Terre, elle forme la mer[4]. C'est pourquoi elle devient de plus en plus petite, parce que le Soleil la dessèche sans cesse, et elle finira par être un jour asséchée. Anaximandre[5] et Diogène professèrent cette théorie, ainsi que le consigne Théophraste. Diogène dit que c'est là la cause de son amertume : parce que le doux est aspiré par le Soleil, il se fait que le reste, qui demeure, est salé[6]. (*Commentaire sur les Météorologiques d'Aristote*, II, 67, 1.)

XVIII

[Scolie.]

Diogène d'Apollonie dit que le Soleil pompe avidement l'eau de la mer, et que cette eau retombe alors dans le Nil[7]. À son avis, le

Nil se gonfle pendant l'été du fait que le Soleil reverse en lui les humeurs en provenance de la Terre. (À Apollonius de Rhodes, *Argonautiques*, IV, v. 269.)

Sénèque.

28. Diogène d'Apollonie déclare : « Le Soleil attire à lui l'humidité ; le sol désséché la reçoit de la mer ainsi que des autres eaux. Il ne saurait arriver que, alors qu'un sol est sec, un autre se trouve irrigué ; en effet, toutes les parties de la Terre sont poreuses et reliées entre elles, et les parties sèches aspirent l'humidité des autres parties ; du reste, si la Terre ne recevait nulle humidité nouvelle, elle serait complètement aride et desséchée. Par conséquent, le Soleil aspire partout l'humidité, mais surtout des parties sur lesquelles il frappe, c'est-à-dire les régions méridionales. 29. La Terre, après avoir été asséchée, pompe davantage l'humidité. De même que, dans les lampes, l'huile s'écoule vers le bec où elle se consume, de même l'eau se dépose à l'endroit où l'attire la force de la chaleur et de la terre brûlante[1]. Mais d'où l'eau provient-elle ? Des régions, bien sûr, qui connaissent un perpétuel hiver, des régions septentrionales qui en rejettent une grande quantité. C'est pourquoi le Pont s'écoule sans cesse à flots rapides dans la mer inférieure (qui contrairement à d'autres mers ne connaît pas de marées[2]), en coulant toujours dans la même direction et selon la même pente. S'il n'existait pas de chemin pour fournir aisément à chacune des parties de la Terre ce qui lui manque et pour laisser s'écouler le trop-plein, tout serait ou bien désertique ou bien au contraire inondé. » 30. On peut poser à Diogène la question de savoir pourquoi, étant donné la communication des régions et la réciprocité des échanges, tous les fleuves ne sont pas partout à leur cote la plus haute pendant l'été. « Le Soleil, répond-il, recuit davantage l'Égypte : aussi le Nil[3] se gonfle-t-il davantage. » (*Questions naturelles*, IV *a*, II, 28-30.)

XIX

Théophraste.

39. Diogène d'Apollonie[4] attribue à l'air les sensations, comme c'est à lui qu'il attribue aussi la vie et la pensée. C'est pourquoi on pourrait encore dire qu'il produit les sensations à partir du semblable (car il ne saurait y avoir ni action ni passion, si toutes choses ne dérivaient pas d'un unique principe[5]).

L'*olfaction* provient de l'air qui entoure le cerveau, car il est dense et congruent à l'odeur[1]: en effet, le cerveau est lui-même d'une substance raréfiée, ses vaisseaux sont subtils et l'air qu'ils renferment ne se mélange pas aux odeurs parce que sa composition ne leur est pas congruente : en effet, si quelque chose se trouvait congruent au mélange, il est évident que cela serait perçu. 40. Quant à l'*audition*, elle se produit lorsque l'air qui est dans les oreilles, après avoir été mû par un objet extérieur, parvient au cerveau. L'*impression visuelle* provient des images reflétées sur la pupille[2], et son mélange avec l'air interne provoque la sensation. En voici une preuve : lorsque les vaisseaux sont atteints de phlegmasie, le mélange avec l'air interne ne se fait plus et la vue ne s'accomplit plus, bien que l'impression sur la pupille existe. La *saveur* est perçue par la langue en raison de la rareté et de la finesse de son tissu. Il ne dit rien du *toucher* : ni de la manière dont il s'accomplit, ni de ses organes.

Mais par la suite, il s'efforce de dire pourquoi certaines sensations peuvent être plus fines, et pour quelles sortes d'individus. 41. L'*olfaction* est évidemment plus précise chez ceux dont la tête renferme moins d'air, car le mélange s'effectue plus vite[3] ; il en va encore de même lorsque le conduit est plus long[4] et plus resserré, car ainsi le discernement est plus rapide. C'est la raison pour laquelle certains animaux ont un meilleur odorat que les hommes ; cependant, lorsque l'odeur est congruente à l'air d'une façon qui convient au mélange, l'homme dispose alors des sensations les plus précises. L'*audition* est très fine chez ceux qui ont des vaisseaux subtils et chez ceux qui — car il en va de même pour l'audition que pour l'olfaction — ont un conduit court, subtil et droit, et en outre une oreille droite et largement déployée : car l'air qui est dans les oreilles est mû, et meut l'air interne.

Lorsque le conduit est plus large, le mouvement de l'air produit un remous et le son manque de force, parce qu'il ne vient pas frapper de l'air immobile. 42. La *vue* la plus perçante appartient à ceux qui ont l'air et les vaisseaux subtils, comme pour les autres sensations, et à ceux qui ont l'œil le plus brillant. C'est la couleur contraire qui est la plus visible : c'est pourquoi ceux qui ont les yeux noirs voient mieux pendant le jour, et voient mieux les objets brillants, alors que ceux qui ont les yeux pâles voient mieux la nuit. Une preuve que la sensation est le fait de l'air intérieur, qui est une petite partie de Dieu[5], est fournie par le fait que souvent, lorsque nous avons l'esprit ailleurs et attentif à autre chose, nous ne voyons ni n'entendons.

43. Le *plaisir* et la *douleur* se produisent de la manière suivante :

lorsqu'une grande quantité d'air se mélange au sang et l'allège, cet air étant normal et se répandant dans tout le corps, c'est alors que se produit le plaisir; en revanche, quand l'air est anormal et ne se mélange pas, que le sang se trouve alourdi et devient moins vigoureux et plus dense, c'est la douleur qui se produit. Il en va de même de la *force* et de la *santé*, et de leurs contraires. L'organe le plus apte à goûter le plaisir est la langue. Elle est en effet très fine et d'un tissu rare, et tous les vaisseaux débouchent à sa surface; c'est pourquoi elle permet de diagnostiquer un grand nombre de maladies et révèle ⟨par sa teinte⟩ les carnations des autres animaux; c'est elle qui rend visibles le nombre et la qualité de ces carnations[1]. Tels sont, d'après lui, les processus et les causes des sensations.

44. Quant à la *pensée*, ainsi qu'il l'a dit[2], elle est produite par l'air pur et sec. L' humidité fait en effet obstacle à l'Intellect; c'est pourquoi le sommeil, l'ivresse et la réplétion affaiblissent la pensée. Que l'humidité fait disparaître l'Intellect, la preuve en est que les autres animaux sont moins intelligents que l'homme, car ils respirent l'air qui monte de la terre et se nourrissent d'une pâture plus humide[3]. Quant aux oiseaux, ils respirent un air pur, mais leur nature est semblable à celle des poissons : car leur chair est resserrée[4] et le souffle ne peut pénétrer à travers tout leur corps, si bien qu'il demeure dans la cavité abdominale; c'est pourquoi ils ont une digestion rapide, mais pas de jugeotte; leur bouche et leur langue sont, d'autre part, en partie consacrées à la nourriture : aussi sont-ils incapables de se comprendre mutuellement. Quant aux plantes, elles sont complètement dépourvues de pensée, parce qu'elles sont complètement dépourvues de cavités où l'air pourrait se loger. 45. C'est pour la même raison que les enfants manquent de jugeotte : en effet ils ont beaucoup d'humidité, de telle sorte que l'air ne peut pas pénétrer la totalité de leur corps, mais s'accumule dans leur poitrine. Telle est la raison pour laquelle ils sont sots et sans jugeotte; ils sont colériques et, en général, instables et bavards, du fait qu'une bonne partie de l'air qu'ils respirent ne dispose que de petits conduits pour se mouvoir. C'est là encore la cause de l'oubli : vu que l'air ne chemine pas à travers tout le corps, ils ne peuvent pas comprendre; la preuve en est que lorsqu'on fait un effort pour se souvenir, on sent un blocage dans la poitrine, et au contraire, lorsqu'on a retrouvé ⟨ce qu'on cherchait⟩, le blocage se dissipe et le poids de la douleur disparaît[5]. (*Du sens*, 39-45.)

XX

Aristote.

Diogène, ainsi que certains autres, dit [que l'âme] est l'air, parce qu'à son avis, l'air est ce qu'il y a de plus subtil et est le principe. C'est la raison pour laquelle l'âme connaît et meut; car en tant que premier principe dont le reste dérive, elle connaît, et en tant que ce qui est le plus subtil, elle est moteur[1]. (*Traité de l'âme*, I, II, 405 *a* 21.)

Aétius.

Pythagore, Anaxagore et Diogène ont affirmé que l'âme est incorruptible. (*Opinions*, IV, VII, 1.)

Diogène dit que [la conscience][2] a son siège dans la cavité artérielle du cœur, qui est remplie d'air. (*Ibid.* IV, V, 7.)

XXI

Aétius.

Diogène disait que [l'audition se produit] sous l'effet du choc et de l'ébranlement par la voix de l'air qui est dans la tête[3]. (*Opinions*, IV, XVI, 3.)

XXII

Aétius.

Diogène dit que, parce que la langue est poreuse et souple et du fait que les veines en provenance du corps convergent en elle, les humeurs qui s'y dissolvent sont pompées vers la sensation et vers la conscience : la langue joue le rôle d'une éponge. (*Opinions*, IV, XVIII, 2.)

XXIII

Aétius.

Les autres disent que les sensibles existent *par nature*, mais Leucippe[4], Démocrite et Diogène disent qu'ils existent *par convention*, c'est-à-dire par l'effet de notre opinion et de nos affections. Rien de vrai n'existe et n'est perceptible en dehors des éléments premiers : atomes et vide. Seuls en effet, ces éléments existent par nature, et les choses qui en dérivent et présentent des différences mutuelles selon la position, l'ordre et la figure, sont des accidents[1]. (*Opinions*, IV, IX, 8.)

XXIV

Clément d'Alexandrie.

Certains forment l'hypothèse que la semence de l'animal aussi eſt essentiellement l' écume du sang qui, sous l'effet de la chaleur naturelle du mâle et des secousses de l'accouplement, bouillonne, se change en écume (ἐξαφροῦν) et se répand dans les veines séminales. C'eſt la raison pour laquelle Diogène d'Apollonie veut que l'on ait donné le nom d'*aphrodisia* (ἀφροδίσια) aux plaisirs d'Aphrodite[2]. (*Le Pédagogue*, I, VI, 48.)

XXV

Ariſtophane de Byzance.

Diogène d'Apollonie se trompe lorsqu'il dit que les cotylédons qui sont dans la matrice nourrissent les embryons[3]. (*Abrégé de l'Hiſtoire des animaux d'Ariſtote*, I, 78.)

XXVI

Censorinus.

Diogène d'Apollonie affirme que le corps du garçon se forme en quatre mois, et celui de la fille en cinq[4]. (*Du jour de la naissance*, IX, 2.)

XXVII

Censorinus.

Eſt-ce que l'enfant naît de la seule semence qui provient du père, ainsi que le pense Diogène, ou aussi de celle de la mère? (*Du jour de la naissance*, V, 4.)

Diogène d'Apollonie pensait que la chair se forme d'abord à partir de l'humeur et qu'ensuite les os, les nerfs et les autres parties naissent de la chair. (*Ibid.*, VI, 1.)

XXVIII

Aétius.

Diogène dit que les fœtus sont engendrés sans âme, mais dans la chaleur; c'est pourquoi le chaud, qui leur est inné, attire à l'intérieur du poumon le froid, sitôt après l'accouchement[1]. (*Opinions*, V, xv, 4.)

XXIX

Aétius.

Diogène dit que, si le sang qui circule remplit complètement les veines et chasse dans la poitrine et dans l'estomac, qui se trouve placé en-dessous, l'air contenu dans les veines, le sommeil se trouve alors produit et le thorax se réchauffe. Mais si tout l'élément aérien se retire des veines, c'est la mort qui survient. (*Opinions*, V, xxiv, 3.)

XXIX *a*

Pseudo-Galien.

Et en outre la prédominance de l'humeur, de même que celle de la maladie, peut être diagnostiquée à partir de la couleur. Ce moyen de diagnostic offre, au même titre que les moyens les plus célèbres, une très grande précision, et Diogène ainsi que les spécialistes de la question le considéraient comme un moyen de deviner le moment opportun[2] au cours de la maladie. En effet, ces savants dissertèrent beaucoup des couleurs, classant les maladies à partir de leurs différences, appelant *rougeauds* les sanguins, *bistres* ceux chez qui l'humeur amère est abondante, *noirauds* ceux chez qui domine l'humeur noire, *pâlots* les flegmatiques, et donnant aux maladies propres à ces couleurs le nom correspondant de *maladie des rougeauds*, *maladie des bistres*, *maladie des noirauds*, *maladie des pâlots*; et dédaignant, je ne sais pourquoi, les nombreux témoignages de l'art qui, mieux encore, permettent de donner un diagnostic précis de la maladie, ils établissaient par le seul recours à la couleur le diagnostic complet de la maladie. (*Des humeurs*, XIX, éd. Kühn, 495.)

XXX

Aétius.

Selon Diogène, [les animaux] participent à l'Intelligible, qui est l'air ; mais en partie du fait de la densité, en partie du fait de la surabondance d'humidité, ils sont dépourvus et d'intelligence et de sensations, à l'instar des fous, du fait de l'aliénation de leur conscience[1]. (*Opinions*, V, xx, 5.)

XXXI

Aristote.

Diogène dit que, lorsque [les poissons] rejettent l'eau à travers leurs branchies, ils aspirent l'air qui se trouve contenu dans l'eau qui entoure leur bouche, grâce au vide qui se fait dans leur bouche, comme s'il y avait de l'air dans l'eau [...]. (*De la respiration*, II, 471 *a* 3.)

Pourquoi les poissons meurent-ils dans l'air et donnent-ils l'impression de se débattre comme si on les étouffait, s'il est vrai qu'ils respirent ? Ces effets ne sont certes pas dus au manque de nourriture. Assurément la cause qu'énonce Diogène est simpliste. En effet, dit-il, les poissons, lorsqu'ils sont dans l'air, absorbent une trop grande quantité d'air, alors que dans l'eau, ils en absorbaient une quantité raisonnable : c'est la raison de leur mort. (*Ibid.*, II, 471 *b* 12.)

XXXII

Théophraste.

Diogène dit que [l'air engendre les plantes] lorsque l'eau se putréfie et se mélange, en quelque sorte, avec la terre[2]. (*Des plantes*, III, I, 4.)

XXXIII

Alexandre d'Aphrodise.

[Sur la pierre d'Héraclée[3] : pour quelle raison elle attire le fer].

Diogène d'Apollonie déclare que tous les métaux ductiles émettent des effluves humides qu'ils contiennent naturellement, et, d'autre part, en attirent du dehors tantôt plus, tantôt moins. Les plus fortes émanations sont le fait du cuivre et du fer; la preuve en est ⟨triple⟩ : ils brûlent en partie, ce qui sort d'eux se consume dans le feu et ils rouillent lorsqu'on les frotte d'acide et d'huile. En effet ce phénomène se produit parce que l'acide attire hors d'eux les effluves humides qui sont en eux. De plus, le feu d'une part brûle les effluves qui suintent hors du métal, et d'autre part[1], en pénétrant dans chacune des parties, attire et détruit l'humidité qui se trouve en elles. Par conséquent, alors que le fer, tout en attirant l'humidité, en rejette davantage, la pierre d'aimant, qui est plus légère que le fer et plus terreuse, attire davantage l'humidité contenue dans l'air qui l'entoure, qu'elle n'en rejette. Ainsi, alors qu'elle reçoit en elle l'humidité qui lui est apparentée et qu'elle attire, elle repousse celle qui ne lui est pas apparentée; or le fer est apparenté à la pierre d'aimant : c'est la raison pour laquelle elle attire l'humidité en provenance du fer et la reçoit en elle; et du fait de cette attraction, elle attire le fer à elle, parce qu'elle attire massivement l'humidité qui se trouve en lui; mais le fer n'attire plus la pierre d'aimant, parce que le fer n'est pas assez poreux pour accueillir massivement en lui l'humidité qui émane de l'aimant. (*Questions*, II, XXIII.)

B. FRAGMENTS

DE LA NATURE

I

Diogène Laërce.

Son écrit commence ainsi : Au commencement de tout propos, il faut, me semble-t-il, fonder le principe d'une manière absolument certaine, et donner au développement clarté et sérieux. (*Vies*, IX, 57.)

II

Simplicius.

Dans son *De la nature*[2], qui est le seul de ses ouvrages à m'être parvenu, il se propose de montrer avec force arguments que, dans le principe qu'il pose lui-même, se trouve une intelligence multiple[1]. Et, sitôt après le prologue[2], il écrit :

À mon avis, en un mot, toutes les choses qui existent sont le résultat de l'altération du Même et sont le Même. Et cela est évident : car, si les choses qui existent à présent dans ce monde : la terre, l'eau, l'air et le feu et toutes les autres choses que l'on se représente comme existant en ce monde, si, ⟨disais-je⟩, l'une quelconque de ces choses était autre que l'Autre, étant autre par sa nature propre, et si ce n'était pas le Même qui était transformé de multiples façons et changé, en aucune manière les choses ne pourraient se mélanger entre elles ; il ne pourrait se produire, à partir de l'Autre, ni utilité, ni nuisance pour l'Autre ; nulle plante ne croîtrait de la terre ; et il ne pourrait naître nul animal ni autre être, si les choses n'étaient pas composées de telle sorte qu'elles fussent le Même. En fait, toutes ces choses, résultats de l'altération du Même, sont engendrées comme différentes à divers moments, et retournent au Même.

Pour moi, à la lecture de ce début, j'ai pensé qu'il voulait dire que le substrat commun était quelque chose qui vient en plus des quatre éléments, puisqu'il déclare que ceux-ci ne sauraient ni se mélanger ni se transmuer mutuellement pour peu que l'un quelconque d'entre eux fût le principe et possédât une nature propre, au lieu que le Même fût le substrat de toutes choses, à partir duquel toutes choses se constituent par altération. Ensuite il montre que ce principe contient une Intelligence multiple[3]. (*Commentaire sur la Physique d'Aristote*, 151, 28.)

III

Simplicius.

Une telle distribution, en effet, dit-il, ne serait pas possible sans l'Intelligence qui veille à ce qu'il y ait des mesures de toutes choses[4] : de l'hiver et de l'été, de la nuit et du jour, des pluies, des vents et du beau temps. Les autres choses aussi, pour peu que l'on veuille les concevoir par l'Intelligence, se révéleront disposées de la plus belle manière possible.

Il ajoute que les hommes et les autres animaux reçoivent vie, âme et Intelligence à partir de ce principe qui est l'air, en disant :

IV

Simplicius.

Et voici en outre des preuves décisives : les hommes en effet ainsi que les autres animaux vivent en respirant grâce à l'air. Et l'air est pour eux à la fois âme et Intelligence, ainsi qu'il aura été clairement montré dans cet ouvrage ; et pour peu qu'on leur ôte l'air, ils meurent et l'Intelligence les abandonne[1].

Et un peu plus loin, il ajoute clairement :

V

Simplicius.

À mon avis, ce que les hommes appellent l'air est ce qui possède l'Intelligence ; c'est lui qui gouverne tous les hommes et commande à toutes choses. En effet, à mon avis, l'air même est Dieu : il est partout, il dispose toutes choses et réside en chaque chose. Il n'est pas un seul être qui ne participe de lui. Et pas un seul être n'en participe de la même façon que l'Autre de l'Autre ; mais il existe de multiples modes de l'air même et de l'Intelligence. L'air en effet est multiforme[2], à la fois chaud et froid, sec et humide, calme et vivement mû, et il renferme de multiples autres altérations illimitées, de saveur et de couleur. Et pour tous les animaux l'âme est le Même, c'est-à-dire l'air, plus chaud que l'air extérieur dans lequel nous sommes, mais beaucoup plus froid que celui qui avoisine le Soleil. Ce chaud n'est semblable pour aucun des animaux (puisqu'il n'est pas non plus semblable pour les hommes entre eux), mais il diffère juste assez pour que la ressemblance subsiste. En effet, aucune chose sujette à l'altération ne peut devenir strictement semblable à une autre sans devenir la même[3]. Par conséquent, puisque l'altération est multiforme, les animaux sont aussi multiformes et multiples, et ne se ressemblent ni par la forme[4], ni par le mode de vie, ni par l'Intelligence, du fait de la multitude des altérations. Et pourtant, de la même façon, c'est du Même que procèdent la vie, la vue et l'ouïe, et tous les animaux tirent du Même le reste de leur Intelligence. (*Commentaire sur la Physique d'Aristote*, 152, 12 et suiv.)

VI

Simplicius.

Il enchaîne[1] en montrant que la semence des animaux est remplie de souffle et que les pensées naissent quand l'air envahit la totalité du corps par le réseau des veines, au moyen du sang dans le passage où il nous livre une description exacte de l'anatomie des vaisseaux. Il est visible, à travers ces lignes, qu'il pense que ce que les hommes appellent air, est le principe[2]. (*Commentaire sur la Physique d'Aristote*, 153, 13.)

Aristote.

Voici ce que dit Diogène d'Apollonie : Chez l'homme les veines sont disposées ainsi : il y a deux très grandes veines, qui s'étendent à travers la cavité abdominale en longeant l'épine dorsale, l'une à droite, l'autre à gauche, chacune en direction de la jambe correspondante, et remontent d'autre part vers la tête en passant près des clavicules et en traversant la gorge. D'elles prennent naissance des veines qui s'étendent à travers tout le corps : de celle de droite les veines de la droite, de celle de gauche celles de la gauche, les deux plus importantes se dirigeant vers le cœur en longeant l'épine dorsale elle-même, et deux autres, un petit peu plus haut, traversant la poitrine en passant sous l'aisselle en direction de chacune des mains correspondantes. L'une est appelée splénique, l'autre hépatique.

Leurs extrémités se scindent en deux, une partie allant en direction du pouce, l'autre en direction de la paume, et elles se divisent en vaisseaux fins et très ramifiés en direction du reste de la main et des doigts. Deux autres veines plus fines partent des deux premières veines [spinales], l'une partant de celle de droite en direction du foie, l'autre partant de celle de gauche en direction de la rate et des reins. Les veines qui se dirigent vers les jambes se divisent à la hauteur de l'attache inférieure et traversent l'ensemble de la cuisse. La plus grande passe par la partie postérieure de la cuisse et offre un aspect épais, la seconde traverse la partie centrale de la cuisse et est un peu moins épaisse que la première. Ensuite, elles passent à travers le genou en direction du mollet et du pied, comme pour la main; puis elles traversent la plante du pied en direction des orteils. Les deux veines principales se ramifient aussi en veines minces en direction de la cavité abdominale et de la région des côtes.

Les deux veines qui se dirigent vers la tête à travers la gorge prennent dans le cou un aspect important; et de leurs extrémités partent d'abondantes ramifications en direction de la tête, celles de droite allant vers la gauche et celles de gauche allant vers la droite, chacune se terminant dans la région de l'oreille[1]. Il y a dans le cou, de chaque côté de la veine principale, une autre veine, un peu plus petite que celle-ci, dans laquelle la plupart des veines sortant de la tête se réunissent : elles passent à travers la gorge vers l'intérieur du corps, et d'elles partent de chaque côté d'autres veines passant sous l'omoplate en direction des mains. À côté de la veine splénique et de la veine hépatique apparaissent d'autres veines un peu plus petites, que l'on incise en cas de douleur sous la peau. Mais si la douleur a son siège dans la cavité abdominale, c'est la veine hépatique et la veine splénique que l'on incise. D'autres veines partent encore de celles-ci en passant sous les seins. D'autres encore, qui sont fines, partent de celles-ci et traversent la moelle épinière en direction des testicules. D'autres encore passent sous la peau et se dirigent à travers la chair vers les reins pour aboutir aux testicules chez les hommes et à l'utérus chez les femmes. (Quant aux veines principales, au sortir de la cavité abdominale, elles sont de gros calibre et deviennent ensuite plus minces jusqu'à leur passage de la droite vers la gauche et de la gauche vers la droite.) Ces veines portent le nom de spermatiques. Le sang est très épais, lorsqu'il est bu par l'épaisseur des chairs, mais ce qui en déborde dans les parties génitales est subtil, chaud et écumant[2]. (*Histoire des animaux*, III, II, 511 *b* 30.)

Vindicien.

1. Alexandre dit Philalèthe[3], disciple d'Asclépiade, a dit, au premier livre du *Sur la semence*, que l'essence de la semence est l'écume du sang, s'accordant en cela avec l'opinion de Diogène. [...] 3. Diogène d'Apollonie disait d'une manière analogue, dans son livre *De la nature,* que son essence est l'écume du sang. En effet l'air introduit par l'inspiration fait monter le sang dont une partie est bue par la chair et dont l'autre partie déborde et, tombant dans les voies sémi-

nales, produit la semence, qui n'est rien d'autre que l'écume du sang battu par le souffle. (*Fragments*, I et suiv., éd. M. Wellman, *Fragments des médecins grecs*, I, 208, 2.)

VII

Simplicius.

Il[1] est très étonnant que, tout en disant que les autres choses sont engendrées selon un processus d'altération à partir du Même, il prétende cependant que le Même est éternel, en disant, je cite : C'est un corps Même, éternel et immortel, alors que parmi les autres choses[2] les unes sont engendrées et les autres périssent. (*Commentaire sur la Physique d'Aristote*, 153, 17.)

VIII

Simplicius.

Et ailleurs[3] : À mon avis, il est évident qu'il est grand, fort, éternel en même temps qu'immortel et qu'il connaît les multiples. (*Commentaire sur la Physique d'Aristote*, 153, 20.)

IX

Galien.

Presque tous les médecins s'accordent à penser que le sujet mâle non seulement se forme, mais encore remue plus rapidement que le sujet femelle. [...] Rufus déclare que Diogène d'Apollonie est le seul à prétendre le contraire au second livre du *De la nature.* Mais, quant à moi, je n'ai pas eu son livre[4] en main. (*Commentaire sur les Épidémies d'Hippocrate*, VI, éd. Kühn, XVII A, 1002.)

X

Hérodien le Grammairien.

Le terme πλῆ, employé chez Diogène d'Apollonie à la place du mot πλέη (*pleine*), féminin employé adjectivement, ne se rencontre pas chez les autres auteurs. (*Sur les mots singuliers*, I, p. 7, 8.)

C. INFLUENCE

I

Aristophane.

SOCRATE

Dans l'air je me promène et nargue le Soleil.

STREPSIADE

Tu nargues donc les dieux du haut d'une nacelle,
Et non pas de la Terre?

SOCRATE

Oui, jamais je n'aurais
Découvert le fin mot des mystères célestes
Si je n'avais bien haut suspendu mon esprit
Et mêlé ma pensée subtile à l'air semblable;
Si je m'étais borné à observer d'en bas
Je n'aurais rien trouvé; car la Terre contraint
Les effluves pensants à revenir à elle;
Il en est de même pour... le cresson.

STREPSIADE

Que dis-tu? La pensée dans le cresson attire
Les effluves humides?

(*Les Nuées*, v. 225 et suiv.)

STREPSIADE

Tourbillon règne, après avoir expulsé Zeus.

PHIDIPPE

Tu rigoles, mon vieux?

STREPSIADE

Non, c'est la vérité!

PHIDIPPE

Mais qui donc dit cela?

STREPSIADE

Socrate de Mélos,
Et Chéréphon, le spécialiste en sauts de puce.

(*Ibid.*, v. 828 et suiv.)

II

Hippocrate.

Le souffle (πνεῦμα) s'appelle à l'intérieur des corps *souffle* (φύσα) et, à l'extérieur des corps, *air*. Il est donc le plus grand potentat du monde et règne sur toutes choses. Spéculer sur sa puissance est digne d'intérêt. Car le vent est le courant et la coulée de l'air. Ainsi lorsqu'une grande quantité d'air produit un fort courant, les arbres se trouvent abattus et déracinés à cause de la force du souffle, l'Océan écume, et les vaisseaux les plus gigantesques sont balayés : telle est la force propre aux vents. Certes ce phénomène échappe à la vue, mais est visible à la pensée. Qu'existerait-il sans lui? De quel objet est-il absent? et en quel objet n'est-il pas présent? Tout l'espace entre la Terre et le ciel est rempli de souffle. Il est la cause de l'hiver et de l'été, produit le dense et le froid pendant l'hiver, le doux et le calme pendant l'été. Le trajet du Soleil, de la Lune et des astres passe à travers l'air. Le souffle est la nourriture du feu et le feu privé d'air ne peut pas vivre. Ainsi l'air qui est subtil procure-t-il au Soleil sa vie éternelle. Il est évident aussi que la mer participe du souffle, car les animaux aquatiques ne pourraient pas vivre s'ils ne participaient pas du souffle. Et comment en participeraient-ils, s'ils n'attiraient à travers l'eau l'air extérieur et aussi celui qui se trouve dans l'eau? En outre la Terre est le socle de l'air et l'air le véhicule de la Terre, et nul objet n'est vide d'air[1]. (*Des vents*, 3; *Corpus des médecins grecs*, I, 1, 92.)

Euripide.

HÉCUBE

Ô support de la Terre, toi dont la Terre est siège,
Ô toi, qui que tu sois, énigme indéchiffrable,
Zeus, loi de la nature ou Intellect des hommes,
À toi va ma prière; en silence tu vas
Conduisant justement les affaires des hommes.

MÉNÉLAS

Mais qu'entends-je? Tu pries en un nouveau langage?
(*Les Troyennes*, v. 884 et suiv.)

Aristophane.

Ô tout puissant seigneur, Air libre de limite,
Qui retiens suspendue la Terre dans l'espace.
(*Les Nuées*, v. 264-265.)

III

Hippocrate.

Il me semble que ce que nous appelons le chaud est immortel et conçoit toutes choses, voit tout, entend tout et sait tout ce qui est et sera. Sa plus grande partie, lors de l'ébranlement universel, a émigré vers la périphérie céleste, et c'est elle, à mon avis, que les Anciens ont appelée éther. (*Des chairs*, 2, éd. Littré, VIII, 584.)

III *a*

Hippocrate.

16. Cela étant, je pense que le cerveau renferme la majeure partie de la force propre à l'homme. C'est lui qui nous permet d'interpréter, lorsqu'il se trouve en bonne santé, les choses qui sont engendrées à partir de l'air : l'air procure le bon sens. Les yeux, les oreilles, la langue, les mains et les pieds accomplissent l'acte que le cerveau décide. Il existe dans l'ensemble du corps une part de la raison, pour autant que celui-ci participe de l'air, mais c'est le cerveau qui est le messager de la conscience. Lorsque l'homme en effet inspire l'air, celui-ci s'introduit d'abord dans le cerveau, et ainsi l'air se répand dans le reste du corps en abandonnant dans le cerveau son principe actif et ce qui peut contenir raison et décision. Car si l'air gagnait d'abord le corps et ensuite le cerveau, il abandonnerait dans ses chairs et dans ses vaisseaux la conscience et parviendrait au cerveau après avoir perdu sa chaleur et avoir été privé de sa pureté, se trouvant mêlé d'effluves humides venant des chairs et du sang ; de telle sorte qu'il aurait perdu son pouvoir de juger exactement. 17. C'est pourquoi je soutiens que le cerveau est l'interprète de la conscience. [...] De même donc que le cerveau prend conscience de l'air avant les organes internes, de même justement si un changement trop violent se produit dans l'air du fait des saisons, il cesse d'être dans son assiette : et c'est là, dis-je, la cause du surgissement des troubles aigus les plus redoutables, les plus mortels et les plus difficiles à diagnostiquer pour les ⟨médecins⟩ inexpérimentés. (*De l'épilepsie*, 16-17.)

III *b*

Hippocrate.

Car la terre renferme ainsi en elle toutes sortes de puissances innombrables, car à toutes les choses qui croissent en elle, elle offre des effluves humides, semblables à chaque chose ; chaque créature trouve pour elle dans la terre et retire de la terre un aliment semblable et de nature apparentée, tel qu'il est lui-même, etc. (*Des maladies*, IV, 34, éd. Littré, VII, 544.)

IV

Philémon.

Moi, à qui rien n'échappe et de ce qui se fait,
De ce qui se fera et s'est fait autrefois,
Que cela soit le fait ou d'un dieu ou d'un homme,
Je suis l'Air, qu'on pourrait appeler aussi Zeus.
Je suis – seul Dieu le peut – absolument partout :
À la fois en Sicile, à Patros, à Athènes,
Dans toutes les cités, dans toutes les maisons,
Et en vous tous enfin. Car il n'est pas de lieu
Où ne se trouve l'Air. Je me trouve partout,
Et, me trouvant partout, je connais toute chose.

(*Fragments*, éd. Koch, II, XCI, 505.)

CRATYLE

I

Platon.

SOCRATE : Est-ce que tenir un discours faux n'est pas absolument impossible ? N'est-ce pas là que tu veux en venir, avec ton raisonnement ? [...]

CRATYLE : Et comment, Socrate, pourrait-on, en disant ce que l'on dit, ne pas dire ce qui est ? Tenir un discours faux, n'est-ce pas ne pas dire ce qui est ?

SOCRATE : L'argument paraît trop subtil et raffiné[1] pour moi, à mon âge, mon cher. Mais réponds simplement à la question suivante : à ton avis, s'il est impossible de tenir un discours faux, qu'en est-il d'affirmer des faussetés ?

CRATYLE : À mon avis, il n'en va pas différemment pour ce cas-là.

SOCRATE : Aussi bien dans l'énoncé que dans la personne à qui s'adresse l'énoncé ? Par exemple, en voyage tu te fais aborder par quelqu'un qui te serre la main en disant : « Salut, étranger d'Athènes, Hermogène, fils de Smicrion ! » Un tel discours, une telle affirmation, un tel énoncé, une telle adresse, au lieu de te concerner toi, ne concerneraient-ils pas plutôt Hermogène ici présent ?

CRATYLE : À mon avis, cet homme, Socrate, perdrait sa peine à émettre de telles paroles. (*Cratyle*, 429 *d.*)

SOCRATE : Tu es jeune encore, et tu as la fougue de la jeunesse[2]. (*Ibid.*, 440 *d.*)

II

Aristote.

Il faut dire, ainsi qu'Eschine[1] le disait de Cratyle, qu'il sifflait fortement et agitait les deux bras. De tels détails emportent facilement l'adhésion, parce que ces détails, que l'on connaît, deviennent des signes de reconnaissance de ce que l'on ne connaît pas. (*Rhétorique*, III, XVI, 1417 *b* 1.)

III

Aristote.

Après les philosophies dont nous venons de parler, survint le système de Platon, qui épouse la plupart des options pythagoriciennes, mais qui a aussi des traits originaux à côté de ceux qu'il emprunte à la philosophie italique. En effet, dès sa jeunesse, Platon épousa les vues de Cratyle et les théories d'Héraclite, pour qui tous les sensibles s'écoulent sans cesse, sans qu'il existe une science qui leur soit relative. Et ces vues, il continua à les admettre par la suite[2]. Mais quand Socrate [...]. (*Métaphysique*, A, VI, 987 *a* 29.)

Diogène Laërce.

Ensuite, Platon, âgé de vingt ans, suivit les leçons de Socrate. Puis après la mort de ce dernier, il suivit l'enseignement de Cratyle, disciple d'Héraclite, et celui d'Hermogène, qui avait adopté la philosophie de Parménide. (*Vies*, III, 6.)

IV

Aristote.

Et en constatant que toute la nature sensible est mue et que l'on *ne peut rien* dire de vrai à propos de ce qui change, ils estimèrent qu'il est impossible d'énoncer un jugement vrai à propos de ce qui change partout et de toutes les façons. C'est en se fondant sur cette hypothèse que fleurit la plus radicale des théories dont nous avons parlé, celle de ceux qui déclarent volontiers « héraclitiser » et qui est celle qu'a professée Cratyle, qui finit par estimer qu'il ne faut rien dire, et se contentait de remuer le doigt; il reprochait à Héraclite d'avoir dit qu'on ne peut pas entrer deux fois dans le même fleuve[3], parce qu'il estimait, quant à lui, que même une fois la chose est impossible. (*Métaphysique*, Γ, V, 1010 *a* 7.)

V

Platon.

HERMOGÈNE : Cratyle, que voici, déclare, mon cher Socrate, qu'il existe une rectitude de dénomination naturellement propre à chaque être, et qu'un nom n'est pas une appellation par laquelle on s'accorderait à appeler ⟨tel ou tel être⟩, en lui attribuant conventionnellement une petite partie des sons qu'on peut proférer; mais, selon lui, il existe une rectitude des noms, et elle serait la même pour tous, Grecs et Barbares. (*Cratyle*, 383 *a*.)

ANTISTHÈNE L'HÉRACLITÉEN

I

Diogène Laërce.

[En dehors du Socratique[1]], il y eut trois autres Antisthène : Antisthène l'Héraclitéen, Antisthène d'Éphèse et un certain Antisthène de Rhodes, historien. (*Vies*, VI, 19.)

II

Pseudo-Aristote.

C'est pourquoi certains de ceux qui « héraclitisent[2] » déclarent que les pierres et la terre sont engendrées à partir d'eau dés-séchée solidifiée et que le Soleil est formé d'exhalaisons marines. (*Problèmes*, XXIII, xxx, 934 *b* 33.)

III

Platon.

Les compagnons d'Héraclite déploient, pour porter à la scène la doctrine en question[3], une prodigieuse vigueur. (*Théétète*, 179 *d*.)

LES ABDÉRITAINS

LEUCIPPE

A. VIE ET PHILOSOPHIE

I

Diogène Laërce.

30. Leucippe était citoyen d'Élée[1]; mais, selon certains, d'Abdère, et selon d'autres encore, de Milet. Il fut l'élève de Zénon.

Il estimait que toutes les choses sont illimitées[2] et se transforment mutuellement les unes dans les autres, et que l'univers est à la fois vide et rempli de corps. Les mondes s'engendrent quand les corps qui tombent dans le vide s'entrelacent mutuellement; et leur mouvement, venant à s'accroître, produit la substance des étoiles. Le Soleil décrit un assez grand cercle autour de la Lune. La Terre demeure au centre en vertu de sa rotation propre, et a la forme d'un tambour[3]. Leucippe fut le premier[4] à ériger les atomes en principes. Telles sont les têtes de chapitre de sa philosophie. Voyons-en à présent le détail. 31. L'univers est, dit-il, ainsi que nous l'avons mentionné, illimité. Il est formé à la fois du plein et du vide, auxquels il donne aussi le nom d'éléments. C'est de lui que se forment, en nombre *illimité*, des mondes, et c'est à lui qu'aboutit leur dissolution. La génération des mondes se produit ainsi : dans une section[5], de multiples corps de formes diverses se trouvent transportés de l'illimité vers le grand vide; leur rassemblement produit un tourbillon unique grâce auquel, se heurtant et tournoyant en tous sens, ils se séparent en formations distinctes, les corps semblables se rejoignant[6]. Étant donné que leur grand nombre ne leur permet pas de circuler en équilibre, les corps légers prennent la direction du vide extérieur, comme par un effet de criblage, tandis que les autres se rassemblent, s'entrelacent et font course commune pour produire un premier système sphérique.

32. Celui-ci remplit, à la façon d'une membrane, un rôle de protection, et enveloppe en lui-même une grande diversité de corps, qui, du fait de la résistance du centre, sont contraints de tourbillonner à la périphérie : la membrane extérieure s'affine alors du fait de l'incessante confluence des corps continus tangentiellement au tourbillon. C'est ainsi qu'a été engendrée la Terre, par le rassemblement des corps portés vers le centre. Cependant, en retour, ce qui, à la façon d'une membrane, remplit le rôle d'enveloppe, s'accroît en fonction de l'affluence externe et supplémentaire[1] des corps extérieurs; car l'enveloppe, se trouvant soumise au mouvement du tourbillon, s'approprie les corps qui lui sont tangents. Certains de ces corps, en se rassemblant, produisent un système, d'abord humide et boueux; puis ils s'assèchent, sont emportés circulairement dans le tourbillon général, et finissent par s'embraser et former la substance des étoiles. 33. Le cercle du Soleil est le plus extérieur, celui de la Lune le plus rapproché de la Terre, ceux des autres astres occupant l'intervalle. Toutes les étoiles sont embrasées du fait de la vitesse de leur mouvement, tandis que le Soleil est allumé par les étoiles et que la Lune ne reçoit qu'un peu de feu. L'éclipse de Soleil et l'éclipse de Lune se produisent ⟨quand [...][2]; mais l'obliquité du cercle du zodiaque est produite⟩ par l'inclinaison de la Terre vers le sud[3] : les régions proches du nord sont toujours enneigées, très froides et glacées. Les éclipses du Soleil sont rares tandis que celles de la Lune sont continues à cause de l'inégalité de leurs orbites. De même qu'il y a des générations du monde, de même aussi il y a des augmentations, des diminutions et des corruptions en fonction d'une certaine nécessité dont il ⟨ne⟩ précise ⟨pas[4]⟩ la nature. (*Vies*, IX, 30-33.)

II

Diogène Laërce.

Au dire d'Apollodore, dans ses *Chroniques*, [Épicure] fut l'élève de Nausiphane et de Praxiphane. Mais lui-même le nie et assure, dans sa lettre à Euryloque, n'avoir eu d'autre maître que lui-même. D'autre part, Hermarque et lui déclarent que Leucippe, le philosophe, n'a pas existé, alors que pour certains – dont justement l'épicurien Apollodore – il fut le maître de Démocrite[5]. (*Vies*, X, 13.)

III

Simplicius.

Diogène d'Apollonie[1] a composé ses ouvrages le plus souvent en rassemblant des thèses qu'il emprunte soit à Anaxagore, soit à Leucippe. (*Commentaire sur la Physique d'Aristote*, 25, 2.)

IV

Clément d'Alexandrie.

Parménide fut l'élève de Xénophane, qui eut pour élève Zénon, qui Leucippe, qui Démocrite[2]. (*Stromates*, I, 64.)

V

Pseudo-Galien.

Leucippe d'Abdère, élève de Zénon, conçut le premier la découverte des atomes. (*Histoire de la philosophie*, 3.)

Jamblique.

Ceux qui appartinrent à cette école[3], et en particulier les plus anciens, qui étaient contemporains du vieux Pythagore et qui dans leur jeunesse suivirent son enseignement, furent Philolaos, Eurytos [...], Leucippe et Alcméon. (*Vie pythagorique*, 104.)

Jean Tzétzès.

Leucippe, élève de Mélissos. (*Chiliades*, II, 980.)

VI

Aristote.

Leucippe et son compagnon Démocrite déclarent que le plein et le vide sont les éléments, qu'ils dénomment respectivement *être* et *non-être*, l'*être* étant le plein et l'étendue, et le *non-être* le vide et le rare (c'est pourquoi ils concluent que l'*être* n'a pas plus d'existence que le *non-être*, parce que le vide n'existe ⟨pas moins⟩ que le corps); ce sont là les causes des objets, du point de vue de la matière[4]. Et de même que ceux qui font de la réalité unique du substrat ce dont sont engendrées les autres choses par l'effet des modifications de la matière, posent le rare et le dense[1] comme principes des effets qu'elle subit, de la même façon Leucippe et Démocrite soutiennent que les différences sont les causes des autres choses. Ces différences, disent-ils, sont, à vrai dire, au nombre de trois : la figure, l'ordre et la position. Car les différences de l'être se réduisent au *rythme*, à l'*assemblage* et à la *modalité*. Ce qu'ils appellent *rythme* est la figure, ce qu'ils appellent *assemblage* est l'ordre, et ce qu'ils appellent *modalité* est la position. Ainsi, A est différent de N par la figure, AN de NA par l'ordre, et Ξ de H par la position[2]. Quant à savoir d'où le mouvement provient et comment il se trouve dans les objets, eux non plus n'en ont pas parlé, faisant ainsi preuve de la même négligence que leurs prédécesseurs[3]. (*Métaphysique*, A, IV, 985 *b* 4.)

Alexandre d'Aphrodise.

Aristote parle de Leucippe et de Démocrite : ils disent en effet que le mouvement des atomes provient de leurs chocs et de leurs heurts mutuels; et il va de soi qu'ils ne disent rien de l'origine ⟨ou du principe⟩ du mouvement naturel : en effet, le mouvement selon les chocs mutuels est un mouvement contraint et en aucune façon naturel, et le mouvement contraint vient après le mouvement naturel[4]. (*Commentaire sur la Métaphysique d'Aristote*, 36, 21.)

Jean Philopon.

Rythme est un terme de l'école d'Abdère pour désigner la *figure*[5]. (*Commentaire sur le Traité de l'âme d'Aristote*, 68, 3.)

VII

Aristote.

C'est Leucippe et Démocrite qui ont le mieux défini en un mot toutes choses, en posant en principe ce qui est naturel. Car quelques-uns, parmi les Anciens, considéraient que l'être est nécessairement un et immobile; car d'un côté le vide n'est pas l'être; mais d'autre part le mouvement ne pourrait se produire sans l'existence d'un vide séparé, pas plus que les multiples exister sans quelque élément séparateur[6]. (*De la génération et de la corruption*, I, VIII, 324 *b* 35.)

Leucippe croyait ses explications en accord avec les données sensibles : selon lui, elles n'abolissaient ni la génération, ni la corruption, ni le mouvement, ni la multiplicité des choses. Ainsi réalisait-il l'accord de ses théories avec les phénomènes, sans pour autant renoncer à s'accorder avec les partisans de l'Un, auxquels il concède que le mouvement ne saurait exister sans le vide, que le vide est un non-être et que rien de ce qui est n'est un non-être[1]. Car l'existant, à proprement parler, est l'être parfaitement rempli. Mais d'un autre côté cet être tel n'est pas un : il en existe au contraire un nombre illimité et ils sont invisibles en raison de la petitesse des particules. Ils se déplacent dans le vide (car il y a un vide); c'est leur réunion qui produit la génération, et leur séparation la corruption. Ils agissent et pâtissent selon que le hasard[2] les fait se rencontrer, car en cela ils ne sont pas *uns* et ce sont leurs compositions et imbrications qui sont génératrices. Or, à partir de ce qui est authentiquement *un*[3] la multiplicité ne saurait être engendrée, pas plus que l'Un à partir d'authentiques multiples : il y a là une impossibilité. Mais, de même qu'Empédocle[4] et quelques autres déclarent que les pores sont les voies du pâtir, c'est de cette façon, ⟨selon Leucippe⟩, que toute altération et tout pâtir se produisent, la séparation et la corruption se produisant par l'intermédiaire du vide, de même que l'augmentation par le remplissage des étendues. Empédocle est presque contraint de tenir le même raisonnement que Leucippe, car il dit qu'il existe certains objets étendus, quoique indivisibles, sans quoi les pores seraient tout à fait continus; mais il y a là une impossibilité, car les pores constitueraient à eux seuls la totalité de l'étendue, et le tout serait vide. Il faut donc nécessairement que les parties en contact soient indivisibles et que ce soit les intervalles, auxquels il donne le nom de *pores*, qui soient vides. Voilà comment Leucippe explique l'agir et le pâtir. (*Ibid.*, 325 *a* 23.)

[...] ainsi que Platon l'a écrit dans le *Timée*[5]. Il y a entre la théorie de Platon et celle de Leucippe une importante différence, en ce que le processus n'est pas le même : celui-ci considère que les indivisibles sont des volumes à trois dimensions, alors que celui-là tient les indivisibles pour des surfaces; et pour Leucippe, ils sont définis par une variété illimitée de figures, alors *que pour* Platon ils le sont par un nombre limité, bien que l'un et l'autre parlent d'indivisibles définis par leurs figures. C'est d'eux que procèdent générations et dissociations; mais pour Leucippe, celles-ci se font de deux manières : par le vide et par le contact (car c'est en cela que chaque composé est divisible), alors que pour Platon elles se font uniquement par le contact, puisqu'il n'admet pas l'existence du vide[6]. (*Ibid.*, 325 *b* 24.)

Jean Philopon.

Démocrite ne tenait pas un langage correct quand il disait que les atomes sont mutuellement en *contact* [...] : en fait, il appelait *contact* le voisinage des atomes et l'extrême petitesse de leur intervalle, car il faut bien que, s'il y a vide, il y ait séparation totale. (*Commentaire sur De la génération et de la corruption d'Aristote*, 158, 26.)

Les disciples de Leucippe usaient de façon incorrecte du terme de *contact*. (*Ibid.*, 160, 10.)

VIII

Simplicius.

Leucippe d'Élée, ou de Milet (car, de lui, l'un ou l'autre se dit), apprit de Parménide en personne la philosophie, mais n'épousa pas les vues de Parménide et de Xénophane sur les choses existantes, et suivit au contraire, semble-t-il, une route opposée. Car, alors que tous deux faisaient du tout un être un, immobile, inengendré et limité, et s'accordaient à penser qu'il ne faut pas spéculer sur le non-être, Leucippe, lui, forma l'hypothèse que les atomes sont des éléments illimités et toujours en mouvement, et qu'ils renferment un nombre illimité de figures du fait que rien n'est pas plus ceci que cela[1], étant donné que les choses sont sujettes à la génération et au changement imperceptible. Il dit encore que l'être n'a pas plus d'existence que le non-être, et que tous deux sont également causes des choses qui sont engendrées. Il disait que la substance des atomes, qu'il posait par hypothèse comme compacte et pleine, est l'être, et qu'elle se déplace dans le vide, qu'il appelait *non-être* et dont il prétendait qu'il n'existe pas moins que l'être. Tout comme lui, son compagnon Démocrite d'Abdère posa comme principes le plein et le vide, etc. (*Commentaire sur la Physique d'Aristote*, 28, 4.)

Cicéron.

Leucippe tient pour principes le plein et le vide; Démocrite est d'accord avec lui sur ce point, mais fournit davantage de justifications sur d'autres points. (*Premiers académiques*, II, XXXVII, 118.)

IX

Aristote.

Démocrite et Leucippe disent que les autres choses sont constituées à partir de corps indivisibles, illimités quant au nombre et aux formes, et que les choses diffèrent mutuellement par les éléments dont elles sont formées, ainsi que par leur position et par leur ordre. (*De la génération et de la corruption*, I, 1, 314 *a* 21.)

Démocrite et Leucippe, après avoir posé l'existence des figures, en font procéder l'altération et la génération : la génération et la corruption résultant de la dissociation et de l'association, l'altération, elle, résultant de l'ordre et de la position. Étant donné qu'ils estimaient que le vrai est dans les phénomènes et que les phénomènes sont contraires et illimités, ils tenaient les figures pour illimitées, de sorte que les changements de leur composition pussent faire que le même objet prît des apparences contraires selon tel ou tel observateur, fût transmué par la présence du moindre additif au mélange et offrît une apparence phénoménale en tous points différente, rien que par une seule transmutation : car après tout, ce sont les lettres du même alphabet qui engendrent « tragédie » et « comédie ». (*Ibid.*, 315 *b* 6.)

X

Hippolyte.

1. Leucippe, compagnon de Zénon, ne professa pas la même théorie, mais dit qu'il existe des illimités et des choses toujours mues et qu'il se produit continuellement génération et changement. Il dit que le plein et le vide sont les éléments.

2. Il dit que les mondes sont ainsi engendrés : lorsque dans le grand vide, hors de l'enveloppe ⟨actuelle⟩ du monde, les corps se rassemblent et confluent en grand nombre, alors, de leurs heurts mutuels résulte la réunion des atomes de même figure et de forme semblable, et leur réunion tourbillonnante engendre les astres, que la nécessité fait croître et périr. Mais en quoi consiste cette nécessité, il ne l'a pas expliqué[1]. (*Réfutation de toutes les hérésies*, I, 12.)

XI

Cicéron.

Leucippe[2] admet deux principes : le plein et le vide[3]. (*Premiers académiques*, II, XXXVII, 118.)

Démocrite en effet, à moins que ce ne soit avant lui Leucippe, a eu la sottise de parler de *corpuscules*, les uns polis, les autres rugueux, les autres ronds, quelques-uns pointus ou en forme d'hameçon, d'autres recourbés et en quelque sorte crochus, à partir desquels ont été formés le ciel et la Terre, sans aucun contrôle de la nature, mais sous l'effet d'une rencontre due au hasard[1]. Voilà ta théorie, Velleius[2], c'est celle que tu t'es efforcé de soutenir jusqu'à maintenant[3]. (*De la nature des dieux*, I, XXIV, 66.)

XII

Aétius.

Leucippe de Milet dit que le plein et le vide sont les principes et les éléments[4]. (*Opinions*, I, III, 15.)

XIII

Simplicius.

Ceux qui ont refusé la division à l'infini sous prétexte que nous ne pouvons pas diviser à l'infini[5] ni nous convaincre du caractère imperceptible de la division, disaient que les corps sont formés à partir d'indivisibles et se divisent en indivisibles. À cela près que Leucippe et Démocrite pensent non seulement que l'impassibilité est une cause pour laquelle les corps primordiaux ne peuvent pas être divisés, mais que leur petitesse et le fait qu'ils sont sans parties en sont aussi responsables, tandis qu'Épicure[6], après eux, ne pense pas qu'ils sont sans parties, mais déclare que les atomes sont insécables en raison de leur impassibilité. Aristote a soumis maintes fois la théorie de Leucippe et de Démocrite à l'examen critique, et les objections qu'il a formulées contre eux à propos du *sans parties*, vinrent sans doute à la connaissance d'Épicure, qui est plus tardif; aussi celui-ci, bien que faisant sienne la théorie de Leucippe et de Démocrite à propos des corps primordiaux, se contenta de leur conserver l'impassibilité en abandonnant l'idée qu'ils fussent sans parties, et cela pour tenir compte des objections d'Aristote[7]. (*Commentaire sur la Physique d'Aristote*, 925, 10.)

XIV

Simplicius.

Les philosophes de l'école de Leucippe et de Démocrite appellent *atomes* les tout petits corps primordiaux dont la différence de figure, de position et d'ordre engendre d'une part les corps chauds et ignés, qui sont formés à partir des plus pointus et des plus subtils des corps primordiaux disposés selon la même position, et d'autre part les corps froids et aqueux, qui sont formés à partir des atomes contraires : les premiers sont brillants et lumineux, les seconds sont obscurs et sombres. (*Commentaire sur la Physique d'Aristote*, 36, 1.)

Il n'est pas non plus possible que les corps primordiaux soient, en tant que distincts, illimités en nombre, ainsi qu'en forment l'hypothèse les philosophes de l'école de Leucippe et de Démocrite qui l'ont précédé ou, après lui[1], Épicure. Ceux-ci en effet disaient que les principes sont illimités en nombre, principes dont ils pensaient qu'ils avaient la qualité d' atomes et aussi l'indivisibilité, et qu'ils estimaient encore être impassibles du fait de leur caractère plein et exempt de vide. Car ils disaient que la division se produit selon le vide qui se trouve dans les corps; car dans le vide illimité, les atomes séparés les uns des autres et différant par leur figure, leur grandeur, leur position et leur ordre se déplacent dans le vide et, après s'être rejoints, se heurtent mutuellement, ce qui fait que les uns rebondissent dans la direction où le hasard les jette, alors que les autres s'agglutinent selon la congruence des figures, des grandeurs, des positions et des ordres, et demeurent ensemble pour achever de la sorte la génération des composés. (*Commentaire sur le Traité du ciel d'Aristote*, 242, 15.)

XV

Aétius.

Leucippe, Démocrite [...] et Épicure disent que les atomes sont illimités en nombre et que le vide est illimité en grandeur. (*Opinions*, I, XVIII, 3.)

Aristote.

Il y a encore une autre théorie, celle de Leucippe et de Démocrite d'Abdère, mais ses implications ne sont pas raisonnables. Ils prétendent en effet que les grandeurs primordiales sont illimitées en nombre et indivisibles en grandeur, de telle sorte qu'à partir de l'Un la génération des multiples est impossible, tout comme la génération de l'Un à partir des multiples; mais toutes choses sont engendrées par leur entrelacement et leur rebondissement en tous sens. Car, d'une certaine façon, ces philosophes font de toutes les choses des nombres, et des composés à partir des nombres[1]. Certes ils ne formulent pas clairement la chose, mais c'est tout de même à cela que revient leur propos. En outre, puisque les corps diffèrent par les figures, et que les figures sont illimitées, les corps simples, disent-ils, sont eux aussi illimités. Mais quelle est la qualité et quelle est la figure des éléments, ils ne l'ont jamais expliqué, excepté pour le feu auquel ils confèrent une figure sphérique. Quant à l'air, à l'eau et aux autres choses, c'est par la grandeur et la petitesse qu'ils les distinguaient, à la pensée que la nature était pour ainsi dire l'universel mélange séminal[2] de tous les éléments. (*Traité du ciel*, III, IV, 303 *a* 4.)

XVI

Aristote.

C'est pourquoi Leucippe et Démocrite, qui disent que les corps primordiaux se meuvent toujours dans le vide et dans l'illimité, doivent dire ce qu'est le mouvement, et en quoi consiste leur mouvement naturel[3]. (*Traité du ciel*, III, II, 300 *b* 8.)

Simplicius.

Ils disaient que les corps qu'ils considèrent comme primordiaux, à savoir les atomes, se meuvent sans cesse sous l'effet de la contrainte[4] dans le vide illimité. (*Commentaire sur le Traité du ciel d'Aristote*, 583, 20.)

XVII

Hermias.

Leucippe, qui bien sûr se trompe, dit que tous les ⟨atomes⟩ illimités, sans cesse mus[5] et tout petits, sont les principes : les plus légers émigrant vers le haut engendrent le feu et l'air, les plus lourds se déposant en bas, l'eau et la terre. (*Satire des philosophes païens*, 12.)

XVIII

Aristote.

C'est pourquoi certains estiment qu'il existe un acte éternel, par exemple Leucippe et Platon. En effet ils disent que le mouvement est éternel. Mais pourquoi et quel il est, ils ne l'expliquent nullement, pas plus qu'ils ne nous disent la cause qui fait que le monde se meut plutôt ainsi qu'autrement[1]. (*Métaphysique*, Λ, VI, 1071 *b* 31.)

XIX

Aristote.

Si le tout n'est pas continu, mais si au contraire ses parties se trouvent séparées par le vide, ainsi que le pensent Démocrite et Leucippe, il faut nécessairement qu'il n'existe qu'un seul mouvement pour toutes les parties. Car, bien que ces parties aient des figures distinctes, leur nature est pourtant, à ce qu'ils prétendent, une, à la façon d'un tas de pièces d'or séparées. (*Traité du ciel*, I, VII, 275 *b* 29.)

Mais[2] les gens entendent par vide un intervalle dans lequel ne se trouve aucun corps sensible. Ils pensent que l'existant est tout entier corporel et, lorsqu'il n'y a rien, ils disent que c'est vide. C'est pourquoi ce qui est rempli d'air leur paraît vide. Par conséquent, ce qu'il faut montrer, ce n'est pas que l'air est quelque chose, mais qu'il n'existe pas d'intervalle de nature autre que corporelle, qui puisse être séparable ou exister en acte, susceptible de quadriller l'univers matériel, de sorte que celui-ci cesse d'être continu, ainsi que le pensent Démocrite, Leucippe et de nombreux autres philosophes de la nature, ou même qui puisse exister à l'extérieur de l'univers corporel qui, lui, serait continu. Donc ces gens-là n'arrivent pas à franchir le seuil du problème, au contraire de ceux qui affirment que [le vide] existe. Ils pensent premièrement que le mouvement local n'existerait pas (c'est-à-dire le changement de lieu et l'augmentation). [...] Telle est la première façon dont ils démontrent que le vide existe. Deuxièmement, que l'expérience fournit quelques exemples de resserrement et de tassement. [...] Troisièmement, que l'augmentation paraît à tout le monde être produite par le vide. [...] Quatrièmement, ils invoquent le témoignage de la cendre qui reçoit une quantité d'eau égale à celle du vase vide[3]. (*Physique*, IV, VI, 213 *a* 27.)

XX

Simplicius.

Les disciples de Démocrite et de Leucippe disaient que, selon eux, il y a du vide non seulement dans le monde, mais encore en dehors du monde. (*Commentaire sur la Physique d'Aristote*, 648, 12.)

XXI

Simplicius.

Leucippe et Démocrite soutiennent que les mondes, en nombre illimité et résidant dans le vide illimité, sont formés à partir d'un nombre illimité d'atomes. (*Commentaire sur le Traité du ciel*, 202, 16.)

XXII

Aétius.

Leucippe et Démocrite disent que le monde est sphérique. (*Opinions*, II, II, 2.)

Leucippe, Démocrite et Épicure disent que le monde n'a pas d'âme et n'est pas régi par la Providence, mais au contraire par une nature irrationnelle, et qu'il est formé d'atomes. (*Ibid.*, II, III, 2.)

Anaximandre [...] et Leucippe disent que le monde est corruptible. (*Ibid.*, II, IV, 6.)

XXIII

Aétius.

Leucippe et Démocrite entourent le monde d'une tunique et l'enveloppent dans une membrane protectrice[1] tissée d'atomes crochus. (*Opinions*, II, VII, 2.)

XXIV

Aétius.

1. Le monde[2] a donc été constitué et arrangé selon une configuration incurvée, de la manière suivante. Les corps atomiques étant dotés d'un mouvement non concerté et aléatoire, et se mouvant continûment et promptement, de nombreux corps[3] se conglomérèrent en un même ⟨lieu⟩, qui possédaient pour cette raison une grande diversité de figures et de grandeurs. 2. Une fois ainsi rassemblés en un même ⟨lieu⟩, les plus grands et aussi les plus lourds occupèrent la position la plus basse, tandis que les petits, arrondis, lisses et glissants, se trouvèrent chassés par compression et emportés vers la région céleste. Puis, quand la force de choc qui les chassait vers le haut eut décru, du fait qu'elle

gagnait en altitude, et que l'impulsion, au lieu de les pousser vers les hauteurs, se borna désormais à s'opposer à la retombée des ⟨atomes⟩ légers, elle se mit à les refouler vers les lieux ayant puissance de les recevoir. Ceux-ci se trouvaient à la périphérie, et c'est vers eux qu'elle fit obliquer la multitude des atomes. Leur entrelacement mutuel épousa cette obliquité, donnant naissance à la voûte céleste. 3. Les atomes constitutifs de la même nature étant fort divers, ainsi que nous l'avons dit, formèrent, en étant repoussés vers la région céleste, la substance des étoiles. La multitude des corps aspirés vers le haut modela l'air et le comprima. Celui-ci acquit, en fonction du mouvement, la consistance du souffle et du vent, et, embrassant les étoiles, les mena ensemble circulairement et maintint dans la région céleste leur actuelle révolution. Ensuite naquit la Terre, formée des ⟨atomes⟩ occupant la position inférieure, tandis que ceux d'en haut donnaient naissance à la voûte céleste, au feu et à l'air. 4. Une grande quantité de matière vint encore s'enrouler dans la terre et se condensa sous l'effet des assauts du vent et des brises venant des étoiles; alors, l'ensemble de sa configuration faite de petites particules produisit un effet de compression qui donna naissance à la substance humide. Celle-ci vint s'écouler en flots abondants dans les cavités susceptibles de l'accueillir et de la contenir; ou bien encore, l'eau proprement dite, occupant la couche inférieure, se creusa un séjour dans les endroits situés au-dessous d'elle. Telle est la manière dont furent engendrées les parties principales du monde. (*Opinions*, I, IV, 1-4.)

Épicure.

88. Le monde est une certaine portion enveloppée par la voûte céleste, et qui embrasse les étoiles et la Terre, ainsi que tous les phénomènes, une section[1] prélevée sur l'illimité [et circonscrite dans une limite[2] soit mince soit épaisse, dont la dissolution entraînerait le déversement de tout ce qu'elle contient], et bornée par un périmètre en rotation ou en repos, et rond ou triangulaire ou encore de n'importe quelle autre forme; car tout cela est également possible. [En effet, aucun phénomène n'en apporte de témoignage contraire en ce monde-ci, où il est impossible de percevoir une borne[3].]

89. Mais qu'il existe une multitude illimitée de tels mondes, voilà qui peut relever de la perception; et aussi qu'un tel monde est à même de naître même à l'intérieur d'un monde — ou dans un intermonde, terme par lequel nous désignons un intervalle entre des mondes —, dans un lieu comportant de nombreux vides et

non dans le grand vide à l'état pur, ainsi que certains le prétendent[1]; une telle naissance se produit quand certaines semences convenables affluent d'un monde ou d'un intermonde unique ou même de plusieurs, s'ajoutent petit à petit, en s'articulant, et changent de lieu. [...] 90. Car il ne suffit pas que se produise un agrégat ou un tourbillon dans un vide susceptible d'accueillir la naissance d'un monde ⟨pour que celui-ci naisse⟩ – ainsi que le conçoivent les partisans de la nécessité – et qu'il croisse jusqu'à entrer en collision avec un autre monde, ainsi que le prétend un de ceux qu'on appelle philosophes de la nature[2]; car cette opinion s'oppose aux phénomènes. (*Lettre à Pythoclès*, citée par Diogène Laërce, *Vies*, X, 88-90.)

XXV

Aétius.

Leucippe affirme que, du feu se trouvant emprisonné dans des nuages épais, c'est son échappement violent qui produit le tonnerre[3]. (*Opinions*, III, III, 10.)

XXVI

Aétius.

[Sur la figure de la Terre]. Leucippe dit qu'elle a la forme d'un tambour[4]. (*Opinions*, III, X, 4.)

XXVII

Aétius.

[Sur l'inclinaison de la Terre]. Leucippe dit que la Terre s'affaisse dans ses parties méridionales en raison de la raréfaction des parties méridionales, mais qu'en même temps les régions septentrionales s'enfoncent à cause de leur refroidissement dû aux frimas, alors que les régions opposées subissent l'action du feu[5]. (*Opinions*, III, XII, 1.)

XXVIII

Aristote.

Démocrite déclare que [l'âme] est une sorte de feu et qu'elle est chaude; car, les figures des atomes étant illimitées, [il dit que le feu et l'âme ont des atomes de forme sphérique, comme ce que nous appelons les poussières dans l'air[1] qu'on voit dans les rais du soleil filtrant à travers les volets; et c'est à partir d'eux], selon lui, que l'universel mélange séminal[2] constitue les éléments de la nature tout entière. (C'est aussi l'opinion de Leucippe.) Parmi les atomes, ceux qui ont une forme sphérique constituent l'âme, parce que de tels rythmes sont tout à fait capables de cheminer à travers tout le corps et de mouvoir le reste, étant donné qu'eux-mêmes se meuvent : Démocrite et Leucippe admettent en effet que l'âme est ce qui procure le mouvement aux animaux. C'est pourquoi justement la respiration est ce qui définit la vie[3] : car, tandis que l'enveloppe des corps les comprime par son étreinte et en fait sortir celles des figures qui procurent le mouvement aux animaux du fait qu'elles ne sont jamais en repos, d'autres figures du même type, qui pénètrent du dehors dans les corps, viennent en renfort pendant l'inspiration. En effet, elles empêchent la dissociation des figures qui existent dans les animaux en résistant à l'étreinte et à la compression : la vie dure tant que les animaux ont la force d'inspirer. (*Traité de l'âme*, I, II, 404 *a* 1.)

Aétius.

Leucippe dit que l'âme est faite de feu. (*Opinions*, IV, III, 7.)

XXIX

Aétius.

Leucippe, Démocrite et Épicure pensent que c'est une introduction des simulacres qui produit l'affection de la vue. (*Opinions*, IV, XIII, 1.)

Alexandre d'Aphrodise.

Démocrite[4] pense en effet que voir consiste à recevoir l'impression visuelle en provenance des objets vus : l'impression visuelle est la forme réfléchie sur la pupille, tout comme sur les autres corps diaphanes, pour autant qu'ils soient tels que l'impression puisse se conserver en eux. Lui-même pense — et avant lui Leucippe, et plus tard les disciples d'Épicure — qu'une onde formée de certains simulacres de forme semblable aux objets qui émettent cette onde[5] (ces objets sont les objets visibles), vient frapper les yeux de ceux qui voient, et qu'ainsi se produit le voir. (*Commentaire sur le Traité du sens d'Aristote*, 24, 14.)

Ils considéraient en effet que certains simulacres de même forme, formant une onde continue en provenance des objets vus et venant frapper la vue, sont la cause de la vision : telle était la théorie des disciples de Leucippe et de Démocrite, qui considéraient que l'image des couleurs intermédiaires est produite par le rapprochement d'éléments invisibles à cause de leur petitesse. (*Ibid.*, 56, 12.)

XXX

Aétius.

Leucippe et Démocrite disent que les sensations et les intellections sont des altérations du corps. (*Opinions*, IV, VIII, 5.)

Leucippe, Démocrite et Épicure disent que la sensation et l'intellection se produisent par la rencontre de simulacres extérieurs; car, pour l'une et l'autre, aucune perception de quoi que ce soit n'est possible en dehors de la rencontre d'un simulacre. (*Ibid.*, VIII, 10.)

XXXI

Aétius.

Leucippe, Démocrite et Épicure disent que nos images[1] réfléchies dans les miroirs sont engendrées par l'impact des simulacres qui proviennent de nous, et qu'elles se rassemblent à la surface du miroir et nous sont renvoyées. (*Opinions*, IV, XIV, 2.)

XXXII

Aétius.

Les autres disent que les sensibles existent *par nature*, mais Leucippe, Démocrite et Diogène disent qu'ils existent *par convention*, c'est-à-dire par l'effet de notre opinion et de nos affections. Rien de vrai n'existe et n'est perceptible en dehors des éléments premiers : atomes et vide. Seuls en effet, ces éléments existent par nature, et les choses qui en dérivent et présentent des différences mutuelles selon la position, l'ordre et la figure, sont des accidents[2]. (*Opinions*, IV, IX, 8.)

XXXIII

Saint Épiphane.

Leucippe de Milet, ou d'Élée selon certains, était lui aussi un éristique[3]. Il disait également que l'univers est ⟨divisible à l'infini⟩ et que toutes choses existent selon l'imagination et l'opinion, et pas du tout selon la vérité, mais au contraire apparaissent à la façon dont on voit la rame ⟨brisée⟩ dans l'eau[1]. (*Contre les hérésies*, III, II, 9.)

XXXIV

Aétius.

[Le sommeil et la mort sont-ils l'effet de l'âme ou bien du corps ?] Leucippe pense que le sommeil est produit par une fuite de l'élément léger, supérieure ⟨en quantité⟩ à l'introduction du chaud psychique; une fuite excessive entraîne la mort. De tels phénomènes sont des affections du corps, et non de l'âme[2]. (*Opinions*, V, XXV, 3.)

XXXV

Aétius.

[Si la semence est corporelle]. Leucippe et Zénon pensent qu'elle est corporelle : en effet elle est un fragment de l'âme. (*Opinions*, V, IV, 1.)

XXXVI

Aétius.

[Comment sont engendrés les sujets mâles et femelles]. Leucippe dit que c'est le fait du changement de côté propre aussi bien à la verge qu'à la matrice. C'est en effet la seule explication qu'il fournit[3]. (*Opinions*, V, VII, 5 *a*.)

XXXVII

Clément d'Alexandrie.

Et, à vrai dire, le péripatéticien Lykos disait, comme Leucime[4], que la joie authentique est le but de l'âme : c'est la joie que procurent les choses belles[5]. (*Stromates*, II, 129.)

B. FRAGMENTS

GRAND SYSTÈME DU MONDE, DE LEUCIPPE[1]

I

Achille Tatius.

Ni Anaxagore[2], ni Démocrite, dans son *Grand système du monde*, ne sont d'avis que les astres sont des êtres vivants[3]. (*Introduction aux Phénomènes d'Aratos*, I, 13.)

I *a*

[Papyrus d'Herculanum 1788].

[...] Il[4] écrit que les mêmes choses ont été dites auparavant dans le *Grand système du monde*[5], qu'on dit être ⟨de Leucippe⟩. Et ⟨Démocrite⟩ a pratiqué le plagiat au point d'être accusé non seulement d'avoir mis dans son ⟨*Petit*⟩ *système du monde* des choses qui se trouvaient aussi dans le *Grand* [...]. (Fragment I, *collectio altera*, vol. VIII, éd. Crönert, *Kolotes und Menedemos*, p. 147.)

DE L'INTELLECT[6]

II

Aétius.

Leucippe pense que toutes choses se produisent selon la nécessité, et que celle-ci est le destin. Il dit en effet dans le *De l'Intellect* : Nulle chose ne se produit fortuitement, mais toutes choses procèdent de la raison et de la nécessité. (*Opinions*, I, XXV, 4.)

DÉMOCRITE

A. VIE ET PHILOSOPHIE

VIE

I

Diogène Laërce.

34. Démocrite était le fils de Hégésistrate, mais pour d'autres d'Athénocrite, et pour certains de Damasippe. Il naquit à Abdère ou, pour d'autres, à Milet. Il fut l'élève de certains mages et de Chaldéens, car le roi Xerxès, à l'occasion de son séjour chez le père de Démocrite, lui avait en partant, ainsi que le dit précisément Hérodote[1], laissé des gouverneurs, de qui il apprit, étant encore enfant, la théologie et l'astronomie. Ensuite il fréquenta Leucippe et, d'après certains, Anaxagore, qui avait quarante ans de plus que lui. Favorinus, dans ses *Mélanges historiques*, rapporte que Démocrite disait d'Anaxagore que ses théories sur le Soleil et la Lune n'étaient pas de lui, mais étaient plus anciennes. Il se les serait appropriées. 35. Démocrite a aussi tourné en dérision ses vues sur l'organisation du monde et sur l'intellect; il le haïssait pour ne pas avoir été admis par lui comme élève. Comment aurait-il pu, si tel est bien le cas, avoir été, comme certains le prétendent, son élève[2]?

Démétrios, dans ses *Homonymes*, et Antisthène, dans ses *Successions*, déclarent qu'il voyagea et se rendit en Égypte pour apprendre auprès des prêtres la géométrie, en Perse pour s'instruire auprès des Chaldéens, et jusqu'à la mer Rouge. Pour certains, il fréquenta en Inde les gymnosophistes[3] et se rendit en Éthiopie. On dit encore qu'étant le troisième d'une famille de trois enfants, il fit faire trois lots du patrimoine et, au dire de la plupart, choisit la plus petite part, qui était en argent liquide, parce qu'il avait besoin de voyager : c'est du moins ce que, perfidement, ses frères n'avaient pas manqué de soupçonner. 36. Pour Démétrios, cette part dépassait les cent talents[4], qu'il dilapida entièrement. Il ajoute qu'il était si industrieux qu'il s'était ménagé une maisonnette dans le jardin autour de la maison et s'y enfermait. Et, un jour où son père avait amené un bœuf destiné à un sacrifice et l'y avait attaché, il était resté un long moment sans s'en rendre compte, et il avait fallu que son père vînt le déloger pour l'emmener au sacrifice et lui racontât en détail l'affaire du bœuf[1]. Il semble, dit encore Démétrios, qu'il soit venu à Athènes et n'ait pris nul soin de s'y faire connaître, tant il méprisait la gloire. Aussi connut-il Socrate tout en demeurant ignoré de lui : « Je vins à Athènes, dit-il, et y demeurai incognito[2]. »

37. « Si *Les Rivaux*[3] sont bien de Platon, dit Thrasylle, Démocrite doit en être le personnage anonyme — différent des élèves d'Œnopide et d'Anaxagore — qui apparaît dans le dialogue au cours de l'entretien avec Socrate sur la philosophie, et à qui Socrate dit que le philosophe ressemble à l'athlète complet. Effectivement Démocrite était, en philosophie, versé dans toutes les disciplines : il ⟨s'occupait de⟩ physique, comme d'éthique; mais en mathématiques aussi, et sur les questions courantes ainsi que touchant les arts, son expérience était universelle. » C'est de lui qu'est cette formule : La parole est l'ombre de l'acte[4]. Démétrios de Phalère, dans son *Apologie de Socrate*, dit qu'il ne vint nullement à Athènes. Cela est d'autant plus à noter que son mépris pour cette grande cité venait de ce qu'il ne voulait pas devoir sa gloire à un lieu mais préférait que ce fût lui-même qui conférât au lieu sa gloire. 38. Cet aspect de sa personnalité se révèle aussi par ses écrits. « Il semble, dit Thrasylle, avoir été un fervent adepte des pythagoriciens. Bien plus, il cite Pythagore lui-même et exprime son admiration pour lui dans l'ouvrage auquel il a donné son nom[5]. Il semble que ce soit de lui qu'il ait tout reçu, et il pourrait avoir été son élève si la chronologie ne s'y opposait. » En tout cas, Glaucos de Rhégium qui fut son contemporain, assure qu'il fut l'élève d'un pythagoricien. Et Apollodore de Cyzique aussi déclare qu'il a fréquenté Philolaos.

Il s'exerçait, d'après Antisthène, à mettre diversement à l'épreuve les impressions de son imagination en se réfugiant de temps en temps dans la solitude et en fréquentant les cimetières. 39. Antisthène dit encore qu'au retour de ses voyages il mena une vie très modeste, car il avait dilapidé tout son bien. Son dénuement était tel que son frère Damasos dut subvenir à ses besoins. Toutefois la prédiction d'un événement futur établit sa gloire, et dès lors il jouit auprès du public d'une réputation d'homme divin[6]. Mais, à ce que dit Antisthène, une loi jugeait celui qui avait dilapidé son patrimoine, indigne d'être enterré dans sa patrie ; Démocrite le sachant, et craignant d'avoir à subir l'accusation de gens envieux et de sycophantes, donna une lecture publique de son *Grand système du monde*[1], qui est le meilleur de tous ses écrits. On le gratifia de cinq cents talents[2] et, qui plus est, on lui éleva des statues en bronze. Et à sa mort, l'État prit en charge ses funérailles : il était plus que centenaire. 40. Mais, selon Démétrios, ce sont des membres de sa famille qui donnèrent lecture du *Grand système du monde*, et la gratification ne dépassa pas cent talents. Hippobote confirme le fait.

Dans ses *Mémoires historiques*, Aristoxène dit que Platon, qui se proposait de mettre le feu à tous les écrits de Démocrite qu'il avait pu rassembler, en fut empêché par les pythagoriciens Amyclas et Clinias, qui affirmèrent que ce geste serait inutile : beaucoup en effet possédaient déjà ces ouvrages[3]. Mais le trait est manifeste : Platon, qui cite presque tous les Anciens, ne mentionne nulle part le nom de Démocrite, même pas là où il devrait le contredire, pour la raison fort claire qu'il savait qu'il aurait dû affronter en lui le plus éminent des philosophes, dont Timon a ainsi fait l'éloge :

Tel Démocrite l'avisé et le gardien
De fabuleux discours, le bivalent causeur[4],
Des meilleurs que j'ai lus.

41. En ce qui concerne l'époque où il vécut, il était, ainsi qu'il le dit lui-même dans le *Petit système du monde*[5], encore jeune, au temps de la vieillesse d'Anaxagore, car il était de quarante ans son cadet. Il déclare que le *Petit système du monde* fut composé en l'an 730 après la prise de Troie[6]. Il est né, d'après Apollodore dans ses *Chroniques*, pendant la quatre-vingtième olympiade[7] ; mais d'après Thrasylle, dans son ouvrage intitulé *Introduction à la lecture des livres de Démocrite*, lors de la troisième année de la soixante-dix-septième olympiade[8], ce qui lui donne un an de plus que Socrate. Il serait donc le contemporain d'Archélaos, l'élève d'Anaxagore, et [des élèves[9]] d'Œnopide que justement il cite. 42. Il cite aussi la théorie de l'Un propre à l'école de Parménide et de Zénon, les plus célèbres de ses contemporains, et encore Protagoras d'Abdère que l'on tient pour contemporain de Socrate.

Athénodore, au huitième livre de ses *Promenades*, déclare que lorsque Hippocrate lui rendit visite, Démocrite se fit apporter du lait, qu'après examen il déclara provenir d'une chèvre noire et primipare. L'exactitude de l'observation remplit Hippocrate d'admiration. On dit aussi qu'Hippocrate était accompagné d'une jeune fille que Démocrite salua le premier jour d'un :

« Bonjour, mademoiselle ! » et le lendemain d'un : « Bonjour, madame » ; et de fait, la jeune fille avait perdu pendant la nuit sa virginité[1].

43. Démocrite est mort, au dire d'Hermippe, de la manière suivante : il était déjà extrêmement âgé et proche de trépasser. Cela affligeait fort sa sœur, parce qu'il paraissait devoir mourir pendant les Thesmophories, ce qui risquait de l'empêcher d'accomplir ses dévotions envers la déesse[2]. « Aie confiance, lui dit-il, et apporte-moi tous les jours des pains chauds. » En les humant, il parvint à survivre toute la période des fêtes. Et quand ces journées – et il y en avait trois – furent écoulées, il quitta sans chagrin la vie, ainsi que le dit Hipparque, à l'âge de cent neuf ans.

Dans mes *Poésies diverses*, j'ai composé sur lui ces vers :

Qui donc fut plus savant, qui fit œuvre aussi grande
Que celle qu'accomplit l'omniscient Démocrite ?
Quand vint la mort, chez lui il la retint trois jours
Et sut la régaler du fumet de pains chauds.

Telle fut la vie de ce personnage.

44. Voici maintenant sa doctrine. Les principes de toutes choses sont les atomes et le vide, et tout le reste n'existe que par convention[3]. Les mondes sont illimités[4] et sujets à génération et à corruption. Rien ne saurait être engendré à partir du non-être et rien ne saurait, en se corrompant, retourner au non-être. Les atomes sont illimités en grandeur et en nombre, et animés d'un mouvement tourbillonnaire dans l'univers, ce qui a pour effet d'engendrer tous les composés : feu, eau, air et terre, qui sont justement des compositions de certains atomes, eux-mêmes exempts de pâtir et d'altération du fait de leur solidité. Le Soleil et la Lune sont composés de telles particules lisses et rondes, tout comme l'âme, qui est identique à l'intellect. Nous voyons, grâce à des images qui entrent en nous. 45. Tout ce qui est engendré est régi par la nécessité, car la cause de la génération de toutes choses est le tourbillon, qu'il nomme nécessité. La fin de la vie morale est la joie[5], qui n'est pas la même chose que le plaisir, comme certains l'ont cru à contresens, mais la sérénité et l'équilibre que connaît durablement l'âme qui n'est troublée par aucune peur, aucune superstition ni aucune autre passion. Il donne à cet état le nom de bien-être[6], et bien d'autres noms encore. Les qualités existent par convention, mais les atomes et le vide par nature[7]. Telles étaient ses théories. Quant à ses livres[8] [...]

49. Il y eut six Démocrite : le premier celui-là même ; le deuxième, Démocrite de Chio, musicien et contemporain du

premier; le troisième, un sculpteur dont Antigone fait mention; le quatrième, un auteur qui a écrit sur le temple d'Éphèse et la cité de Samothrace; le cinquième, un faiseur d'épigrammes au style brillant et fleuri; le sixième, Démocrite de Pergame dont les discours rhétoriques ⟨ont fait la célébrité⟩. (*Vies*, IX, 34-45 et 49.)

II

Suidas.

Démocrite, fils d'Hégésistrate (selon certains, d'Athénocrite ou de Damasippe), né en même temps que le philosophe Socrate pendant la soixante-dix-septième olympiade[1] (ou, d'après d'autres, pendant la quatre-vingtième[2]). Originaire d'Abdère en Thrace, philosophe, élève, selon certains, d'Anaxagore et de Leucippe, mais, selon d'autres, des mages et des Chaldéens de Perse : en effet, il se rendit chez les Perses, chez les Indiens et chez les Égyptiens, et s'instruisit auprès d'eux des rudiments de leur science. Ensuite il revint vivre avec ses frères Hérodote et Damaste. Il fut le premier magistrat d'Abdère parce qu'on l'honorait pour sa sagesse. Il eut un illustre élève, Métrodore de Chio, qui eut à son tour pour élèves Anaxarque et le médecin Hippocrate. Démocrite fut surnommé *la Science* et *le Rieur* parce qu'il riait des vains efforts des hommes. Il existe de lui deux ouvrages authentiques : le *Grand système du monde* et le *De la nature du monde*. Il a écrit aussi des *Lettres*[3]. (*Lexique*, « Démocrite ».)

III

Aétius.

Démocrite, fils de Damasippe, d'Abdère, etc. (*Opinions*, I, III, 16.)

IV

Eusèbe.

On dit que c'est pendant la soixante-dixième olympiade[4] que sont nés Démocrite et Anaxagore, philosophes et physiciens, en même temps qu'Héraclite surnommé l'Obscur.

On dit[5] que c'est pendant la quatre-vingt-sixième olympiade[6] qu'ont fleuri Démocrite d'Abdère, Empédocle, Hippocrate, etc.[7]. (*Chronographie.*)

[Chronologie.]

Démocrite est mort après avoir vécu cent ans[8]. (*Chronicon Paschale*, éd. Dindorf, 317, 5.)

V

Diodore de Sicile.

C'est à la même époque[1] que le philosophe Démocrite mourut, à l'âge de quatre-vingt-dix ans. (*Bibliothèque historique*, XIV, 11, 5.)

VI

Pseudo-Lucien.

Démocrite d'Abdère mourut à l'âge de cent quatre ans, après s'être abstenu de nourriture. (*De la longévité*, 18.)

Censorinus.

On dit que Démocrite d'Abdère aussi et l'orateur Isocrate atteignirent presque le même âge que Gorgias de Léontium, qui fut le plus grand vieillard de toute l'Antiquité et dont on admet qu'il vécut plus de cent huit ans[2]. (*Du jour de la naissance*, XV, 3.)

VII

Aristote.

En effet Anaxagore de Clazomènes ainsi que, avant lui, Anaximène de Milet et, après eux, Démocrite d'Abdère ont traité la question[3]. (*Météorologiques*, II, VII, 365 *a*, 17.)

VIII

Sextus Empiricus.

Ce que Démocrite et Platon ont enseigné, en prenant le contre-pied de Protagoras[4]. (*Contre les mathématiciens*, VII, 389.)

IX

Athénée.

Dans la même lettre[5], Épicure dit aussi que Protagoras le sophiste commença par être débardeur et portefaix et devint ensuite le secrétaire de Démocrite. Celui-ci avait été émerveillé de la façon particulière dont il attachait les fagots, et à partir de ce moment-là il l'avait pris en main et lui avait fait donner des rudiments d'instruction dans une bourgade. C'est ce qui lui avait donné l'élan nécessaire pour devenir sophiste. (*Les Deipnosophistes*, VIII, 354 C.)

Philostrate.

Protagoras d'Abdère, le sophiste, fut d'abord, dans sa ville natale, l'élève de Démocrite, puis fréquenta les mages venus de Perse lors de l'expédition de Xerxès contre la Grèce[1]. (*Vies des sophistes*, x, éd. Kayser, 13, 1.)

X

Suidas.

Il[2] fut l'élève d'abord de son père, puis d'Hérodicos de Sélybria, de l'orateur Gorgias de Léontium et, selon certains, du philosophe Démocrite d'Abdère : il le rencontra en effet alors qu'il était très jeune et que celui-ci était très âgé. Selon certains, il fut aussi l'élève de Prodicos. (*Lexique,* « Hippocrate ».)

X *a*

Suidas.

Démocrite d'Abdère, dans l'admiration de ses dons, le racheta, alors qu'il était esclave, pour une somme de dix mille drachmes et en fit son élève[3]. Il[4] composa aussi des odes lyriques; il était postérieur à Pindare et à Bacchylide, mais il est plus ancien que Mélanippide. Son acmé se situe donc pendant la soixante-dix-huitième olympiade[5]. (*Lexique*, « Diagoras ».)

XI

Valère Maxime.

Or il demeura un certain nombre d'années à Athènes, où il *vécut dans l'incognito*, consacrant tout son temps à apprendre et à professer la philosophie, comme il le rapporte lui-même dans un certain livre[6]. (*Faits et dits mémorables*, VIII, VII, *Étrangers*, 4.)

XII

Strabon.

Dans le pays des montagnes[7] se trouve le fleuve Silas sur lequel rien ne peut flotter. Mais Démocrite n'en croit rien, étant donné qu'il a parcouru une bonne partie de l'Asie; et Aristote ne le croit pas non plus. (*Géographie*, XV, 703.)

XIII

Cicéron.

Que dirais-je de Pythagore, que dirais-je de Platon ou de Démocrite ? Nous les voyons, poussés par le désir de s'instruire, voyager dans les contrées les plus lointaines. (*Des fins*, V, XIX, 50.)

ANECDOTES ROMANCÉES

XIV

Philon.

Démocrite lui aussi[1] était riche et propriétaire de nombreux biens, parce qu'il était né d'une famille illustre; cédant au désir de se familiariser tout à fait avec la philosophie, il repoussa cette richesse détestable qu'un hasard aveugle concède communément aux natures dépravées et viles, pour acquérir cette richesse qui, elle, n'est pas le lot du hasard, mais est au contraire stable parce qu'elle n'appartient habituellement qu'aux honnêtes gens. Pour cette raison, il donna l'impression d'enfreindre les lois respectées par tous ses compatriotes et on lui fit la réputation d'un génie malin, de telle sorte qu'il fut exposé à se voir privé de sépulture dans sa patrie en raison d'une loi en vigueur à Abdère, qui prescrivait que l'on refusât la sépulture à qui avait enfreint les lois de la patrie. Et Démocrite n'y aurait pas échappé, si le pardon ne lui avait pas été accordé grâce à la bonté qu'eut pour lui Hippocrate de Cos : car ils étaient l'un et l'autre épris de philosophie. Il lui paya donc pour ses ouvrages célèbres intitulés le *Grand système du monde* cent talents et même, selon certains, jusqu'à plus de trois cents talents attiques[2]. (*De la Providence*, II, 13, éd. Aucher, p. 52.)

XV

Philon.

Les Grecs chantent les louanges d'Anaxagore et de Démocrite parce que, sous le choc de la passion philosophique, ils laissèrent leur patrimoine à l'abandon. (*De la vie contemplative*, éd. Cohn-Wendland, VI, 45.)

Horace.

Voilà qui nous surprend de voir que Démocrite
Permet à son troupeau d'aller brouter ses champs,
Tandis que son esprit à l'allure rapide
S'enfuit vagabondant loin des soucis du corps[1].

(*Épîtres*, I, XII, 12.)

XVI

Élien.

On raconte que Démocrite d'Abdère était parfaitement sage et surtout animé du désir de vivre discrètement et de se consacrer entièrement à sa tâche. C'est pourquoi justement il a visité la Terre entière; il se rendit ainsi chez les Chaldéens, à Babylone, chez les mages et chez les sophistes des Indes[2]. L'héritage légué par son père Damasippe, ayant été divisé en trois parts pour chacun des trois frères, Démocrite se contenta de l'argent liquide qu'il prit comme viatique et laissa le reste de la fortune à ses frères. C'est pourquoi justement Théophraste le loue[3] d'être parti à l'aventure en quête d'un meilleur butin que celui recherché par Ménélas et Ulysse[4] : ceux-ci en effet erraient, en tout pareils à des voyageurs phéniciens amassant des richesses; c'était là le prétexte de leur voyage et de leur navigation autour de la Terre. (*Histoires variées*, IV, 20.)

XVII

Pline.

On rapporte que Démocrite — qui fut le premier à comprendre et à démontrer l'étroite relation qui unit le ciel et la Terre —, voyant que les plus riches de ses concitoyens dénigraient les études auxquelles il se livrait, alors qu'il avait prévu une hausse prochaine du cours de l'huile consécutive au lever des Pléiades (dont nous avons dit la raison et que nous exposerons plus en détail tout à l'heure), acheta d'un coup toute l'huile que l'espérance de la prochaine récolte maintenait alors au plus bas cours, au grand étonnement de ceux qui savaient combien il était attaché à la pauvreté et à sa studieuse retraite. Aussi, lorsque la cause se manifesta et que son profit s'avéra considérable, il se borna à rendre la marchandise, au grand repentir des notables que la crainte d'en manquer plongeait dans l'angoisse, satisfait de leur avoir montré qu'il lui eût été facile, pour peu qu'il l'eût voulu, de faire lui aussi fortune[5]. (*Histoire naturelle*, XVIII, 273.)

XVII *a*

Plutarque.

L'amour que nous portons aux lettres[1] nous apprend qu'il n'y a point de danger que soit fausse l'histoire arrivée jadis au sage Démocrite, lequel un jour mangeant d'une figue, trouva qu'elle avait le goût de miel. Il demanda à sa servante où elle l'avait achetée. Elle lui nomma un certain verger, et lui, se levant, lui commanda de le mener tout de ce pas sur le lieu. De quoi la servante s'ébahissant, lui demanda pourquoi il y voulait si chaudement aller. « Il faut, dit-il, que je trouve la cause de cette douceur : et je la trouverai quand j'aurai vu et bien considéré le lieu. » De quoi la servante se prenant à rire : « Rasseyez-vous, dit-elle, hardiment quant à cela, car n'y pensant pas, j'avais mis ces figues en un vaisseau où il y avait eu du miel. » Et lui comme en étant marri : « Tu me fâches, dit-il, de me dire cela : car nonobstant je suivrai ma délibération, et chercherai la cause comme si cette douceur venait de la figue même[2]. » (*Propos de table*, I, x, 2, 628 c.)

XVIII

Clément d'Alexandrie.

Démocrite, que l'observation des régions célestes avait conduit à prévoir beaucoup d'événements, fut surnommé *la Science*. Alors que son frère Damasos l'avait recueilli avec beaucoup de gentillesse, l'observation de certains astres conduisit Démocrite à annoncer la venue d'une pluie fort abondante : alors, ceux qui lui avaient fait confiance procédèrent à la récolte (l'époque des moissons était venue), tandis que les autres perdirent tout par l'effet de cette pluie fort abondante à laquelle ils ne s'attendaient pas. (*Stromates*, VI, 32.)

Pline.

On raconte que le même Démocrite prévint son frère Damasos, qui moissonnait par une chaleur torride, de laisser de côté le reste de ce qui était encore sur pied et de se hâter d'engranger ce qui était déjà fauché, et que bientôt, quelques heures après, sa prédiction fut confirmée par une chute de pluie dévastatrice[3]. (*Histoire naturelle*, XVIII, 341.)

XIX

Philostrate.

Quel homme sage déciderait, à ton avis, de se désintéresser des affaires d'une telle cité, pour peu qu'il songe à Démocrite qui débarrassa un jour de la peste ses concitoyens d'Abdère, et s'il considère l'exemple de l'Athénien Sophocle dont on dit qu'il savait charmer les vents qui soufflaient hors de saison[1] ? (*Vie d'Apollonius de Tyane*, VIII, 7, éd. Kayser, 313, 17.)

XX

Julien.

On dit en effet que Démocrite d'Abdère, alors que Darius était au désespoir de la mort de sa gentille femme, comme ses paroles étaient impuissantes à le réconforter, déclara qu'il se faisait fort de la ressusciter pour peu qu'il voulût se charger de tout ce qui était nécessaire à l'opération. Le roi ordonna alors que tout fût mis en œuvre pour qu'il pût tenir sa promesse de la ressusciter; ce que voyant, Démocrite lui dit presque aussitôt qu'il avait sous la main tout ce qu'il lui fallait, sauf une chose, dont il avait besoin en plus et que lui-même ne pouvait trouver, mais que lui, Darius, qui régnait sur l'Asie tout entière, n'aurait probablement aucune peine à trouver. « Mais quelle est donc cette chose, lui demanda Darius, qu'il n'est permis qu'à un roi de reconnaître ? » Démocrite lui répondit que s'il faisait inscrire sur le tombeau de sa femme les noms de trois personnes que le deuil n'eût jamais frappées, sa femme ne manquerait pas de ressusciter tout aussitôt, indignée par l'étrangeté de cette cérémonie. Cette demande plongea Darius dans le plus grand embarras : il était dans l'incapacité de découvrir quelqu'un qu'un deuil n'eût jamais rempli de chagrin. Alors Démocrite, en riant comme il en avait l'habitude, lui dit : « Allons donc, ô toi, le plus fou de tous les mortels, pourquoi t'abandonnes-tu au deuil comme si tu étais le seul à éprouver une telle douleur, alors que tu es incapable de découvrir, parmi ceux qui ont jamais existé, un seul homme qui n'ait eu sa part d'une peine familiale ? » (*Lettres*, 201 B-C.)

XXI

Cicéron.

Et d'abord, quelle est la nature même du rire, qu'est-ce qui le provoque ? [...] laissons-en la réponse à Démocrite. (*De l'orateur*, II, LVIII, 235.)

Horace.

Démocrite rirait, s'il revenait sur terre.

(*Épîtres*, II, I, v. 194.)

Sotion[1].

Sur la colère, en deux livres.

Stobée.

Quant aux sages, Héraclite et Démocrite, ils combattaient la colère, l'un en pleurant, l'autre en riant. (*Florilège*, III, XX, 53.)

Juvénal.

Un rire perpétuel secouait Démocrite.

(*Satires*, X, v. 33.)

Chaque fois qu'il croisait un visage nouveau,
C'était sujet à rire : ⟨*et il avait raison !*⟩
Sa sagesse fait voir qu'il est des personnages
Hautement respectés et donnés en exemple,
Qui peuvent être nés au pays des moutons
Et avoir respiré un air épais et sot[2] *!*

(*Ibid.*, X, v. 47 et suiv.)

[Scolie.]

Démocrite était en effet d'Abdère, où naissent habituellement des sots[3]. (À Juvénal, *Satires*, X, v. 47.)

XXII

Cicéron.

Démocrite, devenu aveugle, n'était bien sûr même plus capable de discerner le blanc du noir. Mais il savait encore distinguer les biens des maux, les actes justes des actes injustes, les actions bonnes des actions malhonnêtes, les choses utiles des choses inutiles, ce qui est noble de ce qui est mesquin ; être privé de la diversité des couleurs ne l'empêchait pas de connaître le bonheur dont l'eût privé la reconnaissance des réalités. Du reste, ce grand philosophe estimait aussi que la vision des yeux fait obstacle à la pénétration d'esprit et, alors que d'autres souvent ne voient même pas ce qui est sous leurs pas, lui voyageait de par tout l'infini, sans se heurter à aucune limite. [On dit qu'Homère, lui aussi, était aveugle.] (*Tusculanes*, V, XXXIX, 114.)

XXIII

Aulu-Gelle.

Le nom du philosophe Démocrite a été inscrit sur les monuments de l'histoire grecque comme celui d'un personnage qu'on doit vénérer plus que d'autres, et doté d'un prestige fort ancien : il se priva lui-même de l'usage de la vue, parce qu'il estimait que les pensées et les méditations de son esprit occupé à examiner les principes de la nature seraient plus vives et plus précises, une fois affranchies des prestiges de la vue et des entraves que les yeux constituent. Le geste et la manière même que lui dicta son habileté extrême pour le réduire à la cécité, ont été décrits par le poète Labérianus dans un mime qu'il a intitulé *Le Cordier* et qu'il a composé en vers fort élégants et raffinés; mais il a imaginé un motif différent d'aspirer à la cécité, et adapté ⟨le geste de Démocrite⟩, fort habilement, au sujet qu'il traitait : en effet Labérianus met en scène un personnage riche, avare et économe, qui déplore les nombreuses dépenses de son jeune débauché de fils. Voici les vers de Labérianus :

Démocrite d'Abdère, le savant physicien,
Plaça un bouclier tourné vers le Soleil
Pour que l'éclat du bronze aveuglât son regard :
Les rayons du Soleil lui ôtèrent la vue;
Ainsi, pour son bonheur, il ne fut plus témoin
De la méchanceté de ses concitoyens.
Je voudrais pour ma part que l'éclat de mes biens
Pût aussi aveugler le reste de mes jours,
Pour ne pas assister au spectacle navrant
De mon vaurien de fils vautré dans les plaisirs.

(*Nuits attiques*, X, 17.)

XXIV

Lucrèce.

À la fin, Démocrite[1], *après que la vieillesse*
Avait atteint son terme, et sentant décliner
Le cours de sa mémoire et de son intellect,

Décida de marcher au-devant de la mort
Et de lui présenter de lui-même sa tête.

(*De la nature*, III, v. 1039 et suiv.)

XXV

Himérios.

Démocrite rendit volontairement son corps malade, afin que ce qu'il avait de meilleur en lui demeurât sain. (*Morceaux choisis*, III, 18.)

XXVI

Tertullien.

Démocrite, en s'aveuglant lui-même, parce qu'il ne pouvait pas voir de femmes sans être enflammé de désir, et souffrait de ne les pouvoir posséder, témoigne par ce remède de son incapacité à se dominer. (*Apologétique*, 46.)

XXVII

Plutarque.

Pourtant est-ce chose fausse qui se dit communément, que Démocrite le philosophe s'éteignit la vue en fichant et appuyant ses yeux sur un miroir ardent et recevant la réverbération de la lumière d'icelui, afin qu'ils ne lui apportassent aucun sujet de divertissement en évoquant souvent la pensée au-dehors, mais la laissant au-dedans en la maison, pour vaquer au discours des choses intellectuelles, étant comme fenêtres, répondantes sur le chemin, bouchées[1]. (*De la curiosité*, 12, 521 D.)

XXVIII

[Anonyme de Londres.]

À *cet endroit*, Asclépiade assure que Démocrite, resté sans manger pendant quatre jours parce qu'il voulait mourir, fut exhorté par des femmes à demeurer en vie encore quelques jours, afin ne ne les point chagriner en troublant les jours consacrés aux Thesmophories; il ordonna, dit-on, qu'on l'installât, à l'écart, près des pains, pour en humer les vapeurs qui en provenaient.

C'est ainsi que Démocrite, en aspirant la vapeur du pain sortant du four, conserva ses forces et se maintint en vie le reste du temps demandé[1]. (37, 34.)

Célius Aurélien.

Il faut donc tremper la farine d'orge ou le pain grillé dans le vinaigre, ou bien des coings ou bien des baies de myrte et remèdes semblables. Ces remèdes conservent au corps affaibli sa force déclinante, ainsi que l'attestent aussi bien l'explication scientifique que l'exemple bien connu de la façon dont Démocrite retarda l'instant de sa mort. (*Des maladies aiguës*, II, 37.)

XXIX

Athénée.

On raconte que Démocrite d'Abdère prit lui-même la décision de mettre fin à ses jours en raison de sa vieillesse, et se priva de nourriture quotidienne; c'était l'époque où avaient lieu les Thesmophories. Mais les femmes de sa maison le prièrent de ne pas mourir pendant la fête, afin de pouvoir se consacrer entièrement à sa célébration; et après s'être laissé convaincre, il leur ordonna de lui apporter un pot rempli de miel; il survécut ainsi un nombre de jours suffisant en se contentant de humer le miel; après quoi, il fit enlever le miel, et mourut. Démocrite aima toujours beaucoup le miel; et à un curieux qui lui demandait comment se maintenir en bonne santé, il répondit : « Humecte de miel l'intérieur, et l'extérieur d'huile. » (*Les Deipnosophistes*, II, 46 E.)

XXX

Marc-Aurèle.

Démocrite ⟨est mort rongé⟩ par la vermine[2]. (*Pensées*, III, 3.)

OUVRAGES[3]

XXXI

Suidas.

Il existe de Démocrite deux ouvrages authentiques : le *Grand système du monde*[4] et le *De la nature du monde*[5]. Il a écrit aussi des *Lettres*[6]. (*Lexique*, « Démocrite ».)

XXXII

Suidas.

Catalogue des termes et des ouvrages de Démocrite[1]. (*Lexique*, « Callimaque ».)

Étienne de Byzance.

Le grammairien Hégésianax écrivit un livre *Sur le style de Démocrite* et *Sur les styles poétiques*. Il était de Troie[2]. (*Dictionnaire géographique*, « Hégésianax », éd. Meineke, p. 640, 5.)

XXXIII

Diogène Laërce.

45. Thrasylle[3] a établi un *Catalogue* ordonné de ses livres, groupés, comme pour les œuvres de Platon, en tétralogies.

46. Livres d'éthique :

I 1. *Pythagore*,
2. *De la disposition du sage*,
3. *Des choses de l'Hadès*,
4. *Tritogénéia*[4] (c'est-à-dire que d'elle naissent trois choses dont dépendent toutes les affaires humaines),

II 1. *De la valeur humaine, ou de la vertu*,
2. *La Corne d'Amalthée*[5],
3. *De la joie*,
4. *Commentaires éthiques*[6]. Le traité *Du bien-être* n'en fait pas partie.

Voilà pour les livres d'éthique.

Livres de physique :

III 1. *Grand système du monde* (que l'école de Théophraste attribue à Leucippe),
2. *Petit système du monde*,
3. *Description du monde*,
4. *Des planètes*,

IV 1. *De la nature*, premier livre,
2. *De la nature de l'homme*, (ou *De la chair*), livre second,
3. *De l'intellect*,
4. *Des sens* (certains auteurs groupent ces deux derniers ouvrages sous le titre *De l'âme*),

V 1. *Des saveurs,*
2. *Des couleurs,*
47. 3. *Des différents rythmes atomiques*[1],
4. *Des changements des rythmes atomiques,*
VI 1. *Confirmations* (c'est-à-dire justifications des ouvrages précédents),
2. *Des images, ou de la Providence,*
3. *De la logique, ou Canon*, trois livres,
4. *Objections*[2].

Voilà touchant la physique.

Livres non classés :

1. *Causes des phénomènes célestes,*
2. *Causes des phénomènes aériens,*
3. *Causes des phénomènes produits à la surface de la Terre,*
4. *Causes relatives au feu et aux choses qui sont dans le feu,*
5. *Causes relatives aux sons,*
6. *Causes relatives aux graines, aux plantes et aux fruits,*
7. *Causes relatives aux animaux*, trois livres,
8. *Causes mêlées,*
9. *De l'aimant*[3].

Voilà les livres non classés.

Livres de mathématiques :

VII 1. *De la différence angulaire*[4]*, ou De la tangence du cercle et de la sphère,*
2. *De la géométrie*[5],
3. *Géométrie,*
4. *Nombres,*
VIII 1. *Des lignes irrationnelles et des solides*, deux livres,
2. *Projections,*
48. 3. *La Grande Année, ou Astronomie*, calendrier,
4. *Dispute sur la clepsydre*[6],
IX 1. *Ouranographie,*
2. *Géographie,*
3. *Description du pôle,*
4. *Description des rayons lumineux.*

Voilà les livres de mathématiques.

Livres de musique :

X 1. *Des rythmes et de l'harmonie,*
2. *De la poésie,*
3. *De la beauté des vers,*
4. *Des lettres consonantes et dissonantes,*

XI 1. *D'Homère, ou De la correction épique et des termes qui lui sont propres*,
2. *Du chant*[1],
3. *Des mots*,
4. *Dictionnaire*[2].

Voilà les livres de musique[3].

Livres sur les arts[4] :

XII 1. *Prévision*,
2. *Du régime, ou Diététique*,
3. *Connaissance médicale*,
4. *Causes relatives aux choses*[5] *inopportunes et opportunes*,

XIII 1. *De l'agriculture, ou l'Arpentage*,
2. *De la peinture*,
3. *Tactique*, et
4. *Combat en armes*[6].

Voilà les livres sur les arts.

Certains rangent à part les livres suivants, extraits de ses *Carnets*[7] :

49. 1. *Des saintes écritures de Babylone*,
2. *Des habitants*[8] *de Méroë*,
3. *Circumnavigation océane*,
4. *De l'enquête*[9],
5. *Discours chaldéen*,
6. *Discours phrygien*,
7. *De la fièvre et de ceux que la maladie fait tousser*,
8. *Causes juridiques*,
9. *Chernika*[10], *ou Problèmes*.

Les autres ouvrages qu'on lui attribue sont soit des arrangements d'extraits, soit des écrits tenus généralement pour inauthentiques. Voilà pour ses livres et leur nombre. (*Vies*, IX, 45-49.)

STYLE

XXXIV

Cicéron.

Si le célèbre physicien Démocrite s'est exprimé en un style élégant, ainsi qu'on le dit et ainsi que j'en juge moi-même, le fond de ce qu'il a dit concerne le physicien, alors que l'élégance du style est l'affaire de l'écrivain. (*De l'orateur*, I, XI, 49.)

En effet, toute cadence qui vient frapper les oreilles, même si elle est éloignée du vers (car c'est là un véritable danger pour la prose), s'appelle nombre, ce qui se dit en grec *rythme* (ῥυθμός). C'est pourquoi, je m'en rends bien compte, on a parfois estimé que le style de Platon et de Démocrite – bien qu'il s'éloigne du vers, quoique d'ailleurs son allure soit plus rapide et qu'il recoure à des figures de style très claires – doit être davantage considéré comme un style poétique que celui des poètes comiques. (*L'Orateur*, XX, 67.)

Héraclite est fort obscur, Démocrite pas du tout. (*De la divination*, II, LXIV, 133.)

Denys d'Halicarnasse.

[Dans le style moyen se détachent], à mon avis, les philosophes Démocrite, Platon et Aristote. Car il est impossible de trouver des auteurs qui tempèrent leurs discours mieux qu'eux[1]. (*De l'arrangement des mots*, 24.)

PHILOSOPHIE

Simplicius.

Quelques remarques tirées des livres d'Aristote *Sur Démocrite*[2]. (*Commentaire sur le Traité du ciel d'Aristote*, 294, 33.)

Diogène Laërce.

[Catalogue des ouvrages d'Aristote.] *Problèmes tirés des ouvrages de Démocrite*, deux livres. (*Vies*, V, 26.)

[Catalogue des ouvrages de Théophraste.] *Sur Démocrite*, un livre. (*Ibid.*, V, 49.)

Sur l'Astronomie de Démocrite, un livre. (*Ibid.*, V, 43.)

[Catalogue des ouvrages de Héraclide Pontique.] *Sur l'Âme, sur la nature et sur les simulacres, contre Démocrite* (*Ibid.*, V, 87.)

Dissertations contre Démocrite, un livre. (*Ibid.*, V, 88.)

Philodème.

[...] que dans ses livres *contre Démocrite* Épicure s'oppose sans cesse à lui. (Usener, *Epicurea*, 97, 10.)

Diogène Laërce.

[Catalogue des ouvrages de l'épicurien Métrodore.] *Contre Démocrite*[3]. (*Vies*, X, 24.)

[Catalogue des ouvrages de Cléanthe.] *Contre Démocrite* (*Ibid.*, VII, 174.)

[Catalogue des ouvrages de Sphaeros.] *Sur les infiniment petits, Contre les atomes et les simulacres*. (*Ibid.*, VII, 178.)

XXXV

Aristote.

En général, nul n'a su s'attaquer à fond à un seul de ces problèmes[1], sauf Démocrite : il ne s'est pas contenté de les passer tous en revue, mais déjà sa méthode est différente. (*De la génération et de la corruption*, I, II, 315 *a* 34.)

XXXV *a*

Plutarque.

Ainsi Aristote même, Démocrite et Chrysippe ont depuis réprouvé quelques avis qu'ils avaient approuvés, sans regret ni fâcherie aucune, mais plutôt avec plaisir. (*De la vertu morale*, 7, 448 A.)

XXXVI

Aristote.

La raison pour laquelle nos prédécesseurs ne sont pas parvenus à cette méthode[2] est qu'ils n'étaient pas à même de définir la quiddité et la substance. Le premier à s'en approcher fut Démocrite, non certes qu'il la tînt pour nécessaire à la spéculation sur la nature, mais il y a été conduit, sans le vouloir, par l'exigence de son sujet. Au temps de Socrate, cette méthode se développa, mais les recherches en philosophie naturelle connurent un certain déclin : les philosophes se tournèrent davantage vers les problèmes concernant l'utilité de la vertu et la politique[3]. (*Parties des animaux*, I, I, 642 *a* 24.)

En effet, parmi les physiciens, Démocrite s'est contenté de toucher très légèrement à la question et de définir simplement le chaud et le froid. (*Métaphysique*, M, IV, 1078 *b* 19.)

XXXVII

Simplicius.

Quelques remarques tirées des ouvrages d'Aristote sur Démocrite[1] éclaireront la conception des ⟨atomistes⟩ : « Démocrite estime que la nature des entités éternelles consiste en de petites substances illimitées en nombre. Il leur assigne par hypothèse un lieu distinct d'elles, illimité en grandeur. Au lieu, il donne les noms de vide, de rien et d'illimité; à chacune des substances les noms de chose, d'élément compact et d'existant[2]. Il pense que les substances sont si petites qu'elles échappent à nos sens; elles admettent des variations de forme, des variations de figure, et des différences de grandeur. C'est à partir de[3] ces substances qui jouent le rôle d'éléments que, pour lui, se produit la génération, et que se composent les objets visibles et les particules sensibles; elles sont sujettes à des variations et à des déplacements dans le vide en raison de leur dissimilitude et des autres différences mentionnées plus haut. Et, au cours de ces translations, elles se heurtent et s'imbriquent tellement les unes dans les autres qu'elles finissent par adhérer et se rassembler, sans pour autant que soit engendrée à partir d'elle – à dire le vrai – une nature une, quelle qu'elle soit, car il serait absurde de croire que deux ou plusieurs puissent jamais engendrer l'un[4]. Le fait que les réalités demeurent liées pendant un certain temps s'explique par les accrochages et les entremêlements des corps : les uns sont scalènes, d'autres en forme d'hameçon, d'autres concaves, d'autres convexes et d'autres présentent d'autres innombrables différences. Démocrite pense que pour cette raison les atomes s'accolent et ne ⟨demeurent ensemble⟩ que jusqu'à ce que quelque nécessité plus forte venue de l'extérieur les fende d'une secousse et les disperse séparément. »

Démocrite explique encore que la génération et son contraire : la séparation, non seulement concernent les animaux, mais aussi les plantes, les mondes et d'une façon générale tous les corps sensibles; puisque, pour lui, la génération est l'association des atomes et la corruption leur dissociation, la génération doit être pour Démocrite aussi une altération. (*Commentaire sur le Traité du ciel d'Aristote*, 294, 33.)

XXXVIII

Simplicius.

Tout comme son compagnon [Leucippe[1]], Démocrite d'Abdère posait comme principes le plein et le vide, appelant *être* le premier et *non-être* le second, ⟨car⟩ étant donné qu'il formait l'hypothèse que les atomes sont la matière dont sont formés les objets, il considérait que le reste des choses est engendré par leurs différences. Or celles-ci sont trois : le rythme, la modalité et l' assemblage, ou en d'autres termes : la figure, la position et l'ordre[2]. En effet, la nature veut que le semblable soit mû par le semblable, que les êtres apparentés se déplacent les uns vers les autres et que, lorsque chacune des figures est ordonnée pour produire un autre arrangement, sa disposition produise une autre association. Ainsi donc ils se proposaient, en bonne logique, puisque les atomes sont illimités, de rendre compte de tous les effets et de toutes les substances, expliquant par quoi et comment quelque chose est engendré. C'est pourquoi ils affirment que c'est seulement en considérant les éléments comme infinis que toutes les choses se produisent d'une manière rationnelle. Et ils soutiennent que le nombre des figures propres aux atomes est illimité, parce que rien n'est pas plus ceci que cela[3] : c'est là en effet la raison qu'ils assignent à l'illimitation. (*Commentaire sur la Physique d'Aristote*, 28, 15.)

Aristote.

Nous voyons que, le même corps demeurant continu lorsqu'il est soit liquide, soit solide, cette transformation n'est pas l'effet de la division et de la composition, ou de la modalité et de l' assemblage, ainsi que le dit Démocrite, car aucun changement de position ou d'ordre n'est survenu dans sa nature lorsque de liquide il est devenu solide. (*De la génération et de la corruption*, I, IX, 327 *a* 16.)

XXXIX

Pseudo-Plutarque.

Démocrite d'Abdère formait l'hypothèse que l'univers est infini, parce qu'il n'est l'œuvre d'aucun démiurge. Il ajoute encore qu'il est inchangeable. Voici comment il présente sa conception d'ensemble de l'univers : les causes des choses actuellement engendrées n'ont nul commencement. Si loin que l'on remonte dans le temps illimité, on constate que toutes les choses sans exception, celles qui ont été engendrées, celles qui le sont et celles qui le seront, ont été établies par la nécessité[4]. Il décrit ainsi la génération de la Lune et du Soleil : ils se meuvent séparément, parce qu'ils n'ont pas encore une nature totalement chaude, ni non plus, assurément, très lumineuse; au contraire, elle est tout à fait ressemblante à la nature de la Terre; car l'un et l'autre [le Soleil et la Lune] ont été engendrés d'abord par une certaine disposition du monde et ce n'est que plus tard, lorsque le cercle circonscrit au Soleil s'est élargi, que le feu a pénétré en lui. (*Stromates*, 7.)

XL

Hippolyte.

1. Démocrite est un disciple de Leucippe. Démocrite, fils de Damasippe, d'Abdère, a rencontré les gymnosophistes en Inde, les prêtres en Égypte, les astrologues et les mages à Babylone. 2. Il tient le même langage que Leucippe sur les éléments : le plein et le vide, appelant le plein *être* et le vide *non-être*. Il disait que les existants se meuvent sans cesse dans le vide. Les mondes sont illimités et différents en grandeur : dans certains il n'y a ni Soleil ni Lune, dans d'autres Soleil et Lune sont plus grands que chez nous, et dans d'autres il y en a plusieurs. 3. Les intervalles entre les mondes sont inégaux et dans certains endroits il y en a plus, alors qu'il y en a moins dans d'autres; et les uns croissent, d'autres sont à leur apogée, d'autres meurent, et ici ils naissent alors que là ils disparaissent. Ils périssent en entrant en collision. Certains mondes sont privés d'animaux, de plantes et de toute humidité. 4. Dans notre monde, la Terre a été engendrée avant les astres; la Lune a l'orbite la plus basse, ensuite vient l'orbite du Soleil, puis les étoiles fixes. Les planètes sont à des hauteurs variables. Le monde est à son apogée tant qu'il peut ne rien recevoir en plus du dehors.

Démocrite riait de tout, comme s'il estimait risibles toutes les affaires humaines[1]. (*Réfutation de toutes les hérésies*, I, 13.)

XLI

Aristote.

Démocrite déclare qu'aucun des éléments n'est engendré par un autre élément : c'est au contraire le corps commun qui est le principe de toutes choses, et celui-ci diffère dans ses parties en grandeur et en figure. (*Physique*, III, IV, 203 *a* 33.)

XLII

Aristote.

Démocrite déclare qu'il est impossible que l'un soit engendré à partir du deux et le deux à partir de l'un; car il fait des grandeurs et des atomes les substances. (*Métaphysique*, Z, XIII, 1039 *a* 9.)

Parménide dit qu'il existe deux choses : l'être et le non-être, affirmant que ce sont le feu et la terre[1]. (*De la génération et de la corruption*, I, III, 318 *b* 6.)

XLIII

Denys d'Alexandrie.

Ceux qui en effet ont appelé atomes certains corps incorruptibles, très petits et en quantité indénombrable, et ont supposé en outre un certain espace vide indéfini en grandeur, déclarent que ces atomes se déplacent au hasard dans le vide et se heurtent mutuellement à cause d'un élan désordonné, et qu'ils se rassemblent et s'entrelacent spontanément à cause de la multiplicité de leurs figures. C'est ainsi que se trouvent produits le monde et les choses qu'il renferme, ou plutôt des mondes illimités. Épicure et Démocrite ont professé cette théorie, mais ils se distinguaient, pour autant que le premier tenait tous les atomes pour très petits et de ce fait imperceptibles, alors que Démocrite admettait qu'il existe des atomes très grands. Tous les deux cependant affirment qu'il existe des atomes et les appellent ainsi à cause de leur solidité indécomposable. (*De la nature*, cité par Eusèbe, *Préparation évangélique*, XIV, XXIII, 2-3.)

Épicure.

Néanmoins il ne faut pas penser non plus que toute grandeur existe chez les atomes, afin de ne pas contrevenir au témoignage des phénomènes[2]; mais il faut penser qu'ils présentent certaines différences de grandeurs[3]. (*Lettre à Hérodote*, citée par Diogène Laërce, *Vies,* X, 55.)

XLIV

Hermias.

Démocrite [...] considère comme principes l'être et le non-être, l'être étant le plein et le non-être le vide. Le plein produit toutes choses dans le vide, selon la modalité et le rythme. (*Satire des philosophes païens*, 13.)

XLV

Aristote.

Démocrite dit que l'étendu[1] existe ainsi que le vide, le premier étant l'être, le second le non-être. Il parle en outre de la position, de la figure et de l'ordre ; chacun d'eux est un genre renfermant des contraires : la position ⟨enveloppe comme contraires⟩ le haut et le bas ; ⟨l'ordre⟩ : l'avant et l'après ; et la figure : l'anguleux, le droit et le courbe. (*Physique*, I, v, 188 *a* 22.)

XLVI

Aétius.

Démocrite dit que les compacts et les vides sont les principes. (*Opinions*, I, iii, 16.)

Galien.

Que signifie l'expression « fort compact[2] » ? Je ne le sais pas très bien, parce que les Grecs n'ont pas l'habitude d'employer ce mot dans un tel contexte, car ils appelaient « compact » une sorte de pain ; mais, que je sache, ce nom ne désigne rien d'autre. Mais il me semble qu'Archigène lui-même [...] emploie le terme de « compact » à la place de « plein ». (*Des éléments selon Hippocrate*, VIII, 931.)

XLVI *a*

Aristote.

Les partisans d'Empédocle et de Démocrite ne s'aperçoivent pas qu'ils renoncent à une effective génération des choses les unes par les autres, et qu'ils réduisent la génération à une simple représentation phénoménale [...] 12. Le corps composé d'éléments plus subtils occupe un plus grand espace. C'est là un fait constatable aussi dans le changement d'état : car, lorsqu'un liquide passe à l'état vaporeux ou gazeux, le récipient qui le contient se brise en raison de l'exiguïté de son volume[3]. Aussi, s'il n'existe absolument aucun vide et si les corps ne sont pas non plus susceptibles de s'étendre en volume, selon ce que prétendent ces auteurs, il est évident que ce phénomène devient impossible. Mais, d'autre part, s'il existe vide et expansion, il n'y a pas de raison pour que le corps dont les parties sont séparées occupe nécessairement un espace toujours plus grand. (*Traité du ciel*, III, vii, 305 *b* 1.)

XLVII

Aétius.

Démocrite pensait qu'il existe deux attributs : la grandeur et la figure, tandis qu'Épicure en ajoutait un troisième : la pesanteur[1] ; car, déclare-t-il, il faut nécessairement que les corps reçoivent l'impulsion de la pesanteur pour se mouvoir. (*Opinions*, I, III, 18.)

Démocrite déclare que les corps primordiaux (c'est-à-dire pour lui les compacts), sont dépourvus de pesanteur, mais se meuvent par chocs mutuels dans l'illimité. Et il est possible qu'il existe un atome qui soit de la taille du monde. (*Ibid.*, I, XII, 6.)

Cicéron.

« L'atome, dit Épicure, dévie ». D'abord, pourquoi? C'est que ses mouvements avaient pour Démocrite une certaine autre force d'impulsion qu'il appelle choc[2]; tandis que toi, Épicure, tu l'imputes au poids et à la pesanteur. (*Du destin*, XX, 46.)

Simplicius.

Démocrite déclare que les atomes, naturellement privés de mouvement, sont mis en mouvement par le choc. (*Commentaire sur la Physique d'Aristote*, 42, 10.)

Aétius.

Démocrite affirmait qu'il y a un genre unique de mouvement : celui consécutif à la secousse. (*Opinions*, I, XXIII, 3.)

Aétius.

Les atomistes ⟨pensent qu'il faut⟩ s'arrêter aux sans-parties et ne pas poursuivre la division à l'infini[3]. (*Opinions*, I, 16, 2.)

XLVIII *a*

[Scolie.]

Il n'existe pas de grandeur infiniment petite, ainsi que le prétendent les démocritéens. (À Euclide, *Éléments*, X, 1 ; éd. Heiberg, V, 436, 16.)

XLVIII *b*

Aristote.

Démocrite paraît avoir obéi à des arguments propres et de type physique : ce que nous voulons dire deviendra clair au fur et à mesure que nous avancerons.

En effet, il y a une difficulté à poser qu'un corps, c'est-à-dire une grandeur, est totalement divisible, et à admettre cette division comme possible ; alors se pose la question : qu'y aura-t-il qui puisse échapper à la division ? Car si le corps est totalement divisible et si cette division est possible, il pourra alors être simultanément divisé dans toutes ses parties, même si cette division n'est pas simultanée ; et si cela s'accomplissait, il n'y aurait là aucune impossibilité. Et il en va de même, quel que soit le processus de division, par moitié[1] ou par n'importe quel autre mode, pour peu que la division soit totale : aucune difficulté ne surgit, une fois la division effectuée, et même si la division avait été répétée des milliers de fois en des milliers de parties différentes, il n'y aurait pas davantage d'impossibilité (bien que sans doute personne ne puisse opérer une telle division).

Donc, puisque ce corps est totalement divisible, admettons qu'il soit divisé. Que sera le reste ? une grandeur ? Impossible, car il y aurait quelque chose de non divisé alors que le corps était totalement divisible. Or, si le reste ne consiste ni en un corps ni en une grandeur, et que pour autant la division existe, ou bien le corps sera formé de points, et ses constituants seront des éléments dépourvus de grandeur, ou bien ce ne sera rien du tout ; ce qui reviendrait à dire qu'il aurait été engendré et se trouverait composé à partir du néant, et que le tout ne serait rien d'autre qu'un fantôme phénoménal. Et il en irait de même dans l'hypothèse où le corps serait formé de points : il n'aurait pas de quantité.

Lorsque en effet les points se touchaient, étaient une grandeur une et étaient ensemble, ils ne rendaient nullement le tout plus grand ; car, une fois opérée la division en deux et plus, le tout n'était ni plus petit ni plus grand que précédemment, de sorte que, même si tous les points sont assemblés, ils ne produiront nullement une grandeur. Et en outre, si quelque partie du corps en est séparée par division, comme un grain de sciure, et qu'ainsi un corps se trouve engendré à partir du corps, le même argument intervient, et se pose la question : comment le grain de sciure[2] est-il divisible ? Si ce qui s'en sépare n'est pas matériel, mais une forme séparée ou une qualité, et si la grandeur se réduit à des points ou à des tangences ainsi qualifiées, il est absurde qu'une grandeur naisse de non-grandeurs. En outre, où les points se trouveront-ils ? Seront-ils sans mouvement ou mus ? Un contact implique toujours deux choses, car quelque chose existe en plus du contact, de la division et du point. Par conséquent, si l'on veut poser qu'un corps quelconque ou une grandeur quelconque est totalement divisible, voilà les difficultés qui en résulteront.

En outre, si après avoir divisé un morceau de bois ou un autre objet quelconque, je recolle ensemble les morceaux, il redevient égal à ce qu'il était, et un. Or il est évident qu'il en est ainsi, en quelque point qu'ait été effectuée la division. Donc il est en puissance totalement divisé. Qu'y a-t-il donc ⟨en lui⟩, en plus de la division ? Car s'il y a en lui aussi quelque qualité, comment celle-ci se disperse-t-elle dans ses parties et se trouve-t-elle engendrée par elles ? Et comment la séparation de ces parties s'effectue-t-elle ?

Ainsi, puisqu'il y a impossibilité à ce que les grandeurs soient constituées à partir de contacts et de points, il est nécessaire qu'il existe des éléments matériels indivisibles et des grandeurs. (*De la génération et de la corruption*, I, II, 316 *a* 13.)

XLIX

Galien.

En effet la couleur est par convention, par convention le doux, par convention l'amer et, en réalité, il n'y a que des atomes et le vide[1], assure Démocrite, à la pensée que c'est à partir de la rencontre des atomes que sont produites toutes les qualités sensibles pour nous qui les sentons, et que d'un autre côté par nature rien n'est blanc, noir, jaune, rouge, amer ou doux. Car par le terme de convention il veut dire « relatif à la coutume » et « relatif à nous », et non pas selon la nature des choses elles-mêmes, ce qu'il désigne aussi par en réalité[2], en forgeant ce terme sur le terme « réel », qui désigne le vrai. Et le sens complet de cette formule est le suivant : les gens croient qu'il existe un blanc, un noir, un doux, un amer et d'autres qualités semblables ; mais en réalité toutes les choses sont ⟨faites d'⟩ étant et ⟨de⟩ néant[3]. Ce sont là ses propres termes : étant est le nom donné aux atomes, néant celui donné au vide. Les atomes, qui sont tous des corps petits, sont sans qualités, et le vide est cette sorte de lieu dans lequel tous ces corps, allant et venant éternellement, s'entrechoquent, s'entrelacent, se heurtent ou se font rebondir, se dissocient et s'associent de nouveau par l'effet de ces rencontres et produisent ainsi toutes les autres combinaisons, y compris nos propres corps, ainsi que leurs affections et leurs sensations. ⟨Les atomistes⟩ formulent l'hypothèse de l'absence de qualité des corps primordiaux (certains disent qu'ils sont indestructibles du fait de leur dureté, comme les épicuriens[4], mais quelques-uns les disent indivisibles du fait de leur petitesse, comme les disciples de Leucippe) et supposent qu'ils ne sont pas susceptibles de connaître les altérations auxquelles tout le monde a cru en se fiant à l'enseignement des sens; par exemple, ils assurent qu'aucun atome ne s'échauffe ni ne se refroidit, et pareillement ne se dessèche ni ne s'humidifie, et à plus forte raison encore ne blanchit ni ne noircit, ni n'admet, en un mot, de qualités consécutives à un quelconque changement. (*Les éléments selon Hippocrate*, I, 2.)

L

Diogène d'Œnoanda.

Car si quelqu'un use de l'argument de Démocrite, en soutenant que les atomes n'ont aucune liberté de mouvement du fait de leurs heurts mutuels, et que toutes choses paraissent ainsi se mouvoir en dessous[1] de par leur dépendance à l'égard de la nécessité, nous lui répondrons : « Ignores-tu donc tout à fait, qui que tu sois, que les atomes possèdent aussi une certaine liberté de mouvement, que Démocrite n'a pas découverte, mais qu'Épicure a rendue manifeste, et qu'il existe un mouvement de déclinaison[2], ainsi qu'il le montre à partir des phénomènes? » (Fragments 33 *c* 2, éd. William, p. 41.)

LI

Cicéron.

Qu'y a-t-il dans les ouvrages de physique d'Épicure qui ne vienne pas de Démocrite? En dépit de quelques changements, comme ce que j'ai dit un peu plus haut touchant la déviation des atomes, dans l'ensemble il répète les mêmes choses : les atomes, le vide, les images, l'infinité des espaces et la pluralité innombrable des mondes, leur naissance et leur mort; presque tout ce qui renferme l'explication rationnelle de la nature[3]. (*De la nature des dieux*, I, XXVI, 73.)

LII

Diogène Laërce.

D'après Hermippe, Épicure commença par être maître d'école; puis bien sûr, après être tombé sur les livres de Démocrite, il se lança dans la philosophie. (*Vies*, X, 2.)

LIII

Plutarque.

Épicure lui-même se proclama longtemps démocritéen, ainsi que d'autres le disent, et mêmement Léontéus, l'un des plus sublimes disciples d'Épicure, en une lettre qu'il écrivit à Lycophron, disant qu'Épicure honorerait Démocrite, à cause qu'il avait le premier atteint un peu de loin la droite et saine intelligence de la vérité, et que généralement tout le traité des choses naturelles s'appelait Démocritéen, parce que Démocrite le premier était tombé sur les principes, et avait rencontré les premiers fondements de la nature. Et Métrodore dit tout ouvertement de la philosophie : « Si Démocrite n'eût ouvert et enseigné le chemin, Épicure ne fût jamais arrivé à la sapience[1]. » (*Contre Colotès*, 3, 1108 E.)

LIV[2]

Diogène Laërce.

Épicure appelait Démocrite *Lérocrite*[3]. (*Vies*, X, 8.)

LV

Strabon.

S'il faut en croire le témoignage de Posidonius, la théorie atomiste aussi est ancienne et remonte à Mochos de Sidon, né avant la guerre de Troie. (*Géographie*, XVI, éd. Casaubon, 757.)

Sextus Empiricus.

Pour Démocrite et Épicure, ⟨les éléments premiers sont⟩ les atomes, à moins qu'il ne faille tenir cette opinion pour plus ancienne, et, ainsi que le disait Posidonius, le stoïcien, la faire remonter à un certain Mochos, qui était phénicien. (*Contre les mathématiciens*, IX, 363.)

Diogène Laërce.

Pour certains, l'activité philosophique a pris naissance chez les Barbares [...] : Mochos était phénicien, Zalmoxis thrace et Atlas libyen. (*Vies*, Préambule, 1.)

LVI

Cicéron.

Il croit que ce qu'il appelle atomes, c'est-à-dire corps indivisibles en raison de leur solidité, se meut dans le vide infini qui n'a ni haut, ni bas, ni milieu, ni extrémité, ni limite, de telle sorte qu'ils s'accolent au cours de leurs rencontres, pour former tout ce que nous voyons exister : il faut comprendre que ce mouvement des atomes n'a pas eu de commencement et est éternel. (*Des fins*, I, VI, 17.)

LVII

[Scolie.]

Démocrite appelait idées les principes. (*Göttinger Nachrichten*, À Basile, éd. Pasquali, 1910, p. 196.)

Pseudo-Clément.

Démocrite appelait idées les principes. (*Reconnaissances*, VIII, 15.)

Plutarque.

Car qu'est-ce que dit Démocrite ? Qu'il y a des substances en nombre infini qui s'appellent atomes, parce qu'elles ne se peuvent diviser, différentes toutefois, sans qualité quelconque, impassibles, qui se meuvent, dispersées çà et là, dans le vide infini ; et quand elles s'approchent les unes des autres, ou qu'elles s'assemblent et conjoignent, que de tels assemblements l'un apparaît eau, l'autre feu, l'autre arbre, l'autre homme, et que tout est atomes qu'il appelle aussi idées, et qu'il n'est rien autre : parce qu'il ne se peut faire génération de ce qui n'est pas, comme aussi ce qui est ne peut devenir rien : parce que les atomes sont si fermes, qu'ils ne peuvent ni se changer et altérer, ni souffrir. Par quoi il ne se peut faire couleur de ce qui est sans couleur, ni nature ou âme de ce qui est sans qualité et ⟨insensible⟩. (*Contre Colotès*, 8, 1110 F.)

Aristote.

Et, ainsi que le dit Démocrite, toutes choses étaient ensemble en puissance et non en acte. (*Métaphysique*, Λ, II, 1069 *b* 22.)

LVIII

Aristote.

Ils assurent que le vide est la condition du mouvement, car ils pensent que la nature se meut d'un mouvement selon le lieu. (*Physique*, VIII, IX, 265 *b* 24.)

Simplicius.

C'est-à-dire les corps naturels, primordiaux et atomiques, car ce sont eux que les atomistes appelaient nature, et ils pensaient que grâce à la pesanteur qu'ils contiennent[1], ils se meuvent selon le lieu du fait du vide qui cède sans offrir aucune résistance : ils doivent çà et là s'entre-heurter, disaient-ils en effet. Ce mouvement n'est pas seulement primordial, il est aussi le seul mouvement conféré par les atomistes aux éléments; les autres mouvements concernent les corps composés à partir de ces éléments : car, selon eux, l'augmentation et la diminution, l'altération, la génération et la corruption résultent de l'association et de la dissociation des corps primordiaux. (*Commentaire sur la Physique d'Aristote*, 1318, 33.)

LIX

Sextus Empiricus.

Les émules de Platon et de Démocrite supposaient que seuls sont vrais les intelligibles. Mais, pour Démocrite, c'est parce que n'existe par nature rien de sensible, étant donné que les atomes, dont la combinaison forme toutes choses, sont par nature dépourvus de toute qualité sensible. Pour Platon, en revanche, c'est parce que les sensibles connaissent un perpétuel devenir, et jamais ne sont véritablement, etc. (*Contre les mathématiciens*, VIII, 6.)

LX

Aristote.

Démocrite déclare que pour chacun des indivisibles son poids croît en fonction de l'excès ⟨de solide par rapport au vide qu'il contient[2]⟩. (*De la génération et de la corruption*, I, VIII, 326 *a* 9.)

[Ceux qui considèrent comme principes] les solides[3] sont mieux placés pour dire que le plus grand est le plus lourd. Mais, comme pour les composés cette loi n'eſt pas vérifiée par l'expérience, puisque nous conſtatons que beaucoup de composés plus lourds ont un volume plus petit (par exemple, l'airain comparé à la laine), certains imaginent et proposent une raison différente : selon eux, le vide enfermé dans les corps eſt responsable de leur allègement, ce qui fait que les plus grands peuvent être les plus légers parce qu'ils contiennent plus de vide [...]. Telle eſt l'explication qu'ils proposent. Mais il nous faut ajouter à leurs analyses que, pour qu'une chose soit plus légère, elle doit non seulement contenir davantage de vide, mais aussi moins de solide. Car si le rapport du solide au vide eſt supérieur à l'unité[1], le corps ne sera pas plus léger. Car la raison pour laquelle le feu eſt, selon eux, très léger eſt qu'il contient beaucoup de vide. On pourra concevoir par conséquent qu'une grande quantité d'or contenant plus de vide qu'une petite quantité de feu, soit plus légère, à moins qu'elle ne renferme beaucoup plus de solide. (*Traité du ciel*, IV, II, 309 *a* 1.)

[Si la matière était faite] de contraires, ainsi que le supposent les partisans du vide et du plein, il ne serait pas possible de trouver pour les corps qui occupent une position intermédiaire entre le maximum de lourdeur et le minimum de légèreté, une explication rendant compte de leur lourdeur et de leur légèreté relatives et absolues. Faire dépendre, ⟨comme Platon⟩, la diſtinction du plus lourd et du plus léger de la grandeur et de la petitesse c'eſt une solution encore plus factice que les précédentes [...]. Et il n'y a rien qui atteigne au maximum de légèreté, ni rien qui se meuve dans le haut absolu, mais il eſt ou bien dépassé ⟨par une autre chose⟩ ou bien expulsé[2], et de nombreux corps petits sont plus lourds qu'un certain nombre de corps grands. (*Ibid.*, IV, II, 309 *b* 34.)

LX *a*

Ariſtote.

Il eſt impossible, si les éléments sont des atomes, de diſtinguer par la grandeur et la petitesse l'air, la terre et le feu, car les éléments ne peuvent s'engendrer mutuellement; en effet les corps les plus grands feront toujours défaut, une fois la dissociation opérée; or c'eſt ainsi, disent-ils, que l'eau, l'air et la terre s'engendrent mutuellement. (*Traité du ciel*, III, IV, 303 *a* 25.)

LXI

Simplicius.

En effet les disciples de Démocrite et, plus tard, Épicure soutiennent que tous les atomes sont de même nature et par conséquent pesants, mais que, du fait que certains sont plus lourds, les plus légers sont rejetés par eux au cours de leur chute et transportés vers le haut, ce qui, selon eux, explique que certains paraissent être légers et d'autres lourds. (*Commentaire sur le Traité du ciel d'Aristote*, 569, 5.)

Les disciples de Démocrite estiment que toutes les choses sont pesantes, mais que le feu, du fait qu'il est moins pesant, est expulsé et renvoyé vers le haut par les choses qui le dépassent ⟨dans sa chute⟩ et que c'est la raison pour laquelle il paraît léger. Mais, à leur avis, seul le lourd existe et se meut d'une manière continuelle vers le centre. (*Ibid.*, 712, 27.)

Épicure.

Et de plus, il est nécessaire que les atomes aient ⟨tous⟩ une égale vitesse, puisque c'est à travers le vide qu'ils sont emportés, sans rencontrer aucun obstacle[1]. En effet ⟨les atomes grands⟩ et les atomes lourds ne seront pas emportés à une vitesse plus grande que les petits et les légers, si du moins rien ne vient à leur rencontre, pas davantage non plus que les petits n'iront ⟨plus lentement⟩ que les grands; car ils ont chacun un passage à leur mesure, si rien ne vient les heurter de front, eux non plus. (*Lettre à Hérodote*, citée par Diogène Laërce, *Vies*, X, 61.)

LXII

Aristote.

Dans tous ces cas, donner, comme Démocrite, l'explication suivante[2] est erroné. Pour lui, en effet, ce sont les atomes chauds qui remontent de l'eau, qui font flotter les corps plats qui sont pesants, alors que les corps étroits coulent, étant donné que seul un petit nombre d'atomes vient les frapper ⟨pour les aider à flotter⟩. Or c'est bien davantage dans l'air que le phénomène devrait se produire, ainsi que Démocrite s'en fait l'objection. Mais sa réponse est faible : c'est que, dit-il, l'élan ne se produit pas dans une direction unique (il appelle *élan* le mouvement de translation ascendante des atomes). (*Traité du ciel*, IV, VI, 313 *a* 21.)

LXIII

Aristote.

Démocrite, contrairement à tous les autres philosophes, a adopté une théorie originale. Il dit en effet que l'agent et le patient sont le même et le semblable, car on ne saurait concevoir que des choses autres et différentes pâtissent du fait les unes des autres; et même si plusieurs choses différentes agissent d'une certaine façon les unes sur les autres, ce n'est pas en tant qu'il existe des choses autres, mais en tant que quelque chose de même existe, que ce phénomène les concernant se produit. (*De la génération et de la corruption*, I, VII, 323 *b* 10.)

LXIV

Alexandre d'Aphrodise.

Démocrite donc, considérant que ce qu'on appelle mélange est produit par la juxtaposition des corps[1], les émulsions se divisant en petits corps et produisant par leur apposition mutuelle la mixture, déclare que même au commencement il n'existe pas, à dire vrai, de corps mélangés, mais que ce qui paraît être le mélange est la juxtaposition, par petits groupes, des corps entre eux, ces corps conservant chacun leur nature propre — celle qu'ils avaient avant le mélange. L'apparence qu'ils ont d'être mêlés vient de ce que la sensation, en raison de la petitesse des parties juxtaposées, n'est pas à même d'en percevoir une seule individuellement[2]. (*Du mélange*, 2.)

LXV

Aristote.

On a tort de supposer que, d'une manière générale, on dispose d'un principe suffisant, en vertu du fait qu'il en est toujours ainsi ou que le processus est toujours le même. C'est à cela que Démocrite ramène les causes naturelles quand il prétend que le processus était auparavant le même qu'aujourd'hui : mais il ne daigne pas rechercher le principe qui fonde cette permanence. (*Physique*, VIII, I, 252 *a* 32.)

LXVI

Cicéron.

Certains pensaient que toutes choses sont produites par le destin, de telle sorte que ce destin apporte la force de la nécessité : ce fut là l'opinion de Démocrite, d'Héraclite, d'Empédocle [et d'Anaxagore]. (*Du destin*, XVII, 39.)

Aristote.

Démocrite omet de traiter de la cause finale, et ainsi ramène à la nécessité toutes les voies de la nature[1]. (*Génération des animaux*, V, VIII, 789 *b* 2.)

Aétius.

[Sur la nature de la nécessité]. Démocrite dit qu'elle est la résistance, la translation et l'impulsion de la matière[2]. (*Opinions*, I, XXVI, 2.).

LXVII

Simplicius.

Et Démocrite aussi, lorsqu'il dit : Un tourbillon de toutes sortes d'idées s'est séparé de l'univers[3] (comment et sous l'effet de quelle cause? – il ne le dit pas), paraît penser que le monde a été engendré par le hasard et la fortune. (*Commentaire sur la Physique d'Aristote*, 327, 24.)

LXVIII

Aristote.

Certains en effet posent la question embarrassante de savoir si [la fortune] existe ou non. Car on dit que rien ne peut être engendré par la fortune, et qu'il y a une cause définie de toutes les choses dont nous disons qu'elles sont l'effet du hasard ou de la fortune. (*Physique*, II, IV, 195 *b* 36.)

Simplicius.

La formule : « Selon l'antique théorie qui élimine la fortune[4] » paraît concerner Démocrite, car cet auteur, bien qu'il paraisse avoir fait usage de la fortune dans la formation du monde, dit cependant que, dans les plus petites parties, la fortune n'est cause de rien; ainsi il fait appel à d'autres causes : par exemple, la cause de la découverte du trésor est le fait qu'on creuse ou qu'on plante l'olivier, et la cause pour laquelle le crâne du monsieur chauve a éclaté, est que l'aigle a lâché la tortue dont la carapace lui a fendu le crâne[5]. C'est ainsi qu'Eudème rapporte la chose. (*Commentaire sur la Physique d'Aristote*, 330, 14.)

LXIX

Aristote.

Certains tiennent le hasard pour responsable de notre ciel et de tous les mondes, car c'est par le hasard qu'ont été engendrés le tourbillon et le mouvement qui a dissocié et composé l'univers dans cet ordre-ci. [Mais la suite ne manque pas de nous surprendre[1].] En effet ils pensent que les animaux et les plantes n'existent ni ne sont engendrés par la fortune, et que la cause de leur génération est la nature ou l'intellect ou quelque autre chose semblable (car ce n'est pas n'importe quoi qui se trouve engendré à partir de la semence de chaque être, mais à partir de la semence de celui-ci un olivier et de la semence de celui-là un homme). Mais touchant le ciel et les plus divins des objets visibles[2], ils pensent qu'ils sont le fruit du hasard et que leur cause n'est en rien comparable à celle des animaux et des plantes. (*Physique*, II, IV, 196 *a* 24.)

Épicure.

Les premiers à avoir proposé des explications causales suffisantes, fort éloignées de celles proposées non seulement par les Anciens, mais encore par les Modernes, se sont grandement abusés, quels que fussent en de nombreux points leurs mérites, en allant chercher soulagement dans l'idée d'une toute-puissance de la nécessité et du hasard[2]. (*De la nature*, *Papyrus d'Herculanum* 1056, col. 25.)

LXX

Aristote.

Certains sont d'avis que la fortune est une cause, mais qui est cachée à la raison humaine parce qu'elle est quelque chose de divin et de hautement démonique. (*Physique*, II, IV, 196 *b* 5.)

Aétius.

(*Opinions*, I, XXIX, 7[4].)

Lactance.

Commencer par poser la question qui paraît être naturellement la première, de savoir s'il existe une Providence gouvernant toutes choses, ou si toutes choses sont l'effet et le produit du hasard : Démocrite est le premier à avoir émis cette ⟨dernière⟩ opinion, qu'Épicure ensuite a consolidée. (*Institutions divines*, I, 2.)

LXXI

Aristote.

Tous disent que ⟨le temps⟩ est inengendré ; c'est de cet argument qu'use Démocrite pour montrer qu'il est impossible que toutes choses soient engendrées, puisqu'en effet le temps est inengendré. (*Physique*, VIII, 1, 251 *b* 16.)

Simplicius.

Démocrite pourtant était tellement persuadé que le temps est éternel que, voulant montrer que nulle chose n'est engendrée, il fait appel, comme à une évidence, au fait que le temps n'est pas engendré. (*Commentaire sur la Physique d'Aristote*, 1153, 22.)

LXXII

Sextus Empiricus.

Il semble qu'on ait attribué aussi aux philosophes de la nature se recommandant d'Épicure[1] et de Démocrite une conception du temps de cette sorte : « Le temps est une représentation mentale qui prend les formes du jour et de la nuit. » (*Contre les mathématiciens*, X, 181.)

Épicure.

Je n'hésiterais pas non plus à affirmer que les jours et les nuits sont le temps. (*Papyrus d'Herculanum* 1413 [Croñert, *Kolotes und Menedemos*, p. 104-501].)

LXXIII

Théophraste.

C'est une question embarrassante que de savoir pourquoi la figure de la flamme est pyramidale. Démocrite déclare justement que c'est parce que son sommet est refroidi qu'elle s'affine et se termine en pointe. (*Du feu*, 52.)

LXXIV

Aétius.

Démocrite considère que Dieu est l'Intellect ⟨et qu'il réside⟩ en un feu sphérique. (*Opinions*, I, VII, 16.)

Tertullien.

Démocrite conjecture que les dieux sont nés en même temps que le reste du feu supérieur, dont Zénon veut que leur nature soit un exemple. (*Aux nations*, II, 2.)

Cicéron.

Que dire de Démocrite, qui place au nombre des dieux tantôt les images et leurs révolutions, tantôt la nature capable de répandre et d'émettre les images, et tantôt notre science et notre intelligence ? Ne tombe-t-il pas dans la plus grande erreur ? Et quand il nie qu'il puisse y avoir absolument rien d'éternel, étant donné que rien ne demeure jamais en son état, n'abolit-il pas complètement la divinité au point d'anéantir l'opinion qu'on s'en fait ? (*De la nature des dieux*, I, XII, 29.)

Oui certes, Démocrite aussi, ce grand homme s'il en est, aux sources duquel Épicure a puisé l'eau qui arrose ses petits jardins, me paraît hésiter touchant la nature des dieux. Tantôt il pense que l'univers renferme des images dotées d'un caractère divin, tantôt il dit que sont dieux les principes de l'intellect qui résident dans le même univers, tantôt que ce sont des images animées qui ont coutume de nous être soit utiles, soit nuisibles, tantôt que ce sont certaines images immenses, si grandes qu'elles embrassent de l'extérieur la totalité de l'univers. Toutes ces conceptions sont assurément plus dignes de la patrie de Démocrite que de Démocrite lui-même[1]. (*Ibid.*, XLIII, 120.)

LXXV

Sextus Empiricus.

Certains ont supposé que nous étions arrivés à la notion de dieux à partir des événements merveilleux qu'on rencontre dans le monde, et telle paraît être la thèse de Démocrite : « Lorsque, dit-il, les Anciens virent les événements dont le ciel est le théâtre, comme le tonnerre, les éclairs, la foudre, les conjonctions d'astres ou les éclipses de Soleil et de Lune, leur terreur leur fit penser que des dieux en étaient les auteurs[2]. » (*Contre les mathématiciens*, IX, 24.)

Philodème.

Été, hiver, printemps, automne et toutes ces choses qui viennent du ciel, c'est Zeus qui les dispense ⟨à la Terre⟩. C'est pourquoi ceux qui connaissent le travail ⟨des champs⟩ le vénèrent.

Mais il ne me semble pas que Démocrite ait, comme certains [...]. (*De la piété*, 5 *a*, éd. Gomperz, p. 69.)

Lucrèce.

Ainsi ne pouvaient-ils que s'en remettre aux dieux
Du soin de toutes choses, et laisser chaque chose
Suivre le cours marqué par un signe des dieux.
Dans le ciel ils plaçaient leurs séjours et leurs temples[1],
Parce que c'est au ciel que l'on voit évoluer
Le Soleil et la Lune; Lune, jour et nuit,
Et les constellations assombries de la nuit,
Météores brillants et flammes vagabondes,
Nuées, rosée et pluies, neige, vents et éclairs,
Grêle et le grondement menaçant du tonnerre.

(*De la nature*, V, v. 1186 et suiv.)

LXXVI

Pline.

Croire, et cela en se fondant sur les vices des hommes, que [les dieux] sont innombrables, comme la Chasteté, la Concorde, l'Intelligence, l'Espérance, l'Honneur, la Clémence, la Bonne Foi, ou même, comme Démocrite, n'en admettre que deux seulement : le Châtiment et le Bienfait, cela confine à la plus grande sottise. (*Histoire naturelle*, II, 14.)

LXXVII

Plutarque.

Pourquoi est-ce qu'on ne croit point aux songes de fin d'automne. Or Favorinus [...] tira un ancien propos de Démocrite hors de la fumée, dont il était tout obscurci, pour le fourbir et éclaircir. Supposant cette vulgaire opinion que dit Démocrite, que les images se profondent dedans nos corps à travers les pores et que, revenant du fond, elles nous causent les visions que nous avons en dormant, et qu'elles viennent de tous côtés, sortant des ustensiles, des habillements, des plantes, mais principalement des animaux, à cause qu'ils se meuvent beaucoup, et ont de la chaleur, ayant non seulement les similitudes et formes empreintes des corps (comme Épicure le pense[2], qui suit jusqu'ici l'opinion de Démocrite, et puis la laisse là), mais aussi tirant après soi les apparences des mouvements de l'âme, et des conseils, des mœurs, et des passions, et qu'en tirant avec cela elles parlent comme si c'étaient choses animées, et distinctement apportent à ceux qui les reçoivent les opinions, les paroles, les discours et les affections de ceux qui les transmettent, quand en entrant elles retiennent encore les figures bien expresses et non confuses, ce qu'elles font quand leur cours et acheminement se fait vite par l'air bien uni, sans trouver empêchement quelconque. Or, l'air de l'automne, pendant lequel les arbres perdent leurs feuilles, ayant beaucoup d'inégalité et âpreté, divertit et détourne en plusieurs parts les images, et rend leur évidence faible et fuyante, étant obscurcie par la lenteur de leur cheminement, comme au contraire, quand elles sautent hors des choses qui en sont grosses, et qui brûlent d'ardeur de les enfanter, qu'elles sont beaucoup, et passant vitement leur chemin, elles rendent alors les apparences toutes fraîches et fort signifiantes[1]. (*Propos de table*, VIII, X, 2, 734 F.)

Et quoi, [dit-il], des images de Démocrite on n'en fait donc ni mise, ni recette, ni compte, ni mention, non plus que des Aegiens ou Mégariens (que dit le proverbe), car ce philosophe dit qu'il sort des images des yeux de ceux qui sont ennuyeux sorciers, et ce, non sans quelque sentiment et quelque inclination, ainsi étant pleines de l'ennui et méchanceté de ceux qui les jettent hors de soi, avec laquelle venant à s'emplâtrer, s'attacher et s'arrêter avec ceux qui sont ainsi ennuyés, perturbent et offensent leur corps, et l'âme et l'entendement[2] : car il me semble que cet homme parle ainsi magnifiquement et merveilleusement, et qu'il décrit ainsi son opinion. (*Ibid.*, V, VII, 6, 682 F.)

LXXVIII

Hermippe.

Il ne serait pas honnête de passer sous silence le mot de Démocrite qui, appelant les êtres divins du nom de simulacres, dit que l'air en est rempli[3]. (*Astronomie* [Johannès Catrarès], I, 16, 122, éd. Kroll-Viereck, p. 26, 13.)

LXXIX

Clément d'Alexandrie.

Xénocrate de Chalcédoine ne renonce pas entièrement à attribuer aux êtres privés de raison la notion du divin, et Démocrite, qu'il le veuille ou non, sera d'accord avec lui en raison de ce qui découle de ses théories; car, selon lui, ce sont les mêmes images qui proviennent de la réalité divine pour frapper les hommes comme les animaux privés de raison[1]. (*Stromates*, V, 88.)

LXXX

Cicéron.

Mais voici que Straton de Lampsaque te vient barrer le chemin, en donnant à ton dieu congé (d'une tâche, ma foi, bien lourde; mais puisque le clergé au service des dieux a lui aussi des vacances, il eſt d'autant plus juſte d'en donner aux dieux eux-mêmes) : il assure qu'il n'eſt nul besoin du concours des dieux pour la conſtruction du monde, et enseigne que tous les êtres sont des fabrications de la nature, mais pas à la façon du fameux ⟨physicien⟩ qui déclare qu'ils sont des assemblages de corps rugueux, lisses, en forme d'hameçon et crochus avec ⟨entre eux⟩ du vide : ce sont là en effet, eſtime-t-il, non des enseignements, mais de purs souhaits de Démocrite; mais, en examinant l'une après l'autre les parties du monde, il enseigne que tout ce qui eſt ou se produit, eſt ou a été produit par des causes naturelles : les poids et les mouvements. (*Premiers académiques*, II, XXXVII, 121.)

LXXXI

Cicéron.

Ensuite, tu te réfugies auprès des physiciens que l'Académie tourne tant en dérision, pour ne plus t'en éloigner, toi non plus, et tu affirmes que, selon Démocrite, il exiſte des mondes innombrables, et même que certains sont non seulement si semblables entre eux, mais encore si parfaitement et absolument pareils en tous points, qu'aucune différence ne les diſtingue [et par là ils sont indénombrables]; et, d'après toi, il en va de même chez les hommes ⟨pour les jumeaux et les sosies⟩. (*Premiers académiques*, II, XVII, 55.)

LXXXII

Simplicius.

« Car, à ce qu'affirme [Alexandre], ce n'eſt pas en matière du monde que le monde se dissout et se corrompt, car cette matière avait puissance de devenir monde : la corruption produit donc un autre monde; et puisque les mondes sont illimités et succèdent les uns aux autres, il n'eſt nullement nécessaire qu'il y ait un retour en arrière ⟨produisant le⟩ même monde. » Telle était la théorie des disciples de Leucippe et Démocrite. [...] Cependant, les mondes de Démocrite, qui se changent en d'autres mondes, formés à partir des mêmes atomes, se trouvent être les mêmes spécifiquement, sinon numériquement[1]. (*Commentaire sur le Traité du ciel d'Ariſtote*, 310, 5.)

LXXXIII

Sextus Empiricus.

Ainsi le monde ne saurait se mouvoir en vertu de la nécessité et du fait du tourbillon, ainsi que le pensaient les démocritéens. (*Contre les mathématiciens*, IX, 113.)

LXXXIV

Aétius.

Démocrite ⟨pense que⟩ le monde se corrompt du fait que le grand l'emporte sur le petit. (*Opinions*, II, IV, 9.)

LXXXV

Aétius.

[Sur la subſtance des aſtres]. Démocrite dit que ce sont des pierres. (*Opinions*, II, XIII, 4.)

LXXXVI

Aétius.

[Sur l'ordre des aſtres]. Démocrite pense que viennent d'abord les fixes, puis les planètes, parmi lesquelles le Soleil, l'étoile du Matin et la Lune[2]. (*Opinions*, II, XV, 3.)

LXXXVII

Aétius.

Démocrite [pense que le Soleil eſt] une masse ou une pierre incandescente[3]. (*Opinions*, II, XX, 7.)

Cicéron.

Démocrite estime que le Soleil est grand[1]. (*Des fins*, I, VI, 20.)

LXXXVIII

Lucrèce.

[Du Soleil selon Démocrite]

D'abord, il se peut bien que les choses se passent
Ainsi que Démocrite, au jugement divin,
En forme l'hypothèse : s'il en est bien ainsi,
Plus grande est la proximité des astres à la Terre
Et moins le tourbillon céleste les emporte[2] *:*
Car il se ralentit et perd en violence,
⟨En allant vers son centre⟩ ; et, perdant du terrain,
Le Soleil reste avec d'autres astres en arrière,
Parce que son orbite est largement moins haute
Que celle dévolue aux étoiles brûlantes[3]*.*

[Du cours de la Lune]

Pour la Lune, ce fait est plus visible encore ;
Son cours, étant plus bas, plus éloigné du ciel[4]
Et plus près de la Terre, la Lune est moins à même
De régler son progrès sur celui propre aux astres ;
Comme le tourbillon [qui l'emporte] s'apaise,
Son cours étant plus bas que celui du Soleil,
On voit plus aisément les astres tout autour
La rejoindre en passant par-dessus son orbite[5]*.*
De là naît l'illusion qui fait que son retour
Paraît se reproduire à un rythme plus prompt :
Chez elle les astres se donnent rendez-vous.

(*De la nature*, V, v. 621 et suiv.)

LXXXIX

Aétius.

[Sur les solstices]. [Démocrite] pense que les solstices sont produits par le tourbillon qui meut circulairement le Soleil. (*Opinions*, II, XXIII, 7.)

LXXXIX *a*

Plutarque.

[...] mais étant alors à plomb, comme dit Démocrite, au-dessous de celui qui l'enlumine, la Lune recueille et reçoit le Soleil, tellement qu'on croirait qu'elle-même nous apparaît, et ainsi nous montre à travers soi le Soleil[1]. (*De la face visible de la Lune*, 16, 929 c.)

XC

Aétius.

[Pourquoi la Lune apparaît comme ressemblant à la Terre]. Démocrite dit qu'une sorte d'ombre en provenance des régions élevées s'étend sur la Lune ; car elle a des vallées et des vallons[2]. (*Opinions*, II, xxv, 9.)

XCI

Aristote.

[Sur la Voie lactée[3]]. (*Météorologiques*, I, viii, 345 *a* 25.)

Alexandre d'Aphrodise.

Anaxagore et Démocrite disent que la Voie lactée est la lumière de certaines étoiles. Car le Soleil qui passe durant la nuit sous la Terre, éclaire les astres placés au-dessus de la Terre ; ce qui fait, déclarent-ils, que, si la lumière [de ces astres] est rendue invisible par l'effet des rayons du Soleil qui lui fait obstacle, en revanche ceux que masque l'ombre de la Terre en les abritant de celle du Soleil, font voir leur propre lumière : c'est cela, la Voie lactée. (*Commentaire sur les Météorologiques d'Aristote*, 37, 23.)

Aétius.

[Sur la Voie lactée]. Démocrite dit qu'elle est le point de concours de rayons lumineux en provenance d'astres nombreux, petits et continus, dont le groupement compact produit l'éclat d'ensemble. (*Opinions*, III, i, 6.)

Achille Tatius.

[Sur la Voie lactée]. D'autres déclarent qu'elle est formée d'astres tout petits et groupés si étroitement qu'ils nous paraissent ne faire qu'un, en raison de l'intervalle qui sépare la Terre du ciel, comme si on avait répandu une poudre de grains de sel fins et nombreux. (*Introduction à Aratos*, 24, éd. Maass, 55, 24.)

XCII

Alexandre d'Aphrodise.

Concernant les comètes, Anaxagore[1] et Démocrite disent que la comète est la *conjonction* des planètes : celles-ci sont Saturne[2] (Cronos), Jupiter (Zeus), Vénus (Aphrodite), Mars (Arès) et Mercure (Hermès). Celles-ci en effet, en se rapprochant mutuellement, produisent une image qui donne l'impression qu'elles se touchent et qu'il n'existe qu'un seul astre, auquel on donne le nom de comète. Le terme de *conjonction* désigne l'image unique produite par le concours de toutes. (*Commentaire sur les Météorologiques d'Aristote*, 26, 11.)

Sénèque.

Démocrite aussi, le plus subtil de tous les Anciens, déclare soupçonner l'existence d'un plus grand nombre de planètes; mais il n'a défini ni leur nombre ni leurs noms, parce qu'on ne connaissait pas encore les trajectoires des cinq planètes. (*Questions naturelles*, VII, 3, 2.)

XCIII

Aétius.

Démocrite dit que le tonnerre est produit par un composé non homogène qui force le nuage qui le contient à se porter vers le bas. L'éclair est le choc conjoint des nuages par lequel les ⟨atomes⟩ générateurs du feu, frottés les uns contre les autres, se concentrent en un même point et sont filtrés à travers les interstices riches en vide. La foudre, elle, se produit lorsque le feu est projeté violemment hors des ⟨atomes⟩ très purs, très subtils, très lisses et ajustés étroitement, ainsi qu'il l'écrit lui-même, qui engendrent le feu. L'ouragan, lui, se produit lorsque des composés de feu contenant beaucoup de vide, retenus dans des lieux riches en vide et matérialisés dans leur propre enveloppe membraneuse, s'élancent violemment vers le haut à cause de la diversité de leur mélange. (*Opinions*, III, III, 11.)

XCIII *a*

Sénèque.

Démocrite affirme : « Lorsque de nombreux corpuscules (qu'il appelle atomes) se trouvent rassemblés en un vide étroit, il s'ensuit le vent. En revanche, l'air connaît repos et tranquillité lorsqu'un petit nombre d'atomes dispose d'un vide important. Tout de même, en effet, qu'au forum ou dans un petit village, on se promène sans encombre quand la population reste clairsemée, tandis que, si la foule se presse en un lieu resserré, les gens se heurtent les uns contre les autres en produisant une bousculade, de même, lorsque, dans l'espace ⟨de l'univers⟩ où nous nous trouvons enveloppés, de nombreux atomes viennent remplir un lieu très étroit, il est nécessaire qu'ils se cognent les uns contre les autres, se poussent, se rejettent, s'agglutinent et se pressent, donnant ainsi naissance au vent, lorsque les atomes, opposés dans cette lutte, retombent et, après avoir longtemps balancé, basculent en avant. Cependant, lorsqu'un petit nombre d'atomes jouit d'un large espace libre, ils ne peuvent ni en heurter ⟨d'autres⟩, ni être bousculés. » (*Questions naturelles*, V, 2.)

XCIV

Aétius.

[Sur la figure de la Terre]. Démocrite dit que [la figure de la Terre] est en forme de disque dans sa largeur, mais concave au milieu[1]. (*Opinions*, III, x, 5.)

Eustathe.

Le stoïcien Posidonius et Denys disent que la Terre habitée est semblable à une fronde; mais, selon Démocrite, elle est oblongue. (*Commentaire sur l'Iliade*, VII, v. 446.)

XCV

Aétius.

Démocrite pense qu'au commencement la Terre vacillait à cause de sa petitesse et de sa légèreté, mais que, le temps aidant, elle a gagné en compacité et en poids, et s'est immobilisée. (*Opinions*, III, xiii, 4.)

XCVI

Aétius.

Démocrite dit que, du fait que la partie méridionale de son enveloppe est plus fragile, la Terre croît et s'incline dans cette direction; en effet les régions septentrionales ne sont pas tempérées, alors que les régions méridionales sont tempérées : ce phénomène a pour conséquence d'alourdir la région de la Terre où les fruits et la croissance sont en excès[1]. (*Opinions*, III, XII, 22.)

XCVII

Aristote.

Démocrite déclare que la Terre, étant pleine d'eau et recevant en plus beaucoup d'eau de pluie, est ébranlée pour cette raison. En effet, quand elle se trouve remplie, comme ses concavités ne peuvent plus recevoir davantage d'eau, l'eau qui est refoulée produit le tremblement de terre; de même, quand elle est desséchée et qu'elle attire dans les endroits vides l'eau qui se trouve remplir d'autres endroits, le déplacement ⟨de l'eau qui tombe dans les cavités⟩ ébranle la Terre. (*Météorologiques*, II, VII, 365 *b* 1.)

XCVIII

Sénèque.

1. Démocrite pense[2] que [les causes des tremblements de terre] sont multiples. En effet, affirme-t-il, quelquefois c'est le souffle qui produit le tremblement, d'autres fois c'est l'eau, d'autres fois les deux; voici comment il s'efforce d'expliquer le phénomène : « Une partie de la Terre est concave, et il s'y accumule une importante masse d'eau. De cette partie de la Terre sort une substance subtile et plus liquide que tout le reste, qui, lorsqu'elle est repoussée par ⟨la pression d'⟩une masse d'eau qui s'abat par-dessus, exerce une pression sur la Terre et la fait trembler, car ce liquide ne peut être agité sans provoquer l'ébranlement des parties contre lesquelles il refoule. [...] 2. Lorsque l'eau s'est accumulée au même endroit et que son débordement est devenu inévitable, elle se porte sur un point et se fraie un passage d'abord par son poids, ensuite par sa violence; car elle ne peut sortir que si ⟨elle trouve⟩ une pente, lorsqu'elle a été long-

temps renfermée, et quand elle tombe tout droit, cela ne peut se faire selon un débit mesuré, ni sans ébranler les endroits à travers et sur lesquels se produit sa chute. 3. Si, d'autre part, lorsqu'elle a commencé à déborder, elle a marqué un temps d'arrêt quelque part, et si la force du courant se retourne sur elle-même, le flot se trouve repoussé dans la Terre qui le contient et imprime des secousses à la partie où il pèse le plus. En outre, il se produit parfois que la Terre, à force d'être imbibée du liquide qu'elle a absorbé, remonte, et sa base même est altérée : alors s'enfonce la partie vers laquelle surtout convergent les eaux, dont le poids la fait pencher d'un côté. 4. Mais il arrive parfois que ce soit le souffle qui repousse les flots et exerce une pression si forte qu'il ébranle, bien sûr, la partie de la Terre contre laquelle il rejette la masse des eaux; il arrive aussi que ce souffle, en s'engouffrant dans les voies souterraines, ébranle toutes les parties de la Terre dans sa recherche d'une issue; or si la Terre peut laisser pénétrer en elle les vents[1], leur souffle est trop subtil pour pouvoir en être chassé et trop puissant pour qu'elle puisse tenir le choc, tant sont grandes son agitation et sa violence[2]. (*Questions naturelles*, VI, 20.)

XCIX

Aétius.

[Sur le gonflement du cours du Nil]. Démocrite dit que, lorsque la neige qui se trouve dans les régions septentrionales fond au solstice d'été et se déverse, des nuages se forment par évaporation. Ces nuages, repoussés ensemble vers le sud et vers l'Égypte par les vents étésiens, produisent des pluies torrentielles qui remplissent les marais et le Nil. (*Opinions*, IV, 1, 4.)

Diodore de Sicile.

[...] les plus hautes montagnes de la Terre habitée qui, dit-il, entourent l'Éthiopie. (*Bibliothèque historique*, I, 39.)

[Scolie.]

Démocrite [...] le physicien dit que le Nil reçoit le trop-plein de l'Océan situé au-dessus de lui, au sud; mais que son eau se trouve adoucie en raison de la largeur et de la longueur du détroit ⟨qui les met en communication⟩ et bout sous l'effet du Soleil ardent. C'est pourquoi justement elle prend, selon lui, un goût contraire[3]. (À Apollonius de Rhodes, *Argonautiques*, IV, v. 269, éd. Wendel.)

XCIX *a*

Papyrus d'Hibeh.

[Théophraste[1].] 1. La question de l'origine ⟨de la salinité de la mer⟩ a donné lieu à une importante ⟨dispute⟩. Pour certains, elle est ⟨le reste⟩ de l'humidité primitive après que la quasi-totalité des eaux s'est évaporée. Pour d'autres c'est la sueur de la Terre[2]. Démocrite, lui, ⟨pense⟩ qu'elle est produite ⟨par une cause analogue à celle qui produit le sel⟩ dans la terre, ⟨par exemple les minerais de sel et de⟩ potasse. [...][3] 2. Il déclare qu'une fois terminée la putréfaction, les semblables ⟨se rapprochent[4]⟩ des semblables dans l'élément liquide, ainsi qu'il arrive dans l'univers, et qu'ainsi se trouvent engendrées la mer et toutes les autres substances sal⟨ées⟩, du fait de la réunion des corps de même nature.

Il est évident que la mer est formée des éléments de même genre et d'autres aussi, car ni l'encens, ni le soufre, ni le silphium, ni l'alun, ni le bitume, ni rien de ce qui est grand et admirable ne se rencontre fréquemment sur la Terre.

Par conséquent, il est parfaitement naturel pour lui d'examiner pourquoi ⟨dans la mer⟩, alors qu'il fait de la mer une partie du monde, selon lui, *les merveilles et les phénomènes de la nature les plus inattendus se produisent de la même façon* que, sur terre, les choses remarquables, qui ne sont pas nombreuses.

De fait, si l'on fait dépendre les saveurs des figures ⟨des atomes⟩, et la salinité des ⟨atomes⟩ grands et anguleux, il n'est pas du tout absurde que ⟨la salinité terrestre se produise de la même façon que la salinité marine⟩. (Éd. Grenfell-Hunt, p. 16, 22.)

C

Aristote.

Il nous faut maintenant parler de la salinité ⟨de la mer⟩ et considérer si la mer est toujours identique, ou s'il fut un temps où elle n'existait pas, ou si elle cessera un jour d'exister et disparaîtra, ainsi que certains le présument. Tout le monde, semble-t-il, s'accorde à considérer qu'elle a été engendrée, étant donné que l'ordre de l'univers l'a été aussi : en effet on considère que tous deux ont été engendrés ensemble. C'est pourquoi il est clair que, puisque l'univers est éternel, la même supposition doit être appliquée à la mer. Mais penser que la mer voit son volume décroître, ainsi que le déclare Démocrite, et qu'elle finira par disparaître ressemble fort aux fables d'Ésope. Ce dernier a composé en effet une fable[1] dans laquelle il dit que Charybde, en buvant deux lampées, a fait par la première apparaître les montagnes, par la deuxième les îles, et qu'à la troisième elle asséchera totalement la Terre. Une telle fable était bonne pour Ésope, en colère contre son batelier; mais elle est indigne de gens qui recherchent la vérité. En effet, la cause pour laquelle la mer s'est initialement stabilisée, qu'il s'agisse de la pesanteur, ainsi que certains, justement parmi les philosophes, le prétendent [...], ou qu'il s'agisse d'une autre cause, doit fort évidemment la conserver nécessairement le reste du temps[2]. (*Météorologiques*, II, III, 356 *b* 4.)

CI

Aristote.

Anaxagore[3] n'est pas du tout d'accord avec Démocrite. Car pour ce dernier, l'âme et l'intellect sont absolument identiques.

Car ce qui est vrai, c'est la représentation phénoménale. Aussi Homère a eu raison d'écrire : *« Hector gisait, la conscience égarée*[4]. *»* Assurément il ne fait pas de l'intellect une faculté relative à la vérité, mais identifie au contraire l'âme et l'intellect. (*Traité de l'âme*, II, 404 *a* 27.)

Certains ont formé la théorie que l'âme est du feu[5]. En effet le feu est le plus subtil et le plus incorporel des éléments, et de plus il est mû et meut premièrement toutes les autres choses. Démocrite, de son côté, a décrit plus précisément la raison de ce double mouvement, reçu et donné; car d'une part il pense que l'âme est identique à l'intellect, et d'autre part il considère que celui-ci fait partie des corps primordiaux et indivisibles, et qu'en raison de la petitesse de ses parties et de sa figure, il est moteur; or, dit-il, la forme sphérique est de toutes les figures la plus apte à mouvoir; et telle est justement la figure à la fois de l'intellect et du feu. (*Ibid.*, 405 *a* 5.)

Jean Philopon.

Démocrite disait que le feu est incorporel, non pas incorporel absolument (car nul d'entre eux n'a jamais dit cela) mais incorporel dans la mesure où des corps peuvent l'être, en raison de sa subtilité. (*Commentaire sur le Traité de l'âme d'Aristote*, 83, 27.)

CII

Aétius.

[Sur l'âme]. Démocrite dit que l'âme est un composé igné, formé à partir d'éléments visibles pour la raison, dont les idées[1] sont sphériques et la puissance ignée : en d'autres termes, elle est corporelle. (*Opinions*, IV, III, 5.)

CIII

Macrobe.

Pour Démocrite, le souffle introduit dans les atomes a une telle facilité à se mouvoir qu'il peut se répandre à travers tout corps[2]. (*Commentaire sur le Songe de Scipion*, I, XIV, 19.)

CIV

Aristote.

Certains affirment que l'âme meut aussi le corps dans lequel elle réside, de la façon dont elle se trouve elle-même mue : ainsi, par exemple, Démocrite, qui tient un langage tout à fait semblable à celui de Philippe, l'auteur et metteur en scène de comédies. Celui-ci déclare en effet que Dédale avait fait se mouvoir son Aphrodite en bois en y versant du vif-argent[3]. Or Démocrite tient un langage semblable : car il affirme que les sphères indivisibles, mues parce que par nature elles ignorent le repos, entraînent avec elles et meuvent le corps tout entier. (*Traité de l'âme*, I, III, 406 *b* 15.)

CIV *a*

Aristote.

Démocrite affirme que [le corps] est mû par l'âme [...]; puisqu'en effet l'âme existe dans tout corps doué de sensibilité, il y a nécessairement deux corps dans le même corps, puisque l'âme est quelque chose de corporel. (*Traité de l'âme*, I, V, 409 *a* 32.)

CV

Aétius.

Démocrite et Épicure[1] disaient que l'âme a deux parties : la partie rationnelle qui a son siège dans la poitrine, et la partie irrationnelle répandue dans l'ensemble du mélange corporel. (*Opinions*, IV, IV, 6.)

Car Hippocrate, Démocrite et Platon placent [la conscience[2]] dans le cerveau. (*Ibid.*, IV, V, 1.)

Jean Philopon.

Car Démocrite affirme que [l'âme] n'a ni parties ni facultés multiples, car il pense que concevoir et sentir sont une même chose et que ces fonctions procèdent d'une seule faculté. (*Commentaire sur le Traité de l'âme d'Aristote*, 35, 12.)

CVI

Aristote.

Démocrite pense qu'il se produit, à la suite de l'inspiration, pour les vivants qui inspirent, un phénomène qui empêche que l'âme soit expulsée du corps. Toutefois il n'a dit nulle part que c'est en vue de cette fin que la nature a créé ce phénomène; car, tout comme les autres philosophes de la nature, il n'aborde nullement ce genre d'explication causale[3]. Mais il dit que l'âme est identique au chaud et que ⟨tous deux⟩ constituent les premières figures sphériques. Comme l'âme et le chaud se trouvent mêlés ensemble par le milieu environnant qui les expulse, l'inspiration, à ce qu'il prétend, constitue un secours : car il y a dans *l'air un grand nombre* de ces corps, auxquels il donne le nom d' intellect et d' âme; donc, au moment de l'inspiration, quand l'air pénètre ⟨dans le corps⟩, ceux-ci pénètrent en même temps, et la contre-pression qu'ils exercent prévient la fuite de l'âme enfermée dans les animaux. Voilà pourquoi vivre et mourir reviennent à inspirer et à expirer. Lorsqu'en effet la pression du milieu extérieur devient trop forte et que l'air du dehors ne peut plus pénétrer, comme l'inspiration n'est plus possible, la mort survient pour les animaux : car la mort est la fuite hors du corps de ces figures, sous la pression exercée par le milieu extérieur. Mais il n'a nullement démontré clairement la raison qui fait qu'il est nécessaire que tous meurent un jour, non par un effet du hasard, mais soit de vieillesse, selon la nature, soit du fait d'une violence anormale, exercée contre la nature[1]. (*De la respiration*, IV, 471 *b* 30.)

CVII

Sextus Empiricus.

D'autres [situent l'intellect] dans l'ensemble du corps, comme certains qui se recommandent de Démocrite. (*Contre les mathématiciens*, VII, 349.)

CVIII

Lucrèce.

On ne saurait, sur ce point, se ranger à l'avis
Du savant Démocrite à l'auguste pensée :
Il croit que l'entrelacs des atomes du corps
Avec ceux de l'âme, en pareille alternance,
Est le lien qui [attache et] réunit les membres.

(*De la nature*, III, v. 370 et suiv.)

CIX

Aétius.

Démocrite et Épicure disent que [l'âme] est corruptible et se désagrège en même temps que le corps. (*Opinions*, IV, VII, 4.)

CX

Sextus Empiricus.

Certains, comme les disciples de Démocrite, ont aboli tous les phénomènes[2]. (*Contre les mathématiciens*, VII, 369.)

CXI

Sextus Empiricus.

Diotime[3] disait que, selon Démocrite, il existe trois critères : les phénomènes, qui permettent la perception des choses non visibles [...], la notion, qui permet la recherche [...], et les impressions, qui permettent de choisir et d'éviter; car il faut choisir, ce qui nous est apparenté et éviter ce qui nous est étranger. (*Contre les mathématiciens*, VII, 140.)

CXII

Aristote.

D'autre part, de nombreux animaux en bonne santé reçoivent à propos d'objets identiques des représentations contraires aux nôtres et, pour chaque même individu, la même chose qui lui est relative n'apporte pas toujours à son opinion des sensations identiques. Lesquelles sont vraies, lesquelles sont fausses? on ne le voit pas. Celle-ci n'est en rien plus vraie que celle-là; l'une et l'autre le sont également. C'est pourquoi Démocrite soutient que, ou bien il n'existe rien de vrai, ou bien le vrai échappe du moins à notre vue. Mais, en général, c'est parce qu'on admet que la pensée se réduit à la sensation et qu'elle est une altération ⟨du corps⟩, que le phénomène représenté par l'intermédiaire de la sensation est tenu nécessairement pour vrai[1]. (*Métaphysique*, Γ, v, 1009 *b* 7.)

CXIII

Jean Philopon.

S'ils disaient qu'un intellect meut l'univers, comment pourraient-ils en conclure que le mouvement est aussi la propriété de l'âme? Eh bien oui, dit-il[2]. Car ils supposaient l'identité de l'âme et de l'intellect, comme Démocrite. Assurément nous n'avons nullement trouvé dans leurs écrits l'affirmation expresse de l'identité de l'intellect et de l'âme, mais on[3] l'établit au moyen d'un syllogisme. En effet, il est bien évident, selon lui, que c'est ce que Démocrite veut dire. Car il assure clairement l'identité du vrai et de la représentation phénoménale, et il n'y a pour lui aucune différence entre la vérité et le phénomène représenté par la sensation; mais la représentation phénoménale relative à chacun et l'opinion qu'il en a est précisément ce qui constitue le vrai, ainsi que Protagoras le disait lui aussi[4], bien que, du point de vue de la droite raison, vérité et sensation soient dissemblables et que la sensation et l'imagination soient relatives au phénomène, alors que l'intellect, lui, est relatif à la vérité[5]. Par conséquent, si l'intellect est relatif à la vérité, si d'autre part l'âme est relative à la représentation phénoménale, et si le vrai est identique à la représentation phénoménale, selon l'opinion de Démocrite, alors l'intellect aussi est identique à l'âme. Car, de même que l'intellect est relatif à la vérité, de même l'âme est relative à la représentation phénoménale; par conséquent l'inverse est également juste : de même que la représentation phénoménale est relative à la vérité, de même l'intellect est relatif à l'âme. Donc, si la représentation phénoménale et le vrai sont identiques, l'intellect et l'âme sont par conséquent eux aussi identiques. (*Commentaire sur le Traité de l'âme d'Aristote*, 71, 19.)

CXIV

Sextus Empiricus.

On ne saurait dire que toute représentation, en vertu du fait qu'elle se réfute d'elle-même, est vraie; c'est ce que Démocrite et Platon enseignaient en prenant le contre-pied de Protagoras. Car si toute représentation est vraie, il sera vrai de dire qu'aucune représentation n'est vraie, puisque ce jugement se fonde sur la représentation, et du même coup le jugement que toute représentation est vraie deviendra faux. (*Contre les mathématiciens*, VII, 389.)

CXV

Aétius.

[Combien y a-t-il de sens?] Démocrite dit que le nombre des sens est plus élevé que celui des sensibles, mais que, comme les sensibles ne sont pas proportionnels aux sens, leur nombre est inconnu[1]. (*Opinions*, IV, x, 5.)

Lucrèce.

Tellement sont ténus ⟨les atomes⟩, l'esprit,
À moins de faire effort, ne les peut discerner.

(*De la nature*, IV, v. 800-801.)

CXVI

Aétius.

Démocrite dit que les animaux privés de raison, les sages et les dieux ont plus [de cinq] sens[2]. (*Opinions*, IV, x, 4.)

CXVII

Aétius.

Démocrite dit que toutes choses participent d'une âme d'une certaine qualité, même les cadavres, étant donné qu'il eſt clair qu'ils participent toujours d'un certain principe chaud et sensitif, même si sa plus grande partie s'eſt dissipée. (*Opinions*, IV, IV, 7.)

Alexandre d'Aphrodise.

Les cadavres ont des sensations, ainsi que le pensait Démocrite[1]. (*Commentaire sur les Topiques d'Ariſtote*, 21, 21.)

CXVIII

Cicéron.

En effet, lorsque je t'écris une lettre, il me semble que tu es, pour ainsi dire, là en face de moi — sans que je sache comment cela se fait — et cela sous une forme autre que celle propre à la « représentation de simulacres à l'imagination sensible », comme disent tes nouveaux amis, qui pensent que même les « représentations d'images intellectuelles » sont provoquées par les « fantômes » de Catius. Car, je te le rappelle, l'épicurien Catius, l'Insubrien[2], qui vient de mourir récemment, appelle « fantômes[3] » les apparences auxquelles l'illuſtre philosophe de Gargette[4] et, déjà avant lui, Démocrite donnaient le nom de *simulacres*[5]. Moi, je veux bien que ces fantômes aient le pouvoir de venir frapper nos yeux parce qu'ils surgissent spontanément, que nous le voulions ou non; mais je vois mal comment l'esprit, lui, peut en être frappé. Il faudra que tu m'apprennes, quand tu seras de retour ici à bon port, si vraiment il eſt en mon pouvoir de faire surgir à mon gré ton « fantôme », quand je pense à toi, et si ce pouvoir se limite à ta personne, qui m'eſt si étroitement liée, ou bien si je ne peux pas aussi faire voler jusqu'en mon cœur, à tire d'aile, le *simulacre* de l'île de Bretagne, rien qu'en me mettant à penser à elle[6]. (*Correspondance familière*, XV, XVI, 1 [À Cassius].)

CXIX

Ariſtote.

Démocrite et la plupart des philosophes de la nature qui traitent de la sensation, inventent quelque chose de tout à fait extravagant : ils considèrent que tous les sensibles sont tangibles. Mais s'il en était ainsi, il est évident que tous les sens seraient une sorte de toucher[1]. (*Des sens*, IV, 442 *a* 29.)

Théophraste.

En effet, il faut commencer par examiner ce phénomène même : doit-il être attribué aux affections consécutives aux sensations ou, ainsi que le pense Démocrite, aux figures dont chacun est formé ? (*Causes des plantes*, VI, 1, 2.)

CXX

Simplicius.

Comme Théophraste le raconte dans sa *Physique*, c'est en raison de la naïveté de l'explication ⟨de ses prédécesseurs⟩ par les causes selon le chaud, le froid et autres causes du même genre, que Démocrite est remonté jusqu'aux atomes, à l'instar des pythagoriciens qui, eux, remontaient jusqu'aux surfaces parce qu'ils pensaient que les figures et les grandeurs sont causes du chaud et du froid : car les ⟨corps⟩ qui dissocient et séparent produisent la sensation de chaleur, tandis que ceux qui associent et condensent produisent la sensation de froid. (*Commentaire sur le Traité du ciel d'Aristote*, 564, 24.)

CXXI

Aristote.

Démocrite a raison de déclarer que ⟨ce par quoi nous voyons⟩, c'est l'eau, mais tort de penser que la vision est l'impression ⟨réfléchie dans l'eau⟩. En effet l'image se produit parce que l'œil est lisse, mais la vision n'est pas dans l'image, elle est au contraire dans le sujet qui voit : car l'image reflétée n'est que ce qui se réfléchit[2] ; mais l'explication du mécanisme de la production de l'image et de l'impression lumineuse en général, semble-t-il, manquait alors de clarté. Il est étrange aussi qu'il ne se soit pas posé la question de savoir pourquoi seul l'œil exerce la vision alors qu'aucun des objets sur lesquels les simulacres se réfléchissent ne la possède[3]. (*Du sens*, II, 438 *a* 5.)

CXXII

Aristote.

Démocrite en effet a tort de penser que si l'espace intermédiaire était vide, la moindre fourmi dans le ciel deviendrait distinctement visible. (*Traité de l'âme*, II, VII, 419 *a* 15.)

CXXIII

Aristote.

C'est pourquoi, dit Démocrite, la couleur n'existe pas; car la coloration est l'effet de la modalité[1]. (*De la génération et de la corruption*, I, II, 316 *a* 1.)

CXXIV

Aétius.

Certains disent que les atomes sont tous en somme dépourvus de couleur, et que les qualités sensibles proviennent d'⟨éléments⟩ dépourvus de qualité, appréhendés spéculativement par la raison[2]. (*Opinions*, I, XV, 11.)

CXXV

Aétius.

Démocrite dit que par nature il n'existe pas de couleur. Car les éléments sont dépourvus de qualité, qu'il s'agisse soit des compacts, soit du vide. Ce sont les composés à partir de ces éléments qui sont colorés par l' assemblage, le rythme, et la modalité relative, c'est-à-dire l'ordre, la figure et la position[3] : les images dépendent d'eux en effet.

Ils procurent à l'imagination quatre tonalités colorées différentes : le blanc, le noir, le rouge et le jaune[4]. (*Opinions*, I, XV, 8.)

CXXVI

Aristote.

⟨Démocrite⟩ assure que le blanc et le noir sont le lisse et le rugueux : quant aux saveurs, il les réduit aux figures[5]. (*Du sens*, IV, 442 *b* 11.)

CXXVI *a*

Porphyre.

Ce n'eſt pas à la façon dont la vision (qui projette la vue en direction de l'objet, par diffusion du regard) produit, au dire des savants, l'appréhension de l'objet, que peut-être s'exerce l'ouïe : elle eſt au contraire, ainsi que le déclare Démocrite, un réservoir de bruits qui attend le son à la façon d'un vase. En effet, le son s'insinue et coule en elle, ce qui explique juſtement que la vue soit plus prompte que l'ouïe : car, alors que l'éclair et le tonnerre se produisent ensemble, nous voyons l'éclair au moment où le phénomène se produit, mais nous n'entendons le tonnerre que bien après; et il n'y a pas à cela d'autre raison que le fait que la lumière se porte à la rencontre de notre vision, alors que le tonnerre se présente à l'ouïe qui se borne à être le réservoir du bruit. (*Commentaire sur les Harmoniques de Ptolémée*, 32, 6.)

CXXVII

[Scolie.]

Épicure, Démocrite et les ſtoïciens disent que la voix eſt un corps. (À Denys de Thrace, éd. Hilgard, *Grammatici Graeci*, 482, 13.)

CXXVIII

Aétius.

[Sur la voix]. Démocrite[1] déclare que l'air aussi eſt émietté en corps de figures semblables et emporté dans le flot des éclats de voix. Car *le geai se pose à côté du geai* et *Dieu produit toujours le semblable conforme au semblable*[2]. Et en effet sur les rivages on voit les mêmes galets aux mêmes endroits, ici les sphériques, là les oblongs. Et lorsqu'on tamise, les éléments de même forme se regroupent au même endroit, de telle sorte que les fèves et les pois se trouvent séparés. Mais on pourrait leur opposer ceci : « Comment quelques éclats de souffle peuvent-ils emplir un théâtre de dix mille places[3] ? » (*Opinions*, IV, XIX, 13.)

CXXIX

Théophraſte.

Démocrite, en assignant une figure à chaque ⟨saveur⟩, fait de ce qui eſt rond et bien proportionné le doux; l'amer eſt formé du grand, de ce qui est rugueux, polygonal, mais n'est pas arrondi; l'acide, comme son nom l'indique, est formé de ce qui est aigu, anguleux, crochu et subtil, mais n'est pas arrondi; l'âcre est formé de ce qui est à la fois arrondi, subtil, anguleux et crochu; le salé est formé de ce qui est anguleux, moyen, tordu et isocèle; le piquant est formé de ce qui est arrondi, léger et tordu, mais petit par la taille; le gras est formé de ce qui est subtil, rond et petit[1]. (*Causes des plantes*, VI, I, 6.)

CXXX

Théophraste.

Peut-être[2], ainsi qu'il a été dit, les ⟨saveurs⟩ pourraient-elles être imputées aux ⟨formes des atomes⟩. Car, en rendant compte de leurs ⟨différentes⟩ propriétés, Démocrite croit donner les raisons pour lesquelles tel aliment a une propriété astringente, sèche et âcre, tel autre adoucit, apaise et calme, et tel autre décompose, dissout et entraîne tout autre effet semblable. Mais on pourrait peut-être aussi chercher à savoir pourquoi l'objet produit telle impression qualitative, car il faut connaître non pas seulement l'agent, mais encore le patient, surtout si la même saveur ne donne pas la même représentation phénoménale à tous[3], ainsi qu'il le soutient. En effet, rien n'empêche que ce qui nous paraît doux paraisse amer à d'autres animaux, et qu'il en aille de même des autres saveurs. (*Causes des plantes*, VI, II, I.)

CXXXI

Théophraste.

D'autre part, il est absurde, quand on parle des figures, de penser que la différence existant entre les semblables selon la petitesse et la grandeur entraîne qu'ils n'ont pas la même propriété[4]; car les propriétés ne relèvent pas de la forme, mais des corpuscules, qu'on pourrait peut-être rendre causes de la contrainte et, en un mot, du plus et du moins, mais pas — sous peine d'invraisemblance — du fait que les ⟨corps⟩ n'ont pas la même propriété ni n'ont les mêmes effets, puisque c'est dans les figures que résident les propriétés. Car si ces ⟨corpuscules⟩ avaient la même figure, leurs propriétés[5] seraient identiques, comme c'est le cas pour tout le reste. (*Causes des plantes*, VI, II, 3.)

CXXXII

Théophraste.

On pourrait mettre Démocrite dans l'embarras en lui demandant comment donc il se fait que [les saveurs] proviennent les unes des autres. Il est nécessaire en effet, soit que les figures subissent un changement rythmique, et de scalènes et pointues qu'elles étaient deviennent arrondies, soit, [deuxième hypothèse], que, si toutes les figures coexistent – par exemple celles de l'amer, de l'acide et du doux –, on voie se dissocier les unes (les figures qui leur préexistent et qui ensuite deviennent propres à chaque saveur[1]), alors que les autres demeurent, soit que, troisième hypothèse, certaines s'en aillent pour laisser la place à d'autres qui arrivent. Mais, puisque le changement de figure est impossible (en effet l'atome ne pâtit pas), il reste que ou bien les unes arrivent et les autres s'en vont, ou bien ‹que les unes restent et les autres s'en vont› ; mais ces deux dernières hypothèses sont également absurdes, car il faut aussi rendre compte de ce qui effectue et cause ces transformations. (*Causes des plantes*, VI, VII, 2.)

CXXXIII

Théophraste.

Pourquoi donc Démocrite rapporte-t-il au goût les saveurs, et ne rapporte-t-il pas également aux sens qui les reçoivent les odeurs et les couleurs ? Car il devrait le faire à partir des figures. (*Des odeurs*, 64.)

CXXXIV

Sextus Empiricus.

De ce que le miel apparaît amer aux uns, mais doux aux autres[2], Démocrite déclarait qu'il n'est ni doux ni amer en soi, tandis qu'Héraclite[3] disait que le *miel* est *à la fois* doux et amer. (*Hypotyposes pyrrhoniennes*, II, 63.)

CXXXV

Théophraste.

49. Démocrite, touchant la sensation, ne tranche pas la question de savoir si elle est le fait des contraires ou le fait des semblables[1] ; car, dans la mesure où il fait du sentir un « être-altéré », il paraît considérer qu'elle est le fait des différents : car l'altération n'est pas l'effet du semblable sur le semblable. Mais, en revanche, si sentir et, pour tout dire, être altéré, c'est pâtir, il est, selon lui, impossible que ⟨non seulement⟩ ce ne soit pas le même qui pâtisse, mais encore que des ⟨éléments⟩ qui sont autres produisent des effets qui ne soient pas autres, à moins qu'il n'y ait comme substrat quelque chose de même dans les semblables[2]. Aussi, touchant les sensations, les deux hypothèses peuvent-elles être soutenues. Il s'efforce ensuite d'examiner en détail chacune des sensations.

50. La *vue* est produite, selon lui, par l'image reflétée. Il l'explique d'une manière qui lui est tout à fait propre, car l'image ne se produit pas directement dans la pupille, mais l'air situé dans l'intervalle entre la vue et l'objet vu est comprimé et frappé par l'objet visible et l'œil qui voit, étant donné que toute chose émet toujours quelque effluve. Ensuite cet air, qui est un solide de couleur différente, produit une image[3] qui se réfléchit dans les yeux humides. Le compact ne saurait recevoir l'image, mais l'humide la laisse passer ; c'est pourquoi les yeux humides voient mieux que les yeux secs, à condition que d'une part leur membrane externe soit la plus subtile et la plus finement tissée possible, que d'autre part leurs parties internes soient le plus possible spongieuses et vides de chair compacte et résistante, et par ailleurs qu'elles soient ⟨remplies[4]⟩ d'humidité épaisse et huileuse, et que les vaisseaux oculaires soient droits et secs pour donner des figures semblables aux impressions reçues. Car chacun connaît les choses qui lui sont le plus apparentées. 51. Remarquons d'abord que l'impression dans l'air est absurde, car il faut que ce qui reçoit l'impression soit très serré et ne soit pas émiettable, ainsi que Démocrite le dit lui-même, en comparant l'impression à l'empreinte d'un sceau sur la cire[5]. Ensuite il est d'autant plus possible d'imprimer une trace dans l'eau, qu'elle est plus compacte ; or, ⟨dans l'eau⟩ la trace se voit moins bien, alors qu'il conviendrait qu'elle se vît mieux. En somme, pourquoi, alors qu'il a forgé l'hypothèse d'un effluve émanant de la figure extérieure, ainsi qu'il l'a fait dans les ⟨passages⟩ où il traite des formes[6], doit-il maintenant forger

l'hypothèse d'une empreinte sur l'air ? Car ce sont les simulacres eux-mêmes qui sont réfléchis[1]. 52. D'autre part, en admettant que ce processus s'accomplisse et que l'air se trouve modelé à la façon dont la cire est pressée et comprimée, comment cela se produit-il, et quelle est la nature de l'image reflétée dans l'œil ? Car il est évident que l'empreinte fera face à l'objet vu, comme dans les autres cas[2]. Or, s'il en est ainsi, il est impossible qu'une image se produise à partir d'un objet qui nous fait face, si l'empreinte n'effectue pas une volte-face. Mais alors il faut montrer quelle est la cause de ce demi-tour, et comment il s'opère, car il n'est pas possible que la vision se réalise autrement. Ensuite, lorsque plusieurs objets sont vus au même endroit, comment pourra-t-il exister plusieurs empreintes dans le même air ? D'autre part, comment est-il possible que nous nous voyions mutuellement ? Car nécessairement les empreintes se rencontrent, puisque chacun fait face à celui dont l'effluve provient. Aussi ce point requiert-il examen. 53. En outre, pourquoi donc se fait-il que chacun ne se voie pas lui-même ? Car, tout de même qu'elles se reflètent dans les yeux de nos voisins, les empreintes devraient aussi se refléter dans nos yeux, surtout si elles nous font directement face et si cet effet survient à la façon de l'écho ; car, déclare-t-il, la voix est réfléchie aussi vers celui qui l'émet. En un mot, la théorie de l'empreinte sur l'air est absurde. Il faudrait en effet, si l'on tirait toutes les conséquences de son explication, admettre nécessairement que tous les corps reçoivent les empreintes qu'ils produisent et dont beaucoup se croisent, ce qui constituerait un obstacle à la vue et ne serait pas d'ailleurs vraisemblable. De plus, si l'empreinte subsiste, il nous faudrait admettre que nous voyons des objets non visibles et non proches, sinon la nuit, du moins le jour ; et pourtant, il est d'autant plus vraisemblable que les empreintes subsistent la nuit, que l'air est plus froid. 54. Mais peut-être est-ce le Soleil qui produit l'image reflétée ⟨sur l'œil⟩, en projetant justement — si l'on peut dire — sa lumière sur ⟨l'organe de⟩ la vue, ainsi qu'il semble vouloir le dire. C'est qu'en effet il est absurde que le Soleil, comme il le déclare, en repoussant l'air loin de lui et en le frappant, le condense[3], car son pouvoir naturel est plutôt de dissocier. Absurde encore est la manière dont il rapporte la sensation non pas uniquement aux yeux, mais au reste du corps ; car, selon lui, la raison pour laquelle il faut que l'œil renferme du vide et de l'humidité, c'est qu'ainsi il est plus réceptif et peut opérer la transmission ⟨de l'impression⟩ au reste du corps. Et il est encore illogique de prétendre que ce qu'on voit mieux, ce sont les choses les plus apparentées à l'œil, tout en soutenant que l'image reflétée est constituée par des différences de couleurs, sous prétexte que les couleurs semblables à celles de l'œil ne se reflètent pas sur lui. Quant au mécanisme de la production de l'image des grandeurs et des distances, en dépit de ses efforts pour en parler, il n'en rend pas compte. 55. Par conséquent, en voulant sur quelques points donner de la vision une explication personnelle, Démocrite soulève des questions en plus grand nombre.

Pour ce qui concerne l'*audition*, il en rend compte d'une manière tout à fait conforme à celle des autres philosophes. Car l'air, en frappant dans le vide, produit à l'intérieur un ébranlement, à ceci près qu'alors qu'il pénètre également tout le corps, il pénètre au mieux et au maximum par les oreilles, parce que l'air y traverse le vide le plus abondant et n'y stagne en aucune façon; c'est ce qui fait que l'oreille est la seule partie du corps à éprouver des sensations sonores. D'autre part, dès que l'air a pénétré à l'intérieur, il se diffuse avec promptitude; car il y a voix quand l'air condensé pénètre en force. Il rend donc compte, par le contact, de la sensation interne, comme il le fait de la sensation externe. 56. L'acuité auditive est excellente si la membrane externe est compacte et si les conduits sont vides et les plus secs et larges possible, pour le reste du corps comme pour la tête et les oreilles, et si, en outre, les os sont compacts, le cerveau bien tempéré et son environnement le plus sec possible. Car la voix peut ainsi pénétrer en masse, puisqu'elle s'introduit par un vide abondant, sec et large, et peut se diffuser promptement et régulièrement dans le corps sans déperdition externe. 57. Assurément, on trouve chez les autres philosophes semblable définition obscure. Mais il est absurde (et ce point constitue l'originalité de Démocrite[1]) de considérer que le son s'introduit dans la totalité du corps, et qu'après s'y être introduit par le canal de l'ouïe, il se déverse dans le corps tout entier, comme si la sensation relevait non pas des oreilles, mais de la totalité du corps. Car, même en admettant que la perception auditive produise en quelque sorte un effet généralisé, telle n'est pas la raison pour laquelle la sensation se produit. En effet, il étend ce processus à tous les sens, et pas seulement aux sens, mais aussi à l'âme. Telles sont les explications qu'il fournit touchant la vue et l'ouïe; et, touchant les autres sens, il en rend compte d'une manière à peu près identique à celle de la plupart des philosophes. 58. Touchant la conscience, il est allé jusqu'à dire qu'il y a conscience lorsque l'âme connaît une disposition congruente au mélange[2]. Mais si l'âme, d'une quelconque manière, vient à avoir une température trop chaude ou trop froide, il dit qu'elle change ; c'est pourquoi les Anciens avaient bien raison de supposer qu'il arrive qu'on ait la conscience *égarée*[1]. Ainsi il est évident que c'est du mélange corporel qu'il fait dépendre la conscience, ce qui sans doute est pour lui logique, puisqu'il considère que l'âme est un corps. Voilà donc en gros quelles sont les thèses si importantes, relatives aux sens et à la conscience, que nous trouvons chez les philosophes antérieurs.

59. À propos des sensibles, la question de savoir quelles sont la nature et la qualité de chacun d'eux, les autres philosophes la laissent de côté. En effet, à propos des objets perçus grâce au toucher, ils parlent de lourd, de léger, de chaud et de froid, disant par exemple que ce qui est rare et subtil est chaud, et que ce qui est dense et épais est froid : telle est la distinction qu'Anaxagore[2] établit entre l'air et l'éther. En gros, ils mettent encore en rapport le léger avec les mouvements vers le haut ou vers le bas ; et ils ajoutent à cela que la voix est une vibration de l'air, et l'odeur une sorte d'effluve. Empédocle traite aussi des couleurs, disant que le blanc est fait de feu, et le noir d'eau[3]. Les autres philosophes, eux, se bornent à dire que le blanc et le noir sont des principes et que les autres couleurs naissent de leur mélange : Anaxagore en effet en a traité d'une manière simpliste. 60. Mais, pour leur part, Démocrite et Platon traitent fort longuement cette question et prennent soin de définir séparément chaque sensible, à cette différence ⟨notable⟩ près qu'alors que celui-ci ne dépouille pas la nature des objets sensibles [qu'elle contient], Démocrite en revanche les réduit tous à n'être que des affections du sens. Lequel des deux a raison ? La question serait hors de notre propos. Contentons-nous ici de rendre compte de la manière dont ils ont traité la question et dont ils définissent les sensibles, en commençant par décrire globalement la méthode suivie par l'un et l'autre. Démocrite ne tient pas un langage identique sur tous ⟨les sensibles⟩ et distingue les uns par leur grandeur, les autres par leur forme, et quelques-uns par l'ordre et la position. Platon, lui, les rapporte presque tous aux affections et à la sensation, si bien qu'on pourrait croire que l'un comme l'autre tient un langage contraire à son hypothèse. 61. Démocrite en effet, qui fait ⟨des sensibles⟩ les affections du sens, établit des distinctions de nature pour les objets, tandis que Platon, qui fait dépendre la réalité des sensibles de ce qu'ils sont en soi, les rapporte aux affections du sens. Pour ce qui est du lourd et du léger, Démocrite les distingue au moyen de la grandeur, car si l'on discriminait individuellement chacun ⟨des atomes⟩, même si alors

ils différaient en figure, leur poids naturel devrait être fonction de leur grandeur. En revanche, pour ce qui est, du moins des composés, le plus léger, selon lui, est celui qui renferme davantage de vide, alors que le plus lourd est celui qui en contient le moins : voilà l'explication qu'il fournit dans quelques passages. 62. Mais dans d'autres passages, il déclare que le léger, c'est tout simplement le subtil. Touchant le dur et le mou, il tient un langage tout à fait semblable : le dense est dur, alors que le rare est mou, et le plus et le moins varient très exactement selon le même rapport[1]. Cependant ce qui fait que ⟨le sensible⟩ est dur, mou, lourd ou léger, ce sont certaines différences de position et de cloisonnement des vides ; c'est ce qui explique que si le fer est dur, le plomb est lourd ; car le fer a une structure irrégulière et renferme du vide en de nombreuses places et selon de grands espaces, ce qui n'empêche pas qu'il soit dense à certains endroits ; mais, dans l'ensemble, il contient plus de vide. Au contraire, le plomb renferme peu de vide et a une structure régulière totalement uniforme, ce qui fait qu'il est plus lourd, mais en même temps plus mou que le fer. 63. Telle est la manière dont il définit, dans ce passage, le lourd et le léger, le dur et le mou. Quant aux autres sensibles, aucun n'a de réalité naturelle, mais tous sont des affections du sens qui se trouve altéré, et c'est du sens que naît l'image sensible ; le froid et le chaud n'ont pas non plus de réalité naturelle, mais c'est le changement et la transformation de la figure qui sont également responsables de notre altération. En effet, tout ce qui est en masse se fait fortement sentir dans chacune ⟨des figures⟩, alors que ce qui est largement diffus est imperceptible. La preuve que les qualités sensibles n'existent pas par nature est qu'elles ne procurent pas à tous les animaux les mêmes représentations phénoménales et que ce qui est doux pour nous paraît à d'autres amer, à d'autres acide, à d'autres âcre, à d'autres astringent, et ainsi de suite. 64. En outre, la composition du *mélange corporel* des ⟨*animaux*⟩ change selon les affections et les âges. Par là, il est évident que la disposition est responsable de l'image sensible. Voilà donc en bref ce qu'il faut penser, selon lui, sur le chapitre des sensibles. Néanmoins il rapporte les sensibles, comme tout le reste, aux figures, sauf qu'il ne rend pas compte des formes de tous les sensibles, mais s'attache surtout aux saveurs et aux couleurs[2] ; et, parmi elles, il consacre surtout son attention à définir ce qui concerne les saveurs, tout en considérant que la représentation est relative à l'homme.

65. Ce qui est acide est anguleux de figure[3], plein de sinuosités, petit et subtil : sa finesse lui permet de s'insinuer

promptement et partout, et grâce à sa rugosité et à son aspect anguleux, il rassemble et resserre. C'est pourquoi aussi il réchauffe le corps en provoquant des vides, car ce qui renferme le plus de vide est sujet au plus grand échauffement. Le doux est formé de figures arrondies et non point trop petites; aussi relâche-t-il complètement le corps et le parcourt-il totalement sans violence et sans hâte. Cependant, il trouble les autres saveurs parce que, en s'insinuant, il les embrouille et les humidifie. Une fois humidifiées et perturbées dans leur ordre, elles s'écoulent ensemble à l'intérieur de la cavité abdominale, car celle-ci offre l'issue la plus facile du fait qu'elle contient le plus de vide.

66. L' astringent est formé de figures de grande taille, aux angles nombreux et les moins arrondies possible. En effet, lorsqu'elles pénètrent dans les corps, elles encombrent et obturent les vaisseaux en empêchant l'écoulement; c'est pourquoi elles bloquent les intestins. Le piquant est formé de figures petites, lisses et arrondies dont la surface présente volutes et replis; c'est pourquoi il est gluant et collant. Le salé est formé de figures grandes et arrondies dont quelques-unes sont scalènes, mais dont la majorité n'est pas scalène; c'est pourquoi ses replis ne sont pas nombreux (par scalènes il veut désigner des figures qui peuvent se chevaucher mutuellement et s'imbriquer). ⟨Le salé est donc formé⟩ de grandes figures parce que le sel remonte à la surface; car, si ces figures étaient petites et se heurtaient aux éléments environnants, elles se trouveraient mélangées à l'ensemble; d'autre part, il n'est pas formé de figures arrondies parce que le salé est rugueux, tandis que l'arrondi est lisse. Enfin ⟨il n'est pas formé⟩ de figures non scalènes, parce qu'elles ne s' imbriquent pas les unes dans les autres, ce qui fait qu'il est poudreux.

67. L' âcre est petit, arrondi et anguleux, mais n'est pas scalène; car l'âcre, ayant de nombreux angles, agit en échauffant par sa rugosité et dissout parce qu'il est petit, arrondi et anguleux; car l'anguleux a aussi cette propriété. Selon la même méthode, il rend compte des autres propriétés de chaque saveur en les rapportant aux figures; mais aucune, parmi toutes ces figures, n'est absolument pure et sans mélange avec toutes les autres; de fait, en chaque saveur se trouve une multitude de figures et la même saveur participe du lisse, du rugueux, de l'arrondi, du pointu, etc. Mais c'est la figure majoritaire qui a le plus d'effet sur le sens et sur la propriété de la saveur; intervient en outre la disposition de l'organe qu'elle vient affecter. Celle-ci

en effet introduit une différence fort importante; c'est pourquoi la même saveur produit des sensations contraires, et parfois des substances contraires produisent la même impression[1]. 68. Tel est le développement que Démocrite consacre aux saveurs.

Il pourrait d'abord paraître absurde, au lieu de rapporter à des causes de nature semblable toutes les qualités sensibles, d'expliquer le lourd, le léger, le mou et le dur par la grandeur, la petitesse, le rare et le dense, cependant que le chaud, le froid et les autres qualités se trouvent rapportés aux figures. Ensuite, il pourrait paraître absurde de conférer des natures effectives[2] au lourd, au léger, au dur et au mou (car la grandeur, la petitesse, le dense et le rare ne sont pas des relatifs), et de considérer en même temps que le chaud, le froid et les autres qualités sont relatives aux sens, alors qu'il ne cesse de dire que la figure du chaud[3] est sphérique.

69. Mais la contradiction généralement la plus importante, et commune à toutes ces explications, vient de ce qu'en même temps qu'il déclare que ⟨les sensibles⟩ sont des affections du sens, il s'entête à les distinguer par les figures. C'est que, dit-il, le même objet donne aux uns une représentation amère, aux autres une représentation douce, et à d'autres une autre[4]. Mais il ne se peut faire que la figure soit une affection ni que la même soit sphérique pour les uns et autrement pour les autres (quoiqu'il soit peut-être nécessaire d'en convenir puisque les uns ont la représentation du doux, tandis que les autres l'ont de l'amer); et il n'est pas possible non plus que les formes des atomes changent selon nos dispositions. Mais, en un mot, la figure est une réalité absolument en soi, alors que le doux et le sensible en général sont, ainsi qu'il le déclare, relatifs et existent en d'autres choses. En outre, il est absurde d'estimer que la même représentation phénoménale appartient à ceux qui sentent les mêmes objets et de rejeter la vérité des sensibles; et, après avoir dit cela, d'estimer que des *représentations phénoménales* dissemblables apparaissent à des sens dissemblablement disposés, et d'ajouter à nouveau qu'aucune ⟨représentation⟩ n'a plus qu'une autre de chance d'atteindre la vérité. 70. Car il est vraisemblable que le bon atteint le mauvais et le sain le malade; c'est en effet davantage en accord avec la norme naturelle[5]. En outre, puisqu'il n'existe pas de réalité naturelle des sensibles, étant donné que tous n'ont pas les mêmes représentations phénoménales, il est évident qu'⟨il n'existe aucune réalité en soi⟩ des animaux et des autres objets corporels : car à leur sujet non plus, les opinions des hommes ne s'accordent pas; remarquons toutefois que si le doux et l'amer ne sont pas

produits pour tous par des objets identiques, il n'en est pas moins vrai que la réalité naturelle de l'amer et du doux constitue pour tous une représentation identique. ⟨Démocrite⟩ lui-même semble le confirmer; car comment se pourrait-il que ce qui nous paraît amer paraisse doux et astringent à d'autres, si ces qualités sensibles ne possédaient pas une nature définie[1]? 71. Il en donne une preuve encore plus manifeste dans les passages où il déclare que chaque qualité est engendrée et existe véritablement, et tout particulièrement lorsqu'il dit de l'amer qu' il est une part de la conscience. Aussi, compte tenu de telles affirmations, il paraîtrait contradictoire de refuser une certaine réalité naturelle aux sensibles; mais à cela s'ajoute ce qu'il a dit précédemment, quand, concédant une figure à l'⟨amer⟩ ainsi qu'aux autres sensibles, il déclare qu'ils n'ont pas de réalité naturelle. Car ou bien il n'y aura de réalité naturelle d'aucune chose, ou bien les sensibles auront une réalité naturelle eux aussi, puisque c'est une cause identique qui leur confère l'existence. En outre, le chaud et le froid, qu'ils[2] posent comme principes, doivent vraisemblablement posséder une certaine réalité naturelle et, si tel est le cas pour eux, ainsi doit-il en être des autres. En réalité, il confère une certaine essence au dur, au mou, au lourd et au léger, qu'il ne paraît pas moins avoir déclarés relatifs à nous, mais il ne concède pas d'essence au chaud, au froid ni à aucune des autres qualités. Et certes, lorsqu'il distingue par les grandeurs le lourd et le léger, il est nécessaire que tous les corps simples possèdent la même vitesse initiale responsable de leur mouvement[3], de telle sorte qu'ils devraient être constitués d'une certaine matière une et de la même réalité naturelle. 72. Mais sur ces questions il s'est rangé, semble-t-il, à l'avis de ceux qui font reposer totalement la pensée sur l'altération, ce qui constitue la théorie la plus ancienne : car tous les Anciens, poètes et savants, font dépendre la pensée de la disposition ⟨du corps[4]⟩. Quant aux saveurs, à chacune il assigne une figure, qu'il conforme à la propriété présente dans nos affections. La figure ne devrait pas seulement découler des saveurs, mais devrait aussi être rapportée aux organes des sens, surtout si l'on admet qu'elles sont en fait des affections des sens; car les figures sphériques, pas plus que les *autres figures, ne* possèdent toutes la même propriété, de telle sorte qu'une saveur devrait être définie aussi par rapport au sujet, en précisant s'il est formé d'éléments semblables ou dissemblables, et comment se produit l'altération des sens; il faudrait en outre fournir une explication semblable pour toutes ⟨les qualités sensibles⟩ que nous transmet le toucher, sans se borner à celles que nous transmet le goût; mais, là encore, ou bien ces qualités ⟨connues par le toucher⟩ se différencient en quelque chose par rapport aux saveurs, et il conviendrait dans ce cas d'expliquer clairement cette différence; ou bien il est possible d'expliquer le toucher de façon identique au goût, ⟨et l'on comprend⟩ qu'il n'en ait pas parlé.

73. Touchant les couleurs, il pense qu'il en existe quatre pures[1]. Le lisse est blanc, parce que le lisse n'étant ni rugueux, ni obscurcissable, ni non plus réfractaire à la pénétration, tout ce qui est lisse est brillant. Il faut aussi que les corps brillants soient largement poreux et translucides. Les corps durs qui figurent parmi les corps blancs sont composés de telles figures, par exemple la face interne de la coquille de la pourpre : ainsi, en effet, ils devraient être réfractaires à l'obscurcissement, purs et percés de pores rectilignes. Les corps blancs friables et cassants, eux, sont formés de figures arrondies, mais juxtaposées en quinconce et assemblées par paires, alors que leur ordre général est tout ce qu'il y a de plus uniforme; étant donné ces qualités de leurs figures, ils sont friables parce que la surface de contact entre elles est très réduite; ils sont cassants, parce que leur structure est uniforme; réfractaires à l'obscurité parce que lisses et plats; et plus blancs les uns que les autres, parce que leurs figures, décrites plus haut, sont plus précisément ordonnées et moins mêlées ⟨d'autres figures⟩, et que leur ordre et leur position se rapprochent davantage de ceux qui ont été décrits. 74. Le blanc est donc formé de figures de ce genre. Le noir est, lui, formé des figures contraires, c'est-à-dire rugueuses, scalènes et non uniformes. C'est pourquoi il peut attirer l'obscurité, et les pores qu'il renferme ne sont ni rectilignes ni même aisément traversables; de plus, leurs effluves sont lents et confus; en effet l'effluve présente une certaine différence de qualité, selon qu'il est tel ou tel relativement à l'image qui elle-même devient différente à cause de l'interception de l'air. 75. Le rouge, lui, est formé de figures de même sorte précisément que celles dont le chaud est formé, sauf qu'elles sont plus grandes. Car, pour peu que les mélanges soient plus grands, alors que les figures demeurent semblables, la nuance de rouge est alors plus prononcée. À preuve que le rouge est constitué de figures de cette sorte, le fait que, lorsque nous sommes échauffés, nous rougissons, et qu'il en est de même pour les autres corps soumis à l'action du feu, jusqu'à ce qu'ils prennent la couleur du feu. Plus rouges sont les corps formés de grandes figures, comme par exemple la flamme et le charbon des bois verts qui sont plus rouges que ceux des bois secs, et aussi le fer et les autres substances soumises à l'action du

feu. En effet les corps les plus brillants sont ceux qui renferment le feu le plus abondant et le plus subtil, et plus rouges sont ceux qui contiennent un feu plus dense et moins abondant. C'est pourquoi justement les corps d'un rouge soutenu sont moins chauds, car c'est le subtil qui est chaud. Le vert, enfin, est formé à la fois de solide et de vide mélangés, la nuance variant selon la position et l'ordre des deux [solide et vide]. 76. Ainsi donc les couleurs pures mettent en jeu ces figures. Chacune ⟨des couleurs⟩ est d'autant plus pure qu'elle est formée de figures moins mêlées ⟨à d'autres figures⟩. Quant aux autres couleurs, elles proviennent du mélange des couleurs pures. Ainsi, par exemple, le doré, la couleur bronze et toute couleur de cette sorte proviennent du mélange du blanc et du rouge : leur aspect brillant provient du blanc, leur aspect rougeâtre vient du rouge; car dans le mélange, le rouge tombe dans les vides du blanc. Si à ces deux couleurs on ajoute le vert, alors se trouve produite la plus belle des couleurs[1] ; cependant il faut que les doses de vert soient légères, car de trop fortes doses s'harmoniseraient mal avec le blanc et le rouge : des nuances différentes seront obtenues en fonction de la plus ou moins grande quantité ⟨de couleur verte⟩ incorporée au mélange. 77. Le pourpre provient du blanc, du noir et du rouge, la dominante étant le rouge, la mineure le noir et la moyenne le blanc. C'est pourquoi sa représentation est plaisante au sens. Parce que le pourpre contient du noir et du rouge, il accroche la vue; et, parce qu'il contient du blanc, le brillant et la transparence se manifestent : car tels sont les effets que produit le blanc. Le bleu pastel est produit à partir du noir surtout et du vert, et sa dominante est le noir. Le vert poireau est produit à partir du pourpre et du bleu pastel, ou à partir du vert et du rougeâtre. Le jaune soufre[2], en effet, est de la même sorte et participe en plus du brillant. L'indigo est un mélange de bleu pastel et de couleur feu avec des figures arrondies et en forme d'aiguilles, afin que du brillant s'ajoute au noir. 78. Le lie-de-vin est formé de vert et de bleu-noir; mais si l'on mélange ⟨du blanc⟩ au vert, on obtient la teinte flamme, car ce qui est réfractaire à l'obscurité et de couleur noire se trouve exclu ⟨du mélange⟩. Un peu de rouge aussi mélangé au blanc produit du vert transparent et non *noir; c'est pour cela* que les plantes sont d'abord vertes, avant d'avoir subi l'action de la chaleur et de perdre leurs feuilles. Voilà toutes les couleurs qu'il a dénombrées; mais à son avis, les couleurs sont en nombre illimité, au même titre que les saveurs, en fonction des mélanges, pour peu que l'on en retranche ou que l'on en ajoute, et que l'on fasse varier plus ou moins les proportions du mélange. ⟨Dans ce cas⟩, en effet, aucune ⟨couleur ou saveur⟩ ne sera semblable à aucune autre.

79. Il faut d'abord remarquer que la façon dont il augmente le nombre des couleurs primaires soulève une [première] difficulté, car les autres philosophes se bornent à faire du blanc et du noir les seules couleurs pures. Une autre surgit ensuite du fait qu'au lieu d'assigner à toutes les sortes de blanc une forme unique, il assigne une forme différente aux blancs durs et aux blancs friables; car, vraisemblablement, ce n'est pas une autre raison qui explique les différences de toucher. De plus, la figure ne serait pas non plus la cause de cette différence[1], mais ce serait plutôt la position : en effet, il est possible que les figures arrondies et, en un mot, toutes les figures s'obscurcissent; la preuve en est que tous les corps lisses nous apparaissent noirs : il le confirme lui-même! Car c'est parce qu'ils ont la même composition naturelle et le même ordre que le noir, que ces corps apparaissent noirs. Et de même, tous les corps formés de figures rugueuses nous apparaissent blancs : car les corps blancs sont formés de grandes figures et leurs points d'accrochage ne sont pas arrondis, mais disposés en rangées, et les formes des figures s'imbriquent à la façon dont la rampe sinue entre les barbacanes qui sont en avant des remparts. Une telle disposition, en effet, ne produit pas l'obscurité et ne contrarie pas l'éclat.

80. En outre, comment peut-il dire que le blanc de quelques animaux devient noir, si la position des ⟨figures⟩ est telle qu'elle produit de l'obscurité? Ici il semble parler, en général, de la réalité naturelle du transparent et du brillant, plutôt que de celle du blanc : car que l'on voie facilement à travers et que les pores ne soient pas disposés en quinconce, voilà qui caractérise l'élément transparent; mais combien de figures blanches y a-t-il dans le transparent? De plus, dire que les pores des corps blancs sont en ligne alors que ceux des corps noirs sont en quinconce, *revient à supposer que* la réalité naturelle entre en nous. Or voir, déclare-t-il, se fait au moyen de l'effluve et de l'image reflétée sur l'œil; mais, s'il en est ainsi, qu'importe la disposition des pores, en ligne ou en quinconce? Il n'est pas non plus facile de comprendre que l'effluve est produit en quelque sorte à partir du vide; encore faut-il donner la raison de ce phénomène. Car en fait, semble-t-il, il a fait dériver le blanc de la lumière ou de quelque chose d'autre; c'est pourquoi justement la densité de l'air est cause, selon lui, de la représentation du noir. 81. D'autre part, la manière dont il rend compte du noir est malaisée à saisir; car l'obscurité est une sorte de noir qui vient

intercepter le blanc. Aussi le blanc eſt-il naturellement premier. Cependant il considère simultanément comme causes ⟨du noir⟩ non seulement l'obscurcissement, mais encore la densité extrême de l'air et de l'effluve qui pénètre ⟨dans l'œil⟩, ainsi que le trouble de l'œil. Mais il n'explique pas clairement si ces phénomènes sont provoqués par une difficulté à bien voir, ou bien si le noir eſt produit par une autre cause. Mais dans ce cas, laquelle? 82. Il eſt absurde aussi de ne pas assigner de forme au vert et de le faire simplement dériver du solide et du vide; car le solide et le vide se trouvent dans tous les corps et le vert pourra venir de toutes les figures, quelles qu'elles soient; il aurait donc dû conférer une forme particulière au vert, comme il l'a fait pour les autres couleurs. Si juſtement le vert eſt le contraire du rouge, comme le noir eſt le contraire du blanc, il doit avoir la forme contraire; en revanche, s'il n'eſt pas le contraire du rouge, voilà qui nous étonnerait fort, de le voir poser des principes qui ne soient pas contraires : car telle eſt la théorie que tout le monde adopte. Mais surtout, il aurait dû s'attacher à définir avec exactitude quelles sont les couleurs pures et pourquoi les unes sont composées et les autres non composées; car la difficulté reſte entière touchant les principes; mais c'était peut-être pour lui une entreprise insurmontable. Et pourtant, si quelqu'un était, en matière de saveurs, à même de rendre compte de celles qui sont pures, il serait bien le mieux placé pour le faire. En ce qui concerne l'odeur, il se borne à dire que c'eſt l'effluve du subtil provenant des corps lourds qui produit le fumet. Mais sur la queſtion de savoir en quoi consiſte sa réalité naturelle et quelle eſt la cause de cet effet, il n'a ajouté aucune précision, bien que ce fût peut-être le point le plus important. 83. Ce sont là les quelques points que Démocrite a laissés de côté. (*Du sens*, 49-83.)

CXXXVI

Tertullien.

Démocrite dit que ⟨le sommeil eſt⟩ la raréfaction du souffle. (*De l'âme*, 43.)

Aétius.

Démocrite dit que les songes se produisent en fonction des dispositions des simulacres qui se présentent à l'esprit. (*Opinions*, V, II, 1.)

CXXXVII

Cicéron.

Devons-nous donc croire que les esprits de ceux qui dorment se meuvent d'eux-mêmes pendant les rêves ou, comme le croit Démocrite, qu'ils sont ébranlés par une vision qui leur est étrangère et leur vient du dehors? (*De la divination*, II, LVIII, 120.)

CXXXVIII

Cicéron.

Alors que [...], en de très nombreux endroits, Démocrite, auteur fort sérieux, souscrivait à l'idée d'une sensation anticipée des choses futures, le péripatéticien Dicéarque, lui, repoussa tous les autres genres de divination pour ne conserver que celles des songes et du délire. (*De la divination*, I, III, 5.)

Quant à Démocrite[1], il pense que les Anciens avaient établi de sages prescriptions pour l'examen des entrailles des victimes, dont la disposition et la couleur fournissaient les signes perceptibles tantôt de la salubrité, tantôt de l'insalubrité des terres et quelquefois aussi indiquaient si elles seraient stériles ou fertiles[2]. (*Ibid.*, I, LVII, 131.)

CXXXIX

Censorinus.

En fait, Démocrite d'Abdère estimait qu'au commencement les hommes furent créés avec de l'eau et de la boue. (*Du jour de la naissance*, IV, 9.)

Aétius.

Démocrite disait que les animaux ont été engendrés par la réunion de [membres d'abord dissociés[3]] et que l'humide est le premier responsable de la vie. (*Opinions*, V, XIX, 6.)

Lactance.

La fin en vue de laquelle le monde et tous les êtres qu'il renferme ont été produits, c'est l'homme : tel est l'avis des stoïciens. Les saintes Écritures nous enseignent la même chose; donc Démocrite s'est trompé en pensant qu'ils sont sortis de terre, comme de petits vers, sans nul auteur et sans nulle raison[4]. (*Institutions divines*, VII, VII, 9.)

CXL

Aétius.

Straton et Démocrite disent que la propriété[1] est un corps : car elle est un souffle. (*Opinions*, V, IV, 3.)

CXLI

Aétius.

Démocrite dit que [la semence est formée] de l'ensemble des corps et des parties dominantes, comme les os, les chairs et les nerfs[2]. (*Opinions*, V, III, 6.)

CXLII

Aétius.

Épicure et Démocrite disent que la femelle aussi sécrète de la semence ; mais ses gonades sont retournées vers l'intérieur : c'est pourquoi elle éprouve le désir de s'accoupler. (*Opinions*, V, V, 1.)

CXLIII

Aristote.

Démocrite d'Abdère déclare que c'est dans la mère que s'opère la différenciation entre femelle et mâle, mais que ce n'est ni la chaleur ni le froid qui sont responsables de la génération du sujet femelle ou du sujet mâle ; en fait, c'est la prédominance de la semence du père ou de la mère, ou plutôt non pas la semence dans sa totalité, mais la part de semence qui provient de la partie par laquelle le mâle et la femelle diffèrent. (*Génération des animaux*, IV, 1, 764 *a* 6.)

Censorinus.

En fait, c'est le sexe du parent dont la semence a occupé en premier lieu l'endroit ⟨de la génération⟩, qui se trouve donné à l'enfant, selon le rapport de Démocrite. (*Du jour de la naissance*, VI, 5.)

Aétius.

Les parties communes aux deux sexes proviennent au hasard de l'un ou de l'autre, mais celles qui particularisent le sexe viennent justement de l'élément prédominant. (*Opinions*, V, VII, 6.)

Némésius.

Aristote et Démocrite n'entendent pas que la semence féminine concoure à la génération des enfants[1]. (*De la nature de l'homme*, 247.)

CXLIV

Aristote.

Les veines sont reliées à la matrice comme des racines d'où le fœtus tire sa nourriture. C'est pour cela que l'animal demeure dans la matrice, et non, comme le déclare Démocrite, afin d'y être modelé aux traits de sa mère. (*Génération des animaux*, II, IV, 740 *a* 33.)

Ceux qui pensent que les enfants se nourrissent dans la matrice par succion d'un petit morceau de chair ont tort. (*Ibid.*, II, VII, 746 *a* 19.)

Aétius.

Démocrite et Épicure disent que l'embryon se nourrit par la bouche dans la matrice. De là vient que, dès la naissance, la bouche se porte vers le sein, car il y a aussi dans la matrice des tétons et des bouches[2] par lesquelles il se nourrit. (*Opinions*, V, XVI, 1.)

CXLV

Aristote.

Tous ceux qui disent, comme Démocrite, que ce sont les parties externes des animaux qui se structurent d'abord, et ensuite les parties internes, ont tort. (*Génération des animaux*, II, IV, 740 *a* 13.)

Censorinus.

[Qu'est-ce qui se forme d'abord chez l'enfant?] Démocrite pense que c'est le ventre et la tête, parce que ces parties tiennent le plus du vide. (*Du jour de la naissance*, VI, 1.)

CXLVI

Aristote.

Démocrite déclarait que les monstres proviennent de la superposition de deux semences émises à deux moments différents :

l'introduction de la seconde dans la matrice produit une confusion des croissances et un entremêlement des parties. En ce qui concerne les oiseaux, comme la copulation est rapide, les œufs et la couleur, d'après lui, toujours s'entremêlent. (*Génération des animaux*, IV, iv, 769 *b* 30.)

CXLVII

Aristote.

Démocrite a bien sûr parlé [des dents]. [...] Il dit que la première dentition des animaux tombe parce qu'elle est trop précoce : les dents poussent, pour ainsi dire [comme des plantes,] normalement au beau milieu de la croissance ; en revanche, c'est la succion du lait qui est la cause de la précocité [des dents de lait[1]]. (*Génération des animaux*, V, viii, 788 *b* 9.)

CXLVIII

Aristote.

Les animaux dépourvus de sang[2] n'ont pas de viscères. Démocrite paraît s'être trompé à leur sujet en estimant que les viscères des animaux dépourvus de sang sont invisibles en raison de leur petitesse[3]. (*Parties des animaux*, III, iv, 665 *a* 30.)

CXLIX

Aristote.

Démocrite déclare en effet que les conduits ⟨séminaux⟩ des mulets sont détruits dans les matrices maternelles, parce que l'origine de ces animaux ne procède pas de parents de même espèce[4]. (*Génération des animaux*, II, viii, 747 *a* 29.)

CL

Pseudo-Aristote.

Les araignées, dès leur naissance, sont capables de tisser leur toile : non que cette substance soit en elles comme un excrément, ainsi que le dit Démocrite, mais elles la tirent de leur corps comme une écorce ou des poils qu'on arrache, telles des soies de porc[5]. (*Histoire des animaux*, IX, xxxix, 623 *a* 30.)

CL *a*

Élien.

Les Massagètes, ainsi que le dit Hérodote[1], accrochent leur carquois sur leur poitrine ; ensuite l'homme peut entretenir commerce avec sa femme au grand jour ; et, que tout le monde en soit témoin, ils ne s'en soucient guère. En revanche, les chameaux ne s'accouplent jamais en public et ne tolèrent aucun témoin. Mais que ce soit à la pudeur ou à un don de la nature que nous devions attribuer cette recherche du secret, c'est là une question dont il faut abandonner le soin à Démocrite et à d'autres, qui se sentent capables d'exposer les causes de phénomènes mal définis et non comparables. Notons encore ici que le chamelier se retire à l'écart lorsqu'il perçoit chez ses chameaux le désir de s'accoupler, tout comme on se retire à l'entrée des jeunes époux dans la chambre nuptiale. (*De la nature des animaux*, VI, 60.)

CLI

Élien.

Démocrite dit que les truies et les chiennes ont des portées nombreuses et explique cela, en disant qu'elles ont plusieurs matrices et plusieurs lieux qui servent de réceptacle à la semence. Une seule copulation ne saurait suffire à remplir de semence toutes ces cavités, mais ces animaux répètent l'opération deux et même trois fois, de telle sorte qu'ils finissent par remplir les réceptacles du germe. Les mules, dit-il, sont stériles, car leur matrice ne ressemble pas à celle des autres animaux : elles sont hétéromorphes ; aussi ne sont-elles pas du tout susceptibles d'accueillir la semence. Car la mule n'est nullement un produit de la nature, mais plutôt, pour ainsi dire, une invention audacieuse de l'homme et une sorte de produit bâtard dû à son ingéniosité. D'après moi, dit-il, un âne a dû un jour engrosser de force une jument, et les hommes ayant constaté cette violence faite à la nature conçurent ensuite le projet d'institutionnaliser ce mode de reproduction[2]. Il est à noter tout particulièrement que les ânes de Libye, qui sont très grands, couvrent les ⟨seules⟩ juments dont la crinière a été tondue, car leur crinière les rend si fières qu'elles refuseraient un tel mariage. C'est ce que disent les ⟨vétérinaires⟩ habiles, à propos de ce genre d'union. (*De la nature des animaux*, XII, 16.)

Hippocrate.

Que les jumeaux sont engendrés à partir d'un seul accouplement, en voici la preuve : c'est que le chien, le porc et tous les autres animaux mettent au jour, après une seule saillie, deux petits ou davantage, et que chacun des petits est porté dans la matrice, à l'intérieur d'une même poche et d'une même membrane; nous pouvons observer nous-mêmes leur naissance et constater qu'ils naissent tous le même jour, dans la plupart des cas. (*De la nature de l'enfant*, 31, éd. Littré, VII, 540.)

Pseudo-Aristote.

Pourquoi certains animaux ont-ils des portées nombreuses, comme le porc, le chien, le lièvre, et d'autres non, comme l'homme ou le lion? Est-ce parce qu'ils ont des matrices multiples et des lieux nombreux qu'ils désirent remplir, et entre lesquels la semence se trouve partagée, alors que c'est le contraire qui se produit chez les autres[1] ? (*Problèmes*, X, XIV, 892 *a* 38.)

CLII

Élien.

Démocrite pense que les fausses couches sont plus fréquentes dans les régions méridionales que dans les régions septentrionales, ce qui est vraisemblable. En effet, les corps des femelles grosses sont ramollis par le vent du sud, et distendus. Aussi, lorsque la poche s'étire et ne se trouve plus à bonnes dimensions, les embryons vont et viennent, glissent sous l'effet de la chaleur et sont expulsés plus facilement. En revanche, si souffle un vent froid et glacé, l'embryon se solidifie, il résiste au mouvement et n'est pas comme ballotté par la houle; mais au contraire, loin de la houle et à l'abri du vent, si l'on veut, il prend de la vigueur et de la robustesse, et peut facilement attendre le temps naturellement fixé pour la naissance. Par conséquent par le froid, déclare l'Abdéritain, il tient bon; mais par les chaleurs il est expulsé fréquemment. Il est fatal en effet, dit-il, qu'un excès de chaleur distende les vaisseaux et les articulations. (*Histoire des animaux*, XII, 17.)

CLIII

Élien.

Voici la raison que le même auteur donne de la pousse des bois chez les cerfs[1] : ils ont, d'après lui, l'estomac très chaud, et les veines qui parcourent leur corps sont par nature extrêmement minces, alors que l'os qui enveloppe le cerveau est très fin et ressemble à une membrane poreuse, tandis que les veines qui partent de là en direction du sommet de la tête sont très épaisses; par conséquent la nourriture, du moins ce qu'elle contient de plus propre à la génération, est distribuée dans la tête à une très grande vitesse. Et alors que, dit-il, la graisse vient envelopper l'extérieur de leur corps, les éléments solides de leur nourriture remontent à la tête grâce aux veines; et il s'ensuit qu'ainsi nourris, les bois prennent naissance grâce à l'apport d'une sève abondante dont l'écoulement continu pousse au-dehors les premières cornes; puis l'humidité qui pointe au-dehors du corps durcit sous l'effet de l'air qui la condense et la racornit, tandis que la partie encore enfermée à l'intérieur demeure tendre. Aussi la partie extérieure est durcie par le froid extérieur, alors que la partie intérieure demeure molle à cause de la chaleur interne. Par conséquent, l'excroissance supplémentaire du nouveau bois repousse au-dehors l'ancien, comme un corps étranger, parce que la partie interne exerce une pression et s'efforce de le faire sortir, provoquant douleur et inflammation; et, en exerçant pour ainsi dire une poussée, elle vient au jour et émerge. C'est que l'humidité, en se condensant et en surgissant, est incapable de demeurer immobile : car elle est dure et exerce une poussée contre les parties plus anciennes. Aussi les bois les plus anciens sont-ils le plus souvent expulsés par la force de l'humidité interne; mais il arrive parfois que le cerf aux abois, se prenant dans les branchages et embarrassé dans sa course rapide, les arrache dans son élan. Les bois tombent, mais la nature fait pousser de nouveaux bois, prêts à naître. (*Histoire des animaux*, XII, 18.)

CLIV

Élien.

Après castration, les bœufs, dit Démocrite, produisent des cornes recourbées, légères et longues, alors que celles des taureaux sont épaisses à la racine, droites et moins proéminentes. Ils ont, dit-il, un front beaucoup plus large que les autres espèces; car, comme cette région ⟨du corps⟩ renferme beaucoup de veines, les os en sont élargis. En outre, la poussée des cornes, étant plus épaisse, développe en largeur, elle aussi, cette partie de l'animal. En revanche, les bœufs dont le pourtour de la corne, à sa base, est plus petit ont, selon lui, le front moins large. (*Histoire des animaux*, XII, 19.)

CLV

Élien.

Mais les bovins sans cornes dont le sommet du crâne ne possède pas de nid de guêpes (c'est le terme employé par Démocrite pour désigner la structure alvéolaire), parce que l'os est entièrement compact et ne permet pas l'afflux d'humeurs, sont dégarnis et privés de moyens de défense. D'autre part, les veines propres à cet os sont atrophiées, plus ténues et moins robustes. Nécessairement aussi, le cou des bovins sans cornes est plus sec, puisque ses veines sont plus ténues, et pour cette raison moins fortes. D'autre part, tous les bovins d'Arabie sont des vaches et doivent, d'après lui, leurs cornes magnifiques à l' effluence copieuse des humeurs qui provoque la croissance généreuse de leurs cornes. Mais chez elles aussi, il arrive que, lorsque l'os frontal destiné à être le réceptacle des humeurs est trop compact et impropre à les recevoir, elles sont sans cornes. Bref, pour lui, c'est l'afflux d'humeurs qui est cause de la croissance des cornes, et ces humeurs sont charriées par des veines très nombreuses, très épaisses, et aussi remplies d'humidité qu'elles peuvent en contenir. (*Histoire des animaux*, XII, 20.)

CLV *a*

Élien.

Démocrite pense que ce n'est pas la substance salée qui nourrit les poissons, mais l'eau douce présente dans la mer[1]. (*Histoire des animaux*, IX, 64.)

CLV *b*

Théophraste.

Il faudrait examiner, touchant les espèces amphibies — aussi bien celles qui vivent sur la terre sèche que celles qui s'enfouissent dans la boue — si, une fois dans l'eau, elles peuvent y vivre, ou si elles élisent ce domicile conformément à leur nature, au même titre que les poissons de mer ou de rivière; car seul un petit nombre ⟨d'animaux⟩ peut supporter de tels changements de vie. Du moins est-il évident que tous ceux qui s'enfoncent ⟨dans le sable⟩ pour résister à la sécheresse et tous ceux qui s'abritent sous les rochers ont l'humidité pour milieu. Et il est bien plus vraisemblable que, pour ceux qui s'enfouissent et pour les autres, qu'ils soient uniquement ⟨aquatiques⟩, ou amphibies, comme le pense Démocrite, [...] il leur arrive la même chose qu'à d'autres animaux : quelques-uns tirent parti de l'air, de la manière que nous avons précédemment décrite. (*Fragment* 171, 12, éd. Wimmer.)

CLVI

[Scolie.]

C'est parce qu'il a beaucoup de chaleur, que le lion craint le feu. De là vient qu'il n'a jamais les yeux fermés, ni pendant son sommeil ni, comme le déclare Démocrite, à sa naissance. (À l'*Iliade*, XI, v. 554.)

Élien.

Démocrite dit que le lion est le seul parmi les animaux à naître les yeux ouverts; c'est pourquoi il est si vaillant et capable, sitôt né, de prouver sa noblesse. (*De la nature des animaux*, V, 39.)

CLVII

[Dictionnaire.]

⟨La chouette⟩ est l'animal qui a la vue la plus perçante et elle est capable de voir la nuit. Démocrite rapporte qu'elle est le seul rapace muni de serres à ne pas enfanter des petits qui soient aveugles, parce que ses yeux renferment une grande quantité de feu et de chaleur, ce qui lui donne un regard si perçant et si tranchant qu'il distingue même ce qui est mêlé à la vue. C'est pourquoi elle voit pendant les nuits sans lune grâce au feu contenu dans ses yeux. (*Etymologicum genuinum*, « Chouette ».)

CLVIII

Cicéron.

Démocrite, ma foi, trouve des termes excellents pour expliquer pourquoi les coqs chantent avant le lever du jour : le ventre est creux, la nourriture digérée se trouve disséminée dans tout le corps, et, parce qu'ils en ont assez de dormir, ils poussent leur chant. (*De la divination*, II, XXVI, 57.)

CLIX

Soranus.

L' inflammation (φλεγμονή) tire son nom du verbe enflammer (φλέγειν), et non, ainsi que l'a dit Démocrite, du fait que la pituite (φλέγμα) en est la cause. (*Gynécologie*, III, XVII, éd. Ilberg, *Corpus des médecins grecs*, IV, 105, 1.)

CLX

Cicéron.

Suppose en effet que l'âme meure comme le corps : est-ce que, dans ces conditions, le corps connaît une quelconque douleur ou une sensation d'aucune sorte après la mort? Nul ne dit rien de tel, quelle que soit d'ailleurs la fausse accusation d'Épicure[1] contre Démocrite, et que repoussent les démocritéens. (*Tusculanes*, I, XXXIV, 82.)

Tertullien.

Platon [...] cependant, dans *La République*[2], cite le cas du cadavre d'un homme demeuré sans sépulture et qui resta longtemps sans se décomposer du tout, parce que, évidemment, son âme ne s'en était pas séparée. Démocrite remarque sur ce point que les ongles et les cheveux poussent encore pendant un certain temps, une fois le cadavre enterré. (*De l'âme*, 51.)

Celse.

Démocrite, qui est célèbre à juste titre, a établi qu'il n'existe même pas de signes absolument certains de la fin de la vie, auxquels les médecins puissent accorder un entier crédit. C'est pourquoi il n'a pas admis qu'il existe des symptômes certains de l'approche de la mort[3]. (*De la médecine*, II, 6.)

CLXI

Varron.

C'est pourquoi Héraclide Pontique, en demandant à être brûlé, fut plus avisé que Démocrite qui demanda à être conservé dans du miel : pour peu que tout le monde l'ait imité, je veux bien être pendu s'il nous serait aujourd'hui possible d'acheter au prix de cent deniers une coupe de vin miélé[1] ! (*Satires [Cycnus, De la sépulture]*, fgm. 81, éd. Buecheler.)

CLXII

Théophraste.

7. Démocrite explique par les mêmes processus nécessaires, la plus grande brièveté de vie et la plus grande précocité des plantes droites par rapport aux plantes contournées (chez les plantes droites, dit-il, le suc dont se nourrissent la croissance et les fruits se diffuse promptement, alors que chez les plantes contournées il se diffuse lentement, du fait que les parties aériennes ne sont pas bien irriguées, et que, ce sont les racines qui profitent); et, de fait, leurs racines sont longues et épaisses. Mais il semblerait qu'il ait tort. 8. Car, de fait, les racines des plantes droites sont d'après lui débiles, et deux raisons concourent à provoquer le bris de la plante et sa mort : d'une part, la vitesse avec laquelle le froid et la chaleur descendent du haut vers les racines, étant donné la rectitude des canaux; d'autre part, la faiblesse des racines, qui fait qu'elles ne résistent pas. Généralement, la plupart de ces plantes commencent à vieillir à partir du bas, étant donné la faiblesse des racines. En outre, les parties aériennes de la plante, couchées par le vent à cause de leur finesse, ébranlent les racines, ce qui finit par les arracher et les abîmer, et par entraîner la destruction de la totalité de la plante. Telles sont ses explications. (*Causes des plantes*, II, XI, 7-8.)

Quelles sont les conséquences de la rectitude des pores, selon Démocrite? La fructification, grâce à elle, connaît une bonne irrigation et n'est en rien entravée, ainsi qu'il le déclare. (*Ibid.*, I, VIII, 2.)

CLXIII

Théophraste.

Mais ce que nous disions aussi auparavant est absurde, à savoir que ce qui a pour nous mauvaise odeur et sent mauvais offre pour les animaux une odeur agréable. Mais peut-être n'est-ce pas absurde. Car effectivement nous voyons cela se produire dans d'autres cas, par exemple — sans chercher bien loin — pour les aliments eux-mêmes, dont on pourrait rapporter la cause essentielle à la disposition irrégulière de leur mélange atomique ; car les « figures » de Démocrite, comme on l'a dit, dont les formes sont elles-mêmes arrangées, devraient aussi produire l'arrangement des impressions que l'on ressent[1]. (*Causes des plantes*, VI, XVII, 11.)

CLXIV

Albert le Grand.

Mais Démocrite et certains autres disent encore que les éléments possèdent des âmes, et que celles-ci sont les causes de la génération des pierres ; c'est la raison pour laquelle il dit qu'il y a une âme dans la pierre au même titre que dans n'importe quelle autre graine propre à engendrer quelque chose, et qu'elle met en mouvement la chaleur à l'intérieur de la matière elle-même pendant la génération de la pierre, de la même façon que le marteau est mû par le forgeron pour la génération de la hache et de la scie[2]. (*De la pierre*, I, 1, 4.)

CLXV

Alexandre d'Aphrodise.

[Pourquoi la pierre d'Héraclée attire-t-elle le fer ?] Démocrite lui-même pose en principe qu'il se produit des effluves et que les semblables se portent vers les semblables, quoique par ailleurs toutes choses se meuvent en direction du vide. À partir de cette hypothèse, il admet que la pierre et le fer sont formés à partir d'atomes semblables, à cela près que la pierre est formée d'atomes plus subtils, précisément parce qu'elle est plus poreuse et plus riche en vide que le fer, ce qui la rend plus mobile ; ainsi elle est attirée plus rapidement[3] vers le fer (car la translation se fait en direction des semblables) et, en s'introduisant dans les pores du fer, ⟨ses atomes⟩ meuvent les éléments corporels qui se trouvent dans le fer en s'insinuant parmi eux à cause de leur subtilité; alors les atomes du fer, poussés vers l'extérieur en un flux, sont emportés à leur tour en direction de la pierre, parce que celle-ci a ⟨des atomes⟩ semblables et renferme davantage de vides, ce qui a pour effet que le fer les suit à cause de la densité de ce flux qui sort de lui et est emporté, lui aussi, en direction de la pierre. Mais ce n'est plus la pierre qui se déplace vers le fer, parce que le fer n'a pas autant de vides que la pierre. Admettons que le fer et la pierre soient composés d'atomes semblables : comment ⟨pourra-t-on dire la même chose⟩ de l'ambre et de la paille? Mais, en admettant que l'on donne de ce phénomène la même explication, il y a beaucoup de corps qui sont attirés par l'ambre : aussi, si l'ambre est composé d'éléments semblables à ceux dont tous ces corps sont composés, ceux-ci doivent eux-mêmes être composés d'atomes semblables et s'attirer mutuellement[1]. (*Problèmes*, II, 23.)

Simplicius.

Ou bien, en effet, il existe certains effluves matériels en provenance des corps en repos qui ainsi en attirent d'autres : c'est alors le contact et l'entrelacement de ces atomes qui font que, comme disent certains, ceux qui sont attirés sont attirés; ou bien [...]. (*Commentaire sur la Physique d'Aristote*, 1056, 1.)

CLXVI

Saint Épiphane.

Démocrite, fils de Damasippe, d'Abdère, disait que le monde est illimité et qu'il repose sur le vide. Il disait aussi que l'Un est la fin de toutes choses et que la tranquillité est ce qu'il y a de mieux, mais que les peines sont les bornes du mal. Il disait que ce qui semble juste n'est pas juste, et que l'injuste est le contraire de la nature. Car, disait-il, les lois sont une invention mauvaise et le sage ne doit pas obéir aux lois, mais vivre librement[2]. (*Contre les hérésies*, III, II, 9.)

CLXVII

Stobée.

Démocrite et Platon posent également dans l'âme le bonheur. Démocrite a écrit : Le bonheur est, comme le malheur, le propre de l'âme[3] et : Ni l'argent ni les troupeaux ne font le bonheur. L'âme est la demeure du démon[1]. Il appelle ⟨le bonheur⟩ tranquillité, bien-être et harmonie, ainsi que congruence et ataraxie. Le bonheur est formé de la distinction et de la séparation des plaisirs, et cela constitue ce qu'il y a de plus beau et ce qu'il y a de plus avantageux pour les hommes[2]. (*Choix de textes*, II, VII, 3 *i*, p. 52, 13.)

CLXVIII

Strabon.

Ils ajoutent aussi les changements qui proviennent des déplacements, en voulant ménager pour nous le plus possible l' impassibilité, mot que Démocrite a sans cesse à la bouche, comme du reste tous les autres philosophes. (*Géographie*, I, 61.)

CLXIX

Cicéron.

Or la quiétude de Démocrite qui est une certaine tranquillité de l'esprit, qu'il a appelée tranquillité, a dû rester à l'écart de cette discussion, parce que cette tranquillité de l'esprit est le bonheur même. (*Des fins*, V, VIII, 23.)

Démocrite (nous ne chercherons pas à savoir si l'histoire est vraie ou fausse) se creva, dit-on, les yeux[3]; et assurément c'est afin d'avoir l'esprit le moins possible distrait de ses pensées, qu'il négligea son patrimoine et laissa ses champs incultes[4] : ce faisant, que cherchait-il, si ce n'est le bonheur? Même s'il faisait résider le bonheur dans la connaissance des choses, c'était pourtant la bonne disposition de l'âme qu'il cherchait à atteindre par ces recherches sur la nature. Car c'est pour cela que le souverain bien, il l'appelle tranquillité et souventes fois fermeté d'âme, c'est-à-dire l'état d'un esprit affranchi de la crainte. 88. Mais toute belle que soit cette théorie, elle n'est point tout à fait achevée. Car ses explications sur la vertu sont peu nombreuses et manquent en outre assurément de netteté. (*Ibid.*, V, XXIX, 87-88.)

CLXX

Clément d'Alexandrie.

Démocrite engage à ne se point marier ni avoir d'enfants : ce serait s'exposer à bien des tracas ainsi qu'à des questions frivoles qui nous détourneraient des plus nécessaires. Épicure est d'accord avec lui[5]. (*Stromates*, II, 138.)

B. FRAGMENTS

LIVRES D'ÉTHIQUE[1]

a

Pythagore[2].

b

De la disposition du sage[3].

c

Des choses de l'Hadès ⟨I, II...[4]⟩.

Athénée.

Démocrite, accusé publiquement par ses compatriotes d'Abdère d'avoir ruiné son patrimoine, parvint à se faire acquitter en leur faisant lecture du *Grand système du monde* et *Des choses de l'Hadès* : il leur montra ainsi à quoi il avait dépensé sa fortune[5]. (*Les Deipnosphistes*, IV, 168 B.)

1

Proclus.

De nombreux auteurs anciens, et en particulier Démocrite, le philosophe de la nature, dans ses écrits *Sur l'Hadès*, ont rassemblé les éléments de l'enquête relative aux gens que l'on a cru morts et qui ont ressuscité[6]. Ce merveilleux Colotès, ennemi de Platon et épicurien jusqu'au bout des ongles, aurait dû, puisqu'il avait été son élève, ne pas méconnaître les opinions du fondateur de l'école épicurienne ou, les méconnaissant, ne pas chercher à savoir comment un mort peut revenir à la vie. Car cette mort n'était pas, à ce qu'il semble, une extinction de la vie tout entière du corps, mais seulement un évanouissement, dû peut-être à un coup ou à une blessure, au cours duquel les liens de l'âme demeuraient encore enracinés dans la région de la moelle, et dans lequel le cœur gardait encore dans sa profondeur un tison de vie qui couvait. Et, en raison de la subsistance de ces liens, le corps, prêt au retour de la vie, en venait à recouvrer la vie qui s'était éteinte. (*Commentaire sur La République de Platon*, II, 113, 6, éd. Kroll.)

I *a*

Philodème.

En revanche, d'après Démocrite, la putréfaction entraîne une forte émotion, parce qu'on se représente l'image défigurée de ce qui dégage de telles odeurs ; car c'est la putréfaction qui attend les ombres de ceux qui meurent avec une mine saine et florissante [...]. (*De la mort*, XXIX, 27, éd. Mekler.)

Et ils célèbrent des funérailles, parce que tous, même ceux qui comme Milon étaient bien en chair, deviennent rapidement des squelettes et finalement se décomposent en éléments primordiaux. Il faut bien évidemment comprendre qu'il en va de même pour ceux qui meurent décharnés et, d'une façon générale, défigurés. Donc il est tout à fait vain de se lamenter à l'idée qu'on aura une sépulture ni riche ni admirable, mais humble et tout à fait quelconque. (*Ibid.*, XXX, 1.)

Ensuite, lorsque la vision ⟨de la mort⟩ s'impose à eux avec évidence, elle les frappe par surprise ; c'est la raison pour laquelle, n'ayant même pas le courage de rédiger leur testament, ils se laissent cerner complètement et, comme le dit Démocrite, se condamnent nécessairement à mettre les bouchées doubles[1]. (*Ibid.*, XXXIX, 9.)

I *b*

Tritogénéia[2].

II

[Dictionnaire.]

Athéna Tritogénéia représente pour Démocrite la raison[3]. De l'exercice de la raison procèdent ces trois qualités : bien délibérer, parler sans se tromper et agir comme il se doit. (*Etymologicum Orionis*, p. 153, 5.)

[Scolie.]

Démocrite, en fournissant l'étymologie de ce mot ⟨*Tritogénéia*⟩, déclare que c'est de la raison que découlent ces trois qualités : bien calculer, bien dire et agir comme il se doit[4]. (*Scolies genevoises*, à l'*Iliade*, I, v. 111, éd. Nicole.)

II *a*

De la valeur humaine, ou De la vertu.

II *b*

La Corne d'Amalthée[1].

II *c*

De la tranquillité, ou Du bien-être[2].

III

Plutarque.

Or, quant à celui qui dit que pour vivre tranquillement il ne faut pas se mêler de beaucoup de choses ni en privé, ni en public, il commence par nous vendre trop chèrement cette tranquillité, en voulant nous la faire acheter à prix d'oisiveté[3]. (*De la tranquillité*, 2, 465 C.)

Stobée.

Celui qui veut connaître la tranquillité [de l'âme] ne doit pas s'occuper de nombreuses affaires, pas davantage privées que publiques, ni rien entreprendre au-dessus de ses forces ou de ses facultés : il faut qu'il se tienne toujours sur ses gardes, pour pouvoir, lorsque la chance lui sourit et l'amène à un plus haut degré de réputation, garder les pieds sur terre et n'entreprendre rien qui soit au-dessus de ses forces. Car mieux vaut une charge raisonnable qu'une charge excessive. (*Florilège*, IV, XXXIX, 25.)

IV

Clément d'Alexandrie.

Mais les Abdéritains aussi enseignent qu'il existe une fin ⟨de l'activité humaine⟩ ; Démocrite, dans son ouvrage *De la fin*, dit qu'elle est la tranquillité qu'il appelle aussi bien-être. Et il répète souvent : Le contentement et la gêne définissent ⟨l'utile et le nuisible[1]. L'objet de la préférence constitue la fin que se propose la vie des hommes, aussi bien jeunes gens[2]⟩ qu'hommes mûrs. Hécatée, lui, dit que cette fin est se suffire à soi-même[3], et Apollodote de Cyzique, qu'elle est l'enchantement de l'âme[4]. D'après Nausiphane, c'est l'impassibilité[5]. Car c'est, dit-il, ce que Démocrite appelait fermeté d'âme[6]. (*Stromates*, II, 130.)

IV *a*

Commentaires moraux, ⟨*deux livres*[7]⟩.

LIVRES DE PHYSIQUE

IV *b*

Grand système du monde ⟨de Leucippe.⟩

Papyrus d'Herculanum 1788.

1. [...] Il[8] écrit que les mêmes choses ont été dites auparavant dans le *Grand système du monde*, qu'on dit être ⟨de Leucippe⟩. Et ⟨Démocrite⟩ a pratiqué le plagiat au point d'être accusé non seulement d'avoir mis dans son ⟨*Petit*⟩ *système du monde* des choses qui se trouvaient aussi dans le *Grand* [...] (*Fragment* 1, *Collectio altera*, vol. VIII, éd. Crönert, *Kolotes und Menedemos*, p. 147.)
2. Démocrit⟨e⟩[9]. (*Ibid., fragment* 2.)

IV *c*

Petit système du monde.

V

Diogène Laërce.

En ce qui concerne l'époque où il vécut, il était, ainsi qu'il le dit lui-même dans le *Petit système du monde*, encore jeune au temps de la vieillesse d'Anaxagore, car il était de quarante ans son cadet. Il déclare que le *Petit système du monde* fut composé en l'an 730 après la prise de Troie[10]. (*Vies*, IX, 41.)

Favorinus, dans ses *Mélanges historiques*, rapporte que Démocrite disait d'Anaxagore que ses vues sur le Soleil et la Lune n'étaient pas de lui, mais étaient plus anciennes. Il se les serait appropriées. Démocrite a aussi tourné en dérision ses vues sur l'organisation du monde et sur l'intellect; il le haïssait pour ne pas avoir été admis par lui comme son élève[1]. (*Ibid.*, IX, 34-35.)

V I

Diodore de Sicile.

7. Car au commencement, toutes les choses étant confondues, le ciel et la Terre ne comportaient qu'une forme unique, parce que leurs natures se trouvaient mêlées[2]. Ensuite, les corps se séparèrent les uns des autres et le monde prit universellement l'arrangement que nous voyons en lui; l'air fut mû d'un mouvement continu et la substance ignée qu'il contenait fut entraînée vers les régions supérieures, étant donné qu'une telle substance se dirige vers le haut du fait de sa légèreté; c'est du reste pour cette raison que le Soleil et la foule restante des astres sont enfermés dans le tourbillon universel. Ce qui était boueux et épais et se trouvait mêlé aux éléments humides, se porta ensemble vers le bas à cause de sa pesanteur. Mais comme cette masse en rotation tournait sur elle-même continuellement, la mer se forma à partir des substances humides et, à partir des éléments plus solides, se constitua la terre boueuse et extrêmement malléable. Puis la terre commença sous l'effet du feu solaire à se condenser, et ensuite, à cause de la chaleur, sa surface commença à lever comme une pâte, et certaines étendues liquides gonflèrent en même temps en beaucoup d'endroits; il se forma tout autour des pustules recouvertes d'une fine peau, comme cela peut se voir encore aujourd'hui dans les marais et les endroits marécageux, lorsque dans une contrée brutalement refroidie un air brûlant se met sans transition à régner. Les étendues liquides se trouvent ainsi vivifiées à cause de la chaleur, de la manière que nous avons dite, et les ⟨germes⟩ se nourrissent pendant la nuit de la vapeur qui ⟨se condense⟩ et tombe de l'enveloppe, alors que pendant le jour la chaleur brûlante les solidifie. À la fin, quand les embryons ont atteint leur pleine croissance et que leurs enveloppes recuites se fendent, toutes sortes d'espèces d'animaux viennent à éclosion. Ceux d'entre eux qui participent de la plus grande chaleur sont dotés d'ailes et s'élèvent vers les régions supérieures; ceux dont le mélange est terreux se rangent dans la classe des reptiles et autres animaux terrestres; et ceux qui participent le plus de la substance humide se rassemblent dans la région conforme à leur nature et reçoivent le nom d'⟨animaux⟩

aquatiques. Comme la terre devient de plus en plus solide sous l'action du feu solaire et des vents, elle finit par n'être plus à même de donner la vie aux grands animaux, si bien que les animaux s'engendrent en s'accouplant[1] [...].

8. Telles sont les théories que nous avons reçues touchant la première génération du monde. Quant aux hommes primitifs, dit-on, ils menaient une vie désordonnée et sauvage, dispersés dans la campagne et se nourrissant des herbes les plus tendres et des fruits sauvages qui naissent spontanément sur les arbres. Et, comme ils avaient à subir les assauts des bêtes sauvages, ils se vinrent mutuellement en aide et, à l'école de la nécessité, sous l'effet de la crainte qui les réunissait, ils en vinrent peu à peu à reconnaître leurs différents caractères.

Leur voix était d'abord indistincte et confuse; puis peu à peu ils se mirent à articuler les mots et en firent des symboles convenus entre eux, propres à désigner chaque objet : ils se dotèrent ainsi d'un moyen universel de communication du sens. La présence de telles communautés dispersées sur toute la Terre habitée eut pour effet de donner naissance à des dialectes tous différents, chacune constituant au hasard son propre vocabulaire. C'est ce qui explique l'existence d'un si grand nombre de langues et le fait que c'est de ces premières communautés que descendent tous les peuples. Ainsi les hommes primitifs, ne disposant d'aucune des inventions utiles à la vie, menaient-ils une vie pénible, vivant nus, sans maison, sans feu, et sans songer le moins du monde à faire pousser de quoi se nourrir. Et, comme ils négligeaient de cueillir les fruits sauvages et d'en faire provision pour les temps de disette, un grand nombre d'entre eux périssaient, en hiver, de froid et de famine. Cependant, instruits peu à peu par l'expérience, ils cherchèrent pendant l'hiver refuge dans les cavernes et amassèrent les fruits susceptibles de se conserver. La connaissance du feu et des autres inventions utiles entraîna petit à petit l'invention des arts et de toutes les techniques susceptibles d'être utiles à la vie en communauté. Car, en somme, c'est la nécessité elle-même qui fut l'institutrice des hommes, servant en chaque occasion de génie familier et de guide à cet animal bien doué par la nature et qui possédait comme instrument apte à toutes choses des mains, un langage et une vive intelligence de l'âme. (*Bibliothèque historique*, I, 7-8.)

V 2

Hermippe.

Il[1] crée d'abord ensemble les puissances de l'autre monde et les puissances de ce monde, puis fabrique ainsi le ciel, la Terre, les planètes et les astres errants, sans avoir besoin du concours ni du temps, ni d'une matière venue d'ailleurs. Et après avoir assigné à chacun son lieu propre, ainsi que nous l'avons établi au commencement, il leur imprime le mouvement qui leur est propre. C'est ainsi que le ciel et, en sens contraire, les planètes commencèrent leur incessant mouvement. 5. La terre, qui était mélangée à l'eau, aux endroits où l'eau la pressait le plus, se creusa profondément, tandis que là où il n'y avait pas d'eau, ou très peu, apparurent les montagnes. 6. Mais, après que l'eau eut occupé à son tour son domaine propre à la surface de la Terre, et que celle-ci, encore tout humide, eut pris peu à peu sa forme sous l'effet des rayons du Soleil, et se fut progressivement asséchée, alors se mirent à pousser d'abord les arbres, les plantes et certaines membranes semblables à des bulles qui, à force d'être cuites pendant le jour par le Soleil et tiédies, la nuit, au feu de la Lune et des autres astres, finirent par se déchirer pour donner naissance aux animaux. 7. Celles d'entre elles qui avaient reçu une cuisson suffisante engendrèrent les animaux mâles, les plus chauds, tandis que les autres qui, au contraire, avaient souffert d'un manque de chaleur, évoluèrent vers le sexe féminin. 8. Et il n'est pas étonnant que le démiurge ait eu l'idée de faire naître du mélange de la terre et de l'eau, au commencement du monde, animaux et plantes. Car vraisemblablement l'eau renfermait un souffle contenant lui-même une chaleur animante, ainsi que l'atteste la génération ⟨spontanée⟩ d'animaux dans les trous de la terre et aussi à partir des ⟨corps en⟩ *putréfaction*; *toutes* ces générations, en dépit de ce processus de création, témoignent manifestement de l'étonnant modelage, accompli une fois pour toutes, des espèces animales. 9. D'ailleurs, à mon sens, la question ne peut même pas se poser de savoir si encore actuellement une telle création est possible, puisque la terre ne se trouvera plus de la même façon mélangée à l'eau et que les conjonctions astrales ne formeront plus les mêmes figures. 10. Qu'il existe en effet encore aujourd'hui une manière de génération ⟨spontanée⟩, je ne me propose pas d'en tenter la démonstration rationnelle; je dirai seulement qu'après avoir reçu de lui[2] ce qu'on peut appeler le signal du départ, la terre n'est plus capable d'engendrer de grands animaux, mais seulement des herbes, des arbres, des plantes et des fruits, et qu'elle se contente de remplir de chaleur et de vigueur les animaux que le froid paralyse et fige. 11. Quant aux animaux, ainsi qu'il a déjà été dit plus haut, ils n'ont pas été formés d'un mélange corporel exactement semblable. D'un côté, toutes les créatures qui participaient essentiellement de la nature terreuse, à savoir les plantes et les arbres, ont été enracinées dans la terre, la tête en bas[1], et ayant cette différence avec les autres animaux dépourvus de sang et de pieds, qu'eux sont mus et passent la tête hors de la terre; d'un autre côté, tous les êtres qui participaient de l'humide se félicitèrent de leur séjour aquatique (leurs dispositions étant presque les mêmes que pour les précédents). 12. Quant à ceux qui participent davantage du terreux et du chaud, c'est sur terre qu'ils purent élire domicile, et tous ceux qui participaient davantage à l'air et au chaud étaient à même de voler, les uns de tout leur corps, les autres en dressant simplement la tête au-dessus du corps, selon la proportion des éléments entrant dans leur mélange corporel. 13. Plus que ces derniers, l'homme, on le voit bien, participe du chaud, parce que la matière dont son corps se trouve composé est plus pure et ⟨plus apte⟩ à recevoir la chaleur. Aussi est-il le seul de tous les animaux à devoir à cela sa posture droite, et à ne toucher la terre que par un contact très réduit. Un fluide plus divin s'est aussi introduit en lui, qui l'a fait participer de l'intellect, de la raison et de l'intelligence, et lui a fait découvrir, à force de recherches, la réalité des choses. (*Astronomie*, recopiée par Jean Catrarès, II, 1, 4, p. 33, 15, éd. Kroll-V.)

V 3

Jean Tzétzès.

On dit — ou du moins ceux des Grecs qui pensent que le monde est engendré le disent — qu'après le déchirement des ténèbres, la condensation de l'air et l'apparition de la terre boueuse et tout à fait molle, cette dernière donna naissance à des membranes putrides et pustuleuses. Le jour, le Soleil les *échauffait; la nuit, les* vapeurs humides de la Lune les nourrissaient; à force de grossir, elles finirent par éclater et engendrèrent alors les hommes et toutes les espèces animales en vue de la domination des éléments, à savoir l'eau, le feu, la terre et l'air. La terre, après s'être évaporée sous l'action du Soleil, cessa de pouvoir engendrer quoi que ce fût, et c'est par génération mutuelle, dit-on, que la vie se reproduisit. Que la terre sait engendrer les animaux, c'est ce qu'on montre de multiples façons, et en particulier par référence à la naissance des rats à Thèbes en Égypte après la décrue qui fait suite aux inondations du Nil.

Les hommes d'alors étaient naïfs, sans expérience, ignorant tout des arts et de l'agriculture, sans aucune science, ignorant même ce que sont la maladie et la mort et, lorsqu'ils tombaient à terre comme sur leur grabat, ils rendaient l'âme sans savoir ce qui leur arrivait. La seule relation sociale qu'ils connaissaient était l'entraide : aussi vivaient-ils d'une façon grégaire, comme des troupeaux qu'on mène paître, et ils se nourrissaient généralement de glands et de raves. Ils se prêtaient main-forte dans les combats qu'ils livraient nus, à mains nues, contre les bêtes sauvages. Comme ils se trouvaient nus et qu'ils avaient besoin d'abris et d'outils, et comme ils ignoraient l'art de conserver dans des magasins les fruits et les glands mais se bornaient à manger au jour le jour, une fois l'hiver venu, beaucoup mouraient. Puis, peu à peu, instruits par la nécessité, ils s'abritèrent dans les creux des arbres, dans les fourrés, dans les creux des rochers et dans les grottes, et apprirent non sans peine quels étaient les fruits que l'on pouvait conserver; et une fois qu'ils les avaient récoltés, ils les entreposaient dans les cavernes et s'en nourrissaient pendant toute l'année. Connaissant un tel sort, ils menaient une existence simple dont le superflu était absent, et s'entraidaient, dans l'ignorance du feu, n'ayant ni rois, ni magistrats, ni tyrans, ignorant les expéditions militaires, les coups de force et les pillages, ne connaissant que l'entraide et ce mode d'existence libre et simple. Mais après qu'ils furent initiés aux arts prométhéens et plus avancés dans la réflexion, ils inventèrent le feu et aspirèrent à fabriquer des choses qui requéraient plus de chaleur, c'est-à-dire plus délicates, et changèrent ainsi le mode de vie frugal et libre que le destin leur avait assigné. Ce sont *toutes les choses qui* confèrent au monde sa parure et produisent les choses agréables, douces et délicates qui nous transforment comme par magie en femmes et nous amollissent : c'est ce que le poète[1] appelle *« modelage de la femme »*. (*Scolie* à Hésiode, éd. Gaisford, *Poètes grecs mineurs*, III, 58.)

V *a*

Description du Monde[2].

V *b*

Des planètes[1].

V *c*

De la nature — livre I — ⟨ou *De la nature du monde*[2]⟩.

V *d*

De la nature — livre II — ou *De la nature de l'homme* ou *De la chair*[3].

V *e*

De l'Intellect ⟨de Leucippe[4]⟩ ou *De l'âme*[5].

V *f*

Des sens[6].

V *g*

Des saveurs[7].

V *h*

Des couleurs[8].

V *i*

Des différents rythmes atomiques ⟨ou *Des idées*[9]⟩.

VI

Sextus Empiricus.

Il faut, dit-il dans son *Des idées,* que l'homme comprenne par ce canon qu'il se trouve coupé de la réalité[10]. (*Contre les mathématiciens*, VII, 137.)

VII

Sextus Empiricus.

Et encore : Cet argument montre encore que nous ne connaissons rien en réalité sur quoi que ce soit, mais que pour tout homme, son « opination[1] » vient de ce qui afflue sur lui. (*Contre les mathématiciens*, VII, 137.)

VIII

Sextus Empiricus.

Et il ajoute : Néanmoins il sera évident qu'il n'y a pas de canal[2] permettant de connaître la réalité effective de chaque chose. (*Contre les mathématiciens*, VII, 137.)

VIII *a*

Des changements de rythmes[3].

VIII *b*

Confirmations[4].

IX

Sextus Empiricus.

Démocrite, quant à lui, abolit les phénomènes qui concernent les sens, et pense qu'aucun phénomène n'apparaît conformément *à la vérité*, mais seulement conformément à l'opinion, ce qu'il y a de vrai dans les substances consistant dans la réalité des atomes et du vide : Convention que le doux, dit-il en effet, convention que l'amer, convention que le chaud, convention que le froid, convention que la couleur ; et en réalité : les atomes et le vide[5].

(Ce qui signifie : l'on convient et l'on opine que les sensibles existent, mais en vérité ils n'existent pas ; existent seulement les atomes et le vide).

136. Dans ses *Confirmations*, bien qu'il se soit proposé de fournir aux sens la force d'un témoignage digne de foi, on ne le

surprend pas moins à les condamner. En fait, dit-il, nous ne saisissons rien de ferme et d'assuré, mais seulement ce qui nous affecte conformément à la disposition de notre corps et aux ⟨choses⟩ qui le frappent et lui offrent résistance[1]. (*Contre les mathématiciens*, VII, 135-136.)

X

Sextus Empiricus.

Il dit encore : En réalité, nous ne saisissons pas ce qu'est ⟨ou⟩ n'est pas la réalité de chaque chose ; nous en avons souvent donné la preuve. (*Contre les mathématiciens*, VII, 136.)

X *a*

Des images, ou *De la Providence*[2].

X *b*

De la logique ou *Canon*. I, II et III[3],

Sextus Empiricus.

Les dogmatiques en philosophie affirment l'existence ⟨de la démonstration⟩, ce que les empiriques abolissent au contraire, ainsi que peut-être aussi Démocrite : car il s'est vivement opposé à elle dans ses *Canons*. (*Contre les mathématiciens*, VIII, 327.)

XI

Sextus Empiricus.

138. Mais[4], dans ses *Canons*, il déclare qu'il existe deux connaissances, l'une due aux sens, l'autre à l'intellect ; à celle due à l'intellect, il donne le qualificatif de légitime, en lui accordant crédit pour juger de la vérité ; à celle due aux sens, il donne le nom de bâtarde, en lui ôtant l'infaillibilité dans le discernement du vrai.

139. Il dit (je cite) : Il est deux formes de connaissance, l'une légitime, l'autre bâtarde. De la bâtarde relèvent tout ensemble la vue, l'ouïe, l'odorat, le goût, le toucher. En revanche, la légitime en est distincte. Puis il donne la raison de préférer la légitime à la bâtarde : Vient un

moment où la bâtarde n'est plus à même ni de voir ce qui est devenu trop petit pour elle, ni de l'entendre, ni de le sentir, ni de le goûter, ni de le percevoir par le toucher, ⟨et où il faut faire appel à une investigation plus subtile; c'est alors qu'intervient la légitime, qui possède un instrument permettant une connaissance plus fine[1].⟩ (*Contre les mathématiciens*, VII, 138.)

Hippocrate.

Car tout ce qui échappe à la vision des yeux relève de la vision intellectuelle. (*De l'art*, 11.)

XI *a*

Problèmes insolubles ⟨I, II [...]⟩.

ÉCRITS NON CLASSÉS[2]

XI *b*

Causes des phénomènes célestes.

XI *c*

Causes des phénomènes aériens.

XI *d*

Causes des phénomènes produits à la surface de la Terre.

XI *e*

Causes relatives au feu et aux choses qui sont dans le feu.

XI *f*

Causes relatives aux voix.

XI *g*

Causes relatives aux graines, aux plantes et aux fruits.

XI *h*

Causes relatives aux animaux I, II, III[1].

XI *i*

Causes mêlées.

XI *k*

De l'aimant[2].

LIVRES DE MATHÉMATIQUES

XI *l*

De la différence angulaire ou de la tangence du cercle et de la sphère.

XI *m*

De la géométrie[3].

XI *n*

Géométrie, ⟨deux livres⟩[4].

XI *o*

Nombres.

XI *p*

Des lignes irrationnelles et des solides[5] I et II.

XI *q*

Projections.

XI *r*

La Grande Année ou Astronomie ; Calendrier[1].

Diogène Laërce.

[Catalogue des écrits de Théophraste :] *De l'astronomie* de Démocrite, un livre. (*Vies*, V, 43.)

XII

Censorinus.

La Grande Année de Philolaos[2] et de Démocrite est de quatre-vingt-deux années avec, chez tous les deux, vingt-deux ⟨mois⟩ intercalaires. (*Du jour de la naissance*, XVIII, 8.)

XIII

Apollonios Dyscole.

Phérécyde, dans sa *Théologie*, et encore Démocrite, dans ses livres *De l'astronomie* et dans les traités qu'il nous a laissés, usent d'une manière très fréquente des formes ἐμεῦ et ἐμέο [formes ioniennes pour ἐμοῦ : *de moi*[3]] (*Des pronoms*, éd. Schneider, 65, 15.)

XIV

[Reste du Calendrier de l'] *Astronomie*[4].

XIV I

Vitruve.

Or, touchant les phénomènes naturels, Thalès de Milet, Anaxagore de Clazomènes, Pythagore de Samos, Xénophane de Colophon et Démocrite d'Abdère nous ont laissé des considérations savantes permettant de calculer la manière dont la nature gouverne les phénomènes naturels et la manière dont leurs effets se produisent. Après eux, d'autres découvrirent le lever et le coucher des constellations et les signes des saisons : ce sont Eudoxe, Euctémon, Callippe, Méton, Philippe, Hipparque, Aratos et d'autres, qui usèrent de la méthode des calendriers[5] et léguèrent à leurs successeurs les moyens de s'en servir. (*De l'architecture*, IX, VI, 3.)

J'ai exposé, selon l'opinion du philosophe de la nature Démocrite, quelles sont la figure et la conformation des simulacres des astres dans le monde, et comment ils sont dessinés par la nature et par l'intellect divin, en me bornant toutefois à ceux dont nous pouvons constater et observer de nos propres yeux les levers et les couchers. (*Ibid.*, IX, v, 4.)

XIV 2

Eudoxe.

Eudoxe et Démocrite placent le solstice d'hiver, l'un le dix-neuf, l'autre le vingt du mois d'Athyr.

De l'équinoxe d'automne au solstice d'hiver, Eudoxe compte quatre-vingt-douze jours, Démocrite quatre-vingt onze. Du solstice d'hiver à l'équinoxe de printemps, Eudoxe et Démocrite comptent, l'un et l'autre, quatre-vingt-onze jours, et Euctémon quatre-vingt-douze. (*Astronomie*, XXII, 21 ; XXIII, 3.)

XIV 3

Pseudo-Geminus.

[*Scorpion*] Le quatrième jour, selon Démocrite, coucher des Pléiades au lever du jour. Vents d'hiver, le plus souvent, et froid glacé fréquent. — Les arbres commencent tout juste à perdre leurs feuilles. (*Introduction à l'astronomie*[1], p. 218, 14.)

Le treizième jour, selon Démocrite, lever de la Lyre, au lever du Soleil. L'air devient orageux le plus souvent. (*Ibid.*, p. 220, 5.)

[*Sagittaire*] Le seizième jour, selon Démocrite, lever de l'Aigle en même temps que le Soleil. Le plus fréquemment : tonnerre, éclairs, pluies ou vents, ou les deux. (*Ibid.*, p. 222, 9.)

[*Capricorne*] Le douzième jour, selon Démocrite, vent du sud ⟨le plus souvent⟩. (*Ibid.*, p. 224, 5.)

[*Verseau*] Le troisième jour, selon Euctémon, pluies. Selon Démocrite, jour de malchance — tempête. (*Ibid.*, p. 224, 22.)

Le seizième jour, selon Démocrite, le zéphyr commence à souffler et s'installe. Quarante-trois jours après le solstice. (*Ibid.*, p. 226, 4.)

[Poissons] Le quatrième jour, selon Démocrite, jours variables appelés halcyoniques[2]. (*Ibid.*, p. 226, 15.)

Le quatorzième jour, selon Démocrite, vents froids appelés vents des oiseaux ⟨migrateurs⟩, pendant environ neuf jours. (*Ibid.*, p. 226, 23.)

[*Bélier*] Selon Démocrite, les Pléiades se couchent au lever du Soleil et restent invisibles quarante nuits. (*Ibid.*, p. 228, 23.)

[*Gémeaux*] Le dixième jour, selon Démocrite, pluie. (*Ibid.*, p. 232, 16.)

Le vingt-neuvième jour, selon Démocrite, commencement du lever d' Orion qui, fréquemment, marque un changement de temps. (*Ibid.*, p. 232, 21.)

XIV 4

Pline.

Démocrite pense que l'hiver sera tel que l'ont été le solstice d'hiver et les trois jours qui le précèdent et le suivent, et qu'il en est de même de l'été par rapport à son solstice[1]. (*Histoire naturelle*, XVIII, 231.)

Enfin Philippe, Démocrite et Eudoxe sont d'accord – chose rare – pour placer le lever de la Chèvre le quatrième jour avant les calendes d'octobre[2], et celui des Chevreaux le troisième jour avant les calendes d'octobre[3]. (*Ibid.*, XVIII, 312.)

XIV 5

[Scolie.]

« *Zeus fit souffler un vent violent du nord, / Signe du cheminement pluvieux d'Arcturus.* » S'il a dit cela, c'est qu'au moment du lever d'Arcturus[4] tombent des pluies abondantes, ainsi que le déclarent Démocrite dans son *De l'Astronomie*, et Aratos. (À Apollonios de Rhodes, *Argonautiques*, II, v. 1098.)

XIV 6

Calendrier de Clodius.

Tout cela, Clodius l'emprunta mot pour mot aux livres sacrés des Étrusques. Mais il n'est pas le seul; c'est aussi le cas du grand Eudoxe, de Démocrite, le premier d'entre eux, et du Romain Varron. (Cité par Jean de Lydie, *Des signes*, 157, 18.)

XIV 7

Ptolémée.

J'ai consigné les signes des changements des saisons et j'en ai dressé le catalogue d'après les Égyptiens, Dosithée [...] et Démocrite. Parmi eux, les Égyptiens ont fait leurs observations chez nous. [...] Démocrite les a faites en Macédoine et en Thrace. C'est très précisément pour cela qu'on peut remarquer une grande parenté entre les signes observés par les Égyptiens dans les régions proches du même parallèle [...] et ceux observés par Démocrite [...], pour qui le jour le plus important est le quinzième des saisons équinoxiales. (Cité par Jean de Lydie, *Sur les signes*, p. 275, 1.)

Thoth 16 [14 septembre]. Selon Démocrite d'Abdère : départ des hirondelles. (*Ibid.*, p. 213, 19.)

Thoth 29 [27 septembre]. Selon Démocrite : pluies et bourrasques. (*Ibid.*, p. 215, 18.)

Phaophi 8 [5 octobre]. Selon Démocrite : tempêtes; époque des semailles. (*Ibid.*, p. 217, 12.)

Athyr 2 [29 octobre]. Selon Démocrite : froid et gel. (*Ibid.*, p. 220, 13.)

Athyr 16 [13 novembre]. Selon Démocrite : tempêtes sur terre et sur mer. (*Ibid.*, p. 223, 14.)

Choiak 1 [27 novembre]. Selon Démocrite : ciel troublé, ainsi que la mer, le plus souvent. (*Ibid.*, p. 227, 5.)

Choiak 9 [5 décembre]. Selon Démocrite : tempête. (*Ibid.*, p. 229, 10.)

Choiak 14 [10 décembre]. Selon Démocrite : tonnerre, éclairs, pluie, vents. (*Ibid.*, p. 230, 11.)

Tybi 1 [27 décembre]. Selon Démocrite : grande tempête. (*Ibid.*, p. 233, 8.)

Tybi 3 [29 décembre]. Selon Démocrite : changement de temps. (*Ibid.*, p. 233, 15.)

Tybi 9 [4 janvier]. Selon Démocrite : notos[1] le plus souvent. (*Ibid.*, p. 234, 17.)

Tybi 25 [20 janvier]. Selon Démocrite : averses. (*Ibid.*, p. 237, 17.)

Tybi 29 [24 janvier]. Selon Démocrite : grande tempête. (*Ibid.*, p. 238, 6.)

Mechir 12 [6 février]. Selon Démocrite : lever du zéphyr. (*Ibid.*, p. 240, 12.)

Mechir 14 [8 février]. Selon Démocrite : zéphyr. (*Ibid.*, p. 241, 6.)

Mechir 30 [24 février]. Selon Démocrite : jours variables, appelés halcyoniques. (*Ibid.*, p. 243, 5.)

Phamenoth 11 [7 mars]. Selon Démocrite : vents froids — neuf jours de vents des oiseaux ⟨migrateurs⟩. (*Ibid.*, p. 245, 1.)

Phamenoth 22 [18 mars]. Selon Démocrite : changement de temps — vents froids. (*Ibid.*, p. 246, 16.)

Pharmuthi 1 [27 mars]. Selon Démocrite : changement de temps. (*Ibid.*, p. 247, 18.)

Pharmuthi 29 [24 avril]. Selon Démocrite : changement de temps. (*Ibid.*, p. 252, 2.)

Payni 3 [28 mai]. Selon Démocrite : temps pluvieux. (*Ibid.*, p. 258, 10.)

Payni 9 [3 juin]. Selon Démocrite : ondées. (*Ibid.*, p. 259, 9.)

Payni 29 [22 juin]. Selon Démocrite : changement de temps. (*Ibid.*, p. 262, 19.)

Epiphi 4 [28 juin]. Selon Démocrite : zéphyr, averses matinales, puis borées pendant sept jours. (*Ibid.*, p. 263, 18.)

Epiphi 22 [16 juillet]. Selon Démocrite : pluies, bourrasques. (*Ibid.*, p. 267, 4.)

Mesori 2 [26 juillet]. Selon Démocrite et Hipparque : notos et forte chaleur. (*Ibid.*, p. 268, 21.)

Mesori 26 [19 août]. Selon Démocrite : changement de temps, pluies et vents. (*Ibid.*, p. 271, 22.)

XIV 8

Jean de Lydie.

[15 janvier] Démocrite déclare : vent du sud-ouest accompagné de pluie. (*Des Mois*[1], IV, XVI, p. 78, 15.)

[18 janvier] Démocrite dit : coucher des Dauphins et changement de temps le plus souvent. (*Ibid.*, p. 79, 5.)

[23 janvier] Démocrite dit : vent du sud-ouest. (*Ibid.*, p. 79, 16.)

[17 mars] Le jour des bacchanales, Démocrite dit : coucher des Poissons. (*Ibid.*, p. 109, 3.)

[2 septembre] Ce jour-là, Démocrite dit : changement d'orientation des vents avec prédominance de pluies. (*Ibid.*, p. 159, 16.)

[6 octobre] Démocrite dit : lever des Chevreaux et borée. (*Ibid.*, p. 163, 10.)

[25 novembre] Démocrite dit : le Soleil ⟨entre⟩ dans le Sagittaire. (*Ibid.*, p. 169, 3.)

XIV *a*

Dispute sur la clepsydre[1].

XIV *b*

Ouranographie.

XIV *c*

Géographie.

XV

Agathéméros.

Ensuite[2] : 1. Damaste de Sigée écrivit un *Voyage autour du monde* dont il emprunte la plupart des détails à Hécatée[3]. Vinrent ensuite Démocrite, Eudoxe et d'autres qui écrivirent des voyages et des navigations autour du monde. 2. Les Anciens décrivaient la Terre habitée comme ronde; au milieu ils plaçaient la Grèce, et Delphes au centre. Car Delphes est le nombril de la Terre[4]. Cependant Démocrite, homme de grande expérience, fut le premier à concevoir que la Terre est oblongue et une fois et demie plus longue que large. Le péripatéticien Dicéarque est d'accord avec lui sur ce point[5]. (*Géographie*, I, 1, 2.)

XV *a*

Description du pôle[6].

XV *b*

Description des rayons lumineux[7].

MUSIQUE

XV *c*

Des rythmes et de l'harmonie.

XVI

Mallius Théodorus.

Critias[1] affirme qu'Orphée est le tout premier inventeur de l'hexamètre dactylique. Pour Démocrite, c'est Musée. (*Du mètre*, VI, 589, 20.)

XVI *a*

De la poésie.

XVII

Cicéron.

J'ai en effet souvent entendu dire (et cet avis est, dit-on, celui que Démocrite et Platon nous ont laissé dans leurs écrits) que personne ne saurait être un bon poète s'il n'enflamme pas les esprits et s'il n'a pas un souffle inspiré comparable au délire. (*De l'orateur*, II, XLVI, 194.)

En effet Démocrite refuse qu'on puisse être un grand poète sans le concours du délire, et Platon est du même avis. (*De la divination*, I, XXXVIII, 80.)

Horace.

Et Démocrite croit que l'homme né poète
Jouit d'un sort meilleur que l'humble tâcheron,
Et hors de l'Hélicon il chasse les poètes
Sains d'esprit.

(*Art poétique*, v. 295-296.)

XVIII

Clément d'Alexandrie.

Et Démocrite, tout comme Platon[2] : Ce qu'un poète écrit sous le coup du transport divin et du souffle sacré est tout à fait beau[3]. (*Stromates*, VI, 168.)

XVIII *a*

De la beauté des vers.

XVIII *b*

Des lettres consonantes et dissonantes.

XIX

Eustathe.

Les Ioniens, et en particulier Démocrite, appellent le *gamma : gemma.* Démocrite dit aussi *mo* au lieu de *mu*. [D'après Photius, au mot *mo* : Démocrite appelle ainsi la lettre *mu*]. (*Commentaire sur l'Iliade*, III, v. 1, p. 370, 15.)

XX

[Scolie.]

Les noms des lettres sont indéclinables, [...] mais Démocrite les décline : il emploie *delta* et *thêta* au génitif. (À Denys de Thrace, éd. Hilger, p. 184, 3.)

XX *a*

D'Homère, ou De la correction épique et des termes qui lui sont propres[1].

XXI

Dion Chrysostome.

Démocrite parle d'Homère en ces termes : Homère, qui avait reçu en partage un talent divin, construisit un monde ordonné de vers épiques de toutes sortes, parce que sans un don divin et démonique, il n'est pas possible de composer des vers aussi beaux et savants[2]. (*Discours*, XXXI, 1, éd. Arnim, II, p. 109, 21.)

XXII

Porphyre.

D'autres ont reproché à Homère, ainsi qu'en même temps au poète Oreste, d'avoir employé l'adjectif « aux os noirs[3] »; mais étant donné que Démocrite remarque à propos de l'aigle que ses os sont noirs, leur contestation va à l'encontre de la vérité. (*Questions homériques*, I, 274, 9.)

XXIII

[Scolie.]

Le « Que n'est-il mort avant ! » a été prononcé par le héraut [à propos de Pâris], soit à haute voix de manière à être entendu aussi des Grecs, pour solliciter leur indulgence pour les Troyens en colère eux aussi, soit au contraire à voix basse et en aparté, ce qui est l'avis de Démocrite, parce qu'il n'était pas décent à son avis, de le proclamer tout haut. Il faut donner les deux interprétations. (*À l'Iliade*, VII, v. 390.)

XXIV

Eustathe.

Il faut savoir que le loyal serviteur Eumée était tenu en telle estime par les Anciens, qu'ils lui inventèrent une mère : pour Démocrite, c'était *Pénia*, pour Euphorion *Pantheia*, pour Philoxènos de Sidon, *Danaè*[1]. (*Commentaire sur l'Odyssée*, XV, v. 376, p. 1784.)

XXV

Eustathe.

D'autres pensent que le Soleil est Zeus [...] et que l'ambroisie est la vapeur dont le Soleil se nourrit, ce qui est aussi l'avis de Démocrite. (*Commentaire sur l'Odyssée*, XII, v. 62, p. 1713.)

XXV *a*

Du chant.

XXV *b*

Des mots.

XXVI

Proclus.

Pythagore et Épicure partagent la thèse de Cratyle, Démocrite et Aristote celle d'Hermogène[2] [...]. (*Commentaire sur le Cratyle de Platon*, 16, p. 5, 25.)

Pythagore entendait par l'expression : « Celui qui établit les noms » l'âme qui dérive de l'Intellect. Les choses ne sont pas premières au même titre que l'Intellect, et ⟨l'âme, qui lui ressemble,⟩ possède leurs images et les formules développées de leur essence, à titre de représentations[1] des objets, comme les noms qui sont des imitations des formes intelligibles; ⟨ces images et ces formules sont⟩ les nombres. Ainsi les choses procèdent de l'Intellect qui se connaît lui-même et qui est sage, alors que les dénominations proviennent de l'âme qui imite l'Intellect. Par conséquent, affirme Pythagore, n'importe qui n'est pas à même de conférer des noms aux choses, mais seul en est capable celui qui voit l'Intellect et la nature des objets. Donc les noms existent par nature. En revanche, Démocrite soutenait qu'ils existent par convention, et établit la chose sur quatre arguments. Premièrement, l'*homonymie* : à savoir qu'un même nom s'applique à des choses différentes; par conséquent le nom n'existe pas par nature. Deuxièmement, la *polyonymie* : car si des noms différents s'appliquent à une chose une et identique, il faut qu'ils s'appliquent mutuellement à eux-mêmes, ce qui est impossible. Troisièmement, le *changement de noms* : car pourquoi avoir changé le nom d'Aristoclès en Platon et le nom de Tyrtamos en Théophraste[2], si les noms existent par nature? Quatrièmement, le *défaut de ⟨dérivés⟩* de même nature : pourquoi disons-nous « raisonner » à partir du mot « raison », alors qu'aucun verbe ne dérive du mot « justice »? Donc les noms sont l'effet du hasard et non de la nature. Démocrite appelle le premier argument celui de la polysémie, le second celui de la synonymie ; ⟨le troisième, celui de la métonymie⟩ ; et le quatrième celui de l' anonymie . (*Ibid.*, 16, p. 6, 10.)

XXVI *a*

Dictionnaire.

ARTS

XXVI *b*

Prévision.

XXVI *c*

Du régime, ou Diététique.

Hippocrate.

Si à mon avis un quelconque auteur parmi ceux qui ont traité auparavant du régime humain en vue de la santé, l'avait rédigé en connaissant parfaitement son sujet, il me suffirait d'utiliser ses ouvrages; [...] mais en réalité beaucoup d'auteurs ont déjà écrit, etc. (*Du régime*, début [éd. Littré, VI, 466].)

XXVI *d*

Connaissance médicale.

XXVI *e*

Causes relatives aux choses inopportunes et opportunes.

XXVI *f*

De l'agriculture, ou Géorgique.

Varron[1].

(*De l'Agriculture*, I, I, 8.)

Columelle.

Ajoutons que celui dont nous voulons qu'il soit un cultivateur accompli, pour peu qu'il soit très versé dans le métier et qu'il ait suivi les conseils de Démocrite ou de Pythagore relatifs à la nature universelle des choses [...], aura tiré profit [...], si [...] (*Agriculture*, I, préface, 32.)

XXVII

Columelle.

Touchant l'implantation des vignes et leur orientation par rapport au ciel, la dispute est fort ancienne [...]. Démocrite et Magon font l'éloge de l'orientation vers le nord, parce qu'ils estiment que les vignes exposées au nord sont les plus généreuses, en dépit de la qualité inférieure de leur vin. (*Agriculture*, III, XII, 5.)

XXVII *a*

Columelle.

Démocrite et Magon nous ont appris, tout comme Virgile, que les abeilles peuvent naître du cadavre d'un jeune taureau. (*Agriculture*, IX, XIV, 6.)

XXVIII

Columelle.

Démocrite, dans son livre intitulé *Géorgique*, estime fort peu avertis ceux qui entourent de murs leurs jardins : bâtis en briques séchées au soleil, ces murs ne résistent pas aux pluies et aux tempêtes et la plupart du temps s'écroulent ; bâtis en pierre, la dépense dépasse son objet ; à prétendre clôturer une vaste superficie, on engloutirait son patrimoine[1]. (*Agriculture*, XI, III, 2.)

XXVIII *a*

De la peinture.

XXVIII *b*

Tactique.

XXVIII *c*

Combat en armes[2].

FRAGMENTS AUTHENTIQUES
D'ÉCRITS NON IDENTIFIÉS

XXIX

Apollonios de Citium.

Ce mode de réduction des fractures comporte la plus intolérable des tortures, et Bacchios, dans son ouvrage sur *Les Termes hippocratiques*, explique que la saillie sur la pièce de bois en forme de verrou porte le nom de « rebord », et dit : « Il est noté, dans *Les Termes [hippocratiques]* que les Rhodiens appellent " rebords " les reliefs des montagnes et, en général, ce qui facilite l'escalade. » Et, dans ce contexte, il note derechef : « Il y est aussi noté que Démocrite appelle rebord la bordure qui fait le tour du bouclier et en relève le bord. » (*Commentaire sur Hippocrate*, éd. Schöne, p. 6, 29.)

XXIX *a*

Apollonios Dyscole.

Les pluriels courants : ἡμεῖς *(nous)*, ὑμεῖς *(vous)*, σφεῖς *(eux-mêmes)* sont des formes qui viennent directement d'Ionie et d'Attique : l'absence de solution de continuité avec les Ioniens est attestée par [les écrits de] Démocrite, [de] Phérécyde et [d']Hécatée. (*Des pronoms*, éd. Schneider, p. 92, 20.)

XXX

Clément d'Alexandrie.

Parmi les hommes doués de raison, un petit nombre ont dit en tendant leurs mains vers cet endroit que nous, les Grecs, appelons aujourd'hui *air* : « Toutes les choses, Zeus en délibère[1] en lui-même, et il connaît toutes choses, il nous les donne, il nous les ravit et il est le roi de toutes choses[2]. » (*Protreptique*, 68 ; *Stromates*, V, 103.)

XXXI

Clément d'Alexandrie.

Car la médecine, d'après Démocrite, guérit les maladies du corps et la philosophie débarrasse l'âme des passions. (*Le Pédagogue*, I, 6.)

XXXII

Clément d'Alexandrie.

L'acte sexuel est une petite apoplexie. Car un homme sort d'un homme et s'en détache en s'en séparant comme par un coup[3]. (*Le Pédagogue*, I, 94.)

XXXIII

Clément d'Alexandrie.

Nature et éducation sont choses très voisines. Car il est vrai que l'éducation transforme l'homme, et cette transformation confère à l'homme sa nature[4]. (*Stromates*, IV, 151.)

XXXIV

David.

Et de même que dans l'univers nous voyons d'une part des êtres qui, comme les dieux, ne font que gouverner, d'autre part, des êtres qui à la fois gouvernent et sont gouvernés, comme les êtres humains (ceux-ci en effet sont gouvernés par les dieux en même temps qu'ils gouvernent les bêtes brutes), et enfin des êtres qui ne font qu'être gouvernés, comme les bêtes brutes, de la même façon nous observons dans l'homme qui, selon Démocrite, est un *microcosme*, cette même répartition. Certaines parties gouvernent exclusivement, comme la raison; d'autres sont gouvernées et gouvernent, comme le cœur [...]; d'autres sont simplement gouvernées, comme la passion. (*Prolégomènes à Aristote*, 38, 14.)

Galien.

Des Anciens versés dans l'étude de la nature disent que le vivant est comme un *microcosme*[1]. (*De l'utilité des parties du corps humain*, III, 10.)

MAXIMES DE DÉMOCRATE[2]

XXXV

1. Si à mes maximes on prête une attention qui engage l'intellect, alors on accomplira beaucoup d'actions dignes d'un homme de bien, et l'on n'accomplira pas beaucoup d'actions mauvaises.

XXXVI

2. [Stobée, *Florilège*, III, 1, 27[3].]

XXXVII

3. Celui qui préfère les biens de l'âme, préfère les choses divines; celui qui préfère ceux de la chair, préfère les choses humaines.

XXXVIII

4. Ce qui est honnête, c'est d'empêcher quelqu'un de commettre une injustice ; et, en cas d'impossibilité, c'est de ne pas se faire son complice.

XXXIX

5. Il faut soit être bon, soit faire comme si on l'était[1]. [Stobée, *Florilège*, III, XXXVII, 25.]

XL

6. Ce ne sont ni les corps ni les richesses qui rendent les hommes heureux, mais la rectitude de la pensée et la largeur de vue.

XLI

7. Ce n'est pas la crainte, mais le devoir qui doit détourner des fautes. [Stobée, *Florilège*, III, I, 95.]

XLII

8. Il est beau, quand on est dans le malheur, de se préoccuper de son devoir. [Stobée, IV, XLIV, 68.]

XLIII

9. Se repentir de ses actions mauvaises, c'est faire son salut.

XLIV

10. Il faut dire la vérité et ne pas trop parler[2]. [Stobée, *Florilège*, III, XII, 13.]

XLV

11. Celui qui commet l'injustice est plus malheureux que celui qui la subit[3].

XLVI

12. L'âme noble est celle qui supporte patiemment les « fausses notes ». [Stobée, *Florilège*, IV, XLIV, 69.]

XLVII

13. Obéir à la loi, au magistrat et au plus sage que soi est le fait d'une conscience bien ordonnée. [Stobée, *Florilège*, III, I, 45.]

XLVIII

14. L'homme de bien ne tient pas compte des critiques des méchants. [Stobée, *Florilège*, III, XXXVIII, 46.]

XLIX

15. Il est dur d'être commandé par quelqu'un qui vaut moins que soi. [Stobée, *Florilège*, IV, IV, 27.]

L

16. L'esclave de l'argent ne saurait être juste.

LI

17. La parole [ou la raison[1]] est souvent plus persuasive que l'or. [Stobée, *Choix de textes*, II, IV, 12.]

LII

18. Vouloir raisonner quelqu'un qui se figure être intelligent, c'est perdre son temps. [Stobée, *Florilège*, III, X, 42.]

LIII

19. Nombreux sont ceux qui, sans avoir appris [ce qu'est] la raison, vivent en accord avec la raison.

LIII *a*

Nombreux sont ceux qui commettent les pires forfaits, mais fournissent d'excellentes raisons. [Stobée, *Choix de textes*, II, XV, 33.]

LIV

20. Le malheur assagit les insensés.

LV

21. C'est dans les actes et dans la conduite qu'il faut rechercher la vertu, et non en paroles. [Stobée, *Choix de textes*, II, XV, 36.].

LVI

22. Connaissent et recherchent le bien ceux que la nature a doués pour cela.

LVII

23. Si le bon lignage du bétail réside dans la force du corps, la noblesse de l'homme réside, elle, dans la bonne disposition du caractère. [Stobée, *Florilège*, IV, XXIX, 18.]

LVIII

23 *a.* Les espoirs des gens raisonnables aboutissent, ceux des insensés sont impossibles[1]. [Stobée, *Florilège*, IV, XLVI, 18.]

LIX

24. On ne saurait posséder ni la pratique ni la théorie sans les avoir apprises. [Stobée, *Choix de textes*, II, XXXI, 71.]

LX

25. Il vaut mieux critiquer ses propres fautes que celles des autres. [Stobée, *Florilège*, III, XIII, 46.]

LXI

26. Ceux dont les mœurs sont bien ordonnées ont aussi une vie bien réglée. [Stobée, *Florilège*, III, XXXVII, 25.]

LXII

27. Le bien consiste, non à ne pas commettre d'injustice, mais à ne pas même vouloir en commettre. [Stobée, *Florilège*, III, IX, 29.]

LXIII

28. Il est honnête de louer les actions honnêtes; car approuver les actes malhonnêtes est l'œuvre d'une nature mensongère et fourbe. [Stobée, *Florilège*, III, XIV, 8.]

LXIV

29. Nombreux sont ceux qui savent tout et qui n'ont pas d'intellect[1]. [Stobée, *Florilège*, III, IV, 81.]

LXV

30. C'est l'intelligence qu'il faut chercher à développer et non le savoir[2].

LXVI

31. Délibérer avant d'agir vaut mieux que réfléchir après.

LXVII

32. N'accorde pas crédit à tout le monde, mais seulement à ceux qui sont dignes de foi : la première attitude est niaiserie, la seconde est celle d'un homme réfléchi.

LXVIII

33. Ce n'est pas seulement l'acte, mais aussi l'intention, qui permet de savoir si quelqu'un est digne ou non de confiance.

LXIX

34. Le bien et le vrai sont identiques pour tous les hommes, mais le plaisant varie avec les hommes.

LXX

35. Le désir sans mesure est le propre de l'enfant, non de l'homme.

LXXI

36. Des plaisirs intempestifs engendrent le dégoût[1].

LXXII

37. Désirer violemment quelque chose rend l'âme aveugle au reste.

LXXIII

38. L'amour juste consiste à désirer sans démesure les belles choses. [Stobée, *Florilège*, III, v, 23.]

LXXIV

39. N'accepte rien de plaisant qui ne soit utile.

LXXV

40. Pour les gens sans intellect, mieux vaut être commandé que commander[2]. [Stobée, *Florilège*, IV, II, 13.]

LXXVI

41. Ce n'est pas la raison, mais l'infortune qui est l'institutrice des natures puériles[3].

LXXVII

42. Renommée et richesse sans conscience sont des possessions fragiles. [Stobée, *Florilège*, III, IV, 82.]

LXXVIII

43. Acquérir des biens n'est pas inutile, mais en acquérir injustement est pis que tout. [Stobée, *Florilège*, IV, XXXI, 121.]

LXXIX

44. Il est fâcheux d'imiter les méchants, et même de ne pas vouloir imiter les bons.

LXXX

45. Il est laid de se mêler des affaires des autres et de négliger les siennes.

LXXXI

46. Remettre toujours les choses au lendemain nous empêche de mener à bien nos entreprises. [Stobée, *Florilège*, III, XXIX, 67.]

LXXXII

47. Trompeurs et hypocrites sont ceux qui font tout en paroles, et rien en actes.

48. Heureux qui l'intellect sait joindre aux biens qu'il possède; car il en use bien[1].

LXXXIII

49. C'est une cause d'erreur que l'ignorance du meilleur.

LXXXIV

50. Celui qui accomplit des actes laids doit commencer par rougir de lui-même[2].

LXXXV

51. Celui qui se contredit et parle trop n'est pas naturellement disposé à apprendre ce qu'il faut faire. [Stobée, *Choix de textes*, II, XXXI, 73.]

LXXXVI

52. Il y a de l'outrecuidance à prendre toujours la parole sans rien vouloir écouter. [Stobée, *Florilège*, III, XXXVI, 24.]

LXXXVII

53. Il faut veiller à ce que le méchant ne saisisse pas l'occasion[1] ⟨de nuire⟩.

LXXXVIII

54. L'envieux se chagrine lui-même en se traitant en ennemi. [Stobée, III, XXXVIII, 47.]

LXXXIX

55. L'ennemi n'est pas celui qui commet l'injustice, mais celui qui la veut.

XC

56. L'inimitié entre parents est bien plus insupportable que l'inimitié entre étrangers.

XCI

57. Ne sois pas soupçonneux envers tout le monde, mais sois prudent et ferme.

XCII

58. Il ne faut accepter les bienfaits qu'avec le dessein de les rendre au centuple.

XCIII

59. En accordant un bienfait, prends garde que celui qui le reçoit ne te rende pas le mal pour le bien, si sa nature est perverse.

XCIV

60. De petits services rendus à propos[1] sont les plus grands pour ceux qui les reçoivent[2].

XCV

61. Les honneurs ont plus de poids auprès des personnes raisonnables, parce qu'elles ont conscience d'être honorées.

XCVI

62. L'homme serviable n'est pas celui qui attend qu'on lui rende la pareille, mais celui qui a pris les devants pour faire le bien.

XCVII

63. Nombreux sont ceux qui paraissent être nos amis et ne le sont pas, et nombreux le sont qui ne le paraissent pas.

XCVIII

64. L'amitié d'un seul homme sensé vaut autant que celle de tous les insensés ensemble[3].

XCIX

65. Celui qui n'a pas un seul ami véritable ne mérite *pas de vivre*.

C

66. Quand on se voit abandonné rapidement par des amis sûrs, c'est qu'on a un caractère difficile à supporter.

CI

67. Nombreux sont ceux qui se détournent de leurs amis, lorsque ceux-ci choient de la richesse dans la pauvreté.

CII

68. En toutes choses l'équilibre est honnête : l'excès et le défaut ne le sont pas, à mon avis.

CIII

69. Celui qui n'aime personne n'est, à mon avis, aimé de personne.

CIV

70. Vieillard charmant est celui qui est à la fois souriant et grave dans ses propos.

CV

71. La beauté corporelle n'est qu'animale si l'intellect ne la sous-tend.

CVI

72. Quand la fortune est bonne, il est facile de trouver un ami; quand elle est mauvaise, c'est la chose la plus difficile de toutes.

CVII

73. Tous nos parents ne sont pas nos amis, mais seulement ceux qui s'accordent avec nous sur ce qui est utile.

CVII *a*

74. Il convient, puisque nous sommes hommes, de ne pas rire des malheurs des hommes, mais de les déplorer[1].

CVIII

75. Les biens que l'on recherche s'obtiennent difficilement ; mais les malheurs surviennent même sans qu'on les cherche. [Stobée, *Florilège*, IV, XXXIV, 58.]

CIX

76. Ceux qui critiquent tout ne sont pas naturellement enclins à l'amitié.

CX

77. Que la femme ne s'exerce pas à discourir[1], car c'est là chose détestable.

CXI

78. Être commandé par une femme serait la dernière offense pour un homme. [Stobée, *Florilège*, IV, XXIII, 39.]

CXII

79. C'est le fait d'un Intellect divin de toujours envisager l'honnête.
80. Qu'on croie que les dieux voient tout, et l'on ne commettra pas de faute ni en cachette ni en public[2].

CXIII

81. Ceux qui louent les insensés leur font le plus grand tort.

CXIV

82. Il vaut mieux être loué par un autre que par soi-même.

CXV

83. Si tu juges non fondées des louanges ⟨qu'on t'adresse⟩, sois bien sûr qu'on te flatte.

84. Le monde est un théâtre, la vie une comédie[1] : tu entres, tu vois, tu sors.

85. Le monde n'est que changement, la vie n'est qu'opinion[2].

86. Un grain de sagesse s'apprécie quand on s'attend à une grande folie.

★

CXV *a*

Diogène Laërce.

(*Vies*, I, 22-23[3].)

CXVI

Diogène Laërce.

Je vins à Athènes et y demeurai incognito. (*Vies*, IX, 36.)

Cicéron.

Il faut donc bien comprendre que la popularité n'a pas à être recherchée pour elle-même, pas plus qu'on ne doit craindre l'obscurité. Je vins à Athènes, dit Démocrite, et y demeurai incognito. C'est là le fait d'un homme sérieux et pondéré, que de savoir tirer gloire de s'être soustrait à la gloire[4]. (*Tusculanes*, V, XXXVI, 104.)

CXVII

Diogène Laërce.

Démocrite rejette [l'existence des] qualités [naturelles] quand il écrit : Convention que le chaud, convention que le froid; en réalité : les atomes et le vide[5]. Et encore : En réalité nous ne savons rien, car la vérité est au fond du puits! (*Vies*, IX, 72.)

Cicéron.

C'est la nature qu'il faut accuser, car elle cache, selon Démocrite, la vérité à une profondeur inaccessible[6]. (*Premiers académiques*, II, X, 32.)

CXVIII

Denys d'Alexandrie.

Toujours est-il que Démocrite lui-même, à ce que l'on dit, déclara qu'il aimerait mieux trouver une seule certitude causale plutôt que de devenir roi des Perses. C'est que sa recherche des causes était vaine et non fondée, puisqu'elle avait pour point de départ un principe vide et une hypothèse erronée : il ne voit pas la racine et la nécessité commune de la nature des réalités, et fait résider la plus haute philosophie dans la saisie par l'intellect du caractère inconnaissable et vain des événements qui se produisent; quant à la fortune, il en fait la maîtresse et la reine des choses divines en général, assurant que toutes choses se produisent selon son gré, mais refuse qu'elle gouverne la vie des hommes, et accuse d'ignorance ceux qui lui vouent un culte. (*De la nature*, cité par Eusèbe, *Préparation évangélique*, XIV, XXVII, 4.)

CXIX

Denys d'Alexandrie.

Toujours est-il qu'au début de ses *Conseils*, il déclare : « Les hommes se sont forgé de la fortune une image qui justifiât leur propre manque de sagacité. » Car par nature la fortune s'oppose à la réflexion et, à ce qu'ils ont prétendu, elle est la pire ennemie de la raison qu'elle tient sous sa domination. Ou mieux : ils suppriment totalement et abolissent la raison pour lui substituer la fortune, car s'ils ne chantent pas la fortune de la raison, ils célèbrent la parfaite raison de la fortune. (*De la nature*, cité par Eusèbe, *Préparation évangélique*, XIV, XXVII, 5.)

Stobée.

Les hommes se sont forgé de la fortune une image qui justifiât leur propre manque de sagacité. Car la fortune s'oppose rarement à la raison : et dans la vie, la plupart des choses sont ordonnées par une perspicacité intelligente. (*Choix de textes*, II, VIII, 16.)

Épicure.

Sans conséquence pour le sage, Fortune est accident; mais les choses les plus importantes et les plus graves, la raison les a prises sous son contrôle et, tout au long de la vie, les contrôle et les contrôlera. (*Maximes maîtresses*, XVI.)

CXX

Érotien.

Il a appelé « veines » non pas ce qu'on appelle ordinairement veines, mais les artères. Et Démocrite appelle pulsation le mouvement des artères. (*Glossaire d'Hippocrate*, 90, 18.)

CXXI

Eustathe.

Démocrite emploie la forme : le plus propre[1]. (*Scolies à l'Odyssée*, II, v. 190, p. 1441.)

CXXII

[Dictionnaire.]

« Avoir expurgé » : avoir fait le vide au moyen de la rhubarbe[2], plante qui a une vertu purgative. Démocrite appelle aussi rhubarbes les pièges que creusent les chasseurs, du fait que ces trous ont été vidés. (*Etymologicum genuinum*, « Avoir expurgé ».)

[Inédit.]

Oui, Démocrite dit que l'on a appelé rhubarbes les trous creusés par les chasseurs et au-dessus desquels ils répandent une fine poussière et jettent des brindilles pour que les lièvres y choient. (*Inédits grecs*, VI, éd. Bekker, 374, 14.)

CXXII *a*

[Dictionnaire.]

« Femme » (γυνή) : [...] ou, selon Démocrite, une sorte de matrice (γονή), capable de recevoir la semence (γονή). (*Etymologicum genuinum*, « Femme ».)

CXXIII

[Dictionnaire.]

Représentation : chez Démocrite, ce mot désigne les effluves, semblables par leur forme aux objets. (*Etymologicum genuinum*, « Représentation ».)

CXXIV

Pseudo-Galien.

La semence est, comme le disent Platon et Dioclès, un fragment dissocié du cerveau et de la moelle épinière. Mais pour Praxagoras ainsi que pour Démocrite et encore Hippocrate, la semence est produite par le corps tout entier ; et Démocrite de dire : Les hommes ne seront qu'un et un homme les sera tous[1]. (*Des définitions en médecine*, 439 [éd. Kühn, XIX, 449[2]].)

CXXV

Galien.

Comment celui pour qui, en dehors de l'évidence, il n'y a pas même de commencement possible, pourrait-il demeurer crédible quand il a l'impudence de s'opposer à cette évidence dont il a tiré ses principes ? Cela, Démocrite aussi le sait bien, lorsqu'il se livre à la critique des représentations phénoménales en disant : Convention que la couleur, convention que le doux, convention que l'amer ; en réalité : les atomes et le vide[3]. Aussi a-t-il fait tenir aux sens les propos suivants, qui s'adressent à l'entendement : « Misérable raison, c'est de nous que tu tires les éléments de ta croyance, et tu prétends nous réfuter ! Tu te terrasses toi-même en prétendant nous réfuter[4]. » (*De la médecine empirique*, fgm., éd. H. Schöne, 1259, 8.)

CXXVI

Galien.

[Sur la pulsation et la palpitation vermiculaire]. Ces deux termes ont une origine commune : la pulsation désigne le gonflement périodique de l'artère à la manière d'ondes successives qui se soulèvent ; et le terme de palpitation vermiculaire s'explique par le fait que la pulsation imite l'allure ondulante de la démarche du ver – comme le dit quelque part Démocrite aussi à propos *des animaux de cette* sorte toutes ⟨les chenilles⟩ qui progressent en ondulant. (*De la différence entre les pouls*, I, 25.)

Aristote.

Les papillons appelés « pilons » et la chenille arpenteuse naissent d'autres insectes également chenillés qui se déplacent en ondulant et progressent en soulevant leur partie postérieure par une cambrure du corps. (*Histoire des animaux*, V, XIX, 551 *b* 6.)

CXXVII

Hérodien.

Et Démocrite : La masturbation procure une jouissance comparable à l'amour[1]. (*Prosodie générale*, cité par Eustathe, *Commentaire sur l'Odyssée*, XIV, 428, p. 1766.)

CXXVIII

Hérodien.

On ne peut pas trouver de terme en ω̄ν, en η̄ν, en ᾱν, en ε̄ν, en ῑν, ou en ῡν, n'ayant qu'une seule forme [d'accusatif] pour tous les genres. Le neutre ἰθύτρην ⟨singulier neutre = *troué droit*⟩ chez Démocrite contrevient à la règle. (*Prosodie générale*, cité par Théognostos, *Canons*, p. 79.)

CXXIX

[Dictionnaire.]

Démocrite : Les choses divines sont conçues par la raison [humaine][2]. (*Etymologicum genuinum*, « Sont conçus ».)

CXXIX *a*

Hérodien.

Chez Démocrite : Ils [ou elles] ont été inclinés, se trouvent actuellement penchés[3]. (*Divisions homériques*, 396, 11.)

CXXX

Hésychios.

Ἀμφιδήτιοι *(bracelets)* : au sens d'anneaux creux, chez Démocrite. (*Lexique.*)

CXXXI

Hésychios.

Ἀπάτητον *(non frayé)* : disposé d'une manière irrégulière, chez Démocrite. (*Lexique.*)

CXXXII

Hésychios.

Ἀσκαληρές *(équilatéral)* : aux côtés égaux, chez Démocrite. (*Lexique.*)

CXXXIII

Hésychios.

Βροχμώδης *(moite)* : humide et tendre. Démocrite. (*Lexique.*)

CXXXIV

Hésychios.

Βρόχος *(nœud coulant)* : nœud chez Démocrite; nœud coulant, lien[1]. (*Lexique.*)

CXXXV

Hésychios.

Δεξαμεναί *(vaisseaux)* : récipients pour l'eau, et, dans le corps, veines. De Démocrite. (*Lexique.*)

CXXXVI

Hésychios.

Δυοχοῖ *(recouvre)* : couvre d'une écaille, chez Démocrite. (*Lexique.*)

CXXXVII

Hésychios.

Συγγονή *(composition)* : combinaison. Démocrite. (*Lexique.*)

CXXXVIII

Hésychios.

'Αμειψικοσμίη *(ordre alterné)* : changement de disposition. (*Lexique.*)

CXXXIX

Hésychios.

'Αμειψιρυσμεῖν *(alterner les rythmes)* : changer ⟨en ce qui concerne⟩ le mélange, ou changer de forme[1]. (*Lexique.*)

CXXXIX *a*

Hésychios.

'Αμειψίχρ⟨ο⟩ον *(aux couleurs alternées)* : qui change de couleur. (*Lexique.*)

CXL

Hésychios.

Εὐεστώ *(bien-être)* : bonheur, dérivé de εὖ ἑστάναι (se trouver bien chez soi). (*Lexique.*)

CXLI

Hésychios.

'Ιδέα *(idée)* : ressemblance, forme, espèce ; c'eſt aussi l'élément matériel le plus petit[2]. *(Lexique.)*

CXLII

Olympiodore.

Pourquoi chez Socrate une si grande piété à l'égard des noms des dieux[3] ? Eſt-ce parce que jadis on a consacré les noms appropriés aux divers objets et qu'il eſt absurde de soumettre au changement des choses immobiles, ou eſt-ce parce que leurs noms leur sont appropriés par nature, comme il eſt dit dans le

Cratyle, ou bien encore parce que leurs noms sont des représentations vocales des dieux, comme dit Démocrite[1]? (*Commentaire sur le Philèbe de Platon*, éd. Stallbaum, p. 242.)

Hiéroclès.

Le nom de Zeus est le symbole et l'image vocale de la réalité démiurgique, étant donné que ceux qui ont assigné les noms aux choses ont, dans leur extrême sagesse, rendu manifestes, tels les plus grands sculpteurs ⟨dans leurs statues⟩, les propriétés des choses, en se servant des noms comme d'images. (*Commentaire sur les Vers dorés de Pythagore*, 25.)

CXLIII

Philodème.

Souvent, c'est à nos amis et autres proches que notre colère vaut de nombreux malheurs; mais il arrive qu'elle soit cause de malheur aussi pour les patries comme pour les royautés, et cela non seulement autrefois lorsque le fameux courroux ⟨d'Achille⟩ apporta aux Achéens d'innombrables maux, mais aujourd'hui encore; et peu s'en faut que les colères excessives ne s'accompagnent dans tous les domaines[2], comme le dit Démocrite, de tous les maux imaginables. (*De la colère*, colonne 28, 17.)

CXLIV

Philodème.

Démocrite aussi, qui n'est pas seulement un des auteurs anciens qui connaissent le mieux la nature, mais dont la curiosité ne le cède en rien aux archivistes, déclare que la musique est le dernier-né des arts, et la raison qu'il en donne est qu'elle n'est pas le produit de la nécessité, mais qu'elle est désormais du superflu. (*De la musique*, IV, 31, éd. Kemke, p. 108, 29.)

CXLIV *a*

Photius.

'Αναβήσομαι (*je remonterai*) chez Démocrite : je reprendrai les choses à partir du commencement[3]. (*Lexique.*)

CXLV

Plutarque.

La parole, comme disait Démocrite, est l'ombre de l'acte[1]. (*De l'éducation des enfants*, 14, 9 F.)

CXLVI

Plutarque.

Celui qui se contente de se prouver à soi-même non par mépris des autres, mais pour l'aise et le contentement qu'il en a en sa conscience, étant suffisant témoin et spectateur de choses bien et louablement faites[2], montre que la raison est logée chez lui et y a pris pied et racine, et, comme dit Démocrite, qu' il s'accoutume à prendre plaisir de soi-même[3]. (*Si l'on s'amende [...]*, 10, 81 A.)

CXLVII

Plutarque.

Car il n'y aurait point de propos de prendre soigneusement garde au criailler de corbeaux, ou au caqueter des poules, et au fouiller des pourceaux remuant des ordures et de vieux haillons, comme dit Démocrite, pour en tirer pronostics de vent de pluie, et que nous ne sussions point observer ni prévoir à certains signes une tempête prochaine à sourdre et à naître dedans notre propre corps. (*Préceptes de santé*, 14, 129 A.)

Clément d'Alexandrie.

Ceux qui se roulent dans les flots de la volupté comme des vers de terre dans les mares et les bourbiers, et se nourrissent de jouissances vaines et vides de sens, ceux-là sont des hommes comparables à des porcs : Car, dit-il, les porcs tirent plus grande volupté de la boue que de l'eau pure[4] et se vautrent dans la fange, selon Démocrite. (*Protreptique*, 92, 4.)

Pseudo-Théophraste.

On considère généralement comme un signe d'orage de voir les porcs se quereller et patauger dans la fange. (*Des signes météorologiques*, 49.)

Aratos.

Les porcs se vautrent dans la fange. (*Phénomènes*, v. 1123.)

CXLVIII

Plutarque.

Mais après que la matrice a retenu la semence qui y a pris racine, alors elle se resserre, pour ce que le nombril, ainsi que dit Démocrite, est comme une ancre et un câble au fruit conçu, qui l'arrête ferme, et le garde de vaguer par la matrice de la mère; alors Nature bouche et étoupe les canaux et vaisseaux des purgations menstruales, etc.[1]. (*De l'amour envers les enfants*, 3, 495 E.)

CXLIX

Plutarque.

Disons donc aussi en nous-mêmes : ô homme, ton corps produit bien plusieurs maladies et plusieurs passions par nature de soi-même, mais si tu ouvres le dedans de toi tu y trouveras un amas et une conserve, comme dit Démocrite, de plusieurs biens divers et différents maux, lesquels n'y sont point coulés de dehors, mais y ont leurs sources originaires saillantes de la même terre, que le vice, qui est abondant et riche de passions, pousse en avant. (*Quelles passions sont les pires, celles de l'âme ou du corps*, 2, 500 D.)

CL

Plutarque.

Les questions faciles et légères exercent les esprits commodément et utilement, mais il se faut abstenir et garder de disputes enveloppées, qui étreignent comme courroies, ainsi que parle Démocrite[2]. (*Propos de table*, I, I, 5, 614 D-E.)

CLI

Plutarque.

Or en un poisson que l'on mange en commun, comme disait Démocrite, il n'y a point d'arêtes. (*Propos de table*, II, X, 2, 643 F.)

CLII

Plutarque.

[Je me mis à dire premièrement] que le feu de la foudre était merveilleusement délié et subtil, comme celui qui prenait son origine et naissance de la plus pure, plus nette et plus sainte essence, et où, encore qu'il y eût quelque humidité ou terrestréité mêlée parmi, la célérité de son mouvement l'en jetterait dehors et l'en purgerait. Ce qui ne peut arrêter le feu céleste, se disait Démocrite, n'est jamais foudroyé[1]. (*Propos de table*, IV, II, 4, 665 F.)

CLII *a*

Plutarque.

(*Propos de table*, VIII, X, 2[2].)

CLIII

Plutarque.

Le sage homme d'État et de gouvernement ne doit point mépriser le vrai honneur, qui gît en la bénévolence et bonne affection de ceux qui ont souvenance des services et biens qu'ils ont reçus : ni ne doit point mépriser la gloire, fuyant le plaire à ses prochains, ainsi que voulait Démocrite. (*Instruction pour ceux [...] affaire d'État*, 28, 821 A.)

Philodème.

Il est mieux vu pour les particuliers d'obtenir des faveurs sans recourir à une telle obséquiosité. De fait, Nicasicratès qui loue Démocrite d'avoir blâmé comme nuisible l'usage de l'obséquiosité quand on veut plaire à ses proches, s'accorde, je ne sais comment, avec les épicuriens. (*De la flatterie*, Papyrus d'Herculanum 1457, colonne 10, éd. Crönert.)

CLIV

Plutarque.

Mais à l'aventure mériterons-nous d'être moqués, louant ainsi hautement les bêtes, de ce qu'elles sont dociles à apprendre, vu que Démocrite montre et prouve que nous avons nous-mêmes été leurs apprentis et disciples dans les choses principales dont nous avons affaire : comme de l'araignée[3] en la tissure et couture, de l'hirondelle en l'architecture, du cygne et du rossignol en la musique, l'ayant apprise à les imiter. (*Quels animaux sont les plus avisés*, 20, 974 A.)

CLV

Plutarque.

Davantage vois un peu comment [Chrysippe] répond à Démocrite qui doutait fort naturellement ⟨selon une méthode empirique et non géométrique⟩ et vivement, si un cône venait à être coupé parallèlement à sa base, que faudrait-il juger touchant les superficies des sections, si elles seront égales ou inégales? Car si elles sont inégales, elles feront donc que la pyramide ronde prendra plusieurs engravures profondes et raboteuses : et si elles sont égales, les sections seront aussi égales, et se trouvera que le cône fera pareil effet que le cylindre, comme s'il était composé de cercles égaux, et non pas inégaux, ce qui est fort absurde[1]. (*Des notions communes*, 39, 1079 E.)

CLV *a*

Aristote.

Pour Démocrite, la sphère aussi, en tant qu'elle est une sorte d'angle, coupe, à cause de sa mobilité. (*Traité du ciel*, III, VIII, 307 *a* 17.)

Simplicius.

Mais il est possible [...] que l'entièrement sphérique soit un angle, car si l'incurvé est un angle, la sphère étant entièrement incurvée, on peut dire avec vraisemblance qu'elle est tout entière un angle[2]. (*Commentaire sur le Traité du ciel d'Aristote*, 662, 10.)

Archimède.

C'est pourquoi, concernant ces théorèmes dont Eudoxe a le premier trouvé la démonstration et qui, à propos du cône et de la pyramide, disent que le cône est le tiers du cylindre et la pyramide le tiers du prisme s'ils ont la même base et une hauteur égale, il conviendrait de reconnaître la part non négligeable prise par Démocrite à cette découverte, puisqu'il est le premier à avoir, quoique sans démonstration, parlé de ladite figure[3]. (*Méthode*, éd. Heiberg, II, 430, 1-9.)

CLVI

Plutarque.

Et Colotès reprend en lui premièrement que, supposant que chaque chose ne soit point plutôt telle que telle[1], il confond par là toute la vie humaine. Mais il s'en faut tant que Démocrite ait eu cette opinion ⟨que nulle chose ne soit plutôt telle que telle⟩ qu'il en combattit à l'encontre du sophiste Protagoras[2] qui l'avait dit, et écrivit plusieurs bons arguments concluants à l'encontre ; lesquels ce beau Colotès ne vit ni ne lut jamais, même pas en songe : mais c'est abuser à faute d'entendre un passage qui est en ses œuvres, là où il détermine que *Den* [l'étant] n'est pas plus que *Mèden* [le néant[3]], nommant en ce lieu-là *Den* le corps, et *Mèden* le vide, voulant entendre que le vide avait sa propre nature et subsistance aussi bien que le corps (*Contre Colotès*, 4, 1108 F.)

CLVII

Plutarque.

C'est à faire à ceux qui ont vécu en gens d'État et d'honneur, et en bon ménagiers : à reprendre de cela tels comme sont ceux que Colotès en son livre a injuriés. Entre lesquels Démocrite admoneste par ses écrits d'apprendre la science militaire[4], comme la plus grande de toutes, et s'accoutumer à supporter les travaux d'icelle, dont les grands biens et grands honneurs viennent aux hommes. (*Contre Colotès*, 32, 1126 A.)

[...] les charges publiques, le maniement des affaires et le hanter auprès des grands, de là où Démocrite disait que tout bien était venu en la vie des hommes. (*Qu'on ne saurait vivre joyeusement selon Épicure*, 19, 1100 C.)

CLVIII

Plutarque.

⟨Chaque jour⟩ le Soleil ⟨mêlant ensemble les actions et les pensées des hommes avec sa lumière⟩, il les réveille et excite ⟨leurs pensées⟩, comme dit Démocrite : au point du jour les hommes courant comme dedans un chariot, du désir de s'entre rencontrer vitement, l'un deçà, l'autre delà, se lèvent pour vaquer à leurs affaires[5]. (*Vivre caché*, 5, 1129 E.)

CLIX

Plutarque.

Ancien est, semble-t-il, le procès intenté par le corps à l'encontre de l'âme touchant les passions dont il souffre. Et Démocrite requérant contre l'âme, l'accuse ainsi de nos malheurs : si le corps intentait à l'âme un procès pour tous les malheurs et les souffrances qu'il subit au cours de la vie et si lui, Démocrite, avait à rendre la sentence, il aurait plaisir à infliger à l'âme une condamnation. C'est elle en effet qui a détruit le corps par ses négligences, qui l'a rendu dissolu par ses ivresses, qui l'a corrompu et déchiré par les plaisirs, de même que l'on rend responsable du mauvais état de l'outil ou de l'ustensile son utilisateur imprudent. (*De la passion et de la maladie*, fgm. 2.)

Plutarque.

Une bonne partie des hommes qui se tourmentent pour néant, pour choses qui ne sont ni bonnes ni honnêtes, mais pour faire honte à quelqu'un par envie qu'il lui porte ou par opiniâtreté ou par quelques vaines et folles opinions qu'ils poursuivent : car je pense que c'est à telles gens principalement que Démocrite disait que, si le corps mettait l'âme en procès et l'appelait en justice, en matière de réparation de dommage, jamais elle ne se sauverait qu'elle ne fût condamnée en amende. (*Préceptes de santé*, 24, 135 E.)

CLX

Porphyre.

Car la vie vicieuse, sans raison, sans tempérance et sans piété, Démocrite disait d'elle non qu'elle est vicieuse vie, mais une mort qui dure longtemps. (*De l'abstinence*, IV, 21.)

CLXI

[Scolie.]

On croyait autrefois que les sorcières décrochaient la Lune et le Soleil. C'est pourquoi, jusqu'à l'époque de Démocrite, de nombreux auteurs appelaient décrochements les éclipses. (À Apollonius de Rhodes, *Argonautiques*, III, v. 533.)

CLXII

[Scolie.]

Démocrite appelle pierre qui roule la figure cylindrique[1]. (À l'*Iliade*, XIII, v. 137.)

CLXIII

Sextus Empiricus.

Xéniade de Corinthe[2], que mentionne aussi Démocrite. (*Contre les mathématiciens*, VII, 53.)

CLXIV

Sextus Empiricus.

116. D'après une thèse fort ancienne, les semblables connaissent les semblables[3] [...]. 117. Or, Démocrite fonde son argument sur les êtres animés comme sur les inaminés. Car, justement, dit-il, les animaux se rassemblent avec des animaux de même espèce, comme les colombes avec les colombes, les grues avec les grues, et il en va de même des autres animaux dépourvus de raison. Ainsi en va-t-il aussi des êtres inanimés, comme on le voit dans le cas des graines passées au crible et des galets le long des plages : dans le premier cas, en effet, c'est le mouvement de giration du crible qui opère la dissociation et range les lentilles avec les lentilles, les grains d'orge avec les grains d'orge et les grains de blé avec les grains de blé ; dans le second, c'est le mouvement de la vague qui pousse les galets oblongs au même endroit que les galets oblongs, et les galets ronds au même endroit que les galets ronds, tout *se passant comme* si la ressemblance qui se trouve dans les choses comportait un principe de leur rassemblement[4]. Tel est l'argument de Démocrite. (*Contre les mathématiciens*, VII, 116-117.)

CLXV

Sextus Empiricus.

Démocrite, qui se comparait à la voix de Zeus, et tenait ce propos sur toutes choses, a bien essayé de définir le concept [d'homme], mais n'est parvenu qu'à en proposer une approche triviale, en disant : L'homme eſt ce que nous connaissons tous. (*Contre les mathématiciens*, VII, 265.)

Cicéron.

Que dirais-je de Démocrite? Qui pouvons-nous lui comparer en ce qui concerne non seulement l'ampleur du talent, mais encore la grandeur de l'âme? Lui qui eut l'audace de commencer par ces mots : Voici ce que je dis de toutes les choses. Il n'eſt rien dont il ne traite, car que pourrait-il exiſter en dehors de toutes les choses? [...] En outre il ne tient pas le même propos que nous, qui ne nions pas que quelque chose de vrai exiſte, quoique nous niions que ce quelque chose puisse être perçu; Démocrite nie qu'il puisse exiſter quelque chose de vrai, tout en disant que les sens sont non pas sujets à obscurité, mais plongés dans l'obscurité[1] : c'eſt en effet le nom qu'il leur donne. (*Premiers académiques*, II, XXIII, 73.)

Ariſtote.

Si la figure et la couleur conſtituent l'essence de chacun des animaux et de leurs parties, Démocrite alors a raison, car telle eſt à l'évidence sa conception. De fait, dit-il, chacun conſtate évidemment quelle eſt la forme propre à l'homme, puisque l'homme eſt reconnaissable par sa figure et sa couleur. Néanmoins, l'homme mort lui aussi a la même forme et la même figure que l'homme vivant, et cependant il n'eſt plus homme[2]. (*Parties des animaux*, I, 1, 640 *b* 29.)

Sextus Empiricus.

L'homme eſt cette sorte de forme accompagnée de l'animation.

Voici ce que je dis touchant toutes choses : l'homme eſt ce que nous connaissons tous. (Épicure, fgm. 310, éd. Usener; *Contre les mathématiciens*, VII, 267.)

CLXVI

Sextus Empiricus.

D'après Démocrite, certaines images parviennent jusqu'aux hommes, tantôt bénéfiques, tantôt maléfiques. D'où sa prière d'avoir des images propices. Ces images sont grandes, démesurées; difficilement deſtructibles quoique périssables; elles prophétisent l'avenir aux hommes par émission de visions et de voix. C'eſt pour avoir perçu une telle représentation que les Anciens supposèrent l'exiſtence de Dieu, Dieu dont la nature est impérissable, mais qui n'a aucune existence en dehors de ces images[1]. (*Contre les mathématiciens*, IX, 19.)

CLXVII

Simplicius.

Un tourbillon de toutes sortes d'idées s'est séparé de l'univers. (*Commentaire sur la Physique d'Aristote*, 327, 24.)

CLXVIII

Simplicius.

Car les atomistes appelaient les corps primordiaux nature [...]. En effet, disaient-ils, ils rebondissent à l'entour[2]. (*Commentaire sur la Physique d'Aristote*, 1318, 34.)

CLXIX

Stobée.

De Démocrite : Ne prétends pas connaître toutes choses, tu deviendrais ignorant de toutes choses. (*Choix de textes*, II, I, 12.)
(*Ibid.*, II, IV, 12[3].)

CLXX

Stobée.

Le bonheur est, comme le malheur, le propre de l'âme[4]. (*Choix de textes*, II, VII, 3 *i*.)

CLXXI

Stobée.

Le bonheur ne réside ni dans les troupeaux ni non plus dans l'or. C'est l'âme qui est la demeure du démon[5]. (*Choix de textes*, II, VII, 3 *i*.)

CLXXII

Stobée.

De Démocrite : Des choses dont nous viennent les biens, de ces mêmes choses peuvent aussi nous venir les maux ;

mais nous voudrions bien échapper à ces maux. Par exemple : l'eau profonde est très utile ; mais elle est également un mal, car nous courons le risque de nous y noyer. Aussi avons-nous inventé une solution artificielle qui consiste à apprendre à nager. (*Choix de textes*, II, IX, 1.)

CLXXIII

Stobée.

Du même : Pour les hommes les maux naissent des biens, quand on ne sait ni tenir les rênes, ni bien conduire. Cependant il n'est pas juste de les ranger au nombre des maux, c'est au contraire pour des biens qu'il faut les tenir, et il est encore possible d'user des biens en vue de fins mauvaises[1], puisque nous sommes libres de le vouloir. (*Choix de textes*, II, IX, 2.)

CLXXIV

Stobée.

L'heureux homme, naturellement porté à accomplir des actions justes et légales, est jour et nuit réjoui, sûr de lui et sans souci. Mais celui qui ne tient pas compte de la justice et n'accomplit pas ses devoirs, trouve en toutes choses sujet de s'affliger lorsqu'il y repense : il connaît la crainte et se blâme lui-même. (*Choix de textes*, II, IX, 3.)

CLXXV

Stobée.

Les dieux accordent aux hommes tous les biens, à présent comme autrefois, et toutes les choses qui sont mauvaises, nuisibles et non bénéfiques, ils renoncent aujourd'hui comme autrefois, à les donner aux hommes. Mais ce sont eux qui d'eux-mêmes se précipitent sur elles par *aveuglement* de l'intellect et par ignorance. (*Choix de textes*, II, IX, 4.)

CLXXVI

Stobée.

La fortune eſt prodigue de dons, mais inconſtante. Au contraire la nature se suffit à elle-même. C'eſt pourquoi celle-ci l'emporte par ses dons moindres, mais assurés, sur les dons plus grands qu'on peut espérer ⟨de la fortune⟩. (*Choix de textes*, II, IX, 5.)

Nombreux sont ceux [...][1]. (*Ibid.*, II, XV, 33.)

C'eſt dans les actes et dans la conduite [...][2]. (*Ibid.*, II, XV, 36.)

CLXXVII

Stobée.

De Démocrite : Nulle bonne raison ne peut effacer une action indigne, pas plus qu'un acte valeureux ne peut être souillé par un discours calomnieux. (*Choix de textes*, II, XV, 40.)

CLXXVIII

Stobée.

De Démocrite[3] : La pire des choses que l'on puisse apprendre à la jeunesse eſt la frivolité; car c'eſt elle qui engendre les plaisirs qui donnent naissance au vice. (*Choix de textes*, II, XXXI, 56.)

CLXXIX

Stobée.

Du même : Si nous permettons aux enfants de ne pas s'extérioriser en se donnant du mal, ils n'apprendront ni la lecture et l'écriture, ni la musique, ni la compétition sportive, ni ce qui par-dessus tout renferme la vertu, à savoir le respect. Car c'eſt bien de tout cela surtout que naît le respect. (*Choix de textes*, II, XXXI, 57.)

CLXXX

Stobée.

Du même : La culture est l'ornement des gens heureux et le refuge des malheureux[1]. (*Choix de textes*, II, xxxi, 58.)

CLXXXI

Stobée.

Du même : Meilleur guide en matière de vertu apparaît celui qui use de l'encouragement et de la persuasion verbale, plutôt que de la contrainte de la loi. Car celui que seule la convention[2] détourne de l'injustice, selon toute probabilité agit mal en cachette, alors que celui que la persuasion conduit vers le devoir ne commet, selon toute probabilité, rien de répréhensible, ni en cachette ni ouvertement. C'est pourquoi l'homme aux actions droites qui agit en conscience et connaissance de cause devient pleinement homme et fait en même temps preuve de rectitude. (*Choix de textes*, II, xxxi, 59.)

(*Ibid.*, II, xxxi, 65[3].)

CLXXXII

Stobée.

Du même : Ce n'est que grâce à l'effort que l'étude conquiert les belles choses, mais les choses laides se récoltent d'elles-mêmes et sans effort. Car souvent elles empêchent d'être ainsi l'homme qui n'exerce pas sa volonté [...][4]. (*Choix de textes*, II, xxxi, 66.)

(*Ibid.*, II, xxxi, 71[5].)

CLXXXIII

Stobée.

Du même : Il y a, en un sens, de la réflexion chez les jeunes gens, et de l'irréflexion chez les vieillards : ce n'est pas le temps qui apprend à être raisonnable, mais bien une éducation précoce jointe à la nature. (*Choix de textes*, II, xxxi, 72.)

(*Ibid.*, II, xxxi, 73[6].)

CLXXXIV

Stobée.

De Démocrite : La fréquentation continue des méchants augmente notre disposition au vice. (*Choix de textes*, II, XXXI, 90.

CLXXXV

Stobée.

De Démocrite : Les espérances des natures bien éduquées valent mieux que l'argent des ignorants[1]. (*Choix de textes*, II, XXXI, 94.)

CLXXXVI

Stobée.

De Démocrite : La communauté de pensée crée la sympathie[2]. (*Choix de textes*, II, XXXIII, 9.)

CLXXXVII

Stobée.

De Démocrite : Il convient aux hommes de faire meilleur cas de l'âme que de son enveloppe. Car la perfection de l'âme corrige la faiblesse de l'enveloppe, alors que la force de l'enveloppe privée d'intelligence ne rend aucunement l'âme meilleure. (*Florilège*, III, I, 27.)
(*Florilège*, III, I, 45[3].)

CLXXXVIII

Stobée.

Le contentement et la gêne définissent l'utile et le nuisible[4]. (*Florilège*, III, I, 46.)

CLXXXIX

Stobée.

Le mieux pour l'homme est de passer sa vie de la façon la plus heureuse possible et la moins morose. Il faut pour y parvenir ne pas faire résider les plaisirs dans les choses mortelles. (*Florilège*, III, 1, 47.)

CXC

Stobée.

De Démocrite : Il faut éviter ne serait-ce que de parler des actions mauvaises. (*Florilège*, III, 1, 91.)

(*Ibid.*, III, 1, 95[1].)

CXCI

Stobée.

De Démocrite : Car, pour les hommes, l'heureuse disposition de l'âme naît de la modération du plaisir et de la mesure de la vie. Les manques et les excès vont fréquemment en empirant et produisent en l'âme de grands bouleversements : les âmes que ces passages d'un extrême à l'autre ébranlent ne sont ni stables ni heureuses. Donc, il faut appliquer sa réflexion au possible et se contenter de ce qu'on a, ne faire que peu de cas de ce qu'on désire et admire, et ne pas y arrêter sa réflexion. Il suffit de contempler la vie des malheureux et de considérer l'étendue de ce qu'ils endurent, pour que ce que tu as et dont tu disposes t'apparaisse relevé et enviable, et pour que tu n'aies plus à souffrir en ton âme à force de désirer toujours plus. Celui qui bée d'admiration devant les riches propriétaires que les autres hommes tiennent pour bienheureux, et en est obsédé constamment, connaît la nécessité d'imaginer sans cesse de nouveaux expédients et de se lancer, pour répondre à ses désirs, dans des affaires louches que les lois interdisent. C'est pourquoi il ne faut pas désirer ce qu'on n'a pas, mais s'accommoder de ce qu'on a, en comparant son sort à celui des malheureux, et en se jugeant bienheureux à la pensée de leurs maux, en comparaison desquels tes actions et ta vie sont d'autant meilleures. Si tu t'en tiens à ces réflexions, tu vivras plus heureusement, et ta vie sera à l'abri de bien des tracas que font naître l'envie, la jalousie et le ressentiment[2]. (*Florilège*, III, 1, 210.)

CXCII

Stobée.

De Démocrite : Il est aisé de louer et de critiquer ce qu'il ne faut pas faire ; mais l'un et l'autre sont le fait d'un méchant caractère. (*Florilège*, III, II, 36.)

CXCIII

Stobée.

De Démocrite : La tâche de la raison est de nous garder de l'injustice qui nous menace ; celle de l'indifférence à la douleur est de nous garder de nous venger de celle dont nous sommes victimes. (*Florilège*, III, III, 43.)

CXCIV

Stobée.

De Démocrite : Les grandes joies proviennent du spectacle des actions honnêtes [ou des chefs-d'œuvre[1] ?] (*Florilège*, III, III, 46.)

CXCV

Stobée.

De Démocrite : [...] portraits admirables à contempler par leurs atours et leurs ornements, mais qui ont un vide à la place du cœur. (*Florilège*, III, IV, 69.)

CXCVI

Stobée.

L'oubli de nos propres maux engendre la témérité[2]. (*Florilège*, III, IV, 70.)

CXCVII

Stobée.

Les esprits insensés sont réglés[3] par les gains de fortune, mais les hommes d'expérience le sont par ceux de la sagesse. (*Florilège*, III, IV, 71.)

CXCVIII

Stobée.

L'animal qui éprouve un besoin sait ⟨exactement⟩ de quoi il a besoin, l'homme qui éprouve un besoin ne le sait pas. (*Florilège*, III, IV, 72.)

CXCIX

Stobée.

Les insensés, qui prétendent détester la vie, n'en veulent pas moins vivre par crainte de l'Hadès. (*Florilège*, III, IV, 73.)

CC

Stobée.

Les insensés vivent sans jouir de ce qu'offre la vie. (*Florilège*, III, IV, 74.)

CCI

Stobée.

Les insensés désirent vivre une longue vie sans savoir se réjouir de cette longue vie. (*Florilège*, III, IV, 75.)

CCII

Stobée.

Les insensés désirent ce qu'ils n'ont pas, mais négligent ce qu'ils ont sous la main et qui est plus profitable que ce qu'ils ont laissé passer. (*Florilège*, III, IV, 76.)

CCIII

Stobée.

En fuyant la mort, les hommes se lancent à sa poursuite. (*Florilège*, III, IV, 77.)

CCIV

Stobée.

De toute leur vie, les insensés ne connaissent nul plaisir[1]. (*Florilège*, III, IV, 78.)

CCV

Stobée.

Les insensés désirent vivre, quand ils sont vieux, par crainte de la mort[2]. (*Florilège*, III, IV, 79.)

CCVI

Stobée.

Les insensés, parce qu'ils craignent la mort, veulent vivre vieux. (*Florilège*, III, IV, 80.)
(*Ibid.*, III, IV, 81[3] et III, IV, 82[4].)

CCVII

Stobée.

De Démocrite : Il faut rechercher non pas tout plaisir, mais celui qui vise le beau. (*Florilège*, III, V, 22.)
(*Ibid.*, III, V, 23[5].)

CCVIII

Stobée.

La maîtrise de soi est le meilleur exemple qu'un père puisse donner à ses enfants. (*Florilège*, III, V, 24.)

CCIX

Stobée.

De Démocrite : Celui qui suffit à ses besoins en nourriture ne trouve jamais la nuit courte[6]. (*Florilège*, III, V, 25.)

CCX

Stobée.

De Démocrite : Si la fortune peut dresser un abondant couvert, la tempérance dresse, elle, un couvert suffisant. (*Florilège*, III, v, 26.)

CCXI

Stobée.

De Démocrite : La tempérance multiplie les plaisirs et accroît encore la volupté. (*Florilège*, III, v, 27.)
(*Ibid.*, III, vi, 26[1].)

CCXII

Stobée.

De Démocrite : Dormir pendant la journée est symptôme de trouble du corps, de tourment de l'âme, de paresse ou de défaut d'éducation. (*Florilège*, III, vi, 27.)
(*Ibid.*, III, vi, 28[2] et IV, vi, 59-60[3].)

CCXIII

Stobée.

De Démocrite : Le courage minimise les coups du sort. (*Florilège*, III, vii, 21.)

CCXIV

Stobée.

De Démocrite : Le courageux n'est pas seulement celui qui l'emporte sur les ennemis, mais celui qui l'emporte sur les plaisirs. Certains règnent en maîtres sur des cités, mais sont dans l'esclavage des femmes. (*Florilège*, III, vii, 25.)

CCXV

Stobée.

De Démocrite : La gloire que confère la justice est la fermeté du jugement et la sérénité, mais la crainte de l'injustice est le comble du malheur[4]. (*Florilège*, III, vii, 31.)

CCXVI

Stobée.

De Démocrite : La sagesse sereine est digne de tout [parce qu'elle est la plus honorable]. (*Florilège*, III, VII, 74.)
(*Ibid.*, III, IX, 29[1].)

CCXVII

Stobée.

De Démocrite : Seuls sont aimés des dieux ceux qui haïssent l'injustice. (*Florilège*, III, IX, 30.)

CCXVIII

Stobée.

De Démocrite : La richesse acquise au prix d'une activité immorale rend plus manifeste l'opprobre. (*Florilège*, III, x, 36.)
(*Ibid.*, III, x, 42[2].)

CCXIX

Stobée.

Du même : Le désir des richesses, s'il n'est pas contenu dans les limites de la satiété, est bien plus insupportable que l'extrême pauvreté; car plus grands sont les désirs, plus grands sont les besoins. (*Florilège*, III, x, 43.)

CCXX

Stobée.

De Démocrite : Gain malhonnête est perte de vertu. (*Florilège*, III, x, 44.)

CCXXI

Stobée.

De Démocrite : L'espérance d'un gain malhonnête est le commencement d'une perte. (*Florilège*, III, x, 58.)

CCXXII

Stobée.

De Démocrite : Accumuler trop de richesses pour ses enfants est une excuse qui dénonce le caractère propre de l'avarice. (*Florilège*, III, x, 64.)

CCXXIII

Stobée.

Du même : Tout ce dont l'enveloppe charnelle a besoin est à portée de la main de tous, sans peine ni souffrance : mais ce qui exige peine et souffrance et rend la vie douloureuse est l'objet de convoitise, non de la chair, mais d'une conscience sans but. (*Florilège*, III, x, 65.)

CCXXIV

Stobée.

De Démocrite : Désirer davantage que ce que l'on a, c'est lâcher la proie pour l'ombre, comme dans le cas du chien d'Ésope[1]. (*Florilège*, III, x, 68.)

CCXXV

Stobée.

De Démocrite : Il faut dire la vérité et ne pas trop parler. (*Florilège*, III, xii, 13.)
(*Ibid.*, III, xiii, 46[2].)

CCXXVI

Stobée.

De Démocrite : Le franc-parler[3] est le propre de la liberté, mais le risque gît dans la reconnaissance du moment opportun[4]. (*Florilège*, III, xiii, 47.)
(*Ibid.*, III, xiv, 8[5].)

CCXXVII

Stobée.

De Démocrite : Les gens parcimonieux connaissent le misérable sort des abeilles : ils travaillent comme s'ils allaient vivre toujours. (*Florilège*, III, XVI, 17.)

CCXXVIII

Stobée.

Du même : Les enfants des gens parcimonieux, grandissant dans l'ignorance, sont comme les jongleurs qui bondissent sur les épées : pour peu qu'ils ⟨n'⟩aient ⟨pas⟩ la chance de poser le pied au seul endroit qui convient, c'en est fait d'eux. Or il est difficile de trouver l'unique bon endroit car il n'y a de place que juste pour les pieds. Ainsi en est-il aussi de ces enfants : pour peu qu'ils faillissent à l'exemple familial d'épargne et de parcimonie, les voilà conduits à la ruine[1]. (*Florilège*, III, XVI, 18.)

CCXXIX

Stobée.

Du même : La parcimonie et la faim sont bénéfiques, la dépense opportune aussi : c'est le propre de l'homme de valeur de reconnaître ⟨le moment opportun⟩. (*Florilège*, III, XVI, 19.)

CCXXX

Stobée.

De Démocrite : Une vie sans fêtes est une longue route sans auberges. (*Florilège*, III, XVI, 22.)

CCXXXI

Stobée.

De Démocrite : L'homme raisonnable est celui qui ne s'afflige pas de ce qu'il n'a pas, mais se réjouit de ce qu'il a. (*Florilège*, III, XVII, 25.)

CCXXXII

Stobée.

De Démocrite : Les plaisirs les plus rares sont les plus délicieux. (*Florilège*, III, xvii, 37.)

CCXXXIII

Stobée.

Du même : Si l'on excède la mesure, les choses les plus délicieuses cessent tout à fait d'être délicieuses. (*Florilège*, III, xvii, 38.)

CCXXXIV

Stobée.

De Démocrite : Les hommes demandent aux dieux la santé dans leurs prières; mais ils ne savent pas qu'ils possèdent en eux-mêmes le pouvoir de l'obtenir. Mais ils font tout le contraire par manque de tempérance et livrent eux-mêmes par trahison leur santé aux passions. (*Florilège*, III, xviii, 30.)

CCXXXV

Stobée.

De Démocrite : Tous ceux qui tirent leurs plaisirs de l'estomac et qui franchissent la limite de l'opportunité en nourriture, en boisson et en amour ne connaissent que des plaisirs fugitifs et temporaires, limités à l'instant où ils mangent et boivent, mais assortis de nombreuses peines. Car le désir se présente sans cesse pour les mêmes choses, et lorsqu'on a obtenu ce qu'on désirait, le plaisir se dissipe aussitôt, et ceux qui en ont joui n'en tirent qu'un bref instant de contentement; après quoi le besoin des mêmes objets se fait sentir de nouveau. (*Florilège*, III, xviii, 35.)

CCXXXVI

Stobée.

De Démocrite : Il eſt difficile de combattre son impulsion, mais savoir se dominer eſt le fait d'un homme raisonnable[1]. (*Florilège*, III, xx, 56.)

CCXXXVII

Stobée.

De Démocrite : Toute rivalité eſt insensée ; car en travaillant à nuire à son ennemi, on perd de vue son avantage propre. (*Florilège*, III, xx, 62.)

CCXXXVIII

Stobée.

De Démocrite : Car on finit par être victime d'une mauvaise réputation en voulant rivaliser avec plus fort que soi. (*Florilège*, III, xxii, 42.)

CCXXXIX

Stobée.

De Démocrite : Les natures viles ne tiennent pas les serments arrachés sous la contrainte, lorsque le danger a disparu. (*Florilège*, III, xxviii, 13.)

CCXL

Stobée.

De Démocrite : Les fatigues auxquelles on s'exerce volontairement accoutument à supporter plus légèrement les fatigues involontaires. (*Florilège*, III, xxix, 63.)

CCXLI

Stobée.

Du même : La fatigue continue s'allège avec l'habitude. (*Florilège*, III, xxix, 64.)

CCXLII

Stobée.

De Démocrite : Il y a plus de gens qui deviennent valeureux grâce à l'exercice qu'il n'y en a ⟨qui le sont⟩ par nature. (*Florilège*, III, XXIX, 66.)

(*Ibid.*, III, XXIX, 67[1].)

CCXLIII

Stobée.

De Démocrite : Les fatigues de toutes sortes sont plus agréables que l'oisiveté, lorsque nous touchons au but que nos peines visent à atteindre ou lorsque nous savons que nous y parviendrons. Mais à chaque échec la peine[2] paraît également dure et pénible. (*Florilège*, III, XXIX, 88.)

CCXLIV

Stobée.

De Démocrite : Ne dis ni ne fais rien de mal, même si tu es seul. Apprends à rougir bien plutôt devant toi-même que devant les autres[3]. (*Florilège*, III, XXXI, 7.)

(*Ibid.*, III, XXXVI, 24[4]; III, XXXVII, 22[5]; III, XXXVII, 25[6]; III, XXXVIII, 46[7] et III, XXXVIII, 47[8].)

CCXLV

Stobée.

De Démocrite : Les lois n'interdiraient pas à chacun de vivre selon son penchant, si les gens ne se faisaient pas tort mutuellement. Car c'est l'envie qui est au commencement de la discorde. (*Florilège*, III, XXXVIII, 53.)

CCXLVI

Stobée.

De Démocrite : La vie à l'étranger apprend à se suffire à soi-même, car un pain d'orge et un lit de paille sont les plus doux remèdes à la faim et à la fatigue[9]. (*Florilège*, III, XL, 6.)

CCXLVII

Stobée.

Du même : La terre tout entière s'ouvre à l'homme sage, car l'univers entier est la patrie de l'âme de valeur. (*Florilège*, III, XL, 7.)

CCXLVIII

Stobée.

De Démocrite : La loi entend être profitable à la vie des hommes, mais elle ne le peut que s'ils veulent bien s'y soumettre : car à ceux qui lui obéissent elle indique en quoi consiste leur vertu propre[1]. (*Florilège*, IV, I, 33.)

CCXLIX

Stobée.

Du même : La discorde est néfaste aux deux camps, car pour le vainqueur comme pour le vaincu la ruine est la même. (*Florilège*, IV, I, 34.)

CCL

Stobée.

De Démocrite : C'est la concorde qui permet d'accomplir de hauts faits, et aux cités de mener à bien les guerres ; sans elle cela est impossible. (*Florilège*, IV, I, 40.)

CCLI

Stobée.

De Démocrite : La pauvreté en régime démocratique est aussi préférable au prétendu bonheur en régime tyrannique que la liberté l'est à la servitude[2]. (*Florilège*, IV, I, 42.)

CCLII

Stobée.

Il faut accorder, pour le reste, la plus grande importance aux questions politiques afin que l'administration ⟨de la cité⟩ soit bonne, et renoncer aux querelles contraires à l'équité, comme à la tentation de s'arroger un pouvoir qui s'oppose à l'intérêt général. Car une cité bien administrée est la meilleure des sauvegardes : c'est en cela que tout repose ; son salut constitue le salut de tout, et sa ruine la ruine de tout. (*Florilège*, IV, 1, 43.)

CCLIII

Stobée.

Les gens de bien n'ont pas avantage à négliger leurs propres affaires pour s'occuper de celles des autres, car leurs propres affaires iraient mal. Mais si quelqu'un néglige les affaires publiques, on se met à dire du mal de lui, même s'il ne vole personne et ne fait de tort à personne[1]. Mais même si on ⟨ne⟩ néglige ⟨rien⟩ et si on ⟨ne⟩ fait de tort ⟨à personne⟩[2], on court le risque d'avoir mauvaise réputation et même d'en subir préjudice : l'erreur est alors inévitable, mais il n'est pas facile aux hommes de reconnaître leur erreur. (*Florilège*, IV, 1, 44.)

CCLIV

Stobée.

Les mauvais citoyens qui accèdent aux charges publiques se montrent d'autant plus négligents et remplis d'imprudence et d'audace qu'ils sont plus indignes d'y accéder. (*Florilège*, IV, 1, 45.)

CCLV

Stobée.

Lorsque ceux qui ont les moyens prennent sur eux de venir en aide à ceux qui n'ont rien, de les assister et de leur être charitables, alors désormais se manifeste la pitié ;

l'isolement des citoyens prend fin, c'est la fraternité, la solidarité mutuelle et la concorde entre eux, et bien d'autres bienfaits qu'il est impossible de dénombrer[1]. (*Florilège*, IV, I, 46.)

(*Ibid.*, IV, II, 13[2].)

CCLVI

Stobée.

Le droit exige que l'on remplisse ses devoirs, l'injustice consiste à ne pas remplir ses devoirs et à s'y dérober. (*Florilège*, IV, II, 14.)

CCLVII

Stobée.

Du même : Voici ce qui doit nous déterminer à tuer ou ne pas tuer les animaux ; on peut à bon droit tuer ceux qui sont nuisibles et ceux qui s'apprêtent à nuire, et notre tranquillité requiert davantage qu'on le fasse plutôt que non. (*Florilège*, IV, II, 15.)

CCLVIII

Stobée.

Il faut tuer par-dessus tout, tous les ⟨animaux ?⟩ qui nous font du tort et nous nuisent. Ce faisant, on recevra en partage une meilleure part de bonheur[3], de justice, de fermeté et de propriété[4] dans toute société bien ordonnée. (*Florilège*, IV, II, 16.)

CCLIX

Stobée.

Ce que j'ai indiqué touchant les bêtes et les serpents qui nous sont hostiles doit être, à mon avis, appliqué également aux hommes. En toute société bien ordonnée, on devrait, suivant les lois ancestrales, tuer l'ennemi, à moins que la loi l'interdise, car chaque pays a ses tabous particuliers, ses traités et ses serments. (*Florilège*, IV, II, 17.)

CCLX

Stobée.

Celui qui tue un bandit ou un pirate de sa propre main, par l'ordre qu'il donne, ou par son suffrage, pourra demeurer impuni. (*Florilège*, IV, IV, 18.)

(*Ibid.*, IV, IV, 27[1].)

CCLXI

Stobée.

De Démocrite : On doit tant qu'on le peut venger ceux qui ont subi des torts et ne pas tolérer ces torts. Une telle conduite est juste et bonne, le contraire injuste et mauvais. (*Florilège*, IV, V, 43.)

CCLXII

Stobée.

De Démocrite : Ceux qui méritent l'exil ou la prison, ou s'exposent à des poursuites, doivent être condamnés et non relaxés. Celui qui, à l'encontre de la loi, relaxe en considérant son bénéfice ou son plaisir, celui-là commet une injustice, et le remords doit nécessairement l'accabler. (*Florilège*, IV, V, 44.)

CCLXIII

Stobée.

Du même : Participe pour une très grande part à la justice et à la vertu celui qui distribue les plus grandes récompenses ⟨de façon méritée⟩[2]. (*Florilège*, IV, V, 45.)

CCLXIV

Stobée.

Du même : On ne doit pas manifester davantage de respect *devant les autres que* devant soi-même, ni davantage mal agir, si cette action doit demeurer ignorée au lieu d'être connue de tous. C'est devant soi-même que l'on doit manifester le plus de respect, et la loi qui s'impose à l'âme est de ne rien faire de malhonnête. (*Florilège*, IV, V, 46.)

CCLXV

Stobée.

Du même : Les hommes se souviennent davantage des fautes commises que des bienfaits. Et cela n'est que justice. De même qu'il ne faut pas louer celui qui restitue un dépôt, alors que celui qui ne le restitue pas doit être blâmé et puni, de même en est-il du magistrat. Car il n'a pas été élu pour mal agir, mais pour rendre des services. (*Florilège*, IV, v, 47.)

CCLXVI

Stobée.

Du même : Il n'y a aucune disposition dans la constitution[1] actuelle ⟨des lois⟩ qui empêche que quelqu'un nuise aux magistrats, quelle que soit pour autant leur compétence. Car il ne convient pas que le magistrat ⟨soit responsable devant un autre⟩ plutôt que devant lui-même [...][2] ni qu'il soit sous la dépendance des autres. Mais il faut que des dispositions aient été prises afin que le magistrat qui ne cause aucune injustice quand il exerce un contrôle rigoureux sur ceux qui en ont commises, ne soit pas exposé à la vengeance de ces derniers et soit au contraire protégé par un décret ou bien de quelque autre façon, lorsqu'il applique le droit. (*Florilège*, IV, v, 48.)

CCLXVII

Stobée.

De Démocrite : La nature veut que le commandement soit le propre du plus fort[3]. (*Florilège*, IV, vi, 19.)

CCLXVIII

Stobée.

De Démocrite : La peur produit la flatterie, mais la bienveillance n'est pas son fait. (*Florilège*, IV, vii, 13.)

CCLXIX

Stobée.

De Démocrite : L'audace eſt le commencement de l'aċtion, mais c'eſt la fortune qui eſt maîtresse de son achèvement. (*Florilège*, IV, x, 28.)

CCLXX

Stobée.

De Démocrite : Use de tes serviteurs comme des membres de ton enveloppe corporelle : que chacun remplisse sa fonċtion propre. (*Florilège*, IV, xix, 45.)

CCLXXI

Stobée.

De Démocrite : L'amour lave de tout reproche l'aċte amoureux[1]. (*Florilège*, IV, xx, 33.)

CCLXXII

Stobée.

De Démocrite : Démocrite disait que celui qui a la chance de trouver un bon gendre y gagne un fils, mais que celui qui n'a pas cette chance y perd encore une fille. (*Florilège*, IV, xxii, 108.)

CCLXXIII

Stobée.

De Démocrite : La femme eſt bien plus que l'homme portée à la malice. (*Florilège*, IV, xxii, 199.)

CCLXXIV

Stobée.

De Démocrite : Parler peu eſt pour la femme une parure; de plus, une parure discrète eſt chose honnête. (*Florilège*, IV, xxiii, 38.)

(*Ibid.*, IV, xxiii, 39[2].)

CCLXXV

Stobée.

De Démocrite : Élever des enfants est chose difficile : réussir en la matière implique bien des combats et des soucis, y échouer apporte un chagrin sans égal. (*Florilège*, IV, XXIV, 29.)

CCLXXVI

Stobée.

De Démocrite : À mon avis, il ne faut pas avoir d'enfants, car j'observe dans le fait d'avoir des enfants beaucoup de risques considérables et beaucoup de soucis, pour un rendement faible, et sans consistance ni valeur[1]. (*Florilège*, IV, XXIV, 31.)

CCLXXVII

Stobée.

Du même : Qui voudrait avoir un enfant ferait mieux, à mon avis, d'adopter le fils d'un de ses amis. Ainsi aura-t-il un enfant conforme à son désir ; car il le choisira tel qu'il le voudra. Aussi devra-t-il être, à son sens, d'un caractère obligeant, surtout s'il est naturellement obéissant. La grande différence est que de cette façon on peut, parmi beaucoup d'autres, adopter un enfant conforme à ses désirs, alors que, si l'on en a un de soi, les risques sont nombreux : car on est forcé de le prendre tel qu'il est. (*Florilège*, IV, XXIV, 32.)

CCLXXVIII

Stobée.

Du même : Les hommes rangent au nombre des choses nécessaires, à ce qui leur semble, d'avoir des enfants : c'est là une obligation de la nature en même temps qu'une institution primitive. Les enfants évidemment, c'est aussi le fait des autres animaux : c'est la nature qui les pousse tous à avoir des descendants, sans considération aucune de l'utilité. Une fois nés, leurs parents peinent à nourrir chacun de leur mieux, tremblent pour eux tant qu'ils sont petits, et souffrent si quelque mal leur arrive. Telle est en effet la disposition naturelle de tous les êtres animés. Mais pour l'homme, une opinion commune prévaut désormais[1], selon laquelle sa descendance doit lui être de quelque profit. (*Florilège*, IV, XXIV, 33.)

CCLXXIX

Stobée.

De Démocrite : Il faut, le plus possible, partager avec ses enfants sa fortune, mais en même temps veiller soigneusement sur eux pour les empêcher d'en faire mauvais usage lorsqu'elle est entre leurs mains. Ainsi ils deviennent bien plus économes, plus désireux d'acquérir des biens et connaissent entre eux une saine émulation. Car, mis en commun, les débours paraissent plus légers que lorsqu'on gère ses biens d'une manière strictement individuelle, et les acquisitions ne procurent qu'un plaisir bien moindre. (*Florilège*, IV, XXVI, 25.)

CCLXXX

Stobée.

Du même : On peut sans engager de grandes dépenses donner de l'éducation à ses enfants et par là élever autour d'eux un rempart salutaire pour leurs biens et pour leurs vies. (*Florilège*, IV, XXVI, 26.)
(*Ibid.*, IV, XXIX, 18[2].)

CCLXXXI

Stobée.

De Démocrite : De même que parmi les maladies le cancer est l'affection la plus grave, de même pour les *richesses le* [...] [le mal adapté et le continu[3]]. (*Florilège*, IV, XXXI, 49.)

CCLXXXII

Stobée.

De Démocrite : L'usage intelligent des richesses est utile pour la liberté et le bien public ; mais son usage insensé constitue un impôt considérable dont tout le monde pâtit. (*Florilège*, IV, XXXI, 120.)

(*Ibid.*, IV, XXXI, 121[1].)

CCLXXXIII

Stobée.

De Démocrite : Pauvreté et richesse sont des noms par lesquels on désigne le besoin et la satiété. Donc celui qui ressent le besoin n'est pas riche et celui qui ne connaît pas le besoin n'est pas pauvre. (*Florilège*, IV, XXXIII, 23.)

CCLXXXIV

Stobée.

Du même : Si ton désir est mince, le peu te semblera beaucoup. Car la minceur de l'appétit rend la pauvreté égale à la richesse. (*Florilège*, IV, XXXIII, 24-25.)

(*Ibid.*, IV, XXXIV, 58[2].)

(*Ibid.*, IV, XXXIV, 62[3].)

CCLXXXV

Stobée.

De Démocrite : Il faut prendre conscience que la vie humaine est fragile, éphémère et mêlée de nombreux soucis et ennuis, afin de borner ses désirs à une possession mesurée, et pour que ce soient les choses nécessaires[4] qui soient la mesure de nos tourments. (*Florilège*, IV, XXXIV, 65.)

CCLXXXVI

Stobée.

De Démocrite : Bienheureux est celui auquel des biens mesurés apportent le bien-être ; infortuné celui à qui de nombreux biens n'apportent que le chagrin. (*Florilège*, IV, XXXIX, 17.)

(*Ibid.*, IV, XXXIX, 25[5].)

CCLXXXVII

Stobée.

De Démocrite : La misère générale eſt plus difficile à supporter que la misère individuelle, car l'espoir d'entr'aide disparaît. (*Florilège*, IV, XL, 20.)

CCLXXXVIII

Stobée.

Il y a une maladie de la maison et une maladie de la vie, comme il y a une maladie de l'enveloppe corporelle. (*Florilège*, IV, XL, 21.)

De Démocrite : La porte de l'argent eſt d'un accès peu sûr si l'occasion de Fortune ne l'ouvre pas. (*Ibid.*, IV, XLI, 59.)

CCLXXXIX

Stobée.

De Démocrite : C'eſt déraison que de ne pas s'accommoder aux nécessités de la vie. (*Florilège*, IV, XLIV, 64.)

CCXC

Stobée.

De Démocrite : Chasse par la raison la peine rebelle de ton âme engourdie. (*Florilège*, IV, XLIV, 67.)

(*Ibid.*, IV, XLIV, 68[1]-IV, XLIV, 69[2].)

CCXCI

Stobée.

Du même : Supporter avec dignité la pauvreté eſt signe d'empire sur soi-même. (*Florilège*, IV, XLIV, 70.)

(*Ibid.*, IV, XLVI, 18[3].)

CCXCII

Stobée.

De Démocrite : Les espoirs des insensés sont déraisonnables. (*Florilège*, IV, XLVI, 19.)

CCXCIII

Stobée.

De Démocrite : Ceux qui trouvent plaisir aux malheurs de leurs voisins ne se rendent pas compte que les coups du sort sont communs à tous, et ne connaissent pas la chance qu'ils ont. (*Florilège*, IV, XLVIII, 10.)

CCXCIV

Stobée.

De Démocrite : Force et beauté sont les biens de la jeunesse. Mais la sagesse est la fleur de la vieillesse. (*Florilège*, IV, L, 20.)

CCXCV

Stobée.

De Démocrite : Le vieillard a été jeune, mais le jeune homme, on ne sait pas s'il atteindra la vieillesse. Donc le bien accompli l'emporte sur le bien encore à venir qui nous est inconnu. (*Florilège*, IV, L, 22.)

CCXCVI

Stobée.

De Démocrite : La vieillesse est un délabrement général : elle possède tout, mais manque de tout. (*Florilège*, IV, L, 76.)

(*Ibid.*, IV, LXXVI, 80 et 81[1].)

CCXCVII

Stobée.

De Démocrite : Bien qu'ils ignorent la décomposition de notre nature mortelle, certains hommes, conscients des mauvaises actions dont leur vie est remplie, passent misérablement en troubles et en frayeurs le temps qui leur reste à vivre, inventant des fables mensongères sur le temps qui fait suite à la mort. (*Florilège*, IV, LII, 40[2].)

CCXCVIII

Suidas.

Avec un α bref et un esprit rude, ἁ désigne *quelques choses* ⟨pronom adjectif indéfini⟩, par exemple chez Hippocrate; des *choses particulières* chez Démocrite, et *ses affaires* ⟨possessif⟩ chez Homère. (Lexique, « α ».)

FRAGMENT DOUTEUX

CCXCVIII *a*

Démétrios Lacon.

« Retiens[1], dit-il, prudemment la colère accumulée dans ta poitrine; prends soin de ne pas troubler ton âme et ne confie pas toujours à ta langue toutes tes affaires. » Donc il nous faut surveiller la partie qui enferme l'élément coléreux. (*De la poésie*, livre II, colonne 20, Papyrus d'Herculanum 1014, éd. De Falco.)

FRAGMENTS NON AUTHENTIQUES

Catalogue de Thrasylle :
Carnets rangés à part

CCXCVIII *b*

Des Saintes Écritures de Babylone.

CCXCIX

Clément d'Alexandrie.

Car[2] Démocrite a composé les *Discours babyloniens*, à sujets moraux[3]. On dit en effet qu'il a traduit la stèle du ⟨Chaldéen⟩ Akikaros[4] en se servant de ses propres traités. Et il est possible d'*en trouver la preuve* quand il écrit : « Voici ce que dit Démocrite », car c'est bien sûr de lui-même qu'il parle lorsqu'il se vante du caractère universel de son savoir, comme il le dit quelque part : « Je suis assurément, parmi mes contemporains, celui qui a le plus voyagé de par toute la Terre pour m'instruire; j'ai vu quantité de cieux et quantité de contrées; j'ai écouté quantité d'hommes instruits; et nul ne m'a surpassé dans l'art de composer des écrits avec accompagnement de démonstrations, pas même ceux des Égyptiens que l'on nomme arpédonaptes[1]. C'est auprès d'eux qu'en tout je suis resté au titre d'hôte quatre-vingts ⟨ou cinq[2] ?⟩ ans. » Démocrite en effet alla à Babylone, en Perse et en Égypte, où il suivit l'enseignement des mages et des prêtres. (*Stromates*, I, xv, 69.)

CCXCIX *a*

Des habitants de Méroë.

CCXCIX *b*

Circumnavigation océane.

CCXCIX *c*

De l'enquête.

Suidas.

Des questions tirées de la lecture des enquêtes qui attirent notre attention[3]. (*Lexique.*)

CCXCIX *d*

Discours chaldéen[4].

CCXCIX *e*

Discours phrygien[5].

CCXCIX *f*

De la fièvre et des toux dues à la maladie.

CCXCIX *g*

Causes juridiques.

CCXCIX *h*

Chernika, ou *Problèmes*[6].

AUTRES ÉCRITS NON AUTHENTIQUES

CCC

Opérations faites à la main et *Drogues naturelles* *(Des sympathies et des antipathies de Bolos)*

CCC 1

Suidas.

Bolos de Mendès, pythagoricien. Œuvres : *Des questions tirées de la lecture des enquêtes qui attirent notre attention, Des prodiges* et *Les Drogues naturelles*. Ce dernier ouvrage comprend : le *Traité des pierres [...] sympathiques et antipathiques* ⟨et⟩ le *Traité des signes tirés du Soleil, de la Lune, de l'Ourse, de la lampe et de l'arc-en-ciel.*

Bolos, philosophe démocritéen, auteur d'une *Enquête* et d'un *Art médical* (ce dernier ouvrage renferme des remèdes ioniens tirés de certaines drogues naturelles[1]). (*Lexique*, « Bolos ».)

CCC 2

Vitruve.

J'ai beaucoup d'admiration aussi pour les volumes de Démocrite *De la nature* et pour son commentaire intitulé *Opérations faites à la main,* dans lequel aussi il se servait d'un sceau pour marquer à la cire molle les opérations dont il avait fait l'essai. (*Architecture*, IX, 1, 14.)

Pline.

160. C'est un fait sûrement établi que les *Opérations faites à la main* sont de Démocrite ; mais dans cet ouvrage, l'auteur le plus érudit en la science des mages après Pythagore, nous transmet des opérations par trop extraordinaires ! Par exemple, il nous parle de l'herbe magique aux brillantes couleurs qui tire son nom : *aglaophotis*, de l'étonnement que suscite sa couleur extraordinaire ; elle pousse sur les marbres d'Arabie à la frontière de la Perse et c'est pour cette raison qu'on l'appelle aussi *marmaritis*. Les mages s'en servent lorsqu'ils veulent évoquer les dieux. [...] 167. Apollodore, son disciple, a ajouté à ces remarques que cette plante est la sensitive[2]. (*Histoire naturelle*, XXIV, 160.)

CCC 3

Columelle.

Mais Bolos de Mendès, illustre auteur de nationalité égyptienne, dont les ouvrages intitulés en grec *Ouvrages faits à la main* sont attribués faussement à Démocrite, pense qu'à cause de cette maladie[1] il faut examiner fréquemment et soigneusement les dos des moutons, pour que, si par hasard l'un d'eux venait à souffrir de cette maladie, le mal soit dépisté dès le début et que l'on creuse un trou au seuil de l'étable afin d'y jeter vive à la renverse la bête atteinte d'érysipèle et de faire passer par-dessus l'ensemble du troupeau pour que, par là, la maladie se trouve chassée. (*Agriculture*, VII, v, 17.)

Nous avons relevé, chez l'auteur égyptien Bolos de Mendès, une pratique qui demande moins de travail : il conseille de planter, dans un terrain bien exposé et bien fumé, cannes et framboisiers en quinconce dans les jardins, puis, après l'équinoxe, de les tailler légèrement au-dessus du niveau du sol, etc. (*Ibid.*, XI, III, 53.)

61. Certains auteurs anciens, comme Démocrite, conseillent de traiter toutes les graines avec le suc d'une plante appelée joubarbe, et d'utiliser le même remède contre les parasites. 64. Mais Démocrite, dans son livre qui en grec porte le titre *Des substances antipathiques*, affirme que ces mêmes ‹chenilles› périssent, pour peu qu'une femme qui a ses règles fasse, les cheveux dénoués et pieds nus, trois fois le tour de chaque plate-bande : après cela toutes les chenilles tombent et meurent. (*Ibid.*, XI, III, 61 et 64.)

CCC 4

[Scolie.]

Le démocritéen Bolos déclare, dans le livre *Des substances sympathiques et antipathiques*, que les Perses qui avaient chez eux une plante mortelle la plantèrent en Égypte dans l'espoir de faire périr beaucoup ‹d'Égyptiens›, mais qu'en Égypte, où la terre lui convint, elle devint au contraire comestible et produisit un fruit très sucré. (À Nicandre, *Thériaques*, v. 764.)

CCC 4 *a*

Crateuas.

Pimprenelle : [...] elle entre aussi dans la composition des remèdes de Démocrite. (*Botanique*, XVIII, 14.)

CCC 5

Plutarque.

Aussi y en eut-il d'autres qui se mirent à ressasser des sornettes sur les propriétés occultes et sur les antipathies[1] naturelles, et l'on se mit à fournir des exemples, comme celui de l'éléphant étant en fureur s'apaise sitôt qu'il voit un mouton, etc. (*Propos de table*, II, VII, 1, 641 B.)

CCC 6

Pline.

Démocrite aussi[2] en composa un; tous deux avaient visité, les uns après les autres, les mages de Perse, d'Arabie, d'Éthiopie et d'Égypte; et les Anciens furent tellement frappés par ces ouvrages qu'ils allèrent jusqu'à affirmer qu'on ne pouvait leur accorder foi. (*Histoire naturelle*, XXV, 23.)

Pétrone.

Dans les temps reculés, lorsque la vertu toute nue suffisait à plaire, les arts libéraux étaient florissants et les hommes rivalisaient entre eux, pour que rien ne demeurât longtemps caché de ce qui serait utile aux générations futures. Aussi Démocrite exprima les sucs de toutes les plantes et, pour que ne demeurât pas cachée la vertu des pierres et des plantes, consacra sa vie entière à les expérimenter. (*Satiricon*, LXXXVIII, 2.)

CCC 7

Galien.

Certains autres[3] ont écrit sur les animaux des choses proches de ce que dit Xénocrate, qui lui-même s'est borné la plupart du temps à les transcrire; car d'où ses connaissances de tant de telles questions pourraient-elles lui être venues? Notre ancien roi, Attale[4], paraît en avoir écrit un peu moins, bien qu'il se piquât fort de ce genre de recherches. Un de ses compagnons, qui estime fort ce même ouvrage ⟨d'Hermès⟩[5], me l'a confié pour que j'en prenne connaissance, de telle sorte que je ne puis dire qu'il révèle, chez son auteur, un défaut d'observation personnelle. Aussi ne parlerai-je, quant à moi, ni des basilics, ni des éléphants, ni des hippopotames du Nil, ni de quelque autre animal ⟨que je ne connais pas par moi-même⟩. (*De la simple médecine*, X, 1; éd. Kühn, XII, 250.)

Pline.

Le caméléon, que Démocrite a cru digne de tout un livre à part. (*Histoire naturelle*, XXVIII, 112.)

Aulu-Gelle.

6. Je ne crois pas que le nom de Démocrite doive être rapporté aux merveilles et aux prodiges notés par Pline, cela ressemble plutôt à ce que ce même Pline prétend sérieusement, dans son dixième livre[1], avoir écrit, touchant certains oiseaux [...]. 8. Or il semble que beaucoup d'ouvrages de ce genre ont reçu le label démocritéen de la part d'auteurs inexperts qui voulaient s'abriter derrière sa réputation et son autorité. (*Nuits attiques*, X, xii, 6 et 8.)

On peut utiliser comme remède contre les morsures de vipères un air de flûte savamment modulé : c'est ce que nous rapporte encore l'ouvrage de Démocrite intitulé ***[2], dans lequel il nous apprend que les accents de la flûte ont servi de remède dans de très nombreux cas de maladies humaines. (*Ibid.*, IV, xiii, 2.)

CCC 7 *a*

[Anonyme.]

Démocrite rapporte, pour avoir observé lui-même cet animal, les faits suivants : « Le basilic, venimeuse bête (c'est ainsi qu'il l'appelle), est de petite taille, lent à se mouvoir, et a la tête pointue ; il porte sur la tête une étoile royale, a une peau jaune, est d'une vigueur incomparable et insurpassable. On le trouve dans les régions lointaines de Libye, du côté de Cyrène, où vit le peuple de ceux qu'on appelle Psylles. Les Psylles savent en effet guérir les morsures de ce serpent. L'animal antipathique du basilic est la belette domestique[3] dont il ne supporte ni l'odeur ni la vue, qui le font tomber raide mort. Si la belette le trouve devant sa tanière, elle met le basilic en pièces. » Telle est la force de l'antipathie[4]. (Cité par Rohde, *Petits écrits*, I, 397.)

CCC 11

[Manuscrit.]

Maux de tête de Démocrate, *Des yeux* de Démocrite, *De l'inflammation des yeux* de Démocrite d'Abdère, *Contre l'écoulement de l'œil* de Démocrite, *De la maladie des yeux provoquée par les cils* de Démocrite, *Contre les meurtrissures des yeux* de Démocrite, *De l'inflammation de la cornée* de Démocrite, *De l'albuminurie* de Démocrite, *Contre les yeux pochés et les lividités* de Démocrite, *De l'inflammation de la luette* de Démocrite, *Contre le vomissement stomacal* de Démocrite, *Remède au vomissement* de l'Abdéritain. (*Vaticanus graecus*, 299 et suiv.; 304 et suiv.)

Aelius Promotus.

Pour ceux qui souffrent de la peste et ont le teint plombé [...]; figure encore parmi les ouvrages de Démocrite un traité : *Pour ceux qui souffrent des maladies provoquées par l'air des marais*[1]. (c. 26.)

CCC 12

Tatien.

De même que celui qui a donné son nom à cette cité [Abdéros, fondateur d'Abdère], et qui était le compagnon d'Héraclès, fut dévoré par les chevaux de Diomède, de la même façon aussi, celui[2] qui vantait fort le mage Ostanès finira par être un jour la proie du feu éternel[3]. [...] Il n'existe aucun remède antipathique susceptible de venir à bout de cette affection, et nulle amulette de cuir ne peut guérir la folie. (*Discours aux Grecs,* XVII, p. 18, 15.)

Apulée.

On peut bien vulgairement les appeler *mages*, comme s'ils savaient aussi produire ce qu'ils savent devoir se produire, ainsi que jadis le furent Épiménide, Orphée, Pythagore et Ostanès[4]. (*Apologie*, 27.)

CCC 13

Pline.

8. Le premier dont il est avéré, comme me l'apprennent mes propres recherches, qu'il a écrit sur la magie, est Osthanès, qui accompagna le roi des Perses Xerxès dans sa campagne contre la Grèce; il sema chemin faisant les « graines » de cet art monstrueux, empoisonnant les peuples qu'il avait visités. Des gens mieux renseignés situent, un peu avant Osthanès, Zoroastre, ainsi que le mage de Proconnèse[5]. En tout cas, il est certain que c'est surtout Osthanès qui inocula au peuple grec, j'allais dire le *désir*, *non*, la rage de cette science. Du reste, j'ai bien conscience que, depuis l'Antiquité, pour ne pas dire depuis toujours, on a cherché à retirer de cette science une célébrité et une gloire considérables dans le domaine des lettres. 9. C'est un fait que Pythagore, Empédocle, Démocrite et Platon entreprirent des voyages sur mer pour l'apprendre, plutôt d'ailleurs

parce qu'ils étaient contraints à l'exil, que parce qu'ils voyageaient pour le plaisir ! Mais à leur retour ils en enseignèrent une part, conservant le reste au secret. Démocrite fit connaître Apollobéchès de Coptos, Dardanos et Phénix ; il était allé rechercher les volumes de Dardanos jusque dans son tombeau, et les ouvrages que lui-même composa proviennent d'un enseignement qui fut miraculeusement recueilli par quelques-uns et qui résista à l'oubli du temps, mieux que n'importe quoi au monde. 10. Mais toute confiance et tout droit sont à ce point déniés aux mages que les gens qui approuvent chez Démocrite le reste de son activité, affirment que ces ouvrages ⟨de magie⟩ ne sont pas de lui. Mais ils ont beau faire ; car c'est un fait établi qu'il a imprimé au fond des cœurs ce goût ⟨de la magie⟩. Voici encore qui tient du miracle, que se soient épanouis également ces deux arts que sont la médecine et la magie à la même époque (Hippocrate illustra la première et Démocrite la seconde), c'est-à-dire au moment de la guerre du Péloponnèse qui eut lieu autour de l'an 300 de Rome[1]. [...] 11. À l'époque d'Alexandre le Grand, l'importance de la magie s'accrut encore de façon non négligeable, grâce à un nouvel Osthanès, qui se faisait accompagner d'une suite brillante et – ce dont on ne saurait douter – parcourut la totalité du globe terrestre. (*Histoire naturelle*, XXX, 8-11.)

CCC 13 *a*

Galien.

Quelques-uns, parmi ces remèdes, sont particulièrement ignobles et horribles, d'autres sont proscrits par les lois : Xénocrate – comment il s'y prit, je l'ignore – écrivit un livre à leur sujet (je ne parle pas de l'ancien Xénocrate, mais de celui qui vivait à l'époque de nos grands-parents). Un édit impérial de Rome avait alors interdit de manger de la chair humaine ; pourtant celui-ci, *pour avoir* fait lui-même l'expérience de ces médecines, écrit de façon tout à fait digne de foi qu'il y a des maladies qu'on soigne en faisant manger de la cervelle, de la chair ou du foie d'homme, d'autres en buvant des décoctions d'os, calcinés ou non, de la tête, de la jambe ou des doigts, et d'autres encore en buvant purement et simplement du sang. (*De la simple médecine*, X, 1 ; éd. Kühn, XII, 248.)

Pline.

5. Nombreux sont les Grecs qui ont parlé du goût qu'a chacun des organes et des membres, sans rien omettre, pas même les

rognures d'ongles! Comme si transformer un homme en bête sauvage pouvait paraître raisonnable; et comme s'il pouvait y avoir quelque chose d'efficace contre la maladie dans ce remède même, merveilleux attrape-nigaud, par Hercule, attendu qu'il n'est d'aucune utilité. Il passe déjà pour sacrilège d'examiner les entrailles humaines : que dire alors du fait d'en manger? Qui donc inventa ces pratiques? Dis-le-moi, Osthanès! 6. C'est toi en effet qu'on mettra en cause, toi qui as détruit le droit de l'homme, toi l'artisan de monstruosités, qui as le premier, je crois, fondé ces pratiques afin que le monde ne t'oublie pas. Quel est donc celui qui le premier inventa de manger un à un les membres humains? Quelle fallacieuse opinion a bien pu conduire à cela? Quelle peut bien être l'origine de ce prétendu remède? Qui a prétendu que les philtres sont plus inoffensifs que les remèdes? Je veux bien que ce soit des Barbares et des étrangers qui aient inventé ces pratiques rituelles, mais ce sont bien des Grecs qui les ont fait leurs. 7. Démocrite, dans ses *Dissertations*, soutient que pour telle maladie les os de la tête d'un ennemi sont de meilleur profit et qu'il existe d'autres maladies où il faut préférer ceux d'un ami et d'un hôte. (*Histoire naturelle*, XXVIII, 5-7.)

Philon de Byblos.

Osthanès[1] déclare les mêmes choses aussi à son sujet dans son ouvrage intitulé *Octateuque*[2]. (Cité par Eusèbe, *Préparation évangélique*, I, x, 53.)

CCC 14

Sénèque.

« Démocrite, dit [Posidonius], passe pour avoir inventé la voûte ainsi que la clef de voûte qui, taillée en coin, retient par sa position au sommet, la série des pierres qui forment progressivement l'arc. » À mon avis, c'est là une attribution fautive. Car il faut bien qu'avant Démocrite il y ait eu des ponts et des portes : or le sommet en est presque toujours voûté. Mais sans doute ne savez-vous pas que le même Démocrite a inventé le moyen de ramollir l'ivoire, celui de changer par la cuisson le caillou en émeraude, moyen qui aujourd'hui encore sert à colorer les pierres qui se prêtent à cette opération ? (*Lettres à Lucilius*, xc, 32.)

CCC 15

Traités alchimiques[1]

1. *De l'or.*
2. *De l'argent.*
3. *Des pierres.*
4. *Du porphyre.*
5. *Contre Leucippe.*

CCC 16

Georges le Syncelle.

Démocrite d'Abdère, physicien, philosophe, était à son acmé. En Égypte, il fut initié par Ostanès le Mède — qui avait été envoyé en Égypte au nom des rois perses d'alors pour asseoir leur autorité sur les temples égyptiens —, dans le temple de Memphis avec d'autres prêtres et philosophes, parmi lesquels se trouvait une certaine Marie qui était hébraïque[2], pleine de science et de sagesse, ainsi que Pamménès; ⟨Démocrite⟩ composa des traités *De l'or*, *De l'argent*, *Des pierres* et *Du porphyre*, rédigés d'une manière ambiguë, et Marie aussi. Tous deux, Démocrite et Marie, reçurent l'approbation d'Ostanès pour avoir tenu secret leur art en usant de nombreuses et sages énigmes, et accusèrent en revanche Pamménès d'avoir inconsidérément répandu leurs secrets. (*Chronique*, I, 471.)

CCC 17

Pseudo-Synésios.

Démocrite, originaire d'Abdère et physicien, fit porter ses investigations sur tous les objets de la nature et composa des ouvrages portant sur les réalités naturelles. Abdère est une cité de Thrace. Elle donna le jour à cet homme fort habile à raisonner et qui, une fois venu en Égypte, fut initié aux mystères par le grand Ostanès dans le temple de Memphis en compagnie de tous les prêtres d'Égypte. C'est de là que lui vint l'inspiration qui le poussa à composer les quatre livres sur les teintures : *De l'or*, *De l'argent*, *Des pierres* et *Du porphyre*. Ce que je veux dire, c'est que son inspiration d'écrivain lui vient du grand Ostanès. Démocrite, en effet, fut le premier à écrire que La nature est rassasiée par la nature, la nature domine la nature, et la nature vainc la nature[1], etc. (À Dioscorus, *Commentaire sur Démocrite*, éd. Berthelot, *Alchimistes grecs*, II, 57, 7.)

CCC 18

[Traités d'alchimie.]

Alors que nous nous trouvions dans le temple, une stèle [ou une petite colonne] se brisa par hasard, dont nous constatâmes que l'intérieur était vide. Pourtant Ostanès affirma qu'en elle se trouvaient précieusement conservés les livres ancestraux, et il la fit voir en grande pompe à tout le monde. En nous penchant pour regarder à l'intérieur, nous eûmes la surprise de voir que nous avions laissé échapper quelque chose, car nous y découvrimes ce mot si utile : « *La nature domine la nature* », etc. (Berthelot, *Alchimistes grecs*, II, 43, 14.)

Voici, Leucippe, ce qui se trouvait dans les livres perses des prophètes traitant de ces arts des Égyptiens; je l'ai transcrit en langue vulgaire, qui convient parfaitement à ce sujet. Mais ce livre ne tient pas un langage vulgaire : il renferme en effet des énigmes, des mystères anciens et primitifs[2] que les ancêtres et les rois divins d'Égypte ont révélé aux Phéniciens. Mais moi, ton ami, en homme sain d'esprit[3] j'userai d'énigmes primitives qu'ont recopiées à mon intention les enfants des Égyptiens. À ton intention, ô toi qui es médecin, je me propose de te servir en tout d'interprète et de te donner ouvertement toutes les explications nécessaires. Cet ouvrage traite de la teinture en blanc et en jaune, du ramollissement et de la décoction de sels de cuivre, et du temps nécessaire à la teinture; ensuite de tous les effets admirables produits par le cuivre et le cinabre, et aussi comment on fait de l'or à partir de la calamine[4] et d'autres sels, sans oublier tous les effets merveilleux que produisent les échauffements et les combinaisons chimiques[5]. (*Ibid.*, 53, 16.)

Zosime.

D'après Démocrite : Admets que le non-pierre est pierre, que le vil est précieux, que le multiforme est sans forme, que l'inconnu est connu de tous, que ce qui porte beaucoup de noms n'a pas de nom : c'est de la sélénite [sulfate de calcium] que je veux parler[6]. (*Alchimistes grecs*, éd. Berthelot, II, 122, 5.)

Démocrite écrit encore en accusant les prophètes égyptiens : « C'est à toi, Philarète[7], que je dédie ce long ouvrage, à toi qui détiens la puissance. » (*Ibid.*, II, 159, 3.)

[Sur la pierre philosophale]. Démocrite adresse au roi cette critique : « Si tu ne connais pas les réalités naturelles et leurs mélanges, si tu n'as pas la science de leurs espèces et de la combinaison des genres avec les genres, c'est en vain que tu travailleras, ô grand roi[1]. » (*Ibid.*, II, 448, 19.)

CCC 19

Recettes plaisantes[2]

Papyrus de Londres.

1. Pour que les objets de cuivre paraissent faits d'or : fabriquez-les en mélangeant du soufre pur avec de la craie.

2. Pour qu'un œuf ressemble à une pomme : faites-le durcir et enduisez-le de vin mélangé avec du safran[3].

3. Pour que le cuisinier n'arrive pas à allumer son feu : déposez une plante vivace dans son foyer.

4. Pour ne pas avoir mauvaise haleine en mangeant de l'ail : mangez des racines de bettes grillées[4].

5. Pour que la vieille ne parle plus et ne boive plus autant : coupez une branche de pin et jetez-la dans sa potion.

6. Pour que des gladiateurs peints se battent : enfumez sous ⟨le tableau⟩ une tête de lièvre.

7. Pour que l'on ⟨ne⟩ se brûle ⟨pas⟩ en mangeant froid[5] : donnez en purge à celui qui en souffre un oignon trempé dans de l'eau tiède et de l'huile comme lavement.

8. *[Texte corrompu.]*

9. Pour boire beaucoup sans être ivre, mangez le poumon d'un cochon grillé.

10. Pour ne pas avoir soif en marchant, cassez un œuf dans du vin et absorbez ⟨le tout⟩.

11. Pour être toujours vaillant en amour, buvez une potion obtenue en écrasant cinquante petites pommes de pin dans deux mesures de jus de raisin épicé de vingt grains de poivre.

12. Pour bander à volonté, frottez-vous la queue avec du poivre broyé dans du miel[6]. (*Papyrus de Londres* 121.)

CCC 20

Papyrus magique de Leyde.

La sphère de Démocrite. Signes annonçant la vie ou la mort — Note la lune[7] qui a précédé la maladie et compte avec la lune le nom à partir de l'instant de la naissance ; observe le nombre de trentaines écoulées et rapporte le reste du nombre trouvé sur la *sphère*, et si le compte est sur la partie haute, il vivra ; s'il est sur la partie basse, il mourra. (*Papyrus de Leyde* 384.)

CCCI-CCCII

Mythologie[1]

CCCII *a*

Sénèque.

Démocrite déclare : « Un seul individu me tient lieu de tout un peuple et un peuple me tient lieu d'un seul[2]. » (*Lettres à Lucilius*, VII, 10.)

CCCIII

Sentences gréco-syriaques

Démocrite a dit : Les sages, lorsqu'ils vont dans un pays étranger qui n'est pas le leur, doivent se contenter de demeurer silencieux et tranquilles et prêter un regard et une oreille attentifs à la réputation que les sages de l'endroit ont su se faire en la matière, pour découvrir comment sont ces sages et pour mesurer quelle figure ils pourront eux-mêmes faire devant eux, en établissant en leur for intérieur une comparaison entre les propos que tiennent ces sages et leurs propres opinions. Quand ils ont bien pesé et considéré laquelle de ces opinions l'emporte sur l'autre, alors ils doivent faire connaître la richesse de leur propre sagesse, afin de faire apprécier le trésor dont ils sont détenteurs en enrichissant les autres auxquels ils en font part. Mais si leur bagage est trop petit pour leur permettre de le dispenser, alors ils doivent s'enrichir du trésor des autres et passer ensuite leur chemin. (Traduction allemande de Ryssel, *Rheinisches Museum*, 51, 1896, p. 539.)

CCCIV

Démocrite a dit : « Moi seul je sais que je ne sais rien. » (*Ibid.*, 42.)

[Recueil de sentences.]

Le même [Démocrite] disait : « Je ne sais qu'une seule chose, c'est-à-dire que je ne sais pas[3]. » (*Gnomologium Vaticanum*, dans *Wiener Studien*, 10, 1888, p. 232.)

CCCV

Qifti.

« Démocrite, un philosophe grec qui a écrit un livre intitulé *De la philosophie.* » (A. Muller, *Philosophie grecque*, p. 36.)

CCCVI

Masala [Maschallah al-Misri[1]].

Démocrite a écrit quatorze livres : *Des choses qui concernent la naissance*, six livres ; *Des interrogations*, quatre livres ; *Des conjonctions d'astres*, deux livres ; *Du calcul*[2], un livre ; et *Des climats*, un livre.

CCCVII

Pseudo-Oribase.

Nous disons ensuite que personne ne fut capable de composer un ouvrage [d'aphorismes] aussi bon que celui d'Hippocras, que les philosophes tenaient pour un ami de la nature. Démocrite cependant essaya de faire aussi bien, mais n'atteignit pas la même perfection qu'Hippocras[3]. (Cité dans les *Aphorismes d'Hippocrate*, éd. Gonthier d'Andernach, Paris, 1533 F, 5 V.)

CCCVIII

[Anonyme[4]*.]*

Le philosophe Démocrite dit le contraire. La variété du genre de vie [...] (*Codex de Paris* 1630, p. XIV, f. 191 r[5].)

CCCIX

Albert le Grand.

C'est aussi ce que dit Démocrite : l'homme sage et savant est la mesure de toutes les choses qui existent[1]. Par le sens, en effet, il est mesure des sensibles et, par l'intellect, mesure des intelligibles ; en effet, chaque chose est mesurée par le premier et le plus simple de son genre. Or la vertu est le premier et le plus simple de chaque genre. Donc la vertu du genre même est le principe de la connaissance de chaque chose. Donc la connaissance de toute chose s'accomplit dans la connaissance de sa vertu. (*Éthique*, I, 1, 3, éd. Jammy, vol. IV, p. 4.)

C. IMITATIONS

I

Damoxène.

— Ainsi, lorsque tu vois un cuisinier ignare[1]
Qui n'a pas en entier lu tout son Démocrite
Et qui donc ne saurait le réciter par cœur,
Prends-le de haut et ris du vide de sa science[2] *;*
Et s'il ne connaît pas le Canon *d'Épicure,*
Montre-lui ton dédain et donne lui congé
Comme au mauvais élève exclu de son école :
« Car il te faut savoir quelle est la différence[3]*,*
D'abord, mon cher ami, entre les maquereaux
Que l'on pêche l'hiver et qu'on pêche l'été ;
Puis il te faut aussi connaître le poisson
Le plus avantageux au coucher des Pléiades
Et au temps du solstice[4]*. Car mutations et branles*
Causent des maux profonds aux gens, et — tu saisis ? —
Créent dans leurs aliments de profonds changements[5]*,*
Alors que ce qu'on mange à la saison voulue
Procure à l'estomac un effet bénéfique. »
Quel est le ⟨cuisinier⟩ à même de comprendre ?
Le résultat en est que naissent des coliques
Et des vents qui concourent à mettre l'invité
En posture fâcheuse. En revanche, chez moi,
La nourriture est saine, aisément nourrissante,
La digestion légère et le pet convenable.
Ainsi également le suc alimentaire
S'épand dans les conduits et ne crée nulle gêne,
Comme dit Démocrite, *et par là on évite*
Les troubles digestifs qui provoquent la goutte[6]*.*
— Tu me parais aussi versé en médecine ?
— Comme tous ceux qui vont percer le fond des choses.

(*Fgm.* 2, *Les Frères de lait*, v. 12 à 34, cité par Athénée, *Les Deipnosophistes*, III, 102 B.)

SIX LETTRES DU PSEUDO-HIPPOCRATE[1]

II

Pseudo-Hippocrate.

Notre homme ⟨Démocrite⟩ s'adonne à la recherche et en consigne les résultats dans son livre *Des choses de l'Hadès*[2]; et il déclare que l'air eſt rempli de simulacres[3] et prête une oreille attentive aux voix des oiseaux. (*Lettres*, X, III.)

III

Pseudo-Hippocrate.

Hippocrate raconte : « Je m'approchai; il était occupé, au moment de mon arrivée, à écrire je ne sais trop quoi sous le coup d'un divin transport et de l'inspiration[4]. » (*Lettres*, IV, XVII, 11.)

[Extrait d'un dialogue entre Hippocrate et Démocrite.] Hippocrate : Sur quel sujet écris-tu, dis-moi donc? — [...] Sur la folie, répondit-il. 16. — Et qu'écris-tu sur la folie? — Et qu'écrire d'autre, dit-il, que ce en quoi elle consiſte, comment elle advient aux hommes et de quelle façon elle s'apaise? Tu vois aussi, poursuivit-il, tous ces animaux : ce n'eſt pas par mépris des œuvres de Dieu que je les dissèque, mais parce que je suis à la recherche de la nature et de la composition de la bile. En effet, tu sais que l'état de démence chez l'homme eſt le plus souvent provoqué par la surabondance de la bile; car elle eſt présente naturellement chez tous, mais en moins grande quantité chez certains et en plus grande quantité chez d'autres. C'eſt sa présence excessive qui provoque la maladie [...]. (*Ibid.*, IV, XVII, 15-16.)

Explique-moi maintenant la raison de ton rire face aux choses de la vie. 25. — [...] Pour moi[5], [...] c'eſt l'homme qui me fait rire : il eſt plein de déraison[6], et vide[7] d'occupations raisonnables; toutes ses réflexions le conduisent à des enfantillages[8]. — On le voit sans aucune utilité s'exposer à endurer des peines sans fin[9]; l'exagération de son désir le conduit aux limites de la Terre et dans des régions indéterminées; il fait fondre l'or et l'argent sans se lasser de vouloir le posséder[10]; il ne cesse de se tracasser pour en posséder davantage[11] sans autre but que de n'en avoir pas moins; et il n'a nullement honte de se dire heureux[12]. (*Ibid.*, IV, XVII, 24-25.)

IV

Pseudo-Hippocrate.

Seule la sensation de l'homme brille d'un vif éclat de par la solidité de son intelligence et connaît par avance ce qui est et ce qui sera. Les ⟨hommes⟩ sont mécontents de tout et de nouveau se précipitent[1] sur les mêmes choses. (*Lettres*, IV, XVII, 40.)

V

Pseudo-Hippocrate.

Nous[2] nous trouvions occupé à composer des ouvrages *De l'ordre du monde*[3], *Description du pôle*[4] et encore *Des astres de la sphère des fixes*[5]. [...] Car tous ces objets produisent des images changeantes qui voyagent de par les hauteurs de l'air et attirent nos regards[6]; et ce sont ces objets, qui nous donnent le spectacle du monde et qui sont sujets à des changements de rythme[7] que mon intellect, qui cherchait à découvrir la vérité de la nature, a amenés à la lumière, ainsi qu'en témoignent les livres dont je suis l'auteur. (*Lettres*, IV, XVIII, 1.)

VI

Pseudo-Hippocrate.

(Lettre de Démocrite à Hippocrate sur la nature de l'homme.) 1. Il faut que tous les hommes soient instruits en médecine, mon cher Hippocrate (car c'est là chose à la fois honnête et utile à la vie), et tout particulièrement ceux qui ont reçu une bonne éducation et connaissent les ⟨formes de la⟩ raison : je pense en effet que la recherche de la philosophie est sœur et parente de la médecine. 2. « Car la philosophie délivre l'âme des passions et la médecine débarrasse les corps de leurs maladies[8]. » L'intellect profite de la présence de la santé, de laquelle il est bon que se préoccupent les gens raisonnables. En revanche, la souffrance qui frappe le corps en altérant sa manière d'être[9] ôte à l'esprit *tout désir de pratiquer la vertu*; car la présence de la maladie porte cruellement atteinte à l'âme et affecte du même coup la conscience. 3. Une esquisse de la nature de l'homme fait voir ainsi les choses : le cerveau[10] garde ce qu'on peut appeler la citadelle du corps, a charge de sa sécurité, et s'y trouve logé dans une enveloppe de membranes nerveuses, que recouvre une double couche osseuse nécessairement solide pour abriter le cerveau, maître et gardien de la pensée, et, pour l'ornement de l'enveloppe extérieure, l'implantation de la chevelure. 4. Le principe de la vision propre aux yeux est protégé d'enveloppes multiples qui les maintiennent constamment humides : il a son siège dans le renfoncement des orbites; la pupille, responsable de l'exactitude de la vision, demeure bien à l'abri sous l'auvent de la paupière. Les deux narines, propres à recevoir les odeurs, séparent en deux parties les régions oculaires. 5. La souplesse du contact des lèvres qui entourent la bouche leur confère leur adresse à palper les mots et à user d'un langage articulé sous le contrôle ⟨de la pensée⟩. Le bas du menton et la mâchoire supérieure sont articulés mutuellement. Le démiurge a ouvert largement les oreilles pour en faire les réservoirs des paroles : elles ont pour maîtresse la colère qui est une peu recommandable servante de la déraison. La langue, mère de la parole, messagère de l'âme, tourière du goût, se retranche derrière la barrière crénelée des dents. 6. La trachée et le pharynx sont raccordés l'un à l'autre et sont apparentés : l'une sert de conduit au souffle, l'autre précipite vers les profondeurs du ventre la nourriture dont il est avide. Le cœur, organe royal, est conique; père nourricier de la colère[1], il est revêtu de la cuirasse thoracique pour résister à tout complot. Les alvéoles nombreux des poumons sont parcourus par de l'air et donnent naissance au souffle, responsable de la voix. 7. Celui qui mène la ronde du sang et le transforme en aliments, c'est le foie, responsable du désir, grâce à ses lobes qui enveloppent de leurs replis multiples la veine cave. La rétention de la bile vert-jaune dans la région du foie et son bouillonnement peuvent produire la destruction du corps humain. Mais, hôte parasitaire et inutile du corps humain[2], la rate, disposée symétriquement [par rapport au foie] dort sans rien exiger. 8. Le ventre, qui est au centre, reçoit tout cela et en mène la ronde, puis se repose tandis que s'accomplit la digestion. Logées dans le ventre et agitées d'un même mouvement par le démiurge, artisan de l'arrangement du corps, les entrailles s'enroulent dans le ventre et sont responsables de l'accueil et de la sélection des ⟨sucs⟩. 9. Accrochés au bassin et enveloppés de graisse, les reins jumeaux sont parfaitement adaptés à l'excrétion des urines. Commandant à l'ensemble du ventre, le tissu appelé *épiploon*[3] enveloppe l'estomac dans sa totalité et ne laisse à l'écart que la rate. 10. Vient ensuite la vessie membraneuse, solidement fixée au bassin par son orifice : par un enchevêtrement de canaux, elle est responsable de l'excrétion urinaire. Dans son voisinage est blottie la matrice destinée à enfermer le fœtus, et qui est responsable chez la femme de maux innombrables et source de redoutables souffrances. La chair bouillonnante[1] qui constitue l'orifice des cavités du bassin est enserrée de tissus nerveux : c'est par là que se déverse une partie de l'abondante substance nutritive venue de l'estomac, afin d'y nourrir l'embryon. 11. Rattachés au corps, pendent à l'extérieur les testicules, fondateurs de la descendance, avec toutes leurs membranes. Quand vient la puberté, la verge[2] qui permet l'évacuation des urines, et qui est rattachée à des veines et à des nerfs, se transforme naturellement en instrument de procréation et se couvre d'une toison de poils[3]. 12. Les jambes, les bras et les extrémités qui leur sont rattachées ont, tous ensemble, la charge du service et portent à son point d'achèvement l'usage assuré des nerfs et ⟨tendons⟩. C'est la substance non musculaire[4] emplissant les cavités qui a façonné les diverses sortes de viscères, que la venue de la mort a vite fait de mettre hors service. (*Lettres*, IV, XXIII, 1-12.)

VII

EXTRAIT DU TRAITÉ DU PYTHAGORICIEN HIPPARQUE SUR LA JOIE[5]

Stobée.

1. Pour les hommes, qui, par comparaison avec l'éternité du monde, ne jouissent que d'une vie fort brève, le mieux est de la rendre la plus plaisante possible, comme s'ils se proposaient de faire quelque grand voyage. Ils y parviendront s'ils s'adonnent surtout à la science la plus exacte en se sachant mortels et faits de chair, possesseurs d'un corps facilement agressé et sujet à la décrépitude, et en étant conscients que les pires infortunes sont suspendues au-dessus de leur tête jusqu'à l'instant de leur dernier souffle. 2. Commençons par recenser les accidents auxquels ils sont exposés. Touchant le corps : pleurésie, pneumonie, folie[6], goutte, rétention urinaire, dysenterie, léthargie, épilepsie, putréfaction des chairs, et mille autres accidents *encore. Concernant l'âme*, beaucoup plus graves et plus douloureux sont les maux; car le crime, le mal, l'illégalité et l'impiété, quotidiennement pratiqués, proviennent tous de maladies qui affectent l'âme. 3. C'est le manque de modération propre aux désirs contre nature qui a emporté à la dérive de nombreuses personnes sur les flots d'irrépressibles pulsions; elles n'ont pas su

écarter les plaisirs sacrilèges incestueusement partagés avec une fille ou une mère; d'autres se sont même livrés au parricide, et nombreux sont ceux qui ont égorgé leurs propres enfants. 4. Que dire des maux extérieurs qui nous guettent, de la pluie diluvienne à la sécheresse torride, des excès de chaleur aux vagues de froid intense, tels que souvent les caprices du climat apportent peste et famine, ainsi qu'une grande variété d'autres maux, et transforment en déserts des cités entières? 5. Étant donné le nombre de menaces de cette sorte suspendues au-dessus de nos têtes, nous ne devons pas nous vanter ni redresser la tête en nous fiant à notre bonne santé, car il en est d'elle comme des fleurs : un rien de fièvre la flétrit en un instant; et nous ne devons pas non plus faire cas des présents de la fortune ⟨qui⟩, bien souvent, disparaissent eux aussi plus vite qu'ils n'apparaissent. Tous ces prétendus biens, instables et incertains comme ⟨le sont les eaux de⟩ l'Euripe, nous les voyons sujets à des changements multiples et divers, et nul d'entre eux ne connaît le repos, l'immobilité, la stabilité et la permanence[1]. 6. C'est pourquoi, si, en réfléchissant, nous tenons ⟨pour des gains⟩ tous les biens qui nous sont présentement accordés s'ils peuvent demeurer, ne serait-ce qu'un instant, en notre possession, alors nous mènerons une vie faite de joie en supportant noblement les coups du sort. 7. Mais en réalité, nombreux sont ceux qui ne cessent de se forger à l'avance les images les plus belles de tout ce que la nature ou le hasard leur apportent ou leur donnent; ils prennent en compte non ce qui est, mais ce qui pourra advenir si tout va pour le mieux, et quand ils s'en voient soudain privés, ils accablent leur âme sous le poids de malheurs nombreux, démesurés, illégitimes et insensés. Et les voilà voués à la plus amère et à la plus triste des existences! 8. Ainsi en est-il de la ruine, de la mort de ses amis ou de ses enfants, ou de la perte de tous les autres biens que l'on estime les plus précieux. Les voilà ensuite qui, au *milieu des pleurs et des gémissements*, viennent dire que de telles infortunes et malheurs n'arrivent qu'à eux, sans songer que les mêmes infortunes en ont frappé et en frappent encore beaucoup d'autres, et sans même parvenir à se représenter dans quels malheurs et dans quel océan de maux sont et ont été plongés, aujourd'hui comme hier, nombre d'hommes[2]. 9. Faisons donc le compte de tous ceux qui, frappés par la ruine, n'ont dû par la suite leur salut qu'aux effets de cette ruine même, alors qu'ils étaient destinés par leur richesse à subir les coups des brigands ou d'un tyran, et de tous ceux qui, épris de personnes auxquelles ils vouaient l'estime la plus haute, en vinrent ensuite à les détester.

Faisons le compte de tous les malheurs dont l'histoire nous a transmis le souvenir; n'oublions pas que nombreux sont ceux qui ont péri sous les coups de leurs enfants ou des amis qu'ils chérissaient le plus, et mettons alors en balance[1] notre propre vie avec l'existence plus misérable que d'autres ont connue; alors, à la pensée que ⟨nous⟩ ne ⟨sommes⟩ pas les seuls à être exposés aux vicissitudes humaines, notre vie n'en sera que plus joyeuse. 10. Car ce n'est pas justice, lorsqu'on est un homme, de tenir pour aisément supportables les malheurs qui frappent autrui et pas ses propres chagrins, quand on voit la foule des calamités que connaît toute existence. 11. Ceux qui vont pleurant et gémissant, outre que cela ne sert de rien à celui qui a connu la ruine ou la mort, exposent leur âme à des affections plus redoutables, toute remplie qu'elle est de nombreuses tendances mauvaises. 12. Aussi convient-il de nous laver et de nous purifier, en mettant en œuvre tous les moyens possibles pour effacer les souillures qui nous gangrènent : tel est le rôle de l'étude de la philosophie. Ainsi ferons-nous, si nous nous attachons à la prudence et à la sagesse, en transformant nos malheurs ⟨en joie et en nous contentant⟩ du présent, sans désirer grand-chose. 13. Car les hommes, qui forment nombre de projets, ⟨oublient⟩ qu'il n'est pas possible de vivre au-delà du temps consenti aux vivants ⟨et qu'il n'est pas possible de vivre plus d'une vie⟩ [...][2]. Usons ⟨donc⟩ des biens présents et montrons-nous d'autant plus insatiables et avides de ce que nous offre la philosophie; car, en nous montrant insatiables des beautés et des splendeurs qu'offre la philosophie, nous nous délivrerons du même coup de notre désir insatiable des objets vils[3]. (*Florilège*, IV, XLIV, 81.)

NESSAS

A. VIE

I

Eusèbe.

Parménide. Il eut pour élève Mélissos[1], qui eut pour élève Zénon[2], qui Leucippe[3], qui Démocrite[4], qui Protagoras[5] et Nessas. Nessas eut pour élève Métrodore[6], qui eut pour élève Diogène[7], qui Anaxarque[8]. C'est d'Anaxarque que Pyrrhon[9] fut l'élève[10]. (*Préparation évangélique,* XIV, XVII, 10.)

II

Diogène Laërce.

Anaxarque fut l'élève de Diogène de Smyrne. Celui-ci fut l'élève de Métrodore de Chio, qui pensait qu'il ne savait qu'une chose, c'est-à-dire qu'il ne savait rien. Métrodore fut l'élève de Nessas de Chio, quoique certains le tiennent pour l'élève de Démocrite. (*Vies,* IX, 58.)

B. FRAGMENTS

I

Porphyre.

Nessos[11] de Chio allonge la voyelle α, sans souci de la métrique [dans le vers qui s'achève par : *de lui je fais cas comme d'un fétu*[12] *!*]. (*Questions homériques,* I, 137, 14.)

II

Proclus.

Nessos[1] de Chio pense que le mot διάκτορος' (*conducteur* ⟨*des âmes*[2]⟩) vient du verbe διάγειν (*conduire*) appliqué aux âmes des morts. (*Commentaire sur les Travaux et les Jours d'Hésiode*, v. 84.)

MÉTRODORE DE CHIO

A. VIE ET PHILOSOPHIE

I

Clément d'Alexandrie.

Démocrite[1] eut pour élèves Protagoras d'Abdère[2] et Métrodore de Chio, qui eut pour élève Diogène de Smyrne, qui Anaxarque[3], lequel eut comme élève Pyrrhon, qui Nausiphane[4] ; pour quelques-uns, ce dernier fut le professeur d'Épicure. (*Stromates*, I, 64.)

Suidas.

Il[5] suivit l'enseignement de Bryson, [...] ensuite d'Anaxarque, l'élève de Métrodore de Chio, qui eut comme maître Métrodore d'Abdère. (*Lexique*, « Pyrrhon ».)

I *a*

Athénée.

Il est fait mention du ventre maternel par Antiphane dans *L'Amant de sa mère* :

> *Quand maternel le bois est gorgé de sa sève,*
> *Le voilà qui bourgeonne. Et ⟨pour dire cité⟩,*
> Maternelle cité – *ou, en grec, « métropole »* –
> *Se trouve préféré à* cité paternelle.
> *La matrice est un plat, ma foi, fort délicat,*
> *Dont certains font commerce. Enfin le citoyen,*
> *Ce bon monsieur Leventre – ou bien « Métras » en grec*[6] –,
> *Qui est natif de Chio est fort aimé du peuple.*

(*Les Deipnosophistes*, III, 100 D.)

II

Aétius.

Métrodore de Chio, fils de Théocrite, disait que ⟨les principes sont⟩ les indivisibles et le vide. (*Opinions*, I, III, 17.)

Suidas.

Théocrite de Chio, orateur, élève de Métrodore, le disciple d'Isocrate. (*Lexique*, « Théocrite de Chio ».)

III

Théophraste.

Métrodore de Chio instaure comme principes les mêmes, à peu de chose près, que ceux posés par les disciples de Démocrite : pour lui, les premières causes sont le plein et le vide, d'où découlent d'une part l'être, d'autre part le non-être. Sur les autres questions, il suit une voie qui lui est propre d'une certaine façon. (Cité par Simplicius, *Commentaire sur la Physique d'Aristote*, 28, 27.)

IV

Pseudo-Plutarque.

Métrodore de Chio déclare que l'univers est éternel, parce que s'il était engendré, il faudrait qu'il l'ait été à partir du non-être. En outre, il est illimité, puisqu'il est éternel ; car il ne possède pas de principe dont il pourrait dériver, et ni de limite ni de fin. Mais l'univers ne participe pas non plus au mouvement ; car il est impossible qu'il se meuve, étant donné qu'il ne se change pas, puisque ce changement doit nécessairement s'effectuer soit dans le sens du plein, soit dans le sens du vide [...][1] C'est une condensation de l'air qui produit les nuages et ensuite l'eau, laquelle éteint le Soleil en tombant sur lui et, en se raréfiant de nouveau, se met à retomber[2]. Avec le temps, le Soleil se fige par l'effet du sec et produit les astres à partir de l'eau brillante ; la nuit et le jour et toutes les éclipses en général sont l'effet de ce processus d'extinction et d'embrasement. (*Stromates*, 11.)

V

Simplicius.

Anaxagore[1], Archélaos[2] et Métrodore de Chio soutiennent, semble-t-il, que le monde existe depuis le commencement du temps. (*Commentaire sur la Physique d'Aristote*, 1121, 21.)

VI

Aétius.

Métrodore, le guide d'Épicure, déclare qu'il est absurde que dans un grand champ ne naisse qu'un seul épi, et un seul monde dans l'illimité. Que ⟨les mondes⟩ sont illimités en nombre, cela est évident du fait que les causes sont illimitées. Car si, le monde étant limité, sont illimitées toutes les causes à partir desquelles le monde a été engendré, il est nécessaire que les mondes soient illimités. Car là où les causes sont ⟨illimitées[3]⟩, les effets le sont aussi. Les causes sont soit les atomes, soit les éléments. (*Opinions*, I, v, 4.)

VII

Aétius.

Anaximandre, Anaximène, Archélaos, Xénophane[4], Diogène, Leucippe, Démocrite, Épicure et son guide Métrodore pensent que les mondes ⟨naissent et périssent⟩, illimités, dans l'illimité, selon toute révolution[5]. (*Opinions*, II, I, 3.)

VIII

Simplicius.

Et en dehors du monde [il y a le vide]; cela est évident du fait qu'en l'absence d'un lieu, ⟨le vide⟩ aurait dû se constituer de lui-même. Métrodore de Chio aussi a partagé cette opinion[6]. (*Commentaire sur la Physique d'Aristote*, 648, 14.)

IX

Aétius.

Selon Métrodore, toutes les étoiles fixes sont illuminées par le Soleil[7]. (*Opinions*, II, XVII, I.)

X

Aétius.

Pour Métrodore, [Castor et Pollux] sont des étincelles qui sortent des yeux de ceux qui les regardent avec crainte et étonnement. (*Opinions*, II, XVIII, 2.)

XI

Aétius.

Pour Parménide et Métrodore, le Soleil est embrasé[1]. (*Opinions*, II, XX, 8.)

XII

Aétius.

Thalès[2] fut le premier à déclarer que [la Lune] est illuminée par le Soleil [...]; c'est aussi l'avis de Métrodore. (*Opinions*, II, XXVII, 5.)

XIII

Aétius.

Pour Métrodore, [la Voie lactée est produite] par le passage du Soleil, car elle est le cercle solaire[3]. (*Opinions*, III, I, 3.)

XIV

Aétius.

Pour Métrodore, [les étoiles filantes] sont l'effet du scintillement du Soleil quand il vient frapper durement les nuages. (*Opinions*, III, II, 10.)

XV

Aétius.

[Sur les tonnerres, éclairs, vents brûlants.] Pour Métrodore, ils se produisent quand un souffle tombe à l'intérieur d'un nuage resserré : par un effet de condensation, son effraction produit le bruit; le choc entraîne le déchirement ⟨du nuage⟩ et produit l'éclair ; la vitesse du mouvement qui lui permet de capter la chaleur du Soleil produit la foudre, et quand la foudre manque de force, le souffle se convertit en vent brûlant[1]. (*Opinions*, III, III, 3.)

XVI

Aétius.

Pour Métrodore, les nuages sont formés par une montée d'humidité dans l'air[2]. (*Opinions*, III, IV, 3.)

XVII

Aétius.

[L'arc-en-ciel]. Pour Métrodore, lorsque le Soleil traverse les nuages de ses rayons, le nuage bleuit tandis que rougit son rayonnement. (*Opinions*, III, V, 12.)

[Scolie.]

Métrodore explique ainsi l'arc-en-ciel : lorsqu'un nuage dense fait face au Soleil, au moment où son rayon le pénètre, le nuage prend une couleur bleue du fait du mélange, alors que ses bords s'empourprent sous l'effet du rayon et que, plus bas, il demeure blanc. Ainsi expliquait-il le rayonnement solaire[3]. (À Aratos, *Phénomènes*, p. 516, éd. Maass.)

XVIII

Aétius.

[Les vents]. Pour Métrodore, c'est une exhalaison humide, échauffée par le Soleil qui produit l'élan des souffles divins[4]. Les vents étésiens soufflent quand l'air, épaissi dans les régions polaires, reflue avec le Soleil qui rebrousse chemin au solstice d'été. (*Opinions*, III, VII, 3.)

XIX

Alexandre d'Aphrodise.

[La mer : comment elle s'est formée, et comment il se fait qu'elle est amère]. Pour Métrodore, du fait qu'elle a coulé à travers la terre, elle emporte avec elle quelque chose de sa densité, comme quand l'eau passe à travers la cendre[5]. (*Commentaire sur les Météorologiques d'Aristote*, 67, 17.)

XX

Aétius.

Pour Métrodore, la Terre est le sédiment et le marc[1] de l'eau, et le Soleil est celui de l'air. (*Opinions*, III, IX, 5.)

XXI

Aétius.

[Tremblement de terre]. Pour Métrodore, nul corps ne saurait se mouvoir dans son lieu propre, à moins qu'un autre ne le pousse ou ne le tire actuellement. C'est pourquoi, étant donné qu'elle réside dans son lieu naturel, la Terre ne se meut nullement, et seules certaines de ses parties changent de lieu. (*Opinions*, III, XV, 6.)

Sénèque.

Écoutons Métrodore : « Tout de même que lorsqu'on chante à l'embouchure d'un tonneau, le son de la voix se répercute tout autour en provoquant, en dépit de sa légèreté, un bruit de choc et de fracas dans l'espace qui le contient, de même les vastes grottes souterraines renferment leur propre air qui résonne pareillement sous le choc de l'air qui se trouve au-dessus, et qui le met en mouvement exactement comme dans les ⟨récipients⟩ vides dont je viens de parler, et qui résonnent quand on crie dedans. (*Questions naturelles*, VI, 19, 1 et 2.)

XXII

Aétius.

Démocrite, Métrodore, Protagoras et Platon tenaient les sens pour trompeurs[2]. (*Opinions*, IV, IX, 1.)

XXIII

Saint Épiphane.

Métrodore de Chio déclarait que nul ne saurait posséder aucune science; les choses que nous nous figurons connaître ne sont pas l'objet d'une science exacte et il ne faut pas nous fier à nos sens. En effet, toutes choses relèvent de l'opinion[3]. (*Contre les hérésies*, III, II, 9.)

XXIV

Aristoclès.

Quelques-uns assurent qu'Homère aussi exprime, de façon voilée, la même chose en déclarant que l'Océan est le principe de toutes choses, ou que toutes choses sont en flux. À notre connaissance, Métrodore de Chio paraît avoir soutenu cette thèse tandis que Protagoras d'Abdère l'a soutenue, lui, ouvertement[1]. (Cité par Eusèbe, *Préparation évangélique*, XIV, xx, 1.)

XXV

Sextus Empiricus.

Nombreux certes sont [...] ceux qui ont affirmé que Métrodore, Anaxarque et encore Monime avaient aboli le critère de la vérité ; Métrodore disait : Nous ne savons rien, pas même que nous ne savons rien[2]. (*Contre les mathématiciens*, VII, 87 et 88.)

Philodème.

On ne saurait prétendre, comme Anaxa⟨gore⟩, que tout est dans tout, ni approuver Mét⟨ras⟩[3] de Chio selon lequel on ne sait rien, et pas même cela ⟨que l'on ne sait rien⟩. (*Rhétorique*, fragment incertain, 3, 1, éd. Sudhaus, II, 169.)

B. FRAGMENTS

DE LA NATURE

I

Cicéron.

Son[4] plus grand admirateur, Métrodore de Chio, dit au commencement de son traité *De la nature* : J'affirme que nous ne savons ni si nous savons quelque chose ni si nous ne savons rien, et que nous ne savons même pas s'il existe un ignorer et un connaître, et plus généralement s'il existe quelque chose ou s'il n'existe rien. (*Premiers académiques*, II, XXIII, 73.)

Eusèbe.

Il s'ensuit qu'il convient de ranger aussi dans le même groupe [que les Cyrénaïques] ceux qui ont soutenu la thèse opposée et fixé qu'il convient d'accorder crédit en toutes circonstances au témoignage des sens, ainsi que l'ont fait Métrodore de Chio et Protagoras d'Abdère. Métrodore, à ce qu'on dit, a été l'élève de Démocrite; il déclarait que le plein et le vide sont les principes, le plein étant l'être et le vide le non-être. Au début de son *De la nature*, il s'exprimait ainsi : Nul d'entre nous ne connaît nulle chose, et nous ne savons pas même si nous savons ou si nous ne savons pas, ⟨nous ne savons même pas s'il existe un ignorer ou un connaître et plus généralement s'il existe quelque chose ou si rien n'existe⟩[1]. Un tel propos initial fournit un funeste tremplin à Pyrrhon qui vint ensuite. (*Préparation évangélique*, XIV, XIX, 8.)

II

Eusèbe.

Plus loin il déclare : Toute chose est ce que l'on en peut concevoir[2]. (*Préparation évangélique*, XIV, XIX, 8[3].)

LA GESTE TROYENNE

III

Athénée.

Métrodore de Chio déclare, dans sa *Geste troyenne*, que Marsyas inventa la syrinx et la ⟨flûte[4]⟩ et qu'il en jouait à Célaenée, alors qu'avant lui on se contentait d'une flûte à un seul tuyau. (*Les Deipnosophistes*, IV, 184 A.)

IV

[Scolie.]

Métrodore dans sa *Geste troyenne* : « Ensuite on dit que vinrent le trouver deux personnages dont on ne peut dire exactement ni d'où ils venaient ni qui ils étaient. Une fois devant lui, ils dirent à Laomédon qui était le roi qu'il devait dans sa cité édifier une acropole où il lui conviendrait de résider : “ Nous voulons bâtir pour toi un rempart et le surveiller. ” » (À l'*Iliade*, XXI, v. 441[5].)

V

[Voir Métrodore de Lampsaque, V[1].]

LA GESTE IONIENNE

VI

Plutarque.

La *Geste ionienne* de Métrodore nous a fourni ce témoignage : il note en effet que les habitants de Smyrne, venus jadis d'Éolie, sacrifient à Bubrostis un taureau noir qu'ils découpent et brûlent entièrement, sans l'avoir dépecé. (*Propos de table*, VI, VIII, 2, 694 A.)

DIOGÈNE DE SMYRNE

I

Eusèbe[1].

Diogène Laërce[2].

Clément d'Alexandrie[3].

II

Saint Épiphane.

Diogène de Smyrne, ou de Cyrène selon certains, soutint des thèses identiques à celles de Pythagore. (*Contre les hérésies*, III, II, 9, n. 17.)

ANAXARQUE

A. VIE ET PHILOSOPHIE

I

Diogène Laërce.

58. Anaxarque d'Abdère. Il fut l'élève de Diogène de Smyrne[1], lui-même élève de Métrodore de Chio[2] qui pensait ne pas même savoir qu'il ne savait rien. Métrodore était lui-même l'élève de Nessas de Chio[3] ou, d'après d'autres, de Démocrite[4]. Anaxarque fréquenta Alexandre et son acmé se situe dans la cent-dixième olympiade[5]. Il eut pour ennemi Nicocréon, le tyran de Chypre. Un jour, lors d'un banquet, Alexandre lui demanda comment il trouvait le dîner. On prétend qu'il répondit : « Sire, tout est parfait. Il ne manque qu'une tête de satrape sur un plateau ! » Par là il faisait allusion à Nicocréon. 59. Évidemment ce dernier lui en avait tenu rigueur ; aussi, quand, après la mort d'Alexandre, Anaxarque était venu, au cours d'un voyage en mer, s'échouer malencontreusement à Chypre, Nicocréon s'empara-t-il de sa personne et donna-t-il l'ordre de le jeter dans un mortier et de le broyer avec des pilons de fer. Anaxarque, indifférent à ce châtiment, eut ce mot célèbre : « Broie l'enveloppe d'Anaxarque, ce *n'est pas Anaxarque* que tu broies. » Nicocréon donna alors l'ordre de lui couper la langue. On dit qu'alors il la coupa lui-même ⟨avec ses dents⟩ et la lui cracha au visage[6]. En son honneur j'ai composé cette épigramme[7] :

Broyez Nicocréon, broyez-le plus encore :
Ce n'est qu'une enveloppe ; et que ne la broyez,
Anaxarque est déjà depuis longtemps chez Zeus.
Lorsque le jour viendra où enfin Perséphone
Devra te déchirer de son peigne acéré,
Perséphone dira : « Péris, meunier[8] maudit ! »

60. Son impassibilité et sa tranquillité d'humeur lui valurent le surnom de *Bienheureux*. Effectivement son enseignement avait le pouvoir de rendre aisément raisonnable. Toujours est-il qu'il détourna Alexandre de se considérer comme un dieu; car, lorsqu'il vit le sang couler d'une plaie qu'il s'était faite, il le lui montra du doigt et lui dit :

Mais ce n'est que du sang, et non pas la liqueur
Qui coule dans le corps des dieux bienheureux[1] *!*

Plutarque[2] dit qu'Alexandre rapporta lui-même la chose à ses amis. Et une autre fois, alors qu'il trinquait à la santé d'Alexandre, Anaxarque dit, en montrant sa coupe :

Un dieu mourra frappé de la main d'un mortel[3].

(*Vies*, IX, 58-60.)

II

Diogène Laërce.

61. Pyrrhon d'Élis [...] fut l'élève de Bryson, fils de Stilpon, comme le note Alexandre[4] dans ses *Successions*, et ensuite d'Anaxarque, qu'il accompagna partout, fréquentant avec lui les gymnosophistes[5] de l'Inde et les mages. [...] 63. Pyrrhon s'en alla vivre en solitaire, ne se montrant que rarement à ses proches. Il le faisait pour avoir entendu un Indien reprocher à Anaxarque d'être incapable d'enseigner à quiconque la vertu, puisqu'il était lui-même un courtisan. Sans cesse Pyrrhon conservait un état d'âme identique, au point que, si on le quittait au beau milieu d'un discours, il l'achevait pour lui-même, bien qu'il eût été dans sa jeunesse assez agité [...][6]. Souvent, à ce que dit Antigone de Caryste, il s'en allait sans prévenir personne et partait à l'aventure, avec n'importe qui. Et, un jour qu'Anaxarque était tombé dans un marais, il poursuivit son chemin sans lui venir en aide. À ceux qui l'en blâmaient, Anaxarque lui-même répondait par l'éloge de son indifférence et de son flegme. (*Vies*, IX, 61 et 63.)

III

Plutarque.

[Après la mort de Clitus, assassiné par Alexandre dans un geste de colère] Callisthène[7] s'efforçait, par des propos convenus et doux et par des détours pleins de délicatesse, d'alléger sa douleur; mais Anaxarque, qui depuis toujours suivait en philosophe une voie bien à lui et s'était fait une réputation d'homme bourru et indifférent à l'égard de ses proches, déclara, sitôt entré : « Le voilà cet Alexandre, objet du respect du monde entier! Le voilà prostré et pleurant comme un esclave, tremblant devant la loi et le blâme des hommes, comme s'il ne convenait pas qu'il leur dictât lui-même sa loi, et fixât lui-même les limites du droit, puisqu'il les a vaincus pour les commander et se les soumettre, et non pour subir la servitude d'une vaine opinion. Ne sais-tu pas, dit-il, que Zeus est représenté avec à ses côtés Diké et Thémis, afin de signifier publiquement que tout ce qu'accomplit le souverain est conforme à la loi et juste? » Par ce genre de propos, Anaxarque apaisa la douleur de son roi, dont malheureusement le caractère ne cessa d'empirer et d'enfreindre les normes courantes; il sut s'attacher, de manière surprenante, Alexandre et lui rendit la fréquentation de Callisthène, déjà peu aimable auparavant et passablement austère, encore plus insupportable.

On dit qu'un jour, à table, la conversation vint à porter sur les saisons et le climat; Callisthène partageait l'opinion de ceux qui estimaient que la contrée où ils se trouvaient était plus froide et plus rigoureuse que la Grèce, tandis qu'Anaxarque soutenait avec véhémence l'avis contraire : « Tu es bien forcé, dit Callisthène, de convenir qu'il fait bien plus froid ici, car là-bas tu te contentais, l'hiver, d'endosser un simple manteau, alors qu'ici tu t'enveloppes sous l'épaisseur de trois couvertures. » Cette réplique augmenta encore le ressentiment d'Anaxarque[1]. (*Vie d'Alexandre*, 52.)

IV

Plutarque.

Un jour[2] que se produisit un violent orage qui effrayait tout le monde, Anaxarque le sophiste, qui était présent, dit à Alexandre : « Que ne fais-tu de même, toi qui es fils de Zeus? » Celui-ci lui répondit en riant : « Je ne veux pas, moi, effrayer mes amis, comme tu m'ordonnes de le faire, toi qui dénigres mon menu quand tu vois sur les tables des poissons, au lieu de têtes de satrapes. » De fait, on dit qu'un jour où le roi avait envoyé une friture[3] à Héphestion, Anaxarque avait eu un tel mot, par manière d'ironie, pour montrer que le font pour bien peu de chose ceux qui entreprennent de grands travaux et affrontent de grands périls, afin de conquérir des objets dont la possession ne procure, somme toute, guère plus de plaisirs et de jouissances que ceux que généralement on possède. (*Vie d'Alexandre*, 28.)

Athénée.

⟨Satyros, dans ses *Vies*,⟩ dit qu'Anaxarque, le philosophe dit Bienheureux était un courtisan d'Alexandre et qu'il accompagnait le roi dans un voyage lorsque se produisit un coup de tonnerre, etc. (*Les Deipnosophistes*, VI, 250 E.)

Plutarque.

Alexandre tenait le musicien[1] Anaxarque, pour le plus cher de ses amis. (*De la vertu d'Alexandre*, I, 40, 331 E.)

V

Arrien.

À ce que disent certains, Anaxarque le Sophiste fut appelé auprès d'Alexandre pour le consoler[2]. L'ayant trouvé prostré et gémissant, il se moqua de lui parce que ce dernier ignorait, dit-il, que depuis toujours les anciens sages avaient représenté Diké siégeant à côté de Zeus pour montrer que tout ce qui était accompli sous l'ordre de Zeus l'était conformément à la justice. Aussi fallait-il estimer que tout ce qu'accomplissait un grand roi était juste, d'abord pour le roi lui-même, et ensuite pour le reste des hommes. Ces propos, sur le moment, réconfortèrent Alexandre, mais je pense qu'ils lui causèrent un grand tort, en tout cas un tort supérieur au chagrin qui le tenait alors, puisqu'il apprit d'un sage que le roi ne doit pas choisir la vertu et agir justement, mais que c'est ce qui est fait par le roi, de la manière qu'il le fait, qu'on doit tenir pour juste. La légende dit qu'ensuite Alexandre voulut se faire diviniser [...]; et, pour l'encourager dans cette voie, dit-on, il ne manqua pas non plus à Alexandre de flatteurs, entre autres – parmi les sophistes de son entourage –, Anaxarque et le poète Agis d'Argos[3]. (*Anabase*, IV, 9, 7.)

VI

Arrien.

Voici comment, selon la légende, l'on s'opposa à la divinisation d'Alexandre. Il était convenu avec Alexandre d'évoquer ce sujet à l'occasion d'un banquet, en présence des sophistes et des nobles, perses et mèdes, de son entourage. Le premier à prendre la parole fut Anaxarque : il dit qu'on pouvait considérer Alexandre comme un dieu à plus juste titre que Dionysos et Héraclès, non par le nombre et la qualité des hauts faits que lui-même avait accomplis, mais parce que Dionysos, étant de Thèbes, n'avait aucune parenté avec les Macédoniens et qu'Héraclès ne leur était pas apparenté non plus, puisque, étant d'Argos, il n'était pas de la race d'Alexandre (c'est qu'Alexandre était un Héraclide). Aussi,dit-il, c'est à plus juste titre que les Macédoniens devaient célébrer leur roi en lui décernant des honneurs divins. Car aussi bien il n'y aurait aucune difficulté à l'honorer comme un dieu, une fois qu'il aurait quitté le monde des hommes. Combien plus juste alors était-il de l'honorer de son vivant plutôt qu'après sa mort, vu qu'alors le profit pour lui, quand il recevrait cet honneur, serait nul. À l'audition de ces propos et d'autres du même genre, les membres du conseil louèrent Anaxarque de son discours et voulurent être les premiers à le diviniser. Mais les Macédoniens, pour la plupart, accablés par ce discours, gardèrent le silence. C'est alors que Callisthène prit la parole : « Eh bien, Anaxarque ! Alexandre, je le dis hautement, n'est indigne d'aucun des honneurs qui conviennent à un humain, etc.[1]. » (*Anabase*, IV, 10, 5.)

Quinte-Curce.

Un certain Agis d'Argos, auteur des plus mauvais poèmes après Choerilus, et Cléo de Sicile [...] lui ouvraient alors le ciel et proclamaient qu'Hercule, le vieux Bacchus (Pater Liber) ainsi que Castor flanqué de Pollux devaient céder le pas au nouveau dieu. (*Histoire d'Alexandre*, VIII, 5, 8.)

VII

Philodème.

Ce n'est pas au petit bonheur, mais avec art qu'il convient de mêler le doux au piquant : par exemple en mêlant un ⟨a⟩bon*dant* éloge à une critique plus mince et une approbation à une contradiction[2]. Ainsi certains en usent-ils, sachant mêler à d'abondantes douceurs des pointes aiguës dont ils veulent piquer leur interlocuteur. Tel était, dit-on, Anaxarque qui, ⟨pour rep⟩rocher à Alexandre de ⟨prêter une oreille attentive⟩ aux flatteurs, eut recours à la flatterie : « Voilà qui convient, dit-il, aux descendants de Zeus : Dionysos se plaisait en compagnie des satyres et Héraclès en compagnie des hommes-singes. » Il arrivait parfois qu'il s'excitât et devînt amer, puis que, revenu à lui, il s'adoucît, quand celui dont on vient de parler [Anaxarque] ⟨répondait⟩ à un trait particulièrement blessant[3] ⟨du roi⟩

contre lui-même, en brandissant sa coupe :

Un dieu mourra frappé de la main d'un mortel[1].

(*Des vices*, IV, *papyrus d'Herculanum* 1675, colonnes 5 et 6, éd. De Falco, *Appunti*, p. 15-26.)

Plutarque.

Comme Alexandre lui jetait des pommes lors d'un dîner, Anaxarque se leva en disant :

Un dieu mourra frappé de la main d'un mortel.

(*Propos de table*, IX, 1, 2.)

VIII

Élien.

Anaxarque surnommé le Bienheureux se moqua d'Alexandre qui était hors de lui. Puis, un jour, Alexandre tomba malade, et le médecin lui ordonna de prendre une bouillie; Anaxarque éclata de rire : « Voilà bien notre dieu, dit-il, dont les espoirs résident dans un bol de bouillie ! » (*Histoires variées*, IX, 37.)

IX

Athénée.

À propos d'Anaxarque, Cléarque de Soles écrit, au cinquième livre de ses *Vies* : « Anaxarque, que l'on appelait le Bienheureux, affichait une arrogance due surtout à la sottise de ses amis qui en faisaient les frais; il avait choisi pour lui verser à boire une jeune esclave nue dont les charmes éclipsaient ceux de ses compagnes, mais qui mettait ainsi à nu, en réalité, l'intempérance de ceux qui recouraient à ses services. Son cuisinier portait des gants et posait un masque sur sa bouche pour pétrir la pâte afin d'éviter, en la pétrissant[2], que sa sueur ne l'humectât et que son haleine ne la souillât. » (*Les Deipnosophistes*, XII, 548 B.)

X

Timon.

Hardie et résolue, quelle que fût sa proie,
Telle apparaissait l'âme, en sa fougue impudente,
D'Anaxarque le Chien[3]. *Sachant la vérité,*
Il ne savait la taire et causait son malheur ;
Sa nature en effet, éprise de jouissance,

Lui dictait sa conduite; or les plus sages même
Redoutent bien souvent la jouissance excessive.

(*Les Silles,* fragment 58, éd. Diels.)

XI

Plutarque.

Alexandre, en entendant Anaxarque parler de la pluralité infinie des mondes, se mit à pleurer. Ses amis lui demandèrent la cause de sa tristesse : « N'est-il pas normal que je pleure, leur dit-il, s'il existe un nombre infini de mondes, moi qui n'ai pas encore réussi à en dominer un? » (*De la tranquillité de l'âme*, 4, 466 D.)

Valère Maxime.

Le cœur d'Alexandre était désormais avide de louanges. Comme son compagnon Anaxarque lui rapportait l'opinion de son maître Démocrite, selon laquelle il existe une pluralité infinie de mondes : « Infortuné que je suis, dit-il, moi qui n'ai pas pu encore établir mon empire sur un seul! » (*Faits et dits mémorables*, VIII, 14, *Étrangers*, 2.)

XII

Strabon.

Car Alexandre, en vue de restaurer sa parenté, se mit à les[1] entourer de soins et à manifester en même temps de la passion pour Homère. On rapporte à ce sujet qu'il existait une édition critique de l'œuvre d'Homère, dite édition de la cassette[2], édition appartenant à Alexandre entièrement revue par Alexandre, avec la collaboration de Callisthène et d'Anaxarque, et annotée par lui, qu'il déposa ensuite dans une cassette richement ornée qu'il trouva dans le trésor perse. (*Géographie*, XIII, 594.)

XIII

Clément d'Alexandrie.

En effet je passe sous silence le cri d'Anaxarque : « Broie l'enveloppe d'Anaxarque, ce n'est pas Anaxarque que tu broies », alors qu'il se trouvait broyé sous les pilons de fer du tyran[3]. (*Stromates*, IV, 57.)

Valère Maxime.

Cette langue avait frappé d'admiration les oreilles de beaucoup et, en premier lieu, du roi Alexandre, en exposant avec beaucoup de sagesse et d'éloquence la forme de la Terre, le mouvement de la mer, la rotation des astres et enfin la réalité de l'univers. (*Faits et dits mémorables*, III, *Étrangers*, 4.)

XIV

Pseudo-Galien.

⟨Telle⟩ école porte le nom de la fin [et de la thèse], par exemple l'école eudémonique[1]. Car Anaxarque faisait du bonheur la fin poursuivie par son école. (*Histoire de la philosophie*, 4.)

XV

Pseudo-Galien.

Sont sceptiques Zénon d'Élée, Anaxarque d'Abdère et Pyrrhon, qui a porté à son point de perfection la philosophie du doute. (*Histoire de la philosophie*, 4.)

XVI

Sextus Empiricus.

Anaxarque et Monime ⟨ont aboli le critère de la vérité⟩, parce qu'ils considéraient les réalités comme un décor de théâtre[2] et estimaient qu'elles ressemblent aux impressions produites par le songe ou la folie. (*Contre les mathématiciens*, VII, 88.)

XVII

Plutarque.

Lettre d'Épicure à Anaxarque[3]. (*Contre Colotès*, 17, p. 1117 A.)

B. FRAGMENTS

DE LA ROYAUTÉ

I

Clément d'Alexandrie.

Anaxarque, le Bienheureux, écrit fort justement dans son livre *De la royauté* : « Un savoir universel [...] limite de la sagesse. Ceux qui parlent à tort et à travers, même si leur propos est bien inspiré, ne sont pas comptés comme sages, mais ont une réputation de folie. » (*Stromates*, I, 36.)

Stobée.

Anaxarque : « Un savoir universel [...] limite de la sagesse. Ceux qui tiennent hors de propos un discours inspiré par les Muses, ont l'esprit agité et méritent l'accusation de folie. » (*Florilège*, 34, 19[1].)

[Fragment restitué.]

Un savoir universel[2] est fort utile, mais nuit aussi beaucoup à qui le possède. Il est utile à l'homme habile, mais il nuit à celui qui est enclin à tout dire devant n'importe qui. Il faut connaître la mesure du temps opportun[3], car cela est la limite de la sagesse[4]. Ceux qui parlent hors de propos, même si leurs paroles sont inspirées, ne sont pas comptés comme sages, et méritent l'accusation de folie.

II

Élien.

Anaxarque dit dans son traité *De la royauté* qu' il est difficile d'accumuler des richesses, mais plus difficile encore d'en assurer la garde[5]. (*Histoires variées*, IV, 14.)

HÉCATÉE D'ABDÈRE

A. VIE ET PHILOSOPHIE

I

Suidas.

Hécatée d'Abdère[1], philosophe, que l'on a qualifié aussi de critique littéraire, étant donné qu'il s'occupait de littérature. Il vécut au temps des successeurs d'Alexandre. Voici ses ouvrages : *Sur la poésie d'Homère et d'Hésiode*[2] [...] (*Lexique*, « Hécatée ».)

II

Strabon.

Les habitants de Téos quittèrent leur cité et émigrèrent à Abdère, ville de Thrace, parce qu'ils ne supportaient pas la domination violente des Perses [...] Plus tard, certains d'entre eux rentrèrent chez eux. On dit d'Apellicon qu'il était, lui aussi, de Téos. Cette même ville donna aussi naissance à l'écrivain Hécatée. (*Géographie*, XIV, p. 644.)

Scymnos le Géographe.

[...] comme l'a dit Hécatée de Téos. (*Description de la Terre*, 869.)

III

Diogène Laërce.

Pyrrhon eut, en outre[3], pour élèves Hécatée d'Abdère et Timon de Phlionte. (*Vies*, IX, 69.)

IV

Clément d'Alexandrie.

Pour Hécatée, [la fin de la philosophie] est de se suffire à soi-même[1]. (*Stromates*, II, 130.)

V

Plutarque.

Car parmi les législateurs, ceux qui ont le plus vigoureusement combattu les excès ont fixé approximativement le nombre des convives pour les repas de noces. « Selon moi, dit Sénécion[2], celui des anciens philosophes qui a voulu en donner la raison, à savoir Hécatée d'Abdère, n'a rien dit qui entraîne l'adhésion. Il dit que, si ceux qui se marient convient de nombreuses personnes au festin, c'est pour que beaucoup de monde le sache et puisse témoigner qu'ils sont des hommes libres épousant des femmes libres. (*Propos de table*, IV, III, 1, 666 E.)

VI

Plutarque.

Archidamidas[3] répondit à ceux qui blâmaient le sophiste Hécatée de ce que, invité à leur table, il n'avait soufflé mot : « Celui qui a le savoir du discours connaît aussi le moment opportun[4]. » (*Vie de Lycurgue*, 20.)

B. FRAGMENTS

DES HYPERBORÉENS

I

Étienne de Byzance.

Élixoia, île des Hyperboréens, pas plus petite que la Sicile, au-delà du fleuve Carambyca. Les insulaires portent le nom de Carambyciens, dérivé du nom du fleuve, ainsi que le dit Hécatée d'Abdère. (*Dictionnaire géographique*, « Élixoia ».)

Strabon.

Ce que Théopompe appelle terre de Méropie et qu'Hécatée appelle cité de Cimmérie. (*Géographie*, VII, 299.)

II

Pline.

Amométus leur[1] a consacré un ouvrage à part, de même que Hécatée aux Hyperboréens. (*Histoire naturelle*, IV, 55.)

L'océan septentrional : Hécatée lui donne le nom d' Amalchium, à cause du fleuve Parapanisus qui arrose la Scythie, parce que ce mot ⟨*amalchius*⟩ signifie « gelé » dans la langue du pays. (*Ibid.*, IV, 94.)

III

Élien.

Le peuple des Hyperboréens et le culte qu'ils célèbrent là-bas à Apollon sont chantés par des poètes et vantés par des écrivains, parmi lesquels Hécatée, non pas celui de Milet, mais celui d'Abdère. (*Nature des animaux*, XI, 1.)

IV

[Scolie.]

Hécatée déclare que le peuple des Hyperboréens a survécu jusqu'à son époque. Il existe de lui un ouvrage en plusieurs livres, intitulé *Des Hyperboréens*. Les Hyperboréens célèbrent le culte d'Apollon parce qu'il est venu là-bas sous une forme visible. Il y a trois peuples chez les Hyperboréens [...] : les Épizéphyriens, les Épicnémidiens, et les Ozoliens. (À Apollonius de Rhodes, *Argonautiques*, II, v. 675.)

V

Diodore de Sicile.

1. Parmi les auteurs d'anciennes mythologies, Hécatée et d'autres prétendent que dans les régions situées à l'opposé de la région celtique, il y a dans l'Océan une île pas plus petite que la Sicile. Elle est située dans les régions septentrionales et habitée par des gens que l'on appelle les Hyperboréens parce qu'ils résident au-delà des régions que touche le Borée. Cette île est fertile en

productions de toutes sortes, remarquable par la douceur de son climat, et donne chaque année deux récoltes [...][1].

5. La Lune est, à ce qu'on prétend, complètement visible de cette île, en raison de sa proximité avec la Terre, et l'on y peut observer des reliefs comme ceux de la Terre. 6. On dit que le dieu[2] rend visite à l'île tous les dix-neuf ans, période au terme de laquelle la révolution périodique des astres est achevée : c'est la raison pour laquelle ce temps est appelé par les Grecs la Grande Année. 7. Lors de son apparition, le dieu joue de la cithare et danse toutes les nuits, depuis l'équinoxe de printemps jusqu'au lever des Pléiades, pour fêter ses propres succès. Cette cité et son territoire sont placés sous le commandement de rois qui portent le nom de Boréades parce qu'ils sont les descendants de Borée, et les magistratures y sont héréditaires. (*Bibliothèque historique*, II, XLVII, 1, 5-7.)

DE LA PHILOSOPHIE DES ÉGYPTIENS, I et II[3] (LES ÉGYPTIAQUES)

VI

Diogène Laërce.

On dit que, selon les mages, les hommes doivent connaître une autre vie et seront immortels, et que les choses demeureront lors de leurs réincarnations; ces propos sont consignés par Eudème de Rhodes. Mais Hécatée déclare que, d'après eux, les dieux sont engendrés. Quant à Cléarque de Soles, dans son livre *De l'éducation*, il déclare que les gymnosophistes sont les descendants des mages; et pour certains, les Juifs aussi seraient leurs descendants. En outre, ceux qui ont écrit sur les mages contestent le témoignage d'Hérodote[4], car il n'est pas vrai que Xerxès ait fait lancer des flèches contre le Soleil, ni voulu mettre des chaînes à la mer, car le Soleil et la mer sont tenus pour des dieux par les mages. Mais il allait de soi que Xerxès fit briser les statues.

10. La philosophie des Égyptiens touchant les dieux et la justice est la suivante : ils soutiennent que la matière est le principe dont, par dissociation, les quatre éléments se sont formés, donnant ainsi naissance à une grande variété d'êtres vivants. Le Soleil et la Lune sont des dieux. Le premier s'appelle Osiris, l'autre Isis. Ils les représentaient sous la forme d'un scarabée, d'un dragon, d'un épervier et d'autres animaux, ainsi que le disent Manèthon,

dans son *Abrégé de physique*, et Hécatée, au premier livre de *La Philosophie des Égyptiens*. C'est parce qu'ils ignoraient la véritable forme du dieu qu'ils érigeaient des statues et bâtissaient des temples. 11. Le monde est sujet à la génération et à la mort, et a une forme sphérique. Les astres sont de feu et c'est par le mélange qu'ils opèrent que se produit la génération terrestre. L'éclipse de Lune se produit lorsqu'elle vient à tomber dans l'ombre de la Terre. L'âme ne cesse d'exister et émigre en d'autres corps. Les pluies sont les effets d'un changement propre à l'air. Pour les autres phénomènes, ils fournissent une explication naturelle, ainsi que le notent Hécatée et Aristagoras. Ils ont aussi établi des lois concernant la justice et les ont attribuées à Hermès. Ils ont considéré comme des dieux les animaux utiles aux hommes. On dit aussi que ce sont eux qui ont inventé la géométrie, l'astrologie et l'arithmétique. Voilà ce qui concerne l'invention ⟨de la philosophie[1]⟩. (*Vies*, I, 9-11.)

VII

Diodore de Sicile.

XI 1. Les hommes qui vivaient autrefois en Égypte furent amenés, en contemplant le monde et en s'émerveillant devant la nature universelle qui les étonnait, à former l'idée qu'il existe deux dieux éternels et premiers, le Soleil et la Lune, auxquels ils donnèrent le nom d'Osiris et d'Isis. [...] 5. Ces dieux veillent sur l'ordonnance de la totalité du monde; ils nourrissent et font croître toutes choses, réglant par le mouvement d'une mécanique invisible le cycle des trois saisons : le printemps, l'été et l'hiver. Chacune des saisons, étant d'une nature opposée aux deux autres, concourt à produire l'année selon les règles d'une harmonie excellente. La plus grande partie de la nature concourt à la génération de tous les êtres vivants produite par la rencontre de ces deux dieux, dont le premier est fait de feu et de souffle, le second d'humide et de sec, tous les deux ayant l'air en commun; et, c'est sous leur effet combiné que tous les êtres naissent et croissent. 6. Aussi toute réalité corporelle appartenant à la nature du monde est-elle soumise à la régulation du Soleil et de la Lune; la réalité compte les cinq parties élémentaires dont nous avons déjà parlé : le souffle, le feu et le sec, et encore l'humide et enfin l'air; tout de même que chez l'homme nous comptons la tête, les mains, les pieds et les autres parties[2], d'une manière identique le corps du monde est composé entièrement des parties déjà citées.

XII 1. Chacun des éléments est considéré comme un dieu et a reçu une dénomination particulière de la part des premiers habitants de l'Égypte qui ont usé d'une langue articulée. 2. Le souffle s'appelle *Zeus* [Dia] [...]. 3. Le feu, que l'on traduit par *Héphaistos*, est tenu pour un grand dieu qui concourt abondamment à la génération et à l'achèvement de la croissance de tous les êtres. 4. La terre, qu'ils conçoivent comme le récipient des êtres naturels, reçoit le nom de *Mère* [...]. 5. Quant à l'humide, les Anciens, dit-on, lui ont donné le nom d'Océan, que l'on peut traduire par *Nourriture* ou *Mère* [...]. 7. L'air, lui, est appelé, dit-on, *Athéna* qui est une traduction du terme égyptien [...]. 9. À ce qu'on dit, les cinq dieux[1] que nous venons de citer parcourent toute la Terre et apparaissent aux hommes sous la forme d'animaux sacrés, en prenant parfois l'apparence d'hommes ou d'autres animaux [...]. XIII 1. D'autres êtres terrestres, prétendent-ils, naissent ⟨de ces dieux⟩ : ils sont ⟨nés⟩ mortels, mais ont obtenu l'immortalité pour avoir été utiles aux hommes et avoir veillé sur eux : quelques-uns ont même été rois d'Égypte. 2. Mais certains d'entre eux portent, si on les traduit, le nom de dieux célestes. Certains portent les noms propres d'*Hélios*, de *Cronos*, de *Rhéa* et encore de *Zeus*, appelé par certains, Ammon; en outre, on trouve *Héra* et *Héphaistos*, puis *Hestia* et enfin *Hermès psychopompe*. Hélios est le premier à avoir exercé la royauté sur l'Égypte : il porte le même nom que l'astre céleste. 3. Certains prêtres assurent que le premier roi a été Héphaistos, l'inventeur du feu [...]. 4. Ensuite c'est Cronos qui a régné et épousé sa sœur Rhéa, dont sont nés, selon certains théologiens, Osiris et Isis, et selon d'autres, les plus nombreux, Zeus et Héra, que leur excellence rend propres à régner sur la totalité du monde, etc.[2]. (*Bibliothèque historique*, I, XI à XIII.)

VIII

Plutarque.

La plupart des gens croient que le nom propre donné à Zeus par les Égyptiens est Ammon. Hécatée d'Abdère déclare, lui, que les Égyptiens se servent entre eux de ce mot lorsqu'ils s'adressent à quelqu'un. En effet, c'est là une salutation habituelle; aussi utilisent-ils ce mot *Ammon* pour s'adresser au premier des dieux, qu'ils identifient à l'univers, le saluant comme un être invisible et caché, pour le prier de se manifester et de se rendre visible à leurs yeux. (*Isis et Osiris*, IX, 354 C et D.)

IX

Aétius.

Héraclite et Hécatée disaient que le Soleil est un flambeau doué d'intelligence, et qu'il naît de la mer[1]. (*Opinions*, II, XX, 16.)

X

Diodore de Sicile.

C'est la raison pour laquelle Tnéphachtos[2], qui régna de nombreuses générations plus tard, et qui était le père du sage Bocchoride, fit, dit-on, campagne contre l'Arabie. Les vivres vinrent à manquer, car on était dans un désert aride, et ses compagnons l'abandonnaient. Il fut contraint, après une journée de jeûne, de partager l'ordinaire bien frugal de particuliers qui se trouvaient là, et il en tira un si grand contentement qu'il devint l'adversaire du luxe et poursuivit de ses imprécations le roi qui autrefois avait introduit le goût de l'abondance. Et le changement fut tellement profond en matière de vivres, de boisson et de couvert, que la malédiction qu'il a portée contre le luxe fait l'objet d'une inscription composée en hiéroglyphes par les prêtres, au temple de Zeus à Thèbes. (*Bibliothèque historique*, I, XLV, 2.)

XI

Plutarque.

À Héliopolis, le clergé n'a absolument pas le droit d'introduire du vin dans le temple, car il ne convient pas que pendant la journée des serviteurs boivent sous les yeux de leur roi[3]. Ailleurs, le clergé boit, mais très peu. Les prêtres doivent observer de nombreux jeûnes et retraites au cours desquels ils s'adonnent à la philosophie, à l'étude et à l'enseignement des matières théologiques. Les rois eux-mêmes ne boivent que modérément, selon la norme fixée par les livres sacrés, ainsi que le note Hécatée, car les rois sont des prêtres[4]. (*Isis et Osiris*, 6, 353 A et B.)

XII

Diodore de Sicile.

Non seulement les prêtres égyptiens le racontent dans leurs registres, mais aussi, de nombreux Grecs, qui ont fait le voyage de Thèbes au temps de Ptolémée Lagos et ont composé les *Histoires des Égyptiens* – Hécatée en fait partie –, confirment mes propos. (*Bibliothèque historique*, I, XLVI, 8.)

XIII

Diodore de Sicile.

À la suite de dominations subies plus tard[1], du fait du brassage des populations au temps de l'hégémonie des Perses et des Macédoniens qui détruisirent cette nation, les lois ancestrales juives ont connu de grands changements[2]. (*Bibliothèque historique*, XL, III, 8.)

Photius.

[Diodore] ajoute en effet : « Tels sont, concernant les Juifs, les faits rapportés par Hécatée de Milet[3]. » (*Bibliothèque*, 244.)

XIII *a*

Étienne de Byzance.

Diospolis, capitale de la Thébaïde égyptienne, et que l'on appelait la Ville aux Cent Portes, avait été fondée par Osiris et Isis. Avant qu'elle ne fût détruite par les Perses, elle comptait, d'après Hécatée, treize mille trente bourgades et une population de sept millions d'habitants, sur trois mille sept cents unités de terres labourées ; elle était ornée de cent portes et s'étendait sur une longueur de quatre cents stades. Il y a en Égypte quatre autres petites cités ; dans l'une d'elles, on vénère des crocodiles sacrés dans des grottes et dans des puits, et il est interdit de goûter à l'eau du fleuve même si l'on meurt de chaud. (*Dictionnaire géographique*, « Diospolis ».)

Porphyre.

À présent les Thébains donnent le nom de Diospolis à l'ancienne Thèbes et disent que l'on peut voir autour de Diospolis la trace de nombreuses portes. D'après Hécatée, Diospolis, la capitale, comptait avant sa destruction par les Perses trente mille trois cent trente villages[4], sept millions d'habitants et était ornée de cent portes. C'est le roi Osiris qui l'avait fondée. Certains prêtres assurent qu'elle avait cent portes et, à chacune des portes, une garnison de dix mille fantassins et de sept cents cavaliers. (*Questions homériques*, I, 138, 18[5].)

SUR LA POÉSIE D'HOMÈRE ET D'HÉSIODE[1]

XIV

Érotien.

Cyrbasie (Κυρβασίη, mot désignant le *bonnet pointu* des Perses) : c'est ce qu'on appelle la tiare. Hécatée d'Abdère dit que les comiques l'appellent le *bonnet barbare*. (*Glossaire d'Hippocrate*, 55, 7, éd. Nachmanson.)

FAUX

Sur les Juifs (Sur Abraham)

XV

Flavius Josèphe.

Hécatée d'Abdère, philosophe et historien très remarquable, qui florissait à l'époque du roi Alexandre et était contemporain de Ptolémée Lagos, a écrit un ouvrage important consacré entièrement aux Juifs[2]. (*Contre Apion*, I, 183.)

Hécatée aussi a écrit un livre sur nous[3]. (*Ibid.*, I, 214.)

Bérose rapporte l'histoire d'Abraham, notre père. [...] Hécatée ne s'est pas contenté d'en parler en passant : il nous a laissé un livre qu'il a composé sur lui. (*Antiquités juives*, I, 158-159.)

Clément d'Alexandrie.

Sophocle, ainsi que le dit Hécatée, qui a fait œuvre d'historien dans l'ouvrage intitulé *Au temps d'Abraham et des Égyptiens* [...]. (*Stromates*, V, 115.)

XVI

Origène.

On dit qu'il existe un livre de l'historien Hécatée, intitulé *Sur les Juifs*, dans lequel il insiste tellement sur la sagesse de ce peuple que Herennius Philon[4], dans son ouvrage intitulé *Sur les Juifs*, commence par mettre en doute que cet historien en soit l'auteur, et déclare ensuite que, pour le cas où l'ouvrage serait bien de lui, alors vraisemblablement il s'est laissé prendre au piège de la persuasion des Juifs et a fini par adhérer à leurs thèses[5]. (*Contre Celse*, I, 15.)

APOLLODORE DE CYZIQUE

I

Clément d'Alexandrie.

Selon Apollodore de Cyzique, [la fin de la philosophie] est constituée par l'enchantement de l'âme[1], [c'est-à-dire la volupté de l'âme]. (*Stromates*, II, 130.)

II

Diogène Laërce.

Apollodore de Cyzique affirme lui aussi que [Démocrite[2]] a fréquenté Philolaos[3]. (*Vies*, IX, 38.)

III

Pline.

Apollodore, disciple de [Démocrite], a ajouté au catalogue ⟨dressé par son maître⟩ l'eschynomène[4]. (*Histoire naturelle*, XXIV, 167.)

NAUSIPHANE

A. VIE ET PHILOSOPHIE

I

Diogène Laërce.

Démocrite eut de nombreux élèves, et en particulier Nausiphane [et Naucyde[1]] : Épicure fut leur élève à tous deux. (*Vies*, I, 15, prologue.)

II

Diogène Laërce.

Une fois, on aperçut [Pyrrhon] qui se parlait à lui-même et on lui en demanda la cause : il déclara qu'il s'exerçait à la vertu. Dans les exercices zététiques[2], nul ne l'emportait sur lui, à cause de sa virtuosité à proposer de longs développements comme à interroger[3]. Aussi Nausiphane fut-il, alors qu'il était encore tout jeune homme, séduit par lui : il déclarait qu'il fallait adopter la disposition d'esprit[4] propre à Pyrrhon, mais ne se fier soi-même qu'à ses propres arguments[5]. Il disait souvent aussi qu'Épicure, qui éprouvait une grande admiration pour le style de vie de Pyrrhon, le questionnait sans cesse à son sujet. (*Vies*, IX, 64.)

III

Diogène Laërce.

Nausiphane de Téos fut l'élève de Pyrrhon, et, à ce que certains déclarent, le maître d'Épicure[6]. (*Vies*, IX, 69.)

IV

Suidas.

Épicure [...] fut l'élève de Nausiphane le Démocritéen, ainsi que du platonicien Pamphile. (*Lexique*, Épicure.)

V

Cicéron.

Mais Épicure manifeste un surprenant mépris pour ce platonicien[1] : tant il a craint de passer pour avoir jamais appris quoi que ce soit. Mais pour Nausiphane, qui appartient à l'école de Démocrite, il ne peut nier avoir suivi ses leçons; or, tandis qu'il ne se cache pas d'avoir été son élève, il l'accable de toutes sortes d'invectives. Et pourtant, s'il n'avait pas été instruit des théories de Démocrite, qu'aurait-il appris? Qu'y a-t-il dans la physique d'Épicure qui ne soit pas de Démocrite[2] ? (*De la nature des dieux*, I, XXVI, 73.)

VI

Diogène Laërce.

Ariston[3] déclare, dans sa *Vie d'Épicure*, que son ouvrage intitulé *Le Canon*, est tiré du *Trépied* de Nausiphane, dont lui-même dit avoir été l'élève, ainsi que du platonicien Pamphile à Samos, et qu'il commença de philosopher à l'âge de douze ans[4]. (*Vies*, X, 14.)

VII

Sextus Empiricus.

Les épicuriens posent en principe que les sciences que l'on enseigne ne concourent en rien à l'accomplissement de la *sophia*[5]. Ou bien, à ce que certains conjecturent, n'est-ce là qu'un paravent destiné à dissimuler leur propre inculture. En de nombreuses matières en effet, Épicure est convaincu d'ignorance, et même ses propos familiers manquent de correction. Peut-être aussi cela s'explique-t-il par son hostilité envers Platon, Aristote et leurs semblables, dont le savoir était universel. Il n'est pas non plus impossible que[6] cela soit dû à son inimitié envers Nausiphane, l'élève de Pyrrhon; car celui-là exerçait son emprise sur un grand nombre de jeunes gens et manifestait un intérêt très vif pour les disciplines scolaires, en particulier pour la rhétorique. Bien qu'il ait été son élève, Épicure s'efforça de le récuser de toutes les façons, afin de se faire passer pour un autodidacte et pour un philosophe original; il mit tout son zèle à rabattre la réputation de Nausiphane et se fit souvent l'accusateur des disciplines en lesquelles celui-ci se distinguait. Toujours est-il qu'il écrit, dans sa *Lettre aux amis de Mytilène*[1] : « Je pense, moi, que si les braillards me font passer pour l'élève du *Poumon marin*, c'est parce que j'ai suivi ses leçons en compagnie de la jeunesse dorée[2]. » Ici, il appelle Nausiphane *Poumon marin* pour dire qu'il est insensible. Et de nouveau, après avoir poursuivi sur ce ton et calomnié ce personnage, il dénigre sa compétence dans les disciplines scolaires en ces termes : « À vrai dire, c'était un méchant homme, qui consacrait son temps à des matières dont l'étude ne rend pas à même de parvenir à la *sophia* »; il désignait par là les disciplines scolaires (*Contre les mathématiciens*, I, 2.)

Philodème.

« Il participa, à Téos, à ⟨ses⟩ débauches matinales[3], alors qu'avant de se livrer à sa besogne de professeur, il relisait les ouvrages d'Anaxagore et d'Empédocle et se lançait dans des commentaires interminables sur ces questions aussi. » Ou encore : « celui qui avait rameuté à Téos les mutilateurs d'Hermès[4], pour qu'ils y suivent les leçons d'un sectateur de Démocrite et de Leucippe ». (*Papyrus d'Herculanum* 1005, *Contre les* [...[5]], fragment 24.)

VIII

Diogène Laërce.

Au dire d'Apollodore, dans ses *Chroniques*, [Épicure] fut l'élève de Nausiphane et de Praxiphane[6]. Mais lui-même le nie et assure, dans sa lettre à Euryloque[7], n'avoir eu d'autre maître que lui-même. (*Vies*, X, 13.)

IX

Diogène Laërce.

Épicure, dans son traité *De la nature*, qui compte trente-sept livres[8], répète la plupart du temps les mêmes choses et s'y livre à des polémiques très nombreuses, principalement contre Nausiphane. Voici les termes dont il use : « Car c'en était un qui avait l'accouchement pénible, et dont la bouche débordait de vantardises sophistiques, comme c'est souvent le cas des esclaves[1]. » Épicure dit encore de Nausiphane, dans ses *Lettres* : « Cela l'a plongé dans une telle fureur qu'il m'a accablé de reproches et m'a traité de maître d'école[2]. » Il le traitait aussi de *Poumon marin*, d'« illettré », de « charlatan » et de « fille de joie[3] ». (*Vies*, X, 7.)

B. FRAGMENTS

LE TRÉPIED[4]

I

Philodème.

On pourra dire, ⟨d'après ce qui précède, que le philosophe de la nature possède la capacité oratoire⟩, même s'il n'a jamais eu l'occasion de pratiquer la rhétorique du fait de son éloignement de la vie publique. Car nous disons aussi qu'il n'y a pas que celui qui exerce actuellement la capacité architecturale[5] qui la possède ; en effet, ce que nous considérons, ce n'est pas son exercice actuel même, mais la puissance qui est la sienne de construire l'ouvrage d'architecture à l'aide des matériaux et des outils appropriés ; et il en va de même en médecine et dans les autres sciences. Aussi, comment ne dirions-nous pas que la possession de la rhétorique découle pour le philosophe de la nature ⟨du fait qu'il est philosophe de la nature⟩, puisque, placé dans une situation où le politique est aussi bon orateur, dans la mesure où il prononce l'allocution publique qui convient, il sera tout autant qu'un autre à même de tenir un discours sur la question ? (*Rhétorique*, II, 48, éd. Sudhaus, colonne XXXIV, 1.)

II

Philodème.

Sur cette question, Nausiphane, lui non plus, ne s'est pas dérobé : il dit en effet que le sage préférera la rhétorique à la politique. (*Rhétorique*, II, 5, éd. Sudhaus, colonne IV, 10.)

Considérant que l'honneur et la gloire qu'accorde la foule, et dont elle garde le souvenir, reposent entièrement sur des habiletés politiques ou des mérites et des honneurs qui sonnent creux, il a préféré le raisonnement le plus propre à y conduire. (*Ibid.*, II, 33, éd. Sudhaus, colonne XXII, 2.)

En même temps, il ne sut résister au désir de constituer un code de lois. (*Ibid.*, II, 33, éd. Sudhaus, colonne XXXVII, 3.)

Il a dit sans détour que celui qui allie sagesse et connaissance de la nature[1] serait capable de convaincre son auditoire ⟨de n'importe quoi⟩. Et, loin de cantonner le philosophe dans l'exercice de la controverse, il a dit que celui-ci conduirait par ses discours son auditoire là où il le voudrait. (*Ibid.*, II, 1, éd. Sudhaus, colonne XI, 1.)

N'aurait-on qu'⟨une⟩ année à passer dans la compagnie d'un tel homme, qui vous entretiendrait de longs moments, on deviendrait largement capable aussi de comprendre cela. (*Ibid.*, II, 19, éd. Sudhaus, colonne XV, 4.)

D'après lui, la raison du pouvoir de persuader ne réside pas dans la connaissance indirecte[2], mais découle de la connaissance directe des faits, de telle sorte que le philosophe de la nature peut exercer sa persuasion sur n'importe quel public, par un processus semblable à ⟨celui par lequel il l'a⟩ lui-même ⟨acquise[3]⟩. (*Ibid.*,II, 19, éd. Sudhaus, colonne XXV, 1.)

À condition qu'il soit bien né et bien disposé [...]. (*Ibid.*, II, 7, éd. Sudhaus, colonne XIV, 3.)

En quoi doit consister la connaissance de la nature humaine propre au philosophe de la nature, pour être à même d'exercer la persuasion? N'est-ce pas justement la connaissance des éléments constitutifs [de la nature humaine] et de leurs qualités? Et qui par conséquent serait mieux à même d'exercer, grâce aux thèmes qu'il développe, une persuasion sur les hommes, que par [...]? (*Ibid.*, II, 7, éd. Sudhaus, colonne XV, 9.)

La fin naturelle[4], à savoir éprouver du plaisir et ne pas ressentir de douleur, c'est ⟨spontanément que chaque⟩ homme se meut vers cette fin; et, en dehors de l'attente du plaisir et de l'absence de douleur, que ce soit inconsciemment ou d'une manière calculée, il n'est rien à rechercher ou à éviter; bien plus, il ne saurait en être autrement des animaux. (*Ibid.*, II, 8, éd. Sudhaus, colonne XVI, 2.)

Aussi assurément, abordant les sujets les plus vastes, il pourra entraîner la conviction, car justement la foule se passionne fort pour cela, pour la bonne raison que c'est de la connaissance de ce qui procure l'utile que procède la conviction. De fait, si ⟨le public⟩ est privé de la persuasion qui concerne [la fin], il en veut à ses anciens maîtres et refusera toute autre tentative de persuasion. (*Ibid.*, *II, 9, éd. Sudhaus*, colonne VII, 2.)

Seul le philosophe de la nature, qui possède ⟨la connaissance claire et achevée de la fin⟩, du fait que, connaissant ce que veut la nature, il le dit et, en le disant, ⟨explique ce que veut ⟨la nature⟩, sera à même d'entraîner la conviction. (*Ibid.*, II, 10, éd. Sudhaus, colonne VIII, 2.)

[Les orateurs ⟨entraînent la conviction de?⟩ la foule], en l'amenant à vouloir ce qu'[eux-mêmes] connaissent, et comme leurs conseils lui sont profitables, elle n'aura pas à s'en repentir[1]. (*Ibid.*, II, 16, éd. Sudhaus, colonne XXII, 2.)

⟨Le philosophe de la nature⟩ qui est capable de persuader de tout ce dont la foule est, d'avance, d'elle-même convaincue, obtiendra son accord unanime. (*Ibid.*, II, 17, éd. Sudhaus, colonne XXIII, 1.)

Ce qui est, à vrai dire, admirable chez le philosophe de la nature, c'est la parfaite adaptation de l'ordonnance de son propos au bon cheminement des thèmes abordés, l'utilisation excellente qu'il y fait des comparaisons destinées à amener son auditoire à ce qu'il ignore et aussi le fait que son propos, loin d'être le produit d'une pure fiction et d'une convention[2], découle de la ⟨véritable⟩ nature des choses et s'accorde avec l'expérience que nous en avons. (*Ibid.*, II, 47, éd. Sudhaus, colonne XVIII, 3.)

Puisque bien voir dans les raisonnements ce qui découle des prémisses et ce sur quoi on s'accorde, [c'est précisément savoir] de quelles prémisses on part et à quelles conclusions on aboutit, on doit poser les prémisses en s'appuyant sur l'appréciation de l'ensemble, et ne pas penser qu'il en va autrement. (*Ibid.*, II, 46, éd. Sudhaus, colonne XXXIII, 7.)

Car l'appréhension de toutes les vérités de ce genre s'obtient à partir de l'appréciation rationnelle des choses invisibles fondée sur l'étude de la nature, et à partir de la spéculation épilogique[3] à partir des faits. Il ne saurait en être autrement. Ainsi l'existence des choses est-elle appréhendée par une méthode et non à partir d'expériences particulières propres à des gens qui, comme on dit, sont des ignorants. (*Ibid.*, XLVI, 8.)

Il pense également que le discours du philosophe et celui de l'orateur politique ne diffèrent qu'à peine, et simplement par la forme; car, en ce qui concerne la démarche intellectuelle, il n'y a *pas de différence entre* les savants qui connaissent la vérité de la nature, et les orateurs politiques; la différence réside seulement dans le fait que ces derniers se contentent d'adopter la forme des raisonnements, sans organiser leur propos en vue d'aucune démonstration [...] En quoi consiste le pouvoir du syllogisme et de l'induction si, pour lui, l'enthymène et l'exemple signifient quelque chose d'identique[4]? (*Ibid.*, II, 36, éd. Sudhaus, colonne XXIV, 9.)

Il ⟨démontre⟩ l'utilité du dialogisme[5], qui se fonde sur les choses visibles de façon permanente et existantes pour ⟨aboutir à la connaissance⟩ des choses futures, et [souligne] que ceux des gouvernants qui sont les plus avisés — quel que soit le régime : démocratique, monarchique ou autre — usent de ce mode du dialogisme. (*Ibid.,* II, 38, éd. Sudhaus, colonne XXVI, 1.)

Car celui qui use avec bonheur du discours [éloquent], développé et cohérent, usera aussi parfaitement du raisonnement dit « par interrogation [dialectique] », et vice versa. Car, faire comprendre <une chose> en recourant au discours rhétorique, revient, dans la mesure où l'on s'efforce de rendre familier à son auditoire ce qui frappe un entendement unique, au même qu'être capable de spéculer, dans la mesure où, quand on avance une prémisse, il ne saurait y avoir ni vaincu ni vainqueur, étant donné qu'on amènera celui qui répond jusqu'à l'idée d'une chose qu'il ignore. (*Ibid.,* II, 43, éd. Sudhaus, colonne XLIII, 1.)

Seul celui qui possède la connaissance achevée sera capable d'énoncer les prémisses en respectant les principales [étapes] de la division à observer pour affirmer et nier à propos non de la réalité visible, mais des choses non évidentes et échappant à la perception, qu'on doit proposer comme prémisse aux élèves. (*Ibid.*, II, 43, éd. Sudhaus, colonne XXXI, 3.)

Le philosophe qui étudie la nature de façon correcte sera incapable d'expliquer par ce [genre de] bavardage ce qui lui sert principalement à déterminer à quels moments de son discours il opère l'articulation entre les différentes parties, jusqu'à obtenir des têtes de chapitre[1], à la façon de ceux qui ont porté à sa perfection une science évidente de ces choses. (*Ibid.,* II, 42, éd. Sudhaus, colonne XXX, 2.)

III

Clément d'Alexandrie.

D'après Nausiphane, [la fin est] l' acataplexie (*l'absence de choc*). C'est, selon lui, ce que Démocrite appelait « sérénité[2] ». (*Stromates*, II, 130.)

IV

Sénèque.

Nausiphane déclare que, parmi les choses qui paraissent être, aucune n'a davantage d'être que de non-être[3]. (*Lettres à Lucilius*, LXXXVIII, 43.)

DIOTIME

I

Aétius.

Diotime de Tyr, disciple de Démocrite[1], soutint les mêmes thèses que [Métrodore[2] et Straton]. (*Opinions*, II, XVII, 3.)

II

Clément d'Alexandrie.

Outre ceux-ci ⟨Démocrite, Hécatée, Apollodore, Nausiphane⟩, Diotime définissait la fin de la philosophie comme la totale possession des biens : il l'appelait bien-être[3]. (*Stromates*, II, 130.)

III

Sextus Empiricus.

Diotime disait que, selon Démocrite[4], il existe trois critères. Premièrement, celui de la perception des choses non visibles, à savoir les phénomènes (« en effet les phénomènes sont la vue des choses non visibles », dit Anaxagore[5], ce dont le félicite vivement Démocrite). Deuxièmement, le critère de la recherche, qui est la notion[6] (« car en toutes choses, mon enfant, la question primordiale est de savoir quel est l'objet de la recherche[7] »). Troisièmement, le critère de ce qu'il faut choisir et éviter, qui est constitué par les affections[8], car il faut choisir ce qui nous est apparenté et éviter ce qui nous est étranger. (*Contre les mathématiciens*, VII, 140.)

IV

[Épicurien anonyme.]

[Pythoclès a combattu un certain Diotime[1].] (Anonyme épicurien des papyrus d'Herculanum, fragment 5, colonne XXVI, 11, éd. Vogliano, Berlin, 1928.)

BION D'ABDÈRE

I

Diogène Laërce.

Dix hommes ont porté le nom de Bion [...] Le quatrième, disciple de Démocrite et mathématicien, est né à Abdère; il a écrit en attique et en ionien. C'est lui qui, le premier, a dit qu'il existe certaines contrées où la nuit dure six mois et six mois le jour. (*Vies*, IV, 58.)

II

Strabon.

Qu'il existe deux sortes de vents, Thrasyalcès[1] et Homère lui-même en sont témoins; Homère donne au Notos l'épithète de blanchissant : « *le blanchissant Notos*[2] », et au Borée le nom de Zéphyr : « *Borée et Zéphyr qui soufflent de la Thrace*[3] ». Mais Posidonios estime qu'aucun des grands spécialistes de la question, comme Aristote, Timosthène[4] et l'astrologue Bion[5], ne nous a livré une semblable classification : en fait il y a la Kaikia, un vent chaud de nord-est qui souffle des régions où le Soleil se lève en été; puis à l'opposé un autre vent, le Lips, qui souffle des régions où le Soleil se couche en hiver et qui est de sud-ouest. Puis il y a l'Euros qui souffle des régions où le Soleil se lève en hiver, et enfin le vent opposé, qui est l'Argestès ou le Blanchissant. Puis il y a des vents intermédiaires, l'Apéliotès et le Zéphyr[6]. (*Géographie*, I, 29.)

BOLOS

DES QUESTIONS TIRÉES DE LA LECTURE DES ENQUÊTES QUI ATTIRENT NOTRE ATTENTION

Étienne de Byzance.

L'absinthe : c'est une espèce de plante à propos de laquelle a écrit Bolos le démocritéen, et dont Théophraste parle au neuvième livre *Des plantes* : « Les ruminants du Pont qui broutent l'absinthe n'ont pas de fiel[1]. » (*Dictionnaire géographique*, « absinthe[2] ».)

LES SOPHISTES

SOPHISTIQUE ANCIENNE

NOM ET CONCEPT

I

Aristide.

À mon sens, nous ne savons absolument rien sur l'usage et la valeur que pouvait avoir, chez les Grecs, le mot *philosophie*, et, sur la philosophie elle-même, nous n'en savons guère davantage. Hérodote ne donne-t-il pas le nom de *sophiste* à Solon, ainsi qu'à Pythagore ? Androtion[1] n'appelle-t-il pas *sophistes* ceux qu'on appelle communément les sept Sages, ainsi que Socrate, l'illustre Socrate[2] ? Et Isocrate ? Il nomme *sophistes* ceux qui pratiquent l'art de la dispute, les dialecticiens, pour reprendre l'appellation qu'ils se donnent eux-mêmes ; en revanche, lui, il est *philosophe* ; *philosophes* aussi, les rhéteurs et les politiciens[3]. Un certain nombre d'auteurs de cette époque usent d'une terminologie similaire. Lysias ne donne-t-il pas à Platon le nom de sophiste, ainsi qu'à Eschine ? Certes, on pourrait avancer qu'il parle en accusateur, mais les autres auteurs, qui ne formulent pas d'accusation contre eux, les appellent malgré tout de ce nom. Au reste, si l'on admet qu'on peut attaquer Platon en le traitant de *sophiste*, de quel nom, alors, faudra-t-il appeler les sophistes eux-mêmes ? En fait, et si je puis donner mon avis, *sophiste* était très probablement un terme générique, et, par *philosophie* on désignait une sorte d'amour du beau, lié à une recherche discursive, non pas telle qu'on la pratique de nos jours, mais plutôt par allusion à une culture ayant valeur universelle[4]. Quant au terme de *sophiste*, Platon l'emploie, semble-t-il, en un sens plutôt péjoratif, et ce, constamment. C'est lui, je crois, qui a le plus contribué à déprécier ce nom. Pour quelle raison ? Le mépris dans lequel il tenait la foule et ses contemporains. Il faut cependant signaler qu'il lui est arrivé d'utiliser ce mot selon une acception strictement, et incontestablement, laudative : le dieu auquel il attribue la sagesse suprême et en qui habite la vérité absolue, il lui donne, si je ne me trompe, le nom de « sophiste achevé[1] ». (*Discours*, III, *Sur les Quatre*, 677-681, p. 518-519, éd. Lenz-Behr.)

II

Platon.

On a trouvé, en premier lieu, que le sophiste était un chasseur salarié de jeunes gens riches[2] [...] En deuxième lieu, que c'était un marchand faisant commerce des sciences qui se rapportent à l'âme [...] En troisième lieu, il s'est révélé être un petit détaillant, toujours à propos de ces sciences [...] En quatrième lieu, un vendeur qui propose des sciences qu'il a lui-même confectionnées [...] En cinquième lieu, une sorte d'athlète lutteur, mais dans le domaine du discours, où il se serait assigné l'art éristique [...] Le sixième point était discutable : mais nous avons posé, d'un commun accord, qu'il avait pour tâche de purifier l'âme des opinions qui font obstacle aux sciences. (*Le Sophiste*, 231 *d*.)

III

Aristote.

La sophistique est une sagesse apparente, sans la moindre réalité ; le sophiste, c'est celui qui fait des affaires au moyen de cette sagesse apparente et sans réalité. (*Réfutations sophistiques*, 1, 165 *a* 21.)

PROTAGORAS

A. VIE ET DOCTRINE

VIE

I

Diogène Laërce.

50. Protagoras, fils d'Artémon, ou, si l'on suit Apollodore et Dinon au livre V de son *Histoire de la Perse*, fils de Méandrios, est, au dire d'Héraclide du Pont dans ses *Lois*, né à Abdère et serait l'auteur d'une législation pour Thurium. Toutefois, Eupolis, dans *Les Flatteurs*, le déclare originaire de Téios; voici ses paroles : « à l'intérieur se trouve Protagoras de Téios ». Lui, tout comme Prodicos de Céos, se faisait de l'argent en donnant des lectures publiques. Platon, dans le *Protagoras*[1], dit de Prodicos qu'il avait la voix grave. Protagoras fut disciple de Démocrite qui, selon Favorinus dans ses *Mélanges historiques*, était surnommé la Science[2].

51. Il fut le premier à affirmer que, sur chaque chose, il y avait deux discours possibles, contradictoires. Il mettait ce principe en pratique dans les interrogatoires dialectiques, ce que personne n'avait fait avant lui. Un de ses livres débute ainsi : « L'homme est la mesure de toutes choses[3]. » De lui aussi ceci : « L'âme n'est rien si l'on supprime les sensations », idée comparable à celle que l'on trouve chez Platon, dans le *Théétète*[4], et ceci : « Tout est vrai ». Un autre de ses livres commence ainsi : Touchant les dieux, je ne suis pas en mesure de savoir ni s'ils existent, ni [...][5]. 52. Ce début lui valut d'être expulsé par les Athéniens : saisis par un héraut chez tous ceux qui en possédaient, ses livres furent brûlés sur la place publique.

Il fut le premier à demander un salaire, fixé à cent mines[6]; le premier encore, il distingua les temps des verbes et élabora le sens de la notion de « moment opportun[7] »; il organisa des luttes dialectiques et, à l'intention des chicaneurs, il inventa des raisonnements spécieux. Ne prêtant pas attention au contenu de pensée, c'est sur le terme qu'il faisait porter la discussion : c'est ainsi qu'il donna naissance à cette race des éristiques qui, à l'heure actuelle, court les rues. On saisit donc la justesse du trait de Timon :

Protagoras, toujours au cœur de la mêlée,
Expert en la dispute.

53. C'est encore lui qui, le premier, lança la méthode socratique de discussion et qui, au dire de Platon dans l'*Euthydème*[1], a, le premier, introduit dans la discussion l'argument d'Antisthène qui tente de démontrer que toute contradiction est impossible. C'est encore le premier qu'il a exposé comment argumenter contre des thèses données, si l'on en croit le dialecticien Artémidore dans son *Contre Chrysippe*. Le premier encore, il inventa cette espèce de petit coussin qui permet de porter les fardeaux, comme le dit Aristote, dans son livre *De l'éducation*[2] ; Épicure dit quelque part qu'il avait été portefaix : voilà pourquoi Démocrite, qui l'avait vu un jour ficeler ses fagots, l'arracha à cette condition. C'est également à lui que l'on doit la première division des discours en quatre parties : le vœu, l'interrogation, la réponse et l'injonction. 54. D'autres auteurs parlent de sept parties : l'exposition, l'interrogation, la réponse, l'injonction, la narration, le vœu et l'invitation, dont il disait qu'elles étaient les racines du discours. En revanche, Alcidamas ne distingue que quatre types de discours : l'affirmation, la négation, l'interrogation et l'allocution.

Le premier discours dont il donna lecture fut le *Sur les dieux*, dont nous avons cité le début plus haut. C'est à Athènes, chez Euripide, qu'il le lut (selon certains, cette lecture aurait plutôt eu lieu chez Mégaclide, et, selon d'autres, au Lycée : ce serait son élève Archagoras, fils de Théodote, qui lui aurait prêté sa voix). Pythodore, fils de Polyzèle, un des Quatre Cents, intenta une accusation contre lui, mais, selon Aristote, ce fut le fait d'Euathle.

55. Voici quels sont les livres de lui que nous avons conservés : *l'Art éristique*, *De la lutte*, *Des mathématiques*, *De la république*, *De l'ambition*, *Des vertus*, *Sur la condition des hommes à l'origine*, *De ce qui a lieu dans l'Hadès*, *Des mauvaises actions des hommes*, *Discours impératif*, *Discours judiciaire sur le salaire*, Les *Antilogies*, I et II. Telle est la liste de ses livres.

Il faut ajouter que Platon a écrit un livre sur lui. D'après Philochore, alors qu'il voguait vers la Sicile, son bateau fit naufrage : événement auquel Euripide fait allusion dans *Ixion*. On rapporte aussi qu'il aurait vécu près de quatre-vingt-dix ans et aurait trouvé la mort au cours d'un voyage. 56. Apollodore ne le fait vivre que soixante-dix ans : il aurait, pendant quarante ans, exercé le métier de sophiste et son *acmé* se situerait vers la quatre-vingt-quatrième olympiade[1].

Un jour, dit-on, alors qu'il demandait ses honoraires à son élève Euathle, ce dernier lui objecta : « Mais, je n'ai encore remporté aucune victoire! — Fort bien, répondit-il, si je l'emporte contre toi, c'est moi alors qui aurai remporté une victoire, et il faudra bien que j'en sois payé; mais si c'est toi qui gagnes, alors c'est toi qui auras remporté une victoire, et il faudra bien que j'en sois payé! »

Il y eut un autre Protagoras, astronome, pour qui Euphorion écrivit un hymne funèbre; puis un troisième, philosophe stoïcien. (*Vies*, IX, 50.)

II

Philostrate.

1. Protagoras d'Abdère, le sophiste, fut dans son propre pays, l'auditeur de Démocrite; c'est là également qu'il fit la rencontre des mages perses, au moment de l'expédition de Xerxès contre la Grèce[2]. Son père était Méandrios : s'étant consitué une fortune comme beaucoup n'en ont pas en Thrace, il put recevoir Xerxès chez lui et, en lui offrant des cadeaux, obtenir pour son fils la faveur de fréquenter les mages. Car les mages perses refusent leur enseignement aux non-Perses, à moins d'une dérogation accordée par le Grand Roi.

2. L'affirmation selon laquelle le problème de l'existence des dieux ou de leur non-existence, déboucherait sur une aporie, est une idée condamnable que Protagoras, à mon avis, a tirée de l'enseignement des Perses : de fait, les mages invoquent les dieux lorsqu'ils accomplissent leurs rites secrets, mais, dans leurs actes publics, ils s'interdisent toute profession de foi en faveur d'aucun dieu, car ils ne veulent pas qu'on puisse croire que leur puissance en résulterait.

3. C'est pour cette raison que les Athéniens le bannirent de tous leurs territoires au dire des uns par un jugement, ou si l'on en croit les autres, par un décret prononcé sans qu'ait eu lieu de procès. Passant d'îles en continents, se gardant des trirèmes athéniennes qui sillonnaient toutes les mers, il fit naufrage alors qu'il naviguait sur un frêle esquif.

4. Il fut le premier à avoir l'idée de se faire payer pour ses

conférences, et fut donc le premier à laisser cette habitude aux Grecs, ce qui n'est pas rien : en effet, les cours pour lesquels nous donnons de l'argent, nous les prenons au sérieux et les préférons à ceux qui sont gratuits. Platon, qui savait que l'expression de Protagoras était solennelle, mais qu'il se reposait un peu trop sur cette solennité et poussait la grandiloquence à l'excès, a pastiché sa manière dans un grand mythe[1]. (*Vie des sophistes*, I, x, 1.)

III

Hésychios.

Protagoras, fils d'Artémon, d'Abdère. Il était portefaix, mais après avoir fait la rencontre de Démocrite, il se mit à la philosophie et s'occupa de rhétorique. Le premier, il inventa les discours éristiques et reçut de ses disciples un salaire de cent mines; par la suite il fut surnommé le Discours. Parmi ses disciples on trouve le rhéteur Isocrate et Prodicos de Céos[2]. Ses livres furent brûlés par les Athéniens : il y affirme, en effet : Touchant les dieux, je ne suis en mesure de savoir ni s'ils existent, ni s'ils n'existent pas[3]. Platon lui consacra un dialogue. Alors qu'il voguait vers la Sicile, il fit naufrage et périt, âgé de quatre-vingt-dix ans, ayant fait métier de sophiste pendant quarante ans. (« Vie de Protagoras », Scolie à *La République* de Platon, 600 *c*.)

IV

Eusèbe.

Euripide est célèbre, ainsi que le sophiste Protagoras, dont les Athéniens brûlèrent les livres, à la suite d'un décret du peuple[4]. (*Chronographie.*)

Apulée.

Protagoras, qui fut, et de loin, un sophiste des plus savants et des plus éloquents parmi les premiers inventeurs de la rhétorique, vivait à la même époque que son compatriote Démocrite, le philosophe de la nature, auquel il doit ses connaissances. On dit que Protagoras convint avec son disciple Euathle d'un salaire trop élevé à cette condition imprudente que [...]. (*Florides*, 18.)

V

Platon.

PROTAGORAS : C'est ainsi que, pour ma part, j'ai pris une voie entièrement opposée à la leur[1] : je reconnais que je suis sophiste et que j'enseigne les hommes. (*Protagoras*, 317 *b.*)

Cependant, il y a bien des années que je suis dans le métier : c'est que la somme de mes années est importante : parmi vous tous, je n'en vois aucun dont mon âge ne me permettrait d'être le père. (*Ibid.*, 317 *c.*)

Jeune homme, voici ce qui t'attend si tu entres dans mon école : le jour où tu auras suivi mes leçons, tu t'en retourneras chez toi devenu plus habile, et chaque jour, par la suite, il en ira de même : tu ne cesseras de progresser. (*Ibid.*, 318 *a.*)

Les autres, ils gâtent les jeunes gens : alors que ceux-ci ont abandonné les techniques particulières, voilà qu'ils les y reconduisent de force en leur faisant apprendre le calcul, l'astronomie, la géométrie et la musique (ce disant, il lorgnait vers Hippias); au contraire, celui qui vient chez moi, il n'apprendra rien d'autre que ce pour quoi il est venu. Cette science c'est le bon conseil[2] : pour les affaires domestiques, savoir comment administrer au mieux les choses de sa maison; et pour les affaires de la cité, savoir comment y être le plus efficace, par ses actions et ses discours. (*Ibid.*, 318 *d.*)

SOCRATE : Il me semble que tu parles de l'art politique et que tu t'offres de rendre les hommes bons citoyens.

PROTAGORAS : C'est cela même, Socrate, dit-il, l' état dans lequel je me suis établi. (*Ibid.*, 319 *a.*)

SOCRATE : Tu te fais annoncer sur la place publique partout chez les Grecs, tu prends le nom de sophiste, tu te déclares maître d'éducation et de vertu, et tu es le premier à avoir jugé bon d'en tirer salaire. (*Ibid.*, 349 *a.*)

VI

Platon.

PROTAGORAS : Par suite, voici comment j'ai organisé le paiement de mes honoraires : après la leçon, on me verse, si on accepte, l'argent que je demande. Sinon, on se rend dans un temple, on prête serment, et on me verse la somme que l'on estime correspondre à la valeur de l'enseignement donné. (*Protagoras*, 328 *b.*)

VII

Platon.

SOCRATE : Protagoras ici présent, sait faire de longs et beaux discours, comme il nous l'a montré[1], mais il sait aussi, lorsqu'on l'interroge, donner des réponses brèves ou, lorsque c'est lui qui interroge, attendre et accepter la réponse, qualité que peu de gens possèdent. (*Protagoras*, 329 *b*.)

VIII

Platon.

SOCRATE : Je connais un homme – Protagoras – qui, avec sa science, s'est fait plus d'argent que Phidias avec les superbes monuments qu'il a construits et où éclate son génie, ou que dix autres sculpteurs à la fois [...]. Protagoras, sans que personne, dans toute la Grèce, s'en doute, a corrompu ceux qui suivaient ses leçons en les renvoyant pires qu'il ne les prenait, et cela, pendant plus de quarante ans. En effet, je crois que, quand il est mort, il n'avait pas loin de soixante-dix ans, et qu'il avait exercé pendant quarante ans. Et pendant tout ce temps, jusqu'à ce jour, sa réputation n'a pas connu d'éclipse. (*Ménon*, 91 *d-e*.)

IX

Platon.

HIPPIAS : Un jour, alors que je débarquais en Sicile, Protagoras y séjournait, en pleine gloire, et fort âgé, alors que j'étais, moi, beaucoup plus jeune. (*Hippias majeur*, 282 *d-e*.)

X

Plutarque.

Comme quelqu'un avait, au pentathlon, blessé involontairement Épitime de Pharsale d'un coup de javelot, et qu'il en était mort, Périclès passa une journée entière à discuter avec Protagoras sur le point de savoir si c'était le javelot ou le lanceur, ou les commissaires, que l'on devait, selon le raisonnement le plus juste, juger coupables de cet accident. (*Vie de Périclès*, 36.)

XI

Athénée.

Le dialogue du *Protagoras* qui se situe après la mort d'Hipponicos, mais alors que Callias avait déjà hérité de son bien, mentionne que Protagoras était arrivé peu de jours auparavant et que c'était son second voyage. D'autre part, Hipponicos, général sous l'archontat d'Euthydème, livrait alors bataille, en compagnie de Nicias, contre les Tanagriens et leurs alliés béotiens et fut victorieux; il mourut sous l'archontat d'Alcéon[1] avant la première représentation des *Flatteurs* d'Eupolis, mais très peu de temps avant, semble-t-il [...]. Dans ce drame, Eupolis met en scène Protagoras, séjournant à Athènes; toutefois Amipsias, dans son *Connos*, joué deux ans auparavant, ne le met pas au nombre des penseurs du chœur. Donc, il est clair que son séjour à Athènes se situe entre ces deux dates. (*Les Deipnosophistes*, V, 218 B.)

Athénée.

Au reste, ni Paralos, ni Xanthippe, les fils de Périclès, morts de la peste[2], ne purent discuter avec Protagoras lors de son second séjour à Athènes, car eux aussi étaient morts avant. (*Les Deipnosophistes*, XI, 505 F.)

Eustathe.

On dit qu'Eupolis met en scène le philosophe de la nature Protagoras et se moque de lui dans les vers suivants :

Criminel, il nous tient sur les choses célestes
Des propos imposteurs ; mais il sait se nourrir
Des produits de la terre.

(*Commentaire sur l'Odyssée*, V, v. 490.)

Eupolis.

Alors Protagoras lui[3] ordonna de boire
Afin qu'avant que soit levée la canicule
Ses poumons soient bien nets.

(Fragment 147.)

XII

Sextus Empiricus.

S'accordent aussi avec ces philosophes[4] Théodore l'Athée[5] et, selon certains, Protagoras d'Abdère [...] qui écrit précisément quelque part : Touchant les dieux, je ne suis pas en mesure de dire ni s'ils existent, ni ce qu'ils sont. Nombreux sont les obstacles qui m'en empêchent. C'est pour cette raison que les Athéniens décrétèrent sa condamnation à mort, mais il réussit à s'enfuir et périt dans un naufrage. Timon de Phlionte raconte ce fait au second livre de ses *Silles*. Voici son exposition :

Parmi les sophistes qui ensuite viendraient,
Ainsi Protagoras ne manquait pas de voix,
Non plus que d'intelligence et de promptitude.
On a voulu réduire en cendre ses écrits
Pour avoir attaqué les dieux en déclarant
Que lui-même ignorait et ne pouvait savoir
Ni ce qu'ils sont ni qui ils sont, veillant ainsi
À donner au propos équitable balance.
Précaution inutile ! Il dut prendre la fuite
Pour ne pas rejoindre l'Hadès en avalant
De Socrate l'amer et sinistre breuvage.

(*Contre les mathématiciens*, IX, 55-56.)

XIII

Platon.

SOCRATE : Comme le disait Protagoras, qui affirmait que l'homme est la mesure de toutes choses[1] : « Telles les choses me paraissent, telles elles sont pour moi ; telles elles te paraissent, telles elles sont pour toi. » (*Cratyle*, 385 *e* et suiv.)

XIV

Sextus Empiricus.

216. Protagoras veut que l'homme soit la mesure de toutes choses, pour celles qui sont, de leur existence, pour celles qui ne sont pas, de leur non-existence. Par mesure, il veut dire critère, par choses il désigne les objets. De cette manière, il peut affirmer que l'homme est le critère de tous les objets, pour ceux qui sont, de leur existence, et pour ceux qui ne sont pas, de leur non-existence. Par suite, il ne pose pour chacun que les seuls phénomènes et, de cette manière, il introduit le relativisme [...] 217. Il affirme donc que la matière est instable, que, comme elle s'écoule continuellement, des ajouts se forment en compensation des pertes, et que les sens se transforment et s'altèrent avec l'âge et les dispositions du corps. 218. Il dit aussi que les raisons de tous les phénomènes sont assujetties à la matière, si bien que la matière peut, pour autant qu'il dépend d'elle, être tout ce qui apparaît à tous. Les hommes perçoivent tantôt ceci, tantôt cela en fonction des différences de leurs dispositions.

L'homme qui eſt normalement disposé perçoit les propriétés de la matière qui sont à même d'apparaître à ceux qui sont normalement disposés ; celui qui eſt dans une disposition contraire à la norme perçoit celles qui correspondent à cet état[1]. Pour ce qui eſt de l'influence de l'âge, du sommeil, de la veille et des divers types de dispositions, on peut dire la même chose. C'eſt ainsi que l'homme se fait, en fonction de lui-même, le critère des êtres. En effet, tous les phénomènes qui ont lieu pour les hommes exiſtent aussi, et ceux qui n'ont lieu pour aucun homme n'exiſtent pas. Nous voyons donc qu'à propos de l'inſtabilité de la matière, ainsi qu'à propos des raisons de tous les phénomènes, qui y seraient assujettis, il eſt dogmatique, alors que tout cela eſt obscur et nous incite, nous, à suspendre notre jugement. (*Hypotyposes pyrrhoniennes*, I, 216 et suiv.)

XV

Sextus Empiricus.

Il eſt impossible de dire que toute représentation[2] eſt vraie, parce qu'on peut retourner l'argument, comme l'ont enseigné Démocrite et Platon en combattant Protagoras[3]. En effet, si toute représentation eſt vraie, il sera vrai aussi qu'aucune représentation ne l'eſt, puisqu'on s'appuierait, en l'affirmant, sur une représentation : par suite, dire que toute représentation eſt vraie sera faux. (*Contre les mathématiciens*, VII, 389.)

XVI

Hermias.

Protagoras se tient d'un autre côté et cherche à me tirer à lui lorsqu'il affirme : l'homme eſt la définition et le juge des objets, les objets qui tombent sous les sens exiſtent, ceux qui ne tombent pas sous les sens n'exiſtent pas dans les formes de l'être. (*Satire des philosophes païens*, 9.)

XVII

Ariſtote.

Il y a des philosophes, les Mégariques[4], par exemple, qui affirment que la puissance n'exiſte que quand il y a acte et, que quand il n'y a pas acte, il n'y a pas puissance. Ainsi, l'homme qui ne conſtruit pas n'a pas la puissance de conſtruire, mais seulement celui qui conſtruit, quand il conſtruit, et de même en général. Qu'il en résulte des conséquences absurdes n'eſt pas difficile à voir. Car il est évident qu'on ne sera pas un constructeur si l'on ne construit pas. Car l'être, pour le constructeur, c'est d'être capable de construire, et de même pour les autres techniques. Donc, s'il est impossible de dominer de telles techniques sans les avoir jamais ni apprises ni acquises, et de ne plus les dominer sans les avoir perdues (que ce soit par l'oubli, une affection déterminée, ou le temps; mais non par une corruption de la technique elle-même, qui est éternelle), quand on cessera de construire, on ne dominera plus l'art; mais, dès qu'on se sera remis à construire, d'où aura-t-on tiré le même art? Ils disent la même chose des êtres inanimés : ni le froid, ni le chaud, ni le sucré, ni le sensible en général n'existent en dehors de la sensation. Si bien qu'ils en arrivent à la thèse de Protagoras. Au reste, aucun être n'aura aucune sensation, s'il ne sent pas et si cette sensation n'est pas en acte. (*Métaphysique*, Θ, III, 1046 *b* 29.)

XVIII

Tertullien.

Protagoras, Apollodore et Chrysippe sont de cette opinion[1]. (*De l'âme*, 15.)

XIX

Platon.

SOCRATE : En vérité, voilà un discours ⟨cette thèse selon laquelle toute contradiction est impossible⟩ que j'ai entendu tenir, et souvent, et par beaucoup de gens : pourtant, il m'étonne toujours. Les élèves de Protagoras en faisaient grand usage et même des auteurs antérieurs. Cette thèse, je l'ai toujours trouvée extraordinaire : elle renverse toutes les autres et, du même coup, elle se renverse elle-même. (*Euthydème*, 286 *b-c*.)

Aristote.

De *plus, si toutes les propositions* contradictoires portant sur le même objet sont vraies ensemble, il est clair que tout sera un. Seront une même chose la trirème, le mur et l'homme, si, à propos de tout objet, on peut soit affirmer, soit nier ce que l'on veut, comme sont obligés de l'admettre les tenants du raisonnement de Protagoras. Car si quelqu'un estime que l'homme n'est pas une trirème, il est évident qu'il n'est pas une trirème : si bien qu'il en est aussi une, puisque la contradiction est vraie. (*Métaphysique*, Γ, IV, 1007 *b* 18.)

Aristote.

Protagoras dit que l'homme est la mesure de toutes choses ; par là, il ne veut rien dire d'autre que ce qui semble à chacun est l'être dans sa solidité. De cela il résulte que la même chose est et n'est pas, est à la fois mal et bien, et de même pour les propositions qui affirment les opposés, parce que ce qui souvent paraît beau aux uns est laid pour les autres, et que ce qui apparaît[1] est pour chacun mesure. (*Métaphysique*, K, VI, 1062 *b* 13.)

XX

Clément d'Alexandrie.

Les Grecs disent, et Protagoras fut le premier à le dire, qu'à tout argument s'oppose un argument. (*Stromates*, VI, 65.)

Sénèque.

Protagoras dit que, sur tout sujet, on peut soutenir aussi bien un point de vue que le point de vue inverse, en usant d'un argument égal, et cela sur le sujet même de savoir s'il est possible en toutes choses d'opposer le pour et le contre. (*Lettres à Lucilius*, LXXXVIII, 43.)

XXI

Aristote.

Faire que l'argument le plus faible soit le plus fort, c'est de cela qu'il s'agit. Voilà pourquoi on s'indignait, à bon droit, de la profession de Protagoras : car il s'agit d'une tromperie, d'une non-vérité, qui n'est rien, en fait, qu'une apparence de vraisemblance qu'on ne rencontre dans aucun art, si ce n'est dans la rhétorique et l'éristique. (*Rhétorique*, II, XXIV, 1402 *a* 23.)

Étienne de Byzance.

Protagoras, dont Eudoxe raconte qu'il permettait à l'argument faible de l'emporter sur le fort et apprenait à ses disciples à discourir en bien et en mal sur la même personne[2]. (*Dictionnaire géographique*, au mot : « Abdère ».)

XXII

Platon.

SOCRATE : Ainsi donc [...] ce qui est bien, c'est ce qui est utile aux hommes?

PROTAGORAS : Bien sûr, par Zeus! Et même si ce n'est pas aux hommes qu'elles sont utiles, je dis que ces choses sont bonnes. (*Protagoras*, 333 *d*.)

SOCRATE : De quoi parles-tu [...] Protagoras? De ce qui n'est utile à aucun homme, ou de ce qui ne présente absolument aucune utilité? Et l'absolument inutile est-il bon?

PROTAGORAS : Non, dit-il. Mais il y a beaucoup de choses qui sont nuisibles aux hommes : des aliments, des boissons, des drogues et une infinité d'autres choses; il y en a d'autres qui leur sont utiles; il y en a d'autres qui leur sont indifférentes, mais pas pour les chevaux, etc.[1]. (*Ibid.*, 334 *a*.)

XXIII

Platon.

PROTAGORAS : Nobles enfants et vieillards, vous tenez assemblée et vous mêlez les dieux à vos querelles, ces dieux que j'ai fait disparaître et de mes écrits et de mes discours, ne sachant ni s'ils existent, ni s'ils n'existent pas. (*Théétète*, 162 *d*.)

Cicéron.

Protagoras d'Abdère, [...] ce sophiste le plus éminent de son époque, avait mis au début d'un de ses livres : Les dieux, je ne saurais dire ni s'ils existent, ni s'ils n'existent pas. Par suite, sur décret des Athéniens, il fut chassé de leur cité et de leur territoire, et ses livres furent brûlés en place publique. (*De la nature des dieux*, I, XXIV, 63.)

En fait, Protagoras, qui nie avoir toute idée claire concernant les dieux, leur existence, leur non-existence ou ce qu'ils sont, ne semble même pas pouvoir émettre la moindre conjecture sur leur nature. (*Ibid.*, I, XII, 29.)

Philodème.

[...] ou bien, ceux qui disent qu'on ne peut savoir s'il existe des dieux ni quelle est leur nature. (*De la piété*, colonne XXII, éd. Gomperz, p. 89.)

Diogène d'Œnoanda.

Protagoras d'Abdère soutient, dans le fond, la même opinion que Diagoras, mais il use de termes différents pour éviter ce que cette idée peut avoir de choquant dans sa nudité. Ainsi, il dit qu'« il ne sait pas si les dieux existent », ce qui revient à dire qu'il sait qu'ils n'existent pas[1]. (*Inscription*, 12 *c* 2, éd. William, I, p. 19.)

XXIV

Platon.

SOCRATE : Ce sont les sophistes auxquels ton frère Callias a donné de très grosses sommes d'argent, à tel point qu'il se prend pour un savant. Mais, puisque tu n'es pas maître de ton patrimoine, il faut insister auprès de ton frère et le prier de t'apprendre la rectitude ⟨du langage[2]⟩ que lui a enseignée Protagoras.

HERMOGÈNE : Insensé je serais d'en faire la demande, si moi, qui me refuse totalement à admettre la *Vérité* de Protagoras, je tenais pour valables les propos que tient une telle vérité. (*Cratyle*, 391 *b-c*.)

XXV

Platon.

PROTAGORAS : Je pense que [...] la partie majeure de la culture[3], pour l'homme, c'est de connaître à fond les questions poétiques, c'est-à-dire d'être capable de trouver, dans les dires des poètes, les expressions correctes et celles qui ne le sont pas, de savoir analyser ce qui fait leur différence et, si on nous le demande, en donner raison. (*Protagoras*, 338 *e*.)

[Recueil de sentences.]

Protagoras répondit à un poète qui l'injuriait parce qu'il n'approuvait pas ses vers : « Mon cher, j'aime mieux t'entendre m'injurier qu'entendre tes poèmes. » (*Gnomologium Vaticanum*, éd. Sternbach, n° 468.)

XXVI

Platon.

SOCRATE : Je crois qu'il y a d'abord l' exorde[1], qui doit être prononcé au début du discours ; tu appelles cela, n'est-ce pas, les élégances de l'art ?

PHÈDRE : Oui.

SOCRATE : En deuxième lieu, vient une exposition[2], et ensuite les témoignages[3] qui la concernent. En troisième lieu, les preuves[4], en quatrième lieu les vraisemblances[5] ; on confirme et on reconfirme, si j'en crois ce que dit cet éminent ciseleur de discours qu'est le citoyen de Byzance.

PHÈDRE : Tu veux parler de l'excellent Théodore ?

SOCRATE : Bien sûr ! il y a la réfutation et la seconde réfutation qu'il faut faire tant pour l'accusation que pour la défense. Que ne faisons-nous intervenir l'illustre Événus de Paros, lui qui inventa le premier l' insinuation et l' éloge indirect ? Il aurait, dit-on, rédigé les blâmes indirects en vers mnémotechniques : c'est un savant ! Mais laisserons-nous dormir Tisias et Gorgias qui ont vu qu'il fallait attacher plus de prix aux vraisemblances qu'à la vérité, eux qui, par la force du discours, font paraître grand ce qui est petit et petit ce qui est grand, vénérable ce qui est nouveau et neuf ce qui est vieux, eux qui ont trouvé, enfin, aussi bien le moyen d'être concis, que celui de prolonger indéfiniment un discours, quel qu'en soit le sujet ! Un jour qu'il m'entendait raconter cela, Prodicos éclata de rire : il était le seul, disait-il, à avoir trouvé la technique appropriée aux discours : ils ne doivent être ni longs, ni courts, mais mesurés.

PHÈDRE : Prodicos ! Tu es le plus sage.

SOCRATE : Et ne pouvons nous parler d'Hippias ? Je crois que le citoyen d'Élis apporterait son suffrage en faveur de Prodicos.

PHÈDRE : Pourquoi pas ?

SOCRATE : Et Polos, que dire, cette fois-ci de ses *Discours harmonieux* ? de son *Recueil de répétitions*, de ses *Sentences* ou de ses *Recueils d'images* ? Ou encore, de ses *Mots de Licymnius*, dont il lui fit cadeau pour son invention du parler harmonieux ?

PHÈDRE : Les recherches de Protagoras, Socrate, ne sont-elles pas dans ce genre ?

SOCRATE : Ce qui est sûr, mon petit, c'est qu'il a écrit une *Rectitude du langage* et de nombreux autres beaux livres. Pour les discours apitoyants, ceux qui s'attachent à la vieillesse ou à la pauvreté, il me semble que la palme revient, à cause de son art, à la vigueur *chalcédonienne*[1], personnage habile à exciter puis à calmer la foule en colère, par ses charmes incantatoires, comme il dit. En plus, il eſt le plus fort pour susciter ou dissiper les calomnies, par n'importe quel moyen.

Quant à la fin des discours, il semble que tous adoptent une position commune : les uns l'appellent *récapitulation*[2], d'autres lui donnent un autre nom. (*Phèdre*, 266 *d*.)

XXVII

Ariſtote.

Quatrièmement, comme Protagoras, il faut établir les diſtinctions de genre : masculin, féminin et neutre. (*Rhétorique*, III, v, 1407 *b* 6.)

XXVIII

Ariſtote.

Le solécisme, on peut le commettre, paraître le commettre sans le faire, et le faire sans en avoir l'air, si, comme disait Protagoras, on tient μῆνις *(la colère)* et πήληξ *(le casque)* pour des masculins : en disant la colère « meurtrière », on fait, selon Protagoras, un solécisme, mais non pour les autres; et si on dit « meurtrier » on paraît faire un solécisme, mais lui prétend que non[3]. (*Réfutations sophiſtiques*, 14, 173 *b* 17.)

XXIX

Ariſtote.

On ne saurait reprendre les reproches que Protagoras adresse à Homère qui, en croyant formuler une prière, formulerait un ordre, lorsqu'il dit : « *Chante, déesse, la colère* [...][4] » : inviter à faire ou à ne pas faire, dit-il, c'eſt donner un ordre. (*Poétique*, XIX, 1456 *b* 15.)

XXX

Ammonius.

Protagoras dit, à propos des moments de la bataille, que l'épisode qui suit la bataille du Xanthe et qui oppose les mortels, a été construit comme une transition en vue du combat des dieux, et peut-être pour exalter Achille, [...] (avec les périls qu'il rencontre, non plus dans le courant du fleuve mais dans la plaine[1]). (Scolie à l'*Iliade*, XXI, v. 240.)

B. FRAGMENTS

LA VÉRITÉ, OU LES DISCOURS TERRASSANTS[2]

I

Sextus Empiricus.

Protagoras d'Abdère a été rangé, lui aussi, par certains auteurs dans le chœur des philosophes qui ont détruit le critère de la vérité : il affirme, en effet, que toutes les représentations et les opinions sont vraies, et que la vérité est de l'ordre du relatif puisque tout ce qui est objet de représentation ou d'opinion pour quelqu'un est immédiatement doté d'une existence relative à lui. C'est ainsi qu'au début de ses *Discours terrassants*, il a proclamé : L'homme est la mesure de toutes choses, pour celles qui sont, de leur existence ; pour celles qui ne sont pas, de leur non-existence[3]. (*Contre les mathématiciens*, VII, 60.)

Platon.

SOCRATE : À coup sûr, ce que tu viens de dire risque d'avoir quelque importance pour la science, et c'est précisément ce que disait Protagoras. Il a exprimé la même idée, quoique sous une autre forme. Il dit à peu près que l'homme est la mesure de toutes choses, pour celles qui sont, de leur existence ; pour celles qui ne sont pas, de leur non-existence. Ne l'as-tu jamais lu ?

THÉÉTÈTE : Si, souvent.

SOCRATE : Ne soutient-il pas à peu près ceci : telle une chose *m'apparaît, telle elle est pour moi* ; *telle elle* t'apparaît, telle elle est pour toi. Et homme, je le suis autant que toi, n'est-ce pas ? [...].

N'arrive-t-il pas, lorsqu'il y a du vent, que l'un de nous frissonne, alors qu'un autre, à ce même souffle, ne frissonne guère ? L'un légèrement, l'autre très fort ?

THÉÉTÈTE : Tout à fait.

SOCRATE : Dans ce cas, de ce souffle, considéré en lui-même, faudra-t-il dire qu'il eſt froid, ou qu'il n'eſt pas froid? Ou bien, convaincus par Protagoras, devrons-nous dire qu'il eſt froid pour qui frissonne, et qu'il n'eſt pas froid pour qui ne frissonne pas?

THÉÉTÈTE : Il semble bien.

SOCRATE : Ainsi, l'apparence sera différente pour chacun?

THÉÉTÈTE : Oui.

SOCRATE : Dès lors, cette apparence, c'eſt une sensation?

THÉÉTÈTE : En effet.

SOCRATE : Alors, représentation et sensation sont une seule et même chose pour ce qui eſt de la chaleur et dans tous les cas analogues. Telles chacun sent les choses, telles elles risquent d'être pour chacun. (*Théétète*, 151 *e* et 152 *a*.)

SOCRATE : Pour le reſte, ce que dit Protagoras m'agrée pleinement, à savoir que ce qui semble à chacun, cela exiſte juſtement. Mais le début de son discours me surprend, car il y a une chose qu'il ne dit pas, en commençant son *Traité de la vérité*; c'eſt que la mesure de toutes choses eſt aussi bien le porc ou le cynocéphale, ou quelque être encore plus étonnant parmi ceux doués de sensation; aussi eſt-ce sur un ton de grand seigneur, débordant de mépris, qu'il nous aurait adressé la parole. Cela pour démontrer qu'alors que nous l'admirons à l'égal d'un dieu, pour sa science, il se trouve en fait que ses jugements ne sont pas plus avisés que ceux d'un têtard de grenouille, ou, à plus forte raison, d'un autre homme. (*Ibid.*, 161 *c*.)

DE L'ÊTRE

II

Porphyre.

Il ne reſte pas beaucoup de livres des auteurs qui ont précédé Platon. Autrement, on pourrait accuser ce philosophe de plus d'un ⟨plagiat⟩. Ce que je sais, c'eſt qu'étant tombé par hasard sur le traité *De l'être* de Protagoras, et ayant lu le passage dirigé contre les partisans de l'unité de l'être, il m'a semblé que Platon utilisait des arguments du même genre. Je me suis efforcé de rappeler ses dires dans les termes mêmes. ⟨Eusèbe ajoute⟩ : ayant dit cela, il donne les démonſtrations intégralement. (*Cours de philologie*, I, cité par Eusèbe, *Préparation évangélique*, X, III, 25.)

GRAND TRAITÉ

III

[Inédits.]

Dans son livre intitulé *Grand Traité*, Protagoras dit : L'enseignement demande des dispositions naturelles et de l'exercice et c'est dès le jeune âge qu'il faut commencer à apprendre. Il n'aurait pas dit cela si lui-même ne s'était mis que sur le tard à la science ; c'est ce qu'Épicure pense et dit de Protagoras[1]. (*Inédits de Paris*, éd. Cramer, I, 171, 31, *Sur Hippomaque*, B, 3.)

SUR LES DIEUX

IV

Eusèbe.

Protagoras, étant devenu le compagnon de Démocrite, acquit la réputation d'un athée. En tout cas, ce qu'on dit, c'est que de son traité *Sur les dieux*, le début est le suivant : Touchant les dieux, je ne suis pas en mesure de savoir ni s'ils existent, ni s'ils n'existent pas, pas plus que ce qu'ils sont quant à leur aspect. Trop de choses nous empêchent de le savoir : leur invisibilité et la brièveté de la vie humaine[2]. (*Préparation évangélique*, XIV, III, 7.)

ANTILOGIES I et II

V

Diogène Laërce.

Selon Euphorion et Panétius, il y aurait une autre version du début de *La République* ⟨de Platon⟩, *République* dont Aristoxène dit qu'on en trouve presque tout le texte dans les *Antilogies* de Protagoras. (*Vies*, III, 37.)

La République, qui se trouve presque en entier chez Protagoras, dans ses *Antilogies*, au dire de Favorinus dans ses *Mélanges historiques*, au livre second. (*Ibid.*, III, 57.)

TITRES DOUTEUX

Art de l'éristique

VI

Cicéron.

Protagoras a écrit et composé des discussions sur des sujets connus. C'est ce qu'on appelle de nos jours des *lieux communs*. (*Brutus*, XII, 46.)

Quintilien.

Protagoras d'Abdère : on dit à son propos qu'Euathle avait appris l'*art* qui était son œuvre, moyennant dix mille deniers[1]. (*Institution oratoire*, III, 1, 10.)

Les premiers à avoir traité les lieux communs sont, à ce qu'on dit, Protagoras et Gorgias; pour les lieux pathétiques[2], ce sont Prodicos, Hippias, encore Protagoras, et Thrasymaque. (*Ibid.*, III, 1, 12.)

VI *a*

Diogène Laërce.

Il fut le premier à dire qu' il y a sur tout sujet deux discours mutuellement opposés. (*Vies*, IX, 51.)

VI *b*

Aristote.

[...] Du plus faible [...] argument, faire le plus fort. (*Rhétorique*, II, XXVI, 1402 *a* 23.)

Des mathématiques

VII

Aristote.

Il n'est pas vrai que l'arpentage se rapporte à des grandeurs sensibles et corruptibles : car il se corromprait avec leur corruption. Et certes, il ne se rapporte pas plus à des grandeurs sensibles que l'astronomie au ciel que nous voyons. Et les lignes sensibles ne sont pas celles dont parle le géomètre. Car aucune ligne sensible n'est droite ou courbe aux termes de sa définition : en effet, ce n'est pas par un point que le cercle et la règle sont tangents, mais de la manière définie par Protagoras lorsqu'il réfute les géomètres[3]. (*Métaphysique*, B, II, 997 *b* 32.)

De la lutte

VIII

Platon.

L'ÉTRANGER : Pour ce qui est des arts, pris dans leur ensemble ou chacun séparément, ce qu'il faut répliquer aux divers spécialistes est indiqué au long d'écrits relativement faciles à trouver si on désire en prendre connaissance.

THÉÉTÈTE : Il me semble que tu veux parler des écrits de Protagoras *Sur la lutte et sur les autres arts*. (*Le Sophiste*, 232 *d-e*.)

L'ÉTRANGER : Mais comment, en contredisant celui qui sait sans rien savoir soi-même, pourrait-on dire quelque chose qui vaille ?

THÉÉTÈTE : Ce n'est pas possible. (*Le Sophiste*, 233 *a*.)

Titres d'ouvrages cités
par Diogène Laërce[1]

De la république[2]
Sur la condition des hommes à l'origine[3]
De l'ambition
Des vertus
Des mauvaises actions des hommes
Discours impératif
Discours judiciaire sur le salaire[4]
Des choses de l'Hadès[5]

FRAGMENTS D'ÉCRITS MAL ATTESTÉS

IX

Pseudo-Plutarque.

Périclès, que l'on surnommait l'Olympien à cause de l'excellence de sa parole et de ses avis, ⟨eut la même réaction[6]⟩ quand il apprit la mort de ses deux enfants Paralos et Xanthippe. C'est ce que dit Protagoras dans le texte suivant : Ses fils, jeunes et beaux, étant morts à huit jours d'intervalle, il supporta le coup sans montrer le deuil ; il garda toute sa sérénité, ce qui chaque jour lui servait davantage en lui donnant le moyen de soulager sa douleur et en lui apportant l'estime du peuple. Car chacun, en le voyant supporter son deuil avec tant d'énergie, le jugeait vaillant, courageux et plus fort que soi-même, sachant bien qu'en pareille circonstance, soi-même en serait tout bouleversé. Et de fait, après la nouvelle de la mort de ses deux fils, il ne laissa pas d'avoir la tête fleurie selon la coutume du pays et, vêtu de blanc, de haranguer le peuple, *prodiguant de bons conseils*[7], incitant encore les Athéniens à la guerre. (*Consolation à Apollonius*, XXXIII, 118 E.)

X

Stobée.

Protagoras disait qu' il n'y avait pas d'art sans pratique, ni de pratique sans art. (*Florilège*, III, XXIX, 80.)

XI

Pseudo-Plutarque.

Protagoras a dit encore : « La nature n'éclôt pas dans l'âme quand on manque de racines profondes[1]. » (*De l'exercice*, 178, 25; *Rheinisches Museum*, 27, 1872, 526.)

PASSAGE D'AUTHENTICITÉ DOUTEUSE

XII

[Sentences gréco-syriaques].

Protagoras a dit : « Peine, travail, instruction, éducation et sagesse sont la couronne de gloire tressée par les fleurs d'une langue éloquente et que l'on pose sur la tête de ceux qui l'aiment. L'éloquence en effet est difficile; cependant ses fleurs sont riches et toujours nouvelles, et les spectateurs, ceux qui applaudissent et les maîtres se réjouissent, et les élèves font des progrès et les fous s'irritent; ou peut-être ne s'irritent-ils pas, parce qu'ils manquent de perspicacité. » (Trad. allemande de V. Ryssel, *Rheinisches Museum*, 51, 1896, 539, n. 32.)

C. IMITATIONS

I

Platon.

Il y eut un temps où les dieux existaient déjà, mais où les races mortelles, elles, n'existaient pas. Un jour, le temps marqué pour leur naissance arriva : alors, les dieux les modelèrent dans le sein de la terre, en mêlant la terre, le feu, et tous les éléments qui peuvent entrer dans cette combinaison. Le moment étant venu de les produire à la lumière, ils ordonnèrent à Prométhée et à Épiméthée de les pourvoir en facultés et de distribuer à chacune ce qui lui convenait. Épiméthée insista auprès de Prométhée pour se charger lui-même de cette répartition, lui disant : « J'assurerai la répartition des facultés, et toi, tu n'auras qu'à inspecter. » L'ayant convaincu, il se mit au travail. Il doua de la force une partie des animaux, mais sans y joindre la rapidité dont il laissa l'avantage aux plus faibles. À d'autres animaux, il procura des armes; mais, si une espèce demeurait désarmée, il s'arrangeait pour lui procurer un moyen de salut : c'est ainsi qu'aux animaux de petite taille il accordait des ailes pour prendre la fuite, ou des retraites souterraines, les animaux qui avaient une taille avantageuse étant, de ce fait même, suffisamment protégés. Tels étaient les principes qu'il appliqua pour l'ensemble du partage : il veillait constamment à l'équilibre, soutenant son ingéniosité par le souci d'éviter qu'aucune espèce ne vienne à s'éteindre. Ayant, donc, convenablement ménagé les moyens d'empêcher une destruction réciproque des vivants, il s'avisa de les protéger contre les saisons que Dieu fait et, à cette fin, il les habilla de toisons serrées et de peaux épaisses, bonnes pour abriter du froid, efficaces contre la chaleur : c'étaient comme des couvertures naturelles et propres à chacun. Il chaussa de sabots certaines espèces et donna aux autres des ongles solides, dépourvus de sang. Il s'occupa ainsi de pourvoir à la subsistance des uns et des autres : pour les uns, c'était l'herbe que produit la terre, pour les autres, les fruits que portent les arbres, pour d'autres, les racines. Quelques espèces eurent pour nourriture la chair des autres animaux, mais alors, il prit soin de ne leur laisser qu'une faible fécondité, en réservant au contraire une grande à leurs victimes — il voulait, par ce biais, assurer leur salut. Mais la science d'Épiméthée n'était pas sans limites : il ne s'était pas aperçu qu'il avait dépensé toutes les facultés au profit des animaux dépourvus de parole. Il y avait encore l'espèce humaine à pourvoir, et il ne voyait pas comment il pourrait s'en tirer. Sur ce, alors qu'il était plongé dans l'embarras, Prométhée arrive et commence son inspection : il voit tous les animaux correctement équipés de tout ce qui convient, et l'homme, nu, sans chaussures, sans vêtements, sans armes. Or, le jour fixé était venu : l'homme devait quitter le ventre de la terre et paraître à la lumière. Pris au dépourvu, Prométhée ne savait comment assurer le salut des hommes : alors, il s'en va dérober, auprès d'Héphaïstos et d'Athéna, l'habileté artiste et le feu (car sans le feu, l'habileté artiste ne peut être ni possédée, ni utilisée) et il en fait don aux hommes. Ainsi l'homme fut en possession de la science qui permet de vivre, mais il n'avait *point la science politique, qui était* restée auprès de Zeus, et Prométhée n'avait plus le temps de s'introduire chez lui, dans l'Acropole (d'ailleurs surveillée par de terribles gardiens). Mais il avait quand même réussi à pénétrer en cachette dans le séjour où, en commun, Athéna et Héphaïstos se consacraient à leur art, pour voler le feu d'Héphaïstos et les arts d'Athéna; il put ainsi en faire don aux hommes. Voilà le geste qui a rendu leur vie possible et l'histoire dit que, après cela, Prométhée fut poursuivi pour ce vol. L'homme participait au lot divin, ce qui lui valut d'être le premier animal, et le seul, du fait de cette parenté, à croire aux dieux. Il se mit à élever des autels et à dresser des images des dieux. Puis, grâce à la science artiste, il eut tôt fait d'articuler les sons et les mots, d'inventer les habitations, les vêtements, les chaussures, les couvertures et le moyen de se nourrir en travaillant la terre. Mais, quoique ainsi équipés, au début ils vécurent dispersés : les cités n'existaient pas. Aussi périssaient-ils sous les assauts des bêtes sauvages, car ils étaient, sous tous les rapports, plus faibles qu'elles. Certes leur habileté technique leur permettait bien de se nourrir, mais elle se montrait insuffisante dans la guerre contre les bêtes sauvages : l'art politique dont la guerre fait partie, leur faisait encore défaut. Ils tentèrent donc de se rassembler et de fonder des cités pour assurer leur salut. Mais, une fois rassemblés en société, ne sachant pas l'art politique, ils se portaient tort les uns aux autres, si bien qu'ils se séparaient à nouveau et périssaient.

Alors Zeus se mit à craindre pour notre espèce qu'elle ne disparût entièrement et chargea Hermès de porter aux hommes le respect et la justice afin qu'il y eût des cités ordonnées, maintenues par le lien d'amitié. Hermès demanda à Zeus comment répartir entre les hommes le respect et le droit : « Dois-je les distribuer comme les diverses techniques, c'est-à-dire selon le principe qu'un seul médecin ou artisan suffit pour plusieurs ? En ira-t-il de même pour le respect et la justice, ou faut-il les distribuer à tous les hommes ? — Il faut les distribuer à tous, répondit Zeus, et que tous en aient leur part : car aucune cité ne pourrait exister si quelques-uns seulement y avaient part, comme pour les diverses techniques. Voici également une loi qui est la mienne, promulgue-la : que celui qui se montre incapable de participer *au respect et à la justice* soit mis à mort, comme une maladie au cœur de la cité[1]. » (*Protagoras*, 320 *c* et suiv.)

Aristote.

Ceux qui disent que l'homme ne jouit pas d'une constitution heureuse et qu'il est le moins bien doté des animaux — il est, selon eux, sans chaussures, nu, sans armes défensives — raisonnent incorrectement. (*Parties des animaux*, IV, x, 687 *a* 23.)

II

Aristophane.

Chez eux, dit-on, il est deux argumentations :
La plus forte, et qu'importe après tout sa nature,
Ainsi que la plus faible. De ces deux arguments
Le plus faible, dit-on, est celui qui l'emporte,
En usant des raisons qui sont les plus injustes.

(*Les Nuées*, v. 112 à 114.)

III

Aristophane.

SOCRATE

Il est auparavant d'autres choses[1] *qu'il faut*
Que tu apprennes bien. Ainsi, des quadrupèdes,
Auxquels faut-il donner le genre masculin?

STREPSIADE

Mais moi je les connais, les masculins! À moins
Que je ne sois bien fou : bélier, bouc et taureau,
Sans compter chien et coq.

SOCRATE

Tiens! Vois ce qui te prend! Car tu appelles coque
La femelle à laquelle ainsi tu attribues
Le même nom qu'au mâle!

STREPSIADE

Et comment? Allons donc!

SOCRATE

Comment? Mais coq et coque.

STREPSIADE

Oui, par Poséidon!
Mais comment dois-je dire?

SOCRATE

Coquille. Et l'autre coq!

STREPSIADE

Coquille! Voilà bien!
Par l'air! Et en échange avec cette leçon
Je m'en vais de farine en y creusant un puits
Emplir ton pétrissoir.

SOCRATE

Allons bon! Autre faute!
[670] *Tu fais de* pétrissoire *un fâcheux masculin*
Quand c'est un féminin! [...].

STREPSIADE

[677] *Alors, que dois-je dire?*

SOCRATE

Comment? La pétrissoire, *ainsi que tu dirais*
La salvatrice*!*

STREPSIADE

Ainsi c'est bien la pétrissoire,
Au féminin?

SOCRATE

Mais oui! C'est la forme correcte!

(*Les Nuées*, v. 658 et suiv.)

IV

Euripide.

CADMOS

Je ne méprise pas les dieux, étant mortel.

TIRÉSIAS

Jamais envers les dieux il ne faut prononcer
Sophistique blasphème! Et la foi de nos pères
Transmise avec le temps, il nous la faut garder;
Jamais aucun discours ne la terrassera[1],
Même si l'argument vient d'habile sophiste.

(*Les Bacchantes*, v. 199 et suiv.)

XÉNIADE

I

Sextus Empiricus.

Xéniade de Corinthe fait également l'objet d'une mention de Démocrite. Il affirme que tout est faux, que toute représentation et toute opinion sont mensongères, que tout ce qui advient provient du néant, et que c'est au néant, terme de la corruption, que va tout ce qui se corrompt : il a donc, en puissance, la même position que Xénophane[1]. (*Contre les mathématiciens*, VII, 53.)

GORGIAS

A. VIE ET DOCTRINE

I

Philostrate.

1. La Sicile a donné naissance à Gorgias de Léontium, à qui l'on doit, à notre avis, faire remonter l'art des sophistes, dans la mesure où il en détient la paternité. Considérons Eschyle, et réfléchissons à tout ce qu'il a apporté à la tragédie : il l'a mise en costumes, il lui a donné le cothurne qui relève les personnages, les figures des héros, les messagers de l'intérieur et de l'extérieur, il a fixé les actions qui doivent se faire sur la scène ou en descendant de la scène : ce que Gorgias a fait en ce qui concerne son art est du même ordre. 2. Il a imprimé son élan au courant sophistique, avec ses paradoxes, avec son souffle, avec sa manière d'exprimer grandement les grandes choses, avec ses ruptures de construction, ses débuts fracassants, toutes choses qui rendent le discours plus plaisant et plus imposant : à quoi il adjoignit encore, pour plus de splendeur et de solennité, ses vocables poétiques.

3. Il avait aussi une facilité d'improvisation remarquable, *comme je l'ai dit* au début de ce livre[1], et si, lorsque, déjà vieillissant, il prit la parole à Athènes, il eut une foule d'admirateurs, ce n'est pas non plus très étonnant : je crois qu'il a réussi à subjuguer les gens les plus célèbres, Critias et Alcibiade, qui étaient encore jeunes tous les deux, mais aussi Thucydide et Périclès qui, eux, avaient quand même un certain âge. Agathon, le poète tragique, qui possède, dans la comédie, quelque habileté et élégance, *gorgianise*[2] souvent dans ses poèmes iambiques.

4. Il s'illustra aussi chez les Grecs, lors des Panégyries où il fit retentir son *Discours pythique* du haut de l'autel : c'est à la suite de cela qu'on lui dressa une statue en or dans le temple d'Apollon

Pythien. Avec son *Discours olympique*, il fit une mémorable intervention dans la politique : voyant la Grèce divisée, il se fit l'apôtre de l'union, il tourna les Grecs contre les Barbares et les persuada de donner pour enjeu à leurs armes, non des cités qui appartenaient autant aux uns qu'aux autres, mais les pays mêmes des Barbares. 5. Son *Oraison funèbre*, prononcée à Athènes pour les soldats tombés à la guerre, en l'honneur desquels les Athéniens donnaient des funérailles publiques assorties d'éloges, était composée avec un art extraordinaire. Il y dresse les Athéniens contre les Mèdes et les Perses, exaltant le même esprit que dans le *Discours olympique*, mais sans faire aucune allusion à l'union entre les Grecs, car il parlait à des Athéniens ivres d'une suprématie qu'il n'était pas possible d'acquérir sans faire appel à la violence : il s'étendit en louanges sur les trophées pris aux Mèdes, et proclama que « les trophées arrachés aux Barbares réclamaient des hymnes, tandis que ceux arrachés aux Grecs demandaient des chants funèbres ». On dit que Gorgias est arrivé à l'âge de cent huit ans sans que les effets de la vieillesse ne marquent exagérément son corps, et même qu'il garda toute sa vie, avec une santé parfaite, la pleine jeunesse de tous ses sens. (*Vies des sophistes*, I, IX, 1-5.)

II

Suidas.

Gorgias, de Léontium, fils de Charmantide, orateur, disciple d'Empédocle, maître de Polos d'Agrigente, de Périclès, d'Isocrate et d'Alcidamas d'Élée, qui lui succéda dans son école. Il était frère du médecin Hérodicos.

Porphyre le situe dans la quatre-vingtième olympiade[1]. Mais l'on a des raisons de penser qu'en fait, il était plus âgé.

Le premier, il donna à la mise en forme rhétorique de la culture sa formulation et sa technique, utilisant tropes, métaphores, allégories, hypallages, catachrèses, hyperbates, répétitions, reprises, retournements, assonances[2].

Il recueillait cent mines[3] de chaque élève ; il vécut cent neuf ans et composa de nombreux ouvrages. (*Lexique*, « Gorgias ».)

III

Diogène Laërce.

[Empédocle[4]] était aussi médecin et excellent orateur. Gorgias de Léontium fut son élève et était lui-même un personnage éminent en rhétorique, qui nous a laissé un *Art de la rhétorique* [...]. Selon Satyros, Gorgias déclare avoir assisté à des expériences de magie faites par Empédocle. (*Vies*, VIII, 58-59.)

IV

Diodore de Sicile.

1. À cette époque[1], les habitants de Léontium en Sicile, colons venus de Chalcis et qui étaient par là apparentés aux Athéniens, durent subir les assauts des Syracusains. Pressurés par cette guerre, et devant le risque d'être réduits par la violence du fait de la supériorité des Syracusains, ils envoyèrent des ambassadeurs à Athènes pour demander au peuple de venir aussi vite que possible à leur secours et de sauver leur cité des périls qui la menaçaient. 2. Cette ambassade était dirigée par l'orateur Gorgias, qui, par l'habileté de sa parole, l'emportait largement sur ses concitoyens. Celui-ci fut le premier inventeur de la rhétorique et, en sophistique, il dépassait les autres à un point tel qu'il pouvait demander cent mines à chacun de ses élèves. 3. Donc, il arrive à Athènes, se fait conduire devant l'assemblée du peuple et expose aux Athéniens le projet d'une alliance : la nouveauté de son style surprit les Athéniens, peuple lettré et spirituel, qui furent très impressionnés. 4. C'est qu'il était le premier à se servir de figures de style extrêmement raffinées et débordantes de virtuosité : antithèses, balancements, parisoses, rimes et autres procédés qui, du fait de leur nouveauté, méritèrent alors un bon accueil, quoique maintenant ils passent pour affectés et paraissent ridicules lorsqu'ils reviennent trop souvent, jusqu'à l'écœurement. 5. À la fin, il persuada les Athéniens de conclure une alliance avec les Léontins et, quand il s'en retourna à Léontium, il s'était attiré l'admiration des Athéniens par sa maîtrise de la rhétorique. (*Bibliothèque historique*, XII, 53, 1-5.)

Denys d'Halicarnasse.

Gorgias de Léontium en est un exemple : il s'exprime à maintes reprises en un style pesant et tout enflé, « assez proche du dithyrambe[2] ». Ses disciples Licymnios et Polos font de même. Son expression poétique et pleine de figures fit aussi grand effet sur les rhéteurs athéniens, d'après Timée, lorsque Gorgias prit en premier la parole, au moment de l'ambassade à Athènes; le discours qu'il prononça devant l'assemblée frappa ses auditeurs. Disons le vrai : autrefois, ce style suscitait l'admiration. (*Lysias*, 3.)

V

Xénophon.

Proxène le Béotien, lorsqu'il était encore jeune, désirait devenir un homme capable de grandes choses. Animé par ce désir, il donna de l'argent à Gorgias de Léontium, pour être autorisé à suivre ses leçons. (*Anabase*, II, VI, 16.)

VI

Plutarque.

Antiphon de Rhamnonte est né pendant les guerres Médiques[1]. Il était contemporain du sophiste Gorgias, quoiqu'un peu plus jeune que lui. (*Vies des dix orateurs*, 832 F.)

VII

Pausanias.

7. Il est encore possible de voir Gorgias de Léontium : selon Eumolpe, le petit-fils de Déicrate qui avait épousé la sœur de Gorgias, ce dernier avait fait dresser sa statue à Olympie. 8. Gorgias avait pour père Charmantide, et était le premier, dit-on, à avoir restauré la pratique de l'éloquence, qui était devenue totalement négligée et serait, pour un peu, tombée dans l'oubli. On dit que Gorgias s'est couvert de gloire par ses discours, lors de la panégyrie d'Olympie et lors de son ambassade à Athènes, avec Tisias[2] [...]. 9. Mais il y obtint bien plus d'honneurs que ce dernier, et Jason, tyran de Thessalie, le plaçait encore avant Polycrate, qui était loin d'avoir la dernière place dans les écoles, à Athènes. Il aurait vécu cent cinq ans. (*Itinéraire*, VI, XVII, 7-9.)

[À Delphes] il y a une statue dorée qui représente Gorgias de Léontium. C'est une offrande votive de Gorgias lui-même. (*Ibid.*, X, XVIII, 7.)

Cicéron.

Il était tant honoré de la Grèce qu'il fut le seul à Delphes à avoir droit à une statue en or massif, et non simplement recouverte d'or. (*De l'orateur*, III, XXXII, 129.)

Pline.

Il est le premier homme à avoir eu une statue en or, et en or massif. Vers la soixante-dixième olympiade[1], il se la fit ériger lui-même au temple de Delphes : tant était lucratif l'enseignement de l'éloquence. (*Histoire naturelle*, XXXIII, 83.)

VIII

[Épigrammes.]

a) *Déicrate épousa la sœur de Gorgias,*
Dont il eut un fils : Hippocrate.
Fils d'Hippocrate, Eumolpe est celui qui fit élever sa statue,
Autant en hommage à son enseignement que par amour pour lui.

b) *Pour exercer l'âme aux joutes d'excellence,*
Aucun mortel encore n'a trouvé d'art supérieur à celui de Gorgias.
Ce maître a sa statue dans la vallée d'Apollon;
C'est là non pas ostentation de sa richesse, mais témoignage de sa piété.

(*Épigrammes*, 875 *a*, éd. Kaibel, p. 534.)

IX

Élien.

Hippias et Gorgias arboraient des tenues pourpres, à ce qu'on dit en général. (*Histoires variées*, XII, 32.)

X

Apollodore.

Il vécut cent neuf ans. (Cité par Diogène Laërce, *Vies*, VIII, 58.)

Olympiodore.

En second lieu, nous dirons que furent contemporains Socrate, qui était vivant pendant la troisième année de la soixante-dix-septième olympiade[2], et Empédocle, le pythagoricien, qui fut le maître de Gorgias et eut l'occasion de rencontrer Socrate. Et il n'est pas douteux que Gorgias écrivit le *De la nature*, œuvre qui ne manque pas d'élégance, au cours de la quatre-vingt-quatrième olympiade[1]. Par suite, Socrate était son aîné de vingt-huit ans ou un peu plus. D'ailleurs, dans le *Théétète*, Platon fait dire à Socrate : « Étant tout jeune, je fis la rencontre de Parménide, alors très âgé, et il me parut que c'était un homme très profond[2]. » Ce Parménide fut le maître d'Empédocle, lui-même maître de Gorgias. Mais Gorgias était plus âgé. Si l'on en croit la chronique, il est mort à cent neuf ans, de sorte qu'ils étaient contemporains. (*Commentaire sur le Gorgias de Platon*, éd. A. Jahn, p. 112.)

XI

Athénée.

Cléarque, au livre III de ses *Vies*, dit de Gorgias de Léontium que, grâce à une existence parfaitement tempérante, il vécut près de quatre-vingts ans, en pleine possession de toutes ses facultés.

Comme on lui demandait par quel régime il avait réussi à vivre aussi longtemps et aussi bien, sans perdre l'usage d'aucun de ses sens : « Jamais, dit-il, je n'ai rien fait par recherche du plaisir. »

Démétrius de Byzance, au livre IV du *Sur les poésies*, dit que Gorgias, interrogé sur les causes de sa longévité — il avait dépassé les cent ans —, répondit : « Je ne me suis jamais soucié de l'avis des autres[3]. » (*Les Deipnosophistes*, XII, 548 C-D.)

XII

Cicéron.

Son[4] maître, Gorgias de Léontium, dépassa cent sept ans sans avoir jamais cessé ni son activité ni sa production. Comme on lui demandait d'où lui venait ce désir de vivre si longtemps, il répondit : « Je ne vois pas ce que je pourrais reprocher à la vieillesse. » (*Caton l'Ancien*, V, 12.)

XIII

Pline.

Il est hors de doute que Gorgias, le Sicilien, vécut cent huit ans. (*Histoire naturelle*, VII, 156.)

Pseudo-Lucien.

Parmi les rhéteurs, Gorgias, que certains qualifient de sophiste, vécut cent huit ans. Il mourut pour avoir renoncé à s'alimenter; on dit qu'interrogé sur la cause d'une si bonne santé, en possession de tous ses sens, à un aussi grand âge, il répondit qu'il ne s'était jamais laissé aller à la vie de plaisir menée par les autres. (*De la longévité*, 23.)

XIV

Quintilien.

Les plus anciens auteurs de traités de rhétorique sont les Siciliens Corax et Tisias; après eux, on trouve Gorgias de Léontium, également natif de cette île et, selon la tradition, disciple d'Empédocle. Du fait de la longueur de sa vie (il vécut cent neuf ans), il fut le contemporain de beaucoup : c'est pourquoi il put être l'émule de ceux que j'ai cités et vivre encore après la mort de Socrate. (*Institution oratoire*, III, 1, 8.)

XV

Élien.

Gorgias de Léontium, arrivé au terme de sa vie, fort avancé en âge, fut pris d'une sorte de faiblesse : il se laissa aller doucement au sommeil et se coucha. Comme un de ses familiers s'était approché et l'examinait en lui demandant ce qu'il avait, Gorgias répondit : « Le sommeil commence à me prendre sous sa garde, comme un frère. » (*Histoires variées*, II, 35.)

XV *a*

Athénée.

On dit que Gorgias, ayant lu lui-même le dialogue qui porte son nom, a dit à ses intimes : « Comme Platon sait bien se moquer ! » (*Les Deipnosophistes*, XI, 505 D.)

XVI

Quintilien.

Ils eurent beaucoup de successeurs, mais le plus célèbre des élèves de Gorgias fut Isocrate. Bien que les sources donnent des renseignements contradictoires sur son maître, nous faisons confiance à Aristote[1]. (*Institution oratoire*, III, 1, 13.)

XVII

Pseudo-Plutarque.

Il y avait, près du tombeau d'Isocrate, une dalle funéraire qui représentait des poètes et ses maîtres, parmi lesquels Gorgias, regardant une sphère astronomique, avec Isocrate à ses côtés. (*Vie des dix orateurs*, 838 D.)

XVIII

Isocrate.

155. Celui qui a gagné le plus d'argent, parmi les sophistes dont on a conservé la mémoire, est Gorgias de Léontium. Il vécut d'abord en Thessalie, pays dont les habitants étaient les plus fortunés des Grecs, après quoi, il mena sa très longue vie en s'adonnant à sa lucrative activité. 156. En outre, comme il ne se fixa jamais dans aucune cité, il n'eut jamais à contribuer aux dépenses publiques, pas plus qu'il ne fut assujetti à l'impôt. Ajoutons à cela qu'il ne se maria pas, n'eut pas d'enfants et fut donc exempt de cette charge incessante et ruineuse. Or, malgré cette situation extraordinaire, par rapport aux autres, pour qui veut s'enrichir, il ne laissa après lui que mille statères[1]. (*Sur l'échange*, 155-156.)

XIX

Platon.

SOCRATE : Jusqu'à présent, Ménon, les Thessaliens étaient réputés et admirés chez les Grecs pour leur pratique de l'art équestre et pour leur richesse. Maintenant, me semble-t-il, on les admire aussi pour leur science, et les habitants de Larissa, concitoyens de ton ami Aristippe, ne sont pas en reste. De cet état où vous voici, Gorgias est cause : en effet, à son arrivée dans votre cité, jouant sur leur amour de la science, il subjugua les notables chez les Aleuades, auxquels appartient ton ami Aristippe, puis les autres Thessaliens. C'est de là que vous vient, depuis lors, votre habitude de répondre à qui vous interroge, avec assurance et hauteur, comme il sied à des gens qui savent. C'est que lui aussi se prêtait aux questions que n'importe qui, en Grèce, voulait lui poser, et il avait réponse à tout. (*Ménon*, 70 *a-b*.)

Aristote.

Gorgias de Léontium, soit qu'il fût embarrassé, soit par ironie, disait : « De même que ce sont des mortiers que fabriquent les fabricants de mortiers, de même ce sont des Larissiens que fabriquent les artisans du peuple[1]. N'y a-t-il pas en effet des fabricants de Larissiens ? » (*Politique*, III, II, 1275 *b* 26.)

XX

Platon.

SOCRATE : Ce que je veux apprendre de Gorgias, c'est la puissance que possède l'art qu'il enseigne, ce que sont sa profession et son enseignement. Qu'il renvoie la suite de sa conférence, comme tu le proposes, à une autre fois.

CALLICLÈS : Il n'y aurait rien de tel si tu l'interrogeais toi-même, Socrate : cela devait faire partie de sa conférence. Toujours est-il qu'il y a un instant il demandait que n'importe quel auditeur l'interrogeât, et il disait qu'il répondrait à toutes les questions. (*Gorgias*, 447 *c.*)

GORGIAS : Eh oui ! Voilà une chose qui fait partie de mes talents : personne ne pourrait dire ce que je dis avec plus de concision que moi.

SOCRATE : C'est le moment, Gorgias ; fais-moi une démonstration de ton talent, pour ce qui est de la concision. L'ampleur, ce sera pour une autre fois. (*Ibid.*, 449 *c.*)

XXI

Platon.

MÉNON : Ce qui me plaît le plus chez Gorgias, Socrate, c'est que tu ne l'entendras jamais faire pareilles promesses[2] ; au contraire, il se moque des autres quand il les entend promettre. *Sa doctrine*, c'est qu'il faut former des gens habiles à parler. (*Ménon*, 95 *c.*)

XXII

Platon.

GORGIAS : Il m'est souvent arrivé d'aller, avec mon frère ou avec d'autres médecins, chez des malades qui ne voulaient pas boire le remède ou se prêter au médecin pour une incision ou une cautérisation ; alors que le médecin ne pouvait les convaincre, j'y parvenais en utilisant seulement la rhétorique. (*Gorgias*, 456 *b.*)

XXIII

Aristote.

Le mot de Gorgias à une hirondelle, qui, alors qu'elle volait au-dessus de lui, avait lâché sa fiente, est ce qu'on fait de mieux dans le style tragique; il dit en effet : « Honnie sois-tu, ô Philomèle! » Ce geste, qui venait d'un oiseau, n'avait rien de honteux, mais venu d'une jeune fille, il l'était. Le blâme convenait donc en tant qu'il s'adressait à ce qu'elle avait été, mais non à ce qu'elle était[1]. (*Rhétorique*, III, III, 1406 *b* 14.)

XXIV

Philostrate.

Gorgias, voulant ridiculiser Prodicos en train de développer un argument usé et rebattu, se laissa aller à l'à-propos d'une improvisation immédiate. Non sans être en butte à sa jalousie. Il y avait à Athènes un certain Chéréphon [...]. Ce Chéréphon, voulant critiquer le travail de Gorgias lui dit : « Pour quelle raison, Gorgias, les fèves produisent-elles des vents dans l'estomac, et non dans le feu? » Nullement troublé par la question, Gorgias répondit : « Je te laisse débrouiller ce problème; moi, je sais depuis longtemps que si la terre fait pousser des férules, c'est pour les gens de ton espèce. » (*Vies des sophistes*, I, p. 4.)

XXV

Cicéron.

Lieux communs : Gorgias a fait la même chose en consignant sur chaque point particulier l'éloge et la critique; car il considérait que c'était surtout cela le propre de l'orateur : pouvoir relever par l'éloge ou, en sens inverse, rabaisser par la critique[2]. (*Brutus*, XII, 47.)

XXVI

Platon.

PROTARQUE : J'ai souvent entendu Gorgias dire que l'art de persuader l'emportait de beaucoup sur tous les autres arts. Il peut tout mettre à son service par le moyen du seul consentement *et sans recours* à la contrainte[3]. (*Philèbe*, 58 *a*.)

Cicéron.

Gorgias de Léontium, autant dire le plus ancien des rhéteurs, estimait que l'orateur pouvait parler parfaitement sur n'importe quel sujet. (*De l'invention*, V, 2.)

XXVII

Platon.

Dans les autres arts, toute la science se trouve, si l'on peut dire, dans une activité manuelle et des pratiques du même genre ; au contraire, dans la rhétorique, il n'y a rien de matériel, mais toute son activité et toute son efficacité passent par la parole. C'est pourquoi je pense que la rhétorique est un art du discours, et, comme je vous parle, je m'exprime selon la rectitude des termes[1]. (*Gorgias*, 450 *b*.)

Olympiodore.

Ceux qui s'y connaissent en stylistique soutiennent que les deux mots manuel et ratification ne doivent pas être employés. Et en vérité, ils sont inusités. Nous disons donc, puisque c'est Gorgias qui parle, que Platon utilise, pour les lui prêter, des expressions de son pays : car il était de Léontium. (*Commentaire sur le Gorgias de Platon*, éd. Jahn, p. 131.)

XXVIII

Platon.

SOCRATE : Si je comprends bien, tu dis que la rhétorique est productrice de persuasion, que son activité se résume à cela et que c'est là sa fin principale. (*Gorgias*, 453 *a*.)

Dès lors, la rhétorique, à ce qu'il semble, est productrice d'une persuasion, qui est de l'ordre de la créance et non de l'enseignement, sur le juste et l'injuste. (*Ibid.*, 455 *a*.)

XXIX

Aristote.

Puisque les poètes, bien qu'ils ne disent que des banalités, semblent s'être acquis leur réputation au moyen de leur style, le premier style à s'être affirmé fut poétique, comme celui de Gorgias. Et encore maintenant la plupart des gens sans instruction croient que ce genre d'expression donne les plus beaux discours. (*Rhétorique*, III, 1, 1404 *a* 24.)

Syrianos.

Gorgias a transposé le style d'expression poétique dans les discours politiques, parce qu'il considérait que l'orateur ne devait pas être assimilé aux prosateurs. Lysias a fait le contraire. (*Commentaire d'Hermogène*, I, XI, 20, éd. Rabe.)

XXX

Cicéron.

On rapporte que les premiers à avoir mis en pratique ces figures (antithèse, parisose, etc.) sont Thrasymaque de Chalcédoine et Gorgias de Léontium, ensuite, il y a Théodore de Byzance et de nombreux autres que Socrate, dans le *Phèdre*[1], appelle « ciseleurs de discours ». (*L'Orateur*, XII, 39.)

XXXI

Cicéron.

Dans cette recherche de la symétrie nous savons que Gorgias excellait. (*L'Orateur*, XLIX, 165.)

XXXII

Cicéron.

175. Le premier à avoir trouvé ⟨le rythme⟩ fut Thrasymaque, procédé dont abusent toutes les œuvres qui nous restent de lui. Car [...] les parisoses, les rimes, les antithèses, qui, par elles-mêmes, même si ce n'est pas voulu, tombent la plupart du temps comme des clausules, c'est Gorgias qui les trouva le premier, mais il en fit un usage immodéré [...]. 176. Or Gorgias a un goût excessif pour ce genre de style, et il use plus qu'il ne convient de ces *raffinements* (lui-même les juge ainsi), procédés qu'Isocrate ramena depuis à une plus juste mesure, quoiqu'en Thessalie, jeune homme, il ait été l'auditeur de Gorgias, déjà vieux. (*L'Orateur*, LII, 175-176.)

Denys d'Halicarnasse.

Étant convaincu que pour le style poétique et ce parler élevé et solennel, personne ne surpassait Isocrate, Isée délaissa intentionnellement tous ceux dont il se rendait compte qu'ils réussissaient moins bien dans ces genres, parce qu'il voyait Gorgias de Léontium s'écarter de la tradition et tomber, à mainte reprise, dans la puérilité. (*Isée*, 19.)

XXXIII

Athénée.

Son *Politique*[1] est un dialogue qui contient une offensive réglée contre tous les démagogues athéniens; son *Archélaos*, lui, est dirigé contre le rhéteur Gorgias. (*Les Deipnosophistes*, V, 220 D.)

XXXIV

Clément d'Alexandrie.

Gorgias de Léontium, Eudème de Naxos, les historiens et, en outre, Bion de Proconnèse, ont plagié Mélésagoras. (*Stromates*, VI, 26.)

XXXV

Philostrate.

Les admirateurs de Gorgias étaient illustres et nombreux. En premier lieu, il y avait les Grecs de Thessalie, chez qui *gorgianiser* finit par devenir l'équivalent de « parler en public »; ensuite, il y a toute la Grèce assemblée, devant qui, à Olympie, il fit un discours contre les Barbares, depuis la borne du sanctuaire.

On dit aussi qu'Aspasie de Milet avait aiguisé la langue de Périclès en la frottant au style de Gorgias. Critias et Thucydide ne peuvent pas nier qu'ils tiennent de lui leur grandeur et leur gravité, encore qu'ils se les soient assimilées, l'un par sa facilité, l'autre par sa vigueur. Quant à Eschine le Socratique, auquel tu t'intéressais il y a peu, quoiqu'il ne cache pas ses efforts pour maîtriser le style de ses dialogues, il ne craint pas de *gorgianiser* dans son *Discours sur Thargélie*. En effet, voici à peu près ce qu'il dit : « Thargélie de Milet[2], venue en Thessalie, fut l'amante d'Antiochos, Thessalien, roi de tous les Thessaliens. » Les phrases hachées et abruptes dans la manière de Gorgias connurent une grande diffusion, un peu partout, mais surtout dans le cercle des poètes épiques. (*Lettres*, 73.)

B. FRAGMENTS

DU NON-ÊTRE, OU DE LA NATURE

I

Isocrate.

Comment pourrait-on aller plus loin que Gorgias, qui a eu l'audace de dire qu'aucun des êtres n'existe, ou que Zénon, qui tente de démontrer que ce qui est possible est tout aussi impossible ? (*Éloge d'Hélène*, 3.)

Isocrate.

Les discours des anciens sophistes : pour l'un, la multitude des êtres est illimitée; [pour Empédocle, il y en a quatre, avec en plus la Haine et l'Amitié; pour Ion, ils ne sont pas plus de trois; pour Alcméon, deux seulement;] pour Parménide et Mélissos, un; pour Gorgias, il n'y en a absolument aucun. (*Sur l'échange*, 268.)

II

Olympiodore.

Il ne fait pas de doute que Gorgias a écrit son traité *De la nature*, œuvre qui ne manque pas d'élégance, pendant la quatre-vingt-quatrième olympiade[1]. (*Commentaire sur le Gorgias de Platon*, éd. Jahn, p. 112.)

III

Sextus Empiricus.

65. Gorgias de Léontium appartient à cette catégorie de philosophes qui ont supprimé le critère de la vérité. Mais ce n'est pas de la même manière que les tenants de Protagoras. Dans son livre intitulé *Du non-être, ou de la nature* il met en place, dans l'ordre, trois propositions fondamentales : premièrement, et pour commencer, que rien n'existe; deuxièmement que, même s'il existe quelque chose, l'homme ne peut l'appréhender; troisièmement, que même si on peut l'appréhender, on ne peut ni le formuler ni l'expliquer aux autres.

66. Pour le fait que rien n'existe, son argumentation se développe de la manière suivante : s'il existe quelque chose, c'est ou l'être, ou le non-être, ou à la fois l'être et le non-être. Or, l'être n'est pas, comme il l'établira, ni le non-être, comme il le confirmera, ni non plus à la fois l'être et le non-être, chose qu'il expliquera également. Ainsi donc, rien n'existe. 67. Pour le fait que le non-être n'existe pas, voici l'argumentation : si le non-être existe, il sera et à la fois il ne sera pas, car si on le pense comme n'étant pas, il ne sera pas; mais en tant que non-être, en revanche, il existera. Or il est tout à fait absurde que quelque chose soit et ne soit pas à la fois[1]. Donc le non-être n'est pas. D'ailleurs, si le non-être est, l'être ne sera pas : car ces notions sont contradictoires : si l'être est attribué au non-être, le non-être sera attribué à l'être. En tout cas, il ne peut pas être vrai que ce qui est ne soit pas; et ⟨par conséquent⟩ le non-être ne sera pas non plus.

68. Et, assurément, pas même l'être n'existe : car si l'être existe, il est soit éternel, soit engendré, soit les deux à la fois. Or, il n'est ni éternel, ni engendré, ni les deux à la fois, comme nous allons le démontrer. Ainsi, l'être n'existe pas : car si l'être est éternel (c'est par là qu'il faut commencer), il n'a pas de commencement. 69. En effet, tout ce qui est engendré a un commencement, et, ce qui est éternel étant par constitution inengendré, ce qui est éternel n'a pas de commencement. Or, ce qui n'a pas de commencement est illimité, et s'il est illimité, il n'est nulle part. En effet, s'il est dans un lieu, ce lieu dans lequel il est, est autre que lui et ainsi, étant enveloppé par quelque chose, cet être ne sera pas illimité. Car ce qui enveloppe est plus grand que ce qui est enveloppé, et rien ne saurait être plus grand que ce qui est illimité : ainsi, l'illimité n'est pas dans un lieu. 70. Et il ne s'enveloppe pas non plus lui-même : car alors le contenant et le contenu seront une seule et même chose, et l'être sera deux : le lieu et le corps (car le contenant, c'est le lieu, et le contenu, le corps). Or cela est absurde. Assurément, l'être n'est pas non plus en lui-même. Par suite, si l'être est éternel, il est illimité; s'il est illimité, il n'est nulle part; s'il n'est nulle part, il n'est pas. Ainsi, si l'être est éternel, il n'existe en aucune façon. 71. En outre, l'être ne peut pas non plus être engendré. Car s'il a été engendré, c'est à partir de l'être ou à partir du non-être qu'il a été engendré. Or il n'a pas

été engendré à partir de l'être : car si l'être existe, il n'a pas été engendré, mais il existe déjà ; ce n'est pas non plus à partir du non-être, car le non-être ne peut rien engendrer, puisque nécessairement l'être générateur doit participer de l'existence. Donc, l'être n'est pas non plus engendré. 72. De la même manière, il n'est pas non plus à la fois éternel et engendré : ces deux propositions se détruisent mutuellement ; si l'être est éternel, il ne peut avoir été engendré ; s'il est engendré, il n'est pas éternel. Ainsi, si l'être n'est ni éternel, ni engendré, ni les deux à la fois, alors, l'être n'est pas.

73. D'ailleurs, s'il existe, il est soit un, soit multiple : or, il n'est ni un, ni multiple, comme nous allons l'établir. Dès lors, l'être n'est pas. En effet, s'il est un, alors il est soit quantité discrète, soit quantité continue, soit grandeur, soit corps : de toute façon, il n'est pas un, car s'il est quantité discrète, il sera dénombrable ; s'il est quantité continue, il sera sécable ; de même, si on le conçoit comme grandeur, il ne sera pas indivisible ; s'il est corps, il s'étendra selon trois dimensions, car il aura longueur, largeur et profondeur. Il serait absurde de dire que l'être n'est rien de tout cela : donc l'être n'est pas un. 74. Et il n'est pas non plus multiple. Car s'il n'est pas un, il n'est pas non plus multiple : car le multiple est composé d'unités singulières, si bien que la suppression de l'un supprime du même coup le multiple. Pour ces raisons, il est évident que ni l'être ni le non-être ne sont.

75. Que n'existent à la fois ni l'être ni le non-être peut se déduire facilement : en effet, si le non-être existe ainsi que l'être, le non-être sera identique à l'être du point de vue de l'existence : si bien qu'aucun des deux ne sera. Que le non-être n'existe pas, c'est admis ; démonstration a été donnée que l'être serait constitué comme lui, et ainsi, l'être lui-même n'existera pas.

76. Il y a plus : si l'être est identique au non-être, ils ne peuvent pas exister tous les deux à la fois : car s'ils sont deux, ils ne sont pas identiques, et s'ils sont identiques, ils ne sont pas deux. Ce qui a pour conséquence que c'est le néant qui est ; car, si ni l'être, ni le non-être, ni les deux à la fois n'existent, comme on ne peut rien concevoir en dehors de cette alternative, rien n'existe.

77. Que même s'il existe quelque chose, cette chose est inconnaissable et inconcevable pour l'homme, c'est ce

que nous avons à démontrer désormais. En effet, si nos pensées, dit Gorgias, ne sont pas des êtres, l'être ne saurait être pensé. En voici la preuve : en effet, si par exemple, à nos pensées eſt attribuée la blancheur, c'eſt que l'objet de notre pensée eſt le blanc ; de même, si à nos pensées il arrive que soit attribuée la non-exiſtence, il en résultera nécessairement qu'aux êtres sera attribuée l'impossibilité d'être pensés. 78. Par suite, c'eſt une conclusion saine et salutaire que de dire : « Si les pensées ne peuvent avoir l'être pour objet, l'être ne peut être objet de pensée. » Or les pensées — c'eſt de là que part l'argument — n'ont pas l'être pour objet, comme nous allons l'établir. L'être n'eſt donc pas objet de pensée.

Que les pensées n'aient pas l'être pour objet, c'eſt évident : 79. en effet, si les pensées ont l'être pour objet, tout ce qui eſt pensé exiſte, de quelque manière qu'on le pense. [Ce qui eſt aberrant]. En effet, de ce qu'on pense à un homme volant ou à un char qui court sur les flots, il n'en résulte pas pour autant qu'un homme vole ou qu'un char coure sur les flots. Par suite, les objets de nos pensées ne sont pas des êtres. 80. En outre, si les objets de nos pensées sont des êtres, les non-êtres ne pourront pas être pensés : les contradictoires ont des attributs contradictoires et l'être et le non-être sont contradictoires. Par suite, et sans reſtriction, si l'être a l'attribut de pouvoir être pensé, le non-être aura celui de ne pouvoir être pensé. Or cela eſt absurde : Scylla, la Chimère et beaucoup de non-êtres sont pensés. Donc ce n'eſt pas l'être qui eſt l'objet de nos pensées. 81. De même que les objets de la vue sont dits visibles parce qu'ils sont vus, que les objets de l'ouïe sont dits audibles parce qu'ils sont entendus, et que nous ne rejetons pas les objets visibles parce que nous ne les entendons pas, que nous ne repoussons pas les objets audibles parce que nous ne les voyons pas (chaque objet a pour critère un sens spécifique, et non un autre), de la même manière les objets de la pensée, même si nous ne les voyons pas de nos yeux, même si nous ne les entendons pas de nos oreilles, ne laisseront pas d'être puisqu'ils seront saisis selon leur critère propre. 82. Donc, si l'on pense qu'un char court sur la mer, même si on ne le voit pas, il faudra, avec ce raisonnement, croire qu'il y a un char qui court sur la mer, ce qui eſt absurde. Donc l'être n'eſt pas objet de pensée et eſt insaisissable.

83. Et pourrait-on le saisir qu'on ne le pourrait formuler à aucun autre. Car si existent des êtres visibles, audibles et universellement sensibles, et d'une existence qui nous est extérieure, de ces êtres, les visibles sont saisis par la vue, les audibles par l'ouïe, et ‹ces sens› ne peuvent échanger leurs rôles. Dès lors, comment pourra-t-on révéler à autrui ces êtres? 84. Car le moyen que nous avons de révéler, c'est le discours; et le discours, il n'est ni les substances ni les êtres : ce ne sont donc pas les êtres que nous révélons à ceux qui nous entourent; nous ne leur révélons qu'un discours qui est autre que les substances. De même que le visible ne peut devenir audible, ou l'inverse, de même, l'être, qui subsiste extérieurement à nous, ne saurait devenir notre discours : 85. n'étant pas discours, il ne saurait être manifesté à autrui. Quant au discours, dit-il, sa constitution résulte des impressions venues des objets extérieurs, c'est-à-dire des objets de la sensation : de la rencontre avec leur saveur naît en nous le discours qui sera proféré concernant cette qualité, et, de l'impression de la couleur, le discours concernant la couleur. S'il en va ainsi, le discours ne manifeste pas l'objet extérieur, au contraire, c'est l'objet extérieur qui se révèle dans le discours. 86. Aussi n'est-il pas possible de dire que le mode de réalité du discours est le même que celui des objets visibles ou audibles, de manière à lui permettre, en prenant appui sur la réalité et l'être, de signifier la réalité et l'être. Car, dit-il, même si le discours est un être substantiel, il diffère néanmoins des autres substances, et la plus grande différence sépare les corps visibles et les paroles. C'est par un sens qu'est saisi le visible, et par un autre que se perçoit le discours. Aussi le discours ne nous montre-t-il rien de tout ce qui existe substantiellement, pas plus que les objets existants eux-mêmes ne nous instruisent sur l'essence des autres réalités.

87. Telles sont, donc, les apories que l'on trouve chez Gorgias : pour autant qu'on s'y arrête, le critère de la vérité s'évanouit. Aucun critère ne saurait exister ni de ce qui n'existe pas, ni de ce qui ne peut être connu, ni de ce qui ne peut être communiqué à autrui[1]. (*Contre les mathématiciens*, VII, 65-87.)

IV

Platon.

MÉNON : Et de la couleur, Socrate, quelle définition donnes-tu ?

SOCRATE : Tu es un effronté, Ménon : je suis un vieux monsieur et tu me donnes à résoudre des problèmes. Tu devrais bien plutôt, toi-même, essayer de te rappeler ce que Gorgias pouvait dire de la vertu, et nous en faire part. [...]

SOCRATE : Veux-tu que je te réponde à la manière de Gorgias ? Comme cela, tu pourras mieux me suivre.

MÉNON : Oui, bien sûr !

SOCRATE : Ne soutenez-vous[1] pas que des effluves d'un type particulier proviennent des êtres, ce qui eſt la théorie d'Empédocle[2] ?

MÉNON : C'eſt sûr.

SOCRATE : Et qu'il y a des pores vers lesquels et à travers lesquels cheminent ces effluves ?

MÉNON : Exactement.

SOCRATE : Et certains de ces effluves s'harmonisent[3] à certains de ces pores, tandis que d'autres sont ou plus petits ou plus grands ?

MÉNON : C'eſt cela.

SOCRATE : Mais n'y a-t-il pas un sens que tu appelles la vue ?

MÉNON : Certes.

SOCRATE : Maintenant, comme disait Pindare : *« Comprends ce que je te dis*[4] », car la couleur eſt un effluve matériel à la mesure de la vue, et sensible.

MÉNON : À mon avis, Socrate, tu as donné ici une excellente réponse.

SOCRATE : C'eſt peut-être parce que je me suis exprimé selon ton ſtyle. En même temps, je crois, tu dois comprendre que l'on dispose, avec cette théorie, de quoi expliquer la voix, l'odorat, et tous les autres sens.

MÉNON : Tout à fait.

SOCRATE : La réponse, Ménon, eſt de ſtyle tragique[5]. (*Ménon*, 76 *a-c*.)

V

Théophraſte.

Pourquoi la lumière venue du Soleil allume-t-elle une flamme lorsqu'elle eſt réfléchie sur des miroirs [quoiqu'un miroir soit dépourvu de pores] (car elle se mélange à la matière combustible), alors que la lumière d'un feu ne le fait pas? La raison en est que les particules de la lumière solaire sont subtiles et que leur continuité est accrue par la réflexion; au contraire, dans le cas du feu, ⟨sa réflexion dans un miroir⟩ ne peut allumer de flamme, parce que ses particules ne sont pas homogènes. Ainsi, dans le premier cas, grâce à leur concentration et à leur subtilité, elles pénètrent dans le combustible et peuvent l'enflammer, alors que dans le second cas, le feu, n'ayant aucune de ces deux qualités, en est incapable. La flamme s'allume par réflexion sur des objets en verre, en bronze ou en argent travaillés de manière adéquate, et non, comme le prétend Gorgias et comme le pensent certains autres, par le passage du feu à travers les pores. (*Du feu*, 73.)

ORAISON FUNÈBRE

V *a*

Saint Athanase d'Alexandrie.

La troisième sorte de rhétorique faisait rire et chahuter les jeunes gens et n'était qu'une indigne flatterie. Quant au style et à l'inspiration, ils furent pratiqués, et fort mal, par les disciples de Thrasymaque et de Gorgias, qui usèrent à l'excès de la parisose, avec une méconnaissance totale du bon usage de cette figure. En revanche pour ce qui est de la pensée et de l'expression, de nombreux auteurs y eurent recours, et notamment Gorgias lui-même, qui, avec légèreté (pour reprendre les propres termes de son *Oraison funèbre*), n'osait pas parler de vautours et disait tombeaux vivants. Pour la pensée il se montra au-dessous de tout, au témoignage d'Isocrate qui affirme : « Comment pourrait-on, etc.[1]. » (*Rhétorique grecque*, XIV, 180, 9, éd. Rabe.)

Longin.

On raillait Gorgias de Léontium pour avoir écrit : Xerxès, Zeus des Perses et vautours, tombeaux vivants. (*Du sublime*, III, 2.)

V *b*

Philostrate.

Les trophées gagnés sur les Barbares demandent des hymnes de joie, mais ceux gagnés sur les Grecs demandent des chants funèbres. (*Vies des sophistes*, I, IX, 5.)

VI

Planude.

Denys l'Ancien, au livre II de ses *Caractères*, parle de Gorgias. Voici ce qu'il dit : « Je n'ai pas trouvé de discours judiciaires de lui, mais seulement quelques discours politiques et certains discours modèles; en fait, la plupart de ses discours sont épidictiques[1]. Je donne ici un exemple du genre d'éloquence qui le caractérise. (C'est un texte où il fait l'éloge des Athéniens les plus valeureux dans la guerre.)

Que manquait-il à ces héros de ce qui doit appartenir à des héros? Que leur appartenait-il de ce qui ne devait leur appartenir? Puissé-je dire ce que je veux, mais puissé-je aussi vouloir ce que l'on doit vouloir : puissé-je me dérober à la vengeance divine et échapper à la malveillance des hommes. Ces héros eurent en partage une valeur qu'ils tenaient de Dieu, et une condition mortelle qu'ils tenaient de leur humanité. Maintes fois, ils donnèrent la préférence à l'équité dans sa douceur plutôt qu'au droit dans sa rudesse; maintes fois, à la rigueur de la loi, ils préférèrent la rectitude du discours . Car ils croyaient cette loi la plus divine et la plus universelle qui consiste à dire, à taire, à faire ⟨ou à ne pas faire⟩ ce qu'il faut quand il le faut. Et ces deux facultés, parmi celles qu'il faut exercer, la réflexion ⟨et la force⟩, ils les exercèrent tout particulièrement, l'une par leurs décisions, l'autre par leurs actes; providence des infortunes imméritées, châtiment des bonnes fortunes imméritées, énergiques pour les œuvres utiles, attentionnés à l'égard des usages, ils savaient arrêter par le bon sens de leur réflexion l'égarement ⟨de la force⟩, *violents* envers les violents, honnêtes envers les honnêtes, intrépides envers les intrépides, terribles envers les terribles.

Témoignage de ces qualités, ils ont érigé des trophées pris sur leurs ennemis, monuments dédiés à Zeus, offrandes votives d'eux-mêmes. Eux qui n'ignoraient rien ni de l'instinct guerrier, ni des désirs reconnus par la loi, ni de la chaleur bouillonnante des armes, ni de la paix où l'on s'attarde à la beauté, par égard à la justice, ils étaient respectueux des dieux; par égard au rite, ils étaient pieux envers leurs parents; par égard à l'équité, ils étaient justes envers leurs concitoyens ; par égard à la loyauté, ils étaient dévoués envers leurs amis.

Ainsi donc, ils ont beau être disparus, leur ardeur n'est pas morte avec eux, mais, immortelle, elle vit dans des corps non immortels, alors qu'ils ne vivent plus. (*Contre Hermogène*, V, 548.)

DISCOURS OLYMPIQUE

VII

Aristote.

On dit que les exordes des discours épidictiques commencent par un éloge ou un blâme. Ainsi Gorgias, dans son *Discours olympique :* Vous êtes dignes de l'admiration d'une multitude de peuples, ô Grecs ! car il loue ceux qui ont fondé les panégyries. (*Rhétorique*, III, XIV, 1414 *b* 29.)

VIII

Clément d'Alexandrie.

Notre combat, d'après Gorgias de Léontium, exige deux vertus : l'audace et la sagesse. L'audace pour affronter le danger, la sagesse pour juger avec bon sens. Car la parole, comme l'annonce le héraut aux Jeux olympiques, appelle qui veut mais couronne qui peut. (*Stromates*, I, 51.)

DISCOURS PYTHIQUE[1]

IX

Philostrate.

(*Vie des sophistes*, I, IX, 1[2].)

ÉLOGE DES ÉLÉENS

X

Aristote.

Tel est l' *Éloge des Éléens* de Gorgias : sans aucun échauffement ni mouvement préparatoire, il commence d'emblée : Élis, cité bienheureuse [...]. (*Rhétorique*, III, XIV, 1416 *a* 1.)

ÉLOGE D'HÉLÈNE

XI

Gorgias.

1. La parure d'une cité, c'est le courage de ses héros; celle d'un corps, c'est sa beauté : celle d'une âme, sa sagesse; celle d'une action, c'est son excellence; celle d'un discours, c'est sa vérité. Tout ce qui s'y oppose dépare. Aussi faut-il que l'homme comme la femme, le discours comme l'action, la cité comme les particuliers, soient, lorsqu'ils sont dignes de louanges, honorés de louanges, et lorsqu'ils n'en sont pas dignes, frappés de blâme. Car égales sont l'erreur et l'ignorance à blâmer ce qui est louable ou à louer ce qui est blâmable.

2. Et cette tâche revient au même homme de clamer sans détours ce qu'est notre devoir et de proclamer que sont réfutés *[texte corrompu]* ceux qui blâment Hélène, femme à propos de qui s'est élevé, dans un concert unanime, tout autant la voix, digne de créance, de nos poètes, que celle de la réputation attachée à son nom, devenu le symbole des pires malheurs. Ainsi voudrais-je, dans ce discours, fournir une démonstration raisonnée qui mettra fin à l'accusation portée contre cette femme dont la réputation est si mauvaise. Je convaincrai de mensonge ses contempteurs et, en leur faisant voir la vérité, je ferai cesser l'ignorance.

3. Que, par sa nature et son origine, la femme dont je parle en ce discours, soit à mettre au premier rang parmi les premiers des hommes et des femmes, rares sont ceux qui ne s'en aperçoivent clairement. Car il est clair que si sa mère est Léda, son père, quoiqu'on le dise mortel, est un dieu, qu'il s'agisse de Tyndare ou de Zeus : si c'est le premier, c'était un fait et on le crut; si c'est le second, c'était un dieu et on le réfuta; mais le premier était le plus puissant des hommes, et le second régnait sur toutes choses.

4. Avec une aussi noble parenté, elle hérita d'une beauté toute divine : recel qu'elle ne céla pas. En plus d'un homme elle suscita plus d'un désir amoureux; à elle seule, pour son corps, elle fit s'assembler, multitude de corps, une foule de guerriers animés de grandes passions en vue de grandes actions : aux uns appartenait une immense richesse, aux autres la réputation d'une antique noblesse, à d'autres la vigueur d'une force bien à eux, à d'autres,

cette puissance que procure la possession de la sagesse ; et ils étaient tous venus, soulevés tant par le désir amoureux de vaincre que par l'invincible amour de la gloire.

5. Qui alors, et pourquoi, et comment, assouvit son amour en s'emparant d'Hélène, je ne le dirai pas. Dire ce qu'ils savent à ceux qui savent peut bien les persuader, mais ne peut les charmer. Dans le présent discours, je sauterai donc cette époque pour commencer tout de suite le discours même que je m'apprête à faire et je vais exposer les raisons pour lesquelles il était naturel qu'Hélène s'en fût à Troie.

6. Ce qu'elle a fait, c'est par les arrêts du Destin, ou par les arrêts des dieux ou par les décrets de la Nécessité qu'elle l'a fait ; ou bien c'est enlevée de force, ou persuadée par des discours, ⟨ou prisonnière du désir⟩. Si c'est par la cause citée en premier, il est juste d'accuser ce qui doit encourir l'accusation : la diligence des hommes ne peut s'opposer au désir d'un dieu. Le plus faible ne peut s'opposer au plus fort, il doit s'incliner devant le plus fort et se laisser conduire : le plus fort dirige, le plus faible suit. Or, un dieu est plus fort que les hommes par sa force, sa science et tous les avantages qui sont les siens. Si donc c'est contre le Destin et contre Dieu qu'il faut faire porter l'accusation, lavons Hélène de son ignominie. 7. Si c'est de force qu'elle a été enlevée, elle fut contrainte au mépris de la loi et injustement violentée. Il est clair alors que c'est le ravisseur, par sa violence, qui s'est rendu coupable ; elle, enlevée, aura connu l'infortune d'avoir été violentée. C'est donc le Barbare, auteur de cette barbare entreprise, qu'il est juste de condamner dans nos paroles, par la loi et par le fait : par la parole se fera mon procès, par la loi sera prononcée sa déchéance, par le fait il subira le châtiment. Mais, Hélène, contrainte, privée de sa patrie, arrachée à sa famille, comment ne serait-il pas naturel de la plaindre plutôt que de lui jeter l'opprobre ? L'un a commis les forfaits, mais elle, elle les a endurés. Il est donc juste de prendre pitié d'elle et de haïr l'autre. 8. Et si c'est le discours qui l'a persuadée en abusant son âme, si c'est cela, il ne sera pas difficile de l'en défendre et de la laver de cette accusation. Voici comment : le discours est un tyran très puissant ; cet élément matériel d'une extrême petitesse et totalement invisible porte à leur plénitude les œuvres divines : car la

parole peut faire cesser la peur, dissiper le chagrin, exciter la joie, accroître la pitié. Comment? Je vais vous le montrer. 9. C'eſt à l'opinion des auditeurs qu'il me faut le montrer. Je considère que toute poésie n'eſt autre qu'un discours marqué par la mesure, telle eſt ma définition. Par elle, les auditeurs sont envahis du frisson de la crainte, ou pénétrés de cette pitié qui arrache les larmes ou de ce regret qui éveille la douleur, lorsque sont évoqués les heurs et les malheurs que connaissent les autres dans leurs entreprises; le discours provoque en l'âme une affection qui lui eſt propre. Mais ce n'eſt pas tout! Je dois maintenant passer à d'autres arguments.

10. Les incantations enthousiaſtes nous procurent du plaisir par l'effet des paroles, et chassent le chagrin. C'eſt que la force de l'incantation, dans l'âme, se mêle à l'opinion, la charme, la persuade et, par sa magie, change ses dispositions. De la magie et de la sorcellerie sont nés deux arts qui produisent en l'âme les erreurs et en l'opinion les tromperies.

11. Nombreux sont ceux, qui sur nombre de sujets, ont convaincu et convainquent encore nombre de gens par la fiction d'un discours mensonger. Car si tous les hommes avaient en leur mémoire le déroulement de tout ce qui s'eſt passé, s'ils ⟨connaissaient⟩ tous les événements présents, et, à l'avance, les événements futurs, le discours ne serait pas inveſti d'une telle puissance; mais lorsque les gens n'ont pas la mémoire du passé, ni la vision du présent, ni la divination de l'avenir, il a toutes les facilités. C'eſt pourquoi, la plupart du temps, la plupart des gens confient leur âme aux conseils de l'opinion. Mais l'opinion eſt incertaine et inſtable, et précipite ceux qui en font usage dans des fortunes incertaines et inſtables. 12. Dès lors, quelle raison empêche qu'Hélène aussi soit tombée sous le charme d'un hymne, à cet âge où elle quittait la jeunesse ? Ce serait comme si elle avait été enlevée et violentée [...][1]. Car le discours persuasif a contraint l'âme qu'il a persuadée, tant à croire aux discours qu'à acquiescer aux actes qu'elle a commis. C'eſt donc l'auteur de la persuasion, en tant qu'il eſt cause de contrainte, qui eſt coupable; mais l'âme qui a subi la persuasion a subi la contrainte du discours, aussi eſt-ce sans fondement qu'on l'accuse.

13. Que la persuasion, en s'ajoutant au discours arrive à

imprimer jusque dans l'âme tout ce qu'elle désire, il faut en prendre conscience. Considérons en premier lieu les discours des météorologues[1] : en détruisant une opinion et en en suscitant une autre à sa place, ils font apparaître aux yeux de l'opinion des choses incroyables et invisibles. En second lieu, considérons les plaidoyers judiciaires qui produisent leur effet de contrainte grâce aux paroles : c'est un genre dans lequel un seul discours peut tenir sous le charme et persuader une foule nombreuse, même s'il ne dit pas la vérité, pourvu qu'il ait été écrit avec art. En troisième lieu, considérons les discussions philosophiques : c'est un genre de discours dans lequel la vivacité de la pensée se montre capable de produire des retournements dans ce que croit l'opinion. 14. Il existe une analogie entre la puissance du discours à l'égard de l'ordonnance de l'âme et l'ordonnance des drogues à l'égard de la nature des corps[2]. De même que certaines drogues évacuent certaines humeurs, et d'autres drogues, d'autres humeurs, que les unes font cesser la maladie, les autres la vie, de même il y a des discours qui affligent, d'autres qui enhardissent leurs auditeurs, et d'autres qui, avec l'aide maligne de Persuasion, mettent l'âme dans la dépendance de leur drogue et de leur magie.

15. Dès lors, si elle a été persuadée par le discours, il faut dire qu'elle n'a pas commis l'injustice, mais qu'elle a connu l'infortune. Mais je dois exposer, quatrième argument, ce qu'il en est de la quatrième cause. Si c'est Éros qui est l'auteur de tout cela, il n'est pas difficile d'innocenter Hélène de l'accusation de ce qu'on nomme sa faute. En effet, la nature des objets que nous voyons n'est pas déterminée par notre volonté, mais par ce que chacun se trouve être. Par la vue, l'âme est impressionnée jusque dans ses manières propres[3]. 16. C'est ainsi que, lorsque l'œil contemple tout ce qui concrétise l'ennemi dans la guerre : les ornements de bronze et de fer sur les armures hostiles, les armes de la défense, les armes de l'attaque, il se met brusquement à trembler et fait trembler l'âme aussi, *à tel point que* souvent, à la vue d'un danger qui doit arriver, frappé de terreur, on s'enfuit comme s'il était déjà là. C'est que la solide habitude de la loi est expulsée hors de nous par cette crainte née de la vue, dont l'arrivée fait tenir pour rien ce qui était tenu beau au jugement de la loi : le bien qui résulte de la victoire.

17. Certains, dès qu'ils ont vu des choses effrayantes, perdent sur-le-champ la conscience de ce qui se passe : c'est ainsi que la terreur peut éteindre ou faire disparaître la pensée. Nombreux sont ceux qui furent frappés par de vaines souffrances, par de terribles maux, par d'incurables folies. C'est ainsi que l'œil a gravé dans leur conscience les images de ce qu'ils ont vu. Je passe sur de nombreux spectacles terrifiants : ce sur quoi je passe ne diffère pas de ce dont j'ai parlé.

18. De même, les peintres procurent un spectacle charmeur pour la vue lorsqu'ils ont terminé de représenter un corps et une figure, parfaitement rendus à partir de nombreuses couleurs et de nombreux corps. La réalisation de statues, d'hommes ou de dieux, procure aux yeux un bien doux spectacle. C'est ainsi qu'il y a des choses attristantes à regarder, d'autres exaltantes. Il y a beaucoup de choses qui suscitent, chez beaucoup, amour et ardeur de beaucoup de choses et de corps.

19. Si donc l'œil d'Hélène, à la vue du corps d'Alexandre, a ressenti du plaisir et a excité, en son âme, désir et élan d'amour, quoi d'étonnant? Si Éros est un dieu, il a des dieux la puissance divine : comment un plus faible pourrait-il le repousser et s'en protéger? Mais si la cause est un mal d'origine humaine, une ignorance de l'âme, il ne faut pas blâmer le mal comme une faute, il faut le tenir pour un malheur. Car, ce qui l'a fait survenir comme tel, ce sont les pièges de la fortune, et non les décisions du bon sens, ce sont les nécessités de l'amour, non les dispositions de l'art. 20. Dans ces conditions, comment pourrait-on estimer juste le blâme qui frappe Hélène? Qu'elle soit une victime de l'amour, ou du discours persuasif, qu'elle ait été enlevée de force ou nécessitée à faire ce qu'elle a fait par la Nécessité divine, quoi qu'il en soit, elle échappe à l'accusation.

21. J'espère avoir réduit à néant, dans ce discours, la mauvaise réputation d'une femme, et m'être tenu à la règle que j'avais fixée au commencement de mon discours. J'ai tenté d'annuler l'injustice de cette mauvaise réputation et l'ignorance de l'opinion. Et si j'ai voulu rédiger ce discours, c'est afin qu'il soit, pour Hélène, comme un éloge, et pour moi, comme un jeu. (*Éloge d'Hélène*. Texte conservé.)

DÉFENSE DE PALAMÈDE

XI *a*

Gorgias.

1. Ni l'accusation, ni la défense ne sauraient rendre un verdict de mort. Car, par un décret évident, c'est la nature qui y a condamné tous les mortels, dès leur venue au monde. L'enjeu ici, c'est mon déshonneur ou mon honneur : devrai-je mourir selon l'ordre juste de la nature ou mourir de mort violente, chargé des pires injures, sous le poids de l'accusation la plus infamante? 2. Ces deux issues, vous les gouvernez l'une et l'autre. Moi, je ne suis maître que de la première, celle de l'ordre juste des choses, alors que vous, vous avez aussi celle de la violence. Si vous le voulez, il vous est facile de me faire mettre à mort : vous en êtes maîtres, et je n'ai là-dessus aucun pouvoir. 3. Si donc Ulysse, mon accusateur, que ce soit en sachant clairement que je livrais la Grèce aux Barbares, ou en se fondant seulement sur l'opinion qu'il en était ainsi, a entrepris son accusation par souci du salut de la Grèce, il est le plus vertueux des hommes; et comment ne le serait-il pas, lui qui est, à coup sûr, le sauveur de sa patrie, de ses parents, de la Grèce entière, et par-dessus le marché, le justicier qui fait châtier les coupables? Mais si c'est par envie, ou par habileté maligne, ou par ruse, qu'il a monté cette accusation, il pourrait bien, avec ces procédés, être le plus fort des hommes, il n'en serait pas moins, pour cette raison, le plus scélérat des hommes. 4. Pour expliquer tout cela, par où devrai-je commencer? Que dire en premier lieu? Par où faire cheminer mon apologie? C'est qu'une accusation sans preuves provoque une frayeur que l'on ne peut cacher, et cette frayeur, nécessairement, empêchera mon discours de progresser, à moins que je ne tienne ma science de la vérité elle-même et de la nécessité présente, qui sont des maîtres plus dangereux que bénéfiques. 5. Que ce n'est pas sur un savoir évident que mon accusateur s'appuie pour m'accuser, je le sais d'un savoir évident : car je sais, avec évidence, que je n'ai rien fait de tel. Et je voudrais bien savoir comment on pourrait représenter comme

étant quelque chose qui n'a jamais été. Si c'est en croyant qu'il en est ainsi, qu'il a monté son accusation, je vais vous montrer qu'il ne dit pas vrai, par un dilemme : ou bien j'ai pu, sans le vouloir, entreprendre ce qu'on me reproche, ou bien je l'ai voulu, sans le pouvoir.

6. Je commencerai par avoir recours, en premier lieu, à l'argument suivant : à savoir que je suis incapable d'avoir commis ce forfait. Il fallait bien en effet que la trahison commençât par des préparatifs, et ces préparatifs auraient dû être une tractation. Avant d'exécuter un tel projet, il est nécessaire qu'ait lieu, auparavant, une tractation. Or, comment des tractations pourraient-elles avoir eu lieu sans qu'il y ait eu de contacts? Mais comment aurait-il pu y avoir des contacts puisque l'adversaire n'a envoyé personne auprès de moi et que je n'ai pas non plus envoyé quelqu'un auprès de lui? Et un message écrit ne saurait arriver si personne ne l'apporte. 7. Admettons, pourtant, qu'une telle rencontre, avec une tractation, ait été possible. Dès lors, je dois entrer en contact avec l'ennemi, et lui avec moi. Mais comment? Qui avec qui? Un Grec avec un Barbare. Mais comment se parler et se comprendre? est-ce seul à seul? Nous ignorons nos langues respectives. Il y a un interprète avec nous? Alors un tiers est témoin de ce qui doit être tenu secret. 8. Admettons encore cela, bien qu'il n'en ait rien été. Il fallait se donner et recevoir garantie l'un de l'autre. Qu'aurait bien pu être cette garantie? Un serment? Qui aurait accepté de me faire confiance, à moi qui trahissais? Alors, des otages? Mais qui prendre? J'aurais pu livrer mon frère (je n'avais personne d'autre), et le Barbare un de ses fils. Cela aurait constitué, de lui à moi et de moi à lui, une très sûre garantie; seulement, cela, vous l'auriez tous vu. 9. On pourra dire que nous avons constitué la garantie avec de l'argent : il me le donnait et je le recevais. En ce cas, une faible quantité? Mais il n'est pas vraisemblable de recevoir peu d'argent en échange de pareils services. Alors, beaucoup d'argent? Mais qui l'aurait convoyé? Comment un seul homme l'aurait-il transporté? ou même plusieurs? si on avait été plusieurs à le transporter, il y aurait eu plusieurs témoins du complot, et si c'est un seul qui a fait le transport, ce qu'il portait n'était pas bien lourd. 10. Le transport a-t-il eu lieu de jour ou de nuit? Les sentinelles sont nombreuses et rap-

prochées et il est difficile de les éviter. De jour, alors? La lumière est ennemie de ce genre de trafic. Mais soit! Dans ce cas, ou je suis sorti pour toucher la somme, ou c'est lui qui est entré pour me l'apporter! Ces deux hypothèses sont aussi impossibles l'une que l'autre : une fois reçu l'argent, comment le cacher aux gens de chez moi et de l'extérieur? Où le mettre? Comment le surveiller? Si je m'en sers, je me démasque, si je ne m'en sers pas, à quoi bon? 11. Mais admettons qu'ait eu lieu ce qui n'a pas eu lieu. Nous nous sommes rencontrés, nous avons parlé, nous nous sommes compris, j'ai touché d'eux de l'argent, je l'ai rapporté en cachette, je l'ai dissimulé. Il fallait quand même accomplir ce à quoi tendaient ces manœuvres. Mais ceci est encore plus impraticable que ce qui précède. Car si je le fais, je le fais seul ou avec d'autres? Mais ce n'est pas l'affaire d'un seul homme. C'est donc avec d'autres? Qui ça? Il est clair que c'est avec des complices. Des hommes libres ou des esclaves? Mais les hommes libres, c'est vous, avec qui je suis. Qui de vous, alors, était dans le secret? Qu'il le dise! et si ce sont des esclaves, n'est-ce pas incroyable? Ces gens-là vous accusent spontanément pour retrouver la liberté, ou bien ils y sont forcés par la torture. 12. Et comment la chose se ⟨serait⟩-elle faite? évidemment, il fallait introduire dans le camp des ennemis plus forts que vous. Ce qui est impossible. Comment les aurais-je fait entrer? Est-ce par les portes? Mais il n'est en mon pouvoir ni de les fermer ni de les ouvrir, il y a des gardes qui en sont maîtres. Je leur aurais fait passer les remparts avec une échelle? ⟨Mais j'aurais été pris sur le fait⟩ : ils sont, partout, couverts de sentinelles. Alors, j'aurais ouvert une brèche? Tout le monde aurait pu la voir. C'est à découvert que se déroule la vie militaire (car il s'agit d'un camp), tout le monde y voit tout et tous sont vus de tous. Aussi m'était-il totalement impossible, et à tout point de vue, de mener à bien tout cela.

13. Examinons encore le point suivant, ensemble. Pour quelle raison pouvais-je vouloir faire cela, à supposer que, plus que tout autre, j'en aie eu les moyens? Personne n'accepte gratuitement de s'exposer aux pires dangers, ni de devenir le dernier des scélérats, de la pire scélératesse. Et cela, en vue de quoi? (J'y reviendrai par la suite) pour m'assurer le pouvoir? Sur vous ou sur les Barbares?

Sur vous, c'est impossible, étant donné votre nombre et ce que vous êtes, avec tous vos hauts faits, votre ancestrale valeur, votre fortune colossale, votre excellence, vos nobles pensées, votre royauté sur tant de cités.

14. Alors, sur les ⟨Barbares⟩? Et qui m'aurait donné ce pouvoir? Comment aurais-je pu recevoir cette royauté sur les Barbares alors que je suis grec, que je suis seul et eux des milliers? Par la persuasion ou par la force? Mais jamais ils n'auraient accepté de se laisser persuader et je ne pouvais pas leur faire violence. Mais peut-être me l'auraient-ils cédée, en plein accord réciproque, pour prix de ma trahison, en échange? Il faudrait être complètement fou pour admettre pareilles histoires et y croire : qui, en effet, préférerait l'esclavage à la royauté et le pire au meilleur?

15. On ira peut-être dire que c'est l'amour de l'argent et des richesses qui m'a lancé dans cette entreprise. Mais de l'argent, j'en ai bonne mesure et je n'ai nul besoin d'en posséder davantage. Car ceux qui ont de gros besoins d'argent, ce sont ceux qui font de grosses dépenses : non ceux qui savent dominer les plaisirs de la nature, mais ceux qui acceptent l'esclavage des plaisirs, qui courent après les honneurs avec leur richesse et leur somptuosité. Mais aucun de ces désirs n'est le mien. Que je vous dis ici la vérité, j'en veux pour témoin fidèle toute ma vie passée. De ce témoignage, vous êtes vous-mêmes les témoins : nous avons partagé notre vie, alors, partagez mon avis. 16. Mais ce n'est pas non plus par soif d'honneur qu'un homme pourrait entreprendre de tels actes, s'il est d'esprit mesuré. Car les honneurs proviennent de l'excellence et non de la scélératesse. Un homme qui aurait trahi la Grèce, comment pourrait-on l'honorer? En outre, il se trouvait que je ne manquais pas d'honneurs : j'étais honoré pour les vertus les plus honorables par les plus honorables des hommes, et par vous, pour ma sagesse.

17. Et ce n'est pas non plus pour m'assurer la sécurité que j'aurais entrepris ce forfait. Car le traître est l'ennemi de tout le monde, il est l'ennemi de la loi, de la justice, des dieux, de la majorité des hommes : il transgresse la loi, il détruit la justice, il corrompt le peuple, il insulte la divinité. Celui qui mène une telle vie s'expose aux pires dangers et ne connaît jamais la sécurité. 18. Alors, peut-être

voulais-je servir nos amis et nuire à nos ennemis? En effet, même pour cela, on pourrait commettre l'injustice. Mais moi, c'est tout le contraire que j'aurais fait : j'aurais fait du mal à nos amis et rendu service à nos ennemis. On ne voit pas où était le bénéfice de l'entreprise. Il n'y a pas un seul homme qui entreprendrait des machinations avec le désir de faire son malheur. 19. La seule solution qui reste, c'est que j'aurais agi pour échapper à quelque crainte, à quelque épreuve, à quelque danger. Mais personne ne saurait dire en quoi cela aurait pu m'arranger. Deux buts peuvent être proposés à toutes nos actions : poursuivre un gain ou échapper à une peine; or, les machinations dont je me serais rendu coupable en faisant cela n'entrent pas dans l'un de ces deux domaines *[texte corrompu]*, et ce n'est pas un secret : en trahissant la Grèce, je me trahissais moi-même ainsi que mes parents, mes amis, la réputation de mes ancêtres, les sanctuaires de ma famille et ses sépultures, ma patrie, la plus grande cité de Grèce. Les biens que tous estiment par-dessus tout, je les aurais livrés à nos adversaires.

20. Considérez également ceci : comment pourrais-je encore supporter la vie, une fois commis ces forfaits? Vers où devais-je me diriger? Aller en Grèce? Pour y payer le châtiment de mes crimes? Qui m'aurait encore donné accueil parmi les victimes de mes forfaits? Alors, devais-je m'installer chez les Barbares? Indifférent aux plus hautes valeurs, privé des plus beaux honneurs, vivant dans la plus honteuse infamie, je précipiterais dans l'oubli toute ma vie passée, pleine d'épreuves endurées pour l'excellence? Et tout cela par ma faute : il n'y a rien de plus terrible pour un homme que d'être l'artisan de son propre malheur.

21. Et je n'aurais pas eu, non plus, la confiance des Barbares. C'était inévitable : sachant tout et voyant en moi l'auteur de l'acte le plus propre à faire perdre la confiance, livrer des amis à ses ennemis, comment auraient-ils pu me faire confiance? Or la vie n'est pas vivable pour qui a perdu la confiance des autres. Celui qui a perdu ses biens, celui qui a été déchu de son trône, exilé de sa patrie, peut toujours espérer les retrouver. Celui qui a perdu la confiance, il ne la retrouvera plus. Ainsi donc, par ce qui a été dit, il est prouvé que je n'ai eu ni l'intention de trahir la Grèce ⟨ni, au cas où je l'aurais voulu, la possibilité de le faire⟩.

22. Je voudrais maintenant m'adresser à mon accusateur. À quoi te fies-tu donc, toi et ce que tu es, pour m'accuser moi et ce que je suis? Il vaut la peine de s'en enquérir : qu'es-tu pour m'accuser ainsi? Tu ne le mérites pas et je ne le mérite pas. Ces accusations, les fondes-tu sur une connaissance précise, ou sur une opinion? Si c'est en connaissance de cause, tu le sais pour avoir vu la chose ou y avoir participé, ou pour tenir la chose d'un participant. Si c'est pour avoir vu les faits, dis-leur de quelle façon, où, à quel moment, quand et comment tu l'as vu. Si c'est pour y avoir participé, tu es chargé des mêmes accusations que moi. Si tu le tiens d'un participant, quel qu'il soit, qu'il vienne lui-même ici, qu'il se fasse voir, qu'il témoigne. S'il y a un témoignage, l'accusation sera plus digne de foi, car pour l'instant, aucun de nous deux ne présente de témoins.

23. Peut-être diras-tu qu'il revient au même que toi, pour des faits qui ont eu lieu — à ce que tu dis — tu ne présentes pas de témoins, et que moi, pour des faits qui n'ont pas eu lieu, je n'en présente pas non plus. Mais non, ce n'est pas pareil : de ce qui ne s'est pas du tout passé, il est impossible de porter témoignage; mais de ce qui a eu lieu, non seulement c'est tout à fait possible, mais c'est encore facile; non seulement c'est facile, mais ⟨c'est encore nécessaire. Mais⟩ toi, tu ⟨n'⟩as ⟨pas⟩ été capable de trouver des témoins, pas même de faux témoins, alors que moi je ne puis fournir aucune de ces deux espèces de témoins.

24. Que tu ne sais donc rien des faits dont tu m'accuses, c'est clair : puisque tu ⟨ne⟩ sais ⟨pas⟩, il reste que tu te fondes sur une opinion. Ainsi, ô le plus imprudent des hommes, toi, tu fais confiance à l'opinion, qui est ce qu'il y a de plus trompeur! Tu ne connais pas la vérité, et tu as l'*audace* de poursuivre un homme pour un crime capital! Que sais-tu de ce forfait dont je serais l'auteur? D'ailleurs, s'abandonner à l'opinion est commun à tous et, pas plus là-dessus que dans les autres domaines, tu n'en sais plus que les autres. Il ne faut pas faire confiance à ceux qui ont des opinions, mais à ceux qui savent : il ne faut pas croire que l'opinion soit plus digne de foi que la vérité, mais au contraire que la vérité l'est plus que l'opinion.

25. Dans le discours que tu as prononcé, tu as lancé contre moi deux accusations éminemment contradictoires : tu m'as accusé d'habileté et de folie, quand il

n'est pas possible que ces deux qualités appartiennent à un même homme. Lorsque tu dis que je suis expert, ingénieux et inventif, tu m'accuses d'habileté sophistique, et, lorsque tu dis que j'ai trahi la Grèce, tu m'accuses de folie. Car la folie, c'est de se lancer dans des entreprises impossibles, désastreuses, infamantes, qui nuisent aux amis et servent les ennemis, et qui rendent notre propre vie honteuse et incertaine. Alors, comment faire confiance à un homme qui, dans le même discours, s'adressant aux mêmes personnes et sur les mêmes questions, profère des énoncés contradictoires[1] ? 26. Mais je voudrais bien que tu m'apprennes si tu juges que les gens habiles sont insensés ou doués de bon sens. Si tu juges qu'ils sont insensés, c'est une théorie nouvelle, mais fausse. Si tu juges qu'ils sont doués de bon sens, il ne convient pas, semble-t-il, que les gens sensés commettent les fautes les plus graves et préfèrent le mal alors que le bien est à leur portée. Si donc je suis habile, je n'ai pas commis de faute, et si j'ai commis une faute, alors, je ne suis pas habile. Donc, quelle que soit l'hypothèse retenue, tu auras menti.

27. Mais je pourrais t'accuser à mon tour, sur des faits nombreux et graves, anciens et récents. Je le peux, mais je ne le désire pas. Car ⟨je veux⟩ échapper à l'accusation qui m'est faite non pas grâce à tes fautes, mais grâce à mes mérites. Pour toi, donc, voilà ce qu'il en est.

28. Juges, je me tourne maintenant vers vous : j'ai à vous dire, sur moi, des choses qui vont susciter l'envie, mais qui sont vraies. Si je ⟨n'⟩étais ⟨pas⟩ accusé, il serait inconvenant de les dire, mais je suis accusé et il convient de les dire. Je vais donc, à présent, vous soumettre le bilan et le compte de ma vie passée. Je vous prie, si je vous rappelle quelques-uns de mes hauts faits, de ne pas prendre ombrage de mes paroles, mais de comprendre qu'il est nécessaire, quand on est accusé aussi gravement et aussi mensongèrement, de citer quelqu'une de ses belles actions, même devant des juges qui les connaissent. Cela m'est d'ailleurs fort agréable. 29. Ce que je veux dire en premier, ainsi qu'en second lieu, et qui est le plus important, c'est que, depuis son commencement, ma vie passée a toujours été exempte de fautes, pure de toute accusation. Personne ne pourrait formuler une seule accusation de scélératesse à mon encontre, sans mentir. De fait, même

mon accusateur d'aujourd'hui n'a pu apporter la moindre démonstration de ce qu'il a dit. Aussi son discours n'a-t-il pas plus d'effet qu'une injure dépourvue de preuves. 30. Je pourrais affirmer — en l'affirmant je ne risquerais ni de mentir ni d'être réfuté — que non seulement je suis irréprochable mais encore que je suis votre bienfaiteur, celui des Grecs et de l'humanité entière, non seulement pour le présent, mais ⟨aussi⟩ pour l'avenir. Qui d'autre aurait pu permettre de vivre à une humanité dépourvue? Lui donner les ornements qui lui manquaient? Car c'est moi qui ai inventé la tactique, meilleure arme à la guerre pour les victoires, et les lois écrites, gardiennes du droit; les lettres, outil de la mémoire; les mesures et les poids, si commodes pour les échanges et les transactions; l'arithmétique, gardienne des richesses; les signaux lumineux, messagers sûrs et rapides; le jeu d'échecs, si agréable passe-temps. Mais pourquoi vous ai-je rappelé tout cela?

31. C'est pour bien faire voir que ⟨si⟩ j'ai prêté toute mon ingéniosité à toutes ces inventions, c'est la preuve que je me tiens à l'écart de tout ce qui est honteux et mauvais. Quand on met toute son ingéniosité dans de telles inventions, il est impossible qu'on la mette dans le mal. Et je pense, puisque je ne vous ai en rien porté tort, qu'il n'y a pas de raison que je subisse de tort de votre part. 32. Car je ne mérite pas non plus le moindre châtiment pour mon comportement dans les autres domaines, ni à l'égard de la jeunesse, ni à l'égard des vieillards. À l'égard des vieillards, je suis plein de douceur, à l'égard de la jeunesse, je suis de bon conseil; ceux qui ont de la chance, je ne leur porte pas envie, le malchanceux, je le plains. Je ne regarde pas de haut la pauvreté, je ne donne pas ma préférence à *la richesse* contre la vertu, mais je la donne à la vertu contre la richesse. Je ne suis ni inutile dans les débats, ni inactif dans les combats, je fais ce qu'on me commande et j'obéis à mes chefs. Mais ce n'est pas à moi de faire mon propre éloge : c'est la circonstance présente qui m'y contraint; on m'accusait de forfaits, je devais, de toutes mes forces, me défendre.

33. Il me reste encore à vous parler de vous-mêmes. Après quoi, j'aurai terminé ma défense. Les lamentations, les supplications, les dépositions des amis, lorsque le procès a lieu devant la foule, sont fort utiles. Mais devant vous

qui êtes les premiers des Grecs et êtes reconnus comme tels, ce n'est pas avec l'aide de mes amis, ni avec des supplications, ni avec des lamentations que je vous convaincrai, mais avec l'infinie évidence de la justice; c'est en vous apprenant la vérité, et sans chercher à vous tromper, qu'il me faut échapper à l'accusation qui m'est faite.

34. Votre devoir est de prêter davantage attention aux actes qu'aux paroles, de ne pas donner la préférence aux accusations plutôt qu'à leurs réfutations, de ne pas considérer la hâte comme un juge plus sage qu'une longue réflexion, de ne pas croire la calomnie plus sûre qu'une connaissance effective. En toutes choses, les hommes les meilleurs doivent mettre la plus grande prudence à ne pas se tromper et, pour les décisions irréparables encore plus que pour les autres. Pour celles-ci, la réparation est possible si l'on s'y prend à temps; pour les premières, il n'y a pas de remède, et revenir sur son avis ne change rien. Or, c'est de ce genre de décisions qu'il s'agit lorsque des hommes condamnent à la peine capitale un autre homme, et tel est précisément le cas dans lequel vous vous trouvez.

35. Si donc il était possible, par le moyen des paroles, que la vérité des faits, pure et claire, apparaisse aux auditeurs, votre jugement serait rendu facile, rien qu'en vous aidant de mes paroles; mais puisqu'il n'en est pas ainsi, prenez bonne garde de ma personne, réfléchissez longtemps encore et rendez votre jugement selon la vérité. Car vous courez un grand danger, si vous vous montrez injustes : celui de perdre une réputation pour vous faire la réputation inverse. Et pour les gens de bien la mort est préférable à une renommée honteuse : la mort n'est que la fin de la vie, la renommée honteuse est un mal qui la ronge. 36. Si vous me condamnez injustement à mort, cela éclatera aux yeux de tous, car je ⟨ne⟩ suis ⟨pas⟩ un inconnu et toute la Grèce saura clairement que vous êtes de mauvais juges. Vous auriez à endurer, au su de tous, une accusation d'injustice, vous et non pas mon accusateur, *car l'issue de ce procès* est entre des mains qui sont les vôtres. Et l'on ne pourrait imaginer faute plus grave. Non seulement vous aurez fauté contre moi et mes parents, si vous rendez une justice injuste, mais aussi contre vous-même : vous aurez sur la conscience d'avoir commis un acte terrible, impie, injuste et contraire à la

loi, pour avoir condamné à mort un homme qui était un allié, qui vous donnait ses services, le bienfaiteur de la Grèce, vous des Grecs, lui un Grec, sans avoir fait la démonstration ni d'aucune injustice évidente, ni d'une accusation digne de foi.

J'ai dit ce que j'avais à dire sur moi et je m'arrête. Certes, on peut rappeler brièvement les développements les plus importants quand on a affaire à des juges de peu de valeur. Mais vous, vous êtes les premiers des Grecs parmi les premiers des Grecs, et il ne serait pas convenable de rappeler les faits à votre attention et à votre mémoire, ou même de supposer que vous puissiez le désirer. (*Défense de Palamède*. Texte conservé.)

ART ORATOIRE

XII

Aristote.

Gorgias disait : Le sérieux de l'adversaire, il faut le détruire par la plaisanterie, et sa plaisanterie par le sérieux. Il a raison. (*Rhétorique*, III, XVIII, 1419 *b* 3.)

XIII

Denys d'Halicarnasse.

Aucun rhéteur ni aucun philosophe, jusqu'ici, n'a défini l'art du moment opportun, pas même celui qui le premier a entrepris d'écrire à ce sujet, Gorgias de Léontium, car il n'y a consacré aucun livre digne qu'on le mentionne[1]. (*De l'arrangement des mots*, XII, 84.)

XIV

Aristote.

L'éducation que dispensaient ces gens qui se faisaient payer pour enseigner les discours éristiques était du même genre que celle dont s'occupait Gorgias. Ils donnaient à apprendre par cœur les uns des discours rhétoriques, les autres des recueils de questions; les uns et les autres pensaient, qu'en général, leurs divers arguments se ramenaient le plus souvent à ces formes. Ainsi, ceux qui étudiaient auprès d'eux progressaient très vite dans leurs leçons, bien qu'ils ne dominassent pas l'art lui-même. Car ils croyaient que l'enseignement consistait à dispenser non pas l'art, mais ses résultats : c'est comme si on déclarait qu'on va vous donner la science qui permet de ne pas avoir mal aux pieds, mais qu'au lieu de vous enseigner la cordonnerie, ou les moyens de vous procurer ce qui convient, on vous donnait d'innombrables modèles de chaussures pour tous les pieds. (*Réfutations sophistiques*, XXXIII, 183 *b* 36.)

Platon.

PHÈDRE : Parler et écrire selon l'art se fait surtout dans les procès, même si l'on peut citer aussi l'éloquence politique. Mais je n'ai jamais ouï parler qu'il y ait d'autres types d'éloquence.

SOCRATE : Mais alors, en guise de discours, tu n'as entendu parler que des *arts* de Nestor et d'Ulysse, qu'ils ont rédigés à Troie, pendant leurs loisirs. Mais tu n'as jamais entendu parler des livres de Palamède[1] ?

PHÈDRE : Mais, par Zeus ! je n'ai jamais entendu parler, ma foi, des œuvres de Nestor, à moins que tu donnes à Gorgias les traits d'un Nestor, et à Thrasymaque et Théodore ceux d'un Ulysse ! (*Phèdre*, 261 *b*.)

ÉCRITS DOUTEUX

XV

Aristote.

La froideur dans le style se repère dans quatre cas : premièrement, avec l'usage des noms composés [...] C'est ainsi que Gorgias utilise : flatteurs-ingénieux-pour-mendier, prêteurs-de-faux-serments et prêteurs-de-serments-fidèles. (*Rhétorique*, III, III, 1405 *b* 34.)

XVI

Aristote.

[...] en quatrième lieu, la froideur résulte des métaphores [...]; par exemple, chez Gorgias : affaires chlorotiques et exsangues. Tu l'as semé dans la honte, tu le récoltes dans le mal. Ces tours sont trop poétiques. (*Rhétorique*, III, III, 1406 *b* 4.)

XVII

Aristote.

Dans les discours épidictiques, il faut introduire de la variété par des éloges, comme le fait Isocrate : il en introduit toujours un. Et c'est la même chose que veut dire Gorgias, lorsqu'il dit qu' il n'est jamais en reste de matière. En effet, s'il parle d'Achille, il peut faire l'éloge de Pélée, puis d'Ajax, puis du dieu; de même pour le courage : il dit qu'il a tel ou tel effet et il définit sa nature. (*Rhétorique*, III, XVII, 1418 *a* 32.)

XVIII

Aristote.

Il est de beaucoup préférable, quand on parle des vertus, de les dénombrer, ainsi que le fait Gorgias, plutôt que de les définir de cette manière[1]. (*Politique*, I, XIII, 1260 *a* 27.)

XIX

Platon.

MÉNON : D'abord[2], si c'est la vertu de l'homme que tu veux, c'est facile. Voici ce qu'est la vertu de l'homme : être capable de gérer les affaires de la cité et, ce faisant, de faire du bien à ses amis et du mal à ses ennemis, et s'arranger pour ne pas subir soi-même le même sort. Maintenant, si tu veux la vertu de la femme, il sera facile d'expliquer qu'elle doit bien administrer la maison, préserver les biens de la famille et être obéissante à son mari. Autre est la vertu de l'enfant, fille ou garçon, autre celle du vieillard, autre celle de l'homme libre ou celle de l'esclave, selon ce qu'il te plaira. Et il y a une infinité d'autres vertus, si bien que dire ce qu'est la vertu ne présente aucune difficulté, car il y a une vertu propre pour chaque action et pour chaque âge, selon l'activité de chacun de nous. Et je crois qu'il en est de même, Socrate, pour le vice. (*Ménon*, 71 *e*.)

XX

Plutarque.

Gorgias de Léontium dit que Cimon se procura de l'argent pour en user, et qu'il en usa pour obtenir des honneurs. (*Vie de Cimon*, x.)

XXI

Plutarque.

L'ami, contrairement à ce que soutient Gorgias, ne demandera à son ami de lui venir en aide que par des actes justes; mais pour sa part, il n'hésitera pas à lui rendre service de multiples manières, même au prix de l'injustice. (*Du flatteur et de l'ami*, XXIII, 64 c.)

XXII

Plutarque.

Gorgias nous semble plus pénétrant quand il prescrit que la femme doit être connue parmi la foule non par sa beauté mais par sa bonne renommée. (*Des vertueux faits des femmes*, 242 E.)

XXIII

Plutarque.

La tragédie était florissante et célébrée : c'était une récitation et un spectacle admirables pour les gens de cette époque qui donnait, ainsi que le dit Gorgias, aux mythes et aux événements le pouvoir de tromper, et où celui qui faisait illusion était plus juste que celui qui n'y réussissait pas, et celui qui acceptait l'illusion plus sage que celui qui ne l'acceptait pas. Plus juste, celui qui faisait illusion, car il remplissait son contrat; plus sage celui qui s'y laissait prendre, car il faisait preuve de sensibilité en se laissant entraîner par le plaisir des paroles. (*Si les Athéniens ont été plus excellents en armes qu'en lettres*, V, 348 c.)

XXIV

Plutarque.

Gorgias disait qu'une des tragédies [d'Eschyle], *Les Sept contre Thèbes*, était pleine d'Arès[1]. (*Propos de table*, VII, x, 2, 715 E.)

XXV

Proclus.

Hellanicos, Damaste et Phérécyde font remonter sa généalogie à Orphée[2]. [...] Gorgias de Léontium la fait remonter à Musée. (*Vie d'Homère*, 14, p. 26.)

XXVI

Proclus.

Ce que disait Gorgias n'est pas entièrement vrai. Il disait que l'être était invisible s'il n'était repris dans le paraître, et le paraître inconsistant s'il ne saisissait pas l'être. (*Commentaire sur les Travaux et les Jours d'Hésiode*, v. 758.)

XXVII

[Scolie.]

Et Gorgias : Ils mêlaient des menaces aux supplications et des lamentations aux prières[1]. (À l'*Iliade*, IV, v. 450.)

FRAGMENTS INCERTAINS

XXVIII

[Anonyme.]

Gorgonias [Gorgias?] a dit : « La remarquable beauté d'une chose cachée se révèle quand les peintres les plus habiles ne peuvent la représenter avec leurs essais de couleurs. Car leur immense travail et leurs grands efforts témoignent de façon éclatante du charme de son mystère. Et si chacun de ces efforts parvient à son but, ils lui donnent encore la couronne de la victoire, tant ils restent silencieux. Mais ce qu'aucune main ne tient et que nul œil ne voit, comment la langue pourrait-elle l'exprimer, ou l'entendre l'oreille? » (*Fragment gréco-syriaque*, trad. allemande par Ryssel, Rheinisches Museum, 51, 1896, 540 *n*. 34.)

XXIX

[Recueil de sentences.]

Le rhéteur Gorgias disait que ceux qui négligeaient la philosophie pour se consacrer aux sciences annexes étaient semblables aux prétendants : ils désiraient Pénélope, mais couchaient avec ses servantes. (*Gnomologium Vaticanum*, 743, n. 166, éd. Sternbach.)

XXX

[Recueil de sentences.]

Les orateurs, disait Gorgias, ressemblent aux grenouilles : elles poussent des cris dans l'eau; eux, le font devant la clepsydre. (*Gnomologium Vaticanum*, 743, n. 167.)

XXXI

Sôpater d'Apamée.

Gorgias dit que le Soleil est une masse incandescente[1]. (*Rhétorique grecque*, VIII, 23.)

C. IMITATIONS

Platon.

SOCRATE : Ton discours m'a rappelé Gorgias, si bien qu'il m'est arrivé exactement ce qui est raconté dans Homère[2] : j'avais peur que, pour finir, Agathon, dans son discours, ne sorte contre mon discours la tête de Gorgias, cet orateur si habile, et ne me rende muet, en me laissant pétrifié. (*Le Banquet*, 198 *c*.)

APOLLODORE : Quand Pausanias eut fait sa pause (c'est que les sophistes m'ont appris les assonances) [...]. (*Ibid.*, 185 *c*.)

Xénophon.

« Si les esclaves, dans de petites coupes, nous versent de petites gouttes [...] », pour parler, moi aussi, avec des expressions à la Gorgias. (*Banquet*, II, 26.)

LYCOPHRON

A. VIE ET DOCTRINE

I

Aristote.

Certains philosophes parlent de participation, mais sa cause et son essence restent, pour eux, un problème. D'autres parlent d'une communion, en ce sens où Lycophron dit que la science est la communion du savoir et de l'âme[1]. (*Métaphysique*, H, VI, 1045 *b* 10.)

Alexandre d'Aphrodise.

D'autres parlent d'une communion de l'âme, comme le sophiste Lycophron, qui définit la science comme la communion du savoir et de l'âme. Il serait préférable, et plus clair, de s'exprimer ainsi : « La science est le savoir, dans sa communion avec l'âme. » En effet, à la question de la cause de l'unité de la science et de l'âme, Lycophron répond au moyen du concept de communion. (*Commentaire sur la Métaphysique d'Aristote*, 563, 33.)

II

Aristote.

Même les plus tardifs des anciens se sont beaucoup préoccupés d'éviter que la même chose ne leur apparaisse à la fois une et multiple. À cet effet, les uns, comme Lycophron, éliminèrent la copule *est*; les autres découpèrent la proposition autrement, afin d'avoir à dire non plus « l'homme est blanc », mais « l'homme a blanchi »; [...] cela pour que jamais le multiple ne soit un du fait de l'utilisation de la copule *est*. (*Physique*, I, II, 185 *b* 25.)

III

Aristote.

La communauté est une espèce d'alliance. Elle ne diffère de l'alliance au sens usuel (avec des alliés éloignés) qu'en ceci : elle se fait sur place ; quant à la loi elle est une convention, c'est-à-dire, selon l'expression du sophiste Lycophron, une garantie de droits réciproques qui n'est donc pas propre à rendre les citoyens bons et justes. (*Politique*, III, IX, 1280 *b* 8.)

IV

Aristote.

La noblesse, dis-je, est-elle le propre des personnes honorables et de qualité, ou bien, comme l'a écrit le sophiste Lycophron, quelque chose d'entièrement vide ? Ce dernier, en effet, lui oppose les autres biens et affirme : La beauté de la noblesse est invisible ; tout ce qu'elle a de vénérable, c'est son nom. On ne la recherche que pour briller aux yeux de l'opinion : dans cette mesure, il n'y a pas de différence réelle entre nobles et non-nobles. (*Sur la noblesse*, fragment 1, éd. Ross, p. 57.)

V

Aristote.

La froideur d'expression se retrouve dans quatre cas, surtout dans les mots composés, comme dans les expressions de Lycophron : Le ciel-aux-multiples-visages, la terre-aux-sommets-élevés ou la côte-au-chenal-étroit. [...] Telle est la première cause ⟨de la froideur d'expression⟩. Une deuxième consiste dans l'utilisation de mots étrangers : ainsi Lycophron parle de Xerxès, guerrier colossal ou de Sciron, le dévastateur. (*Rhétorique*, III, III, 1405 *b* 34.)

VI

Aristote.

Parfois, il faut aborder également des sujets étrangers à la question, en la reprenant sous une autre forme. Il faut le faire quand on ne peut s'attaquer directement à la question proposée :

ainsi fit Lycophron quand on lui a demandé l'éloge de la lyre. (*Réfutations sophistiques*, XV, 174 *b* 32.)

Alexandre d'Aphrodise.

Ou plutôt, comme on l'avait forcé à faire l'éloge de la lyre, et comme il manquait de matière, il fit un bref éloge de la lyre ⟨l'instrument de musique⟩, puis passa à celui de la Lyre céleste : en effet, la voûte céleste porte une constellation aux nombreuses étoiles appelée la Lyre : c'est à son propos qu'il inventa un discours fourni et remarquable. (*Commentaire des Réfutations sophistiques* au passage précédent.)

PRODICOS

A. VIE ET DOCTRINE

I

Suidas.

Prodicos de Céos, né dans l'île de Céos, à Ioulis, philosophe de la nature et sophiste, contemporain de Démocrite d'Abdère et de Gorgias, élève de Protagoras d'Abdère. Accusé de corrompre la jeunesse, il est mort à Athènes, condamné à boire la ciguë. (*Lexique*, « Prodicos ».)

I *a*

Philostrate.

Le nom de Prodicos de Céos était si célèbre, quand il s'agissait de science, que même le fils de Gryllos[1], quoique fait prisonnier en Béotie, allait l'écouter disputer, en prenant quelqu'un pour se porter garant de lui. Ambassadeur auprès des Athéniens, il se rendit devant le Conseil : l'écouter n'était pas un plaisir, et son débit avait quelque chose de pesant; néanmoins on jugea qu'il n'y avait pas homme plus remarquable que lui. Il pourchassait les jeunes gens de la noblesse ou ceux qui appartenaient à des familles riches. Il mettait tant d'ardeur à cette chose qu'il allait jusqu'à s'adjoindre des rabatteurs : il résistait mal à l'attrait de l'argent et s'adonnait aux plaisirs. *Le Choix d'Héraclès*, l'œuvre de Prodicos dont j'ai fait mention au début, ne fut pas trouvé indigne d'être rapporté, même par Xénophon[2]. Pour le reste, à quoi bon donner une description de la langue de Prodicos, puisque Xénophon l'a prise pour modèle avec tant de bonheur? (*Vies des sophistes*, I, 12.)

II

Platon.

SOCRATE : « *C'est alors que j'aperçus Tantale*[1] » : Prodicos de Céos, lui aussi, était à Athènes. Il habitait dans une construction qui jusque-là servait de remise à Hipponicos. [...] Prodicos, étendu sur son lit, était emmitoufflé dans des peaux de bêtes sous d'innombrables couvertures : du moins, c'est ce qu'on voyait. [...] [à côté, Pausanias et Agathon]. Me trouvant à l'extérieur, je ne pouvais pas saisir de quoi ils discutaient : et pourtant, je débordais d'envie d'ouïr Prodicos en qui je voyais un homme universel, véritablement divin. Mais sa voix quelque peu pesante remplissait la pièce d'un bourdonnement qui rendait inintelligibles ses paroles. (*Protagoras*, 315 *c-d*.)

III

Platon.

SOCRATE : Notre illustre ami Prodicos est maintes fois venu en voyage officiel, chez nous et à l'étranger. Cela dit, quand il est venu pour la dernière fois, tout récemment, comme envoyé officiel de Céos, il a pris la parole devant l'assemblée et s'est couvert de gloire. J'ajoute qu'il a ramassé d'incroyables sommes d'argent, que ce soit pendant ses conférences privées ou avec ses cercles de jeunes[2]. (*Hippias majeur*, 282 *c*.)

IV

Platon.

SOCRATE : Pourtant, c'est à mon avis très beau que de pouvoir *entreprendre* l'éducation des hommes, ainsi que le font Gorgias de Léontium, Prodicos de Céos et Hippias d'Élis. Chacun d'eux, messieurs, se rend dans chaque cité et, alors que les jeunes gens ont entière faculté de suivre, gratuitement, l'enseignement de ceux de leurs concitoyens qu'ils auront choisis, ils les persuadent d'abandonner ces fréquentations et de venir avec eux, contre paiement, tout en leur en étant reconnaissants. (*Apologie de Socrate*, 19 *e*.)

IV *a*

Xénophon.

SOCRATE : Je sais que c'est toi ⟨Antisthène⟩, dit-il, qui a emmené Callias, qui est ici, chez le sage Prodicos : tu avais bien vu que le premier était amoureux de philosophie et que le second avait besoin d'argent. (*Banquet*, 4, 62.)

IV *b*

Athénée.

Le *Callias*[1] parle du différend entre Callias et son père et de la raillerie dont étaient l'objet les sophistes Prodicos et Anaxagore. En effet, il raconte que Prodicos a fait de Théramène son élève; quant à l'autre, il aurait eu pour élèves Philoxène, le fils d'Éryxide, et Ariphrade, le frère d'Arignotos le citharisté. Son but est de faire éclater, à partir de l'ignominie de ces personnages et de leur avidité de bas étage, la vraie nature de l'enseignement dispensé par leurs pédagogues. (*Les Deipnosophistes*, V, 220 B.)

V

Aristophane.

De tous les grands savants qui contemplent le ciel,
Il n'est que Prodicos que l'on puisse écouter,
Car il a la sagesse et il a la raison;
Toi, Socrate au contraire...

(*Les Nuées*, v. 360[2].)

Cet homme, un livre l'a démoli,
Ou Prodicos, ou bien quelque bavard.

(*Les Rôtisseurs*, fragment 490, éd. Kaibel.)

VI

[Scolie.]

[Prodicos] était aussi le professeur de Théramène, celui qu'on surnommait « le Cothurne ». (Aux *Nuées* d'Aristophane, v. 361.)

VII

Denys d'Halicarnasse.

[Isocrate] fut l'auditeur de Prodicos de Céos, de Gorgias de Léontium et de Tisias de Syracuse, professeurs dont la réputation en matière de sagesse, était, à l'époque, sans pareille chez les Grecs, à ce qu'on dit. Il fut également l'élève du rhéteur Théramène, qui, passant pour démocrate, fut condamné à mort par les Trente. (*Isocrate*, 1.)

VIII

Aulu-Gelle.

[Euripide] fut l'élève du philosophe de la nature Anaxagore et du rhéteur Prodicos. (*Nuits attiques*, XV, xx, 4.)

IX

Marcellinos.

[Thucydide] s'inspira un peu, à ce que dit Antyllos, des balancements sonores de Gorgias de Léontium ainsi que de ses oppositions de mots : procédés fort en vogue chez les Grecs à cette époque. Au reste, cela ne l'empêcha pas de rechercher la précision dans les termes, qui était celle de Prodicos de Céos. (*Vie de Thucydide*, 36.)

X

Quintilien.

Les premiers d'entre eux à avoir traité des *lieux communs* sont, à *ce qu'on dit*, Protagoras et Gorgias; pour les *lieux pathétiques*, ce furent Prodicos, Hippias, et aussi Protagoras et Thrasymaque. (*Institution oratoire*, III, 1, 12.)

[Scolie.]

« Afin qu'ils apprennent de nous toute la vérité sur les phénomènes célestes [...] et puissent souhaiter de ma part à Prodicos bien des malheurs dans l'avenir. »

C'est à tort que Callimaque classe Prodicos parmi les rhéteurs, car il est bien clair qu'ici il est traité comme un philosophe. (Aux *Oiseaux* d'Aristophane, v. 692.)

XI

Platon.

SOCRATE : L'étude des termes représente un savoir de longue haleine. Si j'avais entendu la leçon à cinquante drachmes de Prodicos — une leçon qui, à ce qu'il dit, donne une formation complète sur le sujet —, alors rien ne t'interdirait d'apprendre sur-le-champ la vérité sur la rectitude des termes. Mais je ne l'ai pas entendue, je n'ai eu droit qu'à la leçon à une drachme. (*Cratyle*, 384 *b*.)

XII

Aristote.

Quand le moment opportun[1] est venu, il faut dire : « Prêtez-moi attention, cela a autant d'importance pour moi que pour vous » et : « Je vais vous dire quelque chose d'exceptionnel, comme vous n'en avez jamais entendu (ou bien, quelque chose de stupéfiant). » C'est cela, quand les auditeurs commençaient à s'endormir, que Prodicos appelait « leur glisser un morceau de la leçon à cinquante drachmes[2] ». (*Rhétorique*, III, XIV, 1415 *b* 12.)

XIII

Platon.

Quand Critias eut dit ces paroles, Prodicos déclara : « Voilà qui, à mon sens, est bien dit, Critias; il faut en effet que ceux qui assistent à semblables disputes soient *impartiaux* pour chacune des deux parties sans pour autant être *neutres*. Car ce n'est pas la même chose : il faut écouter chaque adversaire avec *impartialité*; mais il faut les départager sans être *neutre* : il convient d'accorder plus au plus savant et moins au plus ignorant. Protagoras et Socrate, je considère, pour ma part, que vous devez vous mettre d'accord l'un et l'autre pour *controverser* sur les questions choisies, non pour vous *quereller*. La *controverse* est le fait d'amis et se fait avec bienveillance, la *querelle* est le fait d'adversaires et d'ennemis. Voilà comment notre réunion pourra devenir un exemple de perfection. En tant qu'orateurs, vous trouverez tout spécialement en nous, auditeurs, *considération*, mais jamais la *louange* : en effet, la *considération* réside dans le for intérieur des auditeurs et n'enveloppe aucune tromperie, alors que la *louange* n'est que paroles et vient de gens qui souvent, par le mensonge, s'écartent de leur conviction. À l'inverse, nous, en tant qu'auditeurs, nous éprouverons tout spécialement du *bonheur*, mais nullement du *plaisir* : en effet, le *bonheur* est le fait de celui qui apprend et intériorise une connaissance de façon purement spirituelle, le *plaisir* est le fait de qui se repaît, ou subit un plaisir du seul fait de son corps. » Telles furent les paroles de Prodicos : la plupart des présents les accueillirent favorablement. (*Protagoras*, 337 *a-c*.)

XIV

Platon.

SOCRATE, *à Prodicos* : Bien sûr, pour retourner la situation à l'avantage de Simonide, nous aurons besoin de cette science qui te vient des Muses, grâce à laquelle tu établis une distinction entre *vouloir* et *désirer*, termes qui n'auraient pas le même sens. [...] — À ton avis, le *devenir* et *l'être* sont-ils la même chose, ou diffèrent-ils?

— Par Zeus, ils diffèrent, répondit Prodicos. [...]

— Ce qui est terrible, dit Prodicos, est mauvais. [...]

— Dis-moi, Prodicos, qu'est-ce que Simonide voulait dire par le mot « difficile »?

— Quelque chose de mauvais, dit-il. (*Protagoras*, 340 *a*-341 *b*.)

XV

Platon.

SOCRATE : Y a-t-il quelque chose que tu appelles *fin*? J'appelle ainsi ce qui est du genre de la limite ou de l'extrémité. J'entends par tous ces termes quelque chose d'identique. Mais peut-être l'avis de Prodicos serait-il différent? (*Ménon*, 75 *e*.)

XVI

Platon.

SOCRATE : En premier lieu, comme le dit Prodicos, c'est *la rectitude des termes* qu'il faut apprendre. C'est justement cela que t'exposent ces deux étrangers[1] : à savoir, que tu ignorais ce qu'est *apprendre*. On emploie ce terme lorsque quelqu'un qui n'a, au départ, aucune connaissance sur un sujet, se rend, par la suite, détenteur de cette connaissance. Mais on utilise encore ce terme lorsque quelqu'un, possédant déjà la science, met en œuvre cette science pour l'étude d'un objet appartenant à son domaine, à des fins soit pratiques, soit théoriques. Certes, il vaut mieux dire ici *comprendre* plutôt qu'*apprendre*, mais *apprendre* se dit aussi. (*Euthydème*, 277 *e*.)

XVII

Platon.

NICIAS : Mais, à mon avis, n'avoir jamais peur et être courageux ne sont pas la même chose. Je crois que seule une petite minorité de gens ont en partage *courage* et prévoyance; en revanche la *hardiesse*, l'audace, l'intrépidité, caractères qui accompagnent l'imprévoyance, sont le fait de la majorité des gens. (*Lachès*, 197 *b*.)

SOCRATE : Ne réponds pas, Lachès. Car aussi bien, j'ai l'impression que tu ne t'es même pas rendu compte que c'est à notre compagnon Damon qu'il a emprunté ce savoir-faire, Damon qui ne manque pas d'accointances avec Prodicos, qui passe pour le plus habile des sophistes dans l'art de la division des synonymes[1]. (*Ibid.*, 197 *d*.)

XVIII

Platon.

SOCRATE : Dis-moi, lui dis-je, tu ne considères pas comme identiques *œuvrer* et *agir*?

CRITIAS : Non, certes, dit-il, pas plus que *travailler* et *œuvrer*. Je sais cela d'Hésiode qui affirme : Un travail ne peut pas être déshonorant[2]. Crois-tu alors que s'il avait employé pour des travaux, comme ceux dont tu viens de parler, le mot *travailler* aussi bien que le mot *agir*, il n'aurait attribué aucun déshonneur au cordonnier ou au marchand de salaisons, et de même aux prostituées? Il ne faut rien en croire, Socrate; au contraire, à mon avis, il considère que *œuvrer* est différent d'*agir* et de *travailler* : *œuvrer* peut parfois entraîner le déshonneur, lorsque l'honnêteté fait défaut, mais *travailler* n'implique jamais aucun déshonneur; *œuvrer* dans les limites de l'honnêteté et de l'utile, il appelle cela *travailler*, et les *œuvres* de ce genre sont des *travaux* et des *actions*. (*Charmide*, 163 *a-b*.)

SOCRATE : En effet, j'ai entendu Prodicos, des milliers de fois, faire ce genre de distinctions terminologiques. (*Ibid.*, 163 *d*.)

XIX

Aristote.

Il y a encore à considérer si l'objet a été posé comme un accident par rapport à lui-même, en tant qu'il est supposé autre du fait qu'il porte un autre nom. C'est ainsi que Prodicos divisait les *plaisirs* en *joie*, *délice* et *bien-être* ; tous ces termes se rapportent au même objet, en l'occurrence le plaisir, dont ils sont des noms. (*Topiques*, II, VI, 112 *b* 22.)

Alexandre d'Aphrodise.

Prodicos s'efforçait d'attribuer à chacun de ces termes une aire sémantique particulière, comme dans la tradition stoïcienne, où l'on appelle *joie* un emportement raisonnable, *plaisir* un emportement irraisonné, *délice* un plaisir venu par l'ouïe, *bien-être* un plaisir venu par les discours. Propos de législateurs, mais qui ne disent rien qui vaille. (*Commentaire sur les Topiques d'Aristote*, 181, 2.)

XX

Platon.

SOCRATE : Un jour, alors que je parlais de cela, Prodicos éclata de rire : « Il n'y a que moi qui ai trouvé, dit-il, la technique s'appliquant aux discours : ils ne doivent être ni longs, ni courts, mais avoir bonne mesure. » (*Phèdre*, 267 *b*.)

B. FRAGMENTS

LES SAISONS

I

[Scolie.]

On rapporte également l'existence d'un livre de Prodicos, intitulé *Les Saisons*, dans lequel il a représenté la rencontre d'Héraclès avec Vertu et Dépravation : chacune l'invite à emprunter son propre chemin de vie, mais Héraclès se tourne vers le chemin de Vertu et donne sa préférence aux épreuves que lui réserve celle-ci plutôt qu'aux plaisirs passagers de Dépravation. (Aux *Nuées* d'Aristophane, v. 361.)

Platon.

ÉRYXIMAQUE : Si ton désir est de considérer les meilleurs sophistes, ils ont consigné, en prose, les louanges d'Héraclès et de bien d'autres, comme le fit l'éminent Prodicos. (*Banquet*, 177 *b*.)

II

Xénophon.

21. Le savant Prodicos, lui aussi, dans son écrit *Sur Héraclès*, qui a été lu devant un vaste public, avance sur la vertu des considérations du même ordre[1]. Voici à peu près ce qu'il dit, pour autant que je m'en souvienne. Il raconte qu' Héraclès, à ce moment où, au sortir de l'enfance, on s'élance vers l'adolescence, à cet âge où les jeunes gens, devenus maîtres de leur personne, montrent dans quel chemin — celui de la vertu, ou celui de la dépravation — ils engageront leur vie, prit retraite à l'écart et, pendant une halte, se demanda laquelle de ces deux routes emprunter. 22. C'est alors que se montrèrent à lui deux dames de belle stature : elles venaient à sa rencontre. La première avait grande allure et un port qui montrait une noble nature; elle était pleine de grâce, son teint d'une grande pureté, son regard disait sa pudeur, son maintien sa réserve; elle était vêtue de blanc. L'autre respirait les plaisirs de la chair et la mollesse, elle était maquillée afin de paraître plus blanche et plus rose qu'en réalité; par son attitude, elle cherchait à se donner un air plus droit que ne le comportait sa nature; ses yeux brillaient d'un éclat provocant, sa toilette laissait transparaître avec complaisance les charmes de son âge. Elle se regardait souvent, elle épiait si quelqu'un la voyait et même, à mainte reprise, elle portait ses regards sur l'image que son ombre lui renvoyait.

23. Alors qu'elles se rapprochaient d'Héraclès, et que celle dont nous avons parlé en premier continuait du même pas, l'autre, au contraire, voulant la devancer, se mit à courir vers Héraclès et lui dit : « Je te vois indécis, Héraclès, quant au chemin que tu dois emprunter dans la

vie. Et bien, si tu acceptes mon amitié et me suis, je te conduirai vers le plus grand bonheur par le chemin le plus aisé. Il n'eſt aucun plaisir que tu ne goûteras, et tu couleras ton exiſtence sans connaître aucune peine. 24. D'abord, tu n'auras à te soucier ni de guerres ni d'aucune entreprise, ton seul problème sera de rechercher la nourriture ou la boisson la plus exquise, les spectacles ou les concerts les plus charmants, les parfums ou les sensations les plus doux, les jeunes garçons dont l'amour te donnera la plus grande joie, les couches qui te donneront le plus tendre sommeil et comment jouir de tous ces plaisirs au prix du moindre effort. 25. Si quelque crainte te survenait que ne tarisse la source de tous ces biens, sois tranquille que je ne te contraindrai jamais ni à peiner ni à travailler, ni physiquement ni moralement, pour te les procurer; au contraire, ce pour quoi les autres auront travaillé, c'eſt toi qui en profiteras, tu n'auras à t'abſtenir de rien de ce dont tu pourras jouir. À ceux qui me suivent, je donne licence de tirer parti d'absolument tout. »

26. Héraclès écouta et dit : « Madame, comment vous appelle-t-on? – Mes amis, dit-elle, m'appellent Félicité, mais ceux qui me haïssent, pour m'injurier, me nomment Dépravation. »

27. À ce moment, l'autre dame s'avança et dit : « Moi aussi, je viens vers toi, Héraclès, je connais tes parents et je sais par quelle éducation ton caractère a été formé. Voilà qui me donne à espérer, si tu empruntes le chemin qui va vers moi, qu'à coup sûr tu te rendras le valeureux auteur d'exploits nobles et grandioses qui me feront paraître encore plus honorable et relèveront encore l'éclat que m'apportent les bonnes actions. Je n'essaierai pas de te tromper en te chantant la promesse du plaisir; mais conformément à ce qui a été fixé par les dieux, je t'exposerai les choses dans toute leur vérité. 28. De ce qui eſt véritablement beau et bon les dieux ne donnent rien aux hommes, si ce n'eſt au prix de peines et de soins diligents; si tu désires la faveur des dieux, il faut honorer les dieux; si tu veux avoir l'affection de tes amis, il faut bien t'occuper de tes amis; si tu souhaites qu'une cité te rende les honneurs, il faut que tu te sois fait le bienfaiteur de cette cité; si tu prétends, pour ta valeur, te faire admirer de la Grèce entière, il faut que tu essaies de faire le bien de la Grèce; si tu veux que la terre te donne des fruits à

foison, il faut cultiver la terre ; si tu penses devoir t'enrichir par l'élevage des troupeaux, il faut prendre soin de tes troupeaux ; si tu vibres du désir de te grandir dans la guerre et veux pouvoir faire vivre tes amis dans la liberté et dominer tes ennemis, il faut aller, auprès des maîtres, apprendre l'art de la guerre et suivre l'entraînement qui convient pour pouvoir le mettre en œuvre ; enfin, si tu veux donner de la vigueur à ton corps, il faut l'habituer à obéir à ta volonté et l'exercer sans craindre ni l'effort, ni les sueurs. »

29. C'est alors, au dire de Prodicos, que Dépravation intervint : « Tu saisis, Héraclès, ce que te promet, en guise de difficulté et de patience, la voie où cette dame veut t'engager pour te conduire à la félicité ; moi, le chemin par lequel je t'emmènerai au bonheur est aisé et rapide. »

30. Alors Vertu s'exclama : « Malheureuse ! Que peux-tu bien posséder d'honnête ? Quels plaisirs peux-tu bien connaître, puisque tu ne veux rien faire pour te les procurer ? Toi qui ne sais même pas attendre de désirer les plaisirs et qui t'en rassasies, sans en oublier, avant même de les vouloir, toi qui manges sans faim et bois sans soif ; toi qui, pour augmenter l'agrément de tes festins, fais apprêter tes mets avec recherche, et qui, pour augmenter l'agrément de la boisson, fais venir des vins de grand luxe et fais courir le monde, l'été, pour trouver de la neige ; toi qui, pour l'agrément de ton sommeil, ne te contentes pas de faire venir de molles couvertures, mais exiges encore des lits que tu arranges avec des traverses spéciales : si tu cherches le sommeil, ce n'est pas à cause de tes fatigues, mais parce que tu n'as rien d'autre à faire ; tu te livres aux plaisirs de l'amour avant même que le besoin te presse, tu as recours à tous les artifices en faisant jouer aux hommes le rôle des femmes. Voilà comment tu éduques tes amis : la nuit, c'est la débauche ; et le jour, le temps le plus utile, tu l'abandonnes au sommeil.

31. « Tu as beau être immortelle, les dieux te repoussent et les hommes de bien te méprisent : ce qu'il y a de plus doux à entendre, les paroles qui font notre éloge, tu ne le connais pas ; et le spectacle le plus doux, tu ne l'as jamais contemplé, car tu n'as jamais pu voir une belle action dont tu serais l'auteur. Qui pourrait croire un mot de toutes tes paroles ? Si tu as besoin de quelque chose,

qui pourrait te venir en aide? Qui oserait, à moins d'être fou, s'engager dans ton cortège? Dans ce cortège, les jeunes ont perdu toute vigueur et les plus vieux ont perdu la raison : engraissés, dans leur jeunesse, par une éducation qui ignorait l'effort, les voilà qui affrontent, péniblement, la vieillesse, malheureux comme tout; ils rougissent de ce qu'ils ont fait, ou ils sont écrasés par ce qu'ils font; les uns n'ont connu que les plaisirs pendant leur jeunesse, les autres ont repoussé les peines au temps de la vieillesse.

32. « Moi, au contraire, je vis dans la fréquentation des dieux, je vis dans la fréquentation des hommes honnêtes. Rien de beau, que ce soit œuvre divine ou œuvre humaine, ne se fait sans moi. Personne n'est plus honoré que moi, que ce soit chez les dieux ou chez les hommes pour qui je compte; je suis la bien-aimée collaboratrice des artisans, la fidèle protectrice des chefs de famille, le bienveillant soutien des serviteurs, la bonne auxiliaire des travaux de la paix, l'alliée sûre dans les opérations de la guerre, la meilleure compagne de l'amitié.

33. « Ceux qui m'aiment connaissent, par leurs nourritures et leurs boissons, un plaisir doux et serein : car tant qu'ils n'en éprouvent pas le désir, ils s'en abstiennent; leur sommeil est plus doux que celui de ceux qui ne travaillent pas, le quitter n'est pas pour eux une épreuve et il n'est pas un prétexte pour négliger leurs devoirs. Les jeunes se réjouissent des louanges des anciens et les plus vieux se glorifient d'être honorés par les jeunes. C'est avec plaisir qu'ils repassent dans leur mémoire leurs actions d'antan en ne prenant pas moins de plaisir à mener à bien les tâches du présent; grâce à moi, ils sont chéris des dieux, aimés de leurs amis, honorés par leurs concitoyens; et, quand arrive le terme fatal, ils ne sont pas ensevelis dans un oubli déshonorant : ils sont exaltés et fleurissent pour toujours dans le souvenir. Voilà, enfant de parents généreux, Héraclès, le bonheur le plus divin qu'il te sera permis de posséder si tu sais traverser toutes ces épreuves. »

34. Voilà à peu près comment Prodicos représenta l'éducation d'Héraclès par Vertu. Certes, il prit soin d'orner cette leçon de vocables bien plus relevés que les miens. (*Les Mémorables*, II, 1, 21-34.)

DE LA NATURE

III

Cicéron.

Que dire de Prodicos de Céos, de Thrasymaque de Chalcédon, de Protagoras d'Abdère ? À cette époque, chacun de ces auteurs a abondamment disserté et écrit, y compris *Sur la nature*. (*De l'orateur*, III, XXXII, 128.)

IV

Galien.

Prodicos, dans son écrit *Sur la nature de l'homme* appelle φλέγμα (phlegme) la substance qui résulte de l'inflammation et, pour ainsi dire, du dessèchement des humeurs, mot qu'il tire du verbe φλέγεσθαι (brûler), l'utilisant en un sens certes impropre, mais qui garde cependant l'essentiel de la signification qu'il a d'ordinaire. Les inventions de vocabulaire de cet auteur sont parfaitement visibles chez Platon. Cela même que tout le monde appelle *phlegme*, substance blanche d'aspect, Prodicos l'appelle βλέννα : il s'agit de cette humeur froide et liquoreuse qui se rassemble en grande quantité chez les vieillards ou les sujets qui, pour une raison ou pour une autre, ont subi un refroidissement et, raisonnablement, on ne peut pas la caractériser autrement qu'en la déclarant froide et liquoreuse. (*Des facultés naturelles*, II, 9, éd. Helmreich, III, 195.)

FRAGMENTS D'ÉCRITS INCERTAINS

V

Philodème.

Il est évident que Persée[1] [...] fait disparaître le divin ou qu'il ne saisit rien de sa nature, lorsque dans son ouvrage *Sur les dieux*, il affirme que ne lui paraissent pas incroyables les opinions soutenues dans les écrits de Prodicos, selon lesquelles, tout d'abord, ce sont les nourritures et les choses utiles qui ont été tenues pour divines et honorées comme telles, et, par la suite, ceux qui découvrirent des moyens de se nourrir ou de s'abriter, ou d'autres techniques, comme Déméter et Dionysos[2]. (*De la piété*, colonne IX, 7, éd. Gomperz, p. 75.)

Cicéron.

Quoi? Prodicos de Céos, qui a dit que ce qui était utile aux hommes devait être tenu pour divin, quelle religion finalement conserve-t-il? (*De la nature des dieux*, I, XLII, 118.)

Persée [...] dit qu'on les a tenus pour des dieux, ceux à qui l'on doit quelque invention de grande utilité pour la civilisation; et, de plus, que les inventions utiles et salutaires ont elles-mêmes été désignées par des noms de dieux. (*Ibid.*, I, XV, 38.)

Sextus Empiricus.

Prodicos de Céos dit : « Le Soleil, la Lune, les fleuves, les sources et, en général, tout ce qui est utile à notre vie, étaient considérés par les anciens comme des dieux, du fait de leur utilité. C'est ainsi que les Égyptiens font du Nil un dieu. » Pour cette raison, on a vu Déméter dans le pain, Dionysos dans le vin, Poséidon dans l'eau, Héphaïstos dans le feu, et de même pour tout ce dont nous tirons avantage. (*Contre les mathématiciens*, IX, 18.)

Que Dieu n'existe pas, c'est l'avis de ceux qu'on appelle athées, comme Évhémère [...] Diagoras de Mélos, Prodicos de Céos, Théodore[1] [...]. (*Ibid.*, IX, 51.)

Selon Prodicos, ce qui est utile à la vie doit être tenu pour divin : ainsi le Soleil, la Lune, les fleuves, les lacs, les prairies, les fruits, et tout ce qui est de ce genre. (*Ibid.*, IX, 52.)

Thémistius.

Nous en venons maintenant aux initiations et nous allons mettre dans nos paroles la science de Prodicos, qui rattache à l'homme toute activité religieuse et aux bienfaits de l'agriculture les mystères et les initiations; il pense que c'est là que se trouvent l'origine de l'idée des dieux chez les hommes et le répondant matériel de toute piété. (*Discours*, XXX, éd. Dindorf, p. 422.)

VI

Platon.

SOCRATE : Ce sont eux, Criton, dont Prodicos dit qu'ils sont à la jonction du philosophe et du politique; ils s'imaginent qu'ils sont les plus savants des hommes [...]. (*Euthydème*, 305 *c.*)

SOCRATE : Naturellement, ils pensent qu'ils ont un savoir total : en fait, leur connaissance de la philosophie est très moyenne, très moyenne aussi, leur connaissance de la politique. (*Ibid.*, 305 *d.*)

VII

Stobée.

De Prodicos : « Le redoublement de la passion, c'est l'amour ; le redoublement de l'amour, c'est la folie. » (*Florilège*, IV, xx, 65.)

FRAGMENTS DOUTEUX

VIII

Pseudo-Platon.

SOCRATE : Ces paroles, dis-je, il n'y a pas si longtemps qu'un savant homme, Prodicos de Céos, les tenait dans le Lycée : ceux qui étaient présents y virent du verbiage si bien qu'il ne put convaincre personne de la vérité de ses dires. Un jeune homme lui demanda en quel sens, à son avis, la richesse était un bien, et en quel sens c'était un mal. Prodicos prit la parole et dit, comme tu l'as fait à l'instant toi-même, que pour les gens de bien qui savent comment utiliser les richesses, elle était un bien, mais que pour les méchants et les ignorants, elle était un mal. Il en va ainsi, dit-il, de toutes choses en général : selon ce que sont ceux qui en font usage, selon cela, ce qu'ils en font est déterminé nécessairement. (*Eryxias*, 397 *d*.)

IX

Pseudo-Platon.

SOCRATE : Axiochos, le témoignage que tu donnes sur moi n'est pas exact. Tu crois, comme la foule des Athéniens, que si je pratique une recherche, de ce fait je possède quelque savoir. En fait, je voudrais bien connaître les vérités de tout le monde, tant je suis loin des plus difficiles. Mais ce que je te dis, ce sont des échos du savant Prodicos que j'ai achetés d'abord une demi-drachme, puis deux drachmes et enfin quatre drachmes (car cet homme ne donne jamais de leçon gratuite). Il a l'habitude de répéter tout le temps le mot d'Épicharme : « *La main lave la main : donne et tu recevras*[1]. » Récemment, en tout cas, il a donné une conférence chez Callias, le fils d'Hipponicos, et il a parlé de la vie en des termes tels que, pour un peu, je tournais la page de ma vie : après cela, mon âme, Axiochos, ne pensait plus qu'à mourir. (*Axiochos*, 366 *b-c*.)

FAUX

X

Plutarque.

À ce qu'il paraît, ce serait une ingénieuse remarque de Prodicos, que le feu eſt ce qu'il y a de meilleur pour les aliments. (*Des règles et préceptes de la santé*, VIII, 126 D.)

XI

Galien.

Assurément, le lait eſt bien meilleur lorsqu'on le suce directement à la mamelle. Tel eſt le jugement d'Euryphon, d'Hérodote et de Prodicos[1]. (*De la façon de soigner*, X, 474, éd. Kühn.)

THRASYMAQUE

A. VIE ET DOCTRINE

I

Suidas.

Le sophiste Thrasymaque, de Chalcédon en Bithynie : il a le premier introduit la période et le membre de période, et défini le caractère de l'actuelle rhétorique; il fut disciple du philosophe Platon et du rhéteur Isocrate. Il est l'auteur de *Discours délibératifs*, d'une *Rhétorique*, de *Fantaisies* et d'un *Dictionnaire oratoire*. (*Lexique*, « Thrasymaque ».)

II

Aristote.

Les auteurs réputés de maintenant ont reçu la rhétorique de nombreux anciens qui l'ont portée par degrés à sa forme actuelle, tout au long d'une tradition. Juste après les premiers, Tisias, après Tisias, Thrasymaque, après ce dernier, Théodore et, après lui, de nombreux auteurs y ont contribué pour de nombreux éléments. (*Réfutations sophistiques*, XXXIV, 183 *b* 29.)

III

Denys d'Halicarnasse.

Outre ces qualités, on en trouve une autre chez Lysias, tout à fait remarquable, dont Théophraste dit que c'est Thrasymaque qui en est l'inventeur. Pour ma part, je crois que c'est Lysias. En effet, à mon sens, ce dernier lui est, chronologiquement, antérieur[1] : je considère le moment où tous deux étaient dans leur maturité [...] Quelle est cette qualité dont je veux parler? C'est le style qui ramasse les idées et les exprime avec précision : style tout à fait adapté et indispensable dans les affaires judiciaires ou dans n'importe quel débat réel. (*Lysias*, 6.)

IV

Aristophane.

LE FILS

Bien sûr, avec le temps, tu seras culbuté.

LE PÈRE

Culbuter *! Voilà qui sent fort la rhétorique.*

LE FILS

Avec tous ces propos, où veux-tu en venir *?*

LE PÈRE

Ce vouloir en venir *sent fort son Alcibiade.*

LE FILS

Pourquoi le supposer *? Pourquoi dire du mal*
*De ceux dont l'idéal est d'*être honnêtes hommes *?*

LE PÈRE

Thrasymaque, pitié ! Mais chez quel chicaneur
As-tu été chercher si subtil argument ?

(*Les Convives*, fragment 198, v. 5 à 11.)

V

Aristote.

On peut dire également que Nicératos est un Philoctète mordu par Pratys : image donnée par Thrasymaque quand il vit Nicératos vaincu par Pratys dans un concours poétique, car il était échevelé et hirsute[1]. (*Rhétorique*, III, XI, 1413 *a* 7.)

VI

Aristote.

De même que Conon appelait Thrasybule « l'homme aux fortes décisions », Hérodicos disait à Thrasymaque : « Tu es toujours fort dans le combat », et à Polos : « Tu n'es jamais qu'une pouliche[2]. » (*Rhétorique*, II, XXIII, 1400 *b* 19.)

VII

Juvénal.

Combien n'ont su tirer que de nombreux soucis
De leur chaire infructueuse et stérile à la fois.
La mort de Thrasymaque[1] *en apporte la preuve.*

(*Satires*, VII, v. 203.)

[Scolie.]

[C'est une allusion à la mort] du rhéteur d'Athènes qui s'est pendu. (À Juvénal, *Satires*, VII, v. 203.)

VIII

Athénée.

Néoptolème de Parion, dans son livre *Des inscriptions*, raconte qu'à Chalcédon, sur la tombe de Thrasymaque, le sophiste, il y avait l'inscription suivante :

Mon nom est Thêta, rhô, alpha, san, upsilon,
Mu, alpha, chi, ou, san,
Ma patrie, Chalcédon,
Mon métier, la sagesse.

(*Les Deipnosophistes*, X, 454 F.)

IX

Cicéron.

[Prodicos, Thrasymaque, Protagoras] [...] à cette époque, chacun de ces auteurs a abondamment disserté et écrit, y compris *Sur la nature*[2]. (*De l'orateur*, III, XXXII, 128.)

X

Platon.

Pendant notre dialogue, Thrasymaque avait souvent cherché à nous contrer, mais ses voisins l'en avaient empêché, parce qu'ils voulaient nous entendre jusqu'au bout. Ainsi, à peine eûmes-nous fini, que sans attendre mon dernier mot il se ramassa sur lui-même et, tel un fauve, bondit sur nous comme pour nous mettre en pièces. Polémarque et moi étions transis de frayeur, et lui, s'étant avancé au milieu, s'écria : « Qui nous a donné encore, Socrate, ces sempiternels bavardages[3] ? » (*La République*, I, 336 *b-c*.)

XI

Aristote.

Reste le péan[1], dont on s'est beaucoup servi depuis Thrasymaque; mais on ne savait pas le définir[2]. (*Rhétorique*, III, VIII, 1409 *a* 2.)

XII

Cicéron.

Parce qu'il trouvait que Thrasymaque et Gorgias, du fait de la division du discours en nombreuses périodes brèves, étaient trop concis — eux qui, pourtant, selon la tradition, sont les premiers à avoir enchaîné les mots selon des techniques déterminées —, et que Thucydide était trop haché et pour ainsi dire insuffisamment arrondi, Isocrate fut le premier à faire règle d'une forme ample et d'un rythme large et doux pour exposer les idées[3]. (*L'Orateur*, XIII, 40.)

XIII

Denys d'Halicarnasse.

Parmi les auteurs qui ont recherché l'exactitude dans le discours et se sont essayé à la rhétorique dans les affaires politiques, il y a Antiphon de Rhamnonte, Thrasymaque de Chalcédon, Polycrate d'Athènes, Critias, le chef des Trente, et Zoïle, l'auteur des *Traités sur Homère*. [...] Thrasymaque, auteur pur, délié, habile à trouver et à formuler des expressions précises et raffinées à l'envi, se limite entièrement à des traités techniques et à l'éloquence d'apparat : il n'a laissé aucun discours judiciaire. On pourrait en dire autant de Critias et de Zoïle, si ce n'est qu'ils diffèrent par le style de leur expression. (*Isée*, 20.)

XIV

Suidas.

Vestinus, connu sous le nom de Jules, sophiste : auteur d'un *Épitomé*[4] du vocabulaire de Pamphile, en quatre-vingt-quatorze livres, d'un *Choix* de mots employés dans les œuvres de Démosthène, d'un *Choix* de Thucydide, d'Isée, d'Isocrate, du rhéteur Thrasymaque, et des autres rhéteurs. (*Lexique*, « Vestinus ».)

B. FRAGMENTS

DE LA CONSTITUTION

I

Denys d'Halicarnasse.

Le troisième style était fait du mélange et de la réunion de ces deux styles ‹le solennel et le simple›. Celui qui, le premier, l'a mis au point et établi dans son organisation actuelle, est-ce Thrasymaque de Chalcédon, comme le pense Théophraste? Est-ce un autre? Je ne saurais le dire. Ceux qui, l'ayant repris, l'ont développé et presque porté à la perfection sont, parmi les orateurs, Isocrate d'Athènes et, parmi les philosophes, Platon, le disciple de Socrate. Il est difficile de trouver, en dehors de Démosthène, des hommes qui aient mis au point mieux que ceux-ci le nécessaire et l'utile, ou pratiqué avec plus de brio le beau style et les ornements. Ainsi le style de Thrasymaque, s'il a vraiment été une source pour ce style mixte, semble mériter, par ce trait, d'être pris en considération. C'est en effet un heureux mélange qui a su recueillir ce que chacun des deux styles avait d'utile. Mais sa puissance n'était pas à la hauteur de ce qu'il se proposait, témoin en est ce passage d'un de ses discours délibératifs :

Je voudrais bien, Athéniens, appartenir à cet heureux temps d'autrefois : en ce temps-là, les jeunes pouvaient se permettre de ne rien dire; la situation ne les obligeait pas à parler à la foule car les anciens dirigeaient droitement la cité. Mais, puisque la divinité nous a mis en un temps où nous devons écouter ‹les autres qui gouvernent la cité›, et en même temps ‹subir› nous-mêmes les malheurs; et puisque les plus grands de ces malheurs ne sont pas l'œuvre des dieux ou de la fortune, mais bien celle de nos gouvernants, *alors il faut parler*. De fait, il faut être insensible, ou d'une endurance peu commune, pour non seulement commettre soi-même une faute, mais encore se soumettre à n'importe qui et prendre sur soi la responsabilité des complots et la malveillance des autres.

C'est assez, pour nous, que ce temps écoulé; au lieu

de la paix, nous n'avons que la guerre ; c'est à travers les dangers que ‹nous sommes arrivés› à ce jour ; nous nous réjouissons du jour passé, mais celui qui vient, nous le craignons ; au lieu de la concorde, nous nous jetons dans la haine et les luttes intestines. Les autres, c'est le bonheur à foison qui les pousse à la violence et à la division ; nous, quand c'était le bonheur, nous vivions dans la sagesse, mais dans le malheur nous perdons la raison, alors que les autres, cela les assagit. Dès lors, comment hésiter à parler quand on ‹a eu à› souffrir de la situation actuelle et quand on sait posséder un moyen pour que de tels événements ne se reproduisent plus ? Tout d'abord, je démontrerai que ceux dont les discours s'opposent, qu'ils soient ou non orateurs, connaissent, les uns et les autres, ce qui arrive nécessairement à ceux qui ne pensent qu'à se quereller, sans réfléchir. Ils croient en effet s'opposer les uns aux autres par leurs discours, mais ils ne se rendent pas compte qu'ils font la même chose, et que le discours de leur adversaire est contenu dans le leur propre. Considérez les choses dès le commencement : quel est l'objet de la recherche pour chaque camp ? En premier lieu, la constitution de nos pères leur offre un motif de division, elle qui est facile à connaître et appartient à tous les citoyens. Tout ce qui est au-delà de notre connaissance, il faut l'apprendre de la bouche des anciens, car tout ce que nos ancêtres ont vu de leurs yeux, nous ne pouvons l'apprendre que d'eux qui le savent.[...]

Tel est le genre d'expression de Thrasymaque, mixte de deux styles, équilibré, et qui introduit opportunément à ces deux genres. (*Démosthène*, 3.)

POUR LES LARISSIENS

II

Clément d'Alexandrie.

Euripide ayant dit, dans le *Télèphe* : « Nous, des Grecs, nous serions esclaves des Barbares ? », Thrasymaque déclara, dans son *Pour les Larissiens* : « Ce barbare d'Archélaos, nous, des Grecs, nous serions ses esclaves ? » (*Stromates*, VI, 16.)

GRAND TRAITÉ ⟨DE RHÉTORIQUE⟩

III

[Scolie.]

Thrasymaque dit, lui aussi, dans *Le Grand Traité*, la même chose que Théopompe. (Aux *Oiseaux* d'Aristophane, v. 880.)

IV

Athénée.

Thrasymaque de Chalcédon, dans un de ses exordes[1] raconte que Timocréon s'était rendu chez le Grand Roi et que, profitant de son hospitalité, il s'était empiffré sans mesure. Le roi lui demanda ce qu'il comptait faire après avoir mangé de la sorte et il répondit qu'il réservait une grêle de coups à d'innombrables Perses. Le lendemain, il en vainquit bon nombre en combat singulier, puis se remit à l'entraînement. On lui demanda pourquoi, et il répondit que, si quelqu'un s'approchait, il restait encore autant de coups. (*Les Deipnosophistes*, X, 416 A.)

V

Aristote.

Quelques auteurs ont traité un peu ⟨de l'art dramatique⟩, par exemple Thrasymaque, dans ses *Apitoiements*. (*Rhétorique*, III, 1, 1404 *a* 13.)

VI

Platon.

Pour les discours qui attirent la compassion sur la vieillesse ou la pauvreté, l'art du Chalcédonien, à mon avis, l'emporte par sa puissance. Cet homme, par son habileté, sait exciter la colère d'une foule d'auditeurs et, dans le même temps, à l'inverse, une fois excités, les apaiser par ses incantations, comme il le disait. Calomnier, puis dissiper la calomnie, là est mon point fort. (*Phèdre*, 267 *c*.)

Hermias.

Le Chalcédonien, c'est-à-dire Thrasymaque, enseignait comment il fallait éveiller la pitié du juge, puis se ménager sa miséricorde au moyen de lamentations sur la vieillesse, la pauvreté, les enfants et autres effets du même genre. (*Commentaire sur le Phèdre de Platon*, 267 *c*.)

VI *a*

Platon.

Pour ma part, j'affirme que le juste n'est rien d'autre que l'intérêt du plus fort. (*La République*, I, 338 *c*.)

VII

Plutarque.

Il faut, comme si l'on préparait un argument comparatif, avoir sous la main les *Topiques* d'Aristote ou les *Discours victorieux* de Thrasymaque, mais il ne faut pas chercher à en tirer avantage : sans cela, on introduirait dans les banquets la vaine gloire des assemblées et des théâtres. (*Propos de table*, I, II, 3, 616 D.)

VII *a*

Philodème.

Et Métrodore[1], dans le premier livre de son *Sur les poèmes*, semble convenablement mettre en lumière le fait que la rhétorique sophistique est un art [...] Pa⟨rler⟩ devant ⟨la f⟩oule des intérêts de la foule est ⟨faisable⟩ sans apprendre l'art de Thrasymaque, ou de ⟨tout⟩ autre [...] Thrasymaque et de nombreux autres qui passent pour avoir ces principes quant aux discours politiques ou rhétoriques, ne réalisent rien du tout ⟨de toutes ces qualités⟩ dont ils prétendent connaître les procédés[2]. (*Rhétorique*, II, 49, éd. Sudhaus.)

D'UN TEXTE DOUTEUX

VIII

Hermias.

Thrasymaque, dans un de ses discours, a écrit à peu près ceci : que les dieux ne considèrent pas les affaires humaines, sinon, ils n'auraient pas oublié ce qui est le plus grand des biens pour l'homme : la justice. Et nous voyons bien que les hommes ne la pratiquent pas. (*Commentaire sur le Phèdre de Platon*, 267 *c*.)

HIPPIAS

A. VIE ET DOCTRINE

I

Suidas.

Hippias d'Élis, fils de Diopithès, sophiste et philosophe, disciple d'Hégésidamos, a défini l'autarcie comme étant la fin suprême et a écrit de nombreux ouvrages. (*Lexique*, « Hippias ».)

II

Philostrate.

1. Hippias d'Élis, le sophiste, avait une mémoire telle que, même dans sa vieillesse, il était capable, ayant écouté une seule fois une liste de cinquante noms, de la réciter dans l'ordre où il les avait entendus. 2. Dans les discussions, il introduisait de la géométrie, de l' astronomie, des éléments de musique et de rythmique. Il dialoguait aussi sur la peinture et la sculpture. 3. Telle fut son activité en divers endroits. À Sparte, au contraire, il s'étendit sur les filiations des États, sur les colonies et leur histoire, vu que les Lacédémoniens, avec leur désir de suprématie, se plaisaient beaucoup à ce genre d'évocations. 4. Il y a aussi de lui un *Dialogue troyen* dont voici l'argument : dans Troie, qui vient de tomber, Nestor expose à Néoptolème, le fils d'Achille, les pratiques auxquelles il convient de se conformer pour être considéré comme un homme de bien. 5. Il fut ambassadeur plus que tout autre Grec et, représentant d'Élis, jamais il ne perdit sa réputation, passant son temps à parler aux foules et à débattre, ce dont il profita pour amasser une immense fortune et pour se faire donner la citoyenneté dans les petites villes comme dans les grandes.

6. Il se rendit à Inycos, trou perdu habité par des Siciliens — ville que Platon ridiculise dans le *Gorgias*[1] —, parce qu'on lui avait offert de l'argent. 7. Il passa le reste de son temps à polir sa réputation et séduisit le monde grec avec ses discours d'Olympie, chef-d'œuvre de diversité et de profondeur. Son expression brillait par la facilité, était ample et naturelle et n'avait recours que rarement à des tournures poétiques. (*Vies des sophistes*, I, XI, 1-7.)

III

Pseudo-Plutarque.

Isocrate, dans sa vieillesse, adopta Apharée, fils de Plathané, femme du rhéteur Hippias, le plus jeune des trois enfants de cette femme. (*Vies des dix orateurs*, 4, 838 A.)

Étant jeune, il ne s'était pas marié, puis, devenant vieux, il prit une compagne nommée Lagiské [...]; par la suite, il se maria avec l'ancienne femme du rhéteur Hippias, qui avait trois enfants, dont Apharée, qu'il adopta, ainsi que je viens de le dire. (*Ibid.*, 4, 839 B.)

Harpocration.

Apharée : c'était un fils d'Hippias, mais il se considérait comme le fils d'Isocrate. (*Lexique*, « Apharée ».)

Zozime d'Ascalon.

Isocrate prit pour femme une certaine Plathané, fille du rhéteur Hippias. (*Vie d'Isocrate*, éd. Mendelssohn, 253, 4.)

IV

Platon.

SOCRATE : Pourtant, c'est à mon avis très beau que de pouvoir entreprendre l'éducation des hommes, ainsi que le font Gorgias de Léontium, Prodicos de Céos et Hippias d'Élis. (*Apologie de Socrate*, 19 *e*.)

V

Athénée.

Platon, dans le *Protagoras*, fait apparaître ensemble Hippias et certains de ses concitoyens, dont il n'est pas vraisemblable qu'ils aient pu circuler en sécurité à Athènes, avant l'établissement de la trêve annuelle d'Élaphébolion, sous l'archontat d'Isarque[2]. (*Les Deipnosophistes*, V, 218 C.)

V *a*

Xénophon.

Je sais, dit-il, que tu[1] as fait se rencontrer Callias, ici présent, et le sage Prodicos [...], et je sais que tu lui as fait rencontrer aussi Hippias d'Élis, auprès duquel il a appris la mnémotechnique. (*Banquet*, IV, 62.)

VI

Platon.

SOCRATE : Hippias, toi qui es aussi beau que sage, comme cela fait longtemps que nous ne t'avons vu ici à Athènes!

HIPPIAS : Pas le temps, Socrate; car, lorsque Élis a un traité à conclure avec une cité, je suis à chaque fois le premier des citoyens que l'on vient choisir comme plénipotentiaire : on me considère comme l'arbitre et l'émissaire le plus approprié pour les discours qu'il convient de tenir auprès de chaque cité. Alors, sans cesse je suis en ambassade un peu partout et, très souvent, à Sparte, pour des affaires très nombreuses de la plus haute importance. Voilà, pour répondre à ta question, pourquoi je ne me montre pas trop souvent en ces lieux. (*Hippias majeur*, 281 *a*.)

VII

Platon.

HIPPIAS : Jadis, je suis arrivé en Sicile alors que Protagoras y séjournait rayonnant de gloire. Il était plus vieux que moi. Eh bien, j'avais beau être beaucoup plus jeune, en un rien de temps, j'ai fait plus de cent cinquante mines, et dans un seul village parfaitement minuscule, Inycos, plus de vingt mines. De retour au pays, j'ai tout donné à mon père : il en fut béat d'admiration et de stupeur, lui et les autres habitants du pays. Et je ne suis pas loin de croire que j'ai fait plus d'argent à moi tout seul que n'importe quels sophistes, à deux. (*Hippias majeur*, 282 *d-e*.)

VIII

Platon.

HIPPIAS : Voyons, Eudicos, on ne comprendrait pas cela : que moi, qui, toutes les fois qu'ont lieu les Jeux olympiques, vais à

Olympie à la panégyrie de tous les Grecs, et dois chaque fois quitter Élis, ma patrie; moi qui, au temple, me présente à qui le veut pour réciter sur ce qu'il veut un discours d'apparat préparé; moi qui réponds à n'importe qui sur n'importe quelle question; que moi donc, je me dérobe devant les questions de Socrate! (*Hippias mineur*, 363 *c*.)

Platon.

Depuis l'époque où j'ai commencé à participer aux concours olympiques, je n'ai jamais trouvé mon maître, sur quoi que ce soit. (*Ibid.*, 364 *a*.)

IX

Platon.

HIPPIAS : Oui, par Zeus, Socrate, encore tout récemment, je m'y[1] suis couvert de gloire en traitant des occupations louables auxquelles il convient que s'adonne la jeunesse. Sur ce sujet, je dispose d'un discours composé absolument magnifique, et j'oublie de dire qu'il se déploie dans une langue parfaite. Voici le plan général et le début de ce discours : après la prise de Troie, dit le discours, Néoptolème demande à Nestor quelles sont les occupations louables auxquelles un jeune doit s'adonner pour acquérir une noble réputation. Ensuite, vient un discours de Nestor qui lui expose toutes sortes d'activités conformes à la loi et pleinement honnêtes. Ce discours, je l'ai prononcé là-bas et, dans deux jours, je vais le présenter ici, à l'école de Philostrate, ce discours, et beaucoup d'autres qui sont dignes d'être entendus. Et cela à la requête d'Eudicos, le fils d'Apémantos. (*Hippias majeur*, 286 *a*.)

X

Platon.

HIPPIAS : Je l'affirme, Homère a représenté Achille comme le plus noble des guerriers qui sont allés à Troie, Nestor comme le plus sage, Ulysse comme le plus astucieux. (*Hippias mineur*, 364 *c*.)

XI

Platon.

SOCRATE : Au nom des dieux, Hippias! ils[1] débordent de louanges sur ton compte, c'est un plaisir pour eux de t'écouter! De quoi donc leur parles-tu? C'est, à coup sûr, des choses les plus belles dont tu aies connaissance : les astres et ce qui se produit dans les cieux.

HIPPIAS : Absolument pas. Ces sujets-là, ils ne les souffrent pas.

SOCRATE : Alors, c'est de géométrie qu'ils aiment entendre parler?

HIPPIAS : Pas du tout. Autant dire que la plupart d'entre eux ne savent même pas compter.

SOCRATE : Dans ce cas, ils ne doivent pas être près de supporter tes exposés d'arithmétique.

HIPPIAS : Exact, par Zeus!

SOCRATE : Alors, ce sont les distinctions que tu fais avec une exactitude minutieuse, unique au monde, sur le sens des lettres, des syllabes, des rythmes et des accents?

HIPPIAS : Mon cher, je ne vois pas quels accents et quelles lettres pourraient les intéresser.

SOCRATE : Mais alors, qu'est-ce qu'ils écoutent avec tant de plaisir et qui fait l'objet de leurs louanges? Il faut que tu me le dises toi-même, parce que moi, je ne trouve pas.

HIPPIAS : Les généalogies, Socrate, les généalogies des héros et des hommes, les fondations de cités. Je leur raconte comment, dans l'Antiquité, s'instituèrent les villes, et, en somme, toute l'histoire de l'Antiquité, voilà ce qui les comble de plaisir. À tel point que j'ai été contraint pour eux, à apprendre par cœur et à étudier à fond tous ces sujets.

SOCRATE : C'est une chance, par Zeus, que les Lacédémoniens ne trouvent pas leur plaisir à s'entendre énumérer la liste de nos archontes depuis Solon; autrement, tu aurais du pain sur la planche, pour apprendre cela par cœur.

HIPPIAS : Pourquoi, Socrate? Je peux te réciter cinquante noms après les avoir entendus une seule fois.

SOCRATE : C'est vrai. J'avais oublié que tu dominais la mnémotechnique. Maintenant je comprends que les Lacédémoniens t'apprécient : tu sais tellement de choses! Ils se servent de toi comme les petits enfants des vieilles femmes, pour se faire raconter des histoires qui leur plaisent. (*Hippias majeur*, 285 *b*.)

XII

Platon.

SOCRATE : Tu es absolument le plus savant de tous les hommes dans de multiples arts : une fois, je t'ai entendu te vanter avec emphase de ta grande et enviable science, alors que tu passais sur l'agora, dans le quartier des banquiers. Tu racontais qu'une fois tu étais allé à Olympie avec, sur toi, rien que des objets de ta fabrication. D'abord (c'est par lui que tu commençais) l'anneau que tu avais au doigt, c'était ton œuvre, car tu sais ciseler les anneaux ; de même ton sceau était ton œuvre; ton peigne et ta fiole à parfum, tu les avais faits toi-même aussi. Ensuite, les sandales que tu portais, tu disais que tu les avais confectionnées toi-même, ainsi que tissé ton manteau et ta tunique; mais ce qui étonna le plus les gens et marqua bien, à leurs yeux, l'immensité de ton savoir, ce fut lorsque tu expliquas que la ceinture que tu portais sur ta tunique était pareille aux plus luxueuses des ceintures de Perse et que tu l'avais tressée toi-même. Sans compter que tu y étais allé aussi avec des poèmes, des épopées, des tragédies, des dithyrambes et de nombreux discours sur tous les sujets et dans tous les styles. Quant à ces arts dont j'ai parlé tout à l'heure, tu disais que tu étais parvenu à en avoir une connaissance supérieure aux autres hommes, ainsi que sur les rythmes, les accents, la correction des termes, ainsi que dans de nombreux domaines, si je me souviens bien. Et justement, j'allais oublier la mnémotechnique dont tu es, paraît-il, l'inventeur, et dans laquelle, à t'en croire, tu es passé maître avec brio. (*Hippias mineur*, 368 *b*.)

XIII

Athénée.

Dans le *Ménexène*[1], ce n'est pas seulement d'Hippias d'Élis qu'on se moque, mais aussi d'Antiphon de Rhamnonte et du musicien Lampros. (*Les Deipnosophistes*, XI, 506 F.)

XIV

Xénophon.

5. Je sais qu'une fois Socrate tint le dialogue suivant, sur le juste, avec Hippias d'Élis. Hippias étant venu à Athènes, ce qu'il n'avait pas fait depuis longtemps, trouve Socrate qui disait qu'il

était étonnant que, si l'on voulait faire apprendre à quelqu'un le métier de cordonnier, de charpentier, de forgeron ou de cavalier, il n'y avait pas de difficulté pour trouver à qui l'envoyer; que, pour améliorer un cheval ou un bœuf, ceux qui seront capables d'entreprendre un tel apprentissage regorgent. Mais, que si l'on veut soi-même s'améliorer en apprenant le juste, ou le faire apprendre à un enfant ou à un serviteur, on ne saurait où s'adresser pour cela.

6. Alors Hippias, qui avait entendu ces paroles, se mit à le railler en ces termes : « Toujours le même, Socrate! Ce que tu dis est exactement la même chose que ce que je t'entendais dire, dans le temps. » Alors, Socrate de répondre : « Il y a plus étonnant encore, Hippias ; c'est que non content de dire toujours la même chose, c'est toujours sur les mêmes questions que je parle. Toi, évidemment, étant donné ton savoir universel, tu ne dis jamais la même chose sur les mêmes questions. – Certes, dit-il, j'essaye toujours de dire du nouveau.

7. – Alors, dit ⟨Socrate⟩, qu'en est-il au sujet de ce que tu sais? Par exemple, si on te demande de dire combien il y a de lettres dans " Socrate " et de les énoncer, vas-tu essayer de dire aujourd'hui autre chose que jadis? Et, si on t'interroge sur les nombres, par exemple : " Est-ce que dix, c'est deux fois cinq? ", tu ne répondras pas la même chose aujourd'hui qu'hier?

– Sur ces questions, Socrate, dit-il, moi aussi je réponds comme toi, toujours la même chose. Mais, lorsqu'il est question du juste, je pense vraiment que, maintenant, je suis en mesure de dire des choses que ni toi ni un autre ne pourraient contredire. » (*Mémorables*, IV, IV, 5-7.)

XV

Tertullien.

C'est alors qu'il préparait un attentat contre la cité, qu'Hippias[1] fut exécuté. (*Apologétique*, 46.)

XVI

Ammien Marcellin.

Si ce que divers auteurs indiquent est vrai, à savoir que le roi Cyrus, le poète lyrique Simonide et Hippias d'Élis, le plus brillant des sophistes, avaient une telle mémoire, ils l'auraient acquise par l'absorption de diverses préparations. (*Histoire de Rome*, XVI, v, 8.)

B. FRAGMENTS

ÉLÉGIE

I

Pausanias.

Alors, après le naufrage de leurs enfants, les Messéniens célébrèrent le deuil et leur rendirent de nombreux et distingués honneurs : au nombre de ceux-ci, ils leur firent élever, à Olympie, des statues de bronze, auxquelles ils ajoutèrent celle du maître du chœur et celle de l'aulète. L'antique inscription indiquait que c'étaient les monuments offerts par les Messéniens du détroit. Plus tard, Hippias, qui était connu chez les Grecs pour être un savant, composa des élégies à leur intention. Les statues sont l'œuvre de Calon d'Élis. (*Itinéraire*, V, xxv, 4.)

NOMS DE PEUPLES

II

[Scolie.]

Hippias d'Élis, dans ses *Noms de peuples*, dit qu'un peuple porta le nom de Spartiates. De même Atromètos. (À Apollonius de Rhodes, *Argonautiques*, III, v. 1179.)

REGISTRE DES VAINQUEURS OLYMPIQUES

III

Plutarque.

Déterminer les dates avec exactitude est difficile, surtout lorsqu'on se réfère aux vainqueurs olympiques, dont le registre n'a été fourni que plus tard par Hippias d'Élis, à ce qu'on dit, sans qu'il s'appuie sur aucun élément entièrement incontestable. (*Vie de Numa Pompilius*, 1.)

RECUEIL

IV

Athénée.

Il y a eu des femmes célèbres pour leur beauté : Thargélie de Milet[1], qui prit mari quatorze fois, était très belle de corps, et très savante, ainsi que le dit le sophiste Hippias dans son livre intitulé *Recueil*. (*Les Deipnosophistes*, XIII, 608 F.)

Hésychios.

Thargélie : « Elle est milésienne par sa famille, d'une beauté remarquable et, de plus, fort savante : elle sait conduire armée, cités et princes. Aussi eut-elle de nombreux époux parmi les gens de haut renom ». (*Dictionnaire*, « Thargélie ».)

DIALOGUE TROYEN

V

Platon.

(*Hippias majeur*, 286 *a*[2].)

FRAGMENTS D'ÉCRITS INCERTAINS

VI

Clément d'Alexandrie.

Considérons le témoignage qui nous vient en droite ligne d'Hippias d'Élis le sophiste : sur la question proposée, il tient le même langage que moi. Voici, à peu de chose près, ce qu'il dit :

« Parmi ces thèmes, vraisemblablement, les uns ont été traités par Orphée, d'autres par Musée, rapidement, mais chacun dans leur style propre, d'autres par Hésiode, d'autres par Homère, d'autres par différents poètes, d'autres dans des ouvrages en prose, œuvres de Grecs pour une part, de Barbares pour l'autre; de tous ces textes j'ai rassemblé les plus importants et les plus homogènes pour en faire le discours que voici, nouveau et varié. » (*Stromates*, VI, 15.)

VII

Diogène Laërce.

Aristote et Hippias déclarent que Thalès[1] confère aussi une âme aux êtres inanimés, en se fondant sur les propriétés de la pierre magnétique et de l'ambre. (*Vies*, I, 24.)

VIII

Eustathe.

Hippias appelle « filles de l'Océan » les deux continents d'Asie et d'Europe. (Scolie à Denys le Périégète, *Description du monde*, v. 270.)

IX

[Anonyme.]

C'est un trait particulier aux poètes venus après Homère que d'appeler *tyrans* les rois antérieurs aux événements de Troie ; le terme ne se diffusa que plus tard chez les Grecs, à l'époque d'Archiloque, d'après ce qu'affirme le sophiste Hippias. De fait, Homère appelle *roi* et non pas *tyran* Échétos, dont le règne était on ne peut plus contraire à la légalité : « *Auprès du roi Échétos, fléau du genre humain*[2] ». (*Argument d'Œdipe-Roi* de Sophocle, II, 12, 11, éd. Dindorf.)

X

Phrynichos l'Arabe.

On dit qu'Hippias ainsi qu'un écrivain ionien ont employé παραθήκη. Nous, nous disons παρακαταθήκη, de même que Platon, Thucydide et Démosthène[3]. (*Choix de noms et de mots attiques*, p. 312.)

XI

Plutarque.

Le sophiste Hippias affirme que Lycurgue était lui-même un guerrier de grande valeur, ayant acquis son expérience au cours de nombreuses expéditions. (*Vie de Lycurgue*, 23.)

XII

Proclus.

Après Thalès[1], on cite Mamercos, le frère du poète Stésichore, comme un autre amateur passionné de l'étude de la géométrie : et Hippias d'Élis raconte qu'il s'était acquis une réputation de géomètre. (*Commentaire sur les Éléments d'Euclide*, I, éd. Friedlein, p. 65, 11.)

XIII

[Scolie.]

Hippias et Phérécyde disent que les Hyades sont au nombre de sept. (À Aratos, *Phénomènes*, v. 172, éd. Maass, 369, 27.)

XIV

[Scolie.]

Dans ses *Hymnes*, Pindare l'[2]appelle Démodice, alors qu'Hippias l'appelle Gorgôpis. (À Pindare, *Pythiques*, IV, v. 288.)

XV

[Scolie.]

La troisième ville d'Élide, ⟨Éphyre⟩, que mentionne Hippias. (À Pindare, *Néméennes*, VII, v. 53.)

XVI

Stobée.

Extrait de Plutarque, ⟨*Sur la*⟩ *calomnie* : « Hippias dit qu'il y a deux jalousies. La juste, quand on jalouse les méchants qui sont honorés ; l'injuste, quand on jalouse les bons. Les jaloux connaissent un double malheur : non contents de subir leurs propres malheurs, au même titre que les autres, ils en éprouvent encore d'autres du fait du bonheur d'autrui. » (*Florilège*, III, XXXVIII, 32.)

XVII

Stobée.

Extrait de Plutarque, ⟨*Sur la*⟩ *calomnie* : « Hippias dit que la calomnie est une chose terrible, et il s'explique comme suit :

aucun châtiment n'est inscrit dans la loi contre les calomniateurs, comme c'est le cas pour les voleurs; et pourtant, ils volent ce trésor de la plus haute valeur qu'est l'amitié, à tel point que la démesure, pourtant ouvrière de malheur, est plus juste que la calomnie, car elle ne reste pas dissimulée. » (*Florilège*, III, XLII, 10.)

XVIII

[Vie d'Homère.]

Hippias et Éphore [disent qu'Homère était natif de] Cumes. (Éd. Wilamowitz, p. 30, 27.)

ÉCRITS DOUTEUX

XIX

D'Hippias[1].

XX

Aristote.

Il peut s'agir aussi d'une question d'accent. C'est ainsi qu'Hippias de Thasos expliquait « δίδομεν δέ οἱ » et « τὸ μὲν οὗ καταπύθεται ὄμβρωι ». (*Poétique*, XXV, 1461 *a* 21.)

Aristote.

Dans les discussions ⟨orales⟩, qui ne font pas usage de l'écriture, il n'est pas facile de produire une argumentation fondée sur l'*accentuation, mais on* peut davantage le faire lorsqu'il s'agit d'une discussion par écrit ou encore de poésie. C'est ainsi que certains corrigent le vers d'Homère : « τὸ μὲν οὗ καταπύθεται ὄμβρωι », pour le disculper auprès de ceux qui lui reprochent une expression surprenante : ils résolvent la difficulté en modifiant l'accentuation et en déclarant que le ου est oxyton. Et encore, dans l'épisode du songe d'Agamemnon, ils affirment que ce n'est pas Zeus lui même qui dit : « δίδομεν δέ οἱ εὖχος ἀρέσθαι » (*Nous lui accordons l'accomplissement de sa prière)*, mais qu'il demande au songe de le lui accorder[2]. (*Réfutations sophistiques*, IV, 166 *b* 1.)

XXI

Proclus.

Nicomède, en effet, au moyen des lignes conchoïdes[1] dont il nous a fourni la construction, la forme et les propriétés, étant lui-même l'inventeur de leurs caractéristiques, divisait en trois parties égales tout angle droit. D'autres, au moyen des courbes quadratrices définies par Hippias et Nicomède, ont obtenu le même résultat. Ceux-ci se servaient des quadratrices qui sont des lignes mixtes. (*Commentaire sur les Éléments d'Euclide*, I, éd. Friedlein, 272, 3.)

C. IMITATION

I

Platon.

Venant après Prodicos, Hippias, le savant, prit la parole : « Messieurs, dit-il, vous qui êtes ici, moi, je vous considère comme étant tous parents, de la même famille et de la même cité, selon la nature et non selon la loi. Car c'est par la nature que le semblable est apparenté au semblable; la loi n'est qu'un tyran pour les hommes et fait maintes fois violence à la nature. Dès lors, il serait malheureux que vous qui avez la connaissance de la nature des choses, vous qui êtes les plus savants des Grecs et qui, pour cette raison même, êtes réunis en ce moment dans ce qui est, pour la Grèce, le prytanée même du savoir, et, pour notre cité même, la demeure la plus grande et la plus somptueuse, cette demeure où nous sommes, il serait malheureux que vous ne fassiez rien apparaître qui ne soit digne de cette dignité qui est la vôtre, et que vous vous mettiez à vous en vouloir les uns les autres, comme les plus vils des gens de peu. C'est pourquoi, Protagoras et Socrate, je vous prie et je vous conseille de venir l'un vers l'autre et, comme par notre arbitrage, de vous rapprocher sur une position commune : toi, ne recherche pas cette forme stricte de dialogue dont les répliques sont trop concises, puisqu'elle déplaît à Protagoras; au contraire, laisse se détendre les rênes de la parole pour qu'elle nous montre noblesse et grâce; et toi, Protagoras, garde-toi de tendre tous les cordages et, le vent en poupe, de t'échapper sur la haute mer des discours, oublieux du rivage : fixez l'un et l'autre une route moyenne. Faites-en selon ce conseil et écoutez-moi : prenez un arbitre, un censeur, un président, pour qu'il règle, selon une juste mesure, la longueur du discours de chacun de vous. » (*Protagoras*, 337 *c* et suiv.)

ANTIPHON LE SOPHISTE

A. VIE ET ÉCRITS

I

Suidas.

Antiphon l'Athénien, devin, poète épique et sophiste. On le surnommait : « Cuisinier de discours ».

Antiphon l'Athénien, interprète de rêves, écrivit un traité *De l'interprétation des rêves*[1]. (*Lexique*, « Antiphon ».)

II

Hermogène de Tarse.

Quand on parle d'Antiphon, ce qu'il faut commencer par dire, ainsi que l'affirment de nombreux auteurs dont le lettré Didyme, comme cela ressort aussi de notre documentation, c'est qu'il y a eu plusieurs Antiphon. Deux d'entre eux pratiquèrent la sophistique, et nous devons en parler. Le premier est le rhéteur, dont on mentionne les *Plaidoiries criminelles*, les *Discours politiques* et tous ses discours du même genre; le second est celui dont on dit qu'*il fut devin* et *interprète* de rêves, auteur, dit-on, des ouvrages intitulés *De la vérité, De la concorde* et *Politique*[2]. Personnellement, en raison du style différent de ces discours, je crois à l'existence de deux Antiphon (car, en réalité, il y a une grosse différence entre les traités *De la vérité* et les autres); mais, comme Platon[3] et d'autres auteurs s'y réfèrent, je ne sais plus très bien que croire. Je tiens, de sources multiples, que Thucydide fut l'élève d'Antiphon de Rhamnonte; or, je connais celui de Rhamnonte, qui est l'auteur des *Plaidoiries criminelles*, et, quand je considère combien le style de Thucydide en est éloigné, mais aussi toutes les affinités qu'il a avec les expressions de *De la vérité*, à nouveau, je ne sais plus que croire. De toute façon, qu'il n'y ait eu qu'un Antiphon, utilisant deux styles aussi éloignés l'un de l'autre, ou deux, pratiquant séparément l'un, un style, l'autre, l'autre style, il faut en traiter séparément, car, nous l'avons dit, il y a loin de l'un à l'autre[1]. (*Des formes oratoires*, II, VII, éd. Rabe, p. 399, 18.)

9. L'autre Antiphon, l'auteur des livres *De la vérité*, n'est pas le moins du monde un orateur politique; son ton est majestueux et enflé, surtout parce qu'il expose toujours sa pensée à coups d'affirmations tranchées, ce qui est le propre du discours sentencieux, imbu de grandeur, d'un style sublime et rude, qui ne le met pas très loin de la raideur. Mais le développement de sa pensée manque de clarté; aussi son discours est-il confus et fort souvent obscur. Il est attentif à la bonne organisation des parties du discours et se complaît aux parisoses[2]. Mais il n'a pas vraiment de personnalité, pas plus qu'un véritable style, et je dirais même qu'il n'a pas non plus de talent, si ce n'est en apparence, mais, à vrai dire, certainement pas en réalité. Quelqu'un dont la manière se rapproche de celle-ci est Critias. C'est pourquoi, après lui, nous parlerons tout de suite de Critias. (*Ibid.*, II, IX, p. 401, 12.)

III

Xénophon.

1. Il est juste de ne pas non plus passer sous silence la discussion qu'il[3] a eue avec le sophiste Antiphon. C'est ainsi qu'une fois, Antiphon, dans l'intention de lui débaucher ses disciples, alla trouver Socrate pendant une de ses leçons et lui adressa la parole en ces termes : 2. « Socrate, je croyais que ceux qui pratiquaient la philosophie devaient tous devenir heureux. Mais il me semble que toi, tu as tiré de la philosophie le résultat opposé. Tu mènes une existence telle que même un esclave, avec ce régime, ne resterait pas soumis à son maître. Tu manges et tu bois ce qu'il y a de plus détestable, tu t'enveloppes d'un manteau misérable, le même, qui plus est, été comme hiver, et tu ne portes jamais ni chaussures ni tunique. 3. En outre, tu ne te fais pas payer, et pourtant, il est agréable de gagner de l'argent, car en avoir rend l'existence plus libre et plus douce. Dès lors, si, comme dans tous les métiers, les maîtres s'offrent en imitation à leurs disciples, si tu fais de même avec les tiens, reconnais que tu n'es maître que de misère. »

Alors Socrate lui répondit : 4. « Il me semble, Antiphon, que tu te figures ma vie si triste que, j'en suis sûr, tu préférerais mourir que vivre comme moi. Mais voyons de plus près ce que tu trouves de si pénible dans l'existence que je mène. 5. Peut-être ceci : ceux qui touchent de l'argent doivent s'acquitter jusqu'au bout de la tâche pour laquelle ils sont payés, moi en revanche, je ne touche rien et rien ne m'oblige à dialoguer avec qui je ne veux pas. Ou alors, c'est mon régime que tu méprises : ma nourriture serait-elle moins saine que la tienne et me donnerait-elle moins de forces ? [...]

10. « Tu me sembles croire, Antiphon, que le bonheur, c'est la noblesse et le luxe. Moi, je crois que n'avoir pas de besoins, c'est un lot divin. Aussi, ce qui nous rapproche le plus de la vie divine, c'est d'avoir le moins de besoins possible ; et la vie divine étant ce qu'il y a de meilleur, ce qui se rapproche le plus du divin est ce qui se rapproche le plus du meilleur. »

11. Une autre fois, Antiphon, au cours d'une discussion avec Socrate, lui dit : « Socrate, je crois que tu es juste, mais tu n'es aucunement un sage, et il me semble que tu le sais très bien toi-même. Une chose est sûre, c'est que tu ne demandes d'argent à personne pour tes leçons ; et pourtant, je crois que tu ne donnerais jamais gratuitement, ou au-dessous de leur valeur, ton manteau, ta maison ou quoi que ce soit d'autre t'appartenant et représentant de l'argent. 12. Aussi est-il clair que si tu estimais que ton enseignement vaut quelque chose, tu demanderais des honoraires qui ne seraient pas inférieurs au prix estimé. Donc, je veux bien admettre que tu es juste, puisque l'appât du gain ne t'incite pas à tromper, mais tu n'es pas un sage, puisque ce que tu sais n'a aucune valeur. »

13. À ces mots, Socrate répliqua : « Antiphon, dans notre école, nous considérons que le commerce des charmes et celui de la sagesse peuvent être ou nobles ou ignobles. Si quelqu'un vend ses charmes pour de l'argent au premier venu, on appelle cela de la prostitution, mais si quelqu'un prend pour ami un homme *dont on sait* qu'il aime le beau et le bien, on le considère comme plein de bon sens. Il en va de même pour la sagesse : ceux qui la vendent pour de l'argent au premier venu, on les appelle sophistes, comme on parle de prostituées. Au contraire, celui qui enseigne tout ce qu'il connaît de bien à un élève dont il connaît les bonnes qualités et en fait son ami, cet homme, nous estimons qu'il a un comportement digne d'un citoyen bon et honnête. 14. Pour ma part, Antiphon, de même qu'on peut aimer les beaux chevaux, les chiens, les oiseaux, moi, ce que j'aime le plus, ce sont les amis honnêtes ; je leur enseigne tout ce que je connais de bien et je les mets en rapport avec d'autres auprès desquels je

pense qu'ils pourront tirer quelque avantage pour progresser en vertu. Et ces trésors que les anciens sages nous ont laissés dans les livres qu'ils ont rédigés, en commun avec mes amis nous les étudions et les lisons. Quand nous voyons quelque pensée valable, nous la recueillons et nous considérons que c'est un grand gain si nous parvenons à devenir amis les uns les autres. » Moi, lorsque j'entendais ces paroles, je voyais en lui un bienheureux qui conduisait ses auditeurs vers le bon et l'honnête.

15. Une autre fois encore, comme Antiphon lui demandait comment il pouvait penser former des hommes politiques, alors que lui-même ne prenait pas part aux affaires publiques, que pourtant il connaissait bien, ⟨Socrate répondit :⟩ « Comment dois-je faire, Antiphon, pour m'engager le plus dans les affaires de l'État ? Y participer à titre strictement personnel ou m'occuper de rendre le plus grand nombre possible de gens aptes à y participer ? » (*Mémorables*, I, VI, 1-15.)

IV

Athénée.

Après la publication [par Adraste, le péripatéticien] de cinq livres *Sur les questions de documentation et de style dans les Caractères de Théophraste* et d'un sixième *Sur les questions qui se posent dans l'Éthique à Nicomaque d'Aristote*, il développa d'abondantes considérations sur le *Plexippe* d'Antiphon le Tragique, et parla encore d'un très grand nombre de livres du même Antiphon. Ayant fait siens ces éléments, Héphestion écrivit un livre *Sur l'Antiphon des Mémorables de Xénophon*, qui ne contient aucune précision originale. (*Les Deipnosophistes*, XV, 673 E-F.)

V

Diogène Laërce.

Comme le dit Aristote au livre III du *De la poésie*, Socrate connut la rivalité d'Antiloque de Lemnos et d'Antiphon le Devin. (*Vies*, II, 46.)

VI

Pseudo-Plutarque.

On dit qu'Antiphon a composé des tragédies, lui-même et aussi en collaboration avec le tyran Denys. Mais, en plus de la poésie, il composa un *Art d'échapper à l'affliction*, analogue à celui qu'utilisaient les médecins pour soigner leurs malades. À Corinthe, il s'installa près de l'agora et fit savoir, par des libelles, qu'il pouvait, au cours d'entretiens, soigner ceux qui étaient dans l'affliction; une fois connues les causes de la souffrance, il soulageait les malades par des paroles de consolation. Mais comme il estimait cette pratique indigne de lui, il se consacra à la rhétorique. Certains attribuent à Antiphon le livre de Glaucos de Rhégium[1], *Sur les poètes*. (*Vies des dix orateurs*, I, 833 C.)

Philostrate.

Antiphon avait un immense pouvoir de persuasion et avait été surnommé Nestor, du fait qu'il pouvait persuader de n'importe quoi par ses paroles[2]; il avait annoncé des conférences sur l'apaisement des douleurs, et assurait qu'il n'y avait aucun mal qu'il ne pourrait chasser de l'âme pourvu qu'on le lui dît. (*Vies des sophistes*, I, XV, 2.)

VII

Lucien.

L'Île des Songes[3] est proche des deux sanctuaires de Tromperie et de Vérité. C'est là que sont leur enceinte sacrée et leur oracle, qu'elle domine. C'est ce qu'annonce Antiphon, l'interprète des rêves, à qui Sommeil avait alloué ce privilège. (*Histoire véritable*, II, 33.)

VIII

Clément d'Alexandrie.

Il y a un mot d'Antiphon, tout plein d'esprit : quelqu'un voyant comme un mauvais présage le fait qu'une de ses truies avait mangé ses porcelets, Antiphon, qui l'avait vue dépérir par l'avarice de son propriétaire, lui dit : « Réjouis-toi de ce signe : elle a beau être affamée, elle n'a pas mangé tes enfants. » (*Stromates*, VII, 24.)

IX

[Recueil de sentences.]

Antiphon, comme on lui demandait ce qu'était la divination, répondit : « C'est la conjecture d'un homme doué de bon sens. »

On dit qu'il a composé des tragédies, lui-même et en collaboration avec le tyran Denys. (*Gnomologium de Vienne*, 50, éd. Wachsmuth, p. 14.)

B. FRAGMENTS

DE LA VÉRITÉ I ET II

[I. Théorie de la connaissance et doctrine des principes]

Galien.

De la même manière, Antiphon, lui aussi, affirme dans le livre I du *De la vérité* : Si tu as compris ces choses, tu sauras que pour [le Logos[1]] il n'⟨existe⟩ aucune unité, ni parmi les objets qui s'offrent à l'⟨œil⟩ le plus perçant, ni parmi ceux que connaît la pensée la plus pénétrante[2]. (*Des devoirs du médecin selon Hippocrate*, XVIII, B 656, éd. Kühn.)

Hippocrate.

À mon avis, il n'existe absolument aucun art qui ne soit réel : il serait insensé de croire qu'il y ait des êtres qui ne soient pas réels. Car si on contemple la réalité de quelque chose qui n'est pas, on peut bien proclamer qu'il est. En effet, s'il est possible de voir aussi bien ce qui existe que ce qui n'existe pas, je ne comprends pas comment on pourrait penser que cela n'existe pas, alors qu'on pourrait le voir de ses yeux et le concevoir par la pensée comme existant. Il n'en est donc pas ainsi ; au contraire, ce qui est peut toujours être vu et connu, ce qui n'est pas ne peut jamais être ni vu ni connu. Par conséquent, chaque art est connu, pour autant que sont expliquées les diverses formes qu'il prend, et il n'en est aucun qu'on ne puisse voir par une de ces formes. Personnellement, je crois qu'ils tirent leurs dénominations de ces formes. Car il est insensé de penser que ces formes découleraient des noms ; c'est de plus impossible : les noms, en effet, sont des produits de la convention, alors que les formes ne sont pas des conventions, mais découlent des choses mêmes. (*De l'art*, II, éd. Gomperz, p. 36, 18.)

II

Galien.

Et : Pour tous les hommes, en effet, la pensée gouverne le corps, aussi bien pour la santé et la maladie que pour tout le reste. (*Des devoirs du médecin selon Hippocrate*, XVIII, B, 656, éd. Kühn.)

III

Julius Pollux.

Pensée sans préparation, dit Antiphon dans son *De la vérité*; dans son *Art rhétorique* il dit sans préparatifs. Ces formules ne me paraissent pas authentiques. (*Lexique*, VI, 143.)

IV

Harpocration.

Choses non vues : au lieu de *invisibles* ou *non visibles*, mais qui semblent être vues — Antiphon, *De la vérité*, livre I. (*Lexique*[1].)

V

Harpocration.

Qui ne peuvent être expérimentées : au lieu de *ce qui n'est pas réellement donné dans l'expérience* — Antiphon, *De la vérité*, livre I. (*Lexique*.)

VI

Julius Pollux.

⟨Chez⟩ Critias et Antiphon : observer; et ⟨chez⟩ Antiphon : visibles. (*Lexique*, II, 58.)

VII

Julius Pollux.

Antiphon dit aussi : ce qui sera vu et par la vue au sens de *avec les yeux*; et aussi spectateur et non vus. (*Lexique*, II, 57.)

VIII

Julius Pollux.

Odeur et *parfum* passent, en général, pour être de beaux mots. En fait, ils sont poétiques; en prose, ce sont des ionismes et des éolismes. Il n'y a que chez Antiphon qu'on peut trouver odeur et parfum[1]. (*Lexique*, II, 76.)

IX

Aétius.

Antiphon et Critolaos ⟨disent que⟩ le temps est concept ou mesure, non substance. (*Opinions*, I, XXII, 6.)

X

Suidas.

N'ayant besoin de rien : qui ne manque de rien et dispose de tout. Antiphon, *De la vérité*, livre I : De ce fait, il ne manque de rien, il ne reçoit rien en plus, mais il est illimité et n'a besoin de rien. (*Lexique.*)

XI

Harpocration.

Manques au lieu de *besoins* – Antiphon, *De la vérité*, livre I. (*Lexique.*)

XII

Origène.

Même si Démosthène l'orateur fut quelqu'un d'aussi dépravé que lui[2] et dont la dépravation avait les mêmes conséquences; même si par ailleurs le fut aussi Antiphon, considéré comme un orateur, et qui avait supprimé l'idée de la Providence dans son ouvrage intitulé *De la vérité*, comme celui de Celse, ces auteurs n'en sont pas moins des vers qui se tordent dans le recoin fangeux du non-savoir et de l'ignorance. (*Contre Celse*, IV, 25.)

XIII

Aristote.

En même temps, il ne convient pas de détruire toutes les propositions, mais seulement celles dont on démontre, à tort, qu'elles résultent des principes; sinon, c'est inutile. Ainsi, par exemple, si la réfutation de la quadrature du cercle obtenue par la méthode des segments doit revenir au géomètre, tel n'est pas le cas de celle proposée par Antiphon[1]. (*Physique*, I, II, 185 *a* 14.)

Simplicius.

Nombreux sont ceux qui ont cherché à résoudre la quadrature du cercle, c'est-à-dire, à construire un carré égal au cercle; de ce nombre, Antiphon et Hippocrate de Chio ont cru avoir trouvé la solution, mais ils se sont trompés. Cependant, l'erreur d'Antiphon, du fait qu'il ne s'appuie pas sur des principes géométriques, comme nous allons l'étudier, ne relève pas d'une réfutation géométrique. [...]

Antiphon, ayant tracé un cercle, y inscrivait l'aire d'un polygone inscriptible. Soit, par exemple, un carré la figure inscrite. Ensuite, il divisait en deux segments chaque côté du carré et menait, à partir du point de division et vers la circonférence, des perpendiculaires, qui, évidemment, coupaient chacune en deux l'arc du cercle correspondant. Ensuite, à partir du point d'intersection, il menait des droites qui rejoignaient les extrémités des côtés du carré, de façon à engendrer quatre triangles ayant ces côtés pour base : ainsi la figure complète était un octogone inscrit. Et il continuait ainsi selon la même méthode, divisant en deux segments chaque côté de l'octogone, menant, à partir du point de division et vers la circonférence, des perpendiculaires, joignant par des droites les points où les perpendiculaires menées *touch*aient la circonférence et les extrémités des droites divisées, il obtenait ainsi un polygone inscrit de seize côtés. Ensuite, toujours selon la même méthode, divisant les côtés du polygone inscrit de seize côtés, joignant par des droites, il doublait le polygone inscrit et, en continuant toujours à ce faire, il pensait qu'à un moment, ayant épuisé la surface du cercle, de cette manière, il finirait par inscrire dans le cercle un polygone, dont les côtés, grâce à leur petitesse, s'appliqueraient à la circonférence du cercle. Or, on peut construire un carré égal à tout polygone donné, ainsi que nous l'apprenons dans les *Éléments*[2]. Donc, si l'on admet l'égalité du polygone et du cercle auquel il s'applique, nous aurons construit un carré égal à un cercle donné[1]. (*Commentaire sur la Physique d'Aristote*, 54, 12.)

Thémistius.

La géométrie n'aura rien à objecter à Antiphon, qui, en inscrivant dans le cercle un triangle équilatéral et en construisant sur chacun de ses côtés un triangle isocèle ayant son sommet sur la circonférence du cercle et en répétant sans cesse l'opération, pensait que viendrait un moment où le côté du dernier triangle, quoiqu'étant une droite, s'appliquerait à la circonférence. Cette méthode suppose qu'on n'admette pas la possibilité de diviser à l'infini, hypothèse qui au contraire est adoptée par les géomètres[2]. (*Commentaire sur la Physique d'Aristote*, 4, 2.)

XIV

Harpocration.

Disposition : ils se servent aussi du verbe disposer pour *mettre en ordre*. Antiphon, *De la vérité*, livre I : Dénuée de ressources, elle aurait mal disposé beaucoup de belles choses. (*Lexique*.)

XV

Harpocration.

Vivant : Antiphon, *De la vérité*, livre I : Et la putréfaction[3] [...] engendrait le vivant, au lieu de « en vie », c'est-à-dire « vivait et ne se desséchait ni ne mourait ». (*Lexique*.)

Aristote.

D'après certains, la nature et l'essence des êtres naturels, c'est le sujet immanent de chacun, en lui-même informe[4] : c'est ainsi que la nature du lit est le bois, celle d'une statue, le bronze. Ce qui le prouve, selon Antiphon, c'est que si l'on enfouit un lit et que si la putréfaction pouvait faire sortir un rejeton, nous n'aurions pas un lit mais du bois, si bien que la disposition conventionnelle obtenue par l'art n'est qu'un accident et que l'essence est ce qui demeure continûment sous ces modifications.

Si l'on enfouissait un lit et si le bois en se putréfiant donnait naissance à un vivant, on n'aurait pas un lit mais du bois. (*Physique*, II, 1, 193 *a* 9.)

XVI

[Inédits.]

Arrivant au lieu de *pénétrant*, chez Antiphon. (*Inédits grecs*, VI, éd. Bekker, p. 470, 25.)

XVII

[Inédits.]

Aphrodite, au lieu de *plaisir d'amour*. Ainsi Antiphon, *De la vérité*, livre I, p. 472, 14. (*Inédits grecs*, VI, p. 472, 14.)

XVIII

Harpocration.

Qui sont faites à rebours, au lieu de *recherchées à nouveau*, ou au lieu de *les mêmes choses qu'avant, souvent dites ou recommencées* — Antiphon, *De la vérité*, livre I. (*Lexique*.)

XIX

Harpocration.

Il est monté, chez Antiphon, (*De la vérité*, livre I), au lieu, tout simplement, de *il est arrivé* ou *il s'est avancé* ou *il progresse*. (*Lexique*.)

[Inédits.]

Antiphon : au lieu de « il est parvenu ». (*Inédits grecs*, éd. Bekker, p. 403, 5.)

XX

[Harpocration.]

Échanges, au lieu de *rencontres* ou *unions* — Antiphon, *De la vérité*, livre I. (*Lexique*.)

XXI

[Harpocration.]

Tendu vers au lieu de *désirer* — Antiphon, *De la vérité*, livre I. (*Lexique*.)

Physique, anthropologie, éthique

XXII

Harpocration.

Être éternel, ⟨Chez⟩ Antiphon (*De la vérité*, livre II), pour l'*éternité* ou *le fait de rester toujours identique*, de même qu'il nomme le *bonheur*, bien être[1]. (*Lexique.*)

XXIII

Harpocration.

Différenciation : Antiphon (*De la vérité*, livre II) : au sujet de la différenciation qui l'emporte actuellement au lieu de *la mise en ordre de l'univers*. (*Lexique.*)

XXIV

Harpocration.

Indifférencié pour *ce qui n'est encore ni différencié ni séparé*, dit Antiphon. (*Lexique.*)

Photius.

Indifférencié, comme Antiphon : la construction indifférenciée. (*Bibliothèque*, éd. Reitzenstein, p. 31-37.)

XXIV *a*

Harpocration.

Disposition : Antiphon utilisait le mot disposition[2] pour *pensée* ou *intellect*. Également pour disposer un discours, c'est-à-dire pour *exposer quelque chose*. Au livre II de *De la vérité*, il s'en sert pour *mise en ordre*. (*Lexique.*)

XXV

Harpocration.

Tourbillon au lieu de *révolution* — Antiphon, *De la vérité*, livre II. (*Lexique.*)

XXVI

Aétius.

Antiphon dit que [le Soleil] est un feu répandu autour de la Terre dans l'air humide, son lever et son coucher étant produits par la libération incessante de ses parties brûlées et, en sens inverse, la résistance à l'humidité. (*Opinions*, II, XX, 15.)

XXVII

Aétius.

Antiphon dit que la Lune a une lumière qui lui est propre, et que ses parties cachées le sont par l'effet du Soleil qui la rend invisible, car le feu le plus puissant occulte le plus faible. Phénomène qui se produit pour tous les astres. (*Opinions*, II, XXVIII, 4.)

XXVIII

Aétius.

Alcméon, Héraclite, Antiphon disent que ⟨l'éclipse de la Lune⟩ se produit par le renversement de sa coque qui se couche de côté[1]. (*Opinions*, II, XXIX, 3.)

XXIX

Galien.

C'est ainsi que chez Antiphon également, au livre II de *De la vérité*, on peut trouver consignée cette appellation [tourbillonnaire] dans cette phrase : Lorsque se rassemblent dans les airs pluies et vents adverses, alors l'eau, la plupart du temps s'accumule et se condense : avec la force des chocs, se produisent condensation et accumulation sous l'effet des vents tourbillonnaires et de leur violence. En effet, cette concentration et cette turbulence internes sont clairement exprimées par le terme *tourbillonnaire*[2]. (*Sur les Épidémies d'Hippocrate*, III, 32.)

XXX

Harpocration.

Courbé par l'âge : ⟨chez⟩ Antiphon, (*De la vérité*, livre II) : ⟨Le feu⟩ brûle la terre et la fait fondre afin de la courber. (*Lexique.*)

XXXI

[Dictionnaire.]

Se courber avec l'âge : se dit de la terre secouée par les tremblements et qui est comme ridée par la secousse. Ainsi Antiphon. (*Etymologicum genuinum*, « Courber ».)

XXXII

Aétius.

[De la mer, comment elle s'est formée et pourquoi elle est amère], Antiphon dit qu' elle est l'élément humide évaporé comme de la sueur sous l'effet de la chaleur, qui a mis à part et séparé cet élément humide, qui fut nommé la mer et qui s'est trouvé être salé du fait de la transpiration, car c'est toujours le cas de la sueur. (*Opinions*, III, xvi, 4.)

XXXIII

Harpocration.

Être recouvert de peau : que l'on puisse appliquer aux hommes le terme *peau*, c'est ce qui se voit d'après Antiphon, *De la vérité*, livre II. (*Lexique*.)

XXXIV

Julius Pollux.

Mal de tête et lourdeurs de tête [...], boisson ou nourriture qui alourdit la tête. Antiphon appelle cet effet : assommer. (*Lexique*, II, 41.)

XXXV

Julius Pollux.

Sanguin et injecté de sang, chez Antiphon. (*Lexique*, II, 215.)

XXXVI

Julius Pollux.

Et Antiphon dit : Ce dans quoi l'embryon grandit et se nourrit s'appelle *l'arrière-faix*[1]. (*Lexique*, II, 223.)

XXXVII

Julius Pollux.

Il s'appelle l' épiploon. Antiphon se sert de ce mot comme d'un masculin et comme d'un neutre. (*Lexique*, II, 224.)

XXXVIII

Julius Pollux.

Avortement, comme chez Lysias; ou fœtus avorté, comme chez Antiphon. (*Lexique*, II, 7.)

XXXIX

Julius Pollux.

Dans ses livres *De la vérité*, Antiphon a employé le mot : mutilés. (*Lexique*, II, 61.)

XL

Julius Pollux.

Chez Antiphon : la trempe du bronze et du fer. (*Lexique*, VII, 169.)

XLI

Julius Pollux.

Incapables, incapacité : *capables de vivre*, comme Antiphon[1]. (*Lexique*, VII, 189.)

XLII

Julius Pollux.

Le mot poids[2] chez Antiphon désignait la *lourdeur*. (*Lexique*, IX, 53.)

XLIII

Harpocration.

Qui n'a pas les moyens de vivre : Antiphon use de cette expression pour désigner celui qui a de larges moyens de vivre, comme Homère, qui appelle *forêt où l'on ne coupe pas de bois*[1] celle où il y en a beaucoup. (*Lexique*.)

Hésychios.

Qui n'a pas les moyens de vivre : *riche*, comme dit Antiphon, dans *De la vérité*[2]. (*Dictionnaire*.)

XLIV

FRAGMENT A

Antiphon.

1. La justice[3] consiste à ne pas transgresser la loi de la cité où l'on exerce ses droits de citoyen. Par suite, un homme s'attirera les plus grands avantages en pratiquant la justice, si c'est devant des témoins, qu'il se plie à la puissance des lois; mais s'il est seul et sans témoin, ce sera en suivant la nature. Car les prescriptions de la loi sont d'institution, alors que celles de la nature sont nécessaires. Celles des lois qui résultent d'un accord mutuel ne sont pas naturelles, mais celles de la nature, qui sont naturelles, ne résultent pas 2. d'un accord. Donc, celui qui transgresse la loi, si c'est à l'insu de ceux qui ont établi l'accord, échappe à la honte comme au châtiment. Mais non, s'il ne s'en cache pas. Quant aux normes naturelles de la nature, en allant au-delà du possible, on les viole, même si c'est à l'insu de tous les hommes, le mal n'en est pas moindre, et si tous le savent, il n'en est pas plus grand. Car le dommage ne vient pas de l'opinion, mais a lieu en vérité. Ce qui explique ce problème, c'est principalement que les prescriptions du juste selon la loi sont, la plupart du temps, en conflit avec la nature. Car on a légiféré pour les yeux, sur ce qu'ils doivent 3. voir ou ne pas voir; pour les oreilles, sur ce qu'elles doivent entendre ou ne pas entendre; pour la langue, sur ce qu'elle doit dire ou ne pas dire; pour les mains, sur ce qu'elles doivent faire ou ne pas faire; pour les pieds, sur les lieux où ils doivent marcher et ceux où ils ne doivent pas; pour l'esprit, sur ce qu'il doit désirer et ce qu'il ne doit pas. Elles ne sont en rien plus agréables ou plus proches de la nature, ces actions dont les lois écartent les humains, que celles auxquelles elles les invitent. Car vivre est un acte conforme à la nature, tout autant que mourir : or, pour les hommes, vivre se rattache à ce qui est utile, mourir se rattache à ce

qui n'est pas 4. utile. Ce qui est posé par les lois comme utile est un lien pour la nature; au contraire, ce qui est posé tel par la nature est liberté. Donc, à bien raisonner, la nature ne profite pas plus de nos souffrances que de nos joies. Ainsi, ce qui cause de la douleur ne sera pas plus utile que ce qui cause du plaisir. Car ce qui est utile en vérité ne doit pas nuire, mais servir. Donc, ce qui est utile selon la nature [...]. Tous ceux qui, ayant subi 5. une offense, se défendent, sans avoir pris eux-mêmes l'initiative; tous ceux qui ont de mauvais parents et leur font néanmoins du bien; ceux qui laissent leurs adversaires les accuser sous serment, mais n'en font pas autant eux-mêmes; de tous ces exemples, on pourra voir que beaucoup sont contraires à la nature : ils impliquent tous qu'on souffre plus alors qu'on pourrait souffrir moins; qu'on ait moins de joies, alors qu'on pourrait en avoir plus; qu'on endure des maux, alors qu'on pourrait ne pas en endurer. Si, à ceux qui choisissent une telle ligne de conduite, quelque assistance venait de la part des lois, et, à ceux qui ne la choisissent pas, mais s'y opposent, quelque dommage, 6. alors, l'obéissance aux lois ne serait pas sans avantages. Mais en réalité, il est patent qu'à ceux qui adoptent cette ligne de conduite le droit issu de la loi n'est pas capable de porter assistance. Tout d'abord, il laisse la victime subir et l'attaquant attaquer; ensuite, en ces circonstances, il ne fait rien pour empêcher la victime de subir et l'attaquant d'attaquer. Et lorsqu'il en vient à porter châtiment, il n'est pas plus du côté de la victime que du coupable; car la victime doit persuader ceux qui infligeront le châtiment qu'elle est bien la victime, elle doit plaider pour pouvoir obtenir justice, alors que l'on permet au coupable de repousser ces accusations. 7. ⟨Pour qui a préféré⟩ [...] il est surtout [...] la puissance de persuasion de l'accusation, qui appartient à l'accusateur, protège autant la victime que le coupable. La victoire est celle des paroles [...]. (*Papyrus d'Oxyrhyncos*, XI, 1364, éd. Hunt.)

FRAGMENT B

1. [...] ceux qui descendent d'illustres ancêtres, 2. nous les honorons et nous les vénérons; mais ceux qui ne descendent pas d'une illustre famille, nous ne les

honorons, ni ne les vénérons. En cela, nous sommes des Barbares les uns pour les autres, puisque par nature nous sommes en tout semblables, et aussi bien les Barbares que les Grecs. Il convient de considérer les besoins que la nature impose à tous les hommes : tous parviennent à y subvenir dans les mêmes conditions, et en ce qui concerne tous ces besoins, aucun de nous n'est différent, qu'il soit barbare ou grec : nous respirons tous le même air avec une bouche et un nez, nous mangeons tous en nous aidant de nos mains [...]. (*Papyrus d'Oxyrhyncos*, XI, 1364, éd. Hunt.)

Antiphon.

1.[...] si[1] l'on considère que le juste est chose sérieuse, témoigner les uns sur les autres véridiquement sera considéré comme juste et non moins utile à la société des hommes. Pourtant, celui qui agit ainsi ne sera pas juste, puisque ce qui est juste, c'est de ne pas commettre l'injustice si on ne l'a pas préalablement subie soi-même. Or, l'homme qui témoigne, même si son témoignage est véridique, porte nécessairement un dommage à quelqu'un d'autre, et, du même coup s'expose lui-même à subir l'injustice ultérieurement, à cause de ce qu'il a dit, parce que, grâce à son témoignage, celui contre qui il a témoigné aura été condamné et aura perdu ou sa fortune ou sa vie, par l'intervention de cet homme à qui il n'avait rien fait. En cela donc, notre homme cause un dommage injuste à celui contre qui il témoigne, car il inflige ce dommage sans qu'on lui ait rien fait à lui; mais il risque aussi de subir l'injustice de la part de celui contre qui il aura témoigné, car il en est haï, quoiqu'il ait témoigné
2. véridiquement. Et non seulement il s'expose à sa haine, mais il devra encore, toute sa vie, se garder de celui qu'il aura accablé de son témoignage : car il a trouvé en lui un ennemi qui n'hésitera pas, s'il le peut, à dire et à faire tout ce qui pourra lui nuire. Et ce ne sont pas là, évidemment, des dommages sans importance, qu'on les subisse ou qu'on les cause. Car il n'est pas possible que cela soit juste, et juste aussi de ne commettre ni ne subir aucune injustice; mais il est nécessaire que ou l'un des deux soit juste, ou tous les deux injustes. Il est donc évident que rendre la justice, juger, arbitrer, quelles qu'en soient les modalités, ne sont pas des actes justes : car aider les uns, c'est nuire aux autres. En cela, ceux qui reçoivent l'avan-

tage ne subissent pas l'injustice, mais ceux qui subissent le dommage subissent l'injustice[1] [...]. (*Papyrus d'Oxyrhyncos*, XV, 1797.)

DE LA CONCORDE

XLIV *a*

Philostrate.

Il est l'auteur d'un grand nombre de *discours judiciaires*, dans lesquels se déploient toute son habileté et tout son art ; les autres discours sont *sophistiques*, et le plus sophistique est celui *De la concorde*. Il contient des sentences brillantes et philosophiques ; son style est solennel, fleuri de termes poétiques et les expositions débordent d'ampleur, comme un champ dans une plaine. (*Vies des sophistes*, I, XV, 4.)

Xénophon.

Et de fait, la concorde semble être, pour une cité, le bien le plus grand ; à longueur de temps, les conseils des anciens et les plus valeureux de ses citoyens y prêchent la concorde aux habitants ; partout en Grèce la loi prescrit que les citoyens prêtent le serment de vivre dans la concorde, et partout, ils prêtent ce serment. À mon avis, le but de cette pratique n'est pas que les citoyens portent le même jugement sur les chœurs, ni qu'ils donnent leurs louanges aux mêmes joueurs de flûte, ni qu'ils portent leur choix sur les mêmes poètes, ni qu'ils se plaisent aux mêmes plaisirs, mais bien qu'ils obéissent aux lois. Car, lorsque les citoyens leur demeurent fidèles, les cités deviennent plus fortes et plus prospères ; tandis que sans la concorde, aucune cité ne saurait être bien gouvernée, aucune maison bien administrée. (*Mémorables*, IV, IV, 16.)

Jamblique.

La concorde, comme l'indique le terme même qui la désigne[2] rassemble en elle à la fois la communauté d'esprit dans l'union, et l'unité. Prenant appui sur ce sens, on l'appliquera aux cités et aux familles, à toutes les communautés publiques et privées, et on l'étendra à toutes les conditions, à toutes les parentés, aussi bien publiques que privées. De plus, elle enveloppe l'accord que chacun contracte avec soi-même : car on est en concorde avec soi-même quand on est gouverné par une seule pensée et un seul sentiment, et on est déchiré quand ses pensées sont partagées et que l'on réfléchit dans la discorde intérieure. L'homme qui garde toujours la même disposition d'esprit est habité par un sentiment d'harmonie; au contraire, celui dont les réflexions sont inconstantes, qui est porté d'une opinion à une autre, est instable et en guerre avec lui-même[1]. (*De la concorde*, cité par Stobée, *Choix de textes*, II, XXXIII, 15.)

XLV

Harpocration.

Sciapodes : ⟨chez⟩ Antiphon, dans *De la concorde*. C'est un peuple de Libye. (*Lexique*.)

XLVI

Harpocration.

Macrocéphales : ⟨chez⟩ Antiphon, dans *De la concorde*. C'est un peuple qui s'appelle de cette façon. (*Lexique*.)

XLVII

Harpocration.

Qui habitent sous la terre : il désignerait ainsi ces gens que Scylax, dans son *Périple*, appelle *Troglodytes*, et que Hésiode, au livre III de son *Catalogue*, appelle *Catudes*. [Antiphon, *De la concorde*.] (*Lexique*.)

XLVIII

Photius.

Le plus semblable à Dieu : qui a l'aspect de Dieu. Antiphon, dans *De la concorde*, dit aussi : L'homme qui prétend être, de tous les animaux, *le plus semblable à Dieu*. [...] (*Lexique*.)

XLIX

Stobée.

D'Antiphon : Eh bien! admettons qu'il avance dans la vie, vers un autre âge, et que lui vienne le désir de se marier et de prendre femme. Ce jour-là, cette nuit-là donnent le départ à une nouvelle existence, sous un nouveau signe et selon un nouveau destin. Car le mariage est une chose d'importance pour l'homme : si jamais la femme ne convient pas, que faire pour venir à bout de ce malheur ? Divorcer est chose pénible, c'est se rendre ses parents ennemis, alors qu'on ne faisait qu'une seule pensée, qu'un seul esprit, alors qu'on leur avait donné son estime et qu'on avait obtenu la leur en retour. Mais il est pénible, aussi, de garder une telle possession : on croyait s'offrir des plaisirs et on épouse la douleur. Mais allons ! il ne faut pas parler de l'adversité ; parlons plutôt des possibilités les plus favorables. Quoi de plus agréable pour un homme qu'une femme selon son désir ? Quoi de plus doux, surtout lorsqu'on est jeune ? Mais dans cette même situation, où se trouve le plaisir, se trouve aussi, pas très loin, ce qui apporte la douleur. Car les plaisirs ne vont pas seuls : les chagrins et les peines leur font cortège. Les victoires olympiques, ou pythiques, ou dans tous les autres concours, la sagesse et tous les plaisirs réclament de grandes peines. Car les honneurs, les prix, tous ces cadeaux que Dieu a donnés aux hommes pour les appâter, exigent toujours de lourdes peines et beaucoup de sueur. Ainsi moi, si j'avais à m'occuper d'une autre personne, semblable à moi, je ne pourrais plus vivre, tant sont nombreuses les préoccupations qui m'assaillent pour la santé de ma personne, pour trouver de quoi vivre chaque jour, pour ma réputation, pour ma sagesse, pour ma renommée et la considération dont je jouis. Que serait-ce alors, si j'avais à m'occuper d'une autre personne et que j'en aie autant de souci que pour moi ? Il est donc clair qu'une femme ne cause à un homme, lorsqu'elle est chère à son cœur, non moins de tendres plaisirs et de soucis qu'il ne s'en cause à lui-même : il y a à se soucier de la santé de *deux personnes*, à trouver de quoi vivre, il y a à conserver sagesse et renommée. Là dessus, que surviennent des enfants : alors c'est une nuée de soucis à tout propos, l'élan de la jeunesse n'habite plus dans l'âme et l'on commence à changer de visage. (*Florilège*, IV, XXII, 66.)

L

Stobée.

D'Antiphon : La vie ressemble à une garde d'un jour, et la durée de l'existence à un unique jour, pour ainsi dire, où, après avoir levé les yeux vers la lumière, nous laissons leur tour à d'autres, qui prendront notre relève[1]. (*Florilège*, IV, xxxiv, 63.)

LI

Stobée.

D'Antiphon : C'est toute la vie, mon cher ami, qui est complètement mise en accusation : en elle rien d'élevé, rien de grand, rien de noble; tout est mesquin, faible, fugace et accompagné des chagrins les plus grands. (*Florilège*, IV, xxxvi, 56.)

LII

Harpocration.

Remettre en jeu : ⟨chez⟩ Antiphon, *De la concorde* : On ne peut pas remettre en jeu la vie comme un dé qu'on relance. Au lieu de : *lorsqu'on regrette la vie d'antan, on ne peut pas revivre.* La formule a pour origine le jeu de dés. (*Lexique.*)

LIII

Stobée.

D'Antiphon : Ceux qui travaillent épargnent, peinent et accumulent, sont heureux pour autant qu'on puisse avoir une idée de leur plaisir. Mais quand, pour s'en servir, ils prennent sur le capital, ils souffrent comme si c'était dans leur chair qu'on leur portait atteinte. (*Florilège*, III, x, 39.)

LIII *a*

Stobée.

D'Antiphon : Il y a des gens qui ne vivent pas la vie présente : c'est tout comme s'ils se préparaient, en y consacrant toute leur ardeur, à vivre on ne sait quelle autre vie, mais pas celle-ci. Et pendant qu'ils font cela, le temps s'en va et il est perdu. (*Florilège*, III, 16, 20.)

LIV

Stobée.

D'Antiphon : On raconte qu'un homme, qui en avait vu un autre accumuler beaucoup d'argent, lui demanda un prêt à intérêt. Mais celui-ci refusa : c'était un homme méfiant et peu enclin à rendre service. Il prit son argent et alla le cacher quelque part. Mais quelqu'un l'avait observé et le lui subtilisa. Lorsque, plus tard, l'homme qui avait caché ce trésor revint, il ne trouva pas l'argent. Il était accablé par son malheur : surtout, il se lamentait de ne pas l'avoir prêté à celui qui en avait besoin, car il le lui eût gardé intact et l'eût augmenté. Il rencontre alors l'homme qui à l'époque avait sollicité le prêt, lui raconte son malheur en gémissant, et dit qu'il a commis une faute : il regrette de ne pas avoir agréé sa demande et d'avoir été intraitable, son argent étant maintenant complètement perdu. L'autre lui dit de ne pas se faire de souci, mais de faire comme s'il l'avait toujours, comme s'il ne l'avait pas perdu ; et, disposant une pierre au même endroit, il ajouta : « De toute façon, quand tu l'avais, tu ne t'en servais pas : alors, ne t'estime pas privé de quoi que ce soit. » En effet, quand on ne se sert pas et qu'on ne se servira pas d'une chose, qu'on la possède ou qu'on ne la possède pas, le dommage n'en sera ni augmenté, ni diminué. Quand Dieu ne veut pas vraiment donner des biens à un homme, il lui concède beaucoup d'argent, mais le fait pauvre d'intelligence. Du coup, en lui en ôtant un, il le prive de l'un et l'autre biens[1]. (*Florilège*, III, 16, 30.)

LV

Photius.

Là : *en ce lieu.* ⟨Chez⟩ Antiphon, dans *De la concorde* : hésiter, là où il n'y a pas lieu d'hésiter. (*Lexique.*)

LVI

Suidas.

J'hésite : [...] les orateurs n'utilisaient pas ce mot pour marquer la lâcheté ou l'indifférence, mais la crainte et le fait de craindre.

D'Antiphon : Le lâche, si les dangers sont lointains et à venir, est hardi en paroles et bouillonnant de volonté, mais quand il faut passer aux actes, il *hésite*. (*Lexique*.)

LVII

Stobée.

D'Antiphon : La maladie est le congé des lâches car, ‹grâce à elle› ils ne vont plus à leur travail. (*Florilège*, III, VIII, 18.)

LVIII

Stobée.

D'Antiphon : Lorsque quelqu'un se propose de faire du mal à son prochain et se trouve agité par la crainte de ne pas réussir ce qu'il voudrait faire et qu'en résultent des conséquences qu'il ne voudrait pas, il est assez raisonnable. Comme il est agité d'une crainte, il attend. Du fait qu'il attend, souvent, le temps qui s'écoule alors finit par détourner son esprit de ses projets : car une fois qu'une chose est faite, il n'est plus possible de changer d'avis; au contraire, quand on attend, cela peut toujours être fait. À l'inverse, celui qui croit pouvoir faire tort à son prochain sans rien avoir à subir soi-même, celui-là n'est pas raisonnable. La confiance n'est pas, en toutes circonstances, un bien. Nombreux sont ceux, ainsi confiants, qui furent précipités dans des malheurs irréparables; le mal qu'ils voulaient faire à leur prochain, ils ont découvert que c'étaient eux qui devaient le subir. Il n'y a pas de plus sûr moyen de juger si un homme est raisonnable, que de voir s'il ferme son cœur aux plaisirs immédiats et se montre capable, en se maîtrisant, de remporter victoire sur lui-même. Au contraire, celui qui veut, sur-le-champ, satisfaire ses désirs, veut le pire au lieu du meilleur. (*Florilège*, III, XX, 66.)

LIX

Stobée.

D'Antiphon : Celui qui n'a jamais désiré ni expérimenté ce qui est honteux ou mal ne saurait être un sage : car il n'a pas eu l'occasion de remporter de victoire et de faire voir la parfaite ordonnance ‹de son âme›. (*Florilège*, III, V, 57.)

LX

Stobée.

D'Antiphon : Ce qui, je crois, a pour les hommes le plus d'importance, c'est l'éducation. En effet, dans quelque domaine que ce soit, si l'on commence correctement, il est vraisemblable aussi que l'on viendra au terme correctement. De même dans les travaux des champs ; selon la graine qu'on a semée, il faut s'attendre aux produits correspondants. Et, si l'on sème une noble éducation chez un jeune enfant, elle vit et fleurit durant toute sa vie, et aucun orage, aucune sécheresse ne la détruira. (*Choix des textes*, II, XXXI, 39.)

LXI

Stobée.

Du même : Il n'y a rien de pire pour les hommes que l'absence de commandement. Les hommes d'antan le savaient bien, qui, dès leur plus jeune âge, habituaient les enfants à obéir et à faire ce qu'on leur commandait, afin que, devenus hommes, ils ne fussent point bouleversés en affrontant un changement radical d'existence. (*Choix de textes*, II, XXI, 40.)

LXII

Stobée.

À vivre avec quelqu'un la plus grande partie du jour, il est inévitable qu'on lui devienne semblable de caractère. (*Choix de textes*, II, XXXI, 41.)

LXIII

Harpocration.

Disposition : [...] au lieu d'*administration*, chez le même ⟨Antiphon⟩, dans *De la concorde* : Mais ceux qui connaissent la disposition de [...], obéissent à [...][1]. (*Lexique.*)

LXIV

Stobée.

Antiphon : Les nouvelles amitiés sont nécessaires, mais les vieilles amitiés encore plus. (*Florilège*, IV, CCXCIII, 17.)

LXV

Suidas.

Flatterie : Antiphon dans *De la concorde* : Beaucoup ne savent pas avoir des amis, mais se font des connaissances qui ne sont que des *flatteurs*, à cause de leur argent, et des courtisans, à cause de leur succès. (*Lexique*, « Flatterie ».)

LXVI

Clément d'Alexandrie.

Antiphon le rhéteur dit : Prendre soin des vieillards ressemble à prendre soin des enfants. (*Stromates*, VI, 19.)

LXVII

Harpocration.

Qui n'a pas contemplé : au lieu de *qui n'a pas vu*. Chez Antiphon, dans *De la concorde*. (*Lexique*, « Qui n'a pas contemplé ».)

LXVIII

Harpocration.

Bivouaquant[1] : au lieu de *monter la garde* — Antiphon, *De la concorde*. (*Lexique*.)

LXIX

Harpocration.

Borne : Chez Antiphon, *De la concorde*, pour *le départ*. (*Lexique*.)

[Dictionnaire.]

Borne [...] depuis les bornes : au lieu de *depuis le départ*. (*Etymologicum genuinum*, « Borne ».)

LXX

Harpocration.

Tout à fait dociles : chez Antiphon dans *De la concorde*, docile au sens de doux, mesuré, non brutal. La métaphore vient des chevaux. (*Lexique*.)

LXXI

Harpocration.

Fraudes : chez Antiphon dans *De la concorde*, *tromperies* : car tromper, c'est frauder. (*Lexique*.)

LE POLITIQUE

LXXII

[Inédits grecs.]

Insubordination : Antiphon, le *Politique*. (*Inédits grecs*, 78, 20, éd. Bekker.)

LXXIII

Athénée.

Dévorer, a dit Antiphon dans le *Politique*, ainsi : « Quand on a *dévoré* ses biens et ceux de ses amis. (*Les Deipnosophistes*, X, 423 A.)

LXXIV

Harpocration.

De bon augure : au lieu de *qui forme, facilement et bien, des conjectures*, c'est-à-dire « habile à conjecturer » — Antiphon, dans le *Politique*. (*Lexique*.)

LXXV

Harpocration.

⟨Donner⟩ la moitié en plus : chez Antiphon, dans le *Politique* : ⟨Donner⟩ le double et la moitié en plus, au lieu de *faire le calcul de un et demi.* (*Lexique.*)

LXXVI

Priscien.

[Les Grecs] disaient négliger ceci, ou négliger de faire ceci, Antiphon, dans le *Politique* : ne pas avoir la réputation d'un alcoolique et passer pour *négliger* ses affaires sous le coup de la boisson. (*Commentaires grammaticaux*, XVIII, 230.)

LXXVII

Plutarque.

Dépenser et dissiper en plaisirs ce qu'on a de plus précieux, comme disait Antiphon, c'est-à-dire *perdre son temps*[1]. (*Vie d'Antoine*, 28.)

DE L'INTERPRÉTATION DES RÊVES

LXXVIII

Artémidore.

Seiche : seul cet animal dispose contre ceux qui le poursuivent, d'un nuage d'encre, dont il profite souvent pour s'enfuir. Antiphon l'Athénien mentionne ce rêve. (*Interprétation des rêves*, I, 14, éd. Hercher, 109, 10.)

LXXIX

Cicéron.

Lorsqu'il traite des rêves, Chrysippe, qui en rassembla un grand nombre, dont certains n'ont pas d'intérêt, fait la même chose qu'⟨après lui⟩ Antipater[2] : il les examine et les explique au moyen de l'interprétation d'Antiphon, et cela fait apparaître surtout la pénétration aiguë de l'interprète; toutefois, il aurait gagné à se servir d'exemples plus significatifs. (*De la divination*, I, XX, 39.)

Ici, l'interprétation des rêves faite par Antiphon se montre certes profonde, mais n'est pas naturelle, étant l'effet d'un art, comme pour les oracles et les vaticinations. Ce sont des interprètes, comme les critiques le sont pour les poètes. (*Ibid.*, I, LI, 116.)

LXXX

Cicéron.

Les conjectures des mêmes interprètes ne font-elles pas apparaître davantage leur propre talent que les forces de la nature et ce qui y correspond ? Un coureur qui pensait se rendre à Olympie se voit en songe conduisant un quadrige. Le matin, il va voir l'interprète, et celui-ci : « Tu vaincras, lui dit-il, car cela signifie la rapidité et la force des chevaux. » Peu après, le même homme va voir Antiphon qui, alors, lui dit : « Tu seras nécessairement vaincu : n'as-tu pas compris qu'il y a quatre coureurs devant toi ? » Mais prenons un autre coureur – à cet égard, le livre de Chrysippe est rempli de songes et d'interprétations de ce genre, ainsi que celui d'Antipater –, je reviens à mon coureur : il rapporta à l'interprète qu'en songe, il lui avait semblé être devenu un aigle; alors celui-ci : « Tu as vaincu; aucun oiseau n'a un vol plus puissant que l'aigle. » Mais, pareillement, le même Antiphon lui dit : « Imbécile, ne vois-tu pas que tu es vaincu ? Car cet oiseau, qui poursuit et pourchasse les autres, est toujours le dernier. » (*De la divination*, II, LXX, 144.)

LXXXI

Sénèque le Rhéteur.

Junius Othon [...] publia quatre livres ⟨de *Discours*⟩ *des couleurs* que notre ami Gallion appelait joliment : « Livres d'Antiphon », tant ils contiennent de rêves. (*Controverses*, II, 1, 33.)

LXXXI *a*

Mélampous.

18. L'œil droit, s'il cligne, détermine la soumission des ennemis, selon Phémonoé, les Égyptiens et Antiphon; il indique aussi la venue d'étrangers. 19. Si c'est la paupière supérieure de l'œil droit qui cligne, cela signifie un gain, d'une

manière ou d'une autre, et, selon Antiphon, affaires et santé; mais chez un esclave, cela est signe de mauvais desseins, et chez une veuve, de voyage. (*De la divination d'après les battements du cœur*, XVIII, 19.)

FRAGMENTS DOUTEUX[1]

LXXXII

[Inédits.]

Être consommé : *être dépensé* – Antiphon. (*Inédits grecs*, éd. Bekker, p. 114, 28.)

LXXXIII

[Inédits.]

Impuissance, diras-tu comme Démosthène, et incapacité, comme Antiphon et Thucydide. (*Inédits grecs*, éd. Bekker, p. 345, 26.)

LXXXIV

[Inédits.]

Qui accompagne : Antiphon, *ce qui suit et va de concert*. (*Inédits grecs*, éd. Bekker, p. 367, 31.)

LXXXV

[Inédits.]

Impossible : *dont on n'a pas les moyens*. Ainsi Antiphon. (*Inédits grecs*, éd. Bekker, p. 418, 6.)

LXXXVI

[Inédits.]

Il disparut au lieu de *il mourut*. Ainsi Antiphon et Thucydide. (*Inédits grecs*, éd. Bekker, p. 419, 18.)

LXXXVII

Harpocration.

Pour un poil[2] : au lieu de *pour un peu*, ou *pour rien*, chez Antiphon. (*Lexique*.)

LXXXVIII

Harpocration.

Pierre de touche : Antiphon appelle ainsi la pierre avec laquelle on éprouve l'or pour le tester. (*Lexique.*)

LXXXIX

Harpocration.

Boudeur : chez Antiphon, *celui qui se plaint de tout*, mais si c'est sans importance et nullement ennuyeux. (*Lexique.*)

XC

Harpocration.

Sur le point de faire entrer : pour *sur le point de faire pénétrer ou d'accueillir* : Antiphon. (*Lexique.*)

XCI

Harpocration.

En bref : au lieu de *simplement* ou *en résumé* : Antiphon. (*Lexique.*)

XCII

Moeris.

Travailleur de pierres : Thucydide; Tailleur de pierres : Antiphon. (203, 2, éd. Bekker.)

XCIII

Philodème.

Puisque, à partir de ce qui avait été avancé, il portait un regard d'ensemble et qu'il n'en finissait pas dans son examen, comme si nous n'avions rien trouvé contre les adversaires, ⟨sur la possibilité⟩ pour l'ouïe de se familiariser avec les lettres simples et composées : alors est manifeste la stu⟨pidité⟩ des autres qui considèrent que les mêmes lettres charment et incitent ou ont des sens différents : ainsi, parmi les anciens, Antiphon, le rhéteur, ou le philosophe, comme on voudra. (*Des poèmes, Papyrus d'Herculanum* 994, col. XXXVIII, 5-23.)

XCIV

Photius.

Honoré : au lieu de *en honneur*. Ainsi chez Antiphon. (*Lexique*.)

XCV

Julius Pollux.

Les jours qui suivent la fête, selon Antiphon. (*Lexique*, I, 34.)

XCVI

Julius Pollux.

Il doit être appelé *le pilote* [...] Et, selon Antiphon, le timonier, ou plutôt, selon moi, *l'homme au gouvernail*. (*Lexique*, I, 98.)

XCVII

Julius Pollux.

Manque de loquacité, dit Antiphon. (*Lexique*, II, 109.)

XCVIII

Julius Pollux.

Antiphon : Les contradicteurs. (*Lexique*, II, 120.)

XCIX

Julius Pollux.

Antiphon : chiffre rond, comme également Hérodote. (*Lexique*, II, 120.)

Harpocration.

Chiffre rond : Lysias dans le *Contre Aresandre*, et Hérodote, u lieu de *nombre exact et entier*. (*Lexique*.)

C

Julius Pollux.

Médisant, *Méprisant en paroles* et, comme dit Antiphon, qui parle avec douceur, et mesuré dans son langage. (*Lexique*, II, 123.)

CI

Julius Pollux.

Antiphon : pensée. (*Lexique*, II, 228.)

CII

Julius Pollux.

Ils perdent courage, comme dit Antiphon. (*Lexique*, II, 230.)

CIII

Julius Pollux.

S'enrichir et, comme dit Antiphon, aimer les richesses. (*Lexique*, III, 113.)

CIV

Julius Pollux.

Manque de science, *méconnaissance*, *ignorance*. Antiphon, pour cela, dit aussi : manque de connaissance. (*Lexique*, IV, 9.)

CV

Julius Pollux.

Qui se croit sage, comme dit Antiphon. (*Lexique*, IV, 9.)

CVI

Julius Pollux.

Proportion : Antiphon [...] et difficile à mesurer : Antiphon. (*Lexique*, IV, 167.)

CVII

Julius Pollux.

[...] et la chose est : insensibilité, rudesse, injustice, manque de connaissance, et, comme dit Antiphon : privation. (*Lexique*, V, 441.)

CVIII

Julius Pollux.

Antiphon dit : émigrer avec toute la maisonnée. (*Lexique*, VI, 163.)

CIX

Julius Pollux.

Méchant, comme dit Antiphon. (*Lexique*, VI, 169.)

CX

Julius Pollux.

Antiphon dit : désir. (*Lexique*, VI, 183.)

CXI

Julius Pollux.

De qui fait sa défense ⟨on dit⟩ : *il se défend*; il a été acquitté, comme dit Antiphon. (*Lexique*, VIII, 68.)

CXII

Julius Pollux.

Dans les distributions de grain, il y avait des commissaires au grain, comme dit Antiphon. (*Lexique*, VIII, 103.)

CXIII

Julius Pollux.

Faire de la démagogie : chez Antiphon. (*Lexique*, IX, 26.)

CXIV

Lesbonax.

Figure clazoménienne : *Je m'avance à la lutte*, au lieu de *vers la lutte*. De même : il alla à sa patrie, au lieu de *vers sa patrie*. Ainsi Antiphon. (*Des figures grammaticales*, éd. Valckenaer, p. 180.)

CXV

Suidas.

Répondre et la défense est une réponse. Ainsi chez Lysias et Antiphon. (*Lexique*, « Répondre ».)

CXVI

Suidas.

Recevoir par le sort : [...] Antiphon : Quand les hommes veulent *recevoir* des richesses en partage. (*Lexique*, « Recevoir ».)

CXVII

Suidas.

Richesses [...] : le mot se dit pour une chose, une personne, ou un discours, comme fait Antiphon. (*Lexique*, « Richesses ».)

CXVIII

Athénée.

Antiphon, dans son livre des *Géorgiques*[1]. (*Les Deipnosophistes*, XIV, 650 E.)

CRITIAS

A. VIE ET ÉCRITS

I

Philostrate.

Le sophiste Critias a sans doute contribué à la chute de la démocratie athénienne, mais cela ne suffit pas à en faire un criminel : la démocratie se serait détruite de toute façon puisqu'elle en était arrivée à ce point de démesure de ne plus écouter les avis de ses magistrats légitimes; seulement, du fait qu'il collabora ouvertement avec Sparte, qu'il livra les sanctuaires, qu'il fit abattre les remparts par Lysandre, qu'il supprima la possibilité de séjourner en Grèce aux citoyens qu'il bannissait d'Athènes en annonçant que Sparte ferait la guerre à quiconque donnerait refuge à un exilé athénien, du fait que, par sa cruauté et son goût du sang, il laissa les Trente loin derrière lui et qu'il collabora à l'inimaginable plan des Lacédémoniens, en sorte que l'Attique, vidée du troupeau de son peuple, ne fut plus qu'un désert abandonné aux brebis, il est, à mon sens, le pire des criminels parmi tous ceux qui se sont fait un nom dans le crime. Si seulement c'était l'absence de culture qui l'avait conduit à ces crimes, l'argument de ceux qui disent qu'il avait été corrompu par la Thessalie et les fréquentations qu'il y connut ne manquerait pas de force. Car il est vrai qu'un caractère privé de culture peut facilement être détourné, et de façon irrémédiable, dans la conduite de sa vie. Mais lui, il a profité de la meilleure des cultures, il a *trouvé une foule* de sentences, sa lignée remontait à Dropidès, qui dirigea les Athéniens après Solon : il ne saurait donc échapper à cette accusation qui vient de la plupart, car il n'a pas commis ces fautes du fait d'une nature vicieuse. Et il est incompréhensible qu'il n'ait pas ressemblé à Socrate, fils de Sophronisque, avec qui il avait souvent philosophé et qui passait pour être le plus sage et le plus juste des hommes de son temps, et qu'au contraire il ait ressemblé aux Thessaliens, peuple caractérisé par une impudence sans limites et où la tyrannie prend appui sur le vin. Mais, même si les Thessaliens ont bien négligé la sagesse, il reste que les villes de Thessalie, les petites comme les grandes, gorgianisaient[1] à qui mieux mieux, les yeux fixés sur Gorgias de Léontium, et se seraient mises aussi bien à imiter Critias si celui-ci leur avait fait une démonstration de sa science. Mais lui se moquait de cela ; en fait, il contribuait à rendre les oligarchies plus pesantes en dialoguant avec les puissants de là-bas, en dénigrant toutes les formes de démocratie et en calomniant les Athéniens comme les hommes les plus installés dans l'erreur. Aussi, à y bien réfléchir, ce serait plutôt Critias qui aurait corrompu les Thessaliens que les Thessaliens Critias. Il fut tué par les partisans de Thrasybule qui, depuis Phylé, rétablirent la démocratie. Selon certains, avec sa mort, il est devenu un homme estimable, puisque la tyrannie lui servit d'habit funèbre. Mais qu'on me laisse dire qu'aucun homme ne peut avoir une belle mort, s'il n'en a pas vraiment choisi les raisons. C'est pour cela, à mon avis, que sa philosophie et ses travaux ne sont guère tenus en très haute estime chez les Grecs : car, si le discours ne s'accorde pas avec le caractère, on donnera, comme le joueur de flûte, l'impression que ce n'est pas sa langue que l'on parle.

Pour ce qui est de la forme de son style, Critias est sentencieux dans ses formules, fort abondant en expressions nobles. Il se signale non tant par l'expression dithyrambique, ou bien cherchant refuge dans les termes poétiques, que par une expression construite avec des mots pris en leur sens propre et de façon naturelle. J'observe qu'il est également très bien dans les discours concis et, dans ses apologies, il sait être terrible dans le dénigrement ; il pratique l'atticisme modérément, mais sans extravagance (car l'absence de goût, dans l'atticisme, est chose barbare) ; *en fait*, tels des rais de lumière, les mots attiques illuminent son discours. Le passage sans transition d'un point à un autre est un des charmes de Critias : tantôt une pensée surprenante, tantôt une expression surprenante, voilà un des points forts de Critias, ainsi que le souffle de son discours, sans doute un peu faible, mais doux et léger, comme l'haleine du Zéphyr. (*Vie des sophistes*, I, 16.)

II

Diogène Laërce.

Platon, fils d'Ariston et de Périctioné (ou Potoné), dont la lignée remontait à Solon, est athénien. Solon avait pour frère Dropidès, qui eut pour fils Critias, qui eut pour fils Callaischros, père du Critias qui appartint aux Trente, et de Glaucon, le père de Charmide et de Périctioné qui, ayant épousé Ariston, donna le jour à Platon, sixième descendant de Solon. (*Vies*, III, 1.)

Platon.

CRITIAS : Charmide, fils de notre oncle Glaucon, mon cousin. (*Charmide*, 154 *b*.)

SOCRATE : Votre maison paternelle, celle de Critias, fils de Dropidès, a une réputation qui est venue jusqu'à nous grâce aux éloges que lui dédièrent Anacréon, Solon et de nombreux autres poètes. (*Ibid.*, 157 *e*.)

[Scolie.]

[Anacréon] s'est arrêté en Attique, à cause de son amour pour Critias. (À Eschyle, *Prométhée*, v. 130.)

III

Platon.

SOCRATE : Nous tous, ici, nous savons bien que Critias n'est profane sur aucun des sujets dont nous parlons. (*Timée*, 20 *a*.)

CRITIAS : Écoute donc, Socrate, une histoire absolument extraordinaire, mais vraie, que nous raconta une fois Solon, le plus sage des sept Sages, qui était apparenté et très ami avec mon arrière-grand-père Dropidès, comme il le dit lui-même en maint endroit dans ses poésies. Il raconta à Critias, mon grand-père, qui dans sa vieillesse nous l'a, à son tour, rapporté, que de grands et admirables faits ont été accomplis par notre cité, lors de ses antiques entreprises, hauts faits qui sont depuis tombés dans l'oubli par l'effet du temps et la disparition des hommes. (*Ibid.*, 20 *d*.)

Je vais vous raconter une antique histoire que je tiens d'un homme qui n'était pas jeune : Critias, ⟨mon grand-père⟩, avait alors, à ce qu'il disait, près de quatre-vingt-dix ans, et moi à peine plus de dix ans. (*Ibid.*, 21 *a*.)

[Scolie.]

Critias était de nature noble et élevée, il prenait part aux discussions philosophiques. Il était considéré comme un profane parmi les philosophes, mais comme un philosophe parmi les profanes. Il fut tyran et appartint aux Trente. (À Platon, *Timée*, 20 *a*-21 *a*.)

IV

Xénophon.

12. Mais, dit l'accusateur, Critias et Alcibiade ont fréquenté Socrate et fait beaucoup de mal à notre cité. De tous les oligarques, Critias fut le plus voleur, le plus violent et le plus meurtrier; de tous ceux qui ont participé à la démocratie, Alcibiade fut le plus effronté, le plus excité et le plus violent. 13. Pour ma part, si ces deux hommes ont fait quelque mal à notre cité, je ne les défendrai pas; mais je vais expliquer ce que furent leurs relations avec Socrate. 14. Ces deux hommes étaient, par leur nature, les plus avides d'honneurs de tous les Athéniens, ils voulaient être les maîtres de toute la politique et devenir les plus renommés de tous. [...] 16. Ils révélèrent leur jeu par leurs actes : dès qu'ils s'estimèrent meilleurs que leurs condisciples, ils se hâtèrent de quitter Socrate et de se livrer à la politique, en vue de laquelle ils s'étaient intéressés à Socrate. [...] 24. Tant qu'ils furent avec Socrate, Critias et Alcibiade purent, grâce à son aide, être plus forts que leurs mauvaises passions. Mais une fois qu'ils l'eurent abandonné, Critias, exilé en Thessalie, découvrit là-bas la fréquentation d'hommes davantage guidés par le dérèglement que par la justice. [...] 29. Cependant, même si, tout en ne faisant rien de mal pour sa part, il les avait approuvés en les voyant commettre des actes répréhensibles, c'est à bon droit qu'on pourrait le blâmer. Or, quand il se rendit compte que Critias aimait Euthydème et essayait d'en abuser, comme ceux qui veulent tirer des êtres des jouissances amoureuses, il s'efforça de l'en détourner, lui représentant qu'il n'était pas digne d'un homme libre ni convenable pour un homme de bien de supplier sans cesse la personne aimée, à qui on veut paraître digne de la plus haute estime et, comme les mendiants, de prier et de demander l'aumône, au surplus, ici, une aumône malhonnête. 30. Mais, comme Critias n'écoutait pas ces conseils et ne se laissait pas détourner, on dit que Socrate, en présence de nombreux témoins, dont Euthydème, déclara que Critias lui semblait se conduire comme un porc en désirant se frotter à Euthydème, comme le font les cochons avec les

pierres. 31. À la suite de cela, Critias détesta Socrate, au point que, lorsqu'il fut le législateur des Trente avec Chariclès, il se souvint de lui et inscrivit dans les lois l'interdiction d'enseigner l'art du discours. (*Mémorables*, I, II, 12 et suiv.)

V

Andocide.

47. Eh bien, maintenant, je vais vous lire les noms des personnes qu'il[1] a mentionnées sur sa liste. [...] Critias, cousin de mon père, leurs mères étant sœurs. 68. En tout cas, mon père a été sauvé, ainsi que mon beau-frère, mes trois cousins et sept autres de mes parents qui devaient être injustement condamnés à mort; actuellement, c'est grâce à moi qu'ils voient encore le jour. (*Sur les mystères*, I, 47 et 68.)

VI

Pseudo-Démosthène.

Aristocratès, fils de Skélias [...] qui avait accompli de nombreux hauts faits pendant la guerre de notre cité contre les Lacédémoniens : il renversa les fortifications d'Êétiôneia où les partisans de Critias s'apprêtaient à accueillir les Lacédémoniens et, en détruisant le rempart, il ménagea le retour de la démocratie. (*Discours*, 58, 67.)

VII

Lycurgue.

Le peuple décrète, sur proposition de Critias, que son cadavre[2] sera jugé pour trahison et, s'il est reconnu que c'est un traître qui a été enseveli dans le sol même du pays qu'il a trahi, que ses ossements seront déterrés et jetés hors de l'Attique. (*Contre Léocratès*, 113.)

VIII

Aristote.

Cléophon a utilisé contre Critias les *Élégies* de Solon, pour montrer que sa famille était depuis longtemps dissolue. Sans cela, Solon n'aurait jamais écrit : « *Et je dis à Critias, enfant aux cheveux roux, / D'obéir à son père.* » (*Rhétorique*, I, XV, 1375 *b* 32.)

IX

Xénophon.

L'année suivante[1][...] le peuple décida d'élire trente citoyens qui rédigeraient les lois ancestrales, en vertu desquelles ils gouverneraient. Furent choisis : Polycharès, Critias, etc. (*Helléniques*, II, III, 1-2.)

X

Xénophon.

15. Donc, au début, Critias, d'accord avec Théramène, était son ami; mais, comme il avait une certaine propension à faire exécuter beaucoup de monde, du fait que le peuple l'avait contraint à l'exil, Théramène s'opposa à lui et déclara, etc. (*Helléniques*, II, III, 15.)

18. À la suite de cela, Critias et les autres Trente, affolés, et même sérieusement, à l'idée que Théramène pourrait bien regrouper les citoyens autour de lui, choisirent trois mille citoyens pour participer aux affaires publiques. (*Ibid.*, II, III, 18.)

36. [Discours de Théramène :] « Je ne suis certes pas étonné que Critias se soit trompé dans son jugement : lorsque [le procès[2]] s'est déroulé, il n'était pas présent, mais se trouvait en Thessalie avec Prométhée pour y établir la démocratie et armer les pénestes[3] contre leurs maîtres. » (*Ibid.*, II, III, 36.)

XI

Lysias.

Après cela, il y eut la bataille navale [d'Aegospotamos] qui entraîna bien des malheurs pour la cité : c'était encore la démocratie, et ce fut le début de la dissension. Cinq éphores furent mis au pouvoir par ce qu'il est convenu d'appeler les *ligues des camarades* qui, en principe, étaient des organisations de citoyens, mais qui en fait dirigeaient des conjurés et menaient une politique contraire à vous, contraire au peuple. Ératosthène et Critias en étaient. Ils mirent des phylarques[4] à la tête des tribus, ils indiquaient eux-mêmes ce qu'il fallait voter ou qui devait commander et, quelle que fût l'action à entreprendre, ils avaient tout pouvoir. (*Contre Ératosthène*, 43.)

XII

Xénophon.

8. Après ces événements, les Trente estimèrent que la situation n'était plus tellement sûre pour eux et décidèrent de s'approprier Éleusis, pour se ménager un refuge, si besoin était. Ayant donné des ordres aux cavaliers, Critias et les autres membres des Trente se rendirent à Éleusis[1]. [...] 10. Là-dessus, Thrasybule, ayant avec lui les troupes qu'il avait rassemblées à Phylè et qui faisaient déjà un millier d'hommes, arrive de nuit au Pirée. [...] 11. Les gens de Phylè [...] marchèrent en colonne afin d'occuper Munichia. [...] 19. C'est dans ces circonstances que trouvèrent la mort, chez les Trente[2], Critias et Hippomachos. (*Helléniques*, II, 4, 8 ; 10 ; 11 et 19.)

XIII

[Scolie.]

Voici un autre document sur le gouvernement des Trente : Critias, l'un des Trente, étant mort, on érigea sur sa tombe une allégorie de l'Oligarchie tenant une torche et mettant le feu à la Démocratie, et on y grava l'inscription suivante :

Ci-gisent des héros qui pour un bref moment
Tinrent les malheureux Athéniens sous le joug.

(À *Eschine*, I, 39, éd. Schultz, p. 261.)

XIV

Aristote.

La plupart du temps, il n'est pas besoin qu'on raconte ⟨les actions glorieuses⟩ : c'est ainsi que si l'on veut faire l'éloge d'Achille (dont tout le monde connaît la geste), une allusion suffit. Mais s'il s'agit de Critias, il faut les raconter, car ceux qui les connaissent ne sont pas nombreux. (*Rhétorique*, III, xvi, 1416 *b* 26.)

XV

Athénée.

Caméléon d'Héraclée, dans le livre qui a pour titre *Le Protreptique*, dit que tous les Lacédémoniens et les Thébains apprennent à jouer de la flûte, ainsi que les habitants d'Héraclée du Pont, encore à son époque, et les plus célèbres des Athéniens : Callias, le fils d'Hipponicos et Critias le fils de Callaischros. (*Les Deipnosophistes*, IV, 184 D).

XVI

Pseudo-Plutarque.

Tous ceux que nous pouvons mentionner, en remontant aux époques les plus anciennes, comme ayant pratiqué ce genre de discours, sont des gens dont on s'apercevrait qu'ils ont été des disciples d'Antiphon, déjà avancé en âge, comme Alcibiade, Critias, Lysias, Archinos. (*Vies des dix orateurs*, I, 1 832 D.)

XVII

Cicéron.

Après eux [Périclès, Alcibiade, Thucydide], vinrent Critias, Théramène, Lysias : de Lysias nous avons beaucoup d'ouvrages et de Critias un certain nombre, mais de Théramène, nous n'avons qu'entendu parler; à cette époque, tous recueillaient encore le suc de Périclès, mais leur diction était un peu plus fournie. (*De l'orateur*, II, XXIII, 93.)

Philostrate.

Critias et Thucydide savaient bien que c'était de ⟨Gorgias⟩ qu'ils tenaient l'ampleur et la gravité de leur style, moyennant une adaptation à leur manière propre, l'un selon sa faconde, l'autre selon sa vigueur. (*Lettres*, 73.)

XVIII

Denys d'Halicarnasse.

Le style de Lysias est parfaitement pur et est le meilleur canon de la langue attique, non pas du vieil attique, utilisé par Platon et Thucydide, mais de la langue courante de son temps, comme on peut s'en rendre compte à considérer les discours d'Andocide, de Critias et de beaucoup d'autres. (*Lysias*, 2.)

XIX

Hermogène de Tarse.

Sur Critias. En effet, il est solennel de la même manière qu'Antiphon, élevé, avec une tendance au majestueux; il s'exprime le plus souvent par antiphrases, son style est très pur et, dans les développements, il sait mettre en ordre les idées, si bien qu'il est à la fois clair dans l'ampleur et bien ordonné. Souvent, surtout dans les *Exordes des discours politiques*, il sait être vrai et convaincant. Malgré son sérieux, il use, plus que de mesure, quoique de manière non systématique, de divers ornements, mais sans cette recherche excessive qui caractérise Antiphon, et avec clarté cependant, afin, même sous ce rapport, de se rattacher à la vérité. Concernant les autres aspects de son style, ⟨disons qu'⟩il ne fait pas un bien grand usage de la vraisemblance, de la simplicité et autres moyens de ce genre. (*Des formes oratoires*, II, 401, 25.)

XX

Phrynichos.

Du langage attique le plus pur et le plus châtié, les canons, règles et exemples les meilleurs sont, à ce qu'on dit [Platon, les dix Orateurs, Thucydide, Xénophon, Eschine le Socratique], Critias, le fils de Callaischros, et Antisthène. (*Préparation sophistique*, cité par Photius, *Bibliothèque*, 158.)

XXI

Philostrate.

[Hérode Atticus], en effet, s'intéressait à tous les anciens, mais il avait réhabilité Critias et l'avait fait admettre dans les habitudes des Grecs, alors que, jusque-là, il était négligé et méprisé. (*Vies des sophistes*, II, 1, 14.)

XXII

Jean Philopon.

Que Critias ait été l'un des Trente, le disciple de Socrate ou quelqu'un d'autre, peu nous importe. On dit qu'il y a eu un autre Critias, sophiste, auteur des traités qui nous sont parvenus sous son nom : c'est ce que dit Alexandre. En effet, celui qui appartenait aux Trente n'a rien écrit d'autre qu'une *Constitution* en vers. (*Commentaire sur le Traité de l'âme d'Aristote*, 89, 8.)

XXIII

Aristote.

D'autres, comme Critias, soutiennent [que l'âme est] de sang, car la sensation serait, selon eux, le propre de l'âme, et cela s'expliquerait par la nature du sang. (*Traité de l'âme*, I, II, 405 *b* 5.)

Jean Philopon.

Critias, un des Trente : il disait en effet que l'âme était de sang : « Car le sang, dit-il, qui enveloppe le cœur des hommes, est leur pensée[1]. » (*Commentaire sur le Traité de l'âme d'Aristote*, 9, 19.)

B. FRAGMENTS

HEXAMÈTRES[2]

I

Athénée.

[Éros,] que le savant Anacréon chante sans cesse, est sur toutes les lèvres. Voici ce que dit sur lui l'excellent Critias :

Téos a fait venir en la terre de Grèce
Le doux Anacréon, qui jadis a tressé
Des féminines voix l'harmonie délicate,
Chaleur de tous banquets, grand séducteur des femmes,
Flûtiste sans rival, amoureux de la lyre,
Bienheureux qui jamais n'a souffert le chagrin.
Jamais ne vieillira l'amour que l'on te porte,
Jamais il ne mourra, tant que, mêlée aux vins,
L'échanson versera l'eau dans nos larges coupes
Allant de gauche à droite et offrant à trinquer,
Tant que toute la nuit, les chœurs de jeunes filles
De chants sacrés autour de nous résonneront,
Tant que sera tenue la coupe, enfant du bronze,
Présentée grande ouverte à la pluie de Bromios,
Tout en haut élevée aux cimes du cottabe[3].

(*Les Deipnosophistes*, XIII, 600 D.)

ÉLÉGIE DE CRITIAS

II

Athénée.

Ainsi Critias [dresse le catalogue des particularités de chaque État] :

Le cottabe,
Admirable invention des terres de Sicile,
Nous le prenons pour cible à nos ultimes gouttes
Lancées comme des flèches. Puis en faste et beauté,
Le char de la Sicile à tous égards l'emporte [...]
Le trône thessalien est doux siège à nos membres ;
Les ⟨plus beaux⟩ lits nuptiaux nous viennent de Milet
Et de Chio, d'Œnopion la marine cité.
La tyrrhénienne coupe, en or bien martelé
Est celle qui l'emporte, avec tous ces objets,
De bronze ciselés, utiles à toutes tâches,
Parures des maisons.
Ce sont les Phéniciens qui trouvèrent les lettres,
Auxiliaires précieux du propos qui s'envole.
Thèbes fut la première où l'on sut assembler
Le caisson de nos chars ; mais ce sont les Cariens,
Régisseurs de la mer, qui sur les eaux, lancèrent
Les prodigieux vaisseaux qui servent au commerce.
Quant au tour du potier, quant à l'illustre fils
De la terre et du feu, le vase céramique,
Indispensable ouvrage, il vient de la cité
Qui sut, à Marathon, ériger vaillamment
Le trophée le plus beau.

Et effectivement, il fait l'éloge de la poterie attique. (*Les Deipnosophistes*, I, 28 B.)

À l'origine, le jeu du cottabe est une invention sicilienne ; les Siciliens sont les premiers à l'avoir inventé, comme dit Critias, le fils de Caillaischros, dans ses *Élégies*, avec ces mots :

Le cottabe,
Admirable invention des terres de Sicile,
Nous le prenons pour cible à nos ultimes gouttes
Lancées comme des flèches.

(*Ibid.*, XV, 666 B.)

[Inédits grecs.]

Auxiliaires précieux du propos qui s'envole, c'est ainsi que le tyran Critias a appelé les lettres. (*Inédits grecs*, VI, 1, éd. Bekker, p. 382, 19.)

III

Mallius Théodorus.

Critias affirme qu'Orphée est le tout premier inventeur de l'hexamètre dactylique[1]. (*Sur le mètre*, VI, 589, 20, éd. Keil.)

À ALCIBIADE

IV

Héphestion.

(À propos de la synizèse) ou bien deux brèves en une seule brève, comme on le trouve dans les autres mètres [...], mais rarement dans les vers épiques. Ainsi Critias, dans l'*Élégie à Alcibiade*, pensait qu'il était impossible d'y faire entrer le nom d'Alcibiade. Il dit en effet :

Oui, je vais maintenant couronner l'Athénien,
Qui est fils de Clinias, et chanter Alcibiade
Avec de nouveaux rythmes.
Son nom à l'élégie ne saurait s'adapter;
Qu'aux iambes donc il vienne, et selon la mesure.

(*Manuel*, 2, 3.)

V

Plutarque.

Le décret concernant son retour d'exil fut d'abord proclamé à la demande de Critias, le fils de Callaischros, comme il le rappelle lui-même dans ses *Élégies*, où il réclame la reconnaissance d'Alcibiade en ces termes :

C'est moi qui, devant tous en prenant la parole,
Obtins que tu revinsses et fis mener à bien
Le décret du retour. Et le sceau de ma langue
Est ici imprimé.

(*Vie d'Alcibiade*, 33.)

CONSTITUTIONS EN VERS[1]
CONSTITUTION DES LACÉDÉMONIENS[2]

VI

Athénée.

Les Lacédémoniens n'avaient pas coutume de porter des toasts dans les banquets, ni de trinquer les uns avec les autres. C'est ce que montre Critias dans ses *Élégies* :

Cette coutume à Sparte est encore en pratique,
De boire tous ensemble et dans la même coupe
Débordante de vin, mais sans offrir de vœux
En prononçant le nom du convive honoré,
Ni trinquer à la ronde en élevant le bras. [...]
Une main lydienne, et fille de l'Asie,
Inventa et les coupes et les vœux que l'on porte
En se tournant à droite. De là vient la coutume
D'appeler de son nom le convive d'honneur,
Celui pour qui on boit.
En telles beuveries, les langues se délient
En des propos honteux, les membres s'alanguissent,
Une trouble vapeur vient alourdir les yeux,
De nos âmes l'oubli éloigne la mémoire,
Et tout l'esprit chancelle.
Esclaves, ils ne sauraient mettre un frein à leurs mœurs !
Alors s'abat sur eux la ruineuse dépense.
Des Lacédémoniens, la jeunesse au contraire
Ne boit que pour emplir le cœur de tous les braves
De joyeuse espérance, et donner à leur langue
Dans la sérénité un rire sans excès.
Cette façon de boire est bonne pour le corps,
Bonne pour les esprits et bonne pour nos biens ;
Elle va à merveille aux œuvres d'Aphrodite,
Ainsi qu'au doux sommeil, port des grandes fatigues,
Sans oublier Santé, de toutes les déesses
La plus douce aux mortels ; sans oublier Prudence,
De Piété la voisine.

Ensuite il reprend en disant :

Les coupes débordantes et les vœux chaleureux
Charment sur le moment, mais portent la douleur
Pour tout le temps qui reste.

Des Lacédémoniens le régime est égal :
Boire et manger assez pour se donner la force
De pourvoir aux pensées et pourvoir au travail.
Il n'est nul jour férié pour abolir mesure,
Pour s'enivrer et boire.

(*Les Deipnosophistes*, X, 432 D.)

VII

[Scolie.]

L'apophtegme « Rien de trop » est de l'un des sept Sages et on l'attribue à Chilon. Critias fait de même :

Un Lacédémonien, le grand sage Chilon,
Aimait à répéter l'adage : « Rien de trop ».
Car tout ce qui est beau, toujours se trouve lié
Au moment opportun[1].

(À Euripide, *Hippolyte*, v. 264.)

VIII

Plutarque.

Critias, qui fut un des Trente, forme cette prière dans ses *Élégies* :

Être riche ainsi que les enfants de Scopas,
Posséder la grandeur de l'âme d'un Cimon,
Et, comme Arcésilas le Lacédémonien,
Remporter des victoires.

(*Vie de Cimon*, 10.)

IX

Stobée.

De Critias :

« *S'ils sont tant valeureux, l'exercice en est cause,*
Bien plus que leur nature. »

(*Florilège*, III, XXIX, 11.)

TRAGÉDIES

X

[Anonyme.]

Parmi [les tragédies d'Euripide], trois ne sont pas authentiques : *Tennès*, *Rhadamanthe* et *Pirithoos*. (*Vie d'Euripide*, 135, 33.)

TENNÈS

XI

Photius.

Éponyme de Ténédos. (*Lexique*, 126, éd. Bekker, p. 135 *b* 19[1].)

XII

Euripide.

Euripide, dans le *Tennès* : Hélas ! plus rien n'est juste aujourd'hui chez les hommes. (Fgm. 695, éd. Nauck, p. 578, cité par Stobée, *Florilège*, III, ii, 15.)

RHADAMANTHE

XIII

[Inédit.]

Détruire, au lieu de *faire disparaître*. Chez Euripide, dans son *Rhadamanthe* : Qui puisse nous *détruire*, il n'est personne au monde. (*Inédits grecs*, éd. Bekker, p. 94, 1.)

XIV

Strabon.

D'Euripide, dans *Rhadamanthe* : Ceux qui tiennent l'Eubée, cité toute voisine. (*Géographie*, VIII, p. 356.)

XV

Stobée.

8. *Rhadamanthe*, d'Euripide.

Tout au long de la vie sont diverses amours :
Tel désire hériter d'une grande noblesse ;
Tel autre n'en a cure, mais souhaite richesse
Afin qu'en soit remplie la maison paternelle.
Un autre dont l'esprit ne pense rien de sain,
Va pousser son prochain par de honteux discours

À l'accomplissement d'inavouables actes.
D'autres vont extorquer à de pauvres mortels,
Plutôt que justes gains, de tristes bénéfices.
Ainsi la vie humaine est une longue errance.
De cela je fais fi et ce que je voudrais
C'est seulement jouir de bonne renommée.

(*Choix de textes*, II, VIII, 12 ; *Florilège*, IV, XX, 61.)

PIRITHOOS

XVI

Jean le Diacre et Grégoire de Corinthe.

[Et l'expression d'Euripide : *Je suis bien né de Zeus, comme il a été dit [...]* est une narration ; *En toute vérité* est une confirmation.] Ce vers se trouve dans deux tragédies d'Euripide, dans celle intitulée *Pirithoos* et dans *La Sage Mélanippe*. Pour les esprits curieux de tout, il ne sera pas inopportun d'en indiquer les arguments et d'en extraire des passages. Cela étant, l'argument de *Pirithoos* est le suivant : Pirithoos, cherchant à épouser Perséphone, descendit avec Thésée chez Hadès, mais il reçut le châtiment correspondant. Il fut enchaîné sur un rocher, à un siège inébranlable, et surveillé par des dragons à la gueule béante. Mais Thésée, considérant comme honteux d'abandonner son ami, choisit de vivre chez Hadès le restant de ses jours. Héraclès, envoyé par Eurysthée contre Cerbère, se rendit maître du monstre, grâce à sa force, et libéra Thésée et ses compagnons du destin auquel ils étaient soumis, du fait des dieux souterrains. En un seul combat, il maîtrisa le monstre qui lui résistait, obtint la faveur des dieux et montra de la pitié pour ses amis dans le malheur. Dans cette tragédie, Éaque entre en scène et adresse ces paroles à Héraclès[1] :

ÉAQUE

Hé ! que se passe-t-il ? Je vois ici venir
Quelqu'un tout agité, l'âme gonflée d'audace.
Il est juste, étranger, de dire qui tu es
Et pourquoi, t'avançant en ces lieux, tu y viens.

Alors Héraclès lui répond :

Oui, rien ne me fera te celer mes raisons :
Argos est ma patrie, Héraclès est mon nom
Et je suis né de Zeus, père de tous les dieux,

Qui vint trouver ma mère en son auguste couche ;
Oui Zeus, comme il est dit en toute vérité.
Je viens, obéissant aux ordres d'Eurysthée
Qui m'envoie en ces lieux pour ramener vivant
Le chien du noir Hadès aux portes de Mycènes.
Non qu'il veuille le voir : il pense seulement
Avoir trouvé épreuve au-dessus de mes forces.
Pour accomplir l'exploit, j'ai fait le tour du monde
Et me suis enfoncé au fin fond de l'Europe,
Au fin fond de l'Asie. »

(*Commentaire sur Hermogène*, 144 ; et II, 445, 7, éd. Rabe.)

XVII

Athénée.

La *plémochoé* [...] est ⟨un ustensile⟩ dont on se sert à Éleusis, le dernier jour des mystères, appelé pour cette raison *plémochoéen*. [...] En fait mention l'auteur du *Pirithoos* – que ce soit Critias le tyran, ou Euripide –, qui parle ainsi :

Afin que nous versions, en vœu propitiatoire,
Ces plémochoés dans le creux de la terre.

(*Les Deipnosophistes*, XI, 496 A.)

XVIII

Clément d'Alexandrie.

À ce sujet, ce qui est représenté sur la sainte arche révèle les mystères du monde intelligible, caché et interdit au vulgaire. Certes, ces figures dorées, avec chacune six ailes, représentent, d'après certains, les deux Ourses, ou plutôt les deux hémisphères, et leurs noms de chérubins visent à signifier la science totale ; mais elles sont entourées de douze ailes à cause du cercle zodiacal et du temps qu'il entraîne, qui signifient le monde sensible[1]. C'est à mon avis ce que veut dire le passage de la tragédie qui traite de physique :

L'infatigable temps poursuivant son chemin,
Au courant éternel toujours reprend son souffle,
Va sans cesse en avant et s'engendre lui-même,
Et, dans le prompt élan de leurs ailes, les Ourses
Jumelles sont postées au pôle de l'Atlas.

(*Stromates*, V, 35.)

[Scolie.]

Le pôle, pour les Anciens, n'était pas, comme pour les Modernes le point marquant l'extrémité de l'axe, mais l'enveloppe de l'univers. Euripide, dans le *Pirithoos*, dit : *Jumelles sont postées au pôle de l'Atlas*, comme si celui-ci tournait sur lui-même et entraînait toutes choses dans son mouvement.

Atlas pourrait être le pôle non mû et la sphère des fixes, mais peut-être vaut-il mieux penser qu'il est l'éternité immobile[1]. (À Aristophane, *Les Oiseaux*, v. 179.)

XIX

Clément d'Alexandrie.

Dans ⟨sa tragédie⟩ *Pirithoos*, Euripide donne les vers tragiques suivants :

Toi qui sais t'engendrer, toi-même de toi-même,
Qui dans le cercle immense, emporté par l'éther,
As enlacé les fils de l'ensemble des choses,
Autour de toi le jour, et la nuit étoilée
En son obscure robe, et la foule innombrable
[5] *Des constellations sans cesse font la ronde.*

Ici, avec l'expression *qui sais t'engendrer, toi-même de toi-même*, il désigne l'entendement démiurgique, et ce qui suit s'applique au monde, dans lequel s'opposent la lumière et les ténèbres. (*Stromates*, V, 115.)

XX

Plutarque.

Certains, quoiqu'ils n'aient tiré aucun avantage du bonheur de leurs amis, n'hésitent pas à périr avec eux quand ils sont frappés par le malheur. Ce genre de chose arrive surtout aux philosophes et aux hommes raffinés, comme Thésée, qui fut enchaîné et puni avec Pirithoos,

Les pieds chargés de fers que nul n'avait forgés :
Les chaînes de l'honneur. »

(*De la pluralité d'amis*, 7, 96 c.)

XXI

Stobée.

D'Euripide, dans le *Pirithoos* :

Celui qui le premier lança cette parole,
Parole si nouvelle, était assurément
Esprit bien exercé. Il avait proclamé :
C'est aux esprits prudents que Fortune s'allie.

(*Choix de textes*, II, VIII, 4.)

XXII

Stobée.

De *Pirithoos* :

Un vaillant caractère est plus fort que la loi :
Un orateur jamais ne le peut infléchir,
Alors que la seconde, il sait par ses discours
La tirer en tous sens et souvent la tourner.

(*Florilège*, III, XXXVII, 15.)

XXIII

Stobée.

D'Euripide, dans le *Pirithoos* :

Et ne vaut-il pas mieux ne pas vivre du tout,
Plutôt que de mal vivre ?

(*Florilège*, IV, LIII, 23.)

XXIV

Euripide.

La bonne renommée nous montre l'honnête homme,
Se serait-il caché au tréfonds de la terre.

(Fragment incertain[1], 865.)

Non ! Je vivais encore quand Hadès me reçut[2].

(*Ibid.*, 936.)

Photius.

Privé de mère, d'Euripide :
Ô Aphidnus, fils de Gaia, privé de mère.

(*Lexique*, 91, 18.)

SISYPHE, DRAME SATYRIQUE

XXV

Sextus Empiricus.

Et Critias, un de ceux qui furent tyrans à Athènes, semble appartenir au groupe des athées : il déclare que les anciens législateurs ont fabriqué la fiction de Dieu, défini comme une puissance qui porterait son regard sur les actions justes et les fautes des hommes, afin que personne ne portât tort en cachette à son prochain, ayant toujours à se garder du châtiment des dieux. Voici comment il formule cette idée :

En ce temps-là jadis, l'homme traînait sa vie
Sans ordre, bestiale et soumise à la force,
Et jamais aucun prix ne revenait aux bons,
Ni jamais aux méchants aucune punition.
Plus tard les hommes, je le crois, ont pour punir
Institué des lois, pour que régnât le droit,
Et que pareillement, ⟨également pour tous⟩,
La démesure soit maintenue asservie.
Alors on put châtier ceux qui avaient fauté.
Mais, puisque par les lois ils étaient empêchés
Par la force, au grand jour, d'accomplir leurs forfaits,
Mais qu'ils les commettaient à l'abri de la nuit,
Alors, je le crois, ⟨pour la première fois⟩,
Un homme à la pensée astucieuse et sage
Inventa la crainte ⟨des dieux⟩ pour les mortels,
Afin que les méchants ne cessassent de craindre
D'avoir compte à rendre de ce qu'ils auraient fait,
Dit, ou encor pensé, même dans le secret :
Aussi introduit-il la pensée du divin.
« C'était, leur disait-il, comme un démon vivant
D'une vie éternelle. Son intellect entend
Et voit tout en tout lieu. Il dirige les choses
De par sa volonté. Sa nature est divine,
Par elle il entendra toute parole d'homme,
Et par elle il verra tout ce qui se commet.

Et si dans le secret encore tu médites
Quelque mauvaise action, cela n'échappe point
Aux dieux, car c'est en eux qu'est logée la pensée. »
Et c'est par ces discours qu'il donna son crédit
À cet enseignement paré du plus grand charme.
Quant à la vérité, ainsi enveloppée,
Elle se réduisait à un discours menteur.
Il racontait ainsi que les dieux habitaient
Un céleste séjour qui par tous ses aspects
Ne pouvait qu'effrayer les malheureux mortels.
Car il savait fort bien d'où vient pour les humains
La crainte, et ce qui peut secourir le malheur.
⟨Maux et biens⟩ provenaient de la céleste sphère,
De cette voûte immense où brillent les éclairs,
Où éclatent les bruits effrayants du tonnerre;
Mais où se trouve aussi la figure étoilée
De la voûte céleste, et la fresque sublime,
Le chef-d'œuvre du Temps, architecte savant,
Où l'astre de lumière, incandescent[1]*, s'avance.*
Et d'où tombent les pluies sur la terre assoiffée.
Voilà les craintes dont il entoura les hommes,
Par lesquelles il sut, par l'art de la parole,
Fonder au mieux l'idée de la Divinité,
Dans le séjour voulu; et ainsi abolir
Avec les lois le temps de l'illégalité.

Puis, peu après, il conclut :

C'est ainsi, je le crois, que quelqu'un, le premier,
Persuada les mortels de former la pensée
Qu'il existe des dieux[2].

(*Contre les mathématiciens*, IX, 54.)

Aétius.

Et Euripide, le poète tragique, ne voulut pas dévoiler entièrement sa pensée par crainte de l'Aréopage. Aussi s'y prit-il de la façon suivante : il mit en scène le personnage de Sisyphe, comme représentant de cette opinion, et lui prêta cette pensée, qu'il partageait :

En ce temps-là, jadis l'homme traînait sa vie
Sans ordre, bestiale et soumise à la force.

Après quoi il affirme que l'illégalité fut abolie par l'instauration des lois : mais, puisque la loi ne pouvait réprimer que les délits commis à découvert, beaucoup commettaient des méfaits en cachette. C'est alors qu'un homme plein de sagesse établit qu'il fallait occulter la vérité par un discours trompeur, et persuader les hommes qu'il y avait :

comme un démon vivant
D'une vie éternelle. Son intellect entend
Et voit tout en tout lieu.

(*Opinions*, I, VII, 2.)

Plus loin, Euripide affirme encore :

Mais où se trouve aussi la figure étoilée
De la voûte céleste, et la fresque sublime,
Le chef-d'œuvre du Temps, architecte savant.

(*Ibid.*, I, VI, 7.)

TRAGÉDIES INCERTAINES

XXVI

Stobée.

En suivant l'ombre, trop vite vieillit le temps.

(*Choix de textes*, I, VIII, 11.)

XXVII

Stobée.

De Critias :

Qui avec ses amis ferait n'importe quoi
Pour leur faire plaisir, fait du bonheur présent
Une haine future.

(*Florilège*, III, XIV, 2.)

XXVIII

Stobée.

De Critias :

Affreux quand l'insensé se figure sensé.

(*Florilège*, III, XIV, 23.)

XXIX

Stobée.

De Critias :

Lequel est-il le mieux? Donner chez soi asile
À sottise et richesse, ou vivre avec sagesse,
Mais dans le dénuement?

(*Florilège*, IV, XXXIII, 10.)

FRAGMENTS EN PROSE

⟨CONSTITUTION DES ATHÉNIENS⟩

XXX[1]

LIII

Julius Pollux.

Observer : chez Critias et Antiphon. (*Lexique*, II, 58.)

LIV

Julius Pollux.

Chez Critias : l' orateur et aussi le parleur. (*Lexique*, II, 122.)

LV

Julius Pollux.

À la main rapide, comme dit Critias. (*Lexique*, II, 148.)

LVI

Julius Pollux.

Et comme chez Critias : sordide avarice. (*Lexique*, III, 116.)

LVII

Julius Pollux.

Il plaît à Critias d'appeler les chants qu'accompagne la cithare, chants accompagnés. (*Lexique*, IV, 64.)

LVIII

Julius Pollux.

Chez Critias : de deux drachmes. (*Lexique*, IV, 165.)

LIX

Julius Pollux.

Critias appelle *trop boire* : avaler coupe après coupe. (*Lexique*, VI, 31.)

LX

Julius Pollux.

Critias disait achat de nourriture, ou acheter de la nourriture; mais il appelait le fait d'*acheter de la nourriture*, établir ses achats de nourriture. (*Lexique*, VI, 38.)

LXI

Julius Pollux.

Les uns sont dits faux témoins chez Critias; il dit aussi faux témoin je ne sais où. Il dit également prêter un faux témoignage. (*Lexique*, VI, 152-153.)

LXII

Julius Pollux.

Être éparpillé [...] ou être parsemé, comme dit Critias. (*Lexique*, VI, 194.)

LXIII

Julius Pollux.

Pour leur part, autant qu'il est en eux, de leur point de vue, vu ce qui leur convient, en ce qui les concerne. Critias dit quelque part : pour autant qu'il sied à des gens de bien. (*Lexique*, VI, 195.)

LXIV

Julius Pollux.

Ceux qui vendent des vêtements s'appellent des fripiers, pour reprendre le mot de Critias. (*Lexique*, VII, 78.)

LXV

Julius Pollux.

Ce que Critias appelle chaussons, on peut penser soit, qu'il s'agit des chaussures de feutre, soit des jambières qui enveloppent les pieds, du genre de ce qu'Eschyle, dans *les Phrygiens* appelle *molletières*. (*Lexique*, VII, 91.)

LXVI

Julius Pollux.

Graveurs d'anneaux, le mot est chez Critias. (*Lexique*, VII, 108.)

LXVII

Julius Pollux.

Marchands de cordes musicales, comme dit Critias. (*Lexique*, VII, 154.)

LXVIII

Julius Pollux.

Parfumeur, Critias a utilisé cette appellation. (*Lexique*, VII, 177.)

LXIX

Julius Pollux.

Tisserand de filets pour la tête, comme a dit Critias. (*Lexique*, VII, 179.)

LXX

Julius Pollux.

Les mots qui suivent font pour la plupart partie du vocabulaire de Critias et de ceux qui, nombreux, aiment encore plus que lui l'euphonie : marchands de bronze, de fer, de légumes, de fromage, de purges, d'étoupe, de laine, d'encens, de racines, de silphium, de choux, de matériel, récolteurs de graines, marchands de graines, de marmites, de drogues, d'aiguilles, de tablettes.

Critias les appelle, indistinctement, marchands d'oiseaux, etc. (*Lexique*, VII, 196-197.)

LXXI

Julius Pollux.

Critias appelait être relaxé le fait d'arrêter l'action en justice ou de l'emporter, comme lorsque nous disons *avoir un vote favorable*. Il disait également rester juge pour *être juge durant toute l'année*. (*Lexique*, VIII, 25.)

LXXII

Julius Pollux.

Le *protecteur de la cité* est chez Critias celui qui ne quitte pas la cité. (*Lexique*, IX, 17.)

LXXIII

Julius Pollux.

Ce qui chez Euripide est la *bonne éducation* est chez Critias la rapidité à comprendre. (*Lexique*, IX, 161.)

CONSTITUTION DES THESSALIENS

XXXI[1]

Athénée.

Tout le monde est d'accord sur le fait que les Thessaliens sont les plus fastueux des Grecs, tant pour leurs vêtements que pour leur manière de vivre. C'est par là qu'ils sont cause de l'expédition des Perses contre la Grèce : ils les avaient rendus envieux de leur luxe et de leur faste. Critias aussi, dans la *Constitution* qu'il leur a consacrée, donne des précisions sur leur faste. (*Les Deipnosophistes*, XIV, 662 F.)

CONSTITUTION DES LACÉDÉMONIENS

XXXII

Clément d'Alexandrie.

À l'inverse d'Euripide, qui affirma :

> *Si le père et la mère ont eu à supporter*
> *Un dur régime, alors plus beaux sont les enfants,*

Critias écrit : Je commence à partir de la naissance de l'homme ; comment lui donner le corps le mieux constitué et le plus fort ? Il faut que le père fasse de l'exercice, mange comme il faut et endurcisse son corps, et que la mère de l'enfant à naître soit vigoureuse de corps et fasse de l'exercice. (*Stromates*, VI, 9.)

XXXIII

Athénée.

Selon les cités, il existe des manières particulières de boire, ainsi que Critias l'explique, dans sa *Constitution des Lacédémoniens*, en ces termes : L'habitant de Chio et de Thasos utilise de grandes coupes qu'il fait passer vers la droite ; l'habitant de l'Attique utilise de petites coupes qu'il fait passer vers la droite ; mais le Thessalien boit dans de grandes coupes à la santé de qui il veut ; les Lacédémoniens, eux, boivent chacun à la coupe qui est devant soi, et l'échanson reverse autant de vin qu'il en est bu. (*Les Deipnosophistes*, XI, 463 E.)

XXXIV

Athénée.

Critias, dans sa *Constitution des Lacédémoniens* écrit : En dehors de cela, venons-en aux plus petites choses de la vie de tous les jours : les sandales lacédémoniennes sont les meilleures ⟨et⟩ les manteaux lacédémoniens les plus agréables à porter et les plus commodes. Le cothon laconien eſt une timbale des mieux adaptées à la vie des camps et facile à emporter dans un sac. De ce fait il eſt tout désigné pour les soldats. ⟨Je vais le montrer⟩ : il arrive souvent ⟨qu'un soldat⟩ ait à boire de l'eau impure. Or, en premier lieu, le liquide n'y eſt pas trop visible; ensuite, le cothon, grâce à son goulot arrondi, retient les impuretés[1]. (*Les Deipnosophiſtes*, 483 B.)

Plutarque.

C'eſt ainsi que tous ces petits uſtensiles ou objets indispensables: lits, sièges ou tables, on les fabriquait fort bien dans ce pays, et le cothon laconien était très apprécié notamment pour les campagnes militaires, comme le dit Critias : ainsi, l'eau que l'on était bien obligé de boire et qui était répugnante à regarder, sa couleur la cachait et, comme la boue rencontrait le bourrelet du goulot et était retenue au fond, seul le liquide le plus pur parvenait à la bouche. (*Vie de Lycurgue*, 9, 7.)

Julius Pollux.

Cothon laconien : le bord du cothon, qui s'étend des deux côtés, comme d'ailleurs pour les poteries, eſt appelé goulot. (*Lexique*, VI, 97.)

XXXV

Athénée.

Critias, dans la *Conſtitution des Lacédémoniens* : Le lit milésien et le siège milésien, le lit-fabriqué-à-Chio et la table-de-Rhéneia. (*Les Deipnosophiſtes*, XI, 486 E.)

Harpocration.

Lycurgiens[2] : le grammairien semble ignorer qu'une telle formation à partir de noms de personnes ne se trouve pas, mais se fait plutôt à partir de noms de cités ou de peuples. Critias parle de lits milésiens dans sa *Conſtitution des Lacédémoniens*. (*Lexique.*)

XXXVI

Euſtathe.

C'était une antique coutume de s'amuser ainsi, et, à ce qu'on dit, les concours au jeu de balle venaient des Lacédémoniens. [...]

Il apparaît que c'était un genre de danse et que ce jeu se pratiquait avec une balle, comme le montrent les lignes suivantes : « *Faire des entrechats* : c'est une danse exécutée avec un mouvement rapide des pieds. » Et Critias, en tout cas, parle ainsi : Ils faisaient des sauts en l'air et, avant de retomber à terre, ils faisaient une série de mouvements alternés avec les pieds. C'est ce qu'ils appelaient *faire des entrechats.* (*Commentaire sur l'Odyssée*, VIII, v. 376.)

XXXVII

Libanios.

63. Les Lacédémoniens s'étaient accordé, à l'égard des ilotes, la liberté de les mettre à mort. À leur sujet, Critias affirme que c'est à Lacédémone qu'on est le plus ou esclave ou homme libre. Ce qui ne signifie rien d'autre que ce que Critias lui-même affirme, à savoir que, c'est par méfiance à l'égard des ilotes, que le Spartiate leur confisque, quand ils sont dans leurs quartiers, la courroie de leur bouclier. Cela, ils n'ont pas la possibilité de le faire en campagne, car ils ont souvent à être rapides : aussi le Spartiate est-il toujours à ses côtés avec une lance, pour pouvoir, de cette façon, l'emporter sur l'ilote au cas où, armé du seul bouclier, il tenterait une révolte. De plus, ils ont imaginé des systèmes de fermeture, qui, estiment-ils, sont assez forts pour les garantir des révoltes qu'ils pourraient entreprendre. 64. Par là, leur vie côtoyait la peur, et il ne leur était pas même permis de respirer à cause de ceux que leur espoir ⟨de libération⟩ rendait terribles. Comment pouvaient-ils, alors, ô fils de Callaischros, eux que la crainte de leurs serviteurs arme quand ils prennent leur repas, quand ils dorment ou vaquent à quelque autre occupation, jouir vraiment d'une liberté sans mélange? Leurs esclaves, avec l'aide de Poséidon, s'étaient dressés contre eux, apportant la preuve que, dans des circonstances semblables, ils feraient pareil. De même que leurs rois n'étaient pas entièrement libres, puisque les éphores avaient reçu le droit d'emprisonner le roi ou de le condamner à mort, de même tous les Spartiates avaient aboli leur liberté, vivant avec la haine que leur vouaient leurs serviteurs. (*Discours*, XXV, 63-64.)

D'UNE CONSTITUTION INCERTAINE

XXXVIII

Julius Pollux.

Les braies, ils les appellent aussi pantalons. Ce mot se trouve aussi chez Critias dans ses *Constitutions*. (*Lexique*, VII, 59.)

APHORISMES I ET II

XXXIX

Galien.

(Ce que l'on peut sentir par la vue, le toucher, l'ouïe, l'odorat, le goût et la pensée.) [...] Cette explication de ce qui est signifié par la sensation ‹c'est-à-dire la perception› est stoïcienne. C'est pourquoi, Aephicianus, le disciple de Quintus, vint avec ardeur à la philosophie stoïcienne [...] Il affirme qu'Hippocrate a utilisé le mot *perception* à propos de la *pensée* [...] Il mentionne aussi que pour le mot *pensée* il disait que, chez les Anciens, il équivalait à *intellect*, et *jugement*, sinon à *réflexion*. Il y aurait de nombreux exemples de cela, dont je ne produirai que quelques-uns : Critias dans ses *Aphorismes*, livre I, écrit ceci : Ni ce que l'on sent avec son corps en général, ni ce qu'on connaît par la *pensée*.

Et encore : Ils ont la connaissance, les hommes habitués à être sains de pensée. (*Commentaire sur les Devoirs du médecin d'Hippocrate*, I, 1, éd. Kühn, XVIII B, 654-656.)

CONVERSATIONS I ET II

XL

Galien.

Et, dans le livre I des *Conversations* : Si tu t'exerces toi-même à être capable d'une pensée pénétrante, tu ne pourras absolument pas être trompé par les sensations et souvent, dans le même livre et dans le livre II des *Conversations*, afin de distinguer la sensation et la pensée, il a dit maintes fois, de même qu'Antiphon[1], etc. (*Commentaire sur les Devoirs du médecin, d'Hippocrate*, I, 1, éd. Kühn, XVIII B, 656.)

XLI

Hérodien.

Chez Critias, dans ses *Conversations*, le mot impulsion a le même sens que *pulsion*. (*Sur les mots singuliers*, éd. Dindorf, p. 40, 14.)

DE LA NATURE DE L'AMOUR, OU DES VERTUS[1]

XLII

Galien.

(Femme δυσήνιος) : *de mauvaise humeur* : Critias dans le *De la nature de l'amour, ou des vertus* explique ainsi ce mot : Est *de mauvaise humeur* celui qui s'afflige pour des incidents mineurs et, pour les choses graves, plus et plus longtemps que les autres hommes. (*Dictionnaire hippocratique*, XIX, 94, éd. Kühn.)

EXORDES DES DISCOURS POLITIQUES

XLIII[2]

D'ÉCRITS EN PROSE NON IDENTIFIÉS

XLIV

Élien.

Critias accuse Archiloque d'avoir mal parlé de lui-même. Car, dit-il, s'il n'avait pas, lui-même, répandu parmi les Grecs, cette réputation qui le suit, nous ne saurions ni qu'il avait pour mère l'esclave Énipô, ni qu'il avait quitté Paros, pressé par la pauvreté et le besoin, pour se rendre à Thasos, ni que, à peine arrivé, il rencontra l'hostilité des habitants de cette localité, ni non plus qu'il disait du mal pareillement de ses amis et de ses ennemis. Et, ajoute-t-il, nous ne saurions pas non plus qu'il était adultère si nous ne l'avions appris de lui, ni qu'il était luxurieux et plein de démesure, ni, ce qui est le plus honteux, qu'il avait abandonné son bouclier. À coup sûr, Archiloque n'était pas un témoin bienveillant de lui-même, pour laisser après lui pareille réputation et pareilles rumeurs.

Ce n'est pas moi qui formule toutes ces accusations contre Archiloque, mais Critias. (*Histoires variées*, X, 13.)

XLV

Élien.

Critias dit que Thémistocle, fils de Néoclès, avant de se lancer dans l'administration de l'État, tenait de sa famille, pour toute fortune, la somme de trois talents. Après qu'il eut présidé aux affaires publiques, lorsqu'il partit en exil et que ses biens furent confisqués, il fut convaincu d'avoir une fortune qui dépassait cent talents.

De même, Cléon, avant d'entrer dans la politique, n'avait aucun bien familial libre d'hypothèques, mais, par la suite, il a laissé un patrimoine de cinquante talents. (*Histoires variées*, X, 17.)

XLVI

Aristide.

Si en revanche, il[1] avait commencé son discours par un mot affirmatif, comme par exemple : « En tout cas, à mon avis... », le ton du discours aurait été plus sec, et on aurait pu davantage le croire de Critias ou de l'un de ses imitateurs. (*Rhétorique*, II, 15.)

XLVII

Aristide.

Si tu avais construit la période en sens contraire, et dit ainsi[2] : « Tous ceux qui préfèrent les hommes qu'ils voient essayer de l'emporter sur les autres par les commandements, les honneurs ou ce genre de supériorités, il me semble qu'ils ont tort, » ce type d'expression paraîtrait davantage se rattacher à Critias ou à quelqu'un des anciens sophistes. (*Rhétorique*, II, 50.)

XLVIII

Dion Chrysostome.

Ou bien ne sais-tu pas que Critias, qui fut des Trente, disait que la forme la plus belle pour les hommes est la féminine, et, à l'inverse, pour les femmes la masculine ? C'est donc à juste titre que les Athéniens le choisirent comme législateur avec la charge d'adapter les anciennes lois : de fait, il les supprima toutes. (*Discours*, XXI, 3.)

XLIX

Pseudo-Denys d'Halicarnasse.

L'homme, dès sa naissance – selon le fils de Callaischros, qui fut un des Trente – ne trouve rien de sûr, sinon que mourir est le lot de celui qui est né, et que, sur le chemin de la vie, on ne peut échapper à la fatalité. (*Rhétorique*, VI, 11, 277, 10, éd. Usener-Radermacher.)

L

Philostrate.

Car je sais que le sophiste Critias n'indiquait pas les ancêtres, il n'y a que dans le cas d'Homère qu'il fait mention du père, mais c'était pour montrer ce prodige que le père d'Homère était un fleuve[1]. (*Vies des sophistes*, préface, I, 9.)

LI

Maxime Planude.

Par exemple : « Pendant le concours des jeux Pythiques. » Voilà une expression commune et ordinaire; Critias, lui, avec une inversion, disait : « Des jeux Pythiques, pendant le concours... » (*Commentaire sur la Rhétorique d'Hermogène*, V, 484, éd. Walz.)

LII

Plutarque.

Alors qu'Éphialte faisait opposition et protestait contre toute intervention visant à relever la cité qui était l'adversaire d'Athènes, voulant qu'on laissât prostré et piétiné l'orgueil de Sparte, Cimon, aux dires de Critias, fit passer au second plan l'expansion de la patrie, eu égard à l'intérêt des Lacédémoniens, et persuada le peuple d'envoyer à son secours une expédition avec de nombreux hoplites. (*Vie de Cimon*, 16.)

FRAGMENT INAUTHENTIQUE

LXXV[1]

Platon.

SOCRATE : Ô, enfants de cet homme-là[2], l'amant de Glaucon a bien fait de commencer l'élégie qu'il vous a dédiée, en célébrant vos hauts faits à la bataille de Mégare. Voici ses paroles :

> *Fils d'Ariston, race divine*
> *d'un illustre héros.*

(*La République*, II, 368 *a*.)

ANONYME DE JAMBLIQUE

I

Jamblique.

1. Si l'on veut se rendre entièrement parfait, qu'il s'agisse de sagesse, de courage, d'éloquence, d'excellence (que l'on considère celle-ci en totalité ou dans un de ses éléments), c'est à partir des principes suivants qu'on pourra entreprendre cette tâche. 2. La première condition est une disposition naturelle, ce qui ne peut venir que de la fortune ; quant aux qualités qui dépendent de l'homme lui-même, ce sont l'amour de ce qui est beau et bon, l'ardeur au travail, la facilité à apprendre quand on est jeune, et la volonté de consacrer beaucoup de temps à l'étude. 3. Qu'une seule de ces qualités vienne à manquer, et il sera absolument impossible de parvenir à un point de perfection achevée ; mais si l'on a toutes ces qualités, on ne peut plus être surpassé dans le domaine auquel on s'est consacré. (*Protreptique*, éd. Pistelli, p. 95, 13.)

II

Jamblique.

1. Dans un domaine quelconque, si l'on veut se faire une réputation devant les hommes et faire ressortir ses qualités propres, il faut commencer dès la jeunesse et s'y consacrer continûment, et non de temps en temps. 2. Lorsqu'on a passé son temps à chacune de ces études, en prenant les choses dès leur commencement et en les portant à leur terme, on en retire une solide réputation et une solide gloire : en effet, dans ce cas, la confiance est exempte de suspicion et l'envie de la foule ne peut

trouver prise, envie qui abaisse ou dénonce à tort et qui calomnie injustement. 3. Car on n'aime pas glorifier l'autre (ce faisant, on se figure s'ôter quelque chose à soi-même); mais, si l'on est tenu par la nécessité, on est conduit, petit à petit et avec le temps, qu'on le veuille ou non, à faire des éloges.

4. Du même coup, on ne se posera plus la question de savoir si cet homme est bien tel qu'il le paraît, ou si sa poursuite d'une gloire frauduleuse cache un piège pour mieux tromper les hommes en embellissant toutes ses actions. Au contraire, conçue comme je viens de l'exposer, l'excellence à laquelle on arrive par cet entraînement arrache, par elle-même, confiance et renommée. 5. C'est que les hommes, contraints par l'évidence, ne peuvent plus se comporter en envieux, ni éprouver l'impression d'être trompés. 6. En outre, lorsque le temps s'ajoute à chaque action, à chaque travail, par sa longueur et son importance il renforce la valeur de l'entraînement : un tel effet n'est pas possible en peu de temps. 7. L'art des discours, on peut s'y mettre, l'apprendre et devenir en peu de temps aussi bon que le maître; mais l'excellence, de toute manière, ne peut être possédée qu'au terme d'une longue mise en œuvre, il n'est pas possible, en s'y prenant trop tard et en allant trop vite, de la porter à son terme : il faut être nourri de sa présence et grandir avec elle, se garder des mœurs ou des discours dangereux; c'est une pratique et un exercice qui demandent beaucoup de temps et d'application. 8. En outre, une bonne renommée, si elle est trop rapidement acquise, entraîne certains inconvénients : ceux qui sont devenus d'un seul coup ou en très peu de temps ou riches, ou sages, ou bons, ou courageux, n'obtiennent pas, de la part des hommes, un accueil agréable. (*Protreptique*, 96, 1.)

III

Jamblique.

1. Quand on a fait élection d'un de ces domaines, qu'on s'y est exercé et qu'on le possède à fond, qu'il s'agisse de l'éloquence, de la sagesse ou de la force, d'un tel talent il ne faut faire usage que selon le bien et le droit. Si l'on use injustement et illégalement d'une bonne qualité ‹que l'on possède›, c'est ce qu'il y a de pire, et il vaudrait mieux en être dépourvu plutôt que d'en disposer ainsi. 2. De même que la possession d'une de ces qualités rend parfaitement bon, si c'est en vue du bien qu'on la met en œuvre, de même, si c'est en vue du mal, on devient le dernier des

méchants. 3. De plus, lorsqu'on est en quête de l'excellence totale, il faut examiner par quels discours ou par quels actes on peut devenir le meilleur : c'est la bonne manière pour être utile au plus grand nombre.

4. Si l'on gratifie ses proches en leur donnant de l'argent, en sens inverse, on sera obligé d'être un homme de peu pour récolter l'argent : de plus, comment penser ramasser ainsi sans limites afin de ne pas être en reste pour ses dons et ses prodigalités? Ensuite, un deuxième défaut s'ajoute à celui de la collecte de l'argent : c'est que de riche on devient pauvre et de possédant, indigent. 5. Mais alors, comment est-il possible, sans distribuer d'argent, par quelque autre procédé, de devenir un bienfaiteur de l'humanité, et cela sans s'exposer au vice mais en faisant preuve de vertu? Et, en outre, comment gratifier les hommes sans jamais épuiser la faculté de donner? 6. Il en sera ainsi, pourvu qu'on assure la sauvegarde des lois et de la justice : car c'est ce qui rassemble et maintient les États et les hommes. (*Protreptique*, p. 97, 16.)

IV

Jamblique.

1. Acquérir un pouvoir absolu sur ses passions est, à coup sûr, un devoir pour tout homme. Il en sera tout à fait ainsi, pourvu qu'on soit au-dessus des richesses dont la convoitise corrompt tout un chacun; mais, quand il s'agira de notre âme, on devra sans compter s'efforcer vers le juste et poursuivre l'excellence. Sur ces deux points, la majorité des gens ne sait pas se dominer. 2. Pour quelles raisons exactes? L'amour-propre, d'abord, parce que la vie n'est rien d'autre que l'âme : dès lors, ils l'économisent et s'y attachent par amour de la vie et du fait de cette communauté dans laquelle ils ont grandi. Les richesses, ensuite : c'est pour se garder de leurs terreurs. 3. Qu'est-ce à dire? Les maladies, la vieillesse, les dommages soudains : je ne veux pas tant parler des amendes que peut infliger la loi, car il n'est pas difficile, au moyen de quelques précautions, de s'en garantir, mais de ces malheurs que sont les incendies, la mort des proches, la perte de bétail et tout ce qui peut encore affecter notre santé, notre cœur ou nos biens. 4. À l'idée de tous ces maux, et pour avoir de quoi les affronter, tout homme désire avoir de l'argent. 5. Bien d'autres raisons encore, non moins importantes, poussent les hommes à rechercher l'argent : les rivalités d'ambition,

la jalousie, la soif du pouvoir : toutes passions pour lesquelles l'argent n'est pas peu prisé du fait qu'il y précipite. 6. En revanche, l'homme véritablement bon ne se met pas en chasse d'une renommée qui ne serait que parure extérieure et superficielle : sa propre excellence lui suffit. (*Protreptique*, p. 98, 17.)

V

Jamblique.

1. Quant à l'amour-propre, voici ce dont on pourrait se persuader : s'il était donné à l'homme, si l'on écarte l'hypothèse d'un assassinat, de vivre tout le temps à l'abri et de la vieillesse et de la mort, on pourrait alors lui pardonner largement le soin jaloux qu'il apporte à conserver sa vie; 2. mais, puisqu'il appartient à celui qui a prolongé sa vie de rencontrer la vieillesse, qui est le pire des maux pour l'homme, et qu'il n'échappe pas à la mort, quelle ignorance et quelle soumission à de mauvaises raisons et à de mauvais désirs ne faut-il pas, pour préférer prolonger sa vie dans le déshonneur et laisser échapper en échange un bien immortel : une gloire impérissable et toujours vivante, à la place d'une existence mortelle. (*Protreptique*, p. 99, 18.)

VI

Jamblique.

1. J'ajoute qu'il ne faut pas désirer posséder plus qu'autrui, ni considérer que la force qu'on peut mettre en œuvre à cette fin soit excellence, et lâcheté la soumission aux lois. C'est la pensée la plus pernicieuse qu'on puisse avoir et d'où naissent toutes les pratiques contraires au bien : le vice et la dépravation. Du fait que la nature *rend les hommes incapables* de vivre isolément, c'est contraints par la nécessité qu'ils se sont rassemblés. Ainsi fut définie leur manière générale de vivre, ainsi furent trouvés les arts qui l'ont rendue possible : une fois la société formée, vivre sans lois n'est plus possible, car le dommage qui en résulterait ⟨serait⟩ pire encore que celui qui résulterait d'une vie isolée. Telles sont donc les nécessités qui ont fait régner sur les hommes la loi et la justice, principes imprescriptibles, car leur force est enracinée dans la nature. 2. Imaginons un homme doté, depuis le commencement, d'une nature qui le rendrait invulnérable, inaccessible aux maladies et aux épreuves, d'une force extraordinaire, un homme

doté d'un corps et d'une âme de diamant[1] : on pourrait sans doute estimer qu'un tel surcroît de force dispense un tel homme de tout le reste (qu'un homme pareil ne s'incline pas devant la loi, il pourra demeurer impuni). En fait, on aurait tort de raisonner ainsi. 3. Car si un tel homme existait — ce qui est impossible —, s'il était l'allié des lois et de la justice, s'il accroissait leur puissance et mettait sa force au service de ces principes et de tout ce qui les favorise, dans ce cas, certes, il pourrait survivre, mais dans tout autre cas, il ne saurait résister. 4. On peut penser que tous les hommes se dresseraient contre un être ainsi fait, animés par le sentiment de leur bon droit, et la masse, que ce soit par habileté ou que ce soit par force, vaincrait un tel homme et en aurait raison. 5. Il est donc évident que la force elle-même, en tant qu'elle est vraiment force, ne se conserve que par l'effet de la loi et du droit. (*Protreptique*, p. 100, 5.)

VII

Jamblique.

Il convient aussi de prendre connaissance, au sujet de la légalité et de l'illégalité, de la mesure selon laquelle elles diffèrent, et de voir que la légalité est ce qu'il y a de meilleur, que ce soit en public ou en privé, et l'illégalité ce qu'il y a de pire. Car les pires des maux sont les produits immédiats de l'illégalité. Pour commencer, nous ferons voir, d'abord, les suites heureuses qui, en vérité, sont l'effet de la légalité.

1. Le premier résultat du respect des lois, c'est la confiance[2] qui rend d'éminents services aux sociétés humaines et compte parmi les grands biens : grâce à elle peut se développer la richesse publique, car, même s'il y en a peu, sa circulation la rend suffisante; au contraire, sans la confiance, même beaucoup d'argent ne suffirait pas.

2. Quant aux hasards qui dirigent la fortune ou la vie, les bons comme les mauvais, grâce au respect de la loi, ils apportent les plus grands biens : ceux qui ont la faveur du sort peuvent, grâce à lui, en jouir en toute sécurité et sans soupçon; en sens inverse, ceux que frappe le malheur obtiennent le secours des chanceux grâce au sens de la communauté et à la confiance qui résultent précisément du respect des lois.

3. Pour ce qui est du temps, grâce au respect des lois, les hommes ne le perdent pas à plaider, mais peuvent le consacrer aux travaux qui intéressent la vie. 4. Lorsque la légalité est

respectée, ils sont libérés du plus pénible des soucis, ils peuvent se livrer aux occupations les plus agréables : quoi de plus désagréable que le souci des procès, quoi de plus agréable que de vaquer à son travail? 5. Ils peuvent se livrer au sommeil, aussi, cette parenthèse dans le malheur des hommes; ils peuvent lui céder sans crainte, sans être rongés par les soucis, tranquilles devant toutes les représentations qu'il engendre, sans succomber à des terreurs soudaines, et sans avoir, après le plus doux des sommeils, à s'inquiéter de ce dont demain sera fait; au contraire, avec joie[1], ils se consacrent à leurs paisibles occupations et aux travaux de la vie, ils supportent facilement ce qu'ils ont de pénible et font preuve de confiance et d'optimisme dans l'espoir de se voir payer par tous ces biens dont le respect de la légalité est responsable. 6. Quant à la guerre, qui répand sur les hommes les plus terribles des maux, la guerre qui apporte la ruine et la servitude, elle aussi s'attaque plus volontiers aux cités où l'on ne respecte pas les lois, qu'aux cités bien policées.

7. Du respect de la légalité résultent encore beaucoup de bienfaits, qui aident dans la vie et sont des consolations aux difficultés de celle-ci. Quant aux maux qui proviennent de l'illégalité, les voici : 8. d'abord, cela rend les hommes paresseux devant leurs tâches, et les fait se soucier d'activités qui ne procurent pas de véritables plaisirs ; on mène à bien des affaires, et non plus un travail; du fait de la disparition de la confiance et du sens de la communauté, on entasse les richesses chez soi, au lieu de les investir dans le circuit général; résultat : l'argent disparaît, même quand règne l'abondance. 9. Les circonstances, aussi bien les bonnes que les mauvaises, contribuent à tout faire basculer : la prospérité devient dangereuse quand il y a illégalité, car la subversion s'installe et, quand la situation est mauvaise, le manque de confiance et de sens de la communauté, la font empirer au lieu de la bannir. 10. On va, volontiers, porter la guerre au-dehors *tandis qu'au-dedans, et pour* les mêmes raisons, se lève la sédition; et, si ce n'est pas déjà arrivé, voilà ce qui se produit alors : il faut, sans cesse, au milieu des procès, se garder des machinations des uns contre les autres, machinations qu'il faut passer son temps à déjouer et à contrecarrer. 11. Voilà des soucis qui, lorsqu'on est éveillé, ne sont guère agréables et qui, lorsqu'on se livre au sommeil, en font un asile sans agrément, où règne l'angoisse; le réveil, dans un climat de crainte et d'effroi, ramène l'homme, brutalement, à la sollicitation de ses malheurs. Malheurs qui proviennent de l'illégalité comme, en général, tous ceux dont nous avons parlé. 12. Et n'oublions pas la tyrannie, ce

fléau si grand et si terrible, qui n'a pas d'autre cause que le non-respect de la légalité. D'après certains – raisonnement qui ne saurait, en aucun cas, être correct – les tyrans s'installeraient à la suite d'un autre tyran et, si les hommes se voient privés de leur liberté, ce ne serait pas de leur propre faute, mais par la contrainte du tyran en place; une telle interprétation n'est pas correcte. 13. Croire que les rois et les tyrans proviennent de quoi que ce soit d'autre que de l'illégalité et de la volonté d'en avoir plus que l'autre, est une stupidité. Il suffit que tout le monde tombe dans le vice pour que cela se produise : car il est impossible aux hommes de vivre sans lois ni justice. 14. Ainsi, lorsque ces deux principes, la loi et la justice, ont abandonné le peuple, alors leur administration et leur garde émigrent aux mains d'un seul. De fait, comment le pouvoir sans partage pourrait-il se retrouver aux mains d'un seul homme si la loi, qui a la charge de l'intérêt général, n'a pas été expulsée? 15. Cet homme, capable de détruire la justice et de supprimer la loi, qui s'impose et est utile à tous, il devra être de diamant, pour pouvoir, seul contre tous, accaparer ces principes confiés au soin de la masse des hommes. 16. Un homme de chair, fait comme les autres, ne saurait y parvenir; en revanche, s'il a fait main basse sur ces principes – qui lui sont contraires –, alors, une fois qu'ils auront été abandonnés, il pourra gouverner en monarque. Voilà comment cela peut se faire, à l'insu de certains. (*Protreptique*, p. 101, 11[1].)

DOUBLES DITS

I

Sur le bien et le mal

1. Des doubles dits sont avancés, en Grèce, par ceux qui philosophent, sur le bien et sur le mal. Les uns affirment que le bien est une chose et le mal une autre. Les autres, que la même chose serait pour les uns bonne, pour les autres mauvaise, et, pour le même homme, tantôt bonne, tantôt mauvaise. 2. Pour ma part, c'est l'opinion de ces derniers que je ferai passer en avant. J'examinerai cela, en prenant pour base la vie humaine, attachée au manger, au boire et aux plaisirs d'amour. Toutes choses mauvaises pour un malade, mais bonnes pour qui a la santé et en éprouve le besoin. 3. Leur usage intempérant est un mal pour l'intempérant, mais pour le commerce qui en tire profit, c'est un bien. La maladie est un mal pour les malades, mais un bien pour les médecins. La mort est un mal pour ceux qui meurent, mais un bien pour les entreprises de pompes funèbres et les marbriers. 4. En agriculture, lorsque la récolte est superbe, c'est un bien pour les agriculteurs, mais un mal pour le commerce. Que les *navires marchands* entrent en collision et se fracassent, c'est un mal pour l'armateur, mais un bien pour les chantiers navals. 5. Que le fer soit dévoré par la rouille, émoussé, usé, est sans doute un mal, mais c'est aussi un bien pour le forgeron. Que les chaussures s'usent et se déchirent est sans doute un mal, mais c'est aussi un bien pour le cordonnier. 6. ⟨De même⟩ dans les luttes gymniques, artistiques ou guerrières : par exemple, pour les luttes gymniques, dans la course à pied, la victoire est un bien pour le vainqueur, mais pour les vaincus, c'est un mal.

7. Il en va de même pour les lutteurs, les boxeurs et tous les artistes en général : par exemple, la victoire est un bien pour qui

l'emporte à la cithare, mais pour les vaincus, c'est un mal. 8. À la guerre (je parlerai surtout d'événements très récents[1]), la victoire des Lacédémoniens, remportée sur les Athéniens et leurs alliés, fut un bien pour les Lacédémoniens, mais un mal pour les Athéniens et leurs alliés, alors que la victoire remportée par les Grecs sur la Perse est un bien pour les Grecs, mais un mal pour les Barbares. 9. La prise de Troie fut un bien pour les Achéens, mais pour les Troyens, un mal. Il en va de même pour les événements concernant les Thébains et les Argiens. 10. Le combat des Centaures et des Lapithes fut un bien pour les Lapithes, un mal pour les Centaures; le combat que rapporte la légende entre les dieux et les Géants fut, par leur victoire, un bien pour les dieux, mais un mal pour les Géants.

11. On donne aussi un autre dit selon lequel autre est le bien et autre le mal : de même qu'ils ont des noms différents, ils seraient, dans la réalité, différents. Personnellement, j'avancerai l'explication suivante : c'est que nous ne saisirions pas avec évidence ce qu'est le bien et ce qu'est le mal, si chacun d'eux était même, et non pas autre. Et ce serait une chose surprenante. 12. Alors, je crois qu'il ne pourrait pas répondre, celui à qui on demanderait : « Dis donc, tes parents t'ont-ils déjà fait du bien? – Souvent et beaucoup. – Alors, tu peux les remercier de t'avoir fait du mal, souvent et beaucoup, puisque bien et mal sont une seule et même chose. 13. Et maintenant, as-tu déjà fait du bien à tes parents? – Souvent et beaucoup. – Alors, tu leur as fait du mal. Et aussi, as-tu déjà fait du mal à tes ennemis? – Souvent et beaucoup. – Alors, tu leur as fait beaucoup de bien. 14. Mais allons plus loin, réponds à ceci : n'est-il pas vrai que tu as pitié des pauvres, parce qu'ils endurent beaucoup de maux? Mais, à l'inverse, tu les estimes heureux, car il leur arrive beaucoup de bien, s'il est vrai que bien et mal sont identiques? »

15. Et rien n'empêche que le grand Roi connaisse une situation analogue à celle des pauvres, car les immenses biens dont il dispose sont pour lui d'immenses maux, si du moins le bien et le mal sont la même chose. Et on pourrait en dire autant de tout le reste. 16. Je vais examiner les cas particuliers, en commençant par le manger, le boire et le plaisir d'amour. Ils sont mauvais pour les malades, mais, inversement, ils leur sont également profitables, puisque bien et mal sont identiques. Et, pour les malades, être malade est un mal, mais aussi un bien, puisque le bien est identique au mal. 17. Il en va ainsi pour tout le reste et pour tout ce qui a été énoncé dans le dit précédent. Je ne dis pas ce qu'est le bien, mais je m'efforce

d'enseigner que le bien et le mal ne sont pas la même chose, mais sont l'un et l'autre différents.

II

Sur le beau et le laid

1. On énonce aussi des doubles dits sur le beau et le laid. Certains affirment que le beau est une chose et le laid une autre et qu'ils diffèrent aussi bien par l'appellation que par la réalité matérielle. D'autres affirment que le beau et le laid sont la même chose. 2. Pour ma part, je vais essayer de développer une explication de la manière suivante. Par exemple, pour un jeune homme dans la fleur de l'âge, il est beau de donner ses faveurs à qui l'aime, alors que les donner à qui ne l'aime pas est laid. 3. Que les femmes se lavent à la maison est beau, qu'elles le fassent à la palestre, laid (alors que pour les hommes, à la palestre ou au gymnase, c'est beau). 4. S'accoupler à un homme dans le secret, caché par des murs, est beau; au-dehors et au vu de tous, c'est laid. 5. S'accoupler avec son propre mari est beau, mais avec un autre homme, c'est laid. Pour l'homme, s'accoupler avec sa propre femme est beau, mais avec une autre, c'est laid. 6. Se parer, se farder au blanc de céruse, se couvrir de bijoux est laid pour un homme, mais beau pour une femme. 7. Faire du bien à ses amis est beau, en faire à ses ennemis est laid, devancer les ennemis à la course est laid, mais devancer ses concurrents au stade est beau. 8. Tuer ses amis et ses concitoyens est laid, tuer ses ennemis est beau. Et ainsi pour toutes choses. 9. J'en viens à ce que les cités et les peuples tiennent pour laid. Par exemple, chez les Lacédémoniens, que les jeunes filles fassent de la gymnastique et se montrent sans manches ni tunique est beau; chez les Ioniens, c'est laid. 10. Pour les premiers, il est beau de ne *pas enseigner la musique* et les lettres aux enfants; chez les Ioniens, il est laid de ne pas leur enseigner tout cela. 11. Chez les Thessaliens, il est beau de capturer les chevaux au milieu de leurs hordes et de les domestiquer, ainsi que les mules; il est beau également de capturer des bœufs soi-même, de les égorger, les dépecer et les débiter; en Sicile, c'est laid et considéré comme un travail digne d'un esclave. 12. Les Macédoniens considèrent beau pour les jeunes filles, avant de se marier, d'avoir aimé et connu un homme, mais après le mariage, c'est considéré comme laid. Chez les Grecs, les deux sont jugés laids. 13. Chez les Thraces, le tatouage est un ornement pour les jeunes filles, alors

que chez les autres ⟨peuples⟩ c'est une marque d'infamie infligée aux coupables. Les Scythes considèrent qu'il est beau, lorsqu'on a tué un homme, de lui couper la tête, d'en porter la chevelure devant son cheval et de faire recouvrir son crâne d'or et d'argent afin d'y boire et de s'en servir pour les libations aux dieux. Au contraire, chez les Grecs, personne ne voudrait abriter dans sa maison l'auteur de pareils agissements. 14. Les Massagètes[1] découpent leurs parents en morceaux et les mangent, et cela passe pour être une des plus belles sépultures que d'être enseveli dans le ventre de ses enfants, alors qu'en Grèce celui qui ferait cela serait expulsé et condamné à mourir misérablement, comme auteur d'actes aussi honteux et aussi monstrueux. 15. Les Perses jugent beau que les hommes se parent comme les femmes, et que l'on fasse l'amour avec sa fille, sa mère ou son frère. Les Grecs, eux, jugent cela honteux et illicite. 16. Chez les Lydiens on trouve beau que les jeunes filles se prostituent pour amasser une dot qu'elles gardent pour se marier; chez les Grecs, personne ne voudrait les épouser. 17. Les Égyptiens ne jugent pas belles les mêmes choses que les autres : chez nous, il est beau que les femmes tissent et travaillent la laine; chez eux, ce sont les hommes, et les femmes doivent faire ce que font les hommes chez nous. Pétrir l'argile avec les mains et le pain avec les pieds est beau à leurs yeux, alors que pour nous, c'est le contraire. 18. Je crois que si l'on donnait l'ordre à tous les hommes de réunir en un même lieu tout ce qui est considéré par chacun comme laid et, en sens inverse, d'extraire de ce rassemblement ce que chacun juge beau, pas un de ces usages ne serait laissé pour compte, mais tous seraient, dans chaque groupe, redistribués. Car les valeurs ne sont pas les mêmes pour tous. 19. Je vais citer aussi quelques vers :

La loi, chez les mortels, est toujours différente,
Comme tu le verras. Rien n'est tout à fait beau.
Rien n'est tout à fait laid; mais tout ce qui est fait,
L'occasion[2] s'en saisit et lui donne valeur
Honteuse ou bien honnête[3].

20. Pour le dire en un mot, tout ce qui s'accorde à l'occasion est beau, tout ce qui est inopportun est laid. À quel résultat sommes-nous arrivés? J'avais dit que je démontrerais l'identité du beau et du laid, et je l'ai démontrée par tout ce qui précède.

21. On dit aussi au sujet du laid et du beau qu'ils seraient l'un et l'autre différents. Si l'on demande à ceux qui tiennent que le laid et le beau sont la même chose, s'ils ont jamais fait une belle

action, ils reconnaîtront en même temps qu'elle est laide, s'il est vrai que le beau et le laid sont identiques; 22. et s'ils connaissent quelqu'un de beau, ce même homme est en même temps laid. Ou, s'ils connaissent quelqu'un de blanc, il est en même temps noir. Il est également beau de vénérer les dieux, mais, en retour, c'est non moins laid de vénérer les dieux, puisque le beau et le laid sont identiques. 23. Et je pourrais leur dire la même chose à propos de tout : il suffira de retourner contre leur dire leur propre dire. 24. En effet, s'il est beau pour une femme de se parer, il sera également laid pour une femme de se parer, s'il est vrai que le laid et le beau sont identiques. Et ainsi de suite. 25. À Lacédémone il est beau que les enfants fassent de la gymnastique; à Lacédémone, il est laid que les enfants fassent de la gymnastique, et ainsi de suite. 26. Ils disent que si certains avaient recueilli, partout, ce qui est laid chez les peuples et qu'ensuite, en les rappelant, ils leur eussent ordonné de remporter ce qu'ils jugeaient beau, tout aurait été ramassé comme étant beau. Ce qui me surprend, moi, c'est que, si tout ce qui a été apporté comme étant laid doit finir par être beau, tout cela ne doive plus être tel qu'il était au départ. 27. Car il est sûr que si on avait amené des chevaux, des bœufs, des brebis, ou des hommes, on ne serait pas reparti avec autre chose; et même si l'on avait apporté de l'or, ce n'est pas du bronze qu'on aurait pu remporter, ou, si l'on avait apporté de l'argent, ce n'est pas du plomb qu'on aurait remporté.

28. Donc, en échange de ce qui était laid, on remporterait ce qui était beau? Mais enfin, à supposer qu'on ait amené un homme laid, serait-ce un homme beau que l'on pourrait remmener? Les seuls témoins qu'on peut faire venir sont des poètes qui écrivent leurs poésies en vue du plaisir, non en vue de la vérité.

III

Sur le juste et l'injuste

1. Il existe aussi des doubles dits sur le juste et l'injuste. Les uns disent que le juste est une chose et l'injuste autre chose; les autres que le juste et l'injuste sont une seule et même chose. C'est cette seconde thèse que je vais commencer par tenter de défendre. 2. Premièrement, je dirai que mentir et tromper sont des actes justes vis-à-vis de ses ennemis, mais ⟨vis-à-vis de ses amis⟩, c'est laid et méchant. Comment? On le ferait à ses ennemis, on ne le ferait pas aux êtres les plus chers? Par exemple,

ses parents : si notre père ou notre mère doit boire ou absorber un remède et le refuse, n'est-il pas juste de le donner tout de même, dans une mixture ou une boisson, et sans dire qu'il s'y trouve? 3. Il est donc juste de mentir à ses parents et de les tromper; et aussi de voler leur bien à ses amis ainsi que d'user de la force avec les êtres les plus chers. 4. Par exemple : si l'un de nos proches, soit par chagrin, soit par affliction, s'apprêtait à attenter à ses jours par l'épée, la corde ou quelque autre moyen, il serait juste de les lui prendre si on le peut et, si on le surprend trop tard, alors qu'il les a déjà en main, de les lui arracher de force. 5. Comment ne serait-il pas juste de réduire ses ennemis à la servitude et, si on le peut, de prendre toute la ville et de la vendre? Il semble juste, aussi, de faire des brèches dans les murs des bâtiments publics de cette cité pour y pénétrer. Et si notre père était près de mourir, aux mains de la faction adverse, emprisonné, ne serait-il pas juste de percer les murs de la prison pour le reprendre afin de le sauver? 6. Et le parjure : si, tombé aux mains des ennemis, un homme acceptait sous serment de trahir sa patrie contre sa libération, alors serait-il juste qu'il tienne son serment? 7. Pour ma part, je ne le crois pas : il est préférable qu'au prix d'un parjure il sauve sa cité, ses amis, les sanctuaires de ses ancêtres. Donc, le parjure sera juste. Également le sacrilège : 8. je passe sur les intérêts particuliers des diverses cités; en revanche, le bien commun de la Grèce, de Delphes et d'Olympie, au moment où le Barbare s'apprêtait à prendre la Grèce et où le salut ne pouvait venir que de l'argent, n'était-il pas juste de le prendre ⟨dans les temples⟩ et de l'utiliser pour financer la guerre? 9. Et il est juste de donner la mort aux êtres les plus chers, puisque ce fut le cas d'Oreste et d'Alcméon : c'est même la divinité qui leur a fait accomplir ces justes actions. 10. Je vais me tourner maintenant vers les arts et vers la poésie : en effet, dans la tragédie comme dans la peinture, le meilleur est celui qui trompe en donnant la plus grande impression de vérité. 11. Et je veux avoir recours au témoignage de poèmes fort antiques. De Cléobuline[1] :

J'ai vu quelqu'un voler et tromper avec force.
Mais user de la force était tout à fait juste.

12. Ce sont là des idées anciennes. Et, chez Eschyle[2], ceci :

Dieu ne s'écarte pas devant un pieux mensonge,

et

Un mensonge opportun peut parfois plaire à Dieu.

13. Il existe aussi un raisonnement contraire à celui-ci, selon lequel autre est le juste, et autre l'injuste : de même qu'ils ont des noms différents, ils seraient, dans la réalité, différents. De fait, si l'on demande à ceux qui disent que le juste et l'injuste sont identiques, s'ils ont déjà fait quelque chose de juste envers leurs parents, ils le reconnaîtront. Mais alors, ils leur auront fait également quelque chose d'injuste : puisqu'ils reconnaissent que l'injuste et le juste sont identiques. 14. Mais passons à un autre exemple : si tu connais quelqu'un de juste, alors, ce même homme est injuste; si c'est un grand, alors, il est petit, pour la même raison. Et si l'on dit : « Que l'auteur de beaucoup d'injustices soit mis à mort », ce sera aussi pour avoir été l'auteur de beaucoup d'actions justes. 15. Mais assez sur ce sujet. J'en viens aux raisonnements de ceux qui prétendent démontrer l'identité du juste et de l'injuste. 16. Car on peut démontrer qu'il est juste de voler les biens de ses ennemis, et également que c'est injuste, si leur raisonnement était vrai; et il en serait de même pour le reste. 17. Ils ont recours aux arts, dans lesquels il n'y a ni juste ni injuste. Et les poètes écrivent leurs poésies en vue du plaisir des hommes, non en vue de la vérité.

IV

Sur le vrai et sur le faux

1. Il existe des doubles dits sur le faux et le vrai : l'un prétend qu'il existe un discours faux et un discours vrai, qui en est différent. L'autre, à l'inverse, prétend qu'ils sont identiques. 2. C'est ce dernier que je soutiens : en premier lieu, ils utilisent les mêmes termes dans leur énoncé; ensuite, quand un discours est prononcé, s'il en est bien, dans la réalité, comme le dit le discours, le discours est vrai, mais s'il n'en est pas ainsi dans la réalité, le même discours est faux. 3. Par exemple, prenons *une accusation de sacrilège* : si l'acte a été accompli, le discours est vrai; s'il n'a pas eu lieu, il est faux. Et il en est de même pour le discours de la défense, et les tribunaux jugent vrai et faux le même discours. 4. Ensuite, si, assis à côté l'un de l'autre, nous disons : « Je suis un initié », nous disons tous la même chose, mais je serai seul à dire la vérité, puisque moi seul le suis. 5. Il est donc clair que le même discours, quand c'est le faux qui lui correspond, est mensonger, mais véridique, si c'est le vrai qui lui correspond — de la même façon que le mot *homme* désigne à la fois l'enfant, le jeune homme, l'homme fait, le vieillard.

6. Il est dit également qu'autre serait le discours mensonger et autre le discours vrai, à la différence d'appellation ⟨correspondant une différence dans la réalité⟩. Car si l'on demandait à ceux qui soutiennent que le discours vrai et le discours faux sont identiques, de quel type est leur propre discours, s'ils disent qu'il est faux, il est clair qu'il y a deux discours différents; s'ils disent qu'il est vrai, ce même discours est également faux. Et si quelqu'un a dit la vérité ou tenu témoignage vrai, alors ces mêmes affirmations sont fausses. Et, si l'on connaît quelqu'un de véridique, il est du même coup menteur. 7. En se fondant sur leur raisonnement, ils affirment ceci : à savoir que, si la chose a eu lieu, le discours est vrai, et que si elle n'a pas eu lieu, il est faux. Donc, ils ne différeraient pas par les mots, mais par la réalité. 8. Et, à nouveau, si l'on demandait aux juges quel est l'objet qu'ils jugent (car ils ne sont pas présents au moment des faits), 9. ils reconnaîtraient eux aussi que ce à quoi le faux est mêlé est mensonger, et ce à quoi le vrai est mêlé, véridique. Ce qui fait une différence du tout au tout.[...]

V[1]

1. Un fou et les sages, les savants et les ignorants disent et font les mêmes choses. 2. Et, pour commencer, ils appellent pareillement les mêmes choses : terre, homme, cheval, feu, et tout le reste; ensuite, ils font les mêmes choses : ils s'assoient, ils mangent, ils boivent, ils dorment, et pareillement pour le reste. 3. En outre, identiques sont le plus grand et le plus petit, le plus et le moins, le plus lourd et le plus léger. Et de cette façon, toutes choses sont identiques. 4. Le talent est plus lourd que la mine et plus léger que deux talents : il y a donc identité du plus lourd et du plus léger. [...][2] 5. Le même homme vit et ne vit pas, et les mêmes choses sont et ne sont pas : car ce qui est ici n'est pas en Libye, et ce qui est en Libye n'est pas à Chypre, et ainsi de suite, selon le même raisonnement. Donc, les choses sont et ne sont pas. 6. Ceux qui soutiennent cela, à savoir que les fous et les sages, les savants et les ignorants font et disent les mêmes choses et tout ce qui découle de ce raisonnement, se trompent dans ce qu'*ils disent*. 7. Car si on leur demandait si la folie diffère de la sagesse et la science de l'ignorance, ils répondraient : « Oui. » 8. Et il est évident que les uns et les autres agissent bien comme ils le reconnaîtront. Ainsi, s'ils font la même chose, et les sages agissent en fous et les fous agissent en sages, et tout est retourné. 9. Il faut avoir recours aussi à ce raisonnement :

ceux qui parlent quand il convient sont-ils les sages, ou les fous ? Car, si on leur posait la question, ils répondraient qu'ils disent tous la même chose : seulement les sages le disent quand il faut et les fous quand il ne faut pas. 10. Et, en disant cela, ils passent pour introduire une petite addition : le « s'il le faut » ou le « s'il ne le faut pas », si bien qu'il n'y a plus d'identité.

11. À mon avis, ce n'est pas en ajoutant une telle quantité qu'on modifie les choses, mais par un changement de l'accent : ainsi Γλαῦκος (Glaucos le dieu) et γλαυκός (glauque); Ξάνθος (le fleuve Xanthe) et ξανθός (jaune); Ξοῦθος (Xouthos[1]) et ξουθός (fauve). 12. C'est par un changement d'accent que ces termes diffèrent; d'autres, c'est par la longueur des voyelles : ainsi Τύρος (Tyr) et τυρός (le fromage), σακός (le bouclier) et σάκος (la bergerie); d'autres, en changeant des lettres : ainsi κάρτος (la force) et κρατός (la tête), ὄνος (l'âne) et νόος (l'entendement). 13. S'il se produit une telle différence sans rien enlever, que se passe-t-il donc si l'on ajoute ou si l'on enlève quelque chose ? Je vais essayer de montrer ce qu'il en est. 14. Si on retranche 1 de 10 (ou si à 10 on ajoute 1), il n'y a plus ni 10, ni 1, et pour les autres cas il en sera de même. 15. Quant au problème de savoir si le même homme existe ou n'existe pas, je pose la question suivante : « S'agit-il d'un individu ou d'un universel ? ». Ainsi, si l'on dit qu'il n'existe pas, on dit le faux, puisque l'on parle ⟨à la fois de l'individuel et⟩ de l'universel. Tout être est donc déterminé par une certaine relation.

VI

Sur la sagesse et la vertu, si elles se peuvent enseigner

1. Il existe aussi un dire qui n'est ni vrai ni neuf : à savoir que ni la sagesse ni la vertu ne peuvent s'enseigner ou s'apprendre. *Ceux qui soutiennent cette thèse utilisent* les démonstrations suivantes : 2. il n'est pas possible, si on transmet quelque chose à quelqu'un d'autre, de le posséder encore soi-même. Voilà déjà une démonstration. 3. Mais aussi, si cet enseignement était possible, il y aurait des professeurs déclarés, comme pour la musique. 4. En troisième lieu, les sages qui ont vécu en Grèce auraient enseigné leur art à leurs amis. 5. En quatrième lieu, certains sont allés à l'école des sophistes et n'en ont tiré aucun profit. 6. En cinquième lieu, nombreux sont ceux qui, sans avoir fréquenté les sophistes, se sont avérés dignes de considération. 7. Mais moi, je trouve ce dit parfaitement stupide.

Car je sais bien qu'il y a des professeurs qui enseignent les lettres, qu'ils se trouvent avoir eux-mêmes apprises, et qu'il y a des cithariſtes qui enseignent la cithare. Pour la deuxième démonstration, selon laquelle il n'y a pas de professeurs déclarés, qu'enseignent alors les sophiſtes, sinon la sagesse et la vertu? 8. Que furent les disciples d'Anaxagore et de Pythagore? Pour la troisième, Polyclète a enseigné à son fils l'art de faire des ſtatues. 9. Et si nul n'a jamais enseigné, ce n'eſt pas une preuve; en revanche, si quelqu'un a enseigné, c'eſt la preuve que c'eſt possible. 10. Pour la quatrième, selon laquelle les élèves des sophiſtes ne sont pas devenus des sages : nombreux sont ceux qui ont étudié les lettres et ne les connaissent pas. 11. Il faut indiquer aussi la nature : si quelqu'un, sans avoir étudié auprès des sophiſtes, finit par se montrer capable, c'eſt qu'il eſt naturellement doué, qu'il saisit facilement beaucoup de choses après avoir un peu appris de ceux qui nous apprennent à parler, ce qu'on apprend tantôt plus, tantôt moins, tantôt auprès de son père, tantôt auprès de sa mère. 12. Et, si quelqu'un ne veut pas croire que nous apprenons à parler, mais croit que nous possédons ce savoir de naissance, qu'il se le mette en tête par ce fait : si, aussitôt après sa naissance, on envoyait un enfant chez les Perses et qu'il soit élevé là-bas, sans jamais entendre un mot de grec, il parlerait perse. Et si, de là-bas, on en faisait venir un ici, il parlerait grec. Ainsi, nous apprenons à parler sans connaître nos professeurs. 13. Tel était le contenu de mon dit; tu en as le début, la fin et le milieu : certes, je ne prétends pas que l'enseignement soit possible, mais je dis que les démonſtrations des autres ne me convainquent pas.

VII[1]

1. Certains de nos orateurs populaires disent que les magistratures doivent être pourvues par tirage au sort : en cela, leur conception n'eſt pas la meilleure. 2. Si, à ceux qui soutiennent cette position, on demandait : « Pourquoi alors n'assignes-tu pas par le sort les travaux de tes serviteurs, de sorte que le bouvier, s'il hérite de la cuisine, fasse le cuisinier, et que le cuisinier conduise les bœufs, et ainsi de suite? 3. Et pourquoi ne pas prendre pêle-mêle les forgerons et les cordonniers, les charpentiers et les orfèvres pour les tirer au sort et les forcer à exercer le métier qu'ils auraient tiré, et non celui qu'ils connaîtraient? 4. Et il en serait de même dans les concours de

musique : les concurrents seraient désignés par le sort et chacun lutterait avec l'adversaire tiré au sort; on verrait le flûtiste jouer de la cithare et le cithariste jouer de la flûte; à la guerre, les archers et les fantassins seraient dans la cavalerie, tandis que le cavalier tirerait à l'arc; de cette façon pas un ne ferait ce qu'il a appris et dont il est capable. » 5. Ils prétendent que ce système est bon et entièrement démocratique. Je trouve, moi, qu'il n'est en rien démocratique : car il y a dans les cités des adversaires du peuple et, si la fève[1] les désignait, ils renverseraient la démocratie. 6. Au contraire, il sied que le peuple, en connaissance de cause, choisisse tous ceux qui lui sont favorables, qu'il donne la conduite des armées à ceux qui y sont aptes, que d'autres aient la garde des lois, et ainsi de suite.

VIII[2]

1. À mon avis, cela appartient à la même personne et au même art de pouvoir dialoguer brièvement, de connaître la vérité des choses, de savoir juger selon la justice, d'être capable de s'adresser au peuple, de connaître l'art des discours et de donner un enseignement concernant la nature de toutes choses, leurs propriétés et leurs origines. 2. Pour commencer, celui qui s'y connaît sur la nature de toutes choses, comment ne serait-il pas capable d'enseigner à la cité à affronter correctement chaque situation? 3. En outre, celui qui connaît l'art des discours saura parler correctement de tout. 4. Mais celui qui a à parler correctement doit parler de ce qu'il sait : il devra donc tout savoir. 5. Il connaît l'art de tous les discours, et tous les discours sont les discours sur toutes les réalités. 6. Celui qui a à parler correctement doit savoir ce qui se rapporte aux réalités dont il va parler et enseigner à la cité à faire correctement ce *qui est bon et lui éviter*, *ainsi*, des entreprises néfastes. 7. Ayant la connaissance de ces choses, il aura aussi la connaissance des autres choses : car il saura tout; en effet, ces choses sont, entre toutes, identiques, et, face à des situations identiques, il fera ce qui convient s'il le faut. 8. Et, s'il sait jouer de la flûte, il sera toujours capable de jouer de la flûte, s'il a à le faire. 9. Celui qui sait mener un procès doit savoir correctement le droit : car c'est autour de lui que tournent les procès. Sachant cela, il connaîtra aussi ce qui lui est opposé et ce qui est autre. 10. Il doit connaître toutes les lois : et, s'il n'a pas la connaissance des réalités, il n'aura pas non plus celle des

lois. 11. Car, celui qui connaît les lois de la musique, il connaît aussi la musique, et celui qui ne connaît pas la musique ne connaît pas non plus ses lois. 12. Et bien sûr, celui qui connaît la vérité des choses, il n'y a pas un gros effort à faire pour déduire de là qu'il connaît tout.

13. Ainsi, il est capable de dialoguer brièvement, s'il a à répondre à des questions, et sur tous les sujets. Il doit donc tout savoir.

IX[1]

1. La mémoire, voilà une invention très importante et très belle, utile en toutes choses, aussi bien pour la science que pour la vie. 2. Pour commencer, si tu fais bien attention, ta pensée percevra mieux ce qu'elle aura parcouru. 3. Ensuite, exerce-toi sur tout ce que tu entends : car entendre souvent les mêmes choses et les répéter fait pénétrer dans la mémoire l'ensemble de ce que l'on a appris. 4. En troisième lieu, il faut rapprocher ce que l'on entend de ce que l'on sait : par exemple, si tu as à te souvenir de Chrysippe, rapproche ce mot de χρυσός (or) et de ἵππος (cheval). 5. Autre exemple : rapproche Pyrilampe de πῦρ (feu) et λάμπειν (briller). C'est ainsi qu'il faut faire pour les noms propres. 6. Pour les noms communs, voici comment il faut faire : le courage, il faut le rapprocher d'Arès et d'Achille; pour l'art du forgeron, il faut le rapprocher d'Héphaïstos; pour la lâcheté, on se référera à Épéios[2]. [...]

NOTICES ET NOTES

Les Milésiens

THALÈS

NOTICE

Thalès qui passe pour l'un des Sept Sages, eſt le fondateur de l'école ionienne. Mais, outre son origine milésienne, sa vie et sa philosophie sont mal connues. Le situer dans le temps eſt difficile. Diogène Laërce fixe sa mort à la cinquante-huitième olympiade (548-545 av. J.-C.)[1], ce qui, s'il a vécu, comme il l'affirme, quatre-vingt-dix ans, situerait sa naissance vers 635 av. J.-C. Suidas lui assigne une date plus reculée (640 av. J.-C.) et Phlégon[2] une date plus reculée encore. En fait, toutes les difficultés de datation[3] tournent autour de la date de l'éclipse de Soleil[4] qu'il passe pour avoir prédite. Il ne nous reſte de lui aucun écrit, excepté la citation bien tardive de Galien du second livre *Des principes*[5], qui paraît d'autant plus douteuse qu'au dire de certains[6] il n'aurait laissé aucun écrit. En réalité, toute sa réputation philosophique repose sur le témoignage d'Ariſtote[7] qui lui accorde le mérite d'avoir spéculé sur l'élément ou le principe dont toutes choses dérivent. Cet élément eſt l'eau, source de l'humidité, de la vie, de la multiplicité des formes, et sans doute responsable de ce que la force motrice vivante appartient à toutes choses[8]. C'eſt en cela, et surtout pour avoir tenté *le premier une explication* rationnelle et syſtématique du monde, que Thalès eſt le père de la physique ionienne et plus généralement de la philosophie. De ses recherches mathématiques[9] nous savons peu de chose, et rien sur le type de démonſtrations qu'il proposait.

1. Voir A I, 38, p. 8.
2. Voir A II, p. 9.
3. Voir A VII et A VIII, p. 12-13.
4. Voir A I, n. 3, p. 8 et A V, p. 11.
5. Voir B III, p. 23.
6. Voir A I, 23, p. 3.
7. Voir A XII, p. 15-16 ; A XIV, p. 17 ; A XXII, p. 21.
8. Voir A XXII, p. 21.
9. Voir A XX, p. 20 et A XXI, p. 20-21.

Son astronomie[1] paraît empruntée à l'enseignement des Égyptiens et sa gloire repose sur la prédiction de l'éclipse de Soleil[2] que l'on peut sans doute dater du 28 mai 585 av. J.-C. Sa faculté d'effectuer des prévisions astronomiques est à l'origine de deux traditions contraires. La première[3] consiste dans la fable de l'astrologue tombé dans un puits : elle entend prouver l'inutilité de la science dans la conduite de la vie. La seconde[4], fondée sur une prévision météorologique, rapporte à Thalès l'instauration du premier monopole, celui de pressoirs à olives, et prouve au contraire la supériorité pratique de la connaissance théorique. C'est dire combien la rencontre de diverses traditions est loin de produire une image cohérente.

NOTES

Page 3.

1. Voir Démocrite, B CXV *a*, p. 873 et la note 3. Ainsi Thalès passe-t-il pour important aux yeux de Démocrite.

2. Cadmos, fils d'Agénor, roi de Tyr, était venu fonder Thèbes, en Béotie; sa légende se confond avec celle de l'enlèvement d'Europe. Sur le problème de la généalogie de Thalès, voir W. K. C. Guthrie, *A History of Greek Philosophy*, I, 50.

3. *Protagoras*, 343 *a*.

4. *Sage* traduit σοφός, qui signifie à la fois sage et savant.

5. En 582-585 av. J.-C.

6. Voir B I, p. 22.

7. Voir A III *a*, p. 10.

8. Voir B III-B IV, p. 23.

9. Eudème, péripatéticien de Rhodes, dont le nom est accolé à l'une des versions de l'*Éthique* d'Aristote. Voir A V et le « Catalogue des auteurs » en fin de volume.

Page 4.

1. Voir Xénophane, B XIX, p. 119 et Hérodote, *Enquête*, I, 74.

2. Voir Héraclite, B XXXVIII, p. 155 et Démocrite, B CXV *a*, p. 873, n. 3.

3. Choerilos de Samos, poète épique du Ve s. av. J.-C.

4. Aristote, *Traité de l'âme*, I, 2, 405 *a* 19; I, 2, 411 *a* 8; *Métaphysique*, A III, 983 *b* 20-984 *a* 2 et l'ensemble des témoignages figurant en A XII, p. 15 et A XXII, p. 21.

5. Voir Hippias, B VII, p. 1087.

6. Pamphila, l'historienne qui vivait au temps de Néron.

7. Voir Diogène Laërce, *Vies*, VIII, 12 (sur Pythagore).

1. Voir A XIII *c*-A XIX, p. 17 à 19.
2. Voir A V, p. 11.
3. Voir A I, 34, p. 7 et A IX, p. 13.
4. Voir A X, p. 13-14.

8. Voir A III, p. 10.

9. Hiéronyme (A I, 27, p. 4-5), Proclus (A XI, p. 14 et A XX, p. 20), Pline et Plutarque (A XXI, p. 20-21) confirment cet intérêt de Thalès pour la spéculation géométrique. La source de cette réputation est Eudème (A XX, p. 20). Mais il est difficile d'imaginer la nature de sa spéculation et même de dire s'il s'agissait ou non de démonstrations, au sens plus tardif du terme.

10. Héraclide Pontique avait donné la parole à Thalès, dans un *Dialogue* qu'il avait composé.

11. Apparition du concept médical et sophistique de καιρός, ou *moment opportun* (voir le témoignage de Jamblique dans l'École pythagoricienne, D V, p. 596; Démocrite, B XCIV, p. 870, B CCXXVI, p. 900 et Gorgias, B XIII, p. 1045, etc.).

12. Voir A X, p. 13-14.

13. Voir A XII, p. 15-16.

Page 5.

1. Voir A XXII, p. 21.

2. Voir A XXI, p. 20-21, où Pline et Plutarque décrivent deux méthodes différentes. C'est là tout ce qui pourrait faire croire à la découverte, par Thalès, des propriétés des triangles semblables et du théorème auquel les géomètres lient encore aujourd'hui son nom.

3. La même aventure du trépied se lit dans la *Vie de Solon*, par Plutarque, chap. VII et VIII.

4. H. S. Long, éditeur de Diogène Laërce, et A. Maddalena, *Ionici, testimonianze e frammenti*, Florence, 1963, p. 30, lisent aujourd'hui *Léandrios*, conformément aux leçons manuscrites.

5. Voir A III *a*, p. 10.

Page 6.

1. Platon, *Protagoras*, 343 *a*.

2. *L'excellence* traduit ici ἀρετή qui désigne aussi l'excellence morale ou *vertu*.

3. Diogène Laërce, *Vies*, I, 82.

Page 7.

1. Voir A I, 28, p. 5.

2. Voir A IX, p. 13.

3. Ces vers paraissent être indiscutablement apocryphes.

Page 8.

1. Là encore, l'attribution de ces apophtegmes à Thalès paraît hautement improbable.

2. Ou, en précisant la valeur de chacun des termes : celui qui possède la santé du corps (ὁ ὑγιής), l'habileté de l'âme qui permet de

trouver une issue aux situations difficiles (εὔπορος), et une nature capable d'être cultivée (τὴν φύσιν εὐπαίδευτος); ce dernier trait constitue la première association, à consonance du reste sophistique, entre nature et culture.

3. Ou bien la trente-neuvième olympiade. S'il s'agit de la trente-cinquième, la naissance de Thalès se situe en 640 av. J.-C. Cette correction de Diels rend plus vraisemblable l'âge auquel serait mort Thalès. Mais cette chronologie est controversée et une seule date paraît à peu près certaine, celle du 28 mai 585 av. J.-C., où se produisit l'éclipse de Soleil prévue par Thalès.

4. 548-545 av. J.-C.

5. Voir A VI, p. 12. Il faut noter dès à présent que le témoignage d'Hérodote, reproduit par Apollodore, est le plus ancien de ceux qui nous sont parvenus concernant Thalès.

Page 9.

1. *Anthologie palatine*, VII, 84.

2. *Anthologie palatine*, VII, 85.

3. Aux paragraphes 40-42, Diogène Laërce cite deux prétendues lettres de Thalès adressées l'une à Phérécyde et l'autre à Solon, qui reflètent l'idée d'une communauté scientifique des sages de tous pays et une hostilité à la tyrannie.

4. La source de Suidas paraît être Hésychios.

5. 640-637 av. J.-C.

6. 752-749 av. J.-C.

7. Voir B I, p. 22. Mais rappelons qu'aucun fragment paraissant authentique ne nous est parvenu de lui.

8. Voir B IV; p. 23.

9. Cette fois, la source paraît être le texte de Diogène Laërce, cité en A I, p. 3 à 9.

10. Non pas au temps de Darius, mais au temps d'Alyatte II. (Voir A II, p. 9.)

Page 10.

1. La source est Hésychios. Voir A II, p. 9.

2. Thyrion, le fils de l'Arcadien Bathyclès, a mission de transmettre au plus sage la coupe qui lui a été léguée par son père (voir A I, 28, p. 5). Le texte de Callimaque, conservé sur un papyrus, est mutilé et comporte, surtout vers la fin, un assez grand nombre de restitutions conjecturales.

3. Toute en or.

4. Pour effacer, d'après Diels, les figures tracées sur le sol et qui auraient pu être prises pour des signes de sa σοφία.

Page 11.

1. Le témoignage d'Hérodote est le plus ancien concernant Thalès.

2. Aux Ioniens se trouvent mêlés des Miniens d'Orchomène et des Cadméens. (Hérodote, *Enquête*, I, 146.)

3. La guerre dont parle Hérodote est celle entre Alyatte et Cyaxare. L'éclipse de Soleil qui mit fin au conflit serait donc celle qui eut lieu le 28 mai 585 av. J.-C., plutôt que celles de 610 ou de 597 av. J.-C. que l'astronomie permet de dater. On a tendance aujourd'hui à préférer la date la plus récente, alors que le XIXe siècle inclinait pour la plus ancienne. Les témoignages regroupés ici paraissent décisifs.

4. 580-577 av. J.-C.

5. *Armen.* : deuxième année de la quarante-neuvième olympiade, soit 583 av. J.-C.

6. 585 av. J.-C.

Page 12.

1. 585-584 av. J.-C.
2. 640-637 av. J.-C.
3. 548-545 av. J.-C.
4. Première année de la trente-cinquième olympiade, soit 640. *Armen.* : deuxième année de la trente-cinquième olympiade, soit 639.
5. 548-545 av. J.-C.

Page 13.

1. 589-586 av. J.-C. Voir saint Jérôme, *Traduction latine de la Chronographie d'Eusèbe*, éd. Helm, II, 75.

2. Sixième année du règne d'Hiskias, dixième olympiade, soit 740 av. J.-C.

3. Cinquième année du règne d'Hiskias, dans la troisième année de la dixième olympiade, soit 738 av. J.-C.

4. Plutarque vient de rapporter qu'Épiménide, à la vue du port de Munychie, avait dit que les Athéniens auraient dévoré à belles dents ce port, s'ils avaient pu prévoir quels maux il leur causerait à l'avenir. En fait, Thalès prévoit à un lieu misérable un destin inverse.

5. Platon est la source la plus ancienne que nous connaissions de cette fable (?) reproduite par Diogène Laërce (A I, 34, p. 7). Voir encore La Fontaine, *Fables*, II, XIII, *L'Astrologue qui se laisse tomber dans un puits* :

> *Un astrologue un jour se laissa choir*
> *Au fond d'un puits. On lui dit : Pauvre bête,*
> *Tandis qu'à peine à tes pieds tu peux voir,*
> *Penses-tu lire au-dessus de ta tête ?*

6. Si nous lisons ἔμπροσθεν, Diels lit ὄπισθεν *(derrière lui)*.

Page 14.

1. Voir plus haut le témoignage de Hiéronyme de Rhodes (A I, 26, p. 4); et encore Cicéron, *De la divination* (I XLIX, 111.) K. Marx notera ce premier témoignage relatif à l'institution d'un monopole. Mais le désintéressement dont l'attitude de Thalès témoigne, l'apparente déjà davantage aux pythagoriciens. Ce trait est parfois attribué aussi à Démocrite (voir Pline, en Démocrite, A XVII, p. 755).

2. Voir A XX, p. 20.

Page 15.

1. Nous lisons πεμπόντων.

2. Ni le terme d'*élément* (στοιχεῖον), ni celui de *principe* (ἀρχή) ne peuvent être attribués à Thalès (voir Anaximandre, A IX, p. 26-27). Aristote, inaugurant ici un usage que suivront les autres grands interprètes, exprime les pensées de Thalès dans un vocabulaire technique qui est le sien. Sans doute Thalès ne recourait-il qu'au terme de *nature* (φύσις).

Page 16.

1. O. Gigon, *Der Ursprung der griechischen Philosophie*, pense que cette proposition : *la Terre flotte sur l'eau et en émerge*, est à l'origine de l'interprétation selon laquelle l'eau est l'unique principe dont découlent toutes choses.

2. *Ce dont* comme plus haut *ce à partir de quoi* sont des expressions techniques aristotéliciennes qui désignent la matière.

3. Autrement dit : à s'intéresser à la philosophie première, selon la formule aristotélicienne, plutôt qu'à développer des mythes originaires.

4. Homère, *Iliade*, XIV, v. 201.

5. Homère, *Iliade*, XV, v. 30 et *passim*.

6. La source de Simplicius, commentant la *Physique* d'Aristote, paraît être Théophraste, *Physicae opiniones*, fgm. 1, *in* H. Diels, *Doxographi graeci*, p. 475, 1.

Page 17.

1. *Zones*, ou encore *ceintures*, si l'on donne au terme grec sa valeur étymologique. La sphéricité de la Terre est rappelée par Aétius (*Opinions*, III, X, 1).

2. Aristote, au passage cité immédiatement plus haut.

Page 18.

1. Voir Plutarque, *Isis et Osiris*, 34, 314 C, cité en A XI, p. 14.

2. Hérodote énumère les hypothèses avancées pour expliquer les crues du Nil et cite en premier lieu Thalès.

3. Voir plus haut, A I, 23, p. 3-4.

Page 19.

1. Ces notices d'Aétius, plus tardives, ne trouvent pas confirmation ailleurs. Une confusion avec Anaxagore paraît possible.

2. Voir B II, p. 18 et Anaximandre A II, p. 25. Cette observation relative au lever des Pléiades paraît valoir davantage pour l'Égypte que pour l'Ionie et marque, sur Thalès, l'influence de l'astronomie égyptienne.

3. Quelle est cette méthode des *parvae lineae* ? Faute de témoignages complémentaires, on peut estimer que Thalès est le premier à avoir introduit une méthode d'analyse des courbes en petits segments de droites, à la façon dont procédera ensuite Aristote pour étudier les mouvements curvilignes.

Page 20.

1. La source de Proclus est Eudème. La raison, alléguée ensuite, de la division du cercle en deux parties égales par le diamètre, laisse entrevoir, de la part de Thalès, une spéculation sur les propriétés de l'espace ou du plan : « La droite qui passe par le centre [c'est-à-dire le diamètre] ne subit aucune flexion. »

2. La source de Proclus est inconnue.

3. Nous dirions aujourd'hui qu'un triangle se trouve défini quand sa base et ses deux angles à la base sont eux-mêmes définis. Ainsi deux triangles peuvent-ils être dits égaux quand ils ont un côté égal compris entre deux angles égaux.

Page 21.

1. La traduction retenue ici est celle de J. Amyot. Nous dirions aujourd'hui, en perdant beaucoup de la saveur du texte : « Le triangle formé par la pyramide et son ombre est semblable à celui formé par le bâton et son ombre. Dans ces deux triangles, la longueur de l'ombre est proportionnelle à la hauteur de l'objet. » J. Burnet (*L'Aurore de la philosophie grecque*, p. 45), tempère l'enthousiasme des historiens concernant ces découvertes : « Le mesurage *de la distance où se trouvent* des vaisseaux sur la mer, et celui de la hauteur des pyramides, qu'on lui attribue aussi (voir A I, 27, p. 4) sont des applications faciles de ce qu'Aahmès appelle le *seqt*. Ces règles de mensuration peuvent fort bien avoir été rapportées d'Égypte par Thalès, mais nous n'avons aucune raison de supposer qu'il en ait su davantage que l'auteur du *Rhind-papyrus* sur les raisonnements dont elles étaient la conclusion. Peut-être en faisait-il une application plus étendue que les Égyptiens; il n'en est pas moins vrai que les mathématiques, au sens propre du mot, n'ont commencé à exister que quelque temps après Thalès. »

2. Voir Platon, *Les Lois*, X, 899 *b*, où Platon commente et cite la formule de Thalès. (Voir aussi Héraclite, A IX, p. 137).

3. Voir Démocrite, A XXXIII, p. 763 ; A CLXIV, p. 832 et Empédocle, A LXIX, p. 353 et Diogène d'Apollonie, A LXXXIX, p. 711.

4. Voir Alcméon, A XII, p. 222. La source d'Aétius (ou de Théophraste) paraît être le témoignage d'Aristote cité sous le numéro précédent.

Page 22.

1. Thalès est un des rares présocratiques dont nous ne possédons pas de fragments à proprement parler. Il ne s'agit donc ici que de « fragments généralement reconnus comme tels », c'est-à-dire de notations renvoyant aux œuvres.

2. Voir A I, 23, p. 3-4 et A II, p. 9.

3. *Physicae opiniones*, fgm. 1, *in* H. Diels, *Doxographi graeci*, p. 475.

4. Traduction d'après J. Amyot.

5. Filles d'Atlas dont le nom est donné à une constellation qui annonce la pluie. Les Hyades sont les sœurs des Pléiades.

Page 23.

1. Mais il paraît peu probable, en dépit de ce témoignage tardif, que Thalès ait déjà usé du terme d'*élément* (στοιχεῖον), et il faut attendre Empédocle pour entendre parler des quatre *éléments*.

2. Voir A I, p. 3.

ANAXIMANDRE

NOTICE

Anaximandre, ami de Thalès et représentant le plus notable de l'école milésienne, qui introduisit en philosophie les concepts de *principe*, d'*élément* et d'*Illimité*, était à l'époque de Platon tombé dans l'oubli. C'est à la curiosité d'Aristote, puis après lui aux soins de Théophraste et des doxographes, que l'on doit les fragments qui subsistent de son œuvre. Mais, du même coup, l'orientation unique des témoignages qui le concernent, fait naître des soupçons sur la signification de son entreprise philosophique. Il paraît évident qu'Anaximandre a formé l'idée que le principe est illimité[1]. Mais dire que tout vient de l'Illimité et que tout y retourne, n'indique pas la cause ou la nature des mouvements qui font que l'Un devient multiple et que les multiples retournent à l'Un. En effet si ces changements sont « l'effet du mouvement éternel[2] », il faut alors considérer que le vrai principe est ce mouvement éternel. Toute la

1. Voir A IX, p. 26-27 ; B I, p. 39 et A IX *a*, p. 27-28.
2. Voir A IX, p. 26-27.

question est alors de savoir si le système d'Anaximandre est un monisme affirmant le caractère causal unique de l'Illimité, ou au contraire un dualisme. Or, étant donné qu'Aristote[1] s'efforce, chaque fois qu'il évoque la physique ionienne, de montrer l'insuffisance d'une explication de la nature recourant à une seule cause (la matière ou l'Illimité comme unique principe), tous les successeurs d'Aristote, qui est l'unique origine de ces témoignages, vont aussi par conséquent mettre plus ou moins l'accent sur la cause motrice ou efficiente : ainsi Simplicius parle de l'*Intellect*[2] en établissant avec Anaxagore le même rapprochement qu'Hippolyte[3], toujours sous l'autorité d'Aristote. À nos yeux, toutes les spéculations modernes sur le sens de la « parole » d'Anaximandre[4] sont dépourvues de signification historique (et par là peut-être aussi philosophique), car la seule perspective féconde est celle qui remet en question la nature de l'intérêt à porter à ce témoignage. Il faut bien voir que si l'on accorde au décret de la Nécessité la valeur de cause formelle, motrice ou finale, du mouvement[5], ce qui revient à en priver l'Illimité, cela veut dire que l'Illimité n'est pas le principe unique, ou encore que l'Illimité ne saurait avoir d'existence en acte, pour parler comme Aristote[6]. La question, évidemment majeure pour la philosophie, est celle de savoir si un monisme matérialiste est soutenable.

Dans les développements conservés de son œuvre, Anaximandre, aussi bien comme géographe que comme cosmographe ou biologiste, paraît avoir manifesté un grand souci de rationalité. On en lit la trace chez le pseudo-Plutarque[7], chez Hippolyte[8], et chez Sénèque[9]. Ce savant qui fut le premier à dresser une carte de géographie, à construire un cadran solaire[10], et qui découvrit le zodiaque, est aussi celui qui eut le premier l'intuition que l'apparition de l'homme sur la Terre était le résultat d'une lente évolution biologique[11] qui nous assigne le poisson pour ancêtre.

NOTES

Page 24.

1. L'*Illimité* (ἄπειρον) que l'on traduit encore, moins exactement par l'*Infini*.

2. Le *gnomon* est constitué par la baguette perpendiculaire au

1. Voir A XIV, A XV et A XVI, p. 29-32.
2. Voir A IX *a*, p. 27-28.
3. Voir A IX, p. 26-27.
4. Voir B II, p. 39.
5. Voir A XIV, p. 29-30.
6. Voir A XV, p. 30-31.
7. Voir A X, p. 28.
8. Voir A XI, p. 28-29.
9. Voir A XXIII, p. 35-36.
10. Voir A I, 2, p. 24.
11. Voir A XI, 6, p. 29 et A XXX, p. 38.

cadran solaire. On peut dessiner trois cercles concentriques sur le cadran : le premier cercle est celui que touche l'ombre de l'extrémité de la baguette, à midi, au solstice d'été; le grand cercle indique le solstice d'hiver, quand l'ombre de midi s'allonge le plus; le cercle médian indique les équinoxes (voir A IV, p. 25).

3. Voir A VI, p. 26.

4. Cette sphère peut être l'ancêtre de nos sphères armillaires.

5. 547-546 av. J.-C. Cette date, dont la précision est inattendue, venant d'Apollodore, correspond à celle donnée par Pline (voir A V, p. 25) pour la découverte du zodiaque.

Page 25.

1. La mention de cette parenté paraît excessive à certains historiens. Voir pourtant A VI, p. 26 (Strabon).

2. Ces ouvrages ont dû être introduits à la bibliothèque du Lycée par Aristote, ce qui expliquerait que Platon les ait ignorés; ainsi serait justifié le silence de Platon sur Anaximandre.

3. Voir Hérodote, *Enquête*, II, 109 : « Le pôle, le gnomon et les douze divisions du jour : autant de choses que les Grecs apprirent des Babyloniens. »

4. 548-545 av. J.-C.

Page 26.

1. Voir Pline, *Histoire naturelle*, II, 191 et le témoignage d'Ammien Marcellin en A XXVIII, p. 37.

2. Agathémère, géographe du début du IIIe siècle de notre ère traite de géographie en usant des termes philosophiques, et plus particulièrement néoplatoniciens, d'*audace* et d'*étonnement*. Cette rencontre stylistique doit être soulignée. La source du témoignage serait Ératosthène.

3. La source est probablement Posidonius (voir L. Edelstein et I. G. Kidd, *Posidonius*, T 75, p. 23).

Page 27.

1. H. Diels considère que le mot élément (στοιχεῖον) a été ajouté par Simplicius; la formule d'Anaximandre pourrait être : « l'Illimité (ἄπειρον) est le principe (ἀρχή) des choses (ou étants : ὄντα). » Mais, si l'on en croit Simplicius, Anaximandre est aussi responsable de l'introduction du sens métaphysique de *principe*.

2. Citation que Simplicius authentifie en quelque sorte et qui va constituer le fragment B I, p. 39.

3. Ici commence le commentaire ou la paraphrase.

4. Le nombre des éléments (quatre) ne sera fixé que par Empédocle.

5. Notion péripatéticienne d'ὑποκείμενον, substrat ou *subjectum*, désignant la cause matérielle.

6. Contrairement au terme de *dissociation* utilisé par Aristote au témoignage suivant, les termes d'ἀπόκρισις τῶν ἐναντίων (repris en A x et A xi, p. 28-29) pourraient n'être pas de Simplicius, mais avoir été déjà introduits par Anaximandre. On les retrouvera chez Parménide, Empédocle, Anaxagore et Démocrite. Ils désignent une séparation ou une discrimination déterminante.

7. Il s'agit ici d'une ἔκκρισις (terme anaxagoréen) et non plus d'une ἀπόκρισις.

8. C'est-à-dire non plus les contraires eux-mêmes, comme dans la paraphrase de Simplicius, mais les qualités contraires (ou productrices des contraires). Voir A xvi, p. 31-32 et la *Physique*, I iv, 187 *a* 20 et suiv.

9. Comme le note Simplicius (voir A ix, p. 26-27) deux causes concourent à produire les multiples : d'une part l'Illimité, qui est l'Un indifférencié, d'autre part le mouvement éternel.

10. *Indéterminé*. Théophraste dit : *aoriste*. Par Illimité il faut donc entendre, d'après Théophraste, non pas l'Infini au sens moderne, mais l'indéterminé en qualité (forme) et en quantité (grandeur).

Page 28.

1. Cette fois l'identification du *mouvement éternel* avec l'*Intellect* (νοῦς) paraît correspondre à une transposition de la terminologie d'Anaximandre dans la langue d'Anaxagore. Mais, là encore, conclure que le terme — ou l'idée — n'est pas d'Anaximandre, serait commettre une inférence hâtive, fondée sur le témoignage de Platon pour qui Socrate n'a connu qu'Anaxagore. Rappelons qu'à l'époque de Platon, et avant sa redécouverte par Aristote, le livre *De la nature* d'Anaximandre doit être considéré comme perdu.

2. Thalès.

3. Voir Simplicius, A ix (n. 6, p. 27).

4. Qu'on ne s'y trompe pas : il ne s'agit pas ici du *mouvement éternel*, mais de l'*Illimité* lui-même, matière éternelle des changements en forme et en grandeur.

5. Voir A xi, p. 28 et A xxv, p. 36.

6. C'est-à-dire de l'Illimité. La notice du pseudo-Plutarque manque de rigueur dans l'expression. Voir, sur la formule *l'élément qui engendre*, les termes regroupés sous le numéro B v, p. 39, où figure le vocable technique γόνιμον, dont H. Diels omet de souligner la présence ici.

7. Voir Simplicius, *Commentaire sur la Physique d'Aristote*, 41, 17 (cité par A. Maddalena) : « Il a posé comme principe une certaine nature illimitée dont le mouvement éternel était, disait-il, la cause de la génération des cieux. »

8. Voir B ii, p. 39.

9. Voir A xiv, p. 30 (n. 3) et A xv, p. 30.

Page 29.

1. Voir B v, p. 39.
2. Texte reconstitué par H. Diels.
3. Prémonition scientifique étonnante (voir A xxx, p. 38) apportant un argument complémentaire de celui conservé par le pseudo-Plutarque (voir A x, p. 28). Le plus remarquable dans toute cette doxographie empruntée à Théophraste, est la présence constante du souci de rationalité ou d'explication rationnelle et mécaniste des phénomènes.
4. 610 av. J.-C.
5. Chez ce doxographe chrétien, inspiré par le platonisme, s'accentue la tendance indiquée par Théophraste (voir A IX *a*, p. 27-28 et n. 1, p. 28) de faire du mouvement éternel (à savoir l'Intellect) une cause prépondérante par rapport à l'Illimité.
6. Voir le pseudo-Aristote, *Mélissos, Xénophane, Gorgias*, II, 10, 975 *b* 21 en Mélissos, A v, 10, p. 301.

Page 30.

1. Paraphrase de B I (p. 39). Mais alors qu'Aristote n'est sensible qu'au premier aspect de la pensée, celui de l'Illimité comme matière originelle, la notice d'Aétius, plus proche de la doxographie théophrastique, restitue le balancement de la formule.
2. L'introduction de l'objection porte en quelque sorte la signature de Théophraste. Le deuxième temps de l'objection explique la prééminence faussement et tardivement (voir A XII, p. 29) attribuée à la cause motrice : elle est, cela va de soi, formulée en termes de matière et d'acte, selon la terminologie du Lycée.
3. Donc la cause antérieure n'est pas l'Illimité, mais la cause motrice. L'expression *ce qui contient* (τὸ περιέχειν, mot à mot *l'envelopper*) suggère qu'Aristote a connu la formule rapportée en B I par Simplicius. L'idée d'Anaximandre d'une matière commencement et fin, d'où tout provient et à laquelle tout retourne, a pour effet de faire de l'Illimité non seulement la cause matérielle, mais aussi la cause finale. C'est pourquoi Aristote se doit de dénoncer, chez Anaximandre, l'absence de causalité actuelle ou formelle, c'est-à-dire aussi bien motrice que finale. De même (voir le témoignage suivant) il n'est pas nécessaire de faire de l'Illimité un acte, c'est-à-dire la cause motrice et finale à quoi tout retourne.
4. Anaxagore.
5. Empédocle.
6. Voir B III, p. 39.

Page 31.

1. Il va de soi que tous les sens prêtés ici à l'*Illimité* sont le produit de l'analyse aristotélicienne et non de la théorie d'Anaxi-

mandre. Tous ces caractères de l'Illimité ne permettent pas, pour Aristote, de le tenir pour l'unique cause : acte, forme ou fin.

2. Cette *nature intermédiaire* doit sans doute être d'abord entendue concrètement comme le plus lourd que l'air et le plus léger que l'eau, ainsi que l'indiquent les *testimonia* suivants. (Voir toutefois Idaios, p. 697.)

3. Voir le commentaire de Simplicius en Idaios, p. 697-698.

4. Voir A IX, p. 27-28.

Page 32.

1. Voir Anaxagore, A LXI, p. 634.
2. Ici saint Augustin confond Anaximandre avec Anaxagore.

Page 33.

1. Voir A IX, p. 26.
2. Voir B V, p. 39.
3. Aristote, *Traité du ciel*, II, 10, 291 *a* 29.

Page 34.

1. Voir B V, p. 39.
2. Voir B IV, p. 39.

Page 35.

1. Par opposition aux auteurs qui, comme Anaximène (A XVI, p. 47) ou comme Empédocle (B XLIII, p. 392), lui confèrent un éclat d'emprunt.

2. Ces différences de densité renvoient à la théorie de la *nature intermédiaire* (voir A XVI, p. 31-32).

Page 36.

1. Voir A XI, 7, p. 29.
2. Voir A XI, p. 28-29 et B V, p. 39.
3. La source est Eudème de Rhodes.

Page 37.

1. Anaximandre, mais aussi Anaximène et plus généralement les Milésiens. Voir aussi Diogène d'Apollonie, A IX, p. 702.

2. *Physicae opiniones*, fgm. 23, Diels, *Doxographi graeci*, p. 494.

3. Ammien Marcellin transcrit en latin les épithètes grecques ἐννοσίγαιος et σεισίχθων.

Page 38.

1. Voir A XI, 6, p. 29.
2. Céyx, oiseau de mer. (Voir Hésiode, fgm. 158, éd. A. Rzach.)

Page 39.

1. Voir A IX, p. 27. La première question est celle de savoir où commence la citation. Nous lui assignons ici une dimension minimale, en la faisant débuter par κατὰ τὸ χρεών *(selon la nécessité)*, mais en tenant pour authentiques les mots *Illimité* et *principe*. La « parole » d'Anaximandre s'efface aujourd'hui derrière un flot de commentaires modernes. Nous nous bornons à renvoyer à Héraclite, B LXXX, p. 164, le premier, avant le Lycée, à avoir salué cette formule.

2. Voir A XI, 1, p. 28.
3. Voir A XV, p. 30-31.
4. Voir A XXI, p. 34 et A XXII, p. 35.
5. Voir A XI, 3, p. 29.
6. Voir A X, p. 28. Diels range sous cette rubrique des *mots* vraisemblablement empruntés au vocabulaire d'Anaximandre, mais appartenant à des *phrases* perdues.
7. Voir A X, p. 28.
8. Voir A XI, 1, p. 28, et A XV, p. 30.
9. Voir A XV, p. 30.
10. Voir A X, p. 28 et A XXX, p. 38.
11. Voir A XXI, p. 34-35 et A XXII, p. 35. Ce terme, plus douteux, paraît pourtant original à H. Diels.

Page 40.

1. Le terme d'*élément* aurait été introduit par les Milésiens et cette découverte serait phénicienne.

ANAXIMÈNE

NOTICE

L'impression généralement éprouvée par les historiens de la philosophie à la lecture des témoignages relatifs à Anaximène, est que ce dernier représentant de l'école milésienne occupe une position légèrement en retrait par rapport à son maître Anaximandre, et qui le rapproche de Thalès par un curieux retour en arrière. En effet, si pour lui le principe est encore l'Illimité[1], cet Illimité n'est plus le substrat indéfini et en quelque sorte l'Un ou la matière entendue dans sa généralité[2], mais il est un substrat défini, à savoir l'air, tout comme apparemment Thalès tenait l'eau pour principe. Il serait intéressant d'imaginer les motifs qui donnent à Anaxi-

1. Voir A I, p. 41.
2. Voir A V, p. 42.

mène l'aspect du premier tempérament conservateur que connaisse l'histoire de la philosophie. Dit-il l'*air* comme Thalès disait l'*eau* ? Nous croyons pour notre part qu'il n'en est rien. Il semble au contraire que cette identification de l'Illimité avec l'air ne soit pas le résultat d'un choix ou d'une préférence intime, mais la conséquence d'une spéculation scientifique précise. Poursuivant les travaux de cosmographie d'Anaximandre, Anaximène a sans doute perfectionné ses horloges[1] et pensé comme Parménide[2] que la sphère des fixes est en quelque sorte la *limite* de l'Illimité. Le choix de l'air comme élément s'explique par des raisons cosmologiques et anatomiques. L'air est l'élément dans lequel la Terre et les astres, aplatis comme des couvercles, demeurent en suspens. L'air est aussi l'âme et la pensée, comme le précisera Diogène d'Apollonie.

Il était naturel que tous ces témoignages issus de l'unique source aristotélicienne, puis théophrastique, reproduisent la critique déjà adressée à Anaximandre, selon laquelle l'Illimité, même sous la forme définie de l'air, ne peut pas avoir d'existence en acte[3]. Mais Anaximandre demeurant la cible principale du Lycée, moins nombreuses sont les critiques adressées à Anaximène.

NOTES

Page 41.

1. L'ἄπειρον, comme Anaximandre son maître (voir p. 24).
2. 546 av. J.-C. Il convient d'entendre il *florissait* et non il *naquit*.
3. 528-525 av. J.-C.
4. Diogène Laërce cite encore deux lettres, apocryphes, qu'Anaximène aurait adressées à Pythagore. La première rapporte les circonstances de la mort de Thalès, tombé dans un puits ; la seconde critique la tyrannie et fait l'éloge de la condition politique des populations d'Italie.
5. 560-557 av. J.-C.
6. 546-545 av. J.-C.
7. Quatrième année de la cinquante-cinquième olympiade, soit 557-556 av. J.-C., et début du règne de Cyrus.

Page 42.

1. Diogène d'Apollonie, voir A v et suiv., p. 700.
2. Voir Thalès, A I, 27, p. 4 ; A XII p. 15 ; A XIII, p. 16 etc. et B III, p. 23.

1. Voir A XIV *a*, p. 46.
2. Voir A XIII, p. 45.
3. Voir A V, p. 42 et la critique de Plutarque en B I, p. 49.

3. La source de Simplicius est, ici encore, Théophraste. Si le principe est dit non pas indéfini *(aoriste)* mais défini, c'est parce qu'il porte le nom de l'air et correspond à cet élément (voir A VI, p. 42-43).

4. La distinction opérée par Simplicius ne fait que reprendre la distinction aristotélicienne de l'Illimité (ou Infini) en nombre et de l'Illimité (ou infini) en grandeur (voir par exemple Anaximandre, A XV, p. 30-31). Alors que l'illimitation en nombre n'est que la conséquence du caractère divisible à l'infini de l'Un, qui a la puissance du continu (thème cher à Aristote, voir par exemple, *Physique*, III, I, 200 *b* 17), l'illimitation en grandeur correspond à l'affirmation d'un Illimité (ou Infini) en *acte*, et non plus seulement en *puissance*. L'Illimité devient alors un Illimité réel, et non un produit de la pensée qui analyse l'Un.

5. Voir Théophraste, *Physicae opiniones*, dans H. Diels, *Doxographi graeci*, p. 477.

6. A. Maddalena renvoie ici à Aristote, *Physique*, I, IV, 187 *a* 12; VII, VII, 620 *b* 8; VIII, IX, 265 *b* 28; *Traité du ciel*, III, V, 303 *b* 13; *Métaphysique* A, IV, 985 *b* 10.

7. Cette fois, contrairement à Anaximandre, l'ambiguïté n'est plus possible. Le mouvement éternel n'est plus un second principe qui devrait s'ajouter à l'Illimité, mais le mouvement spontané de l'air lui-même. (Voir A VII, 2, p. 43.)

Page 43.

1. Mesurer la différence avec Anaximandre (voir A XXVII, p. 37).

2. L'emploi de ὠθεῖν paraît bizarre à H. Diels. On peut comparer pourtant l'expression à celle que l'on trouve dans Diogène d'Apollonie, en A XXIX, p. 710. Voir aussi A XIX, p. 48 et B I (fin), p. 49.

Page 44.

1. 548-547 av. J.-C.

2. *Infini (infinitum)* traduit pour Cicéron le grec *Illimité* (ἄπειρον).

3. La doxographie s'enrichit ici d'une objection qui traduit une origine péripatéticienne : il ne saurait exister un Illimité (ou Infini) en acte (voir A V, p. 42).

Page 45.

1. À savoir la matière illimitée et le mouvement. Ce pluriel est donc très significatif.

2. Les dieux en question paraissent être les astres.

3. Anaximène. Les autres auxquels Aétius fait référence sont représentés par Anaximandre (voir Anaximandre, A XXI, p. 34).

4. Voir Parménide, A XXXVII, p. 247. Ce qui assigne à la sphère des fixes la fonction de limite extrême du monde.

Page 46.

1. C'est-à-dire des auteurs. Mais sans doute vaudrait-il mieux pouvoir lire : « pour quelques astres » (voir Aétius, *Opinions* II, XXII en A XV, p. 46).

2. La référence à Platon est non identifiable. Sur les signes ⟨de changement⟩ des saisons (ἐπισημασία), voir Démocrite, B XIV 7, p. 852-853.

3. Voir Anaximandre, A V, p. 25. Sur le cadran solaire (σκιόθηρον), voir Anaximandre, A I, I, p. 24 et Œnopide, A IX, p. 479.

4. Voir B II *a*, p. 50.

Page 47.

1. Eudème de Rhodes. La source de Théon est Dercyllide.

2. Voir Œnopide, A VII, p. 478.

3. Voir Anaximandre, A XXII, p. 35.

4. Après Anaximandre, A XXIII, p. 35.

5. Voir A VII, 7, p. 43.

6. D'après H. Diels, la source est le stoïcien Posidonius, comme pour le témoignage XIX rapporté par Galien. Il faut toutefois noter que le nom d'Anaximène ne se trouve jamais cité dans les *Fragments* rassemblés par L. Edelstein et I. G. Kidd, contrairement à celui d'Anaximandre (voir Anaximandre, A VI, témoignage de Strabon, p. 26).

Page 48.

1. Étymologiquement, *trapézoïde* signifie *« en forme de table »*. Le sens géométrique paraît être exclu de ce témoignage.

2. Voir Aétius, *Opinions*, III, XV, 3 ; Sénèque, *Questions naturelles*, VI, 10 et Anaximandre, A XXVIII, p. 37.

Page 49.

1. Sabinus, médecin du Iᵉʳ siècle et commentateur d'Hippocrate, paraît être ici la source de Galien.

2. Il s'agit notamment aussi d'Anaxagore, d'Archélaos et de Diogène d'Apollonie. (Voir B II, p. 49-50 ; Aétius, *Opinions*, IV, III, 2 et Platon, *Phédon* 96 *b*.)

3. Τὸ χαλαρόν : *ce qui se relâche*, terme médical et musical, qui n'apparaît qu'ici dans la littérature présocratique.

4. Peut-être s'agit-il du pseudo-Aristote des *Problèmes*, XXXIV, VII, 964 *a* 10.

5. Voir A V, p. 42. La traduction est établie d'après la version de J. Amyot dont nous conservons la tonalité.

Page 50.

1. Nous traduisons par *« soutenir »* le verbe grec συγκρατεῖν : il constitue un hapax dans la littérature présocratique. Il signi-

fie que l'air nous enveloppe (en ce sens on lit en Anaximandre A xi, p. 28 et B v, p. 39 : περιέχειν, *envelopper*) mais aussi, en tant qu'âme, est responsable de notre cohésion corporelle et exerce une fonction de gouvernement. Cette thèse sera reprise par les stoïciens.

2. Critique d'origine péripatéticienne; voir Anaximandre, A xiv, p. 29-30.

3. Voir A xv, p. 46. Héraclite, en revanche, utilise le terme de largeur : εὖρος (voir B iii, p. 146).

4. Voir A vii, p. 43.

5. Voir A xiv, p. 46.

6. Voir A vi, p. 43; A vii, p. 43 et A xx, p. 48.

PYTHAGORE

NOTICE

Qui fut Pythagore de Samos (ou de Tyrrhénie ou de Tyr ou de Syrie) ? Il nous est assurément bien difficile de le savoir aujourd'hui, plus de deux mille cinq cents ans plus tard; en effet, les témoignages le concernant sont tous tardifs : le premier témoin, l'historien Hérodote[1], lui est postérieur d'un siècle. Platon, pour sa part, ne prononce le nom de Pythagore qu'une seule fois dans l'ensemble de son œuvre connue[2]. Aristote avait écrit une histoire du pythagorisme intitulée *Sur les pythagoriciens* qui nous aurait appris beaucoup de choses capitales sur cette doctrine et sur son fondateur, si elle n'avait été perdue presque totalement. Certes, nous possédons dans leur intégralité une *Vie de Pythagore* par Porphyre et une *Vie pythagorique* par Jamblique, mais elles datent du iiie siècle après J.-C. et présentent trop souvent un aspect romanesque, pour ne pas dire fantaisiste, qui conduit les érudits — peut-être à tort — à se méfier de toutes les informations plausibles qu'elles contiennent. Autant dire que les témoignages sérieux sur Pythagore même sont fort rares, d'autant qu'il s'est produit un phénomène bien connu des historiens de la philosophie, qui a progressivement confondu la doctrine initiale du maître et les apports successifs de ses principaux disciples. Aussi serait-il légitime, si la chose n'était en pratique impossible à tenter, de rechercher ce qui revient à Pythagore lui-même dans tout ce que la doxographie rapporte au sujet des pythagoriciens et que H. Diels a regroupé dans les sections B, C et D de l'École pythagoricienne[3].

1. Voir i et ii, p. 53-54.
2. Voir x, p. 61-62.
3. Voir p. 560 à 609.

Car, comble de malchance (ou volonté délibérée de Pythagore ?), nous ne disposons d'aucun écrit de Pythagore (signalons à ce propos une divergence dans la tradition : les doxographes les plus nombreux, mais en même temps les moins anciens, prétendent qu'il n'écrivit aucune œuvre lui-même, mais Héraclite, cité par Diogène Laërce[1], se plaint de la « méchanceté » de ses traités), et le seul témoignage sérieux touchant à sa doctrine philosophique, celui de Proclus[2], est passablement délicat à lire et à interpréter; l'originalité essentielle de sa pensée s'y laisse découvrir cependant : inventeur du terme *philosophia*, Pythagore a inauguré la voie d'une méthode non empirique et purement intellectuelle qui est à l'origine de la philosophie socratique et platonicienne.

Il ressort, par ailleurs, de l'ensemble de la doxographie trois aspects principaux de la doctrine de Pythagore : la passion de l'arithmétique et de la géométrie[3], un souci *théologique* et religieux (en liaison avec la croyance en l'immortalité de l'âme[4]), et surtout un grand intérêt pour la *politique*. C'est sur ce point que nous voudrions conclure : en effet, l'image de Pythagore est finalement celle du fondateur d'une secte d'initiés, à la recherche d'une harmonie morale[5] en son sein, et qui tentèrent, en Grande-Grèce, de l'étendre au plan de la cité[6].

NOTES

Page 53.

1. Hérodote n'établit aucune distinction entre l'immortalité de l'âme et la métempsychose qui ne vont pas nécessairement de pair. En effet, la métempsychose, ou plus exactement la métensomatose, prête à l'âme immortelle des existences successives dans des corps différents. L'illustration la plus célèbre en est fournie par Platon, (voir *La République*, X, 613 *e* et suiv., en particulier 618 *a*) dans le texte connu sous le nom de « mythe d'Er le Pamphylien ».

2. Les raisons de toutes ces règles d'abstinence demeurent obscures. Toutefois, si l'on en croit le témoignage, malheureusement tardif, de Porphyre dans la *Défense de l'abstinence*, il semble que l'on ait affaire à des interdits reposant sur l'affirmation de la parenté entre les animaux et les hommes.

3. Le terme de ἱρός (= ἱερός) λόγος, traduit ici par *prescription liturgique*, peut aussi être considéré comme un renvoi au *Traité sacré*. Voir Œnopide, VII, p. 478, et Philolaos, B XIX, p. 510.

1. Voir XIX, p. 67.
2. Voir VI *a*, p. 56.
3. Voir IV *a*, p. 56 ; VII, p. 56-57 ; IX, p. 60 et XII, p. 62.
4. Voir VIII *a*, p. 60.
5. Voir X, p. 61-62.
6. Voir VIII *a*, p. 59-60 ; XIV, p. 63-64 et XVI, p. 64-66.

4. Hérodote parle, au chapitre précédent, d'une divinité des Gètes portant ce nom. Sur Salmoxis, esclave de Pythagore, voir aussi Hippolyte, *Réfutation de toutes les hérésies*, I, 25.

Page 54.

1. C'est le terme de σοφιστής que nous traduisons ainsi : il désigne à la fois un sage et un savant. C'est ainsi qu'Aristote désigne les Sept Sages, sans aucune nuance péjorative.
2. Cet ἀνδρεῖον semble peu compatible avec le féminisme de Pythagore, fort remarqué en son temps. Voir en particulier VIII *a*, p. 59-60.
3. Aristoxène est, d'autre part, une source importante de la *Vie de Pythagore* de Porphyre et de la *Vie pythagorique* de Jamblique, en particulier pour ce qui concerne l'aspect musical du système. Voir l'École pythagoricienne, D I et suiv., p. 592 et suiv.
4. Voir Diogène Laërce, *Vies*, VIII, 21 et Porphyre, *Vie de Pythagore*, 41, où le nom de la prêtresse est cité.

Page 55.

1. Voir Empédocle, A I, 56, p. 320 et également Brzoska, *Reale Enzyklopaedie*, de Pauly-Wissowa, t. I, col. 1538, « Alcidamas ».
2. C'est le mot σοφοί que nous traduisons par « Sages ».
3. Démocrite a composé un ouvrage intitulé *Pythagore*, classé au premier rang des œuvres éthiques dans le *Catalogue* de Thrasylle. Voir Démocrite, A XXXIII, 46, p. 762 et B *a*, p. 835.

Page 56.

1. Voir Simos, p. 555.
2. Diels se demandera plus loin, à propos de Simos (p. 555), ce que signifie cette expression de « sept sciences », et suggère de les comprendre comme des médiétés. Sur ce terme, voir Hippase, XV, p. 81. (Voir encore A. Pasquinelli, *I Presocratici*, Turin, 1958, la note « Sur le nombre sept », p. 331.)
3. Voir Thalès, A XI, p. 14-15, et Hippias, B XII, p. 1088.
4. Proclus use ici du terme φιλοσοφία. On sait par ailleurs qu'il a été introduit par Pythagore, voir l'*Addition*, p. 68 et l'École pythagoricienne, B XV, p. 570. Quant à l'expression « culture libérale », elle traduit παιδεία ἐλεύθερος; le terme de *paideia* désigne à la fois l'éducation et la culture. (Voir W. Jaeger, *Paideia*, trad. A. et S. Devyver, Paris, 1964).
5. La *« théorie des proportions »* traduit la conjecture retenue par Diels : τὴν τῶν ἀνὰ λόγον πραγματείαν. Si cette conjecture est exacte, cette formule s'oppose au membre de phrase suivant : τὴν τῶν κοσμικῶν σχημάτων σύστασιν *(l'existence d'une structure des formes de l'univers)* qui renvoie aux cinq polyèdres réguliers qui, d'après Platon, sont les éléments constitutifs des réalités corporelles et de

l'univers, et dont la construction suppose la connaissance des irrationnelles. C'est pourquoi d'autres éditeurs préfèrent s'en tenir à la leçon manuscrite τὴν τῶν ἀλόγων πραγματείαν comprise comme « *la théorie des irrationnelles* ».

6. Sans doute d'après Eudème, fgm. 84.

7. Voir Diogène Laërce, *Vies*, I, 109 et suiv.

8. Voir l'École pythagoricienne, A, p. 558, et Démocrite, B CCC, 13, p. 922 où Aristéas est appelé le « *mage de Proconnèse* ».

9. Voir Anaxagore, A LVIII, p. 646.

10. Voir l'École pythagoricienne, A, p. 558, et Nicomaque de Gérase, cité par Porphyre (*Vie de Pythagore*, 135) en Empédocle, A XIII, p. 329.

11. Voir Anaxagore, A X, p. 621, et Ion de Chio, B IV, p. 453.

12. Les premières traces d'une légende autour de Pythagore se rencontrent dans l'ouvrage d'Aristote, dont il ne reste que des fragments, *Sur les pythagoriciens*.

Page 57.

1. Voir Jamblique, *Vie pythagorique*, 142. Peut-être cet aigle blanc est-il à rapprocher du phénix (voir F. Sbordone, « La Fenice nel culto di Helios », *Rivista indo-greco-italica di filologia, lingua, antichita*, 19 [1935], p. 1 à 46).

2. Nous traduisons ainsi : τοῦ λογικοῦ ζῴου. Dans la tradition péripatéticienne, l'expression signifie : *animal doué de la parole*. Elle n'apparaît pas, contrairement à ce que l'on pense généralement, dans le *Corpus* aristotélicien, mais seulement dans un fragment; c'est Porphyre qui la vulgarise dans son *Isagogé*. Ici, dans une perspective néoplatonicienne, Jamblique définit une hiérarchie des *vivants* (donc, pas seulement des animaux), qui comprend Dieu, première espèce (ou forme) de vivant raisonnable, l'homme en tant qu'espèce et l'individu (Pythagore, par exemple).

3. Au lieu de *Aristarque*, Preller propose de lire : *Aristote* (voir V. Rose, *Aristoteles pseudepigraphus*, fgm. 190).

4. C'est-à-dire Lemnos. (Voir Néanthès cité par Porphyre, *Vie de Pythagore*, 2.)

Page 58.

1. Le nombre 6^3 est égal à 6 x 6 x 6, soit 216. Le nombre 6 correspond lui-même aux six faces du cube. En fait, 6 est un nombre-clé chez les pythagoriciens à cause de la série arithmétique 6-8-12, où 8 est moyenne harmonique de 6 et 12. (Voir Empédocle, B XCVI, p. 411; Philolaos, A XXIV, p. 499; Hippase, XV, p. 81 et Pythagore, VI, p. 56 et la note 2.)

2. Voir Xénophane, A X, p. 93 (même référence).

3. Voir Xénophane, B XXII, v. 5, p. 120.

4. L'opération décrite ici est la suivante : $216 + 216 + 82 = 514$. Ératosthène fixe la date de la ruine de Troie en 1052 (la guerre aurait

débuté cent trente-trois ans plus tôt), ce qui place l'acmé de Polycrate et donc de Pythagore en 538 av. J.-C. (1052-514 = 538).

5. Voir l'École pythagoricienne, D I, p. 593.

Page 59.

1. Voir l'*Iliade*, XVII, v. 60 et suiv.

2. Voir Aristote, *Métaphysique*, A III, 984 *b* 19.

3. Les Branchides, appartenant à une peuplade de Carie (en Asie Mineure), étaient une tribu de prêtres qui prétendaient descendre de Branchos, fils d'Apollon et d'une Milésienne à qui Apollon accorda le don de prophétiser. Plus tard, Xerxès saccagea leur temple d'Apollon Didyméen et déporta les Branchides en Sogdiane.

4. Voir Diogène Laërce, *Vies*, I, 116 et suiv.

5. Voir Pythagore, XIII, p. 62-63; Empédocle, B CLV, p. 438 et l'École pythagoricienne, A, p. 558.

Page 60.

1. Cela semble bien particulier au pythagorisme, car de nombreux témoignages insistent sur ce point. Voir entre autres, l'École pythagoricienne, D VI, p. 598 et E I, p. 610.

2. L'expression verbale : πάλιν γίνεται correspond au terme technique de *palingénésie*.

3. L'expression fait difficulté : on peut entendre soit que les différentes existences d'un même être appartiennent à un même genre, ce qui implique que la palingénésie déploie des vies « homogènes », soit que les vivants appartiennent à une même espèce et sont apparentés comme les âmes qui dans le *Phèdre* de Platon (246 *e*-249 *b*) font cortège à tel ou tel dieu.

4. Voir l'École pythagoricienne, C VI, p. 590 et E I, p. 610. Notons les nombreuses références à l'abstinence de la chair animale chez Empédocle, A XI, p. 329; B CXV, p. 422; B CXXXV, p. 430-431; B CXXXVI, p. 431-432; B CXXXVII, p. 432; B CXXXIX, p. 432-433 et B CLIV, p. 436-437.

5. Calanos était un gymnosophiste (c'est-à-dire, étymologiquement, un *sage vivant nu*) qui, selon Strabon, accompagna Alexandre dans sa conquête de l'Inde. Il n'est fait aucune autre mention de lui dans le présent volume.

6. D'après Onésicrite, *Fragments des historiens grecs*, fgm. 10, éd. Müller.

7. Le corpus présocratique ne contient pas d'autre référence à l'agneau, qui permettrait de comprendre pourquoi les petits des animaux n'ont pas d'âme, à l'exception de l'agneau.

Page 61.

1. Sur la fève, voir l'École pythagoricienne, B I *a*, p. 563; C III, p. 585, et C VI, p. 590. Une des explications les plus ingénieuses

retenues par les historiens modernes suggère que, la tige de cette légumineuse n'ayant pas de nœuds, il y aurait communication directe par elle avec le royaume des morts (voir l'École pythagoricienne, C III, p. 585). À propos de l'abstinence de chair animale, voir n. 2, p. 53 et n. 4, p. 60. Sur l'anémone de mer, voir l'École pythagoricienne, C VI, p. 590.

2. Voir Xénophile, p. 548-549.

3. Voir Aristote, *Histoire des animaux*, IV, VI, 531 *a* 31.

4. Outre cette occurrence de l'adjectif πυθαγόρειος, chez Platon, on trouve une fois le nom de Pythagore lui-même (*La République*, X, 600 *b* 2) et deux fois la mention des pythagoriciens (*La République*, VII, 530 *d* 8; *Lettres*, XIII, 360 *b* 7) et voir Archytas, A I, p. 519.

5. 540-537 av. J.-C.

Page 62.

1. Voir Xénophile, p. 548-549.

2. Voir Dioclès, Échécrate, Polymnastos, Phanton, Arion, p. 550-551.

3. Voir Philolaos, p. 488 et suiv.

4. Voir Eurytos, p. 514-515.

5. Il s'agit très vraisemblablement de Zoroastre. Plutarque, dans *La Création de l'âme dans le Timée*, 2, fait référence à un certain Zaratas « le maître de Pythagore ». Cette identification a été proposée par Bidez-Cumont, *Les Mages hellénisés*, I, p. 36-38. Voir la note de H. Cherniss *in Plutarch's Moralia*, volume XIII, *part* I, p. 164. Voir encore Démocrite, B CCC, 13, p. 922, et 13 *a*, p. 923.

6. Voir Jamblique, *Vie pythagorique*, 241.

7. Sur ce personnage, voir Empédocle, A I, p. 320; A II, p. 326; A VIII, p. 328 et B CLV, p. 438.

8. Voir l'École pythagoricienne, A (fin), p. 559.

Page 63.

1. Voir Cicéron, *Des fins*, V, II, 4. C'est sans doute Timée que le pseudo-Justin suit ici.

2. Ce fragment est fort corrompu et présente plus de reconstitutions que d'éléments assurés. Il faut donc l'utiliser avec prudence.

3. Nous traduisons ainsi le terme de δημαγωγός, c'est-à-dire *guide du peuple*.

Page 64.

1. Ce personnage est revêtu des attributs traditionnels d'Héraclès, de façon à faire croire aux ennemis que c'est le héros en personne qui conduit l'attaque, et ainsi provoquer leur panique immédiate. De fait, c'était un redoutable athlète, six fois vainqueur aux Jeux olympiques, dont le fondateur mythique est précisément

Héraclès; et si le stade d'Olympie était un peu plus grand que les autres, c'est parce que sa mesure avait été prise par le demi-dieu dont le pas était plus grand que celui de l'homme (voir Aulu-Gelle, *Nuits attiques*, I, 1). En fait, au-delà de la légende, c'est l'intérêt tout particulier des pythagoriciens pour la figure d'Héraclès qui apparaît; cet intérêt est d'ailleurs multiple : religieux bien sûr, puisque Héraclès joue un rôle d'intercesseur auprès d'Apollon, le dieu solaire, politique, en tant qu'il est le bienfaiteur de l'humanité (Pythagore aussi veut aider les hommes), astronomique, si les Douze travaux d'Héraclès renvoient bien aux signes zodiacaux, et musical enfin, puisque Héraclès est encore le chef des Muses. Ce demi-dieu ne pouvait donc pas manquer d'être particulièrement vénéré de Pythagore.

2. Bentley, suivant Diodore (*Bibliothèque historique*, XII, 22, 1) préfère lire *Traes*. Il s'agit sans doute du Trionto actuel, qui sépare Crotone et le site de l'antique Sybaris.

3. Malgré le titre explicite *De la poétique*, on pense généralement (faute de pouvoir situer ce passage) qu'il s'agirait plutôt de l'ouvrage perdu *Des poètes*.

4. Certains (Ménage et Ross) veulent lire Κροτωνιάτης (de Crotone) au lieu de καὶ 'Ονάτας (et Onatas). Cette correction fait disparaître la symétrie Antiloque / Antiphon, Cylon / Onatas; de plus, on rencontre le nom d'Onatas dans le Catalogue des pythagoriciens de Jamblique.

5. Sur ce personnage, voir Pythagore, XV, p. 64, Hippase, V, p. 77; Philolaos, A 1 *a*, p. 489, et Anaxagore, A XX, p. 626. À propos de son groupe factieux, « *les hommes de Cylon* », voir Philolaos, A IV *a*, p. 490.

Page 65.

1. Voir Archippos, Lysis, Opsimos, p. 516-517.

2. Voir Dioclès, Échécrate, Polymnastos, Phanton, Arion, p. 550-551.

3. Voir Xénophile, p. 548-549.

4. Voir Philolaos, A IV *a*, p. 490.

Page 66.

1. On ignore de quels livres veulent parler Philodème et Jamblique.

2. Jamblique suit sans doute ici Aristoxène. Voir également Philolaos, A 1, 85, p. 488. Dans d'autres textes encore, se trouve une confirmation du caractère très secret de la doctrine écrite des pythagoriciens, en particulier en ce qui concerne l'arithmétique et la géométrie (voir, par exemple, Hippase, IV, p. 76).

3. Voir Thalès, A 1, 33, p. 7, et Calliphon et Démocédès, II, p. 83.

Page 67.

1. Voir Hippocrate, *De la nature de l'homme*, xv, 67, éd. Kühlewein.
2. Voir Héraclite, B CXXIX, p. 175.
3. Nous traduisons ainsi le mot ἱστορία sur la pertinente suggestion de M. Buge, qui nous a obligeamment communiqué la citation suivante de Jamblique : « La géométrie était appelée ἱστορία par Pythagore. » (*Vie pythagorique*, 89). Voir encore Liddell-Scott, *Greek-English Lexicon*, 842 A et suiv.
4. Même si ces traités n'ont jamais été composés par Pythagore, ces trois titres attestent les trois aspects essentiels du pythagorisme ancien : sa *physique* englobe arithmétique, géométrie et astronomie, auxquelles on peut adjoindre l'étude des sons, autrement dit la musique; le traité, *De l'éducation*, évoque ses préoccupations *pédagogiques*; quant au dernier ouvrage, il renvoie au rôle *politique* que les premiers pythagoriciens semblent avoir joué en Grande-Grèce. C'est peut-être à ces ouvrages que Philodème et Jamblique font allusion dans les fragments précédents.
5. Voir Archippos, Lysis, Opsimos, p. 516-517.
6. Voir Épicharme, A III, p. 191.
7. Nous ajoutons ici un témoignage complémentaire de la tradition selon laquelle Pythagore aurait laissé des écrits; il s'agit d'une phrase de Vitruve : « Pour ce qui est des choses de la nature, des puissances qui la gouvernent et des causes qui produisent les effets qui se voient dans le monde, Thalès de Milet, Anaxagore de Clazomènes, Pythagore de Samos, Xénophane de Colophon et Démocrite d'Abdère nous ont laissé le fruit de leurs réflexions. » (*De l'architecture*, IX, 6).

Page 68.

1. Voir Hippase, p. 75-81.
2. *Hespéros* et *Phosphoros*, deux aspects de la planète Aphrodite ou Vénus. (Voir Parménide, A I, 23, p. 234; Anaximandre, A XIX, p. 34 et Démocrite, A XCII, p. 792.)
3. Il y a là un jeu de mots classique en grec : κοσμός signifie à la fois la *beauté*, l'*ordre* et l'*univers* en tant que tout organisé.
4. Ce témoignage, omis par Diels, nous est parvenu vraisemblablement par l'intermédiaire de Posidonius (*Posidonius, volume I, fragments*, éd. Edelstein-Kidd, F 253, p. 224). Ces auteurs renvoient encore à Pythagore, XVIII, p. 67 (T 91 et F 151); à Galien, *Des dogmes d'Hippocrate et de Platon* IV, 401 (F 165) et 425 (T 95); à Macrobe, *Commentaire sur Le Songe de Scipion de Cicéron*, I, XIV, 19 (F 140); et à Sénèque, *Lettres à Lucilius*, XC, 6.

Les Pythagoriciens anciens

CERCOPS

NOTICE

Cercops est connu comme l'un des auteurs auxquels on tente d'attribuer certains écrits orphiques qu'Aristote considère tous comme apocryphes. Mais la *Descente aux Enfers* est aussi attribuée, si l'on en croit Suidas, à Hérodicos de Périnthe et les *Discours sacrés* à Théognète de Thessalie. De telles incertitudes avaient conduit Diels, dans sa première édition, à insérer tous les témoignages relatifs à Orphée, entre Bolos[1] et les sophistes[2]. Nous avons pris le parti, dans le présent volume, d'exclure cette tradition par trop incertaine.

NOTES

Page 71.

1. Voir les *Aristotelis Fragmenta selecta* (éd. W. D. Ross, p. 75), où le témoignage de Cicéron est regroupé, sous le numéro sept, avec les autres restes de l'ouvrage perdu d'Aristote, intitulé *De la philosophie.*
2. Voir Brontin, IV, p. 74.
3. Voir Pythagore, XV, p. 64.

PÉTRON

NOTICE

Pétron, tout comme Anaximandre semble l'avoir soutenu, professe l'idée d'une pluralité des mondes, sans qu'il faille en inférer qu'ils étaient tous deux contemporains. Le caractère pythagoricien de la doctrine de Pétron est nettement marqué par la disposition en triangle des cent quatre-vingt-trois mondes.

Un homonyme, médecin de la fin du ve siècle, est encore cité par Celse (*De la médecine*, III, 9).

1. Voir p. 978.
2. Voir p. 979.

NOTES

Page 72.

1. Comme le précise le texte qui suit, les trois sommets eux-mêmes ponctuels sont réunis non par des lignes continues, mais par des lignes formées de la juxtaposition de soixante points distincts *(élément par élément)*. Nous pouvons remarquer que Pétron envisage là une structure numérique ordonnée, mais discontinue. Signalons encore que le nombre 60 correspond exactement au produit de 12 x 5, évoqué en Hippase, IV *a*, n. 4, p. 76.

2. L'ouvrage est perdu, tout comme le sens de la théorie qu'y développait Pétron. Cependant, il semble qu'il devait s'agir d'une recherche esthétique, numérique et géométrique à la fois, si l'on en juge d'après ce triangle équilatéral, qui s'identifie au Δ (la lettre grecque *delta*, qui est en même temps pour les Grecs le nombre 5) représentant le nombre 5, l'univers et Dieu (Zeus, Διός au génitif) selon Proclus (*Commentaire sur le Timée*, I, 96, 8).

3. Nous traduisons ainsi κατὰ στοιχεῖον.

BRONTIN

NOTICE

Parce qu'il était le père de Théanô, Brontin eut Pythagore pour gendre. Les ouvrages philosophiques qui lui sont attribués, par une tradition fort confuse, témoignent-ils d'un tempérament original, et d'une conversion telle à la « vie pythagorique », comme dirait Jamblique, qu'il ait cru bon d'aller jusqu'à méditer par écrit *Sur l'intellect* ? Sont-ils le signe d'un respect tel pour le père de Théanô qu'aucun historien de l'école ne voulut le laisser entrer sans aucun écrit, lui aussi, dans la légende ?

NOTES

Page 73.

1. Une autre tradition fait d'elle la femme de Pythagore lui-même, à qui elle aurait donné deux enfants, Télaugès et Myia, qui semblent avoir joué un rôle dans la secte par la suite (d'après Empédocle cité par Diogène Laërce, voir *Vies*, VIII, 43). Selon Porphyre (voir Pythagore, XIII, p. 62-63), elle aurait été d'origine crétoise et la fille de Pythonax. Quoi qu'il en soit, cette femme a occupé une

place très importante dans les débuts de la secte pythagoricienne, dont elle pourrait presque passer pour la cofondatrice.

2. Signalons que Jamblique ne reprend pas son nom dans son *Catalogue* des pythagoriciens (voir l'École pythagoricienne, A, p. 558). Peut-être s'agit-il ici encore de Théanô, dont on a gardé des propos apocryphes (voir Sachau, *Inedita syriaca*, Vienne, 1870, nos I et 2, p. VII).

3. Voir Hippase, IV, p. 76-77.

4. Voir Alcméon, B I, p. 225. Cette citation se borne à reproduire les premiers mots du traité d'Alcméon et en constitue la dédicace.

5. Le texte de Diogène Laërce porte la mention Brotin *(sic)*, au lieu de Brontin.

6. Voir Alcméon, B I, p. 225.

Page 74.

1. Il s'agirait de Télaugès, fils de Pythagore (et de Théanô ?); il aurait succédé à son père et aurait été le maître d'Empédocle (voir Empédocle, A II, p. 326).

2. Brotin *(sic)* au lieu de Brontin.

3. Voir Cercops, II, p. 71. La confusion qui règne dans ces attributions d'ouvrages provient de ce qu'ils appartiennent au champ très incertain de la littérature orphique (voir la Notice de Cercops, p. 27).

4. Voir n. 2, p. 74.

5. Ces deux termes traduisent respectivement νοῦς et διάνοια. Il pouvait s'agir dans ce traité soit de distinguer l'intellect de l'univers et l'entendement de l'homme (voir l'École pythagoricienne, B XV, p. 570 : νοῦς ὁ θεός), soit d'établir une distinction du genre de celle qu'on trouve chez Platon dans le « symbole de la ligne » entre l'intelligence et la pensée discursive (voir *La République*, VI, 509 *d*-511 *e*).

6. Voir Syrianus, *Commentaire sur la Métaphysique d'Aristote*, 926 *a* 2, Pseudo-Alexandre d'Aphrodise, *Commentaire sur la Métaphysique*, 821, 34, et Stobée dans Photius, *Bibliothèque*, 114 *a* 29.

HIPPASE

NOTICE

Le pythagoricien Hippase de Métaponte (ou de Sybaris) a joué un rôle important dans les débuts de l'École pythagoricienne. Après avoir dirigé le groupe des *acousmaticiens* (les candidats à l'initiation) tandis que Pythagore s'occupait des *mathématiciens* (les initiés), il semble avoir opéré une scission dans l'école[1] et s'être tourné vers la sophistique. Sans doute faut-il supposer derrière tout cela une lutte d'influence politique dans les cités de Grande-Grèce[2]. Il s'intéressait particulièrement à la question des *médiétés*, dont il aurait porté le nombre de trois à quatre[3], dans leurs applications aux accords musicaux. De sa philosophie, on ne connaît que peu de chose : le principe unique est le feu[4] et l'âme ignée est nombre[5]. Signalons au passage que Diels a jugé nécessaire de rapporter à Hippase plusieurs témoignages que les manuscrits attribuaient à d'autres, dont le nom commençait par *Hipp* : Hipparchos[6], Hippon[7] et Ippalle[8].

NOTES

Page 75.

1. Soulignons la distinction de l'univers (ὁ κόσμος) et du Tout (τὸ πᾶν), c'est-à-dire ici de l'organisé et du chaos.

2. Diogène Laërce suit ici la tradition théophrastique (voir Hippase, VII, p. 78).

3. Voir Héraclite, A 1 *a*, p. 133.

4. Il s'agit des candidats à l'initiation (ἀκουσματικοί), distingués des initiés (μαθηματικοί).

Page 76.

1. Le verbe διαλέγεσθαι donne une couleur dialectique à la méthode : peut-être Pythagore procédait-il par interrogations successives ?

2. L'adverbe συμβολικῶς a une signification technique chez les pythagoriciens. Les symboles étaient un véritable code interne de l'école, destiné à garantir à l'enseignement secret son caractère impénétrable aux profanes. Quelques exemples en sont donnés (voir l'École pythagoricienne, C, p. 587), où Diels les a regroupés avec les ἀκούσματα, sorte de catéchisme moral (voir *ibid.*, C IV, 82, p. 586). Anaximandre le Jeune aurait composé une *Exégèse des symboles pythagoriciens* (voir *ibid.*, C VI, p. 589).

3. Voir Pythagore, XIX, p. 67-68.

4. Il s'agit ici du dodécaèdre inscrit dans la sphère (voir le témoignage suivant de Jamblique, p. 76-77), dont on rapporte la

1. Voir III et IV, p. 76-77.
2. Voir V, p. 77.
3. Voir XV, p. 81.
4. Voir VII à IX, p. 78.
5. Voir XI, p. 78.
6. Voir IV et IX, p. 77 et 78.
7. Voir X, p. 78.
8. Voir VI, p. 77.

découverte, associée à celle du cube et du tétraèdre, aux pythagoriciens (voir Proclus, *Commentaire sur le premier livre des Éléments d'Euclide* dans l'École pythagoricienne, B I, p. 560). Peut-être ces douze pentagones correspondent-ils symboliquement aux douze mois de l'année ?

5. Voir Théodore de Cyrène, p. 486.

6. Voir Hippocrate de Chio, p. 482.

7. Son activité devenait, du fait même qu'il faisait payer ses leçons, sophistique.

8. Remarquons que les deux termes d'ἀσυμμετρία et de συμμετρία reviennent dans trois autres témoignages (voir l'École pythagoricienne, D IV, p. 595 ; D VIII, 203, p. 602 et Stobée, *Florilège*, III, 10, 66), mais avec une valeur morale uniquement, ainsi que dans Empédocle en A LXXXVI, 15, p. 365. Ici il s'agit de la découverte de la première grandeur irrationnelle $\sqrt{2}$, obtenue par l'application du théorème dit de Pythagore à un triangle rectangle isocèle de côté 1. Théodore de Cyrène serait parti de là pour étudier et construire les racines des nombres impairs de 3 à 17 (voir Platon, *Théétète*, 147 *d*, cité dans Théodore de Cyrène, IV, p. 487).

Page 77.

1. Sans doute, faut-il lire ici, avec Diels, le nom d'Hippase. Voir Jamblique, *Vie pythagorique*, 75, où il est question d'une lettre de Lysis à Hipparchos et que Diogène Laërce destine à Hippase (voir *Vies*, VIII, 42).

2. Empédocle, ainsi que Platon lui-même, se trouveront frappés par la même accusation de dévoiler au public les mystères de la secte (voir Empédocle, A I, 55, p. 320).

3. Il s'agit d'un renvoi au paragraphe 255 de la *Vie pythagorique*, non retenu dans le présent volume.

4. Nous préférons traduire ici le texte des manuscrits : ἔωσαν (du verbe ἐᾶν, *laisser aller*, *congédier*), plus riche que la correction de Nauck adoptée par Diels : ἑώρων *(ils voyaient)*. Signalons, d'autre part, que l'établissement du texte de ce témoignage présente plusieurs autres difficultés, signalées dans les notes 5 et 8.

5. Nous avons suivi la correction de Cobet, reprise par Diels : ἐξ αὐτῶν τῶν χιλίων. Les manuscrits donnent : ἐξ αὐτῶν τῶν χρόνων *(à la même époque)*.

6. Jamblique les dit tous trois originaires de Paros, dans son *Catalogue des pythagoriciens* (voir l'École pythagoricienne, A, p. 559).

7. Voir Démocédès, p. 82.

8. Nous préférons ici la correction de Diels, τινές *(certains)*. Les manuscrits portent τῶν αὐτῶν *(les mêmes)*, qui ne peut être que le complément de κατηγόρουν. Le sens serait alors le suivant : « On vit [...] Cylon et Ninon, des orateurs (professionnels), lancer des accusations contre les mêmes » (pythagoriciens : les derniers nommés : Alcimaque, etc.).

9. Sans doute s'agit-il de l'adversaire acharné de Pythagore dont il est question plus haut (voir Pythagore, XVI, p. 64). Ninon, lui, était le chef du parti populaire. C'est pourquoi il prend la parole contre la majeure partie des pythagoriciens opposés à Hippase et hostiles à toute révision constitutionnelle.

10. Il s'agit sans aucun doute d'Hippase, comme le prouve le texte grec de Stobée (*Choix de textes*, I, x, 14, p. 126-127) qui rapporte expressément le même propos à Hippase.

Page 78.

1. Voir Héraclite, A v, p. 136.

2. Hippase semble ainsi être le premier parmi les pythagoriciens à avoir posé la question du *principe*. En cela il apparaît comme l'un des pères de l'héraclitéisme.

3. Les manuscrits donnent la lecture : ἀκίνητον *(immobile)*, que Zeller a corrigé en : ἀεικίνητον *(en perpétuel mouvement)*. Cette correction est rendue nécessaire par la référence incontestable à Héraclite (voir A v, p. 136).

4. Il s'agit ici de l'âme du monde, mais aussi de l'âme des êtres vivants.

5. Voir n. 9, p. 77. Là encore, il s'agit d'une confusion.

6. Voir Hippon, p. 461 et suiv.

Page 79.

1. Philosophe du IVe siècle av. J.-C. Il succéda à Speusippe à la tête de l'Académie et tenta de concilier lui aussi la doctrine de Platon avec le pythagorisme. C'est parce qu'il songe à la thèse des idées-nombres professée par Xénocrate, que Jamblique en fait ici un pythagoricien. (Voir Zénon, A XXII, n. 6, p. 285 et Philolaos, A XIII, p. 493.)

2. Modératos de Gadès vécut vers la fin du Ier siècle de notre ère. Il s'agit donc là d'un néopythagoricien.

3. Il s'agit ici des *rapports* harmoniques propres à la construction de l'âme. Jamblique suit la tradition des commentateurs néoplatoniciens du *Timée* de Platon.

4. Le mot *art* traduit le grec τέχνη qui semble avoir ici le double sens d'*habileté manuelle* et de *tâche très difficile* (voir notre expression : *travail d'Hercule*). Glaucos de Rhégium, s'il s'agit bien de lui, était un théoricien de la musique des Ve-IVe siècle avant J.-C.

5. L'accord obtenu est composé des accords de *quarte* (1 + 1/3), de *quinte* (1 + 1/2) et d'*octave* (1 + 1/1), comme on le voit en *Hippase*, XIII et XIV, p. 80 et 81.

6. Voir les *Fragments des historiens grecs*, éd. C. Müller, II, 288, fgm. 77.

7. Voir Zénobius, *Proverbes*, II, 91.

Page 80.

1. Nous traduisons ainsi le mot κινήσεις *(mouvements)*.

2. Boèce, dont la source est l'*Introduction arithmétique* de Nicomaque de Gérase, rapporte à Hippase une division de l'octave différente de celles des autres pythagoriciens, Philolaos et Archytas (voir Archytas, A XVII, p. 529 et Philolaos, B VI, p. 504).

3. Voir Pythagore, VIII, p. 58.

4. Comme Boèce l'indique à la fin du texte, la succession : octave, quinte, octave et quinte, quarte, octave double est différente de celles des autres pythagoriciens : octave, octave et quinte, double octave, quinte et quarte.

5. C'est-à-dire l'augmentation progressive des nombres : 2, 3, 4, 5, etc.

6. *Superpartiel* traduit le latin *superparticularis*, lui-même équivalent du grec ἐπιμόριος (voir, par exemple, Aristote, *Métaphysique*, Δ, XV, 1021 *a* 2). L'ἐπιμόριος est une grandeur qui contient un tout plus une fraction dont le numérateur est 1 ; on écrirait aujourd'hui 1 + 1/x (voir Aristote, *Problèmes*, XIX, XLI, 921 *b* 1 et suiv., où tous les termes rencontrés ici reçoivent une définition). La progression du superpartiel est donc : 1 + 1/2; 1 + 1/3; 1 + 1/4 etc., où 1 + 1/2 = 3/2, c'est-à-dire la *quinte*; où 1 + 1/3 = 4/3, c'est-à-dire la *quarte*, etc.

7. Le rapport d'*octave* est égal à 2/1.

8. C'est-à-dire si l'on prend l'inverse correspondant, soit 1/2.

9. L'opération indiquée par Boèce consiste à ajouter l'inverse du double, c'est-à-dire la moitié, soit 1/2, à l'unité. On obtient alors 1 + 1/2 = 3/2, où 3/2 est le superpartiel construit avec 2, c'est-à-dire faisant intervenir la moitié.

10. On multiplie l'*octave* 2 par la *quinte* 3/2, ce qui fait 3.

11. Ce qui correspond à une « augmentation numérique » et donne ce que Boèce appelle : *octave et quinte*.

Page 81.

1. Si l'on ajoute au triple, soit 3, son relatif constitué par le tiers, on obtient le superpartiel 4/3 qui définit la *quarte*.

2. Le triple, soit 3, multiplié par la *quarte*, soit 4/3, donne 12/3, soit 4. On obtient ainsi l'*octave double*.

3. C'est-à-dire le triple obtenu par la multiplication de 4/2 et 3/2.

4. En multipliant 3 par la *quarte*, c'est-à-dire 4/3, on obtient 12/3, c'est-à-dire 4.

5. Nous traduisons ainsi le mot : μεσότης *(moyenne)*. Le terme se retrouve en Pythagore, VI *a*, n. 6, p. 56. Sur les inventeurs pythagoriciens de ces médiétés et sur leur transcription en langage mathématique contemporain, voir Simos, Myonide, Euphranor, XX, p. 555. Sur cette question complexe des médiétés, le meilleur commentaire se retrouve dans Nicomaque de Gérase (*Introduction arithmétique*, II, 21-29, où le philosophe néo-platonicien expose la théorie complète des dix médiétés ou moyennes) et dans le *Commentaire* qu'en donne Jamblique (p. 100 à 119 de l'édition Pistelli). La moyenne

arithmétique b entre a et c est définie par l'équation $a - b = b - c$. La moyenne *géométrique* b entre a et c est définie par l'équation $\frac{a}{b} = \frac{b}{c}$. La moyenne *harmonique* b entre a et c est définie par l'équation $\frac{a-b}{a} = \frac{b-c}{c}$. La quarte (4/3) est la moyenne *harmonique* des nombres 1 et 2. La quinte (3/2) est leur moyenne *arithmétique*.

CALLIPHON ET DÉMOCÉDÈS

NOTICE

Seul le témoignage[1] de Flavius Josèphe présente Calliphon comme un philosophe pythagoricien. On le connaît autrement comme le père de Démocédès de Crotone et prêtre d'Asclépios à Cnide[2]. Son fils est beaucoup mieux connu, tant comme médecin que comme pythagoricien; mais il ne nous reste de sa philosophie qu'une phrase[3] qui relie l'activité de l'esprit à la vigueur corporelle. En fait, Démocédès ne serait venu au pythagorisme que tardivement, peut-être dans l'espoir de devenir un homme politique influent à Crotone, sa cité natale[4], alors gouvernée par des pythagoriciens.

NOTES

Page 82.

1. Hérodote rapporte ensuite (§ 126-128) que Darius s'était sérieusement blessé à la cheville.

2. Démocédès, redoutant de ne jamais pouvoir rentrer en Grande-Grèce, hésite à révéler qu'il est médecin. Finalement, il prend peur et accepte de tenter de soigner Darius.

3. À la suite de quoi, les femmes du sérail de Darius veulent remercier à leur tour Démocédès d'avoir sauvé le roi, et lui font cadeau d'une énorme quantité de pièces d'or.

Page 83.

1. Nous comprenons ainsi l'adverbe : δημοσίῃ (littéralement : *aux frais de l'État*).

2. Entre-temps, Démocédès guérit Atossa, la femme de Darius, d'une tumeur au sein. Enfin, Démocédès profite d'une autorisation

1. Voir II, p. 83.
2. Voir le témoignage de Suidas, II, p. 83.
3. Voir III, p. 85.
4. Voir I, 137, p. 83 et II *a*, p. 84.

de déplacement pour rentrer définitivement à Crotone (§ 132-137). (Voir II *a*, p. 84.)

3. Voir Pythagore, XIII, p. 62-63 sous le nom de Ménon; XIV, p. 63 et XVI, p. 64-65.

4. C'est alors que Démocédès entre dans les rangs des pythagoriciens; et après une période de prospérité assez longue, il meurt, à Platées selon Apollonios, ou à Crotone selon Jamblique (voir la *Vie pythagorique*, 257 et suiv.).

5. Il s'agit de trois *symboles* pythagoriciens, du genre de ceux qui se trouvent regroupés en C IV, p. 587 de l'École pythagoricienne et dont l'interprétation est absolument impossible, en dehors de tout contexte.

6. Flavius Josèphe suit ici Hermippe, comme le prouve ce passage du *Contre Celse* d'Origène (I 15, p. 67, 27) : « On dit aussi qu'Hermippe, au premier livre de ses *Législateurs*, rapporte que Pythagore emprunta aux juifs sa philosophie pour l'introduire en Grèce. » (Voir aussi Hécatée d'Abdère, B XVI, p. 966).

Page 84.

1. Il s'agit de l'historien du début du IIIe siècle av. J.-C., originaire de Tauroménium, auteur d'une *Histoire de la Sicile* et d'une *Histoire des guerres de Pyrrhus*.

2. C'est à peu de chose près la même tenue qu'arborait Empédocle, quand il fut reçu à Agrigente (voir Empédocle, A I, 73, p. 325). Serait-ce une sorte de costume pythagoricien ?

3. Contrairement à Scythès, qui revint de Sicile, où Darius l'avait autorisé à se rendre. C'est ce que précise Élien dans les lignes précédant ce témoignage.

Page 85.

1. Les manuscrits portent *Démocrite* (voir B CCXCVI, p. 915) à la place de *Démocédès*. Mais la citation d'Hérodote, qui suit, semble bien justifier la correction de Zeller.

2. Voir Lucrèce, *De la nature*, III, v. 445.

PARMÉNISCOS

NOTICE

Parméniscos, ou Parmiscos, de Métaponte semble avoir été un personnage fort riche et très sérieux, disciple de Pythagore et assurément généreux bienfaiteur du sanctuaire de Délos, où était honoré Apollon. Peut-être cela confirme-t-il l'intérêt particulier des pythagoriciens pour le culte solaire.

NOTES

Page 86.

1. Voir Brontin, p. 73-74.
2. Voir Alcméon, B 1, p. 225.
3. Voir Xénophane, A 1, p. 92.
4. *La Déliade* (nom formé sur le modèle d'*Iliade*, épopée de la guerre de Troie) était l'histoire de la prise de Délos.
5. Trophonios avait été l'un des architectes du temple d'Apollon à Delphes. Apollon, reconnaissant, lui accorda le don de prédire l'avenir et la grotte d'Ionie, où il était mort, devint le siège d'un oracle célèbre. L'on n'était admis dans cet antre qu'après des épreuves dures et propres à imprimer l'effroi. Aussi disait-on proverbialement : *Il revient de l'antre de Trophonios*, pour souligner l'air grave et soucieux de quelqu'un.

Page 87.

1. Il s'agit d'Apollon, dieu des oracles par excellence.
2. Cela représente environ soixante kilogrammes d'argent. Cette inscription a le double mérite de confirmer la richesse de Parméniscos (ou Parmiscos) et son intérêt pour le sanctuaire de Délos.
3. Le tome XI des *Inscriptions grecques* contient les inscriptions de Délos.

XÉNOPHANE

NOTICE

Si l'on en croit Apollodore et Sotion cités par Diogène Laërce[1], la carrière de Xénophane se situe à une époque très reculée, puisqu'il naît à la fin du VIIe siècle et que son acmé se situe pendant la soixantième olympiade. Le drame de sa vie fut l'invasion perse : il y fait lui-même allusion dans ses poèmes[2]. Il dut alors quitter l'Asie Mineure et, passant par Zancle et Catane en Sicile, vint s'établir à Élée que les Phocéens venaient de fonder. C'est pourquoi il passe généralement pour l'ancêtre ou le précurseur de l'école éléate. Cette vue, quoique généralement admise aujourd'hui, a pourtant été combattue par Karl Reinhardt dans son *Parmenides* au début du siècle (voir C. J. de Vogel, *Greek Philosophy*, I, p. 35, 76) : celui-ci fut en fait non le maître, mais l'élève de Parménide. La possibilité même d'une telle erreur d'interprétation souligne la diversité d'une œuvre qui s'est développée dans deux directions distinctes, l'une proprement littéraire qui comprend les *Silles*[3] et qui critique la

1. Voir A I, p. 91-92.
2. Voir B XXII, p. 120.
3. Voir de B X à B XXI, p. 117 à 119.

théologie, c'est-à-dire la mythologie d'Homère et d'Hésiode, au nom d'un monothéisme que l'on peut rattacher à la tradition d'Anaximandre; l'autre qui comprend le poème *De la nature*[1] et qui contient en germe la philosophie éléate. Considéré comme un précurseur, Xénophane peut être alors crédité d'avoir rompu avec la tradition milésienne[2] en posant l'existence d'un dieu un et incorporel, éternel et non engendré[3]. Dieu est alors, selon la tradition éléate, un, éternel, existant et sphérique, ce qui a pour conséquence d'abolir le mouvement[4]. C'est à lui aussi qu'il faut faire remonter, en matière de théorie de la connaissance, la distinction entre vérité et opinion[5], ce qui fonde la séparation entre les deux voies qui constituent les deux parties du poème de Parménide, *De la nature*. Il va même plus loin, puisqu'il envisage non seulement l'idée d'un progrès de la connaissance[6], mais l'idée d'un progrès de l'humanité et d'une évolution du monde fondée sur des recherches d'ordre paléontologique[7].

La question du *M. X. G.*[8] *(Mélissos, Xénophane, Gorgias)* est épineuse. Ces trois initiales désignent un traité rédigé par un auteur anonyme et rattaché au corpus aristotélicien. Karl Reinhardt est l'un des premiers à avoir voulu considérer dans la partie *X.* du *M. X. G.* un écrit de Xénophane. Nous nous bornerons à trois remarques. Premièrement, le titre que les manuscrits assignent au traité est *M. Z. G.*, c'est-à-dire *Mélissos*, *Zénon* et *Gorgias*. Les prochaines années ne sauraient manquer de voir un philologue ingénieux amorcer un retour à Zénon d'Élée, ce qui serait d'autant plus facile que le chapitre IV qui critique le chapitre III, pourrait ainsi être attribué au même auteur et entrer dans la collection des paradoxes de Zénon. Deuxièmement, la théologie du chapitre III convient mieux à Parménide, seul auteur cité au chapitre IV, qu'elle ne s'accorde avec les thèses de Xénophane sur la nature. Troisièmement, une grande prudence doxographique doit présider à l'utilisation de ce traité qui forme un tout où chacun des auteurs *M.*, *X.* et *G.* illustre, comme dans la tradition de Théophraste, une position de la pensée par rapport au problème de l'être. *X.* occupe une position médiane comportant un exposé suivi de sa critique. Enfin s'il faut corriger *Z.* en *X.* et substituer Xénophane à Zénon, cela montre bien qu'il s'agit d'une reconstruction sinon arbitraire, du moins non historique, des systèmes de pensée, qui, puisque Xénophane se situe chronologiquement avant Mélissos, ne respecte pas alors la succession attendue.

1. Voir de B XXIII à B XLI, p. 120 à 124.
2. Voir A XXIX, p. 103 et B XXIII, p. 120.
3. Voir A XXX, p. 103 ; A XXXI, p. 104 et B XXVI, p. 121.
4. Voir A XXXI, p. 104.
5. Voir A I, 20, p. 92 ; A XXIV, p. 97 et B XXXIV, p. 122.
6. Voir B XVIII, p. 119.
7. Voir A XXXIII, p. 106.
8. Voir A XXVIII, p. 98 à 103.

NOTES

Page 91.

1. Voir A xxxv, p. 107.
2. Nom ancien de Messène.
3. Addition de Diels. Elle fait de Xénophane le précurseur de l'école d'Élée.
4. Le maître de Théramène, en rhétorique, qui s'opposera au sophiste Critias.
5. Voir B x, p. 117; B xi, p. 117; B xii, p. 117-118.
6. L'opposition pourrait n'être pas seulement religieuse ou théologique, mais encore scientifique, voir par exemple Thalès, A xx et suiv., p. 20 et suiv.; Xénophane, A xxxiii, p. 106 et B xix, p. 119.
7. Voir B vii, p. 116.
8. Voir B xx, p. 119.
9. Voir B viii, p. 117.
10. Par *illimités* il faut entendre illimités en nombre; par ***non différents les uns des autres*** nous traduisons l'expression οὐ παραλλακτούς; sans doute faut-il comprendre que les mondes se succèdent les uns aux autres, en une sorte de répétition cyclique, et non pas l'idée d'une pluralité des mondes.
11. Voir A xxviii, p. 98 à 103; A xxxiii, p. 106; A xxxv, p. 107 et Parménide, A xxxi, p. 245.
12. Voir B xxiii, p. 120.
13. Voir B xxiv, p. 120.
14. Voir A xxxii, p. 105; A xxxiii, p. 106 et A xlix, p. 112.

Page 92.

1. Voir Empédocle, A xx, p. 333 où la formulation est légèrement différente.
2. Voir B xxxiv, p. 122-123, fragment qui évoque le mieux le sens général de cette formule; mais Xénophane ne professe pas en ces termes un tel scepticisme. Voir toutefois A xxxiii, p. 106.
3. La source de Diogène est Lobon d'Argos (éd. Crönert, fgm. 17).
4. 540-537 av. J.-C. Voir B viii, p. 117.
5. Disciple de Théophraste.
6. Doublet de la *Vie de Platon* de Diogène Laërce, d'après H. Diels.
7. Voir Parménide, A i, p. 233.
8. Anaxagore. La source est Théophraste et la notation de Cicéron indique que la diffusion de la philosophie de Xénophane est antérieure à celle d'Anaxagore.
9. Voir Empédocle, A i, p. 320.

Page 93.

1. 620-617 av. J.-C.

2. 556-553 av. J.-C.

3. Plus précisément en 540 av. J.-C., première année de la soixantième olympiade.

4. Addition de Wilamowitz.

5. Voir Pythagore, A VIII, p. 58.

Page 94.

1. Voir A I (§ 19, fin), p. 91-92 et *ibid.* (début § 20), p. 92.

2. Le nom que porte Ino, fille de Cadmos, après son apothéose.

3. Pour le sens général de cette réponse, voir B XXIII, p. 120 et *passim.* Il serait plus intéressant de savoir si la forme logique de l'argument revient déjà à Xénophane ou à ses doxographes.

Page 95.

1. Voir Héraclite, B CXXVII, p. 175.

2. Quand on refuse de prêter serment.

3. Épicharme pourrait avoir dit que les vues de Xénophane étaient vraies, quoique contraires aux opinions reçues.

4. Sur Lasos d'Hermionè, voir Hippase, A XIII, p. 80.

Page 96.

1. Voir Thalès, B I, p. 22 et Xénophane, A V, p. 92 et A XXVI, p. 97.

2. Voir Pythagore, XV, p. 64. La source de cette tradition serait le *Sur les poètes,* traité (ou dialogue) perdu d'Aristote.

3. Voir A XVIII, p. 96.

4. Peut-être faut-il lire *Xeno⟨phanes sillos⟩*, *Crates satiras* ? Le texte est incertain.

5. Proclus utilise ici le commentaire de Plutarque sur *Les Travaux et les Jours* d'Hésiode (éd. Sandbach, fgm. 40, p. 124 à 126).

Page 97.

1. *Sillaniser,* c'est-à-dire critiquer et tourner en dérision.

2. Voir A XXXV, p. 107 et B XXXIV, p. 123.

3. Moins bons que ceux d'Empédocle. (Voir à propos de ce témoignage, A I, p. 91 et A XXXIII, p. 106).

4. En tant que poètes, ils n'auraient pu que forger des fictions mensongères sur les dieux.

Page 98.

1. Ces termes désignent des irrégularités métriques. L'hexamètre *sans tête* commence par une brève (un iambe ∪—, au lieu d'un dactyle —∪∪); l'hexamètre *faible* compte un pied ou une partie en

moins en son milieu; l'hexamètre *sans queue* est écourté le plus souvent par un iambe, du fait d'une coupure après un spondée cinquième.

2. Ici encore, le verbe γίγνεσθαι va, comme dans le fragment précédent (voir Mélissos, A v, p. 297 à 305), signifier à la fois : *devenir*, *changer*, *provenir* et *naître*; ces connotations, distinctes pour nous, sont en grec indissociables. Dieu, qui est, ne saurait provenir.

Page 99.

1. Supprimé par Blass, mais conservé par Diels.
2. Addition de Wendland.
3. Ici commence la critique de Xénophane par le doxographe.
4. Voir Mélissos, A v, p. 297-305.
5. Addition de Brandis.

Page 101.

1. Lacune.
2. Lacune.
3. Ici le texte est désastreusement corrompu. Nous avons dû nous borner, puisque telle est l'intention de ce volume, à donner la traduction du texte établi par Diels, dont il faut s'empresser de dire qu'il n'est pas sans mérite et a l'avantage inestimable de ne rien offrir qui contredise la logique du discours. On trouvera ailleurs d'autres solutions : celle d'Apelt est retenue par W. S. Hett dans l'édition d'Aristote *(Minor Works)* de la collection Loeb, celle de M. Untersteiner dans son *Senofane* et celle de B. Cassin, dans son *Si Parménide*.
4. Ce qui serait contradictoire avec l'existence d'un *seul* un.
5. Voir Parménide, B viii, v. 43, p. 263.

Page 102.

1. Le pseudo-Aristote songe ici au cas classique, des pythagoriciens au Lycée, d'un étant qui comporte des limites (par exemple, une droite finie) et dont la matière est indéfiniment divisible. On peut, du fait du caractère continu de la grandeur, diviser le segment de droite en une infinité de segments, sans rencontrer de limite.
2. Ici encore le texte est profondément revu par Diels.
3. Le mot *immobile* (ἀκίνητον) et le mot *inégal* (ἄνισον) sont formés en grec à l'aide d'un ᾱ privatif. *Être immobile* s'écrit avec un ᾱ, *ne pas se mouvoir* avec une négation. Le pseudo-Aristote reproche à Xénophane d'avoir considéré ces deux négations comme équivalentes : de ce que le *non-étant ne* se meut *pas*, on ne peut tirer qu'il est en repos.
4. Le texte est incertain.

Page 103.

1. Allusion incertaine à Phérécyde ou Ion de Chio, B I, p. 452.
2. Peut-être s'agit-il d'Archéalos (voir p. 685).
3. Peut-être Orphée. Voir Platon, *Les Lois*, IV, 715 *c* et *Philèbe*, 16 *d*.
4. Voir B XXIX, p. 121.
5. L'*Iliade*, VII, v. 99.
6. En grec : λόγος, au sens de la définition, du concept et de la forme.
7. C'est-à-dire le premier des Éléates.

Page 104.

1. La matière et la forme. Chaque fois qu'Aristote critique un prédécesseur, son analyse s'articule sur sa propre conception de la causalité, matérielle et formelle.
2. Voir B XXIII, p. 120.
3. Voir Théophraste, *Physicae opiniones*, fgm. 5, *in* Diels, *Doxographi graeci*, p. 480.

Page 105.

1. Voir B XXVI, p. 121.
2. Voir A XXVIII, 15, p. 102.
3. Voir B XXV, p. 121.
4. Voir Thalès, p. 3 à 23; Anaximandre, A X, p. 28 et Anaximène, A VI, p. 42-43.
5. Ces deux termes désignent, chez Aristote, le mouvement selon la substance, naissance ou passage du non-être à l'être, et mort ou passage de l'être au non-être. Xénophane n'admet donc ni le devenir, ni la destruction, ce qui revient à nier le mouvement en général.
6. L'image se retrouve dans l'imitation d'Euripide (voir C, p. 125).
7. D'après Eusèbe, *Préparation évangélique*, I, VIII, 4.

Page 106.

1. Voir B XXXIV, p. 123.
2. Voir Métrodore de Chio, A XIX, p. 943.
3. Il s'agit des fameuses *latomies* où seront enfermés, un siècle plus tard, les Athéniens prisonniers, lors de la tragique expédition de Sicile.
4. M. Untersteiner pense avec K. Freeman que δάφνη désigne un fossile végétal. Mais le mot *laurier* désigne aussi une espèce de corail (Liddell-Scott, *Greek-English Lexicon*, p. 371 A, *s.v.*, qui renvoient à Théocrite).
5. Ces observations, un certain temps contestées par les philo-

logues, ne soulèvent aucune objection d'ordre paléontologique. (Voir Hérodote, *Enquête*, II, 12 et Strabon, *Géographie*, I, 3, 4.)

6. Voir B XXXIII, p. 122.
7. Anaxagore, Alcméon, Pythagore.

Page 107.

1. Voir Aristote, *Poétique*, XXV, 1460 *b* 35.
2. Timon qui loue Xénophane et lui prête la parole.
3. Diels, par le rapprochement du dernier témoignage (la philosophie comporte deux parties) suggère une interprétation simple. Mais cet adjectif, ἀμφοτερόβλεπος *(au regard dédoublé)*, évoque le terme d'ἀμφοτερόγλωσσος *(à la langue qui se dédouble et tient deux discours contraires)* qualifiant Zénon (voir A XV, p. 282, ainsi que Empédocle, A XIX, p. 332). L'erreur de Xénophane, précurseur du scepticisme, est de n'avoir pas pratiqué la méthode du « pas plus » chère aux pyrrhoniens et à Timon. Il s'est réfugié dans la théologie de l'Un. Le témoignage de Timon, extrêmement précieux pour l'histoire du scepticisme, a des accents désespérés qui éveillent dans la mémoire l'écho du Faust de Goethe.
4. *La sceptique*, pour tenter de rendre le néologisme : σκεπτοσύνη.
5. Addition de Diels.
6. ἀσκηθῆ = οὖλον; voir Parménide, B VIII, v. 4, p. 261.
7. Voir Hippase, I, p. 75.

Page 108.

1. Voir B XXVII, p. 121.
2. Voir B XXVII, p. 121.
3. Médecin et commentateur d'Hippocrate.
4. Voir B XXXIII, p. 122, mais Galien ignore ce témoignage.
5. Voir Aristote, *Métaphysique*, A VIII, 989 *a* 5.
6. Voir Anaximandre, A XVII, p. 32-33.

Page 109.

1. Les Gémeaux, Castor et Pollux, fils de Zeus.
2. Impossible; mais les hypothèses les plus dénuées de sens, parce que invérifiables, sont avancées à ce sujet : connaissance de la nuit polaire, nuage de cendres résultant d'une éruption volcanique, etc.
3. Voir A I, n. 10, p. 91. Comme pour Anaximandre (p. 24 à 40), il s'agit, sans doute, non pas d'une illimitation en nombre, mais simplement de la répétition indéfinie du même phénomène. Aucun fragment ne paraît véritablement confirmer de tels témoignages concernant une éventuelle pluralité des mondes, ou plus encore des astres pour notre monde, si ce n'est la notation d'Hippolyte en A XXXIII, 3, p. 106.

Page 111.

1. Voir B XXX, p. 122.
2. L'illimité ou l'infini. Paraphrase de B XXVIII, p. 121.
3. Voir Empédocle, B XXXIX, p. 391.
4. Aristote, dans le témoignage précédent.
5. Voir B XXVIII, p. 121.

Page 112.

1. Voir Hippolyte, I, 14, 3 en A XXXIII, 3, p. 106 et le pseudo-Aristote (*Mélissos, Xénophane, Gorgias*), II, 21, *in* Mélissos, A V, p. 303. (Voir encore Anaxagore, B IV, p. 671.)
2. Lipara, aujourd'hui Lipari, fut une île célèbre dans l'Antiquité, pour ses volcans, où l'on plaçait les forges de Vulcain. Xénophane peut avoir mis à profit son séjour en Sicile pour visiter l'archipel des îles Éoliennes.
3. Voir B XXXIV, p. 122-123.

Page 113.

1. *Propre, lavé, rincé* : autant d'équivalents que nous proposons pour καθαρόν.
2. Il faut peut-être voir là un témoignage du monothéisme de Xénophane.

Page 114.

1. Par opposition aux mythes et légendes homériques (voir A I, 18, p. 91), Xénophane s'est fait *« le censeur / Des mensonges forgés par la gent homérique »*. Les paroles ou discours (λόγοι) qu'il entend tenir doivent être exempts de toute légende impie et témoigner d'une authentique intention rationnelle et théologique. Il faut délaisser des récits pourtant célèbres, comme les amours d'Arès et d'Aphrodite, narrés par Démodocos (voir Homère, l'*Odyssée*, VIII, v. 266 et suiv.). Cette préoccupation constitue l'intention majeure des *Silles* (p. 117 et suiv.).
2. Pour traduire ὕβρις, mot à mot la *démesure*.
3. L'expression est peut-être un peu faible pour rendre τόνος ἀμφ' ἀρετῆς, *tension, énergie, tournées vers la vertu ou excellence*.
4. Voir A I, 18, p. 91. Toujours la même dénonciation de la gent homérique.
5. En grec : προμήθεια. Comment rendre l'implicite référence à Prométhée ?
6. Ce texte vient après l'imitation de Xénophane par Euripide, conservée par Athénée, p. 125-126.
7. Sur la vanité de Xénophane, voir l'appréciation de Sextus Empiricus, à propos des vers de Timon, en A XXXV, p. 107.

Page 115.

1. Allusion à la conquête perse et à l'écrasement du peuple lydien.

2. Voir Hérodote, *Enquête*, I, 94 : « Les Lydiens sont en effet les premiers, à notre connaissance, à avoir battu et mis en circulation une monnaie d'or et d'argent. »

Page 116.

1. Il se pourrait que le poète tourné ici en dérision soit l'illustre Simonide, comme en B XXI, p. 119.

2. Voir A I, n. 7, p. 91.

Page 117.

1. Voir A I, 18, p. 91.

2. Xénophane serait donc né en 565, et l'éclipse daterait de 473. En l'absence du contexte — Diogène Laërce ne s'intéresse qu'aux informations chronologiques apportées par la citation de Xénophane — on ne saurait dire à quel objet renvoie la mention *sur ces points*.

Page 118.

1. Voir l'*Iliade*, XIV, v. 204.

2. Ce fragment vient après B XXIII, p. 120.

3. Addition de Diels. Voir Cicéron, *De la nature des dieux*, I, XXVI, 77-78.

4. Addition du Traducteur.

Page 119.

1. Voir Hésychios *s.v.* βάκχος. Les βάκχοι sont, d'après Xénophon, les rameaux portés par les initiés aux mystères. Dans ce vers, le mot est une restitution des éditeurs.

2. Relevons cette première notation, dans la littérature classique, de l'idée de progrès, expression positive du rationalisme de Xénophane.

3. Voir Thalès, A I, 23, p. 3 et Xénophane, A I, 18, p. 91.

4. Voir A I, 18, p. 91.

5. Voir A XI, p. 94 et A XXII, p. 96.

Page 120.

1. L'Eryx, montagne qui a donné son nom à une ville de Sicile.

2. S'agit-il des *Silles* ? H. Diels pose cette question sans y répondre. Voir A XX, p. 96.

3. Le Mède est, d'après Diels, Harpage, général au service de Cyrus. Cela n'est pas impossible, car Xénophane (voir A VIII, p. 93) a vécu très longtemps. Le thème général, celui de l'interrogation métaphysique qui suppose loisir et confort, apparaît ici pour la première fois et sera repris par Aristote, notamment au premier livre de l'*Éthique à Eudème*.

4. Voir A XXX, p. 103-104.

5. Nous avons systématiquement, dans les fragments précédents, traduit le mot δέμας, terme homérique, par *démarche*, comme le faisait V. Bérard dans l'*Odyssée*. Ici, δέμας, le *corps*, la *silhouette*, s'oppose à νόημα, la *pensée*.

6. Voir A XXXI, 9, p. 105 et A XXXV, p. 107.

Page 121.

1. Voir A XXXI, 9, p. 105. Cette fois encore, la source de Simplicius est sans doute Alexandre d'Aphrodise.

2. Voir A XXXI, 7, p. 105.

3. Voir A XXXVI, p. 108.

4. C'est-à-dire aussi dans l'*Illimité*.

5. Voir A XXXII, p. 105; A XXXIII, 3, p. 106 et A XXXVI, p. 108.

6. Voir A XXIX, p. 103.

Page 122.

1. Lacunes comblées par H. Diels.

2. Voir A XLVI, p. 110-111 et les *Scolies genevoises de l'Iliade*, XXI, v. 196, éd. Nicole, d'après Cratès de Mallos.

3. Il s'agit du grammairien Héraclite auteur, au Ier siècle sans doute, des *Allégories d'Homère*, où il défend le poète épique contre les attaques de Platon dans *La République* au livre X, et d'Épicure (voir Plutarque, *Qu'on ne saurait vivre joyeusement selon Épicure*, 2, 1086 et suiv., cité par Usener, *Epicurea*, 228, p. 171).

4. La croyance religieuse et homérique en la déesse Iris se trouve détruite. Xénophane donne du phénomène de l'arc-en-ciel une explication naturelle.

5. Voir A XXIX, p. 103 (fin du témoignage de Philopon : citation d'Homère).

6. Voir A I, 20, p. 92 et A XXIV, p. 97.

Page 123.

1. Cité aussi par Plutarque (*Comment il faut lire les poètes*, 2, 17 E). L'expression ἐπὶ πᾶσι est entendue par nous comme un neutre (*tout n'est qu'opinion*) ; au masculin, la formule signifierait que l'opinion échoit à tout le monde. (Voir Démocrite, B IX, p. 845 et B CXXV, p. 876; Xénophane, A XLIX, p. 112.)

Page 124.

1. Les fragments XLIII et XLIV ont été retranchés des éditions plus récentes de Diels-Kranz.
2. Ce même emploi est conservé au fragment B VIII, v. 2, p. 117.

Page 125.

1. Voir B XI, p. 117; B XII, p. 117-118 et A XXXII, p. 105.
2. Fragment 282, éd. Nauck. Autolyque est le grand-père maternel d'Ulysse, dont Hermès fit un habile voleur de troupeaux. Comme la mythologie a connu un second Autolyque, l'un des Argonautes, peut-être faut-il entendre la notice d'Athénée comme indiquant qu'il s'agit du *premier Autolyque* et non de la première édition du drame ?

Page 126.

1. Voir B II, p. 114-115.

HÉRACLITE

NOTICE

Héraclite a pour surnom l'Obscur[1]. Ses propos sont, au dire d'Aristote[2], qui a eu en main la totalité de son livre et qui en cite le début, difficiles à comprendre du fait de l'absence de ponctuation et, comme le dit encore Démétrios de Phalère[3], de ce qu'on ne voit pas où se place le commencement de chaque séquence signifiante. Même la question de savoir si son ouvrage portant sur la nature comporte ou non trois parties[4] est controversée. Enfin, plus encore que pour ses prédécesseurs, les fragments d'Héraclite reposent sur une diversité plus grande de sources qui retiennent électivement certains thèmes, ainsi que l'a montré G. S. Kirk (*Heraclitus, The Cosmic Fragments*, Cambridge, 1954 et 1962). Selon qu'il s'agit du *Logos*, du monde ou de l'homme, un clivage s'opère entre péripatéticiens, stoïciens, néoplatoniciens et chrétiens et même encore sceptiques, avec des nuances à l'intérieur des écoles. À ceux-là s'ajoutent encore les témoignages du corpus hippocratique.

Pourquoi cacher qu'au milieu de toutes ces ténèbres notre préférence va aux témoignages issus d'Aristote et de Théophraste[5] ? Comme ces derniers étaient pour ainsi dire les seuls à s'être intéressés au problème de la nature des principes chez les Milésiens

1. Voir B X, p. 148 ; A I *a* p. 133 ; A III *a*, p. 134 et A IV, p. 135.
2. Voir A IV, p. 135.
3. Voir A IV, p. 135.
4. Voir A I, 5, p. 130.
5. Voir A V et suiv., p. 136 à 145.

(Thalès, Anaximandre et Anaximène), il était naturel que leur interprétation d'Héraclite retrouvât le même type de questionnement (voir G. Vlastos, « On Heraclitus », *American Journal of Philology*, 76, 1955), ou encore, évoquât Xénophane (voir O. Gigon, *Untersuchungen zu Heraklit*, Leipzig, 1935). On se souvient que les Milésiens ont fait du principe l'eau, l'Illimité ou l'air, et Xénophane l'Un. La critique d'Aristote revenait à dire que le principe entendu comme une matière ne saurait être en même temps aussi la fin ou la cause du mouvement qu'il faut bien par conséquent situer, comme il le démontre, dans l'intellect ou dans la cause formelle en général. Dans cette perspective, l'avantage de la solution héraclitéenne (si toutefois cette perspective n'est pas seulement interprétative mais réelle, et si c'est véritablement une solution qu'Héraclite recherche) est de trouver dans le feu un principe qui soit véritablement l'Un, mais qui fasse en même temps de l'Un non seulement la cause du mouvement, mais en quelque sorte la réalité du mouvement lui-même. Le feu devient le cosmos lui-même (R. Walzer, *Eraclito. Raccolta dei frammenti e traduzione italiana*, Firenze, 1939). Le feu toujours vivant est à la fois l'état premier et dernier de l'univers et ce qui en pénètre toutes les parties qu'il a engendrées.

L'originalité d'Héraclite paraît être alors d'avoir fait de ce feu le Logos lui-même[1]. Le Logos, qui est l'Un, est à la fois l'Un universel et l'Un individuel, c'est-à-dire la raison qui est commune à tous. Mais la raison est aussi l'harmonie qui, contrairement aux vues pythagoriciennes, résulte de la tension et de l'opposition des contraires[2]. D'où, dans les fragments conservés, une étonnante tension de l'écriture, un jeu d'oppositions entre l'accordé et le désaccordé, le sonnant et le dissonant[3], la vie et la mort[4], le jour et la nuit, l'hiver et l'été[5]. Ainsi l'obscurité et la profondeur d'Héraclite viennent de la révélation que la raison n'est pas autre chose que la contradiction elle-même, ce qui va jusqu'à faire de la déraison l'œuvre de la raison. C'est pourquoi, à la limite, Héraclite qui croit que la raison est, comme le bon sens cartésien, ce qui est commun à tous[6], ne cesse de fustiger les erreurs de la foule et de tourner en dérision la pauvreté des théologies et de la religion.

Héraclite demande une lecture patiente et attentive qui sera grandement facilitée par la fréquentation de l'édition des *Témoignages* par R. Mondolfo et L. Tarán (Florence, 1972), et par l'*Editio major* de M. Marcovich (Mérida, 1967), dont le découpage des fragments en *colons*, c'est-à-dire en versets ou séquences signifiantes, a servi de modèle à notre traduction de la partie B. De fort intéressantes découvertes sont promises au lecteur qui aura la patience de

1. Voir B I, p. 145-146 et B LXXII, p. 162-163.
2. Voir B LI, p. 157-158 et *passim*.
3. Voir B X, p. 148.
4. Voir B XXXVI, p. 154 ; B L, p. 157 et B LXXXVIII, p. 166.
5. Voir B LXVII, p. 161.
6. Voir B II, p. 146 et B CXIII, p. 171.

relever les rencontres lexicales qu'il jugera significatives, au besoin en s'aidant du *Register* de W. Kranz. La dernière édition et traduction des fragments d'Héraclite, proposée par M. Conche (P.U.F., Paris, 1986) propose une reconstruction d'ensemble remarquable de cohérence et de clarté. Relevons pour terminer et à titre d'exemple les occurrences du mot *lot* (μοῖρα). Au fragment B xxv[1] on lit : « *Les plus belles morts obtiennent du sort les plus beaux lots* », ce qui, à cause du rapprochement purement accidentel avec le fragment précédent, pourrait passer pour une formule de l'*Oraison funèbre* de Gorgias destinée à honorer les victimes d'Arès mortes au champ d'honneur. En réalité il en va tout autrement. Ces lots sont justement ceux dont parle le pseudo-Hippocrate[2]. Le *lot* n'y est pas le terme que L. Tarán *(ouvr. cité)* croit anaxagoréen et qui désignerait une partie du corps, mais il contient le germe de la croissance. Car le lot est en réalité un mélange de feu et d'eau, qui constitue le Logos, c'est-à-dire la formule de l'âme individuelle qui a son origine dans le feu cosmique. Comme le note Sextus Empiricus[3], la μοῖρα est « *le lot qui provient de l'enveloppe céleste* » et « *trouve en nos corps un domicile hospitalier* ». Ainsi le lot est l'âme, c'est-à-dire la cause du développement biologique en même temps que l'étincelle raisonnable descendue du ciel. Il est alors permis à l'interprète de caresser l'idée d'un rapprochement avec la formule célèbre[4] : « *La personnalité de l'homme est son démon.* » Le démon n'est peut-être qu'une autre désignation du *lot* qu'on trouve sous les plumes de Clément d'Alexandrie, du Pseudo-Hippocrate et de Sextus Empiricus. C'est à la quête de purs plaisirs de ce genre, que nous invitons maintenant le lecteur.

NOTES

Page 129.

1. 504-501 av. J.-C.

2. Ce trait de caractère qui revient sans cesse, peut avoir pour origine des formules de son livre.

3. Voir B xl, p. 155. Comme on le voit sur cet exemple, H. Diels a renoncé à ordonner, plus ou moins artificiellement, les fragments d'Héraclite, et se borne à les proposer dans l'ordre alphabétique des auteurs, et en suivant l'ordre d'apparition des citations dans l'ouvrage.

4. Voir B xli, p. 155.

5. Voir B xlii, p. 156.

6. Voir B xliii, p. 156.

7. Voir B xliv, p. 156.

1. Voir p. 152.
2. Voir C i, 7, 8, 10, p. 178 à 181.
3. Voir A xvi, 130, p. 142.
4. Voir B cxix, p. 173.

8. Voir B cxxi, p. 173.
9. Réputation qui peut, d'après L. Tarán *(Eraclito)*, provenir uniquement de B cxxi, p. 173.
10. Héraclite méprise les médecins. Voir B lviii, p. 159.
11. Voir C i, 17, p. 182-183.
12. Suit une épigramme composée par Diogène Laërce.
13. Hermippe, puis plus loin Néanthe, expriment une tradition péripatéticienne.

Page 130.

1. Voir C i, 5, p. 177-178 et Métrodore de Chio, B i, p. 945.
2. Voir B ci, p. 169. Ce thème sera repris par Nausiphane (B ii, p. 971) et par les épicuriens.
3. *En raison de la matière qu'il embrasse* ou *en raison de son contenu* traduit l'expression ἀπὸ τοῦ συνέχοντος. La formule n'est pas usuelle. Elle devrait pouvoir signifier: « d'une façon continue », par opposition à la division en parties de l'œuvre prise dans son ensemble.
4. Si cette division est fondée, une reconstruction de l'ensemble du livre est légitime.
5. Voir A iv, p. 135 et Parménide, A xvii, p. 239. Voir encore B xlix, p. 157.
6. C'est là davantage un jugement de Théophraste qu'un témoignage proprement dit (voir L. Tarán, *ouvr. cité*, p. 28).
7. Voir Strabon A ii, p. 133. Héraclite, d'après ce témoignage d'Antisthène de Rhodes, était donc l'aîné et descendait d'Androclès.
8. Voir A v, p. 136.
9. Voir A v, p. 136 et A viii, p. 137.
10. Voir A xxii, p. 144-145.
11. Voir A ix, p. 137.
12. Voir B iii, p. 146.
13. Voir B xlv, p. 156.
14. Voir B xlvi, p. 156.

Page 131.

1. Voir B xxx, p. 153 et B xc, p. 166-167.
2. Voir Anaximène, A vi, p. 42-43. L'expression ne reparaît pas dans les fragments conservés.
3. Voir B xii, p. 149 et B xci, p. 167.
4. Voir B xxx, p. 153.
5. Voir B xxx, p. 153.
6. Voir A viii, p. 137 et B cxxxvii, p. 177.
7. Voir B lxxx, p. 164.
8. Voir B lxvii, p. 161.
9. Voir B lx, p. 160.
10. Voir B lxxvi, p. 163.
11. Voir A v, p. 136 et B xxxi, p. 153.

12. Voir A XI, p. 139; A XII, p. 139 et surtout A XV, p. 141 et B XII, p. 149.
13. Ici, la référence à Anaximène se fait nettement ressentir (voir cet auteur en B II, p. 49-50).
14. Voir B III, p. 146; B VI, p. 147 et B XCIX, p. 168.
15. Voir A XII, p. 139; Alcméon, A IV, p. 219 et Antiphon, B XXVIII, p. 1103.
16. Par *rendre compte* nous traduisons le verbe αἰτιολογῶ qui signifie : *désigner la cause*. Mais il faut noter que le terme d'*étiologie* est démocritéen (voir B CXVIII, p. 874) et n'est attesté nulle part ailleurs, dans la doxographie héraclitéenne.

Page 132.

1. Voir A IV, p. 135.
2. L. Tarán rappelle (*ouvr. cité*, p 52), devant la multitude de ces titres, que pour un ouvrage de l'Antiquité, le titre n'est jamais original, mais rajouté à une époque postérieure, un livre étant identifié par son *incipit*.
3. Suit, dans le chapitre de Diogène Laërce, une lettre rédigée en dialecte ionien qui exprime l'admiration de Darius pour la cosmologie héraclitéenne, mais relève la difficulté de certains passages. Plein d'intérêt pour la culture grecque, Darius invite Héraclite à sa cour. Héraclite répond que sa modestie le force à décliner l'invitation.
4. Démétrios de Magnésie.
5. Antisthène l'héraclitéen (voir p. 725) qu'il faut distinguer d'Antisthène le cynique (voir Diogène Laërce, *Vies*, VI, 19).
6. Ces trois derniers auteurs sont des inconnus.
7. Ce témoignage est presque sûrement apocryphe. Il reflète une opinion propre au Lycée, selon laquelle Héraclite écrit en quelque sorte à l'inverse de Platon, puisque *La République* de Platon traite de la république à titre d'exemple pour étudier la justice en général, et non le contraire, comme ici. Sur la tradition relative à *La République* chez Diogène Laërce, voir le témoignage de Favorinus en Protagoras, B V, p. 1000.
8. Voir C III, p. 186.
9. Voir l'*Anthologie palatine*, VII, 128.
10. Voir B LX, p. 160.
11. Voir B I, p. 145-146; B XVII, p. 150; B XXXIV, p. 154.
12. Voir A I, 6, p. 130 et B XXXIX, p. 155.
13. Variation littéraire et conventionnelle sur le thème de l'initiation aux mystères orphiques.

Page 133.

1. *Épigrammes*, 2, éd. Pfeiffer.
2. Voir A III *a*, p. 134; A IV, p. 135; B X, p. 148 et Zénon d'Élée, A III, p. 277.

3. 504-501 av. J.-C. Pour les détails de cette notice de Suidas, on se reportera aux notes de A I, p. 129 à 133.

4. La source est Phérécyde d'Athènes (ve siècle av. J.-C.).

5. Voir A I, 6, p. 130.

6. Allusion à la réponse apocryphe d'Héraclite à Darius (voir Diogène Laërce, *Vies*, IX, 14 et la note 3, p. 132).

Page 134.

1. Voir B CXXI, p. 173.

2. Il aurait donc collaboré à la rédaction des *Douze Tables*, loi rédigée à Rome par les décemvirs, vers la fin du IVe siècle av. J.-C. Les rares fragments qui en sont conservés relèvent surtout du droit privé. Voir Pline, *Histoire naturelle*, XXXIV, XXI : « Il y eut aussi aux comices une statue d'Hermodore d'Éphèse, interprète des lois qu'avaient rédigées les décemvirs, et érigée aux frais de l'État. »

3. Allusion au cycéon, voir B CXXV, p. 174.

4. Traduction allemande du gréco-syriaque (*Rheinisches Museum*, XXVII, 1872, p. 456 et suiv.).

5. Voir B CXXV, p. 174.

Page 135.

1. Addition de Diels.

2. Comme le note L. Tarán (*ouvr. cité*, p. 69), Aristote a eu en main et lu attentivement l'ouvrage d'Héraclite. (Voir l'*Éthique à Nicomaque*, VII, 4, 1146 *b* 25 et la *Grande Morale*, II, 6, 1201 *b* 4.)

3. Voir B I, p. 145-146.

4. Comprenant des asyndètes.

5. Voir A I, 11, p. 132.

6. Allusion à l'ouvrage de Croton (cité au paragraphe 12, p. 132) dont le mot de Socrate pourrait donc être la source. Le *plongeur* de Délos est sans doute un pêcheur de perles (voir Suidas, *Lexique*, à ce mot).

Page 136.

1. Voir Hippase, VII, p. 78 et Aristote, *Métaphysique*, A III, 984 *a* 7.

2. Voir B XXX, p. 153.

3. Voir B XC, p. 166-167.

4. Voir A I, 7, p. 130; A VIII, p. 137 et Anaximandre, B I, p. 39.

5. C'est-à-dire que le feu se transforme en s'éteignant et devient l'ordonnance cosmique (voir B XXXI, p. 153). Et il en va de même pour les âmes (voir B XXXVI, p. 154).

6. Voir B XII, p. 149; B XCI, p. 167 et Platon, *Théétète*, 152 *d*, 153 *a* et 160 *d*.

Page 137.

1. Voir B LXIII, p. 160 et B XCVI, p. 168.
2. Dans la *Métaphysique* d'Aristote, voir également Γ, IV, 1005 *b* 37; VII, 1012 *a* 25; Λ, V, 1062 *a* 3 et VI, 1063 *b* 25.
3. Voir B CXXXVII, p. 177 et A V, p. 136 et la note 4.
4. L'*énantiodromie.* Ce terme technique, sans doute forgé par les interprètes péripatéticiens d'Héraclite, pourrait aussi désigner la rencontre des contraires. (Voir Walzer, cité par Tarán, *ouvr. cité*, p. 104).
5. La source d'Aétius est Théophraste.
6. La source d'Aétius est Posidonius. On observe en effet, par comparaison avec le témoignage directement issu de Théophraste, la transformation de vocabulaire introduite par la relecture et l'écriture stoïciennes.
7. Voir Thalès, A XXII, p. 21.

Page 138.

1. Héraclite d'une part et Empédocle d'autre part.
2. Paraphrase de B X, p. 148.
3. Paraphrase d'Empédocle, B XVII, p. 379.
4. Hésiode et Platon.
5. Les atomistes, Leucippe et Démocrite.
6. Voir B XXX, p. 153.
7. Voir encore B XXXI, p. 153.

Page 139.

1. Voir A I, 10, p. 131 et Alcméon A IV, p. 219 ainsi qu'Antiphon, B XXVIII, p. 1103.
2. Voir A I, 10, p. 131.
3. 10.800 est une correction de Diels. Le texte porte 18.000, mais l'amendement du texte est appelé par une remarque de Tannery, d'après le témoignage de Censorinus (voir le témoignage suivant).
4. Linos, un des Sept Sages, astronome et maître d'Orphée, d'après Suidas, et tenu aussi pour le fils d'Apollon et d'une Muse.

Page 140.

1. Ici encore le modèle d'Héraclite est Anaximandre (voir A XXIII, p. 35). Consulter également Sénèque, *Questions naturelles*, II, LVI, 1 cité par L. Tarán (*ouvr. cité*, p. 134).
2. D'après R. Mondolfo et L. Tarán (*ouvr. cité*, p. 136), le poète héraclitéen s'adresse à une mouette.
3. Ennosigée *(ébranleur de la terre)*, épithète homérique appliquée à Poséidon.
4. Le texte de la scolie a paru altéré à certains, qui veulent comprendre que le feu asservit l'eau avec l'aide du vent. C'est la

seule façon d'accorder cela avec la suite du texte de Nicandre, et en particulier avec la mention finale de la *loi du feu*. Mais, d'autre part, il faut souligner que le début du poème, que vise le commentaire, déclare sans ambiguïté que le feu est, comme la mer, dominé par les vents. Ainsi il faut nous rendre à l'évidence : ce fragment poétique renferme une contradiction qui, sauf erreur de notre part, peut difficilement suffire à le faire passer pour héraclitéen.

5. Inconnu autrement que par cette notation.

6. Très étendu ou abondant : ἀχύνετος.

Page 141.

1. Comme Anaxagore, B II, p. 670 et Diogène d'Apollonie, A XX, p. 708.

2. Voir B XII, p. 149.

3. Voir B XXXVI, p. 154.

4. Parménide et Empédocle.

5. Voir B CVII, p. 170.

6. C'est-à-dire qui ne comprennent pas le langage des sens.

7. L'enveloppe céleste, c'est-à-dire le ciel ou la sphère des étoiles fixes.

8. L'*Odyssée*, XXVIII, v. 136, trad. V. Bérard.

9. Fragment 68, éd. Bergk.

Page 142.

1. Voir *Les Troyennes*, v. 885.

2. Formule usuelle de prière, qui consiste à donner au dieu les noms qu'il lui plaît d'entendre.

3. Seul le témoignage de Sextus Empiricus, répété au paragraphe 130, permet d'attribuer à Héraclite la théorie des pores, commune à Parménide, à Alcméon, à Empédocle, aux Abdéritains et au sophiste Gorgias.

4. Ici, comme dans la suite du texte, nous maintenons la traduction de περιοχή comme désignant l'*enveloppe céleste*, c'est-à-dire la limite ignée de la sphère cosmique. L'interprétation donnée après R. G. Bury *(le milieu ambiant)* ne saurait être maintenue tout au long de ce texte d'une manière satisfaisante. Notre lecture est corroborée par le témoignage de Chalcidius, A XX, p. 144.

5. Voir C I, 7, p. 178-179 et B CXIX, p. 173. Il s'agit du *lot* ou μοῖρα (voir la Notice concernant notre auteur, p. 1227).

6. Voir B I, p. 145-146.

7. Voir B II, p. 146.

Page 143.

1. Voir B L, p. 157 et B LXXII, p. 162.

2. Fragment 133 dans l'édition de Bywater. Ce pseudo-fragment est une interprétation fautive de ce qui précède ainsi que de B XXXIV, p. 154, de B LXXII, p. 162 et de B CXVI, p. 172.

3. Voir B XXXVI, p. 154; B LXII, p. 160; B LXXVI, p. 163 et B LXXVII, p. 164.

4. Voir Alcméon, A XV, p. 224.

5. Dans Hésiode, fgm. 171, 2, éd. Rzach.

Page 144.

1. Un siècle de vie ou une génération.

2. Jean de Lydie commet un contresens sur l'interprétation de Censorinus.

3. Ce témoignage est probablement emprunté au commentaire du *Timée* de Platon par Posidonius.

4. Voir A XVI, p. 141-143.

5. En grec θεωρία, *spéculation* ou *contemplation.*

6. Voir B XXIX, p. 153. La gloire apporte cette satisfaction.

7. Voir Homère, l'*Iliade*, XVIII, v. 107.

Page 145.

1. Voir B X, p. 148; B LI, p. 157-158; B LIII, p. 158; B LIV, p. 158 et B LXXX, p. 164.

2. À propos du vers de l'*Iliade*, cité en A XXII, p. 144, n. 7.

3. Voir B LVI, p. 158-159 et B CIV, p. 169-170.

4. Voir Plutarque, *Isis et Osiris*, 48, 370 D.

5. Voir B CI *a*, p. 169. Ces *autorités sans crédit* (ἀπίστους βεβαιωτάς) sont-elles les sens, ou plus simplement les poètes et les mythologues, comme dans le témoignage précédent ?

6. Voir le témoignage d'Aristote en A IV, p. 135 et celui de Sextus Empiricus en A XVI, 132, p. 142.

7. Sur le problème de la coupure du texte héraclitéen, voir A IV, p. 135. Ici, comme pour les autres fragments, nous avons conservé la distribution spatiale et linéaire adoptée par M. Marcovich dans son *Editio major* (Mérida, 1967).

Page 146.

1. *Ce fragment fait suite*, d'après M. Marcovich *(ouvr. cité)*, à B CXIV, p. 171-172.

2. La partie entre crochets obliques est une addition de Bekker adoptée par tous les éditeurs.

3. La parenthèse ne fait pas partie intégrante du fragment, mais constitue une glose, imputable à Sextus Empiricus ou à son modèle.

4. Ce fragment est le seul que nous ayons ajouté à la recension de Diels et Kranz, car il nous paraissait héraclitéen. La question des relations entre Aenésidème et Héraclite mérite en elle-même une étude approfondie : elle a été abordée par G. Capone Braga, « L'Eraclitismo di Enesidemo », *Rivista di Filosofia*, XXII, 1931, p. 33.

5. Voir A XVI, p. 141-143.

6. *Vrai* : ἀληθές; *ce qui ne se cache pas* ou *se dévoile* : τὸ μὴ λῆθον.

7. Fragment d'un hexamètre. Voir A I, 7, p. 130 et Aristote, *Météorologiques*, I, III, 339 *b* 30; *Traité de l'âme*, III, III, 428 *b* 2; *Des rêves*, I, 458 *b* 28 et 2, 460 *b* 16. M. Marcovich ne tranche pas la question de savoir s'il s'agit d'une apparence ou d'une réalité (voir Anaximène B II *a*, p. 50).

Page 147.

1. Voir B IX, p. 148. Témoignage bien tardif (ve siècle) d'un paraphraste d'Aristote inspiré par le manichéisme. Voir également B XV, p. 149 et B LXVIII, p. 162, sur la critique des mystères.

2. Voir Démocrite, B CLVIII, p. 885. Voir également A XII, p. 139 et B XXXI, p. 153.

3. Voir B LI, p. 157-158.

4. Quant au sens, ce fragment est presque équivalent au fragment B LXXX, p. 164.

Page 148.

1. Voir B IV, p. 147 et B XIII, p. 149.

2. Voir Platon, *Le Sophiste*, 242 *d in* Héraclite, A X, p. 138, Xénophane, A XXIX, p. 103 et Empédocle, A XXIX, p. 337. Voir aussi B L, p. 157 et B LI, p. 157-158. Sur ce fragment, on pourra consulter K. M. SHIPTON, « Heraclitus fr. 10 : A musical interpretation », *Phronesis* 30, 1985, p. 9.

3. Voir B XVI, p. 150 ; B LXIV, p. 160-161 et B LXVI, p. 161.

Page 149.

1. Voir B XLIX *a*, p. 157; B XCI, p. 167; A VI, p. 136-137 et A XV, p. 141.

2. Voir B IX, p. 148.

3. Voir B XXXVII, p. 155 et Démocrite, B CXLVII, p. 881; puis Plotin, *Ennéades*, I, VI, 6.

4. Voir B V, p. 147; B LXVIII, p. 162 et B LXXIV, p. 163. Ce fragment, note M. Marcovich, est l'allusion la plus ancienne qui nous soit parvenue relativement aux mystères, sans doute ceux de Déméter.

Page 150.

1. Voir B XXI, p. 151; B XXVI, p. 152 et B LXII, p. 160.

2. Nous suivons l'interprétation de M. Marcovich. Pour le premier verset, Kranz et ses successeurs ont lu εἰ γὰρ μή au lieu de εἰ μὴ γάρ. Pour le dernier verset, la fonction de ὅτεῳ peut être un datif instrumental, ou modal (Marcovich) ou d'attribution (Kranz).

3. Voir B XI, p. 148; B LXIV, p. 160-161 et B LXVI, p. 161. Voir

encore Critias, B xxv, p. 1145. Pour Clément, on échapperait à la lumière sensible en cherchant l'ombre pour commettre des fautes.

4. Voir B I, p. 145-146; B XXXIV, p. 154 et B LXXII, p. 162.

5. Voir B XXII, p. 151; B XXVII, p. 152 et B LXXXVI, p. 166 ainsi que B II *a*, p. 146.

6. Voir B I, p. 145-146.

Page 151.

1. Sans doute s'agit-il d'une glose de Clément d'Alexandrie (voir Mullach-Marcovich, *ouvr. cité*, p. 522).

2. L'explication suggérée par Marcovich propose un rapprochement avec B XXIX, p. 153. Mais le thème n'est qu'un tragique lieu commun.

3. Le sens est peu satisfaisant. On est tenté d'interpréter *sommeil* comme une métaphore du songe. M. Marcovich corrige en ὕπαρ (*vision éveillée*, par opposition à vision de rêve). De toute manière, d'après Clément, il semble qu'au lieu d'appeler mort l'instant de la naissance, comme le font les pythagoriciens et les poètes (par exemple, Platon dans le *Gorgias* (493 *a*) citant Philolaos et Euripide), c'est toute la durée de la vie éveillée qui constitue la mort. Une autre explication pourrait être cherchée dans la direction indiquée, à propos du sommeil, par Sextus Empiricus (voir A XVI, 129, p. 142).

4. Voir B XVIII, p. 150; B LIV, p. 158 et B CXXIII, p. 173.

5. *Ces choses* (ταῦτα) désignent sans doute l'injustice (Kranz, Burnet, M. Marcovich, J. Brun) ou les injustices (voir B CXI, p. 171). Dikè est la Justice (voir B XXVIII, p. 152 et B XCIV, p. 167).

6. Les morts au champ d'honneur, voir B CXXXVI, p. 176.

7. Voir B XXV, p. 152 et B XXIX, p. 153.

Page 152.

1. Jeu de mots intraduisible sur μόροι (les *lots*, donc la mort) et μοῖρα (le *lot* ou la destinée). Pour une interprétation biologique et psychocosmique de ce terme, voir A XVI, 130, p. 142 et C I, 7, p. 178-179.

2. *Mort* (cet homme est *mort* : ἀποθανών) est une glose étrangère ajoutée à la formule : « bien que ses yeux soient éteints ». On en trouve un écho dans Empédocle, B LXXXIV, p. 406.

3. La répétition de ἀποσβεσθεὶς ὄψεις *(bien que ses yeux soient éteints)* serait fautive.

4. Voir B XV, p. 149-150; B XXI, p. 151 et B LXII, p. 160.

5. Jeu de mots intraduisible entre δοκέοντα et δοκιμώτατος, que le rapprochement entre « fausse note » et « notable » rendrait assez bien en français. On dirait : « Fausse note que / le notable. »

6. Voir B LXXXI, p. 164-165.

7. La Justice, voir B XXIII, p. 151 et B XCIV, p. 167.

Page 153.

1. Voir B XXIV, p. 151 et B XXV, p. 152.
2. Voir A V, p. 136 et A VIII, p. 137; B XXXI, p. 153 et B XC, p. 166-167. Fragment attesté encore par Plutarque dans *La Création de l'âme dans le Timée*, 5, 1014 A.
3. Voir A V, p. 136; A X, p. 138; B XXX, p. 153.
4. Sens plus restreint de *logos*, voir C I, 10, p. 180-181 et Empédocle, B XCVI, p. 411 (début du témoignage de Simplicius).

Page 154.

1. Sur le « sage », voir B XLI, p. 155 et B CVIII, p. 170-171. La traduction décalque l'ambiguïté de la formule. On ne sait si l'Un ne veut pas et en même temps veut être appelé du nom de Zeus, ou bien ne veut pas être appelé autrement que par le nom de Zeus.
2. Voir B I, p. 145; B XVII, p. 150 et B CIV, p. 169.
3. Ce fragment de Clément d'Alexandrie se situe immédiatement après Empédocle, B CXXXII, p. 429. Le mot *philosophes* n'apparaît qu'en ce seul endroit dans la doxographie d'Héraclite : c'est pourquoi son authenticité semble douteuse.
4. Voir B XLV, p. 156; B CXVII et B CXVIII, p. 172, mais également B XXXI, p. 153, car il n'est nullement assuré qu'il convienne de restreindre à l'âme des hommes et des animaux l'extension du concept d'âme.

Page 155.

1. Voir B XIII, p. 149.
2. Voir Thalès, A I, p. 3.
3. Voir B CIV, p. 169-170.
4. Voir B XLII, p. 156; B LVI, p. 158-159; B LXXXI, p. 164-165 et B CXXIX, p. 175.
5. Voir A I, 1, p. 129 et Athénée, *Les Deipnosophistes*, XIII, 610 B.
6. Voir B XXXII, p. 154 et B CVIII, p. 170-171.

Page 156.

1. Voir A XXII, p. 144-145; B XL, p. 155 et B LVI, p. 158-159.
2. Seule mention de l'ὕβρις chez Héraclite.
3. Voir B CXIV, p. 171-172.
4. Voir B XXXVI, p. 154; B CXVII et CXVIII, p. 172; puis B LIX, B LX, p. 159-160 et B LXXI, p. 162.
5. Voir B CXXXI, p. 176.
6. Voir B CI *a*, p. 169. Jeu de mots probable sur οἴησις *(présomption)* et ὅρασις *(vue)*.
7. Voir B XLVI, p. 156.

Page 157.

1. Le mot βιος est à double sens : accentué βιός, il désigne l'*arc*, accentué βίος, il désigne la *vie*, voire le *vit*. La traduction par le mot *dard* convient également. L'arc, comme la lyre, est l'attribut d'Apollon.
2. Voir B XXI, p. 151; B XXXVI, p. 154; B LXII, p. 160 et surtout B LXXVII, p. 164.
3. Voir Démocrite, B XCVIII, p. 870 et B CCCII *a*, p. 928; Héraclite, A I, 2, 3, p. 129 et 6, p. 130.
4. Ce fragment est encore cité par Symmaque, *Lettres*, IX, 115 et par Théodore Prodrome, *Épigrammes*, 20, dans l'*Anthologie grecque*.
5. Voir B XII, p. 149.
6. Seules les deux dernières lignes sont incontestablement d'Héraclite; voir, pour ce qui précède, B X, p. 148 et B LI, p. 157-158.
7. *Cela* désigne le fragment précédent.

Page 158.

1. Παλίντροπος ἁρμονίη, que nous rendons par le néologisme : *harmonie contre tendue*. Les cordes de l'arc et de la lyre exercent une traction sur le bois de l'instrument, et réciproquement le bois tend aussi les cordes. Il n'existe pas en français de terme exprimant le double travail en sens contraire du bois et de la corde. Le même adjectif παλίντροπος sera traduit par l'expression : *« retourne sur lui-même »*, au dernier vers du fragment B VI de Parménide, p. 260, où se rencontre encore ce terme qui n'apparaît que deux fois dans la littérature présocratique.
2. Voir B LXX, p. 162; B LXXIX, p. 164 et B CXVII, p. 172.
3. *Guerre* serait plus exact, mais le masculin *conflit* est nécessaire à la traduction française.
4. Voir B X, p. 148; B LI, p. 157-158; B LXXX, p. 164 et B CXXV, p. 174.
5. Voir A XXII, p. 144-145; B VIII, p. 147; B X, p. 148; B LI, *p. 157-158 et C I, 18, p. 183.*
6. Voir B CI *a*, p. 169.

Page 159.

1. Le sens de cette réplique obscure, écrite dans le style propre aux oracles, se trouve éclairé par Aristote dans son dialogue (?) *Sur les poètes* (au fragment 8, éd. Ross), emprunté à la *Vie d'Homère* du pseudo-Plutarque : « Il arriva à Ios; là il s'assit sur des rochers pour regarder des marins qui pêchaient et leur demanda s'ils avaient pris quelque chose. Ils n'avaient rien pris, mais ils s'épouillaient et, à cause de la difficulté de cette chasse, répondirent : " Ce que nous

avons pris, nous le laissons ; ce que nous n'avons pas pris, nous l'emportons avec nous. " Voulant dire par là qu'ils avaient tué et laissé derrière eux les poux qu'ils avaient pris, et que ceux qu'ils n'avaient pas pris, il les portaient sur eux. Homère ne parvint pas à comprendre l'énigme et mourut de découragement. »

2. Voir B XL, p. 155.
3. Voir A I, 3, p. 129 ; A I *a*, p. 133 et C I, 15, p. 182.
4. Voir A I, 8, p. 130-131 ; B LX, p. 160 et C II, 45, p. 186.

Page 160.

1. Voir le fragment précédent et le résumé de Diogène Laërce (A I, 9, p. 131).
2. Voir B XXXI, p. 153 et A XIV *a*, p. 140.
3. Voir B XV, p. 149-150 ; B XXI, p. 151 et B XXVII, p. 152.
4. Qui est *lui* ? Peut-être Dieu.
5. Qui sont-*ils* ? Les héros ?
6. Voir B XXVII, p. 152 et B XCVIII, p. 168.

Page 161.

1. Voir A VIII, p. 137 ; A XI, p. 139 ; A XVI, p. 141 ; B LXVI, p. 161 et C I, 10, p. 180-181.
2. Le mot Κόρος *(Richesse)* est l'équivalent du Πόρος du discours de Diotime dans *Le Banquet* de Platon (203 *b*), ce qui se comprend davantage encore en ionien où le π peut devenir un κ. Notons que nous donnons à Πόρος-Κόρος le sens usuel de richesse ou d'abondance, mais que πόρος désigne le *pore*, donc à la fois celui qui peut trouver l'issue et l'issue elle-même. Dans ce dernier sens, il s'agit bien davantage de la fin du monde, mais la richesse peut être l'embrasement de l'or.
3. Même expression que pour Dikè (voir B XXVIII, p. 152).
4. Voir B L, p. 157.
5. Voir B VII, p. 137.
6. Scoliaste qui a annoté le *Commentaire* de Chalcidius sur le *Timée de Platon*. (Voir M. Conche [*Héraclite*, 93, 322], qui a eu le manuscrit sous les yeux.)

Page 162.

1. L'image deviendra stoïcienne (ou, comme le pense M. Marcovich, l'est déjà, ce fragment n'ayant rien d'héraclitéen). Voir V. Arnim, *Stoicorum Veterum Fragmenta*, II, 879 ainsi que 836 et 841.
2. Voir B V, p. 147 ; B XIV, p. 149 et B LXXIV, p. 163.
3. Voir Sextus Empiricus, *Contre les mathématiciens*, VII, 329 : « Rare est l'homme intelligent, fréquent l'esprit léger. »
4. Voir B LII, p. 158.
5. Ce fragment vient après la citation de Marc-Aurèle placée à la fin de B LXXVI, p. 163. Voir B CXVII, p. 172.

Page 163.

1. Peut-être faut-il rattacher ces maximes à la critique d'Homère, d'Hésiode et de la fausse religion par Héraclite.
2. Voir B LXXIII, p. 163; B LXXXVIII, et B LXXXIX, p. 166.
3. Voir Plutarque, *Du premier froid*, 10, 949 A.
4. Vient avant B LXXI, p. 162.

Page 164.

1. Voir B XXXVI, p. 154; B XLVIII, p. 157 et B CXVII, p. 172.
2. Voir B XLI, p. 155.
3. Citation de Celse, comme pour les deux fragments suivants.
4. C'est-à-dire la guerre. Voir A I, 8, p. 130-131; B LIII, p. 158 et B LXVII, p. 161.
5. *En vue de tromper* (πρὸς ἀπάτην).
6. L'expression désigne Pythagore, quoi qu'en pense le scoliaste. Voir B XXVIII, p. 152 et B XL, p. 155.
7. Citation probable du stoïcien Diogène de Babylone.

Page 165.

1. Voir B LXXVIII et B LXXIX, p. 164; B CII, p. 169. Pour les citations de Platon concernant Héraclite, se reporter aux témoignages A VI, p. 136-137; A X, p. 138, et à *Phèdre*, 261 *d*.
2. Peut-être s'agit-il du feu (Diels). Voir B XXX, B XXXI, p. 153; B XC et B XCIV, p. 166 et 167.
3. Il s'agit des maîtres que doivent supporter les esclaves. Notons, à propos de ces deux références empruntées à Plotin, que cet auteur cite bien plus volontiers Héraclite que Diels ne le laisse entendre. L'*Index Fontium* de l'édition des *Plotini opera omnia* par Henry et Schwyzer relève (t. III, p. 445) bon nombre de références complémentaires : A I, 8, p. 130 dans *Ennéades*, V, 1, 9, 5; A VIII, p. 137 dans III, 1, 2, 35; A IX, p. 137 dans III, 5, 6, 17; B V, p. 147 dans I, 6, 5, 43; B VI, p. 147 dans II, 1, 2, 11; B VIII, p. 147 dans III, 2, 16, 40; B X, p. 148 dans III, 3, 1, 9; B XI, p. 148 dans II, 3, 13, 17; B XIII, p. 149 dans I, 6, 6, 5; B LI, p. 157 dans III, 2, 16, 48; B LIV, p. 158 dans I, 6, 3, 28; B LX, p. 160 dans IV, 8, 1, 13; B LXXXII, p. 165 dans VI, 3, 11, 24; B XCII, p. 167 dans II, 9, 18, 20; B XCVI, p. 168 dans V, 1, 2, 42; B CI, p. 169 dans V, 9, 5, 31; B CXII, p. 171 dans III, 6, 2, 31; B CXIII, p. 171 dans VI, 5, 10, 12; B CXV, p. 172 dans III, 6, 1, 31 et VI, 5, 9, 14; auxquels s'ajoutent une variante de B XC, p. 166 dans IV, 8, 1, 12 et un témoignage sur l'unité du principe (tiré d'Aristote, *Métaphysique*, A 3, 984 *a* 7) dans VI, 1, 1, 2.
4. C'est-à-dire : « au prix de la vie » (Liddell-Scott). Voir Plutarque, *De l'amour*, 755 D; Aristote, *Éthique à Nicomaque*, II, II, 1005 *a* 7; *Éthique à Eudème*, II, VII, 1223 *b* 22; *Politique*, V, XI, 1315 *a* 29. Voir encore Démocrite, B CCXXXVI, p. 903. Dans sa

préface aux *Fragmente der Vorsokratiker*, Diels loue la paraphrase de ce passage par Antiphon (voir B LVIII, p. 1114).

Page 166.

1. Voir Clément d'Alexandrie, *Stromates*, V, 88, 4 et B XLVII, p. 156.

2. En grec λόγος : soit le *mot*, soit l'*argument*, soit la *vérité* contenue dans le logos.

3. Voir encore Plutarque, *Comment il faut lire les poètes*, 9, 28 D.

4. Voir Sextus Empiricus, *Hypotyposes pyrrhoniennes*, II, 230 et B XXXI, p. 153 ; B XC, p. 166-167 et B CXXVI, p. 174.

5. Voir B LXXIII, p. 163 ; B LXXV, p. 163 et B LXXXVIII, p. 166.

6. Voir B XXX et B XXXI, p. 153 ; B LXXXIV *a*, p. 165 ; B XCIV, p. 167 et B CXXVI, p. 174.

Page 167.

1. Voir l'extrait du *Cratyle* de Platon en A VI, p. 136 et Cratyle, IV, p. 723.

2. Voir B XII, p. 149 et B XLIX *a*, p. 157.

3. Voir B XXVII, p. 152 ; B LXIII, p. 160 ; B XCVI, p. 168 et B XCVIII, p. 168.

4. Apollon. Il faut rapprocher de la mention d'Apollon les images de l'arc et de la lyre ; voir B XLVIII, p. 157 et B LI, p. 157-158.

5. *Signifie* par opposition à *parle*. Voir aussi B II *a*, p. 146 ; B XVIII, p. 150 ; B LIV, p. 158 ; B LXXXVI, p. 166 ; B CI, p. 169 et B CVII, p. 170.

6. Voir B XXX-B XXXI, p. 153 ; B LXXXIV *a*, p. 165 ; B XC, p. 166-167 et B CXXVI, p. 174.

Page 168.

1. Voir Plutarque, *Comment il faut ouïr*, 11, 43 D ; *Propos de table*, III, 644 F.

2. Voir Strabon, *Géographie*, XVI, 26 ; Origène, *Contre Celse*, V, 14. Il s'agit là d'une critique des funérailles traditionnelles où le corps demeurait exposé. (Voir B XXVII, p. 152 ; B LXIII, p. 160 ; B XCII, p. 167 et B XCVIII, p. 168.)

3. Les commentateurs avouent que cette sorte de proverbe est incompréhensible, mais lui attribuent une signification polémique et lui assignent une place dans leur mise en ordre des fragments ! M. Conche, *Héraclite*, p. 60, échappant à cette critique, pose la question : « Comment devient-on Héraclite ? », après avoir souligné l'incompréhension dont le *logos* philosophique est l'objet.

4. Voir B XXVII, p. 152 ; B LXIII, p. 160 ; B XCII, p. 167 et B XCVI, p. 168.

5. Voir Plutarque, *De la fortune*, 3, 98 C. Voir également B III, B VI, p. 146 et 147 ; B CVI, p. 170 et B CXX, p. 173.

Page 169.

1. Voir B CXXVI *a*, p. 175 ; C I, 5, p. 177-178 et A I, 10, p. 131.
2. Ou, selon la traduction d'Amyot : « Je me suis cherché moi-même. » Plotin cite lui aussi la formule, mais sans nommer l'auteur (*Ennéades*, V, 9, 5, 31). Voir B XVIII, p. 150; B XXII, p. 151 et B CVII, p. 170. Dans R. Boehm, *La Métaphysique d'Aristote* (Paris, 1976, p. 37), le traducteur E. Martineau entend : « Je livre un combat douteux avec moi-même. »
3. Voir B II *a*, p. 146; B LV, p. 158; A I, 5, p. 130 et A XXIII, p. 145.
4. Voir B LXXVIII, p. 164 et B LXXIX, p. 164.
5. Voir B LIX, p. 159; B LX, p. 160 et C I, 19, p. 183.

Page 170.

1. Voir B II, p. 146; B XVII, p. 150; B XXIX, p. 153 et C I, 24, p. 184.
2. C'est-à-dire Polydamas.
3. Voir l'*Iliade*, XVIII, v. 251.
4. Voir B CXXXIX, p. 177 et Thalès, A I, p. 3.
5. Voir l'*Iliade*, VI, v. 488.
6. Voir B XL, p. 155 et B LVII, p. 159.
7. Voir B VI, p. 147; B LVII, p. 159 et B LXVII, p. 161.
8. Voir A XVI, p. 141.

Page 171.

1. L'accusatif σοφόν est-il un masculin représentant le sage ou même Dieu (O. Gigon), ou un neutre désignant le propos du sage ou la conduite sage (Burnet, Kranz, J. Brun) ?
2. Ou *de tout*. Ici même hésitation sur *tous* et *tout*. Voir, avec Marcovich, B XXXII, p. 154 et B XLI, p. 155, et avec Diels, B CII, p. 169.
3. Voir B XXIII, p. 151. À titre d'exemple, voir également B X, p. 148; B L, p. 157 et B LXXXVIII, p. 166.
4. Les fragments B CXII à B CXIX, p. 171 à 173, forment une collection dont le sens cohérent éclaire le commentaire. On peut également y ajouter B II, p. 146.
5. Jeu de mots sur ξὺν νόῳ *(avec intelligence)* et ξυνῷ *(commun à tous)*. Comment exprimer plus visiblement l'universalité de l'intellect, de la raison *(logos)* et de la loi ? (voir B II, p. 146).

Page 172.

1. À la fois pour *tous* et pour *tout*.
2. Le verbe περιγίγνεσθαι, dont on ne retrouve qu'un seul autre exemple dans la littérature présocratique (voir Démocrite, B CXVIII, p. 874, qui lui donne un sens banal), offre une rencontre tout à fait remarquable (non mise en œuvre par Kranz) avec l'alle-

mand *aufheben* dont on sait l'usage philosophique qu'en fera Hegel. Il signifie en effet à la fois, d'une part *dépasser* ou *surpasser*, et d'autre part *mettre de côté* ou *conserver*. Ici, en même temps que la loi dépasse et les hommes et les événements, elle est mise de côté et conserve son universalité.

3. Voir B XXXVI, p. 154.

4. Antithèse du fragment précédent. La première formule est reprise par de nombreux témoins (voir les apparats critiques de Kranz et M. Marcovich, *ouvr. cité*, p. 371 et suiv.), Clément d'Alexandrie, Galien, Philon, Plutarque, Porphyre : c'est celle de Stobée, (*Florilège*, III, 5, 8) introduite peut-être fautivement par les stoïciens et Posidonius. La seconde lecture est une correction stéphanienne de son édition de Stobée, retenue par Kranz. Elle a l'avantage de retrouver instinctivement, pour H. Estienne, une formule archaïque (voir Orphée, B 17, 8 et B 17 *a* 1, dans la partie initiale non reprise ici des *Vorsokratiker*).

Page 173.

1. Selon Burnet et Kranz, il s'agit de la destinée de l'homme plutôt que de son génie propre, comme le pensent M. Marcovich ainsi que J. Brun qui cite l'interprétation de Martin Heidegger (voir la *Lettre sur l'humanisme*, trad. R. Munier, éd. Gallimard, p. 145) : « L'homme est l'habitation (ἦθος) du divin. » Pour notre part, nous identifions le démon à la μοῖρα; voir A XVI, 130, p. 142 et C I, 7, p. 178-179.

2. Nom peut-être donné à la constellation du Dragon (voir M. Marcovich, *ouvr. cité*, p. 338).

3. Voir A I, 2, p. 129 et A III *a*, p. 134.

4. Ce mot ne se retrouve pas ailleurs chez Héraclite. S'agirait-il d'un *rapprochement* des contraires ? Rien ne l'atteste.

5. Voir B II *a*, p. 146; B XXII, p. 151; B LIV, p. 158; B LXXXVI, p. 166; B XCIV, p. 167 et B XCV, p. 168. On lit dans Philon d'Alexandrie, *Questions et solutions sur la Genèse*, IV, 1 (version arménienne) : *Arbor est secundum Heraclitum natura nostra quae se obducere ac abscondere amat* (Notre nature est, d'après Héraclite, celle de l'arbre, elle aime se cacher sous les frondaisons).

Page 174.

1. Il ne faut pas réduire la contribution de Théophraste aux deux citations qui suivent et qui sont empruntées à des œuvres non doxographiques. En fait toute la doxographie proprement dite (partie A) dérive des *Vetusta placita* composés à son initiative et ses *Opinions des philosophes de la nature* sont fréquemment présentes et lisibles à travers la plupart des témoignages.

2. Le mot σάρμα *(détritus, débris)* est une restitution de Diels, à partir de la syllabe σαρ(ξ). Les manuscrits de la *Métaphysique*

portent σάρξ *(la chair)*, Usener lit σωρός *(le tas)*. On a prétendu trop rapidement que la leçon σάρξ était une faute des auteurs chrétiens. Le rapprochement avec B LXIII, p. 160 peut autoriser à penser que ce monde périssable, mais beau, eſt voué à la résurrection de l'embrasement.

3. Le *cycéon* eſt un breuvage fait de vin, de miel, de fromage de chèvre rapé et de gruau d'orge blanc, battu avec une branche de pouliot qui le parfume (voir J. Brun, *Héraclite*, p. 127). Se reporter au fragment doxographique, A III *b*, p. 134; mais aussi à l'*Iliade*, XI, v. 624 et à l'*Odyssée*, X, v. 234; X, v. 290 et X, v. 316 où le *cycéon* eſt présenté comme la potion de jouvence du vieux Neſtor. Analogiquement, le fragment signifie que le monde doit connaître un perpétuel mouvement pour ne pas mourir (voir C V, p. 187).

4. Ploutos eſt le dieu de l'argent et le titre de la dernière comédie d'Ariſtophane où le personnage eſt mis en scène sous les traits d'un aveugle. (Voir aussi Démocrite, B LXXVII, p. 867; B CLXXXV, p. 893; B CCLXXXIII, p. 913, entre autres.)

5. Voir B XXXI, p. 153; C I, 21, p. 183-184 et A V, p. 136. Rapprocher ce fragment de B LXXXVIII, p. 166 et de B XC, p. 166-167.

Page 175.

1. Avec ce fragment, nous sommes en présence d'un faux assez maladroit.

2. Voir Épicharme, A VI, p. 193 et, après B II, p. 197 les témoignages sur l'αὐξόμενος λόγος.

3. Voir Xénophane, A XIII, p. 94, qui eſt sans doute à l'origine de cette confusion.

4. Ce fragment se place dans la *Théosophie* d'Ariſtocrite, après B V, p. 147.

5. Imitation de B V, p. 147.

6. Voir Pythagore, XIX, p. 67. Pour des raisons ſtyliſtiques, M. Marcovich juge ce fragment authentique et le range sous le numéro 17. Voir B XXVIII, p. 152; B XL, p. 155 et B LXXXI, p. 164-165. Sur la nécessité de s'inſtruire soi-même, se reporter aux fragments A I, 5, p. 130 et B CXVI, p. 172.

Page 176.

1. Voir B CXXXVIII, p. 177 et Démocrite, A XL, p. 769.

2. Voir B XXVIII, p. 152 et B XLVI, p. 156.

3. Comme origine probable de cette formule qui ne paraît guère héraclitéenne, on pourrait citer celle que Xénophon prête à Socrate dans les *Mémorables* (I, 7, 1) : « Il n'y a pas de plus beau chemin vers la gloire que d'acquérir les talents qu'on veut paraître posséder. » Voir toutefois M. Marcovich qui la range sous le numéro 123 (*ouvr. cité*, p. 598).

4. Voir B XXIV, p. 151.

Page 177.

1. Ce fragment complète A VIII, p. 137 (voir Aétius, *Opinions*, I, XXVII, 1).
2. Voir B CXXX, p. 176 et Démocrite, A XL, p. 769.
3. Héraclite serait donc l'auteur d'un traité περὶ ἀρχῶν ἀστέρων *(Sur les astres comme principes)*. Mais il n'en est pas fait mention ailleurs.
4. Voir B LX, p. 160.
5. Voir Parménide, B VI, v. 8, p. 260. Mais aussi Héraclite, B XV, p. 149-150; B XXX, p. 153; B XLIX *a*, p. 157; B LXXXVIII, p. 166; B XCI, p. 167 et A VII, p. 137.
6. Voir B XV, p. 149-150 et B XXXII, p. 154.

Page 178.

1. Voir B XVII, p. 150.
2. Voir A VIII, p. 137.
3. Voir A XV, p. 141.
4. À rapprocher de B X, p. 148 où sont mentionnés les « touts et non-touts ».

Page 179.

1. La notation paraît non héraclitéenne à L. Tarán, car elle contredit B XXXVI, p. 154. Encore faudrait-il ne pas retenir que le début du fragment ! Voir en outre, B XXXI, p. 153 et B LXXVI, p. 163, qui s'accordent à ce passage. Le *lot* (μοῖρα) n'est-il pas aussi le démon de B CXIX, p. 173 ? Sur ce mot, voir B XXV, p. 152 et A XVI, 130, p. 142.
2. Le mot καιρός *(moment opportun)* est une addition de Diels.
3. Voir C I, 6, p. 178 et B LX, p. 160. Cette fois la ressemblance n'est pas à chercher avec Anaxagore et le commentaire est sûrement héraclitéen.
4. Cette conception biologique de la naissance et de l'avortement n'est confirmée par aucun texte héraclitéen. Elle relève plutôt d'un pythagorisme comparable à celui que professe Empédocle en A LXXVIII, p. 358 et A XCVIII, p. 373.
5. Plus loin, dans le traité hippocratique, au paragraphe 27, non cité dans l'édition de Diels.

Page 180.

1. Voir Empédocle, A LXXII, p. 355 et n. 5; B XXXIV, p. 388; B LXII, p. 398; B LXXIII, p. 402 et B LXXXV, p. 407-408.
2. Pour ce sens spécialisé de λόγος, voir B XXXI, p. 153 (au mot *proportion*) et Empédocle, B XCVI, p. 411.

Page 181.

1. Autre signe qui ne trompe pas : le mot διάλλαξις que nous interprétons, avec Liddell-Scott, comme signifiant la *séparation* et non le mélange, ne se rencontre qu'une autre fois dans la littérature présocratique, précisément chez Empédocle en B VIII, v. 3, p. 376; on peut donc y voir la source d'inspiration du fragment d'Hippocrate.

2. Voir A V, p. 136; A VIII, p. 137; A X, p. 138; B VI, p. 147; B XXXII, p. 154 et B XCIV, p. 167. La littérature ancienne compte peu d'exemples d'une expression aussi détaillée du rapport entre le macrocosme et le microcosme. Diels croit à une influence perse, mais il faut songer à Démocrite (B IV *b*, p. 838) et aux expressions platoniciennes du *Timée* (par exemple 34 *a*) qui reflètent la même tradition pythagoricienne.

3. Voir B LIV, B LV, B LVI, p. 158.

4. Voir B V, p. 147; B XVII, p. 150 et B LXXXVI, p. 166.

5. Voir B VIII, p. 147; B X, p. 148 et B LI, p. 157-158.

6. Voir B II, p. 146; B XXXIII, p. 154 et B XLIV, p. 156.

7. Voir par exemple Critias, B XXII, p. 1144. Le thème deviendra sophistique.

8. Les πάθη sont des *affections*, mais aussi des *maladies* ou des *passions*.

9. Ici, nous renonçons à suivre le texte de Diels, qui a rajouté συνέλαβεν, pour revenir à celui des manuscrits. Nous lisons : γινώσκει ὅτι οὕτως ἔσται· γνώμη [...] τὰ φανερά, ἐκ παιδὸς ἐς ἄνδρα μεθίσταται.

Page 182.

1. Image de la forge.
2. Image de la trempe.
3. Voir B LVIII, p. 159.
4. Voir C I, 6 et 7, p. 178-179 et B LX, p. 160.
5. Voir B CXXVI, p. 174.

Page 183.

1. Voir A XXII, p. 144-145 et B X, p. 148. L'instrument est peut-être la lyre, voir B LI, p. 157-158.
2. Voir B VIII, p. 147 et B LI, p. 157-158.
3. Voir B LIV, p. 158.
4. Voir B CXXV, p. 174.
5. Voir B CIII, p. 169.
6. Voir B V, p. 147 et B CXXVI, p. 174.

Page 184.

1. Voir B LIX et B LX, p. 159 et 160, mais surtout le mythe du *Politique* de Platon (269 *e* et suiv.) et l'interprétation qu'en a donnée

P.-M. Schuhl dans *La Fabulation platonicienne* (Paris, Vrin, 1962, p. 79). L'illustration du temps-image, pensé comme semblable-dissemblable et égal-inégal dans le *Parménide*, aurait été fournie à Platon par la tradition héraclitéenne.

2. Voir B CXXVI, p. 174.

3. Voir B X, p. 148. À partir de ce paragraphe, le texte manifeste une sorte de coupure stylistique qui en interrompt l'unité.

4. Sans doute les voyelles.

5. Voir B LV, p. 158 et B CVII, p. 170. Héraclite n'aurait pas limité à cinq, mais fixé à sept, le nombre de nos sens.

6. Ici, il n'est pas question d'Héraclite. Le texte rapporte, pour les critiquer, des thèses sophistiques, avec une violence que Thrasymaque ne désavouerait pas. Devenant ensuite héraclitéen, il présente une beauté frappante.

7. Voir B I-B II, p. 145 et 146; B XXIX, p. 153; B CIV, p. 169-170.

8. Voir B XLIX, p. 157.

Page 185.

1. Voir B X, p. 148 et B L, p. 157.
2. Voir C I, 11, p. 181; C I, 18, p. 183; C I, 22, p. 184.
3. Voir B CIII, p. 169.
4. Voir B VIII, p. 147 et B LXXX, p. 164.
5. Voir C I, 12, p. 181-182.
6. Voir B CXIV, p. 171-172.
7. Voir C II, 1, p. 185.
8. Voir B LVIII, p. 159 et peut-être B LXI, p. 160.
9. Voir C I, 19, p. 183.
10. Voir B VIII, p. 147.
11. Voir Épicharme, B LIX, p. 211 et Empédocle, B LXIX, p. 401.

Page 186.

1. Voir B LX, p. 160.

2. Œuvre composée au IVe siècle av. J.-C. (Voir Héraclite, A I, 16, p. 132.)

3. Voir B LI, p. 157-158. Ces deux fragments que l'on va lire sont une imitation du thème de l'opposition des contraires.

4. Un onglet d'or.

5. Voir surtout B LXIV, p. 160-161.

Page 187.

1. Voir A I, 3, p. 129.

2. Voir B LXIII et B LXV, p. 160 et 161. Pour une interprétation stoïcienne, se reporter en A XXII, p. 144-145.

3. Pour une interprétation platonicienne voir A VI, p. 136.

4. Voir B CXXV, p. 174 et A III *b*, p. 134.

5. Voir B LVIII, p. 159.
6. Voir B LX, p. 160.
7. Voir B LII, p. 158.
8. Voir B LI, p. 157.
9. Voir B LXII, p. 160.
10. Voir A I, 6, p. 130.
11. Voir B LVI, p. 158-159 et B XCIII, p. 167.
12. Voir, par exemple, B CXXV *a*, p. 174.
13. Voir B CXXI, p. 173.
14. Voir Théophraste en A I, 6, p. 130; B CXXX, p. 176 et B CXXXVIII, p. 177 ainsi que Démocrite, A XL, p. 769.

ÉPICHARME

NOTICE

La mémoire d'Épicharme est liée au souvenir de Platon, parce que celui-ci a pu, lors de ses voyages en Sicile, ainsi que l'imagine T. Gomperz, assister à des représentations de cet auteur comique. On sait, grâce à Diogène Laërce (*Vies*, III, 18), quel était le goût de Platon pour le théâtre : à sa mort, c'est une édition des *Mimes* (petites comédies en prose) de Sophron qu'on trouva sous son oreiller.

Épicharme passe pour avoir été pythagoricien[1], bien que pour Platon[2] il paraisse davantage avoir professé l'idée que rien n'est et que tout devient, ce qui fait de lui le pendant comique d'Héraclite. Alcimos, orateur sicilien du début du IIIe siècle avant J.-C., écrivit, d'après Diogène Laërce, un ouvrage, *Contre Amyntas*[3], destiné à faire croire qu'Épicharme était l'inventeur du platonisme, ce faux étant visiblement destiné à accroître la gloire de Syracuse. De même, les *Sentences* et le *Canon* d'Axiopistos[4] ne sont que des faux, ainsi que la *République de Chrysogone*[5], le *Chiron*[6], poème médical et vétérinaire, le *Traité de cuisine*[7], l'*Épigramme*[8] et le *Contre Anténor*[9].

L'ensemble le plus intéressant d'un point de vue philosophique est constitué par le *Contre Amyntas* d'Alcimos, mais les fragments III, VI et VII[10] en particulier ont sans doute été l'objet de remaniements tardifs : les références à Platon seraient au moins

1. Voir A III, A IV, p. 191-192.
2. Voir A V, p. 193.
3. Voir B, I à VII, p. 195 à 200.
4. Voir A X, p. 195 et de B VIII à B XLVI, p. 200 à 208 et 210.
5. Voir B LVI-B LVII, p. 210-211.
6. Voir de B LVIII à B LXII, p. 211-212.
7. Voir B LXIII, p. 212.
8. Voir B LXIV, p. 212.
9. Voir B LXV, p. 213.
10. Voir p. 198-199.

contemporaines des séjours de Platon à Syracuse. Les *Maximes* d'Axiopistos témoignent de sources très diverses. En revanche, les extraits de dialogues[1] paraissent mieux relever de la comédie.

NOTES

Page 191.

1. En 486 av. J.-C., puisque les guerres Médiques ont commencé en 480.
2. Deux très anciens comiques datant de la première moitié du ve siècle.
3. Voir Pythagore, XIX, p. 67.

Page 192.

1. Mot à mot : *les externes*, ou ceux qui ne font pas partie de la secte.
2. F. Jacoby (239. A 55) lit ΗΗΠΙΙΙΙ (208), et non pas ΗΗΓΙΙΙ (233) comme Diels et Kranz, ce qui constituerait une impossibilité chronologique. Hiéron est ici le premier du nom et la date est 472 av. J.-C.

Page 193.

1. 488-485 av. J.-C.
2. La leçon retenue, συμφέρονται, est celle de Stobée.
3. Voir B II, p. 196 à 198 et Héraclite, B CXXVI *b*, p. 175.
4. Alexis, poète comique du IVe siècle, surtout connu pour avoir été l'oncle et le tuteur de Ménandre.
5. Ces vers sont écrits sur le socle d'une statue d'Épicharme située au théâtre de Syracuse.
6. Texte douteux; σοφῶν se rapporte à ῥημάτων.

Page 194.

1. Nous lisons, avec les manuscrits, πᾶσιν, au lieu de la correction de Diels : παισίν, *aux enfants*.
2. Dans l'ouvrage perdu intitulé *Péplos*, soit le fragment 501 *(éd. V. Rose)*. D'après Aristote, les dix-huit lettres de l'alphabet primitif étaient Α Β Γ Δ Ε Ζ Ι Κ Λ Μ Ν Ο Π Ρ Σ Τ Υ Φ.
3. Son nom seul est connu car cité par Diogène Laërce.
4. Critique du IIe siècle av. J.-C.

1. Voir B IX, p. 200 ; B XXIX, p. 204 ; B XXXI, p. 204 et B XXXVII, p. 205.

5. C'est lui que Platon voulut convertir à la philosophie, grâce à l'influence de Dion, avec l'insuccès que l'on sait !

6. D'après Kranz, le livre de Métrodore est un faux, postérieur à l'époque d'Aristoxène.

Page 195.

1. L'agriculture.

2. Voir Pline, *Histoire naturelle*, Index, I, XX-XXVII.

3. Voir le *Chiron*, de B LVIII à B LXII, p. 211-212 et B LXIII, p. 212.

4. Voir B LVIII, p. 211.

5. L'Antiquité classique considère que la plupart des ouvrages attribués à Épicharme sont des faux (voir la Notice, p. 1247).

6. Nous n'avons pas retenu le fragment conservé sur un papyrus d'Hibeh, I, 1, qui est une mauvaise imitation dénuée d'intérêt littéraire ou philosophique, et écrite en dialecte dorien, comme le sont les écrits pseudo-épicharmiens. Ce fragment se caractérise surtout par sa naïveté et sa maladresse. Il prendrait place avant B VI, p. 200.

7. Ces extraits du *Contre Amyntas* ne sont pas tout à fait sûrs, surtout en ce qui concerne III, p. 198-199; VI et VII, p. 200. L'intention du faussaire, inspiré par Denys de Syracuse, apparaît clairement dans le propos de Diogène Laërce : faire d'Épicharme le modèle de Platon.

Page 196.

1. Ce propos d'Alcimos introduit les fragments qui suivent, cependant que se poursuit le texte de Diogène Laërce.

2. Ce que sont ces objets, sans doute divins, l'état du fragment ne permet pas de le dire en toute certitude.

3. Paraphrase de Parménide (voir B VIII, p. 261).

4. Voir la citation d'Hésiode, dans Mélissos, A V, I, 15, p. 299.

5. Lieu commun de l'école éléate, qui reprend la formule de Mélissos (voir A V, I, 15, p. 299).

6. Imitation de Platon (voir *Phédon*, 103 *e* et suiv.).

7. L'exemple de la coudée est habituel à l'Académie et au Lycée, dans les écrits d'Aristote (voir Simplicius, *Commentaire sur la Physique d'Aristote*, 453, 37).

Page 197.

1. Voir, à la suite, le commentaire de Plutarque.

2. Argument du devenir (αὐξόμενος λόγος). Sur ce point, voir Th. Gomperz, *Les Penseurs de la Grèce* (trad. A. Reymond, t. II, p. 278-279) et l'étude de Bernays (*Rheinisches Museum*, N. F., VIII, 280 et suiv., citée par Gomperz).

3. Épicharme. Ce témoignage fait suite au fragment d'Héraclite, B CXXVI *b*, p. 175.

Page 198.

1. Voir le *Parménide*, 132 *d*.
2. Ce fragment, qui est peut-être d'Épicharme, et qui, en tout cas, manifeste un plus grand talent dramatique, perceptible à la vivacité du ton, paraît pourtant assez directement inspiré de l'*Apologie de Socrate*, 27 *b*. De Platon, on consultera également *L'Alcibiade mineur*, 145 *d* et le *Lachès*, 194 *e*.
3. Voir le *Phédon*, 96 *b*.

Page 199.

1. Le rapprochement proposé par Diels avec Xénophane (voir B xv, p. 118), paraît assez lointain. L'esprit est davantage héraclitéen (voir B ix, p. 148).
2. Le faussaire fait même prévoir par Épicharme la venue de Platon.

Page 200.

1. Pholos, un des Centaures qui prirent part à la lutte contre les Géants (voir Ovide, *Les Métamorphoses*, XII, v. 306).
2. S'agit-il d'une parodie du « volontairement » de Socrate, lorsqu'il déclare que : « Nul n'est méchant volontairement » ?
3. Voir A x, p. 195. Axiopistos, qui signifie en grec *digne de foi*, est le nom (ou le pseudonyme ?) d'un auteur du IVe siècle avant J.-C. qui a imité la manière d'Épicharme et laissé passer dans ses vers des reflets d'Anaximène, de Xénophane et d'Héraclite. Il se pourrait qu'il ait fréquenté le milieu assez étrange décrit par Diogène Laërce et qui formait le cercle des amis d'Héraclide Pontique.
4. Voir B liii, p. 209.
5. Voir B xlviii, p. 208.

Page 201.

1. Voir Cicéron, *Tusculanes*, I, viii, 15. L'inspiration de ce vers paraît être l'*Apologie de Socrate* de Platon (40 *c*), imitée par Cicéron dans les *Tusculanes*, I, viii, 15 où est cité Épicharme; sa forme définitive lui sera donnée par Épicure (voir, par exemple, les *Maximes capitales*, ii).
2. Voir Xénophane, B xxiv, p. 120.
3. Voir Lucien, *Hermotime*, 47.
4. Traduction de J. Tricot. Crönert a tenté de reconstituer le distique suivant : *« Partant du malhonnête il est difficile de tenir un propos honnête. Car aussitôt dit, tout apparaît malhonnête. »*
5. Voir Xénophane, A xv, p. 95.

Page 202.

1. Voir Platon, le *Gorgias*, 505 *e* : « Veux-tu donc qu'il m'arrive,

comme dit Épicharme, de remplir à moi seul l'office de deux hommes ? »

2. Le rapprochement avec Héraclite suggéré par Diels paraît singulièrement lointain et ne porte que sur le mot *démon* (voir cet auteur en B CXIX, p. 173).

3. Diels paraît estimer que cette formule se passe de commentaire. On en trouve cependant des équivalents dans l'enquête dialectique par laquelle Aristote aborde l'étude du bonheur au premier livre de l'*Éthique à Nicomaque*, I, II, 1095 *a* 24, etc.

4. Cette formule prend curieusement le contre-pied du mot célèbre de Platon : « La fuite (d'ici-bas) consiste à se rendre, dans la mesure du possible, semblable à la divinité [...] » (voir le *Théétète*, 176 *b*).

Page 203.

1. L'inspiration est pythagoricienne, comme pour B XXIII, p. 203.

2. Voir B II, p. 197.

3. *« Mens sana in corpore sano »*, dira ensuite Juvénal, *Satires*, X, v. 356.

Page 204.

1. « La nuit porte conseil », formule de Ménandre.

2. Voir Prodicos, B IX, p. 1068.

3. Ce qu'Amyot traduit et commente de la façon suivante : *« C'est vice à toi de donner largement, car tu y prends plaisir sans jugement. »*

Page 205.

1. Voir B XL, p. 206. Encore un lieu commun pouvant appartenir aussi bien à Démocrite qu'à la sophistique. Voir Démocrite, B CLXXXIII, p. 892 ; B CLXXXV, p. 893 ; Prodicos, B II, p. 1063 ; Hippias, A XIV, p. 1083 ; Antiphon, B LX, p. 1115 ; Critias, B IX, *p. 1139 et* l'Anonyme de Jamblique, I, p. 1160.

2. Le texte précise : *sage et tempérante* : σώφρονος, ce que notre traduction ne fait que laisser entendre.

3. Voir Prodicos, B II, p. 1061. L'inspiration paraît, ici encore, sophistique.

Page 206.

1. Opposition classique entre la parole et l'acte.

2. Voir B XXXIII, p. 205.

3. Métaphore empruntée à l'élément liquide : le désir doit rester enfoui dans les profondeurs.

Page 207.

1. Le premier mot est illisible.
2. Le texte, transmis par un papyrus, est extrêmement mutilé. Diels le date du IIIe siècle avant J.-C. Il propose un rapprochement avec Euripide (éd. Nauck, fgm. 198) d'après lequel a été effectuée la restitution de la moitié gauche (début des vers) du papyrus.
3. Éd. Nauck, fgm. 954.
4. Les *contraires*, c'est-à-dire les biens.
5. Un *mélange* de biens et de maux.

Page 208.

1. Les fragments XLVII à LVIII sont connus par la traduction d'Ennius, poète latin du IIIe siècle av. J.-C. Il est l'auteur d'un *Epicharmus*, imité de la collection constituée par Axiopistos. Mais l'*Épicharme* d'Ennius est lui-même un ouvrage perdu, connu simplement par les témoignages recensés ici.

Page 209.

1. Jeu de mots sur *gerere (porter)* et *Cerere*, ablatif de *Ceres*.
2. Imitation d'Héraclite, voir cet auteur en B XXXI, p. 153 et B XXXVI, p. 154.
3. En latin, *aider* se dit *juvare* qui est de même famille que *Jovis* (Jupiter).

Page 210.

1. L'étymologie proposé par Varron : la Lune *serpente*, ne contredit pas l'étymologie proposée par le pseudo-Épicharme qui en fait une divinité chtonienne.
2. Ce fragment est inauthentique, ainsi que nous l'apprend Athénée (voir A X, p. 195) qui attribue le *Canon* d'une manière assez incertaine à Axiopistos.
3. Artémon, Antiphon, Straton, Philochorus, Épicharme, etc. sont cités un peu plus haut par Tertullien comme témoins de rêves qui se sont trouvés réalisés.
4. Fragments inauthentiques (voir A X, p. 195). Chrysogone, joueur de flûte, est un contemporain d'Alcibiade.
5. Voir Archytas, B III, p. 536.

Page 211.

1. L'opposition entre calcul et raison humaine (λογισμός) d'une part, et raison divine (λόγος) d'autre part, en elle-même fort intéressante, n'est attestée par aucun autre auteur présocratique. Elle procure un semblant d'intérêt à ce fragment, d'inspiration assez nettement héraclitéenne.

2. Nom du centaure à l'origine des arts magiques. Ces fragments sont inauthentiques. Voir le témoignage d'Athénée (A x, p. 195 qui fait suite à B LVIII, p. 211).

3. Athénée explique (voir A x, p. 195) que le faussaire a, pour imiter le langage d'Épicharme, utilisé le mot ἡμίνα, c'est-à-dire le demi ou le demi-setier pour désigner le cotyle. (Voir B LXIII, p. 212.)

4. Emprunt au pseudo-Héraclite (voir C II, 42°, p. 185. Voir également Empédocle, B LXIX, p. 401.)

Page 212.

1. Sorte de résine aromatique ayant par conséquent des propriétés anti-inflammatoires; le *laser* est l'équivalent du σίλφιον de Dioscoride et de Théophraste, et de l'ὀπός d'Hippocrate. Voir encore, sur cette substance, Pline, *Histoire naturelle*, XIX, 15 et dans l'édition Desfontaines (Classiques Lemaire, vol. 6, Paris, 1828, p. 465), l'*Excursus de lasere veterum*.

2. Inauthentique. Peut-être ce titre désigne-t-il le *Chiron* ?

3. Voir B LVIII et B LVIII *a*, p. 211.

4. Inauthentique. Voir B IX, p. 200 et B XLVIII, p. 208.

5. Voir Héraclite, B XCVI, p. 168.

Page 213.

1. Inauthentique.

2. Nous traduisons pour le premier fragment le texte grec édité par C. Jensen, et pour le suivant celui qu'établit et commente M. Capasso (« Epicarmo nei papiri ercolanesi », *Rudiae. Ricerche sul mondo classico*, 3, 1991, p. 15). Cette citation d'Épicharme était tenue par G. Kaibel pour une fin de tétramètre trochaïque, provenant d'une comédie perdue en langue dorienne (*Comicorum Graecorum fragmenta*, I 1 : *Doriensium comoedia mimi phlyaces*, Berlin, 1899, p. 127).

Les Pythagoriciens moyens

ALCMÉON

NOTICE

Alcméon de Crotone, dont les préoccupations furent essentiellement d'ordre médical, si l'on en juge par les doxographes, est le premier disciple de Pythagore dont nous ayons des *Fragments*. Sa philosophie a particulièrement retenu l'attention d'Aristote, qui fournit à lui seul six témoignages[1]. Ces témoignages permettent

1. Voir A III, p. 218-219 ; A VII, p. 220 ; A x, p. 221-222 ; A XV et A XVI, p. 224.

d'apprécier assez bien la contribution d'Alcméon au pythagorisme. Médecin, donc contraint de partir de l'expérience, il a élargi la *table des oppositions* toute théorique jusqu'à en présenter dix couples[1]. Il utilise également une méthode analogique[2], qui l'amène à rapprocher les phénomènes animaux des phénomènes végétaux[3], ou les oiseaux des mammifères[4], et qui lui vient de l'intérêt pythagoricien pour tout ce qui concerne les rapports et les proportions.

Mais c'est surtout pour ses travaux en médecine qu'il est passé à la postérité. Il serait le premier à avoir pratiqué la dissection[5] qui lui a fourni une bonne connaissance de l'anatomie et en particulier des organes des sens[6]; mais là encore, il semble qu'il a cherché à vérifier un modèle préconçu d'interprétation des sensations par l'étude expérimentale, plutôt qu'il ne s'est laissé guider par ses observations (voir les notes qui accompagnent notre traduction du témoignage de Théophraste[7]).

Cependant, il s'est intéressé aussi à l'astronomie[8], en liaison avec la théologie : il ne faut pas oublier en effet qu'il est le premier à avoir affirmé le mouvement éternel de l'âme, immortelle parce qu'elle est ce qui se meut soi-même[9].

NOTES

Page 217.

1. Voir Aristote, *Métaphysique*, A v, 986 *a* 22 et A III, p. 218-219.
2. L'expression : σελήνην καθόλον ταύτην que donnent les manuscrits ne présente pas de sens satisfaisant. Diels ajoute <τε τὰ ὑπὲρ> après καθόλον; c'est cette correction que nous traduisons.
3. Voir B I, p. 225, où est traduit le début du traité.
4. C'est là une autre graphie pour Pirithos.
5. Toutes ces œuvres furent composées en vers, jusqu'au traité *De la nature* d'Anaxagore exclu.
6. On pourra se reporter à chacun de ces auteurs dans le présent volume.

Page 218.

1. Il y a en latin un jeu de mots intraduisible sur *factae (choses réellement arrivées)* et *fictae (fictions)*. On pourrait en avoir une

1. Voir A III, p. 218-219.
2. Voir B I, p. 225.
3. Voir A XV, p. 224.
4. Voir A XVI, p. 224.
5. Voir A X, p. 221-222.
6. Voir de A V à A X, p. 219 à 222.
7. Voir A V, p. 219-220.
8. Voir A IV, p. 219.
9. Voir le *Phèdre* de Platon, 245 *c*.

équivalence approximative en français dans l'opposition des *feintes* aux *faits*.

2. Le texte est corrompu et ne permet pas d'assurer qu'il s'agit d'Alcméon.

3. Diogène Laërce (*Vies*, V, 25) attribue à Aristote un traité en un livre, *Contre la doctrine d'Alcméon*. Il devait y exposer la critique que le premier livre de la *Physique* formule contre les explications dualistes : les opposés ne représentent que la causalité formelle; ils ne sauraient se combiner sans se détruire mutuellement; et par conséquent un troisième terme est requis : la matière ou substrat. La critique dirigée contre Alcméon vise en même temps Platon, fidèle au pythagorisme de la deuxième génération.

Page 219.

1. Isocrate use du terme σοφισταί.

2. Autrement dit, la multiplicité des principes ou *homéoméries* : il s'agit d'Anaxagore (voir cet auteur en B I, p. 670).

3. Voir Empédocle, de A XXVIII à A XXXIII, p. 337 à 341, et de A XXXVII à A XL, p. 341-342.

4. Voir Ion de Chio, A VI, p. 451.

5. Le terme ἀντιθέσεις, technique chez les pythagoriciens, sera repris par Gorgias, lui-même élève d'Empédocle, donc pythagoricien, en un sens rhétorique (voir Prodicos, A IX, p. 1057).

6. Voir aussi le pseudo-Clément, *Inventaire*, VIII, 15.

7. Sans doute les pythagoriciens.

8. Cette conception implique-t-elle celle du mouvement de la Terre ? Voir Philolaos, A XXI, p. 511. Voir aussi A. THIVEL, « L'Astronomie d'Alcméon », *L'Astronomie dans l'Antiquité classique*, Paris, 1979, p. 57.

9. Au lieu d'*Alcméon*, Amyot lisait : *Anaximène* (voir Anaximène, A VII, p. 43).

10. Voir Héraclite, A XII, p. 139.

11. Voir Antiphon, B XXVIII, p. 1103.

12. La Lune serait constituée par une coquille qui oscille.

13. Voir Empédocle, A LXXXVI, p. 363, où est définie la valeur de cette classification par le *semblable*.

14. *Cela constitue* le fragment d'Alcméon, B I *a*, p. 225.

15. Si la pensée est réduite à la sensation, alors tous les animaux pensent (voir Empédocle, A LXXXVI, 10, p. 364 ; 12, p. 365 et 23, p. 368).

16. Contrairement à l'interprétation de Guthrie (*A History of Greek Philosophy*, I, 347 : *the air [of the intra-tympanic ear]*), l'air qui fait écho à la vibration produite dans le vide de l'oreille n'a pas son siège dans l'oreille interne; à vrai dire, il ne s'agit pas d'un phénomène d'écho, mais d'une interprétation de l'audition construite sur le modèle de celui qui rend compte de la vision. La trace philologique de ce renvoi à un modèle unique apparaît dans la symétrie des verbes ἀντηχεῖν et ἀντιφαίνειν (voir A V, 26, p. 219-220 et la note 2, p. 220).

17. On retrouve en effet le même modèle actif et passif que pour les autres sens : l'activité de la langue consiste à saliver pour ramollir les aliments et en faire sortir le goût; la saveur une fois exprimée, la langue peut l'accueillir et la percevoir grâce à sa structure poreuse. Nous gardons le texte des manuscrits : δεδέχθαι δὲ καὶ διδόναι. En l'occurrence, Guthrie, qui comprend *transmettre*, songe à tort à une transmission au cerveau.

Page 220.

1. Comment prouver que l'œil contient du feu ? Alcméon imagine l'expérience suivante : demander au sujet de fermer l'œil pour être sûr que le feu ne vient pas du dehors, administrer ensuite à cet œil un choc léger qui donne au sujet l'impression de voir des étincelles, des « phosphènes », qui ne peuvent donc provenir que du feu intérieur à l'œil. Un tel mode d'expérience est chose courante dans l'Antiquité : on verra de même les Cyrénaïques proposer d'exercer une pression sur l'œil (voir Sextus Empiricus, *Contre les mathématiciens*, VII, 192 et suiv.). Sur l'interprétation de ce passage, voir J.-P. Dumont : *Le Scepticisme et le Phénomène* (Paris, 1972, p. 106-107 et 229).

2. Nous comprenons ainsi : ἀντιφαίνειν *(briller en face)*. On perçoit plus nettement, à travers l'exemple de la vision, le modèle grâce auquel Alcméon interprète le mécanisme de la sensation. Pour qu'il y ait sensation, il faut qu'il y ait rencontre de deux éléments, l'un en provenance du sensible, l'autre en provenance du sens; c'est-à-dire qu'à la lumière de l'objet doit *répondre* (ἀντιφαίνειν) le feu de l'œil. Le même modèle permet d'interpréter la vision indirecte de la chevelure des comètes ou de la Voie lactée (voir Hippocrate de Chio, V et VI, p. 484-485).

3. Nous traduisons ainsi le terme grec συνηρτῆσθαι *(être suspendu ensemble)* où le préverbe συν- renvoie explicitement à la notion de *conscience* (σύνεσις), qui, selon Alcméon, distingue l'homme des animaux : il y a une véritable centralisation des sensations dans le cerveau. Voir le début du témoignage de Théophraste (§ 25) et B 1 *a*, p. 225.

4. Sur le rôle des tissus nerveux chez Alcméon, voir de A X à A XIII, p. 221 à 223.

5. Voir Aristote, *Traité de l'âme*, II, VIII, 419 *b* 34 et Hippocrate, *Des chairs*, 15 (éd. Littré, VIII, 603).

6. Le terme ἡγεμονικόν souligne à l'évidence le caractère stoïcien de ce témoignage. L'*hégémonique*, ou encore *conscience*, est le nom que les stoïciens donnent à la partie ou faculté maîtresse de l'âme.

7. Voir A V, p. 219-220.

Page 221.

1. Faut-il lire : ἀντίληψιν *(intervenir)*, ou : ἀντίλαμψιν *(réflé-*

chir) comme nous y invite le témoignage de Théophraste (voir A v, p. 219-220) ?

2. Médecin grec de Chalcédoine en Bithynie, il vivait à Alexandrie au IVe siècle av. J.-C. Il fut l'un des fondateurs de l'anatomie et passe pour avoir pratiqué la vivisection.

3. Chalcidius, qui écrit en latin, utilise ici l'expression : *potestas summa et principalis*, très vraisemblablement pour rendre le terme grec ἡγενονικόν, qui appartient au vocabulaire stoïcien.

4. Nous traduisons ainsi : *spiritum naturalem*, qui révèle encore une fois une tradition stoïcienne dans cette doxographie d'Alcméon.

5. Il s'agit du *chiasma* optique, ou croisement des deux branches du nerf optique.

6. Le sens de cette remarque de vocabulaire n'est pas très clair. Le mot latin : *orbis* désigne toute espèce de cercle ou de disque (*orbis terrarum* désigne le disque de la Terre, c'est-à-dire la totalité du monde connu des Romains). Chez Ovide, par exemple, le terme désigne soit *l'orbite de l'œil* (voir *Les Métamorphoses*, XIV, v. 200), soit *l'œil* même (voir *Les Amours*, I, VIII, v. 16). C'est à cet emploi que fait ici allusion Chalcidius. Peut-être est-ce simplement leur forme parfaitement ronde (le verbe *complere* implique une idée de perfection) que les globes oculaires *(globi)* doivent leur nom d'*orbes*; à moins qu'il n'y ait un jeu de mots encore plus subtil sur *orbes* et l'adjectif *orbus*, qui signifie *orphelin* : en effet le terme *tegmen (protection)* désigne toute sorte de *tutelle* protectrice et les paupières seraient, en quelque sorte, « tutrices » des globes, si fragiles, des yeux. Sur la conception de l'œil et de la vision chez Empédocle, voir B LXXXIV, p. 406.

7. Notons l'exactitude de la remarque : l'œil est constitué de la sclérotique, de la choroïde, de la rétine et, en son sein, d'un milieu transparent, l'humeur vitrée enveloppée dans la membrane hyaloïde.

8. Voir Hippocrate, *Des lieux dans l'homme* (2, éd. Littré VI, 277).

9. Voir Empédocle, B LXXXIV, p. 406-407, où l'œil est présenté comme une lanterne protégée.

10. L'opposition τὸ φῶς - τὰ λαμπρὰ πάντα renvoie à une théorie d'un échange lumineux, comme chez Platon (*Théétète*, 156 *de*), entre un élément actif et un élément passif : c'est ainsi que nous comprenons le verbe : ἀνταυγεῖν (voir n. 2, p. 220).

Page 222.

1. Platon dit : ἱστορία περὶ φύσεως (littéralement, *enquête sur la nature*).
2. Il s'agit d'Archélaos.
3. Voir Empédocle, B CV, v. 3, p. 416.
4. Voir Anaximène, A XXII, p. 49 et Diogène d'Apollonie, B IV, p. 714.
5. Voir Héraclite, B LXIV, p. 160.

6. Voir Anaxagore, A XLVII, p. 641.

7. Cet adjectif ἀτρεμής se retrouve dans l'expression : ἀτρεμὲς ἦτορ *(le cœur exempt de tremblement)* dans Parménide (B I, v. 29, p. 256), vraisemblablement avec le même sens.

8. Nous traduisons ainsi : τὴν ξύνεσιν. Voir également, Aristote, *Seconds analytiques*, II, XIX, 100 *a* 3.

9. Il s'agit de Thalès, Diogène d'Apollonie et Héraclite, dont Aristote a parlé précédemment.

10. C'est le même argument que reprend Platon dans le *Phèdre* (245 *c*) : l'âme est immortelle parce qu'elle est ce qui se meut soi-même.

Page 223.

1. Le texte latin dit : *animo*, mais sans doute au sens d'*anima*, c'est-à-dire l'*âme*.

2. En fait, le terme : ἐμψύχους signifie à la fois *doué de vie* et *doué d'une âme*, ce que l'adjectif *animé* ne rend qu'imparfaitement.

3. Voir n. 10, p. 222.

4. Voir Anaxagore, A CVII, p. 667.

5. Voir Démocrite, A CXLI, p. 822.

6. Voir Diogène d'Apollonie, A XXVII, p. 709.

7. Voir Hippon, A XIII, p. 465.

8. Voir Anaxagore, A CVII, p. 667.

9. Voir Parménide, A LIV, p. 254.

10. Voir Empédocle, A LXXXI, p. 360.

11. Voir Usener, *Epicurea*, 330, p. 225.

12. De l'emploi du terme : ἡγεμονικόν, on peut déduire que la source d'Aétius ici est d'origine stoïcienne. Voir A VIII, p. 220 et A X (témoignage de Chalcidius), p. 221.

Page 224.

1. Voir aussi les *Scolies à l'Alcibiade majeur* (121 *e*).

2. Cela fixe le début de l'adolescence à quatorze ans. VoirHéraclite, A XVIII, p. 143. Les stoïciens adopteront ce point de vue(voir Aétius, V, XXIII, 1).

3. Voir Anaxagore, B XXII, p. 681.

Page 225.

1. Il s'agit vraisemblablement de ce que nous appelons le méco nium.

2. Au moment de la mort, les artères paraissent vides de sang. Notons au passage l'utilisation d'une méthode analogique qui semble caractéristique d'Alcméon (voir A XVI, p. 224), et qui rap-

proche les deux phénomènes du sommeil et de la mort, pour en tirer des conclusions sur ce qui se passe pendant le sommeil, qu'on ne pouvait guère connaître à son époque !

3. Voir Brontin, p. 73.

4. Voir l'École pythagoricienne, A, p. 558 : Léon, originaire de Métaponte.

5. Voir l'École pythagoricienne, A, p. 559 : Bathyllos, originaire de Posidonia.

6. Ce qui implique la nécessité de suivre une méthode analogique, à défaut de l'évidence immédiate. Ainsi Alcméon entendait-il justifier dès le début de son traité sa méthode analogique.

7. Voir Alcméon, A I, p. 217, texte auquel fait suite le présent témoignage.

8. Voir Alcméon, A V, p. 219.

Page 226.

1. Voir la définition que donne de la *réflexion* Aristote dans la *Physique* (VIII, VIII, 264 *b* 27). Ne pas pouvoir « joindre le commencement et la fin » reviendrait donc à perdre la conscience (capable d'appréhender un phénomène dans sa totalité).

2. Voir Empédocle, A LXXXII, p. 361 et Démocrite, de A CXLIX à A CLI, p. 824 à 826.

3. Le terme : ἰσονομία désigne l'*équilibre* en général, avant de signifier l'*égalité des droits*.

4. C'est-à-dire quand la domination concerne deux paires de puissances. (Voir Alcméon, A III, p. 218.)

5. Nous adoptons pour ce passage délicat, et quelque peu corrompu, la solution proposée par Mme Timpanaro-Cardini dans sa traduction italienne (voir *Pitagorici, testimonianze e frammenti*, fasc. I, p. 151, n. 4).

6. Le cerveau (τὸ ἐγκέφαλον) est formé du même tissu nerveux que le sperme, comme on le voit dans Alcméon, A XIII, p. 223.

7. Le mot : *mélange* traduit le grec κρᾶσις, qui est plus précis que μίξις, parce qu'il contient l'idée que les éléments constitutifs du mélange *se tempèrent* l'un l'autre. (Voir Empédocle, A LXXII, *p. 355;* Philolaos, A XXIII, p. 499; Démocrite, A CXXXV, p. 809 à 820 et Diogène d'Apollonie, A XIX, p. 705 à 707.) Sur la conception de la santé comme équilibre de qualités, voir Hippocrate, *De l'ancienne médecine*, 4 (éd. Kühlewein), I, 16, 2 et Platon, *Le Banquet*, 186 *c-e*.

8. Il s'agit du vers 652.

ICCOS

NOTICE

Sur Iccos de Tarente, nous disposons d'un double témoignage de Platon, qui le présente comme un maître de gymnastique, ancien vainqueur olympique, qui aurait dissimulé sous cette couverture sa qualité de sophiste. Pour sa part, Jamblique le considère comme un pythagoricien. Il n'y a pas là incompatibilité absolue.

NOTES

Page 227.

1. Ce sophiste serait l'inventeur du massage, si l'on en croit Pline l'Ancien (*Histoire naturelle*, XXIX, XI) : « *Prodicus* (corrigé en *Herodicus* par Delacamp; notons au passage la confusion avec le célèbre sophiste), *Selymbriae natus, e discipulis ejus* (Hippocrate) *instituens quam vocant iatralepticen [...]* » (Prodicus de Sélymbria, disciple d'Hippocrate, inventeur de ce qu'on appelle l'art du massage [...]).

Page 228.

1. Soit 472-469 av. J.-C. Cela paraît impossible à Diels, qui lit : *soixante-seizième olympiade*, soit quatre ans plus tôt, s'appuyant sur l'article de Robert paru dans *Hermès*, 35, 1900, p. 165.

PARON

NOTICE

Le pythagoricien Paron nous est connu par Aristote et son commentateur Simplicius. Selon lui, le temps est le principe de l'oubli, et non Zeus ou Cronos. Cela retient particulièrement Aristote, parce qu'il est le seul philosophe grec à s'intéresser à la psychologie du temps en prenant en compte la conscience du temps qui passe ainsi que l'oubli.

NOTE

Page 229.

1. Certains critiques modernes, considèrent que le mot παρων dans lequel Simplicius a vu un nom de personne *(Paron)*, ne peut être que le participe présent du verbe πάρειμι qui signifie être présent.

2. Ou *savants*, puisque σοφοί signifie les deux choses. Ce sage était, bien sûr, Paron.

AMINIAS

NOTE

Page 230.

1. Voir Parménide, A I, p. 233. On retrouve le nom d'Aminias chez Diogène Laërce (*Vies*, III, 2) et dans une *Vie de Platon*, anonyme (éd. Westermann, p. 6). Du même nom, il y eut un Athénien, contemporain de Périclès, qui fut archonte au cours de la quatre-vingt-huitième olympiade (438-435 av. J.-C.), et un Lacédémonien, mentionné par Thucydide (*Histoire de la guerre du Péloponnèse*, IV, 132). Peut-être s'agit-il de l'un de ces personnages.

PARMÉNIDE

NOTICE

L'interprétation du message de Parménide, auquel tout le monde accorde unanimement une importance décisive dans l'histoire de la philosophie, ne va pas sans rencontrer grand nombre de difficultés, voire de contradictions. L'Éléate, que Platon nous présente comme un patriarche[1] mais à l'encontre duquel il commet un « parricide » philosophique[2], est sans doute venu à Athènes, accompagné de Zénon[3], sans que les historiens s'accordent sur son âge et sur la date exacte de ce voyage. Est-il même légitime de le dire Éléate ? Strabon en doute[4], mais il y a plus grave : ce sont les contradictions relatives à sa formation philosophique, à son œuvre et à la signification de sa recherche qu'il convient d'avoir présentes à l'esprit lorsqu'on entreprend de consulter les pièces du dossier rassemblées et éditées par les philologues.

La tradition en fait l'élève de Xénophane. Mais l'indication fournie par Diogène Laërce[5] est déjà contestable : peut-être Théophraste en fait-il l'élève d'Anaximandre au lieu d'indiquer que Xénophane lui-même avait été l'élève d'Anaximandre ? *Suidas*[6] confond peut-être Anaximandre et Anaximène. Mais, de toute manière, le témoignage de Théophraste rapporté par Diogène Laërce

1. Voir A v, p. 235.
2. Voir *Le Sophiste*, 241 *d*.
3. Voir A IV, p. 238.
4. Voir A XII, p. 238.
5. Voir A I, 21, p. 233.
6. Voir A II, p. 234.

et par *Suidas* dérive nécessairement du témoignage d'Aristote[1] dont Burnet remarque qu'il a peut-être purement et simplement pour origine une notation de Platon[2]. On peut dire qu'il n'est ni certain que Xénophane ait fondé l'école d'Élée ni que Parménide ait été Éléate, ni qu'il ait suivi l'enseignement de Xénophane. Sotion (cité par Diogène Laërce[3] et recopié par Nicomaque, Proclus et Photius[4]) en fait l'élève du pythagoricien Aminias. Si l'on cherche quels éléments de pythagorisme comporte la carrière de Parménide, on rencontre trois sortes de manifestations. La première est constituée par son activité politique (voir le témoignage de Speusippe[5] et celui de Plutarque[6]); mais cet aspect pythagoricien échappe à beaucoup d'historiens. La deuxième consiste en la présence, dans la seconde partie du poème de Parménide et dans les témoignages correspondants[7], d'éléments pythagoriciens. W. K. C. Guthrie[8] a dressé, dans un appendice, un tableau complet des paires pythagoriciennes que met en œuvre la seconde partie du poème. Le feu s'oppose à la nuit, la lumière à l'obscurité, le ciel à la Terre, le chaud au froid, le sec à l'humide, le rare au dense, le léger au pesant, le droit au gauche, le mâle à la femelle, le doux au dur; ce qui fait songer nécessairement au tableau proposé par Aristote dans la *Métaphysique* (A, v, 986 *a* 23)[9]. Mais faire de Parménide un pythagoricien paraît être en contradiction avec l'intention qu'il exprime dans le *Poème* : car ces couples de causes ou principes n'interviennent que dans la seconde partie de son œuvre, celle qui traite de l'*opinion*, dont on peut dire, en première approche, qu'elle est à l'opposé de la thèse principalement soutenue par Parménide. Nous reviendrons plus loin sur le problème posé par l'interprétation de la seconde partie du poème. Mais, d'autre part — et c'est là une troisième manifestation possible de l'influence pythagoricienne —, le prologue du poème, que nous a conservé Sextus Empiricus[10], donne à l'écrit philosophique la tonalité plus générale d'une initiation à des mystères, qui entre parfaitement dans le ton d'un enseignement pythagoricien. On pourrait même penser qu'à la seule lecture de ce prologue, des auteurs anciens aient songé à une inspiration de cette sorte. Cependant, ainsi que le note Proclus[11], la forme poétique n'exclut pas le ton didactique et l'usage de la démonstration, et l'on peut dire que les accents poétiques deviennent rares, une fois franchies les portes de la Vérité ouvertes par la Déesse dans le prologue.

1. Voir *Rhétorique*, B xxvi, 1400 *b* 5 ou Xénophane A xiii, p. 294.
2. Voir *Le Sophiste* 242 *c-d*, ou Xénophane A xxix, p. 103.
3. Voir A i, p. 233-234.
4. Voir A iv, p. 235.
5. Voir A i, 23, p. 234.
6. Voir A xii, p. 238.
7. Voir A xxxiv et suiv., p. 245 et suiv.
8. Voir *A History of Greek Philosophy*, t. 2, p. 77.
9. Voir Alcméon, A iii, p. 218.
10. Voir B i, p. 255.
11. Voir A xviii, p. 239.

Sur l'œuvre elle-même, nous disposons d'informations contradictoires. Platon parle[1] d'une prose parménidienne correspondant à des entretiens, d'où l'erreur de *Suidas*[2]. Mais s'agit-il seulement d'une erreur ? Des transcriptions de ces entretiens n'ont-elles pas circulé comme témoignages de l'enseignement du maître ? Pour Simplicius[3], Zénon est le premier à avoir rédigé des dialogues philosophiques qui auraient pu mettre en scène le maître lui-même. Donc il n'est pas absolument certain que les témoignages recueillis renvoient au seul poème. Parménide n'est peut-être pas seulement l'auteur du poème *De la nature*, composé en hexamètres épiques. Car bien que Zénon d'Élée se soit chargé de défendre les thèses du maître au cours d'entretiens contre des adversaires[4], il est hors de doute que Parménide a pris lui-même part à des entretiens, comme ceux auxquels Platon fait allusion. Sur ce point, nous disposons du témoignage positif de Favorinus[5]. Or, si nous ignorons la date à laquelle Parménide donna pour la première fois lecture de son poème, nous savons qu'il vécut fort âgé et connut une grande gloire. De ces informations, il est non seulement légitime, mais tout à fait naturel, d'inférer que le maître d'Élée a pu être amené, surtout dans la partie scientifique et descriptive de son œuvre, à apporter certaines corrections à l'expression de sa pensée. Or, tous les éditeurs modernes des fragments du *Poème* de Parménide ont reconnu qu'à une époque encore assez peu tardive, Aristote et Théophraste ne citaient pas exactement la même version du poème, et qu'à une époque plus lointaine, celle de l'Académie néoplatonicienne, Proclus et Simplicius avaient eu en main deux éditions différentes. L'hypothèse vraisemblable est que ces copies manuscrites, au lieu de manifester des divergences de transcription, pourraient fort bien être le reflet d'éditions successives ou de remaniements consistant même en des suppressions ou des additions opérées par l'auteur lui-même, qui n'aurait cessé de travailler à parfaire son chef-d'œuvre. Il ne nous appartient pas en ce lieu de tenter de mesurer la validité d'une telle hypothèse, mais nous pensons que la recherche pourrait utilement la prendre en considération. Parménide mérite bien, comme Aristote, son Jaeger, qui s'efforcerait de résoudre diachroniquement ou chronologiquement les contradictions de l'œuvre que nous appréhendons sous la forme unique et simultanée d'éditions qui, selon toute vraisemblance, ont été différentes.

En effet, dans le poème lui-même, les contradictions ne manquent pas. Parménide oppose à la voie de l'être la voie du non-être. Mais n'y aurait-il pas trois voies ? La perspective d'une troisième voie est ouverte par le fragment[6] conservé par Simplicius. Il est impos-

1. Voir *Le Sophiste*, 237 *a* ou B VII, p. 260.
2. Voir A II, p. 234.
3. Voir Zénon, A XXIX, p. 290.
4. Voir Zénon, A XII, p. 280-281.
5. Voir Zénon, A I, 29, p. 276.
6. Voir B VI, p. 259-260.

sible de dire si cette troisième voie, celle des hommes à deux têtes ou à deux faces, fait allusion à Héraclite — on sait que Kranz faisait de cette prétendue ou possible critique de l'héraclitéisme, la pierre angulaire de la philosophie présocratique. On ignore également si Parménide a envisagé lui-même, à un moment donné de sa carrière, l'éventualité d'une médiation entre l'être et le non-être. Quant à la signification de la distinction entre deux voies, elle a fait l'objet d'interprétations diverses dès l'Antiquité. À l'heure actuelle, c'est à la signification de ce « carrefour » parménidien que s'attachent principalement N. L. Cordero[1] et L. Couloubaritsis[2].

L'interprétation d'Aristote[3] oppose à l'exigence de la raison selon laquelle l'être est, l'inexistence des non-êtres. Ainsi l'équation éléate entre le penser et l'être[4] exprimerait-elle l'impossibilité de concevoir autre chose que l'être. Est-il besoin de préciser aux cartésiens que nous sommes, que l'expression : *« Car même chose sont et le penser et l'être »* ne signifie pas que le sujet pensant soit une chose pensante dont l'existence est appréhendée par l'acte même de penser. L'intention de Parménide n'est pas de nous proposer une expression du *cogito*. Elle signifie, comme le notait Plotin[5], que l'activité de l'intellect est impuissante à saisir autre chose que ce qui est, de telle sorte que tout ce qui n'est pas, à savoir aussi bien les multiples que le passé et le futur, se situe en dehors de toute pensée intellectuelle, et ne relève que de l'opinion ou des sens. On rencontre ici, sous sa forme presque invincible, la sentence éléate qui nie, sinon l'existence du mouvement, du moins la possibilité de le concevoir. Cette lecture s'accorde parfaitement à des témoignages relevant de la doxographie de Zénon, qui attribuent à Parménide la paternité de certains des paradoxes contre le mouvement.

Proche de cette interprétation est celle de Plutarque[6] qui maintient la séparation entre l'intelligible et le sensible, tout en estimant que l'intelligible est frappé d'une sorte d'inexistence qu'il faut entendre comme une inexistence dans le temps. Une telle interprétation a pour effet de faire du sujet *« il »* de la proposition *« il est »*, non pas un objet quelconque, mais l'univers[7]. Cette lecture, confirmée par Alexandre d'Aphrodise[8] et par Simplicius — le premier étant le meilleur connaisseur d'Aristote et, le second, le seul de nos témoins qui paraisse avoir eu sous les yeux une version complète du poème[9] —, nous paraît invalider la fausse prétention

1. *Les Deux Chemins de Parménide*, éd. critique, trad., études et biblio., Paris-Bruxelles, 1984.
2. *Mythe et philosophie chez Parménide*, Paris, 1986.
3. Voir A XXIV et A XXV, p. 241-242.
4. Voir B III, p. 258.
5. Voir B III, p. 258.
6. Voir A XXXIV, p. 245.
7. Voir A XXII et A XXIII, p. 241.
8. Voir A VII, p. 236.
9. Voir A XXI, p. 240.

des historiens modernes de la philosophie de faire de *ce qui est* un « n'importe-quoi » indéterminé, dont le discours affirmerait qu'il est en vérité. Lorsque Parménide dit : *« Il est ou il n'est pas*[1] *»*, il ne saurait s'agir d'une quelconque substance, mais au contraire de l'univers ou de l'Un.

Cette affirmation, qui exprime l'essentiel de la philosophie éléate et renferme tout ce par quoi elle a joué un rôle dans l'histoire de la pensée, a fait l'objet de deux sortes de commentaires. D'une part Platon, dans *Le Sophiste*, selon une argumentation dont Eudème affirme le caractère toujours présent et vivant[2], s'est opposé à la séparation radicale de l'être et du non-être : il existe nécessairement une troisième voie, celle de l'autre. On ne saurait dire que ce qui est est, sans se vouer à une stérile tautologie. L'attribut doit être dit d'un sujet différent de l'attribut lui-même; l'identité véritable suppose la diversité. En ce sens, Parménide aurait contribué au développement de la philosophie, en proclamant à haute voix une vérité dont le dépassement était requis par le développement de la logique. D'autre part, Parménide paraît être le philosophe contre lequel s'est exercée l'analyse d'Aristote touchant la substance[3]. La substance n'admet pas de contraire[4]; mais une telle substance qui a tout du *« il »* parménidien, ne saurait ni être engendrée ni périr, puisqu'elle *est*. Il faut donc qu'elle admette des contraires et en soit le réceptacle[5], ce qui en fait le sujet du changement et, au premier chef, de la génération. Par conséquent la substance, qui en dernière analyse, dira Aristote, est la seule chose qui existe réellement, n'est elle-même qu'un aspect du « ceci »; c'est pourquoi il convient d'en faire une *catégorie*, ce qui signifie qu'elle exprime sur le « ceci » le point de vue de ce qui *est*. En faire un point de vue, c'est dire qu'elle est engendrable et périssable. Qu'Aristote vise Parménide, cela nous paraît évident par la référence faite, dans ce même chapitre des *Catégories*, au jugement et à l'opinion : Aristote se demande si le jugement ou l'opinion, qui peuvent être tour à tour vrais ou faux, ne sont pas, au même titre que la substance, les réceptacles de contraires[6]. Mais, en réalité, ce n'est pas l'opinion qui change : si, lorsque je dis : « Socrate est assis », mon jugement devient faux parce que Socrate s'est levé, le changement est le fait de Socrate, et *non pas de mon* jugement. Par là Aristote réfute l'idée parménidienne que la substance soit seulement ce qui *est*. Elle est ce qui doit avoir puissance d'être ce qu'elle n'est pas : elle devient. Et plus encore, ce qui change dans l'univers ne saurait être réduit à un flux d'opinions ou de jugements changeants. L'opinion et le jugement ne sont pas des substances et ne sont pas susceptibles de deve-

1. Voir B VIII, p. 261 à 263 ; B XVI, p. 270.
2. Voir A XXVIII, p. 243.
3. Voir les *Catégories*, V.
4. *Ibid.*, 3 *b* 24.
5. *Ibid.*, 4 *a* 10.
6. *Ibid.*, 4 *a* 22.

nir ou de changer; car, comme l'avait dit Parménide dans la première partie du *Poème*, le jugement est bien ce qui ne change pas : c'est la réalité substantielle elle-même qui change.

Cela nous conduit à la question de la signification de la seconde voie, celle de l'opinion. Pourquoi Parménide, après avoir dit avec force de cette seconde voie qu'elle mène à l' *« impensé, dont on ne peut parler*[1] *»*, aurait-il pris soin de lui consacrer toute la seconde partie de son poème ? Qu'était donc pour lui la nature, puisque son poème porte ce titre, et que Parménide est dit lui-même *physikos*, c'est-à-dire *professant la philosophie naturelle* ? C'est là la question essentielle posée à l'interprète de son poème; c'est là l'objet du désaccord le plus complet. Et même les hasards de la tradition manuscrite (ou les divergences des éditions antiques ?) ajoutent à notre infortune, puisque le vers destiné à préciser l'intention de la seconde partie[2] peut faire l'objet de deux lectures opposées.

Cette contradiction majeure peut être exprimée autrement; car de deux choses l'une. Si, dans l'expression *« voie de l'opinion »*, le terme d'*opinion* désigne les opinions professées par les mortels qui croient, à tort, au caractère pensable du mouvement, l'entreprise éléate peut consister déjà, comme plus tard pour Zénon, à inventer des paradoxes dialectiques[3] ou à proposer des démonstrations[4] destinées à ruiner toute physique : en ce cas, Parménide écrit non un ouvrage didactique, mais un ouvrage polémique, dirigé contre Héraclite peut-être, et contre les pythagoriciens presque sûrement. La conclusion, admissible en elle-même, nous contraindrait à rejeter comme superficiels et erronés bon nombre de témoignages qui font de Parménide un disciple des pythagoriciens. Mais si, au contraire, le terme d'*opinion* désigne un domaine comparable au lieu sensible de Platon ou au monde sensible des néoplatoniciens, Parménide redevient un homme de science et un philosophe de la nature, au sens positif du terme. Mais pour en dire quoi ? N'a-t-il pas assuré que la nature est, en son mouvement, impensable ? Un bon reflet de cette contradiction majeure se rencontre chez Hippolyte[5] : on y trouve une tentative de conciliation des deux voies, sans que l'argumentation paraisse suffisante.

Bien mieux, le contenu même de la seconde partie de l'œuvre présente ses propres contradictions. S'il est assuré que Parménide y traita d'astronomie, de géographie, de physiologie et de médecine, le point le plus important de son système, à savoir la cosmologie, fait l'objet de traditions différentes : les témoignages de Plutarque[6] et d'Aétius[7] sont, à la fois, peu clairs et inconciliables. Donc non

1. Voir B VIII, v. 17, p. 261.
2. Voir B I, v. 37, p. 256 et la note 2.
3. Voir Zénon, A I, 29, p. 276.
4. Voir A XVIII, p. 239.
5. Voir A XXIII, p. 241.
6. Voir B X, p. 266-267.
7. Voir A XXXVII, p. 247-248.

seulement nous ignorons, en ce qui concerne ce penseur dont nul ne conteste l'irremplaçable importance, le statut philosophique qu'il assignait à l'opinion et à la science de la nature, mais le contenu même de son discours sur la nature laisse apparaître des conceptions différentes dont on aimerait, au moins pour sauver la cohérence du personnage, qu'elles aient été de sa part l'expression de théories successives.

Telles sont les énigmes que nous propose la lecture de ce dossier.

NOTES

Page 233.

1. Sotion, péripatéticien des Ier et IIe siècles de notre ère, qui vécut à Alexandrie, est une source habituelle de Diogène Laërce. Comme Sotion tient Xénophane pour un sceptique (voir Xénophane, A I, 20, p. 92), Parménide ne peut être, à ses yeux, son continuateur.

2. Voir A XLIV, p. 249-250.

3. Voir B X, p. 266-267; A VII, p. 236; A XXIII, A XXIV, p. 241-242; A XXXIII, p. 245 et A XXXV, p. 246.

4. Si nous lisons, comme Diels, αὐτὸν ὑπάρχειν; Apelt lit : ὑπερέχειν, ce qui suppose que les deux principes, chaud et froid, sont suréminents et au-dessus du Soleil. D'autre part, Diels note que le mot αὐτὸν ne peut pas, en bonne langue, se rapporter au Soleil, d'où le doute qui affecte le pronom *il*.

5. Voir A XLV, p. 250-251. L'explication fournie par Théophraste (en A XLVI, p. 251) ne confirme pas la notation schématique d'Aétius reproduite ici par Diogène renvoyant à Théophraste.

6. En B I, v. 28 à 30, p. 256.

Page 234.

1. La question d'une prose parménidienne est très controversée (voir la Notice p. 1263 et la note 8, p. 234).

2. Voir B VII, v. 3 à 5, p. 260.

3. *Raison* traduit l'ensemble des processus intellectuels, exprimé par νώσεις = νοήσεις. (Voir B VI, p. 259-260.)

4. 504-501 av. J.-C.

5. Voir A XL *a*, p. 248.

6. Voir A XII, p. 238.

7. Second des paradoxes sur l'espace attribués à Zénon (voir A XXVI, p. 288) par la tradition aristotélicienne.

8. Que Parménide ait écrit en prose est sans doute une erreur, commise par *Suidas*, sur le mot πεζῇ *(leçons en prose)* employé par Platon dans *Le Sophiste*, 237 *a* (voir B VII, p. 260, premier texte cité; la *scolie* au *Commentaire sur la Physique d'Aristote* de Simplicius, à la fin de B VIII, p. 266; A XIII, p. 238 et B XXII, p. 272).

9. Il y a là une impossibilité chronologique qui conduit à rejeter le témoignage. Notons cependant que le *Poème* conserve des traces de la polémique de Parménide contre Anaximène.

Page 235.

1. Cette fête est celle des grandes Panathénées (voir plus loin, A v, p. 235).

2. Pour des raisons de vraisemblance chronologique, Platon a pu rajeunir le protagoniste de son *Parménide* de près d'un quart de siècle. Notons cependant que Burnet continue d'accorder crédit au témoignage de Platon. Le Parménide du dialogue aurait eu alors quatre-vingts ans.

3. Ne pas confondre cet Antiphon avec Antiphon le sophiste. « Cet Antiphon était athénien et très fier de sa noblesse; c'est pourquoi il consacrait tout son zèle à l'art équestre, selon une tradition partagée par la noblesse athénienne : il était frère de Platon par sa mère, comme il le dit lui-même [*Parménide*, 126 *c*] ». (Proclus, *in Parmenidem*, éd. Cousin, 625-626). Voir Zénon en A xi, p. 279-280 et les notes concernant ce témoignage plus amplement cité.

Page 236.

1. Le témoignage de Platon constituant le texte précédent.

2. Voir Xénophane, A xxx, p. 103-104.

3. Voir B viii, v. 1, p. 261. Le second discours commence à partir de B viii, v. 50, p. 263.

Page 237.

1. Voir Leucippe, A viii, p. 734. Théophraste rapproche, dans sa critique, les atomistes des Éléates. Les atomes résultent de l'explosion et de l'émiettement de l'Un parménidien, dont ils conservent le caractère d'éternité et la fonction de principe; en revanche, le vide ou le néant est l'unique cause motrice, à la fois efficiente et finale.

2. Voir A ii, p. 234.

3. En 456 av. J.-C., l'an 1561 après Abraham, première année de la quatre-vingt-unième olympiade.

4. En 436 av. J.-C., l'an 1581 après Abraham, première année de la quatre-vingt-sixième olympiade.

Page 238.

1. La date n'est pas conservée par l'inscription; elle se situe entre Xerxès et la guerre du Péloponnèse, c'est-à-dire entre 465 et 431 av. J.-C.

Page 239.

1. Proclus cite, à titre d'exemples, les expressions suivantes :

En effet l'être
Embrasse au plus près l'être.
(B VIII, v. 25, p. 262);

puis :

Puisque au présent il est, tout entier à la fois,
(B VIII, v. 5, p. 261);

et enfin :

Car aussi bien en plus et aussi bien en moins,
Aucune variation ici ou là n'existe.
(B VIII, v. 44-45, p. 263).

Page 240.

1. Voir B VIII, v. 43, p. 263.
2. Au sens fort et étymologique de *propos théologique.*

Page 241.

1. La citation du pseudo-Plutarque, quoique présentant des variantes notables, renvoie à B VIII, v. 4, p. 261.
2. La matière de ce témoignage est, comme pour le texte suivant, à rapporter à Théophraste.
3. La suite de ce témoignage est reproduite dans Xénophane, A XXX, p. 103-104.

Page 242.

1. Il s'agit des Éléates auxquels Aristote reproche de ne connaître comme êtres que les sensibles en acte, indépendamment de l'être en puissance. Or, méconnaître l'être en puissance, c'est rendre impensable un troisième terme entre l'être et le non-être, et s'interdire par là de penser tout changement. Le texte suivant reprend ce point de vue.
2. Les témoignages aristotéliciens rassemblés ici par Diels ne constituent pas une collection complète. (Voir Bonitz, *Index aristotelicus*, 569 *b* 15 et 877 *b* 6.) Pour tous ces témoignages, la difficulté de lecture réside essentiellement dans l'absence d'un critère permettant de distinguer ce qui relève du témoignage au sens strict, de ce qui appartient à l'interprétation philosophique propre à Aristote.

Page 243.

1. Aristote, *De la philosophie* (dialogue [?] perdu), éd. W. D. Ross, fgm. 9.
2. Voir B VIII, v. 44, p. 263.
3. *Opinions des physiciens*, 7 ; éd. Diels, *Doxographi graeci*, p. 483.

Page 244.

1. On chercherait en vain dans les dialogues de Platon une formule de ce type. Mais, plus haut dans son *Commentaire*, au moment où il parlait de Lycophron (voir 97, 21) — dans un passage que Diels a omis de ranger parmi les témoignages concernant ce sophiste —, Simplicius relevait que la découverte de la plurivocité de l'être est le premier pas vers la vérité : « Platon, en introduisant la dualité, a résolu de nombreuses apories. » (*Ouvr. cité*, 98, 1.) Simplicius rattache cette prise en compte de la dualité à la méthode de division dichotomique. Si le même genre admet d'être divisé en formes ou espèces, alors, par cette coupure du genre en *deux*, l'être ne peut plus être tenu pour *un*, comme le pensait Parménide. Dire que tel homme (Socrate ou Coriscos) est homme, ou conférer plusieurs fois un attribut à tel ou tel sujet, c'est postuler que l'attribution se dit en autant de sens qu'il y a de sujets auxquels elle correspond.

2. Le témoignage d'Eudème de Rhodes, rapporté ici par Simplicius, présente un haut intérêt philosophique. Eudème est parfaitement conscient que la position parménidienne propose de l'identité une expression pauvre, purement formelle et tautologique. Le point de vue du *logos* auquel se réfère Parménide est un point de vue qu'Aristote dénonçait comme formel (voir A xxv, p. 242). En revanche, la découverte de Platon au moment du *Sophiste* (244 *b-e*) est que la véritable identité suppose, comme le dira beaucoup plus tard Hegel (*Logique*, II, 1re section, chap. II), que l'attribut soit dit d'un sujet différent de l'attribut lui-même. L'identité apparaît comme la diversité au sein d'un rapport. Mais la conscience de cette conquête de la spéculation philosophique fait défaut à Parménide, qui affirme sans démonstration que l'être est univocément l'être.

Page 245.

1. Voir Platon, le *Timée*, 27 *c*, et le *Parménide*, 137 *a*.

Page 246.

1. Voir B I, v. 29, p. 256.
2. Voir B I, v. 30, p. 256.
3. Simplicius vient de citer Parménide, B VIII, v. 50 à 61, p. 263. Il revient à Aristote dont il reproduit la critique.
4. La source de cette notation paraît être les *Opinions des physiciens* de Théophraste. (Voir encore A XXIII, p. 241.)

Page 247.

1. Voir B XII, v. 3, p. 268.
2. Voir B I, v. 14, p. 255.
3. Voir, outre B I, v. 14, B VIII, v. 30, p. 262 et B X, v. 6, p. 267.

4. Voir B XI, v. 2, p. 267.
5. Voir B XII, p. 267 et la note 2.
6. Cicéron cite le terme grec : στεφάνη.
7. *Continentem ardorum ⟨et⟩ lucis orbem*; ici, *continentem* a la valeur de περιεχοῦσα et se rapporte à *orbem*. Comparer avec Anaximandre, A XI, p. 28 *(enveloppe)*; A XIV, p. 29-30 et A XV, p. 30-31, ainsi que Anaximène, B II, p. 49-50.

Page 248.

1. Éros, voir B XIII, p. 268-269.
2. Voir Cicéron, *De la nature des dieux*, I, XI, 28, critique formulée à propos de Pythagore. Voir Alcméon, A XII, p. 222-223.
3. Voir Anaximène, A XIII, p. 45.
4. Il s'agit d'Aphrodite ou Vénus. L'identification de l'étoile du Matin comme étant celle du Soir suppose que Parménide ait conçu l'idée de la rotation de la sphère céleste. Certains auteurs rapportent aux Babyloniens cette découverte. Voir Anaximandre, A XIX, p. 33 et Démocrite, A XCII, p. 792.
5. Voir A I, 23, p. 234.

Page 249.

1. Voir B XXI, p. 272.

Page 250.

1. Il s'agit des tremblements de terre.
2. L'*Iliade*, VIII, v. 16.
3. C'est l'image d'*Hestia*, étudiée par J.-P. Vernant (*Mythe et pensée chez les Grecs*, éd. Maspéro, t. I, p. 124 à 170). Voir encore Philolaos, B VII, p. 505.

Page 251.

1. L'*hégémonique*, ἡγεμονικόν, est le terme par lequel les stoïciens désigneront la partie maîtresse de l'âme, en quelque sorte la conscience. Ici, l'emploi du terme montre que le témoignage a une origine stoïcienne.
2. Voir B XVI, p. 270.

Page 252.

1. Voir Empédocle, A LXXXV, p. 362.
2. Voir Empédocle, A XCV, p. 372-373.

Page 253.

1. Voir Empédocle, A LXXII, p. 355-356.
2. Cela constitue la suite à Empédocle, A LXXXI, p. 360.
3. Voir Anaxagore, A CVII, p. 667.

Page 254.

1. Voir Alcméon, A XIII, p. 223.
2. La partie droite de la matrice.
3. Voir B XVIII, p. 270.

Page 255.

1. Parménide est, pour Sextus Empiricus, le disciple de Xénophane.

2. Nous lisons ici, avec les manuscrits de Sextus Empiricus, le génitif Δαίμονος. Pour Proclus (*Commentaire sur le Parménide*, I, 640, 39), l'examen de cet important sujet doit être le fait d'une raison plus qu'humaine, œuvre de la nymphe Hypsipile, nom qui souligne sa position éthérée. Les modernes ont cherché parfois, comme Ritter, à faire de Dikè cette divinité — c'est la lecture de Sextus Empiricus; d'autres ont lu un pluriel : Δαίμονες, que rien ne saurait justifier, afin d'identifier plus aisément cette divinité avec les divinités que sont les filles du Soleil.

3. Nous retenons, faute de mieux, comme H. Diels, la correction manuscrite de M. Mutschmann : πάντ 'ἄστη. La leçon manuscrite : ΠΑΝΤΑΤΗ est un *locus desperatus*.

Page 256.

1. Thémis et Dikè représentent respectivement la Loi et le Droit.

2. Nous suivons ici la leçon δοκίμως, celle de Simplicius. C'est celle qu'édite Kranz, en se rangeant à l'avis de Wilamowitz. Cette lecture conduit à rapporter περῶντα à τὰ δοκοῦντα et aboutit au sens exprimé par notre traduction. Elle a pour conséquence philosophique de donner un sens *positif* à la future seconde partie du *Poème*, relative à la voie de l'opinion : il y aurait donc la possibilité de considérer les opinions, relatives non à ce qui est, mais nécessairement à ce qui devient, comme utilisables tout au moins sous le rapport de la vraisemblance. Mais une autre solution, aux conséquences philosophiques diamétralement opposées, est envisageable. C'est ce qu'avait d'abord fait Diels lui-même. Il lisait δοκιμῶσ' εἶναι, proposant de prendre δοκιμῶσ' comme une élision de δοκιμῶσαι, pour aboutir à la construction : « Comment on devrait admettre, par un examen de tous les aspects, que se comporte l'être de l'opinion » (cette dernière expression : « l'être de l'opinion » n'allant pas sans difficulté, puisqu'il s'agirait alors précisément, dans le projet de Parménide, de refuser à l'opinion tout être !). On voit que, dans cette perspective, le prologue du *Poème* s'achèverait par l'annonce d'un projet *critique*, qui par ailleurs paraît mieux s'accorder aux aspects négatifs de la thèse éléate (voir A XXII et suiv., p. 241). Mais aucune de ces lectures n'est certaine, et l'on regrette de ne pouvoir résoudre, en se fondant sur la lettre même de Par-

ménide, l'énigme de la construction du *Poème* et de la signification de sa philosophie !

3. La citation de Sextus s'interrompt au vers 30 : *« Il n'est rien qui soit vrai ni digne de crédit. »* Mais, contrairement à la lecture, sans doute plus complète — ou se référant à une édition plus complète — que propose Simplicius, Sextus Empiricus enchaîne immédiatement sur les vers 2 à 6 du fragment VII : *« Écarte ta pensée de cette fausse voie [...] Mais il ne reste plus à présent qu'une voie / Dont on puisse parler »*, ce vers 6 du fragment VII correspondant au vers 1 du fragment VIII, avec une variante où l'expression *« Dont on puisse parler »* (μῦθος) se voit remplacé par la formule : *« Car le cœur solitaire* (θυμός) *est laissé en arrière. »* Le témoignage de Sextus Empiricus se poursuit alors par la paraphrase qu'on peut lire ici.

Page 257.

1. Pour Sextus Empiricus, la déesse n'est autre que Dikè.

Page 258.

1. Tel est bien le sens que retiennent les interprètes qui, comme E. Bréhier ou S. Mac Kenna, songent à redonner un sens plotinien à la citation des *Ennéades*. J. Burnet, cependant (*L'Aurore de la philosophie grecque*, p. 200), considère la construction qui fait des infinitifs νοεῖν et εἶναι les sujets de la proposition ayant ἐστίν pour verbe, comme grammaticalement anachronique. Ce qui va tout naturellement de soi pour le lecteur de Plotin paraît impossible. Il ne reste qu'une possibilité : donner à ἐστίν un sens potentiel, du reste fréquent dans le *Poème*. Le sens devient : « La même chose en effet peut à la fois être conçue et être. » Si J. Burnet avait raison, l'anachronisme philosophique serait la conséquence d'un anachronisme grammatical. Pour l'historien moderne de la philosophie, la formule a donc deux sens : celui que des auteurs tardifs, le néoplatonicien Plotin et le père de l'Église Clément, lui ont prêté; et l'autre, qui n'est peut-être pas le bon, et qui peut davantage passer pour une platitude. Notons que ce vers est encore cité par Plotin (voir les *Ennéades*, I, 4, 10, 6; III, 8, 8, 8; V, 9, 5, 28 et VI, 7, 41, 18).

Page 259.

1. Est-ce là l'intuition que, le commencement véritable impliquant la fin, comme le dira Hegel (*Encyclopédie*, § 88, rem. 3), tout commencement devient indifférent ? Ou bien l'expression plus naïve et primitive d'une circularité du discours ?

2. Voir Aristote, *Métaphysique*, Γ 6, 1011 *b* 15 et Γ 3, 1005 *b* 23. On conçoit mal comment, au vu de ce fragment, Simplicius peut créditer Parménide d'une formulation du principe de contradiction. Mais il peut aussi s'agir, dans ce fragment, d'une critique d'Héraclite. Ce point de vue, qui était celui de Bernays, est celui de Kranz.

3. Sans doute pourrait-il s'agir des héraclitéens.

4. Voir B VII, v. 2-3, p. 260.
5. Voir B VIII, v. 1, p. 261.

Page 260.

1. Kranz comprend autrement : « Il faut dire et penser que ce qui est (l'*étant* ou l'*être*) est *(existe)*. » Nous donnons raison à Burnet, suivi par W. K. C. Guthrie (voir *A History of Greek Philosophy*, Cambridge, 1965, t. II, p. 21).
2. Voir Héraclite, B LI, n. 1, p. 158.

Page 261.

1. Voir B VII, v. 3 à 5, p. 260. Ce témoignage fait suite à celui donné dans B I, p. 255-256.

Page 262.

1. Nous revenons à la leçon éditée par Kranz. La leçon des manuscrits, retenue par Diels, signifierait : « Comment l'être pourrait-il exister dans le futur ? »
2. Le sens du passage est incertain. La question de savoir si la négation μή constitue une interpolation est difficile à trancher. Diels l'avait conservée, comme nous ici, en la tenant pour un curieux et rare exemple d'interpolation antique appelée par le caractère incompréhensible du contexte. (Voir sur ce point la discussion résumée par M. Untersteiner, *Parmenide, testimonianze e frammenti*, Florence, 1958-1967, p. CLVI.)
3. Telle est l'interprétation de Simplicius, celle que Diels avait retenue. D'autres, après Zeller, et comme Kranz, comprennent : *Penser et la pensée que le « il est » est, sont une même chose.*
4. Traduire τὸ νοεῖν par *le penser* est ici, comme au fragment B III, p. 258, inévitable. *Une pensée singulière* correspond à νόημα, un *noème.*
5. Le mot χρόα, désignant habituellement la couleur, c'est-à-dire, selon l'expression propre à Aristote, le sensible propre de la vue, pourrait ici désigner la surface ou encore la limite du corps, comme dans l'École pythagoricienne, B XLII, p. 584.

Page 263.

1. *Composé pour l'enchantement* : telle est la solution que nous adoptons pour traduire κόσμον ἀπατηλόν. Κόσμος signifie la beauté et l'ordonnance, avant de s'appliquer au monde et à l'ordre du monde; ἀπατηλόν dérive du mot ἀπάτη, qui chez Gorgias (B XI, 8, p. 1032) dénote l'erreur introduite dans l'âme par l'incantation. (Voir dans A XXXIV, p. 246, le témoignage de Simplicius.)
2. Il paraît plus simple de lire γνώμαις.

3. Le texte grec précise : *jamais.*

4. Voir B VIII, v. 1 à 52, p. 261 à 263. Ce témoignage fait suite à A XXI, p. 240.

5. Voir B VIII, v. 1-2, p. 261.

Page 264.

1. Voir B VIII, v. 3 à 14, p. 261.

2. Cette position, qui deviendra néoplatonicienne, eſt celle de Simplicius lui-même.

3. Ce témoignage vient après la citation de B VII, 2, p. 259, à la fin du second témoignage qui introduit B VI.

4. Voir B VIII, v. 3-4, p. 261. Le mot ἀτέλεστον *(dépourvu de fin)* eſt ici l'objet de la variante ἀγένητον *(dépourvu de génération)*, c'eſt-à-dire à la fois inengendré et échappant au devenir.

5. Cette citation correspond à B VIII, v. 38. Mais, comme le note Mgr. A. Diès dans son édition du *Théétète* de Platon, le vers lui-même se prêtait mal à une citation isolée. Il nous semble alors que Platon s'eſt amusé à parodier tout en citant.

6. Voir Mélissos, B VIII, p. 313-314.

7. Voir B VIII, v. 5, p. 261.

8. Voir B VIII, v. 42, p. 262.

9. Voir B VIII, v. 43 à 45, p. 263.

Page 265.

1. Voir B VIII, v. 43, p. 263.

2. Voir B VIII, v. 44, p. 263.

3. Voir B VIII, v. 50 à 61, p. 263.

4. Voir B VIII, v. 50 à 52, p. 263.

5. Voir B VIII, v. 53 à 59, p. 263.

6. Voir B VIII, v. 52 et n. 1, p. 263.

Page 266.

1. Voir B VIII, v. 53 à 59, p. 263.

2. « *Entre ces vers* » désigne les vers 56 à 59 du fragment B VIII, p. 263. La queſtion de savoir si la notation en prose dont il eſt ici fait mention, eſt bien de Parménide et correspondrait à une version en prose antérieure à la composition des vers eux-mêmes, renvoie à un espoir abandonné par la critique d'aujourd'hui.

3. Il s'agit de la première des deux formes (μορφάς) dont il eſt fait mention au vers 53, p. 263.

4. Les deux formes, *feu* et *nuit*. L'expression de l'ἀπόκρισις *(séparation)*, qui, en dépit de Parménide (voir A XXXVII, p. 247-248), fait davantage songer à Empédocle, aux atomiſtes et à Anaxagore, marque bien le caractère de glose tardive de cette notation.

5. Ce texte vient immédiatement après la citation de B VIII,

v. 59 (p. 263), par Simplicius, *Commentaire sur la Physique d'Aristote*, 179, 31, p. 266.

6. La connaissance du Christ.

Page 267.

1. Ces deux expressions : *Génération et corruption*, et *Parties des animaux*, correspondent aux titres de deux ouvrages d'Aristote consacrés à la biologie. Simplicius semblerait pouvoir suggérer que Parménide se prépare à aborder les mêmes matières que celles auxquelles se vouera plus tard Aristote.

2. Les deux éléments sont le feu et la nuit; ce témoignage fait immédiatement suite à celui de Simplicius cité p. 265 où il introduit le vers nº 61 (B VIII, p. 263).

Page 268.

1. Voir A XXXVII et suiv., p. 247-248. La reconstruction de l'astronomie parménidienne pose des problèmes difficilement solubles, étant donné qu'elle est l'objet de témoignages anciens contradictoires. Pour simplifier, disons que C. J. De Vogel (*Greek Philosophy*, I, 41 et suiv.) propose trois figures. La première correspond au témoignage d'Aétius (voir A XXXVII, p. 247). La deuxième illustre la thèse de Simplicius (B XII, p. 267-268) qui assigne une place centrale à la Divinité, contredisant encore par là le témoignage de Diogène Laërce (A I, 21 [fin], p. 233), mais se fondant sur une citation de Parménide lui-même. La troisième reconstruction est celle de O. Gigon (*Der Ursprung der griechischen Philosophie von Hesiod bis Parmenides*, p. 279) qui replace la Terre au centre du monde et fait de l'Olympe une coquille de feu extérieure, en contradiction avec le témoignage d'Aétius.

2. Cette solution repose sur l'identification de la cause finale avec la cause efficiente. Mais il faudrait ajouter qu'Aristote (*Métaphysique*, A III, 984 *b* 3) — témoignage non retenu par Diels — n'ignore pas que pour Parménide, la cause efficiente est sans doute double, et constituée par le feu et la nuit.

Page 269.

1. Ce témoignage fait suite à la première citation de Simplicius donnée en B XII, p. 267-268.

Page 270.

1. *Pensée* traduit ici νόημα qui désigne le concept ou la pensée de l'être. *L'en plus* est l'élément qui l'emporte. Voir XLVI, p. 251, où ce fragment est commenté par Théophraste. Voir aussi Empédocle B CVI, p. 416 ; C VIII, p. 417 ; Anaxagore, A XXVIII, p. 629 et Démocrite, A CVII, p. 801.

2. Voir A LIII-LIV, p. 253-254.

3. Le texte latin dit *venis* : les *veines*, mais la prosodie nous contraint à user du singulier !

Page 271.

1. Ce terme de *puissance* — en latin *virtus*, correspondant au grec δύναμις — renvoie, pour Diels, aux *puissances* citées au début du fragment B IX, p. 266.

2. Un gnostique qui demeure anonyme.

Page 272.

1. Voir B XIV, p. 269 et, dans Anaxagore, A LXXVII, p. 653, le témoignage d'Aétius. Théophraste est la source vraisemblable de cette notation. Mais que « la Lune brille d'une lumière d'emprunt » a été vulgarisé par Aristote qui rapproche l'emprunt de la lumière au Soleil par la Lune de la conversation où le pauvre cherche à soutirer au riche de l'argent (*Seconds analytiques*, I, XXXIV, 89 *b* 10).

2. L'expression *dans Parménide* semble davantage désigner le présocratique que le dialogue de Platon, dont *Suidas* donne la citation (*Parménide*, 135 *a*). On ne peut savoir si le lexicographe est l'auteur de la confusion, ou si Platon s'est amusé à citer une formule en prose de l'Éléate.

3. Sphairos. (Voir Empédocle, B XXVIII, p. 386.)

ZÉNON D'ÉLÉE

NOTICE

Aux yeux de l'historien de la philosophie ancienne, le moindre paradoxe — si l'on peut ainsi s'exprimer — qu'offre l'œuvre de Zénon d'Élée, n'est pas celui de sa doxographie. De tous les présocratiques, voilà bien le seul auteur qui ne soit connu que par Platon, Aristote et les commentateurs d'Aristote. On chercherait en vain trace d'un aspect complémentaire de sa pensée chez les épicuriens, les stoïciens, les sceptiques et les auteurs chrétiens. Plus étonnant encore, la si brève remarque d'Aétius[1] suggère le désintérêt complet de Théophraste à son endroit. Et cependant ce penseur, reconnu comme si important par les historiens de la science et de la logique — que ce soit P. Tannery ou B. Russel —, aurait dû retenir à plus d'un titre l'attention générale.

D'abord son nom reste attaché à la lutte contre la tyrannie[2]. Peut-être même l'allusion de Platon aux Panathénées et au Céramique[3] a-t-elle la valeur symbolique d'une évocation du meurtre

1. Voir A XXX, p. 290.
2. Voir A I, p. 275-276 ; A II. p. 277 ; A VI-A VII, p. 278-279 ; A VIII-A IX, p. 279.
3. Voir A XI, p. 279.

du tyran Hipparque par Harmodios et Aristogiton dans des circonstances qui évoquent cet endroit. Zénon, défenseur des libertés, reste lié dans l'esprit de Platon au geste le plus célèbre que les Athéniens aient jamais accompli face à l'oppression d'un tyran.

D'autre part, Zénon est l'inventeur de la dialectique, ce qui n'est pas rien. Deux notations de Diogène Laërce[1], renvoyant à deux œuvres différentes d'Aristote, également perdues, le dialogue (?) *Sur les poètes* et *Le Sophiste*, en apportent témoignage. La dialectique est l'art de l'interrogation; la pratique du dialogue est l'art de confondre l'adversaire. Platon met cet art de Zénon au service de Parménide[2]. Simplicius nous conserve la trace d'un dialogue philosophique opposant Zénon à Protagoras, et ayant peut-être pour auteur Zénon lui-même[3]. Ce dialogue philosophique est le plus ancien que nous connaissions et peut avoir été un modèle pour Platon. En tout cas, on peut affirmer que le questionnement socratique procède de ce genre d'entretien.

Disciple de Parménide, Zénon ne s'est pas borné à réfuter, ainsi qu'on l'a cru longtemps, l'existence du mouvement, au moyen des quatre paradoxes conservés et critiqués par Aristote[4]. Ces quatre arguments, qui pour l'essentiel développent le premier, celui de la dichotomie, renvoient au thème fondamental des quarante arguments qui constituent le traité *De la nature* cité par Simplicius[5], à moins de considérer, comme le néoplatonicien Élias[6], qu'ils appartiennent à un groupe de cinq arguments, distinct de la collection des quarante. Car c'est bien le concept d'*infini* ou d'*illimité* qui forme l'objet essentiel de la spéculation de Zénon. L'Un est en un sens illimité, puisque divisible à l'infini. La possibilité de le couper sans cesse en deux fonde la *dichotomie*. Mais d'un autre côté, si l'Un n'est pas un, puisqu'il est divisible, il faut dire que les multiples existent. Or si les multiples existent, la division ne se poursuit pas véritablement jusqu'à l'infini et rencontre des entités toutes petites et insécables, les atomes. Par là même, Zénon introduit le concept d'atome et fraie la nouvelle voie de l'éléatisme, suivie par les atomistes Leucippe et Démocrite. Il est difficile sur ce point de faire la part de ce qui revient au génie de Zénon et à l'analyse d'Aristote. En analysant en effet le concept d'illimité ou d'infini, Aristote découvre, ce que Zénon a peut-être déjà dit, que l'infini se dit essentiellement en deux sens : selon la puissance et selon le nombre[7]. Selon la puissance, toute grandeur continue est divisible à l'infini : c'est, en d'autres termes, la puissance du continu. En nombre ou en quantité, l'illimité résulte de ce qu'à un nombre peut toujours

1. Voir A I, 25, p. 275 et A X, p. 279.
2. Voir A XII-A XIII, p. 280-281.
3. Voir A XXIX, p. 290.
4. Voir A XXV-A XXVI, p. 287-288 ; A XXVII-A XXVIII, p. 288-289.
5. Voir B I, B II, B III, p. 291-292.
6. Voir A XV, p. 282.
7. Voir A XXI-A XXII, p. 283 à 285 ; A XXIII-A XXIV, p. 286-287.

s'ajouter un autre nombre. Faut-il en conclure l'existence de points, de grandeurs insécables, d'atomes comme chez Démocrite, ou d'idées-nombres comme chez Xénocrate ? Il n'est pas exclu non plus que Zénon, qui met en œuvre ses arguments dans une intention défensive, ait pressenti comme Aristote que toute partie d'un ensemble, pour parler un langage moderne qui est aussi celui d'Aristote, ayant la puissance du continu, a elle-même la puissance du continu.

Historiquement, l'influence de Zénon est peut-être encore plus profonde et plus durable; car en spéculant sur le tout et les parties, le même et l'autre, le semblable et le dissemblable, le limité et l'illimité, l'égal et l'inégal, le temps et les parties du temps, il a en quelque sorte construit le squelette des deux premières hypothèses du *Parménide* de Platon, dont la lecture devait nourrir, de Plotin à Damascius, la théologie néoplatonicienne.

NOTES

Page 275.

1. Mot à mot : *amphotéroglosse* (ἀμφοτερόγλωσσος); voir A xv, p. 282 et Empédocle, A xix, p. 332. Rapprocher aussi de Xénophane, A xxxv, p. 107.

2. Voir A xi et A xii, p. 279 à 281.

3. Prologue du *Parménide*, 127 *b* (voir A xi, p. 279).

4. *Le Sophiste*, 215 *a*.

5. *Phèdre*, 261 *d* (voir A xiii, p. 281).

6. *Sur les poètes*, fgm. 3 (éd. Ross) ou encore *Le Sophiste*, fgm. 1.

7. Voir A ii, p. 277; A x, p. 279 et Empédocle, A i, 57, p. 321; A v, p. 328; A xix, p. 332. Comme exemple de dialectique, voir A xxix, p. 290.

8. Voir A iv, p. 277. Sur l'intérêt des Éléates pour les questions politiques, voir Parménide, A i, 23, p. 234 et A xii, p. 238.

9. Voir A vii-A viii, p. 278-279.

10. Aristogiton est, avec Harmodios, passé à la postérité comme l'assassin du tyran athénien Hipparque (voir Thucydide, *Histoire de la guerre du Péloponnèse*, VI, 54, et Aristote, *Constitution d'Athènes*, xviii).

11. Démétrios de Magnésie.

Page 276.

1. Ce trait symbolique peut être rapproché de l'épithète *amphotéroglosse* que lui accole Timon (voir A i, 25 et n. 1, p. 275).

2. Voir l'*Anthologie palatine*, VII, 129. Diogène Laërce fait sienne la version d'Hermippe relative à la mort de Zénon.

3. Voir Héraclite, A i, 1, p. 129.

4. Second argument contre le mouvement (voir A xxvi, p. 288).

La pratique de l'interrogation dialectique, où l'un des interlocuteurs interroge l'autre qui répond, et qui est essentielle pour caractériser la situation dialectique, entretient la confusion significative entre dialectique et dialogue. (Voir Diogène Laërce, *Vies*, III, 48.)

5. Cette proposition n'a rien d'éléate. Zeller tente d'expliquer ce témoignage par une confusion avec Zénon de Cittium, le stoïcien, pour qui les mondes se suivent en nombre infini, renaissant après chaque embrasement.

6. Notation empédocléenne comme, plus loin, l'idée d'un mélange des quatre éléments. La confusion avec Empédocle peut provenir de l'ouvrage que Zénon lui a consacré (voir A II, p. 277).

7. Voir Parménide, B XVI, p. 270.

8. 464-461 av. J.-C. La source est Apollodore.

Page 277.

1. Ce qui n'est pas impossible, mais suppose que Zénon ait commenté un auteur plus jeune que lui.

2. Notation empruntée à Aristote (voir A I, 25, p. 275 et les notes 6 et 7).

3. Contamination des deux sources alléguées par Diogène Laërce (voir A I, 27, p. 275-276).

4. 456-454 av. J.-C.

5. Cent mines constituent une somme élevée, la plus forte que des sophistes aient demandée pour leurs leçons. Ce témoignage de Platon suffirait à ranger Zénon au nombre des sophistes, s'il était confirmé par ailleurs, ce qui n'est nullement le cas d'après les autres sources.

6. Le scoliaste, peut-être Hésychios, ne renvoie qu'indirectement au prologue du *Parménide* de Platon, sans doute à travers le *Commentaire* de Proclus. Pythodore rapporte à Antiphon — qu'il ne faut pas confondre avec le sophiste —, les termes de l'entretien entre le vieux Parménide, Zénon et Socrate le Jeune (voir A XI, p. 279).

7. Suivent les vers de Timon, cités par Diogène Laërce en A I, 25, p. 275.

Page 278.

1. Ce témoignage est d'autant plus mystérieux que non seulement la signification de l'épisode nous échappe, mais que nous ne sommes même pas sûrs qu'il s'agisse de Zénon d'Élée.

2. Voir Plutarque, *Contradictions des stoïciens*, 37, 1051 C et *Du trop parler*, 8, 505 D.

Page 279.

1. Voir Valère Maxime, *Faits et dits mémorables*, III (*De patientia*, 2 et 3, *Étrangers*) et Némésius, XXX.

2. Notation erronée et due, selon Diels, à la confusion manifeste

entre Élée en Lucanie et Élaia en Bithynie, à la frontière de la Mysie.

3. *Le Sophiste*, fgm. 1 (éd. W. D. Ross) ou *Sur les poètes* (voir A 1, 25, p. 275).

4. Demi-frère de Platon, sans lien avec le sophiste. Voir Parménide, A v, p. 235-236.

5. Les Panathénées, grandes fêtes en l'honneur d'Athéna, se célébrant tous les quatre ans, la troisième année de l'olympiade. C'est en 449 que peut avoir lieu la scène, bien que ce texte paraisse une fiction destinée à rendre possible, chronologiquement, la rencontre entre Parménide très âgé et Socrate très jeune. C'est du reste pourquoi Pythodore, familier de Zénon, connaît depuis longtemps l'œuvre (voir l'*Alcibiade majeur*, 119 *a*).

Page 280.

1. La mention pourrait être symbolique et renfermer une allusion politique. C'est en effet au Céramique, ou quartier des potiers, que l'abbé Barthélemy traduisait si joliment par *Tuileries*, et lors d'une procession des Panathénées, que le tyran Hipparque a été assassiné par Harmodios et Aristogiton (voir A 1, 26, p. 275).

2. L'oligarchie des Trente tyrans gouverna cruellement Athènes, en 404 av. J.-C., pendant à peu près huit mois. Critias, le sophiste (voir p. 1126) en fit partie. La précision donnée par Platon est d'autant plus nécessaire qu'un jeune Aristote, qui n'est ni l'oligarque ni le Stagirite, va être chargé, dans le dialogue, de donner la réplique à Parménide (voir le *Parménide* de Platon, 137 *c*).

3. Il s'agit de Pythodore.

4. Voir Parménide, A v, p. 236.

5. Perfide allusion à Héraclite ?

6. Tout ce passage sera repris et imité par Simplicius. (Voir A XXIII, p. 286.)

Page 281.

1. L'expression désigne assez sûrement Zénon : tel est du moins l'avis de Diogène Laërce (voir A 1, 25, p. 275), bien que le nom de Palamède et l'emploi du mot τέχνη (rendu ici par *technique*) puissent faire davantage songer à un sophiste (voir Gorgias, B XI *a*, p. 1036).

2. Voir Platon, *Le Sophiste*, 217 *c* et la situation de la critique de Protagoras, dans Aristote, *Métaphysique*, Γ, IV. (Voir Protagoras, A XIX, p. 992.)

3. Voir A x, p. 279; Diogène Laërce, VIII, 57 et Aristote, *Sur les poètes*, fgm. 3 (éd. Ross), qui comprend aussi Athénée, *Les Deipnosophistes*, XI, 505 B-C.

4. Cet argument, l'un des premiers, n'est connu que par ce qu'en dit Proclus. Le fragment B 1, p. 291, ne peut donc se situer qu'après ce texte perdu constituant le début de l'œuvre.

5. *Lui*, c'est-à-dire Zénon. Proclus commente le *Parménide* (127 *d*).

Page 282.

1. Voir Timon, A I, 25, p. 275 : « *À la langue pendue pour le pour et le contre.* » Le commentaire propose une interprétation différente, celle du mensonge, peut-être confirmable par A XVII, p. 282, ou encore par la ruse rapportée par Diodore de Sicile, en A VI, p. 278.

2. Au sens néoplatonicien du terme : l'unité est formelle et appartient à l'espèce, tandis que la multiplicité appartient aux individus sensibles.

3. Ce qui confirme le nombre indiqué par Proclus au témoignage précédent. Mais, d'après Élias, les cinq arguments contre le mouvement (c'est-à-dire les quatre conservés par Aristote [voir A XXV, p. 287 et suiv.] auquel devait s'ajouter un cinquième qui est perdu) devraient être comptés à part, et en plus.

4. Généralement, cette attitude est attribuée à Diogène le Cynique, disciple d'Antisthène.

5. Toutes les difficultés rencontrées ici par les interprètes viennent de ce que l'on ignore si Zénon postule l'essence de l'Un ou si, au contraire, il la lui refuse comme indémontrable : ce qui le placerait dans la perspective de la théologie négative de la première hypothèse du *Parménide* de Platon.

Page 283.

1. Arnim considère que ce propos doit être rapporté à Zénon de Cittium (*Stoicorum veterum fragmenta*, I, 53). Mais le propos s'accorde fort bien à la personnalité de Zénon d'Élée.

2. Voir l'ouvrage d'Aristote intitulé *Sur les arguments de Zénon*, en un livre (voir Diogène Laërce, *Vies*, V, 25), et celui d'Héraclide Pontique, *Contre la doctrine de Zénon*, en un livre (voir Diogène Laërce, *Vies*, V, 87).

Page 284.

1. Le point par rapport à la ligne, la ligne par rapport à la surface, et la surface par rapport au volume, ont chacun une dimension de moins que ce qu'ils limitent. Ce sont des πέρατα *(limites)*, au sens usuel à l'Académie de Platon. Par là même, leur mode d'existence est celui de l'intelligible, du nombre ou de l'idée, et ce ne sont pas des existants sensibles ou réels, au sens où l'existant réel a trois dimensions. Ajouter un point à un point ne produit pas une ligne ; une ligne ajoutée à une ligne ne produit ni épaisseur ni surface ; de même le volume n'est pas produit par une addition de surfaces. Tel est le sens de l'argumentation de Zénon, qui vise peut-être les pythagoriciens. Voir l'analyse aristotélicienne dans Démocrite, A XLVIII *b*, p. 772.

2. L'existant doué de dimension comporte, entre ses *limites*, un

illimité qui, en tant que continu, est divisible à l'infini et constitue un infini *en puissance*. L'Un, en tant qu'intelligible et nombre, c'est-à-dire en tant que limite, n'est pas divisible : il est sans dimension et, en ce sens, inexistant.

3. Témoignage qui fait suite à A xvi, p. 282-283.

4. Toujours d'après Alexandre d'Aphrodise.

5. L'argument suppose que *un* soit pris en deux sens : d'abord le discontinu ou l'intelligible (soit, si l'on veut, le point), ensuite le continu (la grandeur dont l'addition produit une quantité plus grande). Voir le témoignage d'Aristote lui-même, p. 283-284.

6. Ainsi Simplicius paraît *déjà* sensible à la transformation que l'interprétation et la *réécriture* philosophiques peuvent faire subir au texte. Faire de l'Un, seule réalité existante et en soi, un intelligible, peut en effet se dire tout autrement : car, dans ce cas, l'Un en soi est sans dimension (ajoutable ou retranchable) ; il est donc un inexistant, et seuls les multiples existent. Cette dernière formulation est celle d'Eudème, à laquelle s'oppose Simplicius, à travers Alexandre qui l'a transmise.

Page 285.

1. M. Untersteiner ajoute à ce témoignage le passage qui fait suite (l. 17 à 23).

2. Le témoignage d'Eudème explique ce raccourci. L'Un n'a pas l'existence du continu et, étant sans dimension, il n'existe pas.

3. Il s'agit du premier argument contre le mouvement, ou *dichotomie* (voir A xxv, p. 287 et B iii, p. 292).

4. Zénon dit en effet que toutes les choses sont l'Un, puisque l'Un seul existe. Mais, d'un autre côté, la *dichotomie*, c'est-à-dire la division de l'Un en deux ou par moitié, et qui se poursuit en principe à l'infini, rencontre cependant des grandeurs existantes qui, pour exister, doivent échapper à la division : ces grandeurs insécables sont les atomes, ce qui explique que, pour Aristote, les atomistes Leucippe et Démocrite soient des successeurs des Éléates.

5. Simplicius commente le passage précédent d'Aristote.

6. Xénocrate succéda à Speusippe à la tête de l'Académie de Platon. Pour lui tout est nombre : par conséquent il n'existe pas seulement l'Un, mais aussi les grandeurs numériques que sont devenues les Idées. C'est lui que visent bon nombre des critiques formulées par Aristote contre les platoniciens aux livres M (chap. ix-x) et N de la *Métaphysique*, et c'est contre lui qu'est rédigé le traité pseudo-aristotélicien *Des lignes insécables*. Les multiples auxquels aboutit la *dichotomie* sont paradoxalement des *uns* dont Xénocrate pose l'existence.

Page 286.

1. Simplicius commente le texte d'Aristote (*Physique*, I, iii, 187 *a* 1) cité en A xxii, p. 285.

2. Tout ce commentaire est en fait une reprise mot à mot du propos que Platon prête à Zénon dans le *Parménide* (128 *d*), voir A XII, p. 280-281. Il vise la *Physique* d'Aristote (I, III, 187 *a* 1).

Page 287.

1. La solution aristotélicienne à l'aporie de Zénon apparaît, dans la formulation de Simplicius, comme une variation sur le thème de la *limite* et de l'*illimité*. Ce qui est dans un lieu et admet par conséquent une grandeur *illimitée* parce que infiniment divisible, n'en est pas moins dans autre chose, à savoir sa *limite*, qui, elle, n'existe pas de la même façon, mais seulement comme intelligible ou nombre sans dimension, et par conséquent n'*existe* pas *vraiment*, comme on dit des multiples qu'ils existent.

2. Voir le paragraphe suivant.

3. L'infini ou l'illimité se dit en deux sens : 1° selon la *puissance*, car tout ce qui est continu peut être divisé à l'infini, qu'il s'agisse de l'espace ou du temps; 2° selon la *quantité* ou le nombre, ce qui supposerait une absence de limite extérieure, comme dans le cas de la suite illimitée des nombres. Pour un bon commentaire philosophique du concept d'infini ou d'illimité, voir dans ce même volume le témoignage d'Aristote sur Anaximandre, A XV, p. 30-31.

4. C'est-à-dire divisibles à l'infini, au premier sens d'*illimité*. Le temps est divisible à l'infini parce qu'il est continu.

5. Le premier argument de Zénon doit trouver sa solution dans la distinction entre *puissance* et *quantité*, ou *puissance* et *acte*. Disons, pour simplifier les choses, que ces deux sens correspondent à la distinction entre possible et réel. Il est *possible* de diviser à l'infini l'espace parcouru par le mobile; mais cet espace n'en est pas moins *réellement* limité, ainsi que le temps mis par le mobile à le parcourir.

Page 288.

1. Par conséquent la réfutation aristotélicienne qui vaut pour le premier argument, vaut aussi pour le second.

2. Dire que le temps est composé d'instants aboutirait à dire que la ligne est composée de points, ce qui reviendrait à postuler une thèse atomiste à la façon de Leucippe, ou « numériste » à la façon de Xénocrate (voir A XXII, p. 285). Ce serait faire résulter la grandeur d'une addition d'unités, elles-mêmes dépourvues de toute grandeur.

3. Le terme n'est que très extérieurement anachronique. C'est bien ce que veut dire Aristote. Notre traduction a visé à la plus grande clarté possible, car bon nombre de commentaires maladroits ou embarrassés procèdent d'une lecture insuffisamment claire.

Page 290.

1. Si l'on pousse à l'extrême l'argumentation de Zénon qui consiste à diviser à l'infini le temps en instants, on peut estimer que l'instant de la chute est un moment ponctuel, extra-temporel en quelque sorte, puisque sans dimension.

2. Le problème que ce fragment pose aux interprètes est celui — impossible à résoudre — de savoir si la forme dialoguée, prêtée par Simplicius à cet interrogatoire, est le fait d'une retranscription de Simplicius (ce dont, pour notre part, nous ne le croyons guère capable, étant donné à la fois son manque général d'imagination et le caractère scrupuleux de sa méthode [voir A XXI, p. 283 à 285]) ou si au contraire le dialogue a bien pour auteur Zénon lui-même, auquel cas Zénon serait le premier auteur de dialogues philosophiques, et mériterait tout à fait l'appréciation qu'Aristote porte sur lui d' « inventeur de la dialectique » (voir A I, 25, p. 275; A II, p. 277; A X, p. 279); ainsi, le dialogue que nous lisons, serait le plus ancien dialogue philosophique connu.

Page 291.

1. Ce fragment, placé ici en tête à cause de l'indication : πρότερον *(d'abord)*, vient, dans le *Commentaire* de Simplicius, après B III, p. 292. Mais si l'on en croit Proclus (voir A XV, p. 281-282), cet argument figure parmi les premiers dans le recueil de Zénon.

2. On mesure en quoi cette argumentation éléate préfigure l'atomisme (voir A XXII, p. 285).

3. Reprise de B I (fin, p. 291) avec quelques différences que notre traduction met en évidence.

4. C'est-à-dire « un existant sans grandeur ».

5. Voir A XXI, p. 283 à 285.

6. Ici le texte comporte peut-être une lacune relative à la soustraction : telle est du moins l'opinion de Zeller.

Page 292.

1. Si toute grandeur continue est divisible à l'infini, la division n'épuise jamais la grandeur, et il demeure toujours un reste, indéfiniment divisible.

2. Simplicius écrit *dichotomie*, parce que c'est à partir de la possibilité de diviser en deux indéfiniment les multiples, que Zénon démontre qu'ils sont illimités.

3. Cet argument pourrait n'être pas de Zénon, mais appartenir à Diodore Cronos, le Mégarique (voir Sextus Empiricus, *Hypotyposes pyrrhoniennes*, II, 245).

MÉLISSOS

NOTICE

Mélissos, le dernier des grands Éléates, partage le sort de Zénon : il a peu retenu l'attention des doxographes. Diogène Laërce le mentionne brièvement en A I[1]. Pour Plutarque, il reste l'amiral dont la stratégie a mis en échec le génie de Périclès[2]. Il demeurerait inconnu sans l'intérêt qu'Aristote et surtout son commentateur Simplicius manifestaient pour son œuvre.

Galien établit une relation fort intéressante entre Mélissos et les Ioniens[3]. Sa problématique est la même. Il est comme eux à la recherche d'un principe unique; mais au lieu de le reconnaître dans l'eau (comme Thalès), l'air (comme Anaximène), ou le feu (comme Héraclite), il est conduit — par l'analyse des difficultés logiques que soulèvent de tels choix — à faire remplir la fonction de principe par l'Un immobile. Sa thèse majeure[4], qu'il appelle encore le *« signe majeur[5] »*, est que seul l'Un existe ou encore que l'être (plus précisément l'étant) n'a pas été produit. De son immobilité découle l'absence de commencement ou de principe, et de l'absence de commencement ou de principe découle son caractère illimité. Donc le célèbre et mystérieux illimité d'Anaximène, que les Ioniens s'efforçaient d'identifier à l'eau ou à l'air et l'Éphésien Héraclite au feu, est en réalité constitué par l'Un immobile.

C'est la raison *(logos)* qui saisit cette exigence. Les sens en effet pourraient nous laisser croire au devenir des multiples[6]. En réalité, la raison l'emporte sur les sens. Notre perception est incorrecte : nul phénomène n'est vrai. L'être et la raison l'emportent sur le devenir et l'apparence[7]. À la limite, cette critique de l'opinion — qui fait songer à Parménide — aboutit à l'exigence que l'étant n'est pas corporel[8]. Telle est l'image de l'extrême éléatisme que nous offre Mélissos, pour avoir développé jusqu'au bout, et contre les apparences, son orthodoxie (ce qu'Aristote juge absurde[9]).

En ce qui concerne les problèmes soulevés en A V *(Mélissos, Xénophane, Gorgias[10])*, on se reportera à la Notice sur Xénophane[11], et l'on portera attention au travail très original de B. Cassin, *Si*

1. Voir p. 295.
2. Voir A III, p. 296.
3. Voir A VI, p. 305.
4. *Voir B VIII, p. 313-314* et la paraphrase de Simplicius en B VII, p. 312-313.
5. Voir B VIII, p. 313.
6. Voir B VIII, 3, p. 314.
7. Voir B V-B VI, p. 310-311 et B VIII, p. 313.
8. Voir B IX, p. 314.
9. Voir A VII, p. 305.
10. Voir A V, p. 297 à 305.
11. Voir p. 1215.

Parménide, le traité anonyme « De Melisso, Xenophane, Gorgia », édition critique et commentaire, « Cahiers de philologie », publié par le Centre de recherche philologique de l'université de Lille III, sous la direction de J. Bollack (Lille-Paris, 1980). Signalons enfin la grande édition de G. Reale, *Melisso, testimonianze e frammenti* (Florence, 1971).

NOTES

Page 295.

1. Voir A III, p. 296.
2. Voir B II, III, IV, V, VI, p. 309 à 311. *Infini* (ἄπειρον) est l'équivalent d'*illimité*.
3. Voir B VII, p. 311.
4. 444-441 av. J.-C. ; voir Eusèbe, *Chronographie* : « Première année de la quatre-vingt-quatrième olympiade ».
5. La mention du nom est erronée. Mais le contenu de la notice de Suidas correspond bien à Mélissos.
6. Abréviation du titre conservé par Simplicius (voir A IV, p. 297).
7. Voir A III, p. 296.
8. 444-441 av. J.-C.

Page 296.

1. Cette bataille, mentionnée d'autre part par Thucydide (*La Guerre du Péloponnèse*, I, CXVII), eut lieu en 441 av. J.-C.
2. L'origine de ces deux récits paraît remonter à Aristote, dans sa *Constitution de Samos*, aujourd'hui perdue (voir W. K. C. Guthrie, *A History of Greek Philosophy*, t. II, 101, n. 1).
3. Voir Aristote, *Constitution de Samos*, éd. Rose, fgm. 577. Le vers d'Aristophane n'est pas autrement connu.
4. En l'été 440 av. J.-C.
5. *La Guerre du Péloponnèse*, I, CXVII.
6. Voir *Aristoteles pseudepigraphus*, éd. Rose, fgm. 578, pour la suite du fragment précédemment cité.
7. Voir Plutarque, *Contre Colotès*, XXXII, 1126 B, et Élien, *Histoires variées*, VII, 14. G. Reale renvoie encore à Jamblique, *Vie pythagorique*, 267 (voir l'École pythagoricienne, A, Catalogue de Jamblique, p. 559, où Mélissos figure aux côtés de « Lacon[...] et Hippon » sous la mention « De Samos »); Eusèbe, *Préparation évangélique*, XIV, XVII, 10 et Jean Tzetzès, *Chiliades*, II, v. 90.

Page 297.

1. Voir Galien, *Sur les Éléments selon Hippocrate*, I, 9 (ou Alcméon, A II, p. 217) et *Sur la nature de l'homme d'Hippocrate*, XV, 5.

2. Début du traité pseudo-aristotélicien, *Mélissos, Xénophane, Gorgias*. Voir également Xénophane, A XXVIII, p. 98 à 103.

3. Puisque le projet de cette édition française est d'offrir au lecteur une traduction de la lecture de Diels, nous prenons le parti, dans ce fragment totalement désespérant, de conserver le plus possible les lectures qui sont les siennes. Ici, nous lisons donc ἀΐδια (elles sont *éternelles*) en écartant la leçon ἀδύνατα (dans les deux cas elles sont *impossibles*). Le sens n'est pas plus satisfaisant, quel que soit le texte.

4. Ou l'*être* : τὸ ὄν.

Page 298.

1. Diels conserve la correction ἐπαλλάξει (*superposition*, que nous disons *mécanique*, voir plus loin la note 3), alors que la leçon manuscrite est ἀπαλλάξει *(séparation)*.

2. La tradition manuscrite porte δι' ἀλλήλων χωριζόντων, c'est celle que nous retenons. Diels propose de lire διάδηλα χωριζόντων *(des unités visibles formées d'éléments séparés)*.

3. La première hypothèse correspond à un mélange par *composition synthétique*. Cette conception répond à ce que Chrysippe et les stoïciens anciens appelleront la σύγχυσις. (Voir Arnim, *Stoicorum veterum fragmenta*, II, 154, 15.) Le mélange ainsi formé est un produit tout à fait nouveau, où les composants ont perdu leurs qualités propres. La seconde hypothèse correspond à l'idée d'un mélange par *juxtaposition*. Les stoïciens emploieront (voir Arnim, *ouvr. cité*, II, 154, 10) le terme de παράθεσις, là où le texte du pseudo-Aristote emploie ἐπιπροσθήσις, que nous traduisons par *superposition mécanique*. Le produit du mélange est un agrégat mécanique où chaque composant conserve son identité propre. En fait, cette seconde conception paraît pouvoir être identifiée à celle des homéoméries d'Anaxagore (voir A I, 8, p. 616 ; A XLIII, XLIV, XLV, XLVI, p. 637 à 641 ; A LI, p. 643 ; A CIV, p. 666 ; B I, p. 670 ; B III, p. 670 et B V, p. 673). En effet les éléments rassemblés dans le mélange sont tantôt *invisibles* (ἄδηλα) tantôt *visibles* (φανερά ou φαινόμενα). C'est peut-être à cette tradition anaxagoréenne, ou en tout cas à un atomisme de ce type — car qui dit atomisme dit en même temps éléatisme —, que Mélissos (ou le pseudo-Mélissos) emprunte son second modèle de mélange. La conclusion du fragment (II, 32, p. 304) se rapprochera davantage encore de la conception stoïcienne (voir aussi B VIII, p. 313-314).

4. Ce *lui*, sujet non exprimé du verbe ᾤετο, pourrait être en effet Anaxagore ; ce qui produit pourtant un anachronisme, faisant du *Mélissos, Xénophane, Gorgias* un écrit tardif (voir encore Anaxagore, B XXI *a*, p. 680 et Démocrite, A CXI, p. 800).

5. La raison, c'est-à-dire le λόγος, qui peut se prononcer contre les sensations et les apparences. Parménide avait professé la même

critériologie (voir A XXIV, p. 241 et B VII, témoignage de Sextus Empiricus, p. 261).

6. Il est difficile d'admettre qu'une telle formule, que l'on retrouve mot pour mot chez Protagoras (voir B I, p. 998) — mais qui est commune aux Abdéritains —, puisse venir de Mélissos, quand on sait, en outre, l'usage que les sceptiques en font.

Page 299.

1. *Pas plus* : οὐδὲν μᾶλλον, formule démocritéenne (voir B CLVI, p. 885) qui sera utilisée par l'école pyrrhonienne.
2. Mélissos (ou le pseudo-Aristote) prend ici ἐναντίας au sens technique et aristotélicien de *contradictoires*. La propriété essentielle des contradictoires est qu'elles ne peuvent être fausses ensemble — comme cela est possible pour les contraires —, et que, par conséquent, si l'une est fausse, l'autre est nécessairement vraie.
3. Ce qui serait la thèse de Mélissos lui-même.
4. Voir Hésiode, la *Théogonie*, v. 116, 117 et 120.
5. Ici, il s'agit évidemment d'Héraclite et de ses disciples, bien que la formule ne se retrouve pas mot pour mot chez Héraclite.
6. Comme dans tout ce texte, mais ici plus particulièrement, il est très difficile de restituer les aspects multiples du verbe γίγνεσθαι, qui signifie tout à la fois *devenir*, c'est-à-dire naître, être engendré ou provenir, mais aussi *changer* et *être en mouvement*. Le lecteur français doit savoir que ces diverses acceptions renvoient à un seul terme.

Page 300.

1. Comme dans la perspective héraclitéenne.
2. Ici, il n'est plus possible de traduire μὴ ὄν par *néant*, car le terme ne signifie plus seulement non-existant, mais ce qui devient et est soumis au mouvement de génération et de devenir, par opposition à la permanence de l'être.
3. Diels lit [μὴ] ὄν en supprimant la négation : soit l'*étant* au lieu du *non-étant*.
4. Voir Empédocle, B XII, p. 378.
5. Voir Empédocle, B VIII, v. 3-4, p. 376.

Page 301.

1. Voir Empédocle, B XVII, v. 32, p. 380.
2. À savoir la Haine et l'Amitié, causes du mouvement et de la démultiplication de l'Un, ou encore de l'unité primitive du *Sphairos*. Quand il n'y a pas séparation des quatre éléments, il y a unité.
3. Voir Anaxagore, A L, p. 643. Anaxagore n'est connu qu'indirectement par le pseudo-Aristote, auteur du *Mélissos, Xénophane, Gorgias*.

4. L'attribution de ce propos à Anaximandre n'est confirmée par aucun autre auteur. En revanche, ce qui est dit de la raréfaction et de la condensation peut lui être appliqué (voir Anaximandre, A XVI, p. 31).

5. Voir Anaximène, B II, p. 49.

6. Entendons : la *totalité* des états successifs composant le monde.

7. Le terme ῥυθμός s'écrit aussi ῥυσμός. Voir Démocrite, A XXXIII, p. 763 ; A XXXVIII, p. 768 ; B V I, p. 839 et B CCLXVI, p. 909. Le pseudo-Aristote partage le point de vue d'Aristote sur l'atomisme, tenu pour une forme dérivée de l'éléatisme : les atomes ne sont que la démultiplication et l'éparpillement dans le vide d'un être identique. Tout se passe comme si l'être de Parménide avait éclaté.

Page 302.

1. Voir Parménide, B VIII, v. 43 à 45, p. 263.

2. La lecture du nom d'Anaxagore est douteuse. Un autre manuscrit porte le nom d'Athénagore, platonicien du IIe siècle après J.-C. et converti au christianisme. Les paragraphes 17 et 18 font l'objet d'un profond bouleversement. Voir G. Reale, *Melisso, testimonianze e frammenti*, Florence, 1970, p. 320.

3. ὁμοιομερές : *formé de parties semblables.* Ce sont là les ὁμοιομερῆ σώματα, ou *homéoméries* d'Anaxagore (voir A XLI, p. 634 ; A XLIII, p. 637 ; A XLV, p. 639 ; A XLIX, p. 643 ; B I, p. 670 ; B III, p. 670 et B V, p. 673).

4. Voir Zénon, B I, p. 291.

Page 303.

1. Voir Xénophane, A XLVII, p. 111.

2. Voir Empédocle, B XXXIX, p. 391.

3. Il (l'être), et non l'illimité, car Diels supprime le mot ἄπειρον.

4. Ici, les manuscrits sont corrompus.

5. L'étymologie de χώρα : *lieu* ou *réceptacle*, pourrait être χάος : le *chaos*. Voir Hésiode, la *Théogonie*, v. 116.

Page 304.

1. L'expression d'Anaxagore se rapprochant le plus de ce témoignage est rangée sous la rubrique A L, p. 643.

2. Voir Empédocle, B XIV, p. 378.

3. Voir Empédocle, B XIII, p. 378. Citation légèrement différente que reflète la différence de traduction.

4. Le concept de *substitution circulaire* (περιΐστασθαι) reprend l'explication du mouvement dans le plein proposée par Aristote (voir *Physique*, IV, VIII, 215 *a* 15 : ἀντιπερίστασις), selon un modèle

platonicien (voir le *Timée*, 79 *b*, περίωσις). Descartes, note J. Moreau (*L'Espace et le Temps selon Aristote*, Padoue, 1965), rendra célèbre cette explication sous le nom de théorie des *tourbillons* (voir Descartes, *Les Principes de la philosophie*, II, 33).

5. Voir A v, I, 7 et suiv. p. 298.

6. Pour indiquer la coextension, le pseudo-Aristote emploie l'expression συγκεῖσθαι ταχθέντα [...] παρά. Une telle formule évoque l'ἀντιπαρέκτασις des stoïciens, qui définit la κρᾶσις (voir la note précédente et Arnim, *Stoicorum veterum fragmenta*, II, 154, 20) ; mais contrairement à cette troisième forme de mélange où les composants conservent leur identité du fait de la coextension, on a bien affaire, dans les συγχύσεις pseudo-aristotéliciennes et stoïciennes, à un mélange où les propriétés initiales des composants disparaissent et se transforment complètement.

Page 305.

1. Les Ioniens, comme Thalès et Anaximène, qui font de l'eau ou de l'air un principe, ou encore Héraclite, pour qui le principe est le feu.

2. Les partisans de l'unité.

3. Voir Parménide, A xxiv, p. 241.

4. Ce passage en reprend un autre qui figure déjà plus haut dans la *Physique* (I, iii, 186 *a* 7). Le syllogisme de Mélissos repose sur la prémisse absurde que l'être est inengendré, immuable et immobile.

Page 306.

1. À partir de l'argument selon lequel il n'existe ni mouvement selon le lieu, ni augmentation (voir Aristote, *Physique*, IV, vi, 213 *b* 5).

2. Ce second argument, touchant le vide, est propre aux Éléates et non à Aristote qui admet un mouvement dans le plein (voir Mélissos, A v, II, 29, p. 304 et n. 3, p. 304).

3. Cette dernière remarque vise Zénon d'Élée et l'argument de *la dichotomie. Voir cet auteur* en A xxii, p. 285 et A xxv, p. 287.

4. Diels renvoie à Parménide (voir A xxv, p. 242). Pour le commentaire philosophique, voir Zénon, A xxi et A xxii, p. 283-285, passages où se trouve discutée la thèse de Xénocrate sur les lignes insécables.

5. Voir Parménide, A xxxvi, p. 247.

6. Notation erronée.

7. Le texte d'Aristote qui prend place sous le numéro suivant (A x) va proposer une interprétation, faisant intervenir l'illimitation dans le temps, qui est conforme à B ii, p. 309. *Illimité* se dit alors de ce qui est éternel et n'a ni principe ni fin. Mais *illimité* concerne aussi la grandeur (voir B iii, p. 310).

Page 307.

1. Voir Parménide, A xxxvi, p. 247.

2. On trouve ici en raccourci la première antinomie de la raison pure de Kant (voir la *Critique de la raison pure*, « Premier conflit des idées transcendentales », *Œuvres complètes*, Bibl. de la Pléiade, t. I, p. 1086).

3. Voir Aristote, *Réfutations sophistiques*, v, 181 *a* 27 et *Physique*, I, III, 186 *a* 10.

4. Voir Xénophane, A xxx, p. 103 et Parménide, A xxvii, p. 243.

5. Voir Parménide, A xxix, p. 244.

Page 308.

1. La leçon des manuscrits, retenue par Berthelot et Ruelle, est : Μιλήσιος τὸ ὠόν. Il faut lire dans ce cas : « C'était l'opinion de X (Thalès ?) de Milet, disant que c'était l'œuf qui est l'eau divine, c'est-à-dire le divin exempt de feu. » Confirmation de cette lecture peut être trouvée en B viii, 3, p. 314.

2. Voir Métrodore de Chio, A xxii, p. 944.

3. Voir B viii, 2 et 3, p. 313-314.

4. C'est bien sûr Aristoclès qui parle.

5. Voir Parménide, A xlix, p. 252.

6. Tous ces fragments ont été empruntés par Diels à l'édition de A. Covotti, « Melissi Samii reliquiae », *in Studi italiani di filologia classica*, 1898, p. 213 et suiv.

Page 309.

1. La formule εἶναι μηδέν peut s'entendre de deux manières, selon que l'on fait de μηδέν un sujet (c'est la solution retenue ici) ou un attribut. Dans la seconde interprétation, il faut alors comprendre : « Il aurait dû n'être rien avant d'être engendré. »

2. Là encore, une hésitation est possible sur la formule εἰ μηδὲν ἦν. Ou bien l'imparfait a une valeur temporelle (c'est la solution retenue ici), ou bien l'imparfait est simplement, comme disent les grammairiens, duratif, sans autre valeur temporelle précise; il faut alors entendre : « S'il y avait néant (en règle générale, et à tous les instants), rien ne pourrait provenir du néant. »

3. La paraphrase de Simplicius, naguère considérée comme ayant valeur de fragment authentique, concernera les fragments I, II, VI et VII, et suivra la citation de ces fragments.

4. Voir Aristote, *Physique*, I, III, 186 *a* 4.

5. Le mot grec ἀρχή signifie le *commencement*, par opposition à la fin. Mais il signifie aussi le *principe*, comme dans le témoignage A x, p. 307. Pour Mélissos, dire que l'étant n'a pas d'ἀρχή, veut aussi bien dire qu'il ne tire pas son existence d'un principe; tel est au contraire le cas pour toute chose non éternelle, c'est-à-dire devenue, engendrée et provenue.

Page 310.

1. Voir B II, p. 309.
2. Voir B X, p. 314, qui fait immédiatement suite à ce fragment.
3. Ce fragment vient, dans le *Commentaire* de Simplicius, après B IX, p. 314.
4. Eudème, *Physique*, éd. Spengel, fgm. 9.
5. Nous supprimons la virgule posée par les éditeurs entre πλείονα et περανεῖ.

Page 311.

1. Voir Parménide, B VIII, v. 4, p. 261. Mais au lieu de ἀτέλεστον *(dépourvu de fin)*, Simplicius (voir *Physique*, 120, 23, et dans ce passage) a lu ἀγένητον signifiant *non engendré*. La paraphrase de ce texte se retrouve dans *Mélissos, Xénophane, Gorgias*, I, 2 (voir A V, p. 297).

Page 312.

1. Les expressions οὐδὲ κενεόν ἐστιν (voir une ligne plus haut) et εἰ γάρ κενεόν ἦν ou εἰ κενὸν μὴ ἔστιν peuvent aussi bien signifier que *le vide n'existe pas* (cette lecture a notre préférence) ou, comme l'entend Kranz, que *l'étant n'est pas vide*.

Page 313.

1. Au sens où il n'a ni commencement ni principe (voir B II, p. 309).
2. Il est difficile de traduire σημεῖον autrement que par le mot *signe*. Par signe, les péripatéticiens (voir Aristote, *Premiers analytiques*, II, XXVII, 70 *a* 7) entendent la prémisse démonstrative, nécessaire ou probable. Les stoïciens ont étendu la valeur du terme, en en faisant la majeure (*lemme* ou *protase*) de leur syllogisme hypothétique *(sunèmménon)* ou implication. Le signe est ce qui est admis ou posé au point de départ du raisonnement, ou comme l'a encore dit l'auteur du *Mélissos, Xénophane, Gorgias*, l'axiome initial, principe de la démonstration (voir A V, 1, 9 et suiv., p. 298). On rapprochera cette mention du μέγιστον σημεῖον chez Mélissos, de l'expression σήματα πολλά utilisée par Parménide, B VIII, v. 2, p. 261 : *« Sur cette voie il est de fort nombreux repères »*.
3. Voir A XIV, p. 308 (témoignage d'Aristoclès).

Page 314.

1. Il s'agit, à proprement parler, du doigt : Mélissos songe à usure d'une bague ou d'un anneau, comme chez Lucrèce (voir *De la nature*, I, v. 112). S'il s'agit de la main, c'est à l'usure d'une poignée ou d'un manche que pense Mélissos; ce détail a évidemment donné lieu à une très abondante littérature (voir G. Reale,

Melisso, p. 401). Notons que cet exemple n'est repris par aucun écrit sceptique.

2. Voir A XIII, p. 308 (Olympiodore).

3. Lecture douteuse.

4. Ce fragment vient, dans le *Commentaire* de Simplicius, après B X, p. 314.

5. Voir B III, p. 310. Qui dit *étendue* (διάστατον : l'*étendu*), dit en même temps *divisibilité* et *divisible*.

Page 315.

1. Ce fragment vient, dans le *Commentaire* de Simplicius, après B III, p. 310.

2. Un pythagoricien. (Voir Diogène Laërce, *Vies*, III, 22.)

3. La citation est la suivante : ἔστιν ἃ ἐγένετο νῦν καὶ <ἀεὶ> ἔσται. Si l'on renonce à l'addition de ἀεὶ (*toujours* ou *sans cesse*), il est possible alors de prendre comme un tout l'expression ἃ ἐγένετο νῦν qui signifierait : *l'état présent du devenir* ou *de la génération*. Dans ce cas, la formule veut dire : « Ce qui existe actuellement (mais que l'on croit — à tort — être un produit du devenir), c'est ce qui constitue en réalité l'être, et c'est ce qui sera ». On peut alors concilier ce témoignage (sous une forme qui appartient peut-être à Lamiscos) avec le fragment B I de Mélissos, p. 308. D'autre part, il faut noter que Mélissos et Lamiscos sont également de Samos, donc compatriotes, ce qui est peut-être à l'origine d'une confusion. Diels soupçonne un faussaire alexandrin d'avoir prêté à Lamiscos plusieurs imitations dont, avec Mélissos, Archytas et Occelos ont été victimes.

EMPÉDOCLE

NOTICE

L'intérêt littéraire qu'Empédocle a suscité, et dont les noms de Hölderlin et de Nietzsche sont les témoins, ainsi que l'intérêt scientifique que lui ont porté au cours de ce siècle, et plus récemment, E. Bignone, W. Kranz, J. Bollack, D. O'Brien et C. Gallavotti, est à la mesure de l'importance des fragments conservés. Des présocratiques, il est, avec Démocrite, l'un des plus fréquemment cités par les auteurs anciens. Mais par un injuste retour des choses, il est aussi victime de la diversité et de la variété des intérêts qu'il suscite. Est-il un pythagoricien ? Est-il un précurseur des atomistes et un épicurien avant la lettre ? Professe-t-il un matérialisme original ? Une réponse ferme et assurée à ces questions condamnerait le critique à écarter bon nombre de témoignages qui ébranleraient son assurance.

Il est peu douteux qu'Empédocle ait été formé au pythagorisme. Les *Catharmes* ou *Purifications* paraissent relever directement de cette inspiration. Empédocle y a rencontré les thèmes de la transmigration des âmes[1], de la Caverne, comme plus tard chez Platon[2], et de la purification philosophique. On peut peut-être accorder crédit à l'anecdote qui le représente chassé, comme Platon, de l'École pythagoricienne[3].

Mais il est déjà plus difficile de faire du poème *De la nature* une entreprise pythagoricienne, même si Simplicius voit davantage en son auteur un pythagoricien[4] qu'un Éléate. En effet, si l'on voulait s'efforcer de ramener les thèses empédocléennes au pythagorisme, il faudrait estimer qu'Empédocle a tenu pour principes l'Un et la dyade, pour rendre compte de l'existence d'une seule réalité nécessairement matérielle, comme l'a si bien dit Simplicius qui tient les pythagoriciens pour des matérialistes. La dyade, principe de dissociation et en quelque sorte cause motrice, peut avoir été représentée par le couple de la Haine et de l'Amitié[5], ce qui n'irait pas sans nombre de difficultés dont l'examen dépasserait le cadre de la présente Notice. À l'opposé, et comme second principe, se trouve l'Un, tantôt sous la forme arrondie du Sphairos, tantôt sous la forme de la quadruple racine s'accordant assez aisément avec la conception pythagoricienne de la tétractys, ou bien encore sous l'expression développée des quatre éléments. H. Diels a renoncé à citer tous les *testimonia* qui rapportent à Empédocle l'invention des quatre éléments. C'est, avec l'invention de la rhétorique[6], le point par lequel il est passé à la postérité scolaire. On notera cependant que ces quatre éléments se réduisent à deux pour Aristote et Simplicius[7], parce que le feu s'oppose à l'ensemble constitué par l'eau, l'air et la terre. Ces éléments sont-ils eux-mêmes constitués par des particules ou des corpuscules primitifs[8] ? Par là, Empédocle ressemblerait à Anaxagore et annoncerait Démocrite. Ou bien ces éléments sont-ils la première forme que prend l'Un qui se dissocie ? Auquel cas la pensée de l'Un serait chez Empédocle absolument première, ce qui le rattacherait à l'école éléate. Déjà Empédocle, comme, avant lui, peut-être Parménide et en tout cas Anaxagore, rencontre cette question qui a hanté la conscience grecque des origines au néoplatonisme, et qui est de savoir comment l'Un se fait multiple, pourquoi le même devient autre, et par quelle audace l'Intellect a pu s'écarter de l'Un. Parce que cette question philosophique est à la fois essentielle et insoluble, Aristote, le premier à examiner en détail les questions rencontrées par Empédocle, ne manquera pas de lui adresser le même reproche qu'à Anaxagore : celui de n'avoir pas

1. Voir B CXV, p. 421 et B CXLVII, p. 435.
2. Voir B XCIV, p. 410 et B CXX, p. 424.
3. Voir A I, 54, p. 320.
4. Voir A VII, p. 328.
5. Voir A XXVIII et suiv., p. 337.
6. Voir A V, p. 328.
7. Voir A XXXVI, p. 341 et B XCVI, p. 411.
8. Voir A XLIII, p. 343.

su expliquer, autrement que par une sorte de subterfuge, l'origine du mouvement, c'est-à-dire la cause efficiente.

Ici surgissent deux problèmes d'interprétation tout à fait essentiels. La volonté d'exclure toute causalité finale fait d'Empédocle un mécaniste. En ce sens, pour lui, la causalité n'est que matérielle. Ainsi sont donc d'abord sortis de la terre des membres épars, puis des monstres, puis les créatures que nous connaissons[1]. On songe à Démocrite[2] et à Lucrèce qui nourrit la plus grande admiration pour le maître agrigentin[3]. Faut-il pour autant faire d'Empédocle une sorte d'atomiste[4] ? La mise de côté de la Haine et de l'Amitié, et l'explication, à partir des seuls éléments, de ce que la nécessité devrait pourtant concourir à produire, n'est-elle pas la conséquence dialectique de la première interprétation proposée par Aristote ?

En outre se pose la question des cycles. Empédocle est-il le poète « catastrophique » dont les *testimonia* entretiennent la légende ? A-t-il, comme plus tard Platon dans le *Politique*[5], imaginé un devenir cyclique qui nous ferait vivre actuellement sous le règne de la Haine ? Certes le mot de *cycle* est appliqué à Empédocle[6]. Mais J. Bollack, l'un des meilleurs connaisseurs contemporains de la tradition empédocléenne, refuse l'alternance cyclique de l'Amour et de la Haine : « Exiger que l'alternance se distribue sur deux phases distinctes au cours d'un cycle [...] revient à lui ôter tout son sens[7] ». C'est là une interprétation dialectique au sens moderne : Amitié et Haine étant comme les moments ou comme les composantes d'une même réalité, la Haine travaillant au dessein de l'Amitié, et réciproquement. Le moins qu'on puisse dire est que l'opacité de la tradition ou des traditions empédocléennes, se prête aussi à une telle lecture. On pourra lire dans W. K. C. Guthrie[8] un résumé des discussions auxquelles donne lieu l'interprétation du fragment[9] et du témoignage de Simplicius.

Un autre centre d'intérêt de la lecture d'Empédocle est la place occupée par les témoignages relatifs à la biologie, à la physiologie, à la sensation et à la théorie de la connaissance. Le témoignage essentiel sur ce point est celui de Théophraste[10]. Empédocle donne de la pensée et de la sensation une explication matérialiste situant la conscience dans le cœur et dans le sang. La sensation se fait à partir du semblable et par le semblable[11]. La description de son mécanisme fait appel à la théorie des pores et des effluves. Pour qu'un effluve

1. Voir A LXXII et suiv. p. 355. La même théorie est professée par Parménide, A LI, p. 253.
2. Voir B V, 1, p. 839.
3. Voir A XXI, p. 333.
4. Voir A XXXIV, p. 340 et de A XLI à A XLIV, p. 342 à 344.
5. *Le Politique* 269 c.
6. Voir A LII, p. 347 ; B XVII, p. 379 et B XXVI, p. 385.
7. *Empédocle*, I, 118.
8. Voir *A History of Greek Philosophy*, II, p. 183.
9. Voir B XXXV, p. 388.
10. Voir A LXXXVI, p. 363.
11. Voir A LXXXVI, p. 363 et B CIX, p. 417.

en provenance de l'objet sensible éveille une impression consciente, il faut qu'il rencontre un canal, le *pore*, exactement de même calibre et ajusté à la donnée sensible. Cette physiologie du passage de l'extériorité à la conscience est la théorie scientifique la plus détaillée que l'Antiquité connaisse. Elle sera reprise par les épicuriens. Mais parler de pores soulève une nouvelle question[1]. Les pores étant des parties du corps, les parties poreuses ne sont-elles pas, par opposition aux parties pleines, comme du vide dans le plein, de telle sorte qu'une telle conception impliquerait une position atomiste avant la lettre ? C'est là encore une difficulté que la tradition rencontre.

Un mot pour terminer sur le style des fragments. L'Antiquité a considéré généralement la forme poétique mise en œuvre par Empédocle comme médiocre et sans grand intérêt stylistique. Si nous sommes sensibles aujourd'hui à d'étonnantes formules frappées au coin du mystère, nous le devons peut-être à ce qu'une foule de vers moins expressifs sont tombés hors de la mémoire. Il reste que si le ton n'est pas exempt d'une certaine lourdeur didactique dénoncée dès l'Antiquité, l'extraordinaire légende empédocléenne, la figure du champion olympique, du démocrate, du thaumaturge, et l'énigme même de sa mort — ou de sa disparition — sont bien propres à retenir encore l'imagination.

NOTES

Page 319.

1. 496 av. J.-C.
2. Voir A I, 74, p. 325. La mention de *Héraclite* doit être corrigée en *Héraclide*. Mais peut-être Aristote dit-il qu'Empédocle est mort à soixante ans comme Héraclite (voir A I, 3, p. 129) ?

Page 320.

1. Voir B CXXVIII, p. 427 et la variante d'Athénée, en A XI, p. 329.
2. Voir A I, 55, p. 320 et A I, 74, p. 325.
3. Voir *B* CXII, p. 419.
4. Voir B CXXIX, p. 428.

Page 321.

1. Le *Sophiste* fait partie, comme le *Sur les poètes* mentionné aussitôt après, des œuvres perdues d'Aristote; on ne sait s'il s'agissait de dialogues. Diogène Laërce, au livre IX, 25, de ses *Vies*, reproduit à propos de Zénon (voir A I, p. 275), le même témoignage.

1. Voir A LXXXVII, p. 369. Cette théorie est, là encore, partagée par Parménide et beaucoup d'autres (voir Parménide, A XLVII, p. 252).

2. Voir Gorgias, A III, p. 1010.
3. Voir B CXI, p. 419.
4. Empédocle ordonna de fabriquer des coupe-vent avec les peaux (voir A XIV, p. 329).
5. Voir B I, p. 374.

Page 322.

1. Voir B CLVI, p. 438.
2. Voir B CXII, p. 419.
3. La source de Diogène Laërce est ici encore Timée (voir A I, 60, p. 321 et la parenthèse du paragraphe 66, p. 323). Il s'agit de l'historien Timée de Sicile, à ne pas confondre avec le pythagoricien de Locres qui donne son nom au dialogue de Platon.
4. Le chiffre est exagéré. Une glose, que nous supprimons, s'est introduite dans le texte.
5. Sans doute l'hôte aspirait-il à se faire nommer tyran par le Conseil. Empédocle déjoue le coup d'État qui se prépare. Le geste de retourner sa coupe sur sa tête paraît être d'allégeance, d'honneur ou de respect.

Page 323.

1. Voir B CLVII, p. 439 et les notes relatives à ce fragment jugé apocryphe par Diels.
2. Voir B CXII, v. 4-5, p. 420.
3. Voir le témoignage d'Aristote, en B XCII, p. 410 et B C, p. 413.

Page 324.

1. Ici, comme plus loin au paragraphe 73, p. 325, on insiste sur le bronze des chaussures d'Empédocle. L'image du bronze revient souvent dans les fragments : voir B C, p. 413 (la clepsydre), B CXXXVIII, p. 432 et B CXLIII, p. 434 où le bronze impérissable — signe d'immortalité — effectue la coupure purificatrice. Chaussé de bronze, Empédocle se retranche des souillures de la terre. C'est là un signe de piété, et non de richesse ou d'élégance. Le rejet de la sandale par le feu symbolise la séparation définitive.

Page 325.

1. Confusion avec Gorgias (voir A I, 58, p. 321).
2. 444-441 av. J.-C.
3. La *Lettre* a été citée à deux reprises en A I, 53 et 55, p. 320.
4. Voir B VI, v. 2-3, p. 376.
5. Voir B XVII, v. 6, p. 380.

Page 326.

1. Voir B XVII, v. 7-8, p. 380.
2. Voir B CXVII, p. 423.
3. Voir A I, 58, p. 321.
4. D'après Hésychius.
5. Il s'agit sans doute d'une confusion avec Zénon d'Élée.
6. D'après Hésychius.
7. 464-460 av. J.-C.
8. D'après Porphyre. Ces traits se retrouvent dans Diogène Laërce et dans Strabon (voir A XVI, p. 331).
9. D'après Diogène Laërce (voir A I, 58, p. 321).
10. L'édition princeps de la *Suda* (*Lexique* de Suidas) s'accorde avec Jean Tzétzès pour indiquer que l'ouvrage comptait trois livres (voir E. Bignone, *Empedocle*, Turin, 1916, p. 311); la mention de *deux livres* est une correction de Diels.

Page 327.

1. Les pneumaticiens font résider dans le souffle (πνεῦμα) le principe de la vie. L'école pneumatique sera illustrée par les stoïciens, puis par Galien.
2. Voir B CLVII, p. 439.
3. Voir Thucydide, *Histoire de la guerre du Péloponnèse*, II, VII, 47.
4. Voir B CV, p. 416.

Page 328.

1. Voir Zénon, A I, 25, p. 275 et A I, 57, p. 321.
2. D'après Théophraste, *Opinions des physiciens*, fgm. 3 (*Doxographi graeci*, p. 477).
3. Pendant la soixante-neuvième olympiade (504-501 av. J.-C.).
4. Sans doute d'après un biographe anonyme.
5. La première année de la quatre-vingt-unième olympiade, soit en 456 av. J.-C.
6. Dans l'intervalle entre la bataille de Cremera (477) et la création du décemvirat (450); la source probable est la chronologie de Cornélius Népos.

Page 329.

1. La première année de la quatre-vingt-sixième olympiade, soit 436 av. J.-C. (Voir Parménide, A XI, p. 237.)
2. Voir A I, 53, p. 320.
3. Voir A I, 60, p. 321 et A II, p. 326. Seule l'expression est différente.
4. Jamblique cite Porphyre, à partir duquel les philologues reconstituent le témoignage de Nicomaque.

Page 330.

1. La suite de ce texte introduit les fragments B CXI, v. 3 à 5, p. 419 et B CXII, v. 10 à 12, p. 420.
2. Il s'agit de la magie.
3. Ici encore, il s'agit de la magie.
4. Anchitès est le père de Pausanias, voir B I, p. 374.

Page 331.

1. *Odyssée*, IV, v. 221. La traduction citée est celle de V. Bérard. Cette drogue est le célèbre *népenthès*, remède à la mélancolie.
2. La source paraît être Nicomaque.
3. Qui connurent la mélancolie. (Voir Lucien, *Les Fugitifs*, II.)

Page 332.

1. Voir A I, 73, p. 325.
2. Voir A I, 57, p. 321.
3. Voir Zénon, A I, 25, p. 275 : « *À la langue pendue pour le pour et le contre.* »

Page 333.

1. Voir Zénon, A I, 29, p. 276.
2. Voir Xénophane, A I, 20, p. 92.
3. Voir A LXXXVI, p. 363; B XXII, v. 5, p. 383; B LXII, v. 6, p. 398; B XC, p. 409; B CIX, p. 417, etc. Mais on ne voit pas en quoi consiste la ressemblance entre la chienne et l'argile.
4. La mer d'Ionie.

Page 334.

1. Ménandre de Laodicée a été longtemps confondu avec Généthlios, à qui doit être attribué ce témoignage.
2. C'est-à-dire les poèmes : *De la nature.*
3. Voir A I, 57, p. 321 et Amnonius en B CXXXIV, p. 430.
4. Voir B VI, v. 2, p. 376.
5. Voir B VI, v. 2, p. 376.
6. La φυσιολογία, *explication raisonnée des phénomènes de la nature*, correspond à notre physique. Mais elle interprète aussi allégoriquement les récits mythologiques en leur conférant une signification naturelle. Voir J.-P. Dumont, « Diogène de Babylone et la déesse Raison », *Bulletin de l'association Guillaume Budé*, 3, 1984, p. 260 et suiv. et le parallèle entre Cicéron, *De la nature des dieux*, I, XV, 41 et Philodème, *De la piété*, c. 15-16.
7. Cette formule est à verser au dossier des études de l'école de Tübingen sur le mode d'écriture platonicien. Comme le dit Platon

dans la *Lettre VII* et dans le *Phèdre* (276 *d*), les dialogues sont des ὑπομνήματα, des écrits destinés à permettre la remémoration des discussions orales. La même formule est reprise ici, dans l'expression qui use du verbe ἀναμιμνήσκειν.

Page 335.

1. Voir Parménide, A xv, p. 238.

Page 336.

1. Voir Hérodote, *Enquête*, I, LIII, 91. L'oracle de Delphes est ambigu, car l'empire qui doit périr pouvait être celui de Cyrus, alors que ce fut celui de Crésus lui-même.
2. Voir B LV, p. 396.
3. Sorte de jacquet ou de trictrac : des lignes sont tracées sur une tablette.
4. Publius Mucius Scaevola, consul en 133 et auteur d'un ouvrage de droit.
5. Cicéron use du terme grec φυσικοί, c'est-à-dire *physiciens* ou *philosophes de la nature*.
6. Austère, par opposition au style fleuri et au style commun.
7. Le texte suivi ici n'est pas l'édition de Diels, mais la version établie par I. Trencsényi-Waldapfel, « Cicéron et Lucrèce », *Acta antiqua academiae scientiarum hungaricae*, t. VI, fasc. 3-4, 1958, p. 321 à 381 et en particulier, p. 348, où nous lisons : *« Lucretiae poemata, ut scribis, ita sunt, [non] multis luminibus ingenii, multae tamen artis ; sed cum veneris »*, etc. où le mot *non* doit être supprimé.
8. Selon les éditeurs, la lettre de Cicéron, qui appartient au livre II, porte soit le numéro IX — comme ici — soit le numéro XI.

Page 337.

1. L'air, l'eau et le feu.
2. Voir B VI, p. 376. Pourquoi, alors qu'il existe six principes : les quatre éléments plus les deux puissances, Amitié et Haine, Empédocle parle-t-il d'une quadruple racine (voir B VI, v. 1, p. 376) ? Il y a à cela deux raisons : d'abord, les quatre éléments sont matériels, contrairement aux deux forces ; ensuite, et peut-être surtout, la raison en est pythagoricienne, car la somme des quatre premiers nombres (la *tétractys*), est égale à dix ; or dix représente le Tout, c'est-à-dire aussi l'Un. Si dans cette voie, on essaie de comprendre la parenté entre le pythagorisme et l'expression que lui donne Empédocle, on est amené à poser que les deux principes pythagoriciens, l'Un et la dyade, deviennent d'un côté l'Un ou le Tout, c'est-à-dire l'unité des quatre éléments, et d'un autre côté la dyade, cause de mouvement et de génération, exprimée par le couple de l'Amitié et de la Haine. Mais, alors que dans le platonisme la dyade

représente la matière ou l'illimité, et l'Un un principe intelligible d'unification, la lecture empédocléenne du pythagorisme donne à l'Un la dimension de la matière, et la dyade (Amitié et Haine) est réduite à la fonction motrice et multiplicatrice, sans être dite pour autant matière.

3. Voir B XVII, v. 7-8, p. 380.
4. Voir B XVII, v. 17 à 20, p. 380.
5. Voir Xénophane, A XXIX, p. 103.

Page 338.

1. Voir Platon, *Philèbe*, 16 *c-d*.
2. Héraclite et Empédocle.
3. Voir Héraclite, B X, p. 138.
4. Αἰτίαν τούτων, mot à mot : *cause de ceux-ci*. On entend généralement que l'Amitié et la Haine exercent un rôle actif et causal dans la combinaison et la séparation des éléments. De fait, le plus remarquable est le singulier du mot *cause*, appliqué à deux puissances. Cette cause *une* est la dyade (voir Plutarque, A XLV, p. 344). Appliquée à l'Un, elle est cause du devenir et du mouvement, et, en particulier, c'est elle qui divise l'Un en quatre (éléments). « *Cause de ceux-ci* » indique d'abord que le couple (dyade) est cause de ce que l'Un est quatre.
5. Voir B XXXVIII, v. 4, p. 391 et B XXXV, p. 388.
6. Voir B XLII, p. 392.
7. Voir B CV, p. 416. L'hégémonique désigne, en langage stoïcien devenu usuel, la faculté maîtresse de l'âme, ou encore la conscience.
8. Cette doxographie, comme les textes suivants, relève de Théophraste et du Lycée.
9. Les pythagoriciens.

Page 339.

1. Voir B CXVII, p. 423 (voir encore Pythagore, VIII, p. 59).
2. Voir B VI, p. 376.
3. Jeu de mots sur Ζεύς et ζέσιν (*effervescence*); voir Hippon, A X, p. 463.

Page 340.

1. Voir B XVII, v. 7-8, p. 380.
2. Citation peut-être empruntée au pseudo-Plutarque (voir la *Vie d'Homère*, 90).
3. En fait le nom d'Aidônéus est celui de Hadès, mais il peut être rapproché, par fausse étymologie, de αἰθήρ (*éther*).
4. De même Nestis, déesse sicilienne, dont l'étymologie réelle est sans doute νάειν (*couler*), signifie en grec : *à jeun*.
5. Peut-être d'après un écrit de Plutarque sur Empédocle. Ce témoignage fait suite à B VI, p. 376.
6. Texte extrêmement corrompu. Voir A XXIII, p. 334.

7. La *rouille* (ἰός) désigne le résultat d'une oxydation; la *chalcite* (χαλκίτης) est le minerai de cuivre; la *cadmie* (καδμία) est la calamine employée pour la fabrication du laiton; et le *misy* (μίσυ) est un produit de l'oxydation des pyrites, renfermant à la fois du sulfate de cuivre et du sulfate de fer. Visiblement, les quatre composants cités par Galien représentent les quatre éléments, ce qui suggère un rapprochement avec B XXIII, p. 383. Mais ici on a davantage l'impression de se trouver devant une recette ou une formule comparable à celle conservée par Pline (*Histoire naturelle*, XXVI, 37), destinée à préparer une poudre constituant un remède contre les maladies ou les maléfices. (Voir M. Berthelot, *Collection des alchimistes grecs*, I, p. 15.)

8. Voir Mélissos, A V, II, 32, p. 304.

Page 341.

1. Voir l'explication de Simplicius (B XCVI, p. 411), où l'on voit que le feu occupe 4/8, et le reste des éléments l'autre moitié.

Page 342.

1. Ce texte paraît être le témoin capital d'un drame qui s'est joué sur le théâtre de l'herméneutique. On notera qu'Aristote, après avoir déclaré inintelligibles les propos d'Empédocle, les prolonge jusqu'à l'intelligibilité. Ce faisant, il sépare ce que (peut-être) Empédocle pourrait avoir uni, lorsqu'il parle d'une cause une du mouvement et du devenir (voir A XXX, p. 338). Cette division, destinée à simplifier le problème, peut être à l'origine d'un contresens complet sur la fonction dialectique et formelle de la dyade ou du couple Amitié-Haine.

2. Dieu paraît désigner le Sphairos (voir B XXXI, p. 387).

Page 343.

1. Erreur de Jean Philopon, résultant d'un préjugé aristotélicien ou néoplatonicien.

2. Aristote critique l'insuffisance de l'explication atomiste et mécaniste. Les éléments matériels ont nécessairement pour origine une matière première unique.

3. Voir A XLVI, p. 344.

Page 344.

1. Voir A XXXIV, p. 340.
2. Voir B CLIX, p. 439.
3. Voir Aristote, *Traité du ciel*, III, 5.
4. Voir A XXXII, p. 339.

Page 345.

1. Matière paresseuse, c'est-à-dire brute ou non travaillée.

Page 346.

1. Ce fragment arménien est cité par Diels dans la version latine d'Aucher, revue par Conybeare.
2. L'eau et la terre.

Page 347.

1. À ce témoignage font suite les vers 7 à 13 du fragment B XVII, p. 380.
2. C'est-à-dire à des fins pédagogiques (voir le *Commentaire sur le Traité du ciel d'Aristote*, 304, 5).

Page 348.

1. Voir B XLV, p. 393.
2. Voir Plutarque en B XLIV, p. 393. Ce témoignage très difficile à comprendre a dérouté les commentateurs. Diels le juge peu clair. E. Bignone renonce à l'interpréter. Cependant il confirme la demi-part faite au feu d'après Simplicius (voir B XCVI, p. 411 et J. Bollack, *Empédocle*, I, éd. de Minuit, Paris, 1965, p. 322).

Page 349.

1. Jean Philopon commente le texte précédemment cité du *Traité de l'âme* d'Aristote (II, VI, 418 *b* 20).
2. *Codex d'Athènes* 1249, XVIII. Ce fragment anonyme, provenant peut-être d'un traité d'optique, constitue, d'après H. Diels, le commentaire scolastique du texte précédent de Jean Philopon.
3. Voir B XLII, p. 392.

Page 350.

1. Les stoïciens, qui s'opposent à Empédocle.
2. Version du pseudo-Plutarque.
3. Version de Stobée.
4. Version de H. Diels. Le texte d'Aétius, on le sait, a été perdu. Son existence est attestée par Théodoret qui le cite. Diels l'a reconstitué, dans son édition des *Doxographi graeci (Doxographes grecs)* et a édité en parallèle, sur deux colonnes, le texte des *Placita philosophorum (Opinions des philosophes)* du pseudo-Plutarque et le texte des *Eclogae physicae (Textes choisis de philosophie naturelle)* de Jean Stobée, qui le reproduisent avec quelques variantes. Ici, les deux textes se contredisent et Diels propose une troisième version.

Page 351.

1. Voir Héraclite, A I, 9, p. 131.
2. C'est Diels qui propose de sous-entendre ici *le Soleil.* E. Bignone se montre satisfait de cette solution et renvoie à von

Arnim (*Stoïcorum veterum fragmenta*, II, 693; Diogène Laërce, *Vies*, VII, 151 et Stobée, *Choix de textes*, I, CVI, 24).

3. Voir A XXX, p. 338.

Page 352.

1. Version latine d'Aucher (voir A XLIX, p. 345).

2. Voir B LV, p. 396 et Antiphon B XXXII, p. 1104.

3. Le grec emploie un terme technique : παρακειμένῳ, pour indiquer qu'il s'agit d'un mélange *par juxtaposition*, l'eau douce mélangée à l'eau salée ne perdant pas ses qualités propres d'eau douce. (Voir Mélissos, A V, II, 32, p. 304 et Empédocle, A XXXIV, p. 340. Pour Démocrite, voir A CLV *a*, p. 828; pour Théophraste, voir *Des causes des plantes*, VI, X, 2.)

4. Voir Aristote, *Histoire des animaux*, VII, II, 590 *a* 24.

5. Le terme ἐλέγχεσθαι signifie proprement *réfuter*. Nous trouvons ici un exemple extrêmement significatif de l'emploi péripatéticien de ce verbe. En effet, il ne signifie pas que l'on réfute quelque chose, mais indique que l'on a recours à l'expérience directe pour montrer ce qui est, et découvrir ainsi par induction un principe. Voir notamment l'établissement *par réfutation* du principe de contradiction par Aristote (*Métaphysique*, Γ, IV, 1006 *a*, 15).

6. Bel exemple de l'ἄδηλον. Voir la formule d'Anaxagore (B XXI *a*, p. 680), si souvent reprise : ὄψις ἀδήλων τὰ φαινόμενα.

7. L'expérience paraît exacte. Une membrane séreuse peut être perméable à l'eau et imperméable aux ions Na^+ et K^+ qui s'y trouvent en solution. L'eau qui emplit le vase est douce et comme filtrée de sa salinité.

Page 353.

1. Par l'effet de la force centrifuge, on peut renverser le vase sans que l'eau s'en échappe. Ce tour de physique amusante peut avoir été pratiqué par des jongleurs comme ceux dont parlera Athénée (voir, par exemple, *Les Deipnosophistes*, I, 35, 19 D).

2. Quand le vase, ou la coupe, se trouve retournée, l'eau qui demeure dans le récipient est en fait en bas et en dessous par rapport au vase. Mais la force centrifuge, comme nous dirions aujourd'hui, s'oppose au mouvement naturel vers le bas, qui est celui de la pesanteur.

3. On songe au *miliarium* qui se trouvait dans les bains de Pompéi, reconstitué à partir des traces qu'il a laissées sur le mortier du mur contre lequel il était adossé.

4. Voir Démocrite, A CLXIV, p. 832.

5. Voir Anaxagore, A LXXXIX, p. 658.

6. Voir A LXXXVI, 7, p. 363 et B XCIV, p. 410. Autres rapprochements possibles : B XXIII, p. 383 et B LXXI, v. 3, p. 401.

Page 354.

1. Voir B LXXVII-B LXXVIII, p. 403.

2. L'expression est celle employée par le Lycée, depuis Aristote, pour désigner les particules élémentaires chez Anaxagore. Il serait douteux qu'elle fût d'Empédocle.

3. Ce passage est très difficile : Diels l'a amendé en procédant à la double addition des mots παρά et γῆς. Si on lit les manuscrits, on obtient la lecture suivante : « Quant aux différences des sucs, ce sont des modifications liées à la diversité (ou multiplicité) des parties ⟨qui constituent les végétaux⟩; car les plantes *(génitif absolu)* ont chacune leur manière propre de puiser les homéoméries contenues dans ⟨la terre⟩ nourricière, comme pour la vigne. »

Page 355.

1. Le nom d'Abrucalis peut désigner Empédocle, comme le suggère le rapprochement possible avec B LXXIX, p. 404. Mais les Arabes désignent aussi par ce nom Protagoras (voir Platon, *Théétète*, 166 *d* et plus particulièrement 167 *b*) et le médecin Hérophile.

2. Diels édite le texte latin de la version médiévale établie à partir d'une version arabe. La grande édition d'I. Bekker propose une rétroversion grecque (voir p. 814 *a* 10, le prologue du traducteur grec).

3. Voir B LXXIX, p. 404.

4. Voir B LXII, v. 4, p. 398.

5. Cette notation a paru inintelligible à H. Diels. Elle s'éclaire pourtant par opposition à la troisième génération qui est produite par des créatures totales, c'est-à-dire hermaphrodites. L'union de différents, qui est mentionnée ensuite, désigne la réunion de substances différentes, par opposition au mélange de substances amies, comme la terre et l'eau qui forment une colle, une pâte ou une bouillie (voir B XXXIII, p. 388 et B XCVI, p. 411) : ce sont les colles de l'Amitié qui produisent l'harmonie. Or l'union des contraires est représentée plus particulièrement par l'union des sexes opposés, et c'est ce que signifie : *union des différents*.

6. Parmi les deux exemples donnés, le second (union sexuelle) est clair. Mais le premier est mal compris des interprètes. Il suffit pourtant d'avoir présent à l'esprit que pour Empédocle (voir B LXXIII, p. 402), l'épaississement ou la solidification sont produits par l'action du feu sur le mélange de terre et d'eau (voir B XXXIV, p. 388; B LVI, p. 396; B LXII, p. 398 et B LXXXV, p. 402). L'épaississement de la nourriture relève donc de l'union des différents; la pâte des semblables (eau et farine, eau et terre) durcit quand on l'expose à la Haine, c'est-à-dire au feu, donnant soit le pain soit la céramique. Cela permet en retour de comprendre que la génération de l'embryon n'est qu'une autre espèce de l'union des contraires, c'est-à-dire elle aussi une cuisson.

Page 356.

1. Le texte paraît inintelligible. E. Bignone corrige et interprète : « Ils pouvaient vivre dans tous les endroits de la même façon » (πᾶσι τοῖς χωρίοις σύμφωνα εἶναι) au lieu de : πᾶσι τοῖς θώραξι πεφωνηκέναι. Mais Empédocle veut peut-être dire, dans l'hypothèse où le texte serait maintenu, que les créatures terrestres ont une voix, donc parlent.

2. Voir B LVII-B LVIII, p. 396. La comparaison avec une plante potagère est un lieu commun de la satire, comme lorsqu'on tourne Darwin en dérision en disant que le singe descend de l'arbre.

3. Voir Aristote, *Parties des animaux*, II, II, 648 *a* 5.

Page 357.

1. Voir B C, p. 413.
2. Empédocle et Archélaos.
3. Empédocle.
4. Anaximène et Diogène d'Apollonie.
5. Héraclite.
6. Alcméon.

Page 358.

1. Voir A LXXVI, p. 357 et B LXXXI, p. 405.
2. Voir B XCVIII, p. 412.
3. Voir B XCVI, p. 411.
4. Voir B XCVI, p. 411.

Page 359.

1. Voir Aristote, *Métaphysique*, A, X, 933 *a* 15.
2. Voir Aristote, *Histoire des animaux*, VII, II, 582 *a* 34.

Page 360.

1. Voir B LXVII, p. 400.
2. Voir Hippocrate, *De la génération*, 8, éd. Littré, VII, 480.
3. Voir Soranus, « Gynécologie » *(Corpus des médecins grecs)*; pseudo-Galien, XIV, 253; Denys d'Halicarnasse, *De l'imitation*, 17, 18, éd. Usener.

Page 361.

1. Voir B LXVII, p. 400.
2. Voir Alcméon, A XIII, p. 223 et Censorinus, *ibid.*, VI, 5, 4.
3. Voir Hippon, A XVIII, p. 467.
4. Le texte se poursuit en B XCII, p. 410, introduisant le fragment.

Page 362.

1. La formule : *détermination* (ou *division*) *en articulations* traduit le mot διάρθρωσις qui n'apparaît qu'une seule autre fois dans la doxographie empédocléenne, en B LXII, p. 398. S'il faut en croire Simplicius, ce terme se rapporte à la détermination du sexe.

2. Le nombre 49 est égal à 7 × 7. Il a donc une valeur symbolique pour un pythagoricien.

3. Voir Aristote, par exemple la *Génération des animaux* II, II, 740 *a* 17. Chez Empédocle, cette thèse pourrait avoir une origine orphique. Voir encore, dans le même contexte, Hippon, A XV, p. 465.

4. Diels ajoute : « de l'élément aérien, de l'élément aqueux et de l'élément terreux » pour justifier le pluriel (ἐξ ὧν) qui suit. Mais en réalité seul le feu constitue l'élément démonique.

5. Parce que l'âme est faite de sang, elle meurt. Aussi n'est-ce pas elle qui se réincarnera, mais le *démon*.

Page 363.

1. Il paraît nécessaire d'entendre que c'est l'objet de la sensation ou, sinon cet objet même, du moins l'effluve ou le support sensible, qui s'harmonise aux pores de chaque sens. Cette théorie des pores sera reprise par l'école épicurienne (voir Plutarque, *Contre Colotès*, 4 et suiv., 1009 A, Usener, *Epicurea*, 250 et surtout les deux citations des lignes 11 et 18, p. 184, ainsi que le vers cité, l. 34). L'explication par le recours à l'harmonie et aux pores permet d'expliquer que les couleurs, par exemple, ne sont perçues que par l'œil, et non par l'oreille et la langue. Cela est à l'origine des observations consignées par les sceptiques, comme par exemple le miel doux au toucher de la langue mais irritant pour l'œil. En outre, il faut encore expliquer que le miel qui est doux aux uns paraît amer aux autres. Le modèle proposé par Empédocle se fonde sur l'identité de calibre entre l'effluve et le pore. Quand la donnée sensible s'adapte exactement (voir les témoignages de Théophraste et de Plutarque) au diamètre du pore, la perception est possible. Si le pore est, supposons-le, dilaté par l'effet de la fièvre, la langue ne rencontre dans le miel que des particules amères susceptibles d'être perçues par ses pores qui ont changé de diamètre. Il n'est pas impossible que de telles vues physiologiques aient une origine pythagoricienne. Le terme d'harmonie le suggère. Mais nous savons aussi quel rôle joue, dans un registre à peine différent, le modèle de la flûte ou même des flûtes de divers calibres, que constitue la flûte de Pan ou les orgues hydrauliques. Il suffit de changer le pore, c'est-à-dire le diamètre de la flûte, pour que le même air soufflé par le même musicien devienne tantôt aigu et tantôt grave (voir Sextus Empiricus, *Hypotyposes pyrrhoniennes*, I, 54), ce que Montaigne transcrit : « L'air n'étant qu'un, il se fait, par application à une trompette,

divers en mille sortes de sons. » (*Apologie de Raimond Sebond.*) À la fin du texte de Plutarque cité plus haut, les philologues ont proposé à tort de remplacer par ὑλιστήριον le dernier mot du vers cité : αὐλητήριον, qui eſt juſtement cet orgue hydraulique dont nous parlons. Toute sensation résulte donc, dans cette ingénieuse conſtruction interprétative, de la ressemblance au sens fort, ou de l'enharmonie du sensible avec le pore. Ainsi sont expliquées les spécialisations de chaque sens et les contradictions entre les sensations produites par un même objet sur des sens différents, ouverts à la perception.

2. Voir B LXXXIV, p. 406-407.

3. Voir A LXIX *a*, p. 353.

4. C'eſt-à-dire, comme le suggère Diels, l'air humide de la nuit. Voir A LXXXVI, 14, p. 365.

Page 364.

1. Cette leçon eſt celle des manuscrits; en corrigeant *externe* en *interne*, Karſten et Diels créent peut-être une difficulté inutile.

2. L'expression eſt pour le moins obscure. Eſt-il même sûr, comme le pense E. Bignone, qu'elle renvoie à un contexte pythagoricien ?

3. Théophraſte, après avoir employé le terme ἀκοή au sens d'*audition*, l'utilise maintenant au sens concret d'*oreille*. Voir A XCIII, p. 372 et B XCIX, p. 413.

4. Chaque *élément*, plutôt que chaque *sens*, voir n. 4, p. 416.

5. Voir B CVII, p. 416.

6. Voir A IV, p. 327 et B CV, p. 416.

Page 365.

1. Voir B XCI, p. 409.

2. Théophraſte entend pousser la thèse d'Empédocle jusque dans ses dernières et absurdes conséquences : il transforme en objection une conclusion qu'Empédocle a faite sienne (voir B CX, p. 418, dernier vers).

3. Les pores étant pleins, les sens sont pleins d'une subſtance qui s'harmonise aux sensibles, ce qui produit une sensation dont on ne voit pas pourquoi elle s'interromprait. Empédocle répondrait aisément à cette objection en notant que le refroidissement propre au sommeil modifie la ſtructure du sens, sans modifier l'objet extérieur, et que de même, la nuit, la modification par refroidissement des objets extérieurs cesse de rendre la vue possible (voir A LXXXVI, 8, p. 363 et A LXXXV, p. 362).

Page 366.

1. Voir B XXII, v. 6-7, p. 383.

2. L'explication généralement proposée de ce pluriel est que Théophraste songe à la fois à Empédocle et à Anaxagore dont il va être question au paragraphe suivant.

3. Voir le paragraphe 29 de *Du sens* de Théophraste en Anaxagore, A XCII, p. 662.

Page 367.

1. Distinction entre ce qui est interne et ce qui est externe.

2. C'est là le seul témoignage de Théophraste concernant les cycles de l'Amitié et de la Haine. Bignone souligne la parfaite concordance de son interprétation avec celle d'Aristote, et en induit aussi, assez légitimement semble-t-il, que Théophraste a bien connu l'ensemble du poème.

Page 368.

1. Fragment B CII, p. 415.

2. Voir A LXXXVI, 12 et n. 2, p. 365.

3. La distinction entre animaux sanguins et animaux non sanguins est aristotélicienne : elle correspond à peu de chose près à celle que nous établissons aujourd'hui entre les vertébrés et les invertébrés.

Page 369.

1. Sur la théorie des pores, voir Alcméon, A V, p. 219 (témoignage de Théophraste, § 26) et sur le caractère extrêmement répandu de ce type d'explication, voir Parménide, A XLVII, p. 252 (témoignage d'Aétius).

2. Voir Alcméon, A V, p. 219 et A X, p. 221. Le *diaphane* est le milieu transparent à travers lequel peut s'opérer la vision, lié à l'air et à l'eau, et constituant une propriété de ces deux corps.

3. Commentaire du précédent passage d'Aristote.

4. Aristote, *De la génération et de la corruption*, I, VIII, 326 *b* 6.

5. Voir B XCII, p. 410. Mais ici le pseudo-Philopon paraît confondre le traité *De la génération des animaux* avec celui *De la génération et de la corruption*. L'opposition des πόροι et des ναστά est une reprise de l'opposition classique entre le vide et le plein, le dense et le rare. Nous traduisons ναστά par *nodosités* en songeant aux *nœuds* du bois. Chez Démocrite (voir A XLVI, p. 771) le terme sera rendu par *compacts*.

Page 370.

1. Il s'agit de la pierre d'aimant ou aimant naturel.

2. Les effluves ont même calibre et sont à la dimension des pores.

3. La citation d'Empédocle par Alexandre d'Aphrodise se poursuit en B XCI, p. 409.

Page 371.

1. Le terme d'εἴδωλα *(images)* désignera plus tard les *simulacres*. Voir Parménide, A XLVII, p. 252 et Leucippe, A XXX, p. 744.
2. Voir Platon, *Timée*, 68 *a*.
3. Voir B LXXXIV, p. 406.
4. Voir la thèse de Gorgias, B IV, p. 1027.

Page 372.

1. Expression proverbiale correspondant au début du fragment 94 de l'édition Bowra, et citée encore dans le *Phèdre*, 236 *d*.
2. Voir B XXIII, p. 383.
3. Voir A LXXXVI, 9, p. 364 et 21, p. 367.
4. Voir A LXXXVI, 9, p. 364 et 21, p. 368.
5. Voir le *Commentaire* d'Alexandre d'Aphrodise, 67, 19, auquel Diels renvoie.

Page 373.

1. Voir A LXXIII, p. 356.
2. Voir A LXXXVI, 16, p. 366.
3. Voir A LXXXVI, 9, p. 364.
4. Voir B CV, p. 416.
5. La *furor* ou folie.
6. En grec dans le texte. Le terme désigne la folie et non pas, comme aujourd'hui, la simple manie.

Page 374.

1. La traduction du mot παλάμαι par *pouvoirs* peut sembler insuffisante, bien qu'E. Bignone s'y soit rangé *(poteri)*. Étymologiquement, ce mot désigne les *paumes* (trad. J. Bollack), c'est-à-dire des organes de toucher ou de préhension.
2. *Répandus* traduit τέτανται ainsi que nous le proposent les manuscrits de Sextus Empiricus par lesquels nous connaissons ce fragment. Bien que l'expression se retrouve encore dans la citation de B C, v. 2, p. 413 conservée par Aristote, Diels a corrigé en κέχυνται *(étendus* au lieu de *répandus)* pour se conformer à l'usage homérique de cette clausule.
3. Le texte grec dit : *qui assaillent et émoussent nos pensées.*
4. Voir Parménide, B VI, v. 5 et suiv., p. 260.
5. La suite du fragment est ainsi introduite par Sextus Empiricus : « Quant au fait que la vérité n'est pas complètement insaisissable, mais qu'on peut la saisir dans les limites de la raison humaine, il l'explique en ajoutant : *Mais toi*, etc. ».

Page 375.

1. L'identité de la personne à qui s'adresse cette invocation est sujette à discussion. Pour Wilamowitz, suivi par Gomperz, il

s'agit de Pausanias et le texte comporterait ici une lacune. Pour Diels, en revanche, il doit être ici question de la Muse, et c'est le sens que notre traduction adopte. Empédocle, dont la tradition rapporte ailleurs qu'il aurait — comme Platon — trahi les secrets de l'école pythagoricienne, insiste sur le caractère non corrupteur du présent fait à la Muse : les fleurs qui lui sont offertes ne la contraignent nullement à en dire plus qu'il ne lui est permis, et, si elle les accepte, ce n'est pas pour être obligée d'en dire plus. La divinité, pas plus que la science, n'est vénale.

2. Ici reprend l'adresse à Pausanias, après l'invocation à la Muse. *Tes sens* traduit παλάμη, voir B II, et n. 1 p. 374.

3. La critique, comme le note Bignone, vise Héraclite. Voir cet auteur en B CI *a*, p. 169.

4. Jeu de mots sur πόρος, le conduit ou moyen d'accès à la vérité (ainsi échappe-t-on à l'*aporie*) et le pore au sens physique de la théorie des pores.

5. Nous suivons la correction de Diels : διασσηθέντος. Les manuscrits proposent διατμηθέντος : *après avoir retranché ‹mes propos› au fond de tes entrailles.*

6. Le personnage qui prend la parole dans le dialogue de Plutarque, porte lui aussi le nom d'Empédocle.

Page 376.

1. Ce fragment, pour lequel nous conservons la correction proposée par Diels, était placé primitivement en III. Bignone (*Empedocle*, Turin, 1916, p. 61 et suiv.) a montré qu'il ne pouvait se placer entre II et IV.

2. Il s'agit ici des quatre éléments dont Empédocle passe, aux yeux d'Aristote, pour avoir été l'inventeur. Zeus est le nom donné au *feu*, Héra à l'*air*, Aidôneus (c'est-à-dire Hadès) à la *terre* et Nestis à l'*eau*, d'après l'interprétation rapportée par Aétius (voir A XXXIII, p. 339). Mais pour Stobée (voir A XXXIII, p. 339), Héra est la *terre* et Aidôneus l'*air*. Ce dernier témoignage est rejeté par Bignone (*ouvr. cité*, p. 331) qui expose à la fin de l'appendice I (p. 542) les raisons pour lesquelles l'interprétation d'Aétius peut être préférée. La *quadruple racine* fait également référence à l'image du cube. Voir la paraphrase de Simplicius en B XCVI, p. 411 et A XXVIII ainsi que la note 2, p. 337.

3. Par *naissance*, nous traduisons φύσις, qui généralement désigne la nature. Le terme a ici une valeur proche de l'étymologie, le verbe φύειν signifiant *croître*. Pour les derniers vers du fragment, voir Mélissos, A V, II, 7, p. 300.

Page 377.

1. *Mélanger* est, dans le texte grec, exprimé par une forme verbale : « lorsque, en un homme ou chez l'homme, ils *se mélangent* ». *Ils*, non précisé, désigne les éléments. Le passage est corrompu.

2. Si Empédocle avait estimé que les *étants*, c'est-à-dire les réalités permanentes, naissaient et périssaient, le terme de naissance aurait eu pour lui une signification absolue, et non pas la valeur figurée qu'il entend donner à l'usage courant.

3. Voir B IX, p. 377.

4. Voir B VIII, p. 376.

5. Voir B IX, p. 377.

6. Voir B X, p. 377.

7. Ici encore, le mot grec est φύσις.

Page 378.

1. Voir A XLVI, p. 344 et Anaximandre, A IX, p. 26.

2. Voir Mélissos, A V, II, 6, p. 300.

3. Voir Mélissos, A V, II, 28, p. 304.

4. *Ibid.*

5. Ce fragment fait immédiatement suite, chez Plutarque, à B XI, p. 377.

Page 379.

1. Voir B VII, p. 376.

Page 380.

1. S'agit-il ici de phrases successives, comme le pensent E. Zeller ou E. Bignone (voir *ouvr. cité*, deuxième appendice, p. 545 et suiv.) ? S'agit-il au contraire de moments dialectiques distincts, mais évidemment, dans une perspective dialectique au sens moderne, simultanés (voir J. Bollack, *Empédocle*, I, p. 107 à 110) ? Telle est la question des cycles soulevée par ce passage. Voir en A LXXII, p. 355, l'interprétation d'Aétius.

2. Le texte grec écrit ταῦτα : *ceux-ci*. L'expression se retrouve aux vers 27 et 34. Nous comprenons que dans tous ces cas, il s'agit des éléments.

3. Voir B XXVI, v. 5 et suiv., p. 385. L'*Amour* traduit ici, comme dans l'ensemble des fragments, le mot Φιλότης (plus exactement *Amitié*). *Amitié* traduit Φιλία.

4. Ce vers (9) est emprunté par Diels à B XXVI, v. 8 (voir p. 385 et la note 4), sur la foi d'Aristote (*Physique*, VII, 1, 250 *b* 30), qui cite cinq vers. Les deux passages se retrouvent dans les deux fragments, ce qui n'aurait rien d'étonnant, étant admis qu'Empédocle se répète lui-même souvent et volontiers, ce qui est un trait de poésie didactique.

5. Κατὰ κύκλον : *en cercle*, ou *pendant la durée du cycle*.

6. Plus exactement : *qui passe aux yeux des hommes pour inné* — ou *connaturel* — *à leurs membres* (ou encore *à leurs parties sexuelles*).

7. L'expression est équivoque : il peut s'agir des *mortels*, mais plus généralement encore des *éléments*.

8. Imitation de Parménide (voir cet auteur en B VIII, v. 52, p. 263).

9. Même remarque que plus haut (v. 6), n. 2.

10. En dépit de la différence de traduction, imposée par une raison métrique, la formule est identique à celle du fragment B XIV, p. 378.

Page 381.

1. Voir, plus haut, les vers 6 et 27. Là encore, il s'agit des éléments.

2. Le texte dans son ensemble est conforme à la transcription que nous a laissée Simplicius, à l'exception du vers 9.

3. Vers 20-21, p. 380.

4. Vers 21, p. 380.

5. *Amour* traduit Φιλότης, et nous maintenons cette traduction pour tous les fragments d'Empédocle.

6. De même *Amitié* traduit Φιλία.

7. Voir B CXXII, v. 2, p. 425.

8. Voir B XVII, v. 19, p. 380.

9. Mot à mot : *un* corps.

Page 382.

1. Vers 3.

2. Vers 4.

3. Voir B XXII, v. 2, p. 383.

4. Au vers 5 de ce fragment.

5. Il s'agit de la *forme* des éléments (μορφή).

6. *Les corps célestes*, d'après Diels, Burnet, J. Brun. Pour E. Bignone, il s'agit de l'éther qui est effectivement immortel, alors que tel n'est pas le cas des astres. Pour W. Kranz, il s'agirait plutôt de cristallisations formées à partir de l'air, comme le Soleil, la Lune, etc.

7. Voir B XVII, v. 34-35, p. 381.

8. Ce fragment fait suite au texte de Simplicius cité en B XVII, p. 379. Autres témoignages : pour les vers 3 et 5, Aristote (*De la génération et de la corruption*, I, 1, 314 *b* 20); Galien (*De la simple médecine*, II, 1); Plutarque (*Du premier froid*, 13, 949 F); pour les vers 9 à 11, Aristote (*Métaphysique*, B, IV, 1000 *a* 29).

Page 383.

1. Mot à mot : « *Toutes les choses qui sont appropriées au mélange sont disposées selon une conformité plus grande, semblables les unes aux autres et reliées par Aphrodite.* » On retrouve ici la position d'Empédocle sur les semblables en général.

2. Voir le vers 5, p. 383.

3. L'interprétation proposée par Simplicius, et qui fait intervenir la distinction entre intelligibles et sensibles, a une coloration nette-

ment néoplatonicienne. Toute cette doxographie s'ordonne, chez Simplicius, autour de l'articulation de l'Un et du Multiple. Pour les vers 6 et 7, voir Théophraste (*Du sens*, 16) en A LXXXVI, p. 366.

4. Pourquoi deux ? On ne saurait le dire. Cependant, Empédocle use à trois reprises de formes de duel : δεδαῶτε (v. 2), μείξαντε (v. 4) et κτίζοντε (v. 6). Une solution possible à cette dualité exemplaire pourrait être que les deux peintres représentent l'Amitié et la Haine.

5. Ces couleurs sont des φάρμακα, mot à mot des *poisons* ou des *drogues*. On songe irrésistiblement à la magie et aux procédés incantatoires producteurs d'illusion que Gorgias, élève d'Empédocle, mettra en œuvre. De même, plus bas, le vers 9 fait référence à l'ἀπάτη ou *erreur*, qui constitue l'instrument de la rhétorique, pour Empédocle comme pour Gorgias.

Page 384.

1. De quel dieu s'agit-il ? Sans doute de la Muse, comme en B III, v. 3, p. 375 et B IV, v. 2, p. 375. À propos de ce fragment, E. Bignone évoque la peinture agrigentine qui mélange quatre couleurs fondamentales : blanc, ocre, rouge et noir. J. Brun renvoie à P.-M. Schuhl (*Essai sur la formation de la pensée grecque*, 2e éd., Paris, 1949, n. 2, p. 298 et *Platon et l'art de son temps*, 2e éd., Paris, 1952, p. 82). L'exemple de la peinture est d'autant plus pertinent qu'Empédocle illustre la combinaison des quatre éléments (voir B LXXI, v. 3, p. 401 et Démocrite, A CXXV, p. 809).

2. Pour E. Bignone, Empédocle aurait eu l'habitude, reprise par Lucrèce, de répéter ou de réintroduire dans son poème tel groupe de mots ou de vers. Voir B XVII, v. 9 et n. 1, p. 380, et aussi, par exemple, B XXI, v. 13, p. 382 et B XXVI, v. 3, p. 385 : « *Ils sont donc seuls à avoir l'être, / Et dans leur course*, etc. ». H. Diels pense que l'on ne peut pas dire que Platon ait cité ici Empédocle; assurément, la répétition est un des traits bien connus de la composition des dialogues platoniciens.

Page 385.

1. Après B XXI, v. 12, p. 382.

2. Pour Simplicius, suivi avec raison par E. Bignone, il s'agit des quatre éléments. H. Diels, à cause d'une confusion avec B XVII, v. 29, p. 380 (voir Aristote, *Physique*, VIII, 1, 250 *b* 11 et suiv.), croit qu'il s'agit aussi de la Haine et de l'Amour.

3. Voir B XVII, v. 7-8, p. 380. Cette nouvelle répétition répond à une intention pédagogique.

4. Nous faisons de τὸ πᾶν le sujet de γένηται. W. Kranz comprend : « *Jusqu'à ce que, s'étant joints au Tout* (complément de συμφύντα) *ils se soumettent ⟨de nouveau⟩* ». Insistant sur l'unité de la formule ἓν συμφύντα τὸ πᾶν et sur la réalité du ἓν τὸ πᾶν :

le *Tout-un*, J. Bollack (*Empédocle*, I, 120-122) traduit : « Jusqu'au jour où ils se fondent dans le *Tout-un*, et s'abîment dans l'ombre. » Ce vers, qui n'est pas répété dans le fragment B XVII, p. 380 — juste avant l'addition du vers 9 par H. Diels (voir la note 4, p. 380) —, devrait pourtant s'insérer logiquement dans le même contexte. Les vers 5 à 12 de B XXVI, p. 385 reproduisent les vers 7 à 13 de B XVII, p. 380, à l'omission près du vers 7 et à deux différences mineures près (qui n'apparaissent pas dans notre traduction !) — aux vers 8 et 12 de B XVII, p. 380, et aux vers 5 et 11 de B XXVI, p. 385.

5. Ce vers est répété en B XXVIII, v. 2, p. 386. Voir aussi Parménide, B XXV, p. 272.

6. La citation de Plutarque n'est pas conforme au texte transmis plus bas par Simplicius, citant Eudème. C'est celle de Plutarque qui paraît erronée à H. Diels.

Page 386.

1. Voir B XXVII, v. 4, p. 385.

Page 387.

1. Σφαῖρος est pris comme un adjectif attribut, et non comme un nom propre, contrairement à ce que paraît penser Simplicius (voir la note 3).

2. Voir B XXXI, p. 387.

3. La forme usuelle est le masculin Σφαῖρος. Ici Simplicius use du neutre Σφαῖρον, ce qui constitue un hapax dont le scoliaste s'étonne, et que H. Diels corrige (évidemment !) en un masculin. Nous avons essayé d'indiquer la différence de genre en disant simplement : *« Il était une fois »*, au lieu de : *« Il était rond »*, au vers 3 de ce fragment.

4. Voir B XCV, v. 1, p. 421.

5. *Chacune*, c'est-à-dire l'Amitié et la Haine.

6. Ce fragment fait suite à B XXVII, v. 4, p. 385.

Page 388.

1. Tel est le texte que Diels propose. Les manuscrits écrivent : « c'est pourquoi ⟨l'articulation⟩ lie, comme on le dit très justement ».

2. Voir Platon, *Timée*, 43 *a* et Homère, *Iliade*, V, v. 902 dont le vers d'Empédocle est une imitation.

3. Voir B XXXIV, p. 388 et B XCVI, v. 4, p. 411 où se retrouve l'image de la colle.

4. Pour en faire de la colle. Cet exemple est tiré de la boulangerie. La preuve qu'il s'agit bien d'un artisan travaillant la pâte, et non d'Aphrodite, en est administrée par Karsten (cité par J. Burnet, *L'Aurore de la philosophie grecque*, trad., Paris, 1970, p. 246) qui

relève qu'il s'agit d'un participe masculin, ce qui ne conviendrait pas avec le féminin Φιλότης.

5. La reprise d'Empédocle ne paraît pas ici seulement didactique : elle illustre par sa forme même la répétition cyclique au cours de laquelle, du monde, naît un nouveau monde.

6. Nous interprétons le démonstratif τάδε comme désignant les *éléments*.

Page 389.

1. La proposition constituée par le vers 7 se retrouve au vers 16. H. Diels pense que ce vers a été transporté du vers 16 et réintroduit ici. Sans doute vaudrait-il mieux lui substituer le vers qui constitue le fragment suivant (B XXXVI, p. 390). La légère différence dans la traduction est imputable à des raisons métriques et à la maladresse du traducteur.

2. Voir B XXXV, v. 1 à 15, p. 388-389.

3. Voir B XCVIII, p. 412.

4. Voir B XXXV, v. 4 à 17, p. 388-389.

5. Voir B XXXV, v. 5, p. 389.

6. Voir B XXXV, v. 10 à 13, p. 389.

Page 390.

1. Voir B XXXV, v. 14-15, p. 389. Mais le texte d'Aristote est différent de celui retenu par Diels. Si l'on coupe après ἐφύοντο, on obtient le sens que nous avons adopté ; mais si l'on ponctue autrement, en plaçant la virgule après τὰ πρίν, on obtient un sens absolument inverse : « Aussitôt les choses autrefois mortelles croissaient (ou, chez Aristote : « vivaient à l'état de mélange »), apprenant à être immortelles. »

2. Voir B XXXV, v. 15, p. 389.

3. L'adjectif ζωρός *(brassé)* peut signifier *sans mélange* ou *pur* en parlant du vin, et *sec* au sens où l'on boit « sec ». Se fondant sur le témoignage de Plutarque, le dictionnaire grec de Bailly (887 *b*) adopte aussi le sens contraire de *brassé* ou *mélangé*, par opposition à *pur* et *sans mélange*, et le dictionnaire de Liddell et Scott (760 *b*) souscrit à cette possibilité, en rappelant toutefois que la leçon des manuscrits est douteuse.

4. Il s'agit ici encore des éléments. Ce vers doit peut-être prendre place en B XXXV, v. 7, p. 389. Nous lisons mot à mot : « La Haine s'écarta, alors qu'ils (les éléments) se rassemblaient, fuyant vers les bords extrêmes. »

5. Témoignage qui vient après B VI, p. 376.

Page 391.

1. Ce sens correspond au texte édité par W. Kranz. Le texte est ici corrompu. Alors que H. Diels avait proposé, au lieu de ἥλιον

ἀρχήν *(soleil-principe)* la correction ἥλικά τ' ἀρχήν *(les premiers éléments égaux en âge)*, par imitation (lointaine) de B XVII, v. 27, p. 380, W. Kranz estime celle-ci non satisfaisante. Voir E. Bignone, *ouvr. cité*, p. 431.

2. Empédocle critique ici les thèses d'Hésiode (voir la *Théogonie*, v. 728) et de Xénophane (voir B XXVIII, p. 121). Empédocle recourt à une autre explication (voir A LXVI, p. 352) pour rendre compte de la stabilité de la Terre. Pour le ton polémique du fragment, voir B II, p. 374 où Empédocle mettait en garde Pausanias contre Héraclite.

3. Voir aussi *Mélissos, Xénophane, Gorgias,* chap. II, 21 en Mélissos, A V, p. 303.

4. Il s'agit du Soleil.

Page 392.

1. Voir Démocrite, A LXXXIX *a*, p. 791.

2. Le texte est corrompu, et l'on ne voit pas quelle meilleure solution adopter que rapporter cette notation au Soleil et à la Lune. L'explication proposée par Empédocle pour l'éclipse de Soleil est empruntée à la tradition pythagoricienne.

3. Une tache sur la Terre.

4. Cette dernière citation est reprise par Philon et va constituer le fragment suivant (XLIII).

5. Voir Parménide, A XLII, p. 249. Mot à mot : *à cause de la réfraction de leur puissance qui s'épuise.*

6. Ce témoignage, conservé dans une version arménienne et retranscrit en grec par J. Gildemeister (1877), est d'expression douteuse. Le texte véritable du fragment est la lecture de Plutarque, à la fin de B XLII, et que nous reprenons p. 393.

Page 393.

1. Voir A LVI, p. 348.

2. Il s'agit de la Lune (voir Parménide, B XIV, p. 269, qui est peut-être imité ici).

3. Si l'on donne à ἄκρα le sens courant de *point culminant* ou *sommet*, la Lune vient frotter contre les plus hautes montagnes; cette solution est celle de Plutarque et de son interprète J. Amyot. Mais ἄκρα peut aussi désigner non pas, comme le croit W. Kranz, le but, mais le point central et prééminent du système giratoire, le point fixe constitué par la Terre autour de laquelle tourne le monde.

Page 394.

1. C'est-à-dire : le *cercle arrondi* (ou *sacré*) du Soleil.

2. Il peut s'agir de Xénophane (voir B XXXII, p. 122) ou d'Anaxagore (voir B XIX, p. 678).

Page 395.

1. Voir B LIV, p. 395.
2. Voir A LXVIII, p. 353.
3. Nous pensons, avec W. Kranz, qu'il s'agit des éléments.
4. L'air, sujet de la proposition, est ce qui *court ainsi.* Autre référence : Aristote, *De la génération et de la corruption*, II, VII, 334 *a* 5.

Page 396.

1. Voir A XXV, p. 335 et Diogène d'Apollonie, A XVII, p. 704; Anaxagore, A XC, p. 659 et Antiphon, B XXXII, p. 1104.
2. Les rayons du Soleil.
3. Il s'agit de la Terre.
4. Vers cité par Aristote; les deux vers suivants sont cités par Simplicius.
5. Ce fragment vient après B XXXV, v. 13, p. 389.

Page 397.

1. Les deux *Démons* (ce mot désigne en grec des puissances divines — que l'on songe, par exemple, au *démon* de Socrate ou à la *Divinité* de Parménide) sont ici l'Amour et la Haine.
2. Sans doute ces choses sont-elles les membres déjà formés.
3. Voir B LXI, v. 2, p. 397.
4. H. Diels propose de lire στεῖρος *(aux membres stériles)*, par analogie avec Lucrèce (*De la nature*, V, v. 855). Il est suivi en cela par Burnet. E. Bignone conserve la leçon manuscrite σκιεροῖς, comme W. Kranz qui remarque qu'il pourrait être question de la stérilité de ces êtres, comme chez Lucrèce, mais seulement dans les vers qui suivaient et qui sont perdus.

Page 398.

1. Voir A LXXII, p. 355 et la tradition de Démocrite, B IV *c* et V, p. 838 à 843.
2. Sur le sens technique d'*articulation*, voir A LXXXIII, p. 362 et la note 1.
3. L'adjectif οὐλοφυής doit-il être pris au sens de *brut* (c'est-à-dire *tout à fait naturel*), comme on l'entend généralement en songeant au caractère fruste des *autochtones* (Liddell et Scott, 1271 A et sans doute Kranz) ? *Entièrement constitué (integre)* comme l'interprète Bignone ? Ou *réunissant les deux sexes en une seule créature*, avant que ne s'accomplisse leur *articulation* ou dissociation ? Cette dernière interprétation, que nous faisons nôtre, est celle de Simplicius, qui conteste lui-même la lecture d'Aristote voyant en ce *tout* la préfiguration sous forme de semence (ou graine) de la totalité de l'organisme. Il est conforme à l'esprit général de la thèse d'Empédocle que la dissociation des sexes ne se soit faite qu'à partir d'un être plus ou moins multiple. E. Bignone rapproche cette dissociation

du mythe d'Aristophane dans *Le Banquet* de Platon (191 *d*) : on se rappelle que la séparation des sexes y eſt faite par Hermès sous l'ordre d'Apollon. Or une épithète traditionnelle d'Apollon eſt Οὔλιος (voir par exemple : Macrobe, *Saturnales*, I, 17-21). Comment n'être pas tenté de rapprocher cet οὐλοφυής de Οὔλιος, le tout formé par les deux sexes étant la nature apollinienne non encore divisée par Hermès ? On notera aussi la similitude avec l'androgyne de Lucrèce (*De la nature*, V, v. 839).

4. Le feu qui se trouve mêlé à la terre, tente de se rapprocher du feu qui se trouve dans l'air.

5. Ce qui caractérise le corps féminin.

Page 399.

1. Voir B LXII, v. 4, p. 398.
2. Voir B LXII, v. 4, début, p. 398.
3. Voir B LXI, p. 397.
4. Voir A LXXII, p. 355 et A LXXVII, p. 357.
5. Étymologiquement le *symbole* eſt un objet coupé en deux : chaque moitié fournit, en s'emboîtant dans l'autre, un signe de reconnaissance. Nous voyons confirmation ici de l'interprétation par Simplicius du fragment précédent.
6. Sans doute eſt-il queſtion ensuite, dans la partie manquante du fragment, de la femelle.
7. Le texte du fragment eſt douteux; la correction de Diels s'accorde au contexte de Plutarque, mais les manuscrits proposent une leçon plus crue : ἀμμίσγων *(quand il fait l'amour)*.

Page 400.

1. À savoir les deux semences, masculine et féminine.
2. Diels ajoute : « et tantôt en revanche à des hommes, quand elles rencontraient le chaud ». Voir A LXX, p. 354.
3. Voir Parménide, B XVII, p. 270.
4. Le terme de *ventre* résulte d'une correction de Diels; les manuscrits de Galien donnent la *terre* (voir A LXXXI, p. 360).

Page 401.

1. Ce blanc liquide n'eſt pas encore le lait maternel, mais le *coloſtrum*, sécrétion mammaire.
2. À savoir sept et neuf mois.
3. Souvent les pythagoriciens (voir Sextus Empiricus, *Contre les mathématiciens*, IX, 182 et les *Hypotyposes pyrrhoniennes*, II, 155) définissent une gamme progressant par tons, de 6/6 à 12/6. L'expression en 1/6 correspond aux six faces du cube : tout cube comporte douze arêtes, huit angles polyèdres et six faces; or 8, étant la moyenne harmonique entre 6 et 12, la suite 6, 8, 12 eſt une progression harmonique (voir Philolaos, B VI et suiv., p. 504 et suiv., et A XXIV

d'après Nicomaque, et Simplicius au contexte du fragment B XCVI, p. 411).

4. Proclus prolonge encore l'explication, en développant ces thèmes pythagoriciens ; voir A.-J. Festugière, Proclus, *Commentaire sur La République de Platon*, Paris, 1967, t. II, 142, 35-6.

5. Le placenta est formé de deux membranes : l'une, externe, l'allantoïde ; l'autre, interne, qui porte encore aujourd'hui le nom d'*amnios* (du mot grec désignant l'agneau), qu'Ambroise Paré traduisait par *agnelette* (voir Littré, *Dictionnaire de la langue française*, au mot *amnios*).

Page 402.

1. Voir B XXIII, p. 383.
2. Voir B LXXIV, p. 402.
3. Ce fragment fait suite à B LXXI, p. 401.
4. Aphrodite.
5. Ce fragment fait suite à B LXXIII, p. 402. Il peut s'agir, comme le croit E. Bignone, des végétaux ; mais nous pensons plutôt, comme H. Diels, qu'il s'agit d'animaux. Par opposition aux crustacés (voir B LXXVI, p. 403) dont le squelette est extérieur, les vertébrés ont un squelette interne, entouré d'une chair élastique.

Page 403.

1. Au fragment 57.
2. Théophraste songe aux développements sur l'âge d'or.

Page 404.

1. Ou *commun à tous ces arbres.*
2. L'air comporte alors une proportion équilibrée de sec et d'humide.
3. Mot à mot : *Ainsi les grands arbres portent des œufs : et d'abord des olives [...].*
4. Pour l'adjectif ὑπέρφλοιος, le dictionnaire de Bailly ne renvoie qu'à ce seul exemple et propose de traduire par : *dont la peau est très épaisse*, en parlant de l'écorce, ce qui pour la pomme est étrange. Liddell et Scott proposent *succulent.* Pourquoi, dans ces conditions, ne pas donner à cet adjectif le sens auquel se rallie l'interlocuteur du dialogue de Plutarque : *bonne à manger longtemps* ?

Page 405.

1. Diels opère ici une coupure dans le texte de Plutarque, réservant pour les *Purifications* les fragments B CXLVIII, B CXLIX et B CL, p. 435.

2. Ici Plutarque allègue les témoignages d'Antimaque et d'Aratos, qui donnent à Dionysos l'épithète de Φλοιός. Ce mot désigne aussi l'*écorce* (voir le fragment suivant).

3. Sur cette question de la fermentation, on trouvera une mise au point récente dans l'édition par L. Pearson et F. H. Sandbach des *Moralia* de Plutarque (t. XI, Londres-Cambridge, Massachusetts, 1965, p. 156).

Page 406.

1. Les hérissons ou les oursins, car le concept d'ἐχῖνος enveloppe les bêtes à piquants de toutes espèces.

2. *Revêtant l'apparence* est une correction de Diels. Les manuscrits portent : *tendant une embuscade / À la pupille ronde.*

3. Κύκλοπα, *ronde.* Mais le Cyclope est aussi une représentation du Soleil, donc du feu. Le fait que la créature cyclopéenne soit une expression ou une explicitation du feu justifie notre construction de λοχάζετο intransitif (v. 8) suivi d'un accusatif, non pas de lieu comme pour E. Bignone et W. Kranz, mais d'objet interne, exprimant une détermination qui pourrait être locale, et que nous interprétons comme qualitative. J. Burnet et J. Bollack en font un complément d'objet. Quant à W. K. C. Guthrie, il adopte la correction de Förster : λοχεύσατο, le feu donnant ainsi naissance à la pupille ronde. Cette solution a pour elle une extrême élégance, mais au prix d'une correction.

4. Aristote, dont Alexandre d'Aphrodise commente le texte qui vient d'être cité. (Voir aussi A XCI, p. 371.)

Page 407.

1. Voir l'*Iliade*, XV, v. 23 : Zeus, en colère, jette en bas, du haut de l'Olympe, les dieux qui lui résistent. Dans cet exemple, le *seuil* désigne le seuil de l'Olympe, et par conséquent le ciel. Pour notre part, nous conservons le sens propre *sur le seuil*, qui, même derrière la métaphore, demeure présent, et nous n'allons pas, comme E. Bignone et W. Kranz, jusqu'à faire directement éclairer le ciel par la lanterne.

2. Alexandre d'Aphrodise lit ἐχεύατο, construit transitivement, là où nous lisons avec Diels, au vers 9 du fragment B LXXXIV, λόχάζετο que nous construisons intransitivement *(lors s'est allé blottir)*.

3. Empédocle, cité par Aristote dont Alexandre d'Aphrodise analyse maintenant le propre texte.

4. *Ménon*; 76 *c*, voir A XCII, p. 371 et Gorgias, B IV, p. 1027.

5. Voir A LXXXVI, 7, p. 363.

6. Voir B XCVIII, v. 1, p. 412.

Page 408.

1. La flamme de l'œil.
2. Voir B LXXV, v. 2, p. 402.
3. Voir A LXXXVI, 7, p. 363.
4. Le texte grec comporte un pluriel désignant vraisemblablement les éléments.
5. Ce fragment vient après B XXXV, v. 1 à 15, p. 388-389.
6. Ce fragment vient après B LXXXVI, p. 363 à 369.
7. Κρῖ pour κριθή *(orge)*, δῶ pour δῶρα *(maison)*, ὄψ pour ὄψις *(vision)*.
8. Strabon cite Apollodore.

Page 409.

1. Voir Lucrèce, *De la nature*, VI, v. 1073.

Page 410.

1. Sur l'aporie « Pourquoi les mules sont-elles stériles ? », voir A LXXXII, p. 361 et Démocrite, A CXLIX et suiv., p. 824 et suiv.
2. Voir B XCI, p. 409.
3. Le *byssos*, ou fibre du tissu de lin. Le bleu et l'alcali sont ce que les anciens stoïciens auraient appelé des causes adjuvantes et les chimistes modernes des catalyseurs, dont la présence rend plus aisée la teinture.

Page 411.

1. Voir A LXXXVI, 8, p. 363-364.
2. Il s'agit des yeux.
3. Ce fragment vient après B LXXXVII, p. 408.
4. *Formule* traduit ici λόγος, signifiant le rapport des éléments entrant dans le mélange.
5. Vers 1 à 3. Voir Aristote, *Métaphysique*, H, II, 1042 *b* 25 et suiv.
6. Voir B LXIX, p. 401. Le texte de Simplicius est une paraphrase du texte d'Aristote cité juste auparavant.
7. Voir l'*Iliade*, XVIII, v. 470 : Héphaïstos forge les armes d'Achille.

Page 412.

1. Ainsi donc, d'après Simplicius, la terre constitue 2/8, ce qui correspond au reste des 6/8 évoqués par Empédocle. Le feu est en proportion de 4/8, ce qui correspond à la part assignée, par le fragment, à Héphaïstos. Il reste alors deux fois 1/8, soit 1/8 pour l'eau (*Nestis*, l'eau qui coule) et 1/8 pour l'air, auquel correspond l'épithète *Brillante*, à cause de sa transparence. Ainsi *Nestis la Brillante* est-elle un mélange déjà réalisé d'eau et d'air. Telle est donc la formule physico-chimique (λόγος) qui fixe la proportion des éléments

composant le mélange osseux. Mais il faut encore noter, concernant le problème abondamment discuté de la signification des épithètes divines accolées aux éléments (voir sur ce sujet la plus récente mise au point de W. K. C. Guthrie, *History of Greek Philosophy*, II, Cambridge, p. 144), que l'on peut trouver chez Empédocle une épithète composée qui, au lieu de désigner un seul élément, désigne un mélange déjà réalisé de deux éléments (voir A XXXIII, p. 339; A XXXVI-A XXXVII, p. 341 et A LXXVIII, p. 358).

2. Le fœtus, du fait de sa position incurvée dans la matrice, connaît une flexion et une articulation de la colonne vertébrale. L'explication mécaniste, proposée par Empédocle, reviendrait à écarter la cause finale, et à tenir la matière pour la seule cause, ce qu'Aristote refuse.

3. Voir B XCVI, p. 411.

4. Voir B XXI, p. 382.

5. Voir B LXXXV, p. 407.

6. Voir B C, p. 413.

7. Voir Aétius, *Opinions*, V, 22, ou A LXXVIII, p. 358.

8. Seul le début du fragment est cité. Il se trouve reproduit aussi en B LXXXV, p. 407-408.

Page 413.

1. Voir A LXXXVI, 9, p. 364 et A XCIII, p. 372. C'est à l'oreille que se rapportent les termes de ce fragment.

2. Voir B C, v. 4, p. 413.

3. Voir Anaxagore, A LXIX, p. 649. L'appareil qui est nommé ici *clepsydre* est appelé *chantepleure* par les archéologues qui en donnent la définition suivante : « La chantepleure était une sorte d'arrosoir fait d'un flacon à fond criblé de trous, qui ne laissait pas échapper le liquide tant que le goulot restait bouché. (Elle était souvent faite de métal précieux, et parfois richement ornementée). »

Page 414.

1. C'est-à-dire la quantité d'eau fixée par le destin.

2. Et par conséquent exerce une pression sur l'eau contenue à l'intérieur.

3. Voir A LXXIV, p. 356.

4. Le chien.

5. Voir A LXXXVI, 22, p. 368.

6. Texte très douteux.

Page 415.

1. Texte altéré par rapport à celui du fragment.

2. Voir A LXXXVI, 22, p. 368.

3. Simplicius, commentant la *Physique* (II, IV) d'Aristote, traite

du hasard chez Empédocle, désigné ici par le terme de τύχη et non celui d'αὐτόματον.

4. Après B CIII, qui précède immédiatement.

Page 416.

1. Voir A LXXXIV, p. 362; A LXXXVI, 10, p. 364 et Critias, A XXIII, p. 1135 et B XXXIX, p. 1155.

2. Interprétation conforme au contexte aristotélicien qui ramène le jugement à la sensation (des choses présentes).

3. Voir B CVIII, p. 417. Ici, le texte présente une légère variante.

4. Il s'agit des éléments.

5. Voir A LXXXVI, 10, p. 364.

Page 417.

1. Voir B CVI, p. 416.

2. Texte qui diffère légèrement de celui du fragment. Voir Hérodote, l'*Enquête*, VII, XVI, 2; Hippocrate, *De Morbo sacro*, XVII.

Page 418.

1. Le texte est mutilé et incertain. L'auteur pourrait être Eudore.

2. À rapprocher du texte gréco-syriaque rapporté en Mélissos, B XII, p. 315.

3. Hippolyte vise ici Marcion.

Page 419.

1. Ce fragment vient après B CIX, p. 417. Simon rapporte la pensée d'Empédocle.

2. Voir A I, 59, p. 321 et, pour les vers 3 à 5, Plutarque et Clément d'Alexandrie, A XIV, p. 329-330.

3. Texte douteux.

4. Il ne peut que très improbablement s'agir de la résurrection d'un mort, comme pour l'Alceste d'Euripide, qu'Héraclès va chercher aux Enfers. Jamais un Grec ne confondrait l'âme seule, ou l'esprit, μένος, avec le vivant tout entier. Nous croyons donc nécessaire de rejeter l'interprétation habituelle, pour supposer qu'Empédocle songe ici à une pratique de nécromancie (on remarquera que la μαντεία se rattache à la même racine que μένος, sanskrit *manas*), comparable à la pratique de la νεκυία ou évocation des morts (voir l'*Odyssée*, XI). On notera (en B CXV, v. 9, p. 421) l'emploi de μένος à propos de la force de l'Éther, rapproché de celui de μαινομένῳ qualifiant la Haine. Cette rencontre sémantique demanderait une analyse approfondie. Il peut s'agir tout au plus, non d'une résurrection, mais de la réincarnation d'un démon, voué à la Haine, source du μένος.

Page 420.

1. Au lieu de *méchanceté*. Interprétation proposée à W. K. C. Guthrie par F. H. Sandbach.
2. Texte corrompu.
3. Mot à mot : *la voie du gain*. Mais sans doute cette richesse n'est-elle pas matérielle.
4. Ce fragment vient après B CXI, v. 5, p. 419.
5. Vers 11. Le complément de la citation est bizarrement fantaisiste.

Page 421.

1. Le texte de ce vers est corrompu et difficile. Wilamowitz le dénonce comme n'étant pas d'Empédocle et note sa consonance hésiodique. S'agit-il par deux fois de la même personne, ou de deux personnes différentes ? Nous avons retenu la seconde solution qui construit δαίμονες comme une apposition du pluriel.
2. Voir B CXI, p. 419 et la note 4.
3. Vers 13.
4. Vers 4 et 5.

Page 422.

1. Voir B CXV, v. 6, p. 421.
2. *Ibid.*, v. 7 et 8.
3. *Ibid.*, v. 9 à 12.
4. *Ibid.*, v. 1 à 3.
5. Voir B XVI, p. 379. Toute cette lecture est, dans le fond comme dans la forme, pythagoricienne et néoplatonicienne.
6. Plutarque cite les vers 1, 3, 5, 6 et 13, offrant ici un bel exemple de citation sélective et de reconstruction libre d'un texte. L'intention de Plutarque est d'un néoplatonisme dont la source est le *Théétète* de Platon (176 *a* et suiv.).

Page 423.

1. Voir B CXV, v. 9 à 12, p. 421.
2. *Ibid.*, v. 13-14.
3. Pour le correspondant, dans la version arabe de la *Théologie* du pseudo-Aristote, voir Henry et Schwyzer, *Plotini, Opera*, II, 227. Voir aussi Platon, *Phèdre*, 248 *b* à 249 *b* (et plus loin, n. 4, p. 439).
4. Voir *La République*, X, 617 *b*, partie cosmologique du mythe d'Er.
5. Le texte de Plutarque est corrompu et nous avons suivi la version qu'Amyot a pu connaître. Platon assigne aux Sirènes le rôle d'animer les cercles célestes. Elles introduisent l'harmonie dans les choses corporelles (sur la distinction entre les Muses et les Sirènes, voir Proclus, *Commentaire sur La République*, XVI, vol. II, 237, 15,

éd. Kroll ou Festugière, III, 193 et suiv.). Les Moires sont les trois Parques, filles d'Anankè, la Nécessité. Quant à Peithô ou Persuasion, elle n'intervient pas dans le mythe, mais est connue par la tradition comme servante d'Aphrodite, parfois identifiée à Aphrodite elle-même : elle est l'Amitié dans un contexte empédocléen.

6. Voir A I, 77, p. 326.

7. Voir A XXXI, p. 338.

Page 424.

1. Voir Héraclite, B XX, p. 151 (allusion au moment de notre naissance).

2. Diels propose Hermarque ; l'expression est tout à fait imprécise et il peut même s'agir de Lucrèce (voir la note suivante) ou de sa source.

3. Voir Lucrèce, *De la nature*, V, v. 226.

4. Voir Usener, *Epicurea*, fgm. 398, p. 274.

5. Voir le *Phèdre*, 205 *c*.

6. Voir Stobée, *Florilège*, III, XL, 5.

7. Ce texte fait suite au témoignage de Plutarque cité en B CXV, p. 422.

8. Plotin, *Énnéades*, IV, VIII, I, ou encore la tradition pythagoricienne de la cave sous la maison. (Voir Pythagore, II, p. 54).

Page 425.

1. L'expression est très douteuse. Pour ce vers, que Wilamowitz conteste vivement, nous suivons l'interprétation d'E. Bignone qui songe à Platon (voir le *Timée* 84 *e* et suiv.) et à la décomposition du corps par la maladie et la mort.

2. Le vocabulaire d'Empédocle s'établit ainsi : Ἄτη est la *Haine* et nous avons traduit Φόνος par *Meurtre*, Κότος par *Colère*, Κῆρες par *Maux*, Νόσοι par *Fléaux* et Σῆψις par *Corruption*.

3. Voir B CLVIII, p. 439.

4. Hiéroclès, cité par Stobée, a conservé les vers 1, 2 et 4 du fragment. Pour les vers 2 et 4, voir Proclus, *Commentaire sur La République de Platon*, II, CLVII, 24 ; et pour les vers 2 et 3, Proclus, *Commentaire sur le Cratyle de Platon*, éd. Boissonade, p. 103.

5. *Chtoniè* et *Héliope* signifient étymologiquement « la femme de la Terre » et « la femme du rayon du Soleil, à la vue perçante ».

6. Autre nom de la *Discorde*.

7. Le *Lexique* de Hésychios permet de donner le sens de *sérieuse* (d'apparence ou d'air) à l'adjectif θεμερῶπις.

Page 426.

1. Cornutus lit Σοφήν *(Sagesse)*, au lieu de Σωπή *(Silence)* qui paraît être, au vers 3, une assez bonne correction appelée par une ressemblance avec Pindare.

2. Ce fragment se poursuit à B CXXII, p. 425. Ἰαπετός *(Japet)*, l'un des Titans, est le père de Prométhée et d'Épiméthée. Kœos est un autre Titan, frère de Japet.

3. Ce fragment fait suite à B CXXV, p. 426.

4. Addition de Diels.

5. Ce fragment fait suite à B CXVIII, p. 424.

Page 427.

1. Plutarque cite le vers sans mentionner le nom de son auteur.

2. Voir B CXLVI, p. 435.

3. Pour éviter le sacrifice d'animaux vivants. (Voir A I, 53, p. 320.)

Page 428.

1. Porphyre cite Théophraste, *Sur la piété* (ouvrage perdu, connu seulement par Porphyre).

2. Voir Plutarque, *Comment il faut refréner la colère*, 464 D et *Propos de table*, IV, VI, 672 B. Ces sacrifices sont offerts le plus souvent aux Euménides (voir Eschyle, *Les Euménides*, v. 107; Sophocle, *Œdipe à Colone*, v. 100 et 148).

3. Voir l'École pythagoricienne, B XXXV, p. 580.

4. À rapprocher de B CXXXII, v. 1, p. 429.

5. Voir A I, 54, p. 320 ; Pythagore, V, p. 55 et Xénophane, B VII, p. 116.

Page 429.

1. *Discours juste* ne parvient pas à rendre toute la richesse de δίκαιον λόγον, comme *discours de valeur* ne rend qu'imparfaitement l'expression ἀγαθὸν λόγον (v. 4).

2. Nous faisons, avec Wilamowitz, un masculin d'ἐφημερίων, pensant avec lui qu'il peut s'agir du jeune Pausanias. Cette identification n'est pas reconnue par Kranz. H. Diels et E. Bignone tiennent l'objet de l'invocation pour un neutre et ne se prononcent pas sur ce qu'il peut être.

3. Le poète lui-même.

4. Voir B CXXIX, v. 2, p. 428.

Page 430.

1. Voir Parménide, B I, p. 255, pour l'image de la voie et du chariot, et peut-être aussi pour le sens, si l'on en croit la paraphrase de Sextus Empiricus : « Les jeunes filles sont les *sens* et les roues les *oreilles.* » Voir aussi l'imitation de Lucrèce, *De la nature*, V, v. 100 et suiv. et le *Commentaire* d'A. Ernout et L. Robin, III, p. 17.

2. Voir A I, 57, p. 321 et Xénophane, B XV, p. 118.

3. Le texte grec précise : *velues.*

4. Diels renvoie à ce propos à Jean Tzétzès, *Chiliades*, VII, v. 522 et suiv., avec la précision : « Empédocle, au troisième livre de sa *Physique* », que Karsten interprète comme désignant les *Purifications*. Ce fragment fait vraisemblablement suite à B CXXXIII, p. 430. (Voir Xénophane, B XXV, p. 121.)

5. Aristote cite alors Sophocle, *Antigone*, v. 450 et suiv.

6. Aristote a lu αὖ γῆς : *la terre (immense)*, là où Jamblique lit αὐγῆς : *l'éclat infini*; la lecture de Jamblique doit être préférée pour des raisons métriques.

Page 431.

1. Diels considère que ce témoignage renvoie au *Commentaire du Timée de Platon* par Posidonius; mais cette opinion, fondée sur l'interprétation de Reinhardt, est contestée aujourd'hui (voir M. Laffranque, *Poseidonios d'Apamée*, Paris, 1964).

2. On notera ce détail révélateur : les interdits pythagoriciens concernent seulement les grands initiés ou le clergé, mais non le peuple.

3. Voir B CXXXIV, p. 430. Ce texte fait suite à la citation de Sextus Empiricus en B CXXXV, p. 431.

Page 432.

1. Empédocle dénonce l'usage de la chair : tuer un animal revient à massacrer un être vivant formé des éléments qui composent l'homme. Car tout est un. Cependant il use, pour accréditer cette conviction, d'une image qui prend une beauté indépendante et semble animée d'une vie propre. Autant elle peut évoquer Lycaon, Tantale et le sacrifice d'Abraham (le prêtre) ou d'Iphigénie (la victime), autant elle paraît avoir cheminé dans la littérature alchimique pour donner naissance au treizième tableau du *Traité de la pierre philosophale* de Lambsprinck :

Cum vero domum patris ingrederetur filius,
Hunc Pater manibus amplexatur,
Praenimioque gaudio hunc deglutivit,
Idque proprio sui ipsius ore,

que l'on peut traduire ainsi : *Quand donc le fils revint dans la maison de son père, / son père l'embrassa, / il l'avala avec une joie excessive / et cela de sa propre bouche.*

2. Citation probable de Celse.

3. Citation de la fin du fragment B CXLIII, p. 434.

4. Aristote poursuit : « *Couper* et *puiser* sont deux espèces du genre *enlever*, de sorte que la métaphore se fait d'espèce à espèce. »

Page 433.

1. Voir B CXXVII, p. 427.

2. Voir Pythagore, A IX, p. 61.

Page 434.

1. Ce fragment très incertain provient d'un papyrus d'Herculanum mutilé, comme ils le sont presque tous, puisqu'ils ont été calcinés par la célèbre éruption du Vésuve de 79 après J.-C., puis déroulés et déchiffrés à partir de la fin du XVIIIe siècle. L'auteur de ce fragment est sans doute un philosophe épicurien (peut-être Démétrius Lacon ?) qui, à propos de l'épigramme VII de Callimaque (*Anthologie palatine*, V, 65), se livre à un commentaire grammatical dont l'intérêt ne peut guère être conservé par une version française. (Voir E. Bignone, *Empédocle*, p. 505.)

2. *Platoniciens* et non *politiques*; car il s'agit d'une initiation aux mystères.

3. Le verbe *couper* signifie métaphoriquement « puiser ». (Voir Aristote, en B CXXXVIII, p. 432).

4. Au sens fort de νηστεύω *(jeûner)*. Le mot français *péché*, qui peut paraître anachronique, est le même (κακότης) qui figure dans le fragment suivant, cité en ce sens par Clément d'Alexandrie.

Page 435.

1. Ce fragment fait, d'après Diels, suite à B CXXX, p. 429.
2. Ce fragment fait suite à B LXXX, p. 404-405.

Page 436.

1. Aphrodite.
2. Fragment 763, Nauck.
3. Voir A LXXXIII, p. 362.

Page 437.

1. Le même sens de μηχανή se retrouve plusieurs fois sous la forme du verbe μηχανῶμαι dans le mythe de Protagoras chez Platon (voir Protagoras, C I, p. 1003). On peut relever l'intéressante opposition entre ὄργανον (l'*outil*) et μηχανή (l'*invention* ou le *moyen abstrait*).

2. Δρῦν et φηγόν, tous les deux employés ici, désignent également un chêne.

3. Voir B CLI, p. 436.

Page 438.

1. Voir en outre, pour CLIV *c*, Libanios, *Lettres*, 30 (*Inédits grecs*, *[Anecdota]*, éd. Boissonade, p. 413). On compte encore un pseudo-fragment CLIV *d*. (Voir Parménide, B XX, p. 271 et *Fragments orphiques*, p. 354, éd. Kern.)

2. Voir A I, 53, p. 320 et A II, p. 326.
3. Voir A I, p. 322.

Page 439.

1. Voir A I, 65, p. 322. L'épigramme précise : « et fils d'Acron ». Elle comporte un jeu de mots sur ἄκρον *(éminent)* et Ἄκρων *(Acron)*. Ces vers renfermaient un effet volontairement comique, destiné à ridiculiser le projet de monument commémoratif sur lequel ils seraient gravés.
2. Voir B CXXI, p. 425.
3. Voir A XLIII *a*, p. 392.
4. Diels cite encore, sous les numéros CXL et CXLI deux textes : des vers composés par Michel Italicus, ainsi que des études de la fin du siècle dernier sur la *Sphère d'Empédocle*. Sous le titre C *(Anklang = résonance)*, Diels considère comme se faisant l'écho d'Empédocle une longue page du *Phèdre* de Platon (248 *b* à 249 *b*) empruntée au mythe eschatologique que renferme le second discours de Socrate : les âmes autres que celles des dieux (les démons d'Empédocle) perdent leurs plumes (voir B CLVIII, et B CXXI, p. 425), abandonnent la plaine de la Vérité, etc.

Les Pythagoriciens récents

MÉNESTOR

NOTICE

Il est remarquable que Ménestor, fondateur de la botanique, ne nous soit connu que par Théophraste, du moins pour ce qui concerne ses théories. Jamblique apporte deux précisions biographiques : originaire de Sybaris, il fut disciple de Pythagore. De fait, il apparaît en botanique comme l'équivalent d'Alcméon en zoologie : comme lui, il distingue des paires d'opposés[1] qui se combinent selon différentes proportions pour donner des mélanges différents. On peut voir en Ménestor un des pères de l'écologie, au sens classique, en tant qu'il conçoit l'idée de « milieu » biologique[2].

NOTES

Page 443.

1. Kiessling (dans son édition de la *Vie pythagorique* de Jamblique, Leipzig, 1813) lit : *Déanax* au lieu de : *Léanax*.

1. Voir V, p. 444.
2. Voir IV, p. 444.

2. Nous traduisons ainsi le mot : ὄπον.

3. C'est bien le mot δάκρυον qu'emploie Théophraste, peut-être par analogie avec la sécrétion lacrymale des animaux.

4. Ménestor a sans doute proposé une classification botanique fondée sur les catégories alcméoniennes du chaud et du froid, etc. (Voir Alcméon, A III, p. 218.)

Page 444.

1. Voir Alcméon, B IV, p. 226, où apparaît une semblable conception de l'influence du milieu, ou plus exactement du lieu. Il semblerait que la proportion chaud-froid, richesse-pauvreté, etc., puisse définir un « milieu » biologique. Sur le terme τόπος, que nous avons traduit ici par *habitat*, voir Philolaos, A XXVII, p. 501, où nous avons traduit le même terme par *réceptacle* (de la semence).

2. Voir Empédocle, A LXXIII, p. 356. Il s'agit des animaux aquatiques.

3. Le *souchet* est une plante poussant au bord de l'eau, de la famille des cypéracées et dont une espèce est le papyrus.

Page 445.

1. Théophraste utilise le terme ἡ πίειρα : *terre grasse.* (Voir *Des causes des plantes*, II, IV, 5.)

2. En grec : πλυντρίς. Il s'agit d'une argile douce et friable qui absorbe les matières graisseuses et dont on se servait pour fouler les draps : les Grecs l'appelaient aussi argile « smectique » *(qui dégraisse)*.

3. Voir aussi *Des causes des plantes*, II, IV, 5.

4. Nous traduisons ainsi le mot φυσιόλογοι.

5. Il s'agit de l'équilibre ou proportion du plus et du moins; le mot employé ici est : μίξις.

6. Voir Empédocle, A LXXVII, p. 357. La *putréfaction* est le terme technique désignant l'absorption et l'assimilation de la nourriture. Certains auteurs comprennent σῆψις au sens de πέψις, traduit, au fragment IV, par *maturation.* Mme Timpanaro-Cardini cite un témoignage de Galien (*Aphorismes d'Hippocrate*, VI, 1) : « C'était une ancienne habitude de ces gens-là d'appeler ἄσηπτα *(imputrescibles)* les substances que nous appelons ἄπεπτα *(non digérées)*. » En revanche, sa traduction de σῆψις par *sécrétion* n'est guère fondée.

XOUTHOS

NOTICE

Comme Paron, Xouthos ne nous est connu que par Aristote et Simplicius. Le *Catalogue* de Jamblique signale un certain Bouthos de Crotone, qui pourrait être le même que Xouthos ; d'autre part, on sait qu'Ion de Chio[1] était surnommé Xouthos, ce qui rend légitime l'hypothèse selon laquelle Xouthos ne serait autre qu'Ion. Notons cependant que la tradition mythologique ajoute une confusion possible : Xouthos, époux de Créüse, est le père de l'Ion qui a donné son nom aux Ioniens[2]. Quoi qu'il en soit, ces deux courts témoignages nous apprennent que Xouthos était partisan du vide et donc d'une structure discontinue de l'univers, et qu'il considérait deux principes opposés, le rare et le dense — ce qui est bien pythagoricien. D'autre part, *« le monde ondulera »* ferait assez penser à une théorie de l'éternel retour. Peut-être est-ce à lui que les stoïciens ont repris leur conception de la respiration et de la dilatation du tout et de l'univers, qu'on rencontre par exemple chez Plutarque (*Contradictions des stoïciens*, 39, 1052 c) ?

NOTES

Page 446.

1. Nous traduisons ainsi : Κυμανεῖ τὸ ὅλον qui constitue un hapax dans la littérature présocratique. Le témoignage de Simplicius vient heureusement éclairer cette citation énigmatique : il y a là une image marine de la vague ou de la houle.

2. Diels se demande s'il ne s'agirait pas plutôt de Xouthos ; aussi a-t-il ajouté ici ce témoignage de Jamblique. (Voir la Notice, p. 1332.)

BOÏDAS

NOTES

Page 447.

1. Poète comique grec, contemporain de Ménandre, auteur d'une centaine de comédies presque entièrement perdues. Il appartenait à la comédie nouvelle (seconde moitié du IVe siècle).

2. Poète comique grec, rival d'Aristophane et qui appartenait à la comédie ancienne (donc antérieur à 400 avant notre ère). On n'en possède plus que des fragments.

3. On retrouvera la citation des vers commentés ici, dans Hippon, A II, p. 461 :

1. Voir A I et A II, p. 449 et 450.
2. Voir A III, p. 450, n. 6.

Ici vivent des gens, de qui les beaux discours
Persuadent que le ciel est comme un étouffoir
Qui nous embrasse, et que nous sommes des charbons.

THRASYALCÈS

NOTICE

La question se pose de savoir à quelle école philosophique a appartenu Thrasyalcès, dont seul parle le géographe Strabon. En fait les couples de vents et une paire dominante semblent indiquer une application à la géographie et à la météorologie des principes du pythagorisme.

NOTES

Page 448.

1. C'est un phénomène qui a beaucoup intrigué les Anciens, comme le confirme le grand nombre des références qu'y font les philosophes présocratiques (voir Thalès, A I, 37, p. 8 et A XVI, p. 18; Œnopide, XI, p. 480; Anaxagore, A XLII, p. 635 et A XCI, p. 660; Diogène d'Apollonie, A XVIII, p. 704-705 et Démocrite, A XCIX, p. 795 et B V 3, p. 842). La question sera reprise par Aristote, dans un ouvrage perdu, *Sur la source du Nil.*

2. Callisthène était le petit-neveu d'Aristote et péripatéticien lui-même; il accompagna Alexandre dans ses expéditions et envoya à Aristote des observations astronomiques recueillies à Babylone et vieilles de deux mille ans. Il finit par se brouiller avec Alexandre et en mourut.

3. Nous traduisons ainsi le mot φυσικοί.

4. Voir Homère, l'*Odyssée*, IV, v. 581, cité ici dans la traduction de V. Bérard. (Mot à mot : *De retour sur les bords du Nil, alimenté par la pluie de Zeus.*)

5. Voir Homère, l'*Iliade*, XI, v. 306 et XXI, v. 334 : *du Notos Argestès.*

6. Voir *Ibid.*, IX, v. 5.

7. Voir Bion d'Abdère, II, p. 977.

ION DE CHIO

NOTICE

La doxographie philosophique fait cruellement défaut, quand on cherche à connaître la doctrine d'Ion de Chio qui est passé à la postérité surtout comme poète lyrique et auteur de tragédies. Il fut pourtant aussi disciple de Pythagore et s'occupa, entre autres choses, d'astronomie[1] et de musique[2]. La seule œuvre philosophique dont on ait conservé le titre et quelques bribes est intitulée la *Triade* (ou les *Triades*[3]); il semblerait qu'Ion ait poussé sa recherche personnelle dans cette direction (qu'on songe ici à la valeur de la *tétrade* et de la *décade* chez les autres pythagoriciens) et que celle-ci ait constitué une étape intermédiaire dans le pythagorisme.

NOTES

Page 449.

1. Voir A VI, p. 451.
2. Selon la lecture qu'on choisit, on comprend que c'est soit Orthoménès, soit Ion lui-même, qui fut surnommé Xouthos : ἐπίκλησιν Ξούθου ou ἐπίκλησιν <u>δὲ</u> Ξούθου. Peut-être le Xouthos ci-dessus, p. 446, n'est-il autre qu'Ion.
3. Voir le fragment B I, p. 452.

Page 450.

1. Le terme : σκολιά désigne les « chansons de table que les convives chantaient l'un après l'autre, dans un ordre irrégulier, le chanteur tenant une branche de myrte qu'il passait à son successeur », selon le *Dictionnaire grec-français* de Bailly.
2. Il s'agit de ses *Voyages* ('Επιδημίαι).
3. L'indication est erronée : *Ion* est bien sûr l'œuvre de Platon, et non de Socrate, qui n'est qu'un interlocuteur du dialogue.
4. On appelait ainsi des vers iambiques *boiteux*, parce qu'ils s'achèvent par un spondée.
5. Suidas, *Lexique*, au mot « διθυραμβοδιδάσκαλοι » *(maîtres de dithyrambes)*.
6. Ici c'est sans conteste Ion qui est surnommé *Xouthos*. Cet adjectif, épithète traditionnelle de l'abeille qui produit le miel ambré et du rossignol au chant mélodieux, signifie soit *jaune d'or* soit *sonore*. Ce nom était dans la mythologie celui que portait *Hellénos, père* d'Achaios et d'Ion, le fondateur de l'Ionie.
7. Soit 452-449 av. J.-C.
8. Voir A II, p. 450.

Page 451.

1. Le tome I du *Corpus des inscriptions grecques* contient des inscriptions du milieu du ve siècle av. J.-C.

1. Voir A II et A III, p. 449 et 450.
2. Voir B V, p. 454.
3. Voir B I et B II, p. 452.

2. Le mot σοφισταί ne signifie pas *sages*, mais *savants* avec parfois une nuance « sophistique ». (Voir la Sophistique ancienne, p. 981.)

3. Il s'agit d'Anaxagore. (Voir Anaxagore, A XLIII, p. 637.)

4. Ce sont le feu, la terre et l'air, comme le prouve le témoignage suivant de Jean Philopon.

5. Il s'agit de l'eau, du feu, de la terre et de l'air. Sur tout ce passage, voir Platon, *Le Sophiste*, 242 *c-d*, cité dans Empédocle, A XXI, p. 337.

Page 452.

1. Voir Aristote, *Traité du ciel*, I, 1, 278 *a* 10 dans l'École pythagoricienne, B XVII, p. 571.

2. Ce texte fait suite au témoignage A I, p. 449.

3. Voir Cercops, II, p. 71, à propos de la littérature orphique.

4. Voir la note précédente.

5. Ce terme désigne les objets du culte.

Page 453.

1. C'était un ami de Plutarque.

2. Les consonnes *gg* se prononcent de la même façon en grec et en latin. Le mot *angulus* signifie *angle*, mais peut s'écrire a*n*gulus ou a*gg*ulus.

3. Diels précise que les tragédies d'Ion, du moins dans les extraits qui nous en sont parvenus, ne contiennent pas d'éléments philosophiques. En ce qui concerne sa production lyrique, il signale que la formule *en toutes disciplines / Également brillant*, appliquée à Pythagore par Empédocle (en B CXXIX, p. 428), se retrouve, en des termes voisins, appliquée à Dionysos par Ion (*Anthologie lyrique*, I, LXVIII, éd. Diehl).

4. Douris de Samos, historien du IIIe siècle av. J.-C. *Annales* traduit ici Ὧραι (les *Heures* ou les *Saisons*).

5. Il s'agit du maître légendaire de Pythagore, qui faisait des miracles et enseignait l'immortalité de l'âme. (Voir Pythagore, A VII, p. 56.)

6. Nous rapprochons περὶ et εἶδε, séparés par une tmèse; cette forme est l'aoriste du verbe περιορᾶν.

Page 454.

1. Musicien et poète de Lesbos. Il ajouta trois cordes à la lyre, qui jusque-là n'en avait que quatre, et inventa la *scolie*, chanson courte qu'on chantait à table. (Voir n. 1, p. 450.)

2. Ce passage est très délicat, tant pour l'établissement du texte que pour son interprétation. Nous suivons ici le texte et l'interprétation de Kranz. Les *trois voies de l'harmonie* renvoient peut-être aux trois premiers modes dont il est question dans *La République* de Platon (III, 398-399) : dorien, phrygien et lydien.

3. La lyre primitive n'avait que quatre cordes; Terpandre, vers le VIIe siècle en ajouta trois, Simonide une huitième, un siècle plus tard, et Timothée porta le nombre de cordes à douze à la fin du Ve siècle. Nous comprenons l'expression : διὰ τέσσαρα, comme l'étendue d'un tétracorde, c'est-à-dire celle de la lyre primitive; la lyre avait beau avoir sept cordes, les Grecs continuaient à s'en servir de façon étroite et pauvre, semble-t-il.

DAMON LE MUSICIEN

NOTICE

Les sources de notre connaissance de Damon d'Œè sont anciennes, puisqu'elles remontent à Platon qui naquit quelques années après l'acmé de Damon. Il apparaît comme un musicien avant tout, mais a dû exercer une activité sophistique, en tant que conseiller de Périclès en particulier[1]. Il établissait des correspondances intéressantes entre la musique, la psychologie, la pédagogie et la législation, fondées sur la notion pythagoricienne d'*harmonie*. Si son enseignement fut surtout oral, il composa pourtant un ouvrage intitulé *Aréopagitique* (que les fragments restituent très grossièrement), qui avait la forme d'un discours — sophistique assurément — adressé aux membres de l'Aréopage d'Athènes, et qui devait réunir l'essentiel de sa philosophie. Sans doute a-t-il inspiré l'*Aréopagitique* d'Isocrate (vers 355 av. J.-C.), en dépit de la distinction établie par Philodème[2].

NOTES

Page 455.

1. Sur ce personnage, voir la scolie qui suit.

Page 456.

1. Voir Anaxagore, A XV, p. 624.

2. Sur cette comparaison avec un maître de gymnase (ἀλείπτης) — entraîneur sportif, dirions-nous aujourd'hui —, voir Iccos, I, p. 227.

3. On sait que Périclès fut soupçonné de magie et d'athéisme. Or le centaure Chiron, précepteur d'Héraclès et d'Achille, était

1. Voir A IV et A VI, p. 456 ; B II, p. 457 ; B VIII, p. 459 et B X, p. 460.
2. Voir B II, p. 457.

aussi maître de magie et initia la célèbre Médée. D'où l'insinuation que Plutarque prête au personnage de Platon.

4. Il semble plus que vraisemblable que Damonidès et Damon sont à identifier comme le même homme dans ces deux témoignages d'Aristote et de Plutarque, qui suit ici, de toute évidence, Aristote ; d'ailleurs un tesson de poterie, datant du milieu du ve siècle, porte la mention : *Damon, fils de Damonidès*, ce qui peut expliquer facilement la confusion.

Page 457.

1. Voir n. 4, p. 456.

2. Ce témoignage de Galien s'inscrit, semble-t-il, dans la tradition de Posidonius. (Voir Posidonius, F 168, éd. Edelstein-Kidd.)

3. Voir Martianus Capella, IX, 126. Une anecdote analogue que Cicéron attribue à Pythagore a été conservée par saint Augustin (*Contre Julien*, V, v, 23), et reprise ensuite par Boèce (*De la musique*, I, I).

4. *Que si l'on a des dispositions* traduit l'adjectif substantivé : οἱ χαρίεντες, qui signifie : *les gens habiles, les « honnêtes gens »*. F. Lasserre (Plutarque, *De la musique*, Lausanne, 1954) suppose qu'il s'agit des enfants des familles aristocratiques.

Page 458.

1. Sur la conception de la musique propre à Damon, on pourra consulter avec profit l'édition du *De la musique* du pseudo-Plutarque donnée par F. Lasserre (Lausanne, 1954) qui offre en introduction un chapitre VI intitulé « Damon d'Athènes » (p. 53 à 73).

2. Philodème distingue ici le discours fictif d'Isocrate, qui porte le titre d'*Aréopagitique*, de celui de Damon, réellement prononcé quelque cent ans plus tôt, vraisemblablement à la suite d'une procédure d'*isangélie*, intentée contre quiconque travaillait à renverser le gouvernement démocratique à Athènes. Peut-être l'action judiciaire avait-elle pour origine l'accusation d'avoir suggéré à Périclès une politique ruineuse pour l'État, parce que trop démagogique.

3. Nous donnons ici les références aux deux dernières éditions de ce texte. En fait, comme D. Delattre l'a montré, il ne subsiste aujourd'hui de cet ouvrage que le livre IV, contenu dans un rouleau unique dont la structure faisait succéder à un résumé des thèses de Diogène de Babylone sur la musique (occupant les cinquante-cinq premières colonnes) un commentaire critique très polémique de Philodème, de longueur double (voir Philodème, *Commentaires sur la musique*, livre IV, éd. D. Delattre, à paraître dans la C.U.F.).

4. Cette colonne très abîmée traitait à la fois du mélange de la peine et du plaisir chez le musicien qui se donne beaucoup de mal pour procurer du plaisir tant aux autres qu'à lui-même, et des effets de la musique sur la peine des travailleurs de force. Le texte tel qu'il est

établi par D. Delattre, et qui eſt ici traduit, eſt le suivant : ὥσ||[τε ποιηθή]σεσθαι παράμε[ι|ξιν ἡδονῇ] σπουδῆς ἵν[α | μὴ ὑπολαβῶ]σιν οἱ παίζον||[τες μουσικ]ὴν ἄκρ⌜α⌝τον [οὖ|σαν, κατὰ Δ]άμωνα, παι⌜γ⌝νίαν,| [πολλ]ὰ δυσχερ⌜ῆ⌝ τεθεωρη||[μένοι]. G. M. Rispoli proposait de lire ἄκροτον (le dessin du papyrus donne ακιοτον), terme rarissime et qu'elle interprète de façon très personnelle comme « un passe-temps *privé d'applaudissement* ». Diels, lui, avait adopté la correction aſtucieuse de Wilamowitz, ἄσωτον *(libertin),* et comprenait « ceux qui chantent [...] des chansons libertines, selon Damon ». La correction ἄκρ⌜α⌝τον (*pur, non mêlé*) soulignerait bien l'opposition d'un *pur divertissement* à l'idée du *mélange* de sérieux et de plaisir exprimé par les lignes précédentes. Il eſt à peu près certain, en tout cas, que pour Damon le recours à la musique était une ruse pédagogique, son côté plaisant servant à faire passer la grande difficulté de son apprentissage et de sa pratique, qui étaient probablement, à ses yeux, ce qui formait les enfants à la vertu.

5. Sur cette double référence, voir n. 3, p. 457.

6. Pour ce témoignage, nous n'avons pas repris non plus le texte de Gomperz, adopté par Diels, mais celui que D. Delattre propose de reſtituer, et qui eſt ici traduit. Le voici : [σφ]οδρ[ότα]τα τοιαῦ|τα μέλη] καὶ τὴν ἕξιν ποι|[ήσειν σω]φρονικωτάτην καὶ |[ἀνδρειο]τάτην. Ἐπιζητη||[σάντος] δέ τινος πότερον εἰς |[πάσας] τὰς ἀρετὰς ἤ τινας ἡ | [μουσικ]ὴ προάγει, Δάμ⌜ω⌝ να| [......]ειν τὸν μουσικὸν| [εἰς πάσ]ας σχεδὸν οἴεσθαι· λέ|[γειν γὰ]ρ αὐτὸν προσήκειν | [ἄιδοντ]α καὶ κιθαρίζον[τα] | τὸν παῖδα μὴ μόνον [. La fin lacunaire peut être reconſtituée à l'aide d'un fragment parallèle (colonne *100*, 37-45, éd. Delattre = III, 77A, éd. Kemke), qui appartient cette fois à la critique philodémienne des thèses de Diogène de Babylone : [Δ]άμων [μ]έντοι | νυχ[...]φονε[...]ν εἶπεν| ἐν[.... τ]ὴν μ[ουσι]κὴν [εἰς| τὰς πλεί(σ]τας ἀρετὰς χρή[σι]|μεύειν, λ]έγων δεῖν ᾄδο[ν|τα καὶ κιθ]αρίζοντα τὸν | παῖδα μὴ] μόνον ἀνδρε[ιό|τερον γί]νεσθαι καὶ καὶ σώ[φρο|νέστερο]ν, ἀλλὰ καὶ δί⌜κ⌝[αι|ότερον], « Quant à Damon <...>, il a dit <devant l'assemblée du peuple> que la musique eſt utile à la plupart des vertus, arguant que, lorsque l'enfant chante et joue de la cithare, il doit devenir non *seulement* plus courageux et plus tempérant, mais aussi plus juſte... ».

7. C'eſt l'adversaire ſtoïcien de Philodème qui parle. D. Delattre propose de reſtituer ici Δάμ⌜ω⌝να | [ἀγορεύ]ειν (ou un verbe déclaratif analogue) τὸν μουσικόν, au lieu de [ὃν καλοῦ]σιν, comme l'avait proposé Kemke, suivant Bücheler, et d'admettre l'ellipse (fréquente chez Philodème) de « que la musique incite ».

8. On retrouvera chez Platon une même conception de la juſtice-harmonie, rassemblant toutes les vertus. (Voir *La République*, III et IV et *Les Lois*, XII.)

9. La référence, donnée par Diels, à l'édition Kemke eſt, pour ce fragment : I, 13, p. 7.

10. Sur les différents modes musicaux, voir Platon, *La République*, III, 398 *c*.

11. Οἱ περὶ Δάμωνα peut aussi bien signifier *Damon* que *les élèves de Damon*. Nous pouvons rapprocher cette conception du chant et de la danse des témoignages stoïciens sur ce sujet. (Voir von Arnim, *Stoicorum veterum fragmenta*, III ; Diogenes Babylonius, n°s 63, 66, 69, 74, et 88 en particulier, où est reconstitué le traité *De la musique* de Diogène de Babylone (p. 222 à 234).

Page 459.

1. Nous traduisons ainsi : δι' ὁμοιότητος. Il s'agit d'une référence à la catégorie aristotélicienne du *semblable*. (Voir, par exemple, Aristote, l'*Éthique à Nicomaque*, IX, III, 1165 *b* 17).

2. Nicias, stratège et homme politique athénien, vient d'assimiler le courage à la science. Socrate lui répond.

3. Voir Damon, A IV, p. 456 et Prodicos A XVII, p. 1060.

4. Il s'agit : 1° du rythme *égal* : le temps fort est au temps faible dans le rapport 2/2 (dactyle/spondée : — UU/— —) ; 2° du rythme *double* : le rapport du temps fort au temps faible est de 2/1 (iambe/trochée : U—/—U) ; et 3° du rythme *péonique*, où le rapport est de 3/2 (péon/crétique : UUU—/—U—).

5. Le sens du mot : φθογγοί est difficile à interpréter et a donné lieu à des discussions. Diels propose de comprendre : *les proportions des intervalles*. À moins qu'il ne s'agisse des quatre notes du tétracorde, celles de la lyre primitive ?

6. C'est un rythme martial, de marche : U ⁄́ UU ⁄́ UU ⁄́.

Page 460.

1. L'unité de mesure est la brève : U. Le dactyle a donc une cadence quadruple, l'iambe une cadence triple. La durée de la brève était relative, si bien que le temps mis pour déclamer un pied variait au point que le dactyle pouvait être réduit, par exemple, à deux temps.

2. Sur tout ce passage concernant la métrique, voir Aristophane, *Les Nuées*, v. 645 et suiv.

HIPPON

NOTICE

On retrouve dans la philosophie d'Hippon de Métaponte (ou de Samos ou de Rhégium) des éléments assurément pythagoriciens, en particulier en biologie[1] (où se retrouvent des paires d'opposés et une croyance à la vertu des nombres), et en botanique[2]. Mais la parenté de sa doctrine avec celle de Thalès est claire : il réduit le nombre des principes à un (l'eau ou le froid) et construit un matérialisme qui lui valut l'épithète d'*athée*[3]. On pourra trouver quelques exemples d'explication matérialiste et mécaniste dans les témoignages A XI et A XIX, et dans le fragment B 1[4]. Diels a cru devoir corriger l'attribution qu'Aétius fait à Hipponax, poète satirique du VIe siècle qui inventa le choliambe, de deux témoignages concernant la génération[5], en proposant de lire : *Hippon.*

NOTES

Page 461.

1. Voir Mélissos, p. 295.

2. On le dit originaire de Samos (Aristoxène et Jamblique, voir A I, p. 461), de Rhégium (Sextus Empiricus, voir A I, p. 461 ; A V, p. 462 et Hippolyte, voir A III, p. 462), de Crotone (Ménon, voir A XI, p. 464) ou encore de Métaponte (Censorinus, voir A XVI, p. 466 et Claudien Mamert, voir B IV, p. 469). Cela signifie sans doute que, venu d'Asie Mineure, il s'est installé en Grande-Grèce où il a dû beaucoup aller et venir d'une colonie pythagoricienne à l'autre.

3. Voir Aristote, *Traité de l'âme*, I, II, 405 *b* 1 dans Empédocle, A IV, p. 327 où Hippon est situé chronologiquement après Empédocle.

4. Ce titre signifie : *Ceux qui voient tout.* Cratinos est l'un des dramaturges les plus estimés de la comédie Ancienne ; c'est à lui que l'on attribue l'invention du drame satirique. Il était réputé pour la hardiesse de ses attaques. Hippon a dû être l'une de ses cibles privilégiées.

5. Ce témoignage précède immédiatement celui qui est cité en Boïdas, p. 447.

Page 462.

1. En fait, Hippon paraît ne considérer qu'un principe matériel unique, puisque le feu a pour principe l'eau, comme cela est dit juste après. Et ainsi l'opposition — toute pythagoricienne — qui l'intéresse, est celle du froid et du chaud.

2. Voir Thalès, A XIII, p. 16, où le même témoignage est cité plus longuement.

1. Voir A XI, p. 464 et A XVIII, p. 467.
2. Voir A XIX, p. 467.
3. Voir de A III à A X, p. 462-463.
4. Voir p. 468.
5. Voir A XIV, p. 465.

3. Voir Thalès, A I, 27, p. 4.
4. Voir Anaximène, de A IV à A IX, p. 42 à 44.
5. Voir Diogène d'Apollonie, A I, A IV et A VII, p. 699 et 701.
6. Ce témoignage commente le témoignage d'Aristote (A VII) qui vient après.
7. *Ces gens-là* désignent les *physiologues* ioniens, et en particulier Thalès (voir cet auteur en A XII, p. 15). L'explication que propose Hippon du principe unique, l'eau, ne saurait pour Aristote prétendre à l'universalité de celle de Thalès.

Page 463.

1. Evhémère, philosophe du IVe siècle avant notre ère, est considéré comme l'auteur du système (évhémérisme) qui explique la mythologie par l'histoire. Les dieux n'étaient pour lui que d'anciens rois qui auraient jadis vécu sur une île qu'il désignait sous le nom de Panchaïe. Il est l'auteur d'une *Histoire sacrée*, célèbre dans l'Antiquité mais aujourd'hui perdue.
2. Diagoras, esclave affranchi, devint disciple de Démocrite. Il fut chassé d'Athènes au moment de l'expédition de Sicile, pour avoir tourné en ridicule les mystères d'Éleusis, d'où son surnom d'Athée. Il fut aussi poète lyrique.
3. Il s'agit du disciple d'Aristippe de Cyrène, et non du géomètre contemporain de Platon qu'on rencontrera p. 486-487. Il est l'auteur d'un traité intitulé *Des dieux*, où il niait leur existence.
4. Voir également Élien, *Histoires variées*, II, XXXI, et Plutarque, *Des notions communes*, 31, 1075 A.
5. Voir Hippon, B II, p. 469.
6. Voir Empédocle, A IV, p. 327, où ce témoignage est reproduit.
7. Il y a là un jeu de mots sur deux verbes très voisins : ζῆν *(vivre)* et ζεῖν *(bouillonner)*, impossible à rendre en français. On retrouve la même chose dans la suite, avec ψυχή *(l'âme)* et ψυχρόν *(le froid)*.

Page 464.

1. Voir Empédocle, B CV, p. 416.
2. Jean Philopon commente le texte d'Aristote qui précède.
3. Seules les premières lettres de ce nom figurent dans le manuscrit : *Hipp*; Diels propose de lire : *Hippon*, mais n'exclut pas la lecture : *Hipponax*. Dans les témoignages classés en A XIV, p. 465, c'est le nom d'*Hipponax* qui figure, mais Diels pense qu'on doit comprendre plutôt *Hippon*.
4. Il faut remarquer le caractère mécaniste et matérialiste de cette explication.
5. Voir Plutarque, *Isis et Osiris*, 33, 364 B.
6. L'Anonyme de Londres a été édité dans le *Supplementum Aristotelicum*, III *pars* I, éd. Diels, Berlin, 1893.

Page 465.

1. Censorinus dit ici en latin la même chose qu'Hippolyte disait en grec, dans le témoignage A III, p. 462, à propos de l'eau.

2. Le verbe *probari* renvoie vraisemblablement à l'expression grecque : ἐκ τῶν φαινομένων *(en s'appuyant sur les phénomènes)* employée par Simplicius dans le témoignage A IV, p. 462. Hippon s'appuie sur l'observation des phénomènes.

3. Voir Alcméon, A XIII, p. 223, où est reproduite la suite de ce témoignage.

4. Voir Censorinus, *Du jour de la naissance*, V, 4. Kranz pense que cette dernière phrase n'a pas sa place ici ; pourtant, on y retrouve les mêmes oppositions caractéristiques d'Hippon entre le dense et le rare, le dur et le mou, le froid et le chaud, le terrestre et l'aqueux.

5. Voir Hippon, A XI, p. 464.

6. *Ibid.*

7. *Animi principale* est l'équivalent latin de ἡγεμονικόν; cela donne au témoignage de Censorinus une couleur stoïcienne.

Page 466.

1. Sur le septième mois de la grossesse, voir Empédocle, A LXXV, p. 357; A LXXXIII, p. 362 et plus particulièrement B LXIX, p. 401 et B CLIII *a*, p. 436. Voir aussi Héraclite, A XIX, p. 143 et Démocrite, A CXLV, p. 823.

2. Voir la note précédente.

3. Sur la valeur particulière du nombre 7, voir Philolaos, B XX, p. 510; l'École pythagoricienne, B XXVII, p. 576 et aussi Pythagore, VI, p. 56.

4. Voir Héraclite, A XVIII, p. 143; B CXXVI *a*, p. 175 et Empédocle, A LXXXIII, p. 362.

5. Voir Diogène d'Apollonie, A XXV, p. 709.

Page 467.

1. On retrouve ici le concept de *milieu* qui joue un certain rôle chez Ménestor (voir de IV à VI, p. 444-445).

Page 468.

1. Nous traduisons ainsi : πέλαγος. 'Ωκεανός est utilisé aussi par le scoliaste, mais seul, comme nom propre.

2. Zénodote et Mégaclide, selon Diels.

3. Il s'agit du vers 195.

4. Il s'agit des vers 195 à 197.

5. Remarquons le caractère mécaniste de cette explication, qui anticipe la loi des vases communicants. À moins qu'il ne s'agisse

d'une conception préscientifique qui associe la source à ce qu'il y a de plus profond.

Page 469.

1. C'est le nom d'un personnage des *Deipnosophistes.*
2. Voir la note précédente.
3. Nous traduisons ainsi le mot πουλυμαθημοσύνη, dans lequel se retrouve le terme : πολυμαθία *(savoir universel)*. Ce dernier a presque toujours une signification péjorative (voir Héraclite, B XL, p. 155 et B CXXIX, p. 177; Démocrite B LXIV-B LXV, p. 866 et B CCXCIX, p. 916) et semble ici synonyme d'une mémoire exceptionnelle, mais qui n'est pas mise au service de l'intelligence.
4. Il y a une lacune dans le texte après *savoir universel.* En fait, la citation est à rapporter à Timon d'Athènes qui reprenait lui-même une expression d'Héraclite (voir B XL, p. 155). *[C'est aussi]* est une simple conjecture de notre part.
5. Diels fait figurer également ce témoignage en Hippase, x (p. 78); sans doute juge-t-il que le contenu de la citation se rapporte mieux à ce qu'on connaît d'Hippase qu'à l'athéisme d'Hippon.

PHALÉAS, HIPPODAMOS

NOTICE

C'est Aristote qui est notre unique source d'information sur Phaléas de Chalcédoine, théoricien politique partisan de l'égalitarisme. Quant à Hippodamos de Milet, « grand aligneur de rues et logicien de l'urbanisme » selon A. Diès (« Introduction » à *La République* de Platon, t. I, p. XXXVI, Paris, 1959), c'est encore et surtout par Aristote que nous le connaissons. Il fut avant tout un grand urbaniste, fondateur de Rhodes et rénovateur du Pirée où il inventa la disposition des quartiers en damier. Mais cet urbanisme géométrique est à mettre en rapport avec un projet politique qui limitait le nombre des citoyens à dix mille et les répartissait en trois classes : artisans, agriculteurs et guerriers. Cette constitution harmonique — qui n'imite pas l'âme du monde, comme c'est le cas chez Platon — procède pourtant mathématiquement, et la prédilection d'Hippodamos pour le nombre *trois*[1] a fait penser à une influence pythagoricienne, peut-être celle d'Ion de Chio; mais il s'agit d'une simple présomption, qu'aucun texte ne corrobore.

1. Voir A I, 3, p. 471.

NOTES

Page 470.

1. Tout le chapitre VII du second livre de la *Politique* d'Aristote est consacré à l'examen du projet de constitution élaboré par Phaléas. Il se caractérisait par une tendance à l'égalitarisme et par la recherche des moyens permettant de retrouver cette égalité dans les cités déjà constituées, ou de l'instaurer dans les cités à fonder.

2. Voir encore la *Politique*, II, VII, 1267 *b* 13.

Page 471.

1. Stobée rapporte une citation de la *République* du pythagoricien Hippodamos : « J'affirme avoir découpé en trois classes l'ensemble du corps des citoyens. » (*Florilège*, IV, I, 93, éd. Hense.) Mais Diels pense qu'il s'agit d'une citation apocryphe, peut-être rédigée à partir de ce témoignage d'Aristote.

2. Il s'agit de la législation en vigueur à Athènes, au Ve siècle avant notre ère.

Page 472.

1. Thurium est une colonie athénienne fondée en Lucanie, dont Protagoras fut chargé de rédiger la constitution (voir A I, 50, p. 983).

2. Voir Démosthène, XLIX, 22.

3. Voir Xénophon, les *Helléniques*, II, IV, 11.

4. Par cette périphrase, Aristophane veut désigner son personnage d'Archéptolémos, un modéré. Mais Diels pense qu'il s'agit d'une identification erronée.

5. Diels souligne ici l'impossibilité chronologique. Rappelons que les guerres Médiques (au nombre de trois) se sont déroulées entre 492 et 449 : c'est la paix de Callias qui y mit fin.

POLYCLÈTE

NOTICE

Polyclète de Sicyone (ou d'Argos) vivait au Ve siècle et se rendit célèbre en tant qu'architecte et surtout sculpteur. « Le principal titre de gloire de Polyclète est d'avoir inventé un rythme sculptural, satisfaisant à la fois aux lois de l'équilibre et aux exigences de la vie, qu'il a fixé pour la première fois dans le *Doryphore*. » Il est représenté dans « une attitude rythmique artificielle, intermédiaire entre l'action et l'immobilité [...] À la géométrie statique de l'archaïsme, il a substitué une géométrie dynamique ». (J. Charbonneaux et P. Devambez, « L'Époque classique : le ve siècle » dans l'*Histoire générale de l'art*, Paris, 1950, I, p. 158-159). De fait, l'art attique, à partir de 440 av. J.-C., va s'inspirer grandement du modèle de Polyclète, au moins pour les figures en repos.

Pline l'Ancien[1] signale deux autres œuvres de Polyclète, le *Diadumène* et le *Canon*, auxquelles il faut ajouter une *Héra* colossale chryséléphantine qui ornait son temple d'Argos, l'une des dernières œuvres du grand sculpteur, et un Καιρός *(moment opportun)*, dont Lysippe aurait fait une réplique, elle-même reproduite dans un bas-relief de Turin[2]. Mais il ne se contenta pas de pratiquer son art, il composa aussi un traité technique et esthétique de sculpture : *Le Canon* (ce qui signifie : *la règle*), dont l'idée directrice est que « la beauté réside dans l'harmonie de toutes les parties [d'une statue] entre elles[3] », jusqu'au moindre détail, puisqu'il part du rapport des doigts entre eux. « La construction théorique du corps humain, telle que la préconisait Polyclète, suppose certainement l'influence de la mystique des nombres, répandue par les sectes pythagoriciennes [...] et d'après laquelle, les nombres étant sacrés, certains d'entre eux ont une vertu particulière, expriment une sorte de perfection ». (J. Charbonneaux et P. Devambez, *Ibid.*)

Signalons que la doxographie qui nous le fait connaître a un caractère stoïcien très marqué : le second témoignage de Galien parle de Chrysippe et utilise beaucoup le terme συμμετρία, que nous traduirons partout par *harmonie* et qui est stoïcien; d'autre part, le témoignage de Plutarque[4] commence par un terme stoïcien, lui aussi (οἱ προκόπτοντες : *ceux qui progressent*). On pourra compléter les témoignages réunis par Diels-Kranz avec un intéressant passage de Quintilien (*Institution oratoire*, XII, x), et les informations touchant le *Canon* par un passage de Lucien (*De la danse*, 75).

NOTES

Page 474.

1. Ce sont les fils de Périclès, qui assistent au dialogue.

2. Le *Diadumène (l'homme au diadème)* est perdu, mais on en connaît une réplique antique conservée au Musée national d'Athènes.

3. Il s'agit d'une somme fabuleuse, quelque chose comme quatre millions de francs actuels.

4. Le *Doryphore (le porteur de lance)* est connu par une réplique conservée au Musée national de Naples.

5. Pline dit *lege quadam*, c'est-à-dire : *une loi à suivre*, équivalent latin du grec κανών.

6. Nous traduisons ainsi μέσον (le *milieu* ou la *moyenne*) dans tout ce témoignage.

1. Voir A II, p. 474.
2. Sur la notion de *moment opportun* voir, en particulier, l'École pythagoricienne, D V, 182, p. 596-597.
3. Voir A III, p. 475.
4. Voir B I, p. 476.

Page 475.

1. Nous traduisons ainsi συμμετρία (voir la Notice, p. 1346).

2. Il s'agit du nouveau fondateur du Portique, qui vécut au IIIe siècle av. J.-C. et se passionna particulièrement pour la dialectique.

3. Voir n. 1, p. 475.

4. Par exemple, de l'index et du majeur, etc. Rappelons que le terme grec qui désigne le *doigt* (ὁ δάκτυλος) est aussi un terme de métrique : le *dactyle*, élément formé d'une syllabe longue suivie de deux brèves. Ainsi pouvait s'établir très naturellement pour les Grecs le passage de la sculpture à la poésie et vice-versa : l'harmonie poétique se confond avec l'harmonie plastique. (Voir aussi Plutarque, *Des notions communes des stoïciens*, 38, 1079 A.)

5. C'est dans l'ouvrage de Polyclète que Vitruve (*De l'architecture*, III, chap. I et II) puise ses informations sur les proportions qui unissent les parties du corps humain. Le système de mesure ainsi constitué, qui comprend le pouce, le pied, la coudée, la toise etc., introduit l'harmonie divine dans les productions de l'art; le microcosme humain reflète les proportions du monde.

6. Voir Galien, *Des semences*, IV, 605, éd. Kühn.

7. La source de ce texte est la même que celle du texte précédent, comme le prouve le terme οἱ προκόπτοντες *(les gens qui progressent)* qui est stoïcien. (Voir surtout Chrysippe, éd. I. von Arnim, *Stoicorum veterum fragmenta*, III, p. 137 et suiv.)

8. Il s'agit d'une citation de Pindare (fgm. 194, éd. Schrœder).

Page 476.

1. L'interprétation de cette phrase de Polyclète est très délicate, en raison de l'incertitude du sens de l'expression : εἰς ὄνυχα ὁ πηλὸς ἀφικνεῖται. Le sens littéral de l'expression est le suivant : *l'argile vient à l'ongle*. C'est l'équivalent de l'expression latine *ad unguem*, que F. Gaffiot interprète : « comme le marbrier éprouve le poli en passant l'*ongle* sur la pierre ». Le *Greek-English Lexicon* de Liddell-Scott comprend autrement : « When the model reachs the *nail* stage, because the sculptor puts the finishing touches with his nail » *« Quand l'ébauche atteint le stade de l'*ongle*, parce que c'est avec l'ongle que le sculpteur met les touches finales. »* De tout cela, il ressort que l'expression trouve son origine dans l'art plastique (modelage ou sculpture) et qu'elle sert à désigner une opération de finition très délicate.

2. L'expression est ici légèrement différente de celle du témoignage précédent : ἐν ὄνυχι ὁ πηλός, mais Plutarque fait référence à la même chose dans les deux cas. (Voir la note précédente.)

3. Ici, l'expression n'est plus stoïcienne, comme dans les témoignages de Galien, mais très évidemment péripatéticienne : la nature remplit la fonction de cause efficiente ou motrice.

4. Il faut lire : ἐνδημιουργεῖσθαι dans Diels, et non ἐκδημιουργεῖσθαι.

5. Une autre difficulté réside ici dans l'interprétation de : παρὰ μικρόν. La suite du témoignage de Philon nous pousse plutôt à comprendre de la façon suivante : il met en parallèle la balistique et la sculpture, reprend l'expression *grâce à de nombreux calculs* pour l'appliquer à la construction des machines, et paraphrase παρὰ μικρόν avec μικρὰν[...] παρέκβασιν (*une légère erreur, un petit faux-pas,* littéralement). Παρὰ μικρόν ne peut donc pas signifier *petit à petit*, mais bien *à un petit quelque-chose, au cheveu près,* si l'on veut. Autrement dit, la perfection, affaire de nombreux calculs, ne supporte pas la moindre inexactitude ou la moindre approximation.

6. En grec : μικρὰν παρέκβασιν. (Voir la note précédente.)

ŒNOPIDE

NOTICE

La célébrité d'Œnopide dans l'Antiquité lui venait de ses travaux scientifiques en géométrie et en astronomie; il est donc naturel que ses doxographes soient surtout des savants (Théon de Smyrne, Aristote et Proclus). Il s'est principalement intéressé à la marche du Soleil et à la question de la Grande Année. Cependant, on n'est guère renseigné sur ses positions proprement philosophiques.

NOTES

Page 477.

1. Voir Pythagore, VI *a*, p. 56.

2. Ce manuscrit a été édité par E. Rohde, dans ses *Kleine Schriften*, I, 123, 4e éd.

3. Il s'agit de la dispute qui oppose, dès le début, les deux rivaux qui donnent leur nom au dialogue.

4. Diels hésite sur la personne à laquelle le pronom renvoie : il suppose qu'il s'agit d'Œnopide.

Page 478.

1. Peut-être faut-il voir là une allusion à l'édition d'Homère dite « de la cassette » (voir Anaxarque, A XII, p. 955).

2. Voir Diogène d'Apollonie, A VIII, p. 702.

3. Il s'agit du philosophe stoïcien, auteur de l'*Hymne à Zeus* (voir Héraclite, C IV, p. 186).

4. Il s'agit d'un traité en plusieurs livres (voir Thalès, A XVII, p. 19).

5. Les manuscrits portent : διάζωσις *(la ceinture)*; mais Diels veut lire plutôt : λόξωσις *(l'angle que fait l'écliptique avec l'équateur)*.

6. Chez les Anciens, la Grande Année désignait des périodes de

durées différentes. Aétius (voir A IX, p. 479) en présente une définition : c'est le temps que mettent les sept planètes pour revenir à leur position de départ après une révolution complète.

Page 479.

1. Dans le système que décrira Ptolémée, le mouvement apparent annuel du Soleil est un mouvement réel, et tandis que la Terre est immobile dans l'espace, le Soleil décrit d'ouest en est la circonférence de l'écliptique, ou tout au moins une courbe située dans son plan, et parcourt ainsi annuellement les constellations du zodiaque. Les autres planètes tournent également autour de la Terre, mais dans le sens inverse, d'est en ouest.

2. Le nom *Loxias* vient de l'adjectif λοξός, qui signifie *oblique, de travers*. (Voir n. 5, p. 478.)

3. Macrobe cite d'abord en grec le texte du Περὶ θεῶν d'Apollodore et le fait suivre de sa traduction latine. Il s'agit ici du mouvement annuel du Soleil, et non de son mouvement diurne.

4. Ce calcul de la durée de l'année tropique est d'une grande précision et proche de la réalité : 365, 2 422 jours (au lieu de 365, 3 728 pour Œnopide).

5. Les manuscrits portent : Λάκων *(de Sparte)*; mais on sait, par ailleurs, que Méton vivait à Athènes au ve siècle avant J.-C.; c'est pourquoi Diels corrige en : Λευκονοεύς *(originaire du dème attique de Leuconoè)*. L'observation du solstice eut lieu le 17 juin 432.

6. Il s'agit du *cycle de Méton*. Ce cycle se compose de dix-neuf années tropiques, renferme deux cent trente-cinq lunaisons et rétablit par conséquent tous les dix-neuf ans la concordance entre la marche du Soleil et celle de la Lune.

7. C'était l'avis de Cléostrate de Ténédos et d'Eudoxe de Cnide, selon Censorinus (voir *Du jour de la naissance*, XVIII, 5).

8. C'était l'avis de Méton, dont il est question dans le témoignage d'Élien qui précède.

9. Callippe dont le cycle durait soixante-seize ans.

10. Curieusement, alors que dans ses *Doxographi graeci* Diels édite le texte κεφαλὴ τοῦ χρόνου *(la tête du temps)*, il adopte ici un autre texte : κεφαλὴ τοῦ Κόσμου. P. Duhem, dans *Le Système du monde* (t. I, p. 72), traduit : *le principe du temps.*

11. Il s'agit de Mercure, Vénus, Jupiter, Mars et Saturne auxquels les Anciens ajoutaient la Lune et le Soleil.

12. P. Duhem (*Le Système du monde*, t. I, p. 66), qui suit l'édition Meineke de Stobée (1860), lit le texte suivant : τῶν ἑπτὰ πλανητῶν ἐπὶ ταυτῇ ἡμέρᾳ τῆς ἐξ ἄρκτου φορᾶς ἐπάνοδος. Cela signifie : « Ce principe est marqué par la réunion des sept astres errants accomplie le jour où ⟨le Soleil commence à s'éloigner⟩ du nord » (c'est-à-dire au moment du solstice d'été). Stobée évalue ensuite cette Grande Année à 18 000 ans pour Héraclite et 365 « années » pour le stoïcien Diogène, lequel donne à chacune de ces 365 « années » la valeur des 18 000 ans d'Héraclite, soit 6 570 000 ans.

Page 480.

1. Voir Eschyle, *Agamemnon*, v. 1572 et suiv.

2. Voir Aétius, *Opinions*, III, 1, 2, reproduit dans l'École pythagoricienne, B XXXVII *c*, p. 583.

3. Diodore suit ici le traité *Sur le Nil* d'Aristote, qui reprenait Agatharchidès. Sur les crues du Nil, voir aussi Aétius, *Opinions*, IV, 1 et Diogène d'Apollonie, A XVIII, p. 704-705.

4. Voir les *Scolies* à Apollonios de Rhodes, IV, v. 269 et suiv., éd. Wendel.

5. Il s'agit vraisemblablement du personnage qu'on rencontre chez Platon (*Protagoras*, 315 *c* et *Gorgias*, 487 *b*), père de l'Androtion attaqué par Démosthène. P. Ver Ecke (p. 72 de sa traduction du *Commentaire sur Euclide* de Proclus) pense, lui, qu'il s'agit d'Andronicos de Rhodes, l'éditeur du corpus aristotélicien.

Page 481.

1. *Équerre* traduit γνώμων, qui est aussi le *gnomon*. Le rapport entre l'équerre et l'astronomie est mis en évidence par le témoignage A IX, p. 479.

HIPPOCRATE DE CHIO, ESCHYLE

NOTICE

Hippocrate de Chio apparaît comme un savant géomètre d'une part, et un astronome d'autre part. La doxographie est une fois encore scientifique (Aristote, les commentateurs d'Aristote et Proclus). Pour ce qui est de la géométrie, on lui reproche d'avoir donné de fausses solutions, mais on lui reconnaît une démarche authentiquement géométrique[1]. En astronomie, sa place est originale dans la mesure où il étend le phénoménisme de la vision (tel qu'on peut le découvrir chez Alcméon[2]) à la vision des « phénomènes » célestes, en particulier de la comète[3] et de la Voie lactée[4]. Eschyle est simplement signalé par Aristote comme un disciple d'Hippocrate[5].

NOTES

Page 482.

1. Voir Anaxagore, p. 615.

1. Voir A III, p. 483.
2. Voir A X, p. 221.
3. Voir A V, p. 484.
4. Voir A VI, p. 485.
5. Voir A V, p. 484.

2. Voir Œnopide de Chio, p. 477.

3. La quadrature du ménisque (ou de la lunule) est le calcul de son aire (voir A III, p. 483). Sur Hippocrate de Chio géomètre, voir A. Rey, *L'Apogée de la science technique grecque, L'Essor de la mathématique* (I, VI, Paris, 1948, p. 66 à 85), où la question de la quadrature des lunules est longuement exposée.

4. Voir Théodore de Cyrène, p. 486.

5. Le *cinquantième* était une taxe commerciale. Aristote oppose ici Hippocrate à Thalès (voir Thalès, A X, p. 13).

6. Voir Thalès, A XI, p. 14.

7. Sur la quadrature du cercle, voir Anaxagore, A XXXVIII, p. 633 et Antiphon, B XIII, p. 1099.

Page 483.

1. L'éristique est l'art de la discussion qui fait un usage illicite du phénomène, pour faire de l'argument le plus faible le plus fort argument (voir Aristote, *Rhétorique*, II, XXIV, 1402 *a* 23). On comprendra l'adjectif *éristique* comme signifiant *relevant d'une argutie sophistique*.

2. Le *paralogisme*, raisonnement faux mais de bonne foi, s'oppose au *sophisme*, qui est conçu dans l'intention de tromper. (Voir Alexandre d'Aphrodise cité par Simplicius [*Commentaire sur la Physique d'Aristote*, 56, 1 et suiv.], où sont proposés deux exemples, également faux l'un et l'autre.)

3. Car Antiphon ne raisonne pas en géomètre, contrairement à Hippocrate, bien que ce dernier se trompe. (Voir Antiphon, B XIII, p. 1099) [Note de Diels].

4. La source de Simplicius n'est pas ici Eudème lui-même, mais Alexandre d'Aphrodise. (Voir Antiphon, B XIII, p. 1099 et Simplicius, *Ibid.*, 55, 25 et suiv.)

5. Ici prend fin la citation d'Alexandre; Simplicius va citer plus loin Eudème mot pour mot, en y mêlant certaines notes empruntées aux *Éléments* d'Euclide.

6. Simplicius rapporte le détail de la démonstration dans les pages suivantes de son *Commentaire* (de 61, 5 à 68, 32).

7. Il s'agit du problème dit de Délos, celui de la duplication du cube. Voir par exemple A. Rey, *L'Apogée de la science technique grecque, L'Essor de la mathématique* (I, VII, Paris, 1948, p. 92-95).

Page 484.

1. La proportion continue, dans une progression géométrique, est celle où le conséquent du premier rapport est l'antécédent du second : ainsi $\frac{a}{b} = \frac{b}{c} = \frac{c}{d}$.

2. Les pythagoriciens savaient trouver une moyenne proportionnelle entre deux grandeurs, mais en trouver deux était pour

eux impossible. Il aurait fallu montrer que si $\frac{a}{b} = \frac{b}{c} = \frac{c}{d}$, alors $\frac{a^3}{b^3} = \frac{a}{d}$.
Dans son ouvrage *L'Apogée de la science technique grecque, L'Essor de la mathématique* (I, VII, Paris, 1948, p. 95 à 102), A. Rey, évoquant à propos d'Hippocrate de Chio la « méthode de réduction » (ἀπαγωγή) qui lui est traditionnellement rapportée, cite un passage de Proclus (*Commentaire sur le premier livre des Éléments d'Euclide*, p. 21) que Diels n'a pas jugé utile de collationner — ou qu'il a omis. Nous le donnons ici dans la traduction d'A. Rey (p. 95-96) : « Par exemple, en ce qui concerne la duplication du cube, les géomètres réduisent la question à une autre, dont elle est la conséquence, soit trouver deux moyennes proportionnelles et après ils cherchent comment, étant donné deux lignes droites, on peut trouver deux moyennes proportionnelles. Hippocrate de Chio est donné comme ayant le premier inventé la réduction géométrique (ἀπαγωγή) sur ces figures difficiles [...] ». Rey ajoute : « Cette méthode consiste à procéder des conséquences aux principes. »

3. Sur ce point, il faut se reporter à la théorie de la vision construite par Alcméon (voir cet auteur en A v et les notes 13 à 17, p. 219 et 1 et 2, p. 220). Le cas de la comète reproduit à très grande échelle, comme dans un laboratoire gigantesque, le processus indirect de la perception visuelle. Le « phénomène » de la chevelure est engendré en milieu humide, comme toute génération, par la rencontre de la lumière venue du Soleil et du rayon lumineux issu de l'œil de l'observateur. Quand le Soleil n'est pas directement visible, la perception du Soleil n'engendre pas un phénomène situé sur la droite qui relie l'œil au Soleil, mais la rencontre des deux lumières est alors indirecte et se fait dans la vapeur où elle donne naissance à la comète, « phénomène » céleste.

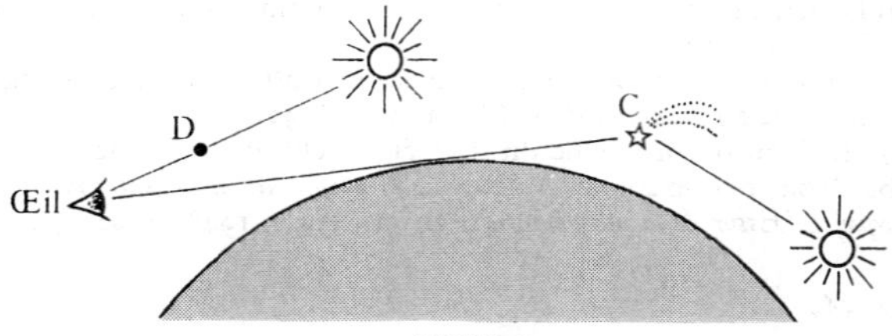

D : *phénomène direct*
C : *comète = phénomène indirect*

Le mot ὄψις désigne ici la lumière du regard, et non le mécanisme de la vision.

4. Lorsque le Soleil est au tropique du Capricorne, c'est-à-dire pendant l'hiver.

Page 485.

1. La « quintessence » (πεμπτὴ οὐσία) est la matière qui échappe à la génération et à la corruption. Voir le *cinquième corps* en Philolaos, B XII, p. 506 et le *cinquième élément* en Occelos, III *a*, p. 540. (Voir encore [Platon], *Epinomis*, 981 *b*.)

THÉODORE DE CYRÈNE

NOTICE

On sait bien peu de chose sur le géomètre Théodore de Cyrène, qui fut pourtant assez célèbre en son temps pour donner des leçons à Platon — pas seulement de géométrie, mais aussi d'arithmétique, d'astronomie et de musique, toutes sciences fort en honneur chez les pythagoriciens, ce qui a fait parfois penser qu'il était l'un d'eux, quoique rien ne le confirme certainement. C'est encore comme modèle de géomètre que Xénophon le présente. L'une de ses préoccupations semble avoir été la question des grandeurs irrationnelles. Enfin, Platon, qui en fait l'interlocuteur privilégié de Socrate dans le *Théétète*, *Le Sophiste* et *Le Politique*, signale aussi le lien d'amitié qui le rattachait au sophiste Protagoras.

Il ne faut pas le confondre avec un autre Théodore de Cyrène, qui vécut, lui, au IVe siècle av. J.-C., et fut disciple d'Aristippe de Cyrène : c'est ce dernier qu'on surnomma *l'Athée* (à cause d'un traité, *Des dieux*, où il niait leur existence), et non le géomètre[1].

NOTES

Page 486.

1. Voir Proros, Amyclas, Clinias, p. 552.
2. Voir Hippocrate de Chio, I, p. 482.
3. Rhoicos était un architecte de Samos, dont Hérodote fait mention (voir l'*Enquête*, III, 60).
4. Voir Philolaos, A v, p. 490.
5. On retrouve ce même personnage dans trois dialogues de Platon : le *Théétète*, *Le Sophiste* et *Le Politique*.

1. Voir Hippon, A VIII, p. 463.

Page 487.

1. Il faut ici traduire δύναμις par *racine carrée.* « Le terme δύναμις désigne dans ce texte la *racine carrée* et non plus le *carré,* suivant l'usage qui paraît le plus ordinaire. Le sens classique de *racine* est plutôt réservé au mot δυναμένη. Il est possible qu'au temps de Platon la terminologie mathématique ne fût pas définitivement fixée et restât encore un peu flottante ». (J. Souilhé, *Étude sur le terme* ΔΥΝΑΜΙΣ *dans les dialogues de Platon,* Paris, 1919, p. 105).

2. On ignore comment Théodore démontrait l'irrationalité de $\sqrt{3}$, $\sqrt{5}$, jusqu'à $\sqrt{17}$.

3. C'est-à-dire un carré parfait.

4. C'est-à-dire un nombre oblong ou *hétéromèque.*

5. Voir n. 1, p. 487.

6. Il s'agit du sophiste Protagoras.

PHILOLAOS

NOTICE

L'importance du rôle joué par Philolaos de Crotone dans l'École pythagoricienne est soulignée par la richesse de la doxographie, de Platon aux successeurs de Théophraste. De plus, il est l'un des rares pythagoriciens dont les écrits portent, de façon presque certaine, la signature : un *De la nature,* dont il subsiste des fragments suivis[1] et un ouvrage intitulé *Les Bacchantes*[2].

Il a fait faire au pythagorisme un certain nombre de progrès d'importance. Ainsi, en ontologie, il se démarque de ses prédécesseurs et d'Alcméon, en ce que, dans les colonnes de concepts contraires, il accorde la préférence à la paire ontologique et à la paire physique du *Limitant* et de l'*Illimité*[3]. En cela, il est la source directe de Platon, et donc des doctrines non écrites développées dans les leçons de l'Académie. Cela explique que les critiques formulées par Aristote concernent surtout Philolaos. On a d'ailleurs toutes les raisons d'estimer que plusieurs des thèmes, qu'on trouvera développés en l'École pythagoricienne[4], lui étaient propres; il apparaît en effet comme l'un des auteurs pythagoriciens les plus complets, puisque, pour chacune des rubriques habituelles de la doxographie théophrastique[5], nous possédons des témoignages sur

1. Voir de B I à B XVI, p. 502 à 509.
2. Voir de B XVII à B XIX, p. 509 à 510.
3. Voir A IX et A X, p. 492 ; B I, B II et B III, p. 502-503.
4. Voir École pythagoricienne, B, p. 560 et suiv.
5. Voir Préface, p. XXII et suiv.

les conceptions de Philolaos : sur les principes[1], sur les dieux[2], sur le cosmos[3], sur les météores[4], sur la psychologie[5] et sur la physiologie[6]. Tout cela tend à prouver que Philolaos est un philosophe dont l'influence doit être recherchée non seulement dans l'École pythagoricienne, mais aussi chez les platoniciens et les péripatéticiens. Signalons enfin qu'il est peut-être aussi l'auteur du système pyrocentrique[7], qui constitua une véritable révolution copernicienne, avant la lettre, dans la pensée grecque.

NOTES

Page 488.

1. Dion de Syracuse, gendre de Denys l'Ancien, fut disciple et ami de Platon. Exilé par Denys le Jeune, qui avait succédé à son père comme tyran, il rentra à Syracuse à la tête de mécontents et prit le pouvoir. Il périt quatre ans plus tard, assassiné par un Athénien nommé Callippe, qu'il avait comblé de bienfaits.

2. Il s'agit de Philolaos.

3. Platon fit son deuxième voyage en Sicile, à la demande de Denys le Jeune qui, venant d'accéder au trône, voulait se conduire selon les principes de la philosophie (368 av. J.-C.).

4. Voir Philolaos, A VIII, p. 491.

5. Il s'agit de Démétrios de Magnésie.

6. Nous adoptons le texte suivant : ἐκδοῦναι, πρῶτον τῶν Πυθαγορικῶν, περὶ φύσεως et comprenons Περὶ φύσεως, comme son traité *De la nature*. Ce témoignage s'oppose à Alcméon, A II, p. 217.

7. Voir B I, p. 502.

Page 489.

1. Voir B XV, p. 508, où le témoignage est reproduit plus amplement.

2. Ce Cylon est celui qui, par vengeance de n'avoir pas été admis parmi les disciples de Pythagore, mit le feu à la maison où s'étaient réfugiés les pythagoriciens chassés du gouvernement des affaires

1. Voir de A IX à A XIII, p. 492 à 495 et de B I à B XI, p. 502 à 506.
2. Voir A XIV, p. 495 ; B XV, p. 508 et B XIX, p. 509.
3. Voir de A XV à A XVII, p. 497.
4. Voir de A XVIII à A XXVI, p. 498 à 501 ; B XII, p. 506 et de B XVII à B XXII, p. 509 à 512.
5. Voir A XXIII, p. 499 ; A XXVI, p. 500 ; B VI, p. 504, B XIV, p. 507 et B XVI, p. 509.
6. Voir A XXVII-A XXVIII, p. 501-502 et B XIII, p. 507.
7. Voir A XVI-A XVIII, p. 497-498 et B XIII, p. 507.

en Grande-Grèce. (Voir Pythagore, XVI, p. 65 et Philolaos, A IV *a*, p. 490.)

3. La forme énigmatique semble avoir séduit les premiers penseurs grecs, comme Épiménide (selon la *Suda*) et Phérécyde (d'après Proclus dans le *Commentaire sur le Timée* [23 *c*], I, éd. Diehl, 129, 15).

4. Voir Archippos, Lysis, Opsimos, p. 516.

5. Sans doute faut-il lire ici *Archippos*, à la place d'*Hipparque* (voir la note précédente).

6. Il s'agit de l'incendie dont il est plus longuement question dans Pythagore, XVI, p. 64.

7. Voir Apollodore, II, p. 967.

8. À propos des maîtres de Démocrite, voir Démocrite, A I et A II, p. 747 à 751.

9. Voir Archytas, A V, p. 521 (témoignage de Cicéron).

10. Voir Xénophile, p. 548.

11. Voir Phanton, Échécrate, Dioclès, Polymnastos, p. 550.

12. Voir Eurytos, p. 514.

Page 490.

1. Voir Jamblique, *Vie pythagorique*, 248-250.

2. Voir n. 4, p. 489.

3. Cette retraite de Platon fait suite à la mort de Socrate. Euclide de Mégare, si avide d'écouter Socrate qu'il se déguisait en femme pour pouvoir entrer à Athènes où il était interdit aux habitants de Mégare de pénétrer, fonda l'école mégarique (ou éristique, parce qu'elle s'attachait surtout à la dialectique).

4. Hermodore de Syracuse fut un biographe de Platon.

5. Voir Théodore de Cyrène, p. 486.

6. Il s'agit du premier voyage que fit Platon en Sicile (et en Grande-Grèce).

7. Voir Eurytos, p. 514.

8. Aristarque, péripatéticien, disciple de Straton, vécut dans la première moitié du IIIe siècle av. J.-C. Il est l'un des premiers, après Héraclide Pontique, à avoir supposé que la Terre tourne à la fois sur elle-même et autour du Soleil.

9. Voir Archytas, p. 518.

10. Apollonios de Perge est un illustre géomètre de la fin du IIIe siècle av. J.-C., auteur, en particulier, d'un traité *Des sections coniques*.

Page 491.

1. Nous traduisons ainsi le curieux terme de μητρόπολις *(cité-mère)*. Les autres sciences apparaissent alors comme *colonisées* par la géométrie.

2. Timon de Phlionte fut disciple de Pyrrhon (vers le milieu

du IVe siècle). (Voir, sur les silles, Xénophane, A XX et suiv., p. 96 et suiv.)

3. Voir Proclus, *Commentaire sur le Timée* [23], I, 1, 11.

4. Voir A I, 84, p. 488. Ces *trois livres* ne signifient pas nécessairement qu'il s'agissait de trois traités distincts : peut-être le *De la nature* comptait-il trois livres.

Page 492.

1. Voir Archytas, p. 518.

2. Voir Jamblique, *Vie pythagorique*, 199 et Diogène Laërce, *Vies*, VIII, 55.

3. Voir B I et B II, p. 502-503.

4. Voir n. 1, p. 492.

5. La *tétractys* est la somme des quatre (τέτταρες) premiers nombres, soit le nombre 10. Sur ce terme, voir Archippos, Lysis et Opsimos, p. 516 et l'École pythagoricienne, B XV, p. 570 et C IV, LXXXII, p. 587.

6. Cette perfection est liée au nombre 10, somme des quatre premiers nombres.

7. Nous traduisons ainsi l'expression ἀρχὴ ὑγιείας; selon saint Anatole (*Théologoumènes arithmétiques*, 37), ὑγιεία *(santé)* serait le nom donné par les pythagoriciens au nombre 6. Il est aussi appelé *principe vital* par le pseudo-Jamblique, qui pourtant désigne la santé par le nombre 7 (voir A XII, p. 492).

8. La source de ce témoignage est Nicomaque de Gérase.

9. C'est-à-dire le volume.

Page 493.

1. *Potonè* est une correction faite d'après Diogène Laërce (*Vies*, IV, 1); les manuscrits donnent tous ici : *Hypotanè*. Voir le commentaire de ce passage dans M. Isnardi-Parente, *Speusippo*, Naples, 1980, p. 368 et L. Tarán, *Speusippus of Athens*, Leyde, 1981, p. 257.

2. Nous reprenons la correction de Boeck : πρό *(avant)*, conforme à l'histoire de l'Académie, au lieu de suivre les manuscrits, où on lit : παρά *(aux côtés de)*.

3. Voir Euclide, *Éléments*, VII, 16 et 17.

4. Ce sont les cinq polyèdres réguliers inscrits dans la sphère : tétraèdre, octaèdre, icosaèdre, dont les faces sont des triangles équilatéraux, hexaèdre, ou cube qui a pour faces des carrés, et dodécaèdre, dont les faces sont des pentagones réguliers.

5. Nous suivons ici la correction d'Ast : ἀνακολουθίας, au lieu de ἀντακολουθίας *(conséquence réciproque)* donné par les manuscrits. (Voir Hippocrate de Chio, A IV, p. 484, et la note 1.)

6. Sur la *décade*, voir aussi Philolaos, A XI, p. 492; B XI, p. 505 et B XII, p. 507; Archippos, Lysis, Opsimos, IV, p. 517 et l'École pythagoricienne, B IV, p. 564, B XV, p. 570 et B XVI, p. 571.

7. C'est ainsi que nous traduisons l'expression : εἶδός τι [...] τεχνικόν.

8. Il nous paraît nécessaire de garder ici le texte des manuscrits corrigé par Diels en θεμέλιον *(fondement)*; nous construisons le génitif pluriel du participe aoriste moyen de τίθημι sur le même plan que νομισάντων qui précède. Nous traduisons donc le texte suivant : (ἀλλ 'οὐχ ἡμῶν νομισάντων ἢ ὡς ἔτυχε θεμένων) ὑπάρχουσαν [...]

9. Les *nombres premiers simples* sont nos actuels nombres premiers, à la liste desquels il faut ajouter le nombre 2.

10. À part 12, seul 14 possède cette propriété.

Page 494.

1. Le nombre 7 est *premier* au sens moderne.

2. Soit 1, 2, 3, 5 pour les sous-multiples et 6, 8, 9, 10 pour les multiples.

3. Sur le terme *superpartiel* (en grec : ἐπιμόριος), voir Hippase, XIV, n. 6, p. 80.

4. Le nombre *linéaire* est 1, le nombre *plan* 4 et le nombre *cubique* 8.

5. Commentant ce passage, L. Tarán (*Speusippus of Athens*, Leyde, 1981, F 28, p. 283-284) constate que le cas du triangle est plus compliqué que celui de la pyramide : « Speusippe, note-t-il, semble se référer à la construction d'un triangle en prenant une ligne et un point hors de cette ligne. La ligne a *deux* extrémités et entre le point (extérieur) et les deux extrémités de la ligne, il y a *deux* intervalles : cela donne le nombre 4; et, puisqu'un triangle a *trois* côtés et *trois* angles, on obtient le nombre 6; ce qui, ajouté à 4, donne 10. »

Page 495.

1. C'est-à-dire la moitié du carré, correspondant à la deuxième espèce de triangle qui lui-même correspond à la dyade.

2. Pour le commentaire et la transcription de ce témoignage, voir P. Tannery, *Pour l'histoire de la science hellène* (Paris, 1887, p. 374 et 386), et *Mémoires scientifiques* (Gauthier-Villars, I, p. 281 à 289).

3. En grec : πίστις, c'est-à-dire *garant*. Voir le témoignage de Lucien en Philolaos, A XI, p. 492.

4. *Mémoire* (ici le nombre 10), en grec : Μνήμη, est distinguée dans ce témoignage de *Mnémosyne* (ici le nombre 1), qui est traditionnellement présentée comme la mère des *neuf* Muses (parce que 1 + 9 = 10).

5. C'est-à-dire, au sens platonicien et péripatéticien, la matière de la série *illimitée* des nombres, obtenue par division ou démultiplication.

Page 496.

1. Le passage qui suit, supprimé par Diels, contient une référence, d'interprétation difficile, au zodiaque et à l'ordonnance astronomique. (Voir P. Tannery, *Mémoires scientifiques*, Paris, VII, p. 131 et suiv.)

2. La parenté avec la théorie proclamée par Empédocle dans son poème paraît ici évidente. (Voir Empédocle, B VI, p. 376, sur la *quadruple racine*.)

3. Cela correspond aux deux premières triades de dieux, telles que l'interprétation du *Parménide* de Platon a conduit les néoplatoniciens à les construire. (Voir Proclus, *Théologie platonicienne*, I.)

4. Typhon, dieu égyptien, était le frère d'Osiris; il était le principe du mal, des ténèbres et de la stérilité. Il fit périr Osiris, en l'enfermant dans un coffre jeté dans le Nil. Mais il fut vaincu par Horus, fils d'Osiris, devenu grand. Plusieurs animaux lui étaient consacrés : hippopotame, verrat, crocodile, âne et scorpion. On l'honorait en particulier à Héracléopolis la Petite, appelée aussi Typhonopolis.

5. L'interprétation du mot μέτρον est délicate : s'agit-il d'une *mesure* ou, plus précisément, d'un *facteur ?*

Page 497.

1. Xylander, suivi par Diels, a corrigé le nombre *58*, donné par les manuscrits, en *56*. Toutefois, les commentateurs semblent fort embarrassés pour interpréter ce point. Quant à Eudoxe de Cnide, il s'agit du célèbre astronome, disciple d'Archytas (voir Diogène Laërce, *Vies*, VIII, 86).

2. Les témoignages d'Aétius (voir de A XV à A XXII, p. 497 à 499) ont tous comme source la *Physique* de Théophraste. Le nom de Pythagore désigne ici l'école en général, et peut en fait très bien renvoyer aussi à Philolaos.

3. La pyramide est également désignée par le terme de *tétraèdre*.

4. Voir B XII, p. 506.

5. *Foyer* traduit le terme Ἑστία, qui est aussi une divinité, correspondant à la Vesta des Latins. Fille de Cronos et de Rhéa, sœur de Zeus, elle présidait au foyer domestique, puis au feu interne de la Terre, et par suite à la Terre elle-même. P. Chantraine met le nom de *Vesta* en rapport avec le verbe *urere* (supin : *ustum*) qui signifie : *brûler*. (Voir également, A XVII, p. 497 et A XXI, p. 499 ainsi que B VII, p. 505.)

6. Le texte est ici très incertain. (Voir W. K. C. Guthrie, *A History of Greek Philosophy*, Cambridge, 1962, t. I, p. 284, n. 1.)

7. Sur l'anti-Terre, voir Aristote, *Métaphysique*, A, V, 986 *a* 12. Il y explique la raison d'être de l'anti-Terre : pour les pythagoriciens, il faut qu'existe un dixième corps céleste (en plus des neuf planètes visibles), pour que soit réalisée la *décade*, nombre parfait. On trouvera encore mention de l'anti-Terre dans Hicétas, II, p. 545 et

l'École pythagoricienne, B IV, p. 565 ; B XXXVI, p. 581 ; B XXXVII et B XXXVII *a*, p. 581 à 583.

8. Voir Platon, *Gorgias*, 508 *a*; Aristote, *Traité du ciel*, II, XIII. 293 *a* 18 et Alexandre d'Aphrodise, *Commentaire sur la Métaphysique d'Aristote* [A, V, 985 *b* 26], 38, 22.

9. L'anti-Terre se situe entre le feu (Hestia) et la Terre, elle-même placée sous Ouranos (le ciel). (Voir Maria Timpanaro-Cardini, « Il Cosmo di Filolao », *Rivista di storia della filosofia*, 1946, I, p. 322 et suiv.)

Page 498.

1. L'anti-Terre est par rapport à la Terre doublement opposée : à la fois par la situation de son orbite et par le sens de sa rotation. Si bien qu'on peut concevoir les orbites de ces deux planètes comme deux sphères homocentriques de rotations opposées.

2. Voir Aétius, *Opinions*, II, IV, 15.

3. Cette image révèle que l'hégémonique, ou faculté maîtresse de l'âme, a un rôle capital de *stabilisateur* dans un univers perpétuellement balloté comme un navire sur la mer; en même temps, l'emploi de ce terme stoïcien d'*hégémonique* nous renseigne sur l'origine de ce témoignage de Stobée.

4. Les deux principes vitaux pour les Grecs sont bien en effet, d'une part la chaleur et la lumière confondues dans le Soleil (ici le feu), et d'autre part l'eau.

5. Voir Alcméon, A V, p. 219 et Hippocrate de Chio, V, p. 484.

Page 499.

1. Voir Philolaos, A XVII, p. 497.

2. Voir Œnopide, IX, p. 479.

3. Voir Platon, *Phédon*, 86 *b-c*, c'est la thèse de Simmias. Pour le commentaire de ce point, voir J. Bernhardt, *Platon et le Matérialisme ancien*, Paris, 1971.

4. Voir Archytas, B II, p. 535.

5. Il s'agit donc d'une élévation au cube.

Page 500.

1. De fait, si $a = 6$ et $b = 12$, on obtiendra m (moyenne harmonique) $= \frac{a \times b}{\text{M (moyenne arithmétique)}} = \frac{2\,a\,b}{a + b} = \frac{144}{18} = 8.$

2. Voir Pythagore, VII, p. 56; l'École pythagoricienne, A, p. 558 et Démocrite, B CCC, 13, p. 922 *(le mage de Proconnèse)*.

3. Voir Timée, p. 543.

4. Voir Archytas, p. 518.

5. Platon, *Timée*, 36 *a-b*.

6. En grec, ὑπεροχή (voir Archippos, Lysis, Opsimos, IV, p. 517 et Archytas, A XVI, p. 527 et B II, p. 535).

7. En grec, διάστημα.
8. 27/24 = 9/8, soit un ton.
9. Boèce utilise le terme *differentia*, qui est l'équivalent de ὑπεροχή chez Porphyre, dans le témoignage précédent.
10. Ce mot signifie : *coupure*.
11. Ce mot signifie : *passage*.
12. Ce mot signifie, dans le vocabulaire de la rhétorique : *incise* (petit membre d'une période).

Page 501.

1. En effet, le rapport 243/216 égale 9/8.
2. Sur la raison de tous ces nombres, voir Archytas, A XVI, p. 527.
3. Il s'agit de la matrice. (Voir Ménestor, IV, n. 1, p. 444.)
4. Sur ce rapport du semblable au semblable, voir Alcméon, A V, p. 219; Philolaos, A XXIX, p. 502 et Empédocle, A LXXXVI, 1, p. 363.
5. Le terme grec est ἰχώρ. (Voir Platon, *Timée*, 82 *c* et suiv.)

Page 502.

1. Ce verbe signifie : *brûler*.
2. Voir Prodicos, B IV, p. 1066 et Démocrite, A CLIX, p. 830.
3. Voir Pétron, p. 72.
4. Le texte est ici très douteux; les manuscrits portent : α[..]ειαν ou α[..]αιον, que Diels lit : ἄχρειον *(sans utilité)*. Nous suggérons une autre lecture : ἀ<ρδ>είαν, et comprenons : « Il n'y a pas en nous de bile, ou du moins pas d'irrigation ⟨du corps⟩ par elle. »
5. Autrement dit la *raison*. Mais nous préférons conserver le terme grec parce qu'il englobe d'autres notions que la seule raison.
6. Il s'agit du *logos* des mathématiciens, mais aussi des astronomes. Le sens de *rapport de proportion*, ou *raison du rapport* se trouve enveloppé par le terme de *logos*.
7. La θεωρία est à la fois *contemplation* et *vision spéculative*.
8. Sextus Empiricus suit ici Aristote (voir Empédocle, B CIX, p. 417). Sur le rapport du semblable au semblable, voir Alcméon A V, p. 219.
9. Tous les fragments de Philolaos sont en dialecte dorien. Pour l'ensemble des fragments, on pourra se reporter à W. Burkert, *Lore and Science in Ancient Pythagorism* (traduction anglaise par E. L. Minar Junior, Cambridge, Massachusetts, 1972). Voir Philolaos, A I, p. 488 et A IX, p. 492; mais aussi Diogène Laërce, *Vies*, VIII, 55, ainsi que Jamblique en Pythagore, XVII, p. 66. Sur ce fragment, voir encore Proclus, *Théologie platonicienne*, III, 8 (éd. Saffrey-Westerink, 1978, p. 30 et la note 8, p. 120), ainsi que les références données à Nicomaque, *Introduction arithmétique*, II, 18, 4; Proclus, *Commentaire sur le Timée* de Platon, 84, 4-7 et Damascios, *Des principes*, I, 101, 3, cité en B II, p. 503.

10. Le titre grec est : περὶ κόσμου. Comme dans le fragment précédent, le *monde* ne peut pas être pris au sens restreint défini par Aétius, dans le témoignage A XVI, p. 497.

11. Le participe ἔοντα désigne les *étants* ou *existants.*

Page 503.

1. Il y a ici opposition implicite entre les termes : ἔργα *(les faits)* et λόγοι *(les paroles)* ; le deuxième terme est en effet, impliqué par καί *(encore).*

2. Il est nécessaire d'utiliser ici ce néologisme, pour traduire exactement. De même que J.-P. Sartre écrit, après Heidegger : « Le néant néantise », on est bien obligé d'écrire ici que *l'illimité illimite*, comme *la limite limite.* Stobée présente, à la suite de ce fragment, les fragments IV à VII, dans l'ordre suivi par Diels.

3. Voir Platon, *Philèbe* 23 *c.*

4. *Ce qui est* traduit τὸ ὄν *(l'étant* ou *l'existant).* Voir A IX, p. 492.

5. L'accusatif ἀρχάν a ici une valeur absolue. Nous pensons qu'il exprime une modalité : *ayant valeur* (ou *jouant le rôle*) de principe; mais il peut aussi signifier simplement : *au commencement.*

6. S'agit-il seulement de l'unité ? Cette catégorie du *pair-impair* paraît avoir fait l'objet d'une discussion à l'intérieur de l'école. (Voir Philolaos, A XIII, p. 493; l'École pythagoricienne, B II, p. 563; B V, p. 565; B XXII, p. 573; B XXVIII, p. 577 et B XXIX, p. 578 et suiv.)

Page 504.

1. Nous traduisons ainsi l'expression dorienne : ἁ ἐστὼ τῶν πραγμάτων. Le terme dialectal ἐστώ équivaut à οὐσία (en attique), et désigne l'*essence*, plutôt que la substance.

2. La *quarte* traduit : συλλαβά et la *quinte* : δι'ὀξειᾶν. (Voir A XXVI, p. 500.) La *grandeur de l'harmonie* désigne l'*octave.*

3. La corde la plus haute correspond à la note la plus basse.

4. C'est-à-dire l'octave.

5. Sur tout ce passage, voir Nicomaque de Gérase (*Harmoniques*, IX, éd. Jan, p. 252, 17). Mme Timpanaro-Cardini illustre ce fragment par un schéma emprunté à Jamblique, *Vie pythagorique*, 118, que nous complétons ainsi :

1/2 (octave)

2/3 (quinte) 3/4 (quarte)

6 (néate) 8 (trite) 9 (mèse) 12 (hypate)

3/4 (quarte) 2/3 (quinte)

ce qui correspond, dans notre notation musicale moderne, à :

mi *si* *la* *mi*

6. *Subdivisions* traduit *minora* (« plus petits »), d'où le terme *mineur*.

7. Apparemment le *dièse* équivaut à l'actuel demi-ton diatonique. Sur l'ensemble de ce passage, voir Philolaos, A XXVI, p. 500.

Page 505.

1. Il est possible qu'il y ait un jeu de mots sur ἑστία (*le foyer central*, voir A XVI, p. 497) et ἐστώ (le terme dorien équivalent d'οὐσία, *l'essence*). Ainsi se trouverait établie une relation complexe entre l'Un, l'être (ou essence) et le foyer central. (Sur Hestia, voir n. 5, p. 497.)

2. La *monade* est l'unité, en tant qu'unité composée (voir B VII, p. 505). Il est à noter que ce terme de *monade* désigne le *feu* pour les pythagoriciens, si l'on en croit Plutarque (*Vie de Numa*, 11).

3. Voir Philolaos, A XIII, p. 493 et Démocrite, A I, 45, p. 750; B IX, p. 845 et B CXXV, p. 876 où se retrouve l'opposition de φύσει et de νόμῳ.

4. C'est-à-dire des multiples, qui résultent eux-mêmes d'un mélange de principes (πολυμίγεα).

5. Théon souligne de façon très explicite ici la dette considérable de Platon envers le pythagorisme, et qu'on a souvent minimisée en raison de la difficulté à cerner précisément l'originalité de cette doctrine.

6. Voir Archytas, B V, p. 537.

7. Voir Philolaos, A XIII, p. 493.

Page 506.

1. Le texte est rendu incompréhensible ici par une lacune correspondant à un intervalle de douze lettres.

2. Le texte présente le terme : ἡγεμονικά; on pourrait suggérer, à condition d'admettre l'authenticité de ce fragment (ce qui ne fait pas de difficulté pour Diels), que le terme stoïcien d'*hégémonique* est, sinon un emprunt, du moins une référence à la doctrine de Philolaos.

3. Nous traduisons ainsi le mot : ἀπορία *(absence d'issue* ou *de solution)*, dont on sait quel usage Platon et Aristote feront par la suite.

4. Le *gnomon* est, en arithmétique, le nombre qui, ajouté à un nombre figuré, donne une figure de la même forme, par exemple :

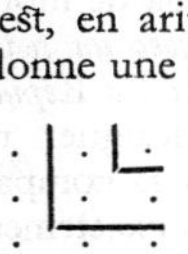

$1 + 3 + 5 = 3^2 = 9.$

5. Le texte porte : λόγοι. L'interprétation de ce mot aux sens si divers est délicate. S'agit-il des *rapports*, des *relations* entre les illi-

mités et les limites ? ou bien *des formules* des choses, au sens d'Eurytos (voir III, p. 515) ou encore d'Empédocle (B XCVI, p. 411) ?

6. C'est l'équivalent de nos arts et métiers.
7. C'est-à-dire la nature du nombre.
8. C'est-à-dire les *éléments*.
9. Ὁλκάς (la *coque*) est un mot dont le sens est très discuté. Il semble désigner l'élément limitant de la sphère, à savoir l'éther, qu'on ne saurait concevoir comme un milieu illimité. Voir la *quille*, en A XVII, p. 498.
10. Voir Philolaos, A XVI, p. 497.

Page 507.

1. Cette expression péripatéticienne, qui ne se rencontre pas chez Aristote, mais seulement chez ses commentateurs, peut difficilement avoir été celle employée par Philolaos.
2. Κεφαλά désigne ici non la *tête* (le crâne), mais son contenu (le cerveau).
3. Ou du *sens*, car αἴσθησις est ambigu, et désigne à la fois la sensation et le sens.
4. Le grec propose la même image d'un attelage réuni par un joug.
5. Le jeu de mots σῶμα-σῆμα sera repris et popularisé par Platon dans le *Gorgias* (voir le texte suivant), et dans le *Cratyle* (400 *b*), où il le développe.
6. Σοφός signifie ici plutôt *savant* que *sage*.
7. Peut-être Empédocle ? Voir cet auteur en B CXV et suiv., p. 421 et suiv.
8. Diels pense donc qu'il s'agit de Philolaos, puisqu'il range sous le nom de Philolaos ce témoignage de Platon, en accord avec la référence explicite à Philolaos faite par Clément d'Alexandrie dans le texte précédent.
9. Il s'agit d'une étymologie fantaisiste (comme on en trouve une multitude dans le *Cratyle*), qui rapproche πιθανόν et πίθος *(jarre)*, comme s'ils dérivaient tous deux du verbe πείθομαι *(persuader)*.
10. Parce qu'ils « ne retirent rien de rien » et qu'ils sont insatiables. Il y a encore ici un jeu de mots : ἀνοήτους *(insensés)* et ἀμυήτους *(passoires)*.
11. Tout ce passage est bâti sur des jeux de mots intraduisibles. L'expression : *remplir un tonneau percé avec un seau percé*, qui fait référence au châtiment des Danaïdes (voir *La République*, II, 363 *d*), prend une valeur proverbiale, pour désigner toute entreprise vaine. Nous proposons aussi d'expliquer la comparaison de l'âme avec un *seau percé*, qui est d'ailleurs plus exactement un *crible*, par la référence à la théorie de la sensation, dans laquelle les sensations sont filtrées par des *pores* (ici les trous du crible), commune à Parménide, Empédocle, Anaxagore, Démocrite, Alcméon, etc. Cette

image deviendra, chez Lucien, celle du *tamis* ou de la *passoire* avec laquelle Démonax propose d'aller traire un bouc.

Page 508.

1. Nous traduisons ainsi : τιμωρίας χάριν, qui est très proche de l'expression de Philolaos : διά τινας τιμωρίας *(à cause de certains châtiments)*, rapportée par Clément.

2. Nous suivons ici la correction de Casaubon, retenue par Diels : ἀνάτασις *(l'air menaçant)*, bien que la leçon des manuscrits ait un sens voisin : ἀνάστασις *(révolte contre)*.

3. Athénée reproduit ici la citation de Philolaos, que nous traduisons plus haut dans le texte de Clément d'Alexandrie.

4. *Poste de garde* : l'image, qui évoque d'abord la prison ou la consigne militaire, sera peut-être reprise par Antiphon, en B L, p. 1111.

5. Voir Philolaos, A 1, p. 488.

6. Il a été précédemment question du suicide.

7. On ne sait de quels mystères il s'agit précisément. Mme Timpanaro-Cardini se demande s'il ne faudrait pas voir ici une allusion au *Traité sacré* de Pythagore (voir Pythagore, XIX, p. 67 et Cercops, I-III, p. 71), ou à celui des orphiques.

8. C'est ainsi que nous avons tenté de rendre la double signification de εὖ λέγειν : *bien parler* en même temps que *dire avec raison que*.

9. Il y a peut-être parmi ces gens-là des pythagoriciens, tel Iccos, directeur sportif, au sens moderne (voir Iccos, p. 227).

Page 509.

1. Il s'agissait d'une citation concernant le Soleil, puisque tel est l'objet du chapitre XXV de Stobée; mais le texte lui-même est perdu.

Page 510.

1. *Sur le Traité sacré* de Pythagore (?), voir Pythagore, XIX, p. 67; Cercops, p. 71 et Œnopide, VII, p. 478.

2. L'épithète ἀμήτωρ ne signifie pas seulement que le nombre 7 est orphelin *(sans mère)*, mais indique qu'il est vierge *(incapable d'enfanter)*.

3. En grec, ἡγεμών *(guide)*, duquel on pourrait rapprocher le terme stoïcien d'*hégémonique*.

4. Il s'agit du nombre 7.

5. Cette périphrase désigne clairement la déesse Athéna dont la statue colossale chryséléphantine, sculptée par Phidias pour le Parthénon, portait dans la main droite une victoire ailée.

6. On peut interpréter ce point de deux manières : *différent de*

toutes les autres choses qui existent, ou *de tous les autres nombres* qui, eux, sont engendrants-engendrés. (Cette seconde interprétation est la plus probable.)

7. On retrouve ici un jeu de mots classique sur Cronos (le père de Zeus) et Chronos (le temps) (voir le pseudo-Aristote, *Du monde*, VII, 401 *a* 15). *L'épouse de Cronos* est Rhéa (voir Philolaos, A XIV, p. 495 et l'École pythagoricienne, C II, p. 585).

Page 511.

1. C'est-à-dire impérissable.

2. Sans doute s'agit-il de l'âme du monde, comme dans le *Timée* de Platon (34 *b* et suiv.). C'est précisément parce que la doctrine que propose ce fragment est celle du *Timée* — et non la cosmologie du feu central chère à Philolaos — que Diels le considère comme apocryphe. Il faut encore noter que la terminologie du passage est péripatéticienne.

3. C'est là le monde supralunaire et incorruptible des péripatéticiens, sujet au seul mouvement local.

4. C'est le monde sublunaire d'Aristote.

5. Le texte est ici corrompu; nous suggérons de lire, par-delà le mot dorien ἀνάκωμα, la forme attique qui pourrait lui correspondre : ἀνήκωμα, formé sur le verbe ἀνήκω *(appartenir à)*. Ἀνάκωμα signifierait alors : *propriété de*, *domaine de*.

6. Τὸ ἐξ ἀμφοτέρων : c'est encore une expression péripatéticienne désignant le composé de *forme* et de *matière*.

7. Ici nous croyons utile de refuser les corrections de Diels pour garder le texte donné par les manuscrits : καὶ τὰ μὲν φθορᾶ ὄντα καὶ φύσει<ς> καὶ μορφὰς σῴζεται, καὶ γονῇ πάλιν τὰν αὐτὰν μορφὰν ἀποκαθίσταντα τῷ γεννήσαντι πατέρι [...] Ce texte, d'inspiration visiblement aristotélicienne, exprime la permanence de la forme et de l'espèce (cause formelle) à travers la succession des générations mortelles.

Page 512.

1. Claudien Mamert, qui écrit le latin, reproduit en grec le titre de l'ouvrage.

2. Ce mot signifie littéralement : *le moment opportun*, et, bien que repris par les sophistes, il est d'origine médicale. Mais il semble que ce terme ait désigné aussi le chiffre 7 dans le code secret des pythagoriciens (voir l'École pythagoricienne, B IV, p. 564 et D V, p. 596).

3. *Étalon* traduit ici ὅρος *(ce qui sert à définir)*.

4. On pourrait comprendre πραγμάτων λόγον autrement, comme « une règle rationnelle de nos actions »; la phrase signifierait alors qu'*on profite* du *kairos* comme d'une règle rationnelle de ses actions [...]

5. Straton de Lampsaque succéda, vers 279 av. J.-C., à Théophraste à la tête du Lycée. Il fut surnommé le Physicien, parce qu'il expliquait tout par la force productrice de la nature et par les lois de la physique et de la mécanique. Cela lui valut la réputation d'athée. Hestiaïos était, lui, un pythagoricien originaire de Tarente. (Voir Jamblique, *Vie pythagorique*, 267 et Archytas, A 1, p. 518).

6. L'auteur anonyme qui cite ce passage complète la liste des auteurs de maximes avec les noms de : Philolaos, Aristote, Isocrate, Aristophane et Apollonios (éd. Wescher, p. 201, 16).

Page 513.

1. Ce témoignage concerne la tactique militaire des anciens pythagoriciens.

EURYTOS

NOTICE

Eurytos de Crotone (ou de Tarente, ou encore de Métaponte) était un pythagoricien, disciple de Philolaos, qui attribuait un nombre à chaque être et à chaque chose (ces nombres sont demeurés totalement mystérieux, en dehors des exemples donnés par Alexandre d'Aphrodise). L'utilisation qu'il fit des cailloux rappelle l'étymologie du mot *calcul* (du latin *calculus*, caillou). Il semble qu'on puisse rapprocher son œuvre des travaux postérieurs de l'Académie sur les nombres idéaux.

NOTES

Page 514.

1. En d'autres passages du même ouvrage (266-267), Jamblique le donne comme originaire de Tarente ou de Métaponte. Il reprend la même anecdote au paragraphe 139. On trouvera encore des références à Eurytos chez Diogène Laërce (*Vies*, III, 6 et VIII, 46 et Apulée, *Platon et sa doctrine*, 3). Stobée (*Choix de textes*, I, VI, 19) parle d'un Eurysos, auteur d'un traité *De la fortune* (voir Clément d'Alexandrie, *Stromates*, V, 29).

2. Nous traduisons ainsi le terme ἁρμονία, qui désigne parfois le mode musical ou le ton, comme dans *La République* de Platon (III, 398 *c* et suiv.).

3. C'est-à-dire ne pas se borner à affirmer généralement que le nombre est le principe des choses.

4. Il s'agit de cailloux ordonnés selon une disposition pythagoricienne, comme le montre le fragment III, p. 515 (Alexandre d'Aphrodise).

5. D'après Aristote (*Physique*, III, IV, 203 *a* 15 et IV, II, 209 *b* 13), Platon identifie le lieu et la matière à la dyade du Grand et du Petit. Mais il ne confond l'infini (l'illimité) ni avec le lieu ni avec le vide. Sans doute convient-il alors de lire, avec J. Tricot (voir Théophraste, *Métaphysique*, p. 15, Paris, 1948) : « le lieu, le vide *et* l'infini (ou l'illimité) ».

6. Diels a tort de supprimer la partie du texte placée ici entre crochets : elle ne fait que rapporter l'assimilation pythagoricienne du temps à la sphère elle-même. Voir Aétius, *Opinions*, I, XXI (non cité par Diels-Kranz).

Page 515.

1. Il y a là une allusion à la manière dont les anciens Grecs figuraient les nombres. (Voir P.-H. Michel, *De Pythagore à Euclide*.)

2. En grec : ὅρος τοῦ ἀνθρώπου, c'est-à-dire *définition* de l'homme. Le pseudo-Alexandre reprend le terme utilisé par Aristote (dans le texte précédent) et que nous avons traduit alors par *limite*.

3. Cette technique rappelle celle des mosaïstes.

ARCHIPPOS, LYSIS, OPSIMOS

NOTICE

Archippos et Lysis ont en commun, selon Jamblique, d'être les seuls pythagoriciens à avoir échappé à l'incendie allumé par les hommes de Cylon pour faire disparaître l'élite pythagoricienne qui avait gouverné les cités de Grande-Grèce au cours du Ve siècle[1]; toutefois, Plutarque mentionne Philolaos, et non Archippos. Jamblique indique encore le nom d'Archippos de Tarente dans son *Catalogue des pythagoriciens*. On ne sait rien de plus à son propos.

C'est encore à Lysis, maître de Philolaos, qu'est associé le nom d'Opsimos de Rhégium : tous deux semblent s'être intéressés en particulier à la valeur et à la signification des nombres[2]. Notons pour finir que Lysis a dû jouer un rôle doctrinal important dans le moyen pythagorisme, puisque la tradition rapportée par Diogène Laërce lui confère la paternité des écrits attribués à Pythagore.

1. Voir Philolaos, A IV *a*, p. 490.
2. Voir IV, p. 517.

NOTES

Page 516.

1. Ils ont échappé à un incendie; à ce propos, voir Philolaos, A IV *a*, p. 490 et Pythagore, XVI, p. 65.

2. On trouvera des renseignements complémentaires sur ces personnages, en particulier sur Lysis, chez Cornélius Népos, *Vie d'Épaminondas*, 2; Diodore de Sicile, *Bibliothèque historique*, X, 11, 2; Plutarque, *Du démon ou esprit familier de Socrate*, 13 et Jamblique, *Vie pythagorique*, 185 et 256 (cité en Pythagore XVI, p. 64).

3. Le texte dit exactement : *ce qu'on rapporte comme étant de Pythagore.*

Page 517.

1. Ce témoignage fait suite à Philolaos, B XV, p. 508.

2. En grec : ἄρρητος, qui signifie : *indicible, sacré* et, lorsqu'il est appliqué à ἀριθμός *(le nombre)* : *irrationnel*. Les deux sens sont ici confondus.

3. La *tétractys* est le nom donné par les pythagoriciens à la somme des quatre premiers nombres (1 + 2 + 3 + 4) soit 10. Voir, en particulier, Philolaos, A XI, p. 492 et A XIII, p. 493.)

4. Diels mentionne encore la *Lettre* (apocryphe) *de Lysis à Hipparchos* (ou *Hippase*) dont parle Jamblique (voir *Vie pythagorique*, 75).

ARCHYTAS

NOTICE

Avec Archytas de Tarente, sans doute le dernier des grands pythagoriciens (il fut en effet contemporain de Platon), la doctrine pythagoricienne semble s'engager dans une voie résolument moderne. De fait, sans renoncer à l'acquis d'Alcméon et de Philolaos pour ce qui touche à la biologie, à la physique et aux météores[1], il va privilégier trois champs de recherche : d'abord la mathématique[2] (il semble notamment être l'inventeur du nombre un[3]) et la géométrie[4] où il va introduire la mécanique[5], allant jusqu'à construire en volume les figures géométriques (en bois ou en métal), ce qui ne manqua pas d'éveiller l'intérêt des mathémati-

1. Voir A II, p. 519 ; A XXIV, p. 532 ; A XXV, p. 533 ; B IX, p. 539.
2. Voir de A XX à A XXII, p. 531 ; B IV-B V, p. 537 ; B IX, p. 539.
3. Voir A XX, p. 531.
4. Voir A I, 83, p. 518 ; A VI, p. 521 ; A XIV-A XV, p. 525 à 527.
5. Voir A I, 83, p. 518 ; A II, p. 519 ; A X-A X *a*, p. 524 ; A XXIII, p. 532 ; B VII, p. 538.

ciens doxographes comme Eutocios ou le pseudo-Ératosthène; puis, en liaison étroite avec la mathématique, la musique[1]. Enfin il paraît avoir renouvelé la théorie des sensations[2], avec l'idée que ce qui est extérieur à l'œil renvoie comme un miroir les rayons qui proviennent de l'œil, ouvrant ainsi la voie à Platon (et peut-être aussi à Épicure).

Au personnage de l'*ingénieur* (au sens du Quattrocento de la Renaissance italienne), dont il semble le prototype antique, s'ajoute la figure d'un véritable *rationaliste*, qui se manifeste en particulier en matière de droit et de politique[3]. C'est donc bien à une figure fort originale de la philosophie antique que nous avons affaire avec Archytas.

NOTES

Page 518.

1. Le nom de ce personnage figure dans le *Catalogue des pythagoriciens* de Jamblique (voir l'École pythagoricienne, A, p. 558), comme originaire de Tarente. D'autre part, Athénée le Mécanicien le cite juste avant Archytas en Philolaos, B XXIII, p. 512.

2. Voir Occelos, IV, p. 541.

3. Nous traduisons ici la leçon des manuscrits : μηχανικαῖς; Kühn et Diels corrigent ce mot en : μαθηματικαῖς, ce qui signifierait alors : *en usant des principes mathématiques.*

Page 519.

1. Voir Archytas, A XIV, p. 525 et Platon, *Sisyphe*, 388 *a*. Ce problème est aussi appelé *problème de Délos* : construire un cube de volume double d'un cube donné.

2. Peut-être est-ce un renvoi à *La République*, VII, 528 *b*, car la notation de Diogène Laërce demeure obscure.

3. Suidas suit ici Hésychios (note de Diels).

4. Cela est chronologiquement impossible. Mais Diels pense que la notice maladroitement reproduite par Suidas devait concerner Pythagore, et non Archytas.

5. D'après Aristote (voir A X, p. 524).

6. Horace confond peut-être Archytas et Archimède, célèbre par son problème de l'*arénaire*. Sur l'*arénaire* d'Archimède, voir A. Rey, *L'Apogée de la science technique grecque, L'Essor de la mathématique*, Paris, 1948, p. 245 et p. 301 à 304.

7. C'est un promontoire d'Apulie, en Italie.

1. Voir de A XVI à A XIX *b*, p. 527 à 531 ; de B I à B III, p. 533 à 537 et B VI, p. 538.

2. Voir A XXV, p. 533.

3. Voir A I, 79, p. 518 ; A II, p. 519 ; A IV, p. 520 ; A VIII, p. 522 et B III, p. 536.

8. Voir Archytas, A XXIV, p. 532.

9. Il s'agit là de trois héros de la mythologie grecque : Tithon, aimé de l'Aurore; Pélops, tué par son père Tantale et ressuscité par Zeus (avec une épaule d'ivoire) et Minos, fils de Zeus et d'Europe, qui devint juge aux Enfers.

10. Il s'agit de Pythagore (voir Pythagore, VIII, p. 59).

Page 520.

1. Voir Pythagore, VIII, 5, p. 59.

2. Il s'agit de la période qui précède le troisième voyage de Platon à Syracuse, qui eut lieu en 361 av. J.-C.

3. Ce Denys est le fils de Denys le Tyran, que Platon croyait pouvoir convertir à la philosophie. Dion, aux amis de qui la lettre est adressée, était alors en exil à Athènes.

4. C'est là, en effet, la raison du troisième voyage de Platon en Sicile.

5. Suit la lettre d'invitation de Denys à Platon, que Diels n'a pas jugé utile de reproduire.

Page 521.

1. Ce sont les mercenaires de la garde royale de Syracuse.

2. Cela se situe au cours de la cent cinquième olympiade, c'est-à-dire en 360 av. J.-C.

3. Voir Timée, p. 543.

4. Voir Philolaos, A VIII, p. 491.

5. C'est-à-dire celle de Platon (428-347).

6. Il s'agit du célèbre mathématicien, qui donne son nom à un dialogue de Platon. (Voir Théodore de Cyrène, IV, p. 486.)

7. D'après Eudème, *Histoire de la géométrie* (note de Diels).

Page 522.

1. Il était le père d'Aristoxène, et originaire de Tarente.

2. *La Messapie* est une contrée de Grande-Grèce, aujourd'hui Terre d'Otrante.

3. Ici Jamblique suit Aristoxène. (Voir aussi Cicéron, *Tusculanes*, IV, XXXVI, 78 et *La République*, I, XXXVIII, 59.)

4. Athénodore de Tarse, philosophe stoïcien du Ier siècle avant notre ère, devint précepteur puis ami d'Auguste.

5. On peut rapprocher ce témoignage de celui d'Aristote en A X, p. 524. Archytas semble avoir eu aussi des préoccupations pédagogiques.

6. Voir l'École pythagoricienne, D, p. 592 et la Notice, p. 1389.

7. C'est lui qui s'intéressait à la philosophie et avait fait venir le vieux Platon à Syracuse. (Voir n. 3, p. 520.)

Page 523.

1. En grec : συμπεριπατεῖν, ce qui confère à cet enseignement un style *péripatéticien* avant la lettre.

2. C'est peut-être la réponse d'Archytas à Polyarchos — qu'Athénée n'a pas rapportée et dont Aristote se fait l'écho (voir l'*Éthique à Nicomaque*, VII, XII, 1152 *b* 8) — qu'a reprise Cicéron dans le témoignage qui suit.

3. En l'année 209 av. J.-C. Il s'agit de Quintus Fabius Maximus, surnommé Cunctator, qui s'illustra dans la guerre contre Hannibal.

4. C'est en 321 av. J.-C., au cours de la deuxième guerre Samnite (326-311), que les deux consuls romains dont parle ici Cicéron se laissèrent enfermer dans un défilé proche de Caudium par le général des Samnites, Pontius Herennius, et furent obligés de passer sous le joug, d'où le nom de Fourches-Caudines donné au défilé. Les Romains eurent l'occasion, un peu plus tard, de prendre leur revanche et firent subir la même humiliation aux Samnites.

5. Gudeman (« Une erreur de chronologie chez Cicéron », *Berliner Philologische Wochenschrift*, 1913, p. 1343 et suiv.) signale qu'il y a là une invraisemblance, puisqu'à la date de 349 selon Cicéron, Platon avait soixante-dix-neuf ans et était donc trop âgé pour se rendre à Tarente.

Page 524.

1. Aulu-Gelle, qui écrit le latin, cite Favorinus en grec.

2. L'*arbitre* (en grec : διαιτητής) est un juge en matière de procès privés, un peu l'équivalent de ce qu'étaient nos juges de paix.

Page 525.

1. Voir Théophraste, *Métaphysique*, II, 6 *a* 19 en Eurytos, II, p. 514. Ce passage de Damascios a été retenu par V. Rose dans ses éditions des *Fragments* d'Aristote (n° 201 de la deuxième édition, n° 207 de la troisième), et par W. D. Ross dans ses *Aristotelis fragmenta selecta* (Oxford, 4ᵉ éd., 1970, p. 143, n° 2).

2. D'où l'aspect stéréométrique de la solution d'Archytas qui passe ainsi du plan au volume.

3. Nous dirions : la section rectangulaire du demi-cylindre.

4. C'est ce mouvement qui confère à la solution un caractère mécanique.

Page 526.

1. Ce sont les éditeurs modernes qui distinguent, pour des raisons de clarté, Δ' de Δ. Mais ce qu'on gagne en clarté est gagné aussi en fixité et perdu en mouvement. Or l'imagination d'Archytas n'a rien de statique.

2. Celle du demi-cercle.

3. Imaginons-le en effet vertical.

4. Ce qu'on pourrait tenir pour les maladresses d'une expression peu scientifique correspond à l'insistance avec laquelle Archytas sollicite l'imagination. Il lui donne le temps de *voir* la solution, ou de repérer sur le volume, construit en bois et articulé comme la colombe (voir A x, p. 524), les moments de la solution mécanique.

5. La perpendiculaire abaissée de K sur I.

6. Nous écrivons aujourd'hui : AΘ et ΘI.

7. Nous dirions aujourd'hui *homologues*.

8. En vertu de la propriété des triangles semblables d'avoir leurs côtés proportionnels (voir Euclide, *Éléments*, VI, 11). On écrirait aujourd'hui : $\frac{\Delta' A}{AK} = \frac{KA}{AI} = \frac{IA}{AM}$; mais nous avons conservé dans la traduction la forme première de l'analogie.

9. Diels et Kranz accompagnent le texte grec de la traduction et du commentaire (en allemand) de Paul Gölke. Voir aussi Ivor Thomas, *Selection of Greek Mathematics*, I, 284, Londres, Cambridge, Mass., 1957 et Robert Baccou, *La République*, de Platon (traduction de l'édition Garnier, t. IV, n. 492, p. 466-468). Nous reproduisons ici une figure de la construction moderne, alors que la figure de la page 526 est conforme à l'usage antique de figures planes, à l'exception près ici du demi-cercle BMZ, représenté par un petit arc de cercle.

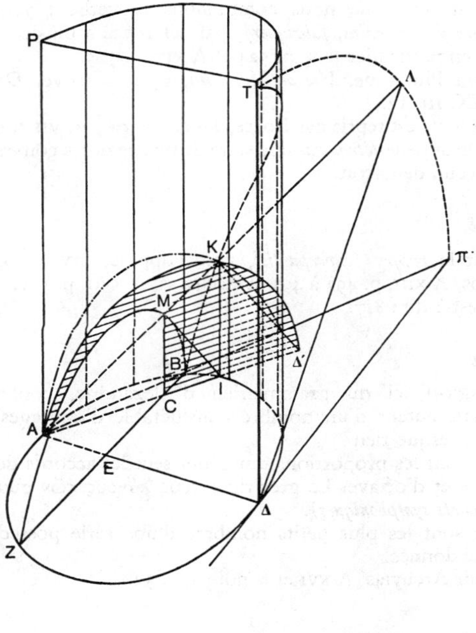

Page 527.

1. Il s'agit ici d'une épigramme concernant le problème de Délos, ou problème de la duplication du cube.

2. Ce sont les trois figures correspondant à la section d'un cône par un plan, appelées encore de nos jours *coniques* : l'ellipse, la parabole et l'hyperbole. Ces trois courbes ont été découvertes par Ménechme, un élève d'Eudoxe, afin de permettre la solution du même problème qui occupait Archytas : la duplication du cube. (Voir Robert Baccou, *La République*, de Platon, trad. Garnier, t. IV, n. 492, p. 468.) Sur l'invention des coniques, et plus particulièrement sur les présents témoignages, voir A. Rey, *L'Apogée de la science technique grecque, L'Essor de la mathématique* (Paris, 1948, p. 128 à 140, en particulier p. 129).

3. Le texte grec est le suivant : καμπύλον ἐν γραμμαῖς εἶδος, littéralement : *la figure courbe [apparaissant] dans les lignes [qui coupent le cône].*

4. Il s'agit du mathématicien, astronome et géographe, disciple de Platon, qui avança la théorie des sections coniques.

5. Le contexte de ce témoignage montre qu'il s'agit des géomètres qui ont fréquenté l'Académie de Platon, lui apportant ainsi beaucoup dans le domaine de la géométrie.

6. Voir A XIV, p. 525.

7. C'est ainsi que nous comprenons le verbe : χειρουργεῖν *(construire de ses mains, fabriquer)*, par référence à plusieurs témoignages, en particulier A X, p. 524 et A XIV, p. 525.

8. Voir Plutarque, *Vie de Marcellus*, 14 et Vitruve, *De l'architecture*, IX, III, 13.

9. Ce texte est repris par Boèce, *De la musique*, V, VII et suiv.

10. On appelle *tétracorde* une suite de quatre notes couvrant deux tons plus un demi-ton.

Page 528.

1. Sur le *rapport superpartiel*, voir Hippase, XIV, n. 6, p. 80; Philolaos, A XIII, p. 493 à 495 et Archytas, A XVII, p. 529.

2. C'est-à-dire 8/7.

Page 529.

1. S'agit-il ici du grammairien d'Alexandrie, contemporain d'Auguste, auteur d'un nombre considérable d'ouvrages dont il ne reste presque rien ?

2. Ce sont les proportions qui définissent les accords de quinte, de quarte et d'octave. Le grec dit : τοὺς λόγους τῶν συμφωνιῶν *(les rapports symphoniques)*.

3. Ce sont les plus petits nombres d'une série possédant une propriété donnée.

4. Voir Archytas, A XVI et la note 1, p. 528.

Page 530.

1. Le grec dit συμφωνία.

2. Voir n. 1, p. 528.

3. Un rapport superpartiel, de la forme n + 1/n, n'est jamais exprimable sous la forme d'un nombre entier.

4. Sur le concept de κίνησις *(mouvement)*, voir B I, p. 534-535.

5. Voir Archytas, B I, p. 533 et *passim* et Euclide, *Division du canon*, VIII, 158, éd. Heiberg.

Page 531.

1. Ce qui signifie que, pour Théon de Smyrne, Archytas est le premier, avec Philolaos, à avoir considéré que *un* est un nombre.

2. À savoir le pair et l'impair.

3. Il s'agit des définitions qui déterminent l'espèce, aussi bien par des différences actuelles, formelles ou génériques qui spécifient le genre, que par des différences matérielles, tenant à la nature du substrat lui-même. Ainsi Archytas aurait-il pressenti la double causalité, formelle et matérielle, qui intervient dans la constitution du composé.

Page 532.

1. Voir Aristote, *Physique*, III, II, 201 *b* 19 et suiv. Voir encore la suite du témoignage de Simplicius dans l'École pythagoricienne, B XXXII, p. 579. Les termes cités par Eudème désignent la dyade aoriste du Grand et du Petit.

2. Le mouvement de la génération est circulaire et engendre des formes arrondies.

3. Voir la note précédente. Tous ces mouvements imitent celui que produit le premier moteur.

4. Dans les additions de la fin du premier volume, Kranz fait allusion, à propos d'un vers des *Odes* d'Horace (voir A III, p. 519) au passage suivant du *De l'amitié* de Cicéron (XXIII, 88) : « Elle est donc très vraie, la phrase qu'aimait à répéter Archytas de Tarente, je crois, et que j'ai entendu rappeler par nos vieilles gens : " Supposons qu'un homme soit parvenu à la limite du ciel et qu'il ait pu contempler de là l'ensemble du monde et la splendeur des astres : ce spectacle admirable restera pour lui sans charme, alors *que, s'il avait eu q*uelqu'un à qui raconter la chose, quel plaisir il y aurait pris ! ". » Il semble que seul le début de cette « citation » ait une couleur authentique, comme le montre le rapprochement avec A XXIV, p. 532. Le reste est sans doute appelé par la philanthropie bien connue d'Archytas (voir A VIII, p. 522). Voir aussi ce que dit Descartes dans sa lettre à Morus du 15 avril 1649 (*Œuvres*, Bibl. de la Pléiade, p. 1336).

5. Archytas veut dire que, la limite nouvelle une fois atteinte, on formulera à nouveau la même question, et ainsi de suite à l'infini.

Page 533.

1. Voir Aristote, *Physique*, III, IV, 203 *a* 4 et suiv., et Lucrèce,

De la nature, I, v. 968 et suiv. Ainsi se trouve démontré le caractère illimité du corps et du lieu.

2. Notons ici l'ambiguïté de l'expression : *ratio similitudinis*, qui a une tonalité géométrique et pythagoricienne (l'expression peut encore se traduire par : *le rapport de ressemblance*).

3. La droite devient alors la gauche.

4. C'est-à-dire pour produire l'unité du phénomène (voir Protagoras, B I, p. 998). Sur le processus de la vision chez les pythagoriciens, voir Alcméon, A v, p. 219; Hippocrate de Chio, v, p. 484; Philolaos, A XIX, p. 498 et Platon, *Timée*, 46 *a*.

5. Émanant d'une tradition tardive (néopythagoricienne ?), des allusions évasives à la « table à calculer les triangles rectangles et obtus d'Architas *(sic)* », c'est-à-dire « la table de Pythagore », se rencontrent chez Boèce (*Art de la géométrie*, éd. Friedländer, 397, 7; 408, 14; 412, 20; 413, 22 et 425, 23) [Note de Diels].

6. Rappelons que le dialecte d'Archytas est le dorien.

Page 534.

1. C'est-à-dire soit la géométrie dans l'espace, par opposition à la géométrie plane, soit la mécanique céleste. Du reste, il y a ici une divergence textuelle entre Porphyre et Nicomaque de Gérase. Seul ce dernier parle de géométrie *sphérique*.

2. Voir Platon, *La République*, VII, 530 *d* : « Il semble, dis-je, que, de même que les yeux ont été formés pour l'astronomie, les oreilles ont été formées de même pour le mouvement harmonique ⟨du ciel⟩; et que ces deux sciences sont, si l'on veut, sœurs — comme l'affirment les pythagoriciens et comme nous l'admettons, nous aussi, Glaucon [...] ».

3. C'est-à-dire le *nombre* et la *grandeur spatiale*, πλῆθος ou ποσόν, et μέγεθος ou πηλίκον.

4. Voir l'École pythagoricienne, B XXXV, p. 580.

5. Ici, le texte comporte une lacune.

Page 535.

1. Voir Sextus Empiricus, *Hypotyposes pyrrhoniennes*, I, 54.

2. Il s'agit d'instruments d'airain, de forme losangée comme les toupies et actionnés par des cordes (voir Théocrite, II, *Les Magiciennes*, v. 30).

3. Nicomaque cite le premier paragraphe du texte précédent. Voir encore Jean Philopon, *Scolies* à Nicomaque, éd. Hoche, 8, 24. Jamblique cite partiellement aussi ce texte dans la *Vie de Pythagore*, 160; dans le *Commentaire sur l'Introduction arithmétique de Nicomaque*, 6, 20 et 9, 1 et dans *De la science mathématique commune* (7, éd. Festa, 31, 4).

4. Sur les médiétés, voir Simos, Euphranor, Myonide, n. 4, p. 1387. (Voir aussi Hippase, XV, p. 81 et la note 5.)

5. Le texte grec est le suivant : ὄκκα ἔωντι τρεῖς ὅροι κατὰ

τὰν τοίαν ὑπεροχὰν ἀνὰ λόγον, littéralement : *quand trois termes sont* selon *tel excès* dans *chacun des rapports*.

Page 536.

1. Par exemple 6, 4 et 2, où 4 représente l'*excès* : 6 — 4 = 4 — 2 = 2.

2. L'*intervalle* (τὸ διάστημα), c'est-à-dire le rapport entre 6 et 4, soit 6/4 (= 3/2), est en effet plus petit que le rapport entre 4 et 2, soit 4/2 (= 2).

3. Ainsi dans le cas de 8, 4 et 2, 2/4 = 4/8 (= 1/2) et 4/2 = 8/4 (= 2). C'est l'*analogie* au sens strict, telle que Platon la met en œuvre.

4. Le *moyen*, c'est-à-dire le deuxième.

5. « 6 excède 4 du tiers de lui-même, puisque 2 est le tiers de 6; et 3 est dépassé par 4 du tiers de lui-même, puisque 1 est le tiers de 3. » (Nicomaque de Gérase, *Introduction arithmétique*, II, XXV, 1, trad. J. Bertier.) Ainsi dans le cas de 6, 4 et 3, $\frac{6 - 4\ (= 2)}{4 - 3\ (= 1)} = \frac{6}{3}$ et $\frac{6}{4} > \frac{4}{3}$.

6. Le titre donné par Stobée est : περὶ μαθημάτων.

7. Voir Antiphon, B XLIV *a*, p. 1109.

8. Nous traduisons ainsi le grec λογισμός.

9. On songe ici à la manière originale dont Phaléas proposait de réaliser l'égalité des richesses (voir n. 1, p. 470).

10. Sur ce terme, voir Polyclète, A II et A III, p. 474-475; B I, p. 475. (Voir également Simos, II, p. 555; Démocrite, B VI, p. 844 et B X *b*, p. 846, ainsi que A XXXIII, p. 763.)

11. Voir Critias, B XXV, v. 10 et suiv., p. 1145 et suiv. Mais à la différence du sophiste, le propos d'Archytas est l'expression d'un rationalisme épuré, aux sonorités modernes. On songe à l'approche arithmétique du problème de la justice par Aristote (*Éthique à Nicomaque*, V).

Page 537.

1. La fin du texte est obscure. La construction qui consiste à faire de λογισμός le sujet du participe δηλώσας est grammaticalement, et de loin, la plus satisfaisante (préférable à un indéfini masculin sous-entendu : *on*). Reste à comprendre que les μὴ ἐπιστάμενοι *(ceux qui ne possèdent pas la science)* peuvent posséder d'une certaine façon le λογισμός. La seule solution consiste alors à dire qu'ils peuvent avoir l'idée de son existence, sans pour autant être à même de s'en servir, ce qui s'accorde aux vues pythagoriciennes sur l'éducation, puisqu'une certaine opinion doit précéder l'acquisition définitive du savoir (voir l'École pythagoricienne, D VIII, 200, p. 601).

2. Le titre donné par Jamblique est Περὶ μαθηματικῶν (*mathématiques*, au neutre; *mathématiciens* ou *savants*, au masculin) : il s'agit bien cependant d'une référence à un unique ouvrage.

3. Le titre grec est: Διατριβαί (au sens d'*entretiens philosophiques*). C'est aussi le titre que porte l'ouvrage dans lequel Arrien a plus tard consigné les *Entretiens* d'Épictète; cela pourrait laisser penser que ce recueil d'Archytas est apocryphe.

4. Ἁ λογιστικὰ est sans doute, pour Archytas, davantage *l'art de calculer* que *l'art de raisonner* (voir B III, p. 536 et Platon, *La République*, VII, 525 *a*).

5. Le terme *philosophie* nous a paru le plus propre à rendre ici le double sens de σοφία, à la fois *sagesse* et *science*.

6. Il y a ici une lacune dans le texte.

7. Quels sont ces εἴδεα ? Kranz les comprend comme les *principes* et renvoie à Philolaos (voir B V, p. 503), où il est question des deux formes — paire et impaire — du nombre. Il peut s'agir tout aussi vraisemblablement de l'Un et de la dyade, ou de la *tétractys*, ou encore de la limite et de l'illimité.

8. Voir Philolaos, A XIII, p. 493 et B XI, p. 505.

Page 538.

1. Nous avons conservé la traduction traditionnelle d'αὐλοί par « flûtes ». En réalité, cet instrument à anche et à deux tuyaux était bien plus proche de notre hautbois que de la flûte.

2. Athénée parle aussi du « musicien Archytas » (voir *Les Deipnosophistes*, XIII, 600 F). Peut-être avons-nous affaire ici à un traité du musicien (et non de notre philosophe) puisque Diogène Laërce signale aussi, à côté du pythagoricien Archytas, un autre Archytas musicien (voir Archytas, A I, p. 518). Mais Archytas parle lui aussi des flûtes dans le fragment B I, p. 533, et pourrait ainsi avoir mérité l'épithète de *musicien*.

3. Voir le cinquième Archytas dont parle Diogène Laërce (cité en A I, p. 518).

4. Varron suit ici Columelle, *Agriculture*, I, 1, 7 (note de Diels).

5. Peut-être s'agit-il ici plutôt du troisième Archytas de la liste de Diogène Laërce (cité en A I, p. 518).

Page 539.

1. Le titre grec est : Περὶ τῶν καθόλου λόγων, où il semble que *λόγοι* soit à prendre au sens de *rapports* (et non de *discours*).

2. Ce titre présente une double difficulté : πρό signifie-t-il *avant* ou *pour* ? τόπων signifie-t-il *lieux* (dans tous les sens du mot) ou *régions* (du ciel) ?

3. Sans doute ce titre doit-il se confondre avec celui de l'ouvrage précédent.

4. Ce titre n'est pas sûr. Diels renvoie à Jamblique cité par Stobée, ainsi qu'à Jean de Lydie (*Des mois*, II, IX) et à Claudien Mamert (*De l'âme*, II, VII), dont il rapporte un membre de phrase : « dans son splendide ouvrage Περὶ φύσεως *(De la nature)* ». Il y a peut-être eu confusion entre φύσεως et ψυχῆς *(âme)*.

5. Voir Archytas, A I, p. 518 et Occelos, IV, p. 541.

OCCELOS

NOTICE

Le pythagoricien Occelos (ou Ocellos) de Lucanie ne nous est connu que par des témoignages tardifs, puisque le plus ancien[1] est celui de Philon d'Alexandrie (au Ier siècle de notre ère). Il semble pourtant avoir joué un rôle notable dans l'histoire de la philosophie dans la mesure où il a été à l'origine de deux points importants de la physique aristotélicienne : c'est à lui qu'Aristote aurait emprunté sa conception du monde inengendré et incorruptible[2], ainsi que de l'éther comme cinquième élément constitutif du ciel et des corps célestes[3]. Il s'est intéressé aussi aux objets sensibles, comme le fera Aristote, et Syrianos[4] va jusqu'à affirmer que le traité *De la génération et de la corruption* serait une reprise presque textuelle d'un ouvrage du pythagoricien. Toutefois les titres de ses ouvrages ne sont pas sûrs, comme l'a montré R. Harder.

Enfin, en tant que pythagoricien, il s'attacha bien évidemment à la théorie des nombres, et en particulier à la triade[5].

NOTES

Page 540.

1. Voir la note 2, p. 559.
2. Censorinus suit ici Varron.
3. À savoir que le monde est éternel.
4. *Sic.*
5. C'est le grec τὸ πᾶν que nous traduisons ainsi dans tous les témoignages d'Occelos.
6. Il s'agit des quatre éléments (eau, air, terre et feu) auxquels s'ajoute l'éther.

Page 541.

1. *Scolies* à saint Basile (XXVIII, éd. Pasquali, *Nachrichten der Gesellschaft der Wissenschaften zu Göttingen*, 1910, p. 201). Le témoignage de Sextus, au moins en ce qui concerne Aristote, paraît passablement étrange, à moins qu'il ne vise ici le pseudo-Aristote auteur du Περὶ κόσμου, ou le jeune Aristote, auteur du Περὶ φιλοσοφίας.
2. Diogène Laërce reproduit ici une lettre apocryphe d'Archytas à Platon (voir Archytas A 1, p. 518).

1. Voir III, p. 540.
2. *Ibid.*
3. Voir III *a*, p. 540.
4. Voir V, p. 541.
5. Voir VIII, p. 542. Sur la triade, voir Ion de Chio, p. 449.

3. Les manuscrits donnent : Δαμίσκον ou Δαμασκόν. Λαμίσκον est une correction de Ménage qui s'appuie sur Platon (*Lettres*, VII, 340 *b*), où il est question d'un Lamiscos qui intervint en la faveur du philosophe auprès de Denys de Syracuse. (Voir Archytas, A v, p. 521.)

4. Il s'agit bien sûr de ses livres !

5. Sur les problèmes posés par ces lettres apocryphes, voir G. Pasquali, *Le Lettere di Platone* (Florence, 1938, p. 269).

6. *Sic.*

7. Voir Timée, p. 543.

Page 542.

1. *Sic.*

2. Ὠκέλου Λευκανοῦ. R. Harder étudie le problème des faux, à partir du cas d'Occelos, dans « Ocellus Lucanus », *Neue philologische Untersuchungen* (I, Berlin, 1926).

3. Par *dieux*, il faut entendre ici les *astres*.

4. Deux interprétations sont ici possibles, selon qu'on lit dans l'expression ἐν τῶ αὐτῶ εἴδει (donnée par les manuscrits) soit : τῷ αὐτῷ *(dans la même forme)* — comme le fait Diels —, soit : τοῦ αὐτοῦ *(dans la forme du même)*.

5. *Santé* ou, étymologiquement, *salut* (ὑγιαίνειν).

6. Le texte se poursuit en Philolaos, A xi, p. 492. (Sur le pentagramme ou pentacle, voir l'École pythagoricienne, D vii, 238, p. 600.)

TIMÉE DE LOCRES

NOTICE

Timée de Locres, contemporain de Platon, est un pythagoricien accompli, puisque, comme son maître, il a été un philosophe curieux de tout[1], mais aussi un dirigeant politique fort apprécié dans sa cité de Locres, où sa richesse et sa naissance le distinguaient. Sa doctrine serait en partie la continuation de l'œuvre d'Occelos, et devait être centrée autour de la physique. La tradition veut que le *Timée* de Platon soit une reprise de ses conceptions, mais on ne dispose pas de moyens permettant de mesurer cette influence.

NOTES

Page 543.

1. C'est-à-dire les pythagoriciens.

2. À la fois philosophes et hommes politiques.

3. Voir Cicéron, *De la république*, I, x, 16.

1. Voir I, p. 543.

4. D'après Hésychios. (Voir les *Scolies* au *Timée* de Platon [119 *e*].)

Page 544.

1. Voir Occelos, v, p. 540. Le sens de cette phrase est obscur, parce qu'on ignore si le mot *Timée* désigne le philosophe pythagoricien ou bien le dialogue de Platon; dans ce dernier cas, il conviendrait de traduire : « C'est Occelos qui a préparé le terrain pour le *Timée*. »

2. Voir Philolaos, A I, p. 488. L'ouvrage, apocryphe, aurait servi de modèle à Platon.

HICÉTAS

NOTICE

Ce que nous savons de la doctrine du pythagoricien Hicétas de Syracuse se résume à bien peu de chose : il expliquait le mouvement de la sphère des fixes comme une illusion due à la rotation rapide de la Terre sur elle-même, et il serait à l'origine de l'idée pythagoricienne de l'existence de l'anti-Terre, qui se retrouve chez Philolaos[1] et chez les pythagoriciens anonymes[2]. Dans cette hypothèse, on pourrait établir son antériorité par rapport à Philolaos.

NOTES

Page 545.

1. Sur la rotation de la Terre, voir Philolaos, A XVI, p. 497. Mais ici, la Terre est seule à se mouvoir. L'expression cicéronienne : *convertat (tourne) et torqueat (pivote ?)* est ambiguë, car on peut songer à une rotation qui se ferait en deux sens, comme dans *Le Politique* de Platon, ou comme dans Héraclite, C I, 22, p. 184.

2. Voir Aétius, *Opinions*, III, XIII, 2; Diogène Laërce, *Vies*, VIII, 85 et Philolaos, A I, 85, p. 488.

3. Voir Philolaos, A XVI et A XVII, p. 497.

ECPHANTOS

NOTICE

L'absence complète de renseignements sur l'époque où vécut Ecphantos de Syracuse, d'ailleurs assez important pour qu'Aétius[3]

1. Voir Philolaos, A XVI et A XVII, p. 497.
2. Voir l'École pythagoricienne, B IV, p. 565 ; B XXXVI, B XXXVII et B XXXVII *a*, p. 581 à 583.
3. Voir II et IV, p. 546-547.

en fasse l'égal des plus grands, comme Thalès, Pythagore, Empédocle et Parménide, pose à l'historien de la philosophie un problème insoluble : s'agit-il d'un précurseur ou au contraire d'un successeur des atomistes ?

En tout cas, il est certain qu'il professe un atomisme original, puisque, d'une part, pour lui, la matière est constituée d'une multiplicité de corps premiers, qualitativement définis et illimités en nombre[1], ou, pour employer la terminologie pythagoricienne, de *monades* (unités qualitativement définies par leur participation à l'Un, mais en quantité illimitée, comme le sont les nombres); et puisque, d'autre part, la cause du mouvement n'est pas pour lui le vide, comme pour Leucippe ou Démocrite, mais au contraire la puissance divine à laquelle il donne le nom d'*Intellect*, comme le fait Anaxagore, et d'*Âme*, comme le fait Platon[2]. Le monde se définit alors par l'*idée*, c'est-à-dire la cause formelle et efficiente, ce qui conserve à cet atomisme une allure pythagoricienne, dont on s'étonne qu'Aristote n'ait pas parlé, si Ecphantos a bien vécu avant lui; car le silence d'Aristote (et, après lui, de Simplicius) est ici d'autant plus surprenant que la solution d'Ecphantos répond aux objections soulevées par le Lycée contre l'atomisme d'origine éléate, ainsi que contre Anaxagore.

Ecphantos est, en outre, un novateur en astronomie, puisqu'il est légitimement associé à Héraclide Pontique[3]. Mais est-il pour cette raison contemporain de l'Académie ? On peut en douter, car l'image de la Terre tournant à la façon d'une roue fait référence au très ancien Anaximène.

Ainsi les silences de l'histoire nous condamnent au mutisme, touchant ce qui eût été le plus important à mesurer : la part prise par ce penseur original dans la constitution, ou, au contraire, dans l'adaptation des thèses atomistes.

NOTES

Page 546.

1. P. Tannery (*Revue des études grecques*, XII, 1897, p. 305) nie l'existence d'Ecphantos. O. Voss (*De Heraclidis vita et scriptis*, Rostock, 1896, p. 64) pense qu'il est, avec Hicétas, un des personnages (fictifs) du dialogue *De la nature* d'Héraclide. Toutefois Théophraste ne dit rien de tel. D'autre part, Hippolyte intercale ici ses remarques sur Ecphantos, entre Xénophane et Hippon.

2. Voir Protagoras, B 1, p. 998. C'est là une des premières anticipations du relativisme.

3. Nous suivons, comme Diels, la tradition manuscrite; le parti-

1. Voir I, p. 546.
2. *Ibid.*
3. Voir V, p. 547.

cipe ὡρισμένον, mal compris des interprètes, désigne une détermination ou une définition qualitative. Les formes des sensibles ne sauraient varier à l'infini, et l'illimitation ne porte que sur la quantité ou le nombre. Il s'agit naturellement ici de l'une des premières ébauches de l'atomisme, l'expression : *corps premiers* désignant clairement, dans la doxographie, les atomes.

4. Voir Anaxagore, A 1, p. 615.

5. C'est-à-dire la cause efficiente ou formelle, responsable du mouvement des corps premiers.

Page 547.

1. Héraclide Pontique vivait au IVe siècle avant notre ère. Il fut successivement disciple de Platon, de Speusippe et d'Aristote. Il a composé divers ouvrages de philosophie, de physique, et de grammaire, dont il ne reste rien. On sait qu'en astronomie, il plaçait la Terre au centre du monde et admettait sa rotation. F. Wehrli a édité ce qui concerne Héraclide Pontique sous le titre *Die Schule des Aristoteles, 7, Herakleides Pontikos* (Bâle, 1969, 2e éd.).

2. Nous traduisons ainsi ἐνηξονισμένην — d'un verbe autrement inconnu : ἐναξονίζω *(fixer sur un axe)* — : c'est une correction de Reiske. Le manuscrit A donne ἐνιζωνισμένην, qui signifierait peut-être *« entourée d'une seule ceinture »*, à condition de lire ἐνιζωνισμένην.

XÉNOPHILE

NOTICE

Sur ce personnage qui est passé à la postérité pour un motif apparemment peu philosophique, celui d'avoir vécu cent cinq ans sans avoir été malade[1], nous ne possédons que très peu d'informations, et aucune sur sa philosophie. Musicien, maître d'Aristoxène, il fut l'un des derniers pythagoriciens et vécut vers la fin du Ve siècle avant notre ère.

NOTES

Page 548.

1. Voir Pythagore, x, p. 61.

2. Nous traduisons ainsi le superlatif σπουδαιότατοι, qui signifie *les plus zélés*. Déjà, chez Aristote, σπουδαῖος désigne l'*homme*

1. Voir II, p. 548.

vertueux, mais ce terme a pris ensuite une couleur stoïcienne, puisque les stoïciens réservaient le terme σπουδαῖος pour désigner *le sage*.

3. Voir Philolaos, A IV, p. 489.

4. On trouvera dans Zénon (A IV, p. 277) la mention d'un Pythodore, mais d'Athènes celui-là. Quant à Xénophile, comme Jamblique ne mentionne pas de Xénophile de Chalcis dans son *Catalogue des pythagoriciens*, on peut supposer que les deux ne font qu'un, malgré les deux indications différentes d'origine.

Page 549.

1. Voir Archytas, A VII, p. 522.
2. Voir Pythagore, IX, p. 61 (témoignage d'Aulu-Gelle).

DIOCLÈS, ÉCHÉCRATE, POLYMNASTOS, PHANTON, ARION

NOTES

Page 550.

1. Voir Xénophile, I, p. 548. Ces cinq personnages appartiennent à la dernière époque du pythagorisme (fin du ve et début du IVe siècle av. J.-C.).
2. Voir la note précédente.

Page 551.

1. Voir Philolaos, A XXIII, p. 499. C'est la thèse que développe, dans le récit de Phédon, le personnage de Phidias. Dans le *Phédon*, Échécrate qui appartient au cercle pythagoricien fondé par Eurytos, à Phlionte dans le Péloponnèse (voir p. 514-515), est rempli de l'impatience d'apprendre d'un témoin oculaire, en l'occurrence Phédon d'Élis, les circonstances exactes qui ont entouré la mort de Socrate; il n'est qu'un prétexte au long récit de Phédon.
2. Voir Timée de Locres, p. 543.
3. Voir le pseudo-Platon, *Lettres*, IX, 358 *b* et Polybe, *Histoire*, XII, x, où il est précisé que Timée a puisé son information sur les Locriens auprès d'Échécrate.

PROROS, AMYCLAS, CLINIAS

NOTES

Page 552.

1. Il s'agit de Denys le Jeune, celui qui sollicita la venue de Platon en Sicile. (Voir Philolaos, A I, p. 488; Archytas, A I-A II, p. 518-519; A V, p. 520; A IX, p. 522; B IX, p. 539; Damon et Phintias, p. 554 et l'École pythagoricienne, D VII, p. 599.)

2. Voir l'École pythagoricienne, D VII, p. 599.

3. Voir Damon et Phintias, p. 554.

4. Voir l'École pythagoricienne, A, p. 559, où Jamblique dit que Proros était originaire de Cyrène, et Clinias de Tarente (p. 558). Sur ces trois pythagoriciens de la dernière génération, on n'a gardé aucune information d'ordre philosophique; les témoignages semblent concourir à la naissance d'une légende d'amitié étroite entre Clinias et Proros, mise sur le même plan que celle de Platon et d'Archytas, mais sans doute simplement fondée sur l'entraide que recommandait la doctrine de Pythagore à ses disciples. Une pointe de misogynie peut toutefois être perçue à propos de Clinias (voir V, p. 553), et surprend chez un pythagoricien.

5. Voir Démocrite, A I, p. 749.

6. C'est Aristoxène que suit ici Diodore (voir l'École pythagoricienne, D VII, 239, p. 601).

Page 553.

1. Nous conservons le texte des manuscrits : διαφορῶν *(ballotté de côté et d'autre)*, d'autant que le contexte d'Athénée fait état d'anecdotes destinées à montrer, selon le mot d'Élien, que : *La musique adoucit les mœurs.* Diels édite la correction de Casaubon : διαφέρων, comprenant que « la vie et les mœurs de Clinias étaient *remarquables* ».

2. Voir l'École pythagoricienne, D VIII, 209 et suiv., p. 604-605. C'est le verbe βλαϐῆναι que nous traduisons par *se faire souffrir*. Plus généralement, le passif de βλάπτω signifie *subir un dommage*.

3. Cette attribution à Proros est douteuse, car, ailleurs, les deux auteurs attribuent ce même traité à Clinias (voir le pseudo-Jamblique, *Théologoumènes arithmétiques*, 21 et Syrianos, *Commentaire sur la Métaphysique d'Aristote*, 168, 18). On ne peut donc en déduire avec certitude que Proros était un mathématicien, non plus que Clinias.

DAMON, PHINTIAS

NOTICE

Ces deux pythagoriciens de Syracuse, contemporains du tyran Denys, ne sont guère connus que par cette anecdote qui souligne plusieurs aspects du pythagorisme : le respect de la parole donnée, le sens de l'entraide entre les membres de la secte (ils paraissent véritablement interchangeables) qui s'accompagne ici d'une amitié légendaire (ou presque), et, peut-être aussi, une grande sérénité devant la mort, provenant de la croyance en la réincarnation de l'âme[1].

NOTE

Page 554.

1. Cicéron rapporte deux fois dans son œuvre la même anecdote, et de façon plus développée que ne le fait Diodore de Sicile (voir Les *Tusculanes*, V, xxii, 63 et *Des devoirs*, III, x, 45 et suiv.). Comme Jamblique — qui la raconte longuement dans sa *Vie pythagorique* (voir Proros, Amyclas, Clinias, I, p. 552 et l'École pythagoricienne, D vii, p. 599 à 601) — dit l'emprunter à Aristoxène, on peut en déduire que ce dernier est aussi la source commune de Diodore et de Cicéron. Signalons d'ailleurs que ce dernier semble traduire mot à mot par moments l'original grec, tel qu'il apparaît chez Jamblique. (Voir aussi, sur cette amitié légendaire, J.-C. Fraisse, *Philia*, Paris, 1970, p. 65.)

SIMOS, MYONIDE, EUPHRANOR

NOTES

Page 555.

1. Il s'agit de la ville de Paestum en Lucanie.

2. Voir Pythagore, vi, p. 56, où le témoignage est également reproduit.

3. Kranz estime, avec raison, qu'il faut entendre par σοφίαι (que nous traduisons par *sciences*) les *formules*, que l'on rencontre ailleurs sous le nom de μεσότητες *(médiétés)* et dont il va être question dans le texte suivant (voir Hippase, xv, p. 81).

1. Voir Pythagore, viii, p. 57.

4. Les premières médiétés, œuvre de Pythagore lui-même, sont au nombre de trois (nos 1, 2 et 3); la seconde série, attribuée à Archytas et à Hippase, se compose des trois suivantes (nos 4, 5 et 6); les quatre dernières, attribuées ici par Jamblique à Myonide et Euphranor, correspondent aux nos 7 à 10 (voir Archytas, B II, p. 532 et Hippase, XV, p. 81). Touchant l'ensemble des dix médiétés, faute d'indications complémentaires apportées par les textes réunis par Diels-Kranz, nous tirons de l'avant-dernier chapitre de l'*Introduction arithmétique* de Nicomaque de Gérase (II, XXVIII) les données suivantes que l'auteur néoplatonicien ordonne en un tableau (que nous complétons) :

				Si a > b > c
Pythagore	1re médiété	1, 2, 3	arithmétique	$\frac{b-a}{c-b} = \frac{a}{a} = \frac{b}{b} = \frac{c}{c}$
	2e médiété	1, 2, 4	géométrique	$\frac{b-a}{c-b} = \frac{b}{a} = \frac{c}{b}$
	3e médiété	3, 4, 6	harmonique	$\frac{b-a}{c-b} = \frac{a}{c}$
Archytas et Hippase	4e médiété	3, 5, 6	subcontraire à l'harmonique	$\frac{b-a}{c-b} = \frac{c}{a}$
	5e médiété	3, 5, 6	subcontraires à la géométrique	$\frac{b-a}{c-b} = \frac{b}{a}$
	6e médiété	1, 4, 6		$\frac{b-a}{c-b} = \frac{c}{b}$
Simos[1] Myonide et Euphranor[2]	7e médiété	6, 8, 9		$\frac{c-a}{b-a} = \frac{c}{a}$
	8e médiété	6, 7, 9		$\frac{c-a}{c-b} = \frac{c}{a}$
	9e médiété	4, 6, 7		$\frac{c-a}{b-a} = \frac{b}{a}$
	10e médiété	3, 5, 8		$\frac{c-a}{c-b} = \frac{b}{a}$ ou $c = a + b$

La doxographie relative à Simos, Myonide et Euphranor ne fait que refléter les disputes relatives à la découverte des quatre dernières médiétés par les pythagoriciens « modernes ».

1. Simos revendique l'une des quatre médiétés (voir II, p. 555).
2. Voir III, p. 555.

LYCON

NOTICE

Ce pythagoricien de la dernière période est présenté sous deux aspects bien distincts : comme compilateur, rapportant les anecdotes les plus invraisemblables[1], et auteur d'une *Vie de Pythagore*, sans doute l'une des premières sources de la légende pythagorique; mais également comme botaniste, qu'on pourrait rapprocher de son prédécesseur Ménestor[2]. Notons que son nom même est incertain : Lycon ou Lycos.

NOTES

Page 556.

1. C'est à la fin de la biographie de Lycon de Troade, péripatéticien qui succéda à Straton de Lampsaque à la tête du Lycée, que Diogène Laërce signale cet homonyme pythagoricien, à côté d'un poète épique et d'un autre, auteur d'épigrammes.
2. Athénée suit ici Héraclide de Tarente. (Note de Diels.)
3. Il s'agit là d'un hapax, formé sur le verbe στύω qui signifie *provoquer l'érection* et précédé du préfixe privatif. Le sens en est donc : *qui rend impuissant*. Sur ce terme, voir Démocrite, CCC, 19, 12, p. 927.
4. Île de la mer Égée, voisine des côtes d'Asie Mineure. Comme beaucoup de pythagoriciens, Lycon aurait quitté l'Ionie pour s'installer dans une communauté pythagoricienne de Grande-Grèce.

Page 557.

1. Aristoclès, péripatéticien lui-même, aurait dû prendre sans hésitation la défense d'Aristote dans une querelle avec les pythagoriciens; mais à l'évidence, il se refuse à croire que Lycon soit un pythagoricien authentique.
2. Le *buplèvre*, de la famille des ombellifères, est une herbe ou un arbrisseau à fleurs jaunes, disposées en ombelle. L'espèce la plus connue pousse dans le Midi de la France, sous le nom d'*oreille-de lièvre* : elle est employée comme astringent.

1. Voir IV, p. 557.
2. Voir Ménestor, p. 443.

L'École pythagoricienne

A. CATALOGUE DE JAMBLIQUE

NOTICE

Jamblique achève sa *Vie pythagorique*[1] par un étonnant *Catalogue* des principaux (?) pythagoriciens qu'on connaissait encore au IIIe siècle de notre ère (soit sept siècles après l'extinction de l'école de Pythagore). Il n'est pas surprenant dans ces conditions d'y rencontrer des bizarreries et des choses discutables. Ce catalogue présente d'abord une liste de deux cent dix-huit hommes, regroupés selon leur cité d'origine (encore faudrait-il savoir ce que veut dire par là Jamblique : est-ce leur cité de naissance, ou la cité d'adoption où ils professèrent leur pythagorisme ? La question se pose quand on découvre deux personnages du nom de Timée, l'un à Crotone, l'autre à Paros, et aucun Timée là où on l'attendrait, c'est-à-dire à Locres). Puis vient une liste de seize[2] femmes qui s'illustrèrent dans l'école, cette fois sans classement par cité d'origine, comme le montre le retour, à trois endroits différents, du nom de Sparte. La chose la plus intéressante à constater ici, c'est que l'intérêt que le pythagorisme portait aux femmes, considérées à l'égal de l'homme, même du point de vue philosophique, n'était pas un simple mot.

En dehors du classement par cités, qui n'est d'ailleurs ni alphabétique ni géographique, au sens strict, l'ordre de présentation des hommes adopté par Jamblique nous échappe complètement. Il fait encore figurer dans son *Catalogue* des philosophes illustres, comme Empédocle et surtout Parménide, qui furent peut-être un temps tentés par le pythagorisme, mais qui ne sont pas considérés généralement comme de simples pythagoriciens.

Cela dit, ce catalogue a un grand mérite à nos yeux, celui de nous rendre très attentifs à l'importance prise par le développement de la doctrine, et surtout de l'esprit du pythagorisme à l'intérieur du bassin méditerranéen, et pas seulement en Grande-Grèce où on le limite habituellement. Certes, les foyers en furent Crotone, Métaponte, Tarente, Sybaris, Locres et Rhégium (ces cités sont les mieux représentées ici); mais des régions plus lointaines et moins hellénisées connurent aussi son rayonnement : ainsi l'Afrique du Nord, l'Ionie, la Scythie et le royaume du Pont.

1. Au paragraphe 267.
2. Voir la note 1, p. 560.

NOTES

Page 558.

1. Afin d'éviter au lecteur un nombre impressionnant de renvois, on le priera de se reporter à la note 2 de la page 558 pour tout renseignement complémentaire concernant les hommes de l'École pythagoricienne.

2. Voir Ecphantos, p. 546-547.

Voir Timée, p. 543.

À propos de Bouthos, Diels suppose qu'il s'agit de Xouthos (voir p. 446).

Le nom d'Énandros est incertain; peut-être faut-il lire *Ménandros*, comme le fait Nauck.

À propos d'Onatas, voir Pythagore, xv, p. 64.

Sur Alcméon, voir p. 215 et suiv.

Ce Damoclès pourrait bien être l'invité que Denys le Tyran fit trembler, en suspendant au-dessus de sa tête une épée nue, retenue par un crin de cheval.

À propos de Milon, voir Pythagore, xiii, p. 62 et xiv, IX, 5, p. 63. En effet, au lieu de lire Ménon de Crotone, Ménage proposait de corriger en *Milon*, dans ce témoignage de Porphyre. Dans le dialogue de Platon, Ménon est présenté comme un aristocrate d'origine thessalienne, élève de Gorgias et d'Empédocle. Peut-être ce dernier l'a-t-il converti au pythagorisme; auquel cas il pourrait s'agir du même homme.

Voir Brontin, p. 73.

Voir Parméniscos, p. 86.

À propos d'Orestadas, voir Parméniscos, ii, p. 86.

À propos de Léon, voir Alcméon, B 1, p. 225.

À propos d'Aristée, voir Hérodote, *Enquête*, IV, 13 et suiv. Voir Eurytos, p. 514. On retrouve un Eurytos parmi les gens de Tarente. Qu'en penser ? (Voir aussi la note 3, p. 550.)

Il ne faut pas confondre Pyrrhon de Métaponte avec Pyrrhon d'Élis, fondateur du pyrrhonisme.

À propos d'Astylos, voir Platon, les *Lois*, VIII, 840 *a* 5.

Voir Empédocle, p. 317. Jamblique le range donc clairement parmi les disciples de Pythagore.

Voir Parménide, p. 231.

Voir Philolaos, p. 488.

À propos d'Eurytos, voir p. 514, et la note qui lui est consacrée ci-dessus.

Voir Archytas, p. 518.

Ce Théodore de Tarente est le même homme que dans Théodore (voir p. 486), où le géomètre est présenté comme originaire de Cyrène. Voir l'École pythagoricienne, B 1, p. 560.

Cet Aristippe de Tarente pourrait être à identifier avec le célèbre

Aristippe de Cyrène, qui vivait à la fin du ve siècle et fonda l'hédonisme.

Voir Lycon (ou Lycos), p. 556.

Cet Hestiaios pourrait avoir été le père d'Archytas (voir Philolaos, B XXIII, p. 513 et Archytas, A I et A II, p. 518-519).

À propos d'Archippos, voir Archippos, Lysis, Opsimos, p. 516. On retrouve un Archippos parmi les Samiens.

À propos d'Échécrate, signalons que, dans son *Catalogue*, Jamblique fait mention d'une Échécratéia, pythagoricienne de Phlionte. Chez Platon, Échécrate est un personnage du *Phédon* (voir aussi les *Lettres*, IX, 358 *d*). Voir Dioclès, Échécrate, Polymnastos, Phanton, Arion, p. 550 et la note 3.

Voir Iccos, p. 227.

Il a existé aussi un épicurien du nom de Léonteus (voir Xénophane, B XXXIV, p. 122 et Démocrite, A LIII, p. 776).

On connaît un poète comique, qui vécut à Athènes à l'époque d'Aristophane, du nom de Phrynicos. Diels se demande s'il ne faut pas l'identifier avec Phrynion, père d'Échécrate (voir Platon, *Lettres*, VIII, 358 *b* 5).

À propos de Clinias, voir Proros, Amyclas, Clinias, p. 552.

Le personnage d'Habrotélès est présenté, à la fin du *Catalogue*, comme le père de la pythagoricienne Habrotéléia.

L'association *Bryas-Élandros* ressemble curieusement à la succession *Bryas-Énandros* parmi les pythagoriciens originaires de Crotone.

Le nom de Carophantidas est incertain; Nauck propose de lire *Cléophantidas*.

À propos de Métopos, voir Stobée, *Florilège*, III, I, 115, éd. Hiller.

Voir Hippase, p. 75.

On retrouve un autre Proxène plus loin, parmi les originaires de Posidonia.

Voir Ménestor, p. 443.

Sans doute faut-il distinguer ce Dioclès de Sybaris de Dioclès de Caryste (voir Empédocle, A LXXX, p. 359) et de Dioclès de Samos (voir Démocrite B CXXIV, p. 876).

À propos de Miltiade, voir l'École pythagoricienne, D VII, p. 599.

À propos de Léocrite, signalons que *Lérocrite (sic)* sera le surnom donné par Épicure à Démocrite (voir A LIII, p. 776).

Aétios est un homonyme de l'auteur présumé des *Opinions des philosophes*.

Les personnages de Dinarque et Méton se retrouvent associés dans Hippase, V, p. 77. On connaît deux autres Méton : l'astronome d'Athènes (voir Œnopide, IX, p. 479) et Méton d'Agrigente (voir Empédocle, A I-A II, p. 319 à 326 et A XXXIII, p. 339).

Ce Timée de Paros est-il un homonyme de Timée de Locres (voir p. 543), ou bien le même personnage ? Il est à noter que Jamblique ne range aucun Timée parmi les Locriens.

Thymaridas est un personnage connu autrement par Jamblique

(voir l'École pythagoricienne, D VII, p. 599 et l'*Introduction à l'Arithmétique de Nicomaque*, p. 11, 27 et 62).

Le nom de Gyttios est incertain; Rohde le corrige en *Pyttios.*

Ce Xénon est-il le même homme qu'en Empédocle (voir A III, p. 327, témoignage de Suidas) ?

Zaleucos est également le nom d'un ancien philosophe (vers 700 ?), qui donna aux Locriens un code de lois remarquables par leur sagesse. Diodore et Stobée nous ont conservé le préambule de son code. Notons qu'il est chronologiquement impossible qu'il s'agisse ici de ce sage ! Peut-être est-ce l'un de ses lointains descendants.

À propos de Simos, voir Simos, Myonide, Euphranor, p. 555.

À propos de Proxène de Posidonia, signalons que Jamblique a mentionné plus haut un Proxène de Sybaris. Peut-être sont-ils à identifier l'un à l'autre.

Bathylaos est peut-être à identifier avec Bathyllos mentionné en Alcméon (voir B I, p. 225).

Le Phédon qui donne son nom au dialogue de Platon est dit d'Élis; mais Platon signale au passage ses affinités avec des pythagoriciens, ceux de Phlionte en particulier. Il n'est pas invraisemblable que ce soit le même personnage que Jamblique dise originaire de Posidonia.

Voir Occelos, p. 540.

Criton est aussi le nom d'un interlocuteur du dialogue de Platon qui porte son nom. Il avait proposé à Socrate, alors en prison, de le faire évader. On sait qu'il écrivit lui-même des ouvrages philosophiques, aujourd'hui perdus. Il a pu être pythagoricien.

Jamblique donne Autocharidas, en fin du *Catalogue*, comme le frère de Cléaichma, elle-même pythagoricienne.

Il s'agit, avec Abaris, d'un personnage quasi légendaire, comme on peut le voir dans Hérodote (*Enquête*, IV, 36) et Platon (*Charmide*, 158 *b*).

Rohde propose de corriger le nom de Euthosion en *Euthétion.*

À propos d'Opsimos, voir Archippos, Lysis, Opsimos, p. 516.

Voir Damon et Phintias, p. 554.

Voir Mélissos, p. 295.

Dans Hippon (voir p. 461), Hippon est aussi dit « de Rhégium ».

Voir Dioclès, Échécrate, Polymnastos, Phanton, Arion, p. 550.

À propos de Proros, voir Proros, Amyclas, Clinias, p. 552.

À propos de Mélanippos, voir l'École pythagoricienne, E I, p. 609.

Il s'agit, avec Théodore de Cyrène, du géomètre (voir Théodore, p. 486). Voir aussi un Théodore de Tarente dans l'École pythagoricienne, A, p. 558.

Un personnage du *Parménide* de Platon porte le nom de Pythodore : c'est l'hôte athénien chez qui Parménide était logé.

Voir Xénophile, p. 548, où l'on dit ce pythagoricien originaire de Chalcis de Thrace.

Le pythagoricien Chrysippe ne doit pas être confondu avec le célèbre stoïcien du IIIe siècle.

Page 559.

1. Pour tout complément d'information concernant les femmes de l'École pythagoricienne, on se reportera à la note 1 de la page 560.

2. Diels édite : Φίλτυς [...], Βυνδάκου ἀδελφή, Ὀκκελὼ καὶ Ἐκκελὼ τὼ Λευκανώ, etc., ce qui laisserait penser que, pour lui, Philtys était la sœur de Byndacos, et qu'Occelo et Eccelo étaient deux pythagoriciennes originaires de Lucanie. Nous proposons de comprendre le passage autrement : si, au lieu de Βυνδάκου, on doit lire Βυνδακώ (nominatif féminin sur le modèle de *Théano*), il peut s'agir alors d'une femme, dont on nous dit qu'elle était la sœur des Lucaniens Occelos et Eccelos, connus d'ailleurs comme pythagoriciens eux-mêmes (voir Occelos, p. 540 à 542). Cela impliquerait que l'on vît dans Ὀκκέλω et Ἐκκέλω des génitifs doriens, comme celui qui se rencontre dans la lettre apocryphe d'Archytas à Platon (voir Occelos, IV, p. 541), et non des nominatifs; de même τὼ Λευκανώ serait à comprendre comme un génitif accordé au plus proche.

Page 560.

1. Timycha est encore connue par Jamblique (*Vie pythagorique*, 189-194).

Sur Myllias, voir Pythagore, VII, p. 56.

Cléanor, mari de Cratésicléia, est lui-même signalé plus haut comme un pythagoricien originaire de Sparte.

Sur Théano, voir Pythagore, VIII *a*, p. 58; Brontin, I, p. 73; Empédocle, B CLV, p. 438 et Phaléas, Hippodamos, I, p. 470.

Sur Mya, voir Pythagore, XIII, p. 62.

Le nom de Nisthéadousa est incertain; peut-être, faut-il décomposer ce nom en : ΝΙΣΘΕΑ, ΛΟΥΣΑ (Λ au lieu de Δ), où le second élément signifierait : *originaire de Louses*, en Arcadie (?).

Le *Catalogue* ne compte que seize noms de femmes pythagoriciennes : ou bien l'on corrige ιζ (17) en ις (16), comme le fait Diels, ou bien l'on considère qu'il manque un nom à la liste.

B. LES PYTHAGORICIENS ANONYMES

NOTICE

L'origine de cette tradition est de toute évidence Aristote lui-même, qui avait composé au moins deux ouvrages concernant exclusivement les pythagoriciens : un *Contre les pythagoriciens* et un

Des pythagoriciens, dont parle Diogène Laërce[1] et dont les éditeurs modernes (V. Rose et Sir W. D. Ross) ont regroupé des fragments. En dehors de ces deux œuvres, Aristote a fait de nombreuses références au pythagorisme, comme on peut en juger par les nombreux témoignages ici regroupés par Diels (trente-cinq dont quatorze dans la *Métaphysique*, six dans le *Traité du ciel*, quatre dans la *Physique*, deux dans l'*Éthique à Nicomaque*, deux dans le *Traité de l'âme*), etc. Eudème (cité par Simplicius) et Théophraste d'abord, puis Aétius, dont la doxographie suit un plan clairement péripatéticien, et les commentateurs plus récents d'Aristote, Alexandre d'Aphrodise et Simplicius, ont amplifié et développé la tradition aristotélicienne concernant le pythagorisme. En marge de cette tradition, Diodore de Sicile et surtout Alexandre Polyhistor, tous deux du Ier siècle avant notre ère, nous apportent également des indications précieuses. Ce dernier témoin pourrait avoir lu directement les pythagoriciens, et son information viendrait alors corroborer, ou éventuellement infirmer, la tradition péripatéticienne; toutefois, très curieusement, sa notice (rapportée par Diogène Laërce[2]) qui présente une vue d'ensemble de la doctrine pythagoricienne suit le même plan que les *Opinions* d'Aétius, c'est-à-dire un plan péripatéticien. Si pourtant Alexandre a lu les pythagoriciens directement, cette doxographie est encore plus ancienne, donc encore plus précieuse pour nous.

On trouvera d'abord une information abondante sur les *principes*[3], puis sur la *théologie* pythagoricienne[4]; ensuite viennent les témoignages relatifs à la conception de l'*univers*[5], aux *météores*[6], à la *psychologie*[7] et enfin à la *physiologie*[8].

NOTES

2. Il s'agit de Thalès, Mamercos et Hippias.

3. Rappelons que Pythagore fut le premier Grec à utiliser le terme de φιλοσοφία (voir l'École pythagoricienne, B xv, p. 570).

4. Si l'on adopte la correction de Diels : τὴν τῶν ἀνὰ λόγον πραγματείαν. Cependant les manuscrits donnent une lecture aussi satisfaisante : τὴν τῶν ἀλόγων πραγματείαν, qui signifie : *le traitement des irrationnelles*.

5. Voir Pythagore, vi *a*, p. 56.

1. Voir *Vies*, V, 25.
2. Voir B I *a*, p. 560.
3. Voir de B II à B XXV, p. 563 à 574.
4. Voir B XXVI, p. 574-575.
5. Voir de B XXVII à B XXXV, p. 575 à 581.
6. Voir de B XXXVI à B XXXVIII, p. 581 à 583.
7. Voir de B XXXIX à B XLI, p. 584.
8. Voir B XLII et B XLIII, p. 584.

6. Voir Anaxagore, A IX, p. 621.
7. Voir Œnopide de Chio, I, p. 477.
8. Voir Hippocrate de Chio, Eschyle, III, p. 483.
9. Voir Théodore de Cyrène, II p. 486.
10. Voir Archytas, A VI, p. 521.
11. Alexandre Polyhistor vécut à Rome dans la première moitié du Ier siècle av. J.-C. L'historien de la philosophie Zeller (*Philosophie der Griechen*, III, 2, 4e éd., Berlin, p. 107 et suiv.) pensait que ce résumé de la doctrine pythagoricienne était un peu antérieur au début du Ier siècle. M. Wellmann (*Hermes*, 54, 1919, p. 225 et suiv.), tout en exceptant la section initiale sur les *principes*, clairement postplatonicienne, affirmait qu'on avait là un témoignage relatif au pythagorisme primitif; c'est ce qui amena Kranz à rajouter ce fragment dans les *Vorsokratiker*. W. Wiersma (*Mnemosyne*, 1941, p. 97 à 112) partageait ce point de vue. Mais A.-J. Festugière a détruit ces certitudes dans son article *Les « Mémoires pythagoriques » cités par Alexandre Polyhistor*, repris dans les *Études de philosophie grecque* (Paris, 1971, p. 371 à 435). Il montre successivement que : 1° Le schéma de l'*épitomé* est déterminé par celui du *Timée* de Platon et ne peut, pour cela, être antérieur à l'époque hellénistique. 2° La première section peut être la plus ancienne, sans qu'on puisse la dater d'avant l'académicien Speusippe, qui voulait mettre ses théories sous l'autorité du pythagorisme primitif (Speusippe meurt vers 339). 3° La section B XXV à B XXVII (p. 574 à 577) contient une théorie éclectique de l'éther et une théorie de l'équilibre des contraires, qui pourrait remonter à Alcméon certes, mais qui a plus probablement été reprise de Platon. 4° La source de la dernière section concernant l'âme est le médecin Dioclès de Caryste (IVe siècle). 5° Peut-être est-ce au IIe siècle av. J.-C. que tous ces morceaux ont été cousus ensemble, comme le laisserait supposer le terme d'εἱμαρμένη (voir B XXVII, p. 575) qui n'apparaît qu'à cette époque. Quoi qu'il en soit, il paraît impossible de s'appuyer sur ce témoignage pour se faire une bonne idée du pythagorisme primitif selon C. J. de Vogel (*Greek Philosophy*, III, Leyde, 1964, p. 341-342).

Page 561.

1. Nous ajoutons ici un témoignage de Vitruve (*De l'architecture*, VIII, préface), laissé de côté par Diels-Kranz : « Pythagore, Empédocle, Épicharme et les autres philosophes et physiciens ont établi quatre principes : l'air, le feu, l'eau et la terre, qui par divers mélanges et combinaisons [...] ont produit tout ce qui existe. » Épicharme de Cos, qui vivait dans la première moitié du Ve siècle avant notre ère, fut un poète et un philosophe pythagoricien que l'on considère généralement comme le père de la comédie régulière. Il aurait été aussi médecin et grammairien. (Voir Épicharme, p. 191.) On peut penser que, dans l'esprit de Vitruve, Empédocle

était un pythagoricien, puisqu'il encadre son nom de deux noms célèbres du pythagorisme.

2. Ce sont les habitants de l'hémisphère opposé au nôtre.

3. Le manuscrit P3 propose : *l'air*, au lieu de *l'éther*.

4. En grec : εἱμαρμένη. Ce terme n'apparaît qu'au IIe siècle av. J.-C. (Voir l'École pythagoricienne, B I, p. 560.)

5. Cette notation paraît reprendre en partie l'indication relative aux deux éthers, le froid et le dense. Il y aurait ainsi *trois* éthers : le *chaud* (le feu solaire astral et divin), le *froid* (l'air) et le *dense* (l'eau) — ce qui se conçoit d'autant mieux que, les éléments subissant des transformations mutuelles, il doit y avoir une matière commune ou un genre commun aux trois éléments non solides. Pour redonner son unité au témoignage d'Alexandre Polyhistor, il est nécessaire de comprendre qu'il y a deux sortes d'âmes : 1° une âme faite d'éther chaud, l'intellect (correspondant à la vie animale); 2° une âme faite d'un mélange des deux éthers, chaud et froid, l'âme végétative (correspondant au non-vivant, c'est-à-dire non sentant et non mobile).

6. Voir Philolaos, A XXVII, p. 501 et B XIII, p. 507.

7. La mention de la *génération spontanée* paraît faire référence à Aristote, ce qui confirmerait le caractère péripatéticien de la doxographie d'Alexandre. Mais la raison profonde de ce rejet de la génération spontanée est que le quatrième élément, la terre, n'est pas, comme l'air et l'eau, une sorte d'éther. Donc la terre est un réceptacle, au sens strict, stérile et incapable de conférer de lui-même aux êtres animés une âme animale ou végétative.

8. Voir Philolaos, A XXVII, p. 501.

9. On peut remarquer ici la progression arithmétique de la formule : les quatre tissus énumérés successivement (1 + 2 + 3 + 4), soit une *tétractys*, constituent la totalité (10) du corps, ou sa *décade*.

Page 562.

1. Voir Héraclite, B XII, p. 149. Mais, là encore, fonctionne un système à quatre éléments : le sérum, le liquide et le sang (qui sont trois formes de l'éther dense) constituent le corps, tandis que le quatrième élément, la vapeur (mélange d'éther), constitue l'âme.

2. Voir Empédocle, A LXXXIII, p. 362.

3. Voir Philolaos, B XI, p. 505.

4. Car, si l'air est le milieu de la vision, l'œil renferme une humeur. L'air et l'eau sont tenus pour *diaphanes*.

5. Peut-être cet auteur est-il Philolaos; nous en sommes réduits aux conjectures.

6. En grec, respectivement : νοῦς, φρένες et θυμός.

7. Λόγοι est d'interprétation fort difficile. Le terme a déjà été utilisé plus haut au sens de : *rapports* ⟨ de l'harmonie ⟩; des souffles

seraient-ils la matière et le support de ces rapports ? Cependant, quelques lignes plus bas, ce même terme est associé à ἔργα; il nous paraît légitime d'y voir l'opposition classique entre les *actes* et les *paroles*, et, par anticipation (il s'agit, dans les deux phrases, de l'âme), nous croyons préférable de donner le sens de *paroles* à λόγοι dès cette occurrence.

8. Voir Démocrite, B I, p. 835. Mais l'image signifie plutôt que les veines, les artères et les nerfs sont aux animaux ce que les cercles célestes sont au monde (voir Parménide, B VIII, v. 26, p. 262).

9. Le statut de l'âme est celui d'un astre errant, c'est-à-dire d'une planète.

Page 563.

1. En grec : ὅρκιος.
2. Le texte dit : τὰ ὅλα.
3. Peut-être, faut-il voir dans le fait que la vénération des héros n'est autorisée qu'après midi, la marque de leur immortalité (ils n'ont pas de fin mais ont eu un commencement), par opposition à l'éternité des dieux, qui n'ont ni commencement ni fin.
4. Le bogue est un poisson de mer (voir Aristote, *Histoire des animaux*, VIII, II, 591 *a* 15).
5. Sur Pythagore et les fèves, voir Pythagore, IX, p. 61 et l'École pythagoricienne, C III, p. 585 et C VI, p. 592.
6. Diels suppose ici une lacune qu'il comble ainsi : [on attribue l'invention du nombre à tel ou tel].
7. Voir Platon, *Épinomis*, 978 *c*, où une théorie semblable est défendue.
8. Ainsi 9, par exemple, est égal à 4 + 1 + 4, où 1 représente l'unité médiane.

Page 564.

1. Voir Aristote, *Métaphysique*, M, VIII, 1083 *b* 28.
2. Écrivain, historien et poète alexandrin, fort obscur à force d'érudition, qui florissait au début du IIIe siècle avant notre ère. Il ne nous reste guère de son œuvre que les *Hymnes*.
3. Voir Thalès, A III *a*, p. 10.
4. Nous traduisons ainsi le terme grec πάθος.
5. En grec : λόγοι.
6. Voir Aristote, *Traité du ciel* (II, IX, 290 *b* 12 et suiv.) sur l'harmonie des corps célestes et son explication.

Page 565.

1. Sur l'anti-Terre, voir Philolaos, A XVI et A XVII, p. 497-498; Hicétas, II, p. 545 et l'École pythagoricienne, B XXXVI-B XXXVII et B XXXVII *a*, p. 581 à 583.

2. Voir Aristote, *Traité du ciel*, II, XIII, 293 *a* 18.

3. Voir l'École pythagoricienne, B XXXVII, p. 581. Les *Opinions des pythagoriciens*, ouvrage perdu d'Aristote, comportait plusieurs livres. C'est sans doute au même ouvrage qu'il est fait référence dans le témoignage suivant, bien que le titre soit très légèrement différent.

4. Le point visé ici par Alexandre est la question de l'anti-Terre.

5. Littéralement : *un nombre égal multiplié par son égal*. Il s'agit sans doute ici d'une citation pythagoricienne.

6. Avant Démocrite, selon Diels, mais aussi avant Héraclite et surtout Socrate.

7. Nous traduisons ainsi : λόγοι.

8. En grec : τὸ τί ἐστι.

9. À cette série de témoignages, Diels ajoute, concernant l'harmonie universelle, un renvoi à Sextus Empiricus, *Contre les mathématiciens*, VII, 95 et suiv.

10. Voir Aristote, *Métaphysique*, A, v, 986 *a* 3.

Page 566.

1. Voir Alcméon (A III, p. 218), où la suite de ce texte est reproduite jusqu'à : « principes des êtres ».

2. Voir Alcméon, p. 217 à 226.

3. À savoir Alcméon d'une part et les pythagoriciens d'autre part.

4. Pas seulement les pythagoriciens, mais aussi Empédocle, Anaxagore et les atomistes, pour qui il existe plus d'un élément ou principe de l'univers.

5. Ce sont les Éléates : Parménide, Mélissos, Zénon.

6. Il s'agit des Milésiens : Thalès, Anaximandre et Anaximène, et, à un moindre degré, des pythagoriciens eux-mêmes.

Page 567.

1. Aristote désigne ainsi les pythagoriciens (voir le *Traité du ciel*, II, XIII, 293 *a* 20).

2. Nous gardons la lecture : μορυχώτερον, qui est un hapax; c'est le comparatif d'un adverbe *μορυχῶς non attesté, formé sur le verbe μορύσσειν, qui signifie : *noircir, obscurcir*. Les manuscrits donnent ou μαλακώτερον (A *b*) *(trop mollement)*, ou μετριώτερον (E), *(trop simplement)*, qui n'ont pas beaucoup de sens.

3. L'identification de ces philosophes est assez incertaine, faute de précisions qu'Aristote aurait pu fournir. En fait, Aristote réinterprète la situation philosophique dans son propre langage. Tout ce qui n'est pas aristotélicien est suspect d'obscurité. Comprenons que les philosophes prépythagoriciens ont distingué la cause matérielle de la cause motrice ou efficiente, et assigné — *obscurément* du point de vue d'Aristote — tantôt une seule cause au mouvement,

ainsi que le fera ensuite Anaxagore avec l'Intellect, tantôt deux causes au mouvement, comme l'Amour et la Haine d'Empédocle. Mais il est un fait que l'historien ne peut dire qui sont ces philosophes.

4. Comment les pythagoriciens auraient-ils parlé en ce sens de deux principes ? Aristote, comme le note Sir W. D. Ross, les accuse plus loin (A, VIII, 999 *a* 8-*a* 12) de n'avoir pas fourni de cause au mouvement ! Mais il faut faire la part de l'interprétation aristotélicienne. Les deux principes pythagoriciens qui prétendent rendre compte à la fois de la permanence du substrat et de ce qui produit son changement sont, en fait, philosophiquement impuissants à rendre compte de la permanence du sujet et de l'altération de ses qualités. Le même reproche, repris par Simplicius, sera adressé aux Ioniens, à Anaxagore surtout, et aux atomistes.

5. Peut-être faut-il supprimer cette glose. L'*Un* est, en effet, deux lignes plus loin, l'équivalent du *limité*.

6. Comme le faisait par exemple Anaximène, pour qui l'illimité était l'air.

7. Si du nombre deux qui constitue une *unité* numérique ou un *Un*, je disais qu'il est double, alors il me faudrait dire que l'*Un* est double, et par conséquent multiple. Les pythagoriciens admettent cette conséquence, qu'Aristote tient pour absurde.

8. Voir aussi Aristote, *Métaphysique*, B, V, 1002 *a* 8.

Page 568.

1. Ceux de Speusippe et de Xénocrate, dont l'inconvénient majeur est d'établir une séparation entre l'essence de la chose et la chose elle-même; aussi les pythagoriciens n'ont pas commis la même erreur que les platoniciens.

2. C'est-à-dire abstrait ou arithmétique, pour Aristote.

3. En grec : ἄτομα μεγέθη. (Voir le pseudo-Aristote, *Des lignes insécables* [968 *a* 1] et Aristote, *De la génération et de la corruption* [315 *b* 24 et suiv.].)

4. En grec : τὰ θεωρήματα, c'est-à-dire : leurs *constructions abstraites et idéales.*

Page 569.

1. C'est-à-dire qu'il lui a simplement donné un nom nouveau, celui de *participation* : μέθεξις; ce terme indique la participation des sensibles à l'intelligible. Ce problème est tenu par Aristote pour non résolu chez les platoniciens, dont l'erreur consiste à avoir séparé initialement la matière et la forme.

2. Nous traduisons ainsi : λόγοι.

3. *Imiter* est ici synonyme de *participer*, comme dans le témoignage d'Aristote qui précède.

Page 570.

1. Nous adoptons ici (et traduisons) la correction proposée par l'édition Ross-Fobes : ᾗ καὶ. Diels, lui, écrit ἢ καὶ, et comprend : « ou encore les principes sont des contraires ». Mais cette disjonctive supplémentaire n'a guère de sens. En fait, il s'agit vraisemblablement de l'*équilibre des puissances* (ou de la prédominance de l'une ou de l'autre) dont il est question en Alcméon (B IV, p. 226).

2. Aussi Dieu est-il, de par l'importance prise par la dyade dans l'univers, à la fois ignorant et impuissant. (Voir, par exemple, Platon, *Parménide*, 134 *c* et suiv.)

3. Voir Philolaos, B XI, p. 505.

4. Cela est évident dans le système de numération des Grecs : α' = 1 ; ι'α' = 11 ; κ'α' = 21 ; λ'α' = 31, etc. Les pythagoriciens et leur doxographe ne conçoivent pas un système de numération qui ne serait pas à base dix.

5. Sur la *tétractys*, voir Philolaos, A XI, p. 492 ; Archippos, Lysis, Opsimos, IV, p. 517 et l'École pythagoricienne, C IV, p. 587.

6. Voir Philolaos, A XIII, p. 493 ; Théon de Smyrne, *Commentaires*, 97, 14, éd. Hiller et Sextus Empiricus, *Contre les mathématiciens*, VII, 94 et suiv.

Page 571.

1. Le problème étudié est de savoir pourquoi notre numération est à base dix. Sur la décade, voir Philolaos, A XIII, p. 493 à 495 et Archytas, B V, p. 537.

2. *L'analogue de dix* (en grec : ἐν δέκα ἀναλογίαις, littéralement, *dans les dix analogies*, mais il est difficile de déterminer la valeur exacte de cette expression) serait le nombre 100, égal à la somme de 1, 8, 27 et 64, qui sont les cubes de 1, 2, 3 et 4. De même que la somme des quatre premiers nombres (*tétractys*) est égale à dix, la somme des quatre premiers cubes est égale à 100. Ainsi 100 est-il analogue à 10.

3. Voir Eurytos, III, p. 515.

4. Voir Philolaos, A XIII, p. 493 et Archytas, A XVII, p. 529.

5. Sur le *théorème de Pythagore*, voir Plutarque, *Propos de table*, VIII, 720 A et 1094 B ; Athénée, *Les Deipnosophistes*, X, 418 F et Diogène Laërce, *Vies*, VIII, 12. Sur la démonstration du théorème, voir Euclide, *Éléments*, I, XLVII. Il nous paraît utile de compléter la doxographie réunie par Diels-Kranz avec un témoignage de Vitruve (*De l'architecture*, IX, Préface), qui rapporte l'origine concrète du théorème :

> « De même Pythagore a inventé la manière de tracer, sans recourir à l'équerre de l'artisan, un angle droit, si difficile à construire avec exactitude ; la méthode de calcul permettant ce tracé est dévoilée dans ses préceptes.
>
> « Prenons trois règles, l'une de trois pieds, la deuxième de quatre et la troisième de cinq, et disposons-les de façon que leurs extrémités soient en contact : elles dessinent un triangle qui fera

une équerre parfaite. Traçons trois carrés ayant respectivement comme côté chacun des côtés du triangle obtenu; celui qui aura trois pieds de côté aura une surface de neuf pieds, celui de quatre pieds de côté une surface de seize pieds et le dernier une surface de vingt-cinq pieds : la surface des carrés de trois et quatre pieds de côté est donc égale, au total, à celle du carré de cinq pieds de côté. Ce serait à la suite de cette découverte que Pythagore, convaincu d'avoir bénéficié, en l'occurrence, de l'inspiration des Muses, leur offrit des victimes en sacrifice pour leur exprimer sa très vive gratitude. »

On notera d'ailleurs que Proclus a peut-être utilisé ici Vitruve, ou du moins que la source de Proclus et de Vitruve est la même.

Page 572.

1. La ***parabole*** des aires est l'***application*** des aires selon une droite donnée : il faut construire sur une droite de longueur l donnée un rectangle de côtés l et x, tels que $l \times x$ soit égal à un carré de côté A donné. Ce qui revient à résoudre l'équation : $lx = A^2$. Le verbe παραβάλλειν signifie : ***appliquer une aire donnée le long d'une droite donnée***. Proclus explique, dans la suite du texte, que le terme a été ensuite appliqué aux courbes coniques par les auteurs plus récents. L'***hyperbole*** est l'***application par excès***. Au rectangle $l \times x$, on doit ajouter x^2, pour qu'il soit équivalent à A^2, de sorte que $(l \times x) + x^2 = A^2$. L'***ellipse*** est l'***application par défaut*** : $(l \times x) - x^2 = A^2$.

2. C'est-à-dire aux angles DAB et EAΓ.

Page 573.

1. Οἱ φυσιολόγοι, c'est-à-dire essentiellement les Ioniens.

2. En effet, les objets de l'astronomie sont eux-mêmes mathématiques, mais dotés du mouvement selon le lieu.

3. Voir la *Métaphysique*, A, VIII, 989 *b* 31-990 *a* 3.

4. C'est-à-dire des nombres.

5. Ainsi l'***opinion*** correspond-elle au 2, le ***moment opportun*** au 7, l'***injustice*** au 5 et la ***séparation*** au 4, selon Asclépios (***Commentaire sur la Métaphysique d'Aristote***, 85, 15).

Page 574.

1. Voir Aristote, *Métaphysique*, N, III, 1090 *a* 20.

2. J. Tricot, dans les notes à sa traduction, pense, suivant en cela l'opinion du pseudo-Alexandre, qu'il s'agit d'Hippon (voir p. 461) et, de manière générale, de l'ensemble de l'école ionienne. D'autres interprètes pensent aussi à Empédocle. Mais c'est à Ecphantos (voir p. 546) qu'une telle catégorie paraît le mieux correspondre.

3. Partant de la difficulté où l'on se trouve parfois de distinguer les parties essentielles des parties matérielles ou, plus simplement encore, la forme de la matière (ce qui fait ici question), les pytha-

goriciens proposaient de réduire l'essence de toutes choses aux nombres.

4. Les lignes correspondent aux limites et le continu à l'illimité.

5. Le λόγος, c'est-à-dire non pas le *concept* ou la *notion*, ni même la *raison d'être*, mais le *rapport* harmonique entre le simple et le double (voir la fin du témoignage B VIII, p. 567) qui est la *formule* mathématique (au sens où l'on parle aujourd'hui de *formule* chimique) à la fois du deux et de la ligne.

Page 575.

1. Voir l'École pythagoricienne, B XLII, p. 584. Les pythagoriciens appellent *couleurs* les surfaces. Serait-ce encore une allusion aux cailloux de couleur des « mosaïques » d'Eurytos (voir p. 515) ?

2. Aristote procède ici par construction d'une aporie. Le texte grec porte : ἐν εὐλογίστῳ, que nous traduisons par : *correspondant à un rapport heureux*. L'interprétation de l'adjectif qui signifie littéralement : *facile à calculer* est difficile. Le pseudo-Alexandre (*Commentaire sur la Métaphysique d'Aristote*, 829, 4 et suiv.) paraît prendre cette expression comme un équivalent de *pair* par opposition à *impair*. Il s'agit pour lui d'un rapport ou d'une division, exprimable par une fraction *simple* de type 1/2 ou 1/4. Sir W. D. Ross, qui rejette cette lecture, croit à des rapports du genre de ceux auxquels le *Traité du sens* fait allusion (III, 439 *b* 25 et suiv.), à propos des mélanges de couleurs comparés aux harmonies musicales. Ces *rapports heureux* (c'est-à-dire dont les termes doivent être des nombres rationnels entiers) seraient ceux de l'octave, de la quarte et de la quinte. Mais il faut ajouter que la suite du propos du *Traité du sens* est d'interprétation elle-même sujette à discussion.

Page 576.

1. Il faut se souvenir ici de la place particulière accordée par les pythagoriciens au nombre 7, le seul de la décade à « n'être pas engendré ni fait pour engendrer » (voir Philolaos, B XX, p. 510). Mais ici Aristote tourne le pythagorisme en dérision.

2. C'est une allusion à la légende du cycle thébain et en particulier à la tragédie d'Eschyle, *Les Sept contre Thèbes*.

3. Il s'agirait des Chaldéens et des Babyloniens, d'après le pseudo-Alexandre (voir le *Commentaire sur la Métaphysique d'Aristote*, 833, 1) qui ne nous en apprend pas le nombre exact.

4. Ces lettres sont *consonantes*, parce qu'il s'agit de consonnes *doubles*, d'après Syrianos. Z représente la quarte, Ξ la quinte et Ψ l'octave, toujours d'après le pseudo-Alexandre.

5. Les trois points d'appui sont : la gorge, les lèvres et les dents, auxquels correspondent la gutturale Ξ, la labiale Ψ et la dentale Z.

6. Sur les commentateurs d'Homère, voir Hippon, B I, p. 468; Anaxagore, A I, p. 617; Métrodore de Lampsaque, II-V, p. 693-694;

Démocrite, de B XX *a* à B XXV, p. 856-857; Hécatée d'Abdère, A I, p. 958; B, p. 959 à 966 et Hippias, A X, p. 1081 et B XX, p. 1089.

7. La droite était considérée par les Grecs comme le côté privilégié et capital. Telle est du moins l'explication du pseudo-Alexandre dans son *Commentaire sur la Métaphysique d'Aristote.* Si bien qu'ici l'*hémistiche droit* serait le début de l'hexamètre, soit pour nous le gauche. Sur ce point, d'autant plus controversé que la notion de césure apparaît très tardivement, soit au IIe soit au IIIe siècle de notre ère, voir le commentaire de Sir W. D. Ross (*Aristotle's Metaphysics*, 6e éd., 1970, Oxford, vol. II, p. 498).

8. Sur la *nète*, voir Philolaos, B VI, p. 504.

9. Il s'agit du nombre 24, puisqu'on compte vingt-quatre lettres dans l'alphabet grec.

Page 577.

1. Aristote renvoie aux quatre principaux genres de causes dénombrés en la *Métaphysique*, Δ, II.

2. Reprenant une suggestion de Christ, J. Tricot, dans les notes à sa traduction, propose de sous-entendre καὶ τοῖς ἀριθμοῖς après ὑπάρχειν, et traduit : « Le Bien réside aussi dans les nombres. »

3. Voir Alcméon, A III, p. 218 et B V, p. 566.

4. Pour les pythagoriciens, le rapport du printemps aux autres saisons est un rapport musical :

à l'automne correspond la quarte (4/3)
à l'hiver la quinte (3/2)
à l'été l'octave (2/1)

ce qui fait que les quatre saisons sont l'une à l'égard de l'autre comme 6, 8, 9, 12.

5. Voir l'argument d'Archytas, en A XXIV, p. 532; voir aussi l'École pythagoricienne, B XXX, p. 578.

6. C'est-à-dire la possibilité d'être notamment divisés *à l'infini*, ce qui correspond à la puissance du continu, la limite étant la forme.

7. Dans le premier cas, on ajoute à 1 des *gnomons* impairs, ce qui produit toujours un carré :

figure carrée

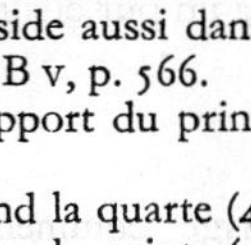

Dans le second cas, on ajoute à 2 (c'est-à-dire sans partir de l'unité) des *gnomons* pairs, ce qui produit un rectangle :

figure hétéromèque
(autre ou indifférente)

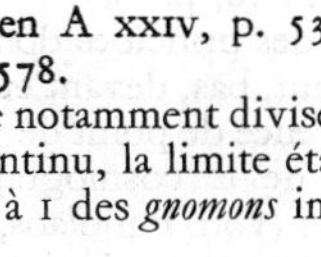

Page 578.

1. Cela renvoie à l'argument de la dichotomie proposé par Zénon d'Élée, selon lequel la division ne rencontre pas de limite : Achille ne rattrapera jamais la tortue. (Voir Zénon, A XXII, p. 285 ; B II et B III, p. 291-292 et l'École pythagoricienne, B II, p. 563-564 et n. 1, p. 564.)

2. Voir Aristote, *Métaphysique*, Γ, V, 204 *a* 15. Il s'agit sans doute du même traité que celui intitulé *Opinions des pythagoriciens*, ou encore *De la doctrine des pythagoriciens*, dont parle Alexandre d'Aphrodise (voir B IV, p. 565).

3. Dans la perspective d'Anaximène, voir de A IV à A X, p. 42 à 44.

4. Le vide franchit la limite constituée par le ciel, c'est-à-dire l'enveloppe céleste ou la sphère des fixes.

5. La continuité du plein est brisée par l'introduction du vide. Les parties du plein ne sont plus *continues*, mais *à la suite* (ἐφεξῆς) les unes des autres. Le vide joue le même rôle dissociatif et discriminatoire que l'Intellect d'Anaxagore ou que le vide de Démocrite : on aboutit à un pur et simple atomisme, qu'Aristote dénonce et refuse.

Page 579.

1. Ce témoignage commente le témoignage d'Aristote qui précède.

2. Sir W. D. Ross rapporte ce texte au *Des pythagoriciens* perdu, dans son ouvrage *Aristotelis fragmenta selecta* (4e éd., Oxford, 1970), sous le numéro 10, p. 137.

3. Il s'agit des principes dont il est question dans le témoignage précédent : haut, bas, devant et derrière.

4. La différence de point de vue provient sans doute du caractère géocentrique de la cosmographie aristotélicienne, alors que les pythagoriciens (voir Philolaos, A XVI et A XVII, p. 497-498) font tourner la Terre autour du feu central.

5. Il s'agit sans doute du même ouvrage que dans le témoignage précédent de Simplicius (B XXX), quoique les titres soient légèrement différents : συναγωγὴ τῶν Πυθαγορείοις ἀρεσκόντων et, ici, συναγωγὴ τῶν Πυθαγορικῶν. (Voir la note 2, p. 578.) Relevons le caractère erroné de la fin du témoignage : à la place de *nous, le bas*, il faut comprendre *nous, le haut*.

6. Voir Archytas, A XXIII, p. 532.

7. Ce témoignage est la suite directe du texte de Simplicius, reproduit en Archytas, A XXIII, p. 532.

Page 580.

1. Il s'agit d'une allusion à Archytas (voir A XXIV, p. 532).

2. Eudème, comme Aristote (*Physique*, IV, XI, 220 *a* 24), définit

le *temps* comme le nombre du mouvement selon l'avant et l'après. L'identité du nombre a pour conséquence le retour d'un temps identique.

3. On retrouve un témoignage analogue chez Maxime de Tyr, *Dissertations* 37 (ou 21 ?), par. 5 : καὶ μελῳδεῖ ὁ οὐράνος, etc.

Page 581.

1. Ici encore, Sir W. D. Ross (*Aristotelis fragmenta selecta*, 4e éd., Oxford, 1970) attribue cette référence au *Des pythagoriciens* (fragment 12, p. 137).

2. Nous traduisons ainsi le terme grec τάξις.

3. Philippe d'Oponte est l'auteur présumé de *L'Épinomis*, faussement attribué à Platon (voir Diogène Laërce, *Vies*, III, 37).

4. Les deux termes ἀνταυγεία et ἀντιφράξις, *réfraction* et *interception de la lumière*, correspondent à un processus unique. Sur la théorie de la réfraction phénoménale, voir Alcméon, A x, p. 221 et Hippocrate de Chio, Eschyle, v, p. 484.

5. Il n'est pas sûr que ces modernes soient eux aussi des pythagoriciens. La seconde explication proposée rend compte des phases de la Lune.

6. Contrairement à V. Rose, Sir W. D. Ross considère ce témoignage comme authentique et le rapporte au *Des pythagoriciens* d'Aristote (voir *Aristotelis fragmenta selecta*, 4e éd., Oxford, 1970).

7. Voir Philolaos, A xvi et A xvii, p. 497-498.

Page 582.

1. Voir Philolaos, A xvi, p. 497.

2. S'agit-il de pythagoriciens ? Sans doute, d'après Simplicius. Mais lesquels ? Ce point demeure obscur. On peut songer toutefois à Occelos et à Timée de Locres.

Page 583.

1. Sur l'anti-Terre, voir Philolaos, A xvi, p. 497 et les notes 7 et 9.

2. Ce témoignage se trouve en Œnopide, x, p. 480.

3. On retrouve ici la théorie de la vision d'Alcméon et d'Hippocrate de Chio. (Voir Alcméon, A x, p. 221 et Hippocrate de Chio, *Eschyle, vi, p. 485.*)

4. Voir Platon, *Timée*, 56 *b*. La pesanteur d'un corps est fonction du nombre de surfaces qu'il contient.

Page 584.

1. C'est-à-dire à celle de Démocrite, pour qui « L'âme est une sorte de feu et de chaleur. Ses figures ou atomes sont, en effet, infinis, et ceux qui ont la forme sphérique, il les appelle feu et âme; ils peuvent être comparés à ce qu'on nomme les poussières de l'air, qui apparaissent dans les rayons solaires à travers les fenêtres. » (Traduction J. Tricot).

2. Il s'agit des pythagoriciens d'abord et des platoniciens ensuite. Sur ce point, voir Aristote, *Traité de l'âme*, I, 407 *b* 27 et suiv. et Philolaos, A XXIII, p. 499.

3. Il est, pour ainsi dire, impossible de rendre le jeu de mots qui se rencontre dans le texte grec sur χροία *(la peau, la couleur de la peau)* et le mot qui signifie *la couleur* : χρῶμα. Voir Empédocle (A XCII, p. 372) où est traduit partiellement le fragment suivant d'Aétius (*Opinions*, I, XV, 2) : « Pour les disciples de Pythagore, il existe quatre genres de couleurs : blanc, noir, rouge, jaune. La diversité des couleurs provient de ce que ces éléments s'y trouvent mêlés dans des proportions différentes. »

4. Sur ce point, voir Démocrite, A I, 43, p. 750 et A XXVIII et suiv., p. 761. Il convient de remarquer que la notation n'a rien d'absurde et pourrait venir de l'observation des papillons, qui sont dépourvus de tube digestif et se contentent de humer le parfum des fleurs. (Voir aussi le mythe des cigales, dans Platon, *Phèdre*, 259 *c*).

C. ACOUSMATES ET SYMBOLES

NOTICE

Diels a regroupé sous ce titre l'essentiel des préceptes et des formules symboliques que la tradition rapporte aux pythagoriciens. On sait l'importance accordée par Pythagore à la mémoire : *acousmates* (que nous avons transcrit du grec : ἀκούσματα, qui désigne les choses entendues, autrement dit l'enseignement oral) et *symboles* étaient appris par cœur par les pythagoriciens, et leur formulation ramassée devait en faciliter la mémorisation[1]. Malgré la confusion que Jamblique opère entre les deux[2], il semble permis de tenter de discerner ce qui les distinguait : les *acousmates* étaient probablement ce à quoi se limitait l'enseignement donné aux *acousmaticiens*, alors que la formulation énigmatique des *symboles* avait peut-être pour fin de préserver le secret de l'initiation suprême donnée aux *mathématiciens*, tout en facilitant la mémorisation des secrets pythagoriciens par ces derniers. Quoi qu'il en soit, dans l'ignorance où nous sommes de ces secrets, nombre des *acousmates* et des *symboles* nous paraissent étranges, pour ne pas dire ridicules, même si d'autres apparaissent comme l'expression du bon sens. Les préoccupations qu'on y rencontre sont surtout morales, à l'usage de la vie quotidienne, ou religieuses, fixant un rituel pour l'adoration de Dieu.

1. Sur les *acousmates*, on pourra se reporter à l'ouvrage de W. Burkert, *Connaissance et science* (traduction anglaise par E. L. Minar Junior, Cambridge, Mass., 1972, p. 166 et suiv.). Sur la distinction entre *acousmaticiens* et *mathématiciens*, voir p. 192 et suiv.

2. Voir C IV et VI, p. 586 et 590.

NOTES

Page 585.

1. Nous ajoutons ici un témoignage de Vitruve (*De l'architecture*, V, préface) sur la formulation particulière des préceptes pythagoriciens que Diels et Kranz omettent :

> « Telle est la raison (car, si l'on veut être lu du public, il faut composer des livres brefs) qui poussa Pythagore et les pythagoriciens à se servir de nombres cubiques dans l'enseignement de leurs préceptes et à limiter à deux cent seize vers leur recueil de sentences, sans qu'aucune d'elles n'excède trois vers [...] D'ailleurs, s'ils ont choisi ce mode de présentation pour leurs préceptes, c'est que la stabilité du cube entretient un rapport naturel avec la durée pendant laquelle ce nombre restreint de vers reste imprimé dans la mémoire. »

2. Sir W. D. Ross rapporte cette allusion au traité *Des pythagoriciens* perdu (*Aristotelis fragmenta selecta*, fragment 6, p. 135), voir n. 1, p. 581.

3. Peut-être faut-il comprendre : *larme* ⟨*du temps*⟩ (voir Plutarque, *Isis et Osiris*, 32, 364 A et Clément d'Alexandrie, *Stromates*, V, 49).

4. Cette plante a des feuilles dont la particularité est qu'elles tournent en suivant la course du Soleil. Mais Jamblique ne donne pas la raison du respect des pythagoriciens pour la feuille de mauve (voir C VI, *symbole* 38, p. 592).

5. Sur l'arc-en-ciel, voir Anaximène A VII, p. 44; A XVIII, p. 47; Xénophane, B XXXII, p. 122; l'École pythagoricienne, B XXXVII *c*, p. 583; Anaxagore, A LXXXVI, p. 657; B XIX, p. 678; Métrodore de Chio, A XVII, p. 943; Empédocle, B L, p. 394 et Démocrite, B CCC, 1, p. 918.

6. Il s'agit d'un ouvrage perdu, que Sir W. D. Ross (après V. Rose) a tenté de reconstituer dans ses *Aristotelis fragmenta selecta* (4ᵉ éd., Oxford, 1970, p. 129 à 142).

7. Ce témoignage est contredit par Aulu-Gelle à propos de Pythagore (voir IX, p. 61).

8. Le texte est ici corrompu.

9. Pour cette raison, elles communiqueraient *directement* avec les Enfers.

Page 586.

1. C'est-à-dire : *tombé de la table*, lors des repas.

2. Cette pièce est aujourd'hui presque *entièrement* perdue. La citation qui suit constitue le fragment 305 de l'édition Kock.

3. Voir C VI, 45, p. 590.

4. Il s'agit d'Alexandre Polyhistor qui vécut au Iᵉʳ siècle avant notre ère; voir l'École pythagoricienne, B I *a*, p. 560 et la note 11.

5. Voir Pythagore, IX, p. 60.

6. Ce terme est formé sur celui d'*acousmates* qui désigne des préceptes oraux. Sur les *acousmaticiens*, voir la note 2, p. 592 et la Notice sur les pythagoristes dans la moyenne comédie. p. 1416.

7. Nous avons reculé ici devant une traduction anachronique, mais qui rendrait parfaitement le sens : *les tenant pour parole d'Évangile.*

Page 587.

1. Il s'agit, bien sûr, de Pythagore.
2. En grec : τί ἐστι.
3. En grec : τί μάλιστα, l'essence suprême.
4. Voir la note 5, p. 570. Sur les Sirènes, voir Platon, *La République*, X, 616 *a* et suiv.
5. Voir le témoignage d'Élien en C II, p. 585.
6. En grec : γνώμη, au sens d'organe du *connaître* (γιγνώσκειν).
7. Jamblique les désigne ici de la même manière qu'Aristote dans un fragment du Περὶ φιλοσοφίας (fragment 5, p. 74, éd. Ross) : τῶν ἕπτα σοφιστῶν. Leur nombre même est contesté et leurs apophtegmes demeurent apocryphes. C'est pourquoi le présent volume exclut les témoignages qui s'y rapportent, et que Kranz a replacés juste avant la doxographie de Thalès.

Page 588.

1. Il y a ici le même jeu sur le mot : καθαρεύω *(purifier)*, que sur notre mot *pureté*. Il désigne aussi bien la propreté corporelle que la pureté morale.
2. C'est-à-dire aider quelqu'un à installer une charge sur son dos. (Voir le témoignage suivant de Porphyre, 42, p. 589.)
3. Voir Porphyre en C VI, 43, p. 590.
4. Au cours du mariage pythagoricien, décrit par Jamblique dans la *Vie pythagorique*, 48.
5. Voir C III, 34, p. 586 et Plutarque, *Isis et Osiris*, 61, 375 c. Pythagore refuse la coutume égyptienne du sacrifice du coq blanc, sans exclure pourtant celui du coq jaune — lointain ancêtre de celui de nos clochers ? (Voir encore Platon, *Phédon*, 118 *a*.)
6. Les cyniques profaneront ce précepte : « Donne du vent au conseiller », dira Cratès (voir Diogène Laërce, *Vies*, VI, 86).
7. Cette curieuse expression signifie sans doute qu'il est laid (contraire de *beau*) de mourir au combat, le dos (contraire de la *poitrine*) percé de coups, preuve qu'on a tenté de fuir au lieu de faire face.
8. Ici le texte est corrompu.
9. Voir C IV, 83 p. 587. On remarquera la curieuse différence de formulation entre les deux expressions successives des mêmes préceptes.

Page 589.

1. Voir C IV, 84, p. 588. L'auteur ajoute que le mariage pythagoricien exige la fidélité du mari.

2. Il s'agit du fils du philosophe Anaximandre.

3. Ce surnom signifie : *qui se souvient*, c'est-à-dire « le Mémorialiste ». Il vécut de 405 à 359 environ.

Page 590.

1. En grec : χοῖνιξ, mesure de volume pour les grains (environ un litre).

2. C'est pour avoir divulgué les doctrines secrètes de l'école, touchant les principes, c'est-à-dire les choses divines, qu'Empédocle et Platon passent pour en avoir été chassés.

3. Comme le précise Proclus, il faut donc s'abstenir de consommer parties sexuelles, moelle, pieds, tête et reins *(fondement)*. Le paragraphe suivant reprend l'énumération en sens inverse.

4. Le mot grec μήτρα peut désigner également le *ventre de porc* ou la *tétine de truie*, mets particulièrement appréciés des Anciens. (Voir Pythagore, IX, p. 61 et Aulu-Gelle, *Nuits attiques*, IV, XII.)

5. Voir C IV, 85, p. 588.

6. Ici *s'incliner* a le sens de : *se prosterner*.

7. Il s'agit, comme l'indique son nom grec, d'un poisson à queue noire : le bogue. Voir la note 4, p. 563 et dans Athénée, *Les Deipnosophistes*, VII, 313 E, la notice concernant ce poisson difficile à identifier et les opinions de Numénius, Hicésius, Épicharme, Aristote et Speusippe. Plutarque (*Comment il faut nourrir les enfants*, 17, 12 E) qui cite ce *symbole*, l'interprète comme signifiant : « ne pas fréquenter des hommes noirs (ou à l'âme noire ?) à cause de leur méchanceté ». On trouvera dans ce chapitre, apparemment oublié des historiens du pythagorisme, un certain nombre de préceptes accompagnés de leur interprétation.

Page 591.

1. Τὸν εὐώνυμον, en grec, *le bien-nommé* : c'est un euphémisme, au sens étymologique, destiné à conjurer le caractère néfaste de tout ce qui est à gauche (*sinister*, en latin, donnera de même le français *sinistre*).

2. Au moment de la mort, sans doute, voir C VI, 42, p. 590.

3. Voir Hésiode, *Les Travaux et les Jours*, v. 727.

4. Les manuscrits portent : Μήνῃ. Chez Jamblique (*Vie pythagorique*, 84, p. 588), nous avons vu qu'il était consacré au Mois : Μηνί.

5. Proclus (*Commentaire sur le premier livre des Éléments d'Euclide*, éd. Friedlein, p. 84) cite la formule et ajoute : « Les pythagoriciens voulaient dire par là que l'on doit s'efforcer de mener des recherches en géométrie (car cette science s'étire *pas à pas*, de théorème en théo-

rème, et entraîne l'âme vers des hauteurs desquelles redescendre vers les sensibles ne lui est pas possible) au lieu de faire de la géométrie un usage réservé aux marchands. » (Voir l'École pythagoricienne, B II, p. 563.) Le *triobole* est une monnaie d'argent qui valait une demi-drachme; il désigne sans doute ici, par métonymie, le commerce.

Page 592.

1. On trouvera encore d'autres *symboles* chez Jamblique, *Vie pythagorique*, 109, 152 et 153; Diogène Laërce, *Vies*, VIII, 17 à 19; Hippolyte, *Réfutation de toutes les hérésies*, VI, 25 à 27.

D. D'APRÈS LES « MAXIMES PYTHAGORICIENNES » ET LA « VIE PYTHAGORIQUE » D'ARISTOXÈNE

NOTICE

Aristoxène de Tarente[1], musicien, fils d'un musicien, disciple d'Aristote et rival de Théophraste, est la première source suivie de notre connaissance de l'éthique des pythagoriciens. Il était l'auteur de plusieurs ouvrages sur le pythagorisme : une *Vie de Pythagore*, ou *De Pythagore et de ses familiers*, un *Sur la vie pythagoricienne* (sans doute au sens de : mode de vie selon les pythagoriciens) et des *Maximes pythagoriciennes*, tous ouvrages qui sont très vraisemblablement à l'origine de la *Vie de Pythagore* de Porphyre et de la *Vie pythagorique* de Jamblique. Sa conception du monde, plutôt matérialiste, incite à penser que c'est sous cet angle qu'il s'intéressa au pythagorisme et qu'il le présenta dans ses livres; mais il ne faut pas pour autant mésestimer l'influence péripatéticienne sur sa compréhension de la doctrine de Pythagore. Signalons que, selon Diels, c'est des *Maximes pythagoriciennes* que proviennent les témoignages I, VI et VII[2], et de *la Vie (de Pythagore)* ou *pythagorique* que proviennent les huit autres.

1. F. Wehrli a regroupé, dans son édition de *Die Schule des Aristoteles, II. Aristoxenos* (Bâle-Stuttgart 1945), tous les témoignages concernant ce péripatéticien; on y trouvera au début les textes rassemblés par Diels et Kranz. Signalons aussi l'édition plus récente, donnée par R. Da Rios, des *Éléments harmoniques : Aristoxeni Elementa harmonica* (Rome, 1954).

2. Voir p. 592, 597 et 599.

NOTES

2. Il s'agit peut-être d'une allusion à l'appellation d'*acousmaticiens*, donnée aux novices de la secte, c'est-à-dire aux « auditeurs » qui n'avaient accès qu'à la connaissance des *acousmates* (et des *symboles*).

3. Nous suivons ici la leçon manuscrite : πόνῶν, contre la correction de Diels : ποτων *(boissons)* qu'il fondait sur la ressemblance de cette phrase avec le paragraphe 244 de la *Vie pythagorique* de Jamblique.

4. On trouvera chez Théophraste (auteur d'un traité *De la musique* en trois livres) la reprise de cette conception thérapeutique de la musique (voir l'édition F. Wimmer des œuvres de Théophraste, Paris, 1866, p. 425).

Page 593.

1. On sait quel prix Pythagore attachait à l'extrême concentration d'esprit qui permet de se remémorer jusqu'aux faits de vies antérieures, ce qui peut être à l'origine de l'*anamnèse* ou réminiscence platonicienne. Mais la mémoire pythagoricienne est un effort de reconstruction (voir Archytas, A III, v. 12 et suiv., p. 520), qui évoque beaucoup plus les théories modernes relatives à la mémoire (Halbwachs et les cadres sociaux de la mémoire) que la mnémotechnique mécanique d'Hippias (voir Hippias, A V *a*, p. 1080 et A XI, p. 1082).

2. Voir *Les Purifications* d'Empédocle (B CXII et suiv., p. 420 et suiv.). On peut aussi songer à l'utilisation que fait Aristote de la *catharsis* au sens médical (*De la génération des animaux*, II, IV, 738 *a* 27) et aux sens éducatif [musique], éthique et littéraire [tragédie] (*Poétique*, VI, 1449 *b* 28, et VII). On retrouvera une théorie du même genre chez Théophraste (voir la note 4, p. 592).

Page 594.

1. Voir Diodore de Sicile, *Bibliothèque historique*, X, 5, 1.

2. Le verbe grec ἀκολουθεῖν a plusieurs sens possibles, ici plutôt celui de *prendre pour guide*. Peut-être est-ce ce *principe* que Platon reprendra dans la procession des dieux et des âmes du *Phèdre* (voir en particulier 252 *c* et *d*).

3. Voir Platon, *Les Lois*, IV, 716 *c*.

4. La justice est à mettre en rapport avec l'État, et les règles juridiques avec les lois.

5. Voir la note 2, p. 594.

Page 595.

1. Sur le δαιμόνιον (génie familier ou ange gardien) de Socrate,

voir Xénophon, les *Mémorables*, I, I, 2; Platon, *L'Apologie de Socrate*, 40 *a*; *Théétète*, 151 *a* et *Euthyphron*, 3 b.

2. En grec : ἀναρχία, *l'anarchie*.

3. Voir la note précédente.

Page 596.

1. Le terme grec est celui de λειτουργίαι, *liturgies* dont le titulaire supportait les dépenses, et qui consistaient à organiser des chœurs, équiper les galères, etc., dans l'intérêt public.

2. Nous traduisons ainsi les termes τάξις et συμμετρία. Ce développement sur l'éducation fait songer plus particulièrement au musicien Damon (voir A VIII, p. 457) et à son *Aréopagitique* (voir B II, III, IV et VI, p. 458).

3. Voir Jamblique, *Vie pythagorique*, 203, en D VIII, p. 602.

4. Sur le *moment opportun* (traduit ici par *opportunité*) ou Καιρός, voir Thalès, A I, 26, p. 4; l'École pythagoricienne, B IV, p. 564; Démocrite, B LXXXVII, p. 869; B XCIV, p. 870; B CCXXVI, p. 900 et B CCCII, p. 928; Anaxarque, B I, p. 957; Hécatée d'Abdère, A VI, p. 959; Protagoras, A I, p. 983; Gorgias, B XI *a*, p. 1043 et B XIII, p. 1045; Critias, B VII, p. 1139. (Voir plus bas, page 597, note 5.)

5. De l'avis de Diels, le texte serait ici corrompu; mais rien n'est moins sûr.

6. En grec : ἀκαιρία, c'est-à-dire l'*inopportunité*.

7. Sur le *moment opportun*, voir la note 4, p. 596.

Page 597.

1. C'est ainsi que nous traduisons le terme : τεχνολογία *(réflexion sur l'art)*, expression systématique, raisonnée et théorique de l'art ou de la pratique. C'est la seule occurrence de ce mot parmi les textes rassemblés dans le présent volume.

2. En grec : ὥρα. L'expression ὥρα [ἐστίν] suivie de l'infinitif, très courante, signifie : *le moment est venu de, c'est le moment de*.

3. En grec : τὸ πρέπον.

4. En grec : τὸ ἁρμόττον. L'idée est celle d'une parfaite adaptation; ce terme est à rapprocher du substantif ἁρμονία, l'*harmonie*, notion typiquement pythagoricienne à l'origine.

5. Nous ajoutons ici un témoignage — omis par Diels-Kranz — particulièrement important de Proclus (*Commentaire sur le Parménide de Platon*, VII, éd. Cousin, 1224, 31) à propos du *moment opportun*. En voici la traduction :

> « Les pythagoriciens appellent le temps *moment opportun* [...] Mais le moment opportun est un non-temps, afin que la perfection qui provient de lui ne descende pas jusqu'aux âmes et en général jusqu'aux choses qui sont mues; car les choses éternelles sont meilleures que celles dont l'acte est mesuré par le temps, et il n'est pas responsable des pires, ni cause des meilleures. Si les

pythagoriciens l'ont appelé *moment opportun*, c'est parce que le temps est cause de l'opportun et du convenable. Car le *moment opportun* est tel qu'il répartit, selon l'opportunité, ce qui est utile et convenable pour chaque chose ».

6. Donc en ce qui concerne aussi bien les êtres éternels que les choses corruptibles et engendrées.

Page 598.

1. En grec : οἱ νοῦν ἔχοντες, *ceux qui sont dans leur bon sens.*

2. En grec : πεδαρτᾶν (forme dorienne et éolienne) qui aurait peut-être un rapport avec la racine de πούς, ποδός (le *pied*), même si le préfixe πεδα- équivaut à μετα- en attique. Ce verbe suggérerait alors l'idée d'*entraver*.

3. Voir Archytas, A VII, p. 522 et Xénophile, III, p. 549.

4. Voir Proros, Amyclas, Clinias IV, p. 553 et l'École pythagoricienne, D VII, 239, p. 601.

5. La suite du témoignage de Jamblique (paragraphe 199) se retrouve en Pythagore, XVII, p. 66.

Page 599.

1. Voir Damon et Phintias, p. 554.

Page 600.

1. Le grec : ἔλαφος a le double sens de : *biche* et de *poltron* (lorsqu'il est appliqué à un homme). Mais peut-être faut-il voir ici plutôt une référence littéraire à la substitution (miraculeuse) d'une *biche* à Iphigénie, sur l'intervention d'Artémis (voir Euripide, *Iphigénie à Aulis*).

2. Il s'agit sans doute du pentagramme (voir Occelos, VIII, p. 542).

Page 601.

1. Voir Proros, Amyclas, Clinias, III, p. 552 et l'École pythagoricienne, D VI, 198, p. 598.

2. Voir la note précédente.

3. On trouve bien un Thymaridas *(sic)* de Paros dans le *Catalogue* de Jamblique (voir l'École pythagoricienne, A, p. 559); mais il n'y est pas question de Thestor de Posidonia.

4. Voir la note 1, p. 601.

5. On retrouve bien ce personnage dans le *Catalogue* de Jamblique (voir l'École pythagoricienne, A, p. 559), ainsi que le Carthaginois Miltiade; mais il n'y a pas trace de Posidès d'Argos.

6. Si l'on en croit Diodore de Sicile (*Bibliothèque historique*, V, 11), il s'agirait de l'île d'Ostéodès.

Page 602.

1. On peut rapprocher ce passage de D V, 183 (p. 597). L'opinion

(δόξα) et l'adhésion à l'opinion, sont nécessaires pour rendre possible la volonté d'apprendre. Sans l'opinion, l'apprentissage consenti — et réussi — demeure impossible.

2. En grec : ἐνδεδεσμέναι *(liées ensemble)*.

3. Voir D IV, p. 595.

Page 603.

1. En grec : ἥ τε ἀταξία καὶ ἀσυμμετρία. Ces termes s'opposent à τάξις et à συμμετρία (voir D IV, p. 596 et la note 2).

Page 604.

1. Le terme σοφία désigne à la fois le *savoir* et l'*habileté*.

2. On retrouve ici l'importance considérable que les pythagoriciens accordaient au *régime*. (Voir en particulier, Iccos, II, p. 227 et l'École pythagoricienne, D I, 163, p. 592.)

3. Selon l'*Iliade*, (V, v. 401 et 899), Péon était le médecin des dieux. Il guérit Arès et Hadès. Il pourrait n'être qu'un autre nom d'Apollon.

4. Encore connue sous le nom des Asclépiades. C'était le nom donné en Grèce à diverses familles vouées à l'exercice de la médecine, et qui prétendaient descendre du dieu Asclépios par son fils Podalire. Il y avait des Asclépiades à Épidaure, Cnide et Cos. Le célèbre Hippocrate appartenait à l'une de ces familles.

Page 605.

1. Le terme grec κρᾶσις, traduit ici par *mélange*, désigne la *constitution physique* (voir Platon, le *Timée*, 74 *d*).

Page 606.

1. Il s'agit des pythagoriciens.

2. Autrement dit, Pythagore est considéré comme un dieu, puisque l'oracle de Delphes, la Pythie, n'était autre que la voix d'Apollon. (Voir C VI, p. 589 à 592.)

3. Ce témoignage est parallèle au paragraphe 206 de la *Vie pythagorique* de Jamblique.

4. Ce témoignage est parallèle aux paragraphes 209 à 213 de la *Vie pythagorique* de Jamblique.

Page 607.

1. Voir D VI, 197, p. 598.

Page 608.

1. Ici, Jamblique indique clairement sa source, ce qui prouve

bien qu'il suit de près Aristoxène pour tout ce qui concerne les maximes pythagoriciennes.

2. Voir δαιμόνιον, en D III, 175, p. 595.

E. LES PYTHAGORISTES DANS LA MOYENNE COMÉDIE

NOTICE

Athénée et Diogène Laërce, deux auteurs tardifs, nous ont conservé un curieux témoignage sur un phénomène de société athénien de la fin du Ve siècle et du tout début du IVe siècle : l'apparition d'une secte, aux allures étranges, rassemblant des gens appelés *pythagoristes*. Ils citent en effet des extraits de pièces de cinq dramaturges de la moyenne comédie (entre 420 et 350 environ), où nous découvrons des personnages marginaux qui se caractérisaient tant par une volonté, délibérément provocante, de paraître, un peu comme les cyniques, les plus pauvres des hommes, dans leur tenue et dans leur régime, que par une soumission absolue aux préceptes du maître, Pythagore, surtout en matière d'alimentation et de religion. Cratinos (de beaucoup le plus ancien, vers 484-419), Mnésimaque, dont la pièce *Alcméon* devait être une satire personnelle du pythagoricien (?) de Crotone[1] (cela inciterait d'ailleurs à penser que cette comédie remonterait aux dernières années de la vie du philosophe, pour que son impact sur le public fût assuré, c'est-à-dire à la fin du Ve siècle au plus tard), Aristophon (très peu connu), Antiphane (l'un des plus célèbres auteurs de la moyenne comédie 406 ?-330) et Alexis de Thurium (oncle de Ménandre et le plus récent sans doute, vers 372-290 ?), apportent également, à travers la caricature des pythagoristes qu'ils présentent, quelques indications sur leur « doctrine » : ils pratiquaient la rhétorique de façon très formelle et peut-être dans un but de « mise en condition » des nouveaux adeptes. Cela fait d'autant plus songer à la sophistique que les termes mêmes de *pythagoriste* et de *pythagoriser* semblent décalqués sur *sophiste* et *sophistiser*, passés eux dans le langage courant dès le Ve siècle. Ces pythagoristes ont peut-être été un prolongement abâtardi et caricatural des pythagoriciens : le contenu philosophique aurait en grande partie disparu au profit d'une simple attitude extérieure, ne recouvrant plus grand-chose. Ce qui le laisserait penser, c'est qu'on retrouve chez eux les principaux caractères extérieurs de la doctrine pythagoricienne, en particulier l'égalité entre les sexes, comme le montre le titre : *La Pythagorisante*.

1. Voir Alcméon, p. 217.

Signalons enfin que ces témoignages regroupent quatre dénominations différentes tournant autour du nom de Pythagore : il semble que les termes *pythagoricien* (πυθαγόρειος) et *pythagorique* (πυθαγορικός), qui renvoient au pythagorisme authentique, s'appliqueraient aux *mathématiciens* de la secte (ceux qu'enseignait Pythagore lui-même, les *initiés*), tandis que le terme de *pythagoristes* semble avoir pris, au fil des siècles, le sens technique — qu'il n'avait vraisemblablement pas initialement, comme on vient de le voir — d'*acousmaticiens*, c'est-à-dire des *initiés du premier degré*, de ceux qui ne connaissaient la doctrine que par les acousmates[1] : c'est du moins ce qui ressort des propos de Jamblique (*Vie pythagorique*, 172). Quant au participe *pythagorisant*, il peut avoir eu le sens de : *celui qui imite les pythagoriciens*, car le suffixe grec : -ίζω a, entre autres, le sens de « jouer le personnage de » (voir les verbes σωκρατίζω, ἀριστοτελίζω ou δημοσθενίζω).

NOTES

Page 609.

1. Voir l'École pythagoricienne, D VI, p. 597. Le scoliaste connaît bien la tradition authentique. À quoi correspond la seconde ? Il n'en dit rien, malheureusement.

2. En grec : οἱ Πυθαγορικοί.

3. Le terme grec ἅλιμα désigne peut-être le *pourpier de mer*, dont les feuilles charnues ont un goût salé, à moins qu'il ne s'agisse de la *salicorne*, dont les jeunes pousses se mangent, notamment en salade.

Page 610.

1. Le mot κύων *(chien)* ayant aussi un sens obscène, il y a sans doute ici un sous-entendu obscène : Épicharidès se livrerait à la débauche.

2. Ἄρτος καθαρός désigne un *pain pur*, c'est-à-dire sans miel ni épices.

3. Un demi-cotyle, soit environ un huitième de litre : moins d'un bol !

Page 611.

1. Il s'agit sans doute d'une allusion à Empédocle, pythagoricien inventeur de la rhétorique, ou même à son élève, Gorgias. (Voir Gorgias, A II, p. 1010.)

2. Sur cette figure de rhétorique, voir Gorgias, A II, p. 1010;

1. Voir l'École pythagoricienne, C, p. 585 et suiv.

A IV, p. 1011; A XXX, p. 1020; A XXXII, p. 1020; B V *a*, p. 1028 et B VI, p. 1029.

3. Loxias est l'un des surnoms d'Apollon (l'*Oblique*).

4. Il s'agit peut-être de Pythagore. Mais l'absence de contexte nous interdit d'être affirmatif.

Page 612.

1. En grec : ἀλουσία. Ce refus de la propreté est commun à tous les témoignages regroupés dans ce dernier ensemble de textes.

ANAXAGORE

NOTICE

L'œuvre d'Anaxagore n'a retenu l'attention que d'un champ relativement étroit de doxographes : ni les stoïciens, ni les néoplatoniciens, ni les Pères de l'Église ne s'intéressent à son œuvre. En fait, la doxographie d'Anaxagore compte trois traditions différentes : celle d'Aristote et de Théophraste, celle des épicuriens et celle des sceptiques.

La tradition du Lycée remonte, ce qui est rare, au témoignage de Platon faisant part dans le *Phédon* de l'enthousiasme et de la déception que la philosophie d'Anaxagore a éveillés et produits chez le jeune Socrate[1]. L'enthousiasme est suscité par la postulation d'une cause intelligente et unique ordonnant selon la règle du meilleur toutes les choses que compte le monde; la déception naît de la constatation que cette cause n'est au fond que naturelle et mécanique, et ne correspond pas à l'idée du Bien que se fait Socrate. Ces deux motifs d'intérêt et de désapprobation ont provoqué un balancement dans les témoignages issus ensuite d'Aristote, et qui vont de Théophraste à Simplicius, sans les commentaires duquel, une fois encore, la quasi-totalité des fragments actuellement conservés aurait été perdus.

À la suite de Théophraste, Simplicius[2] situe (comme il l'avait fait pour Mélissos) le projet anaxagoréen sur la trajectoire d'Anaximène. Comme les Milésiens, Anaxagore se trouve au départ en possession d'un Un illimité auquel le mouvement fait défaut. Il tente alors doublement, d'une part, d'affiner le concept de matière en montrant que tout est dans tout, ou que chaque unique chose est formée d'un grand nombre d'homéoméries, les unes cachées, les autres visibles, ces dernières caractérisant et spécifiant la sub-

1. Voir A XLVII, p. 641.
2. Voir A XLI, p. 634.

stance et lui donnant l'apparence que l'on perçoit[1]. Mais d'autre part il ajoute l'Intellect comme cause du mouvement : c'est l'Intellect qui produit la génération des substances en faisant apparaître dans le tout-ensemble des substances que sa pensée et son bon vouloir discriminent[2]. L'Intellect est alors la cause efficiente, et on le voit prendre les apparences du premier moteur aristotélicien. Mais il n'est que cause efficiente, et pour cette raison sa causalité ne saurait passer pour finale et se règle selon un modèle mécaniste. C'est pourquoi certains interprètes considèrent la formule d'Anaxagore, reproduite par Simplicius : « Il est de toutes les choses la plus subtile et la plus pure[3] », comme assignant à l'Intellect une nature matérielle. On imagine alors la déception de Socrate, puis de toute la tradition issue d'Aristote. Une telle thèse contredit la conception péripatéticienne de la matière entendue comme continue et illimitée : en effet les homéoméries qualifient la matière et l'individualisent ou la spécifient en particules élémentaires, ce qui ne s'accorde pas avec sa propriété essentielle qui est l'illimitation. Mais cette thèse contredit aussi la conception de la finalité réglant toutes les causes, ainsi que l'illustre très clairement le témoignage A CII[4] : pour Aristote, il faut dire que l'homme a des mains parce qu'il est raisonnable, et non l'inverse, comme le dit Anaxagore.

La tradition atomiste, abdéritaine, puis épicurienne, va pouvoir trouver dans le refus de la finalité et dans la conception de la matière formée de particules homéomères, un ancêtre au moins aussi intéressant que les Éléates. La fin même du témoignage de Simplicius[5] qui évoque l'existence de particules illimitées séparées les unes des autres, explique les nombreuses associations que l'on va rencontrer dans la tradition entre Démocrite et Anaxagore, par exemple sur la cosmographie[6]. Elle explique aussi l'intérêt de l'épicurien[7] Philodème pour l'Intellect, et l'attention que Lucrèce[8] porte aux homéoméries. Elle rend compte de l'introduction, dans la notice d'Aétius presque entièrement tirée de Théophraste[9], d'un élément indubitablement épicurien, constitué par la formule : « Les parties élémentaires (c'est-à-dire les atomes) ne sont visibles que pour la raison, car la raison est seule à postuler l'existence des invisibles. » Cependant, Simplicius nous présente un fragment[10] où Anaxagore paraît combattre l'atomisme. Il ne faut pas douter que ce fragment soit d'Anaxagore. Mais il faut comprendre que Simplicius critique l'usage abusif qu'en ont fait les épicuriens.

1. Voir B I, p. 670 ; B III, p. 671 ; B IV, p. 671 ; B XII, p. 675.
2. Voir A XLV, p. 639 ; A XLVI, p. 640 et A LVI, p. 645.
3. *Voir B XII, p. 675.*
4. Voir A CII, p. 666.
5. Voir A XLI, p. 634.
6. Voir A LXXVIII et suiv., p. 654 et suiv.
7. Voir A XLVIII, p. 642.
8. Voir AXLIV, p. 637.
9. Voir A XLVI, p. 640.
10. Voir B VIII, p. 674.

Affirmer l'existence de particules invisibles et opposer la nature cachée à la manifestation phénoménale ne pouvaient manquer de retenir l'attention des sceptiques[1] ; mais, bien que la citation d'Anaxagore, toujours la même, revienne sous la plume de Sextus Empiricus, il n'en demeure pas moins que Sextus Empiricus a été le seul sceptique à faire mention d'Anaxagore.

Son matérialisme et son mécanisme, mais surtout la prévision de la chute d'un météore de nature pierreuse[2] et le fait de soutenir que le Soleil est une masse de pierre incandescente[3], valurent à Anaxagore un procès en impiété où il ne dut son salut qu'à l'influence de Périclès, curieux de philosophie et épris de science nouvelle, à l'image d'un despote éclairé.

NOTES

Page 615.

1. Dans toute cette doxographie, comme dans les fragments, le mot *Intellect* répond invariablement au mot grec νοῦς, qui aurait pu être traduit au féminin, comme chez les néoplatoniciens, par *intelligence*.

2. Voir B I, p. 670. Le texte est différent de celui de Simplicius tenu lui pour authentique et Diogène Laërce suit le même texte qu'Hippolyte (voir B XLII, 1, p. 635).

3. La formule est presque sûrement néoplatonicienne, à l'imitation de Platon, (voir le *Théétète*, 176 *b* et A XXX, p. 630).

4. Voir A IV, p. 618 ; A IV *a*, p. 619 et A XI, p. 621.

5. De 500 à 497 av. J.-C.

6. En 428 av. J.-C.

7. En 456 av. J.-C. Mais si, avec d'autres manuscrits, on lit Calliadès (sur ce point la tradition n'est pas tout à fait certaine), la date serait de 480 av. J.-C. (Voir Taylor, « Sur la date du procès d'Anaxagore », *Classical Quarterly*, 1917, p. 81 et Burnet, *L'Aurore de la philosophie grecque*, Paris, 1970, p. 287 et n. 1).

Page 616.

1. La durée de ce séjour est confirmée par les autres sources, notamment Plutarque.

2. Voir A XX *a*, p. 627.

3. Voir B IV, p. 671.

4. Le terme d'*homéomérie* (voir A XV, p. 624; A XLIV, p. 637; A XLV, p. 639; A XLVI, p. 640; A CIV, p. 666 et B V, p. 673, n'est pas d'Anaxagore, mais a sans doute été forgé par Aristote pour rendre compte du système du Clazoménien.

5. Voir A XLII et suiv., p. 635.

1. Voir B XXI et B XXI*a*, p. 680.
2. Voir A X, A XI et A XII, p. 621 à 623.
3. Voir A XIX, p. 626 ; A XLII, p. 636 et A LXXIII, p. 652.

6. Tradition altérée par rapport à A XLII, p. 635; A LXX, p. 651 et B XV, p. 677. (Voir, sur ce point, la note de D. Lanza, *Anassagora*, Florence, 1966, p. 7.)

7. L'expression grecque ne permet pas de savoir s'il s'agit de la partie droite ou gauche du corps en général, du testicule, de la matrice ou encore des deux ensemble. Cette orientation en droite et gauche n'est pas seulement partagée avec les pythagoriciens, mais aussi avec Parménide (voir B XVII, p. 270).

8. Voir A XI, p. 621.

9. Voir A XX *a*, p. 627.

10. Voir A I, 12, p. 617.

11. Il y a là une impossibilité chronologique, puisque Mausole est mort en 353 av. J.-C.; c'est pourquoi Diels enferme cette notation, rapportée à quelque cynique postérieur, entre parenthèses.

12. Voir A XXXIV *a*, p. 632.

Page 617.

1. Nous retenons, avec D. Lanza, la conclusion de C. Diano, largement justifiée par Liddell-Scott, *Greek-English Lexicon* (1161 A). D'autres interprètes avaient auparavant entendu le mot συγγραφή comme signifiant que l'ouvrage était entièrement écrit de la propre main d'Anaxagore. Diels proposait de lire μετὰ διαγραφῆς et suggérait que l'ouvrage comportait des schémas, figures et illustrations, de la main d'Anaxagore : il est vrai que γράφειν signifie d'abord *dessiner*.

2. Le nom est d'autant plus douteux qu'on ne connaît par ailleurs aucun archonte qui l'ait porté.

3. L'explication remonte aux Milésiens (voir Anaximandre, A XXI, p. 34 et Anaximène, A XII, p. 45).

4. Voir A XVI, p. 625.

5. Voir A XXXIII, p. 631 et, pour Xénophon, Diogène Laërce, *Vies*, II, 55.

6. Opinion de Favorinus (voir A V, p. 619 et Démocrite, B V, p. 838).

7. Voir Plutarque, *Instruction pour ceux qui manient affaires d'État*, 27, 820 D.

Page 618.

1. Voir A VII, p. 620.

2. D'après Hésychios.

3. D'après la *Chronographie* d'Eusèbe, ce qui correspond, pour saint Jérôme, à 1520 après Abraham, et à la première année de la soixante-dixième olympiade, soit 500 av. J.-C.

Page 619.

1. 460 av. J.-C. est la première année de la quatre-vingtième olympiade; d'après saint Jérôme (voir A XVIII, p. 626).

2. Le nombre inscrit sur le marbre eﬆ difficilement déchiffrable et par conséquent douteux.

3. 442-441 av. J.-C. Les *Marbres d'Arundel* ou *de Paros* présentent une chronologie qui part de 264-263 av. J.-C. et remonte le cours du temps.

4. Voir Plutarque, *Vie de Thémiﬆocle*, 2; Diogène Laërce, *Vies*, II, 45 et Mélissos, A III, p. 296.

5. Voir Démocrite, B IV *c*, p. 838.

6. Diels situe cette rencontre autour de 430 av. J.-C. Mais a-t-elle eu lieu ?

7. Voir A I, 10, p. 616.

Page 620.

1. Voir A X et A XI, p. 621.

2. Témoignage ajouté à Diels et Kranz par D. Lanza. (Voir A XXXIII, p. 631.)

3. Voir B I, p. 670.

4. Voir A LXII, p. 647.

Page 621.

1. Voir A XLIII, p. 637 et Empédocle, A VI-A VII, p. 328.

2. Voir Œnopide, I, p. 477. La source eﬆ vraisemblablement Eudème.

3. Voir Platon, *Les Rivaux*, 132 *b*.

4. En 468-467 av. J.-C. (Voir Diogène d'Apollonie, A XII, p. 703.)

Page 622.

1. En 468-467 av. J.-C.

2. *Confundi omnia (Anaxagore confond tout)* peut être une allusion au : « Toutes choses étaient ensemble » (voir B I, p. 670), de même que l'*intelleﬆum (son intelligence)* peut renvoyer ironiquement au νοῦς. (Voir A XLI et suiv., p. 634 et suiv.)

3. Voir Jean de Lydie, *De oﬆentis*, VII, p. 14, 15.

4. D'après saint Jérôme, il s'agit de la troisième année de la soixante-dix-huitième olympiade, soit 466 av. J.-C. (Voir A I, 11, p. 617.)

5. Défaite des Athéniens par Lysandre, en 404 av. J.-C.

6. *Aegos Potamos*. Nous reproduisons la traduﬆion de J. Amyot, qui transcrit en français l'expression grecque.

Page 623.

1. Voir *De la piété*, fgm. 5, *Fragments des hiﬆoriens grecs*, II, 441.

2. Pour tous ces témoignages empruntés à Plutarque, nous suivons au plus près la version proposée par J. Amyot. Voir A XII-A XIII, p. 622-623 et de A XVI à A XVIII, p. 625-626.

3. Voir A I, 6, p. 615 et A XXX, p. 630.
4. La lecture du nom d'Anaxagore est douteuse.
5. Platon écrit : μετεωρολογία, c'est-à-dire *spéculation* plus ou moins sophistique, et en tout cas impie, *sur les choses du ciel.*

Page 624.

1. Voir Damon, A IV, p. 456.
2. Voir A I, 8, p. 616.

Page 625.

1. Au printemps de 442 av. J.-C.
2. Au début de la guerre du Péloponnèse, soit en 431 av. J.-C.
3. Sous l'archontat d'Euthydème, en 431, après le procès de Phidias que Diodore rapporte d'après Éphore (*Bibliothèque historique*, XII, 41, 1).
4. Voir Diogène Laërce, en A I, 12, p. 617.

Page 626.

1. Sur les éclipses, voir le témoignage de Platon en A LXXVI, p. 653.
2. Voir Protagoras, A XII, p. 989.
3. Troisième année de la soixante-dix-neuvième olympiade, soit 462-461 av. J.-C.
4. D'après saint Jérôme, en 1557 après Abraham, soit la première année de la quatre-vingtième olympiade : 460-459 av. J.-C.
5. Leçon douteuse. Les restitutions de l'éditeur sont indiquées entre crochets obliques.

Page 627.

1. Voir Euripide, *Oreste*, v. 4 à 7. Le rocher qui surplombe la tête de Tantale serait, dans cette version anaxagoréenne, le Soleil lui-même.
2. Un foyer ou la déesse Hestia elle-même (voir Archélaos, B I *a*, p. 691).

Page 628.

1. Satyros. Au sixième livre de son *Recueil de biographies*, là où il traite de la vie des trois tragiques, Satyros a représenté le rapport d'Euripide avec Anaxagore en un dialogue qui est un commentaire savant du poète, et cité de nombreux passages qui, dans le papyrus, ne sont que partiellement identifiables et lisibles (voir le *Papyrus d'Oxyrhynchos*, IX, nº 1176; von Arnim, *Supplément à Euripide*, p. 3 et suiv. : « Il [vou]a (?) ensuite à Anaxagore [le] phys[icien] (?)

une admiration extraordinaire [...] » (fgm. 37 c. 1, 22, p. 139). Après la citation du *Pirithoos* de Critias (connu comme étant d'Euripide, voir Critias, B xix, p. 1143), Euripide lui-même est cité :

À toi, qui ton empire étends sur toutes choses,
J'offre en présent rituel ces bourgeons printaniers,
Toi qui portes le nom de Zeus, ou de Hadès [...]

Il a parfaitement et exactement saisi le système anaxagoréen qui s'exprime dans ces trois vers. Et, quelque part ailleurs, il pose la question de savoir quelle est la chose qui règne sur les choses célestes :

Ô Zeus, qui que tu sois,
Ou la nécessité régnant sur la nature,
Ou l'Intellect qui est le propre des mortels.
(Euripide, fgm. 912, fgm. 37, c. 3, 9.)

(Voir également Diogène d'Apollonie, C ii, p. 719.) Puis vient le fragment,

Il dit ceci :

Qui serait si impie et si hostile aux dieux,
Pour, devant ce spectacle, oser ne point se dire,
Que Dieu existe, et ne point repousser loin de soi
Les fausses rêveries des vains spéculateurs ?
Leur langue forge en vain de hardies conjectures,
Mais hors de tout bon sens, sur ce qu'on ne voit point.
(Euripide, fgm. 913, fgm. 38, c. 1, 16.)

Puis avec une louange du πόνος *(la peine)* et le dénigrement de πλοῦτος *(la richesse)*, il passe à Euripide, élève de Socrate (fgm. 38, c. 2, 3, 4; fgm. 39, c. 2).

2. Poète alexandrin, contemporain de Ptolémée Philadelphe (IIIe s. av. J.-C.).

3. Certains éditeurs corrigent et proposent : *Protagoras*.

Page 629.

1. Référence inexacte; l'œuvre est en réalité le *Sur les poètes*, dialogue perdu d'Aristote, dont nous ne connaissons que des fragments.

2. Sosibios n'est pas autrement connu.

3. Voir Pythagore, xv, p. 64 et Xénophane, A xix, p. 96.

4. Dioclès de Magnésie (voir Usener, *Epicurea*, p. 365, 16).

5. Des monnaies de Clazomènes (portant l'inscription ΚΛΑΖΟΜΕΝΙΩΝ) montrent probablement les reproductions de statues qui, y avaient été élevées. Une première, datant environ de 100 av. J.-C., montre Anaxagore vu de gauche, assis sur un fût de colonne, la main droite levée pour enseigner, la gauche posée sur son genou. Une seconde, de l'époque impériale, le montre vu de droite et

debout, le buste découvert, le pied gauche posé sur un cippe; la main droite tendue tient le globe terrestre, la gauche est posée sur la hanche.

6. Après Parménide (voir B xvi, p. 270).

Page 630.

1. Voir Aristote, *Éthique à Eudème*, I, iv, 1214 *b* 6.
2. Voir A i, 7, p. 615.
3. Lacune.

Page 631.

1. Comparer avec la mort de Démocrite en A xxviii et A xxix, p. 760-761.
2. La version suivie ici est celle de J. Amyot.
3. Il s'agit de Posidonius. Tout le contexte est profondément stoïcien. (Voir *Posidonius*, éd. Edelstein et Kidd, F. 165, p. 151.)
4. Fgm. 964. Voir aussi Xénophane, A i, 20, p. 92.

Page 632.

1. C'est le chœur qui parle. Voir A i, 13, p. 617.
2. Voir A i, 11, p. 616.
3. Voir A i, 8 et suiv., p. 616 et suiv.
4. L'*Orchestre* est la partie de l'agora où se tient le marché aux livres. Aucun autre témoignage ne vient corroborer cette notation relative au commerce des livres (en prose, sous une forme « populaire » ?).

Page 633.

1. Voir Alcméon, A ii, p. 217.
2. Voir A i, 11, p. 617 et A xviii, p. 625.
3. Voir A i, 11, p. 617 et n. 1.
4. Voir Démocrite, A xxxiii, p. 763, n° IX, 4 du catalogue des œuvres de Démocrite par Thrasylle (voir B xv *b*, p. 854). On ne sait rien d'autre que ce que nous apprend ici Vitruve sur ce premier essai de ce qu'il faut bien appeler une optique géométrique. Entre les deux guerres, E. Frank avait vu, dans cette recherche de mesure angulaire, une des raisons qui auraient permis à Anaxagore d'évaluer optiquement les distances entre les astres. Mais peut-être l'analyse des effets de la perspective renvoie-t-elle, plus près de nous et aussi plus profondément, à la conception anaxagoréenne des phénomènes ! Voici l'interprétation que Claude Perrault a donnée de ce passage, dans son *Vitruve* (1684), p. 232 a-b : « C'est ainsi qu'Agatharcus ayant été instruit par Eschyle à Athènes de la manière dont il faut faire les décorations des théâtres pour la tragédie, et en

ayant le premier fait un livre, il apprit ensuite ce qu'il en savait à Démocrite et à Anaxagore, qui ont aussi écrit sur ce sujet; principalement par quel artifice on peut, ayant mis un point en un certain lieu, imiter si bien la naturelle disposition des lignes qui sortent des yeux en s'élargissant, que bien que cette disposition des lignes soit une chose qui nous est inconnue, ou ne laisse pas de rencontrer à se représenter fort bien les édifices dans les perspectives que l'on fait aux décorations des théâtres; et on sait que ce qui est peint seulement sur une surface plate, paraît avancer en des endroits, et se reculer dans d'autres. »

5. Le texte latin porte *ratione naturali*. Il s'agit peut-être soit d'un *rapport* ou d'une *proportion* naturelle, soit seulement d'une *disposition* naturelle, comme le pense C. Perrault.

Page 634.

1. La cause manquante est, comme Simplicius l'a déjà dit à plusieurs reprises à propos des Ioniens — par exemple en Anaximandre, A IX *a*, p. 27 —, la cause du mouvement, qui ici va devenir l'Intellect. Le texte est articulé selon la coupure τὰς μὲν σωματικάς (l. 17) [...] τῆς δὲ κινήσεως (l. 27) de l'édition de Diels (t. II, p. 15), ce qui correspond aux paragraphes de la présente traduction.
2. Voir A LII, p. 644.
3. Voir B XI, p. 675.
4. Voir B XII, p. 676.
5. Théophraste est bien la source de Simplicius.

Page 635.

1. Voir B III, p. 671.
2. Dans une édition plus récente (Florence, 1966), D. Lanza a complété ainsi les témoignages rassemblés par Diels :

Simplicius.

Il existe donc, dans l'homéomérie, de la chair, de l'os, du sang, de l'or, du plomb, du doux et du blanc; mais nous ne les sentons pas à cause de leur extrême petitesse, vu que toutes choses sont en toutes choses. (*Commentaire sur la Physique d'Aristote*, 162, 31.)

Mais si l'on prétendait que toute grandeur est divisible à l'infini et que, pour cette raison, il existe toujours une grandeur plus petite que la grandeur considérée, sache que les homéoméries ne sont pas purement et simplement des grandeurs, mais qu'elles sont en réalité des grandeurs telles, comme la chair, l'os, le plomb, l'or et autres semblables, qu'il ne leur est pas possible, si on les divise à l'infini, de conserver leur forme; car, en tant que grandeurs, elles sont divisibles à l'infini; mais en tant que chair et os elles aussi elles ne le sont plus. Telle est la façon dont Anaxagore envisage initialement la nature des principes : pour lui, ils ne sont nullement divisibles. Le tout est formé de la composition des parties dans lesquelles se divisent en acte, séparées, des grandeurs comme les homéoméries, mais non les corps en tant que corps. C'est pourquoi Aristote a ajouté très justement : « Je veux parler d'une quelconque de ces parties en laquelle le tout se divise tout en continuant d'exister », car le tout ne se divise pas en corps en tant que corps, mais en chairs, os et parties semblables, qui précisément, selon Anaxagore, échappent à la corruption. C'est pourquoi il ne saurait supporter la division allant jusqu'à la corruption de la forme propre ⟨de ce qui est divisé⟩. Néanmoins les parties qui proviennent de la division à l'infini ne continuent pas non plus d'exister en acte, mais seulement en puissance. Allons plus loin : c'est précisément pour cette raison qu'Aristote a ajouté ce qu'il a dit; ⟨car⟩ le tout ne pourrait assurément pas être divisé en ⟨éléments⟩ que l'on appelle parties de quelque chose, comme par exemple en la matière et en la forme, qui sont ce qu'on appelle des parties du corps. (*Ibid.*, 167, 12.)

Peut-être pourrait-on dire, à la décharge d'Anaxagore, que si chacun des animaux ou des plantes possédait une unique homéomérie, parmi les homéoméries de chaque espèce, qui combinerait ensemble, par exemple, une seule ⟨homéomérie⟩ de chair, une seule d'os et une seule de sang, il serait alors nécessaire que l'augmentation ou la diminution de ⟨grandeur⟩ des homéoméries s'accompagnassent d'une différence de grandeur des animaux et des plantes; mais si, en revanche, ⟨chaque animal ou plante⟩ possède une foule d'homéoméries spécifiques, comme, par exemple, de nombreuses homéoméries de chair, pourquoi serait-il absurde que la chair diminue à l'infini, sans pour autant que l'animal diminue ⟨de grandeur⟩ ? Mais, si les particules de chair sont en très grand nombre, elles sont soit limitées, soit illimitées en nombre; et si elles sont limitées soit au nombre de trois ou quatre parties, par exemple, alors il faudra que soit limitée la grandeur de l'extrêmement petit et de l'extrêmement grand; au contraire, si elles sont illimitées en quantité, il est nécessaire alors qu'une grandeur composée d'une multitude de grandeurs illimitées soit elle-même illimitée. (*Ibid.*, 168, 25.)

Jean Philopon.

Car, s'il y avait dans chaque animal une unique homéomérie soit de chair, soit d'os, soit de sang, il serait logique qu'à une augmentation ou une diminution de la partie correspondît une augmentation ou une diminution du tout. Mais en réalité il n'en est pas ainsi : il y a réunion de très nombreuses homéoméries de chair, d'os, ou du reste; c'est ainsi qu'elles forment la chair et l'os de l'animal; il n'eſt donc pas nécessaire qu'une diminution ⟨de la grandeur⟩ de l'animal accompagne celle des homéoméries. C'eſt qu'en effet, il eſt possible que beaucoup d'homéoméries concourent, malgré leur petitesse, à former le corps de l'animal, c'eſt, si l'on veut, comme pour les pierres dont eſt bâtie la maison [...] d'autant plus nombreuses qu'elles sont plus petites. (*Commentaire sur la Physique d'Ariſtote*, 102, 27.)

Simplicius.

À mon avis l'objection la plus forte contre la thèse d'Anaxagore eſt conſtituée par son cinquième argument : si l'on admet cette thèse que d'ailleurs l'expérience contredit, du même coup on s'en prend à tout ce qu'il présuppose, à savoir que les principes sont les homéoméries illimitées en nombre et que toutes choses sont mêlées en toutes choses. (*Ibid.*, 171, 30.)

D'une autre manière plus absurde encore, apparaîtra la conclusion qu'Ariſtote ⟨tire de l'hypothèse d'Anaxagore⟩. En effet, si les homéoméries étaient illimitées et si toutes choses étaient en toutes choses, alors il faudrait qu'en chacune des homéoméries qui seraient illimitées, fussent contenues toutes choses. Il faudrait encore que toutes choses fussent contenues en chacune des choses illimitées qui sont contenues en elles. De même, dans chaque homéomérie, il devrait y avoir, en nombre illimité, chairs, os, sang, cerveau et toutes les autres choses qui sont illimitées. Si alors on étend ce processus à l'infini, il s'ensuivra que, chaque chose ayant en soi toutes choses et chacune des choses ainsi contenues ayant, ⟨à son tour⟩, en soi tout de chaque chose, il en sera sans cesse ainsi de tous les subſtrats, du moins en acte, sinon en puissance. Nombreux sont donc les aspects absurdes d'une telle hypothèse [celle d'Anaxagore] : déjà il eſt absurde que chaque grandeur limitée renferme une grandeur illimitée; cela l'eſt encore bien davantage, ⟨si elle contient⟩ des grandeurs illimitées et illimitées un nombre illimité de fois : car il exiſte un nombre illimité de parties dans cette particule de chair-ci, et un nombre illimité de parties dans chacune de ces parties en nombre illimité, et ainsi de suite à l'infini. En outre, il eſt absurde qu'il exiſte des parties illimitées séparées, les unes des autres, non seulement parce que ces parties séparées jouent entre elles le rôle de limites, mais encore parce qu'il n'eſt pas même possible qu'une grandeur illimitée soit formée à partir de parties séparées. (*Ibid.*, 172, 20.)

Remarque. L'objection ariſtotélicienne, commentée par Simplicius, consiſte à dire que l'Illimité d'Anaxagore n'eſt pas, comme la matière continue, un pur illimité. Si la matière était un pur illimité, elle n'aurait de réalité qu'en puissance, et ne contiendrait rien. Mais, contenant une infinité de choses spécifiées, elle devient, chez

Anaxagore, un contenant de choses *en acte*. Ces choses en acte vont devenir des *grandeurs insécables*, c'est-à-dire des *atomes*. Ainsi passera-t-on, par la médiation d'Anaxagore, de l'Illimité d'Anaximandre à l'atomisme des Abdéritains.

3. À l'exception du dernier paragraphe numéroté 13, toute cette doxographie dérive de Théophraste.

4. Voir B I, p. 670.

5. Voir de A LXVIII à A LXX, p. 648 à 651.

6. Conception conforme à celle d'Anaximène, voir A VI- A VII, p. 42-43 et A XX, p. 48.

7. Voir A XCI, p. 660.

8. Voir Anaximène, A VII, p. 43.

Page 636.

1. Voir A LXXVI, p. 653.

2. Voir A LXXVII, p. 653.

3. Voir A LXXX, p. 654.

4. Le mot πόλος désigne davantage au IVe siècle av. J.-C. la voûte céleste que le pôle (voir Critias, B XVIII, p. 1413).

5. Voir A LXXXIV, p. 656.

6. Voir A LXXXIX, p. 658.

7. Voir A CXIII, p. 668.

8. Voir A CXI, p. 668.

9. Lacune.

10. En 428 av. J.-C.

11. Sur le don de prophétie, voir « Épiménide », dans Diogène Laërce, *Vies*, I, 114.

Page 637.

1. Voir Empédocle, A VI, p. 328.

2. Voir A XLI, n. 2, p. 634.

3. Ainsi, d'après Aristote, la théorie d'Anaxagore marque un progrès sur celle d'Empédocle, parce que sa conception de la matière est plus universelle que ne l'est la théorie des quatre éléments. Le feu et l'air rassemblent en eux tous les homéomères, et ont donc l'avantage sur les deux autres éléments qui sont en acte, d'être en puissance tous les visibles. Voir encore le *Traité du ciel*, III, IV, 302 *b* 11 (cité par D. Lanza).

Page 638.

1. Fragment ajouté par D. Lanza. La conception anaxagoréenne de l'homéomérie est à rapprocher de la conception aristotélicienne de l'élément, qui est spécifiquement indivisible en d'autres espèces et dont la division donnerait des composants différents de l'élément lui-même.

Page 639.

1. Sur la πανσπερμία, voir Leucippe, A XV, p. 737 et A XXVIII, p. 742.
2. Simplicius commente le passage précédent d'Aristote.
3. Mot à mot : *« illimitément » illimitées.*
4. Ainsi la thèse d'Anaxagore répondrait-elle principalement à une préoccupation d'ordre biologique : comment un vivant peut-il trouver dans un aliment son propre constituant ? Il faut qu'il y ait déjà du lapin dans la carotte, pour que le lapin ne soit pas transformé en carotte par la substance qu'il absorbe.
5. Voir A XLI, n. 2, p. 634.

Page 640.

1. Voir B I, p. 670.
2. Source du fragment 16 de l'édition des *Anaxagorae Clazomenii fragmenta quae supersunt omnia*, par Schaubach (Leipzig, 1827).
3. Cet aspect, qui touche à la théorie de la connaissance, ne se trouvait pas dans la doxographie de Simplicius (voir A XLV, p. 639), ni sans doute dans son modèle théophrastique. Aussi l'expression *visibles pour la raison* doit-elle avoir une origine épicurienne (voir Épicure, *Lettre à Hérodote*, 47, 1 et 62, 4-7). Ce terme marque donc un point de rencontre entre la doxographie péripatéticienne et la tradition de l'atomisme épicurien.

Page 641.

1. Retour à la tradition péripatéticienne (voir A XLI, p. 634).
2. Voir Platon, *Philèbe*, 24 *a* et 24 *d*; *Les Lois*, XII, 966 *d*.

Page 642.

1. Voir Diogène d'Apollonie, C II, p. 719 et Jamblique, *Protreptique*, 8, éd. Pistelli, 48, 16.
2. Voir B XII, p. 675.
3. Ainsi l'Intellect divin d'Anaxagore n'est-il nullement un dieu personnel, doué de sens ou de conscience.

Page 643.

1. Voir le pseudo-Aristote, *Mélissos, Xénophane, Gorgias*, chap. II (9) et (17) en Mélissos, A V, p. 301-302.

Page 644.

1. Cette catégorie de l' « un-et-multiple », dérive en droite ligne de la troisième hypothèse du *Parménide* de Platon (155 *e*). Elle

permettra à Simplicius de distribuer selon un critère néoplatonicien (par opposition à l' « un-multiple ») les anciens philosophes ayant parlé des principes. D. Lanza (*Anassagora*, Florence 1966, p. 101) a bien tort de vouloir reprendre Ross sur ce point.

2. Voir A XLIII, p. 637.
3. Voir B I, p. 670.
4. Voir B XVII, p. 678.
5. Voir A XLI, n. 2, p. 634 et A CXII, p. 668.

Page 645.

1. Addition de D. Lanza.

Page 646.

1. Voir Pythagore, VIII, p. 59, à la fin du premier alinéa.
2. Voir B XII et B XIII, p. 675 à 677.
3. Voir B I, p. 670.
4. La perspective d'Aristote est ici celle de l'Académie. Le deux, qui est la dyade aoriste, représente la matière. Si la matière est l'illimité, cet illimité engendre le nombre, et non la petitesse.
5. C'est-à-dire la matière.

Page 647.

1. Voir Démocrite, B V, 1, p. 839. Ce texte prend place à la fin du même chapitre du livre I de la *Bibliothèque historique* de Diodore.
2. Voir A XX *b*, p. 627; A XX *c*, p. 628; A XXXIII, p. 631; A XLVIII, p. 642; A XCI, p. 661 et A CXII, p. 668.
3. Voir B XIII et B XIV, p. 676-677.
4. Cette exposition chronologique ayant une valeur seulement didactique est un trait de néoplatonisme de la part de Simplicius qui songe assez visiblement à la démarche du *Timée* de Platon.

Page 648.

1. Voir Empédocle, A LII, p. 347.
2. La scolie à Aristide, *Vaticanus graecus* 1298, est éditée par Keil (*Hermes* LV, 1920, 65). Voir Démocrite, A LXVI, p. 781. Ainsi dira-t-on de Démocrite que pour lui tout arrive par hasard ! Ce n'est là qu'une conséquence de la critique aristotélicienne, qui se refuse à tenir pour une nécessité véritable une cause seulement efficiente ou mécanique, dans laquelle n'entrerait aucune finalité.
3. Cette thèse est celle d'Œnopide de Chio (voir Thalès, A XVII, p. 18), qu'Anaxagore tient peut-être d'Anaximandre (voir A V, p. 25).

Page 649.

1. Sur la clepsydre ou *chantepleure*, voir Empédocle B c, p. 413, ainsi que le texte et la note qui suivent.

2. Voir Anaximène, A xx, p. 48; Empédocle, A LXXIV, p. 356 et B c, p. 413; Démocrite, A XXXIII, 48, p. 763 et B XIV *a*, p. 854. À la différence de Démocrite, Empédocle et Anaxagore se situent dans la perspective du plein. L'eau est dite « une et continue » par Anaxagore, et ne comprend par conséquent aucun vide. En outre, le fait doit avoir pour Anaxagore une grande importance cosmographique. (Voir A LXXXVIII, p. 658.)

3. La chantepleure ressemble à un tuyau d'arrosoir muni d'une pomme, ou encore à un goupillon dont l'extrémité évasée ou élargie est percée de petits trous. Dans un premier temps, la chantepleure est plongée verticalement dans l'eau, qui ne parvient pas à y entrer. Dans un second temps, la chantepleure est tenue obliquement, donc l'air s'échappe par les trous situés au-dessus du niveau de l'eau qui peut alors pénétrer dans l'appareil.

Page 651.

1. Voir A XIX, p. 626.

2. Voir Épicure, *Lettre à Pythoclès*, 93.

Page 652.

1. *Flocons.* Nous suivons la traduction de J. Amyot. (Voir l'École pythagoricienne, B XL, p. 584.)

Page 653.

1. Le nom de Séléné, appliqué à la Lune.

2. Voir B XVIII, p. 678.

Page 654.

1. Ψευδοφανής soit *faussement brillante.* (Voir Parménide, B XXI, p. 272.)

2. La source d'Aétius est ici Posidonius.

3. Voir Leucippe, B I, p. 746.

4. Voir Démocrite, A XCI, p. 791.

Page 655.

1. Voir Démocrite, A XCII, p. 792.

2. Nous traduisons ici par *ciel* le mot αἰθήρ. (Voir A LXXIII, p. 652 et A LXXXIV p. 656.)

3. Charmandros n'est pas autrement connu.

Page 656.

1. Après Empédocle (voir A LXIII, p. 351).
2. Après Anaximandre (voir A XXIII, p. 35).
3. Voir Anaximène, A XVII, p. 47.

Page 657.

1. Dans son *Commentaire* (49, 13), Alexandre d'Aphrodise fait mention du nom d'Anaxagore.
2. Voir Sénèque, *Questions naturelles*, IV *b* 3, 6.
3. Réverbérations. Le *parhélie* est un halo produit par la réflexion de la lumière sur des cristaux de glace flottant dans l'atmosphère.
4. Voir l'*Iliade*, II, v. 146.
5. Le propos a son origine dans la doxographie péripatéticienne, puisqu'il s'agit d'évaluer la causalité relative de l'intellect et de la cause matérielle (voir A XLI, p. 634 et A XLV, p. 639).
6. Voir Démocrite, A XCIV, p. 793.

Page 658.

1. C'est-à-dire une force (βία) qui s'oppose à la nature, au sens aristotélicien du terme (voir B IX, p. 674).
2. Voir Anaximène, A XX, p. 48.

Page 660.

1. Voir Métrodore de Chio, A XIX p. 943.
2. Également d'après Théophraste. (Voir aussi Hippocrate, *Des airs, des eaux, des lieux*, 8, dans *Corpus des médecins grecs*, I, 1, p. 62, 9.)
3. Le *natron* (en latin : *nitrum*) est le carbonate — ou bicarbonate — de soude. (Voir M. Berthelot, *Collection des alchimistes grecs*, t. I, p. 263, rééd. O. Zeller, Osnabrück, 1967.)
4. Voir Empédocle, A LXVI, p. 351 et B LV, p. 396.
5. Eschyle, éd. Nauck, fgm. 300.
6. Sophocle, fgm. 797.
7. Euripide, fgm. 228.

Page 661.

1. Hérodote critique l'explication d'Anaxagore.
2. Éd. Nauck, fgm. 228.
3. *Voir Démocrite*, A XCIX, p. 795. D. Lanza ajoute un passage de l'Anonyme de Florence (éd. Landi, SFIC, 1895, p. 538) qui reproduit les témoignages précédents, citant Euripide et Eschyle.
4. Position opposée à celle de Parménide et d'Empédocle, mais conforme à celle d'Héraclite. (Voir Empédocle, A LXXXVI, 1, p. 363.)

Page 662.

1. Rappel du grand principe anaxagoréen. Ici, *toutes les choses* sont plus particulièrement les qualités sensibles.

2. Voir Empédocle, A LXXXVI, 16, p. 366.

3. Le texte se poursuit par la critique que Théophraste élève contre la théorie anaxagoréenne de la sensation :

« 31. Faire de la sensation l'effet des contraires n'est pas sans fondement, ainsi qu'il a été dit; car, semble-t-il, l'altération n'est pas le fait des semblables, mais celui des contraires. Encore conviendrait-il d'accréditer le fait que la sensation est bien une altération et que le contraire est l'instrument qui permet de juger du contraire. Ensuite, que toute sensation s'accompagne de douleur [est faux] et n'est attesté ni par notre expérience — car parmi les sensations, certaines sont accompagnées de plaisir, et d'autres, les plus nombreuses, ne s'accompagnent pas de douleur — ni par la vraisemblance. Car la sensation est un processus naturel ⟨et normal⟩, et ce qui est normal ne résulte aucunement de la contrainte ni ne s'accompagne de douleur, mais plutôt de plaisir, comme l'observation le montre. La plupart du temps, nous en tirons plaisir et recherchons la sensation pour elle-même, indépendamment du désir qu'éveille chaque objet. 32. En outre, puisque le plaisir et la douleur sont engendrés par l'instrument de la sensation et puisque tout ⟨ce qui est normal⟩ vise naturellement au meilleur, comme c'est le cas de la science, tout cela devrait s'accompagner plutôt de plaisir que de douleur. Pour tout dire, puisque l'activité intellectuelle ne s'accompagne absolument pas de douleur, l'activité de sentir ne s'accompagne pas non plus de douleur, puisque chacune de ces activités est dans un rapport identique à une fonction identique. On ne saurait alléguer non plus que les sensations excessives et d'une trop longue durée fournissent une preuve que la sensation s'accompagne de douleur; on en conclurait bien plutôt que la sensation se produit selon une certaine congruence ⟨du sens⟩ au sensible; c'est pourquoi probablement le mesquin échappe à la sensation, alors que l'excessif produit la douleur et attaque l'organe. 33. Aussi est-ce là examiner le normal à partir du pathologique. En effet, l'excès est un phénomène pathologique. Certes, il arrive que quelquefois certaines sensations provoquent de la douleur ou encore du plaisir : c'est là un fait évident que tout le monde reconnaît. Il s'ensuit non pas que la sensation s'accompagne davantage de douleur que de plaisir, mais qu'elle est probablement, en réalité, exempte de l'un comme de l'autre. En effet, ⟨les sens⟩ ne seraient pas en mesure d'exercer le discernement, pas plus que l'entendement ne pourrait s'exercer, si la sensation s'accompagnait sans cesse de douleur ou de plaisir. [Anaxagore] a donc généralisé à toute la sensation un cas qui ne constituait qu'un principe trop restreint.

34. D'autre part, lorsqu'il déclare que les animaux les plus grands ont les sensations les plus fines et énonce le principe général que la sensation est proportionnelle à la grandeur des sens, la première de ces propositions renferme une aporie : doit-on dire que ce sont les petits ou les grands animaux qui ont les sensations les plus fines ? En effet, il semblerait que l'aptitude à déceler les sensations les plus subtiles est le propre d'une sensibilité plus fine, et il n'est pas déraisonnable de penser que ce qui est capable de discerner les plus petites sensations est capable de discerner les plus grandes. En même temps, les petits animaux semblent plus aptes que les grands à percevoir certaines sensations, de sorte qu'à cet égard, la sensibilité des animaux les plus grands paraît moins bonne. 35. En revanche, s'il apparaît qu'aux petits animaux échappent beaucoup de choses [que perçoivent les plus grands, comme les bruits, les couleurs], meilleure est la sensibilité des plus grands et, en même temps, il est raisonnable de penser qu'il en va des sens comme du mélange corporel pris dans sa totalité. On devrait donc, comme il a été dit plus haut, remettre en question le fait de savoir si cette position [celle d'Anaxagore] doit être soutenue. Car chez les ⟨animaux d'⟩ espèces semblables, la grandeur n'est pas le critère de la définition : l'élément déterminant est plutôt la disposition et le mélange propres au corps. En revanche, établir, ⟨comme il le fait, un rapport entre la taille des organes et⟩ leur congruence aux objets sensibles, cela paraît conforme à ce que dit Empédocle : pour lui en effet, la sensation est produite par l'ajustement ⟨des sensibles au calibre⟩ des pores. Cependant, l'odorat pose un problème particulier : en effet, il soutient que l'air subtil est plus odorant, mais que les sensations olfactives sont plus subtiles quand on aspire de l'air dense, que quand on aspire de l'air rare.

36. Touchant l'impression visuelle, sa thèse est, en un sens, conforme au point de vue général. Presque tout le monde admet en effet que la vue est le fait de l'impression visuelle qui se produit dans les yeux. Mais on ne s'accorde plus sur l'explication de savoir pourquoi les grandeurs vues n'ont pas la même taille que les impressions visuelles, pourquoi aussi il n'est pas possible que se produisent de nombreuses impressions visuelles simultanées et contraires, et pourquoi enfin le mouvement, la distance et la grandeur sont choses visibles, alors qu'elles ne produisent pas ⟨à proprement parler⟩ d'impressions visuelles. D'ailleurs, certains animaux sont privés d'impressions visuelles, tels ceux qui ont les yeux secs, ainsi que les animaux aquatiques. De plus, selon sa *théorie, parmi les êtres inanimés*, beaucoup devraient posséder la vue, puisque les images se réfléchissent sur l'eau, sur le bronze et sur beaucoup d'autres substances.

37. [Anaxagore] dit encore que les couleurs s'impriment les unes sur les autres, ou plutôt que la couleur forte s'imprime sur la faible [le noir], si bien que l'une et l'autre devraient voir, ou

plutôt le noir et, en règle générale, la couleur la plus faible. C'est pourquoi il estime que ⟨la pupille de⟩ l'œil a la même couleur que la nuit, et que la lumière est cause de l'impression visuelle. Cependant, il faut noter que d'abord nous voyons la lumière elle-même, indépendamment de toute impression visuelle [d'objet], et qu'ensuite, les objets noirs n'ont pas moins de lumière que les objets blancs. En outre, dans les autres domaines, nous constatons que l'impression visuelle se produit toujours sur ⟨la surface⟩ la plus brillante et la plus pure, ainsi qu'il le dit lui-même quand il constate que les membranes de l'œil sont subtiles et lumineuses. Enfin, la plupart posent en principe que ⟨la pupille de⟩ l'œil est faite de feu, parce que c'est surtout du feu que participent les couleurs. »

Le lecteur moderne et de bonne foi devrait ici être confondu par la pénétration de l'analyse de Théophraste. On voit combien, à partir de la lecture des présocratiques, et grâce à la méthode doxographique, ont été prompts les progrès de la raison philosophique et scientifique.

4. On lira la suite du texte de Théophraste dans Diogène d'Apollonie, A XIX, p. 705.

Page 663.

1. Il faut attirer l'attention de l'historien de la philosophie sur cette expression : θύραθεν [...] τὸν νοῦν *(l'Intellect s'introduit du dehors)*. Comme l'expression n'a pas été relevée par Kranz dans son *Register*, elle a échappé aux interprètes, notamment ceux d'Aristote. (Voir Paul Moraux, « À propos du Νοῦς θύραθεν chez Aristote », *Autour d'Aristote*, Mélanges A. Mansion, Louvain, 1955, p. 255.)
2. Voir encore, sur la vision, Parménide, A XLVII, p. 252.
3. Selon l'avis d'Aristote et de Théophraste.
4. Voir Empédocle, B II, v. 1, p. 374.
5. Voir Anaxagore, B XXI, p. 680.
6. Voir Démocrite, B CXVII, p. 873.

Page 664.

1. *Noumènes* désigne les conceptions forgées par l'entendement; *phénomènes*, les représentations découlant des sensations. Cette opposition est l'un des moyens mis en œuvre par les sceptiques pour provoquer la suspension (ἐποχή) du jugement.
2. Voir B X, p. 675.
3. Voir Empédocle, A LXXXIX, p. 370.
4. Les commentateurs songent à un Clazoménien : Hermotime ou Archélaos.

Page 665.

1. Voir A XLVII, p. 641.
2. Voir A LVIII, p. 645.

3. Voir B XII, p. 675.

4. Le texte est corrompu et la lecture incertaine. On pourrait proposer l'interprétation suivante : « Mais, pour ce qui est de ⟨la raison⟩ passive (παθητικόν) — ou capable de connaissance (μαθητικόν, suivant la correction d'Apelt) —, comme ils n'ont pas d'Intellect, ⟨ils en sont dépourvus⟩, puisque cette raison est appelée *interprète* de l'Intellect. »

Page 666.

1. Ce renversement correspond à la substitution de la causalité finale à la causalité mécanique ou efficiente ; ce qui signifie bien que l'Intellect d'Anaxagore meut comme un agent, ou cause efficiente, mais non comme une fin. Voir Kant, *Anthropologie* dans *Œuvres complètes*, Bibl. de la Pléiade, t. III, p. 1135.

2. σοφώτατον : *le plus sage*, signifie en même temps le plus savant et le plus habile.

3. Voir Empédocle, A LXXXV, p. 362.

Page 667.

1. Il y a là une autre trace probable de l'influence d'Anaxagore sur Aristote : que l'on songe seulement à l'exemple des animaux sans fiel — τὸ χολὴν μὴ ἔχον — associé au vivre longtemps — μακρόβιον — dans le développement consacré à l'induction, dans les *Premiers analytiques*, II, XXIII, 68 *b* 19.

2. Voir Archytas, B I, p. 534.

3. Voir Parménide, A LIII, p. 253; Alcméon, A XIII, p. 223 et Leucippe, A XXXVI, p. 745.

Page 668.

1. Voir Parménide, A LIII, p. 253 et Empédocle, A LXXXI, p. 360.

2. Voir B XVII, p. 678.

Page 669.

1. Voir Empédocle, A LXX, p. 355.

Page 670.

1. Lecture douteuse. *Léchinéon* serait un personnage d'Euripide qui tiendrait le propos constitué par le fragment A CXII, p. 668.

2. Voir A LX et A LXI, p. 646-647.

Page 671.

1. Voir A XLI, p. 635.

2. Voir Simplicius, *Commentaire sur la Physique d'Aristote*, 461, 7.

3. Voir B XI, p. 675.

4. Voir B XII, p. 675.

5. Voir B VI, p. 673.
6. Voir A XLI, p. 634 et B XII (fin), p. 676.
7. Τὸ γὰρ ἐὸν οὐκ ἔστι τὸ μὴ οὐκ εἶναι. Ici, E. Zeller lisait τομῇ *(que ce qui est ne soit pas par séparation)*.
8. Le sens de ce fragment peut s'éclairer par la lecture de B VI, p. 673.

Page 672.

1. Premier paragraphe du fragment 4.
2. Suite du premier paragraphe.
3. Après B II, p. 670.
4. Premier paragraphe.
5. Début du deuxième paragraphe.
6. Deuxième paragraphe.
7. Premier paragraphe.
8. Suite du premier paragraphe.

Page 673.

1. Vient après B IV, p. 672.
2. Vient après B XII, p. 676.
3. Critique d'une perspective atomiste.
4. Voir B I, p. 670.
5. Voir la fin de B IV, p. 672.

Page 674.

1. Cette opposition entre λόγος et ἔργον, *calcul* et *expérience*, a la valeur traditionnelle de l'opposition entre *paroles* et *actes* (voir Épicharme, B XXXIX, p. 206 et Démocrite, B LXXXII, 47, p. 868).
2. Formellement ou spécifiquement, les substances qui ont été discriminées par l'Intellect ne sont plus illimitées comme le Tout-ensemble, mais limitées par l'Intellect qui, de cette façon, les connaît.
3. Voir B XII, p. 675.
4. *Ibid.*
5. Après B IV, p. 672.

Page 675.

1. Voir B XI, p. 675.

Page 676.

1. Ἔστι γὰρ λεπτότατόν τε πάντων χρημάτων καὶ καθαρώτατον : *« En effet, il (l'Intellect) est de toutes les* choses *la plus subtile et la plus pure. »* L'emploi, par Anaxagore, du mot χρῆμα, la *chose*

au sens sans doute *concret*, constitue l'argument majeur en faveur d'une lecture matérialiste de sa philosophie.

2. Ainsi, en dépit des accents aristotéliciens de ce texte qui énumère les caractères du premier moteur : unité, pureté, omniscience, omnipotence, l'Intellect demeure une cause motrice et un agent, sans pouvoir être dit une fin (voir A XLI, p. 635 et A LVIII, p. 645).

3. Voir B VII, p. 673.
4. Voir B VIII, p. 674.
5. Après B XI, p. 675.
6. Voir B XI, p. 675.
7. Après B V, p. 673.
8. Fin du fragment XII, de la page 676.
9. Voir *Physique*, II, II, 194 *a* 20.

Page 677.

1. Voir B XII, p. 676.
2. Voir B II, p. 670.
3. Après B XII, p. 675.
4. Voir A XLII, 2, p. 635.

Page 678.

1. *Se séparer* et même *prendre le large*. Nous suivons l'interprétation de J. Burnet, suivi par W. K. C. Guthrie. Les pierres sont plus sensibles que les autres corps à la force du tourbillon : elles peuvent donc s'envoler et former les astres, en particulier le Soleil.

Page 679.

1. Ce mot désigne-t-il Anaxagore ?
2. Les Pléiades ?
3. Voir l'*Iliade*, XIV, v. 26 à 31.

Page 680.

1. Le texte grec, perdu, a été traduit en arabe, puis en hébreu, puis en allemand. Nous traduisons simplement le texte allemand donné par Diels.

2. Voir Démocrite A CXI, p. 800.

3. Voir *Contre les logiciens*, I, 374 et les *Hypotyposes pyrrhoniennes* III, 23 et 58; et *Corpus paroemiographorum graecorum*, éd. L. Leutsch & F. G. Schneidewin, Göttingen, 1839-1851, I, 144.

4. Mention douteuse. La suite du texte est altérée.

Page 681.

1. Voir Anaxarque, B II, p. 957. Le nom d'Anaxagore s'est faussement substitué à celui d'Anaxarque.

Après Anaxagore et Héraclite

ARCHÉLAOS

NOTICE

La doxographie aurait-elle conservé le nom d'Archélaos, s'il n'avait été le maître de Socrate ? S'il ne fut pas exactement le premier à introduire à Athènes la philosophie ionienne[1] à laquelle, après Anaxagore, il apportait quelques modifications[2], il fut bien le premier à y fonder une école de philosophie soucieuse tout autant d'éthique que de physique[3], sans doute parce qu'il fut le condisciple de Périclès et d'Euripide à l'école d'Anaxagore. Ce dernier des physiciens, qui pour cette raison porte le titre de philosophe de la nature (φυσικός), est peut-être la véritable cible de Platon dans le *Phédon*[4]. Il est difficile, au vu de la notice de Simplicius[5] et du témoignage d'Aétius[6], de se prononcer sur les modifications qu'il apporte à la conception anaxagoréenne de l'Intellect. Mais, à son titre de fondateur de la philosophie morale, il faut ajouter celui, bien trop souvent méconnu, d'auteur de la première consolation philosophique[7].

NOTES

Page 685.

1. C'est pourquoi certains (voir A II, p. 686) le disent milésien.
2. *Ce thème n'*est pas essentiellement abdéritain, il est d'abord pythagoricien (voir Philolaos, B IX, p. 505).
3. Voir A IV, 3, p. 687.
4. Voir A IV, 5, p. 687.
5. Voir pourtant Anaxagore, A CVI, p. 667.

1. Voir A I, 16, p. 685.
2. Voir A IV, p. 687.
3. Voir A I, 16, p. 685 ; A II, p. 686 ; A IV, p. 687 et A VI, p. 688.
4. Voir Anaxagore, A XLVII, p. 641.
5. Voir A V, p. 688.
6. Voir A XII et suiv., p. 689.
7. Voir B I, p. 691.

Page 686.

1. Ce trait se justifie par l'abondance de références anaxagoréennes qui caractérisent l'œuvre d'Euripide, ainsi qu'en témoigne la doxographie d'Anaxagore (voir A XX *a*, A XX *b*, p. 626-627; A XXX-A XXXIII, p. 630 à 632; A XLVIII, p. 642; A LXII, p. 647; A XCI, p. 660 et A CXII, p. 668). L'absence de références euripidiennes dans la doxographie d'Archélaos ne doit pas conduire à réduire son rôle, sans doute décisif, de relais.

2. Voir B I *a*, p. 691.

3. D'après Hésychius.

4. On est alors en 452 av. J.-C.

5. D'après Cyrille, *Contre Julien*, VI, 186 D.

6. Également d'après Porphyre.

7. Ce qui renforce l'idée d'une influence de la physique ionienne sur la pensée d'Archélaos.

Page 687.

1. Extrait du catalogue des écrits de Théophraste.

2. Archélaos paraît renoncer à faire entrer après coup, selon un exposé chronologique (voir Anaxagore, A LXIV, p. 647), l'Intellect dans le mélange qu'il discrimine et ordonne (voir A XII, p. 689).

3. Voir B I *a*, p. 691.

4. La notice de Diogène Laërce (voir A I, 17, p. 685) qui reproduit la même source, d'origine théophrastique, permet cette reconstitution.

5. Cette apparition de la vie « ressemble » à celle qu'ont décrite Empédocle (voir B LIX et suiv. p. 397) et Démocrite (voir B V I, p. 839). On peut craindre une contamination de la doxographie, bien que le rapprochement avec Anaxagore (voir A CXII, p. 668) soit presque suffisant.

6. Voir Anaxagore, A XLII, 12, p. 636.

7. Ce qui correspond à l'introduction de la philosophie éthique et politique (voir A I, 16, p. 685 et A VI, p. 688). Le rapprochement avec le mythe de Protagoras est évident (voir C I, p. 1003).

8. Voir Anaxagore, A CI, p. 665.

Page 688.

1. Le contexte de ce témoignage ne permet pas à Simplicius de parler de l'autre principe, à savoir l'Intellect, cause du mouvement. Le terme d'*homéomérie* n'appartient pas davantage au vocabulaire d'Archélaos qu'à celui d'Anaxagore. Cette notation doxographique procède, comme maintes fois, de Théophraste.

2. Voir Critias, B IV, p. 1137.

3. Voir Xénophane, A XXIX, p. 103.

Page 689.

1. Graphie sans doute fautive pour *Midon*. (Voir A I, p. 685 et A II, p. 686.)

2. W. K. C. Guthrie (*A History of Greek Philosophy*, II, 841, n. 3), propose de considérer que ce témoignage est erroné.

3. Il n'y a pas, dans Diels, de témoignage de saint Augustin concernant Anaxagore, bien que celui-ci soit cité à cinq reprises par celui-là.

4. Les homéoméries.

5. Anaxagore et Archélaos (voir Anaxagore, A LVII, p. 645).

6. Entendons que c'est le chaud (voir A XIV, p. 689).

7. Voir Anaximandre, A XVII, p. 32.

8. Ou le froid (ἐμψυχρίας), comme les manuscrits le laissent entendre. (Voir A XII, p. 689.) La vie (ἐμψυχίας) est une correction de Meineke que Diels avait écartée dans ses *Doxographes grecs* (1879), mais qu'il retient ici (1903).

Page 690.

1. Voir Anaxagore, A XLII, 6, p. 635; A LXXII et A LXXIII, p. 651.

2. Ce témoignage vient après le témoignage relatif à Anaxagore en A LXXXIV, p. 656.

3. Voir Anaxagore, A LXXXIX, p. 658.

4. Voir Anaximandre, A XXIX, p. 38; Anaxagore, A XCIII, p. 663 et Anaximène B II, p. 49.

Page 691.

1. Voir Aristote, *Traité de l'âme*, I, II, 404 *a* 25.

2. D'après Arius Didyme.

3. Ce témoignage de Panétius le stoïcien ne permet pas seulement de situer Archélaos dans la chronologie — ce qui paraît être la préoccupation essentielle des historiens (voir W. K. C. Guthrie, *ouvr. cité*, p. 339, n. 1) —, mais surtout de lui attribuer le mérite d'avoir rédigé la première consolation philosophique. Cela confirme son intérêt pour l'éthique. (Voir A I, 16, p. 685.)

4. Voir A II, p. 686.

5. J. Amyot, dont nous conservons le plus possible la traduction, latinise le nom et écrit *Vesta* (déesse du foyer). Voir Anaxagore, A XX *b*, p. 627.

6. Voir Platon, *Phèdre*, 247 *a*.

MÉTRODORE DE LAMPSAQUE

NOTICE

Déjà Empédocle avait fait correspondre aux éléments les noms des dieux. Mais cette fois, avec ce disciple d'Anaxagore, essentiellement interprète d'Homère, ce principe est érigé en méthode d'interprétation. Il ne s'agit plus ici d'exprimer en termes épiques une philosophie, mais d'interpréter allégoriquement la fable, c'est-à-dire la théologie ou la mythologie, comme renfermant un sens et un contenu philosophiques voilés. Par là, Métrodore inaugure la série de ces esprits singuliers qui, comme Dom Pernéty ou Court de Gébelin au XVIIIe siècle, sont incapables de retrouver dans les écrits des Anciens autre chose que leur propre vision du monde.

Comme le terme d'*allégorie* (ἀλληγορία) se retrouve sous la plume de Tatien et d'Hésychios, il est légitime d'en attribuer l'emploi à Métrodore. On se gardera de le confondre avec l'épicurien Métrodore, de Lampsaque lui aussi, qui vécut aux IVe-IIIe siècles.

NOTES

Page 693.

1. C'est à Ion le rhapsode, qui donne son nom au dialogue, que Platon fait tenir ce propos.
2. Un commentateur d'Homère et historien du Ve siècle av. J.-C.
3. Un ancien commentateur d'Homère lui aussi, à ne pas confondre avec le grand-père de Platon et père de Charmide.
4. Voir Anaxagore, A 1, 11, p. 616.
5. Cette position philosophique prend-elle le relais de Xénophane ? On ne peut que le supposer.

Page 694.

1. Pâris.
2. À propos de l'expression homérique : « *La nuit est passée de plus de deux tiers* » (voir l'*Iliade*, X, v. 252).
3. Voir l'*Odyssée*, VIII, v. 475.
4. Voir l'*Iliade*, I, v. 165.
5. *Ibid.*, IV, v. 262.
6. *Ibid.*, II, v. 226.
7. Suit une citation du stoïcien Chrysippe qui pratiquera, lui aussi, la méthode d'interprétation allégorique.
8. Orphée, *Fragments*, éd. Kern, fgm. 347.

CLIDÈMOS

NOTICE

Clidèmos n'est connu que par une allusion d'Aristote et cinq citations de Théophraste. Sa spéculation a dû porter sur l'air et l'eau; d'où sa distinction entre l'être et l'apparaître[1], et son originalité concernant les sens[2]. Par quoi remplace-t-il l'Intellect qui remplit chez Anaxagore la fonction de principe ? On ne le sait. Pour le reste, sa préoccupation essentielle paraît avoir été l'agriculture, et plus précisément le calendrier agricole.

NOTES

Page 695.

1. S'agit-il d'une réminiscence d'Anaximène (voir A XVII, p. 47) ou d'une simple rencontre ?

2. Clidèmos est placé par Théophraste juste après Anaxagore et avant Diogène d'Apollonie.

Page 696.

1. Ce témoignage vient après la notation concernant Anaxagore, A CXVII, p. 669 et Diogène d'Apollonie, A XXXII, p. 711.

2. Voir Thalès, A XVIII, p. 19; Anaximandre, A XX, p. 34; l'École pythagoricienne, B XXVII, p. 576 et C II, p. 585 et Anaxagore B XX, p. 679.

3. Le sens du verbe ἐπαλείφειν est ici incertain. Théophraste dit, mot à mot : *enduire* ou *graisser* moins. Quel serait cet *onguent* ou cette *huile* oignant la terre *(grasse)* ? Nous avons interprété la métaphore dans le sens de la parure.

IDAIOS

NOTICE

L'unique et brève notation de Sextus Empiricus, relative à Idaios d'Himère, le place entre Anaximène et Diogène d'Apollonie. Mais l'étrange destinée de ce physicien autrement inconnu est de demeurer

1. Voir I, p. 695.
2. Voir II, p. 695.

aux yeux de la postérité comme coincé entre Anaximandre et Diogène. En effet, en cherchant à identifier le ou les philosophes, dont parle Aristote, qui assignent la fonction de premier principe à un intermédiaire plus lourd que le feu et plus léger que l'air, certains ont comme Alexandre d'Aphrodise, pensé à Anaximandre[1], alors que d'autres comme Porphyre, suivant en cela Nicolas de Damas, ont songé que ce philosophe n'était autre que Diogène d'Apollonie. Simplicius a réuni les pièces de ce mince dossier. Peut-il s'agir d'Idaios ? Chacun est juge.

NOTES

Page 697.

1. Diels rapproche du texte de Sextus Empiricus l'allusion contenue dans la *Métaphysique* d'Aristote (A, VII, 988 *a* 23) au philosophe du μεταξύ *(substance intermédiaire)*.
2. Voir Anaximandre, A XVI, p. 31.
3. Voir Aristote, *Physique*, I, IV, 187 *a* 12 en Anaximandre, A XVI, p. 31, passage que Simplicius commente ici.

Page 698.

1. Voir Anaximandre, A XVI, p. 31 (premier témoignage).
2. Voir Diogène d'Apollonie, A V, p. 700.
3. Voir Anaximandre, A XVI, p. 31.

DIOGÈNE D'APOLLONIE

NOTICE

La difficulté que nous rencontrons à interpréter la philosophie de Diogène d'Apollonie peut avoir deux origines : une contradiction de Diogène lui-même ou une contradiction dans l'exposé que Simplicius, qui a cependant eu le livre en main[2], n'a pas su dominer dans l'exposé de sa doctrine.

D'un point de vue philosophique, la question est en effet la suivante : Diogène affirme l'existence d'un principe unique d'où tout dérive, et qu'il appelle le Même. D'un point de vue physique, le Même n'est pas l'un des éléments, mais le substrat des éléments.

1. Voir A XVI, p. 31.
2. Voir B II et suiv., p. 713 et suiv.

Fidèle à sa méthode de lecture des physiologues anciens, Simplicius part alors à la recherche de la cause efficiente. Il trouve que Diogène d'Apollonie lui donne le nom d'Intelligence qui paraît dériver de l'Intellect d'Anaxagore. Mais cette Intelligence est une réalité matérielle et corporelle, à savoir l'air, que Diogène appelle aussi ailleurs le Même. De telle sorte qu'à relire Diogène avec Simplicius, on ne sait plus si le Même est la cause efficiente et motrice, ordonnatrice du monde, ou le substrat un et identique des éléments.

S'il existe une solution qui aurait échappé à Simplicius[1] et que Diogène lui-même n'aurait pas réussi à formuler tout à fait clairement, elle doit tenir dans un monisme matérialiste. Diogène aurait emprunté à Anaxagore l'idée que l'Intelligence est matérielle. Mais il aurait refusé de dire que la matière de l'intelligence est distincte et autre que la matière du substrat. C'est pour cette raison, nous semble-t-il, qu'il lui aurait donné le nom de Même, ce nom n'exprimant pas, comme l'a cru Simplicius, l'unité et l'identité du substrat à travers la multiplicité des transformations et des altérations, mais signifiant peut-être beaucoup plus naïvement que la cause efficiente, c'est-à-dire l'Intelligence, est *la même chose* que la matière ou substrat.

Ainsi Diogène peut avoir pris connaissance, comme l'indique Simplicius[2] et comme le note Diogène Laërce[3], de l'atomisme de Leucippe, même si aucun témoignage d'un atomiste le concernant n'est parvenu jusqu'à nous.

Parce que l'air joue un rôle si important, Diogène dissèque le système artériel, véhicule de l'air intérieur, pour en suivre l'itinéraire, et propose à Aristote un modèle qu'il n'a plus qu'à recopier dans l'*Histoire des animaux*[4]. La physiologie pneumatique de l'air s'oppose à la physiologie aqueuse des pythagoriciens et sera reprise par les stoïciens qui, pourtant, paraissent ignorer Diogène.

NOTES

Page 699.

1. Cette façon de dater Diogène est surprenante, car il paraît être davantage le successeur que le contemporain d'Anaxagore (voir Simplicius, A v, p. 700). Mais saint Augustin (voir A viii, p. 702) confirme ce jugement.
2. Voir A v, p. 700.
3. Voir A vi, p. 701.

1. Voir B ii et suiv., p. 713 et suiv.
2. Voir A v, p. 700.
3. Voir A i, p. 699.
4. Voir B v, p. 715.

4. Proposition nouvelle par rapport à Anaxagore, et qui l'apparente davantage aux atomistes (voir A v, p. 700 et A xxiii, p. 708).

5. Voir Anaximène, A v, p. 42 et B ii, p. 49.

6. La proposition est banale chez les Ioniens (voir Anaximandre, A xii et A xiv, p. 29) et partagée par les Éléates, par exemple Xénophane (voir A xxxiii, p. 106).

7. Ce témoignage est controversé. S'il est exact, il contredit la suspension de la Terre (voir Anaximène A vi, p. 42) ou son flottement (voir Anaxagore, A xlii, 3, p. 635). Cette modification a dû intervenir du fait que l'air de Diogène, qui admet le vide, est moins compact. La forme ronde est une découverte de Philolaos (voir B xii, p. 506).

8. Voir A vi, p. 701.

9. Voir B i, p. 712.

10. *Ibid.*

Page 700

1. Élien comprend, contrairement à Étienne de Byzance dans son *Dictionnaire géographique*, que Diogène est phrygien, et non crétois.

2. Voir Idaios, p. 697 et la Notice le concernant, p. 1443.

3. La question est débattue de savoir si ces titres correspondent à des ouvrages distincts ou sont seulement des têtes de chapitre d'un même ouvrage, intitulé *De la nature*.

4. Il ne faut plus lire Intellect (νοῦς) comme chez Anaxagore, mais Intelligence (νόησις).

5. Titre extrait du catalogue des ouvrages de Théophraste qui paraît être à l'origine, une fois encore, de toute cette doxographie.

Page 701.

1. À Anaxagore, l'emprunt est évident : le principe est l'air, mais aussi l'Intellect (voir A viii, p. 702 et A xx, p. 708). À Leucippe, Diogène emprunte l'idée du *vide* (voir A i, p. 699 et n. 4) et de la *convention* (voir A xxiii, p. 708).

2. Il s'agit de Nicolas de Damas. Sur l'élément intermédiaire, voir encore Idaios, p. 697.

3. Voir Aristote, *Métaphysique*, A, iii, 983 *b* 6 en Thalès A xii, p. 15.

4. Voir Anaximène, A iv, p. 42.

5. Voir A xix, 39, p. 705.

6. Voir B ii, p. 712. Il est nécessaire de poser un substrat qui soit *le Même*.

Page 702.

1. On ne peut tenir pour certain qu'il s'agisse de Diogène d'Apollonie. En effet, Philodème renvoie souvent au stoïcien

Diogène de Babylone dont le fragment 33 de l'édition de von Arnim (*Stoicorum veterum fragmenta*, III, p. 217) est emprunté aussi au *De la piété*, et aborde le même problème.

2. Ce qui peut situer Diogène d'Apollonie après Métrodore de Lampsaque, si c'est à des travaux comme ceux du Lampsacien qu'il entend répondre. (Voir Métrodore de Lampsaque, III, p. 693.)

3. Il s'agit du stoïcien Cléanthe dont l'*Hymne à Zeus* est d'inspiration héraclitéenne (voir Héraclite, C IV, p. 186) et du pythagoricien Œnopide. (Voir Œnopide, VI, p. 478.)

4. Avec Anaxagore. Ce qui, cette fois, tend à faire de Diogène un contemporain d'Anaxagore (voir A I, p. 699). Le terme latin d'*auditor (élève)* ne laisse subsister aucune ambiguïté.

5. Voir B VIII, p. 717 et Démocrite, B XXX, p. 861. Le thème est repris par Sidoine Apollinaire (*Poèmes*, 15, 91).

6. Sur la génération des solstices, voir le commentaire d'Alexandre d'Aphrodise, en A XVII, p. 704.

7. Voir Anaximandre, A XVII, p. 32.

8. Voir Anaximandre A XVII, p. 32 et Anaximène, A XI, p. 45.

Page 703.

1. Voir Anaxagore, A LXVII, p. 648.

2. Voir Anaxagore, A XI et A XII, p. 621-622.

Page 704.

1. Le feu et le souffle sont deux aspects divers d'une même réalité substantielle, l'air.

2. Voir C II, p. 719; A I, p. 699 et A V, p. 701.

3. Les *Météorologiques*, II, 1, 353 *a* 32.

4. Voir Démocrite, A XCIX *a*, p. 796.

5. Voir Anaximandre, A XXVII, p. 36.

6. Voir Simplicius, *Commentaire sur les Météorologiques d'Aristote*, 73, 22; Hippocrate, *Des airs, des eaux, des lieux* (*Corpus des médecins grecs*, I, 1, p. 62, 11) et Porphyre, *Commentaire sur l'Iliade*, XI, v. 53 (*Questions homériques*, éd. Schrader, p. 161).

7. Voir Anaxagore, A XLII, p. 635 et Démocrite, A XCIX, p. 795 et B V, 3, p. 843.

Page 705.

1. Voir Jean de Lydie, *Des mois*, IV, 107.

2. Cette mer intérieure est le lac Méotis, aujourd'hui mer d'Azov.

3. Voir Aristote, *Sur la crue du Nil*, éd. Rose, fgm. 248.

4. Après Anaxagore, A XCII, p. 661.

5. Voir A VII, p. 701. Daniel Delattre me propose une autre interprétation où le sujet *il* (de la formule : *il produit les sensations à partir du semblable*) serait non pas Diogène d'Apollonie, mais l'air.

Dans ce cas, τὴν ὄσφρησιν, τὴν δ'ἀκοήν, τὴν ὄψιν κτλ., seraient des accusatifs compléments de ποιεῖν *(produire)*, et les datifs des compléments de τῷ ὁμοίῳ *(au moyen du semblable)*. Pour le reste du paragraphe 39, on renoncerait aux corrections de Diels (texte traduit p. 705 et 706) pour s'en tenir à la stricte version manuscrite, ce qui donnerait le texte suivant : τὴν μὲν ὄσφρησιν <τὸν ἀέρα ποιεῖν τῷ ὁμοίῳ> τῷ περὶ τὸν ἐγκέφαλον ἀέρι. τοῦτον γὰρ ἄθρουν εἶναι καὶ συμμετρὸν τῇ ἀκοῇ[1]. (τὸν γὰρ ἐγκέφαλον <λέγει> αὐτὸν μόνον[2] καὶ φλεβία·) λεπτότατον δ'<ἄερα εἶναι> ἐν <φλεβίοις> οἷς ἡ θέσις[3] ἀσύμμετρός <ἐστι>, καὶ οὐ μείγνυσθαι ταῖς ὀσμαῖς ὡς[4] εἴ τις <θέσις τῶν φλεβίων> τῇ κράσει συμμετρὸς <ἦν>, δῆλόν <ἐστι> ὡς <τὸ λεπτότατον> ἂν <εἴη[5]> αἰσθανόμενον. *[⟨L'air produit⟩ l'olfaction au moyen ⟨de l'air semblable à⟩ l'air qui entoure le cerveau : cet air constitue en effet une masse, qui est également congruente à l'audition — ⟨il (Diogène d'Apollonie) comprend⟩ en effet par cerveau seulement le cerveau lui-même et ses vaisseaux sanguins — ; mais la partie la plus subtile de l'air, elle, circule dans ⟨des vaisseaux⟩ dont l'arrangement n'est pas congruent ⟨à l'olfaction⟩ et n'est pas mêlé aux odeurs ; car si ⟨ces vaisseaux⟩ présentaient un arrangement congruent au mélange[6], il est évident que ⟨l'air le plus subtil⟩ serait senti.]* On trouve plus loin, au paragraphe 41, confirmation du rapport, à première vue étonnant, établi entre ouïe et odorat : « il en va de même pour l'audition que pour l'olfaction » (voir p. 706).

Page 706.

1. Nous lisons ici avec Diels, ὀσμῇ. Les manuscrits comportent la leçon ἀκοῇ : l'*ouïe*. Cette leçon manuscrite ne contredit pas la logique du texte.
2. Voir Anaxagore, A XCII, 27, p. 661.
3. Si l'on lit, comme Diels τάχιστα. Les manuscrits donnent en revanche ἥκιστα, signifiant que le mélange se fait *moins bien*, ce qui, là encore, s'accorde parfaitement avec la logique de ce qui suit, tout en ne manquant pas de surprendre le lecteur.
4. Peut-être faudrait-il corriger *plus long* en *plus court*, comme le propose Diels, pour s'accorder à la suite de l'argumentation.
5. Voir A VIII, p. 702 et A XX, p. 708.

Page 707.

1. Voir A XXIX *a*, p. 710.
2. Au paragraphe 39.
3. On saisit fort bien, à partir de cet exemple, que la conception

1. Au lieu de la correction ὀσμῇ.
2. Et non pas μανόν.
3. Et non pas διάθεσις.
4. Ayant valeur de γάρ.
5. Ou encore τύχοι.
6. D'air et d'odeurs, donc susceptible d'être senti.

de la causalité selon Diogène est, comme pour Anaxagore, entièrement mécaniste et nullement finale (voir Anaxagore, A CII, p. 666).

4. *Resserrée* (στιφράν) est une correction de la leçon manuscrite : *dure* (στρυφνάν).

5. Voir Aristophane, *Les Thesmophories*, v. 14 et suiv.

Page 708.

1. Voir A VIII, p. 702.

2. *Conscience* traduit ἡγεμονικόν, *hégémonique* ou *faculté maîtresse de l'âme*, dans le vocabulaire stoïcien. (Voir A XXII, même page.)

3. Pour ce témoignage et le suivant, voir A XIX, p. 705.

4. Voir Leucippe, A XXXII, p. 744.

Page 709.

1. Voir A V, p. 700.

2. Voir Antiphon, B XVII, p. 1101.

3. Les cotylédons fixent, chez les herbivores, le placenta à la matrice. (Voir Hippon, A XVII, p. 466 et Démocrite, A CXLIV, p. 823.)

4. Voir B IX, p. 717.

Page 710.

1. Autre fort bel exemple de causalité de type mécaniste. Mais c'est le chaud qui est le principe moteur. L'expression : *engendrés sans âme* (γεννᾶσθαι ἄψυχα) est à entendre concrètement au sens de : *sans souffle intérieur*.

2. Il s'agit ici du καιρός, ou *moment opportun*. Voir principalement l'École pythagoricienne, D V, 181, p. 596 et Gorgias, B XI *a* 32, p. 1043.

Page 711.

1. Voir A XIX, 45, p. 707.

2. Suite d'Anaxagore A CXVII, p. 669.

3. Voir Empédocle, A LXXXIX, p. 370.

Page 712.

1. Le texte est corrompu. On pourrait aussi concevoir que le second effet qui se trouve décrit ici corresponde non à l'action du feu, mais à celle de l'acide.

2. Les fragments II à VIII, que nous devons à Simplicius, forment, dans son *Commentaire sur la Physique d'Aristote* (p. 151 à 153), une suite continue.

Page 713.

1. Voir A IV, p. 700.

2. Voir B I, p. 712.

3. L'interprétation de Simplicius revient à faire du Même une matière une, comme l'était l'Illimité de ses prédécesseurs ioniens. Le Même est donc le substrat un et commun qui contient une Intelligence multiple (πολλή), c'est-à-dire démultiplicatrice et diversifiante, comme était discriminant l'Intellect d'Anaxagore.

4. L'expression *mesures de toutes choses* fait évidemment songer à la formule de Platon (voir *Les Lois*, IV, 716 *c*) : « Dieu est la mesure de toutes choses », qui reprend et critique Protagoras (voir B 1, p. 998). Que l'Intelligence ne soit pas *mesure*, mais qu'elle introduise *les mesures*, rend compte de la *meilleure* ordonnance du monde.

Page 714.

1. La différence avec Anaximène est que l'air, qui était pour lui matière, est devenu cette fois Intelligence, c'est-à-dire cause formelle, mais efficiente et mécanique, sans être encore finale, comme elle le sera chez Aristote.

2. L'air est *multiforme* (πολύτροπος) : non seulement il existe selon un grand nombre de modes, mais encore c'est lui qui engendre la multiplicité des formes, c'est-à-dire qu'il est discriminant. Ce fragment fait apparaître un point de vue moniste qui tranche avec les fragments précédents. Tout se passe comme si c'était le Même, c'est-à-dire le substrat, qui se multipliait de lui-même. Dans ce cas, la philosophie de Diogène devient un matérialisme moniste, ce que Simplicius ne peut pas apercevoir, puisque son interprétation se fonde sur le présupposé qui donne corps à tout le *Commentaire sur la Physique d'Aristote*, et qui est que les philosophes de la nature ont su penser la matière ou le substrat, mais se sont mépris sur la nature de la cause formelle, réduite à n'être que la cause efficiente, sans être jamais aussi la cause finale.

3. Nous avons suivi ici l'interprétation de W. Kranz qui voit dans cette formule la première apparition du principe leibnizien de l'identité des indiscernables (*Vorsokratiker*, II, p. 421, 42). Voir encore W. K. C. Guthrie, *A History of Greek Philosophy*, II, p. 366 et la note 1. Une telle lecture peut être contestée et l'on pourrait proposer des constructions différentes; nous lisons en effet, mot à mot : « Néanmoins aucune chose, strictement semblable, oui, ne peut devenir autre que l'Autre, parmi les choses qui s'altèrent, avant que (ou *sans que*) le Même ne devienne. » Ou bien encore : « Néanmoins, parmi les choses qui s'altèrent, aucune chose qui soit autre que l'Autre ne peut devenir strictement semblable sans devenir la même. »

4. Diogène écrit ἰδέα qui deviendra chez Aristote εἶδος, la forme spécifiée.

Page 715.

1. L'analyse de Simplicius se poursuit.

2. Pour comprendre l'analyse de Diogène et l'intérêt qu'il va porter aux vaisseaux, il faut se rappeler que les artères qui, pour nous, contiennent du sang, apparaissent vides de sang au moment de la dissection, et par conséquent remplies d'air. Ce sont donc des vaisseaux pneumatiques ou des conduites de gaz *(sic)* qui intéressent ici Diogène.

Page 716.

1. Cette observation fonde la physiologie évoquée en A XIX, 41 et suiv., p. 706.
2. Voir A XXIV, p. 709, ainsi que le fragment B VI, p. 716-717.
3. *Amator veri.*

Page 717.

1. Le texte de Simplicius fait immédiatement suite à B V (premier alinéa de la p. 715).
2. Nous lisons, comme Diels, τῶν δέ. Dans sa grande édition du *Commentaire* de Simplicius, Diels a conservé τῷ δέ, désignant l'air. Il semble que quand le Même désigne la matière, il soit sujet à l'altération : en ce sens, il n'est pas *stricto sensu* éternel, bien que le substrat le soit; quand le Même désigne l'air, c'est-à-dire l'Intelligence, il est éternel. Mais ne s'agit-il pas toujours en réalité du même corps ? Voir le problème posé par l'interprétation de B V, p. 714.
3. La localisation du fragment dans l'ouvrage de Diogène est incertaine. Le sujet du fragment, *il* (est grand, fort, etc.) est l'*air*.
4. Voir A XXVI, p. 709.

Page 719.

1. Cela paraît contredire le rapprochement que Simplicius établit entre Diogène et Leucippe. (Voir A I, p. 699 et A V, p. 700.)

CRATYLE

NOTICE

Cratyle aurait été le maître de Platon, avant Socrate, d'après Aristote[1], mais après seulement, selon Diogène Laërce[2]. Pour Platon, comme pour Aristote, il est un « héraclitisant » qui soutient,

1. Voir III, p. 723.
2. *Ibid.*

à la façon de Protagoras, qu'énoncer une affirmation fausse est impossible[1], mais qui, pour Aristote, conclut à une thèse presque contraire, puisque le flux des existants est tel que le discours est impuissant à les appréhender.

Qu'on ne s'étonne pas de trouver Cratyle, qui est plus jeune que Socrate, dans le recueil des *Présocratiques*. L'intention de Diels, exprimée dans sa préface, est d'étendre cette désignation aux « anti-socratiques ».

NOTES

Page 722.

1. Nous avons montré ailleurs (voir *Le Scepticisme et le Phénomène*, Paris, 1972, p. 225 et suiv.) que, chez Platon, l'usage du terme *raffiné* ou *subtil* (κομψός), renvoyait le plus souvent à la sophistique de Protagoras. Que dire le faux soit dire l'être du non-être, tel paraît être le sophisme de Cratyle pour qui toute parole dit l'être, ainsi que Protagoras l'assure.

2. Cratyle serait donc plus jeune que Socrate.

Page 723.

1. Il s'agit d'Eschine le Socratique cité dans l'*Apologie de Socrate* et dans le *Phédon* de Platon, et non de l'orateur, adversaire de Démosthène.

2. Aristote situe la rencontre avec Socrate plus tard que celle avec Cratyle, contrairement à Diogène Laërce (voir le témoignage suivant).

3. Voir Héraclite, B XCI, p. 167.

ANTISTHÈNE L'HÉRACLITÉEN

NOTICE

Le nom d'Antisthène a le mérite de faire sortir de l'anonymat l'un des nombreux disciples d'Héraclite. En une ou deux générations, la doctrine du maître d'Éphèse est devenue ce que les péripa-

1. Voir I, p. 722.

téticiens appellent l'*héraclitisme* : un matérialisme où tout passe, devient, s'écoule, se transforme, comme les pierres et la terre issues de l'eau qui se dessèche; et aussi un relativisme comparable à celui du sophiste Protagoras, où seule la sensation est juge des réalités évanescentes.

NOTES

Page 725.

1. Antisthène le Socratique est le fondateur de l'école cynique et commença par être l'élève de Gorgias, puis fréquenta Socrate avec les difficultés que l'on sait. Il est plus étonnant, et à porter au crédit d'une très sérieuse information de la part de Diogène, de voir distinguer un Antisthène héraclitéen et un Antisthène d'Éphèse, patrie d'Héraclite.

2. L'expression est la même que dans Cratyle, IV, p. 723.

3. La connaissance se réduit à la sensation ou à la saisie des phénomènes.

Les Abdéritains

LEUCIPPE

NOTICE

Le reproche adressé parfois à Diels d'avoir tenté d'opérer une distinction arbitraire entre les témoignages concernant Leucippe et ceux concernant Démocrite ne nous paraît guère fondé. Diels a pris soin, ce qui est unique dans la présentation des présocratiques, de réunir ces deux auteurs sous une même rubrique : les Abdéritains. Au reste, la figure de Leucippe ne manque pas d'intérêt en elle-même, puisque les incertitudes et les mystères qui l'entourent sont le reflet des efforts des divers interprètes pour situer les influences qui ont donné son sens à l'atomisme.

Si certains font naître Leucippe à Milet[1], c'est pour souligner qu'ériger en principe l'infinité des atomes peut s'interpréter en fonction de la conception ionienne de l'Illimité, et en particulier

1. Voir A I, p. 729 ; A VIII, p. 734 ; A XII, p. 736 et A XXXIII, p. 744.

celle d'Anaximandre. Dans cette perspective, les atomes, ou corps primordiaux, représentent l'illimitation de la matière, et l'autre principe, le vide, doit être considéré comme la cause du mouvement remplissant la même fonction que l'Intellect d'Anaxagore. C'est pourquoi, toujours de ce point de vue, le vide est dit être un principe tout comme les atomes.

D'autres assignent à Leucippe une origine éléate et en font l'élève de Zénon ou de Parménide en personne[1]. L'interprétation éléate de l'atomisme[2] consiste à dire que le présupposé de l'atomisme vient en droite ligne des exigences formulées par Parménide, et avant lui par Xénophane, sur la nature impassible, intangible, indivisible, éternelle, identique, etc., de l'Un. L'infinité des atomes conserve en les démultipliant à l'infini ces caractères de l'Un. Tout se passe comme si les atomistes avaient en quelque sorte fait éclater en poussière d'atomes cet Un dont ils conserveraient les caractères. Ce trait restera caractéristique même de l'atomisme postérieur, puisque, lorsque Épicure[3] concédera aux atomes la possibilité d'avoir des parties, il leur conservera l'impassibilité première. Il ne restait plus qu'à ajouter aux multiples le vide pour pouvoir conformer les conclusions de la raison à l'apparence du monde. Pour certains doxographes[4], l'influence de Zénon est encore plus déterminante sur Leucippe qui se serait comporté en éristique et aurait, comme par paradoxe et par un emprunt à Zénon, formulé l'hypothèse de la divisibilité à l'infini de l'univers et critiqué le témoignage des sens, en accordant, ce qui est bien un trait distinctif de l'éléatisme, un plus grand crédit à la raison qu'aux sens pour juger de la réalité.

D'autres voient en Leucippe un pythagoricien[5]. La conception atomiste pourrait s'accorder avec l'opinion pythagoricienne puis platonicienne, partagée par Xénocrate, que la réalité est constituée par des nombres[6]. Sait-on encore que l'observation des poussières dansant dans le rai de lumière[7] est une image pythagoricienne ?

Ceux, en revanche, qui font de Leucippe un citoyen d'Abdère, veulent entendre par là qu'il a jeté les bases de l'atomisme démocritéen et même de l'atomisme tout court, si l'on songe à l'utilisation qu'Épicure dans la *Lettre à Pythoclès*[8] aura pu faire du *Grand système du monde* de Leucippe. Pour cette raison, il est tout indiqué de commencer par la lecture des témoignages relatifs à Leucippe l'étude de l'atomisme ancien. On y trouve tous les thèmes essentiels :

1. Voir A I, p. 729 ; A IV et A V, p. 731 ; A VIII, p. 734 ; A X, p. 735 ; A XXXIII, p. 744 et A XXXV, p. 745.
2. Voir A VII, p. 732 et A VIII, p. 734.
3. Voir A XIII, p. 736.
4. Voir A XXXIII, p. 744.
5. Voir A V, p. 731.
6. Voir A XV, p. 737.
7. Voir A XXVIII, p. 743.
8. Voir A XXIV, p. 740.

l'Un et le vide comme principes et comme éléments, le nombre illimité des atomes dont les figures sont elles-mêmes illimitées, la théorie des simulacres et même le primat absolu de la nécessité[1]. C'est à propos de Leucippe que nous avons dû arrêter, plus ou moins arbitrairement, une correspondance française des termes techniques propres à l'atomisme et que l'on retrouvera chez Démocrite. Notre traduction observe strictement la nomenclature suivante :

τὸ πλῆρες	:	*le plein*
τὸ στερεόν	:	*l'étendu*
τὸ κενόν	:	*le vide*
τὸ μανόν	:	*le rare*
ἡ ἀρχή	:	*le principe*
τὸ στοιχεῖον	:	*l'élément*
τὸ σῶμα	:	*le corps*
τὸ ἄτομον	:	*l'atome*
τὸ ἀδιαίρετον	:	*l'indivisible*
αἱ διαφοραί	:	*les différences*
τὸ σχῆμα	:	*la figure*
ὁ ῥυσμός *ou* ῥυθμός	:	*le rythme*
ἡ τάξις	:	*l'ordre*
ἡ διαθιγή	:	*l'assemblage*
ἡ θέσις	:	*la position*
ἡ τροπή	:	*la modalité*
ὁ ὄγκος	:	*la particule*
ἡ ἀφή	:	*le contact*
τὰ ἁπτόμενα	:	*les parties en contact*

On ne s'étonnera pas de trouver parmi les fragments de Leucippe le *Grand système du monde* de Démocrite qui figure dans le catalogue des œuvres de Démocrite par Thrasylle[2]. Diogène Laërce note en marge de ce catalogue que l'école de Théophraste attribue l'ouvrage à Leucippe, et ce témoignage ne saurait être récusé. Leucippe a dû composer le *Grand système du monde* et Démocrite lui ajouter sous forme de supplément le *Petit système du monde*. Reinhardt, suivi par Guthrie[3], a formulé l'hypothèse très séduisante que le *Petit système du monde* ne traite plus du monde, mais de l'homme, puisque Démocrite[4] est le premier à avoir usé de l'expression *« microcosme »* (en un seul ou en deux mots).

1. Voir B II, p. 746.
2. Voir Démocrite, A XXXIII, p. 762.
3. *A History of Greek Philosophy*, II, 386.
4. Voir B XXXIV, p. 862.

NOTES

Page 729.

1. L'hésitation entre Élée, Abdère et Milet est philosophiquement significative. Faire de Leucippe un Éléate (voir A v, p. 731) revient à adopter la thèse d'Aristote (voir A vii, p. 732) selon laquelle les atomistes n'ont fait qu'adapter le système éléate aux exigences du mouvement. En faire un Abdéritain le rapproche en outre de Démocrite. Peut-être n'est-il que milésien et par conséquent ionien (voir A v, p. 731), à moins que Pythagore ne doive être tenu pour son véritable maître (voir *ibid.*, p. 731).

2. L'origine de sa pensée est bien milésienne.

3. Voir A xxvi, p. 742 et Anaxagore, A lxxxviii, p. 658; mais la thèse est proche aussi d'Anaximène et d'Anaxagore.

4. Voir pourtant Démocrite en A xxxvi, p. 766.

5. Voir A xxiv, p. 740. La même expression reparaîtra dans la *Lettre à Pythoclès* d'Épicure (voir Diogène Laërce, *Vies*, X, 88).

6. Voir A x, p. 735.

Page 730.

1. Selon la leçon manuscrite : ἐπέκρυσιν.

2. Le texte est corrompu. Nous suivons la restitution de H. Diels, qui demeure incomplète. (Voir Œnopide, vii, p. 478.)

3. Voir A xxvii, p. 742.

4. L'addition de la négation, qui nous paraît tout à fait légitime, est l'œuvre d'Henri Estienne.

5. Voir Usener, *Epicurea*, 365, 19.

Page 731.

1. Voir Diogène d'Apollonie, A v, p. 700.

2. Voir Diogène Laërce, *Vies*, I, 15 et IX, 34.

3. Il s'agit de l'école pythagoricienne.

4. Nous observons, chez Aristote, toujours le même refus de considérer comme suffisante une explication matérielle. Comme le répète Simplicius, il manque l'énoncé de la véritable cause du mouvement. (Voir la fin de ce témoignage.)

Page 732.

1. Voir Anaximène et Anaximandre, par exemple en Mélissos, A v, II, 10, p. 301 et Xouthos, p. 446.

2. Aristote prend pour exemples les majuscules grecques : A *(alpha)*, N *(nu)*, Ξ *(iota)* et H *(êta)*.

3. Voir l'École pythagoricienne, B IV, p. 564.

4. Ce qui revient à souligner l'impuissance de l'atomisme à expliquer l'origine du mouvement.

5. Pour tous les témoignages groupés sous ce numéro, on se reportera au tableau de concordance des termes placé en fin de Notice, p. 1455.

6. Voir Parménide, A XXV, p. 242 auquel ce texte fait suite. Voir aussi Aristote, *Métaphysique*, Z XVII, 1041 *b* 25.

Page 733.

1. L'erreur spéculative de Leucippe est de croire que le mouvement ne saurait exister dans le plein (ce qu'Anaxagore et Aristote lui-même estiment possible). Dans l'hypothèse éléate, l'existence du plein s'accompagne nécessairement de celle du vide.

2. Aristote dit le *hasard*, parce que l'explication atomiste du mouvement ne fait pas intervenir la cause finale; mais Leucippe au contraire dira : la *nécessité* (voir B II, p. 746).

3. Voir Parménide, A XXV, p. 242.

4. Voir Empédocle, A LXXXVII, p. 369.

5. Voir Platon, *Timée*, 53 *c* et suiv.

6. Lorsque Platon définit les éléments (voir la note précédente), il le fait en recourant à des surfaces qui peuvent, en étant tangentes, engendrer d'autres surfaces, etc. Pour Leucippe, les éléments ont trois dimensions, et non plus seulement deux. Ensuite, ils peuvent engendrer des assemblages autrement que par contact ou tangence, puisqu'il peut y avoir du vide entre les atomes pourtant liés entre eux. C'est pourquoi Jean Philopon (voir le témoignage suivant) juge abusif l'emploi du terme *contact* par Leucippe, puisque ce contact qui ne suppose pas la tangence, n'en est pas *vraiment* un. (Voir aussi Aristote, *Mélissos, Xénophane, Gorgias*, VI, 980 *a* 7.)

Page 734.

1. Le *« pas plus »*, formule sceptique, se retrouve chez Démocrite (voir A XXXVIII, p. 768 et B CLVI, p. 885).

Page 735.

1. Cette critique, d'origine aristotélicienne, amorce l'idée que cette nécessité, n'étant pas finale, est en réalité un hasard.

2. Leucippe est cité entre Parménide et Démocrite.

3. Voir A VIII (fin), p. 734.

Page 736.

1. Cicéron écrit : *concursu fortuito (rencontre* ou *concours fortuit)*. Voilà qui introduit le terme de *hasard* dans la doxographie (voir J. Burnet, *L'Aurore de la philosophie grecque*, Paris, 1970, n. 2, p. 392).

2. L'épicurien chargé de soutenir cette thèse dans le dialogue de Cicéron.

3. Voir Lactance, *De la colère*, 10, 3; *Institutions divines*, II, 17, 22 et Cicéron, en Démocrite, A LXXX, p. 788.

4. Voir Aétius, *Opinions*, I, XIV, 3, et Clément d'Alexandrie, *Protreptique*, 66.

5. La matière est, pour Simplicius comme pour l'Académie et le Lycée, divisible à l'infini : c'est la conséquence même de la puissance propre au continu. Aussi n'existe-t-il ni lignes insécables (Xénocrate) ni atomes (Leucippe); voir la discussion de Simplicius à propos des thèses de Zénon d'Élée en A XXII, p. 285.

6. Voir Usener, *Epicurea*, fgm. 268.

7. L'*impassibilité* (ἀπάθεια) exprime que l'atome de Leucippe et de Démocrite (voir A I, 44, p. 750; A XLIX, p. 774; A LVII, p. 777 et A CXXXII, p. 808) — comme l'Un de Parménide — échappe à toute altération. Épicure conserve ce caractère, bien qu'il admette, après la critique d'Aristote, que les atomes ont des parties. (C'est là un fort bel exemple de vie intellectuelle et de progrès dans la connaissance).

Page 737.

1. Il s'agit d'Aristote dont Simplicius commente le *Traité du ciel*, I, VII, 275 *b* 29. (Voir encore Usener, *Epicurea*, fgm. 284.)

Page 738.

1. D'où le rapprochement possible avec les pythagoriciens (voir A V, p. 731) ou encore avec Xénocrate (en Zénon, A XXII, p. 285).

2. Voir A XXVIII, p. 743 et Anaxagore, A XLV, p. 639.

3. Il manque à l'atomisme de définir la véritable cause du mouvement. Le reproche formulé contre Anaxagore vaut toujours. (Voir Anaxagore, A XLI, p. 634).

4. Le mouvement « par contrainte » s'oppose au mouvement « naturel ». Simplicius insiste sur cette distinction, empruntée à Aristote, pour souligner que le mouvement des atomes est purement mécanique et ne correspond à aucune finalité naturelle.

5. Hermias, qui utilise une source fournie par Théophraste, attribue au contraire aux atomes un mouvement naturel. (Voir Démocrite, A XLVII, p. 772.)

Page 739.

1. Voir A XVI, p. 738.

2. Ce texte vient après Anaxagore, A LXVIII, p. 649.

3. Un vase rempli de cendre peut être ensuite rempli d'eau, ce qui

laisse supposer dans la cendre un certain vide qui accueille l'eau. Ici, Aristote ne se borne pas à pratiquer une dialectique qui recueille les opinions du plus grand nombre ou des spécialistes : il se livre à une dialectique critique en cherchant pourquoi l'opinion commune est erronée.

Page 740.

1. Voir A I, 32, p. 730.
2. Voir Usener, *Epicurea*, fgm. 308, extrait du *Grand système du monde*.
3. Il s'agit ici soit des atomes, soit des corps à proprement parler, qui sont des mélanges d'atomes. Ils se conglomèrent *en un même* ⟨lieu ? ou monde ?⟩.

Page 741.

1. Voir A I, 31, p. 729.
2. Cette référence à une limite paraît suspecte à Usener, qui lui assigne une valeur de glose introduite après coup dans le texte de la lettre.
3. Cette justification — retranchée volontairement de son édition par Diels — ne doit évidemment rien à Leucippe, mais relève tout entière de la canonique épicurienne. L'absence de preuve du contraire rend possible toute hypothèse non infirmée, puisque la preuve positive ne peut être fournie par la sensation ou la perception.

Page 742.

1. Cette expression peut viser les atomistes de la première génération, comme Leucippe ou Démocrite. (Voir Lucrèce, *De la nature*, I, v. 334.)
2. Cette fois il s'agit très probablement de Leucippe.
3. Voir Démocrite A XCIII, p. 792.
4. Voir A I, 30, p. 729 et Démocrite, A XCIV, p. 793.
5. Voir A I, 33, p. 730 et Démocrite, A XCVI, p. 794.

Page 743.

1. Voir l'École pythagoricienne, B XL, p. 584.
2. Voir A XV, p. 737.
3. Voir Démocrite, A CVI, p. 799.
4. Voir Démocrite, A I, 44, p. 750; A CXXI, p. 804 et A CXXXV, p. 809.
5. Pourquoi ne pas traduire ἀπόρροια par *onde* ? Cela est plus

aisé ici que pour Empédocle (voir B LXXXIX, p. 409) où nous avons conservé la traduction usuelle par *effluve*.

Page 744.

1. *Image* traduit le mot ἔμφασις qui correspond plus haut à l'*impression visuelle*.
2. Voir Diogène d'Apollonie, A XXIII, p. 708.
3. À la façon de Zénon d'Élée (voir A IV, p. 277-278), ou encore de Protagoras (voir A XXI, p. 993).

Page 745.

1. Voir Platon, *La République*, X, 602 *c* et Sextus Empiricus, *Hypotyposes pyrrhoniennes*, I, 119.
2. Voir A XXVIII, p. 742.
3. Voir Anaxagore, A XLII, 12, p. 636 et A CVII, p. 667; ainsi que Démocrite, A CXLIII, p. 822.
4. Peut-être convient-il de lire *Leucippe* ?
5. Voir Démocrite, B CCVII, p. 897.

Page 746.

1. Voir Démocrite, A XXXIII (Tétralogies III et IV du *Catalogue* de Thrasylle), p. 762 et B IV *b*, p. 838.
2. Voir Anaxagore, A LXXIX, p. 654.
3. La source d'Achille Tatius est l'académicien Eudore.
4. L'auteur (ou l'accusateur) est inconnu. Le texte est dans un état de délabrement extrême. Nous le traduisons tel que Crönert et Diels l'ont reconstitué. Pour la bibliographie concernant ce papyrus, voir le *Catalogo dei Papiri Ercolanesi*, sous la direction de M. Gigante, Naples, 1979, p. 394.
5. Du *Grand système du monde* nous ne connaissons rien d'autre que le résumé qu'en donne Aristote (*De la génération et de la corruption*, I, VIII, 325 *b* 7 et suiv.; voir aussi Leucippe, A VII, p. 732). On peut à coup sûr lui attribuer l'emploi de termes comme : *atomes, éléments compacts, grand vide, séparation, rythme, assemblage, modalité, enchevêtrement, tourbillon*, etc. (voir également A XXIV, p. 740).
6. Voir A XXVIII, p. 742, ainsi que Démocrite, A XXXIII, p. 762 et B V *e*, p. 844.

DÉMOCRITE

NOTICE

Démocrite constitue à lui seul tout un monde : on le mesure à l'importance des témoignages et des fragments qui ont été conservés. Si le corpus d'Aristote n'avait pas eu la chance que l'on sait, d'être réédité au premier siècle avant notre ère par Andronicus de Rhodes, Démocrite passerait assurément pour le plus fécond et le plus universel des maîtres de sagesse que l'Antiquité ait produits.

Pour aborder la lecture des témoignages, il est ici nécessaire de se rappeler qu'après les écrits relatifs à la vie[1] et les anecdotes romanesques qui s'y rattachent[2], Diels a suivi, pour ranger les témoignages relatifs à la philosophie, la disposition des φυσικῶν δόξαι de Théophraste, c'est-à-dire les principes[3], Dieu[4], l'ordonnance du cosmos et les phénomènes célestes[5], la psychologie[6] avec l'important fragment de Théophraste sur les sensations[7], et enfin la physiologie[8]. Cinq témoignages[9] viennent clore l'ensemble par des informations relatives à l'éthique.

Selon la méthode déjà suivie pour Héraclite, Diels a renoncé à ordonner les fragments qui sont simplement classés par ordre alphabétique des auteurs témoins, mais en respectant toutefois l'ordonnance définie par le catalogue du néoplatonicien Thrasylle[10]. Thrasylle a en effet accordé à l'œuvre de Démocrite la même importance qu'aux dialogues de Platon et groupé en *tétralogies* les ouvrages qu'il a pu connaître, en rangeant dans une catégorie subsidiaire les ouvrages appartenant aux Ὑπομνήματα, que nous avons traduits par *Carnets*, en songeant qu'ils devaient être au corpus ce qu'est au dire d'Arrighetti le *De la nature* d'Épicure au reste de l'œuvre : une sorte de journal de bord, de cahier du chercheur, comme le sont les liasses inédites de Pascal, éditées à tort, selon L. Lafuma, sous le titre de *Pensées*.

En comparant le classement en tétralogies des dialogues de Platon effectué par Thrasylle, avec ce que les travaux de L. Brandwood nous apprennent aujourd'hui touchant leur ordre chronologique,

1. Voir de A I à A XIII, p. 747 à 754.
2. Voir de A XIV à A XXX, p. 754 à 761.
3. Voir de A XXXIV à A LXXIII, p. 764 à 784.
4. Voir de A LXXIV à A LXXXI, p. 784 à 788.
5. Voir de A LXXXII à A C, p. 788 à 796.
6. Voir de A CI à A CXXXVIII, p. 797 à 821.
7. Voir A CXXXV, p. 809.
8. Voir de A CXXXIX à A CLXV, p. 821 à 832.
9. Voir de A CLXVI à A CLXX, p. 833 à 834.
10. Voir A XXXIII, p. 762.

on se dit que le classement de Thrasylle n'a malheureusement rien d'historique. Or, au cours de notre longue fréquentation des témoignages et fragments de Démocrite, l'idée s'est présentée plusieurs fois à nous avec une clarté évidente, que bon nombre des contradictions propres à ces textes devraient pouvoir être levées, pour peu que l'on voulût bien tenir compte de ce qu'une œuvre aussi importante et si largement étalée dans le temps (Démocrite vécut selon certains jusqu'à cent neuf ans et selon d'autres, plus modestes, jusqu'à quatre-vingt-dix ans seulement) doive nécessairement porter la trace d'une évolution et d'un progrès de la pensée. C'est pourquoi il nous est apparu aussi que la méthode de W. Jaeger, si féconde à l'endroit de la philosophie d'Aristote, devrait peut-être être retenue concernant Démocrite.

Ne retenons qu'un exemple, d'ordre psychologique, et qui permet de rendre compte des contradictions entre les témoignages par l'hypothèse du développement et du progrès de la philosophie démocritéenne. La théorie des simulacres[1] ne s'accorde pas avec le témoignage du même Théophraste[2] où se trouve exposée une théorie phénoméniste de la vision. Dans le premier cas, nos perceptions s'expliquent toutes par l'effluence en nous des simulacres qui impriment sur l'organe des sens l'image de l'objet extérieur. C'est là un premier stade, en quelque sorte naïf, de la théorie[3]. Dans le second cas, les deux flux de lumière, en provenance à la fois de l'objet et de l'œil, engendrent dans l'espace intermédiaire la substance aérienne phénoménale qui, comme pour Protagoras et le Platon du *Théétète*, constitue le phénomène, objet de la perception. De là dérive une épistémologie relativiste[4], qui donne lieu à un grand nombre de témoignages concordants, et que la première physique de Démocrite serait impuissante à expliquer. Cette perspective historique devrait frayer la voie à de nouveaux travaux.

De Démocrite, on retiendra surtout la physique atomiste, l'image de l'homme comme un microcosme[5], la thèse morale de la tranquillité de l'âme ou du bien-être[6], le principe de la juste mesure[7], la préoccupation politique[8] et, du point de vue de la méthode, la pratique de l'autopsie qui consiste à observer par soi-même la nature des choses[9]. Les problèmes liés à sa théologie, ainsi qu'à celle d'Épicure, peuvent trouver leur solution dans l'identité entre les dieux et les images[10].

1. Voir A CXXXV, 50 et suiv., p. 809 et suiv.
2. Voir A CXXXV, 63, p. 813.
3. Voir Leucippe, de A XXIX à A XXXI, p. 743-744.
4. Voir B CLXIV et suiv., p. 887.
5. B XXXIV, p. 862.
6. Voir B CLXX, p. 889.
7. Voir B CXCI, p. 894.
8. Voir B CCLII, p. 906.
9. Voir A XVII *a*, p. 756 et B CCC 7 *a*, p. 921.
10. Voir A LXXVIII, p. 787.

NOTES

Page 747.

1. Interprétation libre d'Hérodote (voir l'*Enquête*, VII, 109 et VIII, 120). L'opinion selon laquelle la philosophie doit ses origines aux mages de la Perse, aux Chaldéens et aux druides, est celle d'Aristote dans son livre perdu *Sur les mages* (ou *la magie*) conservée par Diogène Laërce au commencement de ses *Vies* (I, 1; voir B CCXCIX, p. 917).
2. Voir Anaxagore, A V, p. 619.
3. La même expérience est prêtée à Pyrrhon par Diogène Laërce. (Voir Anaxarque, A II, p. 950.)
4. Cent talents constituent une somme considérable : plus d'une centaine de millions de francs.

Page 748.

1. Voir A XV, p. 754.
2. Voir A XI, p. 753 et B CXVI, p. 873.
3. *Les Rivaux*, 136 *a*. Ce dialogue est encore aujourd'hui tenu pour suspect. Sur Anaxagore, voir plus bas le paragraphe 41, p. 749.
4. Voir B CXLV, p. 881.
5. Voir B *a*, p. 835. Rien de ce qui subsiste de Démocrite n'entre avec certitude dans cet ouvrage dont il ne reste donc que le titre.
6. Voir A XVIII, p. 756.

Page 749.

1. Voir A XXXIII, 46, III, p. 762. Théophraste attribue l'ouvrage à Leucippe (voir B I, p. 746).
2. La somme est tout à fait considérable. D'après Philon d'Alexandrie (cité en A XIV, p. 754) le geste est imputable à Hippocrate.
3. Voir Proros, Amyclas, Clinias, II, p. 552.
4. Cette épithète de Timon : ἀμφίνοος, doit être sans doute rapprochée de ἀμφοτερόβλεπτος (voir Xénophane, A XXXV, p. 107) et de ἀμφοτερόγλωσσος attribué à Zénon d'Élée (voir A I, p. 275 et A XV, p. 282). Démocrite peut avoir, dans les *Silles* de Timon, été présenté comme un ancêtre du pyrrhonisme, hésitant entre des aspects contraires de l'apparence.
5. Voir B V, p. 838.
6. Voir B V, p. 838, et la note 10, ainsi qu'Anaxagore, A V, p. 619.
7. 460-457 av. J.-C.
8. 470-469 av. J.-C.
9. La formule τοὺς περὶ ne doit désigner qu'Œnopide lui-même, et non ses élèves.

Page 750.

1. Ce sont là des traits étonnants, dignes d'une sorte de Sherlock Holmes moderne, qui vont en grand nombre grossir l'image légendaire d'un Démocrite capable de déductions subtiles, fondées sur des observations qui échappent aux autres mortels (voir A I, 39, p. 748) et relevant plus ou moins de la magie.

2. Voir A XXVIII, p. 760.

3. Les occurrences doctrinales sont si nombreuses dans la doxographie de Démocrite, qu'il paraît impossible de donner pour chacune une série de renvois à d'autres textes. On se reportera donc aux témoignages A XXXVI et suiv., p. 766 et suiv.

4. Il faut entendre illimités en nombre, comme chez Leucippe.

5. Voir A XXXIII, 46, II, 3, p. 762, et Leucippe, A XXXVII, p. 745.

6. Voir B II *c*, p. 837.

7. Voir B IX, p. 845 et B CXXV, p. 876.

8. Le catalogue des ouvrages de Démocrite n'est pas de Diogène Laërce, mais de Thrasylle. Il n'y a donc aucun inconvénient à reporter, comme le fait Diels, en A XXXIII (voir p. 762), les paragraphes 35 à 49 du livre IX des *Vies*.

Page 751.

1. 472-469 av. J.-C.

2. Voir le témoignage d'Apollodore en A I, 41, p. 749.

3. La source de la *Suda* est le *Dictionnaire* d'Hésychios.

4. 500-497 av. J.-C.

5. La source de ces deux datations est Cyrille, *Contre Julien l'Apostat*, I, 13.

6. 436-433 av. J.-C., date de l'*acmé* de tous ces philosophes.

7. Mort lors de la quatre-vingt-quatorzième olympiade (404-401 av. J.-C.) : saint Jérôme, 1581 après Abraham [ol. 94, 404-401], Armen, 1613 après Abraham [ol. 94, 402-403].

8. Au cours de la deuxième année de la cent cinquième olympiade, soit en 359 av. J.-C.

Page 752.

1. La première année de la quatre-vingt-quatorzième olympiade soit en 400 av. J.-C.

2. Voir A I, 39 et 43, p. 748 et 750.

3. La question du tremblement de terre. Anaxagore est loué par Démocrite (voir Anaxagore, B XXI *a*, p. 680) et critiqué par lui (voir B V, p. 838).

4. Voir A CXIV, p. 802 et B CLVI, p. 885.

5. Fgm. 172, p. 153, 2 des *Epicurea* d'Usener. Notons d'autre part que la relation entre Démocrite et Protagoras soulève bien d'autres difficultés. Si l'acmé de Démocrite se situe entre 436 et

433 av. J.-C. (voir A IV, p. 751), celle de Protagoras se situe plutôt entre 444 et 441 av. J.-C. (voir Protagoras, A I, 56, p. 985). Démocrite est donc le cadet de Protagoras, et non l'inverse.

Page 753.

1. Voir A I, 34, p. 747 et A XL, p. 769.
2. Hippocrate.
3. Diagoras de Mélos, le Phrygien (voir B CCXCIX *e*, p. 917).
4. Diagoras et non Démocrite.
5. 468-465 av. J.-C.
6. Voir B CXV *a* et B CXVI, p. 873.
7. Les Indes. La source de ce témoignage est Mégasthène.

Page 754.

1. Comme Anaxagore, voir Démocrite, A XV, p. 754.
2. Voir A I, 39 et 40, p. 748-749.

Page 755.

1. Voir Dion Chrysostome, 54, 2, éd. Arnim, p. 113, 21; Cicéron, *Des fins extrêmes des biens et des maux*, V, XXIX, 87; ainsi que Démocrite, A CLXIX, p. 834.
2. Voir A IX, p. 752 et A XL, 1, p. 769.
3. Peut-être dans son traité *Du bonheur*.
4. Voir Homère, l'*Odyssée*, III, v. 301 et IV, v. 80 à 90.
5. Voir B XIV, p. 849. Mais l'histoire doit avoir son origine dans Thalès (voir A X, p. 13).

Page 756.

1. Le terme grec est φιλολογία.
2. Ce texte est cité dans la traduction de J. Amyot. (Sur l'observation directe ou *autopsie*, voir par exemple, B CCC 7 *a*, p. 921.)
3. Voir A I, 39, p. 748.

Page 757.

1. Il s'agit sans doute d'une confusion avec Empédocle.

Page 758.

1. Ce Sotion est le maître de Sénèque. La citation de Stobée, qui suit, est extraite de son livre.
2. Allusion à l'image traditionnelle des Abdéritains, sots et éleveurs de moutons.
3. Voir A LXXIV (fin), p. 785.

Page 759.

1. Repris par Lactance, *Institutions divines*, 18, 6.

Page 760.

1. Ce texte est cité dans la traduction de J. Amyot.

Page 761.

1. Voir A I, 43, p. 750.
2. Confusion avec Phérécyde (voir Diogène Laërce, *Vies*, I, 118) ou même avec Homère (voir Héraclite, B LVI, p. 158).
3. Voir A II, p. 751.
4. Voir Leucippe, B I, p. 746 : les fragments de Démocrite sont classés par Diels dans l'ordre que propose le catalogue du néoplatonicien Thrasylle.
5. Voir B V *c*, p. 844.
6. Hésychios est la source de cette notice.

Page 762.

1. Ce *Catalogue* a Callimaque pour auteur. La source de la *Suda* est Hésychios.
2. Toujours d'après Hésychios.
3. Pour tout ce qui concerne ce *Catalogue*, on se reportera au classement des livres répertoriés dans la partie B, p. 835 et suiv.
4. Voir B I *b*, p. 836. C'est là une épithète attribuée à la déesse Athéna.
5. La corne d'abondance.
6. Il manque l'indication du nombre de livres que l'ouvrage comportait.

Page 763.

1. Le terme de ῥυσμός peut difficilement désigner, comme l'entendent Diels et Liddell et Scott la *forme* ou la *figure* (σχῆμα), notamment parce que les atomes ne sauraient changer de figure, comme devrait le supposer le titre suivant. Dans ce dernier texte, la figure n'est pas celle des atomes, mais du composé. (Voir encore A XXXVIII, p. 768 et A CXXV, p. 805.)
2. Il manque l'indication du nombre de livres.
3. Le texte grec porte : περὶ τῆς λίθου, c'est-à-dire *De la pierre*. Sans doute faut-il entendre par là : la pierre d'Héraclée, ou *aimant*.
4. Nous traduisons le mot γνώμη et non la correction γωνίης ou γνώμονος, en donnant une valeur géométrique à ce terme qui désigne aussi, en psychologie, l'*inclination*.
5. Ici encore le nombre de livres n'est pas précisé.
6. Titre douteux.

Page 764.

1. Ou *De la déclamation.*
2. Ici encore il manque l'indication attendue du nombre de livres.
3. Il faut, ici, prendre *musique* au sens étymologique élargi de : *concernant l'art des Muses.*
4. Entendons aussi par *arts*, les techniques et les métiers.
5. Ou encore : aux *circonstances.*
6. Sans doute un traité d'escrime militaire ou un *Art du combattant*, sorte de *Manuel du fantassin.*
7. Voir de B CCXCVIII *b*, p. 916 à B CCXCIX *f*, p. 917.
8. Il peut s'agir aussi d'un neutre : les *phénomènes*, les *choses* en général.
9. Ou *De l'histoire.* Peut-être un commentaire d'Hérodote.
10. La signification du mot χερνικά échappe aux commentateurs; χέρνιβα, conservé par d'autres manuscrits, désignerait des *pots de chambre* ! (Voir B CCXCIX *f*, p. 917.)

Page 765.

1. Voir le jugement de Timon en A I, 40 (fin), p. 749.
2. Voir A XXXVII, p. 767.
3. Voir l'épicurien Colotès à B I, p. 835 et B CLVI, p. 885.

Page 766.

1. Problèmes relatifs à la génération et à l'altération. (Voir Leucippe, A IX, p. 735.)
2. La méthode d'analyse propre à Aristote lui-même.
3. Peut-être sous l'influence d'Archélaos.

Page 767.

1. Voir les *Aristotelis fragmenta selecta*, éd. Ross, p. 143.
2. *Chose* traduit ici le grec δέν. Voir A XLIX, p. 774 et la note 4.
3. Dans la langue de Simplicius, conforme en ce point à l'usage aristotélicien, l'expression « à partir de » (ἐκ + génitif) désigne la *matière.*
4. Ici, Aristote critique la thèse atomiste : l'unité du corps composé d'atomes n'est qu'apparente. À la *continuité* se substitue le *contact.*

Page 768.

1. Voir Leucippe, A VIII, p. 734. La source de Simplicius est Théophraste comme pour A XXXIX, p. 768 et A XL, 2 à 4, p. 769.
2. Voir la Notice concernant Leucippe, p. 1453.

3. Voir B CLVI, p. 885. La formule deviendra pyrrhonienne.
4. Voir Leucippe, B II, p. 746.

Page 769.

1. Voir Héraclite, B CXXX, p. 176 et B CXXXVIII, p. 177.

Page 770.

1. Voir Parménide, A XXXV, p. 246.
2. C'est pour se conformer au témoignage des sens (pour lesquels les atomes ne sont pas visibles), ce qui est une règle essentielle de sa *canonique*, qu'Épicure rejette l'opinion de Démocrite. Sur les autres différences à propos des atomes, voir A XLVII, p. 772; A LVIII et A LX, p. 778.
3. Voir A XLI, p. 780.

Page 771.

1. Commentant ce passage, Simplicius (44, 22) entend par l'*étendu* le *plein*.
2. Chez Archigène, qui n'est pas autrement connu ni cité dans le présent ouvrage. Pour le mot *compact* (ναστός, ναστά), voir Leucippe, A VIII, p. 734 et Démocrite, A XXXIII, VIII, I, p. 763; A XXXVII, p. 767 et B CLXXXV, p. 893. Galien ignore Empédocle (voir A LXXXVII, p. 369).
3. La mauvaise solidité des marmites n'a pas permis aux Grecs de faire l'observation de Denis Papin.

Page 772.

1. Aristote et Simplicius pensent au contraire que les atomes sont pesants chez Démocrite. (Voir A XLVII, p. 772 et A LVIII, p. 778.) Le problème est celui de l'origine du mouvement. Théophraste (voir A CXXXV, 71 [fin du paragraphe], p. 816) paraît donner raison à Aétius.
2. *Plaga*. Voir Usener, *Epicurea*, p. 378.
3. Affirmation de l'existence du discontinu. Les parties cessent d'être seulement en puissance, mais deviennent *réelles* et en *acte*. (Voir par exemple Zénon d'Élée, A XXI, p. 283.)

Page 773.

1. Allusion à la dichotomie mise en œuvre par Zénon (voir A XXV, p. 287).
2. Voir Zénon d'Élée, A XXIX, p. 290.

Page 774.

1. Voir B CXXV, p. 876.

2. *En réalité* : ἐτεῇ, qui vient de ἐτεόν.
3. *Étant* et *néant* : δέν et μηδέν. Voir A XXXVII, n. 2, p. 767 et B CLVI, p. 885.
4. Voir Usener, *Epicurea*, 205, 29.

Page 775.

1. L'adverbe ἔνερθεν signifie ordinairement *en dessus*, *en bas*, voire *de bas en haut*. L'expression est ici difficile à interpréter.
2. La déclinaison ou *clinamen*, est un terme qui ne se rencontre pas dans les textes d'Épicure qui nous ont été conservés. Tout porte à croire que ce terme a été forgé et introduit par les successeurs d'Épicure dans leur polémique contre le stoïcien Chrysippe sur le destin et la liberté.
3. Voir Nausiphane, A v, p. 969.

Page 776.

1. Ce texte est cité d'après la traduction de J. Amyot.
2. Relevons ici que l'édition de Diels ne comporte pas de témoignage portant le numéro LIV, qui paraît avoir été omis.
3. *Lérocrite* est le surnom donné par Épicure (familier de ce genre de plaisanterie) à Démocrite : il signifie *marchand de vide*.

Page 778.

1. Ce témoignage s'oppose à celui d'Aétius (voir A XLVII, p. 772) qui disait que les atomes n'ont pas de pesanteur. (Voir A LX et suiv.)
2. Aristote écrit simplement : *selon l'excès*. Mais il faut donner à l'expression κατὰ τὴν ὑπεροχήν sa valeur mathématique qui renvoie au rapport solide/vide, qui croît lorsque le solide l'emporte sur le vide. Sur la fonction du concept d'excès, voir Archytas, B II, p. 535.
3. À l'encontre de Platon qui tient les surfaces, dépourvues de *dimension corporelle*, pour les principes des corps.

Page 779.

1. Voir la note 2, p. 778.
2. Cette expulsion se produit vers le haut. Ainsi, aucun corps n'est absolument léger, mais toute légèreté est nécessairement relative. Un corps, qui n'est donc léger que relativement, est ou bien dépassé par un autre corps qui choit plus vite que lui, ou bien expulsé et chassé vers le haut, ce qui le fait apparaître plus léger, sans que pour autant sa pesanteur s'en trouve supprimée.

Page 780.

1. L'atomisme, dans l'état premier de sa construction, n'a pas besoin d'attribuer aux atomes une propriété leur appartenant en propre, et destinée à rendre compte de leur mouvement, comme le ferait une pesanteur. En fait, la cause du mouvement est extérieure à la matière et au plein, et réside tout entière dans le vide : l'être est aspiré par le non-être. C'est ce qui explique, même chez Épicure, que la vitesse des atomes soit constante et demeure indépendante de leur taille. L'absence de résistance et, mieux encore, le non-être imputable au vide, font que les corps atomiques se trouvent comme aspirés ou happés dans toutes les directions que comporte le vide illimité. Cette théorie physique est naturellement antérieure à ce que sera la conception du *clinamen* après Épicure lui-même.

2. Pour expliquer le fait que des disques de métal ou des corps de densité supérieure à l'eau sont capables de flotter.

Page 781.

1. Ici, par *corps* (terme employé par Alexandre), il faut entendre *atomes*.

2. Dans la perspective atomiste, la question philosophique du mélange est fort intéressante. Doit-on dire, s'il y a mélange, que ce sont les atomes composant les corps ou les corps composés d'atomes qui constituent les éléments du mélange ? (Voir Anaxagore, A LIV, p. 644.)

Page 782.

1. Aristote, comme pour les Ioniens parlant de l'Illimité, veut bien admettre que les atomes constituent le substrat ou la cause matérielle. Mais ils ne sauraient être d'eux-mêmes la cause du mouvement, et par conséquent il faut une cause efficiente : la *nécessité* qui meut les atomes. Mais cette nécessité ne suffit pas à fournir au système une causalité finale.

2. Voir A LXXXIII, p. 789 et Parménide, A XXXII, p. 245.

3. Voir B CLXVII, p. 889.

4. Formule d'Aristote : voir la *Physique*, II, IV, 196 *b* 14.

5. Cet accident aurait provoqué la mort d'Eschyle.

Page 783.

1. Omis par Diels.

2. Voir B XI *b*, p. 847.

3. *Simplicius, note Diels*, attribue cette doctrine à Démocrite (voir le *Commentaire sur la Physique d'Aristote*, 331, 16). C'est tout particulièrement à lui que se réfère Épicure (περὶ φύσεως, *Papyrus d'Herculanum*, 1056, col. 25 [fgm. 34 de l'édition d'Épicure par G. Arrighetti]).

4. Voir Anaxagore, A LXVI, p. 648.

Page 784.

1. Voir Usener, *Epicurea*, p. 352, 32.

Page 785.

1. Allusion à la sottise légendaire des Abdéritains. (Voir Lucien, *Comment il faut écrire une histoire*, 2.)
2. Voir Critias, B XXV, p. 1145.

Page 786.

1. *Temples* : c'est-à-dire les espaces qui leur étaient consacrés.
2. Voir Usener, *Epicurea*, fgm. 326.

Page 787.

1. Ce fragment, ainsi que le suivant, est cité d'après la traduction de J. Amyot.
2. Explication scientifique du « mauvais œil », qui, tout autant qu'aux travaux d'analyse rationnelle, renvoie aux aspects magiques de l'œuvre de Démocrite.
3. Voir B CLXVI, p. 888, et C V, p. 932. Ce témoignage peut être important pour l'interprétation de la « théologie » de Démocrite et d'Épicure.

Page 788.

1. Voir A CXVI-A CXVII, p. 802-803.

Page 789.

1. Cette opposition entre identité spécifique ou formelle et identité numérique est propre à Aristote et à ses commentateurs et ne saurait être rapportée à Démocrite.
2. Voir Anaxagore, A LXXVIII, p. 654 et Leucippe, A I, 33, p. 730.
3. Voir Anaxagore, A I, 8, p. 616; A I, 12, p. 617; A II, p. 618; A *XIX, p. 626;* A LXXII, p. 651; Archélaos, A XV, p. 690 ainsi que Gorgias, B XXXI, p. 1050.

Page 790.

1. Voir Héraclite, B III, p. 146.
2. Cette loi est la découverte de Leucippe (voir A I, 31, p. 729).
3. Ce qui correspond à la précession des équinoxes ou, si l'on préfère, au déplacement du point vernal.
4. Du ciel, c'est-à-dire de la sphère des étoiles fixes.
5. Le mouvement de la Lune paraît plus rapide que celui des astres et du Soleil, et sa période plus courte : cela vient de ce que

les fixes passent au-dessus de son orbite plus rapidement qu'elle ne tourne, ce qui est bien la preuve de ce que la vitesse du tourbillon est proportionnelle à l'éloignement du centre.

Page 791.

1. D'après J. Amyot. Voir Anaxagore, A LXXVI, p. 653.
2. Voir Anaxagore, A LXXVII, p. 653.
3. Voir Anaxagore, A LXXX, p. 654.

Page 792.

1. Voir Anaxagore, A LXXXI, p. 655.
2. Nous désignons d'abord chaque planète par son nom latin, suivi, entre parenthèses, du nom grec dont Alexandre fait usage.

Page 793.

1. Voir B XV, p. 854. La conception de Démocrite, par rapport à celle de ses prédécesseurs, est originale. (Voir aussi Anaxagore, A LXXXVII, p. 657.)

Page 794.

1. Voir Anaxagore, A LXVII, p. 648.
2. Au vu du contexte de Sénèque, la source de ce témoignage paraît être Posidonius.

Page 795.

1. En substituant à *ut terra [...] ita*, la leçon manuscrite *et* au lieu de *ita*; ce qui donne : *terra autem [...] est, et spiritus.*
2. Voir Parménide, A XLIV, p. 249.
3. Par l'effet de l'ébullition et parce que la longueur du détroit fait office de filtre, l'eau saumâtre de l'Océan devient l'eau douce du Nil.

Page 796.

1. Tiré de son traité *De l'eau.* (Voir Diogène Laërce, *Vies*, V, 45; Anaximandre, A XXVII, p. 36; Anaxagore, A XC, p. 659 et Métrodore de Chio, A XIX, p. 943.)
2. Voir Empédocle, B LV, p. 396 et Antiphon, B XXXII, p. 1104.
3. Il manque cinq lignes.
4. Restitution douteuse.

Page 797.

1. Il s'agit de la fable XIX (éd. Halm).
2. Voir Empédocle, A LXVI, p. 351.

3. Voir Anaxagore, A XCIX, p. 664 et A C, p. 665.

4. Ce vers a disparu de nos actuelles éditions d'Homère. (Voir A CXXXV, 58, p. 812.)

5. Voir Parménide, A XLV, p. 250 et Héraclite, B CXVIII, p. 172.

Page 798.

1. Voir Parménide, A XLV, p. 250. Les *idées* sont pour Démocrite les atomes : voir A LVII, p. 777.

2. Témoignage d'origine sans doute stoïcienne. Le *Songe de Scipion* appartient au livre VI du *De la république* de Cicéron, fragmentairement conservé.

3. Voir Platon, le *Ménon*, 97 *d*.

Page 799.

1. Témoignage d'origine sans doute épicurienne.

2. En termes stoïciens, l'*hégémonique*, partie maîtresse de l'âme.

3. Aristote répète que la perspective démocritéenne est exclusivement mécaniste.

Page 800.

1. La mort, naturelle ou violente, ne saurait s'expliquer en termes de causalité mécaniste.

2. Voir A XLIX, p. 774 et Anaxagore, B XXI *a*, p. 680.

3. Voir Diotime, III, p. 975.

Page 801.

1. Voir Protagoras, A XIX, p. 992.

2. Aristote, dont Philopon commente le propos.

3. Sans doute, le sujet désigne-t-il Aristote.

4. Voir Protagoras, B I, p. 998.

5. Voir B XI, p. 846.

Page 802.

1. Voir Sextus Empiricus, *Hypotyposes pyrrhoniennes*, I, 97.

2. Voir A LXXIX, p. 787; B XI, p. 846; Épicharme, B IV, p. 199 et Simplicius, *Commentaire sur le Traité de l'âme d'Aristote*, 173, 7.

Page 803.

1. Voir A CLX, p. 830.

2. De Gaule transpadane (située au-delà du Pô).

3. En latin *spectra*.

4. Épicure lui-même, originaire de Gargette, un petit bourg de l'Attique.

5. En grec dans le texte : εἴδωλα.

6. Cette lettre jette un jour très significatif, à nos yeux, sur le fragment de la *Lettre à sa mère* d'Épicure ou du pseudo-Épicure. (Voir Diogène d'Œnanda, « *Ad matrem* », éd. Chilton, 52-53 ou G. Arrighetti, *Epicuro*, *Opere*, 2ᵉ éd., 1973, [72], p. 437, ainsi que A LXXIV, p. 784 et A LXXVIII, p. 787 où Démocrite, parlant des *simulacres*, dit les « dieux ».)

Page 804.

1. Ce que soutiendra Aristote lui-même, dans le *Traité de l'âme*, mais en un sens différent.
2. Le début de cette phrase a été retranché par Diels.
3. Les miroirs devraient être, dans ce cas, doués eux-mêmes de vision. (Voir Théophraste, *Du sens*, 36, p. 1434.)

Page 805.

1. Entendons qu'elle n'existe que par convention, du fait de l'assemblage des atomes ou de la modalité (τροπή).
2. Voir Anaxagore, B XXI *a*, p. 680.
3. Voir Leucippe, A XIV, p. 736.
4. Voir A CXXXV, 73, p. 817 et Empédocle, B XXIII, p. 383.
5. Voir A CXXXV, 65, p. 813.

Page 806.

1. Posidonius paraît être la source probable de ce témoignage.
2. Voir Homère, l'*Odyssée*, XVII, v. 218.
3. Voir B CLXIV, p. 887.

Page 807.

1. Voir A CXXXV, 67, p. 814.
2. Polémique de Théophraste contre Démocrite.
3. Voir A CXXXV, 63, p. 813.
4. *Propriété* traduit ici le grec δύναμις.
5. *Propriété* traduit le grec τὸ ὑπάρχον.

Page 808.

1. Au lieu de l'addition (τὰ <ἑκάσ>των) proposée par Diels, nous nous bornons à suggérer une ponctuation différente : τὰ μὲν ἐκκρίνεσθαι (τὰ τῶν πρότερ' ὄντα, εἶτα δ'οἰκεῖα καθ' ἕκαστον). C'est le texte dont nous donnons la traduction et qu'il convient de substituer à : « On voit se dissocier les unes (cette séparation s'effectuant entre d'une part, celles qui sont primordiales pour toute saveur et qui demeurent toujours (πρότερ' ὄντ' ἀεί), et d'autre part, celles qui sont propres (τὰ δ' οἰκεῖα) à chacune des saveurs. »

2. Voir A cxxx, p. 807 et A cxxxv, 63, p. 813.

3. Cette dernière proposition est omise par Diels. Il serait intéressant, au lieu d'Héraclite, de pouvoir corriger le texte et de lire ici le nom d'Épicure qui est le premier philosophe à avoir proposé une canonique bivalente ou plurivalente.

Page 809.

1. Démocrite ne se prononce ni pour la thèse d'Anaxagore (voir A xcii, p. 661) et d'Héraclite, ni pour la thèse de Parménide et d'Empédocle (voir A lxxxvi, 1, p. 363) : c'est dire que sa problématique est scientifiquement nouvelle. Aristote dira lui aussi que la sensation est en un sens une altération et en un autre sens n'en est pas une. Théophraste ne peut pas ne pas y songer aussi.

2. Ici, le texte traduit est celui donné par les manuscrits, qui a été préféré à la reconstitution de Diels.

3. Cette image est le phénomène. (Voir Protagoras, A xiv, p. 990 et surtout, plus loin, dans le *Théétète* de Platon, 156 *d* et suiv.)

4. Certains éditeurs ajoutent : et *libres* d'humidité, au lieu de *remplies d'humidité*.

5. Image qui deviendra aussi celle de Platon (voir le *Théétète*, 191 *d*) et d'Aristote (*Traité de l'âme*, II, xii, 424 *a* 19). Théophraste juge impossible que l'air intermédiaire entre l'objet et l'œil reçoive l'empreinte du phénomène. Cette objection relative à l'impossibilité pour l'air de conserver une empreinte sera écartée par les stoïciens, quand ils développeront leur théorie de la τύπωσις.

6. Ἐν τοῖς περὶ τῶν εἰδῶν, écrit Théophraste, ce que nous avons — prudemment — traduit par la formule : « dans les ⟨*passages*⟩ où il traite des formes », alors qu'il pourrait s'agir de *livres* appartenant aux sections IV et V des livres de physique du *Catalogue* de Thrasylle (voir A xxxiii, p. 762). Il semble, comme nous le suggérons dans la Notice, p. 1462, que nous disposions ici d'un témoignage indirect permettant de former l'hypothèse d'une évolution de la pensée démocritéenne relative à la sensation. Le phénoménisme serait la dernière forme prise par l'explication démocritéenne.

Page 810.

1. On a l'impression que Théophraste s'en prend à une théorie phénoménale postérieure à la théorie des simulacres, et déjà plus proche de celle du phénoménisme de Protagoras. Il faut que le phénomène, imprimé par l'objet sur l'air, fasse en quelque sorte demi-tour et se retourne vers l'œil, pour que l'œil prenne conscience de cette empreinte phénoménale (voir A cxxxv, 52, p. 810). Cette thèse est beaucoup plus raffinée que la première. Démocrite attend, comme Aristote, son W. Jaeger qui tiendrait compte de l'évolution

de la pensée scientifique d'un philosophe et d'un chercheur qui vécut pour certains jusqu'à cent neuf ans. Une méthode de recherche pourrait commencer par classer à part les témoignages assez nombreux qui, étrangement, à première vue, associent Démocrite et Platon pour, à titre d'hypothèse de travail, marquer une coupure entre la philosophie antérieure de Démocrite et sa philosophie postérieure au mystérieux séjour fait à Athènes (voir A CXXXV, 59 et 60, p. 812, et le parallèle établi entre les recherches démocritéennes et le *Théétète* de Platon).

2. Nous comprenons par ces *autres cas*, les autres cas où une cire reçoit une empreinte : c'est la surface opposée au sceau qui porte la trace imprimée. L'image est donc imprimée au recto du phénomène, alors que le verso, tourné vers l'œil, ne comporte aucune trace visible ou lisible. Il faut donc, pour que l'empreinte devienne visible, que le phénomène (ou l'empreinte) se retourne ou opère une volte-face, ce qu'indique la phrase suivante.

3. Le texte de Diels porte : ὥσπερ <ἀκτῖνα> ἐπιφέρων ἐπὶ τὴν ὄψιν et signifie : *en projetant sa lumière contre la vue à la façon de ⟨rayons⟩*. Nous revenons aux manuscrits et lisons : καὶ τὸ φῶς, ὡσπερεί τι, φέρων ἐπὶ τὴν ὄψιν.

Page 811.

1. On a conservé ici la correction de Zeller. Le καὶ δι' ὧν des manuscrits signifie : « mais il est absurde que par elles (les oreilles) le bruit s'introduise dans la totalité du corps ».

2. Voir Parménide, B XVI, v. 1, p. 270; Empédocle, A LXXXVI, 1, p. 363 ; Diogène d'Apollonie, A XIX, p. 705 et Démocrite, A CXXXV, 63, p. 813.

Page 812.

1. Voir Homère, cité par Aristote en A CI, p. 797.
2. Voir Anaxagore, A LXXIII, p. 651 et A LXXXIV, p. 656.
3. Voir Empédocle, A LXIX *a*, p. 353 et B XCIV, p. 410.

Page 813.

1. Texte corrompu et incertain.
2. Voir la quatrième et la cinquième tétralogies du *Catalogue* de Thrasylle (en A XXXIII, p. 762-763).
3. Ici et pour les paragraphes suivants, voir A CXXXII, p. 808.

Page 815.

1. Voir A CXXXIV, p. 808.
2. *Effectives* traduit ici l'expression καθ' αὑτά, signifiant aussi *en soi*, par opposition à *relatif*.

3. En suivant la correction de Zeller; les manuscrits portent : *de la saveur*.

4. Voir A CXXXIV, p. 808. C'est là l'origine scientifique du scepticisme phénoménal.

5. L'argument de Théophraste provient en droite ligne d'Aristote.

Page 816.

1. Habile utilisation de l'argument classique dit du *troisième homme*. Dire que le miel est doux aux uns et amer aux autres suppose, pour que les uns et les autres expriment un désaccord sur la nature du miel, une *essence* ou une *idée*, commune aux uns et aux autres, de ce qu'est le doux en soi ou l'amer en soi.

2. Qui sont ces philosophes désignés par *ils* ? Diels propose un rapprochement avec Parménide, B XVI, p. 270 (qui correspond à A XLVI, p. 251). Voir plutôt A XXXV, p. 246.

3. Voir A XLVII, p. 772; A LVIII et A LX, p. 778. Voilà qui tranche apparemment la question en faveur d'Aétius.

4. Voir Empédocle, A LXXXVI, 10, p. 364. On trouverait de nombreuses autres références possibles.

Page 817.

1. Voir A CXXV, p. 805 et Empédocle, B XXIII, p. 383. Pour Démocrite, les quatre couleurs fondamentales sont le blanc, le noir, le rouge et le vert (voir A CXXXV, 73 à 75, p. 817).

Page 818.

1. Sans doute une couleur jaune doré.

2. Texte douteux.

Page 819.

1. *Différence*, traduit διαφορᾶς, correction de Mullach pour la leçon manuscrite φορᾶς signifiant le *déplacement*.

Page 821.

1. D'après Posidonius.

2. Voir encore Cicéron, *De la divination*, II, XIII, 30.

3. Les manuscrits portent ειδεεναστρον. Diels conjecture εἰδέων ἀνάρθρων (texte que nous traduisons) en se fondant sur le rapprochement avec Empedocle, A LXXII, p. 357 et B LVII, p. 396. (Mais il est possible de lire : εἶδε ἔναστρον, si l'on restitue εἶδε ἔναστρον <εἶναι> πρῶτον <ζῷον> : « il savait que le premier animal vivait dans les astres »; on comprend συστάσει τοῦ ὑγροῦ et on lit : « les

animaux — dont il savait que le premier vivait dans les astres — ont été engendrés par la condensation de l'humide qui produit la vie ».)

4. Voir B v, 1, p. 839.

Page 822.

1. C'est-à-dire la puissance, la vertu ou la force (δύναμις) et non pas seulement la matière de la semence.

2. Voir B xxxii, p. 861 et Alcméon, A xiii, p. 223.

Page 823.

1. Némésius tire de ce qui précède une conclusion erronée.

2. C'est l'hypothèse d'un sein interne que l'embryon sucerait.

Page 824.

1. Exemple de causalité de type mécaniste. (Voir Anaxagore, A cii, p. 666.)

2. Dans la classification d'Aristote, cette catégorie correspond à peu près à nos actuels invertébrés.

3. Voir Lucrèce, *De la nature*, IV, v. 116 et suiv.

4. Voir A cli, p. 825; Alcméon, B iii, p. 226; Empédocle, A lxxxii, p. 361 et B xcii, p. 410.

5. Voir Pline, *Histoire naturelle*, XI, 80.

Page 825.

1. Voir Hérodote, *Enquête*, I, 216.

2. Exemple de passage de la nature à la convention.

Page 826.

1. Diels cite de nouveau (par erreur ?) le témoignage d'Aristote figurant en A cxlix, p. 824.

Page 827.

1. À rapprocher d'Anaxagore (A xvi, p. 625).

Page 828.

1. Voir Empédocle, A lxvi, p. 351.

Page 830.

1. Voir Usener, *Epicurea*, fgm. 17.

2. Voir Platon, *La République*, X, 614 et suiv. (le mythe d'Er le Pamphylien).

3. Voir A cxvii, p. 803 et B i, p. 835.

Page 831.

1. Voir A XXIX, p. 761; Hérodote, *Enquête*, I, 198 et Lucrèce, *De la nature*, III, v. 891.

Page 832.

1. Si l'on suit la lettre des manuscrits A B, on comprendra : « les *figures* de Démocrite produisent aussi l'arrangement des impressions, même si cela assurément ne devrait pas être le cas ⟨selon Démocrite⟩ ». Sur l'âme des plantes, voir Nicolas de Damas (Empédocle, A LXX, p. 354).

2. Voir Empédocle, A LXIX, p. 353 et A LXXXIX, p. 370.

3. Nous revenons ici à la lettre des manuscrits : καὶ ὅτι εἶναι, au lieu de καὶ ἐκείνου, et plus loin : εὐκινητοτέραν θᾶττον. La correction de Diels : εὐκινητότερ' ὄν<τα τὰ ἄτομα> θᾶττον donnerait : « [il admet] qu'elle est plus poreuse [...], ce qui explique que ses atomes se meuvent plus rapidement et se dirigent vers le fer ».

Page 833.

1. Voir Empédocle, A LXXXIX, p. 370 et Diogène d'Apollonie, A XXXIII, p. 711. Sur l'aimant et l'ambre, voir Thalès, A I, 24, p. 4 et A III, p. 10.

2. Voir A I, 45, p. 750.

3. Voir B CLXX, p. 889.

Page 834.

1. Voir B CLXXI, p. 889 et Héraclite, B CXIX, p. 173.

2. Voir B III et B IV, p. 837. Ce fragment de Stobée est tiré d'Arius Didyme.

3. Voir A XXII et suiv., p. 758 et suiv.

4. Voir, par exemple, A XVI, p. 755.

5. Voir Usener, *Epicurea*, fgm. 526.

Page 835.

1. Voir Diogène Laërce en A XXXIII, p. 762. Parmi les fragments, ceux dont on peut raisonnablement penser qu'ils appartiennent à telle œuvre connue sont classés selon l'ordre du catalogue de Thrasylle (voir A XXXIII, p. 762) qui a suivi Callimaque (voir A XXXII, p. 762). Ce catalogue reflète l'héritage direct de l'école abdéritaine des Ve et IVe siècles av. J.-C., et est par conséquent exempt de falsifications alexandrines postérieures. On ne peut dire pourtant que les titres soient, à la lettre, parfaitement authentiques, même si l'authenticité de l'œuvre est certaine.

2. Voir A I, 38, p. 748.

3. Voir A CLXVI, p. 833.
4. Il peut y avoir plus de deux livres.
5. Voir A I, 39, p. 748 et C II, p. 931.
6. Voir A CLX, p. 830.

Page 836.

1. L'expression : δίσσ' ἐμφορεῖν est difficile à comprendre. Nous suivons la suggestion de Liddell et Scott qui proposent, dans leur *Greek-English Lexicon*, Oxford, 1843 et 1961, p. 550 B (ἐμφορέω), de donner un sens moyen à cette forme active. Mais la lettre du texte est elle-même douteuse.
2. Épithète homérique qualifiant la déesse Athéna et signifiant : *trois fois née* et, selon diverses interprétations antiques, *fille de Triton, née de la tête* (*triton* en éolien), *née le troisième jour du mois, née la troisième*, etc. (Voir encore Diogène de Babylone, dans Arnim, *Stoicorum veterum fragmenta*, III, 33.) C'est le titre du quatrième ouvrage de la première tétralogie de Thrasylle.
3. *Raison* traduit φρόνησις qui peut signifier aussi *pensée* ou *conscience*.
4. Voir encore les *Scolies BT à l'Iliade*, où figure l'épithète *tritogénéia*.

Page 837.

1. Sur ce titre, voir Aulu-Gelle, *Nuits Attiques*, préface, 6, 1, 8 ; Pline, *Histoire naturelle*, préface, 24.
2. Voir A I, 45, p. 750 ; A CLXVI et suiv., p. 833 et suiv. et C VII, p. 934 ; et Sénèque, *De la tranquillité de l'âme*, II et XII. Cette *joie* (εὐθυμία) rapprochée du *bien-être* (εὐεσθώ) est rendue en latin par *tranquillitas*, d'où le titre de *Tranquillité* donné par J. Amyot à l'œuvre de Plutarque dont est tiré le fragment qui suit.
3. Cité d'après la traduction de J. Amyot.

Page 838.

1. Voir B CLXXXVIII, p. 893.
2. Addition de Diels, qui prend modèle sur Stobée (voir B CLXXXVIII, p. 893).
3. Voir Hécatée d'Abdère, A IV, p. 959.
4. Voir Apollodore de Cyzique, I, p. 967.
5. Voir Nausiphane, B III, p. 974.
6. Voir, comme appartenant peut-être à cet ouvrage, les fragments B CLXX et B CLXXI, p. 889; B CLXXIV, p. 890; B CXCI, p. 894; B CXCIV, p. 895 ; B CCXXXV, p. 902 et B CCLXXXVI, p. 913.
7. Voir B CCXCIX, p. 916, qui est une falsification ne correspondant pas à l'ouvrage connu de Thrasylle. Le nombre de livres est incertain; l'ouvrage devait en comprendre plus de deux.

8. Voir Leucippe, B I, p. 746 et les notes afférentes à ce fragment.

9. Le fragment 2 permet de lire assez sûrement le nom de Démocrite, en dépit du caractère mutilé du papyrus d'Herculanum.

10. Voir A I, 41, p. 749. La datation reste, comme le note Diels, douteuse et difficilement interprétable. Mais intéressant est le refus démocritéen d'user du calendrier olympique.

Page 839.

1. Voir A I, 35, p. 747.

2. On retrouve dans ce fragment, outre des thèmes naturellement démocritéens, un certain nombre de points de rencontre avec Anaxagore, Empédocle, Leucippe, Protagoras et même Épicure ou Lucrèce. Toute cette explication des origines du monde et de la vie s'exprime en termes résolument mécanistes. Cette cosmologie est issue d'Hécatée d'Abdère (voir de B VI à B XIII *a*, p. 961 à 965) et puisée dans le *Petit système du monde* de Démocrite ; elle correspond au contenu du dialogue *Hermippe* de Jean Catrarès, un écrivain byzantin tardif qui, du point de vue chrétien, défend l'astrologie contre les attaques d'autres chrétiens (voir le texte suivant) : en sont spécialement démocritéens les paragraphes 5, 9 et 10 (voir encore Empédocle, A LXXII, p. 355 ; Lucrèce, *De la nature*, V, v. 783 et suiv. et Diogène d'Œnanda, éd. William, fgm. 10).

Page 840.

1. On retrouvera la suite de ce chapitre 7 dans Anaxagore, A LXII, p. 647.

Page 841.

1. La version de Jean Catrarès est teintée de christianisme. Le pronom *Il* désigne Dieu ou le Démiurge.

2. Sans doute s'agit-il du Démiurge.

Page 842.

1. Ce trait a une origine visiblement aristotélicienne plutôt que démocritéenne.

Page 843.

1. Le poète est Hésiode, que Jean Tzétzès cherche à imiter. De ces trois textes, sans doute proches du *Petit système du monde*, ce dernier reflet est celui qui ressemble le plus au mythe de Protagoras (voir Protagoras, C I, p. 1003).

2. Voir C V, p. 932.

Page 844.

1. Voir A XL, 4, p. 769 et A XCII, p. 792 (Sénèque).
2. Voir A II, p. 751 et C V, p. 932.
3. Voir A CXXXIX et suiv., p. 821 et suiv. et C VI, p. 932.
4. Voir Leucippe, B II, p. 746.
5. Voir A CI et suiv., p. 797 et suiv.
6. Voir A CXXXV, p. 809.
7. Voir A CXXIX et suiv., p. 806 et suiv.
8. Voir A CXXIII et suiv., p. 805 et suiv.
9. Voir A LVII, p. 777 ; A CXXXV, 63, p. 813 (voir aussi la note 1, p. 763).
10. Coupée de ce qui n'est ni convention, ni phénomène, l'essence demeure inaccessible à la perception. (Voir B IX, p. 845 et B CXVII, p. 873.)

Page 845.

1. Nous risquons ce terme français pour rendre la bizarrerie du grec δόξις. La δόξις est la manière dont nos sens sont affectés par ce qui les frappe.
2. Étymologiquement, l'*aporie* est l'absence de voie ou d'issue, ou encore de canal *(pore)*.
3. Voir B CXXXIX, p. 879.
4. Voir A XXXIII, 47, p. 763.
5. Voir B CXXV, p. 876.

Page 846.

1. Cela correspond assez bien au second état de la théorie démocritéenne de la perception visuelle. (Voir A CXXXV, 51 et suiv., p. 809 et suiv.)
2. Voir de A LXXVII à A LXXIX, p. 786 à 788 et surtout A CXVIII, p. 803; puis A CLXVI, p. 833 et Leucippe, A XXIX et suiv., p. 743 et suiv. Le précieux témoignage (cité en A LXXIV, p. 784) permet de fort bien admettre le rapprochement entre les *images* (ou simulacres) et la *Providence*.
3. Voir le titre d'Épicure : *Du critère ou Canon* (Diogène Laërce, *Vies*, X, 27; Démocrite, A CXI, p. 800 et Diotime, III, p. 975).
4. Ce fragment se situe après B VIII.

Page 847.

1. L'addition entre crochets ⟨...⟩ n'est qu'une conjecture de Diels.
2. Ces ouvrages figurent au *Catalogue* de Thrasylle, mais n'entrent pas dans les tétralogies physiques.

Page 848.

1. Voir A CXLVI, p. 823.

2. Voir A CLXV, p. 832.
3. Voir B CLV, p. 884.
4. Il manque l'indication du nombre de livres.
5. Le terme de *solides* correspond au mot ναστά, que nous avons traduit par *compacts* dans les témoignages de physique abdéritaine, et par *nœuds* chez Empédocle (voir A LXXXVII, p. 369).

Page 849.

1. Voir B V, p. 838; B XIV, p. 849 et B CXV *a*, p. 873. Par *calendrier*, nous traduisons le mot grec παράπεγμα, qui désigne plus particulièrement la *table astronomique*.
2. Voir Philolaos, A XXII, p. 499.
3. Voir B XXIX *a*, p. 861.
4. Les textes qui suivent, de B XIV 1 à B XIV 8, p. 849 à 853, appartiennent à l'*Astronomie*.
5. *Parapegmes* : tables astronomiques ou calendrier. (Voir n. 1, p. 849.)

Page 850.

1. Cette *Introduction à l'astronomie* est un calendrier datant du IIe siècle av. J.-C.
2. Parce que les halcyons profitent de cette période calme, juste après le solstice d'hiver, pour construire leurs nids.

Page 851.

1. Voir le pseudo-Théophraste, *Des signes météorologiques*, 57.
2. Soit le 28 septembre.
3. Soit le 29 septembre.
4. D'après W. Kranz (*Register*, p. 71 B, 'Αρκτοῦρος), Arcturus (littéralement : *gardienne de l'Ourse*) correspond à l'étoile appelée « gardienne de la Gazelle » par Ansarès. (Voir Anaxagore, B XX, p. 679.)

Page 852.

1. Le *Notos* est un vent du sud.

Page 853.

1. Le *De mensibus* contient plusieurs calendriers.

Page 854.

1. Voir Empédocle, A LXXIV, p. 356; B C, p. 413 et Anaxagore, A LXIX, p. 649.
2. Après Anaximandre (voir A VI, p. 26), Hécatée d'Abdère et Hellanikos.

3. Voir Hécatée d'Abdère, B I, p. 959.

4. Proposition formulée un très grand nombre de fois, lieu commun de la géographie et de la théologie.

5. Voir A XCIV, p. 793.

6. Voir C V, p. 932 et, sur la valeur du mot *pôle*, Anaxagore, A XLII, 10, p. 636 et la note 4.

7. Voir Vitruve, *De l'architecture*, VII, fgm. 11 (ou Anaxagore, A XXXIX, p. 633). Voir Damien de Larissa, *Optique*, éd. R. Schöne, suppl., p. 28, 10 et suiv. (Berlin, 1897).

Page 855.

1. Voir Critias, B III, p. 1137.

2. Platon, *Ion*, 534 *b*.

3. Voir B XXI, p. 856 et B CXII, p. 872.

Page 856.

1. Voir encore A CI, p. 797.

2. Voir B XVIII, p. 855.

3. Porphyre commente le vers 252 du chant XXI de l'*Iliade* où Achille est comparé à un aigle noir. La lecture μελανόστου correspond, dans nos éditions modernes, à μέλανος τοῦ (le *noir*, rapporté à l'aigle).

Page 857.

1. *Pénia* signifie *Pauvreté* : c'est le nom de la mère d'Éros dans *Le Banquet* de Platon (203 *b*). *Pantheia* signifie *commune à tous les dieux*, et *Danaé* est la mère de Persée, nom porté aussi par une sorte de *laurier*.

2. Voir B CXLII, p. 879. Cratyle, Pythagore et Épicure assignent au langage une origine naturelle. De l'image donnée par Pythagore, on peut rapprocher celle de l'instituteur donnant arbitrairement leurs noms aux choses, proposée par Épicure. En revanche, Hermogène, Démocrite et Aristote assignent au langage une origine conventionnelle. En fait, l'opposition n'est pas aussi tranchée que le dit Proclus au début de son commentaire.

Page 858.

1. Voir B CXLII, p. 879.

2. *Aristoclès* et *Tyrtamos* sont les noms originaux et « naturels » de Platon et de Théophraste. L'exemple, surtout en ce qui concerne le second, n'est évidemment pas de Démocrite.

Page 859.

1. Voir Archytas, B VIII, p. 538.

Page 860.

1. Sage conseil d'un homme qui fut accusé, ou loué, d'avoir dilapidé son patrimoine. (Voir A XIV et suiv., p. 754 et suiv.)
2. L'attribution de ces deux derniers ouvrages à Démocrite est moins certaine.

Page 861.

1. Le sens de ce verbe est très douteux.
2. Voir A LXXV-A LXXVI, p. 785-786 et Diogène d'Apollonie, A VIII, p. 702.
3. L'interprétation de l'acte sexuel par Démocrite se fonde sur l'étymologie : ἀποπληξίη a pour racine πληγή, qui signifie *coup*. L'*apoplectique* est celui qui a l'esprit frappé ou égaré. Cela ne veut pas dire que la vie est donnée dans un moment d'égarement, mais que, l'âme du futur embryon étant matérielle et constituée à partir de la semence (sang, écume ou moelle), son émission, par détachement de l'âme du père, constitue un choc. Voir Hippolyte, *Réfutation de toutes les hérésies*, VIII, 14; Stobée, *Florilège*, III, VI, 28; Galien, *Œuvres*, XVII A, 521; XVII B, 28; XIX, 176. Voir aussi Démocrite, B CXXIV, p. 876.
4. Voir B CLXXXII, p. 892.

Page 862.

1. Voir B CLXV, p. 887 et Aristote, *Physique*, VIII, II, 252 *b* 26. L'origine de l'idée de microcosme peut être égyptienne. (Voir Hécatée d'Abdère, B VI, 11, p. 962.)
2. Les quatre-vingt-six maximes de Démocrate *(Paroles d'or du philosophe Démocrate)*, tirées d'un manuscrit édité au XVIIe siècle, recoupent souvent celles que cite Stobée et, par conséquent, doivent être assez certainement attribuées à Démocrite. Chaque citation porte ici le numéro du recueil de Démocrate, et le renvoi à Stobée est indiqué, quand il y a lieu, entre crochets droits après la citation. Dans les extraits de Stobée (de B CLXIX à B CCXCVII, p. 889 à 915) où les citations de Démocrite sont classées selon leur ordre d'apparition dans l'œuvre, le texte des sentences de Démocrate ne sera pas répété.
3. Voir B CLXXXVII, p. 893.

Page 863.

1. Voir B LXXIX, p. 868 et B CCLV, p. 906.
2. Voir B CCXXV, p. 900.
3. Voir Platon, le *Gorgias*, 479 *e*.

Page 864.

1. En grec : λόγος.

Page 865.

1. Cette maxime n'est pas reproduite par tous les manuscrits.

Page 866.

1. Voir Héraclite, B XL, p. 155, et, inversement, Hippias, A XII, p. 1083.
2. Voir Héraclite, B XL, p. 155.

Page 867.

1. Voir B CCXXXV, p. 902. *Intempestif*, pris étymologiquement, traduit ἄκαιρος *(inopportun)*. Que l'on songe à la théorie médicale (hippocratique et sophistique) du καιρός, ainsi qu'aux développements pythagoriciens. (Voir, par exemple, l'École pythagoricienne, D V, p. 596.)
2. Voir Platon, l'*Alcibiade majeur*, 135 *b* 7 et la théorie aristotélicienne de l'obéissance (*Politique*, I, XIII et *passim*).
3. Voir B LIV, p. 865.

Page 868.

1. Cette sentence n'est reproduite que par certains manuscrits seulement. Il s'agit de l'expression raccourcie d'un propos de Ménandre (voir fgm. 114, éd. Kock, III, 34).
2. Forme abrégée de B CCXLIV, p. 904; voir également B CCLXIV, p. 908.

Page 869.

1. Concept sophistique de καιρός.

Page 870.

1. Voir la note précédente.
2. Voir la note 1, p. 928 et la sentence 179 du *Corpus Parisinum profanum* citée en note, p. 1499.
3. Voir Héraclite, B XLIX, p. 157.

Page 871.

1. Sentence citée par certains manuscrits seulement.

Page 872.

1. Ou à « raisonner », au sens où notre XVIIe siècle l'entend, quand on parle d'un caractère « raisonneur ».
2. Voir les *Sentences de Démocrite, Épictète, Isocrate*, 9; Porphyre, *Lettre à Marcella*, 20 et encore Critias, B XXV, p. 1145.

Page 873.

1. En termes de théâtre, la πάροδος est la première entrée du chœur et plus précisément le premier chant qui accompagne cette entrée; disons le refrain ou la ritournelle d'ouverture : « *Ainsi font, font, font, les petites marionnettes*, etc. ».
2. Voir Marc-Aurèle, *Pensées*, IV, III.
3. Voir Thalès, A I, p. 3.
4. Voir A I, 36, p. 748 et A XI, p. 753.
5. Voir B CXXV, p. 876.
6. Voir Isidore, *Etymologies*, VIII, VI, 12.

Page 875.

1. D'après Philoxène, *Des comparatifs*. Démocrite use ici d'une forme irrégulière de superlatif : ἐπιτηδειέστατον.
2. Le mot λάπαθος désigne une sorte de rhubarbe. Mais ce terme désigne aussi le piège creusé par les chasseurs : nous le traduisons par *rhubarbe*.

Page 876.

1. Voir B XXXII, p. 861.
2. D'après Platon (*Timée*, 91 *a*) et Dioclès (fgm. 170, éd. Wellmann, p. 196).
3. Voir B IX, p. 845 et B CXVII, p. 873.
4. Voir Anaxagore, B XXI *a*, p. 680 et Démocrite, A XLIX, p. 774, ainsi que B IX, p. 845 et CXVII, p. 873.

Page 877.

1. Voir le pseudo-Aristote, *Problèmes*, XXX, I, 953 *b* 35.
2. Voir B XVIII, p. 855 ; B XXI, p. 856 et B CXII, p. 872. Le *Dictionnaire* propose des exemples de contraction de formes verbales : « νένωται (troisième personne du singulier, parfait passif de νοεῖν : *il fut conçu*) se contracte. Comme encore χρυσόονται (troisième personne du pluriel, présent de l'indicatif : *sont dorés*) se contracte en χρυσοῦνται, de même νόονται (troisième personne du pluriel, présent passif : *sont conçus*) se contracte en νοῦνται ».
3. On trouve donc, chez Démocrite, au dire de Hérodien, la forme κέκλιται (sans ν, au lieu de κέκλινται, troisième personne du pluriel de l'indicatif parfait passif). Le sujet au pluriel, et non exprimé, ne peut pas, comme Kranz l'a supposé par erreur dans son *Index* (238 *a*), être la terre. Le rapprochement avec Leucippe (voir A I, 33, p. 730) est susceptible de faire penser aux signes zodiacaux placés sur un cercle incliné.

Page 878.

1. Voir B CL, p. 882.

Page 879.

1. Voir B VIII *a*, p. 845.
2. Voir A LVII, p. 777 et B VI, p. 844.
3. Voir Platon, le *Philèbe*, 12 *c*.

Page 880.

1. Voir B XXVI, p. 857.
2. Il n'est pas indispensable de substituer, comme le fait Diels, κακά à κατά, que nous conservons; ὅσα (neutre pluriel) avec ἂν νώσαιτο ne peut désigner que « tous ⟨les maux⟩ ».
3. Voir Hésychios, *Dictionnaire*, au mot ἀναβαίνειν.

Page 881.

1. Voir A I, 37, p. 748.
2. Diels a omis de citer cette première partie de la phrase.
3. Ces témoignages de Plutarque sont cités d'après la traduction de J. Amyot.
4. Voir Héraclite, B XIII, p. 149 et B XXXVII, p. 155.

Page 882.

1. Voir Plutarque, *De la fortune des Romains*, 2, 317 A.
2. Voir B CXXXIV, p. 878. Voir encore Strabon, *Géographie*, I, 65 C, éd. Casaubon et Clément d'Alexandrie, *Stromates*, I, 22.

Page 883.

1. On dirait aujourd'hui : « Ce qui ne saurait s'opposer, par sa compacité, à la foudre résiste au cheminement du fluide éthéré à travers sa matière. » Mais l'édition moderne de Bernardakis, dont Diels adopte corrections et additions, est différente du texte des manuscrits suivi par Amyot.
2. Voir A LXXVII, p. 786.
3. Pour une autre fonction de l'image de l'araignée, voir Héraclite, B LXVII *a*, p. 161.

Page 884.

1. C'est tout le statut de l'objet géométrique qui est mis ici en cause, dans la perspective des grandeurs discontinues. Démocrite fournit aux anciens stoïciens, ici Chrysippe, le modèle du volume.
2. La question philosophique abordée ici est celle de la forme géométrique des atomes constituant le feu. Il ne s'agit donc pas

direĉtement de la sphère des géomètres, mais des atomes sphériques, distingués des atomes pyramidaux.

3. Nous avons introduit dans le corps des témoignages ce texte cité seulement en note par Kranz.

Page 885.

1. Voir A CXII, p. 801.
2. Voir Protagoras, A XV, p. 991.
3. Démocrite oppose δέν et μηδέν. Δέν est la forme neutre de δείς, tirée de οὐδείς auquel il s'oppose. (Voir A XXXVII, p. 767 et A XLIX, p. 774.)
4. Ou la *science politique*, pour Diels qui suit la correction proposée par Rieske.
5. Voir A XCIII *a*, p. 793 où l'on retrouve une imitation de la même image.

Page 887.

1. L'épithète est homérique. Ce témoignage peut concerner le problème du cylindre tangent au plan qui sera repris par Chrysippe. (Voir B CLV et B CLV *a*, p. 884.)
2. Voir Xéniade, p. 1008.
3. Voir A CXXXV, 49, p. 809.
4. Voir A CXXVIII, p. 806.

Page 888.

1. *Tenebricosos* est l'équivalent latin probable de σκοτίας (voir B XI, p. 846).
2. Sans la causalité finale du tout, les parties cessent d'avoir un sens. On ne saurait définir l'homme, comme Démocrite le fait, par la matière : l'homme mort est comparable à la statue, la main morte ou sculptée ne remplit pas sa fonction, etc.

Page 889.

1. Voir A LXXVIII, p. 787; A CII, p. 798; C II, p. 931 et C V, p. 932.
2. Voir A LVIII, p. 778.
3. Voir Démocrite, B LI, p. 864.
4. Voir A CLXVII, p. 833.
5. Après B CLXX. Voir Démocrite, A LXX, p. 783 et Héraclite, B CXIX, p. 173. Mais ici, l'explication paraît d'abord fondée sur l'étymologie. Dans *bonheur* (εὐδαιμονία), il y a δαίμων.

Page 890.

1. Diels corrige ἀλκήν en ἀλκῇ et comprend différemment : « il est encore possible de se servir du bien contre ce qui est mauvais, pour peu que nous le voulions ».

Page 891.

1. Voir B LIII, p. 864.
2. Voir B LV, p. 865.
3. Les manuscrits portent *Démocrate*, au lieu de *Démocrite*.

Page 892.

1. D'après Aristote cité aussi par Stobée (*Choix de textes*, II, XXXI, 35).
2. La *convention*, mais aussi la *loi*.
3. Voir B XXXIII, p. 861.
4. La suite du texte est corrompue.
5. Voir B LIX, p. 865.
6. Voir B LXXXV, p. 869.

Page 893.

1. Voir A XVII, p. 755.
2. Pour traduire le grec φιλία, qui peut, plus simplement, désigner l'*amitié*.
3. Voir Stobée, *Florilège*, III, I, 45 ou Démocrite, B XLVII, p. 864.
4. Voir B IV, p. 837.

Page 894.

1. Voir B XLI, p. 863.
2. On retrouve ici les thèmes sceptique, épicurien et stoïcien de la mesure et de l'absence de troubles, et, à la fin, le thème épicurien du *suave mari magno*. (Voir B CCXCIII, p. 915.)

Page 895.

1. Trancher entre ces deux interprétations paraît impossible, même si Kranz se prononce pour la seconde.
2. Voir l'expression opposée en B XLIII, p. 863.
3. ῥυσμοῦνται *(sont réglés)* a pour racine ῥυσμός ou ῥυθμός (*le rythme*, au sens que les atomistes donnent à ce terme [voir Leucippe, A VI, p. 731; A XXVIII, p. 742; Démocrite, A XXXVIII, p. 768, etc.]). Les gains de la fortune provoquent dans l'âme des insensés un changement de disposition atomique.

Page 897.

1. Nous revenons ici à la leçon des manuscrits : οὐδέν. Il reste qu'après le verbe ἁνδάνω, on aurait attendu un datif.
2. Nous renonçons à tenir, comme le fait Diels, le mot γῆρας

pour une interpolation, et nous proposons d'en faire un génitif à valeur temporelle : ***quand ils sont vieux***. Diels comprend en revanche : « Les insensés désirent une vie de vieillesse », ce qui répète la sentence CCVI qui suit immédiatement.

3. Voir B LXIV, p. 866.
4. Voir B LXXVII, p. 867.
5. Voir Leucippe, A XXXVII, p. 745 et Stobée, *Florilège*, III, v, 23 ou B LXXIII, p. 867.
6. Interprétations possibles : « Le sommeil du prolétaire n'est pas gâté d'insomnies »; ou : « Le sommeil de l'homme à l'abri du besoin n'est pas gâté d'insomnies »; ou : « La nuit n'est jamais trop longue pour le prolétaire »; ou : « La nuit est brève pour le philosophe qui se nourrit lui-même de spéculation. »

Page 898.

1. Pas de référence claire à Démocrite.
2. Voir B XXXII, p. 861.
3. Voir B CCXXXII-B CCXXXIII, p. 900, avec une attribution à Épictète.
4. Voir Épicure, *Maximes maîtresses*, XVII et XXXIV.

Page 899.

1. Voir B LXII, p. 866.
2. Voir Démocrite, B LII, p. 864.

Page 900.

1. Voir la fable d'Ésope, *Du chien et de son image*.
2. Voir B XLIV, p. 863 et B LX, p. 865.
3. Le *franc-parler* deviendra une notion épicurienne. Un livre de Philodème portera ce titre.
4. Voir B LXXXVII, p. 869; B XCIV, p. 870 et B CCXXXV, p. 902.
5. Voir B LXIII, p. 866.

Page 901.

1. Une telle sentence aurait-elle valeur de confession, de la part d'un vieil homme ayant autrefois dilapidé son patrimoine ? (Voir A I, 36, p. 747; A XIV et A XV, p. 754.)

Page 903.

1. Voir Héraclite, B LXXXV, p. 165.

Page 904.

1. Voir B LXXXI, p. 868.

2. Les manuscrits portent la leçon : τὸ πᾶν : « *tout* paraît également dur et pénible ».
3. Voir la forme abrégée de cette sentence en B LXXXIV, p. 868 et sa forme développée en B CCLXIV, p. 908.
4. Voir B LXXXVI, p. 869.
5. Voir B XXXIX, p. 863.
6. Voir B LXI, p. 866.
7. Voir B XLVIII, p. 864.
8. Voir B LXXXVIII, p. 869.
9. Peut-être s'agit-il encore d'une sentence plus ou moins autobiographique.

Page 905.

1. Thème de l'autonomie héraclitéenne, stoïcienne ou kantienne.
2. Cette sentence trahirait-elle une influence platonicienne, à la fois par le thème politique et par la mise en œuvre de l'analogie ?

Page 906.

1. Encore un trait autobiographique ?
2. Addition de Meineke conservée par Diels.

Page 907.

1. Voir Antiphon, B XLIV, p. 1106.
2. Voir B LXXV, p. 867.
3. Terme douteux.
4. *Idem.*

Page 908.

1. Voir B XLIX, p. 864.
2. Leçon incertaine.

Page 909.

1. Emploi intéressant, dans un sens juridique, du terme technique *rythme*, que nous rendons par *constitution*, le mot *disposition* servant juste auparavant à traduire le mot μηχανή.
2. Texte corrompu et d'interprétation incertaine.
3. Ou peut-être encore en même temps : du *meilleur* ou du *plus habile*.

Page 910.

1. Opposition entre *amour* (ἀγάπη) et *acte amoureux* (ἔρως); mais le texte paraît incertain. Les hésitations des philologues leur

sont surtout dictées par une conscience chrétienne étonnée de trouver chez Démocrite un thème propre au Nouveau Testament.

2. Voir B CXI, p. 872.

Page 911.

1. Voir B CCLXXVIII, p. 911.

Page 912.

1. Si l'on corrige νομίζον en νόμιμον, on lit : « les hommes ont désormais établi l'usage, selon lequel, etc. ».

2. Voir B LVII, p. 865.

3. La fin de cette sentence mutilée est incompréhensible.

Page 913.

1. Voir B LXXVIII, p. 868.

2. Voir B CVIII, p. 872.

3. Voir B CCXCVII, p. 915.

4. Formule qui deviendra pyrrhonienne.

5. Voir B III, p. 837.

Page 914.

1. Voir B XLII, p. 863.

2. Voir B XLVI, p. 864.

3. Voir B LVIII, p. 865.

Page 915.

1. Voir Hérodote, *Enquête*, III, 134 en Calliphon et Démocédès, III, p. 85.

2. Même texte dans *Florilège*, IV, XXXIV, 62.

Page 916.

1. Le texte du papyrus est très mutilé et la traduction très conjecturale. Diels cite l'édition de Crönert, *Kolotes und Menedemos*, p. 107 à 130.

2. Le thème, indiqué par Diels, est le suivant : Pythagore, Eudoxe et Platon auraient été les disciples des Barbares.

3. La leçon est douteuse.

4. C'est le nom d'un mage, donné comme titre par Théophraste à un dialogue (voir Diogène Laërce, *Vies*, V, 50).

Page 917.

1. Géomètres égyptiens.

2. Texte corrompu.

3. Titre tiré de la liste des écrits de Bolos de Mendès (voir p. 978 et B CCC, p. 918), auteur hellénistique de date incertaine, qui a publié sous le nom de Démocrite des écrits de magie et de médecine principalement (voir B CCC 3, p. 918). Voir également Hammer-Jensen, dans la *Real-Encyclopädie* de Pauly-Wissowa-Kroll, Suppl. IV, p. 219 à 223.

4. Voir B CCXCVIII *b*, p. 916.

5. Voir A X *a*, p. 753, la notice de Suidas sur Diagoras. Ce Diagoras serait l'auteur des *Discours phrygiens*.

6. Voir A XXXIII, 49, p. 764.

Page 918.

1. D'une autre source (note de Diels).
2. Voir Apollodore, III, p. 967.

Page 919.

1. Cette maladie serait l'érysipèle.

Page 920.

1. Texte douteux. Nous prenons en compte la version d'Amyot qui a disposé d'autres sources manuscrites que les éditeurs actuels. Diels comprend : « à colporter partout les remèdes antipathiques; et l'on peut entendre parler de beaucoup d'autres cas : par exemple qu'un éléphant, etc. ».

2. Pline vient de faire mention de Pythagore qui a composé un livre intitulé *De l'effet des plantes*.

3. Voir CCC 13 *a*, p. 923.
4. Attale III Philométor.
5. Nom incertain.

Page 921.

1. Voir Pline, *Histoire naturelle*, X, 137.
2. Titre perdu.
3. Cela est assez douteux. (Voir pourtant Pline, *Histoire naturelle*, VIII, 79.)

4. Nous faisons figurer ici en note les références que l'on trouve à la fin de la rubrique CCC 7 *a* et sous les rubriques CCC 8 à CCC 10. Voir Théophylacte, à propos de la fertilité de la hase (*Entretiens*, XI, 2, éd. Ideler, I, 178). Démocrite est cité comme source à côté de Bolos (voir Théophylacte, *Problèmes physiques*, XI, 2, éd. Boissonade).

CCC 8

Les prodiges d'histoire naturelle et les substances sympathiques tirés de Démocrite sont cités souvent par Pline (voir *Histoire naturelle*, VIII, 61 ; XI, 80; XIII, 131 ; XIV, 20; XV, 138; XVII, 23 ; 62 (voir B XXVI *f*, p. 859); XVIII, 47; 159; 321 (avec citation de Virgile dans les *Géorgiques*, I, v. 276 et suiv.); XX, 19; 149; XXI, 62; XXIV, 156; XXV, 13; 14; XXVI, 19; XXVII, 141; XXVIII, 7; 118; 153; XXIX, 72; XXXII, 49; XXXVII, 69, 146; 149; 160; 185. Solin, *Œuvres*, I, 54, p. 13, 4e éd. Mommsen; III 3, p. 45, 15 (ces deux derniers prodiges ne figurent pas chez Pline). Ammien Marcellin, XXVIII 4, 34. Columelle, *Agriculture*, VI, 28; VIII, 8, 6; IX, 14, 6; XI, 64 (voir B CCC 3, 61, p. 919); Palladius, *Commentaires*, I, 35, 7. De plus, chez Anatolios dans sa *Géographie* (transmise par Cassius Denys, Celse, Pline, Africanus et Apulée) citations extrêmement fréquentes. (Voir l'*Index* de Beckh, p. 531 et particulièrement Oder, *Rheinisches Museum*, 45, 1890, 70; M. Wellmann, *Suppléments de l'Académie de Berlin* (1921, 4; 1928, 31 et suiv.) : prévisions météorologiques, substances sympathiques (contre les mauvaises herbes, la vermine, les bêtes sauvages, etc.). Voir aussi *Les Scolies d'Oxford*, à Épictète, éd. Schenkl, p. LXXIII, 20. Sur l'art des sourciers de Démocrite, voir *Geoponica*, II, 6.

[Scolie.]

Les *Conseils pour creuser les puits* sont un traité de Démocrite et d'autres ont écrit des *Arts du sourcier*. (À saint Basile, 21, éd. Pasquali.)

CCC 9

Élien, *Histoire des animaux*, I, 35-38; VII, 7, 8 et Anatolios (*Agriculture*, T. XIII et XV) sont à l'origine du faux byzantin, *Des substances sympathiques et antipathiques de Démocrite*, éd. W. Gemoll Striegau, 1884.

CCC 10

Dans le traité de Bolos, *Des substances antipathiques*, la partie consacrée aux maladies humaines était manifestement très développée.

Celse.

Nous savons que beaucoup de ceux qui ont professé la philosophie ont été habiles ⟨en médecine⟩; parmi eux, citons les plus célèbres : Pythagore, Empédocle, Démocrite. (*Médecine*, I, préface, éd. Daremberg, p. 2, 11.)

Tatien.

(16) Il y a assurément des maladies et des arrêts des fonctions vitales de la substance matérielle qui est en nous. Mais ce sont des démons[1] qui en sont cause, ⟨auxquels⟩ ils imputent la cause de ce qui leur arrive : ils attaquent quand la maladie survient (parfois ce sont encore eux qui ébranlent la structure corporelle par l'agitation de leur malice). Mais si la puissante parole de Dieu les frappe, ils s'enfuient, pris de peur, et la maladie est ⟨aussitôt⟩ guérie. (17) Au sujet des *sympathies* et des *antipathies* selon Démocrite, que pouvons-nous dire, sinon que l'homme d'Abdère est bien un Abdéritain[2] au sens où on l'entend généralement ? (*Discours aux Grecs*, 16-17, éd. Schwarz, p. 18, 6.)

Célius Aurélien.

Parmi les anciens médecins, aucun n'a prescrit de traitement pour cette maladie[3], à l'exception de Thémistion et, parmi les philosophes, de Démocrite, s'il est vrai qu'il a composé, comme on le dit, un livre *Sur l'éléphantiasis*[4]. (*Des maladies chroniques*, IV, 1.)

[Inédits de Paris.]

Chez les anciens médecins, on ne trouve nulle mention de l'éléphantiasis; mais chez les philosophes, Démocrite en a parlé dans son livre *Sur l'éléphantiasis.* (Éd. Fuchs, *Rheinisches Museum*, 49, 1894, p. 557.)

Oribase.

En effet, l'ouvrage attribué à Démocrite *Sur ⟨l'éléphantiasis⟩* est manifestement un faux. (*Œuvres*, XLV, 28, 1; *Corpus des médecins grecs*, VI, 2, 1; III, 184.)

Voir encore, chez Théodore Priscien (*Médecine*, IV, éd. Rose, p. 251) la mention des *Substances sympathiques contre les fièvres et l'épilepsie.*

Page 922.

1. Suit l'indication du remède.
2. Démocrite lui-même.
3. Allusion à la tunique du centaure Nessus. À la figure du centaure (en particulier Chiron) est traditionnellement rattachée l'origine de la magie.

1. Voir A LXXVIII, p. 787, et les références données à la note 3, p. 787.
2. L'Abdéritain passe pour un sot.
3. L'éléphantiasis.
4. Célius Aurélien cite Soranus. Voir aussi *Des maladies aiguës*, III, 14-16, sur l'hydrophobie.

4. Voir Zacharias le Scolastique, *Vie de Sévère*, éd. Kugener, p. 62.

5. Aristéas.

Page 923.

1. 454 av. J.-C.

Page 924.

1. Après « Zoroastre le mage dans le catalogue sacré des Perses », à propos du « dieu qui a une tête de faucon ».

2. Diels ajoute une référence à Pébéchios, cité par Berthelot (*La Chimie au Moyen Âge*, II, 309 et suiv.).

Page 925.

1. Voir B CCC, 1, 2 et 3, p. 918.

Note de Diels. À la fin de l'Antiquité on rattache au caractère en partie déjà alchimique des χειρόκμητα *(ouvrages faits à la main)* la littérature alchimique. Dans l'écrit perdu : *Traités des réalités naturelles et des mystères de Démocrite*, Démocrite apparaît comme un adepte du magicien Osthanès (ou Ostanès), qui l'initia à la lecture des anciens écrits conservés dans le temple de Memphis et dont Démocrite publia des extraits[1]. On cite cinq écrits principaux : 1° *De l'or*; 2° *De l'argent*; 3° *Des pierres*; 4° *Du porphyre*; 5° *Contre Leucippe*. (Les textes qui suivent sont cités sous les rubriques 16 et suivantes.)

2. Il s'agit de Marie la Juive, prêtresse du temple de Memphis, et bien connue des auteurs alchimistes grecs, comme Olympiodore ou Zosime. Peut-être a-t-elle inventé, pour faciliter la cuisson des colles à base d'œufs ou les teintures à température relativement basse — ce qui constitue la première activité chimique artisanale —, l'appareil connu encore aujourd'hui sous son nom : le bain-marie.

Page 926.

1. Voir Néchepso, fgm. 28, 4, éd. Riess, *Philologus*, suppl. VI (1891-1893), p. 379.

2. Diels et les manuscrits disent *sacrés.*

3. Nous rejetons la correction de Diels pour revenir à la leçon manuscrite : ὡς ὑγείης.

4. Sels de zinc.

5. Voir Olympiodore, *L'Art sacré*, *in* Berthelot, *Alchimistes grecs*, II, p. 78, 79 et 97.

1. Diels tient cette œuvre pour un faux attribué à Bolos de Mendès, mais tardif, datant du IIe siècle de notre ère.

6. Voir Berthelot, *ouvr. cité*, 119, 11 et suiv.

7. *Qui aime la vertu*. Épithète qui désigne peut-être un souverain d'Égypte.

Page 927.

1. Dans l'index du manuscrit alchimique *Venetianus* 229 — principal manuscrit de l'alchimie — les écrits intitulés *De la fabrication de l'or* et *De la fabrication de l'asèm* (l'élektron, mais ici l'argent, comme le suppose Diels) [voir Berthelot, *Alchimistes grecs*, I, 49] sont cités sous le nom de Démocrite.

2. On note, relève Diels, la première trace de la fabrication de l'or par les alchimistes au premier numéro de la *Collection de recettes* du *Papyrus de Londres* 121 (IIIe siècle ap. J.-C., c. 5 b v [*Greek Papyri in the British Museum*, éd. Kenyon, I, 1893, p. 89; *Papyri graecae magicae*, éd. Preisendanz, II, 7]). Deux raisons philosophiques expliquent l'attribution de ces plaisanteries à Démocrite : il a la réputation d'aimer rire et sa conception de la perception sensible fonde une interprétation de l'illusion.

3. Procédé classique de teinture des œufs durs.

4. Interprétation incertaine.

5. Texte sans doute altéré.

6. Tel est le ton de cette sentence !

7. Plus précisément le lundi.

Page 928.

1. CCCI, Fulgence, *Mythologie*. L'auteur cite, en II, 14, Démocrite dans sa *Théogonie*, et en III, 7, Démocrite dans son *Traité de physique* (où le nom de Démocrite est obtenu par correction). De toute façon, c'est là une supercherie de l'auteur.

CCCII. On ne saurait, note Diels, garantir l'authenticité des maximes de Démocrite tirées du *Corpus Parisinum profanum* (*Codex Parisinus graecus* 1168, d'après Elter); de ce corps de maximes on a extrait les formules démocritéennes qui correspondent aux autres maximes connues :

163. Si l'on devait s'instruire [...] car il faut souffrir.

164. Voir Démocrite, B CCIX, p. 897.

165. Voir Démocrite, B CCXXXIV, p. 902.

166. Les revers de fortune rendent les gens fort capables inférieurs aux plus faibles.

167. Voir Eschine, 3, 147 et Stobée, *Florilège*, III, XLIII, 35.

168. Corriger un vieillard revient à vouloir soigner un cadavre.

169. Il faut qu'un ami sur qui nous pouvons compter soit invité à partager les joies et s'invite de lui-même à partager nos malheurs.

170. Ne pas être à même de secourir ses amis est preuve d'embarras, mais ne pas le vouloir est preuve de méchanceté.

171. Les amis authentiques rendent les amitiés plaisantes et les malheurs plus supportables en participant aux plaisirs et en prenant leur part des peines.

172. Voir Pseudo-Isocrate, *À Démonicos*, 23.

173. Voir Démocrite, B XLVII, p. 864.

174. Préfère être dans la vie celui que l'on recherche plutôt que celui que l'on craint; car celui que tout le monde craint, doit aussi craindre tout le monde.

175. Il faut avoir les lignes les mieux assurées et les actions plus brillantes[1].

176. Voir Isocrate, *À Nicoclès*, 38.

177. Le chef doit faire preuve de calcul touchant les occasions favorables, d'audace contre les adversaires, de bienveillance envers ses subordonnés.

178. Qui veut commander les autres doit d'abord se commander lui-même.

179. De petits services rendus à propos sont les plus grands pour ceux qui les reçoivent s'ils sont dans l'embarras. (Voir Démocrite, B XCIV, p. 870.)

180. Voir Démocrite, B CLXXX, p. 892.

181. Les miroirs réfléchissent notre apparence, nos fréquentations sont le reflet de notre âme.

182. Voir Stobée, *Choix de textes*, II, XXXI, 53.

183. Voir Démocrite, B CCLXXII, p. 910.

184. Tous les hommes passent leur temps à convoiter la richesse : ils se rongent de ne la point posséder, se tourmentent quand ils la possèdent, et se lamentent quand ils l'ont perdue.

185. Ne commettre aucune action qui ne soit estimable te fera estimer comme un dieu.

186. L'homme se fait semblable à un dieu en agissant bien, pour peu qu'il ne se montre pas regardant en matière de bonnes actions, tant par la valeur de ses actes que par la vérité de ses paroles.

187. Il peut arriver parfois qu'un bon capitaine fasse naufrage et qu'un homme de bien connaisse l'échec.

188. Voir Stobée, *Florilège*, III, XVII, 30.

189. Si le couteau tranche, de même la brouille sépare les amis.

190. Voir Démocrite, B CLXXXV, p. 893.

191. Chez les hommes de valeur, la rivalité est profitable à celui qui rivalise sans que cette rivalité nuise à son rival.

192. Entends plutôt donner peu que promettre beaucoup; car il n'y a aucun risque à ⟨donner peu⟩, et celui qui reçoit ⟨le don⟩ attend des actes, non des paroles.

193. Le plus apte à pratiquer l'amitié est l'homme capable de subir et d'endurer un très grand nombre de torts.

194. Voir Démocrite, B CCXVIII, p. 899.

195. Voir Démocrite, B LX, p. 865.

1. **Formule de jeu d'échecs ou de dames, concernant la défense et l'attaque ?**

196. Ne fais pas montre de hâte et d'empressement pour manger. La gloutonnerie eﬅ le propre du chien et convient davantage à la bête sauvage qu'à l'homme.

197. De même qu'en matière d'onguent, ce n'eﬅ ni le voluptueux, ni le capiteux qui eﬅ honnête, mais le sain, de même encore, en matière de nourriture, n'eﬅ-ce ni la voluptueuse ni l'abondante qui eﬅ honnête, mais la saine.

198. Celui qui honore la vertu honore en premier lieu la vérité et surtout celle qui sert de guide à tout homme de bien.

199. Voir Démocrite, B CCXII, p. 898.

200. Voir Démocrite, B CCXIV, p. 898.

201. Voir Démocrite, B CCXLVI, p. 904.

202. Voir Démocrite, B LXXVIII, p. 868.

203. Voir Démocrite, B LXXV, p. 867.

204. Voir Démocrite, B CXI, p. 872.

493. Sentence de Démocrate *(sic)*; voir Démocrite, B XLI, p. 863.

563. Voir Démocrite, B XLI, p. 863.

588. Voir Démocrite, B CCX, p. 898.

591. Voir Démocrite, B CCXIV, p. 898.

595. Voir Stobée, *Florilège*, III, VII, 31 et 55, et Démocrite, B CCXV, p. 898.

691. Voir Démocrite, B LXXXVI, p. 869.

875. Voir Démocrite, B CCXCIV, p. 915.

710. Démocrite disait que le dénigrement inflige une blessure à la vérité.

711. Voir Démocrite, B LXXXIX, p. 869.

745. Ne tiens jamais pour heureux un homme qui possède argent et gloire car le crédit qui s'attache aux biens de cette sorte eﬅ inférieur à celui accordé aux vents.

Les maximes 746 à 752, toujours extraites du *Codex Parisinus graecus* 1168, sont mises en parallèle avec l'édition des *Sentences de Démocrite, Épictète et Isocrate*, par Wachsmuth (en abrégé *DEI*).

746-747. *DEI* 193-194.

748. Voir Démocrite, B CCLXXXIV, p. 913.

749. *DEI* 189.

749 *a*. Voir plus haut, n° 188.

750-751. *DEI* 190-191.

752. *DEI* 200.

2. Voir Héraclite, B XLIX, p. 157.

3. Voir Métrodore de Chio, B I, p. 945.

Page 929.

1. Cet *Index aﬅrologique des Arabes* date environ de 800 après J.-C. Il eﬅ conservé dans le *Papyrus grec du Vatican* 1056, et édité dans le *Catalogue des livres aﬅrologiques grecs* (I, Bruxelles, 1898, p. 92).

2. Ou *Du raisonnement* (en grec : λογισμός).

3. L'original auquel renvoie ce texte latin est un faux byzantin.
4. Après Héraclite, B CXXXVIII, p. 177.
5. L'*Anthologie palatine*, IX, 360, attribue la sentence à Métrodore.
6. Voir Progatoras, B I, p. 998.

Page 930.

1. C'est Épicharme, et non Démocrite, qui aurait écrit un traité de cuisine (voir B LXIII, p. 212), mais l'un n'exclut pas l'autre.
2. Nous suivons la lecture d'E. Bignone : οὗ καταγελᾶις ὡς κενοῦ.
3. Ce propos entre guillemets s'adresse au cuisinier.
4. Allusion à B XIV, p. 849 et suiv.
5. Allusion aux changements de rythme; voir par exemple la note 3, p. 895.
6. Ne correspond littéralement à aucun témoignage.

Page 931.

1. Il s'agit d'un roman par lettres qui daterait du Ier siècle après J.-C.
2. Voir Démocrite, B *c*, p. 835.
3. Voir A LXXVIII, p. 787; B CLXVI, p. 888 et C V, p. 932.
4. Voir B XVIII, p. 855.
5. Voir B CLXXXII, p. 892 et B CXCVII et suiv., p. 895 et suiv.
6. Voir B CXCV, p. 895.
7. Voir B LXXVI, p. 867.
8. Voir B CCXXIII, p. 900.
9. Voir, entre autres, B LXX, p. 867; B CCXXIV, p. 900 et B CCXXXIV, p. 902.
10. Voir B CCLXXXV, p. 913.
11. Voir B CXCI, p. 894 et B CCXXIV, p. 900.
12. Voir B CLXX et B CLXXI, p. 889.

Page 932.

1. Voir B CLXVI, p. 888 et B CLXXV, p. 890.
2. C'est Démocrite qui parle.
3. Voir B IV *b*, B IV *c*, B V, p. 838 et B V 2, p. 841.
4. Voir B XV *a*, p. 854.
5. Voir B XI *r* et B XIV, p. 849.
6. Voir A LXXVII, p. 786.
7. Voir B VIII *a*, p. 845.
8. Voir B XXXI, p. 861.
9. Ou sa *qualité déterminante*. L'emploi du mot ἕξις trahit une influence stoïcienne postérieure.
10. Voir A CV, p. 798.

Page 933.

1. Ici, le modèle est visiblement platonicien.
2. Notation intéressante, à inscrire dans une contestation démocritéenne de la finalité.
3. Nom donné ordinairement à la membrane qui recouvre les intestins.

Page 934.

1. Sens douteux.
2. Au sens propre πλέγμα signifie la *tresse*, mais désigne ici notre *nœud*.
3. Diels a préféré conserver la très pudique correction : θριξίν à laquelle notre traduction se conforme. Si l'on conserve la leçon manuscrite ὀρεξίν, le sens redevient : « rendant ferme le désir de l'adolescent ».
4. Ou incorporelle, c'est-à-dire, dans ce cas, pneumatique ?
5. *Sur la joie ou le bien-être.* (Voir B II *c* et B III, p. 837 : le texte de Stobée vient après B CXCI, p. 894.)
6. La folie est tenue pour un trouble somatique.

Page 935.

1. Les manuscrits portent ἀδιαίρετον *(l'indivisibilité)* et non ἀναφαίρετον *(la permanence)*.
2. Voir A XX, p. 757.

Page 936.

1. La procédure, qui peut être démocritéenne, préfigure la recherche suspensive de l'ataraxie sceptique.
2. Le texte comporte une grave lacune.
3. Diels propose, sous le numéro d'ordre C VIII, une autre imitation démocritéenne dans le *Nomos* hippocratique (voir Wilamowitz, *Hermes*, 54 [1919], p. 49).

NESSAS

NOTICE

Nul grand philosophe n'a prêté attention à Nessas l'Abdéritain, maître de Métrodore : Eusèbe qui le cite au livre XIV de la *Préparation évangélique* ne le connaît même pas — comme on pourrait s'y attendre en ce lieu — par l'ouvrage d'Aristoclès, *De la philosophie.*

NOTES

Page 937.

1. Voir Mélissos, p. 295.
2. Voir Zénon d'Élée, p. 275.
3. Voir Leucippe, p. 729.
4. Voir Démocrite, p. 747.
5. Voir Protagoras, p. 983.
6. Voir Métrodore de Chio, p. 939.
7. Voir Diogène de Smyrne, p. 948.
8. Voir Anaxarque, p. 949.
9. Le fondateur de l'école sceptique, qui n'a laissé aucun écrit.
10. La source d'Eusèbe n'est pas, comme on pourrait s'y attendre, Aristoclès, mais un abrégé vulgaire.
11. *Sic.*
12. Voir l'*Iliade*, IX, v. 378 : le vers s'achève par τίω δέ μιν καρὸς αἴσῃ.

Page 938.

1. *Sic.*
2. Épithète qualifiant Hermès, autrement appelé « psychopompe ».

MÉTRODORE DE CHIO

NOTICE

Métrodore se rattache au passé, en tant qu'Éléate[1]. En ce sens, l'existence de cet Abdéritain confirme les origines éléates de l'atomisme et explique sa défiance profonde envers le témoignage des sens. Mais, comme maître d'Épicure[2], il préfigure un atomisme plus moderne et illustre l'intense activité que l'école d'Abdère a connue.

C'est à Cicéron surtout et à Eusèbe que nous devons la formule initiale de son traité *De la nature*. Le contexte fourni par Eusèbe permet de comprendre à la fois sa critique de la connaissance sensible, car ce n'est pas par les sens que nous pouvons connaître les atomes, mais aussi sa confiance dans la raison[3] : « Toute chose est

1. Voir A III, p. 940.
2. Voir A VI et A VII, p. 941.
3. Voir B II, p. 946.

ce que l'on en peut concevoir. » Par là, il est plus proche des Éléates que de Démocrite et d'Épicure pour qui l' « homme est ce que nous savons tous », c'est-à-dire sa figure extérieure.

NOTES

Page 939.

1. Voir Démocrite, p. 747.
2. Voir Protagoras, p. 983.
3. Voir Anaxarque, p. 949.
4. Voir Nausiphane, p. 968.
5. Pyrrhon, le fondateur du scepticisme.
6. Allusion à Métrodore, avec un jeu de mots sur l'étymologie *Méter* (la mère). Sur ce nom, voir A xxv (témoignage de Philodème), p. 945.

Page 940.

1. Lacune.
2. C'est là une des explications de l'éclipse de Soleil retenue par Épicure (*Lettre à Pythoclès*, § 92 et 96) et par Lucrèce (*De la nature*, V, v. 758 et suiv.).

Page 941.

1. Voir Anaxagore, A LXIV, p. 647.
2. Voir Archélaos, A IV, p. 687.
3. *Illimités* (ἄπειρα) est une correction de la leçon manuscrite πάντα *(là où les causes sont de cette sorte)*.
4. Diels commence l'énumération seulement à Diogène.
5. Stobée dit περιαγωγήν *(révolution)*, mais le pseudo-Plutarque dit περίστασιν *(dimension)*. (Les *Opinions* d'Aétius sont, en effet, reconstituées par Diels, dans ses *Doxographi graeci*, par une mise en parallèle des textes du pseudo-Plutarque et de Stobée. Cette reconstitution demeure un acquis fondamental de l'œuvre scientifique de Diels.)
6. Voir Leucippe, A XX, p. 739.
7. Voir Anaximandre, A XVIII, p. 33.

Page 942.

1. Voir Anaxagore, A LXXII, p. 651; Leucippe, A I, 33, p. 730 et Démocrite, A LXXXVII, p. 789.
2. Voir Thalès, A XVII *b*, p. 19. Opinion partagée par Pythagore, Parménide, Empédocle et Anaxagore.
3. Voir Démocrite, A XCI, p. 791.

Page 943.

1. Voir Démocrite, A LXXV, p. 785 ; A XCIII, p. 792 et A CXXVI *a*, p. 806.
2. Voir Anaxagore, A LXXXV, p. 656.
3. Voir Anaxagore, A LXXXVI, p. 657 et B XIX, p. 678.
4. Diels remplace *divins* (θείων) par *chauds* (θερμῶν), Kern par *qui vont tout droit* (ἰθέων).
5. Voir Anaxagore, A XC, p. 659 et Xénophane, A XXXIII, 4, p. 106.

Page 944.

1. En grec τρύγα : sans doute le *marc*, ou ce qui reste du raisin, après qu'il a été pressé.
2. Voir Xénophane, A XLIX, p. 112; Parménide, A XLIX, p. 252; Mélissos, A XIV, p. 308; Anaxagore, A XCVI, p. 664; Démocrite, B CLXIII, p. 887 et Xéniade, p. 1008.
3. Voir Xénophane, B XXXIV, p. 123.

Page 945.

1. Ce témoignage ne figure pas dans la doxographie de Protagoras rassemblée par Diels.
2. Voir B I, p. 945 et comparer avec Parménide, A XXV, p. 242; Démocrite, B VII, p. 845; B CXVII, p. 873 et B CCIV, p. 928.
3. *Métras* peut être une forme familière désignant Métrodore (voir A I *a*, p. 939). La restitution du nom complet de Métrodore est rendue impossible par l'étroitesse de la lacune du papyrus.
4. Il s'agit de Démocrite, objet de l'admiration de Métrodore.

Page 946.

1. La partie du texte entre crochets a été restaurée par Diels d'après Cicéron, mais ne figure pas dans la version conservée par Eusèbe.
2. Voir A XXV, p. 954; Nessas, A II, p. 937 et comparer avec Démocrite, B CLXV, p. 888.
3. La source d'Eusèbe n'est pas Aristoclès.
4. Conjecture de Wilamowitz. Il s'agit du satyre Marsyas.
5. Les *Scolies genevoises de l'Iliade*, éd. Nicole, XXI, p. 208.

Page 947.

1. Voir p. 694.

DIOGÈNE DE SMYRNE

NOTICE

Diogène de Smyrne fut-il pythagoricien, selon le témoignage de saint Épiphane, élève de Métrodore, comme le disent Eusèbe, Diogène Laërce ou encore Clément d'Alexandrie ? Pour nous, son existence n'est qu'anecdotique.

NOTES

Page 948.

1. Voir Nessas, A I, p. 937.
2. Voir Nessas, A II, p. 937.
3. Voir Métrodore de Chio, A I, p. 939.

ANAXARQUE

NOTICE

C'est surtout par les historiens, fait unique dans la littérature relative aux présocratiques, que nous connaissons Anaxarque dont la mémoire se confond avec quelques épisodes de la conquête d'Alexandre. Il faisait partie en effet de la nombreuse cohorte de savants, de philosophes, d'historiens et de poètes qui accompagnèrent Alexandre le Grand. On le voit tenir le rôle d'un courtisan spirituel, le plus souvent bourru et arrogant comme un cynique, méprisant les dieux, son roi et la richesse parfois, mais, plus rarement[1], faisant référence à la philosophie abdéritaine. Sa philosophie est beaucoup plus mal connue. Faut-il croire, d'après Philodème[2], que sa rhétorique se proposait de pratiquer l'*antilogie* en opposant, à la façon des pyrrhoniens, un argument à un autre de force égale ? Faut-il ne voir en lui qu'une sorte de sophiste tempérant par la prudence et la conscience les excès d'un savoir universel[3] ? Faut-il en faire enfin, comme l'assure Galien[4], un fondateur du scepticisme ? En tout cas il fut le maître de Pyrrhon[5]. La minceur du dossier qui le concerne ne permet guère d'apporter une réponse assurée à ces questions.

1. Voir A XI, p. 955.
2. Voir A VII, p. 953.
3. Voir B I, p. 957.
4. Voir A XV, p. 956.
5. Voir A II, p. 950.

NOTES

Page 949.

1. Voir Diogène de Smyrne, p. 948.
2. Voir Métrodore de Chio, p. 939.
3. Voir Nessas, p. 937.
4. Voir Démocrite, A II, p. 751.
5. Soit 340-337 av. J.-C.
6. Le problème de la confusion avec Zénon d'Élée se pose bien évidemment, quel qu'en soit le sens. (Voir Zénon d'Élée, A VI et suiv., p. 278 et suiv., et Anaxarque, A XIII, p. 955.)
7. Voir l'*Anthologie palatine*, VII, 133.
8. Comme Zénon d'Élée, Anaxarque périt broyé dans un moulin.

Page 950.

1. Voir l'*Iliade*, V, v. 340.
2. Voir A IV, p. 951.
3. Voir Euripide, *Oreste*, v. 271. Anaxarque (voir A IV, p. 951) ironise : le *mortel* est Alexandre et le *dieu* lui-même.
4. Alexandre Polyhistor.
5. Sur ses relations avec les gymnosophistes (étymologiquement : *sages qui vont tout nus*), voir Plutarque, *De la vertu d'Alexandre*, 332 B. (Voir encore Démocrite, A I, 35, p. 747; A XL, p. 769 et Hécatée d'Abdère, B VI, p. 961.)
6. Ici le texte est corrompu. Diels propose de combler la lacune par l'indication selon laquelle Pyrrhon était, dans sa jeunesse, sensible aux applaudissements de la foule et épris de gloire.
7. Diels note que ce récit a pour source Hermippe, citant le témoignage de Stroibos, maître de Callisthène, et faisant référence à Aristote.

Page 951.

1. Cette anecdote a toutes les chances d'être fictive. Elle est le reflet des polémiques qui se sont poursuivies entre les péripatéticiens et les philosophes qui, comme Protagoras, Métrodore, Anaxarque et Pyrrhon, insistaient sur le relativisme des sensations. Anaxarque a dû pratiquer l'indifférence à l'endroit des rigueurs du climat, dont l'exemple lui avait été donné par les gymnosophistes de l'Inde qui vivaient nus. La réplique de Callisthène peut avoir été ajoutée à un authentique trait d'indifférence manifesté par Anaxarque. En outre, Callisthène appartient au parti macédonien qui est en train de perdre de plus en plus de son crédit.
2. Plutarque vient de rapporter l'anecdote citée par Diogène Laërce. (Voir A I, 60, p. 950.)

3. Sans doute s'agit-il d'une plaisanterie relative à la friture de petits poissons, en liaison avec l'anecdote rapportée plus haut par Diogène Laërce. (Voir A I, 58, p. 949.)

Page 952.

1. Les manuscrits portent le mot ἁρμονικόν : c'est, du reste, la leçon retenue par Amyot, qui traduit par *musicien.* Ce terme ne pourrait que difficilement être entendu au figuré, Anaxarque étant d'un caractère peu harmonieux, et plutôt arrogant et bourru. Cette expression signifie-t-elle une âme harmonieuse ? Ne vaut-il pas mieux enfin, comme Ménage, lire εὐδαιμονικόν, puisque Anaxarque est appelé *Bienheureux* ? (Voir A I, 60, p. 950; A VIII et A IX, p. 954.)
2. Voir A III, p. 951.
3. Voir le témoignage de Quinte-Curce, en A VI, p. 953.

Page 953.

1. Comme l'indiquait déjà Plutarque, Anaxarque s'est heurté au parti macédonien et à Callisthène qui s'opposaient à la divinisation d'Alexandre. C'est Callisthène, le rival d'Anaxarque, qui va développer la thèse refusant à Alexandre la divinisation, sans doute en arguant qu'il est prêt à accorder à Alexandre tous les honneurs humains, mais que le roi ne doit pas rivaliser avec les dieux : ce serait faire preuve d'ὕβρις *(démesure).*
2. Le vocabulaire employé par Philodème est d'ordre technique. Il oppose la συγκατάθεσις à l'ἀντιλογία. Cette technique rhétorique deviendra celle de Pyrrhon, et après lui des sceptiques, afin de produire l'équilibre de l'âme. (Voir Sextus Empiricus, *Hypotyposes pyrrhoniennes*, III, 280.)
3. Nous ne tenons pas compte de l'addition de Diels, qui, en dépit de la difficulté du texte, ne paraît pas indispensable, et vise surtout à rendre le texte de Philodème conforme au témoignage de Plutarque qui vient juste après.

Page 954.

1. Voir A I, 60, p. 950 et Euripide, *Oreste*, v. 271. La même anecdote est rapportée au poète Agis d'Argos par Plutarque dans *Comment il faut ouïr les flatteurs*, 18, 60 B.
2. Ce raffinement peut aussi se fonder sur une considération d'hygiène abdéritaine et démocritéenne, liée aux perspectives atomistes.
3. Il s'agit peut-être d'une allusion aux cyniques. La liberté de propos d'Anaxarque, ainsi que son indifférence, évoquent déjà Antisthène et Diogène.

Page 955.

1. Il s'agit des Troyens, à cause de la parenté des Achéens avec Andromaque.

2. Cette édition avait été, d'après Plutarque, établie par Aristote.

3. Voir le pseudo-Dion de Corinthe, 37, 45 ; et Philon, *Que tout homme vertueux est libre*, qui établit le parallèle avec Zénon d'Élée (voir A VIII et A IX, p. 279), d'où la confusion commise, dans le témoignage suivant, par Valère Maxime (note de Diels). Voir encore la note 8, p. 949.

Page 956.

1. *Eudémonique* renvoie au surnom de *Bienheureux* (Εὐδαιμονικός) donné à Anaxarque (voir A I, 60, p. 950; A IV, p. 952; A VIII, p. 954 et B I, p. 957).

2. Voir Anaxagore, A XXXIX, p. 633 et Démocrite, B CXV, p. 873.

3. Usener (voir *Epicurea*, Index, p. 400) et Diels considèrent que la *Lettre à Anaxarque* d'Épicure est adressée à un épicurien homonyme. Telle est encore l'opinion du dernier éditeur d'Épicure, G. Arrighetti (voir Epicuro, *Opere*, 2e éd., p. 670).

Page 957.

1. Voir Athénée le Mécanicien, *Poliorcétique des Grecs*, 4, éd. Wescher.

2. La *polymathie* ou savoir universel relève de l'idéal sophistique. Il n'est donc pas étonnant qu'Anaxarque ait été plusieurs fois, dans les témoignages qui le concernent, qualifié de *sophiste* (au sens strict et non comme pur synonyme de *sage*).

3. Le terme de καιρός ou *temps opportun* paraît ici, à première vue, sophistique. Mais il peut avoir chez Anaxarque une origine démocritéenne (voir B LXXI, p. 867).

4. *Sagesse* traduit le mot σοφία, qui signifie aussi *science*.

5. Thème que reprendra Aristote dans son dialogue perdu intitulé *De la richesse*.

HÉCATÉE D'ABDÈRE

NOTICE

Ce disciple de Pyrrhon, contemporain d'Alexandre et de Ptolémée Lagos, paraît s'être voué essentiellement à l'étude des mythes et de la théologie égyptiens. Son ouvrage principal, *De la philosophie des Égyptiens*, a été utilisé par Diodore de Sicile et Plutarque; il offre l'intérêt, pour le lecteur de ce volume, de voir quels progrès le rationalisme ionien et abdéritain a accomplis touchant la cosmologie et les principes. De cet ouvrage dérivent sans doute les faux *Sur les Juifs* et *Sur Abraham*, cités par Flavius Josèphe et Clément d'Alexandrie.

L'autre grand ouvrage d'Hécatée, *Sur les Hyperboréens*, laisse l'interprète perplexe. On ne sait, au vu des fragments, s'il s'agit d'un ouvrage géographique sérieux, cité par les géographes, ou bien au contraire d'une utopie philosophique, voire d'un roman à la façon de Swift.

NOTES

Page 958.

1. La source de la *Suda* est le *Dictionnaire d'*Hésychios.
2. Voir B XIV, p. 966.
3. En plus d'Euryloque et de Philon.

Page 959.

1. Autrement dit l'*autarcie*, prise en son sens étymologique.
2. Sossios Sénécion est un interlocuteur du dialogue de Plutarque, invité à une noce à Chéronée.
3. Lacédémonien célèbre pour ses bons mots.
4. Belle définition de la sophistique, qui associe la connaissance de l'art du discours à la connaissance du καιρός, ou *moment opportun*.

Page 960.

1. Il s'agit des Attacores, habitants du promontoire de Chryse, qui sont des Hyperboréens.

Page 961.

1. Suivent deux paragraphes retranchés par Diels et relatifs au culte d'Apollon.
2. Apollon.
3. Peut-être l'ouvrage comportait-il plus de deux livres. L'autre titre possible, *Les Égyptiaques*, est douteux.
4. Voir Hérodote, *Enquête*, V, 105.

Page 962.

1. On ne manquera pas de noter que l'ordre suivi par Diogène Laërce dans les paragraphes 10 et 11, est précisément doxogra-

phique et propre à Théophraste. On y passe en revue les opinions relatives aux principes, aux dieux, au monde, aux météores et aux hommes. Ce seul classement permet de dire qu'Hécatée n'est pour rien, ou presque, dans ce témoignage, et que Théophraste (ou son disciple) a dû simplement, dans cette énumération, mentionner son nom à propos des études sur les dieux égyptiens.

2. Voir Démocrite, B XXXIV, p. 862 : l'homme est un microcosme. La source de Démocrite pourrait donc être égyptienne.

Page 963.

1. Voir ce que dit Plutarque, dans *Isis et Osiris* (56, 374 A) du nombre 5 et du dieu Pan représentant l'univers égyptien.

2. Toute cette introduction de l'ouvrage de Diodore a été empruntée par l'historien sicilien à Hécatée d'Abdère, de même que la tradition relative à l'humanité primitive avait été empruntée à Démocrite (voir B V 1, p. 839). L'exposé de la théologie égyptienne se poursuit jusqu'au chapitre XXVII; ensuite vient un exposé géographique (chap. XXX à XLI), une histoire des pharaons (chap. XLIII à LXVIII) et un exposé de la philosophie politique (chap. LXIX à XCVIII).

Page 964.

1. Voir Héraclite, A XII, p. 139.

2. Le nom conservé par Plutarque (voir *Isis et Osiris*, 8, 354 B) est *Technactis*. Celui conservé par Athénée (voir *Les Deipnosophistes*, X, 418 E) est *Néochabis*.

3. Le dieu Hélios lui-même, c'est-à-dire le Soleil.

4. Voir Diodore de Sicile, *Bibliothèque historique*, I, LXX, 9 et suiv.

Page 965.

1. Ce témoignage de Diodore vient après une esquisse de l'histoire juive, du Décalogue et des mœurs juives.

2. Cela, au dire de Photius qui cite cet extrait, est en grande partie faux.

3. *Photius veut dire : Abdère.*

4. Ce nombre est douteux.

5. *Commentaire sur l'Iliade*, IX, v. 383.

Page 966.

1. Voir B V, p. 960. Mais les références à Homère introduites par Diodore en B VII, p. 963 (XII, 2 et 5) le sont d'après l'œuvre d'un grammairien et non d'après une édition d'Homère.

2. Suivent les extraits qui occupent les paragraphes 184 à 204.

3. Même notation en II, 43 et suiv. du même ouvrage, et dans les *Antiquités juives*, XII, 38.

4. Il s'agit de Philon de Byblos, célèbre pour avoir traduit le fragment de Sanchoniaton conservé par Eusèbe, au premier livre de la *Préparation évangélique*.

5. Diels suppose qu'à l'origine de ce faux se trouvent les allusions aux Juifs contenues dans ses ouvrages consacrés à l'Égypte. Sous la rubrique B XVII qui ne contient pas de texte, mais seulement des références, Diels note que l'allusion à Hécatée d'Abdère dans Agatharchidès (éd. Müller, r. 64, *Fragments des historiens grecs*, I, 14, 1, 3) concerne en fait Hécatée de Milet. La conjecture de Müller qui propose de remplacer Ἀσκάνιος par Ἑκαταῖος dans Diogène Laërce (*Vies*, IX, 61) n'est pas convaincante.

APOLLODORE DE CYZIQUE

NOTICE

On ignore à quelle époque vécut Apollodore de Cyzique, ce démocritéen qui professa l'enchantement de l'âme[1], comme Démocrite et Nausiphane, s'intéressa aux relations entre son maître et la seconde génération des pythagoriciens[2], et enrichit le catalogue des *Opérations* (magiques) *faites à la main* de Démocrite.

NOTES

Page 967.

1. Voir Démocrite, B IV, p. 837. Le terme grec est le même que celui employé par Platon dans le *Phèdre* (261 *d*) pour définir la *rhétorique* : voir Gorgias, B XIV, p. 1046, où Diels fait commencer la citation de Platon à la phrase suivante seulement. (Voir aussi Nausiphane, B III, p. 974.)
2. Voir Démocrite, A 1, 38, p. 748.
3. Voir Philolaos, A 11, p. 489.
4. Cette plante, la sensitive, ainsi appelée parce qu'elle se replie quand on la touche, a dû étonner Apollodore, qui l'a ajoutée aux *Cheirokmèta* (voir Démocrite, B CCC 2, p. 918).

1. Voir I, p. 967.
2. Voir II, p. 967.

NAUSIPHANE

NOTICE

Épicure, qui persiste à se déclarer autodidacte[1] et n'admet d'autre institutrice que la nature ou encore l'expérience des choses, tient précisément cette conviction de l'Abdéritain Nausiphane qui fut son maître[2]. Celui-ci, proche de Démocrite par sa conception de la fin morale (sérénité, tranquillité, bonheur et joie de vivre), a apporté à Épicure une conception de la science, de la logique et de la rhétorique, qui paraît nouvelle. Le témoignage de Philodème, un épicurien du premier siècle avant J.-C., et qui vivait à Rome au temps de Cicéron, permet, même sous sa forme fragmentaire, d'entrevoir les articulations de ce système. Il existe un processus naturel d'inférence par lequel nous formons, au vu des choses et des événements présents, une idée ou une conclusion concernant le caché, l'invisible ou le futur. Telle est la marche naturelle de la pensée. Un bon discours, capable d'emporter la persuasion, est celui dont les parties s'ordonnent selon les étapes de l'acquisition naturelle des connaissances. La rhétorique cesse alors d'être un art et une pratique conventionnelle et artificielle, pour devenir l'expression naturelle de la communication de l'invisible, qui guide l'auditeur et l'aide à refaire avec lui l'itinéraire qui conduit à la découverte de la vérité.

NOTES

Page 968.

1. Autre leçon pour *Nausiphane*. Cette variante est écartée par Diels.

2. Exercices à la fois de recherche et de doute; *zététique* est *presque l'équivalent de sceptique.*

3. Ce sont là les deux formes du discours, la longue et la brève, à l'origine de l'opposition entre rhétorique et dialectique. (Voir par exemple, B II, XLIII, 1, p. 974 et Gorgias, A XX, p. 1017.)

4. La disposition (d'esprit), διάθεσις, est une attitude morale. Le terme a-t-il ici encore une valeur démocritéenne, comme en A XXXIII, I, 1, 2, p. 762 ?

5. Ou *ses propres raisons*; ce qui serait une source de l'insistance épicurienne à se dire *autodidacte*.

1. Voir A VIII, p. 970.
2. Voir A VI, p. 969.

6. Voir Diogène Laërce, *Vies*, IX, 102. Nausiphane eut pour condisciples Timon le Sillographe et Hécatée d'Abdère (voir cet auteur en A III, p. 958).

Page 969.

1. Pamphile (voir A VI, p. 969).
2. Épicure veut passer pour autodidacte. (Voir Usener, *Epicurea*, p. 227 à 241; Nausiphane, A VIII, p. 970 et Démocrite, A LI, p. 775, dont ce texte est la suite.)
3. Ariston de Céos, péripatéticien.
4. En 327 av. J.-C., d'après la *Chronologie* des *Epicurea* d'Usener, p. 404.
5. *Sophia* signifie à la fois science et sagesse.
6. Ici commence le témoignage retenu par Diels qui n'a pas jugé utile d'éditer ce qui précède.

Page 970.

1. Voir Usener, *Epicurea*, p. 114.
2. Selon l'interprétation d'A.-J. Festugière en son ouvrage *Épicure et ses dieux* (Paris, 1968, p. 25).
3. Il s'agit du jeune Épicure fréquentant l'école de Nausiphane. Le mot ἡμερ<οκ>ωμίας est généralement entendu ainsi (voir, par exemple, G. Arrighetti, *Epicuro*, p. 461 ou C. J. De Vogel, *Greek Philosophy*, III, p. 6). Peut-être ne s'agit-il pas de « matinées licencieuses », mais de séances matinales de gymnastique, parfaitement concevables dans une telle école comptant d'assez jeunes élèves.
4. L'allusion historique s'est perdue et l'expression n'est plus qu'une manière de désigner la jeunesse dorée, mais dévoyée.
5. Référence lacunaire.
6. La rencontre d'Épicure avec cet élève de Théophraste est chronologiquement impossible. Ou bien il s'agit d'un autre Praxiphane, ou bien d'une erreur de transcription sur le nom de *Pamphile*.
7. Voir Usener, *Epicurea*, fgm. 123 et Leucippe, A II, p. 730.
8. Ouvrage connu seulement fragmentairement par des papyrus d'Herculanum, mais qui constitue les *Carnets* d'Épicure, d'où des répétitions ou des reprises.

Page 971.

1. Voir Usener, *Epicurea*, fgm. 93.
2. Voir Usener, *Epicurea*, fgm. 113. À Samos, le père d'Épicure, Néoclès, exerçait le métier d'instituteur, apprenant à lire aux enfants. (Voir Strabon, *Géographie*, XIV, 638.)
3. Voir Usener, *Epicurea*, fgm. 236.
4. Apparemment, le titre de *Trépied*, qui évoque d'abord l'oracle d'Apollon et la Pythie de Delphes, se rapporte au triple critère de la vérité défini par Démocrite, d'après Diotime (voir III, p. 975).

Mais on ne saurait exclure tout à fait une référence soit à Thalès (voir A I, 27, p. 5), soit même à Orphée (voir la notice de la *Suda*, dans Diels-Kranz, *Vorsokratiker*, I, I, 10).

5. L'exemple reviendra souvent chez Aristote, en particulier au livre Θ de la *Métaphysique*. Il apparaît également dans la *Physique* (voir II, 3, 195 *b* 4). Mais ce texte reflète en même temps une attitude polémique de Nausiphane contre les Mégariques, ainsi qu'il ressort du témoignage d'Aristote en Protagoras, A XVII, p. 991.

Page 972.

1. Le *physicos* est en même temps *sophos*, celui qui connaît les lois de la nature est en même temps le sage et le savant.

2. L'*histoire* (ἱστορία), d'où connaissance sinon par ouï-dire, du moins par l'intermédiaire de témoins, de professeurs ou de livres.

3. Ici Nausiphane livre le secret de son art de persuader. L'argumentation doit simplement reproduire l'inférence propre au processus naturel de l'apprentissage. (Voir colonnes XVIII, 3, p. 973 et XLIII, I, p. 974.)

4. Expression qui peut avoir été conservée par Épicure (voir la *Lettre à Ménécée*, § 129), ou réintroduite par Philodème lui-même dans le propos de Nausiphane.

Page 973.

1. Il ne faut pas oublier que le drame des hommes vient de ce que la fin de la vie (son but : ici la vie heureuse) leur est invisible et cachée. D'où la nécessité d'un enseignement de l'éthique. Épicure fera sien ce point de vue.

2. Curieuse expression démocritéenne, utilisée dans un sens polémique pour caractériser une rhétorique creuse.

3. Il s'agit d'une inférence. On peut conclure valablement sur les choses invisibles et cachées (ἄδηλα) à partir des choses visibles. Ainsi procédera la canonique épicurienne.

4. Critique technique d'Aristote (voir les *Premiers analytiques*, II, XXIII et suiv.), qui appartient à Philodème et non à Nausiphane.

5. Le *dialogisme* est défini comme une sorte d'inférence. Parmi les choses cachées (ἄδηλα) figurent naturellement les événements futurs.

Page 974.

1. Des têtes de chapitres ou des articulations d'ouvrages.

2. Voir Démocrite, B IV, p. 837 et B CCXV, p. 898.

3. Sans doute la cause du phénomène (ce qui apparaît) est-elle un objet fait d'atomes et de vide, c'est-à-dire, en langage éléate, d'être et de non-être.

DIOTIME

NOTICE

L'intérêt philosophique de cet Abdéritain d'époque inconnue réside tout entier dans le fragment de Sextus Empiricus[1].

NOTES

Page 975.

1. Voir Démocrite, p. 747.
2. Voir Métrodore de Chio, A IX, p. 941.
3. Voir Démocrite, B IV, p. 837 et B CXL, p. 879.
4. Voir Démocrite, A CXI, p. 800.
5. Voir Anaxagore, B XXI *a*, p. 856.
6. En grec : ἔννοια, la *notion* ou le *concept*.
7. Citation de Platon dans le *Phèdre* (237 *b* 6).
8. En grec : πάθη, *affections*, *impressions, passions* et encore *maladies*.

Page 976.

1. S'agit-il de notre Diotime ? La question est aujourd'hui controversée, car en plus d'un certain Diotime qui fut archonte (voir Usener, *Epicurea*, fgm. 100; Arrighetti, *Epicuro*, fgm. 107), bien que ce soit là une conjecture d'Usener, il y eut un Diotime stoïcien cité par Diogène Laërce. (Voir *Vies*, X, 3 et Usener, *Epicurea*, Index, p. 403.)

BION D'ABDÈRE

NOTICE

Cet Abdéritain d'époque incertaine est un météorologue tenu en grande estime par le stoïcien, grand mathématicien et géographe, Posidonius.

1. Voir III, p. 975.

NOTES

Page 977.

1. Voir Thrasyalcès, II, p. 448.

2. Voir l'*Iliade*, XI, v. 306 et XXI, v. 334. Le *Notos* est dit *blanchissant* parce qu'il pousse devant lui des nuages blancs. Il souffle du sud et apporte la pluie.

3. Voir l'*Iliade*, IX, v. 5. Strabon considère qu'Homère qualifie du nom de *Zéphyr* le vent du nord qui porte le nom de *Borée*. Effectivement, deux vents de direction différente ne sauraient souffler ensemble.

4. L'amiral de Ptolémée Philadelphe, spécialiste des vents puisque responsable d'une marine à voiles.

5. *Astrologue* signifie en même temps *astronome*.

6. Figure :

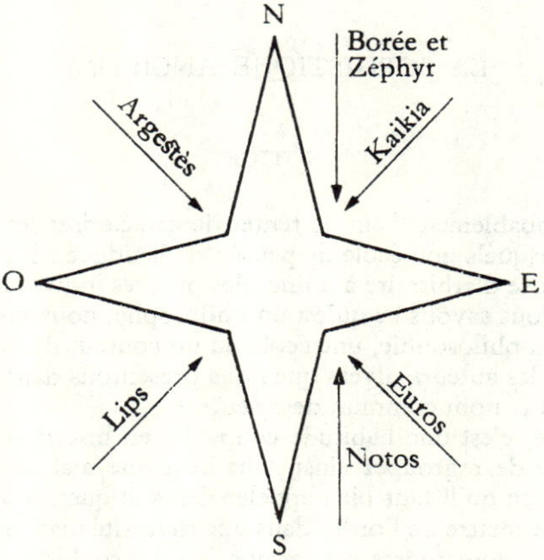

BOLOS

NOTICE

Bolos de Mendès a été longtemps confondu avec Démocrite[1]. La liste de ses ouvrages est donnée par Suidas[2]. Le titre : *Des questions tirées de la lecture des enquêtes qui attirent notre attention* est mentionné dans Démocrite, p. 917. C'est la *Suda* qui nous l'a conservé.

1. Voir Démocrite, B CCC 1 et 2, p. 918.
2. Voir B CCXCIX *c*, p. 917.

NOTES

Page 978.

1. La question des animaux sans fiel se retrouvera posée à propos de l'homme, de la baleine et du mulet, par les commentateurs d'Aristote. (Voir les *Premiers analytiques*, II, XXIII, 68 *b* 19.)
2. Cité aussi par Apollonius (*Histoires merveilleuses*, 31) et Théophraste (*Des plantes*, IX, XVII, 4).

Les Sophistes

LA SOPHISTIQUE ANCIENNE

NOTICE

Il est probablement vain de tenter de caractériser les principaux traits par lesquels une école de pensée se distingue : il y a toujours quelque chose d'arbitraire à unifier des pensées individuelles et très diverses. Nous savons ce qu'est un philosophe, nous savons moins ce qu'est, en philosophie, une école ou un courant de pensée. Bref, à quel titre les auteurs divers que nous présentons dans ce chapitre méritent-ils le nom commun de *sophistes* ?

En vérité, c'est une habitude coupable, en histoire de la philosophie, que de regrouper ainsi, tant bien que mal, les uns et les autres sous ce qu'il faut bien appeler des « étiquettes » : ce genre d'unité peut mettre de l'ordre dans une diversité mais ne la fait pas comprendre. Pour toutes ces raisons, sur les sophistes en général, nous serons bref. Nous renvoyons le lecteur aux Notices individuelles et aux textes.

Toutefois, on pourra relever, et analyser, les principaux thèmes qui habitent ces auteurs et définissent un « univers sophistique » fait de références et de réflexes communs. L'analyse de tous ces thèmes et l'analyse de leur traitement permettra de donner à cette communauté d'univers un contenu et un sens qui ne se limiteront pas à l'exercice rétribué d'un métier, celui de professeur de sagesse. Retenir ce critère trop général et trop extérieur conduirait à ranger Zénon d'Élée parmi les sophistes, puisque Platon prétend[1] qu'il faisait payer cent mines ses leçons.

1. Voir Zénon d'Élée, A IV, p. 277.

L'APPARENCE

C'est le premier thème qu'il faut examiner. Elle n'est rien. Entendre par là que l'apparence ne nous cache pas les choses et ne nous les montre pas non plus.

L'apparence est en soi indéfinissable parce qu'elle est le corrélat de l'instabilité de l'être, à l'intérieur d'une problématique pré-platonicienne : l'être, on le verra, est fuyant, sans unité, pour ainsi dire sans substance; mais cela ne doit pas signifier que l'apparence se définisse par rapport à lui : en fait, elle lui est identique. À la vérité, le concept d'apparence n'est pas un concept sophistique : comme le redécouvrira, beaucoup plus tard, Nietzsche, s'il n'y a que des apparences, s'il n'y a pas d'être, alors l'apparence n'est pas une apparence — ni non plus une apparence vraie : en fait, rien n'apparaît dans l'apparence; l'être n'étant rien, l'apparence prend des caractères ontologiques, elle se suffit à elle-même.

C'est bien pourquoi si, à proprement parler, le concept d'apparence n'appartient pas à la sophistique, pourtant, le lieu même, le milieu de la sophistique, c'est — en un sens qui est, nous l'avouons, un *malentendu* —, l'apparence même. Ce sens, nous ne pouvons le désigner qu'à partir de Platon, qui, pour cette raison précise, n'a pas compris les sophistes ni été compris par les sophistes. Ce milieu où se déploie la sophistique, c'est le milieu d'une pensée définie et normée par le « pour autrui », par l'opinion : « L'homme est la mesure de toutes choses[1] », ce qui compte — et qui est le propre d'une pensée avant tout pragmatique — c'est la référence humaine, non ce que les choses sont en soi, mais ce qu'elles sont pour les hommes. Cela ne peut être désigné comme pensée de l'apparence que par une pensée qui a repéré un critère absolu de ce que sont les choses, une pensée sinon platonicienne du moins éléate. À l'inverse, les sophistes ne peuvent saisir cette « apparence » que par référence aux diversités humaines et, en toute cohérence, une telle pensée développera ses processus opératoires à partir d'exigences non pas ontologiques, mais sociales : le foyer à partir duquel s'organise la pensée sophistique, et qui sera la cible principale de Platon (pour ne pas dire de tout ce qu'on appelle depuis « *philosophie* »), *c'est le langage;* un langage défini d'abord socialement, non pas comme moyen pour dire l'être, mais comme moyen pour communiquer avec autrui. Précisons bien : le langage n'est pas un moyen de communiquer la pensée, c'est au contraire la définition de la pensée d'être ce qui est communiqué par le langage. La rhétorique tient lieu d'ontologie. Le discours vrai, c'est le discours compris par l'autre, c'est-à-dire le discours persuasif. Encore une fois, rien de théorique ici : qu'un discours soit compris par l'autre ne manifeste pas une intelligibilité, mais une efficacité; persuader c'est faire comprendre, au sens où faire comprendre, c'est conduire

1. Voir Protagoras, B I, p. 998.

à telle ou telle action, dans la pratique. La rhétorique ne peut donc être déclarée mensongère que par une pensée qui connaîtrait un être dont la pensée sophistique récuse l'existence : si tout discours est faux, on ne peut plus opposer au discours faux un discours vrai et l'accuser de mensonge. Bref, ce qu'il nous faut comprendre, c'est que derrière la rhétorique il n'y a pas de mauvaise foi : la rhétorique est universelle, elle se fonde, elle est fondée.

L'ÊTRE ET LE NÉANT

Ce qui fonde la rhétorique, c'est une ontologie. Une ontologie sans être. Une ontologie sans être, ce n'est pas à proprement parler une ontologie négative (c'est-à-dire, qui aurait pour objet un être dont on ne pourrait rien dire), c'est une ontologie non théorique : l'ontologie de la pratique du discours. Gorgias la développe dans le *Traité du non-être*[1] qui articule, de la manière la plus rigoureuse, la possibilité d'une rhétorique, comme science du discours autonome, et l'ineffectivité de l'être en produisant un concept du néant préontologique : le rien. Quoique déconcertante pour une philosophie héritière des écoles de Platon et d'Aristote, la problématique est claire : il n'y a rien, ni être, ni néant. Cela signifie que le *rien*, dans lequel se retrouvent les négations tant de l'être que du néant, n'est ni le contraire de l'être (ce serait le néant), ni le contraire du néant (ce serait l'être[2]). Alors ? alors, il s'agit de comprendre quelle différence il y a entre le rien et le néant. Cette différence se comprend à travers l'exclusion du principe d'identité. Le néant se distingue du rien en ceci que le néant se définit par rapport à l'être. Ce n'est pas seulement le refus d'une ontologie, c'est le refus d'une ontologie unitaire : si le rien est un néant qui ne se définit pas par rapport à l'être, c'est parce que la thèse parménidienne ne vaut pas, qui exclut une tierce possibilité : le rien n'est ni du néant, ni de l'être. Ce qui est refusé, ce n'est pas l'être — nous savons bien, les sophistes savent bien, qu'il y a « des choses » — c'est une philosophie de l'être. En ce sens, peut-être la sophistique est-elle la première philosophie de l'esprit : ce qui importe, c'est ce par quoi des choses interviennent pour l'homme, c'est le langage, objet dont Platon dévoilera parfaitement l'ambiguïté : on peut dire n'importe quoi. Bref, le corrélat ontologique de l'habileté et du sens sophistique de l'expédient, c'est le « n'importe quoi »; c'est ce caractère labile des choses qui justifie la légèreté théorique des sophistes et fournit à leurs pratiques un sérieux inquiétant.

Si l'ontologie est défaillante, quel concept alors pourra fournir à la sophistique l'équivalent d'une cohérence pour l'ordre théorique, l'équivalent d'une morale pour l'ordre pratique ? C'est le concept de *moment opportun* (καιρός).

1. Voir Gorgias, B I et suiv., p. 1022.
2. Voir Démocrite, B CLVI, p. 885, ainsi que A XXXVII, p. 767 et A XLIX, p. 774.

LE MOMENT OPPORTUN

L'instabilité de l'être, sa diversité renvoient à un concept hésitant et riche de la temporalité : le concept du *moment opportun*. L'être ne peut être saisi que comme l'*occasion* à prendre. À travers ce concept s'effectue une valorisation de l'être par rapport au temps ; si l'être n'est pas toujours identique à lui-même, alors, il y a des moments où selon ce qu'on désire en faire, les choses se présentent plus ou moins bien : en d'autres termes, du point de vue de l'action, la variabilité de l'être doit être reprise et appréciée dans le concept d'occasion. On le voit tout de suite, dans ces conditions — l'être n'étant rien —, ce qui précède l'action bien conduite, ce n'est pas une connaissance du domaine réservé à cette action — une connaissance de l'être —, c'est un sens de l'occasion, c'est-à-dire de la manière d'être de l'être selon la temporalité. L'origine historique du concept de *kairos*, plus encore qu'hippocratique, paraît bien être pythagoricienne[1]. C'est Gorgias qui doit l'avoir introduit dans l'univers sophistique, par le relais de son maître Empédocle, qui passe pour l'inventeur de la rhétorique[2].

Ainsi le concept de moment opportun définit, du côté de l'être, un dépassement de sa mobilité, une fixation à l'intérieur d'une temporalité privilégiée; bref, offre l'occasion, c'est-à-dire, ce moment rare et fuyant où l'être, sans être égal à lui-même, s'égalise cependant aux réquisits de la pratique humaine, qui, par conséquent, vaut comme critère d'épaisseur et de solidité pour l'être. Rien, donc, ici, de théorique.

Toutefois, cette occasion, il faut la saisir. L'articulation de l'occasion et de la pratique humaine ne s'établit pas d'emblée : elle suppose, du côté de cette pratique, un sens de l'occasion par lequel on pourra, dans une transparence presque magique, apercevoir tout ce que l'être nous offre et déterminer les réponses à lui proposer. Ce qui norme la pratique heureuse n'est donc pas une théorie juste, mais une sorte d'instinct, la *prudence* (φρόνησις) qui, sans pouvoir rendre compte de ses opérations, retrouve et reconnaît les moments où l'être est pour nous. Ce sens du *moment opportun*, c'est le secret du sophiste.

L'action réussie ne résulte donc pas d'une technique bien réglée et ne s'offre au jugement d'aucune morale : la réussite exprime simplement ce privilège de l'homme qu'est « le sens des choses », par quoi aucune situation ne surprend, et qui pondère toute théorie en lui intégrant son poids d'être et de temporalité, sous la forme de l'efficacité.

1. Voir l'École pythagoricienne, D v, p. 596.
2. Voir Empédocle, A xix, p. 332 et Gorgias, B vi, p. 1029.

TROMPER

C'est encore ce souci d'efficacité qui va justifier et rendre défendable l'un des thèmes les plus surprenants de la sophistique, celui de la tromperie universelle (à l'exception toutefois d'une nature scrupuleuse et honnête comme celle de Prodicos, que Socrate a l'air de tenir en estime). Le souci des sophistes n'est pas de dire le vrai, mais de persuader. Ce par quoi des sociétés humaines peuvent prétendre à l'unité et à la stabilité, ce n'est pas la vérité (au reste, il n'y a pas de vérité[1]), c'est un ensemble de croyances communes. De là, chez les sophistes, une attention toute particulière aux problèmes de la vraisemblance : par quels processus l'homme est-il amené à croire ce qu'il croit ? Là où Platon parlera de « flatterie », le sophiste verra simplement un moyen de rendre efficace toute pratique, quelle qu'elle soit. Il n'y a pas d'autre moyen d'agir sur les hommes que de leur faire croire que tel ou tel but est avantageux, tel ou tel autre nuisible. Est-ce là tromper ? Cette universelle tromperie qu'est la *rhétorique* est en fait la reine des sciences et des techniques puisque, sans cette possibilité d'être crues et acceptées, celles-ci demeureraient néant. Cette pratique de la tromperie ne saurait être immorale puisque, en bonne sophistique, elle s'ordonne à l'opportunité. L'opinion est ce qui conduit les hommes.

On le voit, la sophistique trouve avant tout ses fondations dans un refus de la vérité; ce sont les conséquences positives, dans la pratique, d'un scepticisme théorique, un primat de l'action et de ses exigences propres : il n'est pas immoral de gouverner les hommes par la tromperie, si celui qui prétend les gouverner selon la vérité est aussi un trompeur. Le sophiste récuse le philosophe-roi platonicien comme la plus terrible des illusions. Dans un monde sans valeurs transcendantes, il est justifié et cohérent d'inventer des valeurs et de faire croire, pour les rendre efficaces, à leur transcendance. Ainsi l'habile homme de Critias[2] invente Dieu — un *Deus ex rhetorica* — dont la fiction met fin à la tragédie. La transcendance est une invention utile, mais dans les faits, il faut bien retenir que l'homme est livré à lui-même. Tout optimisme pratique se fonde sur un pessimisme théorique.

TOUT SAVOIR

Reste à déterminer, maintenant, quel est l'effet, dans la théorie, de ce pessimisme théorique. C'est un effet de retournement : s'il n'y a rien à savoir, si la science n'est qu'un attirail de « n'importe quoi », alors, on peut tout savoir. L'encyclopédisme d'Hippias est de style préaristotélicien. Hippias a réponse à tout parce qu'à n'importe quelle question, il répond n'importe quoi, ou du moins

1. Voir Protagoras, B I, p. 998.
2. Voir B XXV, p. 1145.

n'appuie son savoir que sur une expérience, sans jamais l'ouvrir à une théorie du vrai. Bref, la science n'est pas système parce que l'être n'a pas d'unité.

Le savoir d'Hippias, c'est la science à travers sa valorisation sociale : tout savoir ou avoir réponse à tout, ce n'est pas connaître la vérité, c'est s'offrir à l'admiration des foules. Il faut bien comprendre ceci : aux yeux des sophistes, pour savoir, il n'y a pas à pénétrer les secrets d'on ne sait quelle réalité, il n'y a pas de science; pour savoir, il suffit d'apprendre et de travailler. C'est là une conception scolaire du savoir : ce qu'on admire dans celui qui sait tout, ce n'est pas une science à nos yeux impossible, c'est le « premier de la classe ». Tout son savoir repose sur des procédés et la question que l'on se pose à son sujet ne concerne pas l'histoire des sciences, mais l'astuce : « Comment a-t-il fait ? » C'est ainsi que les sophistes ont même pu proposer la quadrature du cercle ! Il suffit de disposer correctement les apparences.

Pourtant, il y a quelque chose de véritablement admirable chez les sophistes : ils ont rendu possible le génie de la Grèce en le libérant d'une série de traditions. Ils ont été, dit Hegel, « les maîtres de la Grèce. C'est par eux que la philosophie est venue à l'existence[1] ». Il est vrai que cette philosophie est une philosophie de professeurs : ils savent et ils enseignent. Peut-être ne pensent-ils pas... Mais qu'importe ! la Grèce avait besoin d'une école.

Au fond, la philosophie des sophistes n'est jamais que celle de tout un peuple, à un moment de son histoire. Peut-être ne faut-il pas, du reste, dire tout un peuple, mais la partie laborieuse et artisanale de ce peuple. Car d'autres sectes, plus paresseuses — on songe ici aux pythagoriciens, aux cyniques, aux Cyrénaïques — continueront de mener une sorte d'existence parallèle : peut-être en ira-t-il ainsi des platoniciens eux-mêmes. Mais la philosophie des sophistes exprime les valeurs qui faisaient la vitalité de la Grèce. Avec un supplément : les sophistes ont découvert que ces valeurs ne valaient rien en elles-mêmes, et c'est à partir de là qu'ils ont défini une orientation véritablement philosophique, en établissant que ce qui fait la valeur d'une valeur, c'est d'être acceptée, non d'être vraie. Toute idée est une idée reçue, Il y a du Bouvard chez Hippias et du *Pécuchet chez* Prodicos. C'est la vie qui l'emporte. Platon les réfutera, mais alors, on pourra se souvenir de la question nietzschéenne : c'est autre chose qui l'emporte, et il n'est pas sûr que la vie ait à y gagner. La vérité, peut-être, ou encore la morale — celle que Nietzsche combat et celle que défend l'Anonyme de Jamblique. Mais la leçon des sophistes nous montre, au moins, que ce n'est pas si simple.

1. *Leçons sur l'histoire de la philosophie* (trad. française, t. II, Paris, p. 244).

NOTES

Page 981.

1. Androtion était un historien de l'Attique, du IVe siècle av. J.-C., et scoliaste d'Isocrate.

2. Androtion n'est pas le seul à qualifier Socrate de sophiste. Il est sûr que, en son temps, ce dernier fut souvent confondu — pas toujours de manière innocente — avec les sophistes, surtout dans les milieux populaires où l'on avait tendance à considérer plutôt le personnage que la doctrine. À ce sujet le meilleur témoignage est constitué par *Les Nuées* d'Aristophane. Précisons encore que le mot σοφιστής, avant de prendre avec Platon une valeur dépréciative, est synonyme — et cela chez Aristote encore — de σοφός, qui désigne le *sage* et le *savant*. Jamblique usera encore du terme sophiste pour désigner les Sept Sages. (Voir l'École pythagoricienne, C, IV, 83, p. 587.)

3. Voir Gorgias, l'*Éloge d'Hélène* (B XI, 1 à 13, p. 1031 à 1034) et le *Contre les sophistes*, d'Isocrate (voir Ion de Chio, A VI, p. 451).

4. Sur l'introduction du terme de *philosophie*, voir Pythagore, Addition, p. 68 et l'École pythagoricienne, B XV, p. 570. Outre son usage sophistique, le terme de *culture* (παιδεία) se rencontre chez les pythagoriciens (voir l'École pythagoricienne, B I, p. 560) et chez Démocrite (voir B CLXXX, p. 892), essentiellement.

Page 982.

1. Aristide fait probablement allusion à un passage du *Cratyle* (403 *e*), ce qui ne l'empêche pas de commettre une erreur, car c'est bien en un sens péjoratif que Platon parle d'Hadès comme d'un « sophiste achevé », et le qualificatif prend tout son sens par référence aux sophistes historiques : Hadès est un dieu qui regorge d'argent (Pluton) et qui sait tenir de magnifiques discours.

2. Comparer le sophiste à un chasseur d'élèves n'est pas une invention de Platon. Ce thème fait l'objet du dernier chapitre de *La Cynégétique* de Xénophon dont Kranz cite fragmentairement, sous le nº II *a*, le paragraphe 8. La comparaison du sophiste avec le chasseur paraît donc être un thème de la polémique socratique.

PROTAGORAS

NOTICE

Contemporain d'Empédocle, d'Anaxagore et aussi de Démocrite, autre Abdéritain, Protagoras est, sans doute, le premier des sophistes. C'est pourquoi on pourra rechercher, chez lui plus particulièrement, tant à travers les fragments qui demeurent, qu'à travers les témoignages qui ont été transmis, les débuts d'une mise en forme, selon une problématique que l'on dira « sophistique », de problèmes spécifiques, l'apparition de concepts nouveaux et caractéristiques, la mise en œuvre de ces concepts dans un enseignement et une pratique qui définiront et permettront de reconnaître un courant de pensée.

En ce sens, dans ce qui constitue la doctrine de Protagoras, nous relevons trois aspects.

En premier lieu, il y a ce qu'il est convenu d'appeler le *relativisme* de Protagoras : il libère la réflexion philosophique du « réalisme » des physiciens.

En second lieu, il faut s'interroger sur la signification de l'*athéisme* prêté à Protagoras : il libère la philosophie de sa fixation à la morale traditionnelle.

En troisième lieu, on dessinera, dans le tableau de sa philosophie politique, l'*anthropologie* de Protagoras, qui situe l'homme dans un écart principiel par rapport à la nature.

Sous ces trois aspects, le sophiste Protagoras se révélera essentiellement dans le refus d'un ordre théorique stable : l'homme est la mesure de toutes choses, mais cette mesure ne saurait valoir comme unité; les dieux n'existent pas, mais nous ne pouvons pas le savoir; l'homme est un oubli de la nature, mais le mythe montre que les dieux se souviennent : la place, laissée à une théorie de la culture, n'est pas, en fait, investie.

L'HOMME EST LA MESURE DE TOUTES CHOSES

Un piège est ici tendu : chercher le sens, le vrai sens, de cette formule serait y tomber. Comprendre cette phrase suppose que l'on admette une universelle mobilité du sens à laquelle, pas plus que le reste, cette phrase ne saurait échapper. En fixer le sens dans une interprétation, c'est faire apparaître la contradiction qui la traverse, c'est la réfuter. Telle est la lecture de Platon, lecture qui se donne, sans le cacher, pour une réfutation : « La vérité de Protagoras ne sera vraie pour personne : ni pour un autre que lui, ni pour lui. » *(Théétète, 171 c.)* Si la doctrine de Protagoras est un subjectivisme, elle ne peut se constituer en doctrine. La doctrine de Protagoras s'organise donc autour d'autre chose et implique que soit maîtrisée la contradiction dont elle semble l'origine.

Dès lors, il faut retourner l'ordre des questions : si toutes choses trouvent leur mesure en l'homme (défini comme subjectivité individuelle), elles perdent toute possibilité de mesure; la formule de Protagoras n'exprimerait qu'une référence sans référence. En fait, il s'agit au contraire de considérer à quel titre l'homme peut être dit *référence* pour toutes choses, et non ce que sont (ou seraient) toutes choses pour l'homme. À quelles conditions donc, l'homme peut-il être considéré comme *unité référentielle* ? Ce n'est ni comme subjectivité (la contradiction, non dominée, envahirait la théorie), ni comme nature (ce qui serait contraire à toute l'anthropologie protagoréenne : l'homme est un oubli de la nature). Reste donc, seule explication, l'explication *sophistique* : ni la subjectivité, ni la nature, mais l'*artifice*. L'homme pourra être dit unité référentielle de toutes choses « par convention » : on disposera alors d'une métrétique cohérente, non contradictoire, mais purement arbitraire, fondée en droit, non en nature. C'est la lecture qu'E. Dupréel présente sous le nom de « conventionnalisme sociologique[1] ». Telle est la signification doctrinale à laquelle nous voulons nous arrêter : que l'homme soit mesure de toutes choses, cela signifie, de la manière la plus large et la plus profonde, que rien n'est par nature mais que tout est par convention. Protagoras demeure ainsi abdéritain avant tout, et l'élève (peut-être) de Démocrite. Toutes choses sont, pourrait-on dire, *d'établissement humain*; la stabilité de la nature n'est repérable nulle part, mais lui est substituée partout, une stabilité infondée en théorie, mais produite, et donc effective, par artifice, et qui, quoique théoriquement changeante et changeable, offre des caractéristiques suffisamment assurées; l'ordre qui la définit n'est pas celui de la nature, mais celui de l'art humain : la loi et l'éducation. Ainsi, l'eau n'est plus l'élément dans lequel on se noie depuis que la *convention* de la natation apporte le salut aux hommes[2]. La sophistique protagoréenne est bien la toute première, peut-être la plus radicale philosophie des valeurs : ce qui fonde une valeur n'est pas sa vérité mais le fait qu'elle est voulue, ce qui fonde le droit n'est pas la nature mais le fait qu'une société humaine l'accepte. Ainsi est maîtrisée la contradiction : elle devient l'inévitable diversité des établissements humains, diversité qui n'empêche pas certaines valeurs d'être admises par plusieurs; plusieurs qui forment alors une société humaine, cimentée par l'acceptation de ces valeurs, transmises par l'*éducation*, création continuée des valeurs, pratique fondamentale — c'est-à-dire fondatrice : l'école est la source du savoir, les vérités ne lui viennent pas de la nature ou du monde extérieur — du sophiste.

Ainsi, les choses ne sont pas « par nature », mais, « par convention », ce qui signifie que l'homme est bien « mesure » de toutes choses, mais qu'il faut admettre la variabilité de cette mesure qui n'est unitaire qu'à l'égard des sociétés qui, dans un vouloir commun, fixent, au sein d'une variation toujours possible, la variété qui convient en ce lieu et en ce temps. La convention n'est pas menacée par la contradiction, car ce qu'elle réclame n'est pas l'universalité, mais la communauté, unité dans la mesure et dans les limites d'une société. Comme disait encore le maître Démocrite : « L'homme est ce que nous connaissons tous[3]. »

1. Voir *Les Sophistes*, Neuchâtel, 1948, p. 25.
2. Voir Démocrite, B CLXXII, p. 889.
3. Voir B CLXV, p. 887.

Par là, et en son sens le plus général, la sophistique de Protagoras libère la réflexion emprisonnée dans le matérialisme et le naturalisme des physiciens et dans l'immobilisme des Éléates. Il y a, dans la phrase sur « l'homme-mesure », toute une ontologie : une ontologie libérée de l'être. L'être n'est ni refermé sur sa plénitude, ni éparpillé dans les débris de son éclatement : l'être, c'est l'objet de l'accord des hommes entre eux. Et cela, dans tous les domaines, de la physique aux mathématiques en passant par le langage : l'apparence est fondée en convention et le sophiste s'emploiera à y travailler; c'est l'usage et non la nature qui détermine le genre des mots; c'est la convention qui fournit son objet à la géométrie et légitime des opérations qui n'ont pas de corrélats dans la réalité; c'est la convention qui permet de distinguer le bien et le mal[1].

On le voit, ce relativisme n'est pas théorique mais opératoire : il ne se traduit pas par un scepticisme universel — pour le cas où il aurait jamais existé — selon lequel il n'y aurait ni science, ni morale; il établit au contraire que si la science et la morale ne sont pas fondées en nature, elles sont fondées — et suffisamment fondées — par l'opération des hommes, c'est-à-dire l'artifice, et par leur accord : la convention. Que la distinction entre le bien et le mal soit de convention ne veut pas dire que le bien et le mal sont indifférents, mais que c'est à nous de faire la distinction. Certes, rien de plus : la place est libre pour une philosophie de la réflexion, mais, chez Protagoras, le seul critère reste l'accord entre les hommes. Cela définit exactement la portée et les limites de ce relativisme : ordonné à la convention et à l'accord entre les hommes, il fonde des valeurs. Mais il ne les fonde que sur cela : convention et accord demeurent arbitraires, faute d'une référence stable comme l'est, par exemple, le Bien selon Platon[2].

L'ATHÉISME

Le fragment B IV[3] expose la pensée de Protagoras concernant les dieux. Protagoras semble y professer un *agnosticisme*. En fait, le problème n'est pas simple. Si, à la lettre, il s'agit bien d'un agnosticisme (des dieux, nous ne pouvons rien savoir), il faudrait examiner quel peut être le sens, dans l'Antiquité et, surtout, dans la problématique même de Protagoras, de pareille doctrine. Cet agnosticisme nous semble définir, par rapport aux sociétés humaines, un athéisme. C'est au moins ce qu'y ont vu les accusateurs de Protagoras.

De fait, pourquoi, si l'homme est la mesure de toutes choses, de leur existence, comme de leur non-existence, l'homme ne pourrait-il avoir, conventionnellement, des notions sur les dieux ? Ici, à

1. Voir A XIV, p. 990 ; A XIX, p. 992 ; A XXVII, A XXVIII, A XXIX, p. 997 et B VII, p. 1001.
2. Voir Platon, *Les Lois*, IV, 716 *c* : « Dieu est la mesure de toutes choses. »
3. Voir p. 1000.

l'égard des dieux, Protagoras semble faire une exception dans sa doctrine. On attendrait que les dieux trouvent une garantie ontologique dans l'existence de ces institutions que sont les religions, admises par les sociétés humaines. Or, il n'en est rien. Il y a donc bien, ici, polémique ou attaque à l'égard des religions établies puisque le consensus qu'elles semblent requérir ne fonctionne pas comme critère. Par suite, un tel agnosticisme théorique, articulé à un relativisme pragmatique, prend assurément la signification d'un athéisme pratique. Bref, il y a, dans la pensée de Protagoras, un aspect subversif à l'égard des religions et même de la morale traditionnelle qui est l'envers d'une valorisation de la politique et de la société considérées comme exclusivement humaines. C'est l'activité politique, non plus le culte dû aux dieux, qui est devenue le cœur vivant de la cité.

Mais il y a plus. Le versant théorique de cette position présente un intérêt fondamental. Pourquoi, au sein du relativisme, cet atoll d'agnosticisme ? Pourquoi l'homme n'est-il pas, aussi, mesure de l'existence des dieux ? Si les dieux échappent à la mesure humaine, quelle est la mesure qui permet d'établir cette démesure ? C'est que les dieux ne se rapportent pas aux hommes : ce qui fait que l'homme est mesure, c'est, on l'a vu, l'existence des sociétés. Or, les dieux ne sont pas partie prenante dans les sociétés humaines, ils ne les habitent pas, ils ne les dirigent pas. C'est au titre de substituts idéaux d'une nature, que les dieux ne peuvent être admis par le conventionnalisme. Ils signifient une stabilité et une vérité au-delà de l'établissement humain et à partir desquelles pourraient être valorisées certaines conventions plutôt que d'autres. Si ce qui fonde la valeur est le consensus humain, on ne peut admettre une valeur qui relativiserait ce relativisme, qui ne dépendrait pas des hommes ou des sociétés. D'autre part, dans la tradition doxographique tout au moins, le matérialisme dont le modèle est fourni par Anaxagore (le Soleil est une pierre embrasée) exclut que les dieux, c'est-à-dire les astres, soient faits d'une matière éternelle différente de celle dont sont formés les corps terrestres. Les dieux sont de terre et par là mortels, c'est-à-dire que leur immortalité n'est que par convention.

Dans la mise en doute de l'existence des dieux, c'est donc une question fondamentale qui est récusée, ou, du moins tenue pour trop difficile : celle de savoir s'il y a des sociétés meilleures que d'autres. La quête d'une fondation absolue est refusée parce que ce qui importe à l'homme, ce sont avant tout ses propres valeurs et sa propre cité : la vie est brève, il convient d'abord de faire vivre cette cité et ces valeurs où des hommes se reconnaissent, avant de se *demander — question* abstraite — s'il y a des valeurs qui ne dépendent pas de nous et qui, donc, ne nous importent pas. Si l'homme est mesure de toutes choses, ce qui vaut par soi, en dehors d'une mesure humaine, serait divertissement. Et danger, puisque ce serait libérer les puissances de la contradiction, maîtrisées dans le relativisme.

L'ANTHROPOLOGIE

Cet homme, dont on a vu en quel sens il était mesure et unité référentielle de toutes choses, origine de toutes conventions et producteur d'artifices, bref, inventeur et technicien, c'est-à-dire *sophiste*, que pouvons-nous en dire ?

L'anthropologie de Protagoras est contenue dans le mythe célèbre rapporté par Platon dans le dialogue qui porte le nom du sophiste[1]. Récit admirable. Pour être de Platon, ce texte n'en est pas moins profondément protagoréen : point par point, le mythe où est récitée la fabuleuse histoire de l'homme présente l'aventure même du sophiste. L'anthropologie élabore une image de l'homme où se rencontrent toutes les conditions qui nécessitent et rendent possible la sophistique même, l'humanité est l'image en grand du sophiste. Qu'on y réfléchisse bien : le métier de sophiste n'est pas un métier comme les autres, former des hommes exige une théorie de l'homme qui rende cette activité possible et en éclaire les gestes fondamentaux. L'idéal sophistique n'est pas mercantile, même si toute peine exige salaire.

D'abord, c'est la première leçon du mythe, l'homme n'est rien. Il est le laissé pour compte de la nature : il existe, mais la nature ne lui a rien donné pour vivre, il est une existence dont la vie est d'emblée un problème à résoudre, il n'a ni protections contre un milieu hostile, ni armes pour garantir son territoire. Oubli de la nature, l'homme ne peut s'intégrer dans ce grand système de compensations qu'est le monde, où il faut vivre. La seule vocation naturelle de l'homme, avant même sa naissance, c'est la disparition, avenir d'une faiblesse radicale. L'aigle de Prométhée ne mange pas le foie, il dévore tout espoir de descendance. L'homme est donc un animal nu et désarmé, sorte de degré zéro de l'animalité, un vivant réduit à sa propre vie, dépourvu des moyens d'assurer sa subsistance. Il est de trop, aucun lieu n'étant prévu pour l'accueillir. L'histoire de l'homme s'inscrit donc dans une défaillance fondamentale de la nature qui caractérise toute la pensée sophistique; que cette défaillance survienne à propos de l'homme accentue encore cette signification : c'est bien parce qu'il n'y a pas de nature et qu'il *n'y a rien à attendre de la nature* que tous les jeux de la substitution et de la tromperie seront autorisés, mais ils s'appelleront artifice et ruse.

La seconde leçon du mythe, c'est que, s'il est voué à disparaître, l'homme survit cependant. Cette survie est rigoureusement contre nature. D'abord, parce qu'aucun rôle n'est assigné à l'homme; ensuite et surtout, parce que le rapport vital où il est engagé, est tel qu'il devrait périr sans délai, sans défense face à d'innombrables agressions, dans un combat par trop inégal. Or, dans cet affrontement injuste, l'homme l'emporte et crée par là un équilibre contraire

1. Voir C 1, p. 1003.

à toutes les lois de la nature : *Le faible l'emporte sur le fort.* Thème fondamental de la sophistique qui est aussi, on le voit, la condition réelle du développement de l'humanité.

Comment pareil renversement est-il possible ? Aucune dialectique, aucune supercherie théorique ne l'expliqueront, mais plus simplement une « manipulation ». L'homme est désarmé, mais il possède des outils. Le modèle premier de l'outil est le levier, par quoi le plus léger soulève le plus lourd : subversion par la technique de l'ordre de la nature qui prouve qu'il n'y a pas d'ordre de la nature mais seulement des opérations humaines, effectuables, réglées et réitérables. Par la technique, l'homme se substitue à une nature défaillante et crée l'ordre qui lui convient, l'animal le plus dépourvu devient l'homme, puissant, inventif, historique.

Historique, car ce qui transmet la technique, les habiletés, les métiers, les savoirs, d'une génération à une autre, faute d'héritage biologique, c'est encore une opération humaine : l'éducation. Que le sophiste soit *professeur* n'est pas hasard ou nécessité de vivre en exerçant un métier : l'enseignement est la tâche humaine première qui rend l'humanité possible.

Mais il n'y a pas que la technique, il y a aussi cet élément fondamental qui rend possible toute donation de sens, toute convention : la société. La Justice est l'autre don des dieux, la technique spécifique qui, contre l'ordre de la nature, rassemble les hommes.

Certes, la justice est un don des dieux, au même titre que l'ingéniosité technique et son symbole, le feu. Ici, ambivalence de l'origine : ce don des dieux a été dérobé. Les dieux reviennent. L'humanité ne peut pas penser son origine, seul le mythe lui en révèle la configuration. La création de l'homme par l'homme suppose une ingéniosité première qui doit être donnée. Or l'homme est dépourvu. Ce qui, chez Protagoras, tient lieu d'une théorie de la culture est une mythologie : on ne peut plus penser. Un symbole cependant : ce par quoi tout commence n'est pas une donation originaire, mais un vol inaugural. La théorie des aptitudes développe non pas le concept de *don*, mais celui de *vol*. L'aptitude fondamentale est la *subtilité*.

Telle est l'envergure déployée du sophiste : les moyens techniques renversent le rapport du fort au faible, mais la condition de cette opération est sa portée extrême : faire tout avec rien. Magie ? Non, sophistique. Le sophiste, c'est tout l'homme, symbolisé encore par l'astucieux Ulysse.

NOTES

Page 983.

1. Voir le *Protagoras* de Platon, 316 *a*.

2. Voir Démocrite, A II, p. 751 et A XVIII, p. 756, sans indication de la source.

3. Voir B I, p. 998.
4. Voir le *Théétète*, 152 *a*.
5. Voir B IV, p. 1000.
6. La mine, monnaie de compte, vaut cent drachmes. Cent mines (dix mille drachmes) constituent une somme considérable, qu'il est difficile d'évaluer exactement. Disons que la solde journalière d'un fantassin, à l'époque de Périclès, était d'une drachme.
7. Sur l'usage sophistique de cette notion, voir la Sophistique ancienne, Notice, p. 1518. Le concept de καιρός a une origine pythagoricienne (voir l'École pythagoricienne, D V, 182, p. 596).

Page 984.

1. Voir l'*Euthydème*, 286 *c*.
2. Voir Aristote, *Cinq œuvres perdues* (fragments et témoignages), édition, traduction et commentaires sous la direction de P.-M. Schuhl (P.U.F. 1968, p. 143, fgm. 2).

Page 985.

1. L'*Ixion* d'Euripide fut probablement représenté vers 410 av. J.-C. Cette indication chronologique recoupe la notation relative au procès, puisque les *Quatre-cents* ont pris le pouvoir en 411. Quant à la quatre-vingt-quatrième olympiade, elle correspond aux années 444-441 av. J.-C. L'*acmé* correspond à la maturité.
2. Il y a là une impossibilité chronologique : Protagoras est trop jeune pour avoir connu l'invasion de Xerxès (484-479 av. J.-C.).

Page 986.

1. Voir Platon, *Protagoras*, 320 *e* et C I, p. 1003.
2. Voir Prodicos, p. 1054.
3. Voir B IV, p. 1000.
4. Au cours de la quatre-vingt quatrième olympiade, 444-441 av. J.-C.

Page 987.

1. La voie des sophistes qui ne s'avouent pas, comme Orphée, Homère, Hésiode et les poètes qui transmettent les valeurs traditionnelles.
2. L'εὐβουλία, c'est-à-dire l'aptitude à bien délibérer et à saisir l'occasion propice.

Page 988.

1. Voir en C I, p. 1003 et suiv., le mythe du *Protagoras*.

Page 989.

1. En 421 av. J.-C.

2. En 429 av. J.-C.
3. Il s'agit de Callias.
4. Prodicos, Critias, Évhéméros, Diagoras.
5. Il s'agit de Théodore de Cyrène, disciple d'Aristippe.

Page 990.

1. Voir B I, p. 998.

Page 991.

1. Voir sur ce point l'article de L. Rossetti, « L'*Aisthesis* come referente ultimo in Protagora : Peritropê e 'antiperitropê' » (*Studi di filosofia preplatonica*, Naples, 1985, p. 172-190). Il y rapporte un nouveau témoignage sur Protagoras. C'est un extrait du commentaire aux *Psaumes* rédigé vers le milieu du IVe siècle par Didyme l'Aveugle, fragment conservé par un papyrus de Tura, édité par M. Gronewald (*ZPE* II (1968), p. 1).

2. En grec, φαντασία, c'est-à-dire représentation ou imagination. C'est Épicure qui tient pour vraie toute représentation, et ce sont les stoïciens qui la tiennent pour capable de devenir compréhensive, c'est-à-dire apte à fournir une perception.

3. Voir Démocrite, B CLVI, p. 885.

4. Aristote pense à Diodore de Mégare.

Page 992.

1. L'opinion selon laquelle on ne pourrait localiser l'âme dans telle ou telle partie déterminée du corps.

Page 993.

1. Τὸ φαινόμενον : *le phénomène.* Voir encore Aristote, *Métaphysique*, I, 1, 1053 *a* 35-*b* 3.

2. Kranz ajoute ici, sous le numéro XXI *a*, le passage du *Théétète* de Platon (166 *d* et suiv.) connu sous le nom d'*Apologie de Protagoras.*

Page 994.

1. Voir Héraclite, B LXI, p. 160 ; Démocrite, B CLXXII p. 889 et les Doubles dits, 1, p. 1167.

Page 995.

1. Voir B IV p. 1000. Nous croyons, à la différence de M. Untersteiner (*Sofisti, testimonianze e frammenti*, vol. I, p. 58 et la note), que l'interprétation de Diogène d'Œnoanda n'est pas à rejeter absolument. Si la plupart des témoignages présentent l'agnosticisme de Protagoras comme une précaution, cela prouve bien, à notre avis, que la pensée de Protagoras est, en fait, plus audacieuse : il s'agit d'une précaution qui vise non pas à éviter une erreur (dire que les dieux n'existent pas, alors qu'ils pourraient exister) mais à éviter une condamnation. En ce sens, une telle précaution, plus qu'un agnosticisme théorique, plus qu'une sorte de scepticisme, exprime un athéisme qui ne veut pas s'avouer. Et ce n'est pas la même chose :

qu'une telle précaution ait pour cause la prudence de Protagoras n'est pas douteux, mais il ne faut pas s'en tenir à une problématique de la précaution. On ne doit pas oublier le caractère « démolisseur » et antireligieux de la pensée protagoréenne : dès lors, une telle précaution serait bien dérisoire à côté des dangers affrontés par ailleurs. Aussi croyons-nous qu'il faut comprendre, chez Protagoras, le refus de s'avouer athée non pas comme un agnosticisme, mais comme un « indifférentisme » par lui-même agressif : eu égard aux critères protagoréens de la vérité, le problème de l'existence des dieux reste indécidable « la vie est brève » et le problème de l'existence des dieux appartient à un ordre théorique étranger aux exigences et aux contingences de la société : plus qu'aux dieux, Protagoras s'attaque à la religion. Des deux discours qui peuvent être tenus sur les dieux, aucun ne peut être déterminé comme préférable en fonction du bien des sociétés humaines, seule mesure de toutes choses. Il n'est pas question, ici, de vérité. Il n'en reste pas moins que Platon prendra au sérieux cet athéisme en écrivant, au contraire, dans *Les Lois* (IV, 716 *c*) : « Dieu est la mesure de toutes choses. »

2. Voir A XXVI p. 996. L'ὀρθότης *(rectitude)* dont il est ici question, renvoie sans doute à l'ὀρθοέπεια *(rectitude du langage)*, titre d'un livre de Protagoras cité par Platon dans le *Phèdre*. Voir encore Cratyle, V, p. 724.

3. Voir l'École pythagoricienne, B I, p. 560. Voir aussi Cratyle V, p. 724 : « Il existe une rectitude des noms. »

Page 996.

1. προοίμιον. (Voir A I, 53 et 54 p. 984.)
2. διήγησις.
3. τὰ παρτυρία.
4. τὰ τεκμήρια.
5. τὰ εἰκότα.

Page 997.

1. Il s'agit de Thrasymaque (voir B V et B VI, p. 1076).
2. ἐπάνοδος.
3. μῆνις et πήληξ sont des mots féminins, à propos desquels on suppose, à tort, qu'ils sont des masculins. Voir la Notice introductive, p. 1527.
4. Voir l'*Iliade* I, v. 1.

Page 998.

1. Le texte est, en ce lieu, fort détérioré.
2. καταβάλλοντες λόγοι : c'est Eugène Dupréel qui traduit par *« Discours terrassants »*. Parler de *« Discours renversants »* introduirait un jeu de mots que le grec ne semble pas comporter.
3. Sur le sens de cette formule, voir la Notice introductive, p. 1525.

Page 1000.

1. Voir Usener, *Epicurea*, fgm. 173 et Démocrite, A IX, p. 752.
2. Voir A XXIII, p. 994 et la note 1, p. 995.

Page 1001.

1. Si l'on admet que le denier *(denarius)* dont parle Quintilien équivaut à une drachme attique, alors dix mille deniers équivalent à cent mines, prix déjà mentionné des leçons de Protagoras (voir la note 6, p. 983).

2. Il s'agit des lieux qui traitent de l'usage des passions.

3. Deux points sont à considérer ici : 1° L'opposition entre le sensible et l'intelligible, à propos d'une définition de l'objet des mathématiques, ou, plus précisément, de la géométrie. Cet objet n'est pas sensible. À ce sujet, on pourra se reporter à Platon, *Lettre VII*, 342 *b*, et, plus généralement, aux *Éléments d'histoire des mathématiques*, de Bourbaki (Paris, 1969, p. 23). 2° La position de Protagoras. Pour ce dernier, qui, en réfutant les géomètres, nie l'existence d'objets intelligibles, la tangente sensible n'est pas tangente « en un point » (κατὰ στιγμήν), mais « sur toute une longueur » (κατὰ μῆκος). (Voir Aristote, les *Premiers analytiques*, I, XLI, 49 *b* 35, et les *Seconds analytiques*, I, X, 76 *b* 39.)

Page 1002.

1. Voir A I, 55, p. 987.
2. Voir B V, p. 1000.
3. Voir C I, p. 1003.
4. Voir B VI, p. 1001.
5. Confusion probable avec l'ouvrage de Démocrite (voir B *c*, p. 835).
6. Celle de déclarer : « Je savais bien que j'avais engendré un mortel », comme Anaxagore, Démosthène, Dion de Syracuse et le roi Antigone — personnages auxquels on peut ajouter Xénophon.
7. Voir Homère, l'*Iliade*, II, v. 273.

Page 1003.

1. Les témoignages XI et XII sont donnés en traduction allemande par le recueil de Diels.

Page 1005.

1. Voir Aristote, *Parties des animaux*, III, X, 687 *a* 23. Malgré l'origine et le contexte profondément platoniciens de ce mythe, l'imitation n'est pas simplement formelle. Les thèmes sophistiques les plus puissants s'y trouvent développés : à savoir, en premier

lieu, l'opposition de la nature et de la société, à travers laquelle nous est présenté un homme déraciné et faible qui ne doit son salut qu'à la mise en œuvre de l'habileté artiste et de la technique; et, en deuxième lieu, l'importance accordée à l'État et à la politique dans la conservation et la formation même de l'espèce humaine. Enfin, il faut retenir la présence du héros qui est le symbole du sophiste lui-même : Prométhée, l'ennemi des dieux. En allant plus loin, on pourrait aussi montrer comment ce mythe résume tout l'idéal sophistique : par la ruse et l'habileté, l'homme l'emporte sur la nature adverse et sur les autres animaux pourtant puissants et redoutables; en un mot, le faible l'emporte sur le fort. (Voir Critias, B xxv, p. 1145.)

Page 1006.

1. Socrate énumère des choses indispensables à connaître. On rapprochera ce thème de A xxviii, p. 997.

Page 1007.

1. Allusion à l'ouvrage de Protagoras, *Les Discours terrassants.*

XÉNIADE

NOTICE

Un seul témoignage, et fort bref, sur Xéniade de Corinthe : quelques lignes de Sextus Empiricus, dans le *Contre les mathématiciens* (VII, 53). La doctrine caractérisée dans ce passage ne se réduit pas à un pur et simple nihilisme. En effet, ce qui rattache Xéniade à la sophistique, c'est l'articulation de ce nihilisme à une théorie de la fausse apparence. On retrouve ici les traits principaux de la théorie sophistique de l'apparence : tout est faux et trompeur, aussi bien la représentation que l'opinion, parce que celles-ci ne sauraient trouver quelque référence stable dans une ontologie positive. Ainsi l'ontologie de Xéniade, loin de signifier simplement la réduction de tout être au non-être, exprime surtout la réduction au non-être de toute image qui pourrait se donner pour image de l'être. C'est la relation fondatrice de toute vérité qui est ici disloquée : tout discours, toute représentation, toute opinion sont faux non par on ne sait quelle inadéquation, mais par une impossibilité radicale de saisir un être qui n'existe pas. De la sorte, le mensonge retrouve le sens que lui accorde la sophistique; il n'est pas déviation par rapport à la vérité, titre par lequel il serait condamnable, mais substitut d'une vérité ontologiquement défaillante, titre par lequel il est inévitable et utile, artifice vital.

NOTE

Page 1008.

1. Voir Xénophane, B XXXIV, p. 122. Concernant Xéniade, le même témoignage se trouve dans Sextus Empiricus (*Hypotyposes pyrrhoniennes*, II, 18), texte que cite M. Untersteiner dans son édition (*I Sofisti*, I, p. 118). On consultera encore les *Hypotyposes pyrrhoniennes* (II, 76), texte repris dans le *Contre les mathématiciens* (VII, 48; VII, 53; VII, 388; VII, 399 et VIII, 5). Sextus Empiricus est le seul témoin de cet auteur.

GORGIAS

NOTICE

Vivre cent huit ans. Exemple de longévité, la vie de Gorgias est aussi un exemple d'activité et de travail. Cet élève d'Empédocle et ce contemporain de Socrate n'a cessé par son œuvre tant littéraire que politique et philosophique de se construire une réputation et une fortune, d'être, à tous les points de vue, un exemple pour son temps et l'exemple de son temps : Gorgias est le seul *sophos* à avoir eu sa statue à Delphes, et en or massif. Il faut y réfléchir.

La philosophie de Gorgias, c'est d'abord la *rhétorique*. Une science du discours qu'il tient d'Empédocle, son inventeur, et qui définit un genre littéraire dont l'histoire sera longue et féconde. Toutefois, il faut remarquer tout de suite que cette rhétorique est rigoureusement articulée à une philosophie, qu'elle est philosophique, bref, qu'elle ne saurait se réduire à une simple technique du discours, indifférente à toute finalité. Car, en fait, cette rhétorique tient son sens — qu'il faut bien dire *moral* — d'une théorie du « moment opportun », à travers laquelle se montre son ancrage dans la sophistique ancienne. Ce qui norme la rhétorique, c'est l'*à-propos*. La rhétorique n'est pas cette technique affolée et redoutable qui permet, dans tous les cas, de faire triompher le faible contre le fort, le juste contre l'injuste, ou le faux contre le vrai, indépendamment de toute moralité. À ce compte les reproches de Socrate seraient fondés.

En réalité, la rhétorique est la technique qui permet de faire triompher l'une ou l'autre cause *selon les cas*. Par là, la rhétorique est à coup sûr finalisée, sans être pourtant, au sens strict, moralisée; car ce qui détermine le choix, c'est une estimation de l'à-propos, et non pas du bien et du mal, du juste et de l'injuste ou du vrai et du faux. L'absence de détermination morale n'entraîne donc pas, bien au contraire, l'absence totale de détermination et l'abandon à un « technicisme » aveugle. L'absence de valeurs stables et universelles implique un substitut : la plus haute valeur, rappelle Gorgias dans l'*Oraison funèbre*[1], n'est pas le droit ou la loi, dans leur rigidité, mais le sens de l'à-propos avec toute sa souplesse. Ce n'est pas rien. C'est par là que la rhétorique trouve sa justification jusque dans une ontologie qui refuse l'être, au profit de ses occurrences dans le temps : une ontologie de l'occasion qui est bien la philosophie de la rhétorique.

La philosophie de Gorgias s'exprime donc aussi par son *ontologie*. De même que la rhétorique ne se comprend pas séparée de la théorie du moment opportun, de même, le *Traité du non-être* ne peut se comprendre sans être rapporté à la rhétorique. Faute de cette référence, l'ontologie de Gorgias passerait pour un pur et simple nihilisme, alors qu'en réalité l'analyse de l'être débouche sur des valeurs positives très rigoureusement reliées — comme l'a montré Dupréel[2] —, aux négations qui y sont mises en forme et exposées.

On peut distinguer trois moments dans le *Traité du non-être*[3]. Ces trois moments constituent une progression ou mieux, une régression : le raisonnement envoie des conclusions à la fois vers le champ d'une doctrine de l'être et vers le champ du discours. Résumons l'argumentation : 1° Ni l'être, ni le non-être n'existent; bref, il n'y a rien. Entendons que le domaine des choses ne peut être référé ni à l'être, ni au non-être, ce qui signifie en fait non pas que l'être serait on ne sait quoi, mais la vanité radicale de toute ontologie, qu'elle soit positive ou négative : Gorgias ne propose pas une nouvelle ontologie, mais le refus de toute problématique ontologique, de tout *discours* sur l'être. 2° Argument *a fortiori* qui livre le sens de la première thèse : même si l'être existait, il ne pourrait pas être pensé. C'est donc ici que la première thèse trouve toute sa force dans une sorte de « peu importe ! » ontologique. D'autre part, c'est l'affirmation de la séparation de l'être et de la pensée : étonnante découverte du caractère *fictif* de la pensée qui ouvre la voie à tous les mirages du possible. 3° Enfin, nouvel argument *a fortiori* qui confirme encore la première thèse en établissant, du même coup, et face aux deux précédentes, l'autonomie du discours : même si l'être pouvait être pensé, le langage ne pourrait l'exprimer. Ce raisonnement établit donc deux conclusions qui se répondent en se fondant mutuellement : la vanité de toute ontologie résulte, finalement, des caractéristiques du langage et, corrélativement, l'autonomie du langage trouve ses raisons dans l'impossibilité d'une ontologie.

Par suite, il faut voir, dans le *Traité du non-être*, bien plus une recherche sur la nature du langage que sur la nature de l'être. Du moins, les conséquences fondamentales et décisives qui en résultent

Voir B vi, p. 1029.
Voir *Les Sophistes*, Neuchâtel, 1948.
Voir B i, p. 1022.

portent moins vers l'être que vers le langage puisque, par là, ce qui est fondé, c'est une science du discours qui sera libérée d'une science des choses : la rhétorique. Il ne faut donc pas conclure, avec Sextus Empiricus, au scepticisme apparent de Gorgias : qu'il n'y ait pas de critère de la vérité n'est pas le problème de Gorgias; Gorgias, loin de détruire, fonde. La rhétorique s'articule à une philosophie, la négation de l'ontologie a pour corrélat la position du langage comme instance autonome. En ce domaine diverses opérations seront possibles, divers effets pourront être recherchés par des moyens appropriés : l'univers de la rhétorique, hormis son application normée par la règle de l'à-propos, sera analysé en termes de figures, qui, au sein d'une technique dominable, dessineront les principes fondamentaux d'une science capable de rendre efficace toutes les autres : le langage, en effet, devient porteur d'une efficacité qui lui soumet la réalité lorsqu'il est persuasif. Les figures, les procédés de la rhétorique emportent l'adhésion, le discours persuasif persuade non parce qu'il est vrai (l'ontologie n'a plus lieu), mais parce qu'il est beau (avènement de la rhétorique).

Il convient ici de dresser une liste des principaux procédés de la rhétorique chez Gorgias. (Qu'on nous pardonne l'usage récurrent que nous faisons subir à nos sources [Quintilien et même Fontanier] : les textes de Gorgias proprement dit sont trop disloqués pour permettre une véritable liste ou une systématique. La signification authentique des termes reste, pour nous, très hypothétique. Il faut le savoir. Cette liste est donc plutôt indicative et heuristique qu'historique.)

Parmi ces procédés, on distinguera les *tropes* (τροπαί) et les *figures* (σχήματα).

Les *tropes* désignent, selon Quintilien, les procédés de rhétorique qui produisent leur effet par l'altération du sens d'un mot ou d'une phrase; le jeu porte sur le sens « littéral » et y demeure.

Par *figure*, on désigne le *procédé* qui utilise un *mot* (σχῆμα λέξεως) ou une *idée* (σχήμα διανοίας) en lui donnant une formulation ou un sens qui s'écarte de l'usage habituel, tout en s'y rattachant. Le jeu dirige vers les sens « figurés ».

Mentionnons :

L'Allégorie : (trope), parler d'une chose en voulant en signifier une autre.

L'Anadiplose : (figure), reprise au début d'une période du dernier mot de la période précédente.

L'Antithèse : (figure), comparer des personnes ou des choses qui s'opposent.

L'Apostrophe : (figure), passage de la troisième personne à la seconde.

La Brachylogie : (figure), séparer chaque mot du discours par des silences ponctués. (Mais ce terme désigne encore le style concis[1].)

1. Voir Protagoras, A VII, p. 988.

L'Épanalepsis : (figure), répéter, à la fin du discours ou de la période, la phrase initiale.

L'Isocolia : (figure), séparation du discours en périodes ou en phrases d'un nombre égal de syllabes.

La Catachrèse : (trope), utilisation d'un mot en un sens inexact là où aucun autre mot ne serait approprié.

La Macrologie : (figure), ajouter un ou plusieurs mots sans rien ajouter au sens.

La Métaphore : (trope), désigner une chose par le mot qui en désigne une autre.

L'Homoiotéleute : (figure), terminer plusieurs périodes par les mêmes mots ou les mêmes sons.

La Parisose : (figure), sorte d'*isocolia* avec correspondance terme à terme.

L'Hypallage : (figure), bouleversement inattendu de l'ordre des mots dans la phrase; (trope), substitution d'un nom à un autre.

L'Hyperbate : (trope), déplacement d'un mot par rapport à sa place selon l'ordre usuel de la phrase.

Trois œuvres nous restent où cet art est mis en pratique : l'*Oraison funèbre*, l'*Éloge d'Hélène*, la *Défense de Palamède*. Ces textes ne sont pas intéressants seulement par leur style : ils montrent aussi, dans toute sa finesse et dans toute sa force, l'essentiel de la pensée philosophique de Gorgias, sophiste.

L'*Oraison funèbre*[1] dévoile, chez les héros athéniens tombés à la guerre, une image concrète de l'excellence : une excellence qui est le produit de l'éducation sophistique, un art de l'à-propos, une conciliation vivante et heureuse de toutes les différences d'un monde instable dans l'unité d'une culture. Plus que jamais, le genre de l'oraison funèbre trouve ici sa justification : quelque chose d'éternel est exalté à travers ces paroles, l'idéal sophistique d'une formation de l'homme, saisi à travers des hommes réussis.

L'*Éloge d'Hélène*[2] et la *Défense de Palamède*[3] sont avant tout intéressants par la théorie du discours qu'ils impliquent. L'un comme l'autre de ces plaidoyers restent enfermés dans les limites du discours, le raisonnement est toujours abstrait et exclusivement formel, bref, la matérialité des faits est explicitement congédiée au profit d'une batterie d'*a priori* purement discursifs : la liste des hypothèses étant saturée, on voit, par simple déduction que, dans le cas d'Hélène, toutes concluent à l'irresponsabilité et, dans le cas de Palamède, à l'innocence. Étonnante façon de retrouver Platon : si nul n'est méchant volontairement, alors nul n'est méchant. À ce compte, aucune trahison, aucun crime n'est possible... On ne manquera pas d'être sensible à la fois à ces sortes de parenthèses sur la force du discours, les conditions de la perception et le statut de

1. Voir B VI, p. 1029.
2. Voir B XI et suiv., p. 1031 et suiv.
3. Voir B XI *a*, p. 1036.

la contradiction où le défenseur instruit ses juges et les introduit à la sophistique, et à la structure logique récurrente dans le maniement de l'argumentation *a fortiori*, qui donne à ces deux fictions oratoires non seulement l'allure, mais la construction du *Traité du non-être*. Argumentation typiquement sophistique, mais qui découvre une profondeur inattendue qui est sans doute la vérité de la rhétorique et qui, bien plus qu'un immoralisme, cache un sens violemment humain de la justice : à savoir qu'il n'y a pas de causes perdues, que tout geste est défendable. C'est là une leçon de morale.

NOTES

Page 1009.

1. Voir Philostrate, *Vies des sophistes*, I, 1 : « C'est avec Gorgias que commença le discours improvisé; il arrivait devant le théâtre, à Athènes, et il ne craignait pas de lancer : " Proposez un sujet ! " Il fut le premier à prendre la parole avec ce risque, mais, de ce fait, il put montrer qu'il savait tout et qu'il pouvait se permettre de parler de n'importe quoi, au moment opportun. » Ce texte est édité par W. Kranz sous le numéro 1 *a*. (Voir B v *a*, p. 1028.)
2. Voir A xxxv, p. 1021.

Page 1010.

1. 460-457 av. J.-C.
2. Sur ces diverses figures, voir la Notice, p. 1538.
3. Voir la note 6, p. 983.
4. Voir Empédocle, A 1, 58, p. 321.

Page 1011.

1. En 427 av. J.-C.
2. Citation du *Phèdre* de Platon (238 *d*).

Page 1012.

1. En 480 av. J.-C.
2. Voir A xiv, p. 1015.

Page 1013.

1. Vers 500 av. J.-C. (Si l'on corrige, en lisant « quatre-vingt-dixième olympiade », on situera cet événement en 420 av. J.-C.)
2. En 470-469 av. J.-C.

Page 1014.

1. En 444-441 av. J.-C.
2. Voir Platon, le *Théétète*, 183 *e*.
3. Le sens de cette réponse de Gorgias est obscur. De nombreuses corrections ont été proposées. Signalons, entre autres, celle de Kaibel qui propose de lire, au lieu de ἑτέρου, γαστρός *(mon estomac)*; celle de Meineke, qui propose ἐντέρου, ce qui permettrait d'aboutir au sens : *Je ne me suis jamais soucié de mon ventre* et, enfin, celle de Tucker qui propose ἑταίρου : *Je n'ai jamais rien fait à cause de mes mignons*. Nous préférons, avec Diels et Untersteiner, conserver ἑτέρου.
4. Il s'agit de l'orateur Isocrate.

Page 1015.

1. Dans le *Gryllos*, livre (dialogue ?) perdu, fgm. 3. (Voir A XII, p. 1014.)

Page 1016.

1. Deux cents mines, c'est-à-dire le produit de deux de ses leçons. (Voir la note 6, p. 983.)

Page 1017.

1. δημιουργός : ce terme désigne aussi bien l'artisan que le magistrat. Comme le remarque M. Untersteiner *(ouvr. cité)*, la citoyenneté dépendrait alors davantage de l'action de l'État que de la naissance. C'est là l'idée sophistique que l'État et les citoyens sont des produits de l'art et non des réalités naturelles.
2. C'est-à-dire être professeur de vertu ou maître d'excellence.

Page 1018.

1. On sait que Philomèle avait été changée de jeune fille en hirondelle. Ce nom s'applique aussi au rossignol (voir Virgile, les *Géorgiques*, IV, v. 511 et Ovide, *Les Métamorphoses*, VI, v. 424).
2. Voir Platon, le *Phèdre*, 267 *a*, en Protagoras, A XXVI, p. 996.
3. Sur la contrainte ou violence du discours, voir l'*Éloge d'Hélène*, B XI, 7, p. 1032.

Page 1019.

1. Voir Protagoras, A XXVI, p. 996.

Page 1020.

1. Voir Platon, le *Phèdre*, 266 *e*, en Protagoras, A XXVI, p. 996. Cicéron use du terme grec λογοδαίδαλος. Dédale passe pour avoir

été le premier sculpteur et ses statues mobiles (voir Démocrite, A CIV, p. 798) sont évoquées par Platon dans le *Ménon* (97 *d*). Or Ménon est l'élève de Gorgias.

Page 1021.

1. L'auteur dont il est ici question est Antisthène. Sur Archélaos le tyran — qu'il ne faut pas confondre avec le philosophe —, voir le *Gorgias* de Platon (470 *d*).
2. Voir Hippias, B IV, p. 1086.

Page 1022.

1. En 444-441 av. J.-C.

Page 1023.

1. C'est là une expression du principe de contradiction, énoncé sous une forme très générale. (Voir B III, 80, p. 1025 et B IX *a*, 25, p. 1042.)

Page 1026.

1. Voir, à propos du traité *Du non-être*, le *De Melisso, Xenophane et Gorgia*, chap. V-VI du pseudo-Aristote, dont M. Untersteiner reproduit, dans son édition, la troisième partie qui présente, par rapport au texte de Sextus Empiricus, quelques variantes. Les parties de ce traité qui concernent Xénophane et Mélissos se trouvent respectivement aux pages 98 et 311 de ce volume. Aristote a lui-même écrit un *Contre Gorgias*, en un livre, dont seul le titre est conservé.

Page 1027.

1. Le pluriel enveloppe à la fois Ménon et son maître Gorgias.
2. Voir Empédocle, B CIX *a*, p. 418.
3. Voir Empédocle, A LXXXVI, p. 365.
4. Voir Pindare, éd. Bowra, fgm. 94, v. 1.
5. Voir A XXIX, p. 1019.

Page 1028.

1. Voir B I, p. 1022.

Page 1029.

1. L'éloquence *épidictique* concerne ce qu'on appelle encore les discours d'apparat, qui n'étaient pas prononcés à l'occasion d'affaires judiciaires ou de débats politiques réels.

Page 1030.

1. Le texte VIII *a*, ajouté par Kranz, est constitué par une citation de Plutarque tirée des *Préceptes de mariage* (43, 144 B), qui nous renseigne peu sur l'éloquence olympique de Gorgias et davantage sur les difficultés conjugales nées de l'intérêt qu'il portait à sa servante.
2. Voir A I, 4, p. 1009.

Page 1033.

1. *Locus desperatus.* Nous suivons la restitution de Diels.

Page 1034.

1. Voir Clidèmos, p. 695.
2. On songe, ici, inévitablement au *Gorgias* de Platon (463 *a* et suiv.). Mais la source de Gorgias peut être pythagoricienne.
3. On pourrait comprendre aussi : « Selon les modes qui lui sont propres » l'expression κἀν τοῖς τρόποις, en prenant *mode* au sens que les sceptiques ont donné à ce terme. (Voir J.-P. Dumont, *Les Sophistes*, Paris, 1969, p. 89, n. 1 ; voir B III, 85, p. 1026.)

Page 1042.

1. Ce texte passe pour la plus ancienne formulation du principe de contradiction. (Voir aussi B III, 67, p. 1023.)

Page 1045.

1. Voir Protagoras, A I, p. 983. Sur le καιρός *(moment opportun)*, voir la note 7, même page.

Page 1046.

1. Sans doute l'expression désigne-t-elle, plutôt que Palamède lui-même, Zénon d'Élée, dit le Palamède d'Élée. (Voir Zénon d'Élée, A I, 25, p. 275 et A IV, p. 277.)

Page 1047.

1. À savoir universellement, ainsi que le fait Platon, dans le *Ménon*, où il critique Gorgias (voir A XIX, texte suivant).
2. Ménon, élève de Gorgias, se réfère ici à son maître.

Page 1048.

1. Débordante de fureur guerrière, ou inspirée par le dieu de la guerre. On retrouve une formule analogue, mais sans indication

du nom de l'auteur, au livre IV du *De la musique* de Philodème (III, fgm. 15, éd. Kemke, l. 11-12).

2. Il est question d'Homère.

Page 1049.

1. La formule peut avoir appartenu à l'*Oraison funèbre* (voir B v *a* et suiv., p. 1028).

Page 1050.

1. La formule est d'Anaxagore (voir A I, p. 615; A II, p. 618; A XIX, p. 626; A XX *a*, p. 627 et A LXXII, p. 651). L'origine de cette thèse peut être attribuée à Archélaos (voir A XV, p. 690) et non à Gorgias.

2. Voir l'*Odyssée*, XI, v. 633-635. Ulysse redoute que Perséphone ne lui envoie la tête de Gorgone (Méduse). D'où le jeu de mots qui suit sur Gorgias et Gorgone.

LYCOPHRON

NOTICE

Peu de témoignages nous sont parvenus sur Lycophron. On y reconnaîtra des thèmes sophistiques, comme la critique de la loi, réduite à un contrat dépourvu de signification morale, et comme la critique de la noblesse, qui n'a de sens que par rapport à l'opinion. Surtout, on relèvera le refus de la copule *est* dans les jugements d'inhérence, pour préserver l'*unité* de l'être, thèse par laquelle Aristote rattache Lycophron aux Mégariques, et en particulier à Diodore.

NOTE

Page 1051.

1. Les philosophes platoniciens auxquels fait allusion, ici, Aristote, utilisent le concept de *participation* (μέθεξις) pour expliquer la relation entre sensibles et intelligibles, c'est-à-dire entre le sujet et la forme ou espèce. Lycophron y substitue celui de *communion* (συνουσία), afin de résoudre le problème de l'unité de la définition qui met en rapport le sujet concret avec l'attribut spécifique. (Voir Aristote, *Métaphysique*, H, VI - fin du livre.)

PRODICOS

NOTICE

Ce sophiste, dont la voix était si grave qu'il était pénible de l'écouter, occupe, par rapport aux autres sophistes, une position marginale. Qu'il trouve relativement grâce face aux attaques de Platon suffirait à signaler cet écart. Sophiste, Prodicos l'est à coup sûr : il forme des hommes et il se fait payer pour cette tâche. Toutefois, l'idéal qu'il s'efforce de transmettre en fait un sophiste austère et moralisant. Pourtant, tous les thèmes de Prodicos, pour traditionnels qu'ils puissent paraître, reflètent — on tentera de le montrer — des préoccupations et des démarches sophistiques. Preuve, si besoin est, de la diversité doctrinale des sophistes, que l'on pourra saisir à travers l'unité d'une même approche des choses et de la vie.

Comme la plupart des sophistes, Prodicos est professeur de vertu. Par *vertu* il faut entendre l'excellence. Élève de Protagoras, Prodicos professe que la vertu peut s'enseigner, et ce thème qui traverse de nombreux dialogues platoniciens, trouve ses références dans de fréquentes allusions à notre sophiste. C'est donc par la médiation d'un enseignement et d'une pratique de la vertu que s'effectue la formation de l'homme : l'homme n'est pas déterminé par avance, il offre une matière pour un enseignement possible, il peut se perfectionner ou se détruire.

Selon Prodicos, c'est dans ce contexte que s'organise la théorie de la vertu, par laquelle il se démarque de Protagoras et de Gorgias. Si la vertu peut s'enseigner, si donc elle est une science, il faut considérer aussi qu'elle est d'acquisition difficile et pénible, acquisition qui révèle cependant toute sa valeur en contribuant à un bonheur réel. On retrouve ici l'idée sophistique de l'importance de la peine, de l'exercice et du travail. Le héros qui symbolise l'homme-sophiste, c'est Héraclès (ou Hercule). Sa gloire, il ne la doit qu'à sa *propre valeur*, à sa vertu, à ses choix. Héros douloureux, son bonheur n'est pas un bonheur immédiat, il est remis à un « plus tard » sans cesse repoussé, mais toujours annoncé par un « contentement de soi » aux couleurs stoïciennes. C'est davantage une morale du travail qu'une morale de la satisfaction. Image du sophiste entrepreneur.

Mais la fable va plus loin. Héraclès n'est pas seulement l'homme voué aux épreuves, il est aussi, sans cesse, l'homme à la croisée des chemins, entre le vice et la vertu. À cet égard l'idée que la vertu est science prend tout son sens et Prodicos montre ici quelque distance par rapport à la tradition sophistique : tout l'art d'Hercule consiste à distinguer le bonheur réel offert par la vertu, du bonheur apparent et immédiat proposé par le vice. La théorie prodicienne de la vertu implique donc une théorie du mensonge et de la fausse apparence où le mensonge, loin d'être déclaré utile, est catégoriquement condamné. Il y a chez Prodicos un refus de la séduction qui enveloppe un refus de la rhétorique au sens où l'entend Gorgias. C'est parce que la distinction de la vertu et du vice suppose la séparation du réel et du mensonger que le discours propose, qu'une éducation logique ou grammairienne est indispensable : elle s'appelle *synonymique*, ainsi que nous le dirons plus loin.

Le choix proposé à Héraclès suppose que le vice et la vertu sont distincts et qu'il faut préférer la vertu au vice. De plus, le critère de ce choix n'est pas l'opportunité mais l'adhésion à des valeurs stables. Voilà qui, décidément, semble nous écarter d'une problématique sophistique. Tant s'en faut, cependant. C'est dans les limites de cette problématique que Prodicos change ses références : au lieu de trouver la valeur des valeurs dans un monde extérieur et dans l'opportune installation au sein de son ordre, Prodicos se retourne vers l'intériorité et tente de définir une subjectivité qui puisse produire ses propres valeurs, mais le problème reste bien de définir les choix qu'il convient de proposer à l'homme. Simplement, ici, c'est l'individu lui-même qui est appelé à se prononcer : il y a une défiance à l'égard d'une extériorité séduisante et trompeuse qui se comprend par référence à une intériorité qui choisit. La vertu ne se trouve pas seulement dans la gloire qui est sa reconnaissance parmi les hommes, mais tire son origine d'une subjectivité qui se retrouve dans le contentement de soi, valeur stable et indépendante qui peut être opposée à l'apparence et à l'opinion. Ce « moralisme » dépend donc moins de la morale traditionnelle que d'une valorisation de l'individu et de la subjectivité. Prodicos appelle Héraclès non tant à choisir un bien absolu et idéal, dépourvu de sens aux yeux des sophistes, qu'à choisir la réalisation de lui-même en se proposant des fins. Bref, ce qui distingue le vice de la vertu, les biens apparents des biens véritables, ce ne sont pas les notions de bien ou de mal, mais le fait que les uns sont immédiats, et donc extérieurs, accidentellement possédés, et les autres produits par le travail et donc effectivement mérités : l'essentiel, c'est le travail, c'est l'effort individuel, par quoi l'homme se produit lui-même. Cela prend tout son sens si l'on considère que le mythe d'Héraclès trouve probablement sa place dans un traité d'agriculture (*Les Heures*, ou, pour reprendre la traduction d'Eugène Dupréel, *Les Saisons*[1]). Les dieux, selon Prodicos, ce sont ceux qui ont procuré des ressources aux hommes : le divin, c'est l'utile. C'est pourquoi la vertu se caractérise par le travail.

Cette austérité sans moralisme, cet ascétisme sans tristesse trouvent leur complément dans l'attitude de Prodicos à l'égard du langage. Prodicos, on le sait, c'est l'homme des distinctions et de

1. Voir *Les Sophistes*, Neuchâtel, 1948, p. 117 et suiv.

l'exactitude des termes. Sa science porte le nom de *synonymique*[1]. Cette précision du vocabulaire, il l'a enseignée à Thucydide, le meilleur élève des sophistes. Il y a deux façons de jouer sur les mots : confondre ou distinguer. Confondre, c'est ramener deux mots à une seule signification ; distinguer, c'est faire éclater un mot en plusieurs significations, c'est séparer les synonymes, préciser les opposés. Prodicos distingue. Attitude ludique à l'égard du langage, par laquelle il est sophiste. Mais sérieux profond à l'intérieur de ce jeu, par quoi il est Prodicos et par quoi il refuse d'être Gorgias. Le sens de ce sérieux ? Encore la vertu, car ce qui précise les divers sens d'un même mot, ce n'est pas la référence extérieure au système du discours, mais la disposition de l'âme qui utilise le langage. La langue est un outil, l'art des distinctions est le travail qui la met en œuvre et évite les tromperies; le discours vise à la vérité non à l'illusion[2]. La précision des termes doit donc se comprendre par rapport à un « vouloir dire » qui est une disposition de l'âme, non par rapport à on ne sait quel sens naturel des mots.

Tels sont les traits par lesquels Prodicos, quoique sans cesse opposé à Gorgias, se montre un sophiste authentique. Ce sérieux, qui arrache le respect de Socrate, est un sérieux sans moralité; la valeur des valeurs, la vertu, ne se rattache pas à la conscience, mais au caractère. Il faut des professeurs.

NOTES

Page 1054.

1. Xénophon.
2. Voir B II, p. 1062.

Page 1055.

1. Voir l'*Odyssée*, XI, v. 582.
2. W. Kranz ajoute une citation du *Théétète* de Platon (151 *b*) : « Quant à ceux, Théétète, dont je juge qu'ils n'ont pas encore de fruits, je sais qu'ils n'ont rien à attendre de moi. Je fais donc l'entremetteur, avec une infinie bienveillance, et, grâce à Dieu, j'essaye de trouver, correctement, de la fréquentation de qui ils tireront profit. J'en ai envoyé beaucoup à Prodicos, et beaucoup aussi à d'autres hommes sages ou savants et aux sonorités divines. » Sur l'ironie probable de ce passage, et notamment sur la valeur de l'adjectif θεσπέσιος *(aux sonorités divines)*, voir J.-P. Dumont, « Prodicos : de la méthode au système », dans B. Cassin, *Positions de la sophistique* (Paris, 1986, n. 6, p. 222).

1. Voir J.-P. Dumont, « Prodicos : de la méthode au système », dans B. Cassin, *Positions de la sophistique*, Paris, 1986.
2. Voir A XIII, p. 1058.

Page 1056.

1. Il s'agit d'un dialogue d'Eschine le socratique.
2. Voir encore Aristophane, *Les Oiseaux*, v. 692.

Page 1058.

1. Sur cette notion, voir Protagoras, A I, p. 983.
2. Voir Quintilien, *Institution oratoire*, IV, I, 73.

Page 1059.

1. Euthydème et Dionysodore, deux petits sophistes bateleurs que Platon met en scène.

Page 1060.

1. Il s'agit du pythagoricien Damon (voir B VIII, p. 459).
2. Voir Hésiode, *Les Travaux et les Jours*, v. 311.

Page 1062.

1. M. Untersteiner édite cet extrait à partir de II, I, 20. Extrait qui comporte une citation d'Épicharme auquel il est fait allusion ici. (Voir B XXXVI, p. 205.)

Page 1066.

1. Persée, originaire de Cittium, comme Zénon, fut le disciple immédiat et peut-être le parent du fondateur du Portique. Sur ce stoïcien, voir Diogène Laërce, *Vies*, II, 61 ; II, 143 et VII, I ; VII, 6 ; VII, 13 ; VII, 28 ; VII, 36 et VII, 120 ; ainsi que von Arnim, *Stoicorum veterum fragmenta*, I, p. 96 à 102.
2. Voir Minucius Félix, *Octavius*, XXI, 2.

Page 1067.

1. Théodore de Cyrène, par conséquent disciple d'Aristippe le Cyrénaïque et pythagoricien. (Voir p. 486.)

Page 1068.

1. Voir Épicharme, B XXX, p. 204.

Page 1069.

1. D'après Diels, ce témoignage serait faux, car il faudrait lire Hérodicos le médecin, à la place de Prodicos (Ἡρόδικος/Πρόδικος). Voir Platon, *Protagoras*, 316 *e*; *La République*, 406 *a* et *Phèdre*, 227 *d*.

THRASYMAQUE

NOTICE

Platon l'a rendu célèbre en lui consacrant le premier livre de *La République* : « fauve prêt à bondir[1] ». Thrasymaque est le plus violent, le plus remuant, le plus radical des sophistes. Malheureusement, ce qui nous reste de lui se réduit à bien peu de chose.

Tentons cependant de caractériser quelques idées inquiétantes de ce sophiste :

D'abord, on trouve le thème du délaissement de l'homme : les dieux se désintéressent absolument des affaires humaines, l'homme doit donc pourvoir par lui-même à tous les problèmes qu'il rencontre et, pour les résoudre, ne peut compter que sur ses seules forces. Mais il y a plus : si, chez Protagoras, la situation de l'homme était à peu près comparable, les dieux, du moins, s'étaient souciés d'accorder aux hommes la justice, afin qu'ils pussent vivre en société; chez Thrasymaque, au contraire, il n'y a pas de justice, et cela montre la profonde indifférence des dieux à l'égard des sociétés humaines.

Par suite, ce point de référence qu'étaient le droit et la loi chez Protagoras s'évanouit chez Thrasymaque : aucune commune mesure, aucune justice ne pouvant se déployer à travers les sociétés, celles-ci sont livrées aux froids affrontements de la force la plus sauvage. C'est le thème que retient Platon dans *La République* : « Le juste n'est rien d'autre que l'intérêt du plus fort[2]. » Dès lors, la justice et la loi ne sont même plus justifiées par un accord ou par un pacte qui en feraient le ciment des sociétés. Toute société est divisée : il y a des forts et des faibles et une lutte sans merci. Ce qu'on appelle le droit n'est jamais que la force, et c'est par la force que l'on s'y soumet. Thrasymaque, c'est la destruction complète de l'idée de justice, c'est la sophistique devenue le plus terrible et le plus dangereux des pessimismes politiques, c'est la découverte de la violence.

À Thrasymaque répondent deux images. Celle de Calliclès, le sophiste du *Gorgias* de Platon, dont la fureur n'est qu'imaginaire. Et, à l'opposé, celle de l'*Anonyme de Jamblique*[3], presque aussi peu réel, puisque l'histoire a oublié son nom.

1. Platon, *La République*, I, 336 *b* ; voir A x, p. 1072.
2. Voir B vi *a*, p. 1077.
3. Voir p. 1160.

NOTES

Page 1070.

1. Denys d'Halicarnasse commet une erreur chronologique : Lysias est en fait postérieur à Thrasymaque.

Page 1071.

1. Philoctète avait été mordu au pied par un serpent. La tragédie de Sophocle a rendu encore plus populaire ce personnage homérique.

2. Jeux de mots sur les noms, en grec, de Thrasybule *(aux décisions fortes)*, Thrasymaque *(fort au combat)* et Polos (rapproché de *pouliche*).

Page 1072.

1. La lecture du nom de Thrasymaque est incertaine.

2. Voir Prodicos, B III, p. 1066.

3. Si l'on voulait donner un témoignage complet, il faudrait renvoyer à la totalité du livre I de *La République* de Platon.

Page 1073.

1. Le péan est une clausule constituée par trois brèves et une longue (∪ ∪ ∪ —).

2. Ici, Untersteiner ajoute un extrait de Quintilien, *Institution oratoire*, IX, IV, 87.

3. Voir Platon, *Phèdre*, 269 *d* et 271 *a* (ajouts de M. Untersteiner).

4. Édition d'un ouvrage en abrégé.

Page 1076.

1. Cet exorde (προοίμιον signifie *préambule* ou *exorde*) serait justement, d'après Diels, celui du *Grand traité ‹de rhétorique›*.

Page 1077.

1. Ce Métrodore, originaire lui aussi de Lampsaque, comme le disciple d'Anaxagore (voir p. 693), ne doit pas être confondu non plus avec Métrodore de Chio, le démocritéen (voir p. 939). Il s'agit du disciple et ami d'Épicure (330-277 av. J.-C.) dont les fragments ont été rassemblés par Körte, et dont M. Isnardi-Parente propose une version italienne dans ses *Opere di Epicuro* (Turin, 1974,

p. 499 et suiv.); l'illustration hors-texte, publiée p. 512 de cet ouvrage, reproduit le double buste d'Épicure et de Métrodore conservé à Rome, au musée du Capitole.

2. Le texte, conservé sur un papyrus, est mutilé; les crochets obliques donnent une idée des restitutions nécessaires.

HIPPIAS

NOTICE

Encore que Platon l'ait ridiculisé par deux fois, dans les dialogues qui portent son nom, Hippias est un génie. À travers lui, c'est toute la sophistique, comme fausse image de la philosophie, qui est réfutée par la philosophie : car Hippias, c'est *toute* la sophistique, c'est l'homme qui s'est intégralement réalisé lui-même.

Riche à millions, ce sophiste était doué d'une mémoire prodigieuse et absurde. Ce don, c'était un acquis : exercice et méthode, la pensée réduite à la mnémotechnie. De plus, il savait tout faire : parler n'importe quand et de n'importe quoi, répondre à toutes les questions, en géométrie, en calcul, en poésie, en histoire (il avait un faible pour les généalogies); il était passé maître dans tous les métiers et dans toutes les techniques, tout ce qu'il portait était de sa fabrication, depuis sa ceinture jusqu'à sa fiole à parfum et ses chaussures : bref, un homme qui ne devait rien à la nature, mais tout à son habileté et à son travail, un sophiste achevé.

Faut-il rire de cette image grotesque de l'encyclopédie et du savoir universel ? Peut-être, mais l'absurdité même de cette performance doit donner à réfléchir : cette fausse universalité a quelque chose d'inquiétant par sa profondeur même. Qu'est-ce que tout savoir ? un idéal ridicule si l'on entend par là la possession d'une science absolue et d'une vérité définitive. Mais cela n'est ridicule que pour les philosophes : c'est parce que Socrate croit à la science et se soucie de la vérité que les « numéros » d'Hippias lui paraissent dérisoires. Hippias passe son temps à changer d'avis, il ne dit jamais la même chose, alors que Socrate, puisque la vérité ne change pas, répète, à longueur d'année, le même enseignement. Mais, s'il n'y a pas de vérité, c'est Socrate qui a tort : Hippias, lui, se renouvelle, les années sont pour lui des années d'apprentissage au cours desquelles il parfait son expérience. Pour un sophiste, l'idéal encyclopédique, la *polymathie*, a un corrélat principalement humain : on ne cherche pas à élaborer le savoir absolu de la totalité, on cherche en fait, à travers ce savoir, à construire un homme accompli. Hippias veut accomplir l'homme, non le savoir, son souci n'est pas la vérité mais n'est pas pour autant inavouable. À travers l'encyclopédisme, la sophistique d'Hippias ne vise pas à produire la vérité absolue, mais bien à conjurer la division du travail : il y a ici l'idée que l'homme accompli ne peut être vraiment accompli que par *son propre* travail.

Cette victoire, Hippias la présente comme un paradoxe. Être l'homme qui connaît tous les métiers, c'est être la solution d'un problème apparemment insoluble : comment peut-on tout faire à la fois ? La réponse sophistique est simple : il suffit d'avoir de *l'habileté*. L'habileté, c'est la qualité qui permet de rivaliser avec les professionnels, de réussir là où manquent les règles et les outils, bref, de réinventer l'histoire des techniques et l'histoire du travail : c'est ce qui permet de réussir sans savoir-faire. Socrate inquiétait les artisans en leur montrant qu'ils ignoraient leur propre métier, mais Hippias les inquiète encore plus en leur montrant qu'il n'a pas besoin d'eux, qu'il sait lui aussi leur métier : reflet renversé de la réminiscence platonicienne, la mnémotechnie d'Hippias est ce par quoi, d'une certaine manière, si je suis habile, je sais *déjà* tout faire. Si Socrate enseignait que chacun possède par lui-même la vérité, Hippias n'enseignait pas autre chose que tout artisan est un autodidacte, que l'habileté est un outil universel, auquel aucun problème ne résiste.

Il en va de même dans le domaine théorique : Hippias se donne les moyens de résoudre le problème de la *trisection de l'angle droit*. Point d'analyse théorique : un ensemble de manipulations opérées au moyen d'instruments. Cette méthode ressemble fort aux solutions mécaniques d'Archytas[1]. Mais la mécanique d'Hippias a des allures différentes, un caractère de « bricolage » autodidacte, et d'ingéniosité si « déplacée » qu'elle n'échappe pas aux critiques des géomètres anciens, par exemple Sporus. Ainsi, en mathématiques, Hippias reste sophiste : pas de théorie, une technique; on résout les problèmes avec des outils, non avec des raisonnements.

Voyons comment il procède[2]. Hippias parvient à découper l'angle droit, ou tout angle, en trois angles égaux, au moyen d'une courbe appelée *quadratrice* (ainsi nommée sans doute parce qu'elle pouvait être utilisée pour la quadrature du cercle, dans la mesure où, par un passage à la limite, elle permet de définir le point G, tel que $AG = \frac{r}{1/2\,\pi}$ et de fixer le rapport du quart de cercle au segment de droite AG, puisqu'on a la relation : $1/2\,\pi r = \frac{a^2}{AG}$).

Cette opération ou trichotomie d'un angle, comporte donc deux moments : la construction de la quadratrice et la trichotomie proprement dite.

1. Voir A XIV, p. 525.
2. Voir également Ivor Thomas, *Greek Mathematics*, Londres-Cambridge 1957, t. I, p. 336 et T. L. Heath, *A Manual of Greek Mathematics*, New York, 1963, p. 143.

1° *La construction de la quadratrice.*

Prenons un carré ABCD et le quart de cercle BD de centre A. Supposons qu'un rayon (r) de ce cercle tourne, d'un mouvement continu et uniforme, autour de A, en partant de la position AB pour aboutir à la position AD.

Supposons, d'autre part, que le segment de droite BC, en restant toujours parallèle à AD, se déplace, du même mouvement continu et uniforme, en partant de la position BC pour aboutir à la position AD.

Supposons, enfin, que ces deux mouvements s'effectuent rigoureusement dans le même temps : une fois achevés, les deux segments se confondent, mais, tout au long de leur déplacement, leur intersection engendre un ensemble de points qui forme la courbe appelée quadratrice (figure 1).

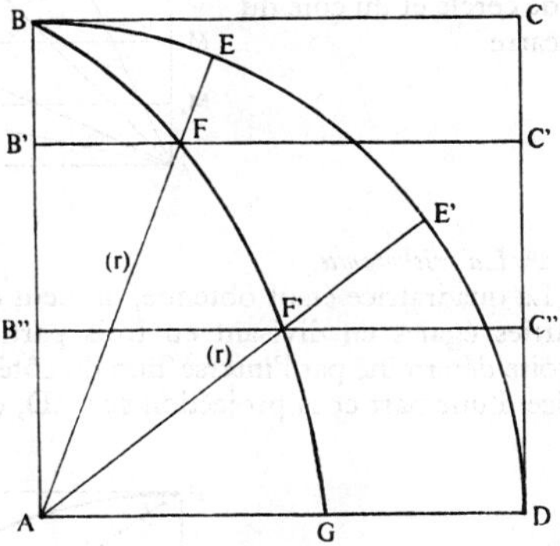

FIGURE 1
Construction de la quadratrice selon la méthode d'Hippias, au moyen d'un instrument *ad hoc.*

Ici, deux remarques s'imposent :

cette construction est évidemment possible, mais exige des opérations qui ne sont pas rigoureusement géométriques : l'isochronie et l'uniformité des deux mouvements sont le moyen qui permet de déplacer vers un champ instrumental effectuable (l'ingéniosité d'Hippias ?) un problème insoluble dans le champ théorique pur de la géométrie grecque, à savoir le déchiffrement d'une proportion rationnelle entre un arc de cercle et un segment de droite. Le passage, avec les opérations indiquées, à l'intuition temporelle, permet de résoudre un problème de mesure ineffectuable dans l'intuition spatiale, puisque, en divisant, au moyen du compas, le quart de cercle (le compas permet la bissection de l'angle), et, corrélativement, le côté BA du carré, on ne définira jamais que des points, sans pouvoir mener une courbe continue (figure 2);

cette construction ne permet évidemment pas la quadrature du cercle : elle révèle elle-même ses propres limites en se montrant infinie, c'est-à-dire interminable. En effet, au terme des deux mouvements, le point d'intersection des deux segments de droite est indéterminé, celles-ci étant confondues, la courbe de droite doit donc être extrapolée et la détermination du point G suppose un passage à la limite.

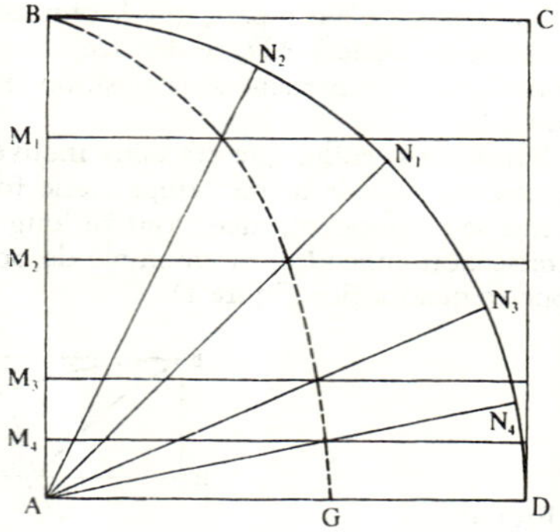

FIGURE 2
Construction de la quadratrice, au moyen de la règle et du compas, par bissection successive du quart de cercle et du côté du carré.

2° *La trichotomie.*

La quadratrice étant obtenue, on peut diviser tout angle en trois parties égales en divisant en trois parties égales le segment de droite déterminé par l'intersection du côté de l'angle avec la quadratrice d'une part et sa projection sur AD, d'autre part : les parallèles

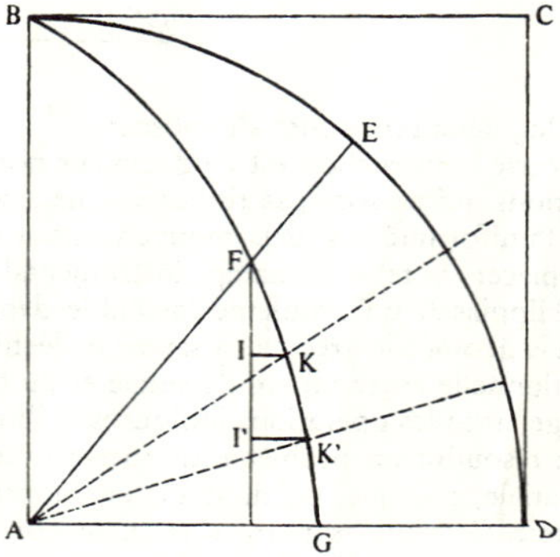

FIGURE 3
Trisection d'un angle grâce à la quadratrice.

à AD, menées par les points ainsi déterminés par la division, déterminent, par leur intersection avec la quadratrice, d'autres points sur celle-ci, et les droites déterminées par ces points et le sommet A de l'angle considéré divisent alors l'angle en trois parties égales (figure 3).

Hippias présente donc, au plus haut point, tous les traits de la sophistique : ils se résument dans une habileté suprême qui fait de tous les problèmes des problèmes techniques et, de la sorte, en vient à bout. Avoir réponse à tout n'implique pas qu'on sache tout (il faudrait alors savoir ce qu'est savoir et on ne pourrait échapper à Socrate), mais implique qu'on sache triompher de tout : le génie d'Hippias est sophistique, il triomphe de tout, même de la quadrature du cercle, par la feinte et par l'astuce.

NOTES

Page 1079.

1. Peut-être s'agit-il d'une allusion au *Gorgias* (493 *a*). (Voir A VII, p. 1080.)
2. En mars 424 av. J.-C.

Page 1080.

1. Antisthène.

Page 1081.

1. À Lacédémone.

Page 1082.

1. Les Lacédémoniens.

Page 1083.

1. Le *Ménexène*, dialogue de Platon.

Page 1084.

1. Il s'agit vraisemblablement ici du fils de Pisistrate, plutôt que du sophiste.

Page 1086.

1. Voir Gorgias, A XXXV, p. 1021.
2. Voir de A II à A IX, p. 1078 à 1081.

Page 1087.

1. Voir Thalès, A I, 24, p. 4.
2. Voir Homère, l'*Odyssée*, XVIII, v. 84.

3. La forme utilisée par Hippias est ionienne, l'autre est au contraire attique. Ce mot signifie *dépôt*.

Page 1088.

1. Voir Pythagore, VI *a*, p. 56.
2. Il s'agit de la marâtre de Phrixos, Ino.

Page 1089.

1. Mention du nom de *Hippias*, sur un papyrus conservé à Saint-Pétersbourg (13, colonne 2, 11), comme auteur d'un livre dont le titre est perdu.

2. Aristote donne ici des exemples de corrections qui tiennent à l'accentuation. Dans l'*Iliade* (XXIII, v. 328), à la place du relatif οὗ, on lit la négation οὐ, ce qui donne *« la pluie ne le pourrit pas »*, au lieu de *« dont cette partie est pourrie par la pluie »*. De même, dans l'autre exemple, δίδομεν devient l'infinitif impératif ionien διδόμεν, ce qui donne : *« accorde-lui l'accomplissement de sa prière »*, au lieu de *« nous lui accordons, etc. »*. (Il s'agit de l'*Iliade*, II, v. 15, si l'on admet le texte de certains manuscrits, sinon, on trouvera cette phrase au chant XXI, v. 297, mais, en ce cas, il ne s'agirait pas du songe d'Agamemnon.) Précisons que notre traduction a dû lever une ambiguïté (pour ne pas dire une incohérence) du texte d'Aristote : nous considérons le texte de la première citation d'Homère comme le texte qui résulte de la correction d'Hippias de Thasos, et non comme celui qu'il propose de corriger, ce que confirme le passage de la *Poétique* rappelé au début. Il est impossible de savoir si cet Hippias de Thasos est le sophiste.

Page 1090.

1. Le meilleur commentaire sur la conchoïde de Nicomède se lit dans Eutocius, *Commentaire sur la sphère et le cylindre d'Archimède*, dans Archimède (éd. Heiberg, III, p. 98, 1-7), et dans Pappus, *Collection* (éd. Hultsch, IV, p. 26, 39 à 28, 43), que l'on trouvera dans I. Thomas, *Greek Mathematics*, I, p. 297 et suiv. Sur la quadratrice, voir la Notice, p. 1553.

ANTIPHON LE SOPHISTE

NOTICE

Cet Athénien ne se contentait pas d'écouter ses clients lui raconter leurs rêves afin qu'il les interprétât, il était aussi poète épique, philosophe politique, géographe, physicien, biologiste, médecin, astronome et mathématicien. Étendues et variées étaient donc les préoccupations d'Antiphon le Sophiste.

Si on lui attribue le *Traité de la vérité*, il était alors également, tout simplement, philosophe. À considérer les fragments qui nous restent, deux points sont à retenir.

Tout d'abord, une thèse, que l'on opposera volontiers aux traditions éléates et que l'on pourra rapprocher de la thèse protagoréenne sur l' « homme, mesure de toutes choses », selon laquelle l'être, aussi bien dans la perception sensible que dans l'intellection, n'aurait aucune unité. On retrouve ici l'ontologie sans être de Protagoras ou de Gorgias : un être qui n'est pas *un* n'est pas vraiment un *être*. Si l'être n'est pas *un*, cela ne signifie pas l'éclatement vers on ne sait quelle multiplicité, mais une mobilité qui supprime à l'être son identité, et lui interdit toute référence stable; dès lors, la mesure des choses ne peut pas être leur être, mais les diverses aperceptions, multiples, qui en sont données. C'est ici que la thèse d'Antiphon s'écarte peut-être de celle de Protagoras : la référence n'est pas indiquée — nos textes sont, évidemment, lacunaires — à un système humain de conventions à travers lequel l'être trouverait une identité anthropologique d'artifice; il semble au contraire, pour autant qu'on puisse juger, que la thèse d'Antiphon conduit à un relativisme empirique proche d'un scepticisme.

En second lieu, on trouve une thèse que l'on pourrait dire « réaliste ». Il faut, évidemment, la confronter à la précédente qu'elle complète et précise plus qu'elle ne contredit. Cette thèse pose l'identité de l'être et de la saisie de l'être : ce que nous voyons et pensons existe, ce que nous ne voyons ni ne pensons n'existe pas, et tout ce qui existe peut être vu ou pensé. Ce réalisme ne se contente pas d'affirmer la correspondance des limites des choses et des limites de la connaissance des choses, il affirme surtout la solidité du champ empirique où se déploient le travail, les techniques et la vie, et montre, de la sorte, que les propositions portant sur l'être et son absence d'unité sont le corrélat d'un empirisme pragmatique et non pas les éléments d'une doctrine nihiliste. On aura reconnu, ici, deux aspects incontestablement démocritéens. À notre connaissance, on n'a jamais encore tenté de systématiser ce rapprochement. Et pourtant, des rencontres lexicales paraissent faire plus que l'attester[1] ainsi que l'importance qu'Aristote accorde à Antiphon, dans les deux premiers livres de sa *Physique*, lorsqu'il remet en question les explications matérialistes et mécanistes, dans un contexte démocritéen.

Cette unité qui manque à l'être importe ses conséquences dans la cosmologie, dans la doctrine du droit et dans la politique. La cosmologie et la physique sont rigoureusement matérialistes, la notion de providence est récusée; l'ordre, l'unité, la forme ne

1. Voir B XV, p. 1100 ; B XXII, p. 1102 ; B XXIV *a*, p. 1102 et B LXIII, p. 1115.

peuvent résulter que de l'art ou de la convention et sont ajoutées, par l'homme et son travail, à la nature et aux choses : si on enfouit un lit, c'est du bois qui poussera, non un lit[1]. En politique, les divers fragments, qui sont connus par le *Papyrus d'Oxyrhynchos* (XI, 1364, éd. Hunt[2]), nous montrent encore le règne de la contradiction et le rôle de l'artifice et de la convention : l'opposition sophistique traditionnelle entre la nature et la loi, Antiphon la pousse à l'extrême. Non seulement les conventions humaines, les lois, ne sont pas fondées en nature, mais encore elles entrent en conflit avec la nature. Par suite, on trouve un tableau qui oppose un état de nature et un état de droit tels que l'homme y est écartelé. De plus, cette description, menée à son terme, découvre le caractère formel et vain du droit, car si le droit et la nature s'opposent, alors la loi (humaine) reste sans force. Pessimisme donc, puisque, dans ce combat contre la nature qui caractérise la sophistique, force reste à la nature. De là des propos égalitaristes : dans la nature, il n'y a pas de différences entre les hommes, entre les Grecs et les Barbares[3]; de là une réduction du droit et de la justice à la contestation et à la contradiction, la justice n'est pas le lien social, mais la réglementation des conflits et, dans une société, le bien de l'un est nécessairement le mal de l'autre du point de vue de la nature. Bref, ni la convention, ni l'artifice ne sont des remèdes, Antiphon se défie des sociétés humaines : c'est une attitude critique, qui implique une référence à la vérité[4], entendons, à cette réalité dont on a affirmé la solidité et l'épaisseur, à l'écart de la théorie.

On retrouve le même empirisme tranquille dans la géométrie d'Antiphon : en récusant les principes de la géométrie, on peut faire la quadrature du cercle. Si on admet, comme le fait Antiphon, qu'un polygone ayant un nombre de côtés aussi grand que l'on voudra, mais fini, est l'équivalent d'un cercle, alors, on pourra ramener le cercle à un carré. Cette supposition est évidemment aberrante ou, du moins, contraire aux règles d'une géométrie rigoureuse, selon lesquelles une droite ne peut être tangente à un arc, mais seulement à un point[5]. Toutefois, il est bien vrai qu'empiriquement, on ne distinguera pas, sur une figure, un cercle d'un polygone d'un grand nombre de côtés : cela est vrai empiriquement ou si, comme le dit Aristote, on parle en physicien; mais on cesse alors de faire de la géométrie, les principes d'une construction rigoureuse et d'une démonstration étant abandonnés (figures 1 et 2). La géométrie des sophistes est une géométrie sans problèmes, mais ce n'est qu'un arpentage[6]. Leur philosophie aussi n'est peut-être que l'approxi-

1. Voir B XV, p. 1100.
2. Voir B XLIV, p. 1106.
3. Voir B XLIV, fragment B, p. 1107.
4. Voir B XLIV, fragment A, p. 1106.
5. Voir Protagoras, B VII, p. 1001.
6. Voir Hippias, B XXI, p. 1090.

mation d'un arpentage : règne de la feinte et de l'à-peu-près. Mais faut-il condamner ? Cela est cohérent si la vie elle-même est vouée à se dérouler dans un monde sans unité, vague et incertain[1] comme un dé qu'on lance.

NOTES

Page 1091.

1. Voir B LXXVIII et suiv., p. 1118 et suiv.
2. *De la vérité*, voir de B I à B XLIII, p. 1096 à 1106; *De la concorde*, voir B XLIV *a*, p. 1109; *Politique*, voir de B LXXII à B LXXVII, p. 1117-1118.
3. Voir Hippias, A XIII, p. 1083.

Page 1092.

1. Le chapitre VIII, non retenu dans la présente édition, traite d'Antiphon de Rhamnunte.
2. Voir la Notice, p. 1539.
3. Il s'agit toujours de Socrate.

Page 1095.

1. Voir Pythagore, A VI, p. 55, et Hippase, A XII, p. 79.
2. Dans l'*Iliade*, Nestor est le plus sage des Grecs et prodigue ses conseils par de longs discours. (Voir Gorgias, B XIV [témoignage de Platon], p. 1046; et Hippias, A II, 4, p. 1078.)
3. Voir Épicharme, B LV, p. 210 (ainsi que la note 3) et Antiphon, B LXXVIII et suiv., p. 1118 et suiv.

Page 1096.

1. Le *logos* ? Le sens donné à αὐτῷ est incertain, comme la leçon elle-même, qui pourrait être αὐτῶν.
2. Ce fragment fait suite à Critias, B XL, p. 1155.

Page 1097.

1. La référence est à placer au mot correspondant.

Page 1098.

1. Nous traduisons par *odeur* le grec ὀδμή et par *parfum* le grec εὐοδμία, qui sont des formes dialectales à résonance poétique. Le premier terme se rencontre avec une valeur poétique chez Xénophane (voir B I, v. 7, p. 113 et B III, v. 6, p. 115) et technique chez Démocrite (voir B XI, 139, p. 846); le second n'est employé que par Antiphon, mais se rencontre aussi chez Théophraste.
2. Celse, philosophe romain de l'époque des Antonins (IIe s.), qu'Origène combat dans son livre.

1. Voir B L, p. 1111 et B LI, B LII, B LIII, p. 1112.

Page 1099.

1. Voir Hippocrate de Chio, A III, p. 483.
2. Voir Euclide, *Éléments*, II, 14. Sur cette opération, en général, voir la Notice, p. 1558.

Page 1100.

1. Quadrature du cercle selon Simplicius.

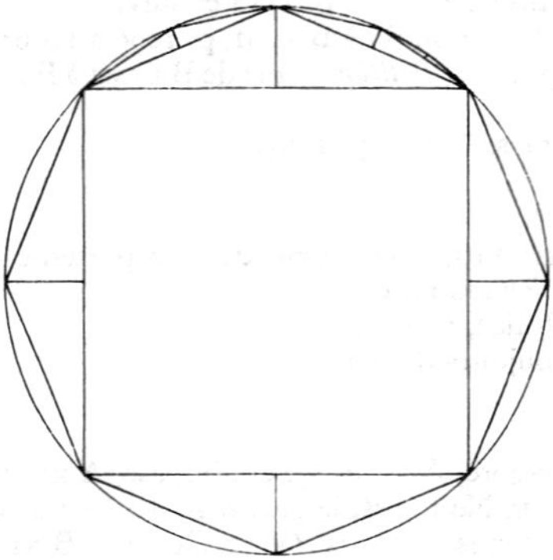

2. Quadrature du cercle selon Thémistius.

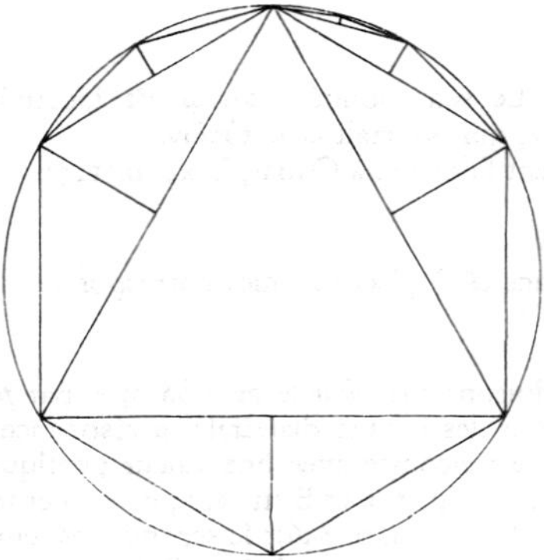

3. Voir Empédocle, A LXXVI, p. 357; Démocrite, A XCIX *a*, p. 796; B I *a*, p. 836; B V 1, p. 839 et B V 3, p. 842.
4. Le terme d'ἀρρύθμιστον, que nous traduisons par *informe*,

renvoie au concept démocritéen de *rythme*. Voir la Notice relative à Leucippe, p. 1453.

Page 1102.

1. *Bien-être* (voir Démocrite, A CLXVII, p. 833; B IV, p. 837 et B CXL, p. 879). Ainsi se confirme l'influence de Démocrite sur la pensée d'Antiphon.

2. *Disposition*; encore un terme emprunté au vocabulaire de Démocrite. (Voir A XXXVIII, p. 768.)

Page 1103.

1. Voir Alcméon, A IV, p. 219 et Héraclite, A XII, p. 139. Sur l'éclat de la Lune, Antiphon s'accorde avec Anaximandre et Xénophane, contre Thalès, les pythagoriciens, Empédocle et Parménide.

2. En grec εἰλούμενον. L'explication proposée par Antiphon a un caractère résolument mécaniste, à la façon des atomistes.

Page 1104.

1. Χόριον. L'anatomie moderne conserve le terme de *chorion*.

Page 1105.

1. Il s'agit là d'une définition par antiphrase.

2. Ταλάντωσις : poids de la valeur d'un talent.

Page 1106.

1. Voir l'*Iliade*, XI, v. 155.

2. Là encore, il s'agit vraisemblablement d'une définition par antiphrase.

3. Le papyrus sur lequel nous est conservé ce fragment est considérablement mutilé. Pour rendre la lecture plus aisée, nous avons renoncé à faire apparaître entre crochets obliques, comme nous le faisons généralement, les trop fréquentes restitutions dues à la vigilance des éditeurs du texte grec. Mais il faut savoir que l'établissement du texte est souvent le fruit de conjectures. Les nombres en chiffres arabes indiquent approximativement les colonnes du papyrus. Les [...] signalent des lacunes d'importance variable, qu'il est impossible de combler.

Page 1108.

1. Ces deux colonnes d'un papyrus différent appartiennent vraisemblablement aussi au *De la vérité* d'Antiphon, mais sans doute à un autre livre.

Page 1109.

1. Dans son édition, Untersteiner (*ouvr. cité*, IV, 101) ajoute un troisième fragment attribué à Antiphon (*Papyrus d'Oxyrhyncos*, III, 414) et qui concerne la poésie. Ce texte lui aussi est mutilé.

2. Ἡ ὁμόνοια. Jamblique se fonde sur l'étymologie : ὅμοιος désignant une similitude, et νοια une disposition d'esprit.

Page 1110.

1. Voir Démocrite, B CCL, p. 905 et B CCLV, p. 906, qui a peut-être inspiré ce propos.

Page 1112.

1. Voir Démocrite, B CCL, p. 905 et B CCLV, p. 906 et, pour cette imitation, Bossuet, le *Sermon sur la mort* : « Cette recrue continuelle du genre humain, je veux dire les enfants qui naissent, à mesure qu'ils croissent et qu'ils avancent, semblent nous pousser de l'épaule, et nous dire : Retirez-vous, c'est maintenant notre tour. Ainsi, comme nous en voyons passer d'autres devant nous, d'autres nous verront passer [...]. » La source de Bossuet pourrait être l'édition de Stobée par E. Fabre (« Sermo XCVI », *De Vita brevi*, Lyon, 1609, p. 553-555), qu'on imagine en usage chez les orateurs ecclésiastiques.

Page 1113.

1. Voir Ésope, LIX et La Fontaine, *Fables*, IV, v. 20. Une source pourrait être cette citation de Stobée.

Page 1115.

1. Préciser le contenu de ces termes est impossible.

Page 1116.

1. Voir B L, p. 1111 et suiv.

Page 1118.

1. Voir B LIII *a*, p. 1112.

2. Antipater de Tarse (IIe s. av. J.-C.), stoïcien connu entre autres par ses essais d'onirocritique, vient chronologiquement après Chrysippe, figure marquante du Portique, et succède à Diogène de Babylone à la tête de l'école.

Page 1120.

1. Pour ces fragments, sur lesquels s'achève ce chapitre, si leur

attribution à Antiphon est certaine, en revanche, on ne sait s'ils relèvent d'Antiphon l'Orateur ou d'Antiphon le Sophiste.

2. Expression à rapprocher du παρὰ μικρόν de Polyclète, en B II, p. 476.

Page 1121.

1. Peut-être s'agit-il de Glaucos de Rhégium (voir A VI, p. 1095).

Page 1125.

1. Untersteiner (*ouvr. cité*, IV, 178) ajoute un certain nombre de textes dans lesquels il voit des imitations d'Antiphon : C I : Platon, *Les Lois*, X, 888 *d*-890; C II : Isocrate, *Aréopagitique*, 31-35; C III : Artémidore, l'*Interprétation des rêves*, I, VIII; C IV : *Ibid.*, IV, II.

CRITIAS

NOTICE

Un sophiste, mais un sophiste à part. Critias était un aristocrate. Il faut dire quelques mots sur sa vie : ce n'est pas un exemple, même si le palmarès est copieux. Collaborateur avec Lacédémone, membre — et parmi les plus sanguinaires — de l'assemblée des Trente, Critias fut, au dire de la plupart de ses contemporains, le plus criminel de tous les hommes. Tout au moins, et ce n'est pas forcément un honneur pour la philosophie, ce philosophe fut aussi un homme historique.

Ce descendant de Solon[1] se devait d'être poète. Nombreux sont les fragments poétiques qui nous restent : chansons à boire, élégies, tragédies, drames satyriques, constitutions. Toutefois, nous nous attacherons simplement à présenter le fragment B XXV[2] qui contient l'essentiel de la philosophie poétique de ce tyran-philosophe. L'intérêt de ce texte est d'offrir une réflexion de la sophistique sur elle-même : une lumière glaciale traverse ces hexamètres. En effet, dans ces vers, la sophistique avoue ses fins et ses procédés. Sa fonction, ici, est donc spéculative plutôt que pratique : il ne s'agit pas de persuader ou de tromper, mais, en mettant en évidence les mécanismes de la persuasion et de la tromperie, de faire apparaître la sophistique comme une explication de certaines représentations

1. Voir A II, p. 1128 ; Critias est le cousin germain de Périctionè — mère de Platon — et tuteur de son neveu Charmide — oncle de Platon — qui fera lui aussi partie du gouvernement des Trente et sera assassiné en même temps que le sophiste. (Voir A XII, p. 1132.)

2. Voir p. 1145.

et de les justifier. Ainsi la démarche se trouve être tout à la fois rationaliste et asservissante. Rationaliste, car Critias *explique* la formation des représentations religieuses et des mythes. Il découvre du même coup une fonction primordiale qui élargit le sens de la sophistique vers une origine quasiment théologique : la sophistique n'est pas seulement cet art de tromper que pratiquent certains hommes de métier, car, en fait, l'origine même de toutes nos représentations doit être attribuée à une sophistique primordiale et fondatrice. C'est là pour la sophistique une extraordinaire justification qui trouve sa configuration dans un retournement : il ne faut pas dire que la sophistique permet de tromper, mais que toute l'humanité et toutes ses idées sont fondées sur une universelle tromperie; en trompant, le sophiste imite et répète le geste inaugural de toute existence sociale. Bref, la sophistique n'est pas d'invention sophistique, elle est, au sens le plus large, l'activité qui répond le mieux aux exigences de la formation de l'homme, puisque l'homme est un animal fait pour être trompé.

Mais cette démarche est également asservissante puisque, tout au contraire de l'habileté protagoréenne, l'habileté sophistique chez Critias ne vise pas à libérer l'homme de la nature, voire de sa nature, mais à l'emprisonner dans des sociétés, sous le joug de lois fondamentalement répressives quoique rationnelles et universelles. Le mensonge n'est pas la ruse libératrice par laquelle l'astucieux Ulysse échappe à Polyphème, mais plutôt la subtile magie par laquelle Circé retient ses victimes : en fait, la tromperie par laquelle le sophiste se représente la puissance politique. Modèle qui est bien théologique : si la toute-puissance vient du mensonge, alors, le mensonge est l'attribut principal du divin, Dieu est sophiste et le sophiste, divin; Dieu est menteur, le sophiste tout-puissant. Mais il faut admirer l'extraordinaire cohérence de ce texte qui s'interroge aussi lui-même : Dieu n'est pas seulement menteur, il est aussi un mensonge; il n'existe pas. C'est la puissance même qui est une invention. De là une terrible ambiguïté : la puissance est fragile et la toute-puissance est mythe et apparence; dès lors, ce qui assure le succès des puissants n'est pas en vérité une force de séduction, mais bien plutôt la crainte. La rhétorique, avec Critias, avoue sa fonction d'asservissement : elle ne vise pas, en fait, à plaire, comme le croyait Gorgias, mais à effrayer.

La question est peut-être platonicienne, mais il faut la poser : est-ce un hasard si la technique de la tromperie trouve, avec Critias, son achèvement et sa fondation dans la terreur ? La rhétorique est liée à la tyrannie, la terreur intellectuelle est liée à la terreur politique, *Critias l'avait compris*, et, faute d'avoir pu lire les dialogues de son petit-neveu Platon, il l'avait admis : il fut rhéteur, il fut tyran.

NOTES

Page 1127.

1. Voir Gorgias, A XXXV, p. 1021.

Page 1130.

1. Léogoras, père de Dioclide, accusateur au procès de la mutilation des Hermès, et qui prend ici la parole. Cette affaire est obscure. Alcibiade y était impliqué et il y fut question de Critias. (Voir Thucydide, la *Guerre du Péloponnèse*, VI, 27-29.)

2. Il s'agit de Phrynicos, assassiné en 411 av. J.-C.

Page 1131.

1. En 404-403 av. J.-C. Voir B XLVIII, p. 1157.

2. Il s'agit du procès consécutif à la bataille des Îles Arginuses, en 406 av. J.-C.

3. Esclaves thessaliens.

4. Chefs de tribus.

Page 1132.

1. Suit l'épisode de l'emprisonnement des habitants d'Éleusis.

2. En 403 av. J.-C.; Charmide, cousin de Critias, périt en même temps que lui.

Page 1135.

1. Voir Empédocle, A IV, p. 327 et B CV, p. 416; l'École pythagoricienne, B I *a*, 30, p. 562.

2. Les fragments poétiques de Critias sont, pour la plupart, des hexamètres.

3. Voir les fragments suivants et Anacréon (fgm. 41, Diehl). Il s'agit d'un jeu, probablement d'origine sicilienne, au cours duquel on lance dans un bassin le vin que contient encore la coupe dans laquelle on vient de boire. Le son obtenu donnait lieu à une interprétation : plus fort il était, plus grand était l'amour de celle (ou de celui) qu'on invoquait.

Page 1137.

1. Voir Démocrite, B XVI, p. 855.

Page 1138.

1. Voir A XXII, p. 1134.

2. Voir de B XXXII à B XXXVII, p. 1152 à 1154.

Page 1139.

1. Le καιρός. Sur cette notion, voir Protagoras, A I, 52, p. 983 et la note 7.

Page 1140.

1. Nous ne savons rien du *Tennès*. Comme l'indique le fragment B XI, l'île de Ténédos doit peut-être son nom à ce personnage, qui a inspiré la tragédie de Critias. Cette île, située au large de l'Anatolie, sera rendue célèbre par le pillage auquel elle sera soumise par Verrès, accusé par Cicéron. Concernant l'éponymie, voir Conon, dans Thrasymaque (A VI, p. 1071).

Page 1141.

1. Kranz, sous le n° XV *a*, rapporte au *Pirithoos* un fragment du *Papyrus d'Oxyrhyncos* (n° 2078, éd. Grenfell-Hunt), qui contient une scène dialoguée entre Héraclès et Thésée.

Page 1142.

1. On se reportera, pour l'explication de ce passage, à la note de J.-P. Dumont, *Les Sophistes* (Paris, 1969, p. 208).

Page 1143.

1. Cette interprétation est directement inspirée de la cosmologie aristotélicienne.

Page 1144.

1. Tiré, d'après Welcker, du *Pirithoos*.
2. Tiré aussi d'Euripide, d'après Wilamowitz. (Voir Anaxagore, A XXXIII, p. 631.)

Page 1146.

1. Voir Gorgias, B XXXI, p. 1050 et les renvois indiqués en note 1.
2. Voir Platon, *Critias*, 107 *d* et suiv.

Page 1148.

1. Nous introduisons ici les fragments, très émiettés, que Diels cite sous les numéros B LIII à B LXXIII, mais qui peuvent appartenir à la *Constitution des Athéniens*, car leur attribution demeure douteuse.

Page 1151.

1. Nous reprenons l'ordre des fragments, après la *Constitution des Athéniens*. (Voir la note 1, p. 1148.)

Page 1153.

1. Le Fogg Art Museum de l'université de Harvard possède un *cothon* dont une reproduction figure au tome V de l'édition des *Deipnosophistes* d'Athénée par C. B. Gulick (Londres-Cambridge-Massachussets, 1963, collection Loeb).

2. L'adjectif *lycurgien* ne renvoie pas à Lycurgue, comme le grammairien pourrait le croire, mais à la Lycie, et signifie : *fabriqué en Lycie.*

Page 1155.

1. Voir Antiphon, B I, p. 1096.

Page 1156.

1. Nous adoptons ici le texte des manuscrits qui donne ἀρετῶν *(des vertus)*, parfois corrigé en ἐρώτων *(des amours)*.

2. Voir A XIX, p. 1134.

Page 1157.

1. Aristide parle de Xénophon et commente le début de son *Banquet*.

2. À propos du *Banquet* de Xénophon, I, IV.

Page 1158.

1. Le fleuve Mélès, près de Smyrne, dans l'eau duquel sa mère s'était baignée, ce qui conférait à Homère une origine divine.

Page 1159.

1. Les fragments B LIII à B LXXIII, qui sont d'attribution douteuse, ont été placés sous le titre *Constitution des Athéniens*. (Voir p. 1148.) Sous le numéro LXXIV, Diels renvoie à la collection gréco-syriaque de Ryssel, en précisant que ces sentences n'ont pas d'intérêt pour comprendre les sophistes.

2. Il s'agit sans doute de Thrasymaque.

ANONYME DE JAMBLIQUE

NOTICE

Reste à parler des autres textes de tradition sophistique qui, pour des raisons contingentes, ne peuvent être attribués à des auteurs précis.

Diels a placé à la fin de son recueil l'*Anonyme de Jamblique* et les *Doubles dits*. Nous ne donnons ni l'*Anonyme sur les lois* ni l'*Anonyme sur la musique* que M. Untersteiner présente dans son édition des sophistes (*Sofisti, testimonianze e frammenti*, III, Firenze, 1954, p. 192 et 208). L'intérêt de ces deux derniers textes, d'ailleurs brefs, est limité et leur authenticité contestée. Le *Sur les lois* découvert par M. Pohlenz, est extrait de Démosthène (XXV, 15-35; 86-91; 93-96) et le *Sur la musique* provient d'un papyrus (*The Hibeh Papyri*, I, 1906, N. 13, éd. Grenfell-Hunt, p. 45-48).

L'*Anonyme de Jamblique* est extrait du *Protreptique* de Jamblique. Bien des attributions seraient évidemment possibles pour ce texte, mais, en l'absence de critères sérieux, il vaut mieux s'en tenir à un anonyme.

Dans son ensemble ce texte est un éloge de la loi, de l'éducation et de la société. Il développe donc des thèmes sophistiques positifs et définit une philosophie politique plus articulée à la notion de culture qu'à celle de tromperie. Le fragment VI[1] est particulièrement intéressant : on y démontre la puissance de la loi par une sorte de mythe. L'anonyme émet l'hypothèse d'un homme tout-puissant, mais hors la loi. Cet homme sera finalement le plus faible (on pense à Rousseau : « Le plus fort n'est jamais assez fort pour être toujours le maître, s'il ne transforme sa force en droit [...] » [*Du contrat social*, I, III]). L'analyse est fondée sur une idée fondamentalement sophistique : la seule force est la force sociale, celle qui réside dans l'union des hommes sous des lois, et la force physique n'est pas vraiment une force. Si ce surhomme est finalement vaincu par les autres, c'est parce que, au moyen des lois et de la culture, œuvres de la société, les faibles l'emportent sur le fort (voir le *mythe* de Protagoras[2]), mais aussi parce que la force du surhomme, naturelle, demeure inchangée, alors que les autres, qui vivent selon la justice et dans les cités des hommes, augmentent leurs forces : le surhomme l'emporte peut-être au début, mais pas à la fin. Il y a là une théorie du progrès : il est du côté de la civilisation. (Voir J.-P. Dumont, « Jamblique, lecteur des sophistes », *Le Néoplatonisme*, Royaumont, CNRS, 1971.)

NOTES

Page 1164.

1. L'image de l'homme de diamant (ou *adamantin*) apparaît dans *La République* de Platon (II, 360 *b*, fable de l'anneau de Gygès). Mais l'image d'invincibilité remplit une fonction inversée : elle illustre la vertu et non la force.

1. Voir p. 1163.
2. Voir Protagoras, C I, p. 1003.

2. Πίστις. Thème tout à fait sophistique dans la mesure où il prend tout son sens dans un ordre de phénomènes (ici, la société et les échanges économiques) défini par la loi, par opposition à la nature.

Page 1165.

1. Nous suivons le texte des manuscrits (ἡδέως). Diels le corrige en ἀδεῶς *(sans crainte)*.

Page 1166.

1. M. Untersteiner (*ouvr. cité*, III, p. 140) rapporte également à l'Anonyme de Jamblique le chapitre LXXXIV du Livre III de la *Guerre du Péloponnèse* de Thucydide.

DOUBLES DITS

NOTICE

Les *Doubles dits* Δισσοὶ λόγοι, encore appelés Διαλέξεις (par H. Estienne[1]) sont traditionnellement situés en appendice à la fin des œuvres de Sextus Empiricus. Ils sont rédigés en dorien. Comme pour l'*Anonyme de Jamblique*, leur attribution à un auteur connu est délicate. On peut penser tantôt à Gorgias, tantôt à Hippias selon les thèses défendues, puisque le principe de construction de l'ouvrage est l'opposition de deux raisonnements ou discours sur un même thème, pour soutenir les opposés : exercice typiquement sophistique. On sera sensible pourtant, à travers des litanies qui ne sont pas toutes des lieux communs, à travers la rigidité formelle de ces oppositions, à un climat habité par une inquiétude sourde : qu'est-ce que la vérité si l'on peut tout dire ? Le formalisme même de l'exercice est ici justifié : il s'agit de montrer que l'on peut dire tout et le contraire de tout. C'est un discours (ou plutôt deux discours), qui, de ce fait, se refuse lui-même à nous intéresser, mais qui, en même temps vise à faire apparaître ce qui ne se peut dire en aucun des deux discours, à savoir que la vérité, s'il y en a une, échappe à l'ordre du discours. Ces antithèses récitatives sont aussi des vanités : entre ces argumentations qui se réfutent, quelque chose, ou plutôt une sorte de vide, est rendu visible. (Sur ce dernier texte, on se reportera utilement à Eugène Dupréel, *Les Sophistes*, Neuchâtel, 1948, p. 89, 190 et 206.)

1. Celui-ci les avait publiés à la fin de son édition des *Œuvres* de Sextus Empiricus, parce que la tradition manuscrite les associait au scepticisme ancien.

NOTES

Page 1168.

1. Ce texte peut donc être daté de la fin de la guerre du Péloponnèse, c'est-à-dire de la fin du ve siècle av. J.-C.

Page 1170.

1. Peuple de Scythie.
2. Sur cette notion de καιρός, voir Protagoras, A 1, 52, p. 983 et la note 7.
3. L'auteur de ces vers est peut-être Euripide.

Page 1172.

1. (Cléobuline, fgm. 2.) Cléobuline est un poète lyrique du vi[e] siècle av. J.-C.
2. Eschyle, fgm. 301 et 302.

Page 1174.

1. Dans les manuscrits, ce fragment ne porte pas de titre.
2. Lacune.

Page 1175.

1. Voir Xouthos, p. 446.

Page 1176.

1. Voir n. 1, p. 1174.

Page 1177.

1. On sait que, dans la démocratie athénienne, certains magistrats étaient désignés par le sort. On disposait dans une urne des tablettes portant le nom des magistrats, et, dans une autre urne, des fèves blanches et noires. Était désigné le candidat dont le nom sortait en même temps qu'une fève blanche. On trouve dans ce texte une critique de la démocratie qui est un thème socratique et platonicien : le reproche d'incompétence. (Voir Platon, *Protagoras*, 319 *b* et le *Politique*, 297 *c* et suiv.)
2. Voir n. 1, p. 1174.

Page 1178.

1. Voir n. 1, p. 1174.
2. Constructeur légendaire du cheval de Troie : la ruse peut être lâcheté.

INDICATIONS BIBLIOGRAPHIQUES

ÉDITIONS DES TÉMOIGNAGES ET FRAGMENTS

La seule collection complète est celle réunie par H. Diels, dont notre volume présente la version française intégrale.

H. Diels, *Die Fragmente der Vorsokratiker*, 2 vol., Berlin, 1903.

H. Diels-W. Kranz, *Die Fragmente der Vorsokratiker,* Berlin, 1934-1937. Édition en trois volumes : le troisième volume, *Register,* comprend le *Wortindex* établi par W. Kranz et les *Namen- und Stellenregister* de H. Diels. Nombreuses rééditions sans changement.

La traduction anglaise d'un choix de textes donnée par :

G.-S. Kirk, J.-E. Raven et M. Schofield, *The Presocratic Philosophers*, Cambridge, 1983, est à remplacer désormais par son adaptation française revue et amplifiée, parue sous le titre *Les Philosophes présocratiques*, traduite de l'anglais par H.-A. de Weck, sous la dir. de D. O'Meara, Fribourg, 1995.

La Biblioteca di studi superiori de Florence offre un grand nombre de volumes qui reprennent l'édition de Diels-Kranz, en la complétant parfois, et en l'accompagnant d'une traduction italienne, d'une présentation critique, de notes nombreuses et d'une bibliographie la plus complète possible :

G. Lanata, *Poetica pre-platonica,* Florence, 1963.

A. Maddalena, *Ionici,* Florence, 1963 (Thalès, Anaximandre, Anaximène, Hippon, Diogène d'Apollonie).

M. Timpanaro Cardini, *Pitagorici*, vol. I, Florence, 1958 ; vol. II, 1962 ; vol. III, 1964.

M. Untersteiner, *Senofane*, Florence, 1956-1967.

R. Mondolfo e L. Tarán, *Eraclito, testimonianze e imitazioni*, Florence, 1972.

M. UNTERSTEINER, *Parmenide*, Florence, 1958-1967.
M. UNTERSTEINER, *Zenone*, Florence, 1963.
G. REALE, *Melisso*, Florence, 1970.
D. LANZA, *Anassagora*, Florence, 1966.
M. UNTERSTEINER, *Sofisti*, vol. I, Florence, 1961-1967 ; vol. II, 1961-1967 ; vol. III, 1954-1967 ; vol. IV, 1962-1967.

Le public germanophone dispose d'une édition de nombreux textes choisis, traduits, présentés et accompagnés d'une bibliographie, par :

J. MANSFELD, *Die Vorsokratiker*, I *(Milesier, Pythagoreer, Xenophanes, Heraklit, Parmenides)*, Stuttgart, 1983 ; II *(Zenon, Empedokles, Anaxagoras, Leukipp, Demokrit)*, 1986.

Une collection plus originale, remettant en cause la distinction entre témoignages et fragments, a vu le jour en Italie, mais a été interrompue par la mort brutale de son auteur :

G. COLLI, *La Sapienza greca*, vol. I *(Dioniso, Apollo, Eleusi, Orfeo, Museo, Iperborei, Enigma)*, Milan, 1977 ; vol. II *(Epimenide, Ferecide, Talete, Anassimandro, Anassimene, Onomacrito)*, 1978 ; vol. III *(Eraclito)*, 1980.

Une autre entreprise, dont on pouvait attendre beaucoup, s'est trouvée elle aussi interrompue, nous laissant un fort intéressant volume :

A. PASQUINELLI, I *Presocratici, frammenti e testimonianze*, I *(La Filosofia ionica- Pitagora e l'antico pitagorismo- Eraclito- La Filosofia eleatica)*, Turin, 1958.

Un certain nombre de textes présocratiques sont édités partiellement dans des ouvrages d'érudition dont certains, pourtant déjà anciens, conservent tout leur intérêt :

F. W. A. MULLACH, *Fragmenta philosophorum graecorum*, Paris, 1860.
H. DIELS, *Doxographi graeci*, Berlin, 1879 (et rééditions).
H. DIELS, *Poetarum philosophorum fragmenta*, Berlin, 1901.
H. RITTER et L. PRELLER, *Historia philosophiae graecae et romanae ex fontium locis contexta*, Gotha, 1934.

D'importants fragments se trouvent traduits et analysés dans certains des ouvrages généraux que nous mentionnons plus loin.

Certaines éditions ou traductions seules doivent être plus particulièrement consultées ; nous les rangeons ici dans l'ordre qui est celui de la table des matières de notre volume.

Sur Anaximandre :

M. CONCHE, *Anaximandre. Fragments et témoignages*, Paris, 1991.
G. WÖHRLE, *Anaximenes aus Milet : die Fragmente zu seiner Lehre*, Stuttgart, 1993.

Sur Pythagore et les pythagoriciens :

Pythagore, *Les Vers d'or*, trad. nlle par M. MEUNIER, suivis de Hiéroclès, *Commentaire sur les* Vers d'or *des pythagoriciens*, Paris, 1925.
A. DELATTE, *La Vie de Pythagore de Diogène Laërce*, Bruxelles, 1922.
JAMBLICHOS, *Pythagoras. Legende, Lehre, Lebensgestaltung*, griechisch und deutsch, M. von ALBRECHT, Zurich-Stuttgart, 1963.
F. WEHRLI, *Die Schule des Aristoteles, Texte und Kommentare*, vol. I, Dikaiarchos, Bâle-Stuttgart, 2e éd. 1967 ; vol. II, Aritoxenos, 1967 ; vol. VII, Herakleides Pontikos, 1969 ; vol. VIII, Eudemos von Rhodos, 1969.
I. GOBRY, *Pythagore*, Paris, 1973.
H. S. MACRAN, *The Harmonic of Aristoxenos*, éd. et trad., Oxford, 1902, reprint 1974.
C. A. HUFFMAN, *Philolaos of Croton, Pythagorean and Presocratic. A Commentary of the Fragments and Testimonia with Interpretative Essays*, Cambridge, 1993.

Sur Xénophane :

A. FARINA, *Senofane di Colofone. Ione di Chio*, Naples, 1961.
J. H. LESHER, *Fragments/Xenophanes : A Text and translation with a commentary*, Toronto-Buffalo-Londres, 1992.

Sur Héraclite :

K. AXELOS, *Les Fragments d'Héraclite d'Éphèse*, Paris, 1958.
G. S. KIRK, *Heraclitus. The Cosmic Fragments*, Cambridge, 1954-1962.
J. BRUN, *Héraclite*, Paris, 1965.
M. MARCOVICH, *Heraclitus. Editio Maior*, Mérida, 1967.
J. BOLLACK et H. WISMANN, *Héraclite ou la Séparation*, Paris, 1972.
CH. KAHN, *The Art and Though of Heraclitus. An Edition of the Fragments with Translation and Commentary*, Cambridge, 1979.
J. MANSFELD, *Heraclitus. Fragmenten*, Amsterdam, 1979.
M. CONCHE, *Héraclite d'Éphèse, Fragments*, Paris, 1986, 2005.
S. N. MOURAVIEV, *Héraclite d'Éphèse : la tradition antique et médiévale*, Heraclitea II : Traditio Heraclitea, A. Témoignages et citations, (textes et traduction), 1. *D'Épicharme à Platon et Héraclide le Pontique* (Moscou-Paris, 1993) ; *id.*, « Les Muses » *ou* « De la nature » (Heraclitea IV : *Refectio libri Heraclitei.* A. Texte et traduction), Moscou-Paris, 1991.
—, *Héraclite d'Éphèse : la tradition antique et médiévale.* A, Témoignages et citations. 2. *De Sénèque à Diogène Laërce [A Seneca usque ad Diogenem Laertium]*, Sankt Augustin, 2000.

—, *Héraclite d'Éphèse : la tradition antique et médiévale.* A, Témoignages et citations. *3. De Plotin à Étienne d'Alexandrie [A Plotino usque ad Stephanum Alexandrinum]*, Sankt Augustin, 2002.
—, *Héraclite d'Éphèse : les vestiges. 2. Thèses et doctrines attribuées à Héraclite par les Anciens* : avec en supplément un synopsis des *Addenda* à *Traditio* (A) et des *Corrigenda* nouveaux, Sankt Augustin, 2008.
—, *Héraclite d'Éphèse : les vestiges. 3. Les fragments du livre d'Héraclite.* A. *Le langage de l'Obscur [De sermone Tenebrosi praefatio]* : introduction à la poétique des fragments, Sankt Augustin, 2002.
—, *Héraclite d'Éphèse : les vestiges. 3. Les fragments du livre d'Héraclite.* B. Les textes pertinents. III. Notes critiques, Sankt Augustin, 2006.
D. W. GRAHAM, « Heraclitus Criticism in Ionian Philosophy », *OSAPh*, 1997, 15, p. 1-50.

Sur les Éléates :

H. D. P. LEE, *Zeno of Elea*, Cambridge, 1936.
F. M. CORNFORD, *Plato and Parmenides*, Cambridge, 1939.
J. ZAFIROPULO, *L'École éléate*, Paris, 1950.
J. BEAUFRET, *Le Poème de Parménide*, Paris, 1955.
L. TARÁN, *Parmenides. A Text with Translation*, Princeton, 1965.
U. HÖLSCHER, *Parmenides, Vom Wesen des Seienden. Die Fragmente*, Francfort-sur-le-Main, 1969.
E. HEITSCH, *Parmenides. Die Anfänge der Ontologie, Logik und Naturwissenschaft. Die Fragmente*, Munich, 1974.
B. CASSIN, *Si Parménide*, Lille, 1980 (sur le pseudo-Aristote, *Sur Mélissos, Xénophane, Gorgias*).
L. COULOUBARITSIS, *Mythe et philosophie chez Parménide*, Paris-Bruxelles, 1986.
P. AUBENQUE (sous la direction de) : *Études sur Parménide. I. Le Poème de Parménide, texte, traductions anglaise et française ; II. Problèmes d'interprétation*, Paris, 1987.
M. CONCHE, *Parménide. Le Poème : fragments* (texte, traduction, présentation et commentaire par M. C.), Paris, 1996.
N. L. CORDERO, *Les Deux Chemins de Parménide, édition critique, traduction, études et bibliographie*, 2e éd. corrigée et augmentée, Paris-Bruxelles, 1997.

Sur Empédocle :

E. BIGNONE, *Empedocle. Studio critico, traduzione e commento delle testimonianze e dei frammenti*, Turin, 1916 ; Rome, 1963.
J. BRUN, *Empédocle*, Paris, 1966.
J. BOLLACK, *Empédocle*, vol. 2 : *Les Origines*, éd. et trad. des fragments et des témoignages ; vol. 3 : *Commentaire*, Paris, 1969.
G. ZUNTZ, « Empedokles' Karthamoi » dans *Persephone. Three Essays on Religion and Thought in Magna Graecia*, Oxford, 1971, II, p. 179-274 (édition commentée des *Purifications*).

M. R. Wright, *Empédocle : The Extant Fragments*, New Haven-Londres, 1981.

A. Martin et O. Primavesi, *L'Empédocle de Strasbourg (P. Strab. gr. Inv.* 1665-1666), Berlin-New York, 1999 (édition d'un nouveau et important fragment papyrologique).

A. Tonelli et I. Ramelli, *Frammenti e testimonianze / Empedocle di Agrigento :* Origini, Purificazioni *con i frammenti del* Papiro di Strasburgo, Milan, 2002.

Sur Anaxagore :

D. E. Gershenson et D. A. Greenberg, *Anaxagoras and the Birth of Physics*, New York-Londres-Toronto, 1964.

D. Sider, *The Fragments of Anaxagoras*, Sankt Augustin, 2005.

Sur Diogène d'Apollonie :

J. Zafiropulo, *Diogène d'Apollonie*, Paris, 1956.

A. Laks, *Diogène d'Apollonie : édition, traduction et commentaire des fragments et témoignages*, Sankt Augustin, 2008.

Sur les Abdéritains :

V. E. Alfieri, *Gli Atomisti. Frammenti, testimonianze e note*, Bari, 1936.

S. Luria, *Democritea*, Leningrad, 1970 (traduction et commentaire en langue russe).

F. Jürss, *Griechische Atomisten. Texte und Kommentare zum materialistischen Denken in der Antike*, Leipzig, 1973, 2e éd. 1977.

A. Stückelberger, *Antike Atomphysik. Texte zur antiken Atomlehre und zu ihrer Wiederaufnahme in der Neuzeit*, Munich-Darmstadt, 1979.

Démocrite et l'Atomisme ancien : fragments et témoignages, textes, traduction par M. Solovine ; révision de la traduction, introduction et commentaire par P.-M. Morel, Paris, 1993.

T. Dorandi, « I Frammenti di Anassarco di Abdera », *AATC*, 59, n.s. 45, 1994, p. 11-59.

C. Taylor et W. Charles, *The Atomists Leucippus and Democritus : Fragments ; A Text and Translation*, Toronto-Londres, 1999.

Sur les sophistes :

J.-P. Dumont, *Les Sophistes, fragments et témoignages*, Paris, 1969.

Antiphon, *Fragments papyrologiques*, dans le *Corpus dei Papiri Filosofici Greci e Latini*, éd. G. Bastianini et F. Decleva Caizzi, Florence, 1989, I, 1, p. 176-236.

A. Becker et P. Scholz, Dissoi Logoi = Zweierlei Ansichten : *ein sophistischer Traktat : Texte, Übersetzung, Kommentare*, Berlin, 2004.

ÉTUDES BIBLIOGRAPHIQUES

F. UEBERWEG, *Grundriss der Geschichte der Philosophie*, vol. I, nlle éd., Bâle-Stuttgart, 1954.

W. TOTOK, *Handbuch der Geschichte der Philosophie, I Altertum*, Francfort-sur-le-Main, 1964.

W. DONLAN, *The Classical World Bibliography of Philosophy, Religion and Rhetoric*, New York-Londres, 1978 (p. 1 à 39, bibliographie raisonnée établie par E. L. Minar Jr.).

L. PAQUET, M. ROUSSEL et Y. LAFRANCE, professeurs à l'Université d'Ottawa : *Les Présocratiques, bibliographie analytique (1879-1980)*, Montréal-Paris, 1988.

E. NAVIA, *The Presocratic Philosophers. An Annoted Bibliography*, New York-Londres, 1993.

B. SIJAKOVIC, *Bibliographia praesocratica : a bibliographical guide to the studies of early Greek philosophy in its religious and scientific context*, Paris, 2001.

OUVRAGES GÉNÉRAUX

P. TANNERY, *Pour l'histoire de la science hellène : de Thalès à Empédocle*, Paris, 1887 ; 2e éd. 1930.

TH. GOMPERZ, *Les Penseurs de la Grèce*, t. I, trad. par Aug. Reymond, Paris-Lausanne, 1904.

A. RIVAUD, *Le Problème du devenir et la Notion de la matière dans la philosophie grecque depuis les origines jusqu'à Théophraste*, Paris, 1906.

F. M. CORNFORD, *From Religion to Philosophy, a Study in the Origin of Western Speculation*, Londres, 1912.

J. BURNET, *L'Aurore de la philosophie grecque*, trad. par Aug. Reymond, Paris, 1919.

K. JOËL, *Geschichte der antiken Philosophie*, t. I, Tübingen, 1921.

L. ROBIN, *La Pensée grecque*, Paris, 1923, 2e éd. mise à jour par P.-M. Schuhl, 1960.

E. ZELLER-R. MONDOLFO, *La Filosofia dei Greci*, I. 1 et 2, Florence, 1932 et 1938.

P.-M. SCHUHL, *Essai sur la formation de la pensée grecque*, Paris, 1934, 2e éd. 1949.

H. CHERNISS, *Aristotle's Criticism of Presocratic Philosophy*, Baltimore, 1935, 3e éd. New York, 1976.

A. REY, *La Jeunesse de la science grecque*, Paris, 1939.

S. SAMBURSKY, *The Physical World of The Greeks*, trad. par M. Dagut, Londres, 1956.

I. THOMAS, *Selections illustrating the History of Greek Mathematics*, en 2 vol., Cambridge (Mass.), 1957.

R. SCHAERER, *L'Homme antique et la Structure du monde intérieur d'Homère à Socrate*, Paris, 1958.

E. Bréhier, *Histoire de la philosophie*. I. *Antiquité et Moyen Âge*, éd. revue et mise à jour par P.-M. Schuhl, Paris, 1960 (dernière éd. 2004).
A. Rivaud, *Histoire de la philosophie*, t. I, 2e éd. mise à jour par G. Varet, Paris, 1960.
W. K. C. Guthrie, *A History of Greek Philosophy*, I *(The Earlier Presocratics and the Pythagoreans)*, Cambridge, 1962 ; II *(Presocratic Tradition from Parmenides to Democritus)*, 1965 ; III *(The Fifth-Century Enlightenment)*, 1969.
J.-P. Vernant, *Les Origines de la pensée grecque*, Paris, 1962.
—, *Mythe et pensée chez les Grecs*, Paris, 1965.
C. J. De Vogel, *Greek Philosophy*, I, *Thales to Plato*, 3e éd., Leyde, 1963.
W. Jaeger, *Paideia, La Formation de l'homme grec*, trad. par A. et S. Devyver, Paris, 1964.
E. R. Dodds, *Les Grecs et l'Irrationnel*, trad. par M. Gibson, Paris, 1965.
H. G. Gadamer, *Um die Begriffswelt der Vorsokratiker*, Darmstadt, 1965.
B. Parain, *Histoire de la philosophie*, I, Encyclopédie de la Pléiade, Paris, 1969.
D. J. Furley et R. E. Allen, *Studies in Presocratic Philosophy*, vol. I, New York, 1970 ; vol. II, 1975.
M. L. West, *Early Greek Philosophy and the Orient*, Oxford, 1971.
H. Fränkel, *Wege und Formen frühgriechischen Denkens*, Munich, 4e éd. 1974.
G. E. R. Lloyd, *Les Débuts de la science grecque, de Thalès à Aristote*, trad. par J. Brunschwig (avec une très intéressante bibliographie), Paris, 1974.
J. Barnes, *The Presocratic Philosophers*, t. I, *Thales to Zeno* ; t. II, *Empedocles to Democritus*, Londres, 1979.
M. Capasso, F. De Martino et P. Rosati, *Studi di filosofia preplatonica*, préfacés par M. Gigante, Naples, 1985.
J. Brunschwig, G. Lloyd et P. Pellegrin (éds.), *Le Savoir grec. Dictionnaire critique*, Paris, 1996, p. 622-631 (avec des notices sur Anaxagore, Démocrite, Empédocle, Héraclite, les Milésiens, Parménide, Protagoras, le Pythagorisme, la Sophistique, Zénon d'Élée).
R. Waterfield, *The First Philosophers : the Presocratics and Sophists*, Oxford-New York, 2000.
D. W. Graham, *Explaining the Cosmos : the Ionian Tradition of Scientific philosophy*, Princeton, 2006.
A. Laks, *Introduction à la philosophie présocratique*, Paris, 2006.
K. I. Vamvakas, *Die Geburt der Philosophie : der vorsokratische Geist als Begrunder von Philosophie und Naturwissenschaften*, Düsseldorf, 2006.
S. Stern-Gillet et K. Corrigan (éds.), *Presocratics and Plato : essays in honor of Denis O'Brien*, Leyde, 2007.
G. Naddaf, *Le Concept de nature chez les présocratiques* (trad. par B. Castelnerac), Paris, 2008.

ÉTUDES PARTICULIÈRES

Pour tous les philosophes contenus dans le présent volume (dont l'initiale eﬆ comprise entre A et O), on trouvera des mises au point précises avec bibliographie à jour dans le *Dictionnaire des Philosophes Antiques*, édité par R. Goulet. Cinq volumes sont parus (I : Abam(m)on-Axiothéa, Paris, 1989 ; II : Babélyca-Dyscolius, Paris, 1993 ; III : Eccelos-Juvénal, Paris, 2000 ; IV. Labeo-Ovidius, Paris, 2005 ; Supplément, Paris, 2003).

Sur Thalès :

H. Diels, « Thales ein Semite ? », *Archiv für Geschichte der Philosophie*, II, 1889, p. 165.
T. L. Heath, *A Hiﬆory of Greek Mathematics* : I. *From Thales to Euclid*, Oxford, 1921.
D. R. Dicks, « Thales », *Classical Quarterly*, N.S. IX, 1959, p. 294.
W. Hartner, « Eclipse Periods and Thales' Prediction of a Solar Eclipse : Hiﬆoric Truth and Modern Myth », *Centaurus*, 14, 1969, p. 60.
P. F. O'Grady, *Thales of Miletus : the Beginnings of Weﬆern Science and Philosophy*, Burlington, 2002.

Sur Anaximandre :

F. Nietzsche, *La Naissance de la philosophie à l'époque de la tragédie grecque*, trad. G. Bianquis, Paris, 1938.
U. Hölscher, « Anaximander und die Anfänge der Philosophie », *Hermes*, 81, 1953, p. 257 et 385 (voir la version anglaise dans D. J. Furley and R. E. Allen).
M. Heidegger, *Chemins qui ne mènent nulle part*, trad. W. Brokmeier, Paris, 1962.
C. H. Kahn, *Anaximander and the Origins of Greek Cosmology*, New York, 1960, 2ᵉ éd. 1964.
D. Babut, « Le Divin et les Dieux dans la pensée d'Anaximandre », *Revue des études grecques*, 85, 1972, p. 1.
D. L. Couprie, R. Hahn et G. Naddaf, *Anaximander in Context : New Studies in the Origins of Greek Philosophy*, Albany, 2003.

Sur Anaximène :

R. Mondolfo, « Anaximena », *Riviﬆa di filologia e d'iﬆruzione classica*, 64, 1936, p. 15.
K. Alt, « Zum Satz des Anaximenes über die Seele », *Hermes*, 101, 1973, p. 129.

Sur Pythagore et les pythagoriciens :

G. Milhaud, *Les Philosophes géomètres de la Grèce : Platon et ses prédécesseurs*, Paris, 1900, 2ᵉ éd. 1934.

L. Laloy, *Aristoxène de Tarente*, Paris, 1904.
A. Delatte, *Études sur la littérature pythagoricienne*, Paris, 1915.
—, *Essai sur la politique pythagoricienne*, Liège-Paris, 1922.
G. Méautis, *Recherches sur le pythagorisme*, Paris, 1922.
L. Brunschvicg, *Le Rôle du pythagorisme dans l'évolution des idées*, Paris, 1937.
K. von Fritz, *Pythagorean Politics in Southern Italy*, New York, 1940.
—, Articles : Pythagoras, Pythagoreer, Pythagoreismus, Philolaos, Theaitetos et Theodoros aus Cyrene, dans Pauly-Wissowa, *Realencyclopädie der classichen Altertumswissenschaft*.
V. Capparelli, *La Sapienza di Pitagora*, Padoue, 1944.
A.-J. Festugière, « Les "Mémoires pythagoriques" cités par Alexandre Polyhistor », *Revue des études grecques*, 58, 1945, p. 1.
P.-H. Michel, *De Pythagore à Euclide, contribution à l'histoire des mathématiques préeuclidiennes*, Paris, 1950.
F. Lasserre, *Plutarque : De la musique*, texte, traduction, commentaire, précédés d'une *Étude sur l'éducation musicale dans la Grèce antique*, Olten-Lausanne, 1954.
R. Joly, *Le Thème philosophique des genres de vie dans l'Antiquité classique*, Bruxelles, 1956.
M. Detienne, *La Notion de* δαίμων *dans le pythagorisme ancien*, Paris, 1963.
C. J. De Vogel, *Pythagoras and Early Pythagoreanism*, Assen, 1966.
J. A. Philip, *Pythagoras and Early Pythagoreanism*, Toronto, 1966.
P. Kucharski, *La Spéculation platonicienne* (recueil d'études diverses), Paris-Louvain, 1971.
W. Burkert, *Lore and Science in Ancient Pythagoreanism*, trad. anglaise avec révisions de *Weisheit und Wissenschaft*, Nuremberg, 1962, par E.-L. Minar, Cambridge (Mass.), 1972.
A.-E. Chaignet, *Pythagore et la Philosophie pythagoricienne*, contenant *les fragments de Philolaüs et d'Archytas*, Paris, 2ᵉ éd. 1974.
B. L. Van der Waerden, *Die Pythagoreer. Religiöse Bruderschaft und Schule der Wissenschaft*, Zurich-Munich, 1979.
J.-F. Mattéi, *Pythagore et les Pythagoriciens*, Paris, 1993.
J.-P. Dumont, « Pythagore, théorie et culte du nombre », *La Pensée scientifique et les Parasciences*, Actes du Colloque de la Villette (janvier 1993), Paris, 1993, p. 39.
C. H. Kahn, *Pythagoras and the Pythagoreans : a brief history*, Indianapolis-Cambridge, 2001.
A. Hasnaoui, *Pythagore : un dieu parmi les hommes*, Paris, 2002.
S. Jacquemard, *Pythagore et l'Harmonie des sphères*, Paris, 2004.
A. Hermann, *To think like God : Pythagoras and Parmenides, the Origins of Philosophy*, Las Vegas, 2004.
J.-L. Perillié, Symmetria *et rationalité harmonique : origine pythagoricienne de la notion grecque de symétrie*, Paris, 2005.
C. A. Huffman, *Archytas of Tarentum : Pythagorean, Philosopher, and Mathematician King*, Cambridge ; New York-Melbourne, 2005.
C. L. Joost-Gaugier, *Measuring Heaven : Pythagoras and his Influence*

on Thought and Art in Antiquity and the Middle Ages, Ithaca [N.Y.], 2006.
C. RIEDWEG, *Pitagora : vita, dottrina e influenza* (trad. par M.-L. Gatti Perer), Milan, 2007.

Sur Xénophane :

G. CALOGERO, *Studi sull'eleatismo*, Rome, 1932.
A. LUMPE, *Die Philosophie des Xenophanes von Kolophon*, Diss., Munich, 1952.
H. SCHWABL, « Die Eleaten (Xenophanes, Nachtrag zu Parmenides, Melissos) », *Anzeiger für die Altertumswissenschaft*, 25, 1972, p. 1.
D. BABUT, « Sur la "Théologie" de Xénophane », *Revue philosophique*, 164, 1974, p. 401.
L. PEPE, *La misura e l'equivalenza : la fisica di Anassagora*, Naples, 1996.
C. SCHÄFER, *Xenophanes von Kolophon : ein Vorsokratiker zwischen Mythos und Philosophie*, Stuttgart, 1996.
M. DI MARCO, *Sapienza italica : studi su Senofane, Empedocle, Ippone*, Rome, 1998.
J. LORITE MENA, *Jenofanes y la crisis de la objetividad griega*, Murcie, 2003.

Sur Héraclite :

On se reportera aux éditions citées plus haut. Les indications complémentaires se trouvent dans deux bibliographies :

E. N. ROUSSOS, *Heraklit-Bibliographie*, Darmstadt, 1971.
L. ROSETTI, F. DE MARTINO et P. ROSATI, *Eraclito : Bibliografia 1970-1984, e complementi 1621-1969*, Naples, 1986.
Voir dans M. CAPASSO, F. DE MARTINO et P. ROSATI, *Studi di filosofia preplatonica*, Naples, 1985, les études de A. V. LEBEDEV, M. GHIDINI TORTORELLI, P. ROSATI, F. DE MARTINO, E. MONTANARI.
R. DILCHER, *Studies in Heraclitus*, Hildesheim, 1995.
S. N. MOURAVIEV, « Titres, sous-titres et articulations du livre d'Héraclite d'Éphèse », dans *Titres et articulations du texte dans les œuvres antiques*, Actes du Colloque international de Chantilly, 13-15 décembre 1994, Paris, 1997, p. 35-53.

Sur Parménide :

M. HEIDEGGER, *Qu'est-ce que la métaphysique ?*, trad. par H. Corbin, Paris, 1938, 2e éd. 1951.
J. H. M. LOENEN, *Parmenides, Melissus, Gorgias. A Reinterpretation of Eleatic Philosophy*, Assen, 1959.
W. J. VERDENIUS, *Parmenides, some Comments on his Poem*, Groningue, 1942, 2e éd. Amsterdam, 1964.
J. MANSFELD, *Die Offenbarung des Parmenides und die menschliche Welt*, Assen, 1964.

A. P. D. MOURELATOS, *The Route of Parmenides. A Study of Word, Image and Argument in the Fragments*, New Haven-Londres, 1970.
A. A. LONG, « The Principles of Parmenides' Cosmology », dans D. J. Furley et R. E. Allen, *Studies in Presocratic Philosophy*, I, Londres-New York, 1970.
D. J. FURLEY, « Notes on Parmenides », *Exegesis and Argument* (Mélanges G. Vlastos), Assen, 1973, p. 1.
A. GRAESER, « Vier Bücher zur Eleatik », *Göttingische Gelehrte Anzeigen*, 230, 1978, p. 1.
J. BARNES, « Parmenides and the Eleatic One », *Archiv für Geschichte der Philosophie*, 61, 1979, p. 1.
E. HEITSCH, *Parmenides und die Anfänge der Erkenntniskritik und Logik*, Donauwörth, 1979.
P. AUBENQUE (éd.), *Études sur Parménide*, 2 vol., Paris, 1987.
J.-P. DUMONT, « Le Modèle parménidien de l'assimilation : pensée, sensation et vie », dans *Ainsi parlaient les Anciens, In honorem Jean-Paul Dumont*, Lille, 1994, p. 349.
A. HOURCADE, *Les Sophistes et l'école d'Abdère*, Thèse [s.l.], 1999.
G. MAZZARA, *Gorgia : la retorica del verosimile*, Sankt Augustin, 1999.
M. SERRA, *Persuasione e inganno : la retorica di Gorgia tra Parmenide e Platone*, Thèse, Rende : Università degli Studi della Calabria [2002].
H.-G. GADAMER, *Scritti su Parmenide* (trad. C. Saviani), Naples, 2002.
R. DENUIT, *L'Aube de l'Un*, Paris-Budapest-Turin, 2003.
P. CURD, *The Legacy of Parmenides : eleatic monism and later presocratic thought*, Las Vegas, 2004.
H. WHITE, *What is what-is ? : a study of Parmenides' poem*, New York, 2005.
J. BOLLACK, *Parménide : de l'étant au monde*, Paris, 2006.
C. ROBBIANO, *Becoming being : on Parmenides' transformative philosophy*, Sankt Augustin, 2006.
S. AUSTIN, *Parmenides and the History of Dialectic : Three Essays*, Las Vegas, 2007.
P. KINGSLEY, *Dans les antres de la sagesse : études parménidiennes* (trad. H. D. Saffrey), Paris, 2007.
P. THANASSAS, *Parmenides, cosmos, and being : a philosophical interpretation*, Milwaukee, 2007.
D. SWEET, *Heraclitus : Translation and Analysis*, U.P. of America, 2007.

Sur Zénon d'Élée :

G. VLASTOS, « Zeno of Elea », *The Encyclopedia of Philosophy*, VIII, New York-Londres, 1967, 2e éd. 1972, p. 368.
J.-P. DUMONT, « La Physique de Zénon d'Élée : Diogène Laërce, *Vies*, IX, 29 », *Thesauremata philologica Josepho Orozio oblata, Helmantica, Revista de filologia classica y hebrea*, Universidad Pontificia de Salamanca, XLVI, 1993, p. 73.

—, « L'Infini paradoxal de Zénon d'Élée. La dialectique de l'espace et du nombre », *Histoire d'infini*, Actes du 9e Colloque inter-IREM, Épistémologie et histoire des mathématiques, Brest, 1994, p. 49.
M. Caveing, *Zénon et le Continu : étude historique et critique des* Fragments *et* Témoignages, Paris, 2002.

Sur Empédocle :

J. Bollack, *Empédocle. I : Introduction à l'ancienne physique*, Paris, 1965.
D. O'Brien, *Empedocles' Cosmic Circle*, Cambridge, 1969.
—, *Pour interpréter Empédocle*, Paris-Leyde, 1981.
B. Inwood, *The Poem of Empedocles*, Toronto, 1992.
P. Kingsley, *Ancient Philosophy, Mystery and Magic : Empedocles and Phytagorean Tradition*, Oxord-New York, 1995.
G. Giannantoni, « L'originalità del pluralismo empedocleo », *Elenchos*, 1997, 18 (2), p. 235-255.
S. Trepanier, *Empedocles : an interpretation*, Londres, 2003.
L. Rossetti et C. Santaniello, *Studi sul pensiero e sulla lingua di Empedocle*, Bari, 2004.
C. Megino Rodriguez, *Orfeo y el orfismo en la poesía de Empédocles : influencias y paralelismos*, Madrid, 2005.
A. Rosenfeld-Löffler, *La Poétique d'Empédocle : cosmologie et métaphore*, Berne-Berlin-Bruxelles, 2006.
G. Casertano, *Empedocle tra poesia, medicina, filosofia e politica*, Naples, 2007.
G. Messina, *Dalla fisica di Senofane all'Empedocle di Strasburgo : studi di filosofia presocratica*, Bari, 2007.

Sur Ion de Chio :

L. Leurini, « Appunti sulla produzione scenica di Ione di Chio », *ALFC*, 1990, n.s. 11, p. 5-31 ; « Le 'Επιδημίαι di Ione di Chio », *ALFC*, 1991, n.s. 12, p. 99-118.

Sur Anaxagore :

F. M. Cleve, *The Philosophy of Anaxagoras*, New York, 1949.
G. Calogero, « La Logica di Anassagora », *La Cultura*, 1963, p. 449.
F. Romano, *Anassagora*, Padoue, 1965.
G. Vlastos, « The Physical Theory of Anaxagoras », dans D. J. Furley et R. E. Allen, *Studies in Presocratic Philosophy*, vol. II, New York, 1975, p. 354.
M. Schofield, *An Essay on Anaxagoras*, Cambridge, 1980.
D. J. Furley, « Anaxagoras in Response to Parmenides », dans J. P. Anton et A. Preus, *Essays in Greek Philosophy*, II, Albany, 1983, p. 70.

Sur les Abdéritains :

C. Bailey, *The Greek Atomists and Epicurus*, Oxford, 1928.
D. J. Furley, *Two Studies in the Greek Atomists*, Princeton, 1967.
F. Romano (éd.), *Democrito e l'atomismo antico. Atti del convegno internazionale, Catania 18-21 aprile 1979*, Catane, 1980.
D. O'Brien, *Theories of Weight in the Ancient World. I: Democritus, Weight and Size*, Paris-Leyde, 1981.
J.-P. Dumont, « Les Abdéritains et le Non-Être », *Bulletin de la Société française de philosophie*, 77, 1983, p. 37. (Communication suivie d'une discussion.)
A. Strückelberger, *Vestigia Demokritea. Die Rezeption der Lehre von den Atomen in der antiken Naturwissenschaft und Medizin*, Bâle, 1984.
L. G. Benakis (éd.), *Proceedings of the 1st International Congress on Democritus*, Xanthi, 1984.
F. Decleva Caizzi, « Pirrone e Democrito. Gli atomi : un mito ? », *Elenchos*, 5, 1984, p. 5.
Ch. H. Kahn, « Democritus and the Origins of Moral Psychology », *American Journal of Philology*, 106, 1985, p. 1.
D. O'Brien, « (70) Démocrite d'Abdère », *Dictionnaire des Philosophies Antiques*, II, Paris, 1994, p. 649-715.
P.-M. Morel, *Démocrite et la Recherche des causes*, Paris, 1996.
J. Salem, *Grains de poussière dans un rayon de soleil. Sur la philosophie de Démocrite*, Paris, 1996.

Sur les sophistes :

E. Dupréel, *Les Sophistes. Protagoras, Gorgias, Prodicus, Hippias*, Neuchâtel, 1948.
J.-P. Dumont, « Jamblique, lecteur des sophistes », dans *Le Néoplatonisme*, Royaumont, 9-13 juin 1969, Paris, 1971.
G. B. Kerferd (éd.), *The Sophists and their Legacy*, Proceedings of the fourth international colloquium on ancient Philosophy held... at Bad Homburg, 29th August-1st September 1979, Wiesbaden, 1981.
—, *The Sophistic Movement*, Cambridge, 1981.
L. Montoneri et F. Romano (éd.), *Gorgia e la Sofistica*, Atti del Convegno Internazionale (Lentini-Carana, 12-15 Dic., 1983), *SicGymn* 38 (1985).
B. Cassin (dir.), *Le Plaisir de parler. Études de sophistique comparée*, Paris, 1986.
—, *Positions de la sophistique*, colloque de Cerisy, Paris, 1986.
M. Untersteiner, *Les Sophistes*, trad. par A. Tordesillas, Paris, 1993.
B. Cassin, *L'Effet sophistique*, Paris, 1995.
M.-P. Noël, « Lectures, relectures et mélectures des sophistes », *Noesis* 2, 1998, p. 19-36.
—, « *Kairos* sophistique et mises en forme du *logos* chez Gorgias », *RPh*, 77, 1998, p. 233-245.

E. Caire, *Critias d'Athènes, sophiste et tyran*, Aix-en-Provence, 1998.
U. Bultrighini, *« Maledetta democrazia » : studi su Crizia*, Alexandrie, 1999.
G. Mazzara, *Gorgia : la retorica del verosimile* (International Pre-Platonic Studies, I), Sankt Augustin, 1999.
M. Gagarin, *Antiphon the Athenian : oratory, law, and justice in the age of the Sophists*, Austin [Texas], 2002.
B. Couillaud, *Raisonner en vérité. Traité de logique : analytique, dialectique, rhétorique, sophistique*, Paris, 2007.

CARTE DE LA MÉDITERRANÉE PRÉSOCRATIQUE

Nous donnons par ordre alphabétique le nom des villes, suivi du nom des philosophes qui y est attaché. Un point d'interrogation entre parenthèses indique une localisation douteuse ou contestée par d'autres sources : dans ce cas, le même philosophe est mentionné plusieurs fois.

ABDÈRE :	LEUCIPPE, DÉMOCRITE, PROTAGORAS, ANAXARQUE, HÉCATÉE, BION.
AGRIGENTE :	EMPÉDOCLE.
APOLLONIE (on ne sait s'il s'agit de l'Apollonie de Crète ou de celle de Phrygie) :	DIOGÈNE d'Apollonie.
ARGOS :	POLYCLÈTE (?).
ATHÈNES :	ARCHÉALOS (?), ANTIPHON, CRITIAS, DAMON (Dème d'Œé).
CÉOS :	PRODICOS.
CHALCÉDOINE (parfois indiqué Chalcédon sur les cartes) :	PHALÉAS, THRASYMAQUE.
CHALCIS :	XÉNOPHILE.
CHIO :	ION, ŒNOPIDE, HIPPOCRATE de Chio, ESCHYLE (?), NESSAS, MÉTRODORE de Chio.
CLAZOMÈNES :	ANAXAGORE.
COLOPHON :	XÉNOPHANE.
CORINTHE :	XÉNIADE.
CROTONE :	CALLIPHON, DÉMOCÉDÈS, ALCMÉON, XOUTHOS, PHILOLAOS (?), EURYTOS (?), ECPHANTOS (?), TIMÉE (?).
CYRÈNE :	THÉODORE de Cyrène, PROROS, DIOGÈNE de Smyrne (?).
CYZIQUE :	APOLLODORE.
ÉLÉE :	PARMÉNIDE, ZÉNON, LEUCIPPE (?).
ÉLIS :	HIPPIAS.
ÉPHÈSE :	HÉRACLITE.
HIMÈRE (Sicile) :	PÉTRON, IDAIOS.
LAMPSAQUE :	MÉTRODORE de Lampsaque.
LÉONTIUM :	GORGIAS.
LOCRES :	TIMÉE de Locres (?), ÉCHÉCRATE (?), ARION.

Istros
Posidonia
Lucanie
Élée
Tarente
Métaponte
Sybaris
Crotone
Himère
Locres
Léontium
Rhégium
Agrigente
Syracuse
Abdère
Chalcis
Mendes
Corinthe
Sicyone
Élis
Athènes
Phlionte
Argos
Céos
Apollonie
Cyrène
0
250
500 km

(Danube)
Aegos Potamos
Chalcédoine
Cyzique
Lampsaque
Chio
Smyrne
Clazomènes
Téos
Samos
Colophon
Éphèse
Milet
Tyr
Nil

LUCANIE (sans précision de ville) :	OCCELOS.
MENDES :	BOLOS.
MÉTAPONTE :	BRONTIN, HIPPASE (?), PARMÉNISCOS, HIPPON (?), EURYTOS (?).
MILET :	THALÈS, ANAXIMANDRE, ANAXIMÈNE, HIPPODAMOS, ARCHÉLAOS (?), LEUCIPPE (?).
PHLIONTE :	DIOCLÈS, ÉCHÉCRATE (?), POLYMNASTOS, PHANTON.
POSIDONIA :	SIMOS.
RHÉGIUM :	OPSIMOS.
SAMOS :	PYTHAGORE, MÉLISSOS, HIPPON.
SICYONE :	POLYCLÈTE (?).
SMYRNE :	DIOGÈNE de Smyrne.
SYBARIS :	HIPPASE (?), MÉNESTOR.
SYRACUSE :	ÉPICHARME, HICÉTAS, ECPHANTOS, DAMON, PHINTIAS.
TARENTE :	ICCOS, ARCHIPPOS, LYSIS, ARCHYTAS, ÉCHÉCRATE (?), CLINIAS, LYCON,, PHILOLAOS (?), EURYTOS (?), THÉODORE (?).
TÉOS :	NAUSIPHANE.
TYR :	DIOTIME, PYTHAGORE (?).

CATALOGUE DES AUTEURS DONT SONT EXTRAITS LES TÉMOIGNAGES ET LES FRAGMENTS

ABULFARAGIUS : nom latin de Aboul Faradj, dit aussi Bar Hebraeus, médecin et historien du XIIIe siècle. Auteur, en arabe et en syriaque, d'une *Histoire universelle.*

ACHILLE TATIUS (ou encore STATIUS) : Grec de Byzance du IIe ou du IIIe s., auteur de commentaires sur Aratos, dont on a conservé l'*Introduction aux Phénomènes d'Aratos.*

AELIUS PROMOTUS : médecin alexandrin d'époque incertaine.

AENÉSIDÈME : philosophe alexandrin du Ier s. av. J.-C. et théoricien du scepticisme grec, source de Sextus Empiricus et souventes fois cité par Diogène Laërce. Il est un témoin original et important de l'héraclitéisme.

AÉTIUS : doxographe, auteur d'un recueil d'*Opinions des philosophes*, dont on sait par les travaux de Diels (*Doxographi Graeci*, Berlin, 1879) que le nom était, au Ve s., connu de Théodoret. Son œuvre, perdue, est fragmentairement reconstituée à partir de citations du pseudo-Plutarque et de Stobée et tenue pour la plus ancienne imitation des *Vetusta placita* qui renvoient au temps où Théophraste, successeur d'Aristote à la tête du Lycée, fit établir par des disciples une première compilation d'opinions.

AÉTIUS (le médecin) : vécut en Mésopotamie au début du VIe s. de notre ère. Son œuvre est celle d'un compilateur.

AGATHARCHIDÈS : nommé à tort par Diels Agatharchus, géographe du IIe s. av. J.-C., auteur d'un ouvrage *Sur la mer Rouge*, connu fragmentairement et cité à propos d'Hécatée d'Abdère, lui-même auteur de travaux géographiques.

AGATHÉMÈRE : géographe, auteur au IIe s. d'un ouvrage de compilation mettant à contribution le stoïcien Posidonius, où l'on retrouve une notation tirée de la *Géographie* de Démocrite.

ALBERT le GRAND : maître de saint Thomas et commentateur d'Aristote, reflète bien l'esprit du XIIIe s. Cité ici comme témoin, forcément très indirect, d'Héraclite et surtout de Démocrite.

ALCÉE : poète lyrique grec de la fin du VIIe s. av. J.-C. et du début du VIe s. av. J.-C., originaire de Lesbos, dont il ne subsiste que des fragments.

ALCIDAMAS : orateur, élève de Gorgias le sophiste, qui exerça à Athènes la profession de rhéteur, à la fin du Ve s. av. J.-C.

ALCIMOS : rhéteur, élève de Stilpon, auteur, à la fin du IVe s. av. J.-C., d'un *Contre Amyntas* et par conséquent hostile au parti macédonien.

ALEXANDRE D'APHRODISE : commentateur d'Aristote, en particulier de la métaphysique, à la fin du IIe s. et au début du IIIe s. Ses témoignages doivent, par leur pertinence philosophique, particulièrement retenir l'attention du lecteur. Certains de ses commentaires sont connus par des citations de Simplicius.

ALEXANDRE L'ÉTOLIEN : poète et critique alexandrin du IIIe s. av. J.-C., cité par Aulu-Gelle dans la doxographie d'Anaxagore.

ALEXANDRE DE MILET dit POLYHISTOR (ce qui signifie « extrêmement instruit ») : historien grec du Ier s. av. J.-C., auteur des *Successions des philosophes* utilisées plusieurs fois par Diogène Laërce, ainsi que d'un ouvrage perdu sur les pythagoriciens.

ALEXANDRE DE MYNDOS. Voir ALEXON.

ALEXANDRE PHILALÈTHE : médecin d'époque inconnue (antérieur au IVe s.), auteur d'un traité *Sur la semence*, cité par Vindicien à propos de Diogène d'Apollonie.

ALEXIS : poète comique du IVe s. av. J.-C., oncle et maître de Ménandre, cité par Athénée pour s'être moqué des pythagoristes en haillons.

ALEXON DE MYNDOS : d'époque incertaine, auteur de *Récits mythiques* ou de recherches sur les mythes, cité par Diogène Laërce à propos de Thalès.

AMIPSIAS : poète comique athénien du Ve s. av. J.-C., connu de Diogène Laërce et cité par Athénée à propos de Protagoras.

AMMIEN MARCELLIN : Grec enrôlé au IVe s. dans les armées romaines, auteur en latin d'une *Histoire de Rome* du Ier s. av. J.-C. au IVe s.

AMMONIOS : fils d'Hermias; néoplatonicien de la fin du Ve s. et du VIe s., élève de Proclus et maître de Simplicius, auteur d'un commentaire de l'*Interprétation* d'Aristote. Ne pas le confondre avec l'Ammonios du début du Ier s., maître de Plutarque, ni avec Ammonios Saccas *(portefaix)*, le néoplatonicien du IIIe s., qui abjura le christianisme pour faire retour aux dieux grecs.

ANACRÉON : de Téos, poète lyrique de la fin du VIe s. av. J.-C., courtisan auprès de Polycrate et d'Hipparque, le fils de Pisistrate. Auteur de poésies légères par lesquelles se définit le genre anacréontique.

ANATOLIOS D'ALEXANDRIE : évêque de Laodicée au IIe s. Auteur d'un traité, *Sur la décade* et cité comme témoin du pythagorisme dans les *Theologoumena arithmeticae* du pseudo-Jamblique.

ANATOLIOS : géographe de la fin du IVe s., auteur d'un traité d'agriculture compilé ensuite au xe s. par un Byzantin anonyme, auteur de *Geoponica*, en vingt livres.

ANDOCIDE : orateur attique du ve s. av. J.-C.

ANDROTION : historien de l'Attique, du IVe s. av. J.-C., cité par Aristide à propos de la sophistique ancienne.

Anthologie palatine : recueil manuscrit découvert au début du XVIIe s. dans la bibliothèque de l'Électeur du Palatinat à Heidelberg, et datant du xe s. byzantin.

ANTIGONE DE CARYSTE : biographe du IIIe s. av. J.-C., souvent cité par Diogène Laërce.

ANTIPHANE : poète comique athénien du IVe s. av. J.-C., cité par Athénée. Voir ALEXIS et ARISTOPHANE.

ANTIPHON LE TRAGIQUE : auteur, au IVe s. av. J.-C., d'un *Méléagre* (l'un des Argonautes) cité par Athénée.

ANTISTHÈNE DE RHODES : historien de la fin du IIIe s. av. J.-C., auteur de *Successions des philosophes*, et souvent cité par Diogène Laërce.

ANTOINE dit L'ABEILLE : moine d'époque incertaine mais tardive (xe s. ?) qui cite le début de l'*Éloge d'Hélène* de Gorgias.

ANTYLLOS : rhéteur cité par Marcellinos, lui-même commentateur de Thucydide, n'est sans doute pas le médecin cité par Oribase.

APOLLODORE D'ATHÈNES : auteur notamment d'une *Chronologie*, au IIe s. av. J.-C. Souventes fois cité par Diogène Laërce.

APOLLONIOS : connu seulement par son ouvrage intitulé *Histoires merveilleuses (Mirabilia)*. Époque incertaine.

APOLLONIOS DE CITTIUM : médecin du IIe s. av. J.-C., auteur d'un *Commentaire sur Hippocrate*.

APOLLONIOS DE RHODES : poète et critique alexandrin du IIIe s. av. J.-C., auteur d'une épopée : les *Argonautiques*.

APOLLONIOS DYSCOLE, c'est-à-dire « le difficile » ou « d'esprit chagrin » : Alexandrin du IIe s., ancêtre des grammairiens moroses et auteur, entre autres, d'un traité *Sur le pronom*.

APOLLONIOS DE TYANE : pythagoricien du début de notre ère dont Philostrate a écrit la *Vie*, et qui est cité par Porphyre et Jamblique.

APULÉE : célèbre auteur, au IIe s., des *Métamorphoses* ou *L'Âne d'or*, platonicien moyen auteur d'ouvrages philosophiques.

ARATOS : *astronome et astrologue* du début du IIIe s., attaché à la cour d'Antigone Gonatas, roi de Macédoine, et auteur notamment du poème astronomique intitulé *Les Phénomènes*, objet de commentaires postérieurs.

ARCHILOQUE : très ancien poète lyrique (début du VIIe s. av. J.-C.), cité par Diogène Laërce à propos d'Héraclite.

ARCHIMÈDE : célèbre géomètre de Syracuse, au IIIe s. av. J.-C. Ici, témoin de Démocrite.

ARISTIDE (Ælius Aristide) : rhéteur du IIe s., auteur de nombreux *Discours*, auquel on attribua à tort deux traités de *Rhétorique*.

ARISTIDE QUINTILIEN : auteur, peut-être au IIe s., d'un traité *De la musique*.

ARISTOCLÈS DE MESSÈNE : péripatéticien, auteur d'un ouvrage perdu intitulé *De la philosophie*, abondamment utilisé par Eusèbe, et par conséquent antérieur au IIIe s.

ARISTOCRITE : manichéen du Ve s. av. J.-C., auteur d'une *Théosophie* dans laquelle il cite trois fois Héraclite.

ARISTON DE CÉOS : péripatéticien du IIIe s. av. J.-C., auteur d'une *Vie d'Héraclite* et d'une *Vie d'Épicure* dont il fut presque le contemporain.

ARISTOPHANE : célèbre comique athénien du Ve et du IVe s. av. J.C., témoin important des disputes philosophiques de son temps qui est celui de Socrate et des sophistes.

ARISTOPHANE DE BYZANCE : bibliothécaire alexandrin du IIIe s. av. J.-C. Éditeur de Platon et d'Aristote, auteur d'un *Abrégé de l'Histoire des animaux* d'Aristote.

ARISTOPHON : comique appartenant à la comédie moyenne (voir ALEXIS), auteur du *Pythagoriste* cité par Athénée.

ARISTOTE : 384-322. Fondateur du Lycée. Sans les efforts du Stagirite, la plupart des présocratiques seraient demeurés inconnus. L'intérêt qu'il leur porte est le résultat de deux options philosophiques : d'une part le caractère dialectique de sa méthode de recherche philosophique, qui recense et compare, sur la question à traiter, les opinions des sages, des experts et des spécialistes; d'autre part l'importance qu'il attache au concept de nature et à la réflexion sur les principes, les éléments et les causes. L'explication de ses analyses et de ses résumés est l'occasion, pour ses commentateurs, de fournir la majorité des citations qui sont aujourd'hui conservées. La contrepartie d'une aussi décisive contribution est que nous ignorons presque tout de ce qui n'a pas retenu l'intérêt d'Aristote, et qu'à la terminologie originale du présocratique se substitue souvent le vocabulaire (et aussi la pensée qui fonctionne comme une reprise critique) de l'école aristotélicienne.

ARISTOXÈNE DE TARENTE : philosophe péripatéticien de la fin du IVe s. av. J.-C., musicien, dont Diels cite des fragments extraits des *Maximes pythagoriciennes* et de la *Vie pythagoricienne*.

ARIUS DIDYME : professeur de philosophie de l'empereur Auguste, compilé par Stobée ainsi que par Eusèbe.

ARRIEN : ami et admirateur d'Épictète, le stoïcien du Ier s., il en est l'éditeur. Mais il a aussi laissé une *Anabase* qui raconte, à la façon de Xénophon, les campagnes d'Alexandre en Asie.

ARTÉMIDORE D'ÉPHÈSE : auteur, au IIe s. d'une *Interprétation des rêves* (Onirocritique).

ARTÉMIDORE LE DIALECTICIEN : auteur d'un *Contre Chrysippe* cité par Diogène Laërce à propos de Protagoras. D'époque incertaine.

ASPASIOS : commentateur d'Aristote dont on a conservé, datant du début du IIe s., un *Commentaire sur l'Éthique à Nicomaque*.

ATHANASE (saint) : évêque d'Alexandrie au IVe s. Témoin de Thrasymaque et de Gorgias.

ATHÉNAGORAS : philosophe athénien qui, au IIe s., écrivit un ouvrage *Supplique au sujet des Chrétiens*, après s'être converti.

ATHÉNÉE DE NAUCRATIS : vécut à Alexandrie et à Rome, en la première moitié du IIIe s. Auteur de *Les Deipnosophistes* (Banquet des sophistes), énorme compilation dont seul nous est parvenu l'abrégé, en quinze livres.

ATHÉNÉE LE MÉCANICIEN : contemporain d'Archimède, auteur de la *Poliorcétique des Grecs* dédiée à Marcellus, le vainqueur du siège de Syracuse (212 av. J.-C.).

ATHÉNODORE LE STOÏCIEN : disciple de Posidonius et contemporain de l'empereur Auguste, auteur de deux traités perdus *De la vertu et de l'éducation* et *Contre les Catégories d'Aristote*, en huit livres.

AUGUSTIN (saint), 354-430 : témoin d'Anaximandre, d'Anaximène, d'Archélaos et de Diogène d'Apollonie dans *La Cité de Dieu*.

AULU-GELLE : grammairien latin du IIe s. Ses *Nuits attiques*, composées à l'intention de ses enfants, renferment un grand nombre de notations philosophiques, littéraires et historiques.

BACCHIOS DE TANAGRA (en Béotie) : commentateur d'Hippocrate au IIIe s. av. J.-C., cité à propos de Xénophane.

BASILE (saint) : évêque de Césarée au IVe s., frère de Grégoire de Nysse et condisciple de Grégoire de Nazianze, auteur notamment d'un traité de la *Lecture des auteurs profanes*.

BOÈCE : auteur célèbre, à Rome, au VIe s., de la *Consolation de la philosophie*, et précieux témoin de la tradition pythagoricienne, dans sa *Géométrie* et son *Institution musicale*.

CALLIMAQUE : poète et érudit alexandrin du IIIe s. av. J.-C.

CEDRENUS : historien byzantin tardif, auteur d'une *Histoire* allant de la genèse du monde au XIe s.

CÉLIUS AURÉLIEN : médecin latin d'époque tardive (IVe s.), auteur de deux ouvrages conservés *Des maladies chroniques* et *Des maladies aiguës*.

CELSE : médecin romain du Ier s., auteur du traité *De la médecine*, témoin de Démocrite.

CENSORINUS : grammairien latin qui écrivit en 238 le traité intitulé *Du jour de la naissance*.

CHALCIDIUS : traducteur en latin, au Ve s., du *Timée* de Platon. Son *Commentaire sur le Timée* mêle des emprunts stoïciens à des éléments néoplatoniciens.

CHAMÉLÉON D'HÉRACLÉE : élève d'Aristote, connu par Athénée qui le cite sous le nom de Chaméléon du Pont.

CHRYSIPPE : 280-207. Le « second fondateur » du Portique (école stoïcienne). Ses œuvres, connues fragmentairement, sont citées aux tomes II et III des *Stoicorum veterum fragmenta* édités par J. von Arnim.

CICÉRON : homme politique et orateur romain (106-43 av. J.-C.). Dégoûté par les manœuvres de Clodius, il se résigne finalement à une retraite studieuse. Alors commence pour nous la composition d'une œuvre philosophique plus originale qu'on ne le concède généralement, et qui constitue encore une source irremplaçable sur la manière dont les premiers philosophes grecs sont encore reçus à Rome au Iᵉʳ s. av. J.-C.

CLAUDIEN MAMERT : prêtre à Vienne au Vᵉ s. en Gaule, auteur d'un traité *De l'âme (De statu animae)*. Sidoine Apollinaire fait de lui un grand éloge.

CLÉANTHE : stoïcien, mort en 220 av. J.-C., successeur de Zénon et prédécesseur de Chrysippe. On a conservé de lui l'*Hymne à Zeus*, d'inspiration héraclitéenne, et des fragments dont le titre d'un *Contre Démocrite*.

CLÉARQUE DE SOLES : élève d'Aristote, philosophe curieux de sciences et de mathématiques. Il s'est intéressé aux passages mathématiques de *La République* et du *Timée* de Platon et est, dans ses *Vies*, un témoin de Philolaos.

CLÉMENT D'ALEXANDRIE : converti au christianisme au début du IIIᵉ s., il apparaît, principalement dans le *Pédagogue* et les *Stromates* (Mélanges), comme un esprit curieux de notations qu'il est le seul à nous avoir conservées.

CLODIUS : auteur, à l'époque d'Auguste, du célèbre calendrier conservé par Jean de Lydie.

COLUMELLE : d'origine espagnole, vécut à Rome au Iᵉʳ s., où il composa un long traité *De l'agriculture*.

CORNÉLIUS NÉPOS : historien latin, contemporain et ami de Cicéron, sous le nom duquel nous sont parvenues les *Vies des grands capitaines*, une *Vie de Caton* et une *Vie d'Atticus*, qui, elle, n'est sûrement pas apocryphe.

CORNUTUS : stoïcien vivant à Rome au Iᵉʳ s., dont le seul ouvrage entièrement préservé est intitulé *Abrégé de théologie*, et cité ici à propos d'Épicharme et d'Empédocle.

CRATÈS : poète comique du Vᵉ s. av. J.-C., connu très fragmentairement. Ne doit pas être confondu avec le philosophe cynique Cratès de Thèbes.

CRATEUAS : médecin et herboriste connu de Galien, et qui cite l'œuvre de Démocrite.

CRATINOS L'ANCIEN : poète comique athénien, rival d'Aristophane.

CRATINOS LE JEUNE : poète comique, fils ou petit-fils (?) du précédent, appartient, au IVᵉ s., à la comédie moyenne. Voir Aristophon.

CROTON : auteur d'un ouvrage intitulé *Le Plongeur*, cité par Séleucos dans Diogène Laërce à propos d'Héraclite.

CYRILLE (saint) : évêque d'Alexandrie au début du Vᵉ s. Auteur de dix livres *Contre Julien* (l'empereur Julien, dit l'Apostat).

DAIMACHOS : contemporain d'Alexandre, auteur d'un ouvrage perdu *De l'Inde*.

DAMASCIOS : élève d'Ammonios, le disciple de Proclus, il est le dernier scolarque de l'école néoplatonicienne. Il est victime du décret de Justinien fermant, en 529, les écoles philosophiques et confisquant ensuite leurs biens. Il est l'ultime commentateur antique du *Parménide* de Platon.

DAMASTE DE SIGÉE : historien grec du ve s., contemporain d'Hérodote, dont il ne subsiste que des fragments.

DAMIEN DE LARISSA : auteur d'une *Optique* inspirée des travaux d'Euclide, ce qui le situe au IIIe s. av. J.-C.

DAMON DE CYRÈNE : connu seulement pour être l'auteur d'un traité *Des philosophes.*

DAMOXÈNE : poète comique athénien, appartenant à la comédie nouvelle (voir MÉNANDRE et PHILÉMON) et connu par Athénée, qui cite *Les Frères de lait* où Diels voit une imitation de Démocrite. Il faut attendre la comédie nouvelle, c'est-à-dire la seconde moitié du IVe s. av. J.-C., pour voir l'atomisme faire son entrée dans la comédie, par opposition à la sophistique (voir ARISTOPHANE) ou au pythagorisme (voir ALEXIS).

DAVID : philosophe arménien de la fin du ve s., auteur de *Prolégomènes à Aristote* rédigés en grec.

DÉMÉTRIOS DE BYZANCE : deux auteurs portent ce nom. Le premier est un historien du IIIe s. av. J.-C., connu fragmentairement; l'autre un péripatéticien généralement situé au Ier s. av. J.-C., auteur du ou des traités *Sur la poésie* et *Sur les poètes.*

DÉMÉTRIOS CHLORE : botaniste d'époque inconnue cité par le scoliaste de Nicandre à propos du pythagoricien Lycon.

DÉMÉTRIOS LACON : membre éminent du cercle épicurien, à la fin du IIe s. av. J.-C., connu par les Papyrus d'Herculanum.

DÉMÉTRIOS DE MAGNÉSIE : érudit grec du Ier s. av. J.-C., connu seulement par des fragments.

DÉMÉTRIOS DE PHALÈRE : philosophe, poète et homme politique, élève de Théophraste, placé à la tête d'Athènes par Cassandre en 317 av. J.-C., il en fut chassé par Démétrios Poliorcète, et se réfugia en 307 à la cour de Ptolémée. Il enrichit de quelque deux cent mille volumes la bibliothèque d'Alexandrie dont il est le fondateur. Le traité de *Rhétorique* qui porte son nom est peut-être l'œuvre de Denys d'Halicarnasse.

DÉMÉTRIOS DE SCEPSIS (en Troade) : érudit grec du IIe s. av. J.-C., contemporain d'Aristarque de Samos, auteur d'un commentaire du catalogue de l'armée grecque au livre II de l'*Iliade* et cité ici par Harpocration.

DÉMÉTRIOS DE TRÉZÈNE : auteur d'un livre *Contre les sophistes,* cité seulement par Diogène Laërce.

DÉMOSTHÈNE : orateur. 385-322 av. J.-C.

DENYS D'ALEXANDRIE : évêque d'Alexandrie au IIIe s. Auteur d'un livre *De la nature*, cité par Eusèbe dans la *Préparation évangélique* et mentionné ici exclusivement à propos de Démocrite.

DENYS D'HALICARNASSE (L'ANCIEN) : historien et critique littéraire qui vécut à Rome au Ier s. av. J.-C.

DENYS D'HALICARNASSE (LE JEUNE) : parfois confondu avec le précédent, d'époque incertaine, auteur d'un livre *Sur la musique*.

DENYS LE PÉRIÉGÈTE : auteur d'une *Description du monde*. Il composa en vers, à une époque sans doute déjà tardive (IVe s. ?), une *Géographie*, objet d'un *Commentaire* par Eustathe.

DENYS DE SYRACUSE (LE JEUNE) : fils de Denys l'Ancien. C'est lui qui invita Platon à la cour de Sicile, au début du IVe s. av. J.-C. Ce tyran est l'auteur d'un commentaire *Sur les poèmes d'Épicharme*.

DENYS DE THRACE : grammairien du IIe s. av. J.-C.

DERCYLLIDE : auteur, sans doute au Ier s., d'un *Commentaire de Platon* (voir THÉON DE SMYRNE).

DIAGORAS (PSEUDO-) : élève de Démocrite, dans la seconde moitié du Ve s. av. J.-C., auquel on attribue des *Discours phrygiens*. Le véritable Diagoras fut athée et adversaire des mystères d'Éleusis.

DICÉARQUE DE MESSÈNE : élève d'Aristote et de Théophraste, historien et géographe, auteur au IVe s. av. J.-C. d'une *Histoire de la Grèce*.

DIDYME D'ALEXANDRIE : deux auteurs portent ce nom. Le premier est un critique littéraire contemporain du siècle d'Auguste. Le second est l'auteur, peut-être au IIIe s., d'un livre *De l'agriculture*.

DIDYME D'HÉRACLÉE : historien du pythagorisme, d'époque incertaine, cité par Porphyre dans son *Commentaire sur les Harmoniques de Ptolémée*.

DINON : historien grec du IVe s. av. J.-C. Auteur, peu digne de foi, d'une *Histoire de la Perse*.

DIOCLÈS DE CARYSTE : médecin grec du IVe s. av. J.-C., cité d'après Oribase, lui-même cité par Athénée dans la doxographie d'Empédocle.

DIODORE DE SICILE : célèbre historien, contemporain de César et d'Auguste, auteur d'une *Bibliothèque historique* en quarante livres dont un peu plus de la moitié ont été conservés. Il est un témoin important, surtout en ce qui concerne l'histoire des idées.

DIODORE D'ÉPHÈSE : auteur à une époque incertaine d'un livre *Sur Anaximandre*, cité par Diogène Laërce.

DIODORE D'ÉRÉTRIE : connu seulement par l'association avec Aristoxène de Tarente, commise par Hippolyte, dans la doxographie de Pythagore.

DIODOTE (DE SIDON ?) : auteur d'un *Commentaire sur Héraclite*, dont un vers est cité par Diogène Laërce.

DIOGÈNE LAËRCE : philosophe épicurien et doxographe, né à Laërte, petite ville de Cilicie, à qui l'on doit au début du IIIe s. la seule histoire complète de la philosophie que l'Antiquité ait conservée, intitulée *Vies et opinions des philosophes illustres*. Aussi, tous les témoignages relatifs aux penseurs de quelque importance que compte ce volume sont-ils précédés de la notice que leur a consacrée Diogène. Après avoir soulevé l'indignation des érudits et en revanche emporté l'admiration de Nietzsche, il est aujourd'hui l'objet de l'examen attentif que lui portent les historiens de la philosophie, surtout depuis les travaux de Paul Moraux (« L'Exposé de la philosophie d'Aristote chez Diogène Laërce, V, 28-34 », dans la *Revue philosophique de Louvain* (1949), 5-43 et « La Composition de la *Vie d'Aristote* chez Diogène Laërce », dans la *Revue des études grecques*, 68 [1955], 124-163).

Diogène d'Œnoanda (Asie mineure) : épicurien, responsable, au IIe s., d'inscriptions portées sur les murs d'une villa ou d'un forum, découvertes en 1884, et témoignant principalement de la tradition épicurienne.

Diomède : grammairien latin de la fin du IVe s. Témoin d'Épicharme.

Dion Chrysostome (Bouche d'or) : entreprit de persuader Vespasien de quitter l'Empire, fut proscrit par Domitien et fit, habillé en mendiant, élire Nerva empereur par ses légionnaires. Restent de lui quatre-vingts *Discours*, dont quatre *Sur la royauté*; il est au Ier s. un témoin tardif d'Héraclite et de Démocrite.

Dioscoride Pedanius ou Pedacius : médecin d'Anazarbe en Cilicie, tenu par les uns pour contemporain d'Antoine et Cléopâtre, et par les autres pour contemporain de Néron. Auteur d'un traité sur les plantes médicinales *(De la médecine)* et d'un traité d'herboristerie qui faisait autorité dans l'Antiquité. C'est pourquoi il cite Démocrite.

Diphile l'Iambographe : poète de la première moitié du Ve s. av. J.-C., auteur d'un poème concernant Boïdas et cité par un scoliaste d'Aristophane. Ne doit pas être confondu avec le poète comique Diphile, qui appartient à la comédie nouvelle.

Douris de Samos : élève de Théophraste et tyran de Samos au IIIe s. av. J.-C. Auteur en particulier d'une *Histoire de la Macédoine* (de 370 à son temps), fragmentairement connue.

Élias : néoplatonicien chrétien du VIe s. Auteur de commentaires *Sur les Catégories d'Aristote* et *Sur l'Isagogè de Porphyre.*

Élien : sophiste grec qui enseigna la rhétorique à Rome à la fin du IIe s. Auteur d'*Histoires variées* et d'une *Histoire des animaux.*

Élius Promotus : médecin alexandrin d'époque incertaine.

Ennius : célèbre poète latin de la fin du IIIe s. et du début du IIe s. av. J.-C. qui avait su mériter l'estime de Caton l'Ancien. Outre ses poèmes épiques, il est l'auteur d'un *Épicharme.*

Éphore : historien grec, né à Cumes en Éolie, élève au IVe s. av. J.-C. de l'orateur Isocrate, et auteur d'une *Histoire universelle* (depuis le retour des Héraclides jusqu'en 340) en trente livres, connue fragmentairement.

Épictète : stoïcien célèbre de la fin du Ier s. dont Arrien édita les *Entretiens* et le *Manuel.*

Épicure : 342-270 av. J.-C. Fondateur de l'école qui porte son nom. Témoin et critique de l'atomisme ancien.

Épigène : critique et poète alexandrin, associé par Harpocration à

Callimaque (voir CALLIMAQUE) à propos d'Ion de Chio. À ne pas confondre avec le poète comique du IVe s. av. J.-C.

ÉPIPHANE (saint) : évêque de Salamine au début du IVe s. Auteur du *Panarion* qui expose les principes de la religion chrétienne, de l'*Ancre* et de libelles *Contre les hérésies*, visant en particulier Arius et Origène. À ne pas confondre avec le néoplatonicien, disciple de Valentin le Gnostique.

ÉRATOSTHÈNE DE CYRÈNE : érudit alexandrin du IIIe s. av. J.-C., cité par Plutarque, Porphyre et Strabon.

ÉROTIEN : médecin et érudit du Ier s., auteur d'un glossaire hippocratique.

ÉSOPE : le plus ancien des fabulistes, condamné à mort en 561 av. J.-C.

ÉTIENNE DE BYZANCE : géographe, auteur, sans doute au Ve s., d'un *Dictionnaire géographique* conservé sous la forme d'un abrégé compilé au VIe s.

Etymologicum : ce nom désigne des dictionnaires « étymologiques », c'est-à-dire des dictionnaires au sens moderne. Le plus ancien est celui d'Orion, Alexandrin du Ve s. : c'est l'*Etymologicum Orionis*. Viennent ensuite l'*Etymologicum Genuinum*, compilation byzantine de la fin du Xe s., l'*Etymologinum Gudianum* de la fin du XIe s. et l'*Etymologicum Magnum* du XIIe s.

EUCLIDE : mathématicien et philosophe platonicien de la fin du IVe s. av. J.-C., auteur des *Éléments* et de la *Division du canon*.

EUDÈME : élève d'Aristote et peut-être dédicataire de l'*Éthique* qui porte son nom, auteur de livres d'*Éthique* et de *Physique* connus fragmentairement.

EUDORE : académicien du Ier s. av. J.-C., connu d'Arius Didyme, dont les *Commentaires* ont été utilisés par Achille Tatius.

EUDOXE DE CNIDE : célèbre astronome du IVe s. av. J.-C., fils d'Eschine et ami de Platon. Ses *Phénomènes* et son *Periodos* (*Description* ou *Contour de la Terre*) ont fait sa célébrité. L'astronomie (*Ars astronomica*) éditée par F. Blass est l'œuvre d'un pseudo-Eudoxe.

EUPHORION : critique et poète du IIIe s. av. J.-C., bibliothécaire d'Antiochos le Grand.

EUPOLIS : poète comique athénien de la comédie ancienne (Ve s. av. J.-C.), qui a mis en scène le personnage de Protagoras.

EURIPIDE : 480-406 av. J.-C. Le troisième des grands tragiques grecs après Eschyle et Sophocle. Son art, qui réduit l'importance du chœur de la tragédie, amplifie un dialogue qui s'enrichit de spéculations et d'interrogations philosophiques à l'image des problèmes de la philosophie de son temps.

EUSÈBE DE CÉSARÉE : évêque en l'an 313. Sa *Préparation évangélique*, sa *Chronographie* (histoire chronologique en deux livres), son écrit *Contre Marcellus* et sa *Théophanie* sont pour nous de précieux témoins.

EUSTATHE : évêque de Thessalonique à la fin du XIIe s. Auteur de commentaires érudits et précieux sur Homère et Denys le Périégète.

EUSTRATIOS : archevêque de Nicée au début du XIIe s., auteur de commentaires *Sur l'Éthique à Nicomaque* et *Sur les Seconds analytiques d'Aristote.*

EUTOCIOS D'ASCALON : célèbre mathématicien grec de la première moitié du VIe s., commentateur d'Apollonios de Perge et d'Archimède. Son *Commentaire sur la sphère et le cylindre d'Archimède* est un des plus précieux témoignages qui nous soient parvenus sur l'antique géométrie.

ÉVANTHE DE MILET : associé par Diogène Laërce à Eudoxe de Cnide dans la doxographie de Thalès. Inconnu autrement.

FAVORINUS D'ARÉLATE (Arles) : le plus ancien philosophe gaulois, platonicien puis sceptique, qui professa à Athènes et à Rome, à l'époque d'Hadrien. Diogène Laërce cite souvent ses *Mémorables* et son *Histoire variée* rédigés en grec.

FESTUS (SEXTUS POMPEIUS FESTUS) : auteur relativement tardif (IIe s. ?) d'un abrégé du dictionnaire de Verrius Flaccus, *De verborum significatione*, malheureusement perdu.

FLAVIUS JOSÈPHE. Voir JOSÈPHE.

FULGENCE (saint) : commentateur allégorique de Virgile et auteur d'une *Mythologie*, au début du VIe s.

GALIEN : célèbre médecin grec de Pergame, contemporain d'Hadrien au IIe s. Il a laissé une œuvre considérable dans laquelle les *Commentaires d'Hippocrate* tiennent une part importante. L'attribution fautive à Galien d'une *Histoire de la philosophie* a été rendue possible par l'intérêt que lui-même portait aux opinions et doctrines des philosophes.

GÉMINUS (PSEUDO-) : auteur auquel on attribue une *Introduction à l'astronomie* en le confondant avec l'astronome rhodien, contemporain de Cicéron.

GÉNÉTHLIOS : professeur de rhétorique qui enseigna à Athènes à la fin du IIIe s. et auteur d'*Exercices rhétoriques*. Il a longtemps été confondu avec le rhéteur Ménandre de Laodicée.

GEORGES PACHYMÉRÈS : érudit qui enseigna à Constantinople à la fin du XIIe s., auteur d'une *Histoire de Byzance* et de résumés de la philosophie d'Aristote.

GEORGES LE SYNCELLE : historien du début du IXe s., auteur d'une *Chronographie*, en partie transcrite d'Eusèbe, et allant d'Adam à Dioclétien. La mort de l'auteur mit une fin prématurée à l'ouvrage.

GLAUCOS DE RHÉGIUM : commentateur d'Empédocle et de Démocrite, dont il est le contemporain. Parfois confondu avec Antiphon le Rhéteur, originaire de la même ville.

Gnomologium : recueil de sentences. Sont cités plus particulièrement ceux de Paris, du Vatican et de Vienne.

GRÉGOIRE DE CORINTHE : archevêque de Corinthe au début du XIIe s. Auteur d'un *Commentaire sur Hermogène*. (Voir HERMOGÈNE.)

GRÉGOIRE DE NAZIANZE (saint) : évêque de Nazianze, puis de Constantinople en 381, condisciple de saint Basile dont il prononça l'éloge funèbre. Il est aussi l'auteur de deux *Discours contre Julien*.

HARPOCRATION : lexicographe grec du Ier ou du IIe s., qui a étudié spécialement la langue des orateurs. Les citations de son *Lexique* renvoient au mot servant de rubrique.

HÉCATÉE DE MILET : historien du VIe s. av. J.-C., contemporain du roi de Perse Cyrus. Auteur d'une *Histoire* ou *Généalogie*, il écrivit aussi une *Description du monde* qui s'inspirait des travaux d'Anaximandre.

HÉGÉSIANAX : originaire d'Alexandrie de Troade et auteur d'une *Histoire de Troie*, il est cité par Étienne de Byzance. On ignore l'époque où il vécut.

HÉLIODORE LE PÉRIÉGÈTE : source du pseudo-Plutarque dans les *Vies des dix orateurs*. Il a décrit les monuments de l'Acropole et aussi les tombeaux d'Isocrate et de Gorgias.

HELLANICOS DE MYTILÈNE : historien et géographe du Ve s. av. J.-C. Le premier à s'être véritablement soucié de chronologie.

HÉPHESTION : érudit du IIe s., précepteur de l'empereur romain Vérus, auteur d'un *Manuel sur les mètres* et d'un livre *Sur l'Antiphon des Mémorables de Xénophon*.

HÉRACLIDE LEMBOS : fils de Sérapion, auteur au IIe s. av. J.-C. d'*Abrégés de Sotion* et *des Vies de Satyros*, cités par Diogène Laërce.

HÉRACLIDE PONTIQUE : élève de Platon et d'Aristote. Esprit original et fascinant, le premier à avoir avancé l'idée que la Terre tourne autour du Soleil. Un ouvrage *Sur les constitutions* lui est attribué à tort.

HÉRACLITE : érudit grec qu'il ne faut pas confondre avec le présocratique. Il est, probablement au Ier s., l'auteur de *Questions homériques* ou *Allégories d'Homère*, où il prend la défense d'Homère contre Platon et Épicure.

HERENNIUS PHILON : rhéteur et historien, contemporain de Néron. Son livre *Sur les Juifs* est cité par Origène à propos d'Hécatée d'Abdère.

HERMARQUE : sans doute d'abord élève de Démocrite, il fut l'élève d'Épicure et son successeur à la tête du Jardin.

HERMIAS : philosophe chrétien du IIe ou du IIIe s. Auteur d'une *Satire des philosophes païens* et d'un *Commentaire sur le Phèdre de Platon*.

HERMIPPE DE SMYRNE : érudit alexandrin, disciple de Callimaque, vers la fin du IIIe s. av. J.-C. Auteur de *Vies* des philosophes qui a marqué un intérêt particulier pour les pythagoriciens et pour les personnages du Lycée. Il fournit une matière abondante où ses successeurs puisèrent.

Hermippe ou De l'astronomie. Voir JEAN CATRARÈS.

HERMOGÈNE : rhéteur de la fin du IIe s., contemporain de Marc-Aurèle. Auteur notamment d'un traité *Des formes oratoires*. À vingt-cinq ans, il fut frappé d'amnésie et retomba en enfance.

HÉRODIEN : fils d'Apollonios Dyscole (voir ce nom), et comme lui grammairien, un des maîtres de Marc-Aurèle. Auteur de très nombreux ouvrages, et surtout connu par un *Abrégé* qui est conservé.

HÉRODOTE : célèbre historien grec du Ve s. av. J.-C., né à Halicarnasse, admirable conteur, précieux témoin de la civilisation égyptienne.

HÉSIODE : poète épique, contemporain d'Homère au dire d'Hérodote, de date incertaine mais très reculée. À la fois mythologue, théologien, moraliste et politique, auteur de la *Théogonie*, de *Les Travaux et les Jours* et du *Bouclier d'Héraclès*, ainsi que de passages fragmentairement connus.

HÉSYCHIOS : célèbre grammairien grec du Ve s. (?). Auteur d'un *Dictionnaire* (ou *Lexique*) tout aussi précieux pour la lecture des fragments des présocratiques que pour l'étude de la version des Septante ou le grec du *Nouveau Testament*.

HÉSYCHIOS DE MILET : historien du VIe s. Auteur d'un *Onomatologos* où il résumait Diogène Laërce, mais aussi auteur de *Vies* de Protagoras et de Prodicos, ainsi que d'un *Catalogue des œuvres d'Aristote*.

HIÉROCLÈS LE PYTHAGORICIEN : néoplatonicien qui enseigna à Alexandrie à la fin du Ve s., auteur d'un *Commentaire sur les vers dorés de Pythagore*.

HIÉRONYMOS DE RHODES : philosophe péripatéticien, cité par Cicéron et Diogène Laërce notamment, et auteur d'un traité perdu sur l'*épochè* (suspension du jugement).

HIMÉRIOS : sophiste qui enseigna la rhétorique à Athènes au IVe s. Auteur de *Discours* qui nous sont en partie conservés et de *Choix de textes (Eclogae)*.

HIPPARQUE : auteur inconnu, cité par Diogène Laërce dans la *Vie* de Démocrite.

HIPPASOS : homonyme du pythagoricien, auteur d'une *Constitution de Sparte*, citée seulement par Diogène Laërce.

HIPPOBOTE : historien de la philosophie, cité plusieurs fois par Diogène Laërce et Clément d'Alexandrie.

HIPPOCRATE : célèbre médecin grec du Ve s. av. J.-C., savant et philosophe. Il est une source importante, très fréquemment citée, de notre approche des présocratiques. L'édition de ses œuvres (en dix volumes mais demeurant incomplète) a occupé É. Littré plus de vingt ans, au milieu du siècle dernier. Un grand nombre de faux lui sont attribués.

HIPPOLYTE (saint) : évêque et martyr du IIIe s. Ses exposés philosophiques *(Philosophoumena)* extraits par Diels de la *Réfutation de toutes les hérésies*, en font un témoin de la tradition doxographique inaugurée par les travaux de Théophraste.

HISDOSUS SCHOLASTICUS : scoliaste d'époque inconnue, qui annota le *Commentaire sur le Timée de Platon* par Chalcidius.

HOMÈRE : le plus célèbre de tous les poètes épiques, auteur (?) de l'*Iliade* et de l'*Odyssée*, mais aussi d'*Hymnes*, de la *Batrachomyomachie*, etc. Du point de vue de la doxographie, ce ne sont pas tant les textes eux-mêmes qui présentent un intérêt, que les très nombreux commentaires de l'épopée, qui rapprochent du texte, considéré comme une sorte d'encyclopédie des savoirs humains, un grand nombre de points de vue postérieurs placés sous l'autorité de grands penseurs. Cela justifie le grand nombre de scolies retenues par Diels.

HORACE : 63-8 av. J.-C. Poète latin, épicurien. Sa fréquentation de Mécène et de ses amis lui donna accès à de nombreuses sources livresques. Mais il est surtout pour nous un témoin de la diffusion des idées et de la permanence de certaines figures illustres de la philosophie.

IBYCOS : poète lyrique du VIe s. av. J.-C. dont il ne reste que des fragments. Les grues (ou les oies), témoins de sa mort, l'ont à la fois vengé et fait passer à la postérité !

ION DE CHIO : historien grec d'époque inconnue, auteur d'un traité concernant des *Victoires après trois assauts*, source de Diogène Laërce.

IRÉNÉE (saint) : évêque de Lyon dans la seconde moitié du IIe s. et martyr. Auteur d'un livre *Contre les hérésies*, dirigé contre les gnostiques.

ISAGORAS : auteur seulement connu par son *Commentaire sur les Phénomènes d'Aratos*.

ISIDORE DE SÉVILLE : évêque de Séville aux VIe et VIIe s. Compilateur, auteur d'un livre d'*Étymologies* (ou dictionnaire universel), ainsi que d'une *Chronique* (histoire chronologique).

ISOCRATE : 437-338 av. J.-C. Orateur attique célèbre. Mais il ne faut pas se tromper sur la valeur du terme *orateur* : au titre de professeur d'éloquence, Isocrate dirigea une école qui était une sorte d'établissement d'enseignement supérieur, avant l'Académie et le Lycée. Il prit le deuil à la mort de Socrate (399) et se laissa mourir de faim après le désastre de Chéronée. Il est témoin de l'activité des sophistes qu'il combat et fait figure, face aux sophistes venus de Grande-Grèce, de défenseur d'une culture proprement attique.

JAMBLIQUE : philosophe néoplatonicien, disciple de Porphyre, IVe s. Auteur de nombreuses œuvres conservées, et en particulier d'une *Vie pythagorique*, qui n'est pas tant le récit de la vie de

Pythagore ou du cercle pythagoricien, qu'un traité destiné à mettre en valeur le modèle d'existence de ces maitres.

JAMBLIQUE (PSEUDO-) : auteur des *Théologoumènes arithmétiques*, propos théologiques fondés sur les nombres.

JEAN CATRARÈS : érudit byzantin d'époque très tardive, qui a recopié un dialogue sur l'astronomie et sur l'astrologie, opposant les points de vue de diverses sectes chrétiennes, et que l'on attribuait à Hermippe à cause de son titre : *Hermippe ou De l'astronomie*.

JEAN LE DIACRE (DIACONUS) : grammairien d'époque inconnue, auteur d'une *Interprétation allégorique de la Théogonie d'Hésiode* et d'un *Commentaire sur les Formes oratoires d'Hermogène*.

JEAN DE LYDIE (JOHANNES LAURENTIUS LYDUS) : historien qui vécut à Constantinople dans la première moitié du VIe s., auteur d'un commentaire du calendrier romain *(Des mois)* et d'un livre *Sur les signes*.

JEAN PHILOPON, OU JEAN D'ALEXANDRIE : commentateur prolixe, au VIe s., de bon nombre de traités d'Aristote. C'est à tort que le *Commentaire sur la Génération des animaux* lui est attribué.

JEAN TZÉTZÈS : érudit du XIIe s., vivant à Constantinople, auteur des *Chiliades* et de *Commentaires* variés sur Aristophane, Denys le Périégète, Hésiode, Homère et le poète Lycophron.

JOSÈPHE (FLAVIUS) : historien né à Jérusalem en 37 et mort à Rome en 95. Auteur des *Antiquités juives* qui vont de la Genèse à l'an 66 av. J.-C. Le *Contre Apion* vise un historien grec qui contestait l'antiquité du peuple juif.

JULES L'AFRICAIN : historien chrétien du IIIe s. dont la *Chronologie* est une source d'Eusèbe.

JULIEN L'APOSTAT : empereur de Rome de 361 à 363. Figure haute en couleur, il tenta de restaurer la tradition païenne en ranimant les vieux cultes d'État par des emprunts à la théosophie et en particulier à Jamblique.

JUSTIN (PSEUDO-) : auteur d'une *Exhortation*, confondu avec l'historien latin de l'époque des Antonins (IIe s.).

JUVÉNAL : célèbre poète satirique latin de la fin du Ier et du début du IIe s. A laissé seize *Satires*.

LABÉRIUS : chevalier romain né en 107 av. J.-C., auteur de quarante-trois *Mimes*, sortes de comédies en prose imitées de Sophron, le mimographe grec, et qui souvent mettent en scène des philosophes ou des situations philosophiques.

LACTANCE : écrivain chrétien du IIIe s., originaire selon certains d'Afrique du Nord, maître d'Arnobe et auteur de divers ouvrages, en latin, parmi lesquels les *Institutions divines*, *De la colère* et *De l'œuvre de Dieu*. Son éloquence lui valut en son temps le surnom de Cicéron chrétien.

LAURENTIUS. Voir JEAN DE LYDIE.

LESBONAX : grammairien d'époque incertaine, auteur d'un traité

Des figures grammaticales, qu'il ne faut pas confondre avec le philosophe Lesbonax de Mytilène.

LIBANIOS D'ANTIOCHE : sophiste du IVe s. Étudia à Athènes et enseigna à Constantinople, épousant le parti de l'empereur Julien. Il est l'auteur notamment d'une *Apologie de Socrate*.

LOBON D'ARGOS : critique littéraire d'époque inconnue, cité par Diogène Laërce.

LONGIN (PSEUDO-) : l'auteur du traité *Du sublime* n'est pas, comme on l'a cru longtemps, le rhéteur disciple d'Ammonios et ami de Plotin, que la reine Zénobie avait fait venir à Palmyre en Syrie. Car ce traité paraît devoir être tenu pour plus ancien.

LUCIEN DE SAMOSATE : écrivain et philosophe cynique du IIe s., auteur de *Dialogues* variés. Le traité *De la longévité* lui a été attribué à tort.

LUCRÈCE : épicurien et poète latin du Ier s. av. J.-C. Son poème *De la nature* en six livres, mais inachevé, fut édité après sa mort, selon la tradition, par les soins de Cicéron.

LYCOPHRON : grammairien et poète du IIIe s., dont on a conservé une *Cassandra* (ou *Alexandre*), poème qui passait dans l'Antiquité pour un modèle d'obscurité. Ne doit pas être confondu avec le sophiste du même nom.

LYCURGUE : orateur grec, élève d'Isocrate et de Platon, contemporain de Démosthène, dont on a conservé le *Contre Léocrate*.

LYSIAS : orateur grec de la seconde moitié du Ve s. av. J.-C. et du début du IVe s., archétype du logographe et pastiché par Platon dans le *Phèdre*.

MACROBE : érudit grec de la fin du IVe et du début du Ve s. Auteur du *Commentaire sur le songe de Scipion* (tiré de la *République* de Cicéron), et des *Saturnales*, recueil de mélanges en sept livres, tous deux composés en latin.

MAGON DE CARTHAGE : auteur, en langue punique, d'un traité d'agriculture que le sénat romain fit traduire en latin après la chute de Carthage en 146 av. J.-C. ; cité par Varron et Columelle.

MALLIUS THÉODORUS : consul romain en 399, auteur d'un traité *Sur le mètre*, en partie perdu, et d'un *De la nature*.

MANÉTHON : historien égyptien du IIIe s. av. J.-C., cité par Diogène Laërce dans le prologue de ses *Vies*. Ne pas le confondre avec l'astrologue du siècle précédent.

MANILIUS : poète romain du siècle d'Auguste, auteur d'un poème astronomique en cinq chants. Son inspiration est stoïcienne.

Marbre de Paros : inscription, découverte à Smyrne et conservée à Oxford, constituant une curieuse chronologie dont le texte est précédé d'une référence à l'archontat de Diognète (264-263 av. J.-C.), pour couvrir, dans l'ordre descendant, la période allant de Cecrops à l'archontat d'Euctémon (?-299-8). Elle serait l'œuvre du péripatéticien Phanias d'Érèse.

MARC-AURÈLE : empereur romain, 121-180. Chef de guerre et philosophe stoïcien, auteur des *Pensées*.

MARCELLINOS : biographe grec, auteur, peut-être au IVe s. av. J.-C., d'une *Vie de Thucydide*.

MARTIANUS CAPELLA : grammairien latin, originaire de Carthage. Auteur au Ve s. d'une encyclopédie en vers et en prose qui servit de manuel au Moyen Âge.

MAXIME PLANUDE : humaniste grec de la fin du XIIIe s., compilateur d'une *Anthologie grecque* en sept livres.

MAXIME DE TYR : rhéteur grec du IIe s. dont les conférences néoplatoniciennes connurent à Rome un grand succès. Il reste de lui quarante et une *Conférences* ou *Discours* sur des thèmes philosophiques.

MÉANDRIOS DE MILET : historien de Milet, d'époque incertaine, cité par Diogène Laërce. Confondu à tort avec Léandrios.

MÉGASTHÈNE : historien et géographe alexandrin du début du IIIe s. av. J.-C. Auteur d'une *Histoire de l'Inde* aujourd'hui perdue et citée par Strabon à propos de Démocrite.

MÉLAMPOUS : un spécialiste des méthodes divinatoires, mal situé et ayant sans doute vécu au IIIe s. av. J.-C., auteur d'un livre *De la divination d'après les battements du cœur*.

MÉLANTHIOS : poète tragique athénien de la seconde moitié du Ve s. av. J.-C., tourné en ridicule par Aristophane, et auteur d'*Élégies*, notamment une *Sur Cimon*, connue de Plutarque.

MÉNANDRE : 342-291 av. J.-C. Principal représentant de la comédie nouvelle, témoin des préoccupations morales de son temps.

MÉNANDRE DE LAODICÉE. Voir GÉNÉTHLIOS.

MÉNON : élève d'Aristote et médecin, à ne pas confondre avec l'élève de Gorgias que Platon fait intervenir dans le dialogue qui porte son nom, auteur d'un abrégé sur des sujets médicaux connu par le résumé qu'en donne un papyrus désigné sous le nom d'*Anonyme de Londres*.

MÉTRODORE DE LAMPSAQUE : philosophe grec membre du cercle d'Épicure.

MINUCIUS FELIX : avocat romain du IIIe s., auteur d'un dialogue intitulé *Octavius*, qui prend la défense du christianisme et lui donne les couleurs d'une théologie philosophique.

MINYÈS : historien grec connu seulement par une citation qu'en donne Diogène Laërce.

MNÉSIMAQUE : poète comique athénien du IVe s. av. J.-C., appartenant à la comédie moyenne et cité par Athénée et Diogène Laërce à propos de son *Alcméon*. Voir ALEXIS.

MŒRIS : nom égyptien d'un grammairien grec du IIe s., auteur d'un ouvrage *Sur la diction attique*.

MOSCHION : poète tragique du IVe s. av. J.-C., connu par de rares témoignages.

NÉANTHE DE CYZIQUE : historien grec du IIIe s. av. J.-C., auteur, à côté d'ouvrages historiques, d'un livre de *Pythagoriques*.

NÉCHEPSO : astrologue égyptien, peut-être du IIe s. av. J.-C., associé à Petosiris par son éditeur E. Riess.

NÉMÉSIUS ou ADAMANTION : évêque d'Émèse, auteur au IVe s. d'un traité *De la nature de l'homme*, où s'opposent corps et âme, et âme raisonnable et passionnée.

NICANDRE : poète épique du IIe s. av. J.-C., auteur de deux poèmes conservés, *Alexipharmaca* (Poisons et contrepoisons) et *Theriaca* (Animaux venimeux).

NICASICRATE : auteur (autrement inconnu) d'un ouvrage sur Démocrite, cité par Philodème.

NICOLAS DE DAMAS : historien grec du Ier s. av. J.-C., auteur d'une *Vie de César* (Auguste), cité ici dans ses ouvrages philosophiques, fragments de *Commentaires d'Aristote*, cités par Simplicius.

NICOMAQUE DE GÉRASE : mathématicien du IIe s., auteur d'une *Introduction arithmétique*, d'un *Manuel d'harmonie* et de plusieurs autres ouvrages fragmentairement connus. Il est une source importante de notre connaissance du pythagorisme.

NOUMÉNIOS D'APAMÉE : philosophe néoplatonicien du IIe s. qui s'efforce de retrouver chez Platon l'enseignement de Moïse. Connu seulement par des citations.

OCCELOS ou OCELLOS : aujourd'hui placé d'une manière très conjecturale au Ier s. av. J.-C., a été longtemps confondu avec le pythagoricien du Ve s. av. J.-C. Son traité *De la nature de l'univers* constitue un faux rapporté au pythagoricien.

OLYMPIODORE : péripatéticien de la fin du IVe s., auteur d'un traité *De l'art sacré et de la pierre philosophale*, édité au siècle dernier par Berthelot et Ruelle dans la collection des *Anciens alchimistes grecs*. Le *Commentaire sur les Météorologiques d'Aristote*, qui lui était attribué à tort, est sans doute l'œuvre du néoplatonicien postérieur.

OLYMPIODORE : néoplatonicien alexandrin du VIe s., auteur de *Commentaires* sur Platon et Aristote.

ORIBASE : médecin grec du IVe s. L'auteur du *Commentaire sur les aphorismes d'Hippocrate* est un pseudo-Oribase.

ORIGÈNE D'ALEXANDRIE : écrivain chrétien du début du IIIe s., élève de Clément, auteur du *Contre Celse* (un platonicien moyen).

ORION DE THÈBES : lexicographe du Ve s. Voir *Etymologicum*.

PALLADIUS : médecin d'époque incertaine, commentateur d'Hippocrate et auteur d'un précieux petit *Traité des fièvres*.

PAMPHILE : lexicographe alexandrin du Ier s., utilisé par ses successeurs.

PANÉTIUS DE RHODES : philosophe stoïcien du IIe s. av. J.-C., élève de Diogène de Babylone. Il fut à Rome l'ami de Scipion, et composa un traité *Des devoirs* repris ensuite par Cicéron et qui illustre les thèses morales du stoïcisme moyen.

PAUSANIAS LE PÉRIÉGÈTE : illustre historien et géographe grec du IIe s., contemporain des Antonins. Auteur de l'*Itinéraire de la*

Grèce qui contient nombre de notations sur les grands hommes qui ont fait la gloire des cités.

PÉTRONE : romancier latin, auteur célèbre du *Satyricon*, témoin des mœurs du temps de Néron.

PHANIAS D'ÉRÈSE : péripatéticien, élève d'Aristote et ami de Théophraste, cité par Plutarque à propos de Pétron.

PHANODICOS : historien grec, auteur d'une *Histoire de Délos*, connu par la citation qu'en fait Diogène Laërce à propos de Thalès.

PHÉRÉCYDE D'ATHÈNES : historien grec de la première moitié du Vᵉ s. av. J.-C. qui s'intéressait principalement aux dieux et aux héros.

PHILÉMON : poète comique de la fin du IVᵉ s. av. J.-C., auteur d'une centaine de comédies, appartenant à la comédie nouvelle (voir MÉNANDRE), cité dans la doxographie de Diogène d'Apollonie.

PHILIPPE D'OPONTE : membre de l'Académie de Platon au IVᵉ s., éditeur des *Lois* de Platon et auteur présumé de l'*Épinomis*.

PHILIPPE : fils d'Aristophane, cité par Aristote dans le *Traité de l'âme* à la fois comme auteur et metteur en scène. Il appartient à la comédie moyenne et avait composé un *Dédale*.

PHILOCHOROS : historien grec du IIIᵉ s. av. J.-C., auteur d'une *Histoire de l'Attique*.

PHILODÈME DE GADARA : philosophe épicurien du Iᵉʳ s. av. J.-C., auteur de très nombreux traités dont la plupart ne sont connus que par la collection de papyrus calcinés découverts à Herculanum, et dont l'édition présente de grandes difficultés.

PHILON D'ALEXANDRIE ou PHILON LE JUIF : philosophe du début du Iᵉʳ s., interprète du platonisme et de la tradition hébraïque et pratiquant la lecture allégorique. Il influença les gnostiques tout autant que les néoplatoniciens.

PHILON DE BYBLOS ou SANCHONIATON : auteur, connu par Eusèbe, d'une transcription grecque de la théologie phénicienne, et que l'on place généralement au IIIᵉ s.

PHILON LE MÉCANICIEN : ingénieur militaire du IIᵉ s. av. J.-C., originaire de Byzance.

PHILOPON. Voir JEAN PHILOPON.

PHILOSTRATE : sophiste de la fin du IIᵉ et du début du IIIᵉ s., auteur notamment de la *Vie d'Apollonios de Tyane* et des *Vies des sophistes*.

PHILOXÈNE DE SIDON : commentateur d'Homère, associé par Eusthate à Euphorion. (Voir ces noms.)

PHLÉGON DE TRALLES : historien du IIᵉ s., contemporain d'Hadrien, cité par Suidas.

PHOTIUS : lexicographe du IXᵉ s., élu patriarche de Constantinople en 858. Auteur d'une *Bibliothèque (Myriobiblion)* et d'un *Dictionnaire (Lexicon)*.

PHRYNICOS L'ARABE : compilateur du IIᵉ s., contemporain de Marc-Aurèle, auteur d'une *Préparation sophistique*, en partie conservée, et d'un lexique *(Choix de noms et de mots attiques)*.

PINDARE : célèbre poète lyrique grec du Vᵉ s. av. J.-C.

PLANUDE. Voir MAXIME PLANUDE.

PLATON : 428-347 av. J.-C. Le célèbre disciple de Socrate, fondateur de l'Académie. Son enseignement oral n'est connu qu'indirectement et seuls ses écrits destinés à la publication, *Dialogues* et *Lettres*, ont été conservés. Il est notre plus ancien témoin des présocratiques. Mais il faut noter d'une part qu'il ne s'intéresse ni aux philosophes de la nature ni à Démocrite, qui retiendront l'attention d'Aristote; d'autre part, qu'il n'écrit pas du point de vue de l'historien et peut même s'offrir le luxe de présenter dans ses *Dialogues* une image caricaturale de ses contemporains. (Voir, par exemple, Gorgias, A XV *a*, p. 1015.)

PLATON LE COMIQUE : poète comique athénien, contemporain de Platon et d'Aristophane.

PLINE L'ANCIEN : savant romain du Iᵉʳ s. (23-79). Auteur d'une *Histoire naturelle* en trente-sept livres, somme du savoir de l'époque.

PLOTIN : philosophe néoplatonicien du IIIᵉ s., pour qui l'histoire de la philosophie commence à Parménide, passe par le *Parménide* de Platon, et se poursuit par l'exégèse de la seconde partie de ce dialogue. Auteur de cinquante-quatre traités philosophiques édités par Porphyre en *Ennéades*.

PLUTARQUE DE CHÉRONÉE : philosophe et historien grec de la fin du Iᵉʳ s. et du début du IIᵉ s. Auteur des *Vies parallèles* et des *Œuvres philosophiques et morales*, citées ici sous les titres français que leur a donnés J. Amyot. Les *Stromates* du pseudo-Plutarque ont Aétius pour modèle.

POLLUX DE NAUCRATIS : lexicographe du IIᵉ s., auteur d'un *Dictionnaire (Onomasticon)* en dix livres.

POLYBE : historien grec de la période romaine du IIᵉ s. av. J.-C. ayant rédigé en grec une *Histoire* dont le texte partiellement conservé va de la première Guerre punique à la chute de Corinthe en 146.

POLYHISTOR (Alexandre). Voir ALEXANDRE DE MILET.

PORPHYRE : néoplatonicien de la fin du IIIᵉ s. D'abord élève d'Origène à Césarée, ensuite disciple de Plotin à Rome. Il est l'auteur de nombreux ouvrages philosophiques et de *Commentaires* sur Homère, Pythagore, Platon et Aristote. Son *Isagogè* (Introduction aux *Catégories* d'Aristote) devint un classique enseigné au Moyen Âge.

POSIDONIUS D'APAMÉE : philosophe stoïcien grec (135 ?-50 ? av. J.-C.), élève de Panétius et représentant illustre du moyen stoïcisme, auteur d'une œuvre considérable et très variée, connue seulement par fragments.

PRISCIEN : grammairien latin du VIᵉ s., auteur de *Commentaires grammaticaux* en dix-huit livres qui firent ensuite autorité, et, entre autres ouvrages, d'une traduction latine de Denys le Périégète.

PROCLUS : philosophe néoplatonicien du Vᵉ s. Il est la figure marquante du néoplatonisme; auteur de *Commentaires* sur Hésiode, Platon et Euclide, il est aussi l'auteur de la *Théologie platonicienne* et des *Éléments de théologie*, premier ouvrage philosophique composé *more geometrico*.

PSELLUS (MICHEL PSELLUS) : écrivain byzantin du XIe s., auteur de livres variés, allant du commentaire sur Aristote au traité alchimique.

PTOLÉMÉE (CLAUDE PTOLÉMÉE) : savant alexandrin du IIe s., célèbre par ses travaux d'astronomie, auteur entre autres œuvres d'un traité d'astronomie traduit en arabe sous le nom d'*Almageste*, de tables astronomiques dont l'abrégé a été publié par Jean de Lydie, d'une *Optique*, d'une *Géographie* et des *Harmoniques*.

QUINTE-CURCE : historien latin d'époque incertaine, auteur d'une *Histoire d'Alexandre* en dix livres qui ne nous sont pas entièrement parvenus.

QUINTILIEN : rhéteur romain de la seconde moitié du Ier s., auteur de l'*Institution oratoire* (ou *De l'éducation de l'orateur*).

RUFUS D'ÉPHÈSE : médecin grec du début du IIe s., dont on a conservé des fragments et un traité *Des noms des parties du corps humain*, sorte de dictionnaire anatomique.

SABINOS : médecin du Ier s., commentateur d'Hippocrate cité par Galien.

SATYROS : historien grec du IIIe s. av. J.-C., auteur de *Biographies* citées par Diogène Laërce.

SCYLAX : géographe et navigateur grec d'époque incertaine, à qui l'on attribue le *Périple* où est décrit le tour de la Méditerranée.

SCYMNOS DE CHIO : auteur, à une époque incertaine, d'une description de la Terre en vers iambiques.

SCYTHINOS DE TÉOS : poète qui transposa, sans doute au IVe s. av. J.-C., l'œuvre d'Héraclite en vers iambiques, dont Stobée nous a conservé certains.

SÉLEUCOS D'ALEXANDRIE : grammairien et historien d'époque incertaine (Ier s. ?).

SÉMOS : historien grec, originaire de Délos, d'époque incertaine.

SÉNÈQUE LE RHÉTEUR : père du philosophe, auteur dans la seconde moitié du Ier s. av. J.-C., de *Controverses* en partie conservées.

SÉNÈQUE LE PHILOSOPHE : né à Cordoue en l'an 3 av. J.-C., témoin des présocratiques dans les *Lettres à Lucilius* et dans les *Questions naturelles*. Néron le contraignit au suicide, en 65.

SERVIUS : commentateur de Virgile au IVe s.

SEXTUS EMPIRICUS : médecin et philosophe sceptique du IIe s. Auteur des *Hypotyposes pyrrhoniennes* et du *Contre les mathématiciens* dont la partie initiale manque en dépit des onze livres conservés.

SIDOINE APOLLINAIRE : poète latin né à Lyon vers 430, marié et cependant évêque de Clermont, auteur de poèmes divers.

Silénos : historien grec de la fin du IIIe s. av. J.-C., cité une fois par Diogène Laërce.

Simonide : poète et moraliste grec de la seconde moitié du VIe s. av. J.-C., rival de Pindare.

Simplicius : philosophe grec néoplatonicien de la fin du VIe s. Commentateur fécond d'Aristote, qui sut après Proclus faire du commentaire un genre philosophique. Ses *Commentaires* constituent une source d'information inestimable.

Solin : compilateur romain du IIIe s., surnommé « le singe de Pline », cité dans la doxographie de Démocrite.

Solon : législateur athénien du VIIe s. av. J.-C., sage de la Grèce dont on a conservé quelques fragments poétiques.

Sopater d'Apamée : rhéteur du Ve s., auteur d'un *Commentaire sur Hermogène.*

Sophocle : 495-406 av. J.-C. Le plus célèbre des poètes tragiques.

Soranus : gynécologue grec du IIe s. (?).

Sosicrate de Rhodes : auteur de *Successions* (de philosophes), cité par Diogène Laërce.

Sotion : péripatétitien du IIe s. av. J.-C., auteur de *Successions,* cité par Diogène Laërce.

Speusippe : neveu de Platon, lui succéda à la tête de l'Académie en 347 av. J.-C. Il manifesta une propension au pythagorisme.

Sphaeros : philosophe stoïcien du IIIe s. av. J.-C., venant après Cléanthe, auteur de livres *Sur les minima, Contre les atomes et les simulacres,* d'un *Sur Héraclite* en cinq livres, etc., cité par Diogène Laërce.

Stace : poète latin du Ier s., auteur notamment des *Sylves.*

Stésimbrotos de Thasos : polygraphe et historien du Ve s. av. J.-C.

Stobée (Jean de Stobi, en Macédoine) : doxographe du Ve s., auteur d'un recueil édité en deux parties et quatre livres : « Choix de textes » *(Eclogae)* — I. Physiques, II. Éthiques — et « Florilège », livres III et IV. (La division en deux parties est le résultat d'une accident de la tradition manuscrite; l'ordonnance en quatre livres est connue par Photius.)

Strabon : célèbre géographe grec de la fin du Ier s. av. J.-C. et du début du Ier s. Sa *Géographie* est le meilleur ouvrage de ce genre que l'Antiquité nous ait légué.

Suétone : historien romain, contemporain de l'empereur Hadrien (début du IIe s.), auteur des *Vies des douze Césars* et cité ici par un fragment.

Suidas, ou encore *Suda,* car ce nom est le titre d'un lexique du Xe s. que l'on a pris longtemps pour un homme appelé Suidas. Les références à la *Suda* sont données par l'indication du mot sous lequel figure la notice.

Symmaque : orateur et homme d'État romain du IVe s., comparé en son temps à Cicéron. Il est l'auteur, entre autres écrits, de neuf cent cinquante-six *Lettres* conservées, adressées à cent trente correspondants.

SYNÉSIOS : philosophe grec, de la fin du IVe s., évêque de Ptolémaïs en Cyrénaïque, tenta de concilier le platonisme et le christianisme. On lui attribue, sans doute à tort, un *Commentaire sur Démocrite adressé à Dioscorus*, écrit alchimique.

SYRIANOS : néoplatonicien d'Alexandrie, maître de Proclus et auteur de *Commentaires*, dont celui *Sur la Métaphysique d'Aristote* qui se trouve conservé.

TATIEN : sophiste chrétien du IIe s., disciple de saint Justin, auteur d'un *Discours aux Grecs* et qui finit hérétique : encratite.

TÉLAUGÈS : fils de Pythagore. Auteur apocryphe d'une *Lettre* citée dans la doxographie d'Empédocle.

TERPANDRE : poète lyrique grec de la fin du VIIe s. av. J.-C., qui passe pour avoir ajouté trois cordes à la lyre qui n'en comptait que quatre.

TERTULLIEN : docteur de l'Église aux IIe et IIIe s. Auteur abondant d'écrits apologétiques ou polémiques.

THÉMISTIOS : rhéteur grec du IVe s., surnommé « le Beau Parleur », auteur de *Discours* et de divers traités philosophiques.

THÉOCRITE DE COS OU DE SYRACUSE : poète bucolique grec du IIIe s. av. J.-C. Porta à sa perfection le genre de l'*idylle* (diminutif du mot grec *eidos* et signifiant *petit tableau* ou *petite pièce* dont le sujet est généralement pastoral).

THÉOCRITE DE CHIO : auteur grec d'épigrammes, à la fin du IVe s. av. J.-C., dont une sur Épicharme.

THÉODORE PRISCIEN : médecin latin du IVe s. qui vécut à Constantinople. Auteur d'une *Médecine* en quatre livres et d'un traité *Du régime*.

THÉODORE PRODROME : moine grec du XIIe s. Auteur du roman de *Rodanthé et Dosiclès* et d'autres ouvrages inédits encore. Une épigramme dont il est l'auteur est citée à propos d'Héraclite.

THÉODORET : évêque de Cyr en Syrie en 423. Auteur de *Commentaires* et d'ouvrages divers et en particulier des *Thérapeutiques des malades hellénistiques*, livre destiné à combattre le paganisme et cité ici. Il est un des héritiers et un témoin important de la tradition doxographique dérivée de Théophraste.

THÉOGNOSTOS : grammairien de la fin du IXe s. à Constantinople. Auteur de *Canons* connus fragmentairement, où il utilise et cite Hérodien.

THÉON DE SMYRNE : mathématicien et philosophe platonicien du IIe s. Auteur d'un commentaire précieux, *Exposé des connaissances mathématiques utiles à la lecture de Platon*.

Théologoumènes. Voir PSEUDO-JAMBLIQUE.

THÉOPHRASTE : élève et ami d'Aristote auquel il succéda à la tête du Lycée. Auteur célèbre des *Caractères*, où il s'efforce d'affiner et de porter à un niveau subspécifique et le moins universel possible notre connaissance de l'homme; mais aussi continuateur de l'œuvre scientifique de son maître (touchant en particulier la botanique) et surtout, du point de vue de ce volume, initiateur de la doxographie. (Voir Aétius, Stobée, Plutarque, Galien, Hippolyte, Hermias, etc.) Son traité *Du sens*, fragmentaire, est d'un irremplaçable intérêt.

Théophylacte : historien grec de Constantinople, au VIIe s. Auteur d'*Entretiens*, de *Problèmes physiques* et de *Lettres*.

Théopompe : orateur grec du IVe s. av. J.-C., élève d'Isocrate. Auteur des *Helléniques* (suite de la *Guerre du Péloponnèse* de Thucydide), des *Philippiques* en cinquante-huit livres (histoire de Philippe II) et d'un *Abrégé d'Hérodote*. Connu seulement par des fragments.

Thrasylle : personnage extraordinaire, connu pour être l'astrologue de Tibère (Ier s.). Auteur de travaux de musique et de recherches pythagoriciennes et platoniciennes. Éditeur des *Dialogues* de Platon et des *Œuvres* de Démocrite, classés les uns et les autres en *Tétralogies*.

Thucydide : célèbre historien d'Athènes au Ve s. av. J.-C., auteur de *La Guerre du Péloponnèse*.

Timée : historien grec des IVe et IIIe s. av. J.-C. Connu par fragments. Ne doit pas être confondu avec le pythagoricien de Locres.

Timon de Phlionte : élève de Pyrrhon au début du IIIe s. av. J.-C. Auteur de traités en prose et aussi des *Silles* (genre cultivé par Xénophane), où il critique violemment les dogmatiques, c'est-à-dire presque tous les autres philosophes.

Tzétzès. Voir Jean Tzétzès.

Valère Maxime : historien romain du Ier s. Auteur des *Faits et dits mémorables*, où des anecdotes disparates sont rangées sous des rubriques morales.

Varron : le « plus savant des Romains », Ier s. av. J.-C. A écrit avec autorité sur tous les sujets. Le présent volume cite son *Agriculture* (*De re rustica* en trois livres) et son *De la langue latine* (*De lingua latina* en vingt-cinq livres, dont seuls les livres V à IX sont entièrement conservés).

Vindicien : médecin romain du IVe s. Chrétien. Maître de Théodore Priscien (voir ce nom). Témoin de Diogène d'Apollonie.

Virgile : 70-19 av. J.-C. Le célèbre poète latin.

Vitruve : architecte de l'empereur Auguste, Ier s. Auteur d'une *Architecture* en dix livres, riche en témoignages pythagoriciens et démocritéens.

Xanthos de Lydie : historien grec du Ve s. av. J.-C., auteur d'un ouvrage sur la Lydie dont s'est servi Hérodote et de livres sur Empédocle, connus par Diogène Laërce.

Xénophon : historien athénien de la fin du Ve et du début du IVe s. av. J.-C. Élève de Socrate. Témoin élégant de son temps.

ZACHARIAS LE SCOLASTIQUE : écrivain chrétien du VIe s., évêque de Mytilène. Adversaire de Platon et des manichéens, auteur de *Commentaires* perdus sur Aristote.

ZÉNON DE CITTIUM : fondateur, au début du IIIe s. av. J.-C., de l'école stoïcienne. Ses fragments sont édités par J. von Arnim (*Stoicorum veterum fragmenta*, I).

ZOSIME D'ASCALON : grammairien des Ve et VIe s., auteur des *Vies anecdotiques de Démosthène et d'Isocrate.*

ZOSIME DE PANOPOLIS : alchimiste des IIIe et IVe s. Auteur notamment de l'*Exposé détaillé de l'œuvre* et du *Sur la vertu et l'interprétation.*

TABLES

TABLE ALPHABÉTIQUE DES AUTEURS

TABLE DES MATIÈRES

NOTICES ET NOTES

Ce volume, portant le numéro
trois cent quarante-cinq
de la « Bibliothèque de la Pléiade »
publiée aux Éditions Gallimard,
composé par l'Imprimerie Darantière
à Quetigny-Dijon,
a été achevé d'imprimer
sur Bible des Papeteries Bolloré Thin Papers
le 10 juin 2021
par Normandie Roto Impression s.a.s.
à Lonrai,
et relié en pleine peau,
dorée à l'or fin 23 carats,
par Babouot à Lagny.

ISBN : 978-2-07-011139-8.

N° d'édition : 398990. N° d'impression : 2101301.
Dépôt légal : juin 2021.
Premier dépôt légal : 1988.
Imprimé en France.